日本のミステリー小説
登場人物索引
アンソロジー篇 2001-2011

An Index
Of
The characters
In
Japanese Mystery novels
in Japanese

Compiled by DB-Japan Co., Ltd.

©2012 by DB-Japan Co., Ltd.

Printed in Japan

刊行にあたって

　小社は先に「日本のミステリー小説登場人物索引 アンソロジー篇」を刊行したが、本書はそれに続く継続版である。

　前版を刊行した 2002 年から 10 年が経過したが、日本のミステリー小説はさらなる発展を遂げ、原作のテレビドラマ・映画・舞台・漫画・ゲーム化など様々なメディアへの展開は益々盛んに行われている。最近では PC やスマートフォンなどあらゆる端末に対応した電子書籍という新しいメディアとの融合を図り、今までにはない表現の可能性を追求している。作品のジャンルにおいても、日本特有の歴史風土・社会現象などを背景に新本格派ミステリー、トラベルミステリー、青春ミステリー、ユーモアミステリーなど作品形態が一段と日本独自のものに進化している。また綾辻行人、有栖川有栖、法月綸太郎などに続く若手作家が次々と出てきて日本のミステリー小説は更なる生成・発展を遂げようとしている。その一方で、戦前の探偵雑誌シリーズや終戦後・昭和 20 年代に刊行された推理雑誌群の作品を集めたアンソロジー・シリーズを復刊するなど、過去の作品も読み直そうという動きもあり百花繚乱の活況を呈している。

　そうしたミステリー小説の動向を反映して、本書には乙一、伊坂幸太郎、七河迦南など最近の作家の作品から草創期の江戸川乱歩、甲賀三郎、横溝正史などの作品まで時代を超えた多くの作家の作品が収録されている。作品中の登場人物も探偵の青年久世弥勒や浜田青年、犯罪社会学者火村英生から名探偵明智小五郎・星影竜三・帆村荘六まで、市井に生きる登場人物では、コンピュータオペレーターの青年、引籠もりの高校生、ストーカーやオレオレ詐欺の二人組、インターネットの掲示板で親しくなった大学生から退役軍人、浅草のレビウガールまで多様な人々が採録されている。

　本書はある特定の人物が登場する日本のミステリー小説があるかを知りたい、あるいは作家の名前も小説のタイトルも忘れたが、確か「鈴子」とい少女が登場する短編があったが、その作品をもう一度読んでみたいなどという読者の要求に答えるための索引である。採録の対象はミステリーのジャンル全般（ホラーを除く）として、2001 年（平成 13 年）～2011 年（平成 23 年）の 11 年間に国内で刊行された日本のミステリー小説の珠玉篇ともいえるアンソロジー 205 冊に収録された作品 1,866 点に登場する主な登場人物のべ 6,274 人を採録した。ミステリーファンの読書案内としてだけでなく、図書館員のレファレンスツールとしても大いに活用して頂ければ幸いです。

　不十分な点もあるかと思われますが、お気付きの点などご教示頂ければ幸いです。

2012 年 5 月

DB ジャパン

凡　例

1. 本書の内容

　　本書は国内で刊行された日本のミステリー小説(ホラーを除く)のアンソロジーに収録された各作家の小説作品に登場する主な登場人物を採録した人物索引である。先に刊行した「日本のミステリー小説登場人物索引　アンソロジー篇」の継続版である。

2. 採録の対象

　　2001年(平成13年)～2011年(平成23年)の11年間に刊行された日本国内の作家のミステリー小説のアンソロジー205冊に収録された小説作品1,866点に登場する主な登場人物のべ6,274人を採録した。その中には作品の中で主要と思われる犬、猫などの動物名も採録した。

3. 記載項目

　　登場人物名見出し / 人物名のよみ
　　肩書・職業 / 登場する小説作品名 / 作家名 / 収録先アンソロジー / 出版者 / 刊行年月

　(例)

　　猿渡　淳(オサル)　さわたり・じゅん(おさる)
　　引き籠もりだった男、隠れ鬼ゲームの参加者　「黄昏時に鬼たちは」　山口雅也　大きな棺の小さな鍵(本格短編ベスト・セレクション)　講談社(講談社文庫)　2009年1月 ; 推理小説年鑑 ザ・ベストミステリーズ2005　講談社　2005年7月 ; 本格ミステリ05　講談社(講談社ノベルス)　2005年6月

　1) 登場人物名に別名がある場合は(　)に別名を付し、見出しに副出した。
　2) 人物名のよみ方が不明のものについては末尾に＊(アスタリスク)を付した。
　3) 同作品名が複数のアンソロジーに収録されている場合は、収録先アンソロジー / 出版者 / 刊行年月　を列記した。

4. 排列

　1) 登場人物名の姓名よみ下しの五十音順とした。「ヴァ」「ヴィ」「ヴォ」はそれぞれ「バ」「ビ」「ボ」とみなし、「ヲ」は「オ」、「ヂ」「ヅ」は「ジ」「ズ」とみなして排列した。

2) 濁音・半濁音は清音、促音・拗音はそれぞれ一字とみなして排列し、長音符は無視した。

5. 名前から引く登場人物名索引

人物名の名前からも登場人物名見出しを引けるように索引を付した。
(例)

遠音　とおね→神坂　遠音　こうさか・とおね

6. 収録アンソロジー一覧(五十音順)

・愛憎発殺人行　鉄道ミステリー名作館　徳間書店(徳間文庫)　2004 年 5 月
・青に捧げる悪夢　角川書店　2005 年 3 月
・紅い悪夢の夏(本格短編ベスト・セレクション)　講談社(講談社文庫)　2004 年 12 月
・赤に捧げる殺意　角川書店　2005 年 4 月
・悪魔のような女　角川春樹事務所(ハルキ文庫)　2001 年 7 月
・悪魔黙示録「新青年」一九三八・探偵小説暗黒の時代へ　光文社(光文社文庫)　2011 年 8 月
・あなたが名探偵　東京創元社(創元推理文庫)　2009 年 4 月
・Anniversary 50　カッパ・ノベルス創刊 50 周年記念作品　光文社　2009 年 12 月
・怪しい舞踏会　光文社(光文社文庫)　2002 年 5 月
・綾辻行人と有栖川有栖のミステリ・ジョッキー1　講談社　2008 年 7 月
・有栖川有栖の鉄道ミステリ・ライブラリー　角川書店(角川文庫)　2004 年 10 月
・有栖川有栖の本格ミステリ・ライブラリー　角川書店(角川文庫)　2001 年 8 月
・偉人八傑推理帖　双葉社(双葉文庫)　2004 年 7 月
・嘘つきは殺人のはじまり　講談社(講談社文庫)　2003 年 9 月
・「ABC(エービーシー)」殺人事件　講談社(講談社文庫)　2001 年 11 月
・江戸川乱歩と 13 人の新青年〈文学派〉編　光文社(光文社文庫)　2008 年 5 月
・江戸川乱歩と 13 人の新青年〈論理派〉編　光文社(光文社文庫)　2008 年 1 月
・江戸川乱歩と 13 の宝石　光文社(光文社文庫)　2007 年 5 月
・江戸川乱歩と 13 の宝石　第二集　光文社(光文社文庫)　2007 年 9 月
・江戸川乱歩に愛をこめて　光文社(光文社文庫)　2011 年 2 月
・江戸川乱歩の推理教室　光文社(光文社文庫)　2008 年 9 月
・江戸川乱歩の推理試験　光文社(光文社文庫)　2009 年 1 月
・江戸の名探偵　徳間書店(徳間文庫)　2009 年 10 月
・大江戸事件帖　双葉社(双葉文庫)　2005 年 7 月
・大きな棺の小さな鍵(本格短編ベスト・セレクション)　講談社(講談社文庫)　2009 年 1 月
・贈る物語 Mystery　光文社(光文社文庫)　2006 年 10 月

- 御白洲裁き　徳間書店（徳間文庫）　2009 年 12 月
- 書下ろしアンソロジー 21 世紀本格　光文社（カッパ・ノベルス）　2001 年 12 月
- 学園祭前夜　メディアファクトリー（MF 文庫）　2010 年 10 月
- 蝦蟇倉市事件 1　東京創元社（ミステリ・フロンティア）　2010 年 1 月
- 蝦蟇倉市事件 2　東京創元社（ミステリ・フロンティア）　2010 年 2 月
- 川に死体のある風景　東京創元社（創元推理文庫）　2010 年 3 月
- 完全犯罪証明書　ミステリー傑作選　講談社（講談社文庫）　2001 年 4 月
- 危険な関係（女流ミステリー傑作選）　角川春樹事務所（ハルキ文庫）　2002 年 5 月
- 奇想天外のミステリー　宝島社（宝島社文庫）　2009 年 8 月
- 北村薫の本格ミステリ・ライブラリー　角川書店（角川文庫）　2001 年 8 月
- 北村薫のミステリー館　新潮社（新潮文庫）　2005 年 10 月
- 気分は名探偵-犯人当てアンソロジー　徳間書店　2006 年 5 月
- QED 鏡家の薬屋探偵　講談社（講談社ノベルス）　2010 年 8 月
- 京都愛憎の旅　徳間書店（徳間文庫）　2002 年 5 月
- 金田一耕助に捧ぐ九つの狂想曲　角川書店　2002 年 5 月
- 暗闇を追いかけろ-日本ベストミステリー選集 35　光文社（光文社文庫）　2008 年 5 月
- 暗闇を見よ　光文社　2010 年 11 月
- 警察小説傑作短編集　ランダムハウス講談社（ランダムハウス講談社文庫）　2009 年 7 月
- 決断-警察小説競作　新潮社（新潮文庫）　2006 年 2 月
- 剣が謎を斬る　光文社（光文社文庫）　2005 年 4 月
- 現代詩殺人事件-ポエジーの誘惑　光文社（光文社文庫）　2005 年 9 月
- 現場に臨め-最新ベスト・ミステリー　光文社　2010 年 10 月
- 幻惑のラビリンス　光文社（光文社文庫）　2001 年 5 月
- 恋は罪つくり　光文社（光文社文庫）　2005 年 7 月
- 紅迷宮　祥伝社（祥伝社文庫）　2002 年 6 月
- 鼓動-警察小説競作　新潮社（新潮文庫）　2005 年 2 月
- 殺意の海　徳間書店（徳間文庫）　2003 年 9 月
- 殺意の時間割　角川書店（角川文庫）　2002 年 8 月
- 殺人買います　講談社（講談社文庫）　2002 年 8 月
- 殺人鬼の放課後-ミステリ・アンソロジーⅡ　角川書店（角川文庫）　2002 年 2 月
- 事件を追いかけろ　光文社　2004 年 12 月
- 事件を追いかけろ　光文社（光文社文庫）　2009 年 4 月
- 事件現場に行こう　光文社　2001 年 11 月
- 事件現場に行こう-日本ベストミステリー選集 33　光文社（光文社文庫）　2006 年 4 月
- 事件の痕跡-最新ベスト・ミステリー　光文社　2007 年 11 月
- 死神と雷鳴の暗号（本格短編ベスト・セレクション）　講談社（講談社文庫）　2006 年 1 月

- 死人に口無し 時代推理傑作選 徳間書店 2009 年 11 月
- 忍び寄る闇の奇譚 講談社(講談社ノベルス) 2008 年 11 月
- 紫迷宮 祥伝社(祥伝社文庫) 2002 年 12 月
- シャーロック・ホームズに愛をこめて 光文社(光文社文庫) 2010 年 1 月
- シャーロック・ホームズに再び愛をこめて 光文社(光文社文庫) 2010 年 7 月
- 少年探偵王 本格推理マガジン・文庫雑誌/ぼくらの推理冒険物語 光文社(光文社文庫) 2002 年 4 月
- 白の怪 勉誠出版(べんせいライブラリー) 2003 年 3 月
- 新世紀犯罪博覧会-連作推理小説 光文社 2001 年 3 月
- 新世紀「謎(ミステリー)」倶楽部 角川書店 2001 年 8 月
- 新・本格推理 01 光文社(光文社文庫) 2001 年 3 月
- 新・本格推理 02 光文社(光文社文庫) 2002 年 3 月
- 新・本格推理 03 りら荘の相続人 光文社(光文社文庫) 2003 年 3 月
- 新・本格推理 04-赤い館の怪人物 光文社(光文社文庫) 2004 年 3 月
- 新・本格推理 05-九つの署名 光文社(光文社文庫) 2005 年 3 月
- 新・本格推理 06-不完全殺人事件 光文社(光文社文庫) 2006 年 3 月
- 新・本格推理 07-Q の悲劇 光文社(光文社文庫) 2007 年 3 月
- 新・*本格推理 08 光文社(光文社文庫) 2008 年 3 月
- 新・*本格推理 特別編 光文社(光文社文庫) 2009 年 3 月
- 新本格猛虎会の冒険 東京創元社 2003 年 3 月
- 深夜バス 78 回転の問題(本格短編ベスト・セレクション) 講談社(講談社文庫) 2008 年 1 月
- 翠迷宮 祥伝社(祥伝社文庫) 2003 年 6 月
- 推理小説年鑑 ザ・ベストミステリーズ 2001 講談社 2001 年 6 月
- 推理小説年鑑 ザ・ベストミステリーズ 2002 講談社 2002 年 7 月
- 推理小説年鑑 ザ・ベストミステリーズ 2003 講談社 2003 年 7 月
- 推理小説年鑑 ザ・ベストミステリーズ 2004 講談社 2004 年 7 月
- 推理小説年鑑 ザ・ベストミステリーズ 2005 講談社 2005 年 7 月
- 推理小説年鑑 ザ・ベストミステリーズ 2006 講談社 2006 年 7 月
- 推理小説年鑑 ザ・ベストミステリーズ 2007 講談社 2007 年 7 月
- 推理小説年鑑 ザ・ベストミステリーズ 2008 講談社 2008 年 7 月
- 推理小説年鑑 ザ・ベストミステリーズ 2009 講談社 2009 年 7 月
- 推理小説年鑑 ザ・ベストミステリーズ 2010 講談社 2010 年 7 月
- 推理小説年鑑 ザ・ベストミステリーズ 2011 講談社 2011 年 7 月
- スペシャル・ブレンド・ミステリー 謎 006 講談社(講談社文庫) 2011 年 9 月
- 絶海 祥伝社(NON NOVEL) 2002 年 10 月

- 全席死定-鉄道ミステリー名作館　徳間書店(徳間文庫)　2004年3月
- 葬送列車　鉄道ミステリー名作館　徳間書店(徳間文庫)　2004年4月
- 蒼迷宮　祥伝社(祥伝社文庫)　2002年3月
- 大密室　新潮社(新潮文庫)　2002年2月
- Doubt きりのない疑惑　講談社(講談社文庫)　2011年11月
- 短歌殺人事件-31音律のラビリンス　光文社(光文社文庫)　2003年4月
- 探偵Xからの挑戦状!　小学館(小学館文庫)　2009年1月
- 探偵Xからの挑戦状! Season2　小学館(小学館文庫)　2011年2月
- 探偵小説の風景　トラフィック・コレクション(上)　光文社(光文社文庫)　2009年5月
- 探偵小説の風景　トラフィック・コレクション(下)　光文社(光文社文庫)　2009年9月
- 血文字パズル—ミステリ・アンソロジー5　角川書店(角川文庫)　2003年3月
- 罪深き者に罰を　講談社(講談社文庫)　2002年11月
- 天使と髑髏の密室(本格短編ベスト・セレクション)　講談社(講談社文庫)　2005年12月
- 天地驚愕のミステリー　宝島社(宝島社文庫)　2009年8月
- 透明な貴婦人の謎(本格短編ベスト・セレクション)　講談社(講談社文庫)　2005年1月
- ときめき　広済堂出版(広済堂文庫)　2005年1月
- 謎001-スペシャル・ブレンド・ミステリー　講談社(講談社文庫)　2006年9月
- 謎002-スペシャル・ブレンド・ミステリー　講談社(講談社文庫)　2007年9月
- 謎003-スペシャル・ブレンド・ミステリー　講談社(講談社文庫)　2008年9月
- 謎004-スペシャル・ブレンド・ミステリー　講談社(講談社文庫)　2009年9月
- 謎005-スペシャル・ブレンド・ミステリー　講談社(講談社文庫)　2010年9月
- 七つの危険な真実　新潮社(新潮文庫)　2004年2月
- 七つの死者の囁き　新潮社(新潮文庫)　2008年12月
- 日本版 シャーロック・ホームズの災難　論創社　2007年12月
- 人間心理の怪　勉誠出版(べんせいライブラリー)　2003年3月
- ねこ!ネコ!猫!(NEKOミステリー傑作選)　徳間書店(徳間文庫)　2008年10月
- 俳句殺人事件-巻頭句の女　光文社(光文社文庫)　2001年4月
- 判決　徳間書店(徳間文庫)　2010年3月
- 犯人は秘かに笑う-ユーモアミステリー傑作選　光文社(光文社文庫)　2007年1月
- 緋迷宮　祥伝社(祥伝社文庫)　2001年12月
- 不可能犯罪コレクション　原書房　2009年6月
- 不思議の足跡-最新ベスト・ミステリー　光文社　2007年10月
- Play 推理遊戯　講談社(講談社文庫)　2011年4月
- 文豪の探偵小説　集英社(集英社文庫)　2006年11月
- 文豪のミステリー小説　集英社(集英社文庫)　2008年2月
- ベスト本格ミステリ 2011　講談社(講談社ノベルス)　2011年6月

- ペン先の殺意　光文社（光文社文庫）2005 年 11 月
- 放課後探偵団　東京創元社（創元推理文庫）2010 年 11 月
- 法廷ジャックの心理学　講談社（講談社文庫）2011 年 1 月
- 本格ミステリ 01　講談社（講談社ノベルス）2001 年 7 月
- 本格ミステリ 02　講談社（講談社ノベルス）2002 年 5 月
- 本格ミステリ 03　講談社（講談社ノベルス）2003 年 6 月
- 本格ミステリ 04　講談社（講談社ノベルス）2004 年 6 月
- 本格ミステリ 05　講談社（講談社ノベルス）2005 年 6 月
- 本格ミステリ 06　講談社（講談社ノベルス）2006 年 5 月
- 本格ミステリ 07　講談社（講談社ノベルス）2007 年 5 月
- 本格ミステリ 08　講談社（講談社ノベルス）2008 年 6 月
- 本格ミステリ 09　講談社（講談社ノベルス）2009 年 6 月
- 本格ミステリ 10　講談社（講談社ノベルス）2010 年 6 月
- マイ・ベスト・ミステリーⅠ　文藝春秋（文春文庫）2007 年 8 月
- マイ・ベスト・ミステリーⅡ　文藝春秋（文春文庫）2007 年 8 月
- マイ・ベスト・ミステリーⅢ　文藝春秋（文春文庫）2007 年 9 月
- マイ・ベスト・ミステリーⅣ　文藝春秋（文春文庫）2007 年 10 月
- マイ・ベスト・ミステリーⅤ　文藝春秋（文春文庫）2007 年 11 月
- マイ・ベスト・ミステリーⅥ　文藝春秋（文春文庫）2007 年 12 月
- 学び舎は血を招く　講談社（講談社ノベルス）2008 年 11 月
- 魔の怪　勉誠出版（べんせいライブラリー）2002 年 11 月
- まほろ市の殺人・推理アンソロジー　祥伝社（NON NOVEL）2009 年 3 月
- 幻の探偵雑誌 4「探偵春秋」傑作選　光文社（光文社文庫）2001 年 1 月
- 幻の探偵雑誌 5「探偵文藝」傑作選　光文社（光文社文庫）2001 年 2 月
- 幻の探偵雑誌 6「猟奇」傑作選　光文社（光文社文庫）2001 年 3 月
- 幻の探偵雑誌 7「新趣味」傑作選　光文社（光文社文庫）2001 年 11 月
- 幻の探偵雑誌 8「探偵クラブ」傑作選　光文社（光文社文庫）2001 年 12 月
- 幻の探偵雑誌 9「探偵」傑作選　光文社（光文社文庫）2002 年 1 月
- 幻の探偵雑誌 10「新青年」傑作選　光文社（光文社文庫）2002 年 2 月
- ミステリア　祥伝社（祥伝社文庫）2003 年 12 月
- ミステリ愛。免許皆伝！　講談社（講談社ノベルス）2010 年 3 月
- ミステリー傑作選・特別編 5 自選ショート・ミステリー　講談社（講談社文庫）2001 年 6 月
- ミステリー傑作選・特別編 6 自選ショート・ミステリー 2　講談社（講談社文庫）2001 年 10 月
- ミステリ魂。校歌斉唱！　講談社（講談社文庫）2010 年 3 月
- M 列車（ミステリー・トレイン）で行（い）こう　光文社 2001 年 10 月

- 水の怪　勉誠出版（べんせいライブラリー）　2003年3月
- 密室殺人大百科　上　講談社（講談社文庫）　2003年9月
- 密室殺人大百科　下　講談社（講談社文庫）　2003年9月
- 密室と奇蹟-J・D・カー生誕百周年記念アンソロジー　東京創元社　2006年11月
- 密室晩餐会　原書房　2011年6月
- 密室＋アリバイ＝真犯人　講談社（講談社文庫）　2002年2月
- 密室レシピ　角川書店（角川文庫）　2002年4月
- 無人踏切-鉄道ミステリー傑作選　光文社（光文社文庫）　2008年11月
- 名作で読む推理小説史　ふるえて眠れない-ホラーミステリー傑作選　光文社（光文社文庫）　2006年9月
- 名作で読む推理小説史　わが名はタフガイ-ハードボイルド傑作選　光文社（光文社文庫）　2006年5月
- 名探偵を追いかけろ-日本ベストミステリー選集34　光文社（光文社文庫）　2007年5月
- 名探偵で行こう-最新ベスト・ミステリー　シリーズ・キャラクター　光文社（光文社文庫）　2001年9月
- 名探偵登場!-日本ミステリー名作館1　KKベストセラーズ　2004年11月
- 名探偵に訊け　光文社　2010年9月
- 名探偵の奇跡-最新ベスト・ミステリー　光文社　2007年9月
- 名探偵の奇跡-日本ベストミステリー選集　光文社（光文社文庫）　2010年5月
- 名探偵は、ここにいる　角川書店（角川文庫）　2001年11月
- 珍しい物語のつくり方（本格短編ベスト・セレクション）　講談社（講談社文庫）　2010年1月
- 山口雅也の本格ミステリ・アンソロジー　角川書店（角川文庫）　2007年12月
- 闇夜の芸術祭　光文社（光文社文庫）　2003年4月
- 甦る推理雑誌1「ロック」傑作選　光文社（光文社文庫）　2002年10月
- 甦る推理雑誌2「黒猫」傑作選　光文社（光文社文庫）　2002年11月
- 甦る推理雑誌3「X」傑作選　光文社（光文社文庫）　2002年12月
- 甦る推理雑誌4「妖奇」傑作選　光文社（光文社文庫）　2003年1月
- 甦る推理雑誌5「密室」傑作選　光文社（光文社文庫）　2003年3月
- 甦る推理雑誌6「探偵実話」傑作選　光文社（光文社文庫）　2003年5月
- 甦る推理雑誌7「探偵倶楽部」傑作選　光文社（光文社文庫）　2003年7月
- 甦る推理雑誌8「エロティック・ミステリー」傑作選　光文社（光文社文庫）　2003年9月
- 甦る推理雑誌9「別冊宝石」傑作選　光文社（光文社文庫）　2003年11月
- 甦る推理雑誌10「宝石」傑作選　光文社（光文社文庫）　2004年1月
- らせん階段　角川春樹事務所（ハルキ文庫）　2003年5月
- 乱歩賞作家青の謎　講談社　2007年7月
- 乱歩賞作家赤の謎　講談社　2006年4月

・乱歩賞作家黒の謎　講談社　2006 年 7 月
・乱歩賞作家白の謎　講談社　2006 年 6 月
・論理学園事件帳　講談社（講談社文庫）　2007 年 1 月
・私（わたし）は殺される（女流ミステリー傑作選）　角川春樹事務所（ハルキ文庫）　2001 年 3 月
・罠の怪　勉誠出版（べんせいライブラリー）　2002 年 11 月

登場人物名目次

【あ】

亜　あ	1
亜 愛一郎　あ・あいいちろう	1
ああとあああ	1
I　あい	1
アイ	1
相浦　あいうら	1
相尾 翔　あいお・しょう	1
相川 信吾　あいかわ・しんご	1
相川 保　あいかわ・たもつ*	1
相川 俊夫　あいかわ・としお	2
愛子　あいこ	2
藍子　あいこ	2
愛子さん　あいこさん	2
相崎 靖之　あいざき・やすゆき	2
相沢 カノ　あいざわ・かの	2
相沢 コノエ　あいざわ・このえ	2
相澤 仙五郎　あいざわ・せんごろう	2
相沢 ゆかり　あいざわ・ゆかり*	2
藍沢 悠美　あいざわ・ゆみ	2
会津 徹人（会長）　あいず・てつと（かいちょう）	2
会田　あいだ	2
相田 彰　あいだ・あきら	3
相田 重成　あいだ・しげなり	3
愛田 美知子　あいだ・みちこ	3
相田 瑠奈　あいだ・るな	3
あいつ	3
合トンビの男　あいとんびのおとこ*	3
アイねぇ	3
相場 みのり　あいば・みのり	3
相原 茅乃　あいはら・かやの	3
愛理 きらら　あいり・きらら	3
アイリス	3
アインシュタイン	3
葵　あおい	4
青井 和江　あおい・かずえ	4
青枝 伸一　あおえ・しんいち*	4
青木　あおき	4
青木 桂子　あおき・けいこ	4
青木 茂　あおき・しげる	4
青木 良　あおき・りょう	4
青島 幹夫　あおしま・みきお	4
青田　あおた	4
青田 春夫　あおた・はるお	4
青沼さん　あおぬまさん	4
青野 杏奈　あおの・あんな	4
青野 重次郎　あおの・しげじろう	5
青野 律（リッキー）　あおの・りつ（りっきー）	5
青葉 可恵　あおば・かえ	5
青葉田　あおばた	5
青葉 良男　あおば・よしお	5
蒼淵 誠二　あおぶち・せいじ*	5
青柳 圭子（鼻眼鏡夫人）　あおやぎ・けいこ（はなめがねふじん）	5
青柳 周六　あおやぎ・しゅうろく*	5
青山 喬介　あおやま・きょうすけ	5
青山 浩一　あおやま・こういち	5
青山 潤　あおやま・じゅん	5
青山 俊作　あおやま・しゅんさく	5
青山 友子　あおやま・ともこ	6
青山 蘭堂　あおやま・らんどう	6
アカ	6
赤い悪魔　あかいあくま	6
赤池（イケ）　あかいけ（イケ）	6
赤石　あかいし	6
赤尾 将生　あかお・まさお	6
赤樫 徹平　あかがし・てっぺい	6
赤木　あかぎ	6
赤木 伸之助　あかぎ・しんのすけ	7
赤木 芳枝　あかぎ・よしえ	7
赤倉 志朗　あかくら・しろう	7
アガサ・クリスティ	7
赤沢　あかざわ	7
明石 良輔　あかし・りょうすけ	7
明石 六郎　あかし・ろくろう	7
赤染 照子　あかぞめ・てるこ	7
赤沼　あかぬま	7
赤沼 鉄兵　あかぬま・てっぺい	7
アカネ	7
茜　あかね	8
赤星 龍子　あかぼし・たつこ*	8
赤星 哲也　あかぼし・てつや	8

名前	読み	頁
赤松 次郎左衛門（樋口 又七郎）	あかまつ・じろうざえもん（ひぐち・またしちろう）	8
赤松 直起	あかまつ・なおき	8
赤松 満祐	あかまつ・まんゆう	8
赤リス	あかりす	8
アガルマ夫人	あがるまふじん	8
赤ン坊	あかんぼう	8
アキ		8
安希	あき	8
秋	あき	8
秋	あき	9
章江	あきえ	9
アキオ		9
秋雄	あきお	9
亜希子	あきこ	9
秋子	あきこ	9
彰子	あきこ	9
耿子	あきこ	9
昭子	あきこ*	9
秋島 杏子	あきしま・きょうこ	9
秋島 優平	あきしま・ゆうへい	9
秋月	あきずき	10
秋月 圭吉	あきずき・けいきち	10
秋月 謙一	あきずき・けんいち	10
秋月 新十郎	あきずき・しんじゅうろう	10
秋月 理香	あきずき・りか	10
阿木 仙市	あぎ・せんいち	10
秋田	あきた	10
秋津	あきつ	10
秋ッペ	あきっぺ	10
秋庭 藍子	あきば・あいこ	10
秋庭 珠代	あきば・たまよ	10
秋葉 豊太	あきば・とよた*	10
秋葉 成友	あきば・なりとも	11
秋庭 有也	あきば・ゆうや	11
秋葉 美子	あきば・よしこ	11
秋彦	あきひこ	11
明彦	あきひこ	11
秋保 真弓	あきほ・まゆみ	11
アキム		11
秋元 暁子	あきもと・あきこ	11
秋元 智江	あきもと・ともえ	11
秋本 水音	あきもと・みお	11
秋山	あきやま	11
秋山 一郎	あきやま・いちろう	12
秋山 和成	あきやま・かずなり	12
秋山 権六	あきやま・ごんろく	12
秋山 徹	あきやま・とおる	12
秋山 徳三郎	あきやま・とくさぶろう	12
秋山 義行	あきやま・よしゆき	12
穐山 隆一	あきやま・りゅういち	12
秋吉	あきよし	12
アキラ		12
あきらくん		12
明楽 友代	あきら・ともよ	12
安芸 礼太郎	あき・れいたろう	12
阿久沢 栄二郎	あくざわ・えいじろう	13
圷 幾子	あくず・いくこ	13
圷 慶二郎	あくず・けいじろう	13
圷 信義	あくず・のぶよし	13
阿久津	あくつ	13
阿首	あくび	13
アケチ		13
あけち こごろう	あけち・こごろう	13
明智 小五郎	あけち・こごろう	13
明智 文代	あけち・ふみよ	14
明実	あけみ	14
明美	あけみ	14
明見君	あけみくん*	14
亜子	あこ*	14
顎十郎	あごじゅうろう	14
阿古十郎（顎十郎）	あこじゅうろう（あごじゅうろう）	14
朝井 小夜子	あさい・さよこ	14
朝井 友美	あさい・ともみ	14
浅井 文夫	あさい・ふみお	14
あさえ		14
麻岡 徹平	あさおか・てっぺい	14
朝河 信三	あさかわ・しんぞう	15
朝木 新八	あさき・しんぱち*	15
朝吉	あさきち	15
朝霧	あさぎり	15
朝霧（警部）	あさぎり（けいぶ）	15
浅倉 明子	あさくら・あきこ	15

朝倉 勝子 あさくら・かつこ	15	安積 剛志 あずみ・たけし	19
朝倉 恭輔 あさくら・きょうすけ	15	安積 剛志 あずみ・つよし	19
朝倉 琢己 あさくら・たくみ	15	麻生 美里 あそう・みさと	19
浅倉 雄一郎 あさくら・ゆういちろう	15	アダ	19
アーサー・クレメンス	15	安達 健介 あだち・けんすけ	19
阿佐子 あさこ	16	アタル	19
麻子 あさこ	16	阿地川 路子 あちがわ・みちこ	19
浅田 あさだ	16	アーチャー	19
浅田 咲子 あさだ・さきこ	16	厚子 あつこ	19
浅田 要作 あさだ・ようさく	16	敦子 あつこ	19
浅太郎 あさたろう	16	阿出川 剛 あでがわ・たけし	19
浅沼 あさぬま	16	阿東 久司 あとう・ひさし	20
浅野 あさの	16	阿閉 万（ちょろ万） あとじ・よろず（ちょろまん）	20
浅野 正一 あさの・しょういち	16	穴倉 忠則 あなくら・ただのり	20
浅野内匠頭 長矩 あさのたくみのかみ・ながのり	16	穴沢 善松 あなざわ・よしまつ	20
朝比奈 亜沙日 あさひな・あさひ	16	アナスタシア・ベズグラヤ（ナスチャ）	20
朝比奈 貴志 あさひな・たかし	17	アナトリー・ストロジェンコ	20
旭屋の主人 あさひやのしゅじん	17	アナン	20
朝吹 里矢子 あさぶき・りやこ	17	兄貴 あにき	20
浅渕 あさぶち*	17	姉 あね	20
麻布の先生 あざぶのせんせい	17	姉（姉さん） あね（ねえさん）	20
アーサー・ヘイスティングズ（ヘイスティングズ）	17	アーネスト・ヒーズ（ヒーズ）	20
浅見 浩一郎 あさみ・こういちろう	17	アネット・マクヒュー	21
朝山 あさやま	17	姉娘 あねむすめ	21
朝山 源五右衛門 あさやま・げんごえもん	17	安納 守之 あのう・もりゆき	21
麻代 あさよ	17	あの女（美津代） あのおんな（みつよ）	21
足利 義教 あしかが・よしのり	17	Aの君 あーのきみ	21
芦刈 兵太郎 あしかり・へいたろう	17	あの人 あのひと	21
芦刈 芳江 あしかり・よしえ	17	アバズレス	21
芦田 和生 あしだ・かずお	18	阿扁 あーぴえん	21
芦原 あしはら	18	家鴨のガル あひるのがる	21
芦原 剛 あしはら・たけし*	18	阿武 あぶ	21
芦原 美香 あしはら・みか	18	阿武隈 晃男 あぶくま・あきお	21
芦原 陽子 あしはら・ようこ	18	阿部 あべ	21
葦屋木 ヒロ あしやぎ・ひろ	18	安倍 あべ	22
飛鳥 あすか	18	阿部 一郎（有馬 一郎） あべ・いちろう（ありま・いちろう）	22
梓野 明子 あずさの・あきこ	18	阿部 まりあ あべ・まりあ	22
安土 珂奈 あずち・かな*	18	阿部 理子 あべ・みちこ	22
安積 あずみ	18	阿倍 洋一 あべ・よういち	22
安積 剛志 あずみ・たけし	18	阿部 義夫 あべ・よしお	22

アベル	22
阿媽港甚内（甚内）　あまかわじんない（じんない）	22
天城　あまぎ	22
天城　一　　あまぎ・はじめ	22
天城　憂（メランコ）　あまぎ・ゆう（めらんこ）	22
天地　光章　あまち・みつあき	22
天地　光章　あまち・みつあき	23
天地　龍之介　あまち・りゅうのすけ	23
天地　龍之介　あまち・りゅうのすけ*	23
天農　仁　あまの・ひとし	23
天村　あまむら	23
亜美　あみ	23
雨男　あめおとこ	24
雨村　あめむら	24
あや	24
綾子　あやこ	24
史子　あやこ	24
綾瀬　千尋　あやせ・ちひろ	24
綾辻　行人　あやつじ・ゆきと	24
鮎川　あゆかわ	24
鮎川　長一郎　あゆかわ・ちょういちろう	24
鮎川　のぞみ　あゆかわ・のぞみ	24
鮎川　里紗　あゆかわ・りさ	24
亜由美　あゆみ	24
歩　あゆむ	25
新井　あらい	25
新井　和宏　あらい・かずひろ	25
荒井　東一郎　あらい・とういちろう	25
荒川（百キロオーバー）　あらかわ（ひゃっきろおーばー）	25
荒川　散歩　あらかわ・さんぽ	25
荒木　あらき	25
荒木　一雄　あらき・かずお	25
アラクマ	25
新潮　あらしお	25
嵐　福三郎　あらし・ふくさぶろう	25
新薙　俊光　あらなぎ・としみつ	25
荒巻　茂　あらまき・しげる	25
アラン・クローデル（クローデル）	26
アラン・スミシー	26
有明　夏乃　ありあけ・なつの	26
有明　淑子　ありあけ・よしこ	26
亜梨紗　ありさ	26
安梨沙　ありさ	26
アリーザ	26
有沢　敬介　ありさわ・けいすけ	26
有沢　美紀　ありさわ・みき*	26
有沢　由紀　ありさわ・ゆき*	26
アリス	26
アリス・ウッド	26
有栖川　有栖　ありすがわ・ありす	27
有栖川　有栖　ありすがわ・ありす	28
アリス・ホイットマン	28
有馬　ありま	28
有馬　郁夫　ありま・いくお	28
有馬　一郎　ありま・いちろう	29
有馬　有堂　ありま・うどう	29
有馬　次郎　ありま・じろう	29
有馬　真一（アレマくん）　ありま・しんいち（あれまくん）	29
有馬　麻里亜　ありま・まりあ	29
有村　ありむら	29
有村　紗耶香　ありむら・さやか	29
有村　泰子　ありむら・やすこ	29
有村　勇次　ありむら・ゆうじ	29
有本　ありもと	29
有本　直江　ありもと・なおえ	29
アリョーシャさん	30
R　あーる	30
R子　あーるこ	30
R氏　あーるし	30
アルバイト学生　あるばいとがくせい	30
R博士　あーるはかせ	30
アルフォンゾ橘　あるふぉんぞたちばな	30
アルフレッド・モスバウム	30
アルマン・デュバル	30
有実　悟　あるみ・さとる	30
アレクサンドル・ローラン（ローラン）	30
アレクセイ・フェイドルフ	30
アレックス	31
アレマくん	31

アロハシャツの男　あろはしゃつのおとこ	31
アロワイヨ	31
粟田　あわた	31
アン	31
安西　あんざい	31
安西 紀平次　あんざい・きへいじ	31
安西 貴子　あんざい・たかこ	31
安斎 利正　あんざい・としまさ	31
安西 久野　あんざい・ひさの	31
安西 みどり　あんざい・みどり	32
安西 ルミ子　あんざい・るみこ	32
アンジェラ嬢　あんじぇらじょう	32
暗誦居士（居士）　あんしょうこじ（こじ）	32
アンゼリカ	32
アンソニー・ゲディングス（ゲディングス）	32
アンソニー・スタンフォード	32
アンディ	32
安藤 一郎　あんどう・いちろう	32
安藤 海雄　あんどう・うみお	32
安藤 清　あんどう・きよし	32
安藤 順　あんどう・じゅん	32
安藤 崇（タカシ）　あんどう・たかし（たかし）	33
安藤 哲哉　あんどう・てつや	33
安藤 礼二　あんどう・れいじ	33
アントニオ	33
アントニオ・エチェベリ（トーニョ）	33
アンドルー	33
アンドレイエフ	33
杏野　あんの	33
安納 能里子　あんのう・のりこ	33
アンリ・バンコラン	33
アンリ・バンコラン（バンコラン）	33

【い】

イー	34
飯島 伸　いいじま・しん	34
飯島 七緒　いいじま・ななお	34
飯島 昇　いいじま・のぼる	34
飯島 涼子　いいじま・りょうこ	34
飯田君　いいだくん	34
飯田 才蔵　いいだ・さいぞう	34
飯田 亮　いいだ・とおる	34
飯田 保次（ヒギンス）　いいだ・やすつぐ（ひぎんす）	34
井伊 直弼　いい・なおすけ	34
飯伏 茂樹　いいぶし・しげき	35
飯山　いいやま	35
イインチョー（松井 鈴鹿）　いいんちょー（まつい・すずか）	35
家田 喜一郎　いえだ・きいちろう	35
井岡　いおか	35
井荻 信太郎　いおぎ・のぶたろう	35
井神 浩太郎　いがみ・こうたろう	35
伊神さん　いがみさん	35
以上 犯人　いがみ・はんと	35
五十嵐 磐人　いがらし・いわと	35
五十嵐 桂子　いがらし・けいこ	35
五十嵐 小夜子　いがらし・さよこ	35
五十嵐 登　いがらし・のぼる	36
五十嵐 浜藻　いがらし・はまも	36
碇田　いかりだ	36
碇 有人　いかり・ゆうと	36
井川 弘司　いかわ・ひろし*	36
伊吉　いきち	36
生稲 昇太　いくいな・しょうた	36
郁恵　いくえ	36
郁夫　いくお	36
郁子　いくこ	36
井草 敦雄　いぐさ・あつお	37
生田　いくた	37
生田 直子　いくた・なおこ	37
井口 譲次（ジョー）　いぐち・じょうじ（じょー）	37
井口 泰　いぐち・やすし	37
生野　いくの	37
幾野 鉄太郎　いくの・てつたろう	37
幾野 鐵太郎（鐵ツァン）　いくの・てつたろう（てつつぁん）	37
イケ	37
池内　いけうち	37
池内 雅人　いけうち・まさと	38

池浦 吾郎	いけうら・ごろう	38
池上 喜一	いけがみ・きいち	38
池尻 章	いけじり・あきら	38
池尻 ミナ	いけじり・みな	38
池田 大助	いけだ・だいすけ	38
池田 令子	いけだ・れいこ	38
池永 祈子	いけなが・あきこ	38
池永 悟	いけなが・さとる	38
池之端 伝司	いけのはた・でんじ	38
池 龍司	いけ・りゅうじ	38
伊佐	いさ	38
イサイア・スタンフォード		38
井坂 淳則	いさか・あつのり	39
伊佐吉	いさきち	39
イサク		39
伊佐子さん	いさこさん	39
井澤	いざわ	39
伊沢 和男	いざわ・かずお	39
伊沢 大蔵	いざわ・たいぞう	39
伊沢 良也	いざわ・よしや	39
石井 志逗子	いしい・しずこ	39
石井 青洲	いしい・せいしゅう	39
石井 真弓	いしい・まゆみ	39
石岡 貞三郎	いしおか・ていざぶろう*	39
石岡 稔	いしおか・みのる	39
石垣 源治	いしがき・げんじ	40
石垣 雅俊	いしがき・まさとし*	40
石垣 良太	いしがき・りょうた	40
石神	いしがみ	40
石上 吾郎	いしがみ・ごろう	40
石川	いしかわ	40
石川 啄木	いしかわ・たくぼく	40
石川探偵	いしかわたんてい	40
石倉医師	いしくらいし	40
石倉 泰宏	いしくら・やすひろ	40
石黒 研市	いしぐろ・けんいち	40
石黒 修平	いしぐろ・しゅうへい	40
石黒 操	いしぐろ・みさお	41
石黒 悠子	いしぐろ・ゆうこ	41
石崎	いしざき	41
石崎 真	いしざき・しん	41
石崎 真吉	いしざき・しんきち	41
石崎先生	いしざきせんせい	41
石沢 典江	いしざわ・のりえ	41
石沢 みね	いしざわ・みね	41
石島 加世	いしじま・かよ	41
石島 由美子	いしじま・ゆみこ	41
石津	いしず	41
石津	いしず	42
石塚 巧	いしずか・たくみ	42
石月 兼子	いしずき・かねこ	42
石月 龍一	いしずき・りゅういち	42
石津刑事	いしずけいじ	42
石田	いしだ	42
石田 恵子	いしだ・けいこ	42
石田 孝男	いしだ・たかお	42
石田 鉄雄	いしだ・てつお	42
伊地知 佳一	いじち・かいち	42
石橋 徹	いしばし・とおる	42
石原 すえ子	いしはら・すえこ	42
石嶺	いしみね	43
石宮	いしみや	43
石村	いしむら	43
石目 金吉	いしめ・かねきち*	43
石本 麦人	いしもと・ばくじん	43
石森 宏	いしもり・ひろし	43
医者	いしゃ	43
医者(先生)	いしゃ(せんせい)	43
石山 健太	いしやま・けんた	43
伊集院 大介	いじゅういん・だいすけ	43
亥十郎	いじゅうろう	43
伊月 崇	いずき・たかし	43
井筒	いずつ	44
井筒 健吉	いずつ・けんきち	44
井筒 平四郎	いずつ・へいしろう	44
泉原 美佐子	いずはら・みさこ	44
イスマエル		44
泉川	いずみかわ	44
泉 艸之助	いずみ・くさのすけ	44
和泉姫	いずみひめ	44
泉 耀介	いずみ・ようすけ	44
和泉 理奈	いずみ・りな	44
出雲 耕平	いずも・こうへい	44
伊豆 八重子	いず・やえこ	44
井関 十兵衛	いせき・じゅうべえ	45

伊勢夫人	いせふじん	45
磯明	いそあき	45
磯貝 平太	いそがい・へいた	45
磯田	いそだ	45
磯田 佐一郎	いそだ・さいちろう	45
磯田 忍	いそだ・しのぶ	45
磯田 正造	いそだ・せいぞう	45
磯田 有紀子	いそだ・ゆきこ	45
磯野 仁美	いその・ひとみ	45
磯部 大吉	いそべ・だいきち	45
磯部 俊明	いそべ・としあき	46
磯村	いそむら	46
板倉	いたくら	46
板原	いたはら	46
伊多 宏	いだ・ひろし*	46
伊丹	いたみ	46
伊丹 鉄也	いたみ・てつや	46
伊丹屋重兵衛(重兵衛)	いたみや じゅうべえ(じゅうべえ)	46
板谷 嘉一	いたや・かいち	46
伊太郎	いたろう	46
イチ		46
市貝 栄吉	いちがい・えいきち	46
市貝 雄一	いちがい・ゆういち	46
市川 アヤ子	いちかわ・あやこ	47
市川 安梨沙	いちかわ・ありさ	47
市川 安梨沙(アリス)	いちかわ・ありさ(ありす)	47
市川 新之助	いちかわ・しんのすけ	47
市川 太郎	いちかわ・たろう	47
市川 春吉	いちかわ・はるきち	47
市川 紋太夫	いちかわ・もんだゆう	47
市瀬 頼子	いちせ・よりこ	47
一太郎	いちたろう	47
市太郎	いちたろう	47
市堂 世志夫	いちどう・よしお	47
一ノ瀬(イチ)	いちのせ(いち)	48
一ノ瀬 和之	いちのせ・かずゆき	48
市ノ瀬 志保子	いちのせ・しほこ	48
一ノ瀬 玲奈(レナ)	いちのせ・れいな(れな)	48
市橋 征太郎	いちはし・せいたろう	48
市橋 典子	いちはし・のりこ	48
市橋 久智(狩 久)	いちはし・ひさあき(かり・きゅう)	48
市村 安梨沙	いちむら・ありさ	48
市村 市蔵	いちむら・いちぞう	48
市邑 緋紹枝	いちむら・ひろえ	49
一文斎	いちもんさい	49
イチロウ		49
一郎	いちろう	49
イッキ		49
五木	いつき	49
一休 宗純	いっきゅう・そうじゅん	49
伊津子	いつこ	49
一水流 天光(光)	いっすいりゅう・てんこう(みつ)	49
一水流 天勝	いっすいりゅう・てんしょう	49
イッチョ		49
一等運転手	いっとううんてんしゅ	50
射手矢 龍一	いでや・りゅういち	50
糸井 一郎	いとい・いちろう	50
伊東	いとう	50
伊東 克己	いとう・かつみ	50
伊藤 ハル	いとう・はる	50
伊藤 二葉	いとう・ふたば	50
伊藤 昌朗	いとう・まさあき	50
伊東 美知子	いとう・みちこ	50
伊藤 美和子	いとう・みわこ	50
伊藤 陽子	いとう・ようこ*	50
伊藤 ルイ	いとう・るい	50
糸田(イトちゃん)	いとだ(いとちゃん)	50
糸田 レダ	いとだ・れだ	51
イトちゃん		51
伊奈	いな	51
稲尾	いなお	51
稲尾 俊江	いなお・としえ	51
井中	いなか	51
稲垣	いながき	51
稲垣さん	いながきさん	51
稲川 信一	いながわ・しんいち	51
稲川 みどり	いながわ・みどり	51
稲野辺	いなのべ	52
井波 潤	いなみ・じゅん	52

稲村 裕次郎	いなむら・ゆうじろう	52
稲荷の九郎助	いなりのくろすけ*	52
犬飼	いぬかい	52
伊能	いのう	52
井上	いのうえ	52
井上 一郎くん	いのうえ・いちろうくん	52
井上 健吉	いのうえ・けんきち	52
井上 毅	いのうえ・こわし	52
井上 三喜	いのうえ・さんき	52
井上先生	いのうえせんせい	52
井上 奈緒美	いのうえ・なおみ	53
井ノ口 トシ子	いのくち・としこ*	53
井ノ口 良介	いのくち・りょうすけ*	53
伊野田 藤夫	いのだ・ふじお	53
猪玉 光造	いのたま・こうぞう*	53
猪股 信平	いのまた・しんぺい	53
井野 良吉	いの・りょうきち	53
射場 由希子	いば・ゆきこ	53
井原 省三	いはら・しょうぞう*	53
井原 泰三	いはら・たいぞう*	53
井原 優	いはら・まさる	53
井原老人	いはらろうじん	53
伊吹 順子	いぶき・じゅんこ	54
指宿 修平	いぶすき・しゅうへい	54
伊平	いへい	54
伊兵衛	いへえ	54
今井	いまい	54
今泉先生	いまいずみせんせい	54
今井 とも江	いまい・ともえ	54
今井 晴子	いまい・はるこ	54
今井 美子	いまい・よしこ*	54
今津	いまず	54
今津 舞	いまず・まい	54
今津 萌	いまず・もえ	54
今谷 順也	いまたに・じゅんや*	55
今西	いまにし	55
今西 冬子	いまにし・ふゆこ	55
今村	いまむら	55
今村 謹太郎	いまむら・きんたろう	55
今村 幸政	いまむら・ゆきまさ	55
妹娘	いもうとむすめ	55
伊良部 一郎	いらぶ・いちろう	55
伊羅水 志恵	いらみず・しえ	55
伊羅水 世太	いらみず・せいた	55
入江	いりえ	55
イリヤ		56
イリヤ・ワシーリー		56
岩井 半四郎	いわい・はんしろう	56
岩尾 孝俊	いわお・たかとし	56
岩木	いわき	56
岩崎 紀美子	いわさき・きみこ	56
岩治	いわじ	56
岩瀬 達彦	いわせ・たつひこ	56
岩瀬 裕矢	いわせ・ゆうや	56
岩田 久美子	いわた・くみこ	56
岩田 友吉	いわた・ともきち	56
岩飛警部	いわとびけいぶ	56
岩飛警部	いわとびけいぶ	57
イワノヴィッチ		57
岩間 貞子	いわま・さだこ*	57
岩見	いわみ	57
岩見 十四郎	いわみ・じゅうしろう	57
岩見 鈴子	いわみ・すずこ	57
岩村 義雄	いわむら・よしお	57
岩本 道夫	いわもと・みちお	57
岩本 洋司	いわもと・ようじ	57
院島 梅子	いんしま・うめこ*	57
インティ		57
印南	いんなみ	57

【う】

ウイリアムス		58
上緒 藍	うえお・あい	58
植木 寅夫	うえき・とらお	58
上沢 志郎	うえざわ・しろう	58
上杉 晃枝	うえすぎ・あきえ	58
上杉 昌治	うえすぎ・しょうじ*	58
上田	うえだ	58
上田 竜夫	うえだ・たつお	58
植田 由衣子	うえだ・ゆいこ*	58
上野 恵子	うえの・けいこ	58
植野 サラ	うえの・さら	58
上野 真治	うえの・しんじ*	59
上原 彩子	うえはら・あやこ	59

植村 公一	うえむら・こういち	59	鵜木 弥吉　うのき・やきち	62
植村 美和	うえむら・みわ	59	宇野 喬一　うの・きょういち	63
ウォーター・ブラウン教授　うぉーたー ぶらうんきょうじゅ		59	宇野 富美子　うの・ふみこ	63
鵜飼 杜夫	うかい・もりお	59	生方 伸哉　うぶかた・しんや	63
鵜川 重治	うかわ・しげはる	59	宇部　うべ	63
鵜川 妙子	うかわ・たえこ	59	馬田 権之介　うまだ・ごんのすけ	63
浮草 晶子	うきくさ・あきこ	59	宇麿 優　うまろ・すぐる	63
浮草 澄子	うきくさ・すみこ	59	海芽 輝美　うみめ・てるみ	63
浮田 香那子	うきた・かなこ	59	梅が枝　うめがえ	63
浮田 桁範	うきた・ゆきのり	59	梅吉　うめきち	63
卯吉	うきち	60	梅木 万理子　うめき・まりこ	63
ウサコ		60	梅子　うめこ	63
宇三郎	うさぶろう	60	梅沢 夢之助　うめさわ・ゆめのずけ*	64
卯三郎	うさぶろう	60	梅島　うめじま	64
宇佐見 啓一	うさみ・けいいち	60	梅津　うめず	64
宇佐美 真司	うさみ・しんじ	60	梅田　うめだ	64
宇佐美 慎介	うさみ・しんすけ	60	梅田 慶子　うめだ・けいこ	64
宇佐見 陶子	うさみ・とうこ	60	梅野　うめの	64
宇佐見博士	うさみはかせ	60	梅原夫人　うめはらふじん	64
宇佐見博士	うさみはかせ	61	梅原 龍三　うめはら・りゅうぞう	64
氏家 忠広	うじいえ・ただひろ*	61	ウラ	64
牛島	うしじま	61	浦上 伸介　うらがみ・しんすけ	64
牛場 奈保美	うしば・なおみ	61	浦上 文雄　うらがみ・ふみお	64
臼井 十吉	うすい・じゅうきち	61	浦川　うらかわ	65
碓井夫人	うすいふじん	61	浦茅　うらじ	65
卯月	うずき	61	ウラディーミル	65
宇多川	うだがわ	61	ト部夫人　うらべふじん	65
歌川 国直	うたがわくになお	61	浦和　うらわ	65
宇多川 昌一	うだがわ・しょういち	61	浦和（歌川 蘭子）　うらわ（うたがわ・らんこ）	65
歌川 蘭子	うたがわ・らんこ	61	浦和 達也　うらわ・たつや	65
内野	うちの	61	ウリャーノフ	65
内野	うちの	62	瓜生 正男　うりゅう・まさお*	65
内山 正義	うちやま・まさよし	62	瓜生 真弓　うりゅう・まゆみ	65
内山 雄一	うちやま・ゆういち	62	瓜生 柚子　うりゅう・ゆず	65
宇津木	うつぎ	62	宇留木　うるぎ*	65
内海 薫	うつみ・かおる	62	宇留木 志摩子　うるぎ・しまこ	65
烏亭 閻馬	うてい・えんま	62	宇留木 昌介　うるぎ・しょうすけ	66
腕貫男	うでぬきおとこ	62	漆畠 ヨロ　うるしばた・よろ	66
童子女	うない	62	漆間　うるしま	66
童子女 年男	うない・としお	62	ウルトラマン	66
海原 麗子	うなばら・れいこ	62	うんだら勘　うんだらかん	66
宇野	うの	62	運転手　うんてんしゅ	66

雲野　うんの*	66	

【え】

A　えい	66
英一　えいいち*	66
映画監督（夫）　えいがかんとく（おっと）	67
栄吉　えいきち	67
営業マン　えいぎょうまん	67
A君　えいくん	67
エイコ	67
英治　えいじ	67
英二　えいじ	67
A・D　えいでぃー	67
エイムズ	67
永雷造　えい・らいぞう	67
江神　えがみ	67
江上　悟　えがみ・さとる	67
江神　二郎　えがみ・じろう	68
江上　弘志　えがみ・ひろし	68
江川　哲也　えがわ・てつや	68
江川　真子　えがわ・まさこ	68
江川　ユミコ　えがわ・ゆみこ	68
江川　蘭子　えがわ・らんこ	68
易者　えきしゃ	68
江楠　一郎　えくす・いちろう	68
江口　聡　えぐち・さとし	68
江口　善太郎　えぐち・ぜんたろう	68
江崎　孝一　えざき・こういち	69
江崎　黎子　えざき・れいこ	69
江島　えじま	69
江島　百合子　えじま・ゆりこ	69
S　えす	69
S教諭　えすきょうゆ	69
エス君　えすくん	69
S・K　えすけい	69
S***氏　えすし	70
S氏　えすし	70
江綱　守人　えずな・もりひと	70
S兄様（兄様）　えすにいさま（にいさま）	70
エダ	70

江田君　えだくん	70
江田島　ミミ　えだじま・みみ	70
江田　茉莉奈　えだ・まりな	70
越前屋長次郎（長次郎）　えちぜんやちょうじろう（ちょうじろう）	70
X　えっくす	70
X氏　えっくすし	70
悦子　えつこ	70
H・M　えっちえむ	71
江藤　犀歩　えとう・さいほ	71
江藤　利明　えとう・としあき	71
衛藤　友則　えとう・とものり	71
江戸川　圭史　えどがわ・けいし	71
江戸川　乱歩　えどがわ・らんぽ	71
エドワード夫人　えどわーどふじん	71
エニィ	71
N君　えぬくん	71
エヌ氏　えぬし	72
榎　茂　えのき・しげる	72
榎木　美沙子　えのき・みさこ	72
エノケン	72
榎本　健一（エノケン）　えのもと・けんいち（えのけん）	72
榎本　正介　えのもと・しょうすけ	72
榎本　真一　えのもと・しんいち	72
榎本　ゆかり　えのもと・ゆかり	72
エヴァ・マートン	72
江原　えはら	72
江原　卯一郎　えはら・ういちろう*	72
荏原　タケ　えばら・たけ	72
エヴァンス	73
海老沢　綱之　えびさわ・つなゆき	73
恵比寿　麗子　えびす・れいこ	73
海老原　浩一　えびはら・こういち	73
F子　えふこ	73
えみ	73
絵美　えみ	73
恵美　えみ	73
恵美子　えみこ	73
エミリー・フレンチ（フレンチ夫人）　えみりーふれんち（ふれんちふじん）	73
M君　えむくん	73
M君　えむくん	74

(10)

Mさん　えむさん	74	
M***嬢　えむじょう	74	
江本　えもと	74	
恵良 忠一　えら・ちゅういち*	74	
江良利 久一　えらり・きゅういち*	74	
江良利 千鶴子　えらり・ちずこ	74	
枝理　えり	74	
エリ（宮本 百合）　えり（みやもと・ゆり）	74	
江里口　えりぐち	74	
エリ子　えりこ	74	
エリス・コックス	74	
エリック・アーサー・ブレア（ブレア）	75	
エリック・レンロット（レンロット）	75	
エルザ	75	
エルビス・プレスリー	75	
エルマ	75	
エルロック・ショルムス（ショルムス）	75	
エルンスト	75	
円紫　えんし	75	
エンジェル	75	
円城木 志郎　えんじょうぎ・しろう	75	
演説病の先生　えんぜつびょうのせんせい	75	
円蔵　えんぞう	75	
遠藤　えんどう	76	
遠藤 貞男　えんどう・さだお	76	
遠藤 ゼラール　えんどう・ぜらーる	76	
遠藤 政也　えんどう・まさや	76	
遠藤 美樹　えんどう・みき	76	
遠藤 美和　えんどう・みわ	76	
遠藤 守男　えんどう・もりお	76	
遠藤 祐介　えんどう・ゆうすけ	76	
遠藤 有紀　えんどう・ゆき	76	
エンマ	76	
エンマ大王　えんまだいおう	76	

【お】

お秋　おあき	77	
おあむ	77	
及川　おいかわ	77	
及川 徹造　おいかわ・てつぞう	77	
お糸　おいと	77
扇ヶ谷 姫之　おうぎがや・ひめの	77
逢瀬 菜名穂　おうせ・ななほ	77
近江　おうみ	77
お梅　おうめ	77
麻植　おえ	77
大池 忠郎　おおいけ・ただお	77
大石 内蔵助良雄　おおいし・くらのすけよしたか	77
大石 りく　おおいし・りく	78
大海原　おおうなばら	78
大浦（ウラ）　おおうら（うら）	78
大江山警部　おおえやまけいぶ	78
大岡 孝司　おおおか・こうじ	78
大神 剛志　おおがみ・つよし	78
大川　おおかわ	78
大川 銀次郎　おおかわ・ぎんじろう	78
大川先生　おおかわせんせい	78
大川原　おおかわら	79
大河原 顕　おおかわら・あきら	79
大木 英太　おおき・えいた	79
大木 敏夫　おおき・としお	79
扇屋 新子（お新）　おおぎや・しんこ*（おしん）	79
大口 安代　おおくち・やすよ	79
大久保 庄助（白髪の老人）　おおくぼ・しょうすけ（はくはつのろうじん）	79
大久保 信　おおくぼ・まこと	79
大隈刑事　おおくまけいじ	79
大隈 浩一　おおくま・こういち	79
大熊老人　おおくまろうじん	79
大河内 秋雄　おおこうち・あきお	79
大心池　おおころち	80
大心池先生　おおころちせんせい	80
大迫　おおさこ	80
大沢 夏美　おおさわ・なつみ	80
大塩 平八郎　おおしお・へいはちろう	80
大下 康治　おおした・こうじ	80
大柴 賢太　おおしば・けんた	80
大島 圭介　おおしま・けいすけ	80
大島 満　おおしま・みつる	80
大城 冬美　おおしろ・ふゆみ	80
大菅　おおすが	80

大須賀 まつ　おおすが・まつ	81
大杉　おおすぎ	81
大曾根 達也　おおそね・たつや	81
太田　おおた	81
太田 和夫　おおた・かずお	81
太田黒　おおたぐろ	81
大竹　おおたけ	81
大竹 三春　おおたけ・みはる	81
太田 信子　おおた・のぶこ	81
大田原 丁市　おおたわら・ていいち*	82
大地 河介　おおち・かわすけ	82
大地 仁美　おおち・ひとみ	82
大塚警部　おおつかけいぶ	82
大塚 ハナ　おおつか・はな	82
大月　おおつき	82
大月 由紀子　おおつき・ゆきこ	82
大槻 良三　おおつき・りょうぞう	82
大津 伸彦　おおつ・のぶひこ	82
大坪　おおつぼ	82
大寺 一郎　おおでら・いちろう	82
大伴卿　おおともきょう	82
大西 克己　おおとり・かつみ	83
大西 冬子　おおにし・ふゆこ	83
大貫 英次　おおぬき・えいじ	83
大野　おおの	83
大野木　おおのぎ	83
大野木 俊之　おおのぎ・としゆき*	83
大野君　おおのくん	83
大野 哲男　おおの・てつお	83
大野 義隆　おおの・よしたか	83
大野 良介　おおの・りょうすけ	83
大場　おおば	83
大庭 幸子　おおば・さちこ	83
大橋　おおはし	84
大橋 有佳　おおはし・ゆか	84
大葉 千秋　おおば・ちあき	84
大庭 トミ　おおば・とみ*	84
大原　おおはら	84
大日方 馨　おおひなた・かおる	84
大船 朋子　おおふな・ともこ	84
大宮 浩二　おおみや・こうじ	84
大宮 秀司　おおみや・しゅうじ	84
大村　おおむら	84
大村 英太郎　おおむら・えいたろう	85
大村 加那　おおむら・かな	85
大村 三之助　おおむら・さんのすけ*	85
大村 樹也　おおむら・たつや	85
大森 マサト　おおもり・まさと	85
大家　おおや	85
大矢　おおや	85
大谷(ミセス・ダイヤ)　おおや(みせすだいや)	85
大谷 徹三　おおや・てつぞう	85
大山 正　おおやま・ただし	85
おおやま ちひろ　おおやま・ちひろ	85
大山 実夏　おおやま・みか	85
大和田 清五郎　おおわだ・せいごろう	86
大和田 徹(軍曹)　おおわだ・とおる*(ぐんそう)	86
オカイ	86
岡 克美　おか・かつみ	86
岡倉 進太　おかくら・しんた	86
岡坂　おかさか	86
岡坂 神策　おかさか・しんさく*	86
岡崎(会長)　おかざき(かいちょう)	86
岡崎 久美子　おかざき・くみこ	86
岡崎 徳三郎　おかざき・とくさぶろう	86
岡崎 英和　おかざき・ひでかず	86
岡崎 光也　おかざき・みつや	87
岡崎 容子　おかざき・ようこ	87
岡澤 和也　おかざわ・かずや	87
小笠原 積木　おがさわら・つみき	87
岡島氏　おかじまし	87
岡 慎次　おか・しんじ	87
岡田　おかだ	87
緒方　おがた	87
尾形　おがた	87
尾形 綾子　おがた・あやこ	87
岡 妙子　おか・たえこ	87
岡田 健一　おかだ・けんいち	88
緒方 三郎　おがた・さぶろう	88
岡田 春彦　おかだ・はるひこ	88
尾形 幹生　おがた・みきお	88
岡田 行正　おかだ・ゆきまさ	88
岡埜博士　おかのはかせ	88

岡部 真理子　おかべ・まりこ	88	
岡 万里夫　おか・まりお	88	
女将　おかみ	88	
女将(吉永)　おかみ(よしなが)	88	
岡村　おかむら	88	
岡村 柊子　おかむら・しゅうこ	89	
岡本 潤一　おかもと・じゅんいち	89	
岡本 誠二　おかもと・せいじ	89	
岡本 千草(浜口 千草)　おかもと・ちぐさ(はまぐち・ちぐさ)	89	
岡山 勝己　おかやま・かつみ	89	
お加代　おかよ	89	
小川 圭二　おがわ・けいじ	89	
小川 圭造　おがわ・けいぞう	89	
小川 玄角　おがわ・げんかく	89	
小川 実春　おがわ・みはる	89	
小川 洋一郎　おがわ・よういちろう	89	
隠岐　おき	90	
おきく	90	
お菊　おきく	90	
沖 計介　おき・けいすけ	90	
小妃 舞夏　おきさき・まいか	90	
尾木 紫苑　おぎ・しおん	90	
沖田さん(タキオさん)　おきたさん(たきおさん)	90	
沖田 総司　おきた・そうじ	90	
興津 泰三　おきつ・たいぞう	90	
おきぬ	90	
お絹　おきぬ	90	
お君ちゃん　おきみちゃん	90	
お清　おきよ*	91	
黄木 陽平　おぎ・ようへい	91	
おきん	91	
お金　おきん	91	
奥様(夏枝)　おくさま(なつえ)	91	
奥さん(並木 静子)　おくさん(なみき・しずこ)	91	
奥田 敬司　おくだ・けいじ	91	
奥野 慎一　おくの・しんいち	91	
おくめ婆さん　おくめばあさん	91	
小倉　おぐら	91	
憶頼 陽一　おくらい・よういち	91	
小倉 栄治　おぐら・えいじ	91	
小倉 紀世治　おぐら・きよはる	92	
小倉 正　おぐら・ただし*	92	
小倉 汀　おぐら・なぎさ	92	
小栗 康介　おぐり・こうすけ	92	
お源　おげん	92	
小此木 克郎　おこのぎ・かつお	92	
越坂部　おさかべ	92	
お咲　おさき	92	
尾崎　おざき	92	
尾崎 千代　おざき・ちよ	92	
尾崎 吉晴　おざき・よしはる	92	
尾佐竹　おさたけ	93	
長田 真理　おさだ・まり	93	
小佐内さん　おさないさん	93	
小佐内 ゆき　おさない・ゆき	93	
オサム	93	
大佛 公介　おさらぎ・こうすけ	93	
オサル	93	
お猿(猿)　おさる(さる)	93	
オザワ	93	
小沢　おざわ	93	
小沢 俊之　おざわ・としゆき	93	
尾沢 展子　おざわ・のぶこ	93	
叔父　おじ	94	
お爺さん　おじいさん	94	
お鹿さん　おしかさん	94	
押倉 万頭　おしくら・まんとう	94	
お繁(ナメクジ女史)　おしげ(なめくじじょし)	94	
伯父様(関根 多佳雄)　おじさま(せきね・たかお)	94	
叔父さん　おじさん	94	
小父さん　おじさん	94	
お静　おしず	94	
押田 欽造　おしだ・きんぞう	94	
お島　おしま	94	
お嶋さん　おしまさん	94	
お嬢様　おじょうさま	94	
お譲様　おじょうさま	95	
お嬢さん　おじょうさん	95	
お信　おしん	95	
お新　おしん	95	
お末　おすえ	95	

お杉　おすぎ	95
オースティン・ヒーリー	95
尾関 謙　おぜき・けん	95
オセキ婆さん　おせきばあさん	95
織田　おだ	96
お妙　おたえ	96
おたえさん	96
お高　おたか	96
お多加　おたか	96
おタキ	96
織田 光次郎　おだ・こうじろう	96
小田 信次　おだ・しんじ	96
小田 慎三　おだ・しんぞう	97
小田 清三　おだ・せいぞう	97
尾田 徹治　おだ・てつじ	97
織田 信長　おだ・のぶなが	97
織田 真弓　おだ・まゆみ	97
お民　おたみ	97
小田 道子　おだ・みちこ	97
小田 洋介　おだ・ようすけ	97
落合　おちあい	97
落合 聡美　おちあい・さとみ	97
越智 慎次　おち・しんじ	97
オッサン	97
おつた	98
夫　おっと	98
夫(尾上 鴻三)　おっと(おのえ・こうぞう*)	98
夫(夫妻)　おっと(ふさい)	98
夫と妻(夫妻)　おっととつま(ふさい)	98
おてる	98
お姚　おとう	98
弟　おとうと	98
音川 三奈子　おとかわ・みなこ	98
お時　おとき	98
お徳　おとく	99
男　おとこ	99
男(井原 泰三)　おとこ(いはら・たいぞう*)	100
男(田中)　おとこ(たなか)	100
男(橋本 周平)　おとこ(はしもと・しゅうへい)	100
男(パパ)　おとこ(ぱぱ)	100
男と女(女と男)　おとことおんな(おんなとおとこ)	100
男の児(富雄)　おとこのこ(とみお)	100
音無 美紀　おとなし・よしき	100
音野 要　おとの・かなめ	100
音野 順　おとの・じゅん	100
音道 貴子　おとみち・たかこ	100
音宮 美夜　おとみや・みや	100
おとよ	100
お仲　おなか	101
鬼ヶ嶽谷右衛門　おにがたけたにえもん	101
鬼殺しの仙吉　おにごろしのせんきち	101
鬼貫　おにつら	101
鬼貫　おにぬき*	101
御庭 素斗　おにわ・もと	101
お縫の方　おぬいのかた	101
小沼 志津子　おぬま・しずこ	101
おねえさま	101
小野　おの	101
尾上 鴻三　おのえ・こうぞう*	101
尾上 晏子(ヤッチン)　おのえ・やすこ*(やっちん)	101
小野 景子　おの・けいこ	102
小野刑事　おのけいぶ	102
小野 新二郎　おの・しんじろう	102
小野田 賢吉　おのだ・けんきち	102
小野田 玲子　おのだ・れいこ	102
小野寺 海彦　おのでら・うみひこ	102
小野寺 邦子　おのでら・くにこ	102
小野寺 宏　おのでら・ひろし	102
小野寺 瑞枝　おのでら・みずえ*	102
小野寺 佳枝　おのでら・よしえ	102
小野 増次郎　おの・ますじろう	102
小野 八重子　おの・やえこ	102
叔母　おば	102
叔母(堂本 悦子)　おば(どうもと・えつこ)	103
おばあさん	103
オバQ　おばきゅう	103
オーヴァーダン	103
お初　おはつ	103

お花　おはな	103
尾花 源一　おばな・げんいち	103
尾花 妙子　おばな・たえこ	103
小浜 専造　おはま・せんぞう	103
小原 庄助　おはら・しょうすけ	103
お春　おはる	103
帯広 達也　おびひろ・たつや	104
オフィーリア	104
お坊っちゃま　おぼっちゃま	104
オマル・ナジワール	104
お万　おまん	104
尾身　おみ	104
おみね	104
緒宮 兼松　おみや・かねまつ	104
おみよ	104
お美代　おみよ	104
おむつ先生　おむつせんせい	104
おむら	105
お村　おむら	105
御室 貞正　おむろ・さだまさ*	105
親父　おやじ	105
尾山　おやま	105
小山田教授　おやまだきょうじゅ	105
小山田 健治　おやまだ・けんじ	105
小山田 幸助　おやまだ・こうすけ	105
小山田 鉄平　おやまだ・てっぺい	105
小山田 レイ　おやまだ・れい	105
尾山 三重子　おやま・みえこ	105
お夕　おゆう	106
お雪　おゆき	106
およし	106
お良　およし	106
およね	106
折江　おりえ	106
折川 秀壱　おりかわ・ひでいち	106
折口 幸雄　おりくち・ゆきお*	106
織田さん　おりたさん	106
折原 けい　おりはら・けい	106
折本　おりもと	106
オルガス	107
オルガンティーノ	107
オルテガ	107
折木 奉太郎　おれき・ほうたろう	107
オロチョン少年　おろちょんしょうねん	107
オロール	107
O・Y　おーわい	107
園生寺 鏡子（孔雀夫人）　おんじょうじ・きょうこ（くじゃくふじん）	107
恩田 道夫　おんだ・みちお	107
女　おんな	107
女　おんな	108
女（新婦）　おんな（しんぷ）	108
女（芳野）　おんな（よしの）	108
女と男　おんなとおとこ	108
女の子　おんなのこ	108
女の子　おんなのこ	109

【か】

カー	109
母さん　かあさん	109
外交官夫人（夫人）　がいこうかんふじん（ふじん）	109
怪人吸血魔（吸血魔）　かいじんきゅうけつま（きゅうけつま）	109
かいじん四十めんそう　かいじんしじゅうめんそう	109
怪人四十面相（四十面相）　かいじんしじゅうめんそう（しじゅうめんそう）	109
かいじん二十めんそう　かいじんにじゅうめんそう	109
怪人二十面相（二十面相）　かいじんにじゅうめんそう（にじゅうめんそう）	109
貝瀬 正幸　かいせ・まさゆき*	110
貝田　かいだ	110
会長　かいちょう	110
甲斐 智子　かい・ともこ	110
貝沼 倫子　かいぬま・みちこ	110
海馬 弘樹　かいば・ひろき	110
貝山 公成　かいやま・きみなり	110
カイユ	110
カエル	110
果織　かおり	110
香織　かおり	111
馨　かおる	111
薫　かおる	111
画家　がか	111

加賀 敏夫　かが・としお	111	
加賀美 敬介　かがみ・けいすけ	111	
カカユエット	111	
加賀 ゆきえ　かが・ゆきえ	111	
香川 千晶　かがわ・ちあき	111	
香川 知美　かがわ・ともみ	111	
香川 麻紀子　かがわ・まきこ	112	
香川 康弘　かがわ・やすひろ	112	
香川 優子　かがわ・ゆうこ	112	
垣内　かきうち	112	
柿崎 慎吾　かきざき・しんご	112	
垣園 達也　かきぞの・たつや	112	
柿沼 達也　かきぬま・たつや	112	
下級の蛙男　かきゅうのかえるおとこ	112	
カクストン	112	
学生　がくせい	112	
角蔵　かくぞう	112	
角造　かくぞう	112	
角野　かくの	113	
影　かげ	113	
筧 卯三郎　かけい・うさぶろう	113	
影山　かげやま	113	
陰山 達郎　かげやま・たつろう*	113	
加護 祥斎　かご・しょうさい	113	
籠谷　かごたに	113	
笠井 清美　かさい・きよみ	113	
笠井 ミサ子　かさい・みさこ	113	
笠井 美代子　かさい・みよこ	113	
風岡 俊一　かざおか・しゅんいち*	113	
華沙々木　かささぎ	114	
笠戸 久美　かさど・くみ*	114	
笠野 フミ江　かさの・ふみえ*	114	
風早 仙吉(鬼殺しの仙吉)　かざはや・せんきち(おにごろしのせんきち)	114	
笠原(大家)　かさはら(おおや)	114	
笠原 信二郎　かさはら・しんじろう	114	
笠原 幹夫　かさはら・みきお	114	
風間　かざま	114	
笠松 真吉　かさまつ・しんきち	114	
笠松博士　かさまつはかせ	114	
風祭 恭平　かざまつり・きょうへい	114	
風祭警部　かざまつりけいぶ	114	
風祭警部　かざまつりけいぶ	115	
風見 恵介　かざみ・けいすけ	115	
風見 研介　かざみ・けんすけ	115	
風見 桃子　かざみ・ももこ	115	
香椎 唯司　かしい・ただし	115	
梶川 律子　かじかわ・りつこ	115	
梶 龍男　かじ・たつお	115	
梶田 登喜子　かじた・ときこ	115	
梶間　かじま	115	
鹿島 史郎　かしま・しろう*	115	
鹿島 玲子　かしま・れいこ	115	
梶村　かじむら	115	
梶本 克也　かじもと・かつや	115	
梶本 大介　かじもと・だいすけ	116	
歌若　かじゃく	116	
柏　かしわ	116	
柏木　かしわぎ	116	
柏木 英治　かしわぎ・えいじ	116	
柏木 真一(シンちゃん)　かしわぎ・しんいち(しんちゃん)	116	
柏木 一重　かしわぎ・ひとえ	116	
柏木 村尾　かしわぎ・むらお	116	
柏田 栄一　かしわだ・えいいち	116	
柏原 則夫　かしわばら・のりお	116	
梶原 芹香　かじわら・せりか	116	
梶原 尚人　かじわら・なおと	117	
梶原 日名子　かじわら・ひなこ	117	
カズ	117	
カーズィム	117	
一夫　かずお	117	
和雄　かずお	117	
一夫君　かずおくん	117	
春日　かすが	117	
春日 華凛　かすが・かりん	117	
香月 圭吾　かずき・けいご	118	
カースケ(大地 河介)　かーすけ(おおち・かわすけ)	118	
ガスケル	118	
和子(玲奈)　かずこ(れな)	118	
和子夫人　かずこふじん	118	
上総 敬次朗　かずさ・けいじろう	118	
上総 草子　かずさ・そうこ	118	
カースティアズ卿　かーすてぃあずきょう	118	

霞田 志郎	かすみだ・しろう	118
霞田 志郎	かすみだ・しろう*	118
霞田 千鶴	かすみだ・ちづる	118
霞田 千鶴	かすみだ・ちづる*	118
霞 夕子	かすみ・ゆうこ	119
カズヤ		119
一代（イッチョ）	かずよ（いっちょ）	119
かずら		119
加瀬	かせ	119
加瀬 直紀	かせ・なおき	119
加田 英司	かた・えいじ*	119
片岡	かたおか	119
片岡夫人	かたおかふじん	119
片岡 めぐみ	かたおか・めぐみ	119
片岡 勇介	かたおか・ゆうすけ	120
片桐 勲	かたぎり・いさお	120
片桐 恵梨	かたぎり・えり	120
片桐 恵梨子	かたぎり・えりこ	120
片桐 克史	かたぎり・かつし	120
片桐 倫子	かたぎり・ともこ	120
片桐 博史	かたぎり・ひろし*	120
片桐 美佐恵	かたぎり・みさえ	120
片桐 睦月	かたぎり・むつき	120
片桐 萌	かたぎり・もえ	120
片桐 芳彦	かたぎり・よしひこ	120
片瀬 静子	かたせ・しずこ	120
片瀬 満男	かたせ・みつお	121
潟田 直次	かただ・なおつぐ	121
片手の竹	かたてのたけ	121
加田 十冬	かだ・とおふ	121
片目 珍作	かため・ちんさく	121
片山	かたやま	121
片山 九十郎	かたやま・くじゅうろう	121
片山 晴美	かたやま・はるみ	121
片山 正義	かたやま・まさよし	122
片山 義太郎	かたやま・よしたろう	122
勝海舟	かつ・かいしゅう	122
香月 好生	かつき・よしお	122
香津子	かつこ	122
勝子	かつこ	122
葛飾北斎（北斎）（ほくさい）	かつしかほくさい	122
勝島 酉之助	かつしま・とりのすけ	122
勝次郎	かつじろう	123
カッセル侯	かっせるこう	123
勝田	かつた	123
勝ちゃん	かっちゃん	123
カッパ		123
克平	かっぺい*	123
勝見	かつみ	123
勝本 三四郎	かつもと・さんしろう	123
桂	かつら	123
桂川 甫周	かつらがわ・ほしゅう	123
葛城	かつらぎ	123
葛城 栄一	かつらぎ・えいいち	124
桂木 文緒	かつらぎ・ふみお	124
桂島	かつらじま	124
桂田 宏	かつらだ・ひろし	124
桂本 忠昭	かつらもと・ただあき	124
桂山 博史	かつらやま・ひろし	124
加東	かとう	124
加藤	かとう	124
加藤 晃	かとう・あきら	124
加藤 純一（ジュン）	かとう・じゅんいち（じゅん）	125
河東 太朗	かとう・たろう	125
加藤 雅彦	かとう・まさひこ	125
加藤 芳雄	かとう・よしお	125
門倉（ゴリラ）	かどくら（ごりら）	125
門倉 誠司	かどくら・せいじ	125
カトジ		125
門田 悦子	かどた・えつこ*	125
香取 馨	かとり・かおる	125
香取 澄子	かとり・すみこ	125
可菜	かな	125
家内	かない	126
鼎 凛子	かなえ・りんこ	126
仮名垣魯文	かながき・ろぶん	126
仮名垣魯文（魯文）	かながきろぶん（ろぶん）	126
可奈子	かなこ	126
金崎 啓介	かなさき・けいすけ	126
金沢 秋一	かなざわ・しゅういち*	126
カナちゃん		126
神余 響子	かなまり・きょうこ	126
金山さん	かなやまさん	126

金山 竜之介　かなやま・りゅうのすけ	126
蟹江　かにえ	126
蟹江 陸朗　かにえ・りくろう	127
鹿沼 隆宏　かぬま・たかひろ	127
金子　かねこ	127
金子 鋭吉　かねこ・えいきち	127
金城 直哉　かねしろ・なおや	127
金田 耕一　かねだ・こういち*	127
金田 五助　かねだ・ごすけ	127
金田 セツ　かねだ・せつ	127
金満　かねみつ	127
金満 明年　かねみつ・あきとし	127
金村　かねむら*	127
加納　かのう	128
可能 克郎　かのう・かつろう	128
嘉納 源治郎　かのう・げんじろう	128
加納 康一　かのう・こういち*	128
叶 幸子　かのう・さちこ	128
狩野 俊介　かのう・しゅんすけ	128
加納 惣三郎　かのう・そうざぶろう	128
嘉納 多賀子　かのう・たかこ	128
叶 未樹　かのう・みき	128
狩野 龍斎　かのう・りゅうさい	128
カノコちゃん	128
鹿之子 瞳（カノコちゃん）　かのこ・ひとみ（かのこちゃん）	128
彼女　かのじょ	129
彼末 竜太郎　かのすえ・りゅうたろう	129
鹿野 真理江　かの・まりえ	129
カノン	129
カバ嶋　かばしま	129
カーファクス	129
鏑木 順治　かぶらぎ・じゅんじ	129
冠木 真吾　かぶらぎ・しんご	129
蕪城 美夫　かぶらぎ・よしお	129
ガマ	129
釜田 栞　かまた・しおり	130
˝神˝　かみ	130
神岡警部　かみおかけいぶ	130
神川 道夫　かみかわ・みちお	130
髪切虫　かみきりむし	130
神坂 ユキ　かみさか・ゆき	130
カミさん（長谷部さん）　かみさん（はせべさん）	130
紙芝居のお爺さん（お爺さん）　かみしばいのおじいさん（おじいさん）	130
上條　かみじょう	130
上条 和子　かみじょう・かずこ	130
上条 和之　かみじょう・かずゆき	130
上城 久里子　かみじょう・くりこ	130
上条 千吉　かみじょう・せんきち	131
上条 奈美子　かみじょう・なみこ	131
上条 春太　かみじょう・はるた	131
上条 道夫　かみじょう・みちお	131
神津 真理　かみず・まり	131
神津 恭介　かみつ・きょうすけ	131
神永 孝一　かみなが・こういち	131
神永 美有　かみなが・みゆう	131
神谷 喬一　かみや・きょういち	131
神屋刑事　かみやけいじ	131
神谷 桜　かみや・さくら	131
神谷 潤一　かみや・じゅんいち*	132
神谷 秀樹　かみや・ひでき	132
神谷 文恵　かみや・ふみえ*	132
紙屋 鞠子　かみや・まりこ	132
神谷 良太郎　かみや・りょうたろう	132
亀　かめ	132
亀井　かめい	132
亀井 彰子　かめい・あきこ	132
亀井刑事　かめいけいじ	132
亀田　かめだ	132
亀無 剣之介　かめなし・けんのすけ	132
カメノーフ	133
犬の芳公　かめのよしこう	133
亀淵　かめぶち	133
亀山 徳之助　かめやま・とくのすけ	133
亀山 陽奈　かめやま・ひな	133
鴨居　かもい	133
鴨池　かもいけ	133
鴨川 都美子　かもがわ・とみこ	133
鴨志田 栄一　かもしだ・えいいち	133
加茂 誠一　かも・せいいち	133
鴨田 兎三夫　かもだ・とみお	133
鴨ちゃん　かもちゃん	133
鹿本 亜由美　かもと・あゆみ	134

鴨ノ内記　かものないき	134	
加茂 久志　かも・ひさし	134	
萱野　かやの	134	
香山 妙子　かやま・たえこ*	134	
鹿山 行雄　かやま・ゆきお*	134	
加山 洋司　かやま・ようじ	134	
香山 礼子　かやま・れいこ	134	
賈 由育　か・ゆいく	134	
加代　かよ	134	
嘉代　かよ	134	
佳代子　かよこ	135	
加代子　かよこ	135	
加代さん　かよさん	135	
唐沢　からさわ	135	
唐沢 亮介　からさわ・りょうすけ	135	
辛島　からしま	135	
唐島　からしま	135	
唐島　からしま*	135	
カランサ大佐　からんさたいさ	135	
狩 久　かり・きゅう	136	
ガーリック・ドームズ（ドームズ）	136	
ガリデブ	136	
雁花 いたし　かりばな・いたし	136	
狩矢　かりや	136	
カール・シュミットナー（シュミットナー）	136	
カルタン	136	
カール・B・ヨルゲン（ヨルゲン）　かーるびーよるげん（よるげん）	136	
カルメリータ	136	
彼　かれ	136	
河合　かわい	136	
河合 清美　かわい・きよみ	136	
川井 美樹　かわい・みき*	137	
川上 新太郎　かわかみ・しんたろう	137	
川上 俊正　かわかみ・としまさ	137	
川岸 淑子　かわぎし・よしこ*	137	
河北 恵美子　かわきた・えみこ	137	
河北 俊春　かわきた・としはる	137	
川口　かわぐち	137	
川久保 篤　かわくぼ・あつし	137	
川久保 澄江　かわくぼ・すみえ	137	
川越 達夫　かわごえ・たつお	137	
川崎氏　かわさきし	137	
川崎 道子　かわさき・みちこ	137
河崎 由貴　かわさき・ゆき	137
川路　かわじ	138
川路 鴇子　かわじ・ときこ	138
川路 利良　かわじ・としよし	138
カワシマ	138
川嶋（カバ嶋）　かわしま（かばしま）	138
河島 舞　かわしま・まい	138
革ジャンパーの男（柴崎）　かわじゃんぱーのおとこ（しばざき*）	138
川津　かわず	138
河田 昇平　かわだ・しょうへい	138
川田 優香　かわだ・ゆか	138
河田 隆之介　かわだ・りゅうのすけ	138
河内 彰啓　かわち・あきひろ	138
河内 崇　かわち・たかし	138
川鍋 重子　かわなべ・しげこ	139
川端 忠雄　かわばた・ただお	139
川端 勉　かわばた・つとむ	139
河原 明　かわはら・あきら	139
川原 八郎　かわはら・はちろう	139
川平 珠代　かわひら・たまよ	139
川平 秀男　かわひら・ひでお	139
川平 万里子　かわひら・まりこ	139
河辺 輝子　かわべ・てるこ	139
川又 国夫　かわまた・くにお	139
河村 暁子　かわむら・あきこ	139
河村 策太郎　かわむら・さくたろう	139
川村 ソメ　かわむら・そめ	139
川村 春奈　かわむら・はるな	140
川村 麻由美　かわむら・まゆみ	140
寒吉　かんきち	140
勘公　かんこう	140
神崎　かんざき	140
神崎 省吾　かんざき・しょうご	140
神崎 甚五郎　かんざき・じんごろう	140
勘三郎　かんざぶろう	140
岩さん（岩本 道夫）　がんさん（いわもと・みちお）	140
勘次　かんじ	140
ガンジー	140
ガンジーばあさん	140
患者　かんじゃ	141

勘助　かんすけ	141
カンタ	141
神田　かんだ	141
神田川 創人　かんだがわ・そうと	141
神田さんのおばちゃん　かんださんのおばちゃん	141
神田 伯龍　かんだ・はくりゅう	141
神田 靖　かんだ・やすし	141
ガンちゃん	141
寒椿 侘助　かんつばき・わびすけ	141
神奈　かんな	141
神無月　かんなずき	142
神並 兼三　かんなみ・けんぞう	142
ガンニン	142
寒野　かんの*	142
顔 半房　がん・はんぼう	142
管理人の男　かんりにんのおとこ	142

【き】

木打 杏子　きうち・きょうこ*	142
木内 聖治　きうち・せいじ	142
桔梗屋平七　ききょうやへいしち	142
菊岡 秋江　きくおか・あきえ	142
菊岡 恭介　きくおか・きょうすけ	142
菊岡 茂夫　きくおか・しげお	143
菊岡 純子　きくおか・じゅんこ*	143
菊岡 良二　きくおか・りょうじ	143
菊香　きくか	143
菊川　きくかわ	143
キク子夫人　きくこふじん	143
キクさん	143
菊島　きくしま	143
菊島 敬宏　きくしま・たかひろ*	143
菊水 倫子　きくすい・のりこ	143
菊園 綾子　きくぞの・あやこ	143
菊田 美枝　きた・みえ	144
菊地　きくち	144
菊地 美佐　きくち・みさ	144
菊池 三造(キクさん)　きくち・みつぞう(きくさん)	144
菊乃号　きくのごう	144
菊乃さん　きくのさん	144

菊野 守　きくの・まもる*	144
菊野 佳江　きくの・よしえ*	144
キクロペネス	144
城崎 彩乃　きざき・あやの	144
木崎 成夫　きざき・しげお*	144
喜作　きさく	145
如月 拓也　きさらぎ・たくや	145
如月 真弓　きさらぎ・まゆみ	145
如月 マリエ　きさらぎ・まりえ	145
如月 泰継　きさらぎ・やすつぐ	145
木更津　きさらず	145
木更津 悠也　きさらず・ゆうや	145
岸掛 仁作　きしかけ・じんさく	145
岸田　きしだ	145
岸田 吟香　きしだ・ぎんこう	145
岸谷 涼子　きしたに・りょうこ	145
岸辺 流砂　きしべ・りゅうさ*	146
木島　きじま	146
木島 忍　きじま・しのぶ	146
岸村　きしむら	146
岸本 明子　きしもと・あきこ	146
岸本 竹蔵　きしもと・たけぞう	146
岸本 治美　きしもと・はるみ	146
喜助　きすけ	146
義助　ぎすけ	146
木津 信之輔　きず・しんのすけ	146
貴族探偵　きぞくたんてい	146
北　きた	147
北風 丈二　きたかぜ・じょうじ	147
北川　きたがわ	147
北川 欽也　きたがわ・きんや	147
喜多川 光司　きたがわ・こうじ	147
喜多川 光司　きたがわ・こうじ*	147
北川 浩二　きたがわ・こうじ	147
北川 雅美　きたがわ・まさみ	147
北川 容子　きたがわ・ようこ	147
喜多川 理沙　きたがわ・りさ	147
北沢 浩平　きたざわ・こうへい	147
北田 チヅ子　きただ・ちずこ	147
北西　きたにし	148
北畠 義美　きたばたけ・よしみ	148
北林 貞明　きたばやし・さだあき	148
北原　きたはら	148

北原 美和子　きたはら・みわこ	148
喜多 北斗　きた・ほくと	148
北峰 輝彦　きたみね・てるひこ	148
北見 凛　きたみ・りん	148
キタムラ	148
喜多村　きたむら	148
北村　きたむら	149
北村 健治　きたむら・けんじ	149
北村 七郎　きたむら・しちろう	149
北村 太一　きたむら・たいち	149
北村 直樹　きたむら・なおき	149
北山 峰子　きたやま・みねこ	149
吉次　きちじ*	149
吉次郎　きちじろう	149
吉祥院　きっしょういん	149
吉祥院 慶彦　きっしょういん・よしひこ	149
橘高 優子　きったか・ゆうこ	149
キッド・ピストルズ	150
狐の文次　きつねのぶんじ	150
ギディオン・フリークス	150
ギデオン・フェル博士　ぎでおんふぇるはかせ	150
ギデオン・フェル博士(フェル博士)　ぎでおんふぇるはかせ(ふぇるはかせ)	150
鬼頭 真澄　きとう・ますみ	150
紀藤 庸平　きとう・ようへい	150
木戸 和彦　きど・かずひこ	150
城戸先生　きどせんせい	150
きぬ	150
絹枝　きぬえ	150
衣笠 俊輔　きぬがさ・しゅんすけ	151
衣川　きぬがわ	151
絹川 幹蔵　きぬかわ・かんぞう	151
衣川 柳太郎　きぬがわ・りゅうたろう	151
絹子　きぬこ	151
砧警部補　きぬたけいぶほ	151
砧 浩司　きぬた・こうじ	151
砧 順之介　きぬた・じゅんのすけ	151
砧 真次郎　きぬた・しんじろう	151
絹谷 幸太郎　きぬたに・こうたろう	151
杵屋 新三郎　きねや・しんさぶろう	152
杵屋 新次　きねや・しんじ	152
杵屋花吉　きねやはなきち	152
城崎 克臣　きのさき・かつおみ	152
城崎 治子　きのさき・はるこ	152
木下　きのした	152
キノシタ(インティ)	152
木下 匡　きのした・ただし	152
木場 よう子　きば・ようこ*	152
木原 慶一　きはら・けいいち	152
木原 志朗　きはら・しろう	152
木原 葉次　きはら・ようじ	152
貴船伯爵夫人(伯爵夫人)　きふねはくしゃくふじん(はくしゃくふじん)	153
義母　ぎぼ	153
きみ	153
君江　きみえ	153
公男　きみお	153
喜美子　きみこ	153
きみ子ちゃん　きみこちゃん	153
きみちゃん	153
君村 義一(木村 義一)　きみむら・よしかず(きむら・よしかず)	153
キム	153
金 潤子　きむ・ゆんじゃ	154
木村　きむら	154
木村 茜　きむら・あかね	154
木村 清(探偵)　きむら・きよし(たんてい)	154
木村 小雪　きむら・こゆき	154
きむら たけしくん　きむら・たけしくん	154
木村 久司　きむら・ひさし	154
木村 義一　きむら・よしかず	154
木本 荘吉　きもと・そうきち*	154
木元 春美　きもと・はるみ	155
キャサリン	155
紀矢 敏男　きや・としお	155
キャラハン	155
ギャリー	155
ギャロン	155
Q　きゅー	155
Q(紳士)　きゅう(しんし)	155
九一　きゅういち	155
吸血魔　きゅうけつま	155

牛助　ぎゅうすけ	156	
牛塔牛助（牛助）　ぎゅうとうぎゅうすけ（ぎゅうすけ）	156	
キュウリ夫人　きゅうりーふじん	156	
Q氏　きゅーし	156	
キュータ	156	
行叡　ぎょうえい	156	
杏子　きょうこ	156	
京子　きょうこ	156	
協子　きょうこ	156	
匡子　きょうこ	156	
恭子　きょうこ	157	
行商人　ぎょうしょうにん	157	
京介　きょうすけ	157	
恭平　きょうへい	157	
京森 英二　きょうもり・えいじ	157	
京谷　きょうや*	157	
清浦 綾乃　きようら・あやの	157	
清川 純　きよかわ・じゅん	157	
キヨコ	157	
清子　きよこ*	157	
清　きよし*	158	
許 静　きょ・せい	158	
清孝　きよたか	158	
清竹 光雄　きよたけ・みつお	158	
清原 軍二　きよはら・ぐんじ	158	
清坊　きよぼう	158	
キラ	158	
吉良上野介 義央　きらこうずけのすけ・よしなか	158	
吉良 仁　きら・じん*	158	
桐岡 素子　きりおか・もとこ	158	
霧ケ峰 涼　きりがみね・りょう	158	
キリコ	159	
桐野 義太　きりの・よした	159	
桐野 義太（キリン）　きりの・よした（きりん）	159	
桐原 清介　きりはら・せいすけ*	159	
桐原 稔　きりはら・みのる	159	
桐山 直美　きりやま・なおみ	159	
桐代　きりよ*	159	
キリン	159	
ギールグッド	160	

金妃　きんき	160	
キンケイド	160	
ギン子　ぎんこ	160	
銀次　ぎんじ	160	
金蔵　きんぞう	160	
金田一 京助　きんだいち・きょうすけ	160	
近田一 耕助　きんだいち・こうすけ	160	
金田一 耕助　きんだいち・こうすけ	160	
金田一 耕助　きんだいち・こうすけ	161	
金田一 耕助（コウモリ男）　きんだいち・こうすけ（こうもりおとこ）	161	
金田一 耕助（コフスキー）　きんだいち・こうすけ（こふすきー）	161	
金田一 正介　きんだいち・しょうすけ*	161	
キンダイチ先生（錦田 一）　きんだいちせんせい（にしきだ・はじめ）	161	
金太郎　きんたろう	161	
きんちゃん	161	
ギンちゃん	161	

【く】

グイ	161	
杭之下 東亜郎　くいのした・とうあろう	161	
空気人間　くうきにんげん	161	
クォート・ギャロン（ギャロン）	161	
久遠 有美子　くおん・ゆみこ*	162	
久我 時哉　くが・ときや	162	
釘抜藤吉　くぎぬきとうきち	162	
釘抜屋善一郎　くぎぬきやぜんいちろう	162	
久木 道弘　くき・みちひろ	162	
公暁　くぎょう	162	
愚公　ぐこう	162	
久合田 順子　くごうた・じゅんこ	162	
久坂 章二　くさか・しょうじ	162	
草加 俊夫　くさか・としお	162	
草壁 賢一　くさかべ・けんいち	163	
草壁 淳二　くさかべ・じゅんじ	163	
草壁 信二郎　くさかべ・しんじろう	163	
日下部夫婦　くさかべふうふ	163	
草薙　くさなぎ	163	

草薙 哲哉　くさなぎ・てつや	163
草薙の伯父さん　くさなぎのおじさん	163
草薙 美鈴　くさなぎ・みすず	163
草野 直樹　くさの・なおき	163
草野 若菜(松沢 若菜)　くさの・わかな(まつざわ・わかな)	163
草馬　くさめ	163
久慈　くじ*	164
串本　くしもと	164
孔雀夫人　くじゃくふじん	164
楠井 享太郎　くすい・きょうたろう	164
楠井 真彦　くすい・まさひこ	164
楠田　くすだ	164
グストフ	164
葛根 灯痩　くずね・とうそう	164
葛根 秀人(葛根 灯痩)　くずね・ひでと(くずね・とうそう)	164
楠木　くすのき	164
楠原 茂登子　くすはら・もとこ	164
葛原 幸也　くずはら・ゆきや	164
久須見　くすみ	164
楠見　くすみ	165
薬小路 車契　くすりこうじ・しゃけい	165
久瀬 三郎　くぜ・さぶろう	165
久瀬 冬弥　くぜ・とうや	165
久世 弥勒　くぜ・みろく	165
九段 南　くだん・みなみ	165
朽木　くちき	165
朽木 泰正　くちき・やすまさ	165
グッドフェローズ	165
グッドマン	166
轡田 健吾　くつわだ・けんご	166
工藤　くどう	166
工藤 俊作　くどう・しゅんさく	166
工藤 哲也　くどう・てつや	166
国井　くにい	166
国枝　くにえだ	166
国枝 桃子　くにえだ・ももこ	166
邦夫　くにお	166
国崎 勝利　くにざき・しょうり	167
国定忠次　くにさだちゅうじ	167
国定忠治(忠治)　くにさだちゅうじ(ちゅうじ)	167
邦造　くにぞう	167
国田 征太郎　くにた・せいたろう	167
櫟 究介(オバQ)　くぬぎ・きゅうすけ(おばきゅう)	167
久能　くのう	167
久野 和子　くの・かずこ*	167
久野 修一　くの・しゅういち*	167
クブカ	167
窪川 吉太郎　くぼかわ・きちたろう*	167
窪木 徹治(コマシのテツ)　くぼき・てつじ(こましのてつ)	168
久保 銀造　くぼ・ぎんぞう	168
久保田　くぼた	168
久保田 麻美　くぼた・あさみ	168
窪谷 浩三　くぼたに・こうぞう*	168
久保田 正孝　くぼた・まさたか	168
久保寺 徹　くぼでら・とおる	168
久保村　くぼむら	168
久保 由紀子　くぼ・ゆきこ	168
熊井 渚　くまい・なぎさ	168
熊谷 斗志八　くまがい・としや	168
熊谷 斗志八　くまがい・としや	169
熊谷 万里子　くまがや・まりこ	169
熊吉　くまきち	169
熊木 雄介　くまき・ゆうすけ	169
久満子　くまこ	169
熊沢先生　くまざわせんせい	169
熊沢 房男　くまざわ・ふさお	169
熊さん　くまさん	169
隈島　くまじま	169
久麻助　くますけ	169
熊蔵　くまぞう	169
熊野 義太郎　くまの・よしたろう	169
久御山 津和子　くみやま・つわこ	170
久美 廉次郎　くみ・れんじろう	170
くめ子　くめこ	170
久米 小百合　くめ・さゆり	170
久米沢 登　くめざわ・のぼる	170
くめちゃん	170
雲井 久右衛門　くもい・きゅうえもん	170
蜘蛛手　くもで	170
蜘蛛手 みどり　くもて・みどり	170
倉石　くらいし	170

倉石 明	くらいし・あきら	170	来栖 徳蔵 くるす・とくぞう	174
倉石 伍六	くらいし・ごろく	170	クルマ屋 くるまや	174
倉石 正平	くらいし・しょうへい	171	クレー	174
倉石 千夏	くらいし・ちか	171	クレア	175
倉石 義男	くらいし・よしお	171	グレアム	175
クライマー		171	クレイボン	175
蔵内 次郎作	くらうち・じろさく*	171	呉 和子 くれ・かずこ	175
鞍掛 康雄	くらかけ・やすお*	171	グレゴリー	175
座木（座木）	くらき（ざぎ）	171	グレゴリー・B・マナリング　ぐれごりーびーまなりんぐ	175
倉木 澄男	くらき・すみお	171		
内蔵子	くらこ	171	紅門 福助 くれないもん・ふくすけ	175
倉阪 鬼一郎	くらさか・きいちろう	172	暮林 美央 くればやし・みお	176
倉科	くらしな	172	暮松 くれまつ	176
倉科 裕一	くらしな・ゆういち	172	クレール	176
倉田	くらた	172	ぐれんどわあ	176
蔵田	くらた	172	黒尾 笹子 くろお・ささこ	176
倉田 幸代	くらた・さちよ*	172	黒尾 油吉 くろお・ゆきち	176
倉田 七穂	くらた・ななほ	172	黒金老人 くろがねろうじん	176
倉谷 玄武	くらたに・げんぶ	172	黒川 くろかわ	176
倉知 紳一郎	くらち・しんいちろう	172	黒川 絹子 くろかわ・きぬこ	177
倉料 裕一	くらはか・ゆういち*	173	黒川 武 くろかわ・たけし	177
倉橋 春菜	くらはし・はるな	173	黒河 秀次 くろかわ・ひでじ	177
倉林	くらばやし	173	黒木 くろき	177
クラブさん		173	黒木 アキラ くろき・あきら	177
蔵前	くらまえ	173	黒木 俊平 くろき・しゅんぺい	177
倉山	くらやま	173	黒坂 くろさか	177
栗木 啓吾	くりき・けいご	173	黒崎 栄太郎 くろさき・えいたろう	177
栗崎 政和	くりさき・まさかず	173	黒猿 くろざる*	177
クリス		173	黒沢 卓 くろさわ・たく	177
クリストファー・ジャーヴィス（ジャーヴィス）		173	黒沢 真理亜 くろさわ・まりあ	177
			九郎助（稲荷の九郎助） くろすけ*（いなりのくろすけ*）	177
クリス・マクレガー		173	黒須 俊也 くろす・としや	178
栗田 満智子	くりた・まちこ	173	黒瀬 哲夫 くろせ・てつお	178
栗原夫人	くりはふじん	174	黒田 くろだ	178
栗原	くりはら	174	黒田 志土 くろだ・しど	178
栗原警部	くりはらけいぶ	174	黒田 惣六 くろだ・そうろく	178
栗原 忠義	くりはら・ただよし	174	クローデル	178
栗屋君	くりやくん	174	黒沼氏 くろぬまし	178
栗山 哲之介	くりやま・てつのすけ	174	黒沼 瑞江 くろぬま・みずえ	178
栗山 深春	くりやま・みはる	174	クロハ	178
栗山 むつ子	くりやま・むつこ	174	黒星 光 くろぼし・ひかる	178
来島 小夜子	くるしま・さよこ	174	黒星 光 くろぼし・ひかる*	178
来島 拓郎	くるしま・たくろう	174		

クローム神父　くろーむしんぷ	179	
畔柳博士　くろやなぎはかせ	179	
桑木　くわき	179	
桑佐 亮助　くわさ・りょうすけ	179	
桑田 真澄　くわた・ますみ	179	
鍬田 杜夫　くわた・もりお	179	
桑名 美園　くわな・みその	179	
桑原 崇(崇)　くわばら・たかし(たたる)	179	
燻製居士　くんせいこじ	179	
軍曹　ぐんそう	179	

【け】

K　けい	179
K君　けいくん	180
恵子　けいこ	180
慧子　けいこ	180
景子　けいこ	180
桂子さん　けいこさん	180
刑事　けいじ	180
刑事部長　けいじぶちょう	180
ゲイツ	180
K博士　けいはかせ	180
警部　けいぶ	180
警部補　けいぶほ	181
外記　げき	181
月下 二郎　げっか・じろう	181
ゲディングス	181
検見浦　けみうら	181
ゲーム取り(お君ちゃん)　げーむとり(おきみちゃん)	181
介良　けら	181
ゲリー・スタンディフォード	181
ケン	181
ケンイチ	181
健一　けんいち	181
源おじ　げんおじ	181
健さん　けんさん	182
ケンジ	182
源次(むささびの源次)　げんじ(むささびのげんじ)	182
源七　げんしち	182

見城 久司　けんじょう・ひさし	182
源四郎　げんしろう	182
源二郎爺さん　げんじろうじいさん	182
健介　けんすけ	182
謙介　けんすけ	182
源助　げんすけ	182
ケンゾウ	182
建三　けんぞう	183
源太　げんた	183
剣突 剣十郎　けんつき・けんじゅうろう*	183
ケン兄ちゃん　けんにいちゃん	183
玄翁先生(間直瀬 玄番)　げんのうせんせい(まなせ・げんば)	183
剣野 靖志　けんの・やすし	183
源兵衛　げんべえ	183
見目　けんもく	183
見目 満男　けんもく・みつお	183

【こ】

呉　ご	183
呉　ご	184
恋香　こいか*	184
鯉口 純平　こいぐち・じゅんぺい	184
小池 殿治　こいけ・とのじ	184
小池 雅子　こいけ・まさこ	184
小泉　こいずみ	184
小泉 豊　こいずみ・ゆたか	184
小泉 百合枝　こいずみ・ゆりえ	184
吾市　ごいち	184
小出 伸一　こいで・しんいち	185
鯉登 はつ子　こいのぼり・はつこ	185
恋人　こいびと	185
小岩井くん　こいわいくん	185
ご隠居　ごいんきょ	185
公一　こういち	185
公吉　こうきち	185
幸吉さん　こうきちさん	185
孔 敬昌　こう・けいしょう	185
高坂 栄子　こうさか・えいこ	185
神坂 遠音　こうさか・とおね	185
香坂 典子　こうさか・のりこ	186

神坂 泰史　こうさか・やすし	186	
高坂 有三　こうさか・ゆうぞう	186	
幸作　こうさく	186	
晃司　こうじ	186	
孝次郎　こうじろう	186	
高津 綾香　こうず・あやか	186	
高津 彩子　こうず・あやこ	186	
高津 嘉兵衛　こうず・かへえ	186	
香月　こうずき	186	
香月 幸司　こうずき・こうじ	186	
香月 雪乃　こうずき・ゆきの	186	
浩介　こうすけ	187	
豪助君　ごうすけくん	187	
高津 道彦　こうず・みちひこ	187	
孝三　こうぞう	187	
耕三　こうぞう	187	
黄 宗科　こう・そうか	187	
幸田　こうだ	187	
甲田　こうだ	187	
小宇田 明日美　こうだ・あすみ	187	
香田 五郎　こうだ・ごろう*	187	
郷田 淳一　ごうだ・じゅんいち	188	
幸田 ハル　こうだ・はる	188	
校長　こうちょう	188	
皇帝陛下（陛下）　こうていへいか（へいか）	188	
豪徳 完之介　ごうとく・かんのすけ	188	
公都子　こうとし	188	
河野 加寿子　こうの・かずこ	188	
河野 重道　こうの・しげみち	188	
ゴウの娘　ごうのむすめ	188	
耕平　こうへい	188	
虹北 恭助　こうほく・きょうすけ	188	
コウモリ男　こうもりおとこ	189	
蝙蝠の銀次　こうもりのぎんじ	189	
香治 完四郎　こうや・かんしろう	189	
郡山　こおりやま	189	
古賀　こが	189	
木枯し紋次郎　こがらしもんじろう	189	
ゴキブリ男　ごきぶりおとこ	189	
ゴーギャン	189	
小欣吾　こきんご	189	
黒城 巌　こくじょう・いわお	189	

黒城 剛造　こくじょう・ごうぞう	189	
黒城 恒彦　こくじょう・つねひこ	190	
小栗 三平　こぐり・さんぺい	190	
小栗 麻利子　こぐり・まりこ	190	
悟慶和尚　ごけいおしょう	190	
後家さん　ごけさん	190	
ココロコ	190	
古今亭 文爾　ここんてい・ぶんじ	190	
小酒井 喜久夫　こさかい・きくお	190	
小智大夫　こさとたゆう	190	
小鯖 照美　こさば・てるよし	190	
沽澤　こざわ	190	
居士　こじ	190	
呉氏　ごし	191	
越川 重宜　こしかわ・しげよし	191	
乞食　こじき	191	
越名 集治　こしな・しゅうじ	191	
越野 潤三　こしの・じゅんぞう	191	
小柴 龍之介　こしば・りゅうのすけ	191	
児島　こじま	191	
児島 恭蔵　こじま・きょうぞう	191	
小島 賢次郎　こじま・けんじろう	191	
児島 公平　こじま・こうへい	191	
小島 マツ　こじま・まつ	191	
小島 龍　こじま・りゅう	191	
コジモ	192	
呉 俊陞　ご・しゅんしょう	192	
コジョー	192	
こずえ	192	
梢　こずえ	192	
梢田 威　こずえだ・たけし	192	
小菅　こすげ	192	
小菅先輩　こすげせんぱい	192	
古瀬 洋輔　こぜ・ようすけ	193	
古銭 信太郎　こせん・しんたろう*	193	
小曽根 貴子　こそね・たかこ	193	
小平 健太郎　こだいら・けんたろう*	193	
小平 正　こだいら・ただし	193	
小竹 正男　こたけ・まさお	193	
小谷 貫兵衛　こたに・かんべえ*	193	
小谷 雄次　こたに・ゆうじ	193	
児玉 絹江　こだま・きぬえ	193	
児玉 タクヤ　こだま・たくや	193	

児玉 美保	こだま・みほ	193
児玉 有果	こだま・ゆか	193
小太郎	こたろう	194
ゴーダン・クロス(アルフレッド・モスバウム)		194
呉 仲彦	ご・ちゅうげん	194
小蝶	こちょう	194
コックス		194
後藤	ごとう	194
古藤	ことう*	194
後動 悟	ごどう・さとる	194
五藤 甚一	ごとう・じんいち	194
後藤先輩	ごとうせんぱい	194
五堂 冬彦	ごどう・ふゆひこ	194
後藤 将之	ごとう・まさゆき	194
寿 仁	ことぶき・ひとし	195
琴美	ことみ	195
湖南 土射	こなん・どい	195
小西さん	こにしさん	195
小西 隆治	こにし・りゅうじ	195
五人組の泥棒(泥棒)	ごにんぐみのどろぼう(どろぼう)	195
此花 咲子	このはな・さきこ	195
虎伯	こはく	195
小橋 次郎	こはし・じろう	195
木庭 俊彦	こば・としひこ	195
小鳩 常悟朗	こばと・じょうごろう	195
小浜	こはま*	196
小早川	こばやかわ	196
小早川 正嗣	こばやかわ・まさつぐ	196
小早川 毬絵	こばやかわ・まりえ	196
小林	こばやし	196
小林 一茶	こばやし・いっさ	196
小林 快人	こばやし・かいと	196
小林 和美	こばやし・かずみ	196
こばやしくん		196
小林くん	こばやしくん	197
小林 敬子	こばやし・けいこ	197
小林しょうねん	こばやししょうねん	197
小林少年	こばやししょうねん	197
小林 広	こばやし・ひろし	197
小林 ゆきえ	こばやし・ゆきえ	197
古場 康夫	こば・やすお	197
コーヒー(杉山 康志)	こーひー(すぎやま・こうし)	197
小日向 絢子	こひなた・じゅんこ	198
小日向 のぶ子	こひなた・のぶこ	198
小藤	こふじ	198
コフスキー		198
五本松 小百合	ごほんまつ・さゆり	198
五本松 小百合(松本 ユリ)	ごほんまつ・さゆり(まつもと・ゆり)	198
コマ		198
駒井(コマ)	こまい(こま)	198
狛江	こまえ	198
狛江 哲	こまえ・さとし	198
狛江 春奈	こまえ・はるな	198
小牧川 くるみ	こまきがわ・くるみ	199
小牧川 彌七郎	こまきがわ・やしちろう	199
小牧 純一郎	こまき・じゅんいちろう	199
コマシのテツ		199
コマスケ		199
小俣 市兵衛	こまた・いちべえ	199
小松	こまつ	199
小松刑事	こまつけいじ	199
小松﨑 邦政	こまつざき・くにまさ	199
小松﨑 篠	こまつざき・しの	199
小松 雅	こまつ・まさ*	199
小宮 聡美	こみや・さとみ	200
小宮巡査	こみやじゅんさ	200
小宮 照子	こみや・てるこ	200
小宮 直樹	こみや・なおき	200
小宮 由利	こみや・ゆり	200
小麦色の男	こむぎいろのおとこ	200
小村 美枝子	こむら・みえこ	200
菰田 嘉六	こもだ・かろく	200
小山 有子	こやま・ゆうこ	200
コラボイ		200
五龍神田	ごりゅうかんだ	200
五龍神田	ごりゅうかんだ	201
ゴリラ		201
コリン		201
コルニコフ		201
ゴーレム		201
ゴロー		201

五郎　ごろう	201	
木幡 雅之　こわた・まさゆき	201	
紺子　こんこ*	202	
権次（野ざらし権次）　ごんじ（のざらしごんじ）	202	
コン・ソルン	202	
権太爺さん　ごんたじいさん	202	
コンデ	202	
近藤　こんどう	202	
権藤　ごんどう	202	
権藤（ナマハゲ）　ごんどう（なまはげ）	202	
権藤 欣作　ごんどう・きんさく	202	
近藤刑事　こんどうけいじ	202	
近藤 健　こんどう・けん	202	
近藤 康司　こんどう・こうし	203	
近藤 重蔵　こんどう・じゅうぞう	203	
権藤 仙太郎　ごんどう・せんたろう	203	
近藤 千草　こんどう・ちぐさ	203	
近藤 虎雄　こんどう・とらお	203	
近藤 比沙美　こんどう・ひさみ	203	
金堂 翡翠　こんどう・ひすい	203	
近藤 八重　こんどう・やえ	203	
近藤 律子　こんどう・りつこ	203	
コンノ	203	
紺野　こんの	203	
紺野 小太郎　こんの・こたろう	203	
紺野先生　こんのせんせい	203	
ゴンベ	204	

【さ】

西園寺 かのこ　さいおんじ・かのこ	204
西園寺 法寛　さいおんじ・のりひろ	204
犀川 創平　さいかわ・そうへい	204
犀川 正巳　さいかわ・まさみ	204
斉木　さいき	204
斉木 斉　さいき・ひとし	204
斉木 斉　さいき・ひとし	205
斎木 玲子　さいき・れいこ	205
採金船長　さいきんせんちょう	205
サイゴウ	205
西郷　さいごう	205

妻女　さいじょ	205
西條 高志　さいじょう・たかし	205
財津　ざいつ	205
斉藤　さいとう	205
斎藤 里子　さいとう・さとこ	205
斎藤 艶子　さいとう・つやこ	205
斎藤 敏夫　さいとう・としお	206
斉藤 俊哉　さいとう・としや	206
斎藤 久夫　さいとう・ひさお	206
斉藤 富士男（サル）　さいとう・ふじお（さる）	206
斎藤 玲子　さいとう・れいこ	206
彩羽 良子　さいはね・りょうこ*	206
サイモン・ハートレイ	206
西連寺 剛　さいれんじ・ごう*	206
蔡老人　さいろうじん	206
佐伯　さえき	206
佐伯 加由子　さえき・かゆこ	206
佐伯 哲弥　さえき・てつや	206
佐伯 揺子　さえき・ようこ	207
佐伯 洋子　さえき・ようこ	207
三枝　さえぐさ	207
三枝 潤一郎　さえぐさ・じゅんいちろう	207
冴子　さえこ	207
佐江 由美子　さえ・ゆみこ	207
早乙女 静香　さおとめ・しずか	207
早乙女 亮介　さおとめ・りょうすけ	207
サヲリ	207
沙織　さおり	208
酒井　さかい	208
堺 秀治　さかい・しゅうじ	208
境田　さかいだ	208
酒井 千代子　さかい・ちよこ	208
酒井 尚之　さかい・なおゆき	208
酒井 ユキ子　さかい・ゆきこ	208
坂井 ゆみ子　さかい・ゆみこ	208
栄田 鮎子　さかえだ・あゆこ	208
栄田 宗太郎　さかえだ・しゅうたろう	208
栄田 美恵子　さかえだ・みえこ	208
坂上 一登　さかがみ・かずと	208
坂上 春江　さかがみ・はるえ	209
坂上 富士雄　さかがみ・ふじお	209

坂上 稔　さかがみ・みのる	209
榊　さかき	209
榊 浩介　さかき・こうすけ	209
榊 尚武　さかき・なおたけ	209
榊原　さかきばら	209
坂口 順三郎　さかぐち・じゅんざぶろう	209
坂下 みのり　さかした・みのり	209
坂下 源一　さかした・もとかず	209
坂田　さかた	209
酒田 進　さかた・すすむ	209
坂田 洋　さかた・ひろし	210
坂田夫人　さかたふじん	210
坂田 誠　さかた・まこと	210
坂田屋三之助　さかたやさんのすけ	210
坂田 りえ　さかた・りえ	210
坂之上 聖　さかのうえ・ひじり	210
坂巻 信子　さかまき・のぶこ	210
酒巻 雅彦　さかまき・まさひこ	210
酒巻 百合　さかまき・ゆり	210
坂本　さかもと	210
坂本 千草　さかもと・ちぐさ	210
坂本 夏美　さかもと・なつみ	211
坂本 康明　さかもと・やすあき	211
坂本 ヨシエ　さかもと・よしえ	211
相良　さがら	211
相良 末起　さがら・まき*	211
佐良 好子　さがら・よしこ	211
酒匂　さかわ	211
佐川 譲治　さがわ・じょうじ	211
早紀　さき	211
ザギ	211
座木　ざぎ	211
鷺坂 龍介　さぎさか・りゅうすけ	211
佐吉　さきち	212
さぎりちゃん	212
作蔵　さくぞう	212
佐久田　さくた	212
朔田 公彦　さくた・きみひこ	212
朔田 しのぶ　さくた・しのぶ	212
佐久間　さくま	212
佐久間 順二　さくま・じゅんじ	212
佐久間先生　さくませんせい	212
佐倉　さくら	212
サクラ（伝法 真希）　さくら（でんぽう・まき）	212
桜井　さくらい	213
桜井 京子　さくらい・きょうこ	213
桜井 京介　さくらい・きょうすけ	213
桜井 俊一　さくらい・しゅんいち	213
桜井 太一郎　さくらい・たいちろう	213
桜井 めぐみ　さくらい・めぐみ	213
桜川 ひとみ　さくらがわ・ひとみ	213
桜川 ひとみ　さくらがわ・ひとみ*	213
桜川 理沙　さくらがわ・りさ	213
桜木 三郎　さくらぎ・さぶろう	213
佐久良 恭平　さくら・きょうへい	214
佐倉 桜　さくら・さくら	214
桜沢 雅男　さくらざわ・まさお	214
佐倉 俊三　さくら・しゅんぞう	214
櫻田 華絵　さくらだ・はなえ	214
笹井 賢太郎　ささい・けんたろう	214
笹井 美穂子　ささい・みほこ	214
佐々井 弥生　ささい・やよい	214
笹川 晃　ささかわ・あきら	214
佐々木　ささき	214
佐々木 昭友　ささき・あきとも	214
佐々木 数子　ささき・かずこ	214
笹木 光吉　ささき・こうきち	214
笹木 仙十郎　ささき・せんじゅうろう*	215
佐々木 哲　ささき・てつ	215
佐々木 亨　ささき・とおる	215
佐々木 睦子　ささき・むつこ	215
佐々木 義人　ささき・よしと	215
笹口 ひずる　ささぐち・ひずる	215
笹沼 与左衛門　ささぬま・よざえもん	215
笹野 佳也子　ささの・かやこ	215
笹野 里子　ささの・さとこ	215
笹野 竣太郎　ささの・しゅんたろう	215
笹原 栄作　ささはら・えいさく	216
笹原 光太郎　ささはら・こうたろう*	216
サージ	216
佐治 象水　さじ・しょうすい	216
差出人　さしだしにん	216
佐七（人形佐七）　さしち（にんぎょうさしち）	216

指貫 和枝　さしぬき・かずえ*	216
指貫 澄江　さしぬき・すみえ*	216
指貫 藤助　さしぬき・とうすけ*	216
佐芝 隆三　さしば・こうぞう	216
サー・ジョージ・ニューンズ	216
サスケ	216
サスケ	217
佐助　さすけ	217
佐瀬 龍之助　させ・りゅうのすけ	217
佐田　さた*	217
定家 空美　さだいえ・そらみ	217
貞夫　さだお	217
サダオちゃん	217
佐竹　さたけ	217
佐竹 英一　さたけ・えいいち	217
佐竹 和則　さたけ・かずのり	217
佐竹 きぬ子　さたけ・きぬこ	217
佐竹 浩一　さたけ・こういち	218
佐竹 英之　さたけ・ひでゆき	218
貞子ばあさん　さだこばあさん	218
佐田大尉　さたたいい	218
佐田 みどり　さた・みどり	218
幸恵　さちえ	218
サチコ	218
幸子　さちこ	218
佐知子　さちこ	218
佐智子　さちこ	218
左知子　さちこ	219
サチヨ（杉原 幸代）　さちよ（すぎはら・さちよ）	219
佐々　さっさ	219
殺人者　さつじんしゃ	219
殺人犯　さつじんはん	219
殺人犯（囚人）　さつじんはん（しゅうじん）	219
薩摩 平太郎　さつま・へいたろう	219
佐藤　さとう	219
佐藤 英子（飛鳥）　さとう・えいこ*（あすか）	219
佐藤 和代　さとう・かずよ	219
佐藤警部　さとうけいぶ	219
さとう としお　さとう・としお	220
佐藤 春夫　さとう・はるお	220
佐藤 はるこ　さとう・はるこ	220
佐藤 由美子　さとう・ゆみこ	220
聡子さん　さとこさん*	220
里中　さとなか	220
里見　さとみ	220
里美　さとみ	220
里見 勝彦　さとみ・かつひこ	220
サトル	220
早苗　さなえ	220
早苗さん　さなえさん	221
佐貫 皓一　さぬき・こういち*	221
サネ	221
佐野川 雷車（雷蔵）　さのがわ・らいしゃ（らいぞう）*	221
佐野 こずえ　さの・こずえ	221
佐野 由利子　さの・ゆりこ	221
佐野 麗子　さの・れいこ	221
ザビエル	221
サブ叔父さん　さぶおじさん	221
佐分利 光一　さぶり・こういち	221
三郎　さぶろう	221
三郎王子　さぶろうおうじ	221
三郎兵衛　さぶろべえ	222
佐保　さほ	222
座間 剣介　ざま・けんすけ	222
座間味くん　ざまみくん*	222
サミュエル・ホック（ホック）	222
サミーラ	222
サム	222
寒川　さむかわ	222
サムの甥　さむのおい	222
鮫島　さめじま	222
鮫島 逸郎　さめじま・いつろう	222
鮫島 晴子　さめじま・はるこ	223
鮫島 隆一　さめじま・りゅういち	223
左文治　さもんじ	223
左門 正俊　さもん・せいしゅん	223
沙耶子　さやこ	223
佐山 弘一　さやま・こういち	223
サラ	223
更科 薫　さらしな・かおる	223
更科 恵　さらしな・めぐみ	223
佐利　さり	223

サリー夫人　さりーふじん	223	
サル	224	
猿　さる	224	
猿淵 輝正　さるぶち・てるまさ*	224	
猿渡 次郎　さるわたり・じろう	224	
沢形 清子　さわがた・きよこ	224	
沢木　さわき	224	
沢木 ちづる　さわき・ちづる	224	
澤城 廉司　さわき・れんじ	224	
沢口 明　さわぐち・あきら	224	
沢口 快　さわぐち・かい	224	
沢口 和春　さわぐち・かずはる	224	
沢口 幸子　さわぐち・さちこ	225	
沢口 リッキー　さわぐち・りっきー	225	
沢崎　さわざき	225	
沢田 ナツ　さわだ・なつ	225	
沢田 晴子　さわだ・はるこ	225	
沢田 穂波　さわだ・ほなみ	225	
猿渡 淳（オサル）　さわたり・じゅん（おさる）	225	
沢地さん　さわちさん	225	
沢野女史　さわのじょし	225	
沢松 貴史　さわまつ・たかふみ	225	
澤村 恭三　さわむら・きょうぞう	225	
沢村 健二　さわむら・けんじ	225	
沢村 甲吉　さわむら・こうきち	226	
沢村 春生　さわむら・はるお	226	
沢村 英明　さわむら・ひであき	226	
沢村 正雄　さわむら・まさお	226	
サワモト（沢本 康夫）　さわもと（さわもと・やすお）	226	
沢本 康夫　さわもと・やすお	226	
沢元 泰文　さわもと・やすふみ	226	
沢渡 譲　さわわたり・じょう	226	
サングリヤ	226	
算治　さんじ	226	
三条　さんじょう	226	
三太郎君　さんたろうくん	227	
サンドラ・レイデン	227	
参王 不動丸　さんのう・ふどうまる	227	
サンバイザーの男　さんばいざーのおとこ	227	
サンフォード・亀井　さんふぉーどかめい	227	
三瓶　さんぺい	227	

【し】

椎川 奈々子　しいかわ・ななこ	227	
ジイさん	227	
椎名　しいな	227	
椎名さん（船島）　しいなさん（ふなしま*）	227	
椎名 ゆか　しいな・ゆか	227	
椎橋 勤二　しいはし・きんじ*	228	
シイラさん	228	
ジェイ	228	
ジェイムズ・ヘンリー・アルフォンス	228	
ジェニファー	228	
ジェフ・キャンディ	228	
ジェフ・マール	228	
ジェームズ	228	
チェムス・フェルド（フェルド）	228	
ジェームズ・山崎（山崎）　じぇーむず・やまざき（やまざき）	228	
ジェラルド・キンケイド（キンケイド）	228	
ジェルソミーナ	228	
ジェレマイア・マンドヴィル	229	
潮井 峰央　しおい・みねお	229	
汐子　しおこ*	229	
塩田 景吉　しおだ・けいきち	229	
塩原　しおばら	229	
汐見 庄治　しおみ・しょうじ	229	
汐見 琢郎　しおみ・たくろう	229	
塩谷 修平　しおや・しゅうへい*	229	
しおり	229	
詩織　しおり	229	
市会議員　しかいぎいん	229	
鹿内 ヒデ（先生）　しかうち・ひで*（せんせい）	229	
志柿　しがき	230	
志垣 一輝　しがき・かずき	230	
志賀 吾郎　しが・ごろう	230	
鹿崎 永遠　しかざき・とわ	230	
志賀さん　しがさん	230	

志賀 達也	しが・たつや	230	七五郎 しちごろう	234
志方 希	しかた・のぞみ	230	実川 升太郎 じつかわ・ますたろう	234
鹿田屋吉太	しかだやきちた	230	じっとく	234
志賀 紀子	しが・のりこ	230	幣原 涼子 しではら・りょうこ	234
志賀 一	しが・はじめ	230	寺堂院 正宗 じどういん・まさむね	234
鹿見 貴子	しかみ・たかこ*	230	シートン氏 しーとんし	234
鹿見 木堂	しかみ・ぼくどう*	230	シートン老人 しーとんろうじん	234
志賀 由利	しが・ゆり	230	ジナイーダ	234
志賀 竜三	しが・りゅうぞう	231	品岡 隆也 しなおか・たかや	234
柿川 富子	しかわ・とみこ	231	品野 晶子（高杉 晶子） しなの・あきこ（たかすぎ・あきこ）	234
C眼科医	しーがんかい	231		
敷島 一雄	しきしま・かずお	231	信濃 譲二 しなの・じょうじ	235
敷島 拓美	しきしま・たくみ	231	品野 道弘 しなの・みちひろ	235
式亭三馬	しきていさんば	231	死神（千葉） しにがみ（ちば）	235
シクロン		231	志乃 しの	235
ジゲ		231	篠 しの	235
重内 和宏	しげうち・かずひろ	231	ジーノ	235
滋子	しげこ	231	篠崎 しのざき	235
繁子	しげこ	231	篠崎 鵬斎 しのざき・ほうさい	235
茂七	しげしち	231	篠崎 美麗 しのざき・みれい	235
繁田 玄三郎	しげた・げんざぶろう	231	篠崎 弥左衛門 しのざき・やざえもん	235
滋野	しげの	232		
茂野 達弥	しげの・たつや	232	志野沢 真美 しのざわ・まみ	236
重松	しげまつ	232	篠沢 芳春 しのさわ・よしはる*	236
繁之	しげゆき	232	シノさん	236
宍戸 澄江	ししど・すみえ	232	篠塚 ひとし しのずか・ひとし	236
四十面相	しじゅうめんそう	232	篠田 歌代 しのだ・うたよ	236
詩人の青年（青年） しじんのせいねん（せいねん）		232	篠原 しのはら	236
			篠原 郁 しのはら・いく	236
史 震林	し・しんりん	232	篠原 公一 しのはら・こういち	236
閑枝	しずえ	232	篠原 伸治 しのはら・しんじ	236
静枝	しずえ	232	篠原 達夫 しのはら・たつお	236
静夫	しずお	233	篠原 知晃 しのはら・ちあき	236
静子	しずこ	233	篠原 千宗 しのはら・ちひろ	236
鎮子	しずこ	233	篠原 真津子 しのはら・まつこ	237
静子（女）	しずこ（おんな）	233	篠原 八重子 しのはら・やえこ	237
鎮谷 尚江	しずたに・ひさえ	233	篠山 薫 しのやま・かおる	237
system99	しすてむないんないん*	233	柴 しば	237
地蔵助	じぞうすけ	233	芝浦 政樹 しばうら・まさき	237
志田	しだ	233	芝草 理奈 しばくさ・りな	237
志田 京子	しだ・きょうこ	233	ジバコ	237
設楽 啓路	したら・けいじ	233	柴崎 しばざき*	237
設楽 光男	したら・みつお	234	柴崎 秀一 しばざき・しゅういち	237

柴崎 昌子	しばざき・まさこ	237
柴崎 令司	しばざき・れいじ	237
芝田 千影	しばた・ちかげ	238
柴田 文	しばた・ふみ	238
柴忠さん	しばちゅうさん	238
芝原 由美子	しばはら・ゆみこ	238
司馬 博子	しば・ひろこ	238
柴山 金蔵	しばやま・きんぞう	238
柴山 祐希	しばやま・ゆうき	238
柴 幸秀	しば・ゆきひで	238
シブガキ		238
渋柿 ケンー	しぶがき・けんいち	238
渋柿 ルル子	しぶがき・るるこ	238
ジプシイの乙女	じぷしいのおとめ	238
渋谷 孝子	しぶや・たかこ	238
志保	しほ	239
嶋井 絹子	しまい・きぬこ	239
島浦 英三	しまうら・えいぞう*	239
縞木 千津	しまぎ・ちず*	239
縞木 乃里子	しまぎ・のりこ*	239
島崎	しまざき	239
島崎 信三	しまざき・しんぞう	239
島崎 輝子	しまざき・てるこ	239
島崎博士	しまざきはかせ	239
島崎 優子	しまざき・ゆうこ	239
島尻 清隆	しまじり・きよたか	239
島津	しまず	240
島津 鳩作	しまず・きゅうさく	240
島津 敏夫	しまず・としお	240
島田 魁	しまだ・かい	240
島 英雄	しま・ひでお	240
志摩 平蔵	しま・へいぞう	240
島村 美由紀	しまむら・みゆき	240
島本 則子	しまもと・のりこ	240
清水	しみず	240
清水	しみず	241
清水 詠司	しみず・えいじ	241
清水 克文	しみず・かつふみ	241
清水 啓一	しみず・けいいち	241
清水 真衣	しみず・まい	241
清水 ミヤ	しみず・みや	241
志水 勇造	しみず・ゆうぞう	241
ジム		241

志村 響子	しむら・きょうこ	241
志村 さち女	しむら・さちじょ	241
志村 達夫(タツ)	しむら・たつお(たつ)	241
志村 秀明	しむら・ひであき	241
四面堂 遥	しめんどう・はるか	242
下川(チビシモ)	しもかわ(ちびしも)	242
下為替 元三郎	しもがわせ・もとさぶろう	242
下狛 愛作	しもこま・あいさく	242
下澤 貴之	しもざわ・たかゆき	242
下條 三吉(燻製居士)	しもじょう・さんきち(くんせいこじ)	242
下条 泰子	しもじょう・やすこ	242
下田 フサコ	しもだ・ふさこ	242
下田 美智男	しもだ・みちお	242
下村	しもむら	242
下村 卓雄	しもむら・たくお	242
下山 悦子	しもやま・えつこ	242
下山 浩二	しもやま・こうじ	242
下山 純子	しもやま・じゅんこ*	243
しゃいろっく		243
シャーシー・トゥームズ(トゥームズ)		243
鯱先生	しゃちせんせい	243
社長	しゃちょう	243
ジャック		243
シャックリ・ホームスパン(ホームスパン)		243
ジャネット嬢	じゃねっとじょう	243
ジャーヴィス		243
ジャマイカ		243
シャルラッハ		244
シャルル・ベルトラン(ベルトラン)		244
シャルル・ラスパイユ		244
車六先生	しゃろくせんせい*	244
シャーロック=ホームズ(ホームズ) しゃーろっくほーむず(ほーむず)		244
シャーロック・ホームズ(ホームズ)		244
シャーロック・ホームズ(ホームズ)		245
シャーロック・ホームズ(ホームズ)		246
シャロック・ホームズ(ホームズ)		246
シャーロック・ホームズ・ジュニア		246

シャーロット・ホイットマン	246	春桜亭円紫（円紫）　しゅんおうていえんし（えんし）	249
シャロン・グレイ	246	潤子　じゅんこ	250
ジャンヌ	246	順子　じゅんこ	250
ジャン・ピエール・トルソー	246	巡査　じゅんさ	250
シャンプオオル	246	準二　じゅんじ	250
樹庵 次郎蔵　じゅあん・じろぞう	246	春天公　しゅんてんこう	250
ジュアン・ベニート	246	ジョー	250
呪医　じゅい	246	ジョー（柚子原 譲）　じょー（ゆずりはら・ゆずる）	250
シュウ	247	女医　じょい	250
修一　しゅういち	247	翔　しょう	250
周吉　しゅうきち	247	ジョウ	250
住持　じゅうじ	247	庄一　しょういち	251
秋色　しゅうしき	247	将軍　しょうぐん	251
住職　じゅうしょく	247	祥子　しょうこ	251
住職（立花）　じゅうしょく（たちばな）	247	笙子　しょうこ	251
囚人　しゅうじん	247	庄司 英夫　しょうじ・ひでお	251
柊三　しゅうぞう	247	城島　じょうじま	251
十造　じゅうぞう	247	少女　しょうじょ	251
修道院長　しゅうどういんちょう	247	少女　しょうじょ	252
修平　しゅうへい	248	少女（神奈）　しょうじょ（かんな）	252
重兵衛　じゅうべえ	248	庄子 リナ　しょうじ・りな*	252
十文字　じゅうもんじ	248	小神王　しょうしんのう	252
周 怜子　しゅう・れいこ	248	笑酔亭 梅寿　しょうすいてい・ばいじゅ	252
十郎兵衛　じゅうろべえ	248	庄助　しょうすけ	252
シュザンヌ・ルストー	248	正介　しょうすけ	252
朱 東斎　しゅ・とうさい	248	小説家　しょうせつか	252
寿八郎　じゅはちろう	248	庄田 竹太郎　しょうだ・たけたろう	252
主婦　しゅふ	248	庄太郎　しょうたろう	252
シュミット	248	正太郎　しょうたろう	252
シュミットナー	248	正太郎　しょうたろう	253
シュミネさん	248	笙太郎　しょうたろう	253
シューメイカー夫人　しゅーめいかーふじん	249	正太郎　しょうたろう*	253
ジュリエット	249	城西 理子　じょうにし・りこ	253
シュルツ	249	商人風の男　しょうにんふうのおとこ	253
シュン	249	少年　しょうねん	253
春　しゅん	249	少年　しょうねん	254
ジュン	249	庄野 紗枝　しょうの・さえ	254
淳　じゅん*	249	庄野 知鶴　しょうの・ちづる	254
舜一　しゅんいち	249	荘原 和夫（大田 和夫）　しょうばら・かずお*（おおた・かずお）	254
淳一　じゅんいち*	249		
淳一郎　じゅんいちろう	249		

荘原 春江　しょうばら・はるえ*	254	白沢　しらさわ	258
松風斎松月　しょうふうさいしょうげつ	254	白瀬　しらせ	258
消防署長　しょうぼうしょちょう	254	白瀬 白夜　しらせ・びゃくや	258
錠前屋　じょうまえや	254	白戸 秋子　しらと・あきこ	258
翔也　しょうや	254	白戸 修　しらと・おさむ	258
ジョーカー	254	白根 良吉　しらね・りょうきち	258
庶木 邦子　しょき・くにこ*	255	白野 なよ子　しらの・なよこ*	258
ショーグン	255	白藤 鷺太郎　しらふじ・さぎたろう	258
徐 庚　じょ・こう	255	ジラーフ田村　じらーふたむら	258
ジョージ	255	ジリアン（四面堂 遥）　じりあん（しめんどう・はるか）	258
ジョジフ・フレンチ（フレンチ警部）　じょじふふれんち（ふれんちけいぶ）	255	私立探偵　しりつたんてい	259
ショスタコウィッチ	255	私立探偵（探偵）　しりつたんてい（たんてい）	259
女性　じょせい	255	ジルベルト	259
ジョゼフ	255	ジロー	259
ジョゼフ・ハートマン	255	白家　しろいえ*	259
ジョゼフ・フーシェ	255	白い女　しろいおんな	259
処長　しょちょう	255	四郎　しろう	259
署長　しょちょう	255	二郎　じろう	259
ジョナサン・ハーボットル	256	四郎王子　しろうおうじ	259
庶務主任　しょむしゅにん	256	白水 みずき　しろうず・みずき	259
徐 明徳　じょ・めいとく	256	城川 剛一　しろかわ・ごういち	259
助役　じょやく	256	城川 道夫　しろかわ・みちお	259
女優　じょゆう	256	次郎吉（鼠小僧）　じろきち（ねずみこぞう）	260
ショルムス	256	白木原 翔太　しろきばら・しょうた	260
ジョン・チートル（チートル）	256	白毛　しろげ*	260
ジョン・ディクスン・カー（カー）	256	城崎 恵理子　しろさき・えりこ	260
ジョン・マーカム（マーカム）	256	城崎 元雄　しろさき・もとお	260
白井 景子　しらい・けいこ	256	城田　しろた	260
白石　しらいし	256	城多氏　しろたし*	260
白石 章　しらいし・あきら*	257	城都 勇　しろと・いさむ*	260
白石 和美　しらいし・かずみ	257	城野 郁雄　しろの・いくお	260
白井 岳夫　しらい・たけお	257	城野 那智子　しろの・なちこ	260
ジライヤー	257	振一　しんいち*	260
白井 義人　しらい・よしと	257	新開 一志　しんかい・かずし	260
白神　しらかみ	257	深海 静一　しんかい・せいいち*	261
白河 久美　しらかわ・くみ	257	深海 真子　しんかい・まさこ*	261
白川 由理亜　しらかわ・ゆりあ	257	信吉　しんきち	261
白坂 彩子　しらさか・あやこ	257	神宮寺 貴信　じんぐうじ・たかのぶ*	261
白坂 香代　しらさか・かよ	257	信公　しんこう	261
白坂 志郎　しらさか・しろう	257	シンさん	261
白坂 竜彦　しらさか・たつひこ*	257		
白崎 瞬　しらさき・しゅん	258		

シンシ		261	末原 稔　すえはら・みのる	265
紳士　しんし		261	蘇芳 紅美子　すおう・くみこ	265
慎司　しんじ		261	須貝 玄堂　すがい・げんどう	265
慎二　しんじ		262	須潟　すがた	265
新十郎　しんじゅうろう		262	須賀 奈緒子　すが・なおこ	265
新庄 光一　しんじょう・こういち*		262	菅沼 菜摘　すがぬま・なつみ	266
新庄 さやか　しんじょう・さやか		262	菅谷（ホスト風）　すがや（ほすとふう）	266
新二郎　しんじろう		262	須賀 義郎　すが・よしろう	266
シンスケ		262	須川（ポチ）　すがわ（ぽち）	266
新谷 弘毅　しんたに・ひろき		262	スギ	266
シンちゃん		262	杉井 利江子　すぎい・りえこ	266
新ちゃん　しんちゃん		262	杉江　すぎえ	266
シンちゃん（シブガキ）		262	杉江 千代蔵　すぎえ・ちよぞう	266
申 正成　しん・ちょんそん		262	杉 一馬　すぎ・かずま	266
進藤　しんどう		263	杉 きん子　すぎ・きんこ	266
進藤 金之助　しんどう・きんのすけ		263	杉島 章吾　すぎしま・しょうご	266
進藤 哲子　しんどう・てつこ		263	杉田 修一郎　すぎた・しゅういちろう	266
神童 天才　しんどう・てんさい		263	杉田 伴作　すぎた・ばんさく	267
進藤 正子　しんどう・まさこ		263	杉田 文子　すぎた・ふみこ	267
進藤 由季子　しんどう・ゆきこ		263	杉田 雅美　すぎた・まさみ	267
甚内　じんない		263	杉原　すぎはら	267
陣内　じんない		263	杉原 幸代　すぎはら・さちよ	267
陣内さん　じんないさん		263	杉原 渚　すぎはら・なぎさ	267
神野 良　じんの・りょう		263	杉原 亮子　すぎはら・りょうこ	267
新婦　しんぷ		264	杉村 一樹　すぎむら・かずき	267
新聞記者　しんぶんきしゃ		264	杉村 加代　すぎむら・かよ	267
晋平　しんぺい		264	杉村 高夫　すぎむら・たかお	267
新兵衛　しんべえ		264	杉村 久雄　すぎむら・ひさお	267
神馬 左京太　しんめ・さきょうた		264	杉村 房枝　すぎむら・ふさえ	267
慎也　しんや		264	杉村 弥生　すぎむら・やよい	268
親友　しんゆう		264	杉本　すぎもと	268
			杉元 易子　すぎもと・えきこ	268
【す】			杉本 かおり　すぎもと・かおり	268
			杉本 政雄　すぎもと・まさお	268
翠寿星　すいじゅせい*		264	杉山 康志　すぎやま・こうし	268
垂里 京一　すいり・きょういち		264	杉山 裕樹　すぎやま・ひろき*	268
垂里 冴子　すいり・さえこ		265	杉山 美也子　すぎやま・みやこ	268
垂里 空美　すいり・そらみ		265	勝平 愛子　すぐひら・あいこ	268
末井　すえい		265	スコット・ヒル（ヒル）	268
末次　すえつぐ		265	スコーニャ	269
末永 庄一　すえなが・しょういち		265	スーザン・ワイズフィールド	269
季乃　すえの		265	厨司 学　ずし・まなぶ	269
末原 順也　すえはら・じゅんや		265		

蘇中信　すー・じょんしん	269
鈴木　すずき	269
鈴木　享輔　すずき・きょうすけ	269
鈴木　源兵衛　すずき・げんべえ	269
鈴木　正三　すずき・しょうぞう	269
鈴木　虎夫　すずき・とらお	269
寿々木　ハンナ　すずき・はんな	269
鈴木　正史　すずき・まさし	269
鈴子　すずこ	269
鈴城夫妻　すずしろふさい	269
鈴ちゃん　すずちゃん	270
鈴村　すずむら	270
スズメ	270
雀川　信也　すずめかわ・しんや	270
須田　すだ	270
須田　英二　すだ・えいじ	270
須田　三郎　すだ・さぶろう	270
捨吉　すてきち	270
ステファニー	270
ステラ・パウエル	270
須藤　すどう	270
須藤　いずみ　すどう・いずみ	270
須藤警部　すどうけいぶ	271
須藤　錠治　すどう・じょうじ	271
須藤　誠一　すどう・せいいち	271
須任　真弓　すとう・まゆみ	271
須永　俊和　すなが・としかず	271
砂神　すながみ	271
砂木　すなき	271
砂村　喬　すなむら・たかし	271
スパイク・フォールコン	271
スパルタキュス	271
寿摩　輝輪子　すま・きわこ	271
すみ	272
須見　すみ	272
スミーエリスキー侯爵夫人　すみーえりすきーこうしゃくふじん	272
角倉　良一　すみくら・りょういち	272
寿美子　すみこ	272
澄子　すみこ	272
隅田　すみだ*	272
隅田　久間市　すみだ・くまいち	272
角田　大悟　すみだ・だいご	272
住山　すみやま	272
住吉　すみよし	272
巣村　明夫　すむら・あきお	272
相撲取り（取的）　すもうとり（とりてき）	273
スリ	273
駿河夫人　するがふじん	273
諏訪野　すわの	273
ずん胴　ずんどう	273

【せ】

清吉　せいきち	273
聖吉　せいきち	273
静吉　せいきち	273
青牛　せい・ぎゅう	273
聖子　せいこ	273
清五郎　せいごろう	273
清治　せいじ*	274
税所　四郎　ぜいしょ・しろう	274
西次郎　せいじろう	274
誠太郎　せいたろう	274
青張　せい・ちょう	274
青年　せいねん	274
青年　せいねん	275
青年（堀野　栄一）　せいねん（ほりの・えいいち）	275
青年紳士　せいねんしんし	275
青年俳人　せいねんはいじん	275
清野　直正　せいの・なおまさ	275
清兵衛　せいべえ	275
税務署長　ぜいむしょちょう	275
清佑　せいゆう	275
瀬尾　兵太　せお・ひょうた	275
瀬折　研吉　せおり・けんきち*	275
瀬上　泰二　せがみ・たいじ*	275
瀬川　菊次　せがわ・きくじ	275
瀬川　順平　せがわ・じゅんぺい	276
瀬川　孝　せがわ・たかし	276
瀬川　隼人　せがわ・はやと	276
瀬川　秀太郎　せがわ・ひでたろう	276
関口　せきぐち	276

関口 十三郎　せきぐち・じゅうざぶろう*	276
関口 玲子　せきぐち・れいこ	276
関 拓哉　せき・たくや	276
関根　せきね	276
関根 春　せきね・しゅん	276
関根 多佳雄　せきね・たかお	276
関根 多佳雄　せきね・たかお	277
関夫人　せきふじん	277
関谷 一　せきや・はじめ	277
瀬古 卓巳　せこ・たくみ	277
瀬下 亮　せした・りょう	277
勢田 在直　せた・ありなお	277
ゼック医師　ぜっくいし	277
勢津子　せつこ	277
節子　せつこ	277
岊谷氏　せつやし	277
瀬戸口 幸夫　せとぐち・ゆきお	278
瀬戸 祥造　せと・しょうぞう	278
セドリック卿　せどりっくきょう	278
瀬名　せな	278
銭形平次　ぜにがたへいじ	278
妹尾（おむつ先生）　せのお（おむつせんせい）	278
瀬野 久太郎　せの・きゅうたろう	278
セブ	278
ゼベズ・ブース（ブース）	278
瀬村 源太郎　せむら・げんたろう	278
瀬村 等　せむら・ひとし	278
セーラ・コックス（コックス）	278
世良田 元信　せらた・もとのぶ	279
芹沢 鴨　せりざわ・かも	279
芹沢 太一　せりざわ・たいち	279
セルゲイ・ミラーエビッチ	279
セレカ	279
千吉　せんきち	279
船客　せんきゃく	279
浅間寺 竜之介　せんげんじ・りゅうのすけ	279
千石　せんごく	279
千石 昇　せんごく・のぼる	279
千石 梨花　せんごく・りか	279
善次郎　ぜんじろう	280
センセー	280
先生　せんせい	280
先生　せんせい	281
仙太　せんた	281
船長　せんちょう	281
千手 定夫　せんて・さだお*	281
千堂 保　せんどう・たもつ	281
仙人　せんにん	281
千羽 不二子　せんば・ふじこ	281
善福 佳寿美　ぜんふく・かずみ	281

【そ】

創　そう	281
蒼　そう	281
宗一　そういち	281
壮一　そういち	282
雙卿　そうけい	282
蔵秀　ぞうしゅう	282
装飾工　そうしょくこう	282
宗佑　そうすけ	282
惣太　そうた	282
惣太郎　そうたろう	282
蒼波　そうは	282
相馬 一樹（イッキ）　そうま・かずき（いっき）	282
相馬 孝子　そうま・たかこ	282
添田　そえだ	282
曾我 佳城　そが・かじょう	283
蘇甲 純也　そかわ・じゅんや	283
外浦 淳一　そとうら・じゅんいち*	283
外浦 幸枝　そとうら・ゆきえ*	283
外山 雅治　そとやま・まさはる	283
ソーニャ	283
ソーニャ・オルロフ	283
曽根 英吾　そね・えいご*	283
曽根 民夫　そね・たみお	283
園田　そのだ	283
園田 郁雄　そのだ・いくお	284
苑田 岳葉　そのだ・がくよう	284
園田 修一郎　そのだ・しゅういちろう	284
園田 祐二　そのだ・ゆうじ	284
園田 良三　そのだ・りょうぞう	284

祖父　そふ	284	
祖父江 偲　そふえ・しの	284	
祖母　そぼ	284	
曾宮 タツ　そみや・たつ*	284	
反町 俊也　そりまち・としや*	284	
ソンダース	285	
村長　そんちょう	285	

【た】

ダイアナ	285
第一の男　だいいちのおとこ	285
大御坊 安朋　だいごぼう・やすとも	285
退職刑事（父）　たいしょくけいじ（ちち）	285
大次郎　だいじろう	285
大介　だいすけ	285
泰三　たいぞう	285
大道寺 圭　だいどうじ・けい	285
第二の男　だいにのおとこ	285
タウンゼンド	286
多絵　たえ	286
タエコ	286
妙子　たえこ	286
田岡 千代之介　たおか・ちよのすけ	286
高井 龍彦　たかい・たつひこ	286
多佳雄　たかお	286
高岡 正子　たかおか・しょうこ	286
高雄 妙　たかお・たえ	286
高木　たかぎ	286
高木 明弘　たかぎ・あきひろ	287
高木 謙三　たかぎ・けんぞう	287
高木 聖大　たかぎ・せいだい	287
高木 奈々　たかぎ・なな	287
高木 真理　たかぎ・まり	287
高久 寿一　たかく・としかず	287
高隈 茂喜　たかくま・しげき	287
たか子　たかこ	287
孝子　たかこ	287
高崎 春雄　たかさき・はるお*	287
高沢 淳　たかざわ・じゅん*	287
高沢 真知子　たかざわ・まちこ	288
高沢 路子　たかざわ・みちこ	288
高沢 義如　たかざわ・よしゆき	288
タカシ	288
崇　たかし	288
高芝 玲　たかしば・れい	288
高嶋 沙織　たかしま・さおり	288
高島 初男　たかしま・はつお	288
高杉 晶子　たかすぎ・あきこ	288
高須 久子　たかす・ひさこ	288
高瀬 千帆（タカチ）　たかせ・ちほ（たかち）	289
高瀬 春男　たかせ・はるお	289
高園 竜平　たかぞの・りゅうへい*	289
高田 彦次郎　たかだ・ひこじろう	289
高田 彦之進　たかだ・ひこのしん	289
高田老人　たかだろうじん	289
タカチ	289
高塚 謙太郎　たかつか・けんたろう	289
高槻 彰彦　たかつき・あきひこ	290
高藤 征一　たかとう・せいいち	290
高梨　たかなし	290
高梨 えり子　たかなし・えりこ	290
高輪 浩　たかなわ・ひろし	290
高輪 芳子　たかなわ・よしこ	290
鷹西 美波　たかにし・みなみ	290
鷹西 渉　たかにし・わたる	290
高庭警視　たかにわけいし	290
鷹野 久美子　たかの・くみこ	290
高野 沙希　たかの・さき	290
高野 信二　たかの・しんじ*	290
高野 泰之　たかの・やすゆき	290
高橋 一幸　たかはし・かずゆき	291
高橋センセイ　たかはしせんせい	291
高橋 英樹　たかはし・ひでき	291
高橋夫妻　たかはしふさい	291
高橋 道夫　たかはし・みちお	291
高橋 虫麻呂　たかはし・むしまろ	291
高橋 良紀　たかはし・よしのり*	291
高畑 一郎　たかはた・いちろう	291
高畑 一樹　たかはた・かずき*	291
高幡 千莉　たかはた・ちり	291
高浜 覚忍　たかはま・かくにん	291
高林 亮子　たかばやし・りょうこ	291
高林 類子　たかばやし・るいこ*	291

高部 佳久	たかべ・よしひさ	292
高松 研一	たかまつ・けんいち	292
高丸 としみ	たかまる・としみ	292
高見沢 朝美	たかみざわ・あさみ*	292
高見沢 沙枝子	たかみざわ・さえこ	292
高美 善伍	たかみ・ぜんご	292
高見 次夫	たかみ・つぐお	292
高峰	たかみね	292
高見 信子	たかみ・のぶこ	292
田上 舞	たがみ・まい	292
高村	たかむら	292
鷹村 剛	たかむら・ごう*	292
高柳	たかやなぎ	293
高柳 縫子	たかやなぎ・ぬいこ	293
高谷 博信	たかや・ひろのぶ	293
高山	たかやま	293
高山	たかやま*	293
高山くん	たかやまくん	293
孝之	たかゆき	293
隆行	たかゆき	293
宝井 喜三治	たからい・きさんじ	293
田川 犬一	たがわ・いぬいち	294
田川 真吉	たがわ・しんきち	294
田川 羊一	たがわ・よういち	294
瀧井	たきい	294
滝井 藤兵衛	たきい・とうべえ	294
タキオさん		294
滝口	たきぐち	294
多岐子	たきこ	294
滝子	たきこ*	294
滝沢 聡	たきざわ・さとし	294
滝沢 ひとみ	たきざわ・ひとみ	294
滝沢 良平	たきざわ・りょうへい	294
滝田 七郎	たきた・しちろう	294
滝田 寿之助	たきた・じゅのすけ*	295
滝田 浩	たきた・ひろし	295
滝野 光敏	たきの・みつとし	295
瀧野 羊介	たきの・ようすけ	295
多岐野 善夫	たきの・よしお	295
滝目	たきめ	295
滝本	たきもと	295
滝本 一義	たきもと・かずよし	295
滝本 俊行	たきもと・としゆき	295
滝本 みちえ	たきもと・みちえ	295
滝山 譲二	たきやま・じょうじ	295
田切 秀作	たぎり・しゅうさく	295
滝 連太郎	たき・れんたろう	295
卓次	たくじ	296
宅次	たくじ	296
タクシードライバー		296
田口	たぐち	296
田口 那美	たぐち・なみ	296
田口 真奈美	たぐち・まなみ	296
匠 千暁(タック)	たくみ・ちあき(たっく)	296
匠屋西次郎(西次郎)	たくみやせいじろう(せいじろう)	296
竹内	たけうち	296
竹内 和雄	たけうち・かずお	297
武内 周之助	たけうち・しゅうのすけ	297
武内 利晴	たけうち・としはる	297
竹内 正浩	たけうち・まさひろ	297
竹雄	たけお	297
竹岡	たけおか	297
竹越	たけこし	297
竹崎	たけざき	297
竹沢 敏子	たけざわ・としこ	297
タケさん		297
猛	たけし	297
竹下	たけした	297
竹次郎	たけじろう	298
武田	たけだ	298
竹田 京児	たけだ・きょうじ	298
竹田士長	たけだしちょう	298
武田 渡	たけだ・わたる	298
タケちゃん		298
竹中	たけなか	298
竹中 正男	たけなか・まさお	298
竹中 雅美	たけなか・まさみ	298
竹梨	たけなし	298
竹兄(竹次郎)	たけにい(たけじろう)	298
竹野	たけの	298
竹之内 敏行	たけのうち・としゆき	298
竹原 勇吉	たけはら・ゆうきち	299
竹久 俊彦	たけひさ・としひこ	299

竹久 美保 たけひさ・みほ	299	
武弘 たけひろ	299	
丈史 たけふみ	299	
タケミ	299	
武見 香代子 たけみ・かよこ	299	
竹宮 真治 たけみや・しんじ	299	
竹村 たけむら	299	
竹村 英太郎 たけむら・えいたろう	299	
竹流 たける	299	
竹脇 輝男 たけわき・てるお	299	
竹脇 七菜代 たけわき・ななよ	300	
田坂 哲男 たさか・てつお	300	
田坂 由美子 たさか・ゆみこ	300	
田沢 良三 たざわ・りょうぞう	300	
太七 たしち	300	
田島 たじま	300	
田島 たじま*	300	
但馬 一矢 たじま・かずや	300	
田島 絹子 たじま・きぬこ	300	
田島氏 たじまし	300	
田嶋 宗一郎 たじま・そういちろう	300	
但馬 恒之 たじま・つねゆき	300	
多治見 たじみ	300	
多襄丸 たじょうまる	301	
田代 たしろ	301	
田代 精作 たしろ・せいさく	301	
田代 彪蔵 たしろ・ひょうぞう	301	
田澄 桜子 たずみ・さくらこ	301	
多津屋安兵衛 たづややすべえ	301	
直志 ただし	301	
唯野 勇一 ただの・ゆういち	301	
忠彦 ただひこ	301	
忠行 ただゆき	301	
多々良 雅子 たたら・まさこ	301	
崇 たたる	301	
太刀洗 万智 たちあらい・まち	302	
立川 誠 たちかわ・まこと*	302	
立花 たちばな	302	
橘 和夫 たちばな・かずお	302	
立花 寛二 たちばな・かんじ	302	
多智花さん たちばなさん	302	
立花 真三 たちばな・しんぞう	302	
立花 信之介 たちばな・しんのすけ	302	
立花 宗珍 たちばな・そうちん	302
立花 鳴海 たちばな・なるみ	302
立花 真樹 たちばな・まさき	302
立花 由紀夫 たちばな・ゆきお	303
立花 美樹 たちばな・よしき	303
立花 良輔 たちばな・りょうすけ	303
タチヤーナ	303
タツ	303
辰 たつ	303
辰(宝引きの辰) たつ(ほうびきのたつ)	303
辰親分(宝引きの辰) たつおやぶん(ほうびきのたつ)	303
辰親分(宝引の辰親分) たつおやぶん(ほうびきのたつおやぶん)	303
タツギ・タクマ	303
竜吉 たつきち	303
龍吉 たつきち*	304
タック	304
辰公 たつこう	304
辰五郎 たつごろう	304
ダッジ	304
辰次郎 たつじろう	304
ダットサン博士 だっとさんはかせ	304
竜浪 宗平 たつなみ・そうへい	304
竜野 亮一 たつの・りょういち	304
巽 秋枝 たつみ・あきえ	304
巽 秋枝 たつみ・あきえ	305
巽 すみれ たつみ・すみれ	305
巽 宏明 たつみ・ひろあき	305
竜也 たつや	305
伊達左京亮 宗春 だてさきょうのすけ・むねはる	305
立山 昇 たてやま・のぼる	305
田所 たどころ	305
田所 安曇 たどころ・あずみ	305
田所 修二 たどころ・しゅうじ	305
田所 博 たどころ・ひろし	305
田所 正義 たどころ・まさよし	306
田所 雄二 たどころ・ゆうじ	306
田名網 たなあみ	306
田名網警部 たなあみけいぶ	306
田中 たなか	306

田中 明子　たなか・あきこ	306
田中君　たなかくん	306
田中 三郎兵衛　たなか・さぶろべえ	306
田中さん　たなかさん	306
田中 紗沙羅　たなか・しゃさら	306
田中 紗沙羅　たなか・しゃさら	307
田中 武次　たなか・たけつぐ	307
田中 達雄　たなか・たつお	307
田中 裳所　たなか・もとこ	307
田中 由美子（ミコ）　たなか・ゆみこ（みこ）	307
棚橋 欽吾　たなはし・きんご	307
田辺　たなべ	307
田辺 鶴吉　たなべ・つるきち	307
田部 守　たなべ・まもる	307
田辺 義哉　たなべ・よしなり*	307
谷　たに	307
谷井　たにい	308
谷内 治　たにうち・おさむ	308
ダニエーラ・マシーニ	308
谷川 真介　たにがわ・しんすけ	308
谷口　たにぐち	308
谷口 孝志　たにぐち・たかし*	308
谷崎 庄之助　たにざき・しょうのすけ	308
谷原 巳代司　たにはら・みよじ	308
谷藤 万里子　たにふじ・まりこ	308
谷 平史郎　たに・へいしろう	308
谷村　たにむら	308
谷村　たにむら	309
谷村 健太郎　たにむら・けんたろう	309
谷村 梢　たにむら・こずえ	309
ターニャ	309
田沼 彰　たぬま・あきら	309
田沼 意次　たぬま・おきつぐ	309
種原 隆三　たねはら・りゅうぞう	309
種村 美土里　たねむら・みどり	309
田之上 佳代　たのうえ・かよ	309
田之上 利光　たのうえ・としみつ	309
田之倉　たのくら	309
田畑 真奈江　たばた・まなえ	309
タビー	310
ダビデ	310
ダフネ・アーティナス	310
太兵衛　たへえ	310
田部 義浩　たべ・よしひろ	310
タマ	310
珠恵　たまえ	310
玉川　たまがわ	310
玉川 伊知郎　たまがわ・いちろう	310
環　たまき	310
多摩子　たまこ	310
玉島　たましま	310
玉島 節子　たましま・せつこ	311
玉島 千蔭　たましま・ちかげ	311
玉島 道雄　たましま・みちお	311
玉村 愛子　たまむら・あいこ	311
玉村 一馬　たまむら・かずま	311
玉村 勝馬　たまむら・かつま	311
玉谷　たまや	311
田丸警部　たまるけいぶ	311
田丸 亮介　たまる・りょうすけ	311
民子　たみこ	311
タミヤ	311
田宮　たみや	311
民谷　たみや	311
田宮 仙太郎　たみや・せんたろう	312
多村　たむら	312
田村　たむら	312
田村 香月　たむら・かずき	312
田村 聡江　たむら・さとえ	312
田村 二吉　たむら・にきち	312
田村 幹夫　たむら・みきお	312
田村 由美　たむら・ゆみ	312
田安 宗武　たやす・むねたけ	312
タラセヴィッチェワ王妃　たらせびっちぇろおうひ	312
太郎　たろう	312
田原 長太夫　たわら・ちょうだゆう*	312
だんきゃん	313
ダン・クリントン	313
丹後屋弥左衛門　たんごややざえもん	313
丹沢 悠紀子　たんざわ・ゆきこ	313
丹山 宗太　たんざん・そうた	313
丹山 吹子　たんざん・ふきこ	313
男女（二人）　だんじょ（ふたり）	313

ダンチョン	313
探偵　たんてい	313
探偵　たんてい	314
探偵さん　たんていさん	314
丹那　たんな	314
旦那様（平田 章次郎）　だんなさま（ひらた・しょうじろう）	314
短髪の男　たんぱつのおとこ	314
ダンロク	314

【ち】

千秋　ちあき	314
チェチリア・ガッレラーニ	314
チェルシー	314
チカちゃん	314
痴漢　ちかん	314
千装 治郎　ちぎら・はるお	315
チギル	315
千佐子　ちさこ	315
千里　ちさと	315
千々岩　ちじわ	315
千鶴　ちず	315
地図　ちず	315
千鶴子　ちずこ	315
チーズマン夫人　ちーずまんふじん	315
千鶴　ちずる	315
知叟　ちそう	315
千反田 える　ちたんだ・える	315
父　ちち	315
父　ちち	316
父（公吉）　ちち（こうきち）	316
チートル	316
千野 希央　ちの・きおう	316
千葉　ちば	316
千葉警部　ちばけいぶ	316
ちび	316
チビシモ	316
ちび八　ちびはち	316
千舟 傑　ちふね・まさる	316
チボ松　ちぼまつ	317
痴水 幼稚範　ちみず・よちのり	317
ちゃーちゃん	317
チャート夫人　ちゃーとふじん	317
チャーリー	317
チャーリイ・ルウ	317
チャーリー・チャン（チャン）	317
チャーリー西島　ちゃーりーにしじま	317
チャールズ・グッドマン（グッドマン）	317
チャールズ・モーフィー	317
チャン	317
チュウ	318
中国人（お嬢さん）　ちゅうごくじん（おじょうさん）	318
忠治　ちゅうじ	318
中城 泰子　ちゅうじょう・やすこ	318
チュオン・トック	318
趙 闇叔　ちょう・あんしゅく	318
周家健　ちょう・がーきん	318
趙 希舜　ちょう・きしゅん	318
蝶吉　ちょうきち	318
丁香　ちょうこう	318
朝山日乗（日乗）　ちょうざんにちじょう（にちじょう）	319
長次（人魂長次）　ちょうじ（ひとだま ちょうじ）	319
趙 昭之　ちょう・しょうし	319
長次郎　ちょうじろう	319
長髪の男（真島 浩二）　ちょうはつのおとこ（まじま・こうじ）	319
智与子　ちよこ	319
チョコちゃん	319
ちょろ万　ちょろまん	319
陳 美玉　ちん・びぎょく	319

【つ】

ツカサ	319
束原 庄介　つかはら・しょうすけ	319
束原 輝之　つかはら・てるゆき	320
塚原婦警（卜伝女史）　つかはらふけい（ぼくでんじょし）	320
束原 靖美　つかはら・やすみ	320
塚原 弥太郎　つかはら・やたろう	320
塚村 圭太郎　つかむら・けいたろう	320
塚本　つかもと	320

塚本 敦史	つかもと・あつし	320
塚本警部	つかもとけいぶ	320
塚本さん	つかもとさん	320
塚本 保雄	つかもと・やすお	320
津川 聡子	つがわ・さとこ	320
津川 信之	つがわ・のぶゆき	320
津川 洋	つがわ・ひろし	321
津川 美由紀	つがわ・みゆき	321
月岡 美知留	つきおか・みちる	321
月ヶ瀬 直子(長尾 直子)	つきがせ・なおこ(ながお・なおこ)	321
月ヶ瀬 秀則	つきがせ・ひでのり	321
月子さん	つきこさん	321
月子夫人	つきこふじん	321
月の家栄楽	つきのやえいらく	321
月の家花助	つきのやはなすけ	321
月彦	つきひこ	321
月山 浩一	つきやま・こういち	321
津久井	つくい	321
津久井 広	つくい・ひろし	322
九十九 雄太	つくも・ゆうた	322
津坂 公子	つさか・きみこ	322
津坂 民子	つさか・たみこ	322
ツジ		322
辻 香苗	つじ・かなえ	322
辻 霧絵	つじ・きりえ	322
辻 進次郎	つじ・しんじろう	322
辻谷 純平	つじたに・じゅんぺい	322
津島 海人	つしま・うみひと	322
辻村	つじむら	322
辻村	つじむら	323
辻村 綾子	つじむら・あやこ	323
辻村 沙耶	つじむら・さや	323
辻老人	つじろうじん	323
葛籠 キョウタ	つづら・きょうた	323
津田くん	つだくん	323
津田 タミ(川路 鴇子)	つだ・たみ(かわじ・ときこ)	323
津田 真方	つだ・まかた	323
津田 龍二朗	つだ・りゅうじろう	323
津田 龍助	つだ・りゅうすけ	323
土本 雅美	つちもと・まさみ	323
土屋 明弘	つちや・あきひろ	323
土谷 恭介	つちや・きょうすけ	324
土屋 浩平	つちや・こうへい	324
土屋 智也	つちや・ともや*	324
筒井 慶介	つつい・けいすけ	324
筒見	つつみ	324
堤 三郎	つつみ・さぶろう	324
堤 俊博	つつみ・としひろ	324
堤 弘男	つつみ・ひろお	324
堤 洋隆	つつみ・ひろたか	324
津中 ユリ	つなか・ゆり	324
十 徳次郎(じっとく)	つなし・とくじろう(じっとく)	324
常本 守子	つねもと・もりこ*	324
角田 玲子	つのだ・れいこ*	325
角山氏	つのやまし	325
椿	つばき	325
燕の十郎	つばくらのじゅうろう	325
坪井 仁志	つぼい・ひとし	325
壺内 宗也	つぼうち・そうや	325
壺内 刀麻	つぼうち・とうま	325
坪内 信行	つぼうち・のぶゆき	325
壺な感じ	つぼなかんじ*	325
坪根一等兵	つぼねいっとうへい	325
坪野 好一	つぼの・こういち	325
妻	つま	325
津村	つむら	325
津村	つむら	326
津村 英悟	つむら・えいご	326
津村 弘	つむら・ひろし	326
露子	つゆこ	326
露子さん	つゆこさん	326
つる		326
鶴	つる	326
鶴岡 栄司	つるおか・えいじ	327
鶴岡先生	つるおかせんせい	327
鶴岡 愛美	つるおか・まなみ	327
津留 亀助	つる・かめすけ	327
鶴川 八十郎	つるかわ・やじゅうろう	327
剣沢	つるぎさわ	327
鶴来 六輔	つるき・ろくすけ	327
鶴刑事	つるけいじ	327
鶴子	つるこ	327
鶴公	つるこう	327

鶴田 慶助(鶴) つるた・けいすけ(つる)	327
鶴田さん つるたさん	327
都留 龍人 つる・たつひと	328
弦巻 つるまき	328
鶴見 銀之助 つるみ・ぎんのすけ	328
鶴山 次郎 つるやま・じろう	328

【て】

ティエン・リイ	328
程 玄彪 てい・げんぴょう	328
汀子 ていこ	328
Tさん てぃーさん	328
T氏 てぃーし	328
ディスラール	328
手島 てじま	328
鉄男 てつお	329
デッカード	329
テッキ	329
哲子 てつこ	329
鉄五郎 てつごろう	329
鐵ツァン てっつぁん	329
鉄道ファンの青年 てつどうふぁんのせいねん	329
テッド・マクレーン(マッド)	329
デビー	329
デービス	329
デボラ・デヴンポート(デビー)	329
出村 秀行 でむら・ひでゆき*	329
デュパン 鮎子 でゅぱん・あゆこ	329
寺井 裕子 てらい・ゆうこ*	330
寺岡 てらおか	330
寺尾 保 てらお・たもつ	330
寺坂 てらさか	330
寺坂 真以 てらさか・まい	330
寺崎 浩 てらさき・ひろし	330
寺沢 貢太郎 てらさわ・こうたろう	330
寺島 てらしま	330
寺島 俊樹 てらじま・としき	330
寺田 てらだ	330
寺山 てらやま	330

テリュース・G・グランチェスター てりゅーす・じー・ぐらんちぇすたー	331
テロリスト	331
店員 てんいん	331
店主 てんしゅ	331
デンちゃん	331
天堂 浩二 てんどう・こうじ	331
天鈍 吉兵衛 てんどん・きちべえ	331
テンノー	331
伝兵衛 でんべえ	331
電兵衛(のばくの電兵衛) でんべえ(のばくのでんべえ)	331
伝法 でんぽう	331
伝法 真希 でんぽう・まき	332

【と】

ドーアン	332
童顔の料理人 どうがんのりょうりにん	332
藤吉(釘抜藤吉) とうきち(くぎぬきとうきち)	332
堂島 和雄 どうじま・かずお	332
堂島 健吾 どうじま・けんご	332
東城 至 とうじょう・いたる	332
刀城 言耶 とうじょう・げんや	332
東条先生 とうじょうせんせい	332
東谷 須賀子 とうたに・すがこ*	333
藤堂 とうどう	333
藤堂 愛子 とうどう・あいこ	333
藤堂 しのぶ とうどう・しのぶ	333
藤堂 稔夫 とうどう・としお	333
橙堂 美江 とうどう・みえ	333
藤堂 美鈴 とうどう・みすず*	333
東堂 雄一郎 とうどう・ゆういちろう	333
東野 とうの	333
堂場警部補 どうばけいぶほ	333
十八郎 とうはちろう	333
塔馬 双太郎 とうま・そうたろう	333
トゥームズ	334
陶 美鈴 とう・めいりん	334
堂本 どうもと	334
堂本 悦子 どうもと・えつこ	334

堂本 菊江	どうもと・きくえ	334
堂本 美香	どうもと・みか	334
當山 豊	とうやま・ゆたか	334
戸枝 里美	とえだ・さとみ	334
十四郎	とおしろう	334
遠凪 尚人	とおなぎ・なおと	334
遠野 比佐子	とおの・ひさこ	334
遠山 一夫	とおやま・かずお	334
遠山 由里	とおやま・ゆり	335
蜥蜴女	とかげおんな	335
富樫 彰	とがし・あきら	335
富樫 繁子	とがし・しげこ	335
戸梶 祐太朗	とかじ・ゆうたろう	335
戸川 冬美	とがわ・ふゆみ	335
戸川 彌市	とがわ・やいち	335
戸川 隆一	とがわ・りゅういち	335
時国 英三郎	ときくに・えいざぶろう*	335
朱鷺沢 康男	ときざわ・やすお	335
常田	ときた	335
常田 春英	ときた・はるひで	335
時津 孝治	ときつ・こうじ	336
土岐 佑介	とき・ゆうすけ	336
常盤津小智大夫(小智大夫)	ときわずこさとたゆう(こさとたゆう)	336
徳井 敬次郎	とくい・けいじろう	336
徳川 義親	とくがわ・よしちか	336
徳次	とくじ	336
徳治	とくじ	336
徳次郎	とくじろう	336
徳田	とくだ	336
徳田 亀蔵	とくだ・かめぞう	336
ドクター・コドン		336
徳田 順次	とくだ・じゅんじ	336
徳田 丈治	とくだ・じょうじ	337
徳田探偵	とくだたんてい	337
徳山 和孝	とくやま・かずたか	337
徳山 幸左衛門	とくやま・こうざえもん	337
徳山 幸太郎	とくやま・こうたろう	337
トーコ		337
土工	どこう	337
所 次郎	ところ・じろう	337
トシエ		337
俊恵	としえ	337
敏夫	としお	337
とし子	としこ	337
俊子	としこ	338
登志子	としこ	338
淑子刀自	としことじ	338
俊彦	としひこ	338
利彦	としひこ	338
トシマ サエコ	としま・さえこ	338
敏之	としゆき	338
戸台 友雄	とだい・ともお	338
戸田 満枝	とだ・みつえ	338
戸田 恵	とだ・めぐみ	338
栃尾	とちお	338
栃倉	とちくら	338
栃沢	とちざわ	339
戸塚 エミ	とつか・えみ	339
戸塚 浩一郎	とつか・こういちろう	339
十津川	とつがわ	339
十津川警部	とつがわけいぶ	339
十津川 直子	とつがわ・なおこ	339
ドートク		339
百々 典孝	どど・のりたか	339
等々力	とどろき	339
等々力 一遍	とどろき・いっぺん	340
等々力 大志	とどろき・だいし	340
等々力 忠義	とどろき・ただよし	340
等々力 勉	とどろき・つとむ	340
轟 美江	とどろき・よしえ	340
戸浪 三四郎	となみ・さんしろう	340
トニイ・ヴァイン		340
トーニョ		340
刀根館 淳子	とねだち・じゅんこ	340
利根 洋助	とね・ようすけ	340
登内 冽	とのうち・きよし	340
殿村さん	とのむらさん	340
外村 節子	とのむら・せつこ	341
都林 成一郎	とばやし・せいいちろう	341
戸針 康雄	とばり・やすお*	341
トビー・マクゴーワン		341
鳶山 久志	とびやま・ひさし	341
トプカピ		341
ドブロク		341

戸部 万児　とべ・まんじ*	341
トーマ（西之園 都馬）　と―ま（にしの その・とうま）	341
トーマス・アイバーソン	341
トマス・クラウン	342
泊 三平太　とまり・さんぺいた	342
富雄　とみお	342
富岡 章子　とみおか・あきこ	342
富沢　とみざわ	342
富造　とみぞう	342
富田　とみた	342
富田 秀美　とみた・ひでみ	342
ドミートリイ・エルレーモフ	342
富永　とみなが	342
富永先輩　とみながせんぱい	342
富永 弥兵衛　とみなが・やへえ	343
鳥見屋地兵衛　とみやじへえ	343
トム	343
ドームズ	343
戸村 流平　とむら・りゅうへい	343
留吉　とめきち	343
鞆江　ともえ	343
友木　ともき	343
智子　ともこ	343
朋子　ともこ	343
友坂 夕也　ともさか・ゆうや	344
友田 俊哉　ともだ・としや	344
友田 萬兵　ともだ・まんぺい	344
朝永　ともなが	344
朝永 加世子　ともなが・かよこ	344
朝永 啓太郎　ともなが・けいたろう	344
友永 さより　ともなが・さより	344
友成 功平　ともなり・こうへい	344
友成 千穂　ともなり・ちほ	344
友彦　ともひこ	344
友弘　ともひろ	344
朋平　ともへい*	345
友部 正平　ともべ・しょうへい	345
友部 良行　ともべ・よしゆき	345
朋美　ともみ*	345
戸山 正　とやま・ただし	345
豊浦 八造　とようら・はちぞう	345
豊川　とよかわ	345
豊川 春門　とよかわ・はるかど	345
豊木 悦二　とよき・えつじ*	345
豊島 詢　とよしま・じゅん	345
豊島 知美　とよしま・ともみ	345
豊島 泰子　とよしま・やすこ	345
豊松 修　とよまつ・おさむ	346
トラ	346
ドラゴン	346
寅二　とらじ	346
トランチャン	346
トーリア	346
取違 孝太郎　とりい・こうたろう	346
鳥井 奈美子　とりい・なみこ	346
鳥飼 久美　とりかい・くみ	346
鳥飼 俊輔　とりがい・しゅんすけ	346
鳥飼 松子　とりかい・まつこ	346
鳥越 邦明　とりごえ・くにあき	347
鳥島　とりしま	347
取的　とりてき	347
西乃 初　とりの・はつ	347
トレイシィ・ケンプ	347
土呂井 竜蔵　とろい・りゅうぞう	347
泥具根 秋人　どろぐね・あきひと	347
泥棒　どろぼう	347
泥安　どろやす	347
ドロレス・バークレイ	347
曇斎先生　どんさいせんせい	347
ドン・ペドロ	347

【な】

ナイジェル・グレゴリー（グレゴリー）	348
ナイト	348
内藤　ないとう	348
内藤 三國　ないとう・みくに	348
奈緒　なお	348
直子　なおこ	348
直子　なおこ	349
奈緒子　なおこ	349
直次　なおじ	349
ナオト	349
奈穂美　なおみ	349
直也　なおや	349

永井　ながい	349	
永井 綾子　ながい・あやこ	349	
仲井 吾助　なかい・ごすけ	349	
永井 夕子　ながい・ゆうこ	349	
永井 夕子　ながい・ゆうこ	350	
中江 孝太郎　なかえ・こうたろう	350	
長江 高明　ながえ・たかあき	350	
中江 美也子　なかえ・みやこ	350	
永江 悠子　ながえ・ゆうこ	350	
中岡 良　なかおか・りょう	350	
長尾 直子　ながお・なおこ	350	
長尾 葉月　ながお・はづき	350	
中尾 文吾　なかお・ぶんご	350	
中垣内 真理香　なかがいち・まりか	350	
仲上　なかがみ	350	
永上 光　ながかみ・ひかる	351	
中川　なかがわ	351	
中川 香織　なかがわ・かおり*	351	
中川 淳一　なかがわ・じゅんいち	351	
中川 透(トーリア)　なかがわ・とおる(とーりあ)	351	
中川 茂吉　なかがわ・もきち	351	
中込　なかごみ	351	
長崎 真奈美　ながさき・まなみ	351	
永里 杏奈　ながさと・あんな	351	
中澤 卓郎　なかざわ・たくろう	351	
中沢 英彦　なかざわ・ひでひこ	351	
ナカさん	352	
中島　なかじま	352	
永嶋　ながしま	352	
中島 孝造　なかじま・こうぞう	352	
中島 武(タケちゃん)　なかじま・たけし(たけちゃん)	352	
中島 信彦　なかじま・のぶひこ	352	
中条　なかじょう*	352	
中条 五郎　なかじょう・ごろう	352	
中瀬　なかせ	352	
永瀬　ながせ	352	
長瀬　ながせ	352	
中瀬 ひかる　なかせ・ひかる	352	
中曾根　なかそね	353	
中田　なかた	353	
永田　ながた	353	
中田　なかだ*	353
中田 晴吉　なかた・せいきち	353
仲田 真美子　なかた・まみこ*	353
仲田 真美子　なかだ・まみこ*	353
中田 安枝　なかだ・やすえ*	353
中塚 忠　なかつか・ただし	353
中塚 広子　なかつか・ひろこ	353
中塚 美佐　なかつか・みさ	353
中津川 秋子　なかつがわ・あきこ	354
長門巡査　ながとじゅんさ	354
永友 仁美　ながとも・ひとみ	354
中根 紘一　なかね・こういち	354
中野　なかの	354
永野　ながの	354
長野 忠夫　ながの・ただお	354
長野 富子　ながの・とみこ	354
長野 ヒサ　ながの・ひさ	354
那加野 泰宏　なかの・やすひろ	354
那加野 由真　なかの・ゆま	354
中原　なかはら	354
中原 新吉　なかはら・しんきち	355
中道 仙次　なかみち・せんじ	355
永見 緋太郎　ながみ・ひたろう	355
中村　なかむら	355
中村 雅楽　なかむら・ががく	355
中村 きん(きんちゃん)　なかむら・きん(きんちゃん)	355
中村 欽吾　なかむら・きんご	356
中村 玄道　なかむら・げんどう	356
中村 里美　なかむら・さとみ	356
中村 しのぶ　なかむら・しのぶ	356
中村 進治郎　なかむら・しんじろう	356
中村 半次郎(菱田 新太郎)　なかむら・はんじろう(ひしだ・しんたろう)	356
中村 半太夫　なかむら・はんだゆう	356
中山　なかやま	356
中山 秋子　なかやま・あきこ	356
永山 悠太　ながやま・ゆうた	356
仲脇 若菜　なかわき・わかな	356
ナカンズク氏　なかんずくし	356
ナギ	357
名倉 雄造　なくら・ゆうぞう	357
名越 俊也　なごえ・しゅんや	357

なごみ		357	ナメクジ女史　なめくじじょし	361
名古屋 四郎　なごや・しろう		357	奈良本 明日香　ならもと・あすか	361
梨田　なしだ		357	楢本 国雄　ならもと・くにお	361
梨本 里美　なしもと・さとみ		357	楢山 和弘　ならやま・かずひろ	361
ナスチャ		357	楢山 茂　ならやま・しげる	361
那須 むめ子　なす・むめこ		357	成島 甲子太郎（柳北）　なるしま・きねたろう（りゅうほく）	361
難儀 正浩　なだぎ・まさひろ		357	成島 啓子　なるしま・けいこ	361
ナターシャ・エルレーモフ		357	成瀬（クルマ屋）　なるせ（くるまや）	361
ナタリー・スレイド		357	成瀬 龍之介　なるせ・りゅうのすけ	361
夏 あやか　なつ・あやか		358	鳴滝 昇治　なるたき・しょうじ	362
夏恵　なつえ		358	鳴海 凪（ナギ）　なるみ・なぎ（なぎ）	362
夏枝　なつえ		358	鳴海 正憲　なるみ・まさのり	362
奈津枝　なつえ		358	成宮 玄一郎　なるみや・げんいちろう	362
夏川 俊介　なつかわ・しゅんすけ		358	鳴海 夕侍　なるみ・ゆうじ	362
夏川 麻衣子　なつかわ・まいこ		358	成山　なるやま	362
夏木 梨香　なつき・りか		358	縄田 久美子　なわた・くみこ*	362
なっちゃん		358	南上　なんじょう	362
夏葉　なつは		358	南条 圭　なんじょう・けい	362
夏彦　なつひこ		358	南条刑事　なんじょうけいじ	362
夏目 金之助　なつめ・きんのすけ		358	南条 里美　なんじょう・さとみ	362
夏目 漱石　なつめ・そうせき		359	南条 祐介　なんじょう・ゆうすけ	362
夏目 信人　なつめ・のぶと		359	南都 香代子　なんと・かよこ	363
夏目 信人　なつめ・のぶひと		359	南波 正人　なんば・まさと	363
夏目 半五郎　なつめ・はんごろう*		359	南洋の男　なんようのおとこ	363
夏山　なつやま		359		
ナディーム・ムハメド		359	【に】	
名取 春笙　なとり・しゅんしょう		359		
ナナ		359	兄様　にいさま	363
七尾 猛　ななお・たけし		359	新島 明　にいじま・あきら	363
七尾 幹夫　ななお・みきお		360	新島 ともか　にいじま・ともか	363
七七子　ななこ		360	新妻 和彦　にいずま・かずひこ	363
奈々姫　ななひめ		360	新出 貢　にいで・みつぐ	363
ナボシマ		360	新見 真知子　にいみ・まちこ	363
ナマハゲ		360	新村 美保子　にいむら・みほこ	363
奈美　なみ		360	新山 夏樹　にいやま・なつき*	363
波江　なみえ		360	新山 昌治　にいやま・まさはる	364
波岡 準三　なみおか・じゅんぞう		360	新山 まり子　にいやま・まりこ	364
並木 静子　なみき・しずこ		360	新納 美代子　にいろ・みよこ	364
並木 烈子　なみき・れつこ		360	仁王 徳平　におう・とくへい	364
奈美子　なみこ		361	二階堂 蘭子　にかいどう・らんこ	364
名見崎 東三郎　なみざき・とうざぶろう		361	二階堂 黎人　にかいどう・れいと	364
波島 遼五　なみしま・りょうご		361		

仁木　にき		364
仁木 悦子　にき・えつこ		364
仁木 順平　にき・じゅんぺい		364
仁木 順平　にき・じゅんぺい		365
仁木 順平　にき・じゅんぺい*		365
二木 未玖　にき・みく		365
仁木 雄太郎　にき・ゆうたろう		365
ニコス		365
ニコラス・ブランストン伯爵　にこらす・ぶらんすとんはくしゃく		365
ニシ・アズマ		365
西尾 亜依　にしお・あい		365
西岡 はん子　にしおか・はんこ		365
西川　にしかわ		365
西川 賢明　にしかわ・けんめい*		365
西川 純代　にしかわ・すみよ		365
西川 由貴子　にしかわ・ゆきこ		366
西木 信一郎　にしき・しんいちろう		366
錦田 一　にしきだ・はじめ		366
西 健介　にし・けんすけ		366
虹子　にじこ		366
西沢　にしざわ		366
西沢のおじさん　にしざわのおじさん		366
西島 あづさ　にしじま・あずさ		366
西園 亜沙子　にしぞの・あさこ		366
西園 秀之助　にしぞの・しゅうのすけ*		366
西園 達也　にしぞの・たつや		366
西谷　にしたに		366
仁科 圭二　にしな・けいじ		367
西根 響子　にしね・きょうこ		367
西之園 恭輔　にしのその・きょうすけ		367
西之園 捷輔　にしのその・しょうすけ		367
西之園 都馬　にしのその・とうま		367
西之園 萌絵　にしのその・もえ		367
西野 祐一　にしの・ゆういち		367
西野 由子　にしの・ゆうこ		367
西村　にしむら		367
西村 久美子(此花 咲子)　にしむら・くみこ(このはな・さきこ)		367
西村 珠美　にしむら・たまみ		368
西山　にしやま		368
西山 千草　にしやま・ちぐさ		368
西山 紀香　にしやま・のりか		368
二十面相　にじゅうめんそう		368
二条 実房(サネ)　にじょう・さねふさ(さね)		368
西脇さん　にしわきさん		368
仁杉　にすぎ		368
仁多 幹也　にた・みきや		368
日乗　にちじょう		368
ニッキー		368
ニッケル		368
新田 善兵衛　にった・ぜんべえ		368
新田 裕美　にった・ひろみ		369
新田 靖香　にった・やすか		369
蜷沢　になざわ		369
一　にのまえ		369
二宮　にのみや		369
二宮 良太　にのみや・りょうた		369
日本人　にほんじん		369
二本柳 ツル　にほんやなぎ・つる		369
仁村 誠　にむら・まこと		369
韮山　にらやま		369
丹羽 清美　にわ・きよみ		369
人形佐七　にんぎょうさしち		369

【ぬ】

ぬい		370
貫井 哲郎　ぬくい・てつろう		370
沼津 五郎　ぬまず・ごろう		370
沼田 早苗　ぬまた・さなえ		370
沼田 繁夫　ぬまた・しげお		370

【ね】

姉さん　ねえさん		370
根岸 団平　ねぎし・だんぺい		370
根岸肥前守 鎮衛　ねぎしひぜんのかみ・やすもり		370
根岸 弘一　ねぎし・ひろかず		370
ネコイラズ君　ねこいらずくん		370
猫田　ねこた*		370
猫田 夏海　ねこた・なつみ		371
猫丸　ねこまる		371

根津(チュウ) ねず(ちゅう)	371	
鼠小僧 ねずみこぞう	371	
根津 愛 ねつ・あい	371	
根津 信三 ねつ・しんぞう	371	
眠 狂四郎 ねむり・きょうしろう	372	
根本さん ねもとさん	372	
ネルスン・カニンハム	372	
年配の男 ねんぱいのおとこ	372	

【の】

ノイ博士 のいはかせ	372
ノイラート	372
能坂 要 のうさか・かなめ	372
能田 由美子 のうだ・ゆみこ*	372
能見 のうみ	372
野上 英太郎 のがみ・えいたろう	372
野上三曹 のがみさんそう	372
野上 達也 のがみ・たつや	373
野川 のがわ	373
野川 架世 のがわ・かよ	373
野川 佳久 のがわ・よしひさ	373
野毛 道夫 のげ・みちお	373
野坂 のさか	373
野坂先生 のさかせんせい	373
野ざらし権次 のざらしごんじ	373
野沢 正弘 のざわ・まさひろ	373
野芝 高志 のしば・たかし	373
野島 久美子 のじま・くみこ	373
野尻 乙松 のじり・おとまつ	373
能城 あや子 のしろ・あやこ	373
野瀬 照也 のぜ・てるや	374
能勢 正明 のせ・まさあき	374
能瀬 雅司 のせ・まさじ	374
能勢 有紀子 のせ・ゆきこ	374
野添 愛子 のぞえ・あいこ	374
野添 夢路 のぞえ・ゆめじ	374
野田 のだ	374
野田 卓也 のだ・たくや	374
野田 竹二郎 のだ・たけじろう	374
野田 智子 のだ・ともこ	374
野田 麻衣 のだ・まい	374
野田 松太郎 のだ・まつたろう	374

ノートン	374
のばくの電兵衛 のばくのでんべえ	375
信夫 のぶお	375
のぶ子 のぶこ	375
伸子 のぶこ	375
信子 のぶこ	375
信子(ミス・ジェイド) のぶこ(みすじぇいど)	375
信田 のぶた*	375
のぶ代おばさん のぶよおばさん	375
野辺山 幸治 のべやま・こうじ	375
ノボル	376
野間 美由紀 のま・みゆき	376
ノーマン	376
能見 有雅 のみ・ありまさ*	376
野溝博士 のみぞはかせ	376
能見夫妻 のみふさい*	376
野村 のむら	376
野村 響子 のむら・きょうこ	376
野村 大三郎 のむら・だいざぶろう	376
野村 忠敏 のむら・ただとし	376
ノリ	376
典江 のりえ	376
紀香 のりか	377
紀子 のりこ	377
法月警視 のりずきけいし	377
法月 綸太郎 のりずき・りんたろう	377
法月 綸太郎 のりずき・りんたろう	378
のりスケ	378
則竹 佐智枝 のりたけ・さちえ	378
法水 麟太郎 のりみず・りんたろう	378
則本 のりもと	378
野呂 一平 のろ・いっぺい	378
野呂 久太郎 のろ・きゅうたろう	379
野呂 太郎 のろ・たろう	379
ノロちゃん(野呂 一平) のろちゃん(のろ・いっぺい)	379
ノン	379

【は】

ばあさん(牧野 久江) ばあさん(まきの・ひさえ)	379

ばあどるふ		379	橋本 敏　はしもと・びん	383
馬 一騰　ば・いっとう		379	橋本 幹雄　はしもと・みきお	383
榛原 佳乃　はいばら・かの		379	芭蕉　ばしょう	383
榛原 冴恵　はいばら・さえ		379	葉月 麻子　はずき・あさこ	383
榛原 達造　はいばら・たつぞう		379	ハズ君　はずくん	383
ハウゼ		379	蓮田　はすだ	383
パーカー		380	バスト浅野　ばすとあさの	383
葉隠 満　はがくれ・みつる		380	蓮沼 正治　はすぬま・しょうじ	383
芳賀 憲一　はが・けんいち		380	蓮沼 多喜子　はすぬま・たきこ	383
博士　はかせ		380	蓮野 秀一　はすの・しゅういち	384
羽賀 菜々生　はが・ななお		380	羽角 啓子　はずみ・けいこ	384
袴君　はかまくん		380	蓮見 伸輔　はすみ・しんすけ	384
袴田 実　はかまだ・みのる		380	羽角 菜月　はずみ・なつき	384
萩野 スワ子　はぎの・すわこ		380	蓮見 律子　はすみ・りつこ	384
萩原 朔太郎　はぎわら・さくたろう		380	長谷川　はせがわ	384
朴　ぱく		380	長谷川 綾乃　はせがわ・あやの	384
伯爵夫人　はくしゃくふじん		380	長谷川 コト　はせがわ・こと	384
白髪の老翁　はくはつのろうおう		381	長谷川 多恵子　はせがわ・たえこ	384
白髪の老人　はくはつのろうじん		381	長谷川 敏行　はせがわ・としゆき	384
破剣道人　はけんどうじん		381	長谷川 浩子　はせがわ・ひろこ	384
パコ		381	長谷 葛葉　はせ・くずは	384
パーサー		381	支倉　はぜくら	384
羽迫 由起子（ウサコ）　はさこ・ゆきこ（うさこ）		381	支倉 春美　はせくら・はるみ	385
パジェル人の夫妻　ぱじぇるじんのふさい		381	長谷部さん　はせべさん	385
			畠 智由　はたけ・ともよし	385
橋川 浄見　はしかわ・きよみ		381	羽田 三蔵　はだ・さんぞう	385
橋口　はしぐち		381	畠 忠雄　はた・ただお*	385
橋口 多佳子　はしぐち・たかこ		382	羽田 千賀子　はだ・ちかこ	385
橋爪　はしずめ		382	畑中 修（シュウ）　はたなか・おさむ（しゅう）	385
橋爪 芳江　はしずめ・よしえ		382		
橋留博士　はしどめはかせ*		382	畑中 操　はたなか・みさお	385
橋場 仙吉　はしば・せんきち		382	旗野　はたの	385
橋場 美緒　はしば・みお		382	畑野 せつ子　はたの・せつこ	385
羽柴 美貴子　はしば・みきこ		382	秦野 為成　はたの・ためなり	385
橋場 余一郎　はしば・よいちろう		382	畑 寛子　はた・ひろこ	385
羽島 彰　はじま・あきら		382	八公　はちこう	386
葉島 数利　はじま・かずとし		382	蜂須賀　はちすか	386
橋本 喬一　はしもと・きょういち		382	歯っ欠け　はっかけ	386
橋本 周平　はしもと・しゅうへい		382	初吉　はつきち*	386
橋本 順子　はしもと・じゅんこ		383	パック	386
橋本 利晴　はしもと・としはる		383	ハッサン	386
橋本 利晴　はしもと・としはる*		383	八田 あゆみ　はった・あゆみ	386
			八田 虎造　はった・とらぞう	386

バッド・コクラン		386	ハーボットル卿　はーぼっとるきょう	390
初音　はつね		386	浜井 敬一　はまい・けいいち	390
初美夫人　はつみふじん		386	浜江　はまえ	390
ハーディ・スコット		386	浜口 一郎　はまぐち・いちろう	390
バーテンさん		387	浜口 敬　はまぐち・たかし＊	390
バーテン氏（糸井 一郎）　ばーてんし（いとい・いちろう）		387	浜口 千草　はまぐち・ちぐさ	390
バート・ウィリアムズ		387	浜子　はまこ	390
パトナ		387	浜さん　はまさん	390
鳩村 かおり　はとむら・かおり		387	浜島 景一　はましま・けいいち	391
鳩村 貞夫　はとむら・さだお		387	浜島 夕子　はましま・ゆうこ	391
鳩村 雄二　はとむら・ゆうじ		387	浜田　はまだ	391
ハドロイ警視　はどろいけいし		387	浜田君　はまだくん	391
ハドリー警視　はどりーけいし		387	濱田 紗江　はまだ・さえ	391
羽鳥警部補　はとりけいぶほ		387	浜田 奈穂美　はまだ・なほみ＊	391
パトリック・スミス		387	浜中　はまなか	391
羽鳥 渉　はどり・わたる		387	ハミルトン夫妻　はみるとんふさい	391
波奈　はな		388	葉村　はむら	391
花井　はない		388	葉村 晶　はむら・あきら	391
花井 唯子　はない・ゆいこ		388	羽村 しのぶ　はむら・しのぶ	392
花岡さん　はなおかさん		388	葉村 寅吉　はむら・とらきち＊	392
華岡 妙子　はなおか・たえこ		388	ハムレット	392
花子　はなこ		388	ハヤ	392
ハナ子太夫　はなこたゆう		388	早川 篤　はやかわ・あつし	392
花吹 春香　はなぶき・はるか		388	早川 波之助　はやかわ・なみのすけ	392
花房 律之助　はなぶさ・りつのすけ		388	早川 登　はやかわ・のぼる	392
花村 英子　はなむら・えいこ		388	早川 みどり　はやかわ・みどり	392
花村 英子　はなむら・ひでこ		388	早坂 賢朔（ケン兄ちゃん）　はやさか・けんさく（けんにいちゃん）	392
鼻眼鏡夫人　はなめがねふじん		388	早坂 二郎　はやさか・じろう	392
塙 胡竜児　はなわ・こりゅうじ		389	早坂 陽子　はやさか・ようこ	392
羽生田 雅恵　はにゅうだ・まさえ		389	林　はやし	392
羽根木 雄大　はねぎ・ゆうだい		389	林　はやし	393
羽田　はねだ		389	林 茶父　はやし・さぶ	393
羽田 庄兵衛　はねだ・しょうべえ		389	林 茶父（サブ叔父さん）　はやし・さぶ（さぶおじさん）	393
羽田 真一郎　はねだ・しんいちろう		389	林さん　はやしさん	393
羽根 忠　はね・ただし		389	林 晋一郎　はやし・しんいちろう	393
羽葉 正博　はねば・まさひろ		389	林 真紅郎　はやし・しんくろう	393
母　はは		389	林田 二郎　はやしだ・じろう	393
パパ		389	林 仁美　はやし・ひとみ＊	394
馬場 留夫　ばば・とめお		389	林家正蔵　はやしやしょうぞう	394
馬場 英恵　ばば・はなえ		390	林 安孝　はやし・やすたか	394
馬場 ハル子　ばば・はるこ		390	早瀬 琢馬　はやせ・たくま	394
パブロ・ヘニング		390		

早瀬 美香子	はやせ・みかこ	394
早田 義人	はやた・よしと	394
早野 亨	はやの・とおる	394
隼英吉	はやぶさえいきち	394
隼の姉御	はやぶさのあねご	394
葉山	はやま	394
葉山 絹子	はやま・きぬこ	394
葉山 虹子	はやま・にじこ	394
速水	はやみ	394
速水 正吾	はやみ・しょうご	395
速水 時夫	はやみ・ときお	395
速水 直樹	はやみ・なおき	395
速水 雄太	はやみ・ゆうた	395
早見 龍太郎	はやみ・りゅうたろう	395
早村	はやむら	395
原	はら	395
原木 朔郎	はらき・さくろう	395
原 喬二	はら・きょうじ	395
原口 雅美	はらぐち・まさみ	395
原 功太郎	はら・こうたろう	395
原島	はらしま	396
原島 直巳	はらしま・なおみ	396
原 惣右衛門	はら・そうえもん	396
原田	はらだ	396
原田 明博	はらだ・あきひろ	396
原 隆	はら・たかし	396
原田 美緒	はらだ・みお	396
原 英明	はら・ひであき	396
パラヴォワーヌ侯	ぱらぼわーぬこう	396
原 雪枝	はら・ゆきえ	396
播生 粂太郎	はりお・くめたろう*	396
針川 重吉	はりかわ・じゅうきち*	396
ハリファックス・カーファックス（カーファクス）		397
ハル		397
晴男	はるお	397
春木	はるき	397
ヴァル・ギールグッド（ギールグッド）		397
春さん	はるさん	397
ハルナ		397
ハルナ・ハル		397
春野 恭司	はるの・きょうじ	397
ハルハ		397
春彦	はるひこ	397
春山	はるやま	398
春代	はるよ	398
晴れ女	はれおんな	398
ヴァレラ		398
ヴァレンタイン・ダイヤル		398
ハロルド・フラー（フラー）		398
バロン		398
范	はん	398
范君	はんくん	398
バンコラン		398
半七老人	はんしちろうじん	398
番匠	ばんじょう	399
ヴァンス		399
磐三	ばんぞう	399
バンター		399
ヴァン・ダイン		399
判田 香代	はんだ・かよ	399
判田 奈津子	はんだ・なつこ	399
判田 安夫	はんだ・やすお	399
バンちゃん		399
坂東 彦助	ばんどう・ひこすけ	399
坂東 美紅	ばんどう・みく	400
伴 登志夫	ばん・としお*	400
伴内 竜之進	ばんない・りゅうのしん	400
犯人	はんにん	400
半任警部	はんにんけいぶ	400
伴野 忠臣	ばんの・ただおみ	400
番場 魁人	ばんば・かいと	400

【ひ】

B	びー	400
ビアトレス		400
柊 ハルミ（平石 晴美）	ひいらぎ・はるみ（ひらいし・はるみ）	401
道化師（西沢のおじさん）	ぴえろ（にしざわのおじさん）	401
日岡 美咲	ひおか・みさき	401
日置 大伍	ひおき・だいご*	401
ヴィオレット先生	びおれっとせんせい	401
東川 朋樹	ひがしがわ・ともき	401

東口 美紀代　ひがしぐち・みきよ	401
東谷　ひがしたに	401
東出 裕文　ひがしで・ひろふみ	401
東山 朋生　ひがしやま・ともお	401
東 由利子　ひがし・ゆりこ*	401
火蛾 正晃　ひが・まさあき	402
ひかり	402
氷川 謙作　ひがわ・けんさく	402
氷川 昌史　ひかわ・まさし	402
ピーカン（松岡 康二）　ぴーかん（まつおか・こうじ）	402
ヒギンス	402
ヒギンズ	402
樋口 奈々　ひぐち・なな	402
樋口 又七郎　ひぐち・またしちろう	402
ヴィクトール	402
羆　ひぐま	402
緋熊 五郎　ひぐま・ごろう	403
日暮　ひぐらし	403
寒蝉 主水　ひぐらし・もんど	403
B子　びーこ	403
被告人（目黒）　ひこくにん（めぐろ）	403
彦根 和男　ひこね・かずお	403
彦兵衛　ひこべえ	403
久　ひさ	403
久江夫人　ひさえふじん	403
久岡 梨花　ひさおか・りか	403
久賀 早苗　ひさが・さなえ	403
久賀 早信　ひさが・はやのぶ	403
比崎 えま子　ひさき・えまこ*	404
久子　ひさこ	404
比佐子　ひさこ	404
久田 銀次　ひさだ・ぎんじ*	404
久田 典子　ひさだ・のりこ	404
久田 靖　ひさだ・やすし	404
陽里　ひさと	404
久富 繁樹　ひさとみ・しげき	404
久間 多佳子　ひさま・たかこ	404
久本 哲也　ひさもと・てつや	404
比佐代　ひさよ	405
Bさん　びーさん	405
土方 歳三　ひじかた・としぞう	405
菱田 一敏　ひしだ・かずとし	405
菱田 新太郎　ひしだ・しんたろう	405
美術商　びじゅつしょう	405
聖　ひじり	405
ヒーズ	405
ピストルの政　ぴすとるのまさ	405
ビセンテ・オルガス（オルガス）	405
日高 節夫　ひだか・せつお	405
日高 鉄子　ひだか・てつこ	405
日高 鉄子　ひだか・てつこ	406
ビッグ・アル・ホウムズ	406
ひったくり犯人　ひったくりはんにん	406
ピットマン警部　ぴっとまんけいぶ	406
ヒップ大石　ひっぷおおいし	406
ヒデ	406
秀夫　ひでお	406
秀岡 清五郎　ひでおか・せいごろう	406
秀之　ひでゆき	406
尾藤 良作　びとう・りょうさく	406
ピート・ケイル	407
人魂長次　ひとだまちょうじ	407
人丸 五郎七　ひとまる・ごろしち	407
人見　ひとみ	407
火那子　ひなこ	407
日能 克久　ひなせ・かつひさ	407
ヒナタ	407
日沼 定男　ひぬま・さだお	407
樋沼 猛（羆）　ひぬま・たけし（ひぐま）	407
日野 明子　ひの・あきこ	407
日之江 審司　ひのえ・しんじ	407
檜 兵馬　ひのき・ひょうま	407
日野 熊蔵　ひの・くまぞう	407
ピノコ	408
日野 辰彦　ひの・たつひこ	408
日野原　ひのはら	408
日野 陽太郎　ひの・ようたろう*	408
日比野さん　ひびのさん	408
日比野 史郎　ひびの・しろう	408
日比 登　ひび・のぼる	408
P夫人　ぴーふじん	408
ヒミコ・マテウッツィ	408
緋村 海人　ひむら・かいと	408
火村 恒美　ひむら・つねみ	408

火村 英生	ひむら・ひでお	408
火村 英生	ひむら・ひでお	409
火村 英生	ひむら・ひでお	410
樋村 雄吾	ひむら・ゆうご*	410
氷室	ひむろ	410
氷室 新治	ひむろ・しんじ	410
姫川 玲子	ひめかわ・れいこ	410
姫原 水絵（みっちゃん）	ひめはら・みずえ（みっちゃん）	410
樋本 義彦	ひもと・よしひこ	410
百池	ひゃくち	410
百貨店員（店員）	ひゃっかてんいん（てんいん）	410
百貨店の保安係（保安係）	ひゃっかてんのほあんがかり（ほあんがかり）	410
百キロオーバー	ひゃっきろおーばー	410
羆山	ひやま	411
檜山 洋助	ひやま・ようすけ*	411
日向	ひゅうが	411
ヒュー・グラント		411
兵吾	ひょうご	411
豹助	ひょうすけ	411
俵藤	ひょうどう	411
兵頭 風太	ひょうどう・ふうた	411
瓢六	ひょうろく	411
ピヨコ		411
ひょろ万	ひょろまん	411
平	ひら	411
平石 晴美	ひらいし・はるみ	412
平井 達之	ひらい・たつゆき	412
平井 太郎（江戸川 乱歩）	ひらい・たろう（えどがわ・らんぽ）	412
平井 道徳（ドートク）	ひらい・みちのり（どーとく）	412
平井 良子	ひらい・りょうこ	412
平岡 連司	ひらおか・れんじ	412
平尾 由希子	ひらお・ゆきこ	412
平賀 源内	ひらが・げんない	412
平城 与志夫	ひらき・よしお	412
平瀬 潤一郎	ひらせ・じゅんいちろう	412
平田 章次郎	ひらた・しょうじろう	412
平田 鶴子	ひらた・つるこ	413
平田 旗太郎	ひらた・はたたろう	413
平田 蓑四郎	ひらた・みのしろう*	413
平戸 伸行	ひらど・のぶゆき	413
平戸 信幸	ひらど・のぶゆき	413
平戸 展之	ひらど・のぶゆき	413
平野 瑞穂	ひらの・みずほ	413
平松 昌弘	ひらまつ・まさひろ	413
平本	ひらもと	413
平山 勝	ひらやま・まさる	413
比良 祐介	ひら・ゆうすけ	413
ヒル		414
蛭田 健介	ひるた・けんすけ	414
ビル・バークレイ		414
蛭谷	ひるや	414
ヒロ		414
宏樹	ひろき	414
広木先生	ひろきせんせい	414
広 健造	ひろ・けんぞう*	414
ヒロコ		414
寛子	ひろこ	414
宏子	ひろこ	414
宏	ひろし	415
浩	ひろし	415
洋	ひろし	415
広瀬	ひろせ	415
広瀬 照作	ひろせ・てるさく	415
広瀬 由紀夫	ひろせ・ゆきお	415
広谷 亜紀	ひろたに・あき	415
弘中 勝之進	ひろなか・かつのしん	415
広畑 修一	ひろはた・しゅういち	415
ヒロ坊	ひろぼう	415
浩坊ちゃん	ひろぼうちゃん	415
広松 昌造	ひろまつ・しょうぞう	415
枇杷	びわ	416
樋渡	ひわたし	416
ピンク・B	ぴんくびー	416
ピンク・ベラドンナ		416
ビーンズ博士	びーんずはかせ	416

【ふ】

WHO	ふー	416
フィリップ・デッカード（デッカード）		416
フイロ・ヴァンス（ヴァンス）		416

風水 火那子　ふうすい・かなこ	416
風水 火那子　ふうすい・かなこ	417
フエ	417
フェイドルフ老人　ふぇいどるふろうじん	417
フェデロ	417
フェネリ	417
フェリックス・キャシディ	417
フェルド	417
フェル博士　ふぇるはかせ	417
フェル博士（ギデオン・フェル博士）ふぇるはかせ（ぎでおんふぇるはかせ）	417
フーカ	417
深倉 澄子　ふかくら・すみこ	417
深田　ふかだ	418
深田 市郎　ふかだ・いちろう	418
鱶野 誠吉　ふかの・せいきち	418
深見　ふかみ	418
深海　ふかみ*	418
深見 敬太郎　ふかみ・けいたろう	418
深見沢 香織　ふかみざわ・かおり	418
深見 淳一　ふかみ・じゅんいち	418
深水 隆男　ふかみ・たかお	418
深道 恭介　ふかみち・きょうすけ	418
深見 昌子　ふかみ・まさこ*	418
深谷 伸夫　ふかや・のぶお	419
福家　ふくいえ	419
福島　ふくしま	419
福島 浩一　ふくしま・こういち	419
福田　ふくだ	419
福田 可奈子　ふくだ・かなこ	419
福田 悠里　ふくだ・ゆうり	419
福田 養二　ふくだ・ようじ	419
福地 敬吉　ふくち・けいきち	419
福地 健二郎　ふくち・けんじろう	419
福寺 甚九郎　ふくでら・じんくろう	419
福寺 平治　ふくでら・へいじ	419
福富 照夫　ふくとみ・てるお	420
福留先生　ふくとめせんせい*	420
福永 洋子　ふくなが・ようこ	420
福原　ふくはら	420
河豚原　ふぐはら	420
普久原 淳夫　ふくはら・あつお	420
福原 楊花　ふくはら・ようか	420
福本　ふくもと	420
福山 淳也　ふくやま・じゅんや	420
芙佐　ふさ	420
夫妻　ふさい	420
房恵　ふさえ	421
房江　ふさえ	421
房枝　ふさえ	421
房吉　ふさきち	421
藤井　ふじい	421
藤井くん　ふじいくん	421
藤井 司郎　ふじい・しろう	421
富士 宇衛門　ふじ・うえもん	421
藤江　ふじえ	421
藤枝主任　ふじえだしゅにん	421
藤尾　ふじお	421
藤尾 清造　ふじお・せいぞう	421
藤川 吉右衛門　ふじかわ・きちえもん*	421
藤川 小夜　ふじかわ・さよ	422
藤川 修子　ふじかわ・しゅうこ	422
藤川 露司　ふじかわ・つゆじ*	422
藤木 一恵　ふじき・かずえ	422
藤倉 佐希　ふじくら・さき	422
藤倉 美和　ふじくら・びわ	422
ふじ子　ふじこ	422
藤子　ふじこ	422
不二子　ふじこ	422
藤島 雷造　ふじしま・らいぞう	422
藤城　ふじしろ	422
藤代 修矢　ふじしろ・しゅうや	422
藤代 修矢　ふじしろ・しゅうや	423
藤代 靖男　ふじしろ・やすお	423
藤園　ふじぞの	423
藤田　ふじた	423
藤田 省吾　ふじた・しょうご*	423
藤田先生　ふじたせんせい	423
藤沼 隆平　ふじぬま・りゅうへい	423
藤野 英一　ふじの・えいいち*	423
富士原 修二　ふじはら・しゅうじ*	423
伏見 康平　ふしみ・こうへい	423
伏見 たか子　ふしみ・たかこ	423

藤宮　ふじみや	424	ふゆ子　ふゆこ	427
伏見　芳江　ふしみ・よしえ	424	冬子　ふゆこ	427
伏見　亮吉　ふしみ・りょうきち	424	冬次郎　ふゆじろう	427
藤村　功　ふじむら・いさお	424	フユミ	427
藤村　紀和　ふじむら・きわ	424	フラー	428
藤村　なお　ふじむら・なお	424	ブライアン・エルキンズ	428
藤村　奈津美　ふじむら・なつみ	424	ぶらいと	428
藤村　美琴　ふじむら・みこと	424	ブラウン神父　ぶらうんしんぷ	428
藤本　ふじもと	424	ブラクセン	428
藤本　智代　ふじもと・ともよ	424	ブラッドリー	428
藤原　嘉藤治（カトジ）　ふじわら・かとうじ（かとじ）	424	仏蘭西人の女（女）　ふらんすじんのおんな（おんな）	428
夫人　ふじん	425	フランソワ	428
婦人　ふじん	425	フランソワ・マノリスク（マノリスク）	428
婦人（女）　ふじん（おんな）	425	フランボウ	428
ブース	425	フリント	428
布施　浩行　ふせ・ひろゆき	425	古川　ふるかわ	428
布施　由利　ふせ・ゆり	425	古川　ふるかわ	429
二木　ふたき	425	古川　宗三郎　ふるかわ・そうざぶろう	429
二人　ふたり	425	古城　堅蔵（コジョー）　ふるき・けんぞう（こじょー）	429
ふーちゃん（歩）　ふーちゃん（あゆむ）	425	古田　三吉　ふるた・さんきち	429
部長（刑事部長）　ぶちょう（けいじぶちょう）	425	古田　正五郎　ふるた・しょうごろう	429
		古田　正五郎　ふるた・しょうごろう*	429
フック	425	ブル博士　ぶるはかせ	429
ブッチャー	426	古橋　哲哉　ふるはし・てつや	429
筆子　ふでこ	426	降旗　静子　ふるはた・しずこ	429
肥った男　ふとったおとこ	426	古辺　鈎　ふるべ・こう	429
舟越　明彦　ふなこし・あきひこ	426	古本屋の細君　ふるほんやのさいくん	429
船島　ふなしま*	426		
船田　鯉四郎　ふなだ・こいしろう	426	古厩　順子　ふるまや・じゅんこ	429
船曳警部　ふなびきけいぶ	426	古厩　伸一郎　ふるまや・しんいちろう	430
船山　ふなやま	426	ブルーム氏　ぶるーむし	430
傅　伯淵　ふ・はくえん	426	古谷先生　ふるやせんせい	430
芙美　ふみ	426	古谷　優子　ふるや・ゆうこ	430
文雄　ふみお	427	古谷　麗子　ふるや・れいこ	430
文夫さん　ふみおさん	427	プルン	430
フミ子　ふみこ	427	ブレア	430
富美子　ふみこ	427	ブレンダ	430
文村　透　ふみむら・とおる	427	ブレンダ・スタンフォード	430
冬木　紫男　ふゆき・しきお	427	フレンチ警部　ふれんちけいぶ	430
冬木　千恵子　ふゆき・ちえこ	427	フレンチ夫人　ふれんちふじん	430
冬木　摩耶子　ふゆき・まやこ	427	浮浪者　ふろうしゃ	431

浮浪人　ふろうにん	431
フロック・ホームズ（ホームズ）	431
風呂出　亜久子　ふろで・あくこ*	431
フロラ	431
フローラ・ゼック	431
フローレンス・ユキ（ユキ）	431
文吉　ぶんきち	431
文次　ぶんじ	431
文次（狐の文次）　ぶんじ（きつねのぶんじ）	431
分析技師　ぶんせきぎし	431

【へ】

陛下　へいか	432
ヘイスティングズ	432
兵隊　へいたい	432
ベインズ	432
ペチィ・アムボス	432
ベッキーさん	432
ベッキーさん（別宮 みつ子）　べっきーさん（べっく・みつこ）	432
別宮 みつ子　べっく・みつこ	432
別宮 みつ子（ベッキーさん）　べっく・みつこ（べっきーさん）	432
別腸　べっちょう	432
ペトロニウス	432
紅丸　べにまる	432
蛇山 源一郎　へびやま・げんいちろう	433
ペラ	433
ベルウッド	433
ヴェルザック	433
ベルトラン	433
ベルナルド	433
ベル博士　べるはかせ	433
ヘルバシオ・モンテネグロ（モンテネグロ）	433
ヴェルレーヌ	433
ヘレナ・クレアモント	433
ヘレナ・ロイズマン（ロイズマン）	433
ヘレン・ブランストン	434
弁護士　べんごし	434
弁護人　べんごにん	434
辺見 武四郎　へんみ・たけしろう	434
辺見 祐輔（ボアン先輩）　へんみ・ゆうすけ（ぼあんせんぱい）	434
ヘンリー	434
ヘンリー・アムボス	434
へんりい、ぶらいと（ぶらいと）　へんりいぶらいと（ぶらいと）	434
ヘンリイ・フリント（フリント）	434
ヘンリー・カルバート	435
ヘンリー・グッドフェローズ（グッドフェローズ）	435
ヘンリー・メリヴェール卿（H・M）　へんりーめりべーるきょう（えっちえむ）	435

【ほ】

保安係　ほあんがかり	435
ボアン先輩　ぼあんせんぱい	435
ポアンソン	435
茅 燕児　ぼう・えんじ	435
宝月 清比古　ほうげつ・きよひこ	435
北條　ほうじょう	435
北条屋弥三右衛門（弥三右衛門）　ほうじょうややそうえもん（やそうえもん）	436
宝生 麗子　ほうしょう・れいこ	436
宝引きの辰　ほうびきのたつ	436
宝引の辰親分　ほうびきのたつおやぶん	436
宝腹亭蝶念天　ほうふくていちょうねんてん	436
ボクサー	436
北斎　ほくさい	436
ト伝女史　ぼくでんじょし	436
黒子の男　ほくろのおとこ	436
ポケット小ぞう　ぽけっとこぞう	437
星影 竜三　ほしかげ・りゅうぞう	437
星田 代二　ほしだ・だいじ*	437
星田 代二　ほしだ・だいじ*	438
保科　ほしな	438
保科 正之　ほしな・まさゆき	438
星野 悦子　ほしの・えつこ	438
星野親分　ほしのおやぶん	438

星野 君江	ほしの・きみえ	438
星野 忠男	ほしの・ただお	438
星野 智代	ほしの・ともよ	438
星野 竜三	ほしの・りゅうぞう	438
星祭 竜二	ほしまつり・りゅうじ	438
保津 輝子	ほず・てるこ	438
ホスト風	ほすとふう	439
保住	ほずみ	439
細井 耕造	ほそい・こうぞう	439
細井さん	ほそいさん	439
細川	ほそかわ	439
細島 あき	ほそじま・あき	439
細島 晴己	ほそじま・はるき	439
細田 茂樹	ほそだ・しげき	439
細谷 貴之	ほそや・たかゆき	439
細谷 陽子	ほそや・ようこ	439
ポチ		439
ホック		439
堀田 知恵	ほった・ちえ	440
堀田 伝五郎	ほった・でんごろう	440
母堂院	ぼどういん	440
頬骨の出た男	ほほぼねのでたおとこ	440
ヴォミット・ロイス（ロイス）		440
ホームズ		440
ホームズ		441
ホームズ		442
ホームスパン		442
帆村 荘六	ほむら・そうろく	442
穂村 千夏	ほむら・ちか	443
洞口 美夏	ほらぐち・みか	443
洞口 有一	ほらぐち・ゆういち	443
堀 アンナ	ほり・あんな	443
堀井 英二	ほりい・えいじ	443
堀内	ほりうち	443
堀内 悠子	ほりうち・ゆうこ	443
堀江 卓士	ほりえ・たかし	443
堀垣	ほりがき	443
堀河 みや子	ほりかわ・みやこ	443
堀米 礼太郎	ほりごめ・れいたろう	444
堀谷 兼一郎	ほりたに・けんいちろう*	444
堀谷 兼二郎	ほりたに・けんじろう*	444
堀野 栄一	ほりの・えいいち	444
堀山	ほりやま	444
ポール		444
ホレーシオ		444
ホレス・ボーディン		444
ヴォロッキオ		444
ポワティエ卿	ぽわていえきょう	444
ポンサック		444
本田	ほんだ	445
本多 茂之	ほんだ・しげゆき	445
ホンダラ増淵	ほんだらますぶち	445
ボンド		445
凡堂	ぼんどう*	445
本間	ほんま	445
本間 ゆき絵	ほんま・ゆきえ	445

【ま】

マイク		445
マイク・クレイトン		445
舞原 千明	まいはら・ちあき	445
前川 金之助	まえかわ・きんのすけ	445
前川 友吉	まえかわ・ともきち	446
前島	まえじま*	446
前島 武士	まえじま・たけし	446
真栄田	まえだ	446
前田 京介	まえだ・きょうすけ	446
前田 軍曹	まえだぐんそう	446
前田 恵子	まえだ・けいこ	446
前田 寿美子	まえだ・すみこ	446
真栄田 淑子	まえだ・よしこ*	446
前野 美保	まえの・みほ	446
前畑	まえはた	446
間男男	まおとこおとこ	447
真壁	まかべ	447
真壁 かをり	まかべ・かおり	447
マーカム		447
曲淵甲斐守 景漸	まがりぶちかいのかみ・かげつぐ	447
マキ		447
真樹	まき	447
真木	まき	447
牧	まき	447

巻石 譲　まきいし・ゆずる	448	
真紀子　まきこ	448	
眞紀子ちゃん　まきこちゃん	448	
牧 三郎（青年俳人）　まき・さぶろう（せいねんはいじん）	448	
槇島　まきしま	448	
マキ嬢　まきじょう	448	
蒔田 緋佐子　まきた・ひさこ	448	
真木 俊彦　まき・としひこ	448	
牧野　まきの	448	
牧野 武　まきの・たけし	448	
牧野 奈緒子　まきの・なおこ	448	
牧野 久江　まきの・ひさえ	448	
牧野 良輔　まきの・りょうすけ	449	
牧場 智久　まきば・ともひさ	449	
槇原 能清　まきはら・よしきよ	449	
真備 庄介　まきび・しょうすけ	449	
牧村 光蔵　まきむら・こうぞう*	449	
牧村 郷平　まきむら・ごうへい	449	
牧村 真哉　まきむら・しんや	449	
牧村 道夫　まきむら・みちお	449	
真木 好子　まき・よしこ	449	
マークス中佐　まーくすちゅうさ	449	
マグリット	450	
間暮　まぐれ	450	
間暮警部　まぐれけいぶ	450	
馬越 信也　まごし・しんや*	450	
マコト	450	
マコヤマ	450	
政　まさ	450	
マサ（松下 雅之）　まさ（まつした・まさゆき）	450	
雅恵　まさえ	450	
昌枝　まさえ	451	
マサオ	451	
正岡　まさおか	451	
正木 奈津　まさき・なつ	451	
正木 治子　まさき・はるこ	451	
真崎 梨花　まさき・りか	451	
雅子　まさこ	451	
正子　まさこ	451	
方子　まさこ	451	
真砂　まさご	452	
柾田 城助　まさだ・じょうすけ	452	
雅乃　まさの	452	
允彦　まさひこ	452	
昌宏　まさひろ	452	
昌美　まさみ	452	
昌代　まさよ	452	
マサル	452	
真柴 千鶴　ましば・ちづる	452	
真島 浩二　まじま・こうじ	452	
馬島 新一　まじま・しんいち	452	
真島 誠　まじま・まこと	453	
真島 誠（マコト）　ましま・まこと（まこと）	453	
マーシャ	453	
増岡 涼子　ますおか・りょうこ	453	
益川 剛　ますかわ・ごう*	453	
マスター（健介）　ますたー（けんすけ）	453	
増田 幾二郎　ますだ・いくじろう	453	
増田 咲　ますだ・さき	453	
マスター・シヴァ	453	
マスターズ警部　ますたーずけいぶ	453	
増田 米尊　ますだ・よねたか	453	
増淵 耕二　ますぶち・こうじ	454	
真粧美　ますみ	454	
増美　ますみ	454	
益見 藤七　ますみ・とうしち	454	
増村 均三　ますむら・きんぞう	454	
益山　ますやま	454	
益山 初人　ますやま・はつひと	454	
マダム	454	
マダム絢　まだむじゅん	454	
マダムD　まだむでぃー	454	
マダム・トキタ	454	
町子　まちこ	454	
町田 藍　まちだ・あい	455	
町田 紘一　まちだ・こういち	455	
待鳥 五郎　まちどり・ごろう	455	
町野　まちの	455	
真知博士　まちはかせ	455	
町山 亘　まちやま・わたる	455	
松井 和雄　まつい・かずお	455	
松井 鈴鹿　まつい・すずか	455	

松井 康男　まつい・やすお	455	松野 容子　まつの・ようこ*	459
松浦　まつうら	456	松葉 茂和　まつば・しげかず	459
松浦 かすみ　まつうら・かすみ	456	松原 美佐子　まつばら・みさこ	459
松浦 沙呂女　まつうら・さろめ	456	松 みさを(笠井 ミサ子)　まつ・みさを(かさい・みさこ)	459
松江 佳奈子　まつえ・かなこ	456		
松江 銀子　まつえ・ぎんこ	456	松宮 直行　まつみや・なおゆき	460
松江 丈太郎　まつえ・じょうたろう	456	松村子爵　まつむらししゃく	460
松岡 康二　まつおか・こうじ	456	松村 真一　まつむら・しんいち	460
松岡 雄次　まつおか・ゆうじ	456	松村 武　まつむら・たけし	460
松尾 貴彰　まつお・たかあき	456	松村 平助　まつむら・へいすけ	460
松尾 秀樹　まつお・ひでき	456	松村 勝　まつむら・まさる	460
松川 左右吉　まつかわ・そうきち	456	松元　まつもと	460
松川 芳郎太　まつかわ・よしろうた	457	松本　まつもと	460
松木　まつき	457	松本 ユウキ　まつもと・ゆうき	460
松吉　まつきち	457	松本 ユリ　まつもと・ゆり	460
マックスウェル	457	松山 一也　まつやま・かずや	460
マックス・クレイボン(クレイボン)	457	松山 繁吉　まつやま・しげきち*	460
マックス・スターン	457	松山 恒裕　まつやま・つねひろ	461
松倉 晃文　まつくら・てるぶみ	457	松山 友一郎　まつやま・ゆういちろう	461
松沢 綾子　まつざわ・あやこ	457	松山 良和　まつやま・よしかず	461
松沢 若菜　まつざわ・わかな	457	松山 良子　まつやま・よしこ	461
松下 雅之　まつした・まさゆき	457	マツリカ	461
松島 詩織　まつしま・しおり	457	祭 大作　まつり・だいさく	461
松島 龍造　まつしま・りゅうぞう	458	マテオ・メッシーニ(メッシーニ)	461
松造　まつぞう	458	的場 利夫　まとば・としお	461
松田　まつだ	458	マドモワゼル・マッテオ(マッテオ嬢)　まどもわぜるまってお(まっておじょう)	461
松平 竹千代　まつだいら・たけちよ	458		
松平 忠直　まつだいら・ただなお	458	マドンナ	461
松平 綱国　まつだいら・つなくに	458	マナ	461
松平 道隆　まつだいら・みちたか	458	真中 俊　まなか・しゅん	462
松平 元康　まつだいら・もとやす	458	間直瀬 玄蕃　まなせ・げんば	462
松田 五平　まつだ・ごへい	458	真辺 芳伸　まなべ・よしのぶ	462
松谷 清彦　まつたに・きよひこ	458	マナリング(グレゴリー・B・マナリング)　まなりんぐ(ぐれごりーびーまなりんぐ)	462
松谷 建三　まつたに・けんぞう	458		
松田 麻奈　まつだ・まな	458		
マッテオ嬢　まっておじょう	458	マノリスク	462
マッド	459	マーヴィン・バンター(バンター)	462
松戸 与三　まつど・よぞう*	459	マーフィ	462
松永　まつなが	459	まほうはかせ	462
松中 曲人　まつなか・まげと	459	真幌キラー　まほろきらー	462
マツノオ	459	まぼろしお花　まぼろしおはな	462
松野 恭子　まつの・きょうこ	459	ママ	462
松野 めぐみ　まつの・めぐみ	459		

間宮 緑　まみや・みどり	463	三池 修（ミケ）　みいけ・おさむ*（みけ）	466
真村 真一　まむら・しんいち	463	三浦 信也　みうら・しんや	466
マヤ	463	三浦 由美子　みうら・ゆみこ	466
摩耶　まや	463	三枝子　みえこ	466
真山 由比　まやま・ゆい	463	美栄子　みえこ	467
真由子　まゆこ	463	美緒子　みおこ	467
まゆみ	463	ミオゾティス	467
真弓　まゆみ	463	三影　みかげ	467
マリ	463	三影 潤　みかげ・じゅん*	467
マリー	463	御影 麻衣　みかげ・まい	467
マリア	463	三ケ崎 しのぶ（朔田 しのぶ）　みかざき・しのぶ（さくた・しのぶ）	467
茉莉亜　まりあ	464		
マーリア・セミョーノフ	464	御門 京子　みかど・きょうこ	467
まりえ	464	三上 敏子　みかみ・としこ	467
真理恵　まりえ	464	ミカン嬢　みかんじょう	467
鞠夫　まりお	464	ミキ	467
マリオン・ソンダース（ソンダース）	464	みき	468
まり子　まりこ	464	三木　みき	468
真理子　まりこ	464	美紀　みき	468
マリーちゃん	464	美樹　みき	468
磨理邑 雅人　まりむら・まさと	464	箕木　みき	468
丸井 万作　まるい・まんさく	465	美樹子　みきこ	468
マルグリット	465	美樹本 早苗　みきもと・さなえ	468
マルコ・ポーロ	465	幹哉（十四郎）　みきや（とおしろう）	468
丸見 マキ子（マキ嬢）　まるみ・まきこ（まきじょう）	465	三国 芳水　みくに・ほうすい	468
		三雲 陸　みくも・りく	468
丸本　まるもと	465	御倉 瞬介　みくら・しゅんすけ	468
丸山　まるやま	465	御厨 善左衛門　みくりや・ぜんざえもん*	469
丸山刑事　まるやまけいじ	465		
丸山 莠　まるやま・しゅう	465	ミケ	469
マレン・セイ	465	三毛猫ホームズ（ホームズ）　みけねこほーむず（ほーむず）	469
万さん（ひょろ万）　まんさん（ひょろまん）	465		
		ミケランジェロ六郎　みけらんじぇろろくろう	469
万治 陀羅男　まんじ・だらお	466		
饅頭女　まんじゅうおんな	466	ミコ	469
万蔵　まんぞう	466	御子柴 鮎子　みこしば・あゆこ	469
万陀 修三　まんだ・しゅうぞう	466	ミサキ	469
萬田 武彦　まんだ・たけひこ*	466	美佐子　みさこ	469
万年 三郎　まんねん・さぶろう	466	美里　みさと	470
万引き女　まんびきおんな	466	三沢 秋穂　みさわ・あきほ	470
		三沢 茂子　みさわ・しげこ	470
【み】		三沢 為三　みさわ・ためぞう	470

三沢 由紀子　みさわ・ゆきこ*	470
三島 景子　みしま・けいこ	470
三島 栄　みしま・さかえ	470
三島 孝　みしま・たかし	470
三島 奈央子　みしま・なおこ	470
水池 武士　みずいけ・たけし	470
水木 邦夫　みずき・くにお	470
水木 巴之丞　みずき・ともえのじょう	471
三杉 英樹　みすぎ・ひでき	471
水木 妖子　みずき・ようこ	471
水沢 香奈江　みずさわ・かなえ	471
ミス・ジェイド	471
水島　みずしま	471
水島 薫子　みずしま・かおるこ	471
水島 啓輔　みずしま・けいすけ	471
水島 賢一　みずしま・けんいち	471
水島のじいちゃん　みずしまのじいちゃん	471
水島のじいちゃん(水島 啓輔)　みずしまのじいちゃん(みずしま・けいすけ)	471
水島 のりか(ノン)　みずしま・のりか(のん)	472
水島 雄一郎　みずしま・ゆういちろう	472
水島 裕也　みずしま・ゆうや	472
水島 亮平　みずしま・りょうへい	472
三鈴　みすず	472
水田　みずた	472
水田 吉太夫　みずた・きちだゆう*	472
羊男　みすたーしーぷ	472
水谷 五十鈴　みずたに・いすず	472
水谷 尚古堂　みずたに・しょうこどう	472
水谷 律美　みずたに・りつみ*	472
水並　みずなみ	472
水沼　みずぬま	473
水野　みずの	473
水乃 紗杜瑠(サトル)　みずの・さとる(さとる)	473
ミス・パウエル(ステラ・パウエル)	473
水原さんのお嬢さん　みずはらさんのおじょうさん	473
水原 真由美　みずはら・まゆみ	473
ミス・ハルク	473
水澄　みすみ	473
三角 定規　みすみ・さだのり	473
ミセス・ダイヤ	473
ミセス・ハート	473
溝口　みぞぐち	473
溝口　みぞぐち	474
御園 治憲(ノリ)　みその・はるのり(のり)	474
見染 琴美　みそめ・ことみ	474
三田　みた	474
三高 吉太郎　みたか・きちたろう*	474
三田 九郎　みた・くろう	474
三谷 京子　みたに・きょうこ*	474
三谷 正孝　みたに・まさたか*	474
三田村　みたむら	474
三田村社長　みたむらしゃちょう	474
三田村 ゆみ　みたむら・ゆみ	474
御手洗さん　みたらいさん	474
巳太郎　みたろう	475
道尾　みちお	475
道夫　みちお	475
道子　みちこ	475
道下 孝三　みちした・こうぞう	475
ミチル	475
光　みつ	475
三井　みつい	475
充枝夫人　みつえふじん	475
光岡　みつおか	475
満城警部補　みつきけいぶほ	476
三津木 俊助　みつぎ・しゅんすけ	476
ミツ子　みつこ	476
光子　みつこ	476
美津子　みつこ	476
光子さん　みつこさん	476
密室蒐集家　みっしつしゅうしゅうか	476
ミッチ	476
みっちゃん	476
三橋 暁子　みつはし・あきこ	476
三橋 千枝　みつはし・ちえ*	477
三橋 鐵夫　みつはし・てつお	477
三橋 文子　みつはし・ふみこ	477
光彦　みつひこ	477
三谷　みつや*	477
三矢 久子　みつや・ひさこ	477

美津代　みつよ	477
見処少年　みどころしょうねん	477
みどり	477
緑色の服の紳士（紳士）　みどりいろのふくのしんし（しんし）	478
碧川 栄一　みどりかわ・えいいち	478
緑川 浩一　みどりかわ・こういち	478
緑っぽい緑　みどりっぽいみどり*	478
緑原 衛理夫　みどりはら・えりお	478
緑原 裕子　みどりはら・ゆうこ	478
南方 熊楠　みなかた・くまぐす	478
水上　みなかみ	478
皆川 正志　みながわ・まさし	478
皆川 礼央　みながわ・れお	478
美袋 三条　みなぎ・さんじょう	478
水那子　みなこ	479
湊 俊介　みなと・しゅんすけ	479
南登野 洋子　みなとの・ようこ	479
皆美　みなみ	479
南　みなみ	479
南丘 研吾　みなみおか・けんご*	479
三波 晋介　みなみ・しんすけ	479
南田　みなみだ	479
南田 恭子　みなみだ・きょうこ	479
南田 敏郎　みなみだ・としろう	479
南見 菜美　みなみ・なみ	479
南野　みなみの	479
南 美希風　みなみ・みきかぜ	479
峰岡 春男　みねおか・はるお	480
峰岸　みねぎし	480
峰岸 朗　みねぎし・あきら	480
峯村 香　みねむら・かおり	480
ミノ	480
箕浦 佑加子　みのうら・ゆかこ	480
三野 小次郎　みの・こじろう	480
箕島　みのしま	481
蓑田　みのだ	481
蓑田 芳恵　みのだ・よしえ	481
美濃部　みのべ	481
実　みのる	481
稔　みのる	481
三船 九　みふね・きゅう	481
美穂　みほ	481
ミー坊　みーぼう	481
美保子　みほこ	481
ミミ	481
三室 卓也　みむろ・たくや*	482
美茂世　みもよ	482
ミヤ	482
宮井　みやい	482
宮入 由美子（ユミ）　みやいり・ゆみこ（ゆみ）	482
宮城 圭助（園田）　みやぎ・けいすけ（そのだ）	482
宮城 孝夫　みやぎ・たかお	482
三宅 悦郎　みやけ・えつろう	482
三宅 艶子　みやけ・つやこ	482
三宅 美登里　みやけ・みどり	482
ミヤ子　みやこ	482
宮古　みやこ	483
宮子　みやこ	483
都　みやこ	483
美也子　みやこ	483
ミヤ子夫人　みやこふじん	483
宮崎　みやざき	483
宮崎 菊恵　みやざき・きくえ	483
宮崎 冴子　みやざき・さえこ	483
宮迫 砂美　みやさこ・すなみ	483
宮澤 賢治　みやざわ・けんじ	483
宮澤 賢治（ケンジ）　みやざわ・けんじ（けんじ）	483
宮地 銀三　みやじ・ぎんぞう	483
宮下　みやした	484
宮下 梅子　みやした・うめこ	484
宮地 太郎　みやじ・たろう	484
宮島　みやじま	484
宮園 郁子　みやぞの・いくこ	484
宮田　みやた	484
宮田 桃子　みやた・ももこ	484
宮田 六郎　みやた・ろくろう	484
宮寺 美恵子　みやでら・みえこ	484
宮永 洸一　みやなが・こういち	484
宮永 敏美　みやなが・としみ	484
宮野 青葉　みやの・あおば	485
宮野 健太郎　みやの・けんたろう	485
宮之原 百合子　みやのはら・ゆりこ	485

宮之原 鈴華　みやのはら・りんか	485
宮原　みやはら	485
宮原 鮎美　みやはら・あゆみ	485
宮部 京子　みやべ・きょうこ	485
深山 あきの　みやま・あきの	485
深山 はるの　みやま・はるの	485
宮村 翔一　みやむら・しょういち	485
宮村 達也　みやむら・たつや	485
宮本 圭子　みやもと・けいこ	486
宮本 俊之　みやもと・としゆき	486
宮本 奈緒　みやもと・なお	486
宮本 史子　みやもと・ふみこ	486
宮本 武蔵　みやもと・むさし	486
宮本 百合　みやもと・ゆり	486
宮脇 省吾　みやわき・しょうご*	486
ミユキ(島村 美由紀)　みゆき(しまむら・みゆき)	486
美代子　みよこ	486
美与子　みよこ	486
三吉 和信　みよし・かずのぶ*	486
三好 浩三　みよし・こうぞう	486
三好 鶴子　みよし・つるこ	486
ミリアム	487
ミルトン・ハース	487
ミレイ	487
ミロ	487
美和　みわ	487
美和子　みわこ	487
三輪 葉子　みわ・ようこ	487

【む】

向井　むかい	487
迎出 俊　むかいで・しゅん	487
無空　むくう	487
向田　むこうだ	487
向田 栄吉　むこうだ・えいきち	488
むささびの源次　むささびのげんじ	488
武者 健三　むしゃ・けんぞう	488
娘　むすめ	488
牟田　むた	488
ムーちゃん	488
睦月 悠　むつき・ゆう*	488

陸奥 幸之助　むつ・こうのすけ	488
武藤　むとう	488
武藤 浩平　むとう・こうへい	488
武藤 順次　むとう・じゅんじ	488
武藤 舞香　むとう・まいか	489
武藤 類子　むとう・るいこ	489
宗像 金介　むなかた・きんすけ	489
宗像 銀介　むなかた・ぎんすけ	489
ムナカタ氏　むなかたし	489
棟方 創　むなかた・そう	489
宗像 達也　むなかた・たつや	489
宗像 晴美　むなかた・はるみ	489
宗方 マリ　むなかた・まり	489
村井　むらい	489
村井　むらい	490
村井警部　むらいけいぶ	490
村井 さわ子　むらい・さわこ	490
村井 房次郎　むらい・ふさじろう	490
村内 左門　むらうち・さもん	490
村岡 伊平治　むらおか・いへいじ	490
村岡 則夫　むらおか・のりお	490
村上　むらかみ	490
村上少尉　むらかみしょうい	490
村川 健吉　むらかわ・けんきち	490
村木 浩一　むらき・こういち	490
村雲 和夫　むらくも・かずお	491
村越 民治　むらこし・たみじ	491
村越 とも子　むらこし・ともこ	491
ムラサキくん	491
村崎 一　むらさき・はじめ*	491
村里 夕日　むらさと・ゆうひ	491
村雨　むらさめ	491
村雨 秋彦　むらさめ・あきひこ	491
村瀬　むらせ	491
村田 信久　むらた・のぶひさ	491
村田 勇造　むらた・ゆうぞう	491
村山 八美　むらやま・はちみ	492
夢裡庵(富士 宇衛門)　むりあん(ふじ・うえもん)	492
牟礼 順吉　むれ・じゅんきち	492
牟礼 真広　むれ・まひろ	492
室生 久美子　むろう・くみこ	492
室長 平輔　むろなが・へいすけ	492

室伏 安則　むろふし・やすのり	492	
室見　むろみ	492	

【め】

名探偵　めいたんてい	492
明 丹廷　めい・たんてい	492
メイ・リン	493
目方 喜三郎　めかた・きさぶろう	493
目吉　めきち	493
メグミ	493
目黒　めぐろ	493
メッシーニ	493
メーテル（海芽 輝美）　めーてる（うみめ・てるみ）	493
メランコ	493
メリヴェール卿　めりべーるきょう	493
メルカトル鮎　めるかとるあゆ	493
メルシー	493
面比要　めんぴよう	493

【も】

モアイ像男　もあいぞうおとこ	494
孟 重三　もう・じゅうさん	494
孟 嘗君　もう・しょうくん	494
盲人　もうじん	494
孟 忠文　もう・ちゅうぶん	494
毛利 五郎　もうり・ごろう	494
真岡 謙一　もおか・けんいち*	494
茂木　もぎ	494
目撃者　もくげきしゃ	494
モシェシュ	494
物集　もずめ	494
物集 修　もずめ・おさむ	495
模談亭キネマ　もだんていきねま	495
模談亭ラジオ　もだんていらじお	495
望月 加代子　もちずき・かよこ	495
望月 周平　もちずき・しゅうへい	495
茂木 信義　もてぎ・のぶよし	495
本井 太郎　もとい・たろう	495
茂都木 宏　もとき・ひろし	495
茂都木 蘭子　もとき・らんこ	496

素子　もとこ	496
本西 佐和子　もとにし・さわこ	496
本宮 武　もとみや・たけし	496
本宮 波留　もとみや・はる	496
喪中 栄太郎　もなか・えいたろう	496
モニカ	496
喪服夫人　もふくふじん	496
桃井 民子　ももい・たみこ	496
モモコ	496
百瀬 健次　ももせ・けんじ	496
森江 春策　もりえ・しゅんさく	497
森尾　もりお	497
森岡 信雄　もりおか・のぶお	497
森尾所長　もりおしょちょう	497
森川　もりかわ	497
守川 英吉（隼英吉）　もりかわ・えいきち（はやぶさえいきち）	497
森川 早順　もりかわ・そうじゅん	497
森川 美代子　もりかわ・みよこ	497
森木 国松　もりき・くにまつ	498
森 清　もり・きよし	498
森 咲枝　もり・さきえ	498
森下　もりした	498
森下 英夫（ヒデ）　もりした・ひでお（ひで）	498
森下 文緒　もりした・ふみお	498
森島 一朗　もりしま・いちろう	498
森島 巧　もりしま・たくみ	498
モリスン嬢　もりすんじょう	498
森田　もりた	498
森田 克巳　もりた・かつみ	498
森 隆弘　もり・たかひろ	498
森田 五郎　もりた・ごろう	499
森ちゃん　もりちゃん	499
森次 夏樹　もりつぐ・なつき	499
森 俊彦　もり・としひこ	499
森永 宗一　もりなが・そういち	499
森 奈津子　もり・なつこ	499
森野　もりの	499
森の石松　もりのいしまつ	499
森野 浩之　もりの・ひろゆき	499
森野 雅也　もりの・まさや	499
森 路子　もり・みちこ	500

守村 優佳	もりむら・ゆか	500
森本	もりもと	500
護屋 菊恵(宮崎 菊恵)	もりや・きくえ(みやざき・きくえ)	500
護屋 クメ	もりや・くめ	500
護屋 総次郎	もりや・そうじろう	500
守谷 英恵	もりや・はなえ*	500
森山	もりやま	500
森山 郊二	もりやま・こうじ	500
護屋 正恵	もりや・まさえ	500
森山 多枝子	もりやま・たえこ	500
守山 喜子	もりやま・よしこ	500
森山 練平	もりやま・れんぺい	501
森 由紀子	もり・ゆきこ	501
諸井レステエフ 尚子	もろいれすてえふ・しょうこ	501
諸橋 佑香	もろはし・ゆか	501
紋次郎(木枯し紋次郎)	もんじろう(こがらしもんじろう)	501
モンタニ		501
モンテネグロ		501

【や】

矢井田 賢一	やいだ・けんいち	501
矢内原 四郎	やうちばら・しろう	501
八重	やえ	501
八重子	やえこ	501
八重子	やえこ	502
八神 一彦	やがみ・かずひこ	502
矢上 浩太	やがみ・こうた	502
八神 仁志	やがみ・ひとし	502
八木 あかね	やぎ・あかね	502
八木 粂子	やぎ・くめこ	502
八木沢	やぎさわ	502
八木 薔子	やぎ・しょうこ	502
弥吉	やきち	502
八木 東蘭	やぎ・とうらん	502
八木沼 新太郎	やぎぬま・しんたろう	502
八木 誠	やぎ・まこと	502
八木 美紀	やぎ・みき	503
八木 光江	やぎ・みつえ	503
屋久島	やくしま	503
薬師丸	やくしまる	503
矢口	やぐち	503
矢倉 段之助	やぐら・だんのすけ	503
矢坂	やさか	503
弥三郎	やさぶろう	503
矢沢	やざわ	503
矢沢 澄男	やざわ・すみお	503
弥七	やしち	503
矢島 太郎	やじま・たろう	503
矢島 晴己	やじま・はるき	504
矢代 研次	やしろ・けんじ	504
八代 省吾	やしろ・しょうご	504
矢代 孝雄	やしろ・たかお	504
矢代 信行	やしろ・のぶゆき	504
矢代 文代	やしろ・ふみよ	504
安井 昭雄	やすい・あきお	504
安岡	やすおか	504
八杉 俊江	やすぎ・としえ	504
弥助	やすけ	504
安河内 ミロ	やすこうち・みろ	504
安二	やすじ	504
安二	やすじ	505
安造	やすぞう	505
安田	やすだ	505
安田 佳代子	やすだ・かよこ	505
八須田 泰造	やすだ・たいぞう	505
安田夫妻	やすだふさい	505
安永 達也	やすなが・たつや	505
安場 権三	やすば・ごんぞう*	505
安原	やすはら	505
安原 湖風	やすはら・こふう	505
安兵衛	やすべえ	505
安見	やすみ	506
靖美	やすみ	506
矢隅 英子	やすみ・えいこ*	506
安見 邦夫	やすみ・くにお	506
安見 弓子	やすみ・ゆみこ	506
矢澄 黎人	やすみ・れいと	506
安村 時子	やすむら・ときこ	506
安本 五郎	やすもと・ごろう	506
安代	やすよ	506
痩せた男	やせたおとこ	506
弥三右衛門	やそうえもん	506

八十吉　やそきち	506	
矢田　やだ	506	
谷田貝　美琴　やたがい・みこと	507	
矢田　利之　やた・としゆき*	507	
ヤッチン	507	
矢頭　やとう*	507	
柳井　計輔　やない・けいすけ	507	
柳内　信太郎　やない・しんたろう	507	
柳井　洋治　やない・ようじ*	507	
柳川　優子　やながわ・ゆうこ	507	
柳　一完　やなぎ・いっかん	507	
柳沢　欣之介　やなぎさわ・きんのすけ	507	
柳　なおみ　やなぎ・なおみ	507	
柳　なおみ　やなぎ・なおみ	508	
柳原　仙八郎　やなぎはら・せんぱちろう*	508	
柳　由香子　やなぎ・ゆかこ	508	
柳　由香梨　やなぎ・ゆかり	508	
矢場　英司　やば・えいじ	508	
矢花　信太郎　やばな・しんたろう	508	
薮井　竹庵　やぶい・ちくあん	508	
薮田　筍斎　やぶた・じゅんさい	508	
薮田　幹夫　やぶた・みきお	508	
藪原　勇之進　やぶはら・ゆうのしん	508	
山嵐警部　やまあらしけいぶ	508	
山井検事　やまいけんじ	508	
山内　滋　やまうち・しげる	509	
山内　南洞　やまうち・なんどう*	509	
山内　浩代　やまうち・ひろよ	509	
山岡　やまおか	509	
山岡　史彰　やまおか・ふみあき	509	
山岡　満彦　やまおか・みつひこ	509	
山鹿　十介　やまが・じゅうすけ	509	
山形　やまがた	509	
山県　成友　やまがた・しげとも	509	
山形　清一　やまがた・せいいち*	509	
山上　やまがみ	509	
山上　やまがみ*	509	
山神　やまがみ*	510	
山上　一郎　やまがみ・いちろう	510	
山上　達夫　やまがみ・たつお	510	
山上　トミ　やまがみ・とみ	510	
山上夫婦　やまがみふうふ*	510	
山上　良作　やまがみ・りょうさく	510	
山川　牧太郎　やまかわ・まきたろう*	510	
山木　一雄　やまき・かずお	510	
山岸　やまぎし	510	
山岸　明子　やまぎし・あきこ	510	
山岸　猛雄　やまぎし・たけお*	510	
山岸　坦齋　やまぎし・たんさい	510	
山岸　千草　やまぎし・ちぐさ	511	
山木　はな　やまき・はな	511	
ヤマギワ少年　やまぎわしょうねん	511	
山草　永子　やまくさ・えいこ	511	
山草　満男　やまくさ・みつお	511	
山口　やまぐち	511	
山口　サトル　やまぐち・さとる	511	
山口　七郎　やまぐち・しちろう*	511	
山口　順子　やまぐち・じゅんこ	511	
山口　ヒカル　やまぐち・ひかる	511	
山口　みゆき　やまぐち・みゆき	511	
山倉　浩一　やまくら・こういち	512	
山崎　やまざき	512	
山崎　朝代　やまざき・あさよ*	512	
山崎　啓介　やまざき・けいすけ*	512	
山崎　紗絵　やまざき・さえ	512	
山崎　蒸　やまざき・すすむ	512	
山崎　信子　やまざき・のぶこ	512	
山崎　衛　やまざき・まもる	512	
山路　浩輝　やまじ・こうき	512	
山下　やました	512	
山下　岳衛門　やました・がくえもん	512	
山下　希美　やました・きみ	512	
山下　笙子　やました・しょうこ	513	
山科　信吾　やましな・しんご	513	
山科　新太郎　やましな・しんたろう	513	
山科　晴哉　やましな・はるや	513	
山科　桃子　やましな・ももこ	513	
山瀬　幸彦　やませ・ゆきひこ	513	
山田　やまだ	513	
山田　うめ　やまだ・うめ	513	
山田　義助　やまだ・ぎすけ	513	
山田宮司　やまだぐうじ	513	
山田氏　やまだし	513	
山田　充　やまだ・みつる	513	

山田 義雄　やまだ・よしお	514
山名 紅吉　やまな・こうきち*	514
山梨 大輔　やまなし・だいすけ	514
山根　やまね	514
山根 登喜子　やまね・ときこ	514
山根 敏　やまね・びん	514
山之内　やまのうち	514
山之内 初子(お嬢様)　やまのうち・はつこ(おじょうさま)	514
山野 進一　やまの・しんいち	514
山野 良彦　やまの・よしひこ	514
山藤 虎二　やまふじ・とらじ*	515
山辺 舜生　やまべ・としお	515
山辺 ユリ　やまべ・ゆり	515
山見神 麻弥　やまみがみ・まや	515
山村 英一　やまむら・えいいち	515
山村 露子　やまむら・つゆこ	515
山村 暮鳥　やまむら・ぼちょう	515
山村 益雄　やまむら・ますお	515
山本　やまもと	515
山本 綾子　やまもと・あやこ	515
山本 五十六　やまもと・いそろく	516
山本 勘助　やまもと・かんすけ	516
山本君　やまもとくん	516
山本刑事　やまもとけいじ	516
山本 貞助　やまもと・ていすけ	516
山本 留次　やまもと・とめじ	516
山盛氏　やまもりし	516
山脇 慶輔　やまわき・よしすけ	516
闇雲 A子　やみくも・えいこ	516
矢村 麻沙子　やむら・まさこ	516

【ゆ】

湯浅　ゆあさ	516
湯浅 順平　ゆあさ・じゅんぺい	516
湯浅 新一　ゆあさ・しんいち	517
湯浅 夏美　ゆあさ・なつみ	517
唯　ゆい	517
由伊　ゆい	517
ユウイチ	517
優花　ゆうか	517
結城　ゆうき	517
有希 真一　ゆうき・しんいち	517
結城 新十郎　ゆうき・しんじゅうろう	517
結城中佐　ゆうきちゅうさ	517
結城 宏樹　ゆうき・ひろき	518
結城 普二郎　ゆうき・ふじろう	518
結城 麗子　ゆうき・れいこ	518
結子　ゆうこ	518
有子　ゆうこ	518
夕子　ゆうこ	518
釉子　ゆうこ	518
優介　ゆうすけ	518
悠太　ゆうた	518
郵便脚夫の女房　ゆうびんきゃくふのにょうぼう	518
郵便屋さん　ゆうびんやさん	518
裕平　ゆうへい	518
裕平　ゆうへい	519
雄平　ゆうへい	519
裕馬　ゆうま	519
憂理　ゆうり	519
ユカ	519
結花　ゆか	519
由香　ゆか	519
ゆかり	519
由香里　ゆかり	519
湯川　ゆかわ	519
湯川 勝一　ゆかわ・かついち*	519
湯河 勝太郎　ゆがわ・かつたろう	520
湯川 金太郎　ゆかわ・きんたろう	520
湯川 学　ゆかわ・まなぶ*	520
ユキ	520
由紀　ゆき	520
遊姫　ゆき	520
雪江　ゆきえ	520
雪江さん　ゆきえさん	520
由起夫　ゆきお	520
ゆき子　ゆきこ	520
雪子夫人　ゆきこふじん	520
雪沢 建三　ゆきさわ・けんぞう*	520
行武 栄助　ゆきたけ・えいすけ*	521
雪御所 圭子　ゆきのごしょ・けいこ	521
行原 達也　ゆきはら・たつや	521
雪代　ゆきよ	521

U君　ゆーくん	521	
弓削　ゆげ	521	
弓削田 亦八　ゆげた・またはち	521	
弓削 直人　ゆげ・なおと	521	
ユゴー	521	
遊佐 二三男　ゆさ・ふみお	521	
遊佐 正美　ゆさ・まさみ	522	
湯沢 藤次郎　ゆざわ・とうじろう	522	
湯島 敦　ゆしま・あつし	522	
湯島 博　ゆしま・ひろし	522	
柚子原 譲　ゆずりはら・ゆずる	522	
ユータ	522	
ユニヨシ	522	
由布　ゆふ	522	
ユミ	522	
由美　ゆみ	522	
弓飼 啓介　ゆみかい・けいすけ	522	
優美子　ゆみこ	523	
由美子　ゆみこ	523	
由美ちゃん　ゆみちゃん	523	
弓納 琴美　ゆみの・ことみ*	523	
弓之助　ゆみのすけ	523	
弓原 太郎　ゆみはら・たろう*	523	
湯本 直也　ゆもと・なおや	523	
湯屋 東一郎　ゆや・とういちろう	523	
由良 昴允　ゆら・こういん	523	
由利　ゆり	523	
百合枝先生(小泉 百合枝)　ゆりえせんせい(こいずみ・ゆりえ)	523	
ユリカ	523	
ユリカ	524	
ゆり子　ゆりこ	524	
百合子　ゆりこ	524	
ユーリ・コラボイ(コラボイ)	524	
由利先生　ゆりせんせい	524	
由利 珠美　ゆり・たまみ	524	
ユンファ	524	

【よ】

与市　よいち	524	
与市　よいち	525	
楊開　よう・かい	525	
妖怪ばばあ　ようかいばばあ	525	
洋子　ようこ	525	
葉子　ようこ	525	
陽子　ようこ	525	
妖術使い　ようじゅつつかい	525	
妖精　ようせい	525	
ヨギガンジー(ガンジー)	525	
横井 圭　よこい・けい	525	
横尾　よこお	526	
横尾 硝子　よこお・しょうこ	526	
横川　よこかわ	526	
横崎 宗市　よこざき・そういち	526	
横地 俊恵　よこじ・としえ	526	
横田(Aの君)　よこた(あーのきみ)	526	
横田 佳奈　よこた・かな	526	
横田少尉　よこたしょうい	526	
横田 政夫　よこた・まさお	526	
横田 勇作　よこた・ゆうさく	526	
横田 義正　よこた・よしまさ	526	
横田 義正　よこた・よしまさ	527	
横手　よこて	527	
横溝 正史　よこみぞ・せいし	527	
横山 武史　よこやま・たけし	527	
横谷 倫造　よこや・りんぞう	527	
依羅 正徳　よさら・まさのり	527	
吉井 正一　よしい・しょういち	527	
吉井 辰三　よしい・たつぞう	527	
吉井 秀人　よしい・ひでと	527	
吉井 裕三　よしい・ゆうぞう	527	
芳江　よしえ	527	
良恵　よしえ	528	
義夫　よしお	528	
吉岡 静夫　よしおか・しずお	528	
吉川 恭介　よしかわ・きょうすけ	528	
吉川 保　よしかわ・たもつ	528	
吉川 継雄　よしかわ・つぐお	528	
良樹　よしき	528	
よし子　よしこ	528	
美子　よしこ	528	
芳公(犬の芳公)　よしこう(かめのよしこう)	528	
芳子さん　よしこさん	528	
吉沢 旭　よしざわ・あきら	529	

吉沢 篤郎	よしざわ・あつろう	529
吉沢 隆太	よしざわ・りゅうた	529
由造	よしぞう	529
吉田	よしだ	529
吉田 和春	よしだ・かずはる*	529
吉田 兼吉	よしだ・かねきち*	529
吉田君	よしだくん	529
吉田 健太郎	よしだ・けんたろう	529
吉田 茂	よしだ・しげる	530
吉田 誠一	よしだ・せいいち	530
吉田 龍雄	よしだ・たつお*	530
吉田 寅次郎	よしだ・とらじろう	530
吉田 雄太郎	よしだ・ゆうたろう	530
吉田 芳子	よしだ・よしこ	530
吉田 龠平	よしだ・ろんぺい	530
吉永	よしなが	530
吉中 玄哉	よしなか・げんや*	530
吉長 美佐恵	よしなが・みさえ	530
芳野	よしの	530
吉野 美杉	よしの・みすぎ	530
良則	よしのり	530
吉丸 勇作	よしまる・ゆうさく	531
吉村	よしむら	531
吉村 爽子	よしむら・さわこ	531
吉村 タツ夫	よしむら・たつお	531
吉本	よしもと	531
芳郎	よしろう	531
緑 珠代	よすが・たまよ	531
依田	よだ	531
依田 朱子	よだ・あやこ	531
与田 勝子	よだ・かつこ	531
米倉 達吉	よねくら・たつきち	531
米田 靖史	よねだ・やすし	532
米村	よねむら	532
米本 かおり	よねもと・かおり	532
米山 民子	よねやま・たみこ	532
夜ノ森 静	よのもり・しずか	532
ヨヴァノヴィチ		532
ヨハン		532
読むリエ	よむりえ	532
四方田 さつき	よもだ・さつき	532
四方田 みずき	よもだ・みずき	532
代々木主任	よよぎしゅにん	533
頼子	よりこ	533
ヨルゲン		533
鎧坂 ゆずる	よろいざか・ゆずる	533
鎧塚 鉱一郎	よろいずか・こういちろう	533

【ら】

ラー		533
ライオネル・タウンゼンド(タウンゼンド)		533
雷蔵	らいぞう	533
ライラ・エバーワイン		533
ラザレフ		533
ラシイヌ		534
無電小僧	らじおこぞう	534
ラスコーリニコフ		534
ラッセル先生	らっせるせんせい	534
ラナリア		534
ラプチェフ		534
ラマール		534
ラリー・チャン(チャン)		534
ラン		534
ランスロット		534
ランダッゾ		534
ランディ・スタンフォード		535

【り】

李 福順	りい・ふうしゆす	535
梨江	りえ	535
リエナ		535
リコちゃん		535
リサ		535
理沙子	りさこ	535
リサ・マクレーン		535
鯉丈	りじょう	535
李 雪花	り・せつか	535
リチャード・クレアモント		535
リチャード・ホワイトウッド		536
リッキー		536
リナ		536
李 南書	り・なんしょ	536

リベザル	536
リヤトニコフ	536
リヤン王　りやんおう	536
リュウ	536
リュウ	536
リュウ・アーチャー(アーチャー)	536
隆子夫人　りゅうこふじん	536
竜崎 伸也　りゅうざき・しんや	536
リュウジ	537
竜二　りゅうじ*	537
龍太郎　りゅうたろう	537
滝亭鯉丈(鯉丈)　りゅうていりじょう(りじょう)	537
竜堂 兵一　りゅうどう・へいいち	537
柳北　りゅうほく	537
陵　りょう	537
良吉　りょうきち*	537
涼子　りょうこ	537
了介　りょうすけ	537
理々　りり	537
燐子　りんこ	537
林 宝蘭　りん・ほうらん	538

【る】

ルイコ	538
ルイジ・フェネリ(フェネリ)	538
ルイーズ・レイバーン	538
ルカ	538
ルキーン	538
ルグナンシェ	538
ルコック警部　るこっくけいぶ	538
ルネ・ドゥーセット	538
ル・パン	538
留美　るみ	538
瑠美　るみ	539
瑠美子　るみこ	539
ルミちゃん	539
ルリコ	539
瑠璃子　るりこ	539
ルリジューズ	539

【れ】

レアティーズ	539
レイ子　れいこ	539
玲子　れいこ	539
麗子　れいこ	539
レイミ	540
レオ	540
レオナルド	540
レオナルド・ダ・ヴィンチ	540
レオ・パスカル	540
レザール	540
レストレイド	540
レストレード	540
レッド・シャルラッハ(シャルラッハ)	540
レナ	540
レナ	541
玲奈　れな	541
レノラ・ヒメネス	541
蓮子　れんこ*	541
蓮丈 那智　れんじょう・なち	541
蓮台 美葉流　れんだい・みはる	541
レンデル	541
レンロット	542

【ろ】

ロイ	542
ロイス	542
ロイズマン	542
老女　ろうじょ	542
老人　ろうじん	542
老人(叔父さん)　ろうじん(おじさん)	543
老人(増田 幾二郎)　ろうじん(ますだ・いくじろう)	543
牢名主　ろうなぬし	543
老婆　ろうば	543
ロオラ	543
六郷 伊織　ろくごう・いおり	543
六車 家々　ろくしゃ・やや	543
六蔵　ろくぞう	543
路考　ろこう	543

ロックフォード夫人　ろっくふぉーどふじん	543
ロバート・ステュワート	543
ロバート・ベック	543
ロビンソン	543
魯文　ろぶん	544
ロベスピエール	544
ローラン	544
ロルフ・ベック	544
ローレンス・タミヤ（タミヤ）	544
ロンジ氏　ろんじし	544

【わ】

Y子　わいこ	544
Y巡査　わいじゅんさ	544
若草 もえる　わかくさ・もえる	544
若砂 亜梨沙　わかすな・ありさ	544
若だんな（一太郎）　わかだんな（いちたろう）	544
若旦那（吉田君）　わかだんな（よしだくん）	545
若月　わかつき	545
若菜　わかな	545
若林　わかばやし	545
若村 君男　わかむら・きみお	545
若者　わかもの	545
和川 芳郎　わがわ・よしろう	545
脇田 敏広　わきた・としひろ	545
脇村 桂造　わきむら・けいぞう	545
和久井 姫美　わくい・きみ	545
和久井 尚也　わくい・なおや	546
和久井 充男　わくい・みつお	546
和久井 芳子　わくい・よしこ	546
和久田　わくた	546
和久山 隆彦　わくやま・たかひこ	546
和田　わだ	546
綿井 茂一　わたい・しげいち	546
和田 清　わだ・きよし	546
渡瀬　わたせ	546
和田 直道　わだ・なおみち	546
渡辺　わたなべ*	546
渡辺 英作　わたなべ・えいさく	546
渡辺 乙松　わたなべ・おとまつ*	547
渡辺刑事　わたなべけいじ*	547
渡部 沙都　わたなべ・さと	547
綿鍋 大河　わたなべ・たいが	547
渡辺 司　わたなべ・つかさ	547
渡辺 恒　わたなべ・つね	547
渡辺夫人　わたなべふじん	547
渡辺 美也子　わたなべ・みやこ*	547
綿貫 巌　わたぬき・いわお	547
綿貫 寛方　わたぬき・かんぽう	547
和田 広子　わだ・ひろこ	547
渡部 武馬　わたべ・たけま	547
渡会 恭平　わたらい・きょうへい	548
渡良瀬 みこと　わたらせ・みこと	548
亘理 耕次郎　わたり・こうじろう	548
和戸　わと	548
和戸 耕平　わと・こうへい	548
ワトスン	548
ワトスン	549
ワトスン老　わとすんろう	549
ワトソン	549
輪廻しの少女（少女）　わまわしのしょうじょ（しょうじょ）	550
ワン・アーム・フック（フック）	550
王 再会　わん・さいちぇん	550
湾田 乱人　わんだ・らんど	550
ワンタン君　わんたんくん	550

【ん】

ンガガ	550

【あ】

亜　あ
写真家　「DL2号機事件」　泡坂妻夫　マイ・ベスト・ミステリーⅥ　文藝春秋（文春文庫）
2007年12月

亜 愛一郎　あ・あいいちろう
カメラマン　「右腕山上空」　泡坂妻夫　マイ・ベスト・ミステリーⅤ　文藝春秋（文春文庫）
2007年11月

亜 愛一郎　あ・あいいちろう
カメラマン　「飯鉢山山腹」　泡坂妻夫　謎005-スペシャル・ブレンド・ミステリー　講談社（講談社文庫）　2010年9月

亜 愛一郎　あ・あいいちろう
カメラマン、名探偵　「病人に刃物」　泡坂妻夫　贈る物語 Mystery　光文社（光文社文庫）
2006年10月

ああとあああ
バンド「ザ・コレクテッド・フリークス」のヴォーカル、一体双頭のシャム双生児　「DECO-CHIN」　中島らも　推理小説年鑑 ザ・ベストミステリーズ2005　講談社　2005年7月

Ｉ　あい
戦時中に海軍にいて金塊を運んだ男　「泥棒」　雨宮雨彦　有栖川有栖の鉄道ミステリ・ライブラリー　角川書店（角川文庫）　2004年10月

アイ
名探偵　「みんなの殺人」　ひょうた　新・本格推理06-不完全殺人事件　光文社（光文社文庫）　2006年3月

相浦　あいうら
50歳になる女性、梓野バレー研究所の助教　「鏡の国への招待」　皆川博子　翠迷宮　祥伝社（祥伝社文庫）　2003年6月

相尾 翔　あいお・しょう
ミステリ作家志望の会社員　「私はこうしてデビューした」　蒼井上鷹　事件の痕跡−最新ベスト・ミステリー　光文社　2007年11月

相川 信吾　あいかわ・しんご
フリーライター、封印された地下の秘密の部屋がある修道院を訪れた男　「ミカエルの心臓」　獏野行進　新・*本格推理 08　光文社（光文社文庫）　2008年3月

相川 保　あいかわ・たもつ*
新人作家、弁護士真理子の友だち　「七月の喧噪」　柴田よしき　京都愛憎の旅　徳間書店（徳間文庫）　2002年5月

あいか

相川 俊夫　あいかわ・としお
元検事で探偵小説家の「私」に汽車の中で話しかけてきたなめくじのような男　「途上の犯人」　浜尾四郎　探偵小説の風景 トラフィック・コレクション（上）　光文社（光文社文庫）2009年5月

愛子　あいこ
貝瀬の妻　「動機」　横山秀夫　罪深き者に罰を　講談社（講談社文庫）　2002年11月

藍子　あいこ
飯伏茂樹の一人娘　「審判は終わっていない」　姉小路祐　嘘つきは殺人のはじまり　講談社（講談社文庫）　2003年9月

愛子さん　あいこさん
横浜の吉丸病院の院長・吉丸勇作の後妻　「菩薩のような女」　小池真理子　危険な関係（女流ミステリー傑作選）　角川春樹事務所（ハルキ文庫）　2002年5月

相崎 靖之　あいざき・やすゆき
地方紙「県民新聞」の警察回り記者　「眼前の密室」　横山秀夫　深夜バス78回転の問題（本格短編ベスト・セレクション）　講談社（講談社文庫）　2008年1月；本格ミステリ04　講談社（講談社ノベルス）　2004年6月

相沢 カノ　あいざわ・かの
温泉宿の客、双子の兄妹の兄　「奥の湯の出来事」　小森健太朗　名探偵で行こう-最新ベスト・ミステリー シリーズ・キャラクター編　光文社（光文社文庫）　2001年9月

相沢 コノエ　あいざわ・このえ
温泉宿の客、双子の兄妹の妹　「奥の湯の出来事」　小森健太朗　名探偵で行こう-最新ベスト・ミステリー シリーズ・キャラクター編　光文社（光文社文庫）　2001年9月

相澤 仙五郎　あいざわ・せんごろう
内務省事務官市川春吉夫婦の家の同居人、詐欺前科数犯の女蕩しで有名な男　「吝嗇の真理」　大下宇陀児　甦る推理雑誌2「黒猫」傑作選　光文社（光文社文庫）　2002年11月

相沢 ゆかり　あいざわ・ゆかり*
首吊りをしていた女、検視官一ノ瀬和之の不倫相手　「赤い名刺」　横山秀夫　推理小説年鑑 ザ・ベストミステリーズ2001　講談社　2001年6月

藍沢 悠美　あいざわ・ゆみ
霊能者能城あや子がテレビのバラエティ番組出演のため事前調査をさせているスタッフ　「妹のいた部屋」　井上夢人　推理小説年鑑 ザ・ベストミステリーズ2004　講談社　2004年7

会津 徹人（会長）　あいず・てつと（かいちょう）
居酒屋「朔さん」の二階で独りで暮らしている全盲の老人、もとはテキヤの親分　「「密室」作ります」　長坂秀佳　乱歩賞作家赤の謎　講談社　2006年4月

会田　あいだ
刑務所の監房へ放りこまれた新入り　「兇悪の門」　生島治郎　警察小説傑作短編集　ランダムハウス講談社（ランダムハウス講談社文庫）　2009年7月

あいん

相田 彰　あいだ・あきら
音楽評論家、日本のロックを得意分野にする男「廃墟と青空」鳥飼否宇　深夜バス78回転の問題(本格短編ベスト・セレクション)　講談社(講談社文庫)2008年1月;本格ミステリ04　講談社(講談社ノベルス)2004年6月

相田 重成　あいだ・しげなり
本庁捜査一課の刑事「スジ読み」池井戸潤　現場に臨め-最新ベスト・ミステリー　光文社　2010年10月

愛田 美知子　あいだ・みちこ
1963年テキサス州ダラスで大統領の暗殺現場をホーム・ムーヴィーに撮影した日本人「ザ・プルーダの向かい側」片岡義男　推理小説年鑑 ザ・ベストミステリーズ2002　講談社　2002年7月

相田 瑠奈　あいだ・るな
めぐみ幼稚園の園児「ママは空に消える」我孫子武丸　名探偵で行こう-最新ベスト・ミステリー シリーズ・キャラクター編　光文社(光文社文庫)2001年9月

あいつ
多重人格者のもう一人の自分、自分の敵対者「獣の記憶」小林泰三　密室＋アリバイ＝真犯人　講談社(講談社文庫)2002年2月

合トンビの男　あいとんびのおとこ*
国へ帰る一郎と汽車で乗り合わした目の険しい合トンビの男「少年と一万円」山本禾太郎　探偵小説の風景 トラフィック・コレクション(上)　光文社(光文社文庫)2009年5月

アイねぇ
インラインスケーターの若い女性「コインロッカーから始まる物語」黒田研二　珍しい物語のつくり方(本格短編ベスト・セレクション)　講談社(講談社文庫)2010年1月;本格ミステリ06　講談社(講談社ノベルス)2006年5月

相場 みのり　あいば・みのり
葉村晶の友人の図書館司書「女探偵の夏休み」若竹七海　罪深き者に罰を　講談社(講談社文庫)2002年11月

相原 茅乃　あいはら・かやの
女子高校生、体育祭をサボって途中で抜け出た生徒「乙女的困惑」船越百恵　天地驚愕のミステリー　宝島社(宝島社文庫)2009年8月

愛理 きらら　あいり・きらら
月夜に探偵事務所の見習いの「僕」が出会ったバニーガール「月の兎」愛理修　新・本格推理02　光文社(光文社文庫)2002年3月

アイリス
「林檎」と綽名される宇宙ステーションの乗員、ノイ博士の助手「暗黒の海を漂う黄金の林檎」七河迦南　新・本格推理07-Qの悲劇　光文社(光文社文庫)2007年3月

アインシュタイン
世界的な理論物理学者「秋の日のヴィオロンの溜息」赤井三尋　乱歩賞作家黒の謎　講談社　2006年7月

あおい

葵　あおい
美人ミステリ作家　「最後のメッセージ」　蒼井上鷹　珍しい物語のつくり方(本格短編ベスト・セレクション)　講談社(講談社文庫)　2010年1月;本格ミステリ06　講談社(講談社ノベルス)　2006年5月

青井 和江　あおい・かずえ
バーの女　「月夜の時計」　仁木悦子　江戸川乱歩の推理教室　光文社(光文社文庫)　2008年9月

青枝 伸一　あおえ・しんいち*
幼いときに父が失踪し母に育てられた男　「記憶」　松本清張　ペン先の殺意　光文社(光文社文庫)　2005年11月

青木　あおき
高等学校生徒の「俺」の友人　「拾った遺書」　本田緒生　幻の探偵雑誌6「猟奇」傑作選　光文社(光文社文庫)　2001年3月

青木 桂子　あおき・けいこ
毒殺事件の被害者、高等娼婦の女　「連作 毒環」　横溝正史;高木彬光;山村正夫　甦る推理雑誌6「探偵実話」傑作選　光文社(光文社文庫)　2003年5月

青木 茂　あおき・しげる
殺人事件の被害者、作家橋場仙吉の愛物だった美青年　「変化する陳述」　石浜金作　江戸川乱歩と13人の新青年〈論理派〉編　光文社(光文社文庫)　2008年1月

青木 良　あおき・りょう
アパートでダンサー殺害された事件の有力な容疑者、ダンスの先生　「灯」　楠田匡介　甦る推理雑誌3「X」傑作選　光文社(光文社文庫)　2002年12月

青島 幹夫　あおしま・みきお
自称オカルト詐欺師、元銀行員　「サイバー・ラジオ」　池井戸潤　乱歩賞作家青の謎　講談社　2007年7月

青田　あおた
十五年前に起きた爆弾事件で死亡した男女二人の大学生が籍を置いていた燃料化学科の仲間　「五つのプレゼント」　乾くるみ　事件の痕跡−最新ベスト・ミステリー　光文社　2007年11月

青田 春夫　あおた・はるお
鳥羽商事株式会社の社員、同じ社の三杉英樹を愛する美青年　「陰花の罠」　鵠沼二郎　罠の怪　勉誠出版(べんせいライブラリー)　2002年11月

青沼さん　あおぬまさん
人間荘アパート八号室の住人の男の人、エロ雑誌の編輯者　「まぼろしの恋妻」　山田風太郎　マイ・ベスト・ミステリーⅢ　文藝春秋(文春文庫)　2007年9月

青野 杏奈　あおの・あんな
歯科医青野律の新婚の妻　「白虎の径」　橙島和　新・本格推理01　光文社(光文社文庫)　2001年3月

青野 重次郎　あおの・しげじろう
惨事のあった山田家と風見家に泊まっていた客、麻雀賭博常習者　「能面殺人事件」　青鷺幽鬼（角田喜久雄）　甦る推理雑誌2「黒猫」傑作選　光文社（光文社文庫）　2002年11月

青野 律（リッキー）　あおの・りつ（りっきー）
歯科医、杏奈の新婚の夫　「白虎の径」　橙島和　新・本格推理01　光文社（光文社文庫）　2001年3月

青葉 可恵　あおば・かえ
婦人記者が殺された現場に居合せた嫌疑者の女　「電話の声」　北林透馬　甦る推理雑誌4「妖奇」傑作選　光文社（光文社文庫）　2003年1月

青葉田　あおばた
タウン誌「タウン・ファミリー」の編集長　「十年後の家族」　佐野洋　幻惑のラビリンス　光文社（光文社文庫）　2001年5月

青葉 良男　あおば・よしお
郷里の町で食いつめて上京した男　「天の配猫」　森村誠一　Anniversary 50 カッパ・ノベルス創刊50周年記念作品　光文社　2009年12月

蒼淵 誠二　あおぶち・せいじ*
代々資産家の家系だった蒼淵家に婿入りした男　「蒼淵家の触手」　井上雅彦　名探偵で行こう-最新ベスト・ミステリー シリーズ・キャラクター編　光文社（光文社文庫）　2001年9月

青柳 圭子（鼻眼鏡夫人）　あおやぎ・けいこ（はなめがねふじん）
殺人事件の被害者、キザな手つきで鼻眼鏡をかける未亡人　「検屍医」　島田一男　甦る推理雑誌7「探偵倶楽部」傑作選　光文社（光文社文庫）　2003年7月

青柳 周六　あおやぎ・しゅうろく*
アダルトビデオを販売している男　「ツルの一声」　逢坂剛　事件の痕跡-最新ベスト・ミステリー　光文社　2007年11月

青山 喬介　あおやま・きょうすけ
吉田雄太郎が通っている学校へ講義に来る妙な男　「石塀幽霊」　大阪圭吉　江戸川乱歩と13人の新青年〈論理派〉編　光文社（光文社文庫）　2008年1月

青山 浩一　あおやま・こういち
伯父の金を盗んで使いはたし自殺を考えていた青年　「薔薇夫人」　江戸川乱歩　江戸川乱歩と13の宝石　光文社（光文社文庫）　2007年5月

青山 潤　あおやま・じゅん
夫を亡くし親子三人で暮らす伸子の幼な馴染、芸術家　「手紙」　宮野村子　江戸川乱歩と13の宝石　光文社（光文社文庫）　2007年5月

青山 俊作　あおやま・しゅんさく
会社を定年し退職金を貰った帰りに電車に轢かれて死んだ男　「殺人混成曲」　千代有三　江戸川乱歩の推理試験　光文社（光文社文庫）　2009年1月

あおや

青山 友子　あおやま・ともこ
会社を定年し退職金を貰った帰りに電車に轢かれて死んだ青山俊作の妻　「殺人混成曲」
　千代有三　江戸川乱歩の推理試験　光文社(光文社文庫)　2009年1月

青山 蘭堂　あおやま・らんどう
推理作家　「床屋の源さん、探偵になる-生首村殺人事件」　青山蘭堂　新・本格推理07-Q
の悲劇　光文社(光文社文庫)　2007年3月

青山 蘭堂　あおやま・らんどう
探偵小説家　「風変わりな料理店」　青山蘭堂　新・本格推理01　光文社(光文社文庫)
2001年3月

青山 蘭堂　あおやま・らんどう
探偵小説家　「幽霊横丁の殺人」　青山蘭堂　新・本格推理04-赤い館の怪人物　光文社
(光文社文庫)　2004年3月

青山 蘭堂　あおやま・らんどう
放送局からアフリカ旅行に招待されたラジオ仲間の一人、探偵小説家　「ポポロ島変死事
件」　青山蘭堂　新・本格推理03 りら荘の相続人　光文社(光文社文庫)　2003年3月

アカ
中学生の「僕」のクラスメート　「棺桶」　平山瑞穂　推理小説年鑑 ザ・ベストミステリーズ
2011　講談社　2011年7月

赤い悪魔　あかいあくま
拳銃強盗　「赤い怪盗」　柴田錬三郎　日本版 シャーロック・ホームズの災難　論創社　2007
年12月

赤池(イケ)　あかいけ(いけ)
コンビニに張りこんでいた刑事、大男の大浦(ウラ)とコンビのチビ　「ちきこん」　大沢在昌
名作で読む推理小説史 わが名はタフガイ-ハードボイルド傑作選　光文社(光文社文庫)
2006年5月

赤石　あかいし
地方紙「県民新聞」のデスク　「眼前の密室」　横山秀夫　深夜バス78回転の問題(本格短
編ベスト・セレクション)　講談社(講談社文庫)　2008年1月;本格ミステリ04　講談社(講談社
ノベルス)　2004年6月

赤尾 将生　あかお・まさお
抜け毛を気にする会社員、菊香の恋人　「つむじ」　乃南アサ　ときめき　広済堂出版(広済
堂文庫)　2005年1月

赤樫 徹平　あかがし・てっぺい
殺人事件の被害者である門田悦子嬢の家の会社の人間　「セントルイス・ブルース」　平塚
白銀　探偵小説の風景 トラフィック・コレクション(下)　光文社(光文社文庫)　2009年9月

赤木　あかぎ
交通違反を犯して巡査を殴った男　「消えた男」　鳥井及策　甦る推理雑誌9「別冊宝石」傑
作選　光文社(光文社文庫)　2003年11月

赤木 伸之助　あかぎ・しんのすけ
A市教祖の青年部長 「ライバルの死」 有村智賀志　甦る推理雑誌8「エロティック・ミステリー」傑作選　光文社（光文社文庫）　2003年9月

赤木 芳枝　あかぎ・よしえ
殺害された小学生の赤木真帆子の母親 「美しの五月」 仁木悦子　名作で読む推理小説史 わが名はタフガイ-ハードボイルド傑作選　光文社（光文社文庫）　2006年5月

赤倉 志朗　あかくら・しろう
京都府宇治市にある府立北乃杜高等学校の二年生 「≪せうえうか≫の秘密」 乾くるみ　本格ミステリ10　講談社（講談社ノベルス）　2010年6月；ミステリ魂。校歌斉唱！　講談社（講談社文庫）　2010年3月

アガサ・クリスティ
探偵小説作家 「引き立て役倶楽部の陰謀」 法月綸太郎　暗闇を見よ　光文社　2010年11月

赤沢　あかざわ
漁師町の番屋の若い衆 「蛸つぼ」 深尾登美子　甦る推理雑誌10「宝石」傑作選　光文社（光文社文庫）　2004年1月

赤沢　あかざわ
劇団の座長 「見えない手」 土屋隆夫　江戸川乱歩の推理教室　光文社（光文社文庫）　2008年9月

明石 良輔　あかし・りょうすけ
夕刊紙「新東洋」の記者 「蔦のある家」 角田喜久雄　甦る推理雑誌2「黒猫」傑作選　光文社（光文社文庫）　2002年11月

明石 六郎　あかし・ろくろう
漫画家、探偵・西連寺剛に木を探す依頼をした男 「首くくりの木」 都筑道夫　謎002-スペシャル・ブレンド・ミステリー　講談社（講談社文庫）　2007年9月

赤染 照子　あかぞめ・てるこ
スチュワーデス 「ヨギガンジーの予言」 泡坂妻夫　綾辻行人と有栖川有栖のミステリ・ジョッキー1　講談社　2008年7月

赤沼　あかぬま
公金持参のままで失踪した駅長 「或る駅の怪事件」 蟹海太郎　無人踏切-鉄道ミステリー傑作選　光文社（光文社文庫）　2008年11月

赤沼 鉄兵　あかぬま・てっぺい
女優五十嵐小夜子の夫、多額納税者の紳士 「絞刑吏」 山村正夫　甦る推理雑誌7「探偵倶楽部」傑作選　光文社（光文社文庫）　2003年7月

アカネ
女子高生、スケバンというのあだ名のミドリの側近 「三大欲求（無修正版）」 浦賀和宏　ミステリ魂。校歌斉唱！　講談社（講談社文庫）　2010年3月

あかね

茜 あかね
大学受験で東京の姉夫婦のマンションに泊まっている少女 「ものがたり」 北村薫 マイ・ベスト・ミステリーV 文藝春秋(文春文庫) 2007年11月

赤星 龍子 あかぼし・たつこ*
放送局の技師を勤める笹木光吉の愛人 「省線電車の射撃手」 海野十三 探偵小説の風景 トラフィック・コレクション(下) 光文社(光文社文庫) 2009年9月

赤星 哲也 あかぼし・てつや
改造車に乗りまくるチーム「婆逝句麺」のメンバー、智与子の恋人 「ピコーン!」 舞城王太郎 推理小説年鑑 ザ・ベストミステリーズ2003 講談社 2003年7月

赤松 次郎左衛門(樋口 又七郎) あかまつ・じろうざえもん(ひぐち・またしちろう)
美濃国の岩村にいた無動流の祖と称する兵法者、正体は念流宗家の八世にして馬庭念流の祖樋口又七郎定次 「惨死」 笹沢左保 偉人八傑推理帖 双葉社(双葉文庫) 2004年7月

赤松 直起 あかまつ・なおき
テレビ番組「ナイン・トゥ・テン」の担当ディレクター 「独占インタビュー」 野沢尚 密室＋アリバイ＝真犯人 講談社(講談社文庫) 2002年2月

赤松 満祐 あかまつ・まんゆう
室町幕府播磨国の守護 「荒墟」 朝松健 推理小説年鑑 ザ・ベストミステリーズ2003 講談社 2003年7月

赤リス あかりす
狩猟を生業とする穴居人の部落の乙女、白髯の長の孫娘 「白い異邦人」 黒沼健 甦る推理雑誌6「探偵実話」傑作選 光文社(光文社文庫) 2003年5月

アガルマ夫人 あがるまふじん
G**将軍の若い妻、アルゼンチン外交官・モンテネグロ博士に恋文を送った女性 「盗まれた手紙」 法月綸太郎 深夜バス78回転の問題(本格短編ベスト・セレクション) 講談社(講談社文庫) 2008年1月;推理小説年鑑 ザ・ベストミステリーズ2004 講談社 2004年7月

赤ン坊 あかんぼう
若い夫妻の夫たる青年が東京駅前で未知の婦人から預かった赤ン坊 「愛の為めに」 甲賀三郎 幻の探偵雑誌5「探偵文藝」傑作選 光文社(光文社文庫) 2001年2月

アキ
女子高生、シュンとトーコの小学生の頃からの友人 「恋煩い」 北山猛邦 忍び寄る闇の奇譚 講談社(講談社ノベルス) 2008年11月

安希 あき
女子高生、美術部員 「ディキシー、ワンダー、それからローズ」 村崎友 学園祭前夜 メディアファクトリー(MF文庫) 2010年10月

秋 あき
「深山木薬店」でザギとリザベルと暮らす美少年 「一杯のカレーライス」 時村尚 QED鏡家の薬屋探偵 講談社(講談社ノベルス) 2010年8月

秋　あき
青年座木と少年リベザルと暮らす少年　「リベザル童話『メフィストくん』」　令丈ヒロ子　QED鏡家の薬屋探偵　講談社（講談社ノベルス）　2010年8月

章江　あきえ
悪魔に魂を売り渡した一人の青年が殺そうとしている妻　「悪魔の護符」　高木彬光　甦る推理雑誌3「X」傑作選　光文社（光文社文庫）　2002年12月

アキオ
カラオケボックス「歌唱館」の学生アルバイト　「カラオケボックス」　春口裕子　翠迷宮　祥伝社（祥伝社文庫）　2003年6月

秋雄　あきお
今日此頃恋人の態度が何んとなく不審でならなかった男　「彼女の日記」　凡夫生　幻の探偵雑誌8「探偵クラブ」傑作選　光文社（光文社文庫）　2001年12月

亜希子　あきこ
長瀬の婚約者　「相棒」　真保裕一　怪しい舞踏会　光文社（光文社文庫）　2002年5月

秋子　あきこ
広告代理店の社員・浩二の交通事故で死んだ妻　「愛の記憶」　高橋克彦　M列車（ミステリー・トレイン）で行(い)こう　光文社　2001年10月

秋子　あきこ
邦夫の恋人、三角関係の仲　「ランプの宿」　都筑道夫　闇夜の芸術祭　光文社（光文社文庫）　2003年4月

彰子　あきこ
主婦　「義弟の死」　小杉健治　幻惑のラビリンス　光文社（光文社文庫）　2001年5月

耿子　あきこ
天城刑事の妻　「秋　闇雲A子と憂鬱刑事」　麻耶雄嵩　まほろ市の殺人−推理アンソロジー　祥伝社（NON NOVEL）　2009年3月

昭子　あきこ*
中央リニア超特急の乗客　「2001年リニアの旅」　石川喬司　ミステリー傑作選・特別編5　自選ショート・ミステリー　講談社（講談社文庫）　2001年6月

秋島　杏子　あきしま・きょうこ
四十八歳の若さで急死した会社員の秋島優平の妻　「あのひとの髪」　夏樹静子　事件現場に行こう−日本ベストミステリー選集33　光文社（光文社文庫）　2006年4月；事件現場に行こう　光文社　2001年11月

秋島　優平　あきしま・ゆうへい
杏子の夫で四十八歳の若さで急死した会社員　「あのひとの髪」　夏樹静子　事件現場に行こう−日本ベストミステリー選集33　光文社（光文社文庫）　2006年4月；事件現場に行こう　光文社　2001年11月

あきず

秋月　あきずき
探偵　「呪われた真珠」本多緒生　幻の探偵雑誌7「新趣味」傑作選　光文社（光文社文庫）2001年11月

秋月　あきずき
探偵　「美の誘惑」あわぢ生（本多緒生）　幻の探偵雑誌7「新趣味」傑作選　光文社（光文社文庫）2001年11月

秋月 圭吉　あきずき・けいきち
弓削家の令嬢惨殺事件の嫌疑者、新派俳優　「呪われた真珠」本多緒生　幻の探偵雑誌7「新趣味」傑作選　光文社（光文社文庫）2001年11月

秋月 謙一　あきずき・けんいち
京王線高尾駅構内で刺殺体で発見された男、元警視庁刑事蔵前の義理の甥の友人　「私鉄沿線」雨宮町子　葬送列車　鉄道ミステリー名作館　徳間書店（徳間文庫）2004年4月

秋月 新十郎　あきずき・しんじゅうろう
大垣五万石の石川家の家臣秋月長房の嫡男　「惨死」笹沢左保　偉人八傑推理帖　双葉社（双葉文庫）2004年7月

秋月 理香　あきずき・りか
ペットシッターの若い娘　「猫が消えた」黒崎緑　探偵Xからの挑戦状!　小学館（小学館文庫）2009年1月

阿木 仙市　あぎ・せんいち
サラリーマンの窪川吉太郎が偶然競輪場で知り合った自分にそっくりな男　「替玉計画」結城昌治　マイ・ベスト・ミステリーⅠ　文藝春秋（文春文庫）2007年8月

秋田　あきた
やくざ、滝口組の構成員　「亡霊」大沢在昌　現場に臨め−最新ベスト・ミステリー　光文社　2010年10月

秋津　あきつ
探偵　「雪のマズルカ」芦原すなお　嘘つきは殺人のはじまり　講談社（講談社文庫）2003年9月

秋ッペ　あきっぺ
カストリ屋「ルミ」の客　「飛行する死人」青池研吉　甦る推理雑誌1「ロック」傑作選　光文社（光文社文庫）2002年10月

秋庭 藍子　あきば・あいこ
ミュージシャン秋庭弘忠の元妻、有也の母　「天使の歌声」北川歩実　事件を追いかけろ　光文社（光文社文庫）2009年4月;事件を追いかけろ　光文社　2004年12月

秋庭 珠代　あきば・たまよ
ミュージシャン秋庭弘忠の資産家の母、坂上一登の祖母　「天使の歌声」北川歩実　事件を追いかけろ　光文社（光文社文庫）2009年4月;事件を追いかけろ　光文社　2004年12月

秋葉 豊太　あきば・とよた*
酔って階段から落ちて死んだ子会社の社長　「いたずらな妖精」縄田厚　甦る推理雑誌8「エロティック・ミステリー」傑作選　光文社（光文社文庫）2003年9月

秋葉 成友　あきば・なりとも
幣原涼子の亡夫・和紀の高校時代の後輩、サイディング会社の専務 「百匹めの猿」 柄刀一　書下ろしアンソロジー 21世紀本格　光文社(カッパ・ノベルス)　2001年12月

秋庭 有也　あきば・ゆうや
ミュージシャン秋庭弘忠の遺児、坂上一登の弟 「天使の歌声」 北川歩実　事件を追いかけろ　光文社(光文社文庫)　2009年4月;事件を追いかけろ　光文社　2004年12月

秋葉 美子　あきば・よしこ
ホテルで美青年が殺害された事件で警察に逮捕された新劇女優 「変化する陳述」 石浜金作　江戸川乱歩と13人の新青年〈論理派〉編　光文社(光文社文庫)　2008年1月

秋彦　あきひこ
三兄弟の末弟で夏彦の弟、有名レストランの店長 「はだしの親父」 黒田研二　Play推理遊戯　講談社(講談社文庫)　2011年4月;推理小説年鑑 ザ・ベストミステリーズ2008　講談社　2008年7月

明彦　あきひこ
心臓を病んだ十六歳の少年、聖子の弟 「薔薇の処女(おとめ)」 宮野叢子　甦る推理雑誌10「宝石」傑作選　光文社(光文社文庫)　2004年1月

秋保 真弓　あきほ・まゆみ
レズビアン・バーの客、離婚してひとり暮らしの女 「翡翠」 山崎洋子　事件現場に行こう-日本ベストミステリー選集33　光文社(光文社文庫)　2006年4月;事件現場に行こう　光文社　2001年11月

アキム
工事現場の作業員、金満と組んで働く不法就労のパキスタン人 「神の影」 五條瑛　翠迷宮　祥伝社(祥伝社文庫)　2003年6月

アキム
日雇い労働者、金満明年と組んで働く不法就労のパキスタン人 「上陸」 五條瑛　推理小説年鑑 ザ・ベストミステリーズ2001　講談社　2001年6月

秋元 暁子　あきもと・あきこ
西荻の武蔵野病院に勤める看護婦、青酸カリを持っていた女 「雪崩」 鷲尾三郎　水の怪　勉誠出版(べんせいライブラリー)　2003年3月

秋元 智江　あきもと・ともえ
実業家池浦吾郎の邸の女中 「孤独な朝食」 樹下太郎　江戸川乱歩の推理試験　光文社(光文社文庫)　2009年1月

秋本 水音　あきもと・みお
大学生辻谷純平が出会った前世占いをするという女 「前世の因縁」 沢村凜　推理小説年鑑 ザ・ベストミステリーズ2009　講談社　2009年7月

秋山　あきやま
相場師の勝見が完全な現場不在証明(アリバイ)を持って殺害した商売敵の男 「現場不在証明(アリバイ)」 角田喜久雄　江戸川乱歩と13人の新青年〈論理派〉編　光文社(光文社文庫)　2008年1月

あきや

秋山 一郎　あきやま・いちろう
T大学のフェンシング部員　「賭ける」　高城高　名作で読む推理小説史 わが名はタフガイ-ハードボイルド傑作選　光文社(光文社文庫)　2006年5月

秋山 和成　あきやま・かずなり
死体を装って玉川上水を流れていた高校生　「玉川上死」　歌野晶午　川に死体のある風景　東京創元社(創元推理文庫)　2010年3月;事件の痕跡-最新ベスト・ミステリー　光文社　2007年11月

秋山 権六　あきやま・ごんろく
警察の留置場から脱走した密輸犯人　「孔雀夫人の誕生日」　山村正夫　江戸川乱歩の推理教室　光文社(光文社文庫)　2008年9月

秋山 徹　あきやま・とおる
大学生、権藤教頭の飲み仲間　「サボテンの花」　宮部みゆき　謎001-スペシャル・ブレンド・ミステリー　講談社(講談社文庫)　2006年9月

秋山 徳三郎　あきやま・とくさぶろう
京菓子「おたふく」の社長　「水の上の殺人」　西村京太郎　京都愛憎の旅　徳間書店(徳間文庫)　2002年5月

秋山 義行　あきやま・よしゆき
会社員、同じ社の小村美枝子の元恋人　「「わたくし」は犯人……」　海渡英祐　有栖川有栖の本格ミステリ・ライブラリー　角川書店(角川文庫)　2001年8月

穐山 隆一　あきやま・りゅういち
元暴走族、幽霊トンネルと呼ばれる双頂トンネルにドライブに行った男　「幽霊トンネルの怪」　鳥飼否宇　密室と奇蹟-J・D・カー生誕百周年記念アンソロジー　東京創元社　2006年11月

秋吉　あきよし
広島県警本部の警部補　「山陽新幹線殺人事件」　夏樹静子　葬送列車 鉄道ミステリー名作館　徳間書店(徳間文庫)　2004年4月

アキラ
警視庁の児童ポルノサイト捜査班が監視しているインターネットサイトのハンドルネーム　「天誅」　曽根圭介　現場に臨め-最新ベスト・ミステリー　光文社　2010年10月

あきらくん
キンポウゲ幼稚園の園児　「縞模様の宅配便」　二階堂黎人　新世紀「謎(ミステリー)」倶楽部　角川書店　2001年8月

明楽 友代　あきら・ともよ
隠居した伝説のカリスマ助産婦　「別れてください」　青井夏海　論理学園事件帳　講談社(講談社文庫)　2007年1月;本格ミステリ03　講談社(講談社ノベルス)　2003年6月

安芸 礼太郎　あき・れいたろう
日本推理家協会公認の推理師六段　「推理師六段」　樹下太郎　犯人は秘かに笑う-ユーモアミステリー傑作選　光文社(光文社文庫)　2007年1月

阿久沢 栄二郎　あくざわ・えいじろう
薬剤師仁多幹也の伯父で群馬県の雁谷村に住む老人　「BAKABAKAします」　霞流一　奇想天外のミステリー　宝島社（宝島社文庫）　2009年8月

圷 幾子　あくず・いくこ
子爵夫人、故圷大将の一人娘で慶二郎の妻　「圷（あくづ）家殺人事件」　天城一　甦る推理雑誌5「密室」傑作選　光文社（光文社文庫）　2003年3月

圷 慶二郎　あくず・けいじろう
子爵、貴族院議員　「圷（あくづ）家殺人事件」　天城一　甦る推理雑誌5「密室」傑作選　光文社（光文社文庫）　2003年3月

圷 信義　あくず・のぶよし
圷子爵家の一人息子、三河化学工業研究部員　「圷（あくづ）家殺人事件」　天城一　甦る推理雑誌5「密室」傑作選　光文社（光文社文庫）　2003年3月

阿久津 あくつ
やくざ、任侠の男藤田の舎弟の若者　「死神と藤田」　伊坂幸太郎　推理小説年鑑 ザ・ベストミステリーズ2005　講談社　2005年7月

阿首 あくび
警部　「吾輩は密室である」　ひょうた　新・本格推理04-赤い館の怪人物　光文社（光文社文庫）　2004年3月

アケチ
警部　「ごろつき」　都筑道夫　日本版 シャーロック・ホームズの災難　論創社　2007年12月

あけち こごろう　あけち・こごろう
めいたんてい　「ふしぎな人」　江戸川乱歩；岩田浩昌画　少年探偵王 本格推理マガジン-文庫雑誌／ぼくらの推理冒険物語　光文社（光文社文庫）　2002年4月

明智 小五郎　あけち・こごろう
探偵小説好きの奇人　「D坂の殺人事件」　江戸川乱歩　名探偵登場!-日本ミステリー名作館1　KKベストセラーズ　2004年11月

明智 小五郎　あけち・こごろう
名たんてい　「名たんていと二十めんそう」　江戸川乱歩；岩田浩昌画　少年探偵王 本格推理マガジン-文庫雑誌／ぼくらの推理冒険物語　光文社（光文社文庫）　2002年4月

明智 小五郎　あけち・こごろう
名探偵　「怪人明智文代」　大槻ケンヂ　江戸川乱歩に愛をこめて　光文社（光文社文庫）　2011年2月

明智 小五郎　あけち・こごろう
名探偵　「女王のおしゃぶり」　北杜夫　江戸川乱歩に愛をこめて　光文社（光文社文庫）　2011年2月

明智 小五郎　あけち・こごろう
名探偵　「剥製の刺青（黄金仮面えぴそうど）」　深谷延彦　幻の探偵雑誌8「探偵クラブ」傑作選　光文社（光文社文庫）　2001年12月

あけち

明智 文代　あけち・ふみよ
名探偵明智小五郎の妻　「怪人明智文代」　大槻ケンヂ　江戸川乱歩に愛をこめて　光文社(光文社文庫)　2011年2月

明実　あけみ
連合軍に敗北し撤退するドイツ軍の軍用列車に便乗をゆるされてパリを脱出した日本人家族の娘　「追憶列車」　多島斗志之　葬送列車　鉄道ミステリー名作館　徳間書店(徳間文庫)　2004年4月

明美　あけみ
アパートで殺害されたダンサーの玲子の隣室の同僚で屍体の発見者　「灯」　楠田匡介　甦る推理雑誌3「X」傑作選　光文社(光文社文庫)　2002年12月

明見君　あけみくん*
殺人事件の被害者で嫌疑者の「俺」の研究室の仲間　「蜘蛛」　米田三星　江戸川乱歩と13人の新青年〈論理派〉編　光文社(光文社文庫)　2008年1月

亜子　あこ*
徳永晴雄の妻、京都で起こった連続通り魔事件の関係者　「七月の喧噪」　柴田よしき　京都愛憎の旅　徳間書店(徳間文庫)　2002年5月

顎十郎　あごじゅうろう
与力筆頭の例繰方、捕物名人　「鎌いたち」　久生十蘭　殺意の海　徳間書店(徳間文庫)　2003年9月

阿古十郎(顎十郎)　あこじゅうろう(あごじゅうろう)
与力筆頭の例繰方、捕物名人　「鎌いたち」　久生十蘭　殺意の海　徳間書店(徳間文庫)　2003年9月

朝井 小夜子　あさい・さよこ
ミステリ作家、有栖川有栖の先輩　「砕けた叫び」　有栖川有栖　赤に捧げる殺意　角川書店　2005年4月;血文字パズル―ミステリ・アンソロジー5　角川書店(角川文庫)　2003年3月

朝井 友美　あさい・ともみ
会社社長岩木が過去に二度捨てた女　「三たびの女」　小杉健治　M列車(ミステリー・トレイン)で行(い)こう　光文社　2001年10月

浅井 文夫　あさい・ふみお
会社員、京都で観光バスと事故を起こした女の遺族　「償い」　小杉健治　京都愛憎の旅　徳間書店(徳間文庫)　2002年5月

あさえ
山奥の部落の医者綿貫寛方の妻　「銀の匙」　鷲尾三郎　江戸川乱歩と13の宝石　光文社(光文社文庫)　2007年5月

麻岡 徹平　あさおか・てっぺい
海軍士官学校生、池龍司の同級生　「ディフェンディング・ゲーム」　石持浅海　名探偵に訊け　光文社　2010年9月;ミステリ魂。校歌斉唱!　講談社(講談社文庫)　2010年3月

あさく

朝河 信三　あさかわ・しんぞう
元強行犯捜査係の刑事、一人娘を少年たちに陵辱し殺害された男 「誰がために」 白川道 鼓動-警察小説競作 新潮社(新潮文庫) 2005年2月

朝木 新八　あさき・しんぱち*
苦学生、東京で死んだ国もとが分らない娘の死体を内妻として医科大学へ寄附した青年 「死体紹介人」 川端康成 文豪の探偵小説 集英社(集英社文庫) 2006年11月

朝吉　あさきち
病身の夫をもつ浜江が手伝いに行っている船宿の息子 「暗い海白い花」 岡村雄輔 甦る推理雑誌10「宝石」傑作選 光文社(光文社文庫) 2004年1月

朝霧　あさぎり
警部 「九十九点の犯罪」 土屋隆夫 江戸川乱歩の推理試験 光文社(光文社文庫) 2009年1月

朝霧　あさぎり
警部 「見えない手」 土屋隆夫 江戸川乱歩の推理教室 光文社(光文社文庫) 2008年9月

朝霧(警部)　あさぎり(けいぶ)
警部、ミステリー・クラブの会員 「りんご裁判」 土屋隆夫 甦る推理雑誌7「探偵倶楽部」傑作選 光文社(光文社文庫) 2003年7月

浅倉 明子　あさくら・あきこ
同じ予備校生の佐々木哲と駆け落ちした少女 「駆け落ちは死体とともに」 赤川次郎 犯人は秘かに笑う-ユーモアミステリー傑作選 光文社(光文社文庫) 2007年1月

朝倉 勝子　あさくら・かつこ
老女、宮之原家の屋敷の使用人 「変装の家」 二階堂黎人 名探偵登場!-日本ミステリー名作館1 KKベストセラーズ 2004年11月

朝倉 恭輔　あさくら・きょうすけ
フリーライター、「出た見た祟られた」の著者 「蠅男」 若竹七海 名探偵に訊け 光文社 2010年9月

朝倉 琢己　あさくら・たくみ
水上公園で幽霊を見たという青年、学習塾の講師 「いしまくら」 宮部みゆき 事件現場に行こう-日本ベストミステリー選集33 光文社(光文社文庫) 2006年4月;事件現場に行こう 光文社 2001年11月

浅倉 雄一郎　あさくら・ゆういちろう
F県警捜査一課強行犯捜査第四係・通称「四班」の班長を命じられた男 「第四の殺意」 横山秀夫 推理小説年鑑 ザ・ベストミステリーズ2004 講談社 2004年7月

アーサー・クレメンス
青年神父、ヴァチカン法王庁から中央アジアの国の村に来た奇蹟審問官 「バグズ・ヘブン」 柄刀一 名探偵に訊け 光文社 2010年9月

あさこ

阿佐子　あさこ
四人のスキーヤーの一人、音楽喫茶をまわる歌手 「語らぬ沼」 千代有三 江戸川乱歩の推理教室 光文社(光文社文庫) 2008年9月

麻子　あさこ
出版社の編集者石崎の一人娘 「いしまくら」 宮部みゆき 事件現場に行こう-日本ベストミステリー選集33 光文社(光文社文庫) 2006年4月;事件現場に行こう 光文社 2001年11月

浅田　あさだ
泥棒が入ってお婆さんが殺された家の隣家の主人 「秘められたる挿話」 松本泰 探偵小説の風景 トラフィック・コレクション(上) 光文社(光文社文庫) 2009年5月

浅田 咲子　あさだ・さきこ
殺害された藪田幹夫の恋人、自然保護団体の活動をしている女性 「吾輩は密室である」 ひょうた 新・本格推理04-赤い館の怪人物 光文社(光文社文庫) 2004年3月

浅田 要作　あさだ・ようさく
サラリーマンの窪川吉太郎の上司で殺してもあきたらぬ奴 「替玉計画」 結城昌治 マイ・ベスト・ミステリーⅠ 文藝春秋(文春文庫) 2007年8月

浅太郎　あさたろう
博徒・板割りの浅太郎、国定忠治の弟分に待遇される頭のいい若い男 「真説・赤城山」 天藤真 御白洲裁き 徳間書店(徳間文庫) 2009年12月

浅沼　あさぬま
警視庁の刑事 「無意識的転移」 深谷忠記 事件現場に行こう-日本ベストミステリー選集33 光文社(光文社文庫) 2006年4月;事件現場に行こう 光文社 2001年11月

浅沼　あさぬま
面打師 「泥眼」 乃南アサ 蒼迷宮 祥伝社(祥伝社文庫) 2002年3月

浅野　あさの
行方不明になった会社社長貝田氏の秘書 「怪物」 島久平 甦る推理雑誌8「エロティック・ミステリー」傑作選 光文社(光文社文庫) 2003年9月

浅野 正一　あさの・しょういち
駅でぶつかってきた男を突き飛ばしてフォームから転落させ死亡させたサラリーマン 「誰かの眼が光る」 菊村到 無人踏切-鉄道ミステリー傑作選 光文社(光文社文庫) 2008年11月

浅野内匠頭 長矩　あさのたくみのかみ・ながのり
江戸城松之大廊下での刃傷事件の加害者 「長い廊下の果てに」 芦辺拓 名探偵で行こう-最新ベスト・ミステリー シリーズ・キャラクター編 光文社(光文社文庫) 2001年9月

朝比奈 亜沙日　あさひな・あさひ
蓮台野高等学校二年生、歴女三人組の一人 「聖剣パズル」 高井忍 ベスト本格ミステリ2011 講談社(講談社ノベルス) 2011年6月

朝比奈 貴志　あさひな・たかし
安槻大学の学生　「招かれざる死者」　西澤保彦　名探偵で行こう-最新ベスト・ミステリー　シリーズ・キャラクター編　光文社(光文社文庫)　2001年9月

旭屋の主人　あさひやのしゅじん
D坂のソバ屋の主人　「D坂の殺人事件」　江戸川乱歩　名探偵登場!-日本ミステリー名作館1　KKベストセラーズ　2004年11月

朝吹 里矢子　あさぶき・りやこ
弁護士　「証言拒否」　夏樹静子　判決　徳間書店(徳間文庫)　2010年3月

浅渕　あさぶち*
弊衣破帽に釣鐘マントの南国の高等学生、白家の同級　「みかん山」　白家太郎(多岐川恭)　甦る推理雑誌9「別冊宝石」傑作選　光文社(光文社文庫)　2003年11月

麻布の先生　あざぶのせんせい
「不祥事発覚防止事業団」を矢倉に紹介した政治家　「隠蔽屋」　香住泰　殺人買います　講談社(講談社文庫)　2002年8月

アーサー・ヘイスティングズ(ヘイスティングズ)
大尉、名探偵エルキュール・ポアロの友人で<引き立て役倶楽部>の常任理事　「引き立て役倶楽部の陰謀」　法月綸太郎　暗闇を見よ　光文社　2010年11月

浅見 浩一郎　あさみ・こういちろう
伸子の電車に轢かれて死んだ夫　「手紙」　宮野村子　江戸川乱歩と13の宝石　光文社(光文社文庫)　2007年5月

朝山　あさやま
温泉場で起きた殺人事件の被害者の磯田老人の主治医　「探偵小説作家」　楠田匡介　甦る推理雑誌7「探偵倶楽部」傑作選　光文社(光文社文庫)　2003年7月

朝山 源五右衛門　あさやま・げんごえもん
元毛利家家臣、織田家に召し抱えられた男　「修道士の首」　井沢元彦　偉人八傑推理帖　双葉社(双葉文庫)　2004年7月

麻代　あさよ
有村紗耶香の祖母　「時の結ぶ密室」　柄刀一　密室殺人大百科 下　講談社(講談社文庫)　2003年9月

足利 義教　あしかが・よしのり
室町幕府六代将軍、三代将軍義満の次男　「荒墟」　朝松健　推理小説年鑑 ザ・ベストミステリーズ2003　講談社　2003年7月

芦刈 兵太郎　あしかり・へいたろう
ホテル「緑風荘」の客、元陸軍中将で芦刈芳江の夫　「達也が笑う」　鮎川哲也　贈る物語 Mystery　光文社(光文社文庫)　2006年10月

芦刈 芳江　あしかり・よしえ
ホテル「緑風荘」の客、元軍人の妻　「達也が笑う」　鮎川哲也　贈る物語 Mystery　光文社(光文社文庫)　2006年10月

あしだ

芦田 和生　あしだ・かずお
防衛庁情報局の監視対象者、新中央指揮所のシステム開発副部長　「サクラ」　福井晴敏　事件現場に行こう-日本ベストミステリー選集33　光文社(光文社文庫)　2006年4月；事件現場に行こう　光文社　2001年11月

芦原　あしはら
皿山の麓に住む医者、山の頂上に聳える異人屋敷に異常な執着を持つ男　「皿山の異人屋敷」　光石介太郎　幻の探偵雑誌4「探偵春秋」傑作選　光文社(光文社文庫)　2001年1月

芦原 剛　あしはら・たけし*
芦原陽子の夫で美香の義父　「五匹の猫」　谺健二　密室殺人大百科 上　講談社(講談社文庫)　2003年9月

芦原 美香　あしはら・みか
少女、阪神淡路大震災で住居を失ったテント生活者　「五匹の猫」　谺健二　密室殺人大百科 上　講談社(講談社文庫)　2003年9月

芦原 陽子　あしはら・ようこ
芦原美香の母親　「五匹の猫」　谺健二　密室殺人大百科 上　講談社(講談社文庫)　2003年9月

葦屋木 ヒロ　あしやぎ・ひろ
元産婆、降矢木伝次郎の子供を他家に仲介したという老女　「埋もれた悪意」　巽昌章　有栖川有栖の本格ミステリ・ライブラリー　角川書店(角川文庫)　2001年8月

飛鳥　あすか
銀座のバーのアルバイトの女性、「東京しあわせクラブ」のメンバー　「東京しあわせクラブ」　朱川湊人　不思議の足跡-最新ベスト・ミステリー　光文社　2007年10月

梓野 明子　あずさの・あきこ
日本バレー界に君臨した女王、梓野バレー研究所の主宰者　「鏡の国への招待」　皆川博子　翠迷宮　祥伝社(祥伝社文庫)　2003年6月

安土 珂奈　あずち・かな*
滝本俊行の新しい恋人、婚約者　「七通の手紙」　浅黄斑　完全犯罪証明書 ミステリー傑作選　講談社(講談社文庫)　2001年4月

安積　あずみ
下北沢の骨董店「雅蘭堂」でバイトをする女子高生　「根付け供養」　北森鴻　推理小説年鑑 ザ・ベストミステリーズ2002　講談社　2002年7月

安積　あずみ
刑事　「スカウト」　今野敏　幻惑のラビリンス　光文社(光文社文庫)　2001年5月

安積 剛志　あずみ・たけし
神南署の刑事課強行犯係の係長、警部補　「部下」　今野敏　密室＋アリバイ＝真犯人　講談社(講談社文庫)　2002年2月

安積 剛志　あずみ・たけし
東京湾臨海署刑事課強行犯係の捜査員　「最前線」　今野敏　名探偵で行こう-最新ベスト・ミステリー シリーズ・キャラクター編　光文社(光文社文庫)　2001年9月

安積 剛志　あずみ・つよし
警部補、東京湾臨海署安積班の班長　「薔薇の色」　今野敏　Play推理遊戯　講談社(講談社文庫)　2011年4月;推理小説年鑑 ザ・ベストミステリーズ2008　講談社　2008年7月

麻生 美里　あそう・みさと
清水南高校地学研究会の部長、美人女子高生　「周波数は77.4MHz」　初野晴　名探偵に訊け　光文社　2010年9月

アダ
パリのモンマルトルに住んでいる日本の女芸人　「巴里に雪のふるごとく」　山田風太郎　偉人八傑推理帖　双葉社(双葉文庫)　2004年7月

安達 健介　あだち・けんすけ
警視庁所属の起動捜査隊員　「ハブ」　山田正紀　名探偵を追いかけろ-日本ベストミステリー選集34　光文社(光文社文庫)　2007年5月

アタル
青年実業家・京介と役所務めの正太郎のナンパ仲間　「通りすがりの改造人間」　西澤保彦　死神と雷鳴の暗号(本格短編ベスト・セレクション)　講談社(講談社文庫)　2006年1月;本格ミステリ02　講談社(講談社ノベルス)　2002年5月

アタル
青年実業家・京介の遊び仲間　「怪獣は密室に踊る」　西澤保彦　大密室　新潮社(新潮文庫)　2002年2月

阿地川 路子　あちがわ・みちこ
OL、経営コンサルタント品岡隆也と関係のあった女　「読者よ欺かれておくれ」　芦辺拓　あなたが名探偵　東京創元社(創元推理文庫)　2009年4月

アーチャー
私立探偵　「ロス・マクドナルドは黄色い部屋の夢を見るか?」　法月綸太郎　マイ・ベスト・ミステリーⅥ　文藝春秋(文春文庫)　2007年12月

厚子　あつこ
脳卒中の発作で倒れ会社を休職した宅次の妻　「かわうそ」　向田邦子　マイ・ベスト・ミステリーⅡ　文藝春秋(文春文庫)　2007年8月

敦子　あつこ
小松刑事の遠縁の娘、自称新劇女優　「車中の人」　飛鳥高　江戸川乱歩の推理試験　光文社(光文社文庫)　2009年1月

阿出川 剛　あでがわ・たけし
フリーのシナリオライター、「深山木薬店」でカレーを食べた男　「一杯のカレーライス」　時村尚　QED鏡家の薬屋探偵　講談社(講談社ノベルス)　2010年8月

あとう

阿東 久司　あとう・ひさし
F県警記者クラブに所属する東西新聞記者　「永遠の時効」　横山秀夫　名探偵の奇跡-日本ベストミステリー選集　光文社(光文社文庫)　2010年5月;名探偵の奇跡-最新ベスト・ミステリー　光文社　2007年9月

阿閉 万(ちょろ万)　あとじ・よろず(ちょろまん)
雑誌の種とり記者をしている早稲田の書生　「坂ヲ跳ネ往ク髑髏」　物集高音　天使と髑髏の密室(本格短編ベスト・セレクション)　講談社(講談社文庫)　2005年12月;本格ミステリ02　講談社(講談社ノベルス)　2002年5月

穴倉 忠則　あなくら・ただのり
俳優、金貸し・蓮井錬治を訪ねてきた若い男　「大きな森の小さな密室」　小林泰三　あなたが名探偵　東京創元社(創元推理文庫)　2009年4月;大きな棺の小さな鍵(本格短編ベスト・セレクション)　講談社(講談社文庫)　2009年1月

穴沢 善松　あなざわ・よしまつ
カストリ屋「ルミ」の板前　「飛行する死人」　青池研吉　甦る推理雑誌1「ロック」傑作選　光文社(光文社文庫)　2002年10月

アナスタシア・ベズグラヤ(ナスチャ)
蓮台野高等学校二年に在籍する交換留学生、歴女三人組の一人　「聖剣パズル」　高井忍　ベスト本格ミステリ2011　講談社(講談社ノベルス)　2011年6月

アナトリー・ストロジェンコ
中央政府の指令を受け犯罪組織のリーダーを捕まえるために極東の地に来た男　「イルクの秋」　安萬純一　新・本格推理07-Qの悲劇　光文社(光文社文庫)　2007年3月

アナン
イベントのあった村に集まったメンバーの一人　「ありえざる村の奇跡」　園田修一郎　新・本格推理04-赤い館の怪人物　光文社(光文社文庫)　2004年3月

兄貴　あにき
スリの辰の兄貴　「してやられた男」　小日向台三　幻の探偵雑誌8「探偵クラブ」傑作選　光文社(光文社文庫)　2001年12月

姉　あね
「わたし」の優等生の姉で傍らにいつも飼猫がいた姉　「最後の夏」　松本寛大　名探偵で行こう-最新ベスト・ミステリー シリーズ・キャラクター編　光文社(光文社文庫)　2001年9月

姉　あね
何者かに十歳の「ぼく」と二人コンクリートの部屋に閉じ込められた姉　「SEVEN ROOMS」　乙一　殺人鬼の放課後-ミステリ・アンソロジーⅡ　角川書店(角川文庫)　2002年2月

姉(姉さん)　あね(ねえさん)
山の宿での静養を修一にすすめてくれた姉　「夢の中の顔」　宮野叢子　甦る推理雑誌7「探偵倶楽部」傑作選　光文社(光文社文庫)　2003年7月

アーネスト・ヒーズ(ヒーズ)
ニューヨーク警視庁の巡査部長　「クレタ島の花嫁-贋作ヴァン・ダイン」　高木彬光　密室殺人大百科 上　講談社(講談社文庫)　2003年9月

あべ

アネット・マクヒュー
カンボジアで活動する地雷除去NGOのメンバー 「顔のない敵」 石持浅海 深夜バス78回転の問題(本格短編ベスト・セレクション) 講談社(講談社文庫) 2008年1月;本格ミステリ04 講談社(講談社ノベルス) 2004年6月

姉娘　あねむすめ
村に住む寡婦の二人の娘の一人、母に愛されていた姉娘 「赤い鳥と白い鳥」 田中貢太郎 白の怪 勉誠出版(べんせいライブラリー) 2003年3月

安納 守之　あのう・もりゆき
八尾市内で起きた殺人事件の被害者の高校生の遺体の第一発見者 「アポロンのナイフ」 有栖川有栖 推理小説年鑑 ザ・ベストミステリーズ2011 講談社 2011年7月

あの女(美津代)　あのおんな(みつよ)
パパの再婚相手、パパの会社の事務員 「遠い窓」 今邑彩 密室＋アリバイ＝真犯人 講談社(講談社文庫) 2002年2月

Aの君　あーのきみ
高校の生物教師、鳥類学者 「海馬にて」 浅黄斑 罪深き者に罰を 講談社(講談社文庫) 2002年11月

あの人　あのひと
まり子が夢の中で会う画家 「遠い窓」 今邑彩 密室＋アリバイ＝真犯人 講談社(講談社文庫) 2002年2月

アバズレス
革命運動のシンパ、ロシア社会民主党に資金援助を申し出てきた謎の男 「暗号名『マトリョーシュカ』」 長谷川順子;田辺正幸 新・本格推理01 光文社(光文社文庫) 2001年3月

阿扁　あーぴえん
蛇頭の手配した船で日本に入国した中国人 「死神」 馳星周 推理小説年鑑 ザ・ベストミステリーズ2001 講談社 2001年6月

家鴨のガル　あひるのがる
時計工崩れの無頼漢 「湖畔の殺人」 小熊二郎 甦る推理雑誌2「黒猫」傑作選 光文社(光文社文庫) 2002年11月

阿武　あぶ
高等学校の寮生活をした五人組の一人で阿武という渾名の男 「噴火口上の殺人」 岡田鯱彦 甦る推理雑誌1「ロック」傑作選 光文社(光文社文庫) 2002年10月

阿武隈 晃男　あぶくま・あきお
殺されたゆすり屋・矢木道哉の大学時代の友人 「堂場警部補とこぼれたミルク」 蒼井上鷹 Doubtきりのない疑惑 講談社(講談社文庫) 2011年11月;推理小説年鑑 ザ・ベストミステリーズ2008 講談社 2008年7月

阿部　あべ
謎の日本人留学生 「ジェフ・マールの追想」 加賀美雅之 密室晩餐会 原書房 2011年6月

あべ

安倍　あべ
巡査部長、小泉警部補の先輩 「酷い天罰」 夏樹静子　悪魔のような女　角川春樹事務所（ハルキ文庫）2001年7月

安倍　あべ
巡査部長、小泉警部補の先輩 「酷い天罰」 夏樹静子　謎002-スペシャル・ブレンド・ミステリー　講談社（講談社文庫）2007年9月

阿部 一郎（有馬 一郎）　あべ・いちろう（ありま・いちろう）
推理作家 「墓標」 横山秀夫　現場に臨め-最新ベスト・ミステリー　光文社　2010年10月

阿部 まりあ　あべ・まりあ
推理作家阿部一郎（有馬一郎）の妻 「墓標」 横山秀夫　現場に臨め-最新ベスト・ミステリー　光文社　2010年10月

阿部 理子　あべ・みちこ
証券会社の社員、中沢英彦の部下 「水球」 篠田節子　ミステリア　祥伝社（祥伝社文庫）2003年12月

阿倍 洋一　あべ・よういち
市のケースワーカー、大学院出の若者 「七人の敵」 篠田節子　悪魔のような女　角川春樹事務所（ハルキ文庫）2001年7月

阿部 義夫　あべ・よしお
漁師町のM町駅の日通の支店詰めの事務員で貨車の中で屍体で発見された男 「虹の日の殺人」 藤雪夫　無人踏切-鉄道ミステリー傑作選　光文社（光文社文庫）2008年11月

アベル
出稼ぎの外国人労働者 「雷雨の夜」 逢坂剛　完全犯罪証明書ミステリー傑作選　講談社（講談社文庫）2001年4月

阿媽港甚内（甚内）　あまかわじんない（じんない）
評判の高い盗人 「報恩記」 芥川龍之介　文豪の探偵小説　集英社（集英社文庫）2006年11月

天城　あまぎ
結婚式の新婦 「朝霧」 北村薫　完全犯罪証明書ミステリー傑作選　講談社（講談社文庫）2001年4月

天城 一　あまぎ・はじめ
東京地裁検事局検事の伊多伯爵の個人的秘書 「圷（あくづ）家殺人事件」 天城一　甦る推理雑誌5「密室」傑作選　光文社（光文社文庫）2003年3月

天城 憂（メランコ）　あまぎ・ゆう（めらんこ）
刑事 「秋 闇雲A子と憂鬱刑事」 麻耶雄嵩　まほろ市の殺人-推理アンソロジー　祥伝社（NON NOVEL）2009年3月

天地 光章　あまち・みつあき
学習プレイランドのオーナー・天地龍之介の従兄弟、広告代理店勤めの男 「紳士ならざる者の心理学」 柄刀一　法廷ジャックの心理学　講談社（講談社文庫）2011年1月;本格ミステリ07　講談社（講談社ノベルス）2007年5月

あみ

天地 光章　あまち・みつあき
学習プレイランドの建設者・天地龍之介の従兄弟　「ウォール・ウィスパー」　柄刀一　本格ミステリ08　講談社(講談社ノベルス)　2008年6月

天地 光章　あまち・みつあき
秋田・仁加保町にある「体験ソフィア・アイランド」館長・天地龍之介の従兄　「身代金の奪い方」　柄刀一　推理小説年鑑　ザ・ベストミステリーズ2009　講談社　2009年7月

天地 光章　あまち・みつあき
天才探偵天地龍之介の従兄弟　「龍之介、黄色い部屋に入ってしまう」　柄刀一　名探偵を追いかけろ-日本ベストミステリー選集34　光文社(光文社文庫)　2007年5月

天地 光章　あまち・みつあき
天地龍之介の従兄弟、マニラから日本へ向かう貨物船に乗った男　「幽霊船が消えるまで」　柄刀一　M列車(ミステリー・トレイン)で行(い)こう　光文社　2001年10月

天地 龍之介　あまち・りゅうのすけ
学習プレイランドのオーナー、天地光章の従兄弟　「紳士ならざる者の心理学」　柄刀一　法廷ジャックの心理学　講談社(講談社文庫)　2011年1月;本格ミステリ07　講談社(講談社ノベルス)　2007年5月

天地 龍之介　あまち・りゅうのすけ
秋田・仁加保町にある学習プレイランド「体験ソフィア・アイランド」館長　「身代金の奪い方」　柄刀一　推理小説年鑑　ザ・ベストミステリーズ2009　講談社　2009年7月

天地 龍之介　あまち・りゅうのすけ
秋田市仁賀保町に学習プレイランドを建設する男、天地光章の従兄弟　「ウォール・ウィスパー」　柄刀一　本格ミステリ08　講談社(講談社ノベルス)　2008年6月

天地 龍之介　あまち・りゅうのすけ
天地光章の従兄弟、マニラから日本へ向かう貨物船に乗った男　「幽霊船が消えるまで」　柄刀一　M列車(ミステリー・トレイン)で行(い)こう　光文社　2001年10月

天地 龍之介　あまち・りゅうのすけ*
天才探偵、天地光章の年下の従兄弟　「龍之介、黄色い部屋に入ってしまう」　柄刀一　名探偵を追いかけろ-日本ベストミステリー選集34　光文社(光文社文庫)　2007年5月

天農 仁　あまの・ひとし
画家、推理作家有栖川有栖の大学時代からの友人　「黒鳥亭殺人事件」　有栖川有栖　綾辻行人と有栖川有栖のミステリ・ジョッキー1　講談社　2008年7月

天村　あまむら
天村被服工場の社長　「消えた井原老人」　宮原龍雄　江戸川乱歩の推理教室　光文社(光文社文庫)　2008年9月

亜美　あみ
崖から転落し「私」と妻と共に逆さまの車内に閉じこめられた子供　「他人事」　平山夢明　名作で読む推理小説史　ふるえて眠れない-ホラーミステリー傑作選　光文社(光文社文庫)　2006年9月

あめお

雨男　あめおとこ
場末のスナックの団体客で"不思議な能力"があるという男女の一人 「不思議な能力」 高井信　ミステリー傑作選・特別編6 自選ショート・ミステリー2 講談社(講談社文庫) 2001年10月

雨村　あめむら
田舎町の駅前の派出所の巡査 「或る駅の怪事件」 蟹海太郎　無人踏切-鉄道ミステリー傑作選　光文社(光文社文庫) 2008年11月

あや
天草の島から博多に行くといって消えた娘 「破れた生簀」 田中万三記　甦る推理雑誌8 「エロティック・ミステリー」傑作選　光文社(光文社文庫) 2003年9月

綾子　あやこ
軽井沢の別荘に住む島田家の娘 「葡萄酒の色」 服部まゆみ　緋迷宮　祥伝社(祥伝社文庫) 2001年12月

史子　あやこ
有名デザイナー山野良彦の盛岡の高校時代の曖昧な記憶に残る古い家にいた女の子 「緋い記憶」 高橋克彦　名作で読む推理小説史 ふるえて眠れない-ホラーミステリー傑作選　光文社(光文社文庫) 2006年9月

綾瀬　千尋　あやせ・ちひろ
フリーライター 「孤独の島の島」 山口雅也　幻惑のラビリンス　光文社(光文社文庫) 2001年5月

綾辻　行人　あやつじ・ゆきと
ミステリ作家 「意外な犯人」 綾辻行人　綾辻行人と有栖川有栖のミステリ・ジョッキー1 講談社　2008年7月

鮎川　あゆかわ
歌手 「探偵小説」 横溝正史　マイ・ベスト・ミステリーV　文藝春秋(文春文庫) 2007年11月

鮎川　長一郎　あゆかわ・ちょういちろう
弁護士、探偵小説家青山蘭堂の仲間 「幽霊横丁の殺人」 青山蘭堂　新・本格推理04-赤い館の怪人物　光文社(光文社文庫) 2004年3月

鮎川　のぞみ　あゆかわ・のぞみ
コーヒーチェーン店の三鷹店のアルバイトで無断欠勤をしている若い女性 「本部から来た男」 塔山郁　推理小説年鑑 ザ・ベストミステリーズ2011　講談社　2011年7月

鮎川　里紗　あゆかわ・りさ
ミステリー作家、桜葉女子学園の中学三年生・遠山由里の母 「殺人学園祭」 楠木誠一郎　学び舎は血を招く　講談社(講談社ノベルス) 2008年11月

亜由美　あゆみ
研修医の「俺」が捨てたナース 「ぽきぽき」 五十嵐貴久　暗闇を追いかけろ-日本ベストミステリー選集35　光文社(光文社文庫) 2008年5月

あらま

歩　あゆむ
「山浦探偵事務所」の探偵　「雪のマズルカ」　芦原すなお　嘘つきは殺人のはじまり　講談社(講談社文庫)　2003年9月

新井　あらい
野球選手、美人ホステス多摩子の腹ちがいの弟　「二塁手同盟」　高原弘吉　ミステリー傑作選・特別編5 自選ショート・ミステリー　講談社(講談社文庫)　2001年6月

新井 和宏　あらい・かずひろ
タレント　「愛犬殺人事件」　西村京太郎　怪しい舞踏会　光文社(光文社文庫)　2002年5月

荒井 東一郎　あらい・とういちろう
アパートでダンサー殺害された事件の有力な容疑者、新進画家　「灯」　楠田匡介　甦る推理雑誌3「X」傑作選　光文社(光文社文庫)　2002年12月

荒川(百キロオーバー)　あらかわ(ひゃっきろおーばー)
「東京しあわせクラブ」のメンバー、百キロ以上ありそうな巨漢の青年　「東京しあわせクラブ」　朱川湊人　不思議の足跡−最新ベスト・ミステリー　光文社　2007年10月

荒川 散歩　あらかわ・さんぽ
探偵小説家　「探偵小説」　北村小松　甦る推理雑誌3「X」傑作選　光文社(光文社文庫)　2002年12月

荒木　あらき
警部　「とどめを刺す」　渡辺剣次　江戸川乱歩の推理試験　光文社(光文社文庫)　2009年1月

荒木 一雄　あらき・かずお
暴走族の赤星哲也の恋人智与子の先輩、荒城ミカエルの名で詩も書く男　「ピコーン!」　舞城王太郎　推理小説年鑑 ザ・ベストミステリーズ2003　講談社　2003年7月

アラクマ
橋本町の通称なめくじ長屋の住人　「よろいの渡し」　都筑道夫　マイ・ベスト・ミステリーⅣ　文藝春秋(文春文庫)　2007年10月

新潮　あらしお
相撲取り　「ヨギガンジーの予言」　泡坂妻夫　綾辻行人と有栖川有栖のミステリ・ジョッキー1　講談社　2008年7月

嵐 福三郎　あらし・ふくさぶろう
歌舞伎の若女形　「面影双紙」　横溝正史　江戸川乱歩と13人の新青年〈文学派〉編　光文社(光文社文庫)　2008年5月

新薙 俊光　あらなぎ・としみつ
新興宗教団体であるアラナギ会の二代目教祖　「詭計の神」　愛理修　新・本格推理07-Qの悲劇　光文社(光文社文庫)　2007年3月

荒巻 茂　あらまき・しげる
コントグループ「まっぱ魚雷」のリーダー、ローン会社社長の三男坊　「サンタとサタン」　霞流一　探偵Xからの挑戦状!　小学館(小学館文庫)　2009年1月

あらん

アラン・クローデル（クローデル）
放送局からアフリカ旅行に招待されたラジオ仲間の一人、フランス人青年 「ポポロ島変死事件」 青山蘭堂 新・本格推理03 りら荘の相続人 光文社（光文社文庫） 2003年3月

アラン・スミシー
ヘアコームタウン警察の警部 「少年名探偵WHO 透明人間事件」 はやみねかおる 忍び寄る闇の奇譚 講談社（講談社ノベルス） 2008年11月

有明 夏乃　ありあけ・なつの
妊婦の町バルーン・タウンの住人、翻訳家の卵 「亀腹同盟」 松尾由美 シャーロック・ホームズに再び愛をこめて 光文社（光文社文庫） 2010年7月

有明 淑子　ありあけ・よしこ
雑誌「スウィング・マガジン」の女性編集者 「挑発する赤」 田中啓文 推理小説年鑑 ザ・ベストミステリーズ2006 講談社 2006年7月

亜梨紗　ありさ
女医・安河内ミロと二十年間同棲していた長身の美女 「九のつく歳」 西澤保彦 推理小説年鑑 ザ・ベストミステリーズ2010 講談社 2010年7月

安梨沙　ありさ
私立探偵仁木の助手 「最上階のアリス」 加納朋子 マイ・ベスト・ミステリーⅥ 文藝春秋（文春文庫） 2007年12月

アリーザ
ジュアン・ベニートの母親、富豪ビセンテ・オルガスの幼馴染み 「ミハスの落日」 貫井徳郎 大密室 新潮社（新潮文庫） 2002年2月

有沢 敬介　ありさわ・けいすけ
新聞「東洋日報」の記者、社主の甥で洋行帰りの男 「杜若の札」 海渡英祐 短歌殺人事件-31音律のラビリンス 光文社（光文社文庫） 2003年4月

有沢 美紀　ありさわ・みき＊
旭川の大農園主の娘、由紀の姉 「氷の筏」 木野工 水の怪 勉誠出版（べんせいライブラリー） 2003年3月

有沢 由紀　ありさわ・ゆき＊
旭川の大農園主の娘、美紀の妹 「氷の筏」 木野工 水の怪 勉誠出版（べんせいライブラリー） 2003年3月

アリス
仁木探偵事務所の探偵助手 「裏窓のアリス」 加納朋子 完全犯罪証明書 ミステリー傑作選 講談社（講談社文庫） 2001年4月

アリス・ウッド
新聞記者ホレス・ボーディンの恋人、ロンドン郊外にある「亡霊館」で行われた降霊会の参加者 「亡霊館の殺人」 二階堂黎人 密室と奇蹟-J・D・カー生誕百周年記念アンソロジー 東京創元社 2006年11月

有栖川 有栖　ありすがわ・ありす
英都大学の学生、推理小説研究会のメンバー　「蕩尽に関する一考察」　有栖川有栖　推理小説年鑑 ザ・ベストミステリーズ2004　講談社　2004年7月

有栖川 有栖　ありすがわ・ありす
英都大学推理小説研究会ののメンバー、法学部法律学科の1年生　「やけた線路の上の死体」　有栖川有栖　無人踏切-鉄道ミステリー傑作選　光文社(光文社文庫)　2008年11月

有栖川 有栖　ありすがわ・ありす
英都大学法学部の3年生、推理小説研究会のメンバー　「望月周平の秘かな旅」　有栖川有栖　マイ・ベスト・ミステリーVI　文藝春秋(文春文庫)　2007年12月

有栖川 有栖　ありすがわ・ありす
英都大学法学部生、推理小説研究会の部員　「桜川のオフィーリア」　有栖川有栖　川に死体のある風景　東京創元社(創元推理文庫)　2010年3月

有栖川 有栖　ありすがわ・ありす
小説家　「201号室の災厄」　有栖川有栖　名探偵を追いかけろ-日本ベストミステリー選集34　光文社(光文社文庫)　2007年5月

有栖川 有栖　ありすがわ・ありす
小説家　「アポロンのナイフ」　有栖川有栖　推理小説年鑑 ザ・ベストミステリーズ2011　講談社　2011年7月

有栖川 有栖　ありすがわ・ありす
推理作家　「あるいは四風荘殺人事件」　有栖川有栖　名探偵の奇跡-日本ベストミステリー選集　光文社(光文社文庫)　2010年5月;名探偵の奇跡-最新ベスト・ミステリー　光文社　2007年9月

有栖川 有栖　ありすがわ・ありす
推理作家　「火村英生に捧げる犯罪」　有栖川有栖　名探偵に訊け　光文社　2010年9月

有栖川 有栖　ありすがわ・ありす
推理作家　「五人の王と昇天する男達の謎」　北村薫　新本格猛虎会の冒険　東京創元社　2003年3月

有栖川 有栖　ありすがわ・ありす
推理作家　「黒鳥亭殺人事件」　有栖川有栖　綾辻行人と有栖川有栖のミステリ・ジョッキー1　講談社　2008年7月

有栖川 有栖　ありすがわ・ありす
推理作家　「雷雨の庭で」　有栖川有栖　本格ミステリ09　講談社(講談社ノベルス)　2009年6月

有栖川 有栖　ありすがわ・ありす
推理作家　「壺中庵殺人事件」　有栖川有栖　大密室　新潮社(新潮文庫)　2002年2月

有栖川 有栖　ありすがわ・ありす
推理作家、犯罪社会学者火村英生の友人　「雪と金婚式」　有栖川有栖　Anniversary 50　カッパ・ノベルス創刊50周年記念作品　光文社　2009年12月

ありす

有栖川 有栖　ありすがわ・ありす
推理作家、臨床犯罪学者・火村英生の助手　「ABCキラー」　有栖川有栖　「ABC（エービーシー）」殺人事件　講談社（講談社文庫）　2001年11月

有栖川 有栖　ありすがわ・ありす
推理作家、臨床犯罪学者・火村英生の助手　「ロジカル・デスゲーム」　有栖川有栖　ベスト本格ミステリ2011　講談社（講談社ノベルス）　2011年6月

有栖川 有栖　ありすがわ・ありす
推理作家、臨床犯罪学者・火村英生の助手　「紅雨荘殺人事件」　有栖川有栖　紅い悪夢の夏（本格短編ベスト・セレクション）　講談社（講談社文庫）　2004年12月;本格ミステリ01　講談社（講談社ノベルス）　2001年7月

有栖川 有栖　ありすがわ・ありす
推理作家、臨床犯罪学者・火村英生の助手　「砕けた叫び」　有栖川有栖　赤に捧げる殺意　角川書店　2005年4月;血文字パズル―ミステリ・アンソロジー5　角川書店（角川文庫）　2003年3月

有栖川 有栖　ありすがわ・ありす
推理作家、臨床犯罪学者火村英生の助手　「屋根裏の散歩者」　有栖川有栖　江戸川乱歩に愛をこめて　光文社（光文社文庫）　2011年2月;名探偵登場!-日本ミステリー名作館1　KKベストセラーズ　2004年11月

有栖川 有栖　ありすがわ・ありす
推理作家、臨床犯罪学者火村英生の助手　「比類のない神々しいような瞬間」　有栖川有栖　論理学園事件帳　講談社（講談社文庫）　2007年1月;本格ミステリ03　講談社（講談社ノベルス）　2003年6月

有栖川 有栖　ありすがわ・ありす
推理作家、臨床犯罪学者火村英生の助手　「不在の証明」　有栖川有栖　天使と髑髏の密室（本格短編ベスト・セレクション）　講談社（講談社文庫）　2005年12月;本格ミステリ02　講談社（講談社ノベルス）　2002年5月

有栖川 有栖　ありすがわ・ありす
大学生、推理小説研究会の部員　「ハードロック・ラバーズ・オンリー」　有栖川有栖　ミステリー傑作選・特別編5 自選ショート・ミステリー　講談社（講談社文庫）　2001年6月

アリス・ホイットマン
実業家ジェラルド・キンケイドの孫娘、女子学生　「ロス・マクドナルドは黄色い部屋の夢を見るか?」　法月綸太郎　マイ・ベスト・ミステリーVI　文藝春秋（文春文庫）　2007年12月

有馬　ありま
水谷テント株式会社の社員　「天空からの死者」　門前典之　不可能犯罪コレクション　原書房　2009年6月

有馬 郁夫　ありま・いくお
小劇団の女優ミチルの夫、お人好しな男　「死体を運んだ男」　小池真理子　蒼迷宮　祥伝社（祥伝社文庫）　2002年3月

有馬 一郎　ありま・いちろう
推理作家 「墓標」 横山秀夫　現場に臨め-最新ベスト・ミステリー　光文社　2010年10月

有馬 有堂　ありま・うどう
推理作家 「百匹めの猿」 柄刀一　書下ろしアンソロジー 21世紀本格　光文社(カッパ・ノベルス) 2001年12月

有馬 次郎　ありま・じろう
京都の大悲閣千光寺の寺男、元泥棒 「鬼子母神の選択肢」 北森鴻　新世紀「謎(ミステリー)」倶楽部　角川書店　2001年8月

有馬 真一(アレマくん)　ありま・しんいち(あれまくん)
安槻大学の新入生 「招かれざる死者」 西澤保彦　名探偵で行こう-最新ベスト・ミステリーシリーズ・キャラクター編　光文社(光文社文庫) 2001年9月

有馬 麻里亜　ありま・まりあ
英都大学の学生、推理小説研究会に入部した初の女子部員 「蕩尽に関する一考察」 有栖川有栖　推理小説年鑑 ザ・ベストミステリーズ2004　講談社　2004年7月

有馬 麻里亜　ありま・まりあ
英都大学法学部の3年生、推理小説研究会のメンバー 「望月周平の秘かな旅」 有栖川有栖　マイ・ベスト・ミステリーⅥ　文藝春秋(文春文庫) 2007年12月

有村　ありむら
殺害された大学教授、ミステリー・クラブの会員 「りんご裁判」 土屋隆夫　甦る推理雑誌7「探偵倶楽部」傑作選　光文社(光文社文庫) 2003年7月

有村 紗耶香　ありむら・さやか
沢元泰文の婚約者、両親が残した巨額の負債を背負う娘 「時の結ぶ密室」 柄刀一　密室殺人大百科 下　講談社(講談社文庫) 2003年9月

有村 泰子　ありむら・やすこ
フランス文学者有村勇次の妻 「追ってくる」 朝松健　名作で読む推理小説史 ふるえて眠れない-ホラーミステリー傑作選　光文社(光文社文庫) 2006年9月

有村 勇次　ありむら・ゆうじ
フランス文学者、魔術によって妻の浮気相手の親友を殺害した男 「追ってくる」 朝松健　名作で読む推理小説史 ふるえて眠れない-ホラーミステリー傑作選　光文社(光文社文庫) 2006年9月

有本　ありもと
叔母の東口美紀代殺害事件の容疑者となった男 「或る自白」 川島郁夫(藤村正太)　甦る推理雑誌10「宝石」傑作選　光文社(光文社文庫) 2004年1月

有本 直江　ありもと・なおえ
叔母の東口美紀代殺害事件の容疑者となった有本の母、美紀代の異母姉 「或る自白」 川島郁夫(藤村正太)　甦る推理雑誌10「宝石」傑作選　光文社(光文社文庫) 2004年1月

ありょ

アリョーシャさん
荒川の河川敷で暮らすホームレス、暴行されて死んだ男 「ギリシャ羊の秘密」 法月綸太郎 Play推理遊戯 講談社(講談社文庫) 2011年4月;推理小説年鑑 ザ・ベストミステリーズ 2008 講談社 2008年7月

R　あーる
話し石の採集家S氏の自殺した親友 「話し石」 石田衣良 七つの死者の囁き 新潮社(新潮文庫) 2008年12月

R子　あーるこ
「週刊トピックス」の「悩みごと相談室」に投稿したOL 「眠れない夜のために」 折原一 密室＋アリバイ＝真犯人 講談社(講談社文庫) 2002年2月

R氏　あーるし
連続殺人事件の犯人 「六連続殺人事件」 別役実 綾辻行人と有栖川有栖のミステリ・ジョッキー1 講談社 2008年7月

アルバイト学生　あるばいとがくせい
スーパーのバーゲンセールで着ぐるみのアルバイトをした貧乏学生 「チヨ子」 宮部みゆき 不思議の足跡-最新ベスト・ミステリー 光文社 2007年10月

R博士　あーるはかせ
寒村の松原でK博士が変死した事件の第一の嫌疑者 「硝子」 井並貢二 幻の探偵雑誌8「探偵クラブ」傑作選 光文社(光文社文庫) 2001年12月

アルフォンゾ橘　あるふぉんぞたちばな
猛獣使い、虎の調教師 「虎よ、虎よ、爛爛と-101番目の密室」 狩久 密室殺人大百科 下 講談社(講談社文庫) 2003年9月

アルフレッド・モスバウム
小さな街のギャング、カナダの奥地ギブール村で生まれ育ったユダヤ人の男 「ロイス殺し」 小林泰三 密室と奇蹟-J・D・カー生誕百周年記念アンソロジー 東京創元社 2006年11月

アルマン・デュバル
依頼人の青年 「ルーマニアの醜聞」 中川裕朗 日本版 シャーロック・ホームズの災難 論創社 2007年12月

有実 悟　あるみ・さとる
林美術館の警備員 「【静かな男】ロスコのある部屋」 早見裕司 名探偵で行こう-最新ベスト・ミステリー シリーズ・キャラクター編 光文社(光文社文庫) 2001年9月

アレクサンドル・ローラン(ローラン)
「人狼」の異名を持つ稀代の殺人鬼 「ジェフ・マールの追想」 加賀美雅之 密室晩餐会 原書房 2011年6月

アレクセイ・フェイドルフ
革命運動家、ロシア社会民主党員 「暗号名『マトリョーシュカ』」 長谷川順子;田辺正幸 新・本格推理01 光文社(光文社文庫) 2001年3月

アレックス
渋谷のホストクラブ「club indigo」の売れっ子ホストの一人でプロのキックボクサー 「ラスカル3」 加藤実秋 事件の痕跡-最新ベスト・ミステリー 光文社 2007年11月

アレマくん
安槻大学の新入生 「招かれざる死者」 西澤保彦 名探偵で行こう-最新ベスト・ミステリー シリーズ・キャラクター編 光文社(光文社文庫) 2001年9月

アロハシャツの男　あろはしゃつのおとこ
新幹線の通路に仰向けに倒れたアロハシャツの男 「十五分間の出来事」 霧舎巧 気分は名探偵-犯人当てアンソロジー 徳間書店 2006年5月

アロワイヨ
モンマルトルにあるレビューの舞台「ムーラン・ルージュ」で人気の踊り子、少年アンリ・バンコランの姉 「少年バンコラン! 夜歩く犬」 桜庭一樹 密室と奇蹟-J・D・カー生誕百周年記念アンソロジー 東京創元社 2006年11月

粟田　あわた
神奈川県警の青年刑事 「無人踏切」 鮎川哲也 無人踏切-鉄道ミステリー傑作選 光文社(光文社文庫) 2008年11月

アン
「林檎」と綽名される宇宙ステーションの乗員、ノイ博士の三人娘の長女 「暗黒の海を漂う黄金の林檎」 七河迦南 新・本格推理07-Qの悲劇 光文社(光文社文庫) 2007年3月

安西　あんざい
新幹線の自由席に空きがないのでグリーン車に移ってきた夫婦の夫 「三毛猫ホームズの遺失物」 赤川次郎 名探偵を追いかけろ-日本ベストミステリー選集34 光文社(光文社文庫) 2007年5月

安西　あんざい
暴力団「根本組」の幹部 「雨のなかの犬」 香納諒一 闇夜の芸術祭 光文社(光文社文庫) 2003年4月

安西 紀平次　あんざい・きへいじ
平城村宮ノ谷の黒屋敷の主の豪傑 「みささぎ盗賊」 山田風太郎 甦る推理雑誌1「ロック」傑作選 光文社(光文社文庫) 2002年10月

安西 貴子　あんざい・たかこ
フリーのリポーター 「腕時計」 小島正樹 名探偵で行こう-最新ベスト・ミステリー シリーズ・キャラクター編 光文社(光文社文庫) 2001年9月

安斎 利正　あんざい・としまさ
D地裁の裁判官、法廷で居眠りをした男 「密室の人」 横山秀夫 判決 徳間書店(徳間文庫) 2010年3月

安西 久野　あんざい・ひさの
上谷東小学校六年二組の担任、若くて小柄な女性教諭 「ミスファイア」 伊岡瞬 推理小説年鑑 ザ・ベストミステリーズ2010 講談社 2010年7月

あんざ

安西 みどり　あんざい・みどり
美容師、ある夜袋に入った二百四十二万円を拾った女　「拾ったあとで」　新津きよみ　事件を追いかけろ　光文社（光文社文庫）　2009年4月；事件を追いかけろ　光文社　2004年12月

安西 ルミ子　あんざい・るみこ
隣の邸宅・沢形家の贈答品の一時預りを引き受けた安西家の主婦　「隣の四畳半」　赤川次郎　暗闇を見よ　光文社　2010年11月

アンジェラ嬢　あんじぇらじょう
館の女主人ヘレナ・クレアモントの亡き主人の妹　「わが麗しのきみよ…」　光原百合　翠迷宮　祥伝社（祥伝社文庫）　2003年6月

暗誦居士（居士）　あんしょうこじ（こじ）
何でも暗誦している貧乏な青年　「五万人と居士」　乾信一郎　犯人は秘かに笑う-ユーモアミステリー傑作選　光文社（光文社文庫）　2007年1月

アンゼリカ
最近死んだ富豪フランク・カルバートの夫人、クレタ島生まれのギリシア人美人　「クレタ島の花嫁-贋作ヴァン・ダイン」　高木彬光　密室殺人大百科 上　講談社（講談社文庫）　2003年9月

アンソニー・ゲディングス（ゲディングス）
中世の魔女発見人トーマス・ゲディングスの子孫、ロンドン郊外にある「亡霊館」に住む老人　「亡霊館の殺人」　二階堂黎人　密室と奇蹟-J・D・カー生誕百周年記念アンソロジー　東京創元社　2006年11月

アンソニー・スタンフォード
殺害されたプロ野球選手イサイア・スタンフォードの次男　「X以前の悲劇-「異邦の騎士」を読んだ男」　園田修一郎　新・本格推理06-不完全殺人事件　光文社（光文社文庫）　2006年3月

アンディ
中国人窃盗団の仲間、上海の都会生まれだという洒落者　「ラストドロー」　石田衣良　推理小説年鑑 ザ・ベストミステリーズ2004　講談社　2004年7月

安藤 一郎　あんどう・いちろう
私立探偵　「途上」　谷崎潤一郎　文豪の探偵小説　集英社（集英社文庫）　2006年11月

安藤 海雄　あんどう・うみお
事業家の故・降矢木伝次郎のわかれた息子だと名のり出た男　「埋もれた悪意」　巽昌章　有栖川有栖の本格ミステリ・ライブラリー　角川書店（角川文庫）　2001年8月

安藤 清　あんどう・きよし
絵描きになった元暴走族の青年　「メルヘン」　山岡都　ミステリア　祥伝社（祥伝社文庫）　2003年12月

安藤 順　あんどう・じゅん
駅のフォームで突き飛ばされて転落し死亡した新進の作詞家　「誰かの眼が光る」　菊村到　無人踏切-鉄道ミステリー傑作選　光文社（光文社文庫）　2008年11月

あんり

安藤 崇（タカシ）　あんどう・たかし（たかし）
池袋のギャングボーイズを締めてるヘッド　「エキサイタブルボーイ」　石田衣良　名探偵で行こう-最新ベスト・ミステリー シリーズ・キャラクター編　光文社（光文社文庫）　2001年9月

安藤 哲哉　あんどう・てつや
瀬戸内海の島で漂流者を助けた男　「漂流者」　我孫子武丸　気分は名探偵-犯人当てアンソロジー　徳間書店　2006年5月

安藤 礼二　あんどう・れいじ
大峯山中で「私」たちが見つけた死体から出て来た犯罪告白書に登場する男　「霧しぶく山」　蒼井雄　幻の探偵雑誌4「探偵春秋」傑作選　光文社（光文社文庫）　2001年1月

アントニオ
天文学者、連邦政府から植民惑星に派遣された八人の先遣隊メンバーの一人　「だから誰もいなくなった」　園田修一郎　新・＊本格推理 特別編　光文社（光文社文庫）　2009年3月

アントニオ・エチェベリ（トーニョ）
コロンビア・ボゴタに住む輸出商、麻薬カルテルの一員だった男　「この世でいちばん珍しい水死人」　佳多山大地　川に死体のある風景　東京創元社（創元推理文庫）　2010年3月；珍しい物語のつくり方（本格短編ベスト・セレクション）　講談社（講談社文庫）　2010年1月

アンドルー
館の女主人ヘレナ・クレアモントの召使いの青年　「わが麗しのきみよ…」　光原百合　翠迷宮　祥伝社（祥伝社文庫）　2003年6月

アンドレイエフ
ルクーツクの聖アレキサンドラ寺院に寄宿する白系難民、実はソビエト社会共産党中央委員ロマン・アントノフ　「聖アレキサンドラ寺院の惨劇」　加賀美雅之　新・＊本格推理 特別編　光文社（光文社文庫）　2009年3月

杏野　あんの
ブラジャーを着る男、螺子工場の経営者　「Aカップの男たち」　倉知淳　ミステリ愛。免許皆伝！　講談社（講談社ノベルス）　2010年3月

安納 能里子　あんのう・のりこ
八王子にある寛福寺の住職の娘、涅槃図の掛軸を欲しがる女　「早朝ねはん」　門井慶喜　推理小説年鑑 ザ・ベストミステリーズ2007　講談社　2007年7月

アンリ・バンコラン
パリに住む少年、「ムーラン・ルージュ」の踊り子アロワイヨの弟　「少年バンコラン！夜歩く犬」　桜庭一樹　密室と奇蹟-J・D・カー生誕百周年記念アンソロジー　東京創元社　2006年11月

アンリ・バンコラン（バンコラン）
パリ警察予審判事　「ジェフ・マールの追想」　加賀美雅之　密室晩餐会　原書房　2011年6月

アンリ・バンコラン（バンコラン）
名探偵、セーヌ地区の予審判事　「鉄路に消えた断頭吏」　加賀美雅之　密室と奇蹟-J・D・カー生誕百周年記念アンソロジー　東京創元社　2006年11月

【い】

イー
中国人窃盗団の仲間、福建省出身のチンピラの若者 「ラストドロー」 石田衣良 推理小説年鑑 ザ・ベストミステリーズ2004 講談社 2004年7月

飯島 伸　いいじま・しん
神田の酒場「緑亭」のバーテンダー 「緑亭の首吊男」 角田喜久雄 甦る推理雑誌1「ロック」傑作選 光文社(光文社文庫) 2002年10月

飯島 七緒　いいじま・ななお
フリーライター 「殺人者の赤い手」 北森鴻 怪しい舞踏会 光文社(光文社文庫) 2002年5月

飯島 昇　いいじま・のぼる
西荻窪にあるスコッチバー「ネオフォビア」の客、少年時代に兄を河童に連れ去られたという男 「眼の池」 鳥飼否宇 推理小説年鑑 ザ・ベストミステリーズ2010 講談社 2010年7月

飯島 涼子　いいじま・りょうこ
バイトを探す地方の女子大生 「モデル」 乾ルカ 推理小説年鑑 ザ・ベストミステリーズ2009 講談社 2009年7月

飯田君　いいだくん
大学病院の研究室に務めている男 「和田ホルムス君」 角田喜久雄 幻の探偵雑誌6「猟奇」傑作選 光文社(光文社文庫) 2001年3月

飯田 才蔵　いいだ・さいぞう
荒川の河川敷でホームレス体験をしていたジャーナリスト 「ギリシャ羊の秘密」 法月綸太郎 Play推理遊戯 講談社(講談社文庫) 2011年4月;推理小説年鑑 ザ・ベストミステリーズ2008 講談社 2008年7月

飯田 才蔵　いいだ・さいぞう
自称よろずジャーナリスト、探偵法月綸太郎の知り合い 「サソリの紅い心臓」 法月綸太郎 本格ミステリ10 講談社(講談社ノベルス) 2010年6月

飯田 亮　いいだ・とおる
機械製造メーカーI社の人事部人財開発課の社員 「人事マン」 沢村凜 Play推理遊戯 講談社(講談社文庫) 2011年4月;推理小説年鑑 ザ・ベストミステリーズ2008 講談社 2008年7月

飯田 保次(ヒギンス)　いいだ・やすつぐ(ひぎんす)
倫敦(ロンドン)で遊民生活を送る日本人青年、ヒギンスは仮名 「日蔭の街」 松本泰 幻の探偵雑誌5「探偵文藝」傑作選 光文社(光文社文庫) 2001年2月

井伊 直弼　いい・なおすけ
幕末江戸城桜田門外において水戸・薩摩の浪士らによって暗殺された大老 「首」 山田風太郎 江戸川乱歩と13の宝石 光文社(光文社文庫) 2007年5月

いがら

飯伏 茂樹　いいぶし・しげき
神戸家裁東灘支部の判事　「審判は終わっていない」　姉小路祐　嘘つきは殺人のはじまり　講談社(講談社文庫)　2003年9月

飯山　いいやま
結婚式の新郎、みさき書房の編集部員　「朝霧」　北村薫　完全犯罪証明書ミステリー傑作選　講談社(講談社文庫)　2001年4月

イインチョー(松井 鈴鹿)　いいんちょー(まつい・すずか)
少年探偵WHOの同級生、真都新聞の新米記者　「少年名探偵WHO 透明人間事件」　はやみねかおる　忍び寄る闇の奇譚　講談社(講談社ノベルス)　2008年11月

家田 喜一郎　いえだ・きいちろう
一人娘を陵辱し殺害した当時未成年だったやくざ者を出所後に殺害した老人　「誰がために」　白川道　鼓動-警察小説競作　新潮社(新潮文庫)　2005年2月

井岡　いおか
J県警本部警務課の係長　「動機」　横山秀夫　罪深き者に罰を　講談社(講談社文庫)　2002年11月

井荻 信太郎　いおぎ・のぶたろう
兇行事件の犯人、被害者の竹久俊彦の妻・美保の先夫　「生きている屍」　鷲尾三郎　甦る推理雑誌6「探偵実話」傑作選　光文社(光文社文庫)　2003年5月

井神 浩太郎　いがみ・こうたろう
非業な最後を遂げた男、梶村教授の親友　「情獄」　大下宇陀児　江戸川乱歩と13人の新青年〈文学派〉編　光文社(光文社文庫)　2008年5月

伊神さん　いがみさん
市立高校のOB、葉山の先輩で元文芸部長　「お届け先には不思議を添えて」　似鳥鶏　放課後探偵団　東京創元社(創元推理文庫)　2010年11月

以上 犯人　いがみ・はんと
殺人事件の現場である山荘で探偵の山上を迎えた男　「足し算できない殺人事件」　斎藤肇　ミステリー傑作選・特別編6 自選ショート・ミステリー2　講談社(講談社文庫)　2001年10月

五十嵐 磐人　いがらし・いわと
政府の高い地位にある役人　「首吊船」　横溝正史　探偵小説の風景 トラフィック・コレクション(上)　光文社(光文社文庫)　2009年5月

五十嵐 桂子　いがらし・けいこ
成績優秀な生徒が弁論術を学ぶ雄弁学園高等部に勤めていた国語教師　「パラドックス実践」　門井慶喜　推理小説年鑑 ザ・ベストミステリーズ2009　講談社　2009年7月;学び舎は血を招く　講談社(講談社ノベルス)　2008年11月

五十嵐 小夜子　いがらし・さよこ
女優、劇団「人間座」の研究生　「絞刑吏」　山村正夫　甦る推理雑誌7「探偵倶楽部」傑作選　光文社(光文社文庫)　2003年7月

いがら

五十嵐 登　いがらし・のぼる
刑事「レビウガール殺し」延原謙 江戸川乱歩と13人の新青年〈文学派〉編 光文社（光文社文庫）2008年5月

五十嵐 浜藻　いがらし・はまも
江戸で名高い俳諧の女流宗匠「浜藻歌仙留書」別所真紀子 大江戸事件帖 双葉社（双葉文庫）2005年7月

碇田　いかりだ
探偵「雨のなかの犬」香納諒一 闇夜の芸術祭 光文社（光文社文庫）2003年4月

碇 有人　いかり・ゆうと
殺人事件の被害者、無名の作家「失敗作」鳥飼否宇 天地驚愕のミステリー 宝島社（宝島社文庫）2009年8月

井川 弘司　いかわ・ひろし*
バブルが弾ける前は何冊かの小説を書いていたが今はアルコールまみれの男「椰子の実」飯野文彦 ミステリー傑作選・特別編5 自選ショート・ミステリー 講談社（講談社文庫）2001年6月

伊吉　いきち
本所相生町の長屋に住む大工の娘お美代の幼なじみ「形見」小杉健治 死人に口無し 時代推理傑作選 徳間書店 2009年11月

生稲 昇太　いくいな・しょうた
愛宕南署交通課事故係に勤務する巡査「事故係生稲昇太の多感」首藤瓜於 推理小説年鑑 ザ・ベストミステリーズ2001 講談社 2001年6月

生稲 昇太　いくいな・しょうた
南署交通課事故係の警官「物証」首藤瓜於 推理小説年鑑 ザ・ベストミステリーズ2002 講談社 2002年7月

郁恵　いくえ
幸恵の妹、姉妹で山奥へ墓参りに出かけた女「アメ、よこせ」加門七海 らせん階段 角川春樹事務所（ハルキ文庫）2003年5月

郁夫　いくお
「私」と愛し合った妻子ある男で神社の境内で首を吊った脚本家「彼らの静かな日常」小池真理子 事件現場に行こう-日本ベストミステリー選集33 光文社（光文社文庫）2006年4月；事件現場に行こう 光文社 2001年11月

郁子　いくこ
山陰の田舎の芸者「運のいい男」阿刀田高 マイ・ベスト・ミステリーⅠ 文藝春秋（文春文庫）2007年8月

郁子　いくこ
変わり者の松江銀子のいちばん上の姉「あなただけを見つめる」若竹七海 犯人は秘かに笑う-ユーモアミステリー傑作選 光文社（光文社文庫）2007年1月

井草 敦雄　いぐさ・あつお
桐影秘密探偵社の客、妻・千鶴の行方を捜す夫「アイボリーの手帖」仁木悦子　短歌殺人事件-31音律のラビリンス　光文社(光文社文庫)　2003年4月

生田　いくた
警視庁捜査一課の警部「【静かな男】ロスコのある部屋」早見裕司　名探偵で行こう-最新ベスト・ミステリー シリーズ・キャラクター編　光文社(光文社文庫)　2001年9月

生田 直子　いくた・なおこ
心中事件に偽装されて殺害された風俗嬢と同郷の友人、派遣社員「沈黙の青」阿部陽一　乱歩賞作家青の謎　講談社　2007年7月

井口 譲次(ジョー)　いぐち・じょうじ(じょー)
休学して何の目当てもなくヨーロッパにやって来た日本人青年「黒い九月の手」南條範夫　綾辻行人と有栖川有栖のミステリ・ジョッキー1　講談社　2008年7月

井口 泰　いぐち・やすし
殺されたゆすり屋・矢木道哉の大学の同級生、映像カメラマン「堂場警部補とこぼれたミルク」蒼井上鷹　Doubtきりのない疑惑　講談社(講談社文庫)　2011年11月；推理小説年鑑 ザ・ベストミステリーズ2008　講談社　2008年7月

生野　いくの
大吹雪の曠野を走る終電車の車掌「吹雪の夜の終電車」倉光俊夫　甦る推理雑誌3「X」傑作選　光文社(光文社文庫)　2002年12月

幾野 鉄太郎　いくの・てつたろう
貸家に泥棒に入って死人を見つけた男「氷を砕く」延原謙　幻の探偵雑誌10「新青年」傑作選　光文社(光文社文庫)　2002年2月

幾野 鐵太郎(鐵ツァン)　いくの・てつたろう(てつつぁん)
大工「レビウガール殺し」延原謙　江戸川乱歩と13人の新青年〈文学派〉編　光文社(光文社文庫)　2008年5月

イケ
コンビニに張りこんでいた刑事、大男の大浦(ウラ)とコンビのチビ「ちきこん」大沢在昌　名作で読む推理小説史 わが名はタフガイ-ハードボイルド傑作選　光文社(光文社文庫)　2006年5月

イケ
刑事、ウラの相棒「あちこちら」大沢在昌　名探偵で行こう-最新ベスト・ミステリー シリーズ・キャラクター編　光文社(光文社文庫)　2001年9月

池内　いけうち
小料理屋「茜」の常連客、大手化粧品メーカーの社員「福の神」乃南アサ　七つの危険な真実　新潮社(新潮文庫)　2004年2月

池内　いけうち
旅客機の操縦士「旅客機事件」大庭武年　幻の探偵雑誌9「探偵」傑作選　光文社(光文社文庫)　2002年1月

いけう

池内 雅人　いけうち・まさと
大学四年生、女子大生牛場奈保美に魅かれた男　「熱帯夜」鈴木光司　七つの死者の囁き　新潮社(新潮文庫)　2008年12月

池浦 吾郎　いけうら・ごろう
医師から砒素を盛られているらしいと告げられた実業家の男　「孤独な朝食」樹下太郎　江戸川乱歩の推理試験　光文社(光文社文庫)　2009年1月

池上 喜一　いけがみ・きいち
失踪した42歳のサラリーマン　「さなぎ」山田正紀　闇夜の芸術祭　光文社(光文社文庫)　2003年4月

池尻 章　いけじり・あきら
殺人事件の容疑者、被害者桑佐亮助の会社の元経理担当者　「やけた線路の上の死体」有栖川有栖　無人踏切-鉄道ミステリー傑作選　光文社(光文社文庫)　2008年11月

池尻 ミナ　いけじり・みな
ラジオ番組「あなたと夜と音楽と」のDJ　「あなたと夜と音楽と」恩田陸　「ABC(エービーシー)」殺人事件　講談社(講談社文庫)　2001年11月

池田 大助　いけだ・だいすけ
南町奉行大岡越前守忠相の懐ろ刀、叡智あふれる若者　「飛竜剣」野村胡堂　江戸の名探偵　徳間書店(徳間文庫)　2009年10月

池田 令子　いけだ・れいこ
差出人不明の妙な手紙を受け取った美しい女性　「私は誰でしょう」足柄左右太(川辺豊三)　甦る推理雑誌9「別冊宝石」傑作選　光文社(光文社文庫)　2003年11月

池永 祈子　いけなが・あきこ
16歳の少女、池永悟の娘　「三毛猫ホームズの無人島」赤川次郎　幻惑のラビリンス　光文社(光文社文庫)　2001年5月

池永 悟　いけなが・さとる
祈子の父親、元炭鉱の労働組合委員長　「三毛猫ホームズの無人島」赤川次郎　幻惑のラビリンス　光文社(光文社文庫)　2001年5月

池之端 伝司　いけのはた・でんじ
関東龍王会常盤組古橋一家総長　「ジョーカーとレスラー」大沢在昌　事件を追いかけろ　光文社(光文社文庫)　2009年4月;事件を追いかけろ　光文社　2004年12月

池 龍司　いけ・りゅうじ
海軍士官学校生、麻岡徹平の同級生　「ディフェンディング・ゲーム」石持浅海　名探偵に訊け　光文社　2010年9月;ミステリ魂。校歌斉唱!　講談社(講談社文庫)　2010年3月

伊佐　いさ
土民の若者　「天童奇蹟」新羽精之　剣が謎を斬る　光文社(光文社文庫)　2005年4月

イサイア・スタンフォード
ナンタケット島の別荘で他殺体で発見されたプロ野球選手　「X以前の悲劇」-「異邦の騎士」を読んだ男」園田修一郎　新・本格推理06-不完全殺人事件　光文社(光文社文庫)　2006年3月

井坂 淳則　いさか・あつのり
城南大学助教授、国立世界民族学研究所教授・本宮武邸に出入りする学者　「死霊の如き歩くもの」　三津田信三　新・*本格推理 特別編　光文社(光文社文庫)　2009年3月

伊佐吉　いさきち
目明し弥七の甥、逃亡者　「力士の妾宅」　多岐川恭　御白洲裁き　徳間書店(徳間文庫)　2009年12月

イサク
甘いもの好きの若者・設楽啓路の弟、成績優秀な美少年　「シュガー・エンドレス」　西澤保彦　忍び寄る闇の奇譚　講談社(講談社ノベルス)　2008年11月

伊佐子さん　いさこさん
麹町の下宿屋の娘、止宿人の山岸を好いている未亡人　「白髪鬼」　岡本綺堂　文豪のミステリー小説　集英社(集英社文庫)　2008年2月

井澤　いざわ
兵庫県警三田警察署の刑事　「教唆は正犯」　秋井裕　新・本格推理05-九つの署名　光文社(光文社文庫)　2005年3月

伊沢 和男　いざわ・かずお
日本陸軍のスパイ、潜入先のロンドンで逮捕された男　「ロビンソン」　柳広司　本格ミステリ09　講談社(講談社ノベルス)　2009年6月

伊沢 大蔵　いざわ・たいぞう
築地の舶来雑貨卸問屋「伊沢屋」の主人　「「舶来屋」大蔵の死」　早乙女貢　大江戸事件帖　双葉社(双葉文庫)　2005年7月

伊沢 良也　いざわ・よしや
フィットネスクラブのスタッフ、未樹を誘った若い男　「歪んだ月」　永井するみ　悪魔のような女　角川春樹事務所(ハルキ文庫)　2001年7月

石井 志逗子　いしい・しずこ
手紙嫌いの女　「手紙嫌い」　若竹七海　スペシャル・ブレンド・ミステリー 謎006　講談社(講談社文庫)　2011年9月

石井 青洲　いしい・せいしゅう
画家仲間に「妻を殺した」と言う手紙を寄越した男　「寝台」　赤沼三郎　幻の探偵雑誌10「新青年」傑作選　光文社(光文社文庫)　2002年2月

石井 真弓　いしい・まゆみ
池袋のデパート社員、失踪した羽柴美貴子の高校時代の同級生　「彼女に流れる静かな時間」　新津きよみ　緋迷宮　祥伝社(祥伝社文庫)　2001年12月

石岡 貞三郎　いしおか・ていざぶろう*
九州八幡市に住む勤め人、女給ミヤ子のなじみの客　「顔」　松本清張　京都愛憎の旅　徳間書店(徳間文庫)　2002年5月

石岡 稔　いしおか・みのる
小松川署交通課長代理、元警視庁捜査一課の警部　「撃てない警官」　安東能明　現場に臨め-最新ベスト・ミステリー　光文社　2010年10月

いしか

石垣 源治　いしがき・げんじ
過疎の村の百姓、診療所の医者・道夫の幼なじみ　「老友」曽根圭介　推理小説年鑑 ザ・ベストミステリーズ2010　講談社　2010年7月

石垣 雅俊　いしがき・まさとし*
IT企業の社長、死んだ子猫のペットシッティングを頼んできた男　「見えない猫」黒崎緑　推理小説年鑑 ザ・ベストミステリーズ2009　講談社　2009年7月;ねこ!ネコ!猫!(NEKOミステリー傑作選)　徳間書店(徳間文庫)　2008年10月

石垣 良太　いしがき・りょうた
村の医者・道夫の老友で百姓の源治の不良息子　「老友」曽根圭介　推理小説年鑑 ザ・ベストミステリーズ2010　講談社　2010年7月

石神　いしがみ
仙台市内にあるフライフィッシングの店の店主　「声」三浦明博　乱歩賞作家黒の謎　講談社　2006年7月

石上 吾郎　いしがみ・ごろう
警視庁公安部の刑事　「非常線」逢坂剛　名作で読む推理小説史 わが名はタフガイ-ハードボイルド傑作選　光文社(光文社文庫)　2006年5月

石川　いしかわ
南方から復員して豪勢なやしきに住む雪沢建三をたずねあてた旧友　「ぬすまれたレール」錫薊二　甦る推理雑誌10「宝石」傑作選　光文社(光文社文庫)　2004年1月

石川 啄木　いしかわ・たくぼく
歌人、上京して東京朝日新聞社の校正係になった男　「魔窟の女」伊井圭　短歌殺人事件-31音律のラビリンス　光文社(光文社文庫)　2003年4月

石川探偵　いしかわたんてい
警視庁の探偵　「白い手」中野圭介(松本恵子)　探偵小説の風景 トラフィック・コレクション(下)　光文社(光文社文庫)　2009年9月

石倉医師　いしくらいし
深泥丘病院の医師　「深泥丘奇談-切断」綾辻行人　Anniversary 50 カッパ・ノベルス創刊50周年記念作品　光文社　2009年12月

石倉 泰宏　いしくら・やすひろ
有名なジャズ評論家　「挑発する赤」田中啓文　推理小説年鑑 ザ・ベストミステリーズ2006　講談社　2006年7月

石黒 研市　いしぐろ・けんいち
小学校2年生、石黒修平の息子　「ぼくを見つけて」連城三紀彦　謎001-スペシャル・ブレンド・ミステリー　講談社(講談社文庫)　2006年9月

石黒 修平　いしぐろ・しゅうへい
私立総合病院の内科部長、研市の母親　「ぼくを見つけて」連城三紀彦　謎001-スペシャル・ブレンド・ミステリー　講談社(講談社文庫)　2006年9月

石黒 操　いしぐろ・みさお
雑文ライター、英都大学推理小説研究会の創部メンバーの一人「桜川のオフィーリア」
有栖川有栖　川に死体のある風景　東京創元社(創元推理文庫)　2010年3月

石黒 悠子　いしぐろ・ゆうこ
石黒修平の妻で小学生の研市の母親「ぼくを見つけて」連城三紀彦　謎001-スペシャ
ル・ブレンド・ミステリー　講談社(講談社文庫)　2006年9月

石崎　いしざき
出版社の編集者「いしまくら」宮部みゆき　事件現場に行こう-日本ベストミステリー選集
33　光文社(光文社文庫)　2006年4月;事件現場に行こう　光文社　2001年11月

石崎 真　いしざき・しん
志方希の夫の釣り友達、果物の輸入会社を経営する男「輸血のゆくえ」夏樹静子　マイ・
ベスト・ミステリーⅣ　文藝春秋(文春文庫)　2007年10月

石崎 真吉　いしざき・しんきち
予想屋をやっている元騎手「競馬場の殺人」大河内常平　江戸川乱歩の推理試験　光
文社(光文社文庫)　2009年1月

石崎先生　いしざきせんせい
私立鯉ケ窪学園高等部の生物教師「霧ケ峰涼の屈辱」東川篤哉　深夜バス78回転の問
題(本格短編ベスト・セレクション)　講談社(講談社文庫)　2008年1月;本格ミステリ04　講談
社(講談社ノベルス)　2004年6月

石崎先生　いしざきせんせい
私立鯉ケ窪学園高等部の生物教師、探偵部の顧問「霧ケ峰涼の逆襲」東川篤哉　珍し
い物語のつくり方(本格短編ベスト・セレクション)　講談社(講談社文庫)　2010年1月;本格
ミステリ06　講談社(講談社ノベルス)　2006年5月

石沢 典江　いしざわ・のりえ
フリーライター、家庭内暴力の取材をしている女「つぐない」菅浩江　らせん階段　角川
春樹事務所(ハルキ文庫)　2003年5月

石沢 みね　いしざわ・みね
殺人のあった日に容疑者の日高と一緒だった二人の女の一人「無人踏切」鮎川哲也
無人踏切-鉄道ミステリー傑作選　光文社(光文社文庫)　2008年11月

石島 加世　いしじま・かよ
美容室チェーン「アルファ・ラボ」三号店の雇われ店長「エクステ効果」菅浩江　推理小説
年鑑 ザ・ベストミステリーズ2007　講談社　2007年7月

石島 由美子　いしじま・ゆみこ
殺害されたオールド・ミスのバスの車掌「走る"密室"で」渡島太郎　甦る推理雑誌8「エ
ロティック・ミステリー」傑作選　光文社(光文社文庫)　2003年9月

石津　いしず
刑事「三毛猫ホームズと永遠の恋人」赤川次郎　名探偵で行こう-最新ベスト・ミステリー
シリーズ・キャラクター編　光文社(光文社文庫)　2001年9月

いしず

石津　いしず
刑事、片山晴美の恋人　「三毛猫ホームズの遺失物」　赤川次郎　名探偵を追いかけろ-日本ベストミステリー選集34　光文社(光文社文庫)　2007年5月

石塚 巧　いしずか・たくみ
画家、CGデザイナーの永野の友人　「蛍の腕輪」　稗苗仁之　新・本格推理06-不完全殺人事件　光文社(光文社文庫)　2006年3月

石月 兼子　いしずき・かねこ
殺害された石月龍一の妻、美女　「鬼面の犯罪」　天城一　甦る推理雑誌2「黒猫」傑作選　光文社(光文社文庫)　2002年11月

石月 龍一　いしずき・りゅういち
殺人事件の被害者、石月硝子工業社長　「鬼面の犯罪」　天城一　甦る推理雑誌2「黒猫」傑作選　光文社(光文社文庫)　2002年11月

石津刑事　いしずけいじ
目黒署の刑事、片山晴美の恋人　「三毛猫ホームズのバカンス」　赤川次郎　名探偵登場!-日本ミステリー名作館1　KKベストセラーズ　2004年11月

石田　いしだ
警視庁の刑事　「血染のバット」　呑海翁　幻の探偵雑誌7「新趣味」傑作選　光文社(光文社文庫)　2001年11月

石田　いしだ
探偵　「台湾パナマ」　波野白跳(大佛次郎)　幻の探偵雑誌5「探偵文藝」傑作選　光文社(光文社文庫)　2001年2月

石田 恵子　いしだ・けいこ
英語塾の先生馬島新一がパソコン通信で出会った美女　「月の輝く夜」　北川歩実　恋は罪つくり　光文社(光文社文庫)　2005年7月

石田 孝男　いしだ・たかお
県警本部銃器対策室の刑事　「ロシアン・トラップ」　永瀬隼介　鼓動-警察小説競作　新潮社(新潮文庫)　2005年2月

石田 鉄雄　いしだ・てつお
出雲オカルト研究所に幽霊が出ると相談にきた若いサラリーマン　「蠟いろの顔」　都筑道夫　スペシャル・ブレンド・ミステリー 謎006　講談社(講談社文庫)　2011年9月

伊地知 佳一　いじち・かいち
倉科の友人でメールで添付ファイルを送ってきた人物　「ありえざる村の奇跡」　園田修一郎　新・本格推理04-赤い館の怪人物　光文社(光文社文庫)　2004年3月

石橋 徹　いしばし・とおる
宮城県警黒岩署の刑事、課長　「だって、冷え性なんだモン!」　愛川晶　新世紀「謎(ミステリー)」倶楽部　角川書店　2001年8月

石原 すえ子　いしはら・すえこ
未決囚・島浦英三の学生時代の恋人　「悪魔の弟子」　浜尾四郎　魔の怪　勉誠出版(べんせいライブラリー)　2002年11月

石嶺　いしみね
遺体で発見された中学生の楢山和弘をいじめていた金髪の少年　「楢山鍵店、最後の鍵」　天祢涼　密室晩餐会　原書房　2011年6月

石宮　いしみや
京都西陣の織元の主人　「呪われた密室」　山村美紗　私(わたし)は殺される(女流ミステリー傑作選)　角川春樹事務所(ハルキ文庫)　2001年3月

石村　いしむら
外に女をつくったことで夫人の嫉妬に手をやいていた社長　「自殺狂夫人」　永瀬三吾　江戸川乱歩の推理教室　光文社(光文社文庫)　2008年9月

石目　金吉　いしめ・かねきち*
S警察の刑事　「消えた男」　鳥井及策　甦る推理雑誌9「別冊宝石」傑作選　光文社(光文社文庫)　2003年11月

石本　麦人　いしもと・ばくじん
俳句雑誌「蒲の穂」の主宰者　「巻頭句の女」　松本清張　俳句殺人事件-巻頭句の女　光文社(光文社文庫)　2001年4月

石森　宏　いしもり・ひろし
警部、会社員小村美枝子を取り調べる男　「「わたくし」は犯人……」　海渡英祐　有栖川有栖の本格ミステリ・ライブラリー　角川書店(角川文庫)　2001年8月

医者　いしゃ
ミステリー・クラブの会員の医者　「りんご裁判」　土屋隆夫　甦る推理雑誌7「探偵倶楽部」傑作選　光文社(光文社文庫)　2003年7月

医者(先生)　いしゃ(せんせい)
かねて噂さの人の泣声がするというくらがり坂を通った医者の先生　「くらがり坂の怪」　南幸夫　幻の探偵雑誌5「探偵文藝」傑作選　光文社(光文社文庫)　2001年2月

石山　健太　いしやま・けんた
学校の出入り業者「京和ビルメンテナンス」のバイト　「二つの銃口」　高野和明　乱歩賞作家赤の謎　講談社　2006年4月

伊集院　大介　いじゅういん・だいすけ
探偵、金田一耕助を尊敬する男　「月光座」　栗本薫　金田一耕助に捧ぐ九つの狂想曲　角川書店　2002年5月

伊集院　大介　いじゅういん・だいすけ
名探偵、斎木玲子を訪ねてきた男　「奇妙な果実」　栗本薫　悪魔のような女　角川春樹事務所(ハルキ文庫)　2001年7月

亥十郎　いじゅうろう
殺害された村人の峯吉の次男　「蛇と猪」　薔薇小路棘麿(鮎川哲也)　甦る推理雑誌1「ロック」傑作選　光文社(光文社文庫)　2002年10月

伊月　崇　いずき・たかし
法医学教室の新米医師　「薬剤師とヤクザ医師の長い夜」　椹野道流　QED鏡家の薬屋探偵　講談社(講談社ノベルス)　2010年8月

いずつ

井筒　いずつ
刑事局参事官の検事　「貴船山心中」　三好徹　京都殺意の旅　徳間書店(徳間文庫)　2001年11月

井筒 健吉　いずつ・けんきち
名古屋市内の長屋に住む担ぎヤミ屋、お高の夫　「愛欲の悪魔-蘇生薬事件」　秦賢助　魔の怪　勉誠出版（べんせいライブラリー）　2002年11月

井筒 平四郎　いずつ・へいしろう
本所深川方の臨時廻り同心　「なけなし三昧」　宮部みゆき　推理小説年鑑　ザ・ベストミステリーズ2003　講談社　2003年7月

泉原 美佐子　いずはら・みさこ
中央新聞社多摩東部支社の新聞記者、武州市の旧家・佐々木家の血縁者　「開けるな」　若竹七海　危険な関係（女流ミステリー傑作選）　角川春樹事務所（ハルキ文庫）　2002年5月

イスマエル
「ハッピー・ヴァレー・スクール」の高校4年生　「アメリカ・アイス」　馬場信浩　謎003-スペシャル・ブレンド・ミステリー　講談社（講談社文庫）　2008年9月

泉川　いずみかわ
殺人で長期刑を食って刑務所に入ってきた新入　「完全脱獄」　楠田匡介　江戸川乱歩と13の宝石 第二集　光文社（光文社文庫）　2007年9月

泉 艸之助　いずみ・くさのすけ
「カフェー黒猫」に集まる群（グループ）の一人、絵描きの卵　「国貞画夫婦刷鶯娘」　蜘蛛手縁　幻の探偵雑誌7「新趣味」傑作選　光文社（光文社文庫）　2001年11月

和泉姫　いずみひめ
京の椿屋敷に住む美しい姫、若公家・勢田在直の妹　「糸織草子」　森谷明子　推理小説年鑑 ザ・ベストミステリーズ2006　講談社　2006年7月

泉 耀介　いずみ・ようすけ
日本宇宙機構(JSA)の閉鎖環境長期実験施設「BOX-C」で八ヵ月間暮らした六人の志願クルーの一人、植物工学の研究者　「星風よ、淀みに吹け」　小川一水　推理小説年鑑 ザ・ベストミステリーズ2010　講談社　2010年7月；本格ミステリ10　講談社（講談社ノベルス）2010年6月

和泉 理奈　いずみ・りな
高校二年生、内科医新村美保子の姪　「おねえちゃん」　歌野晶午　暗闇を見よ　光文社　2010年11月

出雲 耕平　いずも・こうへい
オカルト評論家　「蠟いろの顔」　都筑道夫　スペシャル・ブレンド・ミステリー 謎006　講談社（講談社文庫）　2011年9月

伊豆 八重子　いず・やえこ
高塚謙太郎と内縁関係にあったバーのホステス　「過ぎし日の恋」　逢坂剛　殺人買います　講談社（講談社文庫）　2002年8月

井関 十兵衛　いせき・じゅうべえ
元土浦藩馬廻役、夏目甚右衛門を斬殺し脱走した男　「だれも知らない」　池波正太郎　剣が謎を斬る　光文社(光文社文庫)　2005年4月

伊勢夫人　いせふじん
団地アパートに住んでいる安サラリーマンの妻の八人の主婦の一人　「如菩薩団」　筒井康隆　スペシャル・ブレンド・ミステリー　謎006　講談社(講談社文庫)　2011年9月

磯明　いそあき
盛栄堂病院の入院患者、青蘭社の編集長　「病人に刃物」　泡坂妻夫　贈る物語 Mystery　光文社(光文社文庫)　2006年10月

磯貝 平太　いそがい・へいた
外科医、甲府市内にある菊地総合病院の医師　「ろくろ首」　柳広司　暗闇を見よ　光文社　2010年11月

磯田　いそだ
愛知県警捜査一課の警部、三条刑事の上司　「罪なき人々VS.ウルトラマン」　太田忠司　密室殺人大百科 上　講談社(講談社文庫)　2003年9月

磯田　いそだ
心霊研究会の会員、翡翠荘という山荘で起こった怪事件で悲惨な最期を遂げた画家の親友　「翡翠荘綺談」　丘美丈二郎　甦る推理雑誌9「別冊宝石」傑作選　光文社(光文社文庫)　2003年11月

磯田 佐一郎　いそだ・さいちろう
弁護士　「夜が暗いように」　結城昌治　名作で読む推理小説史 わが名はタフガイ-ハードボイルド傑作選　光文社(光文社文庫)　2006年5月

磯田 忍　いそだ・しのぶ
大学生、大学の近くにある安アパート・メゾン・カサブランカの住人　「メゾン・カサブランカ」　近藤史恵　探偵Xからの挑戦状! Season2　小学館(小学館文庫)　2011年2月

磯田 正造　いそだ・せいぞう
温泉場で起きた殺人事件の被害者、高利貸の老人　「探偵小説作家」　楠田匡介　甦る推理雑誌7「探偵倶楽部」傑作選　光文社(光文社文庫)　2003年7月

磯田 有紀子　いそだ・ゆきこ
弁護士磯田佐一郎の娘、父と別居中で銀座のバーでピアノを弾いている女　「夜が暗いように」　結城昌治　名作で読む推理小説史 わが名はタフガイ-ハードボイルド傑作選　光文社(光文社文庫)　2006年5月

磯野 仁美　いその・ひとみ
岡部真理子の栃木の女子高時代の同期生　「返しそびれて」　新津きよみ　ミステリア　祥伝社(祥伝社文庫)　2003年12月

磯部 大吉　いそべ・だいきち
数学教師、探偵小説家青山蘭堂の仲間　「幽霊横丁の殺人」　青山蘭堂　新・本格推理04-赤い館の怪人物　光文社(光文社文庫)　2004年3月

いそべ

磯部　俊明　いそべ・としあき
テレビに出ている評論家、誘拐された男　「ひかり号で消えた」　大谷羊太郎　全席死定-鉄道ミステリー名作館　徳間書店(徳間文庫)　2004年3月

磯村　いそむら
地方の大学の大学生、大学生辻谷純平のバイト仲間　「前世の因縁」　沢村凛　推理小説年鑑　ザ・ベストミステリーズ2009　講談社　2009年7月

板倉　いたくら
警視庁の刑事課長　「犠牲者」　平林初之輔　幻の探偵雑誌10「新青年」傑作選　光文社(光文社文庫)　2002年2月

板原　いたはら
ホテル「緑風荘」の客、浦和(歌川蘭子)の義兄　「達也が笑う」　鮎川哲也　贈る物語 Mystery　光文社(光文社文庫)　2006年10月

伊多 宏　いだ・ひろし*
伯爵、東京地裁検事局検事　「圷(あくつ)家殺人事件」　天城一　甦る推理雑誌5「密室」傑作選　光文社(光文社文庫)　2003年3月

伊丹　いたみ
警視庁の刑事部長　「冤罪」　今野敏　現場に臨め-最新ベスト・ミステリー　光文社　2010年10月

伊丹 鉄也　いたみ・てつや
静岡県警の若い刑事　「椿の入墨」　高橋治　警察小説傑作短編集　ランダムハウス講談社(ランダムハウス講談社文庫)　2009年7月

伊丹屋重兵衛(重兵衛)　いたみやじゅうべえ(じゅうべえ)
先代も先々代も首を吊って死んでいる伊丹屋の主人　「首吊り三代記」　横溝正史　幻の探偵雑誌9「探偵」傑作選　光文社(光文社文庫)　2002年1月

板谷 嘉一　いたや・かいち
陸奥家に雇われて「書生」と呼ばれている男　「くるまれて」　葦原崇貴　新・本格推理07-Qの悲劇　光文社(光文社文庫)　2007年3月

伊太郎　いたろう
神田岩本町に住む岡っ引　「形見」　小杉健治　死人に口無し 時代推理傑作選　徳間書店　2009年11月

イチ
高校の工業科の二年生、夏休みに映画を撮った三人組の一人　「夢で逢えたら」　三羽省吾　学園祭前夜　メディアファクトリー(MF文庫)　2010年10月

市貝 栄吉　いちがい・えいきち
刑事、十年ものあいだ童子女総合病院の院長・童子女をゆすりつづけている男　「放蕩息子の亀鑑」　首藤瓜於　乱歩賞作家白の謎　講談社　2006年6月

市貝 雄一　いちがい・ゆういち
刑事市貝栄吉の犯罪常習者の息子　「放蕩息子の亀鑑」　首藤瓜於　乱歩賞作家白の謎　講談社　2006年6月

市川 アヤ子　いちかわ・あやこ
離れ島に漂流した兄妹の太郎の妹　「瓶詰の地獄」　夢野久作　マイ・ベスト・ミステリーⅢ　文藝春秋（文春文庫）　2007年9月

市川 アヤ子　いちかわ・あやこ
離れ島に漂流した兄妹の太郎の妹　「瓶詰の地獄」　夢野久作　幻の探偵雑誌6「猟奇」傑作選　光文社（光文社文庫）　2001年3月

市川 安梨沙　いちかわ・ありさ
仁木順平の探偵助手　「螺旋階段のアリス」　加納朋子　怪しい舞踏会　光文社（光文社文庫）　2002年5月

市川 安梨沙（アリス）　いちかわ・ありさ（ありす）
仁木探偵事務所の探偵助手　「裏窓のアリス」　加納朋子　完全犯罪証明書 ミステリー傑作選　講談社（講談社文庫）　2001年4月

市川 新之助　いちかわ・しんのすけ
役者、五年前の師匠殺人事件の嫌疑者　「推理の花道」　土屋隆夫　甦る推理雑誌6「探偵実話」傑作選　光文社（光文社文庫）　2003年5月

市川 太郎　いちかわ・たろう
離れ島に漂流した兄妹のアヤ子の兄　「瓶詰の地獄」　夢野久作　マイ・ベスト・ミステリーⅢ　文藝春秋（文春文庫）　2007年9月

市川 太郎　いちかわ・たろう
離れ島に漂流した兄妹のアヤ子の兄　「瓶詰の地獄」　夢野久作　幻の探偵雑誌6「猟奇」傑作選　光文社（光文社文庫）　2001年3月

市川 春吉　いちかわ・はるきち
殺人事件の被害者である内務省事務官、極端な吝嗇家だった男　「吝嗇の真理」　大下宇陀児　甦る推理雑誌2「黒猫」傑作選　光文社（光文社文庫）　2002年11月

市川 紋太夫　いちかわ・もんだゆう
五年前に河原で惨殺された芝居一座の座長、新之助の師匠　「推理の花道」　土屋隆夫　甦る推理雑誌6「探偵実話」傑作選　光文社（光文社文庫）　2003年5月

市瀬 頼子　いちせ・よりこ
バレー教師、梓野明子の門下生の一人　「鏡の国への招待」　皆川博子　翠迷宮　祥伝社（祥伝社文庫）　2003年6月

一太郎　いちたろう
江戸通町の廻船問屋「長崎屋」で妖達と暮らすひ弱な跡取り息子　「茶巾たまご」　畠中恵　江戸の名探偵　徳間書店（徳間文庫）　2009年10月

市太郎　いちたろう
お春の母親の幼馴染み　「砂村新田」　宮部みゆき　闇夜の芸術祭　光文社（光文社文庫）　2003年4月

市堂 世志夫　いちどう・よしお
売れないイラストレーター　「揃いすぎ」　倉知淳　大密室　新潮社（新潮文庫）　2002年2月

いちの

一ノ瀬（イチ）　いちのせ（いち）
高校の工業科の二年生、夏休みに映画を撮った三人組の一人 「夢で逢えたら」 三羽省吾　学園祭前夜　メディアファクトリー（MF文庫）　2010年10月

一ノ瀬 和之　いちのせ・かずゆき
警部、検視担当の調査官心得 「赤い名刺」 横山秀夫　推理小説年鑑 ザ・ベストミステリーズ2001　講談社　2001年6月

市ノ瀬 志保子　いちのせ・しほこ
ピアノ教師、芸大の画学生陵を家に住まわす女 「落花」 永井するみ　紅迷宮　祥伝社（祥伝社文庫）　2002年6月

一ノ瀬 玲奈（レナ）　いちのせ・れいな（れな）
大学教員、進化心理学の研究者 「メンツェルのチェスプレイヤー」 瀬名秀明　書下ろしアンソロジー 21世紀本格　光文社（カッパ・ノベルス）　2001年12月

市橋 征太郎　いちはし・せいたろう
個人タクシー「かっぱタクシー」の運転手 「かっぱタクシー」 明野照葉　紫迷宮　祥伝社（祥伝社文庫）　2002年12月

市橋 典子　いちはし・のりこ
殺人未遂事件の被害者・安永達也の恋人 「家路」 新野剛志　乱歩賞作家赤の謎　講談社　2006年4月

市橋 久智（狩 久）　いちはし・ひさあき（かり・きゅう）
探偵小説作家、狩久はペンネーム 「訣別-副題 第二のラヴ・レター」 狩久　甦る推理雑誌5「密室」傑作選　光文社（光文社文庫）　2003年3月

市村 安梨沙　いちむら・ありさ
私立探偵仁木順平の助手 「子供部屋のアリス」 加納朋子　紅い悪夢の夏（本格短編ベスト・セレクション）　講談社（講談社文庫）　2004年12月；本格ミステリ01　講談社（講談社ノベルス）　2001年7月

市村 安梨沙　いちむら・ありさ
私立探偵仁木順平の助手 「猫の家のアリス」 加納朋子　ねこ!ネコ!猫!(NEKOミステリー傑作選)　徳間書店（徳間文庫）　2008年10月；「ABC(エービーシー)」殺人事件　講談社（講談社文庫）　2001年11月

市村 安梨沙　いちむら・ありさ
私立探偵仁木順平の助手 「牢の家のアリス」 加納朋子　ミステリア　祥伝社（祥伝社文庫）　2003年12月

市村 安梨沙　いちむら・ありさ
仁木探偵事務所の助手 「虹の家のアリス」 加納朋子　名探偵を追いかけろ-日本ベストミステリー選集34　光文社（光文社文庫）　2007年5月

市村 市蔵　いちむら・いちぞう
惨事のあった山田家と風見家に泊まっていた客、麻雀賭博常習者 「能面殺人事件」 青鷺幽鬼（角田喜久雄）　甦る推理雑誌2「黒猫」傑作選　光文社（光文社文庫）　2002年11月

市邑 緋絽枝　いちむら・ひろえ
日本舞踊家、面打師浅沼に注文をよこした女　「泥眼」　乃南アサ　蒼迷宮　祥伝社(祥伝社文庫)　2002年3月

一文斎　いちもんさい
川柳の宗匠　「金魚狂言」　泡坂妻夫　名探偵で行こう-最新ベスト・ミステリー シリーズ・キャラクター編　光文社(光文社文庫)　2001年9月

イチロウ
丘の頂上に建つ古い家の長男、ミキの夫　「Closet」　乙一　暗闇を追いかけろ-日本ベストミステリー選集35　光文社(光文社文庫)　2008年5月

一郎　いちろう
大阪の中国人資産家のもらい子で若くして遺産を相続した男　「キッシング・カズン」　陳舜臣　スペシャル・ブレンド・ミステリー　謎006　講談社(講談社文庫)　2011年9月

一郎　いちろう
田舎で尋常の二年を卒えるとすぐ神戸の義兄の家に引きとられた子　「少年と一万円」　山本禾太郎　探偵小説の風景 トラフィック・コレクション(上)　光文社(光文社文庫)　2009年5月

イッキ
相馬孝子が高校三年生のときにおたすけ淵に車ごと落ちて行方不明・推定死亡となった兄　「おたすけぶち」　宮部みゆき　名作で読む推理小説史 ふるえて眠れない-ホラーミステリー傑作選　光文社(光文社文庫)　2006年9月; 緋迷宮　祥伝社(祥伝社文庫)　2001年12

五木　いつき
古書店主、今はなき草サッカーチームのメンバー　「オウンゴール」　蒼井上鷹　現場に臨め-最新ベスト・ミステリー　光文社　2010年10月

一休 宗純　いっきゅう・そうじゅん
臨済宗の僧、後小松帝の落胤　「東山殿御庭」　朝松健　推理小説年鑑 ザ・ベストミステリーズ2005　講談社　2005年7月

伊津子　いつこ
先きの良人を殺された女　「不思議な母」　大下宇陀児　甦る推理雑誌1「ロック」傑作選　光文社(光文社文庫)　2002年10月

一水流 天光(光)　いっすいりゅう・てんこう(みつ)
十二の獣を彫りこんだ刺青の女として浅草界隈で舞台に立った娘　「刺青の女」　小沢章友　暗闇を追いかけろ-日本ベストミステリー選集35　光文社(光文社文庫)　2008年5月

一水流 天勝　いっすいりゅう・てんしょう
イギリス帰りの奇術師、大仕掛けの奇術を売り物にしていた男　「刺青の女」　小沢章友　暗闇を追いかけろ-日本ベストミステリー選集35　光文社(光文社文庫)　2008年5月

イッチョ
大家族の柳沢家の子供、中学三年生　「小さな異邦人」　連城三紀彦　現場に臨め-最新ベスト・ミステリー　光文社　2010年10月

いっと

一等運転手　いっとううんてんしゅ
荒涼じい暴風雨の夜に船橋に立っていた定期航路の商船の一等運転手　「その暴風雨」　城昌幸　探偵小説の風景 トラフィック・コレクション（上）　光文社（光文社文庫）　2009年5月

射手矢 龍一　いでや・りゅういち
警部　「虎に捧げる密室」　白峰良介　新本格猛虎会の冒険　東京創元社　2003年3月

糸井 一郎　いとい・いちろう
カフェ・バー「糸ノコとジグザグ」のマスター　「糸ノコとジグザグ」　島田荘司　マイ・ベスト・ミステリーⅢ　文藝春秋（文春文庫）　2007年9月

伊東　いとう
警視庁の刑事　「毛皮の外套を着た男」　角田喜久雄　幻の探偵雑誌7「新趣味」傑作選　光文社（光文社文庫）　2001年11月

伊東 克己　いとう・かつみ
村の財産家伊東家の若旦那　「蔵を開く」　香住春吾　犯人は秘かに笑う-ユーモアミステリー傑作選　光文社（光文社文庫）　2007年1月

伊藤 ハル　いとう・はる
殺人事件の被害者、バスの車掌伊藤美和子の継母　「無口な車掌」　飛鳥高　江戸川乱歩の推理教室　光文社（光文社文庫）　2008年9月

伊藤 二葉　いとう・ふたば
気弱な男子大学生、中学生の瀬川隼人の家庭教師　「先生と僕」　坂木司　名探偵の奇跡-日本ベストミステリー選集　光文社（光文社文庫）　2010年5月；名探偵の奇跡-最新ベスト・ミステリー　光文社　2007年9月

伊藤 昌朗　いとう・まさあき
検察事務官　「検察捜査・特別篇」　中嶋博行　乱歩賞作家白の謎　講談社　2006年6月

伊東 美知子　いとう・みちこ
村の財産家伊東家の若旦那の妻、探偵小説の愛読者　「蔵を開く」　香住春吾　犯人は秘かに笑う-ユーモアミステリー傑作選　光文社（光文社文庫）　2007年1月

伊藤 美和子　いとう・みわこ
城西バスの車掌　「無口な車掌」　飛鳥高　江戸川乱歩の推理教室　光文社（光文社文庫）　2008年9月

伊藤 陽子　いとう・ようこ*
伊藤久繊維社長・伊藤久二郎の娘、姉の自殺を疑う女　「白い死面」　古銭信二　白の怪　勉誠出版（べんせいライブラリー）　2003年3月

伊藤 ルイ　いとう・るい
女子医学生　「赤い密室」　中川透（鮎川哲也）　甦る推理雑誌6「探偵実話」傑作選　光文社（光文社文庫）　2003年5月

糸田（イトちゃん）　いとだ（いとちゃん）
栄通りの煮込みが有名な「みの吉」に通い始めた男　「かくし味」　野南アサ　マイ・ベスト・ミステリーⅠ　文藝春秋（文春文庫）　2007年8月

糸田 レダ　いとだ・れだ
ペンション「ペンシオン・ヴァンファス」の美少女のメイド　「読者よ欺かれておくれ」 芦辺拓　あなたが名探偵　東京創元社(創元推理文庫)　2009年4月

イトちゃん
栄通りの煮込みが有名な「みの吉」に通い始めた男　「かくし味」 野南アサ　マイ・ベスト・ミステリーⅠ　文藝春秋(文春文庫)　2007年8月

伊奈　いな
学生の克平のアパートでキャスター嬢がヌードになるテレビ番組「夜の天気予報」を見た友人の一人　「雨のち殺人」 新保博久　ミステリー傑作選・特別編6 自選ショート・ミステリー2　講談社(講談社文庫)　2001年10月

稲尾　いなお
刑事　「熱い死角」 結城昌治　警察小説傑作短編集　ランダムハウス講談社(ランダムハウス講談社文庫)　2009年7月

稲尾 俊江　いなお・としえ
料亭の仲居で折鶴が趣味の新任の県警刑事部長に折鶴を折ってほしいと頼んだ女　「折鶴の血」 佐野洋　警察小説傑作短編集　ランダムハウス講談社(ランダムハウス講談社文庫)　2009年7月

井中　いなか
考古学者、黒ゴビで謎の暗躍を続けた怪男子　「写真解読者」 北洋　甦る推理雑誌1「ロック」傑作選　光文社(光文社文庫)　2002年10月

稲垣　いながき
東大助教授の気象学者　「DL2号機事件」 泡坂妻夫　マイ・ベスト・ミステリーⅥ　文藝春秋(文春文庫)　2007年12月

稲垣　いながき
農場の畜産部長、二十数年前ある過激派に属し指名手配を受けたが農場に逃げ込み逮捕を免れた男　「青らむ空のうつろのなかに」 篠田節子　マイ・ベスト・ミステリーⅢ　文藝春秋(文春文庫)　2007年9月

稲垣さん　いながきさん
スーパーホイホイの駐車場で相談屋を開いている男　「浜田青年ホントスカ」 伊坂幸太郎　蝦蟇倉市事件1　東京創元社(ミステリ・フロンティア)　2010年1月

稲川 信一　いながわ・しんいち
小学生、六年一組で一番成績のいい子供でリーダー格　「サボテンの花」 宮部みゆき　謎001-スペシャル・ブレンド・ミステリー　講談社(講談社文庫)　2006年9月

稲川 みどり　いながわ・みどり
京都府宇治市にある府立北乃杜高等学校の二年生　「≪せうえうか≫の秘密」 乾くるみ　本格ミステリ10　講談社(講談社ノベルス)　2010年6月;ミステリ魂。校歌斉唱!　講談社(講談社文庫)　2010年3月

いなの

稲野辺　いなのべ
某山中で起きた土砂崩れで車を失い殺人鬼の砂神に拾われた男　「カントールの楽園で」　小田牧央　新・本格推理04-赤い館の怪人物　光文社(光文社文庫)　2004年3月

井波　潤　いなみ・じゅん
湖畔のバンガローに泊まった男女六人のハイカー達の一人　「湖畔の死」　後藤幸次郎　甦る推理雑誌8「エロティック・ミステリー」傑作選　光文社(光文社文庫)　2003年9月

稲村　裕次郎　いなむら・ゆうじろう
キリスト教系新興宗教団体「真の道福音教会」の信徒、教会の青年部長関口司教のカバン持ち　「生存者、一名」　歌野晶午　絶海　祥伝社(NON NOVEL)　2002年10月

稲荷の九郎助　いなりのくろすけ*
国定忠次一家の乾児　「入れ札」　菊池寛　マイ・ベスト・ミステリーⅠ　文藝春秋(文春文庫)　2007年8月

犬飼　いぬかい
プロレスラー寿仁の付き人の青年　「覆面」　伯方雪日　大きな棺の小さな鍵(本格短編ベスト・セレクション)　講談社(講談社文庫)　2009年1月；本格ミステリ05　講談社(講談社ノベルス)　2005年6月

伊能　いのう
差出人不明の脅迫文を受け取った代議士　「孤独」　飛鳥高　甦る推理雑誌10「宝石」傑作選　光文社(光文社文庫)　2004年1月

井上　いのうえ
地下のキャバレーのボーイ　「小さなビルの裏で」　桂英二　江戸川乱歩の推理試験　光文社(光文社文庫)　2009年1月

井上　一郎くん　いのうえ・いちろうくん
しょうねんたんていだんのだんいん　「まほうやしき」　江戸川乱歩；古賀亜十夫画　少年探偵王　本格推理マガジン－文庫雑誌／ぼくらの推理冒険物語　光文社(光文社文庫)　2002年4月

井上　健吉　いのうえ・けんきち
名探偵で早稲田大学文学部の教授をしている等々力の助手　「秋の日のヴィオロンの溜息」　赤井三尋　乱歩賞作家黒の謎　講談社　2006年7月

井上　毅　いのうえ・こわし
フランスの法制研究のため警保寮大警視川路利良らとともにパリへ派遣された司法中録　「巴里に雪のふるごとく」　山田風太郎　偉人八傑推理帖　双葉社(双葉文庫)　2004年7月

井上　三喜　いのうえ・さんき
殺人事件の被害者、有名な蒟蒻嫌いの博士　「オベタイ・ブルブル事件」　徳川夢声　犯人は秘かに笑う-ユーモアミステリー傑作選　光文社(光文社文庫)　2007年1月

井上先生　いのうえせんせい
学校の生徒監　「噂と真相」　葛山二郎　幻の探偵雑誌7「新趣味」傑作選　光文社(光文社文庫)　2001年11月

井上 奈緒美　いのうえ・なおみ
悪霊に取り憑かれた女「悪霊憑き」綾辻行人　川に死体のある風景　東京創元社（創元推理文庫）2010年3月;川に死体のある風景　東京創元社（創元クライム・クラブ）2006年5月

井の口 トシ子　いのくち・としこ*
ピアノ教師、福岡で名高い美人の押絵人形師の娘「押絵の奇蹟」夢野久作　江戸川乱歩と13人の新青年〈文学派〉編　光文社（光文社文庫）2008年5月

井ノ口 良介　いのくち・りょうすけ*
麦畑の中の一軒家に子供とふたりきりで住んでいた女を金目当てに殺した会社員の男「粘土の犬」仁木悦子　江戸川乱歩と13の宝石　第二集　光文社（光文社文庫）2007年9

伊野田 藤夫　いのだ・ふじお
天谷大学助教授、国立世界民族学研究所教授・本宮武邸に出入りする学者「死霊の如き歩くもの」三津田信三　新・*本格推理 特別編　光文社（光文社文庫）2009年3月

猪玉 光造　いのたま・こうぞう*
作家「らくだ殺人事件」霞流一　密室殺人大百科 下　講談社（講談社文庫）2003年9月

猪股 信平　いのまた・しんぺい
昇降機内で演ぜられた殺人事件の最初の発見者「昇降機殺人事件」青鷺幽鬼（海野十三）甦る推理雑誌2「黒猫」傑作選　光文社（光文社文庫）2002年11月

井野 良吉　いの・りょうきち
劇団「白楊座」の団員、映画出演のチャンスを得た男「顔」松本清張　京都愛憎の旅　徳間書店（徳間文庫）2002年5月

射場 由希子　いば・ゆきこ
阪神大学生、ミステリマニア「橋を渡るとき」光原百合　紅迷宮　祥伝社（祥伝社文庫）2002年6月

井原 省三　いはら・しょうぞう*
伊藤久繊維社長の娘陽子の義兄、デパートに勤務する姉婿「白い死面」古銭信二　白の怪　勉誠出版（べんせいライブラリー）2003年3月

井原 泰三　いはら・たいぞう*
行方不明の井原優の父親、長野県警塩尻警察署刑事課巡査部長「公僕の鎖」新野剛志　罪深き者に罰を　講談社（講談社文庫）2002年11月

井原 優　いはら・まさる
「サンライトハイツ」204号室の前の住人、行方不明のサラリーマン「公僕の鎖」新野剛志　罪深き者に罰を　講談社（講談社文庫）2002年11月

井原老人　いはらろうじん
被服工場内で死体で発見されたが消えてしまった顔役の老人「消えた井原老人」宮原龍雄　江戸川乱歩の推理教室　光文社（光文社文庫）2008年9月

いぶき

伊吹 順子　いぶき・じゅんこ
テレビタレント、白坂竜彦が三カ月前に関係を清算した女　「キャッチ・フレーズ」　藤原宰（藤原宰太郎）　甦る推理雑誌8「エロティック・ミステリー」傑作選　光文社（光文社文庫）2003年9月

指宿 修平　いぶすき・しゅうへい
帝都銀行総務部の特命係、不祥事担当の調査役　「銀行狐」　池井戸潤　推理小説年鑑 ザ・ベストミステリーズ2002　講談社　2002年7月

伊平　いへい
イカケ屋　「犯人当て横丁の名探偵」　仁木悦子　死人に口無し 時代推理傑作選　徳間書店　2009年11月；大江戸事件帖　双葉社（双葉文庫）　2005年7月

伊兵衛　いへえ
日本橋でも名の知れた呉服屋の大店「嶋田屋」の番頭　「死霊の手」　鳥羽亮　乱歩賞作家 白の謎　講談社　2006年6月

今井　いまい
工場の守衛　「煙突綺譚」　宇桂三郎　甦る推理雑誌4「妖奇」傑作選　光文社（光文社文庫）　2003年1月

今泉先生　いまいずみせんせい
探偵、今泉探偵所長　「あなたがいちばん欲しいもの」　近藤史恵　ミステリア　祥伝社（祥伝社文庫）　2003年12月

今井 とも江　いまい・ともえ
殺人事件の被害者、女流推理作家　「マーキュリーの靴」　鮎川哲也　密室殺人大百科 上　講談社（講談社文庫）　2003年9月

今井 晴子　いまい・はるこ
「サンライトハイツ」204号室の住人、キャバクラに勤める娘　「公僕の鎖」　新野剛志　罪深き者に罰を　講談社（講談社文庫）　2002年11月

今井 美子　いまい・よしこ*
心臓の病気で入院している十四歳の少女　「WISH「MOMENT」より」　本多孝好　推理小説年鑑 ザ・ベストミステリーズ2003　講談社　2003年7月

今津　いまず
刑事、龍太郎の教育係となった巡査部長　「大根の花」　柴田よしき　決断−警察小説競作　新潮社（新潮文庫）　2006年2月

今津 舞　いまず・まい
推理作家玉村一馬たち兄弟のいとこにあたる二卵性双子の妹　「正太郎と田舎の事件」　柴田よしき　密室殺人大百科 上　講談社（講談社文庫）　2003年9月

今津 萌　いまず・もえ
推理作家玉村一馬たち兄弟のいとこにあたる二卵性双子の姉　「正太郎と田舎の事件」　柴田よしき　密室殺人大百科 上　講談社（講談社文庫）　2003年9月

今谷 順也　いまたに・じゅんや*
貧乏学生の渡良瀬みことの部屋を訪れてた幽霊　「Do you love me?」　米澤穂信　不思議の足跡-最新ベスト・ミステリー　光文社　2007年10月;犯人は秘かに笑う-ユーモアミステリー傑作選　光文社(光文社文庫)　2007年1月

今西　いまにし
水谷テント株式会社の製品管理室長、探偵・蜘蛛手の友人　「天空からの死者」　門前典之　不可能犯罪コレクション　原書房　2009年6月

今西 冬子　いまにし・ふゆこ
食品会社社長の一人息子・今西隆平の妻　「リメーク」　夏樹静子　事件を追いかけろ　光文社(光文社文庫)　2009年4月;事件を追いかけろ　光文社　2004年12月

今村　いまむら
蝦蟇倉西高の三年生、吹奏楽部員の男子生徒　「観客席からの眺め」　越谷オサム　蝦蟇倉市事件2　東京創元社(ミステリ・フロンティア)　2010年2月

今村 謹太郎　いまむら・きんたろう
浅野護謨会社事務員、突然事件の渦中に巻きこまれた男　「犠牲者」　平林初之輔　幻の探偵雑誌10「新青年」傑作選　光文社(光文社文庫)　2002年2月

今村 幸政　いまむら・ゆきまさ
S県警捜査一課の警部、検視官倉石を訪ねてきた男　「未来の花」　横山秀夫　推理小説年鑑　ザ・ベストミステリーズ2010　講談社　2010年7月;Anniversary 50　カッパ・ノベルス創刊50周年記念作品　光文社　2009年12月

妹娘　いもうとむすめ
村に住む寡婦の二人の娘の一人、母に虐待されていた妹娘　「赤い鳥と白い鳥」　田中貢太郎　白の怪　勉誠出版(べんせいライブラリー)　2003年3月

伊良部 一郎　いらぶ・いちろう
伊良部総合病院の精神科医　「いてもたっても」　奥田英朗　推理小説年鑑　ザ・ベストミステリーズ2003　講談社　2003年7月

伊羅水 志恵　いらみず・しえ
フリーライター、映画の美術スタッフ伊羅水世太の姉　「杉玉のゆらゆら」　霞流一　珍しい物語のつくり方(本格短編ベスト・セレクション)　講談社(講談社文庫)　2010年1月;本格ミステリ06　講談社(講談社ノベルス)　2006年5月

伊羅水 世太　いらみず・せいた
フリーの映画美術スタッフ　「杉玉のゆらゆら」　霞流一　珍しい物語のつくり方(本格短編ベスト・セレクション)　講談社(講談社文庫)　2010年1月;本格ミステリ06　講談社(講談社ノベルス)　2006年5月

入江　いりえ
医科大学の助手　「死体紹介人」　川端康成　文豪の探偵小説　集英社(集英社文庫)　2006年11月

いりや

イリヤ
東京の西郊にある聖アレキセイ寺院の堂守ラザレフの妹娘 「聖アレキセイ寺院の惨劇」 小栗虫太郎　江戸川乱歩と13人の新青年〈論理派〉編　光文社(光文社文庫)　2008年1月

イリヤ・ワシーリー
ロシアマフィア 「ロシアン・トラップ」 永瀬隼介　鼓動-警察小説競作　新潮社(新潮文庫)　2005年2月

岩井 半四郎　いわい・はんしろう
歌舞伎芝居「京鹿子娘道成寺」の興行中に何者かに殺害された名代役者 「京鹿子娘道成寺(河原崎座殺人事件)」 酒井嘉七　幻の探偵雑誌4「探偵春秋」傑作選　光文社(光文社文庫)　2001年1月

岩尾 孝俊　いわお・たかとし
ルポライター、世界統一教団の本拠ビルに招かれた男 「エクイノツィオの奇跡」 森輝喜著　新・*本格推理 08　光文社(光文社文庫)　2008年3月

岩木　いわき
コンピュータ関連会社の経営者、朝井友美に三度目の恋をした男 「三たびの女」 小杉健治　M列車(ミステリー・トレイン)で行(い)こう　光文社　2001年10月

岩崎 紀美子　いわさき・きみこ
横浜地方検察庁の捜査検事 「検察捜査・特別篇」 中嶋博行　乱歩賞作家白の謎　講談社　2006年6月

岩治　いわじ
吉原の大門番所定詰めの番人で金魚好きの男 「金魚狂言」 泡坂妻夫　名探偵で行こう-最新ベスト・ミステリー シリーズ・キャラクター編　光文社(光文社文庫)　2001年9月

岩瀬 達彦　いわせ・たつひこ
教団の青年組に属する若者、裕矢の兄で嫌われ者の醜い男 「滝」 奥泉光　北村薫のミステリー館　新潮社(新潮文庫)　2005年10月

岩瀬 裕矢　いわせ・ゆうや
教団の山岳清浄行に初めて参加した若者組の一人、班長片桐勲に憧れる高校生 「滝」 奥泉光　北村薫のミステリー館　新潮社(新潮文庫)　2005年10月

岩田 久美子　いわた・くみこ
スルガ警備保障の保安士、八木薔子の同期 「ターニング・ポイント」 渡辺容子　乱歩賞作家青の謎　講談社　2007年7月

岩田 友吉　いわた・ともきち
計画した上にも計画して情婦を殺した男 「一夜」 篠田浩　幻の探偵雑誌8「探偵クラブ」傑作選　光文社(光文社文庫)　2001年12月

岩飛警部　いわとびけいぶ
ミステリ作家白瀬白夜の知り合いの警部 「見えないダイイングメッセージ」 北山猛邦　本格ミステリ08　講談社(講談社ノベルス)　2008年6月

岩飛警部　いわとびけいぶ
名探偵・音野順の知り合いの警部　「毒入りバレンタイン・チョコ」　北山猛邦　名探偵に訊け　光文社　2010年9月

イワノヴィッチ
微生物学者、連邦政府から植民惑星に派遣された八人の先遣隊メンバーの一人　「だから誰もいなくなった」　園田修一郎　新・*本格推理 特別編　光文社(光文社文庫)　2009年3月

岩間 貞子　いわま・さだこ*
資産家馬越憲造の内縁の妻、憲造殺人未遂事件裁判の被告人　「証言拒否」　夏樹静子　判決　徳間書店(徳間文庫)　2010年3月

岩見　いわみ
刑事　「私に向かない職業」　真保裕一　謎005-スペシャル・ブレンド・ミステリー　講談社(講談社文庫)　2010年9月

岩見 十四郎　いわみ・じゅうしろう
映画監督、元劇作家　「重ねて二つ」　法月綸太郎　謎004-スペシャル・ブレンド・ミステリー　講談社(講談社文庫)　2009年9月

岩見 鈴子　いわみ・すずこ
村木医院の看護婦　「逃げる車」　白峰良介　有栖川有栖の本格ミステリ・ライブラリー　角川書店(角川文庫)　2001年8月

岩村 義雄　いわむら・よしお
ルポライター、精神科医伊良部一郎の患者になった男　「いてもたっても」　奥田英朗　推理小説年鑑 ザ・ベストミステリーズ2003　講談社　2003年7月

岩本 道夫　いわもと・みちお
刑事、誘拐事件を担当した男　「過去からの声」　連城三紀彦　贈る物語 Mystery 2004/02　2006年10月;七つの危険な真実　新潮社(新潮文庫)　2004年2月

岩本 洋司　いわもと・ようじ
ヤクザ者　「氷砂糖」　冨士本由紀　殺人買います　講談社(講談社文庫)　2002年8月

院島 梅子　いんしま・うめこ*
アパートで死体で発見された一人暮らしの女性　「奇蹟の犯罪」　天城一　甦る推理雑誌3　「X」傑作選　光文社(光文社文庫)　2002年12月

インティ
日系ペルー人、アパート「第一柏木荘」の住人　「夏の雪、冬のサンバ」　歌野晶午　密室殺人大百科 下　講談社(講談社文庫)　2003年9月

印南　いんなみ
海軍士官学校生　「ディフェンディング・ゲーム」　石持浅海　名探偵に訊け　光文社　2010年9月;ミステリ魂。校歌斉唱!　講談社(講談社文庫)　2010年3月

【う】

ういり

ウイリアムス
F・P新聞社の特派員 「水棲人」 香山滋 甦る推理雑誌7「探偵倶楽部」傑作選 光文社（光文社文庫） 2003年7月

上緒 藍　うえお・あい
蝦蟇倉大学の不可能犯罪研究会に所属している女子大生 「密室の本-真知博士五十番目の事件」 村崎友 蝦蟇倉市事件2 東京創元社（ミステリ・フロンティア） 2010年2月

植木 寅夫　うえき・とらお
金貸しの老人山岸甚兵衛殺しの容疑で逮捕された男 「奇妙な被告」 松本清張 判決 徳間書店（徳間文庫） 2010年3月

上沢 志郎　うえざわ・しろう
城南大学助教授、国立世界民族学研究所教授・本宮武邸に出入りする学者 「死霊の如き歩くもの」 三津田信三 新・*本格推理 特別編 光文社（光文社文庫） 2009年3月

上杉 晃枝　うえすぎ・あきえ
裁判官・飯伏茂樹の元妻、元家庭裁判所の調査官 「審判は終わっていない」 姉小路祐 嘘つきは殺人のはじまり 講談社（講談社文庫） 2003年9月

上杉 昌治　うえすぎ・しょうじ*
北海道志茂別町在住の高校生、消息不明になった山岸三津夫の同級生 「逸脱」 佐々木譲 決断-警察小説競作 新潮社（新潮文庫） 2006年2月

上田　うえだ
行方不明になった会社社長貝田氏の夫人の弟 「怪物」 島久平 甦る推理雑誌8「エロティック・ミステリー」傑作選 光文社（光文社文庫） 2003年9月

上田　うえだ
稔のバイト先の同僚 「M」 馳星周 闇夜の芸術祭 光文社（光文社文庫） 2003年4月

上田 竜夫　うえだ・たつお
干潟の四つ手網小屋で死体で発見された坪野好一の友人 「干潟の小屋」 多岐川恭 江戸川乱歩の推理試験 光文社（光文社文庫） 2009年1月

植田 由衣子　うえだ・ゆいこ*
IT企業の社長石垣雅俊の知人、セレクト・ショップのオーナーで愛犬家 「見えない猫」 黒崎緑 推理小説年鑑 ザ・ベストミステリーズ2009 講談社 2009年7月;ねこ!ネコ!猫!（NEKOミステリー傑作選） 徳間書店（徳間文庫） 2008年10月

上野 恵子　うえの・けいこ
殺人事件の被害者、青山のナイトクラブで働いていた女 「泥靴の死神-屍臭を追う男」 島田一男 江戸川乱歩と13の宝石 第二集 光文社（光文社文庫） 2007年9月

植野 サラ　うえの・さら
女私立探偵 「2031探偵物語秘密」 柴田よしき 名探偵で行こう-最新ベスト・ミステリー シリーズ・キャラクター編 光文社（光文社文庫） 2001年9月

上野 真治　うえの・しんじ＊
元プロレスラー、関東龍王会常盤組古橋一家総長・池之端伝司の息子 「ジョーカーとレスラー」 大沢在昌　事件を追いかけろ　光文社（光文社文庫）2009年4月；事件を追いかけろ　光文社　2004年12月

上原 彩子　うえはら・あやこ
大学生、不治の病で入院している「僕」の自殺した恋人 「サバイバー」 金城一紀　推理小説年鑑 ザ・ベストミステリーズ2001　講談社　2001年6月

植村 公一　うえむら・こういち
失踪者、停年後に百名山登山を始めた男 「山魔」 森村誠一　M列車（ミステリー・トレイン）で行（い）こう　光文社　2001年10月

植村 美和　うえむら・みわ
旅館「ゆけむり荘」の女中 「幽霊列車」 赤川次郎　無人踏切-鉄道ミステリー傑作選　光文社（光文社文庫）2008年11月

ウォーター・ブラウン教授　うぉーたーぶらうんきょうじゅ
大学の工学部教授、深道恭介らの指導教官でミステリー好きの英国人 「ジョン・D・カーの最終定理」 柄刀一　密室と奇蹟-J・D・カー生誕百周年記念アンソロジー　東京創元社　2006年11月

鵜飼 杜夫　うかい・もりお
私立探偵 「時速四十キロの密室」 東川篤哉　新・＊本格推理 特別編　光文社（光文社文庫）2009年3月

鵜川 重治　うかわ・しげはる
殺人事件の被告人の鵜川妙子の夫 「満願」 米澤穂信　推理小説年鑑 ザ・ベストミステリーズ2011　講談社　2011年7月

鵜川 妙子　うかわ・たえこ
藤井が弁護士として独り立ちしてから初めて取り扱った殺人事件の被告人 「満願」 米澤穂信　推理小説年鑑 ザ・ベストミステリーズ2011　講談社　2011年7月

浮草 晶子　うきくさ・あきこ
別荘の浴室で遺体で発見された天才ファッションデザイナー浮草澄子の妹 「歪んだ鏡」 成重奇荘　新・本格推理07-Qの悲劇　光文社（光文社文庫）2007年3月

浮草 澄子　うきくさ・すみこ
別荘の浴室で遺体で発見された天才ファッションデザイナー 「歪んだ鏡」 成重奇荘　新・本格推理07-Qの悲劇　光文社（光文社文庫）2007年3月

浮田 香那子　うきた・かなこ
孔雀夫人のパーティーに招待された客の一人、細島晴己の許婚者 「孔雀夫人の誕生日」 山村正夫　江戸川乱歩の推理教室　光文社（光文社文庫）2008年9月

浮田 祐範　うきた・ゆきのり
変死した独居老人、女医・安河内ミロの近所に住む男 「九のつく歳」 西澤保彦　推理小説年鑑 ザ・ベストミステリーズ2010　講談社　2010年7月

うきち

卯吉　うきち
吉原の遊女おつたのもとに通う男、日本橋の家具職人　「吉原首代売女御免帳」　平山夢明　暗闇を見よ　光文社　2010年11月

ウサコ
安槻大学の学生、タックとタカチとポアン先輩の飲み仲間　「黒の貴婦人」　西澤保彦　透明な貴婦人の謎(本格短編ベスト・セレクション)　講談社(講談社文庫)　2005年1月;本格ミステリ01　講談社(講談社ノベルス)　2001年7月

ウサコ
安槻大学の女子学生　「印字された不幸の手紙の問題」　西澤保彦　暗闇を追いかけろ-日本ベストミステリー選集35　光文社(光文社文庫)　2008年5月

ウサコ
安槻大学の女子学生　「招かれざる死者」　西澤保彦　名探偵で行こう-最新ベスト・ミステリー シリーズ・キャラクター編　光文社(光文社文庫)　2001年9月

宇三郎　うさぶろう
通町のろうそく問屋「柏屋」の主人、先代の一人娘お清の婿　「迷い鳩」　宮部みゆき　死人に口無し　時代推理傑作選　徳間書店　2009年11月

卯三郎　うさぶろう
紙屋、日向佐土原士族樋村雄吾が世話になった恩人　「西郷札」　松本清張　マイ・ベスト・ミステリーⅣ　文藝春秋(文春文庫)　2007年10月

宇佐見　啓一　うさみ・けいいち
タイピストの篠原真津子と同じ会社の社員で交際していた男性　「擬似性健忘症」　来栖阿佐子　甦る推理雑誌8「エロティック・ミステリー」傑作選　光文社(光文社文庫)　2003年9月

宇佐美　真司　うさみ・しんじ
画家、銀座の老舗画廊に展示した肖像画を傷つけられた男　「ダナエ」　藤原伊織　乱歩賞作家青の謎　講談社　2007年7月

宇佐見　慎介　うさみ・しんすけ
江東新聞の記者　「一週間」　横溝正史　悪魔黙示録「新青年」一九三八-探偵小説暗黒の時代へ　光文社(光文社文庫)　2011年8月

宇佐見　陶子　うさみ・とうこ
「冬狐堂」の屋号を持つ旗師(古美術品ブローカー)　「緋友禅」　北森鴻　推理小説年鑑 ザ・ベストミステリーズ2003　講談社　2003年7月

宇佐見　陶子　うさみ・とうこ
「冬狐堂」の屋号を持つ旗師(古美術品ブローカー)　「瑠璃の契」　北森鴻　推理小説年鑑 ザ・ベストミステリーズ2004　講談社　2004年7月

宇佐見博士　うさみはかせ
ハロルド・ミューラーの作品展会場から空間感覚の違う異界へ迷い込んだ男　「エッシャー世界」　柄刀一　紅い悪夢の夏(本格短編ベスト・セレクション)　講談社(講談社文庫)　2004年12月;本格ミステリ01　講談社(講談社ノベルス)　2001年7月

宇佐見博士　うさみはかせ
推理の天才　「太陽殿のイシス」　柄刀一　珍しい物語のつくり方(本格短編ベスト・セレクション)　講談社(講談社文庫)　2010年1月;本格ミステリ06　講談社(講談社ノベルス)　2006年5月

氏家　忠広　うじいえ・ただひろ*
F県警本部暴力対策特捜班員、捜査一課の東出と同期の出世頭　「密室の抜け穴」　横山秀夫　事件を追いかけろ　光文社(光文社文庫)　2009年4月;事件を追いかけろ　光文社　2004年12月

牛島　うしじま
声優、素子と身体の関係があった男　「静かな妄宅」　小池真理子　恋は罪つくり　光文社(光文社文庫)　2005年7月;悪魔のような女　角川春樹事務所(ハルキ文庫)　2001年7月

牛場　奈保美　うしば・なおみ
女子大生、精神科医にかかっていた美女　「熱帯夜」　鈴木光司　七つの死者の囁き　新潮社(新潮文庫)　2008年12月

臼井　十吉　うすい・じゅうきち
脱走殺人犯、逮捕されて東京S署の俵藤刑事に護送される男　「手錠」　大下宇陀児　罠の怪　勉誠出版(べんせいライブラリー)　2002年11月

碓井夫人　うすいふじん
団地アパートに住んでいる安サラリーマンの妻の八人の主婦の一人　「如菩薩団」　筒井康隆　スペシャル・ブレンド・ミステリー　謎006　講談社(講談社文庫)　2011年9月

卯月　うづき
殺害された村人の峯吉の三女、巳太郎の妹　「蛇と猪」　薔薇小路棘麿(鮎川哲也)　甦る推理雑誌1「ロック」傑作選　光文社(光文社文庫)　2002年10月

宇多川　うだがわ
警部　「バッカスの睡り」　鷲尾三郎　江戸川乱歩の推理試験　光文社(光文社文庫)　2009年1月

歌川国直　うたがわくになお
浮世絵師、式亭三馬の小説の挿絵を書いている中堅画家　「羅生門河岸」　都筑道夫　偉人八傑推理帖　双葉社(双葉文庫)　2004年7月

宇多川　昌一　うだがわ・しょういち
漁師町のM町駅の日通の支店で荷役をやっている男　「虹の日の殺人」　藤雪夫　無人踏切-鉄道ミステリー傑作選　光文社(光文社文庫)　2008年11月

歌川　蘭子　うたがわ・らんこ
ホテル「緑風荘」の客、女流推理作家　「達也が笑う」　鮎川哲也　贈る物語 Mystery　光文社(光文社文庫)　2006年10月

内野　うちの
診療所の書生　「ニッケルの文鎮」　甲賀三郎　江戸川乱歩と13人の新青年〈論理派〉編　光文社(光文社文庫)　2008年1月

うちの

内野　うちの
変死した診療所の先生の書生「ニッケルの文鎮」甲賀三郎　人間心理の怪　勉誠出版（べんせいライブラリー）2003年3月

内山 正義　うちやま・まさよし
長崎控訴院検事局の検事、山本弁護士の親友「遺書」持田敏　幻の探偵雑誌10「新青年」傑作選　光文社（光文社文庫）2002年2月

内山 雄一　うちやま・ゆういち
高級フレンチレストラン「アゼル・リ・ドー」のシェフ「マリアージュ」近藤史恵　紫迷宮　祥伝社（祥伝社文庫）2002年12月

宇津木　うつぎ
高校教師、親友の未亡人の訪問を受けた男「妻と未亡人」小池真理子　私(わたし)は殺される(女流ミステリー傑作選)　角川春樹事務所(ハルキ文庫)　2001年3月

内海 薫　うつみ・かおる
警視庁捜査一課の女刑事「落下る」東野圭吾　推理小説年鑑　ザ・ベストミステリーズ 2007　講談社　2007年7月

烏亭 閻馬　うてい・えんま
落語家、一度女と交わると相手を狂わせてしまう男「襲名」飯野文彦　名作で読む推理小説史　ふるえて眠れない-ホラーミステリー傑作選　光文社(光文社文庫)　2006年9月

腕貫男　うでぬきおとこ
櫃洗市市民サーヴィス課の臨時出張所に現れる腕貫を嵌めた男「腕貫探偵」西澤保彦　論理学園事件帳　講談社(講談社文庫)　2007年1月;本格ミステリ03　講談社(講談社ノベルス)　2003年6月

童子女　うない
童子女総合病院の院長「放蕩息子の亀鑑」首藤瓜於　乱歩賞作家白の謎　講談社　2006年6月

童子女 年男　うない・としお
童子女総合病院の院長・童子女の息子「放蕩息子の亀鑑」首藤瓜於　乱歩賞作家白の謎　講談社　2006年6月

海原 麗子　うなばら・れいこ
株式会社「海原興発」社長、失踪した先代社長の妻「生き証人」末浦広海　推理小説年鑑　ザ・ベストミステリーズ2010　講談社　2010年7月

宇野　うの
警視庁捜査一課の鬼警部、女子大生永井夕子の恋人「双子の家」赤川次郎　謎001-スペシャル・ブレンド・ミステリー　講談社(講談社文庫)　2006年9月

鵜木 弥吉　うのき・やきち
石狩川支流域の村に住む農夫、サケの密猟男「溯死水系」森村誠一　殺意の海　徳間書店(徳間文庫)　2003年9月

宇野 喬一　うの・きょういち
警視庁捜査一課の警部　「幽霊列車」　赤川次郎　無人踏切-鉄道ミステリー傑作選　光文社（光文社文庫）　2008年11月

宇野 富美子　うの・ふみこ
小学校教師、志村署に勤める伊藤忠夫巡査と同棲していた女　「警官バラバラ事件」　倉橋由美子　ペン先の殺意　光文社（光文社文庫）　2005年11月

生方 伸哉　うぶかた・しんや
博多のイベント企画会社経営者、山口県波田村に来た若い男　「邪宗仏」　北森鴻　マイ・ベスト・ミステリーⅤ　文藝春秋（文春文庫）　2007年11月;紅い悪夢の夏（本格短編ベスト・セレクション）　講談社（講談社文庫）　2004年12月

宇部　うべ
カメラマン　「消えた貨車」　夢座海二　無人踏切-鉄道ミステリー傑作選　光文社（光文社文庫）　2008年11月

宇部　うべ
極東ニュース映画社のカメラマン　「偽装魔」　夢座海二　魔の怪　勉誠出版（べんせいライブラリー）　2002年11月

馬田 権之介　うまだ・ごんのすけ
警視庁捜査一課の刑事、サトルの大学の先輩　「第四パビリオン「人間空気」」　二階堂黎人　新世紀犯罪博覧会-連作推理小説　光文社　2001年3月

宇麿 優　うまろ・すぐる
二枚目俳優　「らくだ殺人事件」　霞流一　密室殺人大百科 下　講談社（講談社文庫）　2003年9月

海芽 輝美　うみめ・てるみ
新興宗教XLM（ザルム）の教祖、元アイドル　「賢者セント・メーテルの敗北」　小宮英嗣　新・*本格推理 08　光文社（光文社文庫）　2008年3月

梅が枝　うめがえ
吉原の遊女、同心・玉島千蔭と親しい女　「吉原雀」　近藤史恵　御白洲裁き　徳間書店（徳間文庫）　2009年12月

梅吉　うめきち
木挽町の刺青師、刺青蒐集狂の男　「屍を」　江戸川乱歩;小酒井不木　江戸川乱歩に愛をこめて　光文社（光文社文庫）　2011年2月

梅木 万理子　うめき・まりこ
作家日能克久の高校時代の同級生　「蓮華の花」　西澤保彦　新世紀「謎（ミステリー）」倶楽部　角川書店　2001年8月

梅子　うめこ
探偵秋月の友人・永井の美人妻で何者かに毒殺された女性　「美の誘惑」　あわぢ生（本多緒生）　幻の探偵雑誌7「新趣味」傑作選　光文社（光文社文庫）　2001年11月

うめさ

梅沢 夢之助　うめさわ・ゆめのずけ＊
女剣劇梅沢梅子一座の花形役者 「ああ無情」 坂口安吾　山口雅也の本格ミステリ・アンソロジー　角川書店(角川文庫) 2007年12月

梅島　うめじま
塚本敦史が彼女の清水真衣とインドネシアのバリ島に旅行に来て知りあった男 「無人島の絞首台」 時織深　新・本格推理05-九つの署名　光文社(光文社文庫) 2005年3月

梅津　うめず
警視庁の部長刑事 「泥靴の死神-屍臭を追う男」 島田一男　江戸川乱歩と13の宝石 第二集　光文社(光文社文庫) 2007年9月

梅田　うめだ
会社の重役、小学校時代藤田先生のクラスの生徒 「藤田先生、指一本で巨石を動かす」 村瀬継弥　新世紀「謎(ミステリー)」倶楽部　角川書店 2001年8月

梅田 慶子　うめだ・けいこ
蚊取山のスキー場で捻挫をした若い女 「蚊取湖殺人事件」 泡坂妻夫　事件を追いかけろ　光文社(光文社文庫) 2009年4月；あなたが名探偵　東京創元社(創元推理文庫) 2009年4月

梅野　うめの
画家鹿見木堂の弟子 「鍵」 井上ひさし　ペン先の殺意　光文社(光文社文庫) 2005年11月

梅原夫人　うめはらふじん
自殺した貴族院議員梅原龍三の夫人 「杭を打つ音」 葛山二郎　江戸川乱歩と13人の新青年〈文学派〉編　光文社(光文社文庫) 2008年5月

梅原 龍三　うめはら・りゅうぞう
自殺した貴族院議員 「杭を打つ音」 葛山二郎　江戸川乱歩と13人の新青年〈文学派〉編　光文社(光文社文庫) 2008年5月

ウラ
コンビニに張りこんでいた刑事、チビの赤池(イケ)とコンビの大男 「ちきこん」 大沢在昌　名作で読む推理小説史 わが名はタフガイ-ハードボイルド傑作選　光文社(光文社文庫) 2006年5月

ウラ
刑事、イケの相棒 「あちこちら」 大沢在昌　名探偵で行こう-最新ベスト・ミステリー シリーズ・キャラクター編　光文社(光文社文庫) 2001年9月

浦上 伸介　うらがみ・しんすけ
「週刊広場」に記事を書くルポライター 「鉄橋」 津村秀介　全席死定-鉄道ミステリー名作館　徳間書店(徳間文庫) 2004年3月

浦上 文雄　うらがみ・ふみお
医学士、同じ解剖助手の榎のライバル 「赤い密室」 中川透(鮎川哲也)　甦る推理雑誌6 「探偵実話」傑作選　光文社(光文社文庫) 2003年5月

浦川　うらかわ
若い刑事　「吹雪の夜半の惨劇」　岸虹岐　幻の探偵雑誌6「猟奇」傑作選　光文社(光文社文庫)　2001年3月

浦茅　うらじ
スナックの店員　「忍び寄る人」　日下圭介　闇夜の芸術祭　光文社(光文社文庫)　2003年4月

ウラディーミル
ロシア正教会の修道士、列聖調査のため南ロシアの女子修道院を訪ねた司祭　「凍れるルーシー」　梓崎優　本格ミステリ10　講談社(講談社ノベルス)　2010年6月

卜部夫人　うらべふじん
団地アパートに住んでいる安サラリーマンの妻の八人の主婦の一人「如菩薩団」　筒井康隆　スペシャル・ブレンド・ミステリー　謎006　講談社(講談社文庫)　2011年9月

浦和　うらわ
スポーツ記者　「五人の王と昇天する男達の謎」　北村薫　新本格猛虎会の冒険　東京創元社　2003年3月

浦和(歌川 蘭子)　うらわ(うたがわ・らんこ)
ホテル「緑風荘」の客、女流推理作家「達也が笑う」　鮎川哲也　贈る物語 Mystery　光文社(光文社文庫)　2006年10月

浦和 達也　うらわ・たつや
三人兄弟の次男、慶友大学を出て銀行員になった男　「鮎川哲也を読んだ男」　三浦大　無人踏切-鉄道ミステリー傑作選　光文社(光文社文庫)　2008年11月

ウリヤーノフ
革命運動家、ロシア社会民主党の指導者　「暗号名『マトリョーシュカ』」　長谷川順子；田辺正幸　新・本格推理01　光文社(光文社文庫)　2001年3月

瓜生 正男　うりゅう・まさお＊
神経科の医師　「真昼の歩行者」　大岡昇平　文豪のミステリー小説　集英社(集英社文庫)　2008年2月

瓜生 真弓　うりゅう・まゆみ
東欧周遊ツアーの参加者、三十代キャリアウーマン風の女　「第三の女」　森福都　らせん階段　角川春樹事務所(ハルキ文庫)　2003年5月

瓜生 柚子　うりゅう・ゆず
自殺した中学生・榎木のどかの同級生　「三猿ゲーム」　矢野龍王　ミステリ魂。校歌斉唱！　講談社(講談社文庫)　2010年3月

宇留木　うるぎ＊
戦争前の上町基督教青年会の仲間を自宅に招いた宇留木夫妻の夫　「ユダの遺書」　岩田賛　甦る推理雑誌10「宝石」傑作選　光文社(光文社文庫)　2004年1月

宇留木 志摩子　うるぎ・しまこ
戦争前の上町基督教青年会の仲間を自宅に招いた宇留木夫妻の妻　「ユダの遺書」　岩田賛　甦る推理雑誌10「宝石」傑作選　光文社(光文社文庫)　2004年1月

うるぎ

宇留木 昌介　うるぎ・しょうすけ
仮名文字新聞の記者　「名探偵エノケン氏」　芦辺拓　名探偵を追いかけろ-日本ベストミステリー選集34　光文社（光文社文庫）　2007年5月

宇留木 昌介　うるぎ・しょうすけ
新聞記者　「78回転の密室」　芦部拓　深夜バス78回転の問題（本格短編ベスト・セレクション）　講談社（講談社文庫）2008年1月；本格ミステリ04　講談社（講談社ノベルス）　2004年6月

漆畠 ヨロ　うるしばた・よろ
青山のマンションに住んでいるフリーの巫女　「シャーロック・ホームズの口寄せ」　清水義範　シャーロック・ホームズに再び愛をこめて　光文社（光文社文庫）　2010年7月

漆間　うるしま
警察庁公安のトップ、名探偵進藤正子の古い知り合い　「原宿消えた列車の謎」　山田正紀　名探偵に訊け　光文社　2010年9月

ウルトラマン
ウルトラマンの面をかぶった人質事件の犯人　「罪なき人々VS.ウルトラマン」　太田忠司　密室殺人大百科 上　講談社（講談社文庫）　2003年9月

うんだら勘　うんだらかん
チンピラの犬の芳公の兄貴分　「浅草の犬」　角田喜久雄　幻の探偵雑誌9「探偵」傑作選　光文社（光文社文庫）　2002年1月

運転手　うんてんしゅ
タクシー運転手　「家に着くまで」　今邑彩　幻惑のラビリンス　光文社（光文社文庫）　2001年5月

運転手　うんてんしゅ
東京劇場へお嬢さんを迎えに行った運転手　「カメレオン」　水谷準　幻の探偵雑誌8「探偵クラブ」傑作選　光文社（光文社文庫）　2001年12月

雲野　うんの*
何をやるにもグズで喋ればつい無用なまえ置きばかり長くなってしまう男　「まえ置き」　夏樹静子　ミステリー傑作選・特別編5 自選ショート・ミステリー　講談社（講談社文庫）　2001年6月

【え】

A　えい
刑事課長、警部　「嘘つきの足」　佐野洋　殺人買います　講談社（講談社文庫）　2002年8月

英一　えいいち*
洋館の宿泊客、権藤の息子　「吹雪に死神」　伊坂幸太郎　不思議の足跡-最新ベスト・ミステリー　光文社　2007年10月

映画監督(夫)　えいがかんとく(おっと)
「私」と離婚した映画監督の夫　「彼らの静かな日常」　小池真理子　事件現場に行こう-日本ベストミステリー選集33　光文社(光文社文庫)　2006年4月；事件現場に行こう　光文社　2001年11月

栄吉　えいきち
田舎で尋常の二年を卒えた一郎をすぐ神戸の家に引きとった義兄　「少年と一万円」　山本禾太郎　探偵小説の風景 トラフィック・コレクション(上)　光文社(光文社文庫)　2009年5月

営業マン　えいぎょうまん
学生の頃に来たS温泉に足をのばしてみた商事会社の営業マン　「幽霊旅館」　草川隆　ミステリー傑作選・特別編6 自選ショート・ミステリー2　講談社(講談社文庫)　2001年10月

A君　えいくん
青年画家　「B墓地事件」　松浦美寿一　江戸川乱歩と13人の新青年〈文学派〉編　光文社(光文社文庫)　2008年5月

エイコ
子爵松島の令嬢、桜木海軍中尉の婚約者　「日本海軍の秘密」　中田耕治　日本版 シャーロック・ホームズの災難　論創社　2007年12月

英治　えいじ
ラーメン屋、ヤクザの兄に代わり父と伯父が作った店を継いだ男　「不良の樹」　香納諒一　推理小説年鑑 ザ・ベストミステリーズ2001　講談社　2001年6月

英二　えいじ
銀行員、小説家を名乗っている碧川栄一の弟　「第六パビリオン「疑惑の天秤」」　小森健太朗　新世紀犯罪博覧会-連作推理小説　光文社　2001年3月

A・D　えいでぃー
銀行王L氏の孫だという青年、オルゴール蒐集家P夫人を訪ねてきた男　「競売」　曽野綾子　ペン先の殺意　光文社(光文社文庫)　2005年11月

エイムズ
スコットランド・ヤードの巡査部長、ハドリイ警視の腹心の部下　「鉄路に消えた断頭吏」　加賀美雅之　密室と奇蹟-J・D・カー生誕百周年記念アンソロジー　東京創元社　2006年11月

永雷造　えい・らいぞう
日本推理家協会公認の推理士七級、安芸先生の直弟子　「推理師六段」　樹下太郎　犯人は秘かに笑う-ユーモアミステリー傑作選　光文社(光文社文庫)　2007年1月

江神　えがみ
大学生、有栖川有栖の推理小説研究会の先輩　「ハードロック・ラバーズ・オンリー」　有栖川有栖　ミステリー傑作選・特別編5 自選ショート・ミステリー　講談社(講談社文庫)　2001年6月

江上 悟　えがみ・さとる
放火の第一容疑者　「冤罪」　今野敏　現場に臨め-最新ベスト・ミステリー　光文社　2010年10月

えがみ

江神 二郎　えがみ・じろう
英都大学の学生、推理小説研究会の部長　「蕩尽に関する一考察」　有栖川有栖　推理小説年鑑 ザ・ベストミステリーズ2004　講談社　2004年7月

江神 二郎　えがみ・じろう
英都大学推理小説研究会の部長　「桜川のオフィーリア」　有栖川有栖　川に死体のある風景　東京創元社（創元推理文庫）　2010年3月

江神 二郎　えがみ・じろう
英都大学推理小説研究会の部長、文学部哲学科の4年生　「やけた線路の上の死体」　有栖川有栖　無人踏切-鉄道ミステリー傑作選　光文社（光文社文庫）　2008年11月

江神 二郎　えがみ・じろう
英都大学文学部の4年生、推理小説研究会の部長　「望月周平の秘かな旅」　有栖川有栖　マイ・ベスト・ミステリーⅥ　文藝春秋（文春文庫）　2007年12月

江上 弘志　えがみ・ひろし
無免許で飲酒運転でシャブもやっていて人をはねて逃げた男　「闇を駆け抜けろ」　戸梶圭太　決断-警察小説競作　新潮社（新潮文庫）　2006年2月

江川 哲也　えがわ・てつや
元炭鉱の労働組合副委員長　「三毛猫ホームズの無人島」　赤川次郎　幻惑のラビリンス　光文社（光文社文庫）　2001年5月

江川 真子　えがわ・まさこ
江川哲也の妻　「三毛猫ホームズの無人島」　赤川次郎　幻惑のラビリンス　光文社（光文社文庫）　2001年5月

江川 ユミコ　えがわ・ゆみこ
十五年前に起きた爆弾事件で死亡した女子学生　「五つのプレゼント」　乾くるみ　事件の痕跡-最新ベスト・ミステリー　光文社　2007年11月

江川 蘭子　えがわ・らんこ
探偵作家　「虎よ、虎よ、爛爛と-101番目の密室」　狩久　密室殺人大百科 下　講談社（講談社文庫）　2003年9月

易者　えきしゃ
恋をした小心な青年を占った易者　「三つの占い」　辻真先　ミステリー傑作選・特別編6 自選ショート・ミステリー2　講談社（講談社文庫）　2001年10月

江楠 一郎　えくす・いちろう
江楠探偵社の探偵長　「赤目荘の惨劇」　白峰良介　探偵Xからの挑戦状!　小学館（小学館文庫）　2009年1月

江口 聡　えぐち・さとし
久野和子の父で元刑事の尾田徹治が一人で住む団地の住人　「日の丸あげて」　赤川次郎　マイ・ベスト・ミステリーⅣ　文藝春秋（文春文庫）　2007年10月

江口 善太郎　えぐち・ぜんたろう
大学助教授、二度結婚したが妻二人を自殺という異常な手段で喪った男　「喪妻記」　福田鮭二　甦る推理雑誌8「エロティック・ミステリー」傑作選　光文社（光文社文庫）　2003年9月

えすけ

江崎 孝一　えざき・こういち
画家、カルチャーセンターの絵の講師　「恐ろしい絵」　松尾由美　危険な関係（女流ミステリー傑作選）　角川春樹事務所（ハルキ文庫）　2002年5月

江崎 黎子　えざき・れいこ
友禅染めの作品展を開いた工芸家　「緋友禅」　北森鴻　推理小説年鑑　ザ・ベストミステリーズ2003　講談社　2003年7月

江島　えじま
寒村の分校で教師をしている旧友に三木と二人で会いに行った男　「「死体を隠すには」」　江島伸吾　無人踏切-鉄道ミステリー傑作選　光文社（光文社文庫）　2008年11月

江島 百合子　えじま・ゆりこ
「私」の上役である東都医科大学第一内科講師　「青い軌跡」　川田弥一郎　ミステリー傑作選・特別編5 自選ショート・ミステリー　講談社（講談社文庫）　2001年6月

S　えす
「私」の昔の友で毎晩死人に呼び掛けられて居ると云う男　「死人に口なし」　城昌幸　幻の探偵雑誌6「猟奇」傑作選　光文社（光文社文庫）　2001年3月

S　えす
作家の「僕」の高校時代の同級生で妻と一人娘を同時に亡くした男　「箱詰めの文字」　道尾秀介　不思議の足跡-最新ベスト・ミステリー　光文社　2007年10月

S　えす
昭和四十年福島県湯湖村で家族を殺す猟奇事件を起こした男　「犭（ケモノ）」　道尾秀介　推理小説年鑑 ザ・ベストミステリーズ2009　講談社　2009年7月

S　えす
深い山の中に入って行く汽車の車室の中で若い女と二人切りになった男　「葉巻煙草に救われた話」　杜伶二　幻の探偵雑誌5「探偵文藝」傑作選　光文社（光文社文庫）　2001年2月

S　えす
幼い頃から好きだった「私」を故郷の九州から東京まで探しにきてくれた男　「冬の鬼」　道尾秀介　暗闇を見よ　光文社　2010年11月

S教諭　えすきょうゆ
「殺人倶楽部」の会員C眼科医が医学専門学校の眼科教室の助手時代に復讐した主任教諭　「痴人の復讐」　小酒井不木　江戸川乱歩と13人の新青年〈論理派〉編　光文社（光文社文庫）　2008年1月

エス君　えすくん
パリで殺害した女性の肉を食べるという事件を起こした日本人留学生　「親愛なるエス君へ」　連城三紀彦　綾辻行人と有栖川有栖のミステリ・ジョッキー1　講談社　2008年7月

S・K　えすけい
長野・本郷村の農夫、裏山で黒焦げ死体で発見された女の夫と認定された男　「女人焚死」　佐藤春夫　ペン先の殺意　光文社（光文社文庫）　2005年11月

えすし

S*氏　えすし**
右眼が不自由なM***嬢に恋をした男　「眼」　北村薫　ミステリー傑作選・特別編5 自選ショート・ミステリー　講談社(講談社文庫)　2001年6月

S氏　えすし
K山で採れるという話し石の採集家　「話し石」　石田衣良　七つの死者の囁き　新潮社(新潮文庫)　2008年12月

江綱 守人　えずな・もりひと
日本宇宙機構(JSA)の閉鎖環境長期実験施設「BOX-C」で八ヵ月間暮らした六人の志願クルーのリーダー　「星風よ、淀みに吹け」　小川一水　推理小説年鑑 ザ・ベストミステリーズ2010　講談社　2010年7月;本格ミステリ10　講談社(講談社ノベルス)　2010年6月

S兄様(兄様)　えすにいさま(にいさま)
乙女の「私」に手紙をくれた恋しきS兄様　「レテーロ・エン・ラ・カーヴォ」　橋本五郎　江戸川乱歩と13人の新青年〈文学派〉編　光文社(光文社文庫)　2008年5月

エダ
「私」の遊び友だち祥子の家にいたお姉さん　「想ひ出すなよ」　皆川博子　ミステリア　祥伝社(祥伝社文庫)　2003年12月

江田君　えだくん
信州の山奥の温泉地で静養していた若い物理学者　「詰将棋」　横溝正史　甦る推理雑誌2「黒猫」傑作選　光文社(光文社文庫)　2002年11月

江田島 ミミ　えだじま・みみ
ホテル「緑風荘」の客、おカマ　「達也が笑う」　鮎川哲也　贈る物語 Mystery　光文社(光文社文庫)　2006年10月

江田 茉莉奈　えだ・まりな
妊婦の町バルーン・タウンに住む友人を訪問した刑事　「亀腹同盟」　松尾由美　シャーロック・ホームズに再び愛をこめて　光文社(光文社文庫)　2010年7月

越前屋長次郎(長次郎)　えちぜんやちょうじろう(ちょうじろう)
滝亭鯉丈の弟、為永正輔という講釈師でのちの小説家為永春水　「羅生門河岸」　都筑道夫　偉人八傑推理帖　双葉社(双葉文庫)　2004年7月

X　えっくす
大森駅近くのMアーケードの管理人　「赤痣の女」　大坪砂男　甦る推理雑誌9「別冊宝石」傑作選　光文社(光文社文庫)　2003年11月

X氏　えっくすし
探偵　「六連続殺人事件」　別役実　綾辻行人と有栖川有栖のミステリ・ジョッキー1　講談社　2008年7月

悦子　えつこ
イラストレーター、美術プロデューサー北原の愛人　「秋草」　篠田節子　らせん階段　角川春樹事務所(ハルキ文庫)　2003年5月

H・M　えっちえむ
名門メリヴェール准男爵家の九代目の名探偵　「フレンチ警部と雷鳴の城」　芦辺拓　死神と雷鳴の暗号（本格短編ベスト・セレクション）　講談社（講談社文庫）　2006年1月；本格ミステリ02　講談社（講談社ノベルス）　2002年5月

江藤 犀歩　えとう・さいほ
工務店の社長、ジャズファンの会社社長・角山の俳句仲間　「渋い夢−永見緋太郎の事件簿」　田中啓文　推理小説年鑑　ザ・ベストミステリーズ2009　講談社　2009年7月

江藤 利明　えとう・としあき
検事　「井伊直弼は見ていた?」　深谷忠記　怪しい舞踏会　光文社（光文社文庫）　2002年5月

衛藤 友則　えとう・とものり
福岡から「さくら」のグリーン寝台に乗った男、東京の栄明建設の社員　「グリーン寝台車の客」　多岐川恭　愛憎発殺人行　鉄道ミステリー名作館　徳間書店（徳間文庫）　2004年5月

江戸川 圭史　えどがわ・けいし
元デートクラブ嬢原田美緒の死を予言した青年、心理学を専攻する大学生　「六時間後に君は死ぬ」　高野和明　推理小説年鑑　ザ・ベストミステリーズ2002　講談社　2002年7月

江戸川 乱歩　えどがわ・らんぽ
作家　「続・二銭銅貨」　北村薫　名探偵で行こう−最新ベスト・ミステリー　シリーズ・キャラクター編　光文社（光文社文庫）　2001年9月

江戸川 乱歩　えどがわ・らんぽ
探偵作家　「小説・江戸川乱歩の館」　鈴木幸夫　江戸川乱歩に愛をこめて　光文社（光文社文庫）　2011年2月

江戸川 乱歩　えどがわ・らんぽ
探偵小説家　「講談・江戸川乱歩一代記」　芦辺拓　江戸川乱歩に愛をこめて　光文社（光文社文庫）　2011年2月

江戸川 乱歩　えどがわ・らんぽ
団子坂で弟二人と古本屋を開いていた男で探偵小説の愛好家　「無闇坂」　森真沙子　江戸川乱歩に愛をこめて　光文社（光文社文庫）　2011年2月

エドワード夫人　えどわーどふじん
倫敦（ロンドン）のクロムウェル街で酒に酔って倒れていたのを坂口青年が助けてやった女　「P丘の殺人事件」　松本泰　幻の探偵雑誌5「探偵文藝」傑作選　光文社（光文社文庫）　2001年2月

エニィ
トビーのガールフレンド　「アメリカ・アイス」　馬場信浩　謎003-スペシャル・ブレンド・ミステリー　講談社（講談社文庫）　2008年9月

N君　えぬくん
探偵作家片目珍作の友人　「化け猫奇談 片目君の捕物帳」　香住春作　甦る推理雑誌4「妖奇」傑作選　光文社（光文社文庫）　2003年1月

えぬし

エヌ氏　えぬし
工場をいくつも持つ会社社長、私立探偵の景気のいい依頼主　「足あとのなぞ」星新一　山口雅也の本格ミステリ・アンソロジー　角川書店(角川文庫)　2007年12月

榎　茂　えのき・しげる
医学士、同じ解剖助手の浦上のライバル　「赤い密室」中川透(鮎川哲也)　甦る推理雑誌6「探偵実話」傑作選　光文社(光文社文庫)　2003年5月

榎木 美沙子　えのき・みさこ
自殺した中学生・榎木のどかの母親　「三猿ゲーム」矢野龍王　ミステリ魂。校歌斉唱！　講談社(講談社文庫)　2010年3月

エノケン
喜劇俳優　「名探偵エノケン氏」芦辺拓　名探偵を追いかけろ-日本ベストミステリー選集34　光文社(光文社文庫)　2007年5月

榎本 健一(エノケン)　えのもと・けんいち(えのけん)
喜劇俳優　「名探偵エノケン氏」芦辺拓　名探偵を追いかけろ-日本ベストミステリー選集34　光文社(光文社文庫)　2007年5月

榎本 正介　えのもと・しょうすけ
人気俳優　「血を吸うマント」霞流一　名探偵を追いかけろ-日本ベストミステリー選集34　光文社(光文社文庫)　2007年5月

榎本 真一　えのもと・しんいち
神竜カントリークラブの元メンバー、定年退職後同クラブの名誉キャディーになった男　「名誉キャディー」佐野洋　事件を追いかけろ　光文社(光文社文庫)　2009年4月；事件を追いかけろ　光文社　2004年12月

榎本 ゆかり　えのもと・ゆかり
放火の容疑者、ソープ嬢　「部下」今野敏　密室＋アリバイ＝真犯人　講談社(講談社文庫)　2002年2月

エヴァ・マートン
女流探検家、シュミット博士の秘書　「水棲人」香山滋　甦る推理雑誌7「探偵倶楽部」傑作選　光文社(光文社文庫)　2003年7月

江原　えはら
銀座のキャバレーの用心棒　「夜に潜む」大藪春彦　名作で読む推理小説史　わが名はタフガイ-ハードボイルド傑作選　光文社(光文社文庫)　2006年5月

江原 卯一郎　えはら・ういちろう＊
女児の死体が遺棄された「八幡の籔知らず」事件の陪審員の一人　「飾燈」日影丈吉　江戸川乱歩と13の宝石　光文社(光文社文庫)　2007年5月

荏原 タケ　えばら・たけ
荏原病院院長・武男の義母、双子の姉妹・マツの姉　「松竹梅」服部まゆみ　金田一耕助に捧ぐ九つの狂想曲　角川書店　2002年5月

エヴァンス
岳南鉄道の重役堀見氏の一人娘の外人家庭教師 「白妖」 大阪圭吉 探偵小説の風景 トラフィック・コレクション(下) 光文社(光文社文庫) 2009年9月

海老沢 綱之　えびさわ・つなゆき
映画プロデューサー 「霧の巨塔」 霞流一 本格ミステリ08 講談社(講談社ノベルス) 2008年6月

恵比寿 麗子　えびす・れいこ
蝦蟇倉大学の同期生四人がレストランで開いた食事会で発生した殺人事件の容疑者の一人 「毒入りローストビーフ事件」 桜坂洋 蝦蟇倉市事件2 東京創元社(ミステリ・フロンティア) 2010年2月

海老原 浩一　えびはら・こういち
全身黒ずくめの青年 「密室からの逃亡者」 小島正樹 密室晩餐会 原書房 2011年6月

F子　えふこ
田舎の呉服商人吾市の恋人で奉公先の娘 「B墓地事件」 松浦美寿一 江戸川乱歩と13人の新青年〈文学派〉編 光文社(光文社文庫) 2008年5月

えみ
土民の娘、伊佐の恋人 「天童奇蹟」 新羽精之 剣が謎を斬る 光文社(光文社文庫) 2005年4月

絵美　えみ
ゴミ屋敷に住む女の取材を依頼されたフリーライター、夫は銀行員 「隠されていたもの」 柴田よしき 不思議の足跡-最新ベスト・ミステリー 光文社 2007年10月

恵美　えみ
江藤利明の妻 「井伊直弼は見ていた?」 深谷忠記 怪しい舞踏会 光文社(光文社文庫) 2002年5月

恵美　えみ
小学校から帰る途中の公園で男に誘拐された三人の少女の一人 「攫われて」 小林泰三 青に捧げる悪夢 角川書店 2005年3月;殺人鬼の放課後-ミステリ・アンソロジーⅡ 角川書店(角川文庫) 2002年2月

恵美子　えみこ
妻子持ちの「私」と肉体関係にある二十八歳の女 「熟柿」 北方謙三 ミステリー傑作選・特別編5 自選ショート・ミステリー 講談社(講談社文庫) 2001年6月

エミリー・フレンチ(フレンチ夫人)　えみりーふれんち(ふれんちふじん)
ロンドン警視庁犯罪捜査部のフレンチ警部の妻 「フレンチ警部と雷鳴の城」 芦辺拓 死神と雷鳴の暗号(本格短編ベスト・セレクション) 講談社(講談社文庫) 2006年1月;本格ミステリ02 講談社(講談社ノベルス) 2002年5月

M君　えむくん
私立探偵、黄木調査事務所の協力者 「燻製シラノ」 守友恒 幻の探偵雑誌10「新青年」傑作選 光文社(光文社文庫) 2002年2月

えむく

M君　えむくん
伯林(ベルリン)のカフェーでパスポートを盗まれた日本人留学生　「指紋」　古畑種基　幻の探偵雑誌5「探偵文藝」傑作選　光文社(光文社文庫)　2001年2月

Mさん　えむさん
大森駅近くのMアーケードの所有者、区会議員　「赤痣の女」　大坪砂男　甦る推理雑誌9「別冊宝石」傑作選　光文社(光文社文庫)　2003年11月

M***嬢　えむじょう
S***氏が恋をした右眼が不自由な女性　「眼」　北村薫　ミステリー傑作選・特別編5 自選ショート・ミステリー　講談社(講談社文庫)　2001年6月

江本　えもと
偽札行使犯を追って二本柳ツルの骨董店にやって来た刑事　「ツルの一声」　逢坂剛　事件の痕跡-最新ベスト・ミステリー　光文社　2007年11月

恵良 忠一　えら・ちゅういち*
元下関警察署の刑事、青枝伸一の記憶にある男　「記憶」　松本清張　ペン先の殺意　光文社(光文社文庫)　2005年11月

江良利 久一　えらり・きゅういち*
私立探偵　「生首殺人事件」　尾久木弾歩　甦る推理雑誌4「妖奇」傑作選　光文社(光文社文庫)　2003年1月

江良利 千鶴子　えらり・ちずこ
私立探偵江良利久一の妻　「生首殺人事件」　尾久木弾歩　甦る推理雑誌4「妖奇」傑作選　光文社(光文社文庫)　2003年1月

枝理　えり
名門私立高校生、組織売春グループの一員　「闇に潜みし獣」　福田栄一　学び舎は血を招く　講談社(講談社ノベルス)　2008年11月

エリ(宮本 百合)　えり(みやもと・ゆり)
自殺したクラブホステス、エリは源氏名　「乗車拒否」　山村正夫　幻惑のラビリンス　光文社(光文社文庫)　2001年5月

江里口　えりぐち
ノン・プロ野球の旭洋鉱業チームの選手　「眠れない夜」　多岐川恭　江戸川乱歩の推理教室　光文社(光文社文庫)　2008年9月

エリ子　えりこ
殺害された葛西家の当主一郎の異母弟二郎の妻、元女優　「とどめを刺す」　渡辺剣次　江戸川乱歩の推理試験　光文社(光文社文庫)　2009年1月

えり子　えりこ
入江の砂浜でコルセットをつけた白骨で発見された若い女　「白日の夢」　朝山蜻一　甦る推理雑誌10「宝石」傑作選　光文社(光文社文庫)　2004年1月

エリス・コックス
倫敦(ロンドン)のクロムウェル街に住む婦人、坂口青年の伯父の友達　「P丘の殺人事件」　松本泰　幻の探偵雑誌5「探偵文藝」傑作選　光文社(光文社文庫)　2001年2月

エリック・アーサー・ブレア（ブレア）
BBC海外放送総局東洋部インド課の職員 「ジョン・ディクスン・カー氏、ギデオン・フェル博士に会う」 芦部拓 密室と奇蹟-J・D・カー生誕百周年記念アンソロジー 東京創元社 2006年11月

エリック・レンロット（レンロット）
探偵 「盗まれた手紙」 法月綸太郎 深夜バス78回転の問題(本格短編ベスト・セレクション) 講談社(講談社文庫) 2008年1月;推理小説年鑑 ザ・ベストミステリーズ2004 講談社 2004年7月

エルザ
画家のモデル、殺人事件の被害者モンタニの妹 「湖畔の殺人」 小熊二郎 甦る推理雑誌2「黒猫」傑作選 光文社(光文社文庫) 2002年11月

エルビス・プレスリー
〝キング・オブ・ロックンロール〞と称された歌手 「マザー、ロックンロール、ファーザー」 古川日出男 推理小説年鑑 ザ・ベストミステリーズ2006 講談社 2006年7月

エルマ
惨殺事件の被害者立花鳴海の弟貞夫の妻、仏蘭西人 「悪魔黙示録」 赤沼三郎 悪魔黙示録「新青年」一九三八-探偵小説暗黒の時代へ 光文社(光文社文庫) 2011年8月

エルロック・ショルムス（ショルムス）
名探偵 「エルロック・ショルムス氏の新冒険」 天城一 日本版シャーロック・ホームズの災難 論創社 2007年12月

エルンスト
伯林（ベルリン）の警視庁の刑事部長 「指紋」 古畑種基 幻の探偵雑誌5「探偵文藝」傑作選 光文社(光文社文庫) 2001年2月

円紫　えんし
落語家 「朝霧」 北村薫 完全犯罪証明書 ミステリー傑作選 講談社(講談社文庫) 2001年4月

エンジェル
スペイン系のブルネット美人 「ロス・カボスで天使とデート」 小鷹信光 名作で読む推理小説史 わが名はタフガイ-ハードボイルド傑作選 光文社(光文社文庫) 2006年5月

円城木 志郎　えんじょうぎ・しろう
テレビ番組のディレクター 「らくだ殺人事件」 霞流一 密室殺人大百科 下 講談社(講談社文庫) 2003年9月

演説病の先生　えんぜつびょうのせんせい
カフェ・バー「糸ノコとジグザグ」で一杯入ると演説する男 「糸ノコとジグザグ」 島田荘司 マイ・ベスト・ミステリーⅢ 文藝春秋(文春文庫) 2007年9月

円蔵　えんぞう
博徒・日光の円蔵、国定忠治の一家の参謀格の年長者 「真説・赤城山」 天藤真 御白洲裁き 徳間書店(徳間文庫) 2009年12月

えんど

遠藤　えんどう
大航ツーリスト成田空港所の斑長(スーパーバイザー)「ねずみと探偵-あぼやん」新野剛志　Play推理遊戯　講談社(講談社文庫)　2011年4月;推理小説年鑑　ザ・ベストミステリーズ2008　講談社　2008年7月

遠藤　貞男　えんどう・さだお
月刊誌「小説月光」の編集者、小説家斉藤俊哉の担当者「再生」若竹七海　私(わたし)は殺される(女流ミステリー傑作選)　角川春樹事務所(ハルキ文庫)　2001年3月

遠藤　ゼラール　えんどう・ぜらーる
鳥取県の田舎にあるレストラン「プチ・ソレイユ」のフランス人オーナーシェフ「風変わりな料理店」青山蘭堂　新・本格推理01　光文社(光文社文庫)　2001年3月

遠藤　政也　えんどう・まさや
テレビ局のプロデューサー「盗み湯」不知火京介　乱歩賞作家青の謎　講談社　2007年7月

遠藤　美樹　えんどう・みき
中国茶専門の茶房「白龍」のアルバイト、蝦蟇倉大学の学生「消えた左腕事件」秋月涼介　蝦蟇倉市事件2　東京創元社(ミステリ・フロンティア)　2010年2月

遠藤　美和　えんどう・みわ
塾講師、インテリア・コーディネーター庄野知鶴の元同僚「カラフル」永井するみ　緋迷宮　祥伝社(祥伝社文庫)　2001年12月

遠藤　守男　えんどう・もりお
紫外線照射研究所で発見された三人の奇怪な死体の第一発見者の主任技師「原子を裁く核酸」松尾詩朗　書下ろしアンソロジー　21世紀本格　光文社(カッパ・ノベルス)　2001年12月

遠藤　祐介　えんどう・ゆうすけ
失踪した建設会社の社員、白石和美の元上司で愛人「観覧車」柴田よしき　新世紀「謎(ミステリー)」倶楽部　角川書店　2001年8月

遠藤　有紀　えんどう・ゆき
霞防災設備のサービスマン、実は麻薬Gメン「危ない消火器」逢坂剛　闇夜の芸術祭　光文社(光文社文庫)　2003年4月

エンマ
チンピラの犬の芳公の愛犬「浅草の犬」角田喜久雄　幻の探偵雑誌9「探偵」傑作選　光文社(光文社文庫)　2002年1月

エンマ大王　えんまだいおう
下界で五人の男をあやつって変死した若い女に質問をしたエンマ大王「土曜日に死んだ女」佐野洋　江戸川乱歩の推理教室　光文社(光文社文庫)　2008年9月

【お】

お秋　おあき
海苔問屋「大むら屋」の長女、「長崎屋」の若だんな一太郎の兄・松之助と縁談のあった娘「茶巾たまご」　畠中恵　江戸の名探偵　徳間書店(徳間文庫)　2009年10月

おあむ
美濃大垣城に籠った西軍の総大将・石田三成家中の首化粧方の女　「首化粧」　鈴木輝一郎　ミステリー傑作選・特別編5 自選ショート・ミステリー　講談社(講談社文庫)　2001年6月

及川　おいかわ
刑事、刑事・龍太郎の先輩　「大根の花」　柴田よしき　決断-警察小説競作　新潮社(新潮文庫)　2006年2月

及川 徹造　おいかわ・てつぞう
詰将棋専門の月刊雑誌を出している出版社の社長、元松江署の刑事　「海猫岬」　山村正夫　スペシャル・ブレンド・ミステリー 謎006　講談社(講談社文庫)　2011年9月

お糸　おいと
江戸本郷の呉服屋「信濃屋」のひとり娘　「振袖と刃物」　戸板康二　死人に口無し 時代推理傑作選　徳間書店　2009年11月

扇ヶ谷 姫之　おうぎがや・ひめの
蓮台野高等学校二年生、歴女三人組の一人　「聖剣パズル」　高井忍　ベスト本格ミステリ2011　講談社(講談社ノベルス)　2011年6月

逢瀬 菜名穂　おうせ・ななほ
美少女ゲームの制作に取り組んでいる児玉タクヤの高校以来の友人　「奥の湯の出来事」　小森健太朗　名探偵で行こう-最新ベスト・ミステリー シリーズ・キャラクター編　光文社(光文社文庫)　2001年9月

近江　おうみ
警視庁の警部　「泥靴の死神-屍臭を追う男」　島田一男　江戸川乱歩と13の宝石 第二集　光文社(光文社文庫)　2007年9月

お梅　おうめ
新選組局長芹沢鴨の情婦で芹沢とともに暗殺された女　「総司が見た」　南原幹雄　偉人八傑推理帖　双葉社(双葉文庫)　2004年7月

麻植　おえ
秋篠楽器店の番頭　「冥府燦爛」　塚本邦雄　現代詩殺人事件-ポエジーの誘惑　光文社(光文社文庫)　2005年9月

大池 忠郎　おおいけ・ただお
法学博士、城川判事の大先輩で法の威信の信奉者　「死者は訴えない」　土屋隆夫　判決　徳間書店(徳間文庫)　2010年3月

大石 内蔵助良雄　おおいし・くらのすけよしたか
赤穂浪人　「忠臣蔵の密室」　田中啓文　法廷ジャックの心理学　講談社(講談社文庫)　2011年1月;本格ミステリ07　講談社(講談社ノベルス)　2007年5月

おおい

大石 りく　おおいし・りく
赤穂浪人大石内蔵助良雄の離縁された妻、謎解きの名人　「忠臣蔵の密室」　田中啓文　法廷ジャックの心理学　講談社(講談社文庫)　2011年1月；本格ミステリ07　講談社(講談社ノベルス)　2007年5月

大海原　おおうなばら
探偵好きで刑事課へ木戸御免の男　「下駄」　岡戸武平　幻の探偵雑誌6「猟奇」傑作選　光文社(光文社文庫)　2001年3月

大浦(ウラ)　おおうら(うら)
コンビニに張りこんでいた刑事、チビの赤池(イケ)とコンビの大男　「ちきこん」　大沢在昌　名作で読む推理小説史　わが名はタフガイ-ハードボイルド傑作選　光文社(光文社文庫)　2006年5月

大江山警部　おおえやまけいぶ
警視庁刑事部捜査課長　「省線電車の射撃手」　海野十三　探偵小説の風景トラフィック・コレクション(下)　光文社(光文社文庫)　2009年9月

大岡 孝司　おおおか・こうじ
東都大学理学部の天然物創薬研究室・通称三島研の助教　「死ぬのは誰か」　早見江堂　推理小説年鑑 ザ・ベストミステリーズ2011　講談社　2011年7月

大神 剛志　おおがみ・つよし
ミステリ脚本家　「十五分間の出来事」　霧舎巧　気分は名探偵-犯人当てアンソロジー　徳間書店　2006年5月

大川　おおかわ
何をやるにもグズな雲野と学生時代からずっと同じコースを進んできた狡賢い男　「まえ置き」　夏樹静子　ミステリー傑作選・特別編5 自選ショート・ミステリー　講談社(講談社文庫)　2001年6月

大川　おおかわ
会社員、小学校時代藤田先生のクラスの生徒　「藤田先生、指一本で巨石を動かす」　村瀬継弥　新世紀「謎(ミステリー)」倶楽部　角川書店　2001年8月

大川　おおかわ
殺人事件があった山頂のホテルのコック　「赤いネクタイ」　杉山平一　甦る推理雑誌3「X」傑作選　光文社(光文社文庫)　2002年12月

大川 銀次郎　おおかわ・ぎんじろう
松平家の楽隠居・松平道隆の手品の講師、松平家で催された晩餐会の客　「二枚舌の掛軸」　乾くるみ　本格ミステリ09　講談社(講談社ノベルス)　2009年6月

大川先生　おおかわせんせい
探偵事務所の所長、元神奈川県警の警視正　「「神田川」見立て殺人」　鯨統一郎　名探偵で行こう-最新ベスト・ミステリー シリーズ・キャラクター編　光文社(光文社文庫)　2001年9月

大川原　おおかわら
警視庁の部長刑事、浅沼の上司　「無意識的転移」　深谷忠記　事件現場に行こう-日本ベストミステリー選集33　光文社(光文社文庫)　2006年4月;事件現場に行こう　光文社　2001年11月

大河原 顕　おおかわら・あきら
京都理科大学であった殺人事件の被害者の学生　「二つの凶器」　摩耶雄嵩　気分は名探偵-犯人当てアンソロジー　徳間書店　2006年5月

大木 英太　おおき・えいた
警視庁の暴力団担当刑事、元柔道選手の大男　「師匠」　永瀬隼介　推理小説年鑑 ザ・ベストミステリーズ2010　講談社　2010年7月

大木 敏夫　おおき・としお
桜建物の創業社長、億万長者　「18時24分東京発の女」　西村京太郎　愛憎発殺人行 鉄道ミステリー名作館　徳間書店(徳間文庫)　2004年5月

扇屋 新子(お新)　おおぎや・しんこ*(おしん)
漁師町で起きた殺人事件の被害者の女　「蛸つぼ」　深尾登美子　甦る推理雑誌10「宝石」傑作選　光文社(光文社文庫)　2004年1月

大口 安代　おおくち・やすよ
殺害された主婦　「余計な正義」　森村誠一　闇夜の芸術祭　光文社(光文社文庫)　2003年4月

大久保 庄助(白髪の老人)　おおくぼ・しょうすけ(はくはつのろうじん)
「東京しあわせクラブ」のメンバー、きれいな白髪頭をした老人　「東京しあわせクラブ」　朱川湊人　不思議の足跡-最新ベスト・ミステリー　光文社　2007年10月

大久保 信　おおくぼ・まこと
探偵小説家法月綸太郎の旧友、同棲相手を殺して食べた元医学生　「カニバリズム小論」　法月綸太郎　贈る物語 Mystery　光文社(光文社文庫)　2006年10月

大隈刑事　おおくまけいじ
蓑田署の刑事　「黄昏時に鬼たちは」　山口雅也　大きな棺の小さな鍵(本格短編ベスト・セレクション)　講談社(講談社文庫)　2009年1月;推理小説年鑑 ザ・ベストミステリーズ2005　講談社　2005年7月

大隈 浩一　おおくま・こういち
初瀬橋タクシー特殊自動車部担当の専務、川田優香の愛人　「裏切りの遁走曲」　鈴木輝一郎　殺人買います　講談社(講談社文庫)　2002年8月

大熊老人　おおくまろうじん
金満家の老人　「仲々死なぬ彼奴」　海野十三　幻の探偵雑誌9「探偵」傑作選　光文社(光文社文庫)　2002年1月

大河内 秋雄　おおこうち・あきお
平成医科大学医学部の教授、外科医の時津孝治の義父　「幻の男」　藤岡真　名探偵で行こう-最新ベスト・ミステリー シリーズ・キャラクター編　光文社(光文社文庫)　2001年9月

おおこ

大心池　おおころち
大学の精神病学の教授で附属精神病院で診察している先生「網膜脈視症」木々高太郎　江戸川乱歩と13人の新青年〈論理派〉編　光文社（光文社文庫）2008年1月

大心池先生　おおころちせんせい
大学の精神科の医者「文学少女」木々高太郎　マイ・ベスト・ミステリーⅣ　文藝春秋（文春文庫）2007年10月

大心池先生　おおころちせんせい
大心池神経科の医者「債権」木々高太郎　幻の探偵雑誌4「探偵春秋」傑作選　光文社（光文社文庫）2001年1月

大迫　おおさこ
警視庁の警視「貧者の軍隊」石持浅海　推理小説年鑑　ザ・ベストミステリーズ2005　講談社　2005年7月

大沢 夏美　おおさわ・なつみ
スナックのホステス、記憶喪失になった盲人・鈴木正史を見つけて介抱した女「あなたに会いたくて」不知火京介　推理小説年鑑　ザ・ベストミステリーズ2007　講談社　2007年7月

大塩 平八郎　おおしお・へいはちろう
大坂東町奉行所の与力見習「曇斎先生事件帳　木乃伊とウニコール」芦辺拓　論理学園事件帳　講談社（講談社文庫）2007年1月;本格ミステリ03　講談社（講談社ノベルス）2003年6月

大下 康治　おおした・こうじ
蝦蟇倉大学の名誉教授「大黒天」福田栄一　蝦蟇倉市事件1　東京創元社（ミステリ・フロンティア）2010年1月

大柴 賢太　おおしば・けんた
上谷東小学校六年二組の男子、同じ組の宮永洸一と覇を競っている児童「ミスファイア」伊岡瞬　推理小説年鑑　ザ・ベストミステリーズ2010　講談社　2010年7月

大島 圭介　おおしま・けいすけ
警視庁捜査一課の刑事「刑事調査官」今野敏　鼓動-警察小説競作　新潮社（新潮文庫）2005年2月

大島 満　おおしま・みつる
探偵堀山の義弟、W大学の学生「血染のバット」呑海翁　幻の探偵雑誌7「新趣味」傑作選　光文社（光文社文庫）2001年11月

大城 冬美　おおしろ・ふゆみ
R新聞の記者「魔女狩り」横山秀夫　名探偵で行こう-最新ベスト・ミステリー　シリーズ・キャラクター編　光文社（光文社文庫）2001年9月

大菅　おおすが
殺害されたノン・プロ野球チームのコーチ「眠れない夜」多岐川恭　江戸川乱歩の推理教室　光文社（光文社文庫）2008年9月

大須賀 まつ　おおすが・まつ
神田鍛冶町の呉服屋の主人、入院先の小田病院で変死した女　「ダンシング・ロブスターの謎」　加納一朗　シャーロック・ホームズに愛をこめて　光文社(光文社文庫)　2010年1月

大杉　おおすぎ
SF作家、風雨の夜に不思議な子供の訪問を受けた男　「闇の中の子供」　小松左京　謎002-スペシャル・ブレンド・ミステリー　講談社(講談社文庫)　2007年9月

大杉　おおすぎ
私立探偵、もと麻薬捜査官　「長い部屋」　小松左京　謎005-スペシャル・ブレンド・ミステリー　講談社(講談社文庫)　2010年9月

大曾根 達也　おおそね・たつや
警視庁捜査一課の鬼警部　「暗い唄声」　山村正夫　無人踏切-鉄道ミステリー傑作選　光文社(光文社文庫)　2008年11月

太田　おおた
インドの日本領事館員　「インド・ボンベイ殺人ツアー」　小森健太朗　新世紀「謎(ミステリー)」倶楽部　角川書店　2001年8月

太田　おおた
鎌込署の刑事、寺島俊樹の後輩　「文字板」　長岡弘樹　現場に臨め-最新ベスト・ミステリー　光文社　2010年10月

太田　おおた
中年男の溝口と組んで或る女を連れ去る仕事を請負った男　「検問」　伊坂幸太郎　推理小説年鑑　ザ・ベストミステリーズ2009　講談社　2009年7月

大田 和夫　おおた・かずお
新聞記者の「私」の兄、有楽町駅で転落して死亡した荘原春江の先夫　「遺書」　伴道平　甦る推理雑誌1「ロック」傑作選　光文社(光文社文庫)　2002年10月

太田黒　おおたぐろ
売れない演歌専門の作詞家　「揃いすぎ」　倉知淳　大密室　新潮社(新潮文庫)　2002年2月

大竹　おおたけ
代議士、脅迫文を受け取った伊能代議士の友人　「孤独」　飛鳥高　甦る推理雑誌10「宝石」傑作選　光文社(光文社文庫)　2004年1月

大竹 三春　おおたけ・みはる
新興宗教団体「真の道福音教会」の信徒、東シナ海の孤島・屍島に逃亡潜伏した爆破テロの実行犯四人の一人　「生存者、一名」　歌野晶午　絶海　祥伝社(NON NOVEL)　2002年10月

太田 信子　おおた・のぶこ
社長夫人西園亜沙子の家のお手伝い　「残酷な旅路」　山村美紗　マイ・ベスト・ミステリーⅣ　文藝春秋(文春文庫)　2007年10月

おおた

大田原 丁市　おおたわら・ていいち*
芸能プロ「スカムプロ」の社長、売春クラブの経営者　「雪のマズルカ」芦原すなお　嘘つきは殺人のはじまり　講談社（講談社文庫）2003年9月

大地 河介　おおち・かわすけ
文系の大学の2年生、「ミステリー研究会」の会員　「素人カースケの世紀の対決」二階堂黎人　殺人買います　講談社（講談社文庫）2002年8月

大地 仁美　おおち・ひとみ
元暴走族の穐山隆一と幽霊トンネルと呼ばれる双頂トンネルにドライブに行ったお嬢様　「幽霊トンネルの怪」鳥飼否宇　密室と奇蹟-J・D・カー生誕百周年記念アンソロジー　東京創元社　2006年11月

大塚警部　おおつかけいぶ
筥崎署の警部　「空を飛ぶパラソル」夢野久作　探偵小説の風景 トラフィック・コレクション（下）光文社（光文社文庫）2009年9月

大塚 ハナ　おおつか・はな
天城山中で起きた土工殺しの容疑者の酌婦　「天城越え」松本清張　マイ・ベスト・ミステリーV　文藝春秋（文春文庫）2007年11月

大月　おおつき
刑事弁護士　「白妖」大阪圭吉　探偵小説の風景 トラフィック・コレクション（下）光文社（光文社文庫）2009年9月

大月 由紀子　おおつき・ゆきこ
婚約中に事故死した白河久美の親友　「現われない」笹沢左保　恋は罪つくり　光文社（光文社文庫）2005年7月

大槻 良三　おおつき・りょうぞう
ジャズ評論家、ラブホテルの部屋の中で絞首刑にされたかのように死んでいた男　「奇妙な果実」栗本薫　悪魔のような女　角川春樹事務所（ハルキ文庫）2001年7月

大津 伸彦　おおつ・のぶひこ
化粧品メーカー「粧美堂」の課長、新人社員特訓の班長の一人　「企業特訓殺人事件」森村誠一　謎002-スペシャル・ブレンド・ミステリー　講談社（講談社文庫）2007年9月

大坪　おおつぼ
奥多摩の山中に逃げこんだ三人組の銀行ギャングの一人　「夜明けまで」大藪春彦　江戸川乱歩と13の宝石 第二集　光文社（光文社文庫）2007年9月

大寺 一郎　おおでら・いちろう
或る別荘で実業家の小田夫妻が惨殺された事件で逮捕された美青年　「彼が殺したか」浜尾四郎　江戸川乱歩と13の新青年〈論理派〉編　光文社（光文社文庫）2008年1月

大伴卿　おおともきょう
香島の郡にやって来た検税使　「童子女松原」鈴木五郎　甦る推理雑誌8「エロティック・ミステリー」傑作選　光文社（光文社文庫）2003年9月

大西 克己　おおとり・かつみ
殺人事件の容疑者 「だって、冷え性なんだモン!」 愛川晶 新世紀「謎(ミステリー)」倶楽部 角川書店 2001年8月

大西 冬子　おおにし・ふゆこ
「僕」が日本橋から銀座まで乗った青バスの女車掌 「青バスの女」 辰野九紫 探偵小説の風景 トラフィック・コレクション(上) 光文社(光文社文庫) 2009年5月

大貫 英次　おおぬき・えいじ
美しい池田令子が幾人かの求婚者の中から選んだ婚約者 「私は誰でしょう」 足柄左右太(川辺豊三) 甦る推理雑誌9「別冊宝石」傑作選 光文社(光文社文庫) 2003年11月

大野　おおの
警察官 「不帰屋」 北森鴻 大密室 新潮社(新潮文庫) 2002年2月

大野木　おおのぎ
警視庁の警部 「黄色い部屋の謎」 清水義範 犯人は秘かに笑う-ユーモアミステリー傑作選 光文社(光文社文庫) 2007年1月

大野木 俊之　おおのぎ・としゆき*
美術ブローカー、心斎橋の煌秀堂画廊の元番頭 「永遠縹渺」 黒川博行 密室＋アリバイ＝真犯人 講談社(講談社文庫) 2002年2月

大野君　おおのくん
少年探偵小林君の幼な友だちでアルバイトをやっている中学生 「奇怪なアルバイト」 江戸川乱歩 江戸川乱歩の推理試験 光文社(光文社文庫) 2009年1月

大野 哲男　おおの・てつお
無名の画家、友人宮城孝夫の軽井沢の別荘に来た男 「葡萄酒の色」 服部まゆみ 緋迷宮 祥伝社(祥伝社文庫) 2001年12月

大野 義隆　おおの・よしたか
立山の山小屋の主人 「天の狗」 鳥飼否宇 推理小説年鑑 ザ・ベストミステリーズ2011 講談社 2011年7月

大野 義隆　おおの・よしたか
立山連峰五色ヶ原の山小屋の主人 「天の狗」 鳥飼否宇 ベスト本格ミステリ 2011 講談社(講談社ノベルス) 2011年6月

大野 良介　おおの・りょうすけ
鴉荘に投宿していた四人の客の一人、K大学推理小説研究会の学生 「ナイト捜し 問題編・解答編」 大川一夫 綾辻行人と有栖川有栖のミステリ・ジョッキー1 講談社 2008年7

大場　おおば
捜査主任の警部補 「斉蓄の真理」 大下宇陀児 甦る推理雑誌2「黒猫」傑作選 光文社(光文社文庫) 2002年11月

大庭 幸子　おおば・さちこ
T医大の講師・竹脇七菜代の高校時代の同級生、有名な俳優・大庭清司の娘 「父親はだれ?」 岸田るり子 不可能犯罪コレクション 原書房 2009年6月

おおは

大橋　おおはし
竹の塚署の刑事、元東京湾臨海署刑事課強行犯係のメンバー 「最前線」 今野敏　名探偵で行こう-最新ベスト・ミステリー シリーズ・キャラクター編　光文社(光文社文庫) 2001年9月

大橋 有佳　おおはし・ゆか
妊婦の町バルーン・タウンの住人、画材店の店長 「亀腹同盟」 松尾由美　シャーロック・ホームズに再び愛をこめて　光文社(光文社文庫) 2010年7月

大葉 千秋　おおば・ちあき
大学の芸術学部映画学科の一年生、映画同好会の一員 「横槍ワイン」 市井豊　放課後探偵団　東京創元社(創元推理文庫) 2010年11月

大庭 トミ　おおば・とみ*
日本郵船「箱根丸」の乗客、名家出身の画家志望の女性 「お嬢様出帆」 若竹七海　密室＋アリバイ＝真犯人　講談社(講談社文庫) 2002年2月

大原　おおはら
殺害された洋裁店の女主人久子の家の下宿人 「にわか雨」 飛鳥高　江戸川乱歩の推理教室　光文社(光文社文庫) 2008年9月

大日方 馨　おおひなた・かおる
元憲兵少佐で金融業の男 「連作 毒環」 横溝正史；高木彬光；山村正夫　甦る推理雑誌6「探偵実話」傑作選　光文社(光文社文庫) 2003年5月

大船 朋子　おおふな・ともこ
市の福祉事務所長 「七人の敵」 篠田節子　悪魔のような女　角川春樹事務所(ハルキ文庫) 2001年7月

大宮 浩二　おおみや・こうじ
広告代理店の社員、妻を交通事故で失った男 「愛の記憶」 高橋克彦　M列車(ミステリー・トレイン)で行(い)こう　光文社　2001年10月

大宮 秀司　おおみや・しゅうじ
通産省の役人、大学講師千秋の不倫相手 「逢いびき」 篠田節子　M列車(ミステリー・トレイン)で行(い)こう　光文社　2001年10月

大村　おおむら
イベントのあった村に集まったメンバーの一人、スキンヘッドの男 「ありえざる村の奇跡」 園田修一郎　新・本格推理04-赤い館の怪物　光文社(光文社文庫) 2004年3月

大村　おおむら
警視庁の刑事 「遺書」 伴道平　甦る推理雑誌1「ロック」傑作選　光文社(光文社文庫) 2002年10月

大村　おおむら
富南署の刑事 「カウント・プラン」 黒川博行　マイ・ベスト・ミステリーⅡ　文藝春秋(文春文庫) 2007年8月

大村 英太郎　おおむら・えいたろう
金融会社社長星野竜三の別荘の客、星野家の顧問弁護士「石田黙のある部屋」折原一　探偵Xからの挑戦状!　小学館（小学館文庫）2009年1月

大村 加那　おおむら・かな
覚醒剤中毒者「離婚調査」生島治郎　闇夜の芸術祭　光文社（光文社文庫）2003年4月

大村 三之助　おおむら・さんのすけ*
幽霊探しをすることになった村の巡査「白い幽霊」中村豊秀　白の怪　勉誠出版（べんせいライブラリー）2003年3月

大村 樹也　おおむら・たつや
別腸の秘書「椛山訪雪図」泡坂妻夫　マイ・ベスト・ミステリーV　文藝春秋（文春文庫）2007年11月

大森 マサト　おおもり・まさと
ラジオ番組「あなたと夜と音楽と」のDJ「あなたと夜と音楽と」恩田陸「ABC（エービーシー）」殺人事件　講談社（講談社文庫）2001年11月

大家　おおや
「サンライトハイツ」の二代目のオーナー、元お笑いコンビ「セロリジャム」の一人「公僕の鎖」新野剛志　罪深き者に罰を　講談社（講談社文庫）2002年11月

大矢　おおや
カメラマンの喜多川が出版社に在籍していたころにコンビを組んだ助手「遺影」真保裕一　マイ・ベスト・ミステリーII　文藝春秋（文春文庫）2007年8月

大谷（ミセス・ダイヤ）　おおや（みせすだいや）
バラが好きな有閑マダム「猫の家のアリス」加納朋子　ねこ!ネコ!猫!（NEKOミステリー傑作選）徳間書店（徳間文庫）2008年10月；「ABC（エービーシー）」殺人事件　講談社（講談社文庫）2001年11月

大谷 徹三　おおや・てつぞう
岩湯谷駅駅長「幽霊列車」赤川次郎　無人踏切-鉄道ミステリー傑作選　光文社（光文社文庫）2008年11月

大山 正　おおやま・ただし
子宝島社の編集者「失敗作」鳥飼否宇　天地驚愕のミステリー　宝島社（宝島社文庫）2009年8月

おおやま ちひろ　おおやま・ちひろ
女性ピン芸人「ホワットダニットパズル」園田修一郎　新・本格推理07-Qの悲劇　光文社（光文社文庫）2007年3月

大山 実夏　おおやま・みか
マンションの住人・高林類子の隣室に引っ越してきた若い女「ホームシックシアター」春口裕子　推理小説年鑑 ザ・ベストミステリーズ2007　講談社　2007年7月

おおわ

大和田 清五郎　おおわだ・せいごろう
刑事、交通捜査課の巡査部長　「茶の葉とブロッコリー」　北上秋彦　嘘つきは殺人のはじまり　講談社(講談社文庫)　2003年9月

大和田 徹(軍曹)　おおわだ・とおる*(ぐんそう)
J県警きっての堅物警官、U署警務課主任・巡査部長　「動機」　横山秀夫　罪深き者に罰を　講談社(講談社文庫)　2002年11月

オカイ
イベントのあった村に集まったメンバーの一人　「ありえざる村の奇跡」　園田修一郎　新・本格推理04-赤い館の怪人物　光文社(光文社文庫)　2004年3月

岡 克美　おか・かつみ
岡慎次の妻　「克美さんがいる」　あせごのまん　推理小説年鑑 ザ・ベストミステリーズ2006　講談社　2006年7月

岡倉 進太　おかくら・しんた
名門私立高校生、組織売春グループの一員　「闇に潜みし獣」　福田栄一　学び舎は血を招く　講談社(講談社ノベルス)　2008年11月

岡坂　おかさか
坂田誠を尾行した私立探偵　「過ぎし日の恋」　逢坂剛　殺人買います　講談社(講談社文庫)　2002年8月

岡坂 神策　おかさか・しんさく*
現代調査研究所の所長、古書市で古い版木を手に入れた男　「燃える女」　逢坂剛　名探偵を追いかけろ-日本ベストミステリー選集34　光文社(光文社文庫)　2007年5月

岡崎(会長)　おかざき(かいちょう)
「東京しあわせクラブ」を主宰している女性　「東京しあわせクラブ」　朱川湊人　不思議の足跡-最新ベスト・ミステリー　光文社　2007年10月

岡崎 久美子　おかざき・くみこ
新幹線に轢かれそうになった娘を下山浩二に助けられた主婦　「命の恩人」　赤川次郎　赤に捧げる殺意　角川書店　2005年4月;殺意の時間割　角川書店(角川文庫)　2002年8月

岡崎 徳三郎　おかざき・とくさぶろう
金貸し・蓮井錬治と同じ村に住む老人　「大きな森の小さな密室」　小林泰三　あなたが名探偵　東京創元社(創元推理文庫)　2009年4月;大きな棺の小さな鍵(本格短編ベスト・セレクション)　講談社(講談社文庫)　2009年1月

岡崎 徳三郎　おかざき・とくさぶろう
探偵田村二吉を訪ねてきた高齢の男　「路上に放置されたパン屑の研究」　小林泰三　本格ミステリ09　講談社(講談社ノベルス)　2009年6月

岡崎 英和　おかざき・ひでかず
都心の高層マンションに住む三十三歳の主婦岡崎容子のホーム・パーティー好きな夫　「ホーム・パーティー」　新津きよみ　ミステリー傑作選・特別編6 自選ショート・ミステリー2　講談社(講談社文庫)　2001年10月

岡崎 光也　おかざき・みつや
マンションのベランダから転落死した女・江島千夏の部屋を訪れていたセールスマン 「落下る」 東野圭吾 推理小説年鑑 ザ・ベストミステリーズ2007 講談社 2007年7月

岡崎 容子　おかざき・ようこ
都心の高層マンションに住みホーム・パーティー好きな夫をもつ三十三歳の主婦 「ホーム・パーティー」 新津きよみ ミステリー傑作選・特別編6 自選ショート・ミステリー2 講談社（講談社文庫） 2001年10月

岡澤 和也　おかざわ・かずや
結婚式の二次会で友人でライバルの花婿と花嫁に手品を見せた奇術師 「奇跡」 依井貴裕 ミステリー傑作選・特別編6 自選ショート・ミステリー2 講談社（講談社文庫） 2001年10月

小笠原 積木　おがさわら・つみき
作家 「蓮華の花」 西澤保彦 新世紀「謎（ミステリー）」倶楽部 角川書店 2001年8月

岡島氏　おかじまし
敏腕弁護士 「思い出した…」 畠中恵 推理小説年鑑 ザ・ベストミステリーズ2004 講談社 2004年7月

岡 慎次　おか・しんじ
岡克美の夫、妙子の息子 「克美さんがいる」 あせごのまん 推理小説年鑑 ザ・ベストミステリーズ2006 講談社 2006年7月

岡田　おかだ
高等学校の寮生活をした五人組の一人 「噴火口上の殺人」 岡田鯱彦 甦る推理雑誌1「ロック」傑作選 光文社（光文社文庫） 2002年10月

岡田　おかだ
探偵橋本敏の友人 「真珠塔の秘密」 甲賀三郎 幻の探偵雑誌7「新趣味」傑作選 光文社（光文社文庫） 2001年11月

緒方　おがた
実業家の森清氏が謎の自殺をした直前に家を訪問した男 「背信」 南達夫（直井明） 甦る推理雑誌9「別冊宝石」傑作選 光文社（光文社文庫） 2003年11月

尾形　おがた
レズビアン・バーの老バーテンダー 「翡翠」 山崎洋子 事件現場に行こう-日本ベストミステリー選集33 光文社（光文社文庫） 2006年4月；事件現場に行こう 光文社 2001年11月

尾形 綾子　おがた・あやこ
東玉川の邸宅から母子で渋谷のアパートに引っ越してきた娘、尾形博士の遺児 「母の秘密」 渡辺啓助 罠の怪 勉誠出版（べんせいライブラリー） 2002年11月

岡 妙子　おか・たえこ
岡慎次の母、呆け老人 「克美さんがいる」 あせごのまん 推理小説年鑑 ザ・ベストミステリーズ2006 講談社 2006年7月

おかだ

岡田 健一　おかだ・けんいち
T大学のフェンシング部員　「賭ける」　高城高　名作で読む推理小説史 わが名はタフガイ-ハードボイルド傑作選　光文社(光文社文庫)　2006年5月

緒方 三郎　おがた・さぶろう
犯罪科学者、警視庁鑑識課の技師　「赤痣の女」　大坪砂男　甦る推理雑誌9「別冊宝石」傑作選　光文社(光文社文庫)　2003年11月

岡田 春彦　おかだ・はるひこ
シンナー中毒の不良を両刃のダガーでいきなり刺した少年　「エキサイタブルボーイ」　石田衣良　名探偵で行こう-最新ベスト・ミステリー シリーズ・キャラクター編　光文社(光文社文庫)　2001年9月

尾形 幹生　おがた・みきお
定年退職者、旧友の見舞いに通う男　「まなざしの行方」　桐生典子　紅迷宮　祥伝社(祥伝社文庫)　2002年6月

岡田 行正　おかだ・ゆきまさ
地雷除去技術者としてカンボジア・バッタンバン州に来た大日本高分子化学工業の研究員　「未来へ踏み出す足」　石持浅海　法廷ジャックの心理学　講談社(講談社文庫)　2011年1月；推理小説年鑑 ザ・ベストミステリーズ2007　講談社　2007年7月

岡埜博士　おかのはかせ
精神病院長　「三稜鏡(笠松博士の奇怪な外科医術)」　佐左木俊郎　幻の探偵雑誌10「新青年」傑作選　光文社(光文社文庫)　2002年2月

岡部 真理子　おかべ・まりこ
磯野仁美の栃木の女子高時代の同期生　「返しそびれて」　新津きよみ　ミステリア　祥伝社(祥伝社文庫)　2003年12月

岡 万里夫　おか・まりお
亡くなった製紙界の大立者小池正春の次女の夫　「遺言映画」　夢座海二　甦る推理雑誌7「探偵倶楽部」傑作選　光文社(光文社文庫)　2003年7月

女将　おかみ
栄通りの煮込みが有名な「みの吉」の女将　「かくし味」　野南アサ　マイ・ベスト・ミステリーⅠ　文藝春秋(文春文庫)　2007年8月

女将　おかみ
京都の有名旅館「桔梗屋」の女将　「呪われた密室」　山村美紗　私(わたし)は殺される(女流ミステリー傑作選)　角川春樹事務所(ハルキ文庫)　2001年3月

女将(吉永)　おかみ(よしなが)
「ばんざい屋」という店の女将　「聖夜の憂鬱」　柴田よしき　マイ・ベスト・ミステリーⅠ　文藝春秋(文春文庫)　2007年8月

岡村　おかむら
大学の精神病学の医学士で大心池先生の弟子　「網膜脈視症」　木々高太郎　江戸川乱歩と13人の新青年〈論理派〉編　光文社(光文社文庫)　2008年1月

岡村 柊子　おかむら・しゅうこ
友人の紹介で変わり者の女性の家に同居することになった女　「あなただけを見つめる」
若竹七海　犯人は秘かに笑う-ユーモアミステリー傑作選　光文社(光文社文庫)　2007年1月

岡本 潤一　おかもと・じゅんいち
アパート暮らしの会社員、近所の主婦・戸川冬美をいつも見ている男　「一人芝居」　小池真理子　緋迷宮　祥伝社(祥伝社文庫)　2001年12月

岡本 誠二　おかもと・せいじ
地方新聞の記者　「闇の中の子供」　小松左京　謎002-スペシャル・ブレンド・ミステリー　講談社(講談社文庫)　2007年9月

岡本 千草(浜口 千草)　おかもと・ちぐさ(はまぐち・ちぐさ)
妊婦、ジュエリー・デザイナー鹿本亜由美の小学校時代の同級生　「約束の指」　久美沙織　危険な関係(女流ミステリー傑作選)　角川春樹事務所(ハルキ文庫)　2002年5月

岡山 勝己　おかやま・かつみ
豪華フェリー「マックス」の乗客、闇金の手先として働く男　「マックス号事件」　大倉崇裕　法廷ジャックの心理学　講談社(講談社文庫)　2011年1月

岡山 勝己　おかやま・かつみ
豪華フェリー「マックス」の乗客、闇金の手先として働く男　「福家警部補の災難」　大倉崇裕　本格ミステリ07　講談社(講談社ノベルス)　2007年5月

お加代　おかよ
アパートの経営者剣突剣十郎の姪　「蝙蝠と蛞蝓」　横溝正史　名探偵登場!-日本ミステリー名作館1　KKベストセラーズ　2004年11月

小川 圭二　おがわ・けいじ
学校の人気者で寄宿舎で起った喧嘩の噂の中心になっていた生徒　「噂と真相」　葛山二郎　幻の探偵雑誌7「新趣味」傑作選　光文社(光文社文庫)　2001年11月

小川 圭造　おがわ・けいぞう
邸宅に住む会社重役、川久保澄江を世話する男　「眼の気流」　松本清張　殺意の海　徳間書店(徳間文庫)　2003年9月

小川 玄角　おがわ・げんかく
町医者、吉原の裏門近くに屋敷を持つ男　「吉原雀」　近藤史恵　御白洲裁き　徳間書店(徳間文庫)　2009年12月

小川 実春　おがわ・みはる
列車転覆事故で死亡した女子高校生　「シメントリー」　誉田哲也　現場に臨め-最新ベスト・ミステリー　光文社　2010年10月

小川 洋一郎　おがわ・よういちろう
橋場美緒と同じクラブのバーテン　「嘘つきの足」　佐野洋　殺人買います　講談社(講談社文庫)　2002年8月

おき

隠岐　おき
大阪府警捜査一課の警部　「深夜の客」　山沢晴雄　名探偵で行こう-最新ベスト・ミステリーシリーズ・キャラクター編　光文社(光文社文庫)　2001年9月

おきく
本所緑町の蝋燭問屋「吉野屋」の主人の後妻　「蛇は一匹なり」　笹沢左保　俳句殺人事件-巻頭句の女　光文社(光文社文庫)　2001年4月

お菊　おきく
新選組局長芹沢鴨の情婦で芹沢とともに暗殺されたお梅の妹　「総司が見た」　南原幹雄　偉人八傑推理帖　双葉社(双葉文庫)　2004年7月

沖 計介　おき・けいすけ
代議士、亡くなった製紙界の大立者小池正春の親族　「遺言映画」　夢座海二　甦る推理雑誌7「探偵倶楽部」傑作選　光文社(光文社文庫)　2003年7月

小妃 舞夏　おきさき・まいか
新興宗教XLM(ザルム)の演説を聞いていた美少女　「賢者セント・メーテルの敗北」　小宮英嗣　新・*本格推理 08　光文社(光文社文庫)　2008年3月

尾木 紫苑　おぎ・しおん
八尾市内で起きた殺人事件の被害者の女子高校生　「アポロンのナイフ」　有栖川有栖　推理小説年鑑 ザ・ベストミステリーズ2011　講談社　2011年7月

沖田さん(タキオさん)　おきたさん(たきおさん)
インターネットの掲示板で女子大生・美里と親しくなった大学生　「見えない悪意」　緑川聖司　推理小説年鑑 ザ・ベストミステリーズ2003　講談社　2003年7月

沖田 総司　おきた・そうじ
新選組一番隊長　「前髪の惣三郎」　司馬遼太郎　剣が謎を斬る　光文社(光文社文庫)　2005年4月

沖田 総司　おきた・そうじ
新選組隊士　「総司が見た」　南原幹雄　偉人八傑推理帖　双葉社(双葉文庫)　2004年7月

興津 泰三　おきつ・たいぞう
「興津セキュリティ」社長、元国鉄の運転手　「原宿消えた列車の謎」　山田正紀　名探偵に訊け　光文社　2010年9月

おきぬ
和泉国にある荘園・逆巻庄のある村で湯屋番をする孤児の少女　「刀盗人」　岩井三四二　珍しい物語のつくり方(本格短編ベスト・セレクション)　講談社(講談社文庫)　2010年1月；本格ミステリ06　講談社(講談社ノベルス)　2006年5月

お絹　おきぬ
深川冬木町の長屋に住む娘、左官の卯之吉殺しを自白した女　「しじみ河岸」　山本周五郎　剣が謎を斬る　光文社(光文社文庫)　2005年4月

お君ちゃん　おきみちゃん
撞球場の美しいゲーム取りの娘　「撞球室の七人」　橋本五郎　幻の探偵雑誌9「探偵」傑作選　光文社(光文社文庫)　2002年1月

お清　おきよ*
通町のろうそく問屋「柏屋」の女主人で先代の一人娘　「迷い鳩」　宮部みゆき　死人に口無し　時代推理傑作選　徳間書店　2009年11月

黄木　陽平　おぎ・ようへい
黄木調査事務所の所長　「燻製シラノ」　守友恒　幻の探偵雑誌10「新青年」傑作選　光文社(光文社文庫)　2002年2月

おきん
お春の母親と同じ小料理屋で働いているおばさん　「砂村新田」　宮部みゆき　闇夜の芸術祭　光文社(光文社文庫)　2003年4月

お金　おきん
本所緑町の小間物屋松井屋の娘　「鬼は外」　宮部みゆき　名探偵を追いかけろ-日本ベストミステリー選集34　光文社(光文社文庫)　2007年5月

奥様(夏枝)　おくさま(なつえ)
邸でむごたらしい姿で殺された校長が離縁した妻で急死した女性　「幽霊妻」　大阪圭吉　甦る推理雑誌3「X」傑作選　光文社(光文社文庫)　2002年12月

奥さん(並木 静子)　おくさん(なみき・しずこ)
嘘を平気でいう奥さん　「嘘」　勝伸枝　幻の探偵雑誌10「新青年」傑作選　光文社(光文社文庫)　2002年2月

奥田　敬司　おくだ・けいじ
戦後の占領下日本製のブリキ玩具の製作者だった老人　「ウェルメイド・オキュパイド」　堀燐太郎　新・*本格推理08　光文社(光文社文庫)　2008年3月

奥野　慎一　おくの・しんいち
銀座ソブリン靴店の店主代理を務める靴職人　「スペインの靴」　三上洸　推理小説年鑑　ザ・ベストミステリーズ2007　講談社　2007年7月

おくめ婆さん　おくめばあさん
ケチな婆さん　「犯人当て横丁の名探偵」　仁木悦子　死人に口無し　時代推理傑作選　徳間書店　2009年11月；大江戸事件帖　双葉社(双葉文庫)　2005年7月

小倉　おぐら
大吹雪の曠野を走る終電車の運転手　「吹雪の夜の終電車」　倉光俊夫　甦る推理雑誌3「X」傑作選　光文社(光文社文庫)　2002年12月

憶頼　陽一　おくらい・よういち
私立小椰学園の高等部一年生、マンガ家谷谷谷谷まり江の息子　「アリバイ・ジ・アンビバレンス」　西澤保彦　殺意の時間割　角川書店(角川文庫)　2002年8月

小倉　栄治　おぐら・えいじ
山岳団体「山人会」のリーダー　「生還者」　大倉崇裕　完全犯罪証明書　ミステリー傑作選　講談社(講談社文庫)　2001年4月

おぐら

小倉 紀世治　おぐら・きよはる
大学生、ミステリアス学園ミステリ研究会(ミスミス研)の部長　「ミステリアス学園」　鯨統一郎　論理学園事件帳　講談社(講談社文庫)　2007年1月;本格ミステリ03　講談社(講談社ノベルス)　2003年6月

小倉 正　おぐら・ただし*
渋谷署刑事課強行犯係の係長、警部補　「部下」　今野敏　密室＋アリバイ＝真犯人　講談社(講談社文庫)　2002年2月

小倉 汀　おぐら・なぎさ
スネーク製菓の宣伝部長塩田景吉の秘書　「右腕山上空」　泡坂妻夫　マイ・ベスト・ミステリーⅤ　文藝春秋(文春文庫)　2007年11月

小栗 康介　おぐり・こうすけ
日泉工業高校野球部のキャッチャー　「ボールがない」　鵜林伸也　放課後探偵団　東京創元社(創元推理文庫)　2010年11月

お源　おげん
羅生門河岸の切店の女郎　「羅生門河岸」　都筑道夫　偉人八傑推理帖　双葉社(双葉文庫)　2004年7月

小此木 克郎　おこのぎ・かつお
NPO「いけ！タウン」センターの代表、池袋の地域通貨を発行する男　「キミドリの神様」　石田衣良　推理小説年鑑 ザ・ベストミステリーズ2003　講談社　2003年7月

越坂部　おさかべ
警察官　「悪魔まがいのイリュージョン」　宇田俊吾；春永保　新・本格推理03 りら荘の相続人　光文社(光文社文庫)　2003年3月

越坂部　おさかべ
県警捜査一課の刑事　「湖岸道路のイリュージョン」　宇田俊吾；春永保　新・本格推理02　光文社(光文社文庫)　2002年3月

お咲　おさき
稲荷神の使いであるお狐さまの化身　「八百万」　畠中恵　不思議の足跡−最新ベスト・ミステリー　光文社　2007年10月

尾崎　おざき
印刷屋の老人　「サインペインター」　大倉崇裕　名探偵を追いかけろ−日本ベストミステリー選集34　光文社(光文社文庫)　2007年5月

尾崎 千代　おざき・ちよ
政府の高い地位にある役人の五十嵐磐人邸の女中　「首吊船」　横溝正史　探偵小説の風景 トラフィック・コレクション(上)　光文社(光文社文庫)　2009年5月

尾崎 吉晴　おざき・よしはる
自宅のアトリエに拳銃で撃たれて倒れていた画伯　「呼鈴」　永瀬三吾　江戸川乱歩の推理試験　光文社(光文社文庫)　2009年1月

尾佐竹　おさたけ
探偵好きの大海原の友人　「下駄」　岡戸武平　幻の探偵雑誌6「猟奇」傑作選　光文社(光文社文庫)　2001年3月

長田 真理　おさだ・まり
銀行員の草加俊夫が三井と名乗る男に殺人を依頼したターゲットの女　「教唆は正犯」　秋井裕　新・本格推理05-九つの署名　光文社(光文社文庫)　2005年3月

小佐内さん　おさないさん
高校二年生、同学年の小鳩常悟朗の友　「シャルロットだけはぼくのもの」　米澤穂信　推理小説年鑑 ザ・ベストミステリーズ2006　講談社　2006年7月

小佐内ゆき　おさない・ゆき
高校二年生、同学年の小鳩常悟朗の友　「シェイク・ハーフ」　米澤穂信　珍しい物語のつくり方(本格短編ベスト・セレクション)　講談社(講談社文庫)　2010年1月;本格ミステリ06　講談社(講談社ノベルス)　2006年5月

オサム
トルエン呆けのフリーター　「ちきこん」　大沢在昌　名作で読む推理小説史 わが名はタフガイ-ハードボイルド傑作選　光文社(光文社文庫)　2006年5月

大佛 公介　おさらぎ・こうすけ
警部補　「変装の家」　二階堂黎人　名探偵登場!-日本ミステリー名作館1　KKベストセラーズ　2004年11月

オサル
引き籠もりだった男、隠れ鬼ゲームの参加者　「黄昏時に鬼たちは」　山口雅也　大きな棺の小さな鍵(本格短編ベスト・セレクション)　講談社(講談社文庫)　2009年1月;推理小説年鑑 ザ・ベストミステリーズ2005　講談社　2005年7月

お猿(猿)　おさる(さる)
初詣帰りの電車の運転手のお猿　「お猿電車」　北野勇作　ミステリー傑作選・特別編6 自選ショート・ミステリー2　講談社(講談社文庫)　2001年10月

オザワ
バー「まりえ」の客、オザワは仮名でサングラスをかけた目が不自由な男　「闇の奥」　逢坂剛　スペシャル・ブレンド・ミステリー 謎006　講談社(講談社文庫)　2011年9月

小沢　おざわ
警備会社に勤務する現金輸送車の運転手　「乙女的困惑」　船越百恵　天地驚愕のミステリー　宝島社(宝島社文庫)　2009年8月

小沢 俊之　おざわ・としゆき
少年犯罪の加害者　「償い」　薬丸岳　現場に臨め-最新ベスト・ミステリー　光文社　2010年10月

尾沢 展子　おざわ・のぶこ
山小屋の客、三人連れの大学生グループの女子学生　「天の狗」　鳥飼否宇　推理小説年鑑 ザ・ベストミステリーズ2011　講談社　2011年7月

おじ

叔父　おじ
舞台監督　「ある映画の記憶」　恩田陸　大密室　新潮社(新潮文庫)　2002年2月

お爺さん　おじいさん
新市内荏原町の路地で紙芝居を見に来た女の子に矢庭に飛び付いてさらった紙芝居のお爺さん　「動物園殺人事件」　南澤十七　幻の探偵雑誌8「探偵クラブ」傑作選　光文社(光文社文庫)　2001年12月

お鹿さん　おしかさん
姉のすすめで修一が静養しに来た山の宿のおかみ　「夢の中の顔」　宮野叢子　甦る推理雑誌7「探偵倶楽部」傑作選　光文社(光文社文庫)　2003年7月

押倉　万頭　おしくら・まんとう
名探偵アイを後援している四十歳の独身男　「みんなの殺人」　ひょうた　新・本格推理06-不完全殺人事件　光文社(光文社文庫)　2006年3月

お繁(ナメクジ女史)　おしげ(なめくじじょし)
殺人事件の被害者、アパートの裏の家の妾　「蝙蝠と蛞蝓」　横溝正史　名探偵登場!-日本ミステリー名作館1　KKベストセラーズ　2004年11月

伯父様(関根 多佳雄)　おじさま(せきね・たかお)
渋谷孝子の伯父、推理小説好きの元判事　「往復書簡」　恩田陸　罪深き者に罰を　講談社(講談社文庫)　2002年11月

叔父さん　おじさん
甥夫婦に物置に監禁された老人　「私は死んでいる」　多岐川恭　犯人は秘かに笑う-ユーモアミステリー傑作選　光文社(光文社文庫)　2007年1月

小父さん　おじさん
薬味草(ハーブ)を栽培している小父さん　「パセリ・セージ・ローズマリーそしてタイム」　竹本健治　現代詩殺人事件-ポエジーの誘惑　光文社(光文社文庫)　2005年9月

お静　おしず
浅草花川戸の十軒長屋に住む左官職六蔵の器量好しの娘　「寒バヤ釣りと消えた女」　太田蘭三　殺意の海　徳間書店(徳間文庫)　2003年9月

押田 欽造　おしだ・きんぞう
殺人事件の被害者、高利貸し　「襲われて」　夏樹静子　七つの危険な真実　新潮社(新潮文庫)　2004年2月

お島　おしま
三十年来伊東家に仕えて村では正直者で通っていた夫婦の婆さん　「蔵を開く」　香住春吾　犯人は秘かに笑う-ユーモアミステリー傑作選　光文社(光文社文庫)　2007年1月

お嶋さん　おしまさん
長唄の師匠　「面影双紙」　横溝正史　江戸川乱歩と13人の新青年〈文学派〉編　光文社(光文社文庫)　2008年5月

お嬢様　おじょうさま
日本郵船「箱根丸」の乗客、男爵山之内家の令嬢　「お嬢様出帆」　若竹七海　密室＋アリバイ＝真犯人　講談社(講談社文庫)　2002年2月

お譲様　おじょうさま
陸奥家のひとり娘、身体が弱くて通学以外の外出は滅多にしないお譲様　「くるまれて」葦原崇貴　新・本格推理07-Qの悲劇　光文社（光文社文庫）2007年3月

お嬢さん　おじょうさん
運転手の「私」が東京劇場へ迎えに行ったお嬢さん　「カメレオン」水谷準　幻の探偵雑誌8「探偵クラブ」傑作選　光文社（光文社文庫）2001年12月

お嬢さん　おじょうさん
大切に任務を帯びた「私」が船で出会った二人連れの中国人の美しいお嬢さん　「踊る影絵」大倉燁子　探偵小説の風景　トラフィック・コレクション（下）光文社（光文社文庫）2009年9月

お信　おしん
下谷の搗米屋「加納屋」の台所女中　「時雨鬼」宮部みゆき　推理小説年鑑　ザ・ベストミステリーズ2001　講談社　2001年6月

お新　おしん
「俺」が保養に行って居た温泉町で関係した女乞食　「嬰児の復讐」篠田浩　幻の探偵雑誌8「探偵クラブ」傑作選　光文社（光文社文庫）2001年12月

お新　おしん
漁師町で起きた殺人事件の被害者の女　「蛸つぼ」深尾登美子　甦る推理雑誌10「宝石」傑作選　光文社（光文社文庫）2004年1月

お末　おすえ
本所緑町の小間物屋松井屋の先代の末の妹　「鬼は外」宮部みゆき　名探偵を追いかけろ-日本ベストミステリー選集34　光文社（光文社文庫）2007年5月

お杉　おすぎ
江戸本郷の呉服屋「信濃屋」の奉公人　「振袖と刃物」戸板康二　死人に口無し　時代推理傑作選　徳間書店　2009年11月

オースティン・ヒーリー
英国の政治家（ヨーロッパ相）セドリック卿の美人秘書　「シャーシー・トゥームズの悪夢」深町眞理子　シャーロック・ホームズに愛をこめて　光文社（光文社文庫）2010年1月

尾関謙　おぜき・けん
フリーター、柩島の建物内に閉じ込められた五人の自殺志願者の一人　「嵐の柩島で誰が死ぬ」辻真先　探偵Xからの挑戦状！Season2　小学館（小学館文庫）2011年2月

オセキ婆さん　おせきばあさん
小間物売りの婆さん　「押絵の奇蹟」夢野久作　江戸川乱歩と13人の新青年〈文学派〉編　光文社（光文社文庫）2008年5月

おせき婆さん　おせきばあさん
村一番の旧家徳山家の当主幸左衛門の母　「青田師の事件」土井稔　甦る推理雑誌8「エロティック・ミステリー」傑作選　光文社（光文社文庫）2003年9月

おだ

織田　おだ
英都大学の推理小説研究会のメンバー　「望月周平の秘かな旅」　有栖川有栖　マイ・ベスト・ミステリーⅥ　文藝春秋(文春文庫)　2007年12月

お妙　おたえ
甲府から真南へ下る山道沿いの村落・大関の村の一本足の娘　「峠に哭いた甲州路」　笹沢左保　大江戸事件帖　双葉社(双葉文庫)　2005年7月

お妙　おたえ
小間物屋の娘　「犯人当て横丁の名探偵」　仁木悦子　死人に口無し　時代推理傑作選　徳間書店　2009年11月；大江戸事件帖　双葉社(双葉文庫)　2005年7月

おたえさん
翡翠荘という山荘で起こった怪事件で悲惨な最期を遂げた画家の世話をしていた老婦人　「翡翠荘綺談」　丘美丈二郎　甦る推理雑誌9「別冊宝石」傑作選　光文社(光文社文庫)　2003年11月

お高　おたか
担ぎヤミ屋・井筒健吉の不貞の妻　「愛欲の悪魔-蘇生薬事件」　秦賢助　魔の怪　勉誠出版(べんせいライブラリー)　2002年11月

お多加　おたか
神田大和町の油問屋多津屋主人の新しいおかみ　「八百万」　畠中恵　不思議の足跡-最新ベスト・ミステリー　光文社　2007年10月

おたき
浅草の私娼窟「華ノ家」の娼婦　「魔窟の女」　伊井圭　短歌殺人事件-31音律のラビリンス　光文社(光文社文庫)　2003年4月

おタキ
南神威島の島民の女　「南神威島」　西村京太郎　マイ・ベスト・ミステリーⅣ　文藝春秋(文春文庫)　2007年10月

織田　光次郎　おだ・こうじろう
英都大学の学生、推理小説研究会のメンバー　「蕩尽に関する一考察」　有栖川有栖　推理小説年鑑　ザ・ベストミステリーズ2004　講談社　2004年7月

織田　光次郎　おだ・こうじろう
英都大学経済学部生、推理小説研究会の部員　「桜川のオフィーリア」　有栖川有栖　川に死体のある風景　東京創元社(創元推理文庫)　2010年3月

織田　光次郎　おだ・こうじろう
英都大学推理小説研究会のメンバー、経済学部の2年生　「やけた線路の上の死体」　有栖川有栖　無人踏切-鉄道ミステリー傑作選　光文社(光文社文庫)　2008年11月

小田　信次　おだ・しんじ
墨田ハウスに移り住んで来た細島あきと同棲するようになった男　「唄わぬ時計」　大阪圭吉　悪魔黙示録「新青年」一九三八-探偵小説暗黒の時代へ　光文社(光文社文庫)　2011年8月

小田 慎三　おだ・しんぞう
神田須田町の内科病院の経営者　「ダンシング・ロブスターの謎」　加納一朗　シャーロック・ホームズに愛をこめて　光文社(光文社文庫)　2010年1月

小田 清三　おだ・せいぞう
或る別荘で惨殺された実業家の小田夫妻の若い当主　「彼が殺したか」　浜尾四郎　江戸川乱歩と13人の新青年〈論理派〉編　光文社(光文社文庫)　2008年1月

尾田 徹治　おだ・てつじ
元刑事、久野和子の父親で団地に一人で住む男　「日の丸あげて」　赤川次郎　マイ・ベスト・ミステリーIV　文藝春秋(文春文庫)　2007年10月

織田 信長　おだ・のぶなが
安土城主、前右大臣　「修道士の首」　井沢元彦　偉人八傑推理帖　双葉社(双葉文庫)　2004年7月

織田 真弓　おだ・まゆみ
失踪したミスニッポンの女　「血のロビンソン」　渡辺啓助　幻の探偵雑誌4「探偵春秋」傑作選　光文社(光文社文庫)　2001年1月

お民　おたみ
遠州小松村に住む渡世人・七五郎の女房　「森の石松」　都筑道夫　北村薫の本格ミステリ・ライブラリー　角川書店(角川文庫)　2001年8月

小田 道子　おだ・みちこ
或る別荘で惨殺された実業家の小田夫妻の美人妻　「彼が殺したか」　浜尾四郎　江戸川乱歩と13人の新青年〈論理派〉編　光文社(光文社文庫)　2008年1月

小田 洋介　おだ・ようすけ
二十何年ぶりに高校の同級生と会って少年の頃に聞いた怪談話をした男　「羅漢崩れ」　飛鳥部勝則　ベスト本格ミステリ 2011　講談社(講談社ノベルス)　2011年6月；名探偵で行こう-最新ベスト・ミステリー　シリーズ・キャラクター編　光文社(光文社文庫)　2001年9月

落合　おちあい
警部　「債権」　木々高太郎　幻の探偵雑誌4「探偵春秋」傑作選　光文社(光文社文庫)　2001年1月

落合 聡美　おちあい・さとみ
アパレルメーカーのアシスタント・デザイナー、上司・諏訪祥一の不倫相手　「絵心伝心」　法月綸太郎　推理小説年鑑 ザ・ベストミステリーズ2003　講談社　2003年7月

越智 慎次　おち・しんじ
編集プロダクションのライター、篠原公一の相棒　「花を見る日」　香納諒一　名探偵で行こう-最新ベスト・ミステリー　シリーズ・キャラクター編　光文社(光文社文庫)　2001年9月

オッサン
夜の森で翔が出会った幽霊に詳しいオッサン　「嘘をついた」　吉来駿作　七つの死者の囁き　新潮社(新潮文庫)　2008年12月

おつた

おつた
吉原の遊女、目の中から糸が出てくるようになった女 「吉原首代売女御免帳」 平山夢明 暗闇を見よ 光文社 2010年11月

おつた
深川の口入れ屋「桂庵」の女房 「時雨鬼」 宮部みゆき 推理小説年鑑 ザ・ベストミステリーズ2001 講談社 2001年6月

夫 おっと
「私」と離婚した映画監督の夫 「彼らの静かな日常」 小池真理子 事件現場に行こう-日本ベストミステリー選集33 光文社(光文社文庫) 2006年4月;事件現場に行こう 光文社 2001年11月

夫 おっと
旅行代理店の営業所勤務のサラリーマン 「氷砂糖」 冨士本由紀 殺人買います 講談社(講談社文庫) 2002年8月

夫(尾上 鴻三) おっと(おのえ・こうぞう*)
尾上晏子の夫、岡山の資産家の三男 「海馬にて」 浅黄斑 罪深き者に罰を 講談社(講談社文庫) 2002年11月

夫(夫妻) おっと(ふさい)
「わたし」を交通事故で下半身不随にした責任をとって妻に迎えた夫 「愛妻」 川野京輔 ミステリー傑作選・特別編6 自選ショート・ミステリー2 講談社(講談社文庫) 2001年10月

夫と妻(夫妻) おっととつま(ふさい)
夫たる青年が東京駅前で未知の婦人から預かった赤ン坊を宅へ連れ帰り育てている夫妻 「愛の為めに」 甲賀三郎 幻の探偵雑誌5「探偵文藝」傑作選 光文社(光文社文庫) 2001年2月

おてる
池の端べっ甲問屋の後家 「振袖と刃物」 戸板康二 死人に口無し 時代推理傑作選 徳間書店 2009年11月

お姚 おとう
千両小町とうたわれた呉服店「井筒屋」の一人娘 「目吉の死人形」 泡坂妻夫 江戸の名探偵 徳間書店(徳間文庫) 2009年10月

弟 おとうと
パパもママもいなくなった森の中のお城にひとりで住んでいる女の子ジェルソミーナの双子の弟 「ふたり遊び」 篠田真由美 青に捧げる悪夢 角川書店 2005年3月

音川 三奈子 おとかわ・みなこ
タレント斡旋業の社長 「おれたちの街」 逢坂剛 現場に臨め-最新ベスト・ミステリー 光文社 2010年10月

お時 おとき
長屋の火事で焼け死んだ女、料理職人の勝次郎の細君 「越後獅子」 羽志主水 幻の探偵雑誌10「新青年」傑作選 光文社(光文社文庫) 2002年2月

お徳　おとく
煮売屋、深川・幸兵衛長屋に住む女　「なけなし三昧」　宮部みゆき　推理小説年鑑 ザ・ベストミステリーズ2003　講談社　2003年7月

男　おとこ
ひとりの犯罪歴のある男　「神々の大罪」　門前典之　名探偵で行こう-最新ベスト・ミステリーシリーズ・キャラクター編　光文社（光文社文庫）　2001年9月

男　おとこ
レストランで女とメンチボールを食べてホテル「あいびき」へ行った男　「あいびき」　吉行淳之介　北村薫の本格ミステリ・ライブラリー　角川書店（角川文庫）　2001年8月

男　おとこ
崖から転落し逆さまの車内に閉じこめられた「私」たちが助けを求めた男　「他人事」　平山夢明　名作で読む推理小説史 ふるえて眠れない-ホラーミステリー傑作選　光文社（光文社文庫）　2006年9月

男　おとこ
汽車の中で煙草を吸いたくてもそれを購うに足るだけの金さえ持ち合いしていなかった男　「彼の失敗」　井田敏行　探偵小説の風景 トラフィック・コレクション（上）　光文社（光文社文庫）　2009年5月

男　おとこ
渋谷駅前で通行人を観察していた男　「新・D坂の殺人事件」　恩田陸　江戸川乱歩に愛をこめて　光文社（光文社文庫）　2011年2月

男　おとこ
妾を囲っていた酒屋の元店主　「裏切りの遁走曲」　鈴木輝一郎　殺人買います　講談社（講談社文庫）　2002年8月

男　おとこ
真夜中に臨時列車を追いかけていた男　「臨時列車」　江坂遊　有栖川有栖の鉄道ミステリ・ライブラリー　角川書店（角川文庫）　2004年10月

男　おとこ
退屈した「私」に面白い経験をさせようと云う男　「猟奇商人」　城昌幸　悪魔黙示録「新青年」一九三八-探偵小説暗黒の時代へ　光文社（光文社文庫）　2011年8月

男　おとこ
定期船三等船室で新聞記者の「私」に奇怪な物語を話した男　「砂丘」　水谷準　探偵小説の風景 トラフィック・コレクション（下）　光文社（光文社文庫）　2009年9月

男　おとこ
都会へ出たが敗残者となって故郷へ帰る「彼」に汽車の中で視線を向けていた一人の男　「視線」　本田緒生　探偵小説の風景 トラフィック・コレクション（上）　光文社（光文社文庫）　2009年5月

男　おとこ
夜行列車の二等席に乗った逃亡者の男　「颱風圏」　曾我明　探偵小説の風景 トラフィック・コレクション（上）　光文社（光文社文庫）　2009年5月

おとこ

男(井原 泰三)　おとこ(いはら・たいぞう*)
行方不明の井原優の父親、長野県警塩尻警察署刑事課巡査部長　「公僕の鎖」　新野剛志　罪深き者に罰を　講談社(講談社文庫)　2002年11月

男(田中)　おとこ(たなか)
宝物殿の前にあるベンチに腰を降ろした男　「鳩」　北方謙三　マイ・ベスト・ミステリーⅡ　文藝春秋(文春文庫)　2007年8月

男(橋本 周平)　おとこ(はしもと・しゅうへい)
リストラされた元編集者、昌美と不倫をする中年男　「灯油の尽きるとき」　篠田節子　嘘つきは殺人のはじまり　講談社(講談社文庫)　2003年9月

男(パパ)　おとこ(ぱぱ)
妻の去ったあとマイシン屋敷とよばれる一軒家で一人で少年を育てあげた研究者の男　「海」　なだいなだ　現代詩殺人事件-ポエジーの誘惑　光文社(光文社文庫)　2005年9月

男と女(女と男)　おとことおんな(おんなとおとこ)
たまたま同じ飛行機に乗り合わせた初対面の男と女　「あの紫は」　皆川博子　現代詩殺人事件-ポエジーの誘惑　光文社(光文社文庫)　2005年9月

男の児(富雄)　おとこのこ(とみお)
混血児らしい碧い眼の男の児　「碧い眼」　潮寒二　甦る推理雑誌6「探偵実話」傑作選　光文社(光文社文庫)　2003年5月

音無 美紀　おとなし・よしき
美男の独身警部、女刑事・則竹佐智枝の上司　「お弁当ぐるぐる」　西澤保彦　あなたが名探偵　東京創元社(創元推理文庫)　2009年4月

音野 要　おとの・かなめ
ドイツの国立楽団の指揮者、名探偵音野順の兄　「見えないダイイングメッセージ」　北山猛邦　本格ミステリ08　講談社(講談社ノベルス)　2008年6月

音野 順　おとの・じゅん
名探偵　「見えないダイイングメッセージ」　北山猛邦　本格ミステリ08　講談社(講談社ノベルス)　2008年6月

音野 順　おとの・じゅん
名探偵　「毒入りバレンタイン・チョコ」　北山猛邦　名探偵に訊け　光文社　2010年9月

音道 貴子　おとみち・たかこ
機動捜査隊に所属する女刑事　「山背吹く」　乃南アサ　紫迷宮　祥伝社(祥伝社文庫)　2002年12月

音宮 美夜　おとみや・みや
音に色が見える探偵　「楢山鍵店、最後の鍵」　天祢涼　密室晩餐会　原書房　2011年6月

おとよ
臨時廻り同心井筒平四郎の甥・弓之助の従姉、藍玉問屋「河合屋」の分家の娘　「なけなし三昧」　宮部みゆき　推理小説年鑑 ザ・ベストミステリーズ2003　講談社　2003年7月

お仲　おなか
お春の母親　「砂村新田」　宮部みゆき　闇夜の芸術祭　光文社(光文社文庫)　2003年4月

鬼ヶ嶽谷右衛門　おにがたけたにえもん
力士、東幕下筆頭　「赤い鞭」　逢坂剛　江戸の名探偵　徳間書店(徳間文庫)　2009年10月

鬼殺しの仙吉　おにごろしのせんきち
大道将棋師　「海猫岬」　山村正夫　スペシャル・ブレンド・ミステリー　謎006　講談社(講談社文庫)　2011年9月

鬼貫　おにつら
警部　「鮎川哲也を読んだ男」　三浦大　無人踏切-鉄道ミステリー傑作選　光文社(光文社文庫)　2008年11月

鬼貫　おにつら
大連・沙河口署の警部　「『樽の木荘』の悲劇」　長谷川順子；田辺正幸　新・本格推理02　光文社(光文社文庫)　2002年3月

鬼貫　おにぬき*
熊本市県警察本部の辛島警視の友人　「呪縛再現(後篇)」　中川透(鮎川哲也)　甦る推理雑誌5「密室」傑作選　光文社(光文社文庫)　2003年3月

御庭　素斗　おにわ・もと
市立中学生、アル中の父と暮らす頭のいい子　「人類なんて関係ない」　平山夢明　ミステリ愛。免許皆伝!　講談社(講談社ノベルス)　2010年3月

お縫の方　おぬいのかた
伊勢国長島藩の藩主増山河内守の愛妾　「首」　山田風太郎　江戸川乱歩と13の宝石　光文社(光文社文庫)　2007年5月

小沼 志津子　おぬま・しずこ
殺人事件の被害者、バー「タンジール」の経営者　「だって、冷え性なんだモン!」　愛川晶　新世紀「謎(ミステリー)」倶楽部　角川書店　2001年8月

おねえさま
死にかけたペットの放置場で"壊れた少女"を拾った「わたくし」(妹)が恋い慕う姉　「壊れた少女を拾ったので」　遠藤徹　推理小説年鑑 ザ・ベストミステリーズ2006　講談社　2006年7月

小野　おの
貝塚の発掘現場の小屋で死体で発見された大学助教授　「密室の石棒」　藤原遊子　新・本格推理07-Qの悲劇　光文社(光文社文庫)　2007年3月

尾上　鴻三　おのえ・こうぞう*
尾上晏子の夫、岡山の資産家の三男　「海馬にて」　浅黄斑　罪深き者に罰を　講談社(講談社文庫)　2002年11月

尾上　晏子(ヤッチン)　おのえ・やすこ*(やっちん)
尾上鴻三の妻、横田の旅先の"行きずりの女"　「海馬にて」　浅黄斑　罪深き者に罰を　講談社(講談社文庫)　2002年11月

おのけ

小野 景子　おの・けいこ
貝塚の発掘現場の小屋で死体で発見された小野助教授の妻　「密室の石棒」　藤原遊子
新・本格推理07-Qの悲劇　光文社(光文社文庫)　2007年3月

小野刑事　おのけいぶ
長野県警の刑事　「あずさ3号殺人事件」　西村京太郎　全席死定-鉄道ミステリー名作館
徳間書店(徳間文庫)　2004年3月

小野 新二郎　おの・しんじろう
貸家で亡くなった山本貞助の友人、神田の病院に勤める医者　「氷を砕く」　延原謙　幻の
探偵雑誌10「新青年」傑作選　光文社(光文社文庫)　2002年2月

小野田 賢吉　おのだ・けんきち
子供のころ「おら」と二人で村の奥にある谷で雀の墓場を見つけた友達　「雀谷」　半村良
名作で読む推理小説史 ふるえて眠れない-ホラーミステリー傑作選　光文社(光文社文庫)
2006年9月

小野田 玲子　おのだ・れいこ
殺人事件の被害者、新宿裏の店に勤める女　「夜の二乗」　連城三紀彦　謎005-スペシャ
ル・ブレンド・ミステリー　講談社(講談社文庫)　2010年9月

小野寺 海彦　おのでら・うみひこ
衣装デザイナーで女社長の倉石千夏の秘書　「左手でバーベキュー」　霞流一　あなたが
名探偵　東京創元社(創元推理文庫)　2009年4月

小野寺 邦子　おのでら・くにこ
推理小説作家　「お試し下さい」　佐野洋　マイ・ベスト・ミステリーⅠ　文藝春秋(文春文庫)
2007年8月

小野寺 宏　おのでら・ひろし
松江市内の大手スーパーの仕入係、魚の行商をしている矢代文代の恋人　「海猫岬」　山
村正夫　スペシャル・ブレンド・ミステリー　謎006　講談社(講談社文庫)　2011年9月

小野寺 瑞枝　おのでら・みずえ*
山陰線に乗って昔の恋人と雪国の温泉へ行った人妻　「吹雪心中」　山田風太郎　全席死
定-鉄道ミステリー名作館　徳間書店(徳間文庫)　2004年3月

小野寺 佳枝　おのでら・よしえ
下田美智男の愛人、同じ会社に勤務する会社員　「烏勧請」　歌野晶午　殺人買います　講
談社(講談社文庫)　2002年8月

小野 増次郎　おの・ますじろう
北町奉行所定廻り同心　「死霊の手」　鳥羽亮　乱歩賞作家白の謎　講談社　2006年6月

小野 八重子　おの・やえこ
山深い村に伝わる祭祀・鬼哭念仏で巫女を務めた村の女性　「鬼無里」　北森鴻　推理小
説年鑑 ザ・ベストミステリーズ2006　講談社　2006年7月

叔母　おば
作家の"私"が慕っていた学者の叔父の妻　「鬼女の夢」　高橋克彦　推理小説年鑑 ザ・
ベストミステリーズ2003　講談社　2003年7月

叔母（堂本 悦子）　おば（どうもと・えつこ）
海水浴場の入り江で死亡した叔母　「ある映画の記憶」　恩田陸　大密室　新潮社（新潮文庫）　2002年2月

おばあさん
色の黒い中学生のよし子の酒場を一人で切廻しているおばあさん　「似合わない指輪」　竹村直伸　江戸川乱歩と13の宝石　第二集　光文社（光文社文庫）　2007年9月

オバQ　おばきゅう
小学六年生、殺人犯を見た子ども　「一匹や二匹」　仁木悦子　ねこ！ネコ！猫！（NEKOミステリー傑作選）　徳間書店（徳間文庫）　2008年10月；謎003-スペシャル・ブレンド・ミステリー　講談社（講談社文庫）　2008年9月

オーヴァーダン
依頼人の青年、ケンフォード大ラグビー・チームのキャプテン　「三人の剥製」　北原尚彦　天地驚愕のミステリー　宝島社（宝島社文庫）　2009年8月

お初　おはつ
一膳飯屋「姉妹屋」の妹娘　「迷い鳩」　宮部みゆき　死人に口無し　時代推理傑作選　徳間書店　2009年11月

お花　おはな
岡っ引きの茂七が拾った孤児、人の似顔を描くのが上手い少女　「鬼は外」　宮部みゆき　名探偵を追いかけろ-日本ベストミステリー選集34　光文社（光文社文庫）　2007年5月

お花　おはな
三宅島の流人、吉原の遊女　「赦免花は散った」　笹沢左保　マイ・ベスト・ミステリーⅣ　文藝春秋（文春文庫）　2007年10月

尾花 源一　おばな・げんいち
中学教師、尾花妙子の夫　「先生の裏わざ」　佐野洋　嘘つきは殺人のはじまり　講談社（講談社文庫）　2003年9月

尾花 妙子　おばな・たえこ
良則の担任教師、尾花源一の妻　「先生の裏わざ」　佐野洋　嘘つきは殺人のはじまり　講談社（講談社文庫）　2003年9月

小浜 専造　おはま・せんぞう
茅ヶ崎はずれの自宅で殺されていた金融業者　「無人踏切」　鮎川哲也　無人踏切-鉄道ミステリー傑作選　光文社（光文社文庫）　2008年11月

小原 庄助　おはら・しょうすけ
バラバラ死体の発見者で失踪した行商人の男　「砧最初の事件」　山沢晴雄　無人踏切-鉄道ミステリー傑作選　光文社（光文社文庫）　2008年11月

お春　おはる
深川海辺大工町の長屋に住む娘　「砂村新田」　宮部みゆき　闇夜の芸術祭　光文社（光文社文庫）　2003年4月

おびひ

帯広 達也　おびひろ・たつや
ホテル「緑風荘」の客、雑誌記者　「達也が笑う」　鮎川哲也　贈る物語 Mystery　光文社（光文社文庫）2006年10月

オフィーリア
水死した乙女、ポローニアスの娘　「オフィーリアの埋葬」　大岡昇平　現代詩殺人事件-ポエジーの誘惑　光文社(光文社文庫)　2005年9月

お坊っちゃま　おぼっちゃま
タクシー運転手の息子、父の遺品の市街道路地図を引き取った男　「独白するユニバーサル横メルカトル」　平山夢明　推理小説年鑑 ザ・ベストミステリーズ2006　講談社　2006年7月

オマル・ナジワール
中央アジアの国の村出身の男、アラブ系イスラム教徒　「バグズ・ヘブン」　柄刀一　名探偵に訊け　光文社　2010年9月

お万　おまん
元芸者、関取の妾　「力士の妾宅」　多岐川恭　御白洲裁き　徳間書店(徳間文庫)　2009年12月

尾身　おみ
湖畔のバンガローに泊まった男女六人のハイカー達の一人　「湖畔の死」　後藤幸次郎　甦る推理雑誌8「エロティック・ミステリー」傑作選　光文社(光文社文庫)　2003年9月

おみね
お菜屋、深川・幸兵衛長屋に移ってきた女　「なけなし三昧」　宮部みゆき　推理小説年鑑 ザ・ベストミステリーズ2003　講談社　2003年7月

緒宮 兼松　おみや・かねまつ
高知の地方で名を馳せた緒宮一族の当主　「時の結ぶ密室」　柄刀一　密室殺人大百科 下　講談社(講談社文庫)　2003年9月

おみよ
日本橋の呉服屋「幸菊」の番頭格・与市の老母、失踪して二十年後に死体で見つかった指物職人平助の女房　「まぶたの父」　岡田秀文　御白洲裁き　徳間書店(徳間文庫)　2009年12月

お美代　おみよ
上野黒門町の醤油問屋「近江屋」の七歳の娘　「博打眼」　宮部みゆき　Anniversary 50 カッパ・ノベルス創刊50周年記念作品　光文社　2009年12月

お美代　おみよ
本所相生町の長屋に住む大工の娘　「形見」　小杉健治　死人に口無し 時代推理傑作選　徳間書店　2009年11月

おむつ先生　おむつせんせい
めぐみ幼稚園の先生　「ママは空に消える」　我孫子武丸　名探偵で行こう-最新ベスト・ミステリー シリーズ・キャラクター編　光文社(光文社文庫)　2001年9月

おむら
目明しむささびの源次の女房 「首」 山田風太郎 江戸川乱歩と13の宝石 光文社(光文社文庫) 2007年5月

お村 おむら
醜女の派出看護婦、学生良吉の同棲相手 「死の愛欲」 大下宇陀児 人間心理の怪 勉誠出版(べんせいライブラリー) 2003年3月

御室 貞正 おむろ・さだまさ＊
二見ヶ浦神社の宮司 「酷い天罰」 夏樹静子 悪魔のような女 角川春樹事務所(ハルキ文庫) 2001年7月

御室 貞正 おむろ・さだまさ＊
二見ヶ浦神社の宮司 「酷い天罰」 夏樹静子 謎002-スペシャル・ブレンド・ミステリー 講談社(講談社文庫) 2007年9月

親父 おやじ
栄通りの煮込みが有名な「みの吉」の親父 「かくし味」 野南アサ マイ・ベスト・ミステリーⅠ 文藝春秋(文春文庫) 2007年8月

尾山 おやま
具象彫刻の老舗の「フォルムギャラリー」社長 「永遠縹渺」 黒川博行 密室＋アリバイ＝真犯人 講談社(講談社文庫) 2002年2月

小山田教授 おやまだきょうじゅ
富嶽大学理学部化学科の教授 「四枚のカード」 乾くるみ 名探偵に訊け 光文社 2010年9月;本格ミステリ08 講談社(講談社ノベルス) 2008年6月

小山田 健治 おやまだ・けんじ
作家の君村義一の友人、司法浪人の大学生 「夏 夏に散る花」 我孫子武丸 まほろ市の殺人-推理アンソロジー 祥伝社(NON NOVEL) 2009年3月

小山田 幸助 おやまだ・こうすけ
私立探偵鵜飼杜夫の依頼人、建設会社社長 「時速四十キロの密室」 東川篤哉 新・＊本格推理 特別編 光文社(光文社文庫) 2009年3月

小山田 鉄平 おやまだ・てっぺい
奥州三春藩士、許嫁加代の死の真相をつきとめようとした男 「ひぐらし蝉」 角田喜久雄 大江戸事件帖 双葉社(双葉文庫) 2005年7月

小山田 レイ おやまだ・れい
エッセイスト・シナリオライター 「野犬狩り」 篠田節子 闇夜の芸術祭 光文社(光文社文庫) 2003年4月

尾山 三重子 おやま・みえこ
国府津のホテルで起った「心中事件」で死んだ二人の女 「地獄に結ぶ恋」 渡辺文子 幻の探偵雑誌10「新青年」傑作選 光文社(光文社文庫) 2002年2月

おタ おゆう
武蔵の国日野宿の両替屋の娘 「赦免花は散った」 笹沢左保 マイ・ベスト・ミステリーⅣ 文藝春秋(文春文庫) 2007年10月

おゆき

お雪　おゆき
伝法探偵の助手の近藤青年の生れ故郷である和歌山県下の農村にいた後家の娘　「村の殺人事件」　島久平　甦る推理雑誌2「黒猫」傑作選　光文社（光文社文庫）　2002年11月

お雪　おゆき
東両国の水茶屋「東屋」の女主人、長崎に祖先を持つ蘭家の支族の者　「飛竜剣」　野村胡堂　江戸の名探偵　徳間書店（徳間文庫）　2009年10月

およし
一膳飯屋「姉妹屋」の妹娘お初の義姉、「姉妹屋」の女主人　「迷い鳩」　宮部みゆき　死人に口無し　時代推理傑作選　徳間書店　2009年11月

お良　およし
指貫藤助の妹、新橋の芸妓小よし　「イエスの裔」　柴田錬三郎　文豪のミステリー小説　集英社（集英社文庫）　2008年2月

およね
川魚料理屋の女中、お杉の幼馴染　「振袖と刃物」　戸板康二　死人に口無し　時代推理傑作選　徳間書店　2009年11月

折江　おりえ
泥棒が入ってお婆さんが殺された家の隣家の主人浅田の妻　「秘められたる挿話」　松本泰　探偵小説の風景　トラフィック・コレクション（上）　光文社（光文社文庫）　2009年5月

折川　秀壱　おりかわ・ひでいち
都内北澤署の署長、警視　「まだらの紐、再び」　霧舎巧　密室殺人大百科　上　講談社（講談社文庫）　2003年9月

折口　幸雄　おりくち・ゆきお＊
自分が秘書をつとめる子会社の社長を階段から突き落として殺した男　「いたずらな妖精」　縄田厚　甦る推理雑誌8「エロティック・ミステリー」傑作選　光文社（光文社文庫）　2003年9月

織田さん　おりたさん
高校生、須川のクラスメイト　「恋のおまじないのチンク・ア・チンク」　相沢沙呼　放課後探偵団　東京創元社（創元推理文庫）　2010年11月

折原　けい　おりはら・けい
女性新聞記者　「鬼子母神の選択肢」　北森鴻　新世紀「謎（ミステリー）」倶楽部　角川書店　2001年8月

折本　おりもと
ブルドッグの飼い主・水谷律美の恋人　「風の誘い」　北川歩実　推理小説年鑑　ザ・ベストミステリーズ2001　講談社　2001年6月

オルガス
富豪、スペイン一の薬品メーカーの創業者　「ミハスの落日」　貫井徳郎　大密室　新潮社（新潮文庫）　2002年2月

オルガンティーノ
カトリック司祭、安土セミナリオの校長 「修道士の首」 井沢元彦 偉人八傑推理帖 双葉社(双葉文庫) 2004年7月

オルテガ
コルシカ島で日本人探偵の「私」に封筒をある人物に届けてほしいと頼んできたギャングの親分らしい老人 「コルシカの愛に」 藤田宜永 ミステリー傑作選・特別編5 自選ショート・ミステリー 講談社(講談社文庫) 2001年6月

折木 奉太郎　おれき・ほうたろう
神山高校生 「心あたりのある者は」 米澤穂信 法廷ジャックの心理学 講談社(講談社文庫) 2011年1月;推理小説年鑑 ザ・ベストミステリーズ2007 講談社 2007年7月

オロチョン少年　おろちょんしょうねん
終戦時北満砂金区にあった古城のような事務所を占有していた七人の日本人の給仕 「芍薬の墓」 島田一男 甦る推理雑誌2「黒猫」傑作選 光文社(光文社文庫) 2002年11月

オロール
モンマルトルにあるレビューの舞台「ムーラン・ルージュ」の黒髪の踊り子、少年アンリ・バンコランの幼なじみ 「少年バンコラン! 夜歩く犬」 桜庭一樹 密室と奇蹟-J・D・カー生誕百周年記念アンソロジー 東京創元社 2006年11月

O・Y　おーわい
丘の上に不思議な家を建てた建築家 「建築家の死」 横溝正史 幻の探偵雑誌8「探偵クラブ」傑作選 光文社(光文社文庫) 2001年12月

園生寺 鏡子(孔雀夫人)　おんじょうじ・きょうこ(くじゃくふじん)
葉山の海岸にほど近い別荘でパーティーを開いた美貌の未亡人 「孔雀夫人の誕生日」 山村正夫 江戸川乱歩の推理教室 光文社(光文社文庫) 2008年9月

恩田 道夫　おんだ・みちお
中野の下宿「東栄荘」の住人 「ドア←→ドア」 歌野晶午 新世紀「謎(ミステリー)」倶楽部 角川書店 2001年8月;完全犯罪証明書 ミステリー傑作選 講談社(講談社文庫) 2001年4月

女　おんな
「私」と豆菊の匂いがする車で旅を続けた女 「豆菊」 角田喜久雄 探偵小説の風景 トラフィック・コレクション(下) 光文社(光文社文庫) 2009年9月

女　おんな
マンションに一人暮らしの女 「かるかや」 北村薫 事件現場に行こう-日本ベストミステリー選集33 光文社(光文社文庫) 2006年4月;事件現場に行こう 光文社 2001年11月

女　おんな
レストランで男とメンチボールを食べてホテル「あいびき」へ行った女 「あいびき」 吉行淳之介 北村薫の本格ミステリ・ライブラリー 角川書店(角川文庫) 2001年8月

おんな

女　おんな
駅前で男が墓口をすり盗ったと警官に訴えていたけばけばしい粉飾の眼に立つ女 「女と群衆」 葛山二郎　幻の探偵雑誌8「探偵クラブ」傑作選　光文社(光文社文庫) 2001年12月

女　おんな
研修医の「俺」が捨てたナースの亜由美と仲良しの医者の女 「ぽきぽき」 五十嵐貴久　暗闇を追いかけろ-日本ベストミステリー選集35　光文社(光文社文庫) 2008年5月

女　おんな
上野から「私」と同じ汽車に乗った婦人で殺人事件の容疑者の女 「髭」 佐々木味津三　探偵小説の風景トラフィック・コレクション（上）　光文社(光文社文庫) 2009年5月

女　おんな
新大久保のマンションに暮らす綺麗な女 「世界は冬に終わる」 香納諒一　ミステリー傑作選・特別編6 自選ショート・ミステリー2　講談社(講談社文庫) 2001年10月

女　おんな
船の中で「僕」に頼み事をしてきた仏蘭西人の女 「鑑定料」 城昌幸　探偵小説の風景トラフィック・コレクション（下）　光文社(光文社文庫) 2009年9月

女　おんな
男を殺して新宿駅から快速「ムーンライトえちご」に乗った女 「危険な乗客」 折原一　M列車(ミステリー・トレイン)で行(い)こう　光文社　2001年10月

女　おんな
逃亡者の男が夜行列車の中で突然邂逅した愛人の女 「颱風圏」 曾我明　探偵小説の風景トラフィック・コレクション（上）　光文社(光文社文庫) 2009年5月

女　おんな
表参道の占いの部屋の女 「メフィスト・ソナタ」 小沢章友　ミステリー傑作選・特別編6 自選ショート・ミステリー2　講談社(講談社文庫) 2001年10月

女(新婦)　おんな(しんぷ)
ホテルでハンドバッグから白い封筒をすってしまった新婦の女 「最後の仕事」 五谷翔　ミステリー傑作選・特別編6 自選ショート・ミステリー2　講談社(講談社文庫) 2001年10月

女(芳野)　おんな(よしの)
「私」が二三年前に上海へ旅行する航海の汽船の中で暫く関係を結んで居た女 「秘密」 谷崎潤一郎　マイ・ベスト・ミステリーⅥ　文藝春秋(文春文庫) 2007年12月

女と男　おんなとおとこ
たまたま同じ飛行機に乗り合わせた初対面の男と女 「あの紫は」 皆川博子　現代詩殺人事件-ポエジーの誘惑　光文社(光文社文庫) 2005年9月

女の子　おんなのこ
怪盗道化師(ピエロ)にビルの影をぬすんでほしいと頼んだ女の子 「怪盗道化師 第三話 影を盗む男」 はやみねかおる　ミステリー傑作選・特別編5 自選ショート・ミステリー　講談社(講談社文庫) 2001年6月

女の子　おんなのこ
渋谷の高台にあるアパートに住む女の二つか三つ位の女の子供　「鼠はにっこりこ」飛鳥高　江戸川乱歩と13の宝石　光文社（光文社文庫）　2007年5月

【か】

カー
作家、BBCのラジオドラマライター　「ジョン・ディクスン・カー氏、ギデオン・フェル博士に会う」芦部拓　密室と奇蹟-J・D・カー生誕百周年記念アンソロジー　東京創元社　2006年11月

母さん　かあさん
大家族の柳沢家のお母さん　「小さな異邦人」連城三紀彦　現場に臨め-最新ベスト・ミステリー　光文社　2010年10月

外交官夫人（夫人）　がいこうかんふじん（ふじん）
結核患者で妊娠した外交官夫人　「印象」小酒井不木　幻の探偵雑誌10「新青年」傑作選　光文社（光文社文庫）　2002年2月

怪人吸血魔（吸血魔）　かいじんきゅうけつま（きゅうけつま）
黒マントに黒めがねの怪人　「吸血魔」高木彬光　少年探偵王　本格推理マガジン-文庫雑誌/ぼくらの推理冒険物語　光文社（光文社文庫）　2002年4月

かいじん四十めんそう　かいじんしじゅうめんそう
まほうつかいのような大どろぼう、へんそうのだいめいじん　「ふしぎな人」江戸川乱歩；岩田浩昌画　少年探偵王　本格推理マガジン-文庫雑誌/ぼくらの推理冒険物語　光文社（光文社文庫）　2002年4月

怪人四十面相（四十面相）　かいじんしじゅうめんそう（しじゅうめんそう）
怪盗　「霧にとけた真珠」江戸川乱歩　江戸川乱歩の推理試験　光文社（光文社文庫）　2009年1月

かいじん二十めんそう　かいじんにじゅうめんそう
まほうつかいのような大どろぼう、へんそうのだいめいじん　「かいじん二十めんそう」江戸川乱歩；藤子・F・不二雄；しのだひでお画　少年探偵王　本格推理マガジン-文庫雑誌/ぼくらの推理冒険物語　光文社（光文社文庫）　2002年4月

かいじん二十めんそう　かいじんにじゅうめんそう
まほうつかいのような大どろぼう、へんそうのだいめいじん　「名たんていと二十めんそう」江戸川乱歩；岩田浩昌画　少年探偵王　本格推理マガジン-文庫雑誌/ぼくらの推理冒険物語　光文社（光文社文庫）　2002年4月

怪人二十面相（二十面相）　かいじんにじゅうめんそう（にじゅうめんそう）
大犯罪者　「怪人明智文代」大槻ケンヂ　江戸川乱歩に愛をこめて　光文社（光文社文庫）　2011年2月

かいせ

貝瀬 正幸　かいせ・まさゆき＊
J県警本部警務課企画調査官、警視　「動機」　横山秀夫　罪深き者に罰を　講談社(講談社文庫)　2002年11月

貝田　かいだ
行方不明になった会社社長　「怪物」　島久平　甦る推理雑誌8「エロティック・ミステリー」傑作選　光文社(光文社文庫)　2003年9月

会長　かいちょう
「東京しあわせクラブ」を主宰している女性　「東京しあわせクラブ」　朱川湊人　不思議の足跡-最新ベスト・ミステリー　光文社　2007年10月

会長　かいちょう
居酒屋「朔さん」の二階で独りで暮らしている全盲の老人、もとはテキヤの親分　「「密室」作ります」　長坂秀佳　乱歩賞作家赤の謎　講談社　2006年4月

会長　かいちょう
初瀬橋タクシー会長、大隈浩一の父親　「裏切りの遁走曲」　鈴木輝一郎　殺人買います　講談社(講談社文庫)　2002年8月

甲斐 智子　かい・ともこ
地方紙「県民新聞」の社会部記者の妻　「眼前の密室」　横山秀夫　深夜バス78回転の問題(本格短編ベスト・セレクション)　講談社(講談社文庫)　2008年1月;本格ミステリ04　講談社(講談社ノベルス)　2004年6月

貝沼 倫子　かいぬま・みちこ
逆立ち死体で発見された殺人事件の被害者、深海博士の愛人　「飛行する死人」　青池研吉　甦る推理雑誌1「ロック」傑作選　光文社(光文社文庫)　2002年10月

海馬 弘樹　かいば・ひろき
焼肉屋で働く若者、交通事故を起こした男　「エンドコール・メッセージ」　山之内正文　推理小説年鑑 ザ・ベストミステリーズ2002　講談社　2002年7月

貝山 公成　かいやま・きみなり
東京国立市の喫茶店「紫煙」の店長　「変装の家」　二階堂黎人　名探偵登場!-日本ミステリー名作館1　KKベストセラーズ　2004年11月

カイユ
FMはごろもラジオのパーソナリティ　「周波数は77.4MHz」　初野晴　名探偵に訊け　光文社　2010年9月

カエル
殺人で千葉刑務所に服役する成瀬の担当看守　「グレーテスト・ロマンス」　桐野夏生　乱歩賞作家黒の謎　講談社　2006年7月

果織　かおり
主婦渡辺美也子と小学生時代からライバル関係にある女　「永遠に恋敵」　新津きよみ　ときめき　広済堂出版(広済堂文庫)　2005年1月

香織　かおり
「僕」の三十歳で心の病気になった妻　「夢想の部屋」　岩井志麻子　暗闇を追いかけろ-日本ベストミステリー選集35　光文社(光文社文庫)　2008年5月

香織　かおり
高校時代の仲間三人と新年会をした女性　「新年会の話題」　浅川純　ミステリー傑作選・特別編6　自選ショート・ミステリー2　講談社(講談社文庫)　2001年10月

香織　かおり
主婦、コンサルタント会社を経営する邦夫の妻　「ヒーラー」　篠田節子　推理小説年鑑　ザ・ベストミステリーズ2004　講談社　2004年7月

馨　かおる
小学校から帰る途中の公園で男に誘拐された三人の少女の一人　「攫われて」　小林泰三　青に捧げる悪夢　角川書店　2005年3月;殺人鬼の放課後-ミステリ・アンソロジーⅡ　角川書店(角川文庫)　2002年2月

薫　かおる
吉原「松葉屋」の花魁　「怪異投込寺」　山田風太郎　剣が謎を斬る　光文社(光文社文庫)　2005年4月

画家　がか
ミステリー・クラブの会員の画家　「りんご裁判」　土屋隆夫　甦る推理雑誌7「探偵倶楽部」傑作選　光文社(光文社文庫)　2003年7月

加賀　敏夫　かが・としお
加賀ゆきえと再婚した夫、保険会社の営業所の社員　「真夏の誘拐者」　折原一　嘘つきは殺人のはじまり　講談社(講談社文庫)　2003年9月

加賀美　敬介　かがみ・けいすけ
警視庁捜査一課の警部　「緑亭の首吊男」　角田喜久雄　甦る推理雑誌1「ロック」傑作選　光文社(光文社文庫)　2002年10月

カカユエット
モンマルトルにあるレビューの舞台「ムーラン・ルージュ」で働くアルジェリア移民の小間使い男　「少年バンコラン! 夜歩く犬」　桜庭一樹　密室と奇蹟-J・D・カー生誕百周年記念アンソロジー　東京創元社　2006年11月

加賀　ゆきえ　かが・ゆきえ
加賀敏夫の妻、誘拐された大介の母親　「真夏の誘拐者」　折原一　嘘つきは殺人のはじまり　講談社(講談社文庫)　2003年9月

香川　千晶　かがわ・ちあき
短大を卒業し入社してこの四月に営業部に配属された美人　「盗聴」　浅黄斑　ミステリー傑作選・特別編5　自選ショート・ミステリー　講談社(講談社文庫)　2001年6月

香川　知美　かがわ・ともみ
歌舞伎町の安アパートに住む林の小学校の級友で街角に立つ女　「人こひ初めしはじめなり」　飯野文彦　暗闇を追いかけろ-日本ベストミステリー選集35　光文社(光文社文庫)　2008年5月

かがわ

香川 麻紀子　かがわ・まきこ
尾上鴻三の不倫相手、同じ会社の事務員 「海馬にて」 浅黄斑 罪深き者に罰を 講談社（講談社文庫）2002年11月

香川 康弘　かがわ・やすひろ
妻殺しの被疑者 「頼まれた男」 新津きよみ 闇夜の芸術祭 光文社（光文社文庫） 2003年4月

香川 優子　かがわ・ゆうこ
香川康弘の妻 「頼まれた男」 新津きよみ 闇夜の芸術祭 光文社（光文社文庫）2003年4月

垣内　かきうち
書斎で子供相手に"二十の扉"に戯れていた直後に死体で発見された教授 「二十の扉は何故悲しいか」 香住春作 甦る推理雑誌3「X」傑作選 光文社（光文社文庫）2002年12月

柿崎 慎吾　かきざき・しんご
大学生、大学の近くにある安アパート・メゾン・カサブランカの大家 「メゾン・カサブランカ」 近藤史恵 探偵Xからの挑戦状! Season2 小学館（小学館文庫）2011年2月

垣園 達也　かきぞの・たつや
刑事、カウンセラーの綿貫巌の友人 「殺人の陽光」 森輝喜 新・本格推理04-赤い館の怪人物 光文社（光文社文庫）2004年3月

柿沼 達也　かきぬま・たつや
高等学校の寮生活をした五人組の一人で親分格の男 「噴火口上の殺人」 岡田鯱彦 甦る推理雑誌1「ロック」傑作選 光文社（光文社文庫）2002年10月

下級の蛙男　かきゅうのかえるおとこ
太平洋の外れにある蛙男島の高貴な家に仕えている下級の蛙男 「蛙男島の蜥蜴女」 高橋城太郎 新・本格推理05-九つの署名 光文社（光文社文庫）2005年3月

カクストン
スコットランドヤードの探偵 「日蔭の街」 松本泰 幻の探偵雑誌5「探偵文藝」傑作選 光文社（光文社文庫）2001年2月

学生　がくせい
卒業演奏で誰も弾いたことのない曲を弾きたい音楽大学の学生 「メフィスト・ソナタ」 小沢章友 ミステリー傑作選・特別編6 自選ショート・ミステリー2 講談社（講談社文庫）2001年10月

角蔵　かくぞう
一膳飯屋の主、文次の雇い主で元火消し 「だるま猫」 宮部みゆき 剣が謎を斬る 光文社（光文社文庫）2005年4月

角造　かくぞう
お春の父親、屋根職人 「砂村新田」 宮部みゆき 闇夜の芸術祭 光文社（光文社文庫）2003年4月

角野　かくの
大正西署の刑事　「錆」　黒川博行　ミステリー傑作選・特別編6 自選ショート・ミステリー2　講談社(講談社文庫)　2001年10月

影　かげ
ブーの国の中学生フエが廃バスの中で出会った人間の影　「影屋の告白」　明川哲也　推理小説年鑑 ザ・ベストミステリーズ2006　講談社　2006年7月

筧　卯三郎　かけい・うさぶろう
小普請の御家人、関口無心流柔術の遣い手で始末屋稼業をする男　「娘のいのち濡れ手で千両」　結城昌治　死人に口無し 時代推理傑作選　徳間書店　2009年11月

影山　かげやま
「宝生グループ」総帥・宝生清太郎邸の執事兼運転手　「殺人現場では靴をお脱ぎください」　東川篤哉　名探偵に訊け　光文社　2010年9月；本格ミステリ08　講談社(講談社ノベルス)　2008年6月

影山　かげやま
財閥・宝生家に仕える執事兼運転手　「死者からの伝言をどうぞ」　東川篤哉　ベスト本格ミステリ2011　講談社(講談社ノベルス)　2011年6月

陰山　達郎　かげやま・たつろう*
麻布のスナック「ルート66」の経営者、元新橋のキャバレーのボーイ長　「じっとこのまま」　藤田宜永　恋は罪つくり　光文社(光文社文庫)　2005年7月

加護　祥斎　かご・しょうさい
絵画修復士・御倉瞬介の家の家政夫　「デューラーの瞳」　柄刀一　名探偵の奇跡-日本ベストミステリー選集　光文社(光文社文庫)　2010年5月；名探偵の奇跡-最新ベスト・ミステリー　光文社　2007年9月

籠谷　かごたに
大阪府立高校の教師　「錆」　黒川博行　ミステリー傑作選・特別編6 自選ショート・ミステリー2　講談社(講談社文庫)　2001年10月

笠井　清美　かさい・きよみ
やくざの元情婦で静岡県警の若い刑事が結婚を考えている女　「椿の入墨」　高橋治　警察小説傑作短編集　ランダムハウス講談社(ランダムハウス講談社文庫)　2009年7月

笠井　ミサ子　かさい・みさこ
浅草のヴァライエテ・ショウ山木座のレビウガール　「レビウガール殺し」　延原謙　江戸川乱歩と13人の新青年〈文学派〉編　光文社(光文社文庫)　2008年5月

笠井　美代子　かさい・みよこ
高校生、校舎の屋上から落ちて死んだ行原達也にラブレターを送った女子生徒　「小さな故意の物語」　東野圭吾　マイ・ベスト・ミステリーⅤ　文藝春秋(文春文庫)　2007年11月

風岡　俊一　かざおか・しゅんいち*
失踪したカルト詩人　「黒い家」　倉阪鬼一郎　名作で読む推理小説史 ふるえて眠れない-ホラーミステリー傑作選　光文社(光文社文庫)　2006年9月

かささ

華沙々木　かささぎ
日暮といっしょにリサイクルショップを経営している男　「橘の寺」　道尾秀介　推理小説年鑑　ザ・ベストミステリーズ2011　講談社　2011年7月

笠戸 久美　かさど・くみ*
女流茶人、Mデパート「茶道名宝展」の関係者　「帰り花」　長井彬　謎003-スペシャル・ブレンド・ミステリー　講談社(講談社文庫)　2008年9月

笠野 フミ江　かさの・ふみえ*
画家波島遼五を世に出した画商の男に囲われていた日本橋の女　「夜の自画像」　連城三紀彦　推理小説年鑑 ザ・ベストミステリーズ2009　講談社　2009年7月

風早 仙吉(鬼殺しの仙吉)　かざはや・せんきち(おにごろしのせんきち)
大道将棋師　「海猫岬」　山村正夫　スペシャル・ブレンド・ミステリー 謎006　講談社(講談社文庫)　2011年9月

笠原(大家)　かさはら(おおや)
「サンライトハイツ」の二代目のオーナー、元お笑いコンビ「セロリジャム」の一人　「公僕の鎖」　新野剛志　罪深き者に罰を　講談社(講談社文庫)　2002年11月

笠原 信二郎　かさはら・しんじろう
尾形綾子の職場の同僚、ナホトカからの引きあげ者　「母の秘密」　渡辺啓助　罠の怪　勉誠出版(べんせいライブラリー)　2002年11月

笠原 幹夫　かさはら・みきお
立川署の刑事・堀井のマンションの隣室に住む俳句好きの老人　「死の肖像」　勝目梓　俳句殺人事件-巻頭句の女　光文社(光文社文庫)　2001年4月

風間　かざま
J新聞のキャップ　「魔女狩り」　横山秀夫　名探偵で行こう-最新ベスト・ミステリー シリーズ・キャラクター編　光文社(光文社文庫)　2001年9月

笠松 真吉　かさまつ・しんきち
特急電車内で殺害された証券会社の社長　「死の超特急」　鷲尾三郎　江戸川乱歩の推理教室　光文社(光文社文庫)　2008年9月

笠松博士　かさまつはかせ
警察署に来た青年が首無し死体事件の犯人だと云う外科の博士　「三稜鏡(笠松博士の奇怪な外科医術)」　佐左木俊郎　幻の探偵雑誌10「新青年」傑作選　光文社(光文社文庫)　2002年2月

風祭 恭平　かざまつり・きょうへい
元私立探偵　「2031探偵物語秘密」　柴田よしき　名探偵で行こう-最新ベスト・ミステリー シリーズ・キャラクター編　光文社(光文社文庫)　2001年9月

風祭警部　かざまつりけいぶ
国立署の警部、中堅自動車メーカー「風祭モータース」の御曹司　「殺人現場では靴をお脱ぎください」　東川篤哉　名探偵に訊け　光文社　2010年9月;本格ミステリ08　講談社(講談社ノベルス)　2008年6月

風祭警部　かざまつりけいぶ
国立署の警部、中堅自動車メーカー「風祭モータース」の御曹司　「死者からの伝言をどうぞ」　東川篤哉　ベスト本格ミステリ2011　講談社(講談社ノベルス)　2011年6月

風見 恵介　かざみ・けいすけ
中央新聞社多摩東部支社の新聞記者　「開けるな」　若竹七海　危険な関係(女流ミステリー傑作選)　角川春樹事務所(ハルキ文庫)　2002年5月

風見 研介　かざみ・けんすけ
殺人事件の被害者、伊津子の先の夫　「不思議な母」　大下宇陀児　甦る推理雑誌1「ロック」傑作選　光文社(光文社文庫)　2002年10月

風見 桃子　かざみ・ももこ
女子校に通う高校生、夏休みに離れ島に行って置き去りにされた五人の少女たちの一人　「この島でいちばん高いところ」　近藤史恵　絶海　祥伝社(NON NOVEL)　2002年10月

香椎 唯司　かしい・ただし
美容室チェーン「アルファ・ラボ」三号店のアシスタント、気が利く若者　「エクステ効果」　菅浩江　推理小説年鑑　ザ・ベストミステリーズ2007　講談社　2007年7月

梶川 律子　かじかわ・りつこ
三人組の男に輪姦されたうえ湖に落された若い女　「般若の目」　時織深　新・本格推理06-不完全殺人事件　光文社(光文社文庫)　2006年3月

梶 龍男　かじ・たつお
拳闘教習所が兇行現場の密室殺人事件の被害者、バンタム級のチャンピオン　「罪な指」　本間田麻誉　甦る推理雑誌9「別冊宝石」傑作選　光文社(光文社文庫)　2003年11月

梶田 登喜子　かじた・ときこ
殺人事件の被害者、中年の未亡人　「ジャケット背広スーツ」　都筑道夫　マイ・ベスト・ミステリーVI　文藝春秋(文春文庫)　2007年12月

梶間　かじま
香具師の老人　「悪魔のトリル」　高橋克彦　江戸川乱歩に愛をこめて　光文社(光文社文庫)　2011年2月

鹿島 史郎　かしま・しろう*
宍戸澄江の恋人、叔母夫婦の家に間借りしている男　「雪崩」　鷲尾三郎　水の怪　勉誠出版(べんせいライブラリー)　2003年3月

鹿島 玲子　かしま・れいこ
薩摩平太郎の愛人、整体師　「白い顔」　若竹七海　闇夜の芸術祭　光文社(光文社文庫)　2003年4月

梶村　かじむら
浅間の温泉場へ遁れて来て死を決した教授　「情獄」　大下宇陀児　江戸川乱歩と13人の新青年〈文学派〉編　光文社(光文社文庫)　2008年5月

梶本 克也　かじもと・かつや
グラスワークという自然保護団体の代表者　「吾輩は密室である」　ひょうた　新・本格推理04-赤い館の怪人物　光文社(光文社文庫)　2004年3月

かじも

梶本 大介　かじもと・だいすけ
会社のオペレーター 「ダイエット狂想曲」 近藤史恵　名探偵で行こう-最新ベスト・ミステリー　シリーズ・キャラクター編　光文社(光文社文庫)　2001年9月

歌若　かじゃく
浜村屋一座の役者 「黄昏の幻想」 深谷延彦　幻の探偵雑誌8「探偵クラブ」傑作選　光文社(光文社文庫)　2001年12月

柏　かしわ
倫敦(ロンドン)で遊民生活を送る日本人青年の飯田の友人、画家 「日蔭の街」 松本泰　幻の探偵雑誌5「探偵文藝」傑作選　光文社(光文社文庫)　2001年2月

柏木　かしわぎ
大学の芸術学部文芸科生、聴き屋と呼ばれる聴き上手な青年 「からくりツィスカの余命」　市井豊　ベスト本格ミステリ2011　講談社(講談社ノベルス)　2011年6月

柏木　かしわぎ
大学の芸術学部文芸科生、聴き屋と呼ばれる聴き上手な青年 「横槍ワイン」 市井豊　放課後探偵団　東京創元社(創元推理文庫)　2010年11月

柏木 英治　かしわぎ・えいじ
荻窪署保安課の刑事 「少年と少女の密室」 大山誠一郎　密室晩餐会　原書房　2011年6月

柏木 真一(シンちゃん)　かしわぎ・しんいち(しんちゃん)
組長を殺して南米リオへ逃亡しリゾート地のコパカバーナ海岸に滞在していたヤクザ 「コパカバーナの棹師」 垣根涼介　事件の痕跡-最新ベスト・ミステリー　光文社　2007年11月

柏木 一重　かしわぎ・ひとえ
湯浅夏美の会社の同僚、長江高明宅での生ガキパーティーに参加した女 「Rのつく月には気をつけよう」 石持浅海　推理小説年鑑 ザ・ベストミステリーズ2006　講談社　2006年7月

柏木 村尾　かしわぎ・むらお
山荘で殺害された被害者の女性の父親、画家 「カントールの楽園で」 小田牧央　新・本格推理04-赤い館の怪人物　光文社(光文社文庫)　2004年3月

柏田 栄一　かしわだ・えいいち
加賀ゆきえの前夫 「真夏の誘拐者」 折原一　嘘つきは殺人のはじまり　講談社(講談社文庫)　2003年9月

柏原 則夫　かしわばら・のりお
名探偵山根敏の友 「十年の密室・十分の消失」 東篤哉　新・本格推理02　光文社(光文社文庫)　2002年3月

梶原 芹香　かじわら・せりか
自殺した中学生・榎木のどかの同級生 「三猿ゲーム」 矢野龍王　ミステリ魂。校歌斉唱!　講談社(講談社文庫)　2010年3月

梶原 尚人　かじわら・なおと
蝦蟇骨スカイラインで接触事故を起こしたRVカーの運転手　「弓投げの崖を見てはいけない」　道尾秀介　蝦蟇倉市事件1　東京創元社(ミステリ・フロンティア)　2010年1月

梶原 日名子　かじわら・ひなこ
自殺した天才ヴァイオリニスト　「第二の失恋」　大倉燁子　甦る推理雑誌3「X」傑作選　光文社(光文社文庫)　2002年12月

カズ
ディスコのボーイをしていた専門学校生、大学生加納康一の友人　「六本木・うどん」　大沢在昌　ときめき　広済堂出版(広済堂文庫)　2005年1月

カズ
渋谷の悪ガキ、稔の鑑別所仲間　「M」　馳星周　闇夜の芸術祭　光文社(光文社文庫)　2003年4月

カーズィム
トルコ人留学生、大学の近くにある安アパート・メゾン・カサブランカの住人　「メゾン・カサブランカ」　近藤史恵　探偵Xからの挑戦状! Season2　小学館(小学館文庫)　2011年2月

一夫　かずお
三人兄弟の長男、浦和達也の兄で発電所の技術者　「鮎川哲也を読んだ男」　三浦大　無人踏切-鉄道ミステリー傑作選　光文社(光文社文庫)　2008年11月

和雄　かずお
山奥の宿へ借金のカタに売春婦として勤めにやってきた静子の子供　「ねじれた記憶」　高橋克彦　マイ・ベスト・ミステリーIV　文藝春秋(文春文庫)　2007年10月

一夫君　かずおくん
少年探偵「空気人間」　鮎川哲也;谷俊彦画　少年探偵王 本格推理マガジン-文庫雑誌/ぼくらの推理冒険物語　光文社(光文社文庫)　2002年4月

一夫君　かずおくん
少年探偵「時計塔」　鮎川哲也;谷俊彦画　少年探偵王 本格推理マガジン-文庫雑誌/ぼくらの推理冒険物語　光文社(光文社文庫)　2002年4月

一夫君　かずおくん
少年探偵「呪いの家」　鮎川哲也;谷俊彦画　少年探偵王 本格推理マガジン-文庫雑誌/ぼくらの推理冒険物語　光文社(光文社文庫)　2002年4月

春日　かすが
探偵　「誘拐者」　山下利三郎　幻の探偵雑誌7「新趣味」傑作選　光文社(光文社文庫)　2001年11月

春日 華凛　かすが・かりん
鉄道爆破事件に巻き込まれて死んだ叔父の葬儀に参列してローカル線の終電に乗り損なってしまった女性　「とむらい鉄道」　小貫風樹　推理小説年鑑 ザ・ベストミステリーズ2004　講談社　2004年7月;新・本格推理03 りら荘の相続人　光文社(光文社文庫)　2003年

かずき

香月 圭吾　かずき・けいご
池尻にある「プロフェッショナルバー・香月」のバーマン、バーマン工藤哲也の兄弟子　「ラストマティーニ」北森鴻　推理小説年鑑 ザ・ベストミステリーズ2007　講談社　2007年7月

カースケ(大地 河介)　かーすけ(おおち・かわすけ)
文系の大学の2年生、「ミステリー研究会」の会員　「素人カースケの世紀の対決」二階堂黎人　殺人買います　講談社(講談社文庫)　2002年8月

ガスケル
倫敦(ロンドン)のグレー街に住む老人で日本人青年の飯田の雇い主　「日蔭の街」松本泰　幻の探偵雑誌5「探偵文藝」傑作選　光文社(光文社文庫)　2001年2月

和子(玲奈)　かずこ(れな)
サーカス団でアクロバットをする少女　「サダオ」竹河聖　危険な関係(女流ミステリー傑作選)　角川春樹事務所(ハルキ文庫)　2002年5月

和子夫人　かずこふじん
尾形綾子の母、北満の油田技師だった尾形博士の未亡人　「母の秘密」渡辺啓助　罠の怪　勉誠出版(べんせいライブラリー)　2002年11月

上総 敬次朗　かずさ・けいじろう
美紅の伯父、退職して伯母の介護をしている夫　「洗足の家」永井するみ　らせん階段　角川春樹事務所(ハルキ文庫)　2003年5月

上総 草子　かずさ・そうこ
美紅の伯母、車椅子の生活を送っている女　「洗足の家」永井するみ　らせん階段　角川春樹事務所(ハルキ文庫)　2003年5月

カースティアズ卿　かーすてぃあずきょう
シャーウッドの屋敷に隠棲する老人、元ホワイトホール(ロンドンの官公庁街)の高官で名探偵ベルトランの友　「「首吊り判事」邸の奇妙な犯罪」加賀美雅之　不可能犯罪コレクション　原書房　2009年6月

霞田 志郎　かすみだ・しろう
マンガ家霞田千鶴の兄　「四角い悪夢」太田忠司　紅い悪夢の夏(本格短編ベスト・セレクション)　講談社(講談社文庫)　2004年12月;本格ミステリ01　講談社(講談社ノベルス)　2001年7月

霞田 志郎　かすみだ・しろう*
名探偵の小説家、霞田千鶴の兄　「罪なき人々VS.ウルトラマン」太田忠司　密室殺人大百科 上　講談社(講談社文庫)　2003年9月

霞田 千鶴　かすみだ・ちづる
マンガ家、霞田志郎の妹　「四角い悪夢」太田忠司　紅い悪夢の夏(本格短編ベスト・セレクション)　講談社(講談社文庫)　2004年12月;本格ミステリ01　講談社(講談社ノベルス)　2001年7月

霞田 千鶴　かすみだ・ちづる*
漫画家　「罪なき人々VS.ウルトラマン」太田忠司　密室殺人大百科 上　講談社(講談社文庫)　2003年9月

霞 夕子　かすみ・ゆうこ
東京地検一方面係の主任検事　「橋の下の凶器」　夏樹静子　幻惑のラビリンス　光文社（光文社文庫）　2001年5月

カズヤ
魔力を宿す声を持つ「僕」と同じ高校に通う弟　「神の言葉」　乙一　推理小説年鑑 ザ・ベストミステリーズ2002　講談社　2002年7月

一代（イッチョ）　かずよ（いっちょ）
大家族の柳沢家の子供、中学三年生　「小さな異邦人」　連城三紀彦　現場に臨め-最新ベスト・ミステリー　光文社　2010年10月

かずら
別腸が家事を任してある女性　「椛山訪雪図」　泡坂妻夫　マイ・ベスト・ミステリーV　文藝春秋（文春文庫）　2007年11月

加瀬　かせ
ジャーナリスト　「消えた貨車」　夢座海二　無人踏切-鉄道ミステリー傑作選　光文社（光文社文庫）　2008年11月

加瀬　かせ
極東ニュース映画社の企画編集員　「偽装魔」　夢座海二　魔の怪　勉誠出版（べんせいライブラリー）　2002年11月

加瀬　かせ
極東ニュース映画社の記者　「遺言映画」　夢座海二　甦る推理雑誌7「探偵倶楽部」傑作選　光文社（光文社文庫）　2003年7月

加瀬　かせ
元文学青年の若い刑事　「探偵小説作家」　楠田匡介　甦る推理雑誌7「探偵倶楽部」傑作選　光文社（光文社文庫）　2003年7月

加瀬 直紀　かせ・なおき
有限会社「サイバーブレーン」社長、元帝都銀行員　「銀行狐」　池井戸潤　推理小説年鑑 ザ・ベストミステリーズ2002　講談社　2002年7月

加田 英司　かた・えいじ*
京都のホテルに勤めるバーテンダー、日野陽太郎の友人　「葡萄果の藍暴き昼」　赤江瀑　短歌殺人事件-31音律のラビリンス　光文社（光文社文庫）　2003年4月

片岡　かたおか
サングラスにアロハシャツの暴力団員風情の男　「見晴台の惨劇」　山村正夫　江戸川乱歩の推理試験　光文社（光文社文庫）　2009年1月

片岡夫人　かたおかふじん
団地アパートに住んでいる安サラリーマンの妻の八人の主婦の一人　「如菩薩団」　筒井康隆　スペシャル・ブレンド・ミステリー 謎006　講談社（講談社文庫）　2011年9月

片岡 めぐみ　かたおか・めぐみ
東敬大学民俗学の市民講座の受講者　「奇偶論」　北森鴻　本格ミステリ08　講談社（講談社ノベルス）　2008年6月

かたお

片岡 勇介　かたおか・ゆうすけ
斑鳩の森博物館の館長で脳の研究者だった如月教授の血縁者、養護施設から引き取られた中学生「トワイライト・ミュージアム」初野晴　忍び寄る闇の奇譚　講談社（講談社ノベルス）2008年11月

片桐 勲　かたぎり・いさお
教団の若者組の山岳清浄行を率いる班長、美しく賢い青年「滝」奥泉光　北村薫のミステリー館　新潮社（新潮文庫）2005年10月

片桐 恵梨　かたぎり・えり
フィリピン・ツアー中にセブ市で起こったテロ事件で死んだ女「セブ島の青い海」井上夢人　探偵Xからの挑戦状！　小学館（小学館文庫）2009年1月

片桐 恵梨子　かたぎり・えりこ
「私」が中学時代に恋した女子生徒で自殺を装って殺された少女「金木犀の香り」鷹将純一郎　新・本格推理04-赤い館の怪人物　光文社（光文社文庫）2004年3月

片桐 克史　かたぎり・かつし
会社員、子連れの美佐恵と結婚しようとした男「ドールハウス」牧村泉　ミステリア　祥伝社（祥伝社文庫）2003年12月

片桐 倫子　かたぎり・ともこ
安藤清の元暴走族仲間・片桐勇樹の妹、メルヘンを読む少女「メルヘン」山岡都　ミステリア　祥伝社（祥伝社文庫）2003年12月

片桐 博史　かたぎり・ひろし*
パチンコ店の店員「真夏の誘拐者」折原一　嘘つきは殺人のはじまり　講談社（講談社文庫）2003年9月

片桐 美佐恵　かたぎり・みさえ
片桐克史の妻、結婚直前に連れ子の貴明を亡くした女「ドールハウス」牧村泉　ミステリア　祥伝社（祥伝社文庫）2003年12月

片桐 睦月　かたぎり・むつき
行方不明の姉の調査を依頼してきた女性「2031探偵物語秘密」柴田よしき　名探偵で行こう-最新ベスト・ミステリー　シリーズ・キャラクター編　光文社（光文社文庫）2001年9月

片桐 萌　かたぎり・もえ
依頼人の片桐睦月の行方不明の姉「2031探偵物語秘密」柴田よしき　名探偵で行こう-最新ベスト・ミステリー　シリーズ・キャラクター編　光文社（光文社文庫）2001年9月

片桐 芳彦　かたぎり・よしひこ
ジャズベーシスト、日本のナンバーワンといわれる大物奏者「砕けちる褐色」田中啓文　珍しい物語のつくり方(本格短編ベスト・セレクション)　講談社（講談社文庫）2010年1月；本格ミステリ06　講談社（講談社ノベルス）2006年5月

片瀬 静子　かたせ・しずこ
住宅販売会社の営業マン片瀬満男の妻「不文律」宮部みゆき　私(わたし)は殺される(女流ミステリー傑作選)　角川春樹事務所（ハルキ文庫）2001年3月

片瀬 満男　かたせ・みつお
住宅販売会社の営業マン、家族を乗せた車ごと海に転落した男「不文律」宮部みゆき　私(わたし)は殺される(女流ミステリー傑作選)　角川春樹事務所(ハルキ文庫)　2001年3月

潟田 直次　かただ・なおつぐ
N市立図書館の新任副館長「図書館滅ぶべし」門井慶喜　名探偵に訊け　光文社　2010年9月

片手の竹　かたてのたけ
留置場内で死亡した暴力団の親分「推理の花道」土屋隆夫　甦る推理雑誌6「探偵実話」傑作選　光文社(光文社文庫)　2003年5月

加田 十冬　かだ・とおふ
画家「椛山訪雪図」泡坂妻夫　マイ・ベスト・ミステリーV　文藝春秋(文春文庫)　2007年11月

片目 珍作　かため・ちんさく
自称探偵小説作家「二十の扉は何故悲しいか」香住春作　甦る推理雑誌3「X」傑作選　光文社(光文社文庫)　2002年12月

片目 珍作　かため・ちんさく
探偵作家「化け猫奇談 片目君の捕物帳」香住春作　甦る推理雑誌4「妖奇」傑作選　光文社(光文社文庫)　2003年1月

片山　かたやま
医大の学生「剥製の刺青(黄金仮面えぴそうど)」深谷延彦　幻の探偵雑誌8「探偵クラブ」傑作選　光文社(光文社文庫)　2001年12月

片山 九十郎　かたやま・くじゅうろう
北町奉行所定廻り同心、俳人小林一茶に知恵を借りる男「蛇は一匹なり」笹沢左保　俳句殺人事件–巻頭句の女　光文社(光文社文庫)　2001年4月

片山 晴美　かたやま・はるみ
警視庁の刑事片山義太郎の妹「三毛猫ホームズの無人島」赤川次郎　幻惑のラビリンス　光文社(光文社文庫)　2001年5月

片山 晴美　かたやま・はるみ
警視庁捜査一課の刑事・片山義太郎の妹「三毛猫ホームズの遺失物」赤川次郎　名探偵を追いかけろ–日本ベストミステリー選集34　光文社(光文社文庫)　2007年5月

片山 晴美　かたやま・はるみ
警視庁捜査一課の刑事片山義太郎の妹「三毛猫ホームズのバカンス」赤川次郎　名探偵登場!–日本ミステリー名作館1　KKベストセラーズ　2004年11月

片山 晴美　かたやま・はるみ
片山刑事の妹「三毛猫ホームズと永遠の恋人」赤川次郎　名探偵で行こう–最新ベスト・ミステリー シリーズ・キャラクター編　光文社(光文社文庫)　2001年9月

かたや

片山 正義　かたやま・まさよし
東京田無署の部長刑事 「窮鼠の悲しみ」 鷹将純一郎　新・本格推理02　光文社(光文社文庫)　2002年3月

片山 義太郎　かたやま・よしたろう
刑事 「三毛猫ホームズと永遠の恋人」 赤川次郎　名探偵で行こう-最新ベスト・ミステリーシリーズ・キャラクター編　光文社(光文社文庫)　2001年9月

片山 義太郎　かたやま・よしたろう
刑事、三毛猫の飼い主 「保健室の午後」 赤川次郎　ねこ!ネコ!猫!(NEKOミステリー傑作選)　徳間書店(徳間文庫)　2008年10月

片山 義太郎　かたやま・よしたろう
警視庁の刑事 「三毛猫ホームズの無人島」 赤川次郎　幻惑のラビリンス　光文社(光文社文庫)　2001年5月

片山 義太郎　かたやま・よしたろう
警視庁捜査一課の刑事、片山晴美の兄 「三毛猫ホームズのバカンス」 赤川次郎　名探偵登場!-日本ミステリー名作館1　KKベストセラーズ　2004年11月

片山 義太郎　かたやま・よしたろう
警視庁捜査一課の刑事、片山晴美の兄 「三毛猫ホームズの遺失物」 赤川次郎　名探偵を追いかけろ-日本ベストミステリー選集34　光文社(光文社文庫)　2007年5月

勝 海舟　かつ・かいしゅう
明治の英傑 「ああ無情」 坂口安吾　山口雅也の本格ミステリ・アンソロジー　角川書店(角川文庫)　2007年12月

香月 好生　かつき・よしお
人妻の狛江春奈に年賀状を送りつけてきた男 「第一パビリオン「二十一世紀の花嫁」」 歌野晶午　新世紀犯罪博覧会-連作推理小説　光文社　2001年3月

香津子　かつこ
会社が倒産して銭湯を継いだ義夫の妻 「昭和湯の幻」 倉阪鬼一郎　暗闇を追いかけろ-日本ベストミステリー選集35　光文社(光文社文庫)　2008年5月

勝子　かつこ
銀座へ買い物に来て狂人のような男に呼びとめられた女教師 「凍るアラベスク」 妹尾韶夫　幻の探偵雑誌10「新青年」傑作選　光文社(光文社文庫)　2002年2月

勝子　かつこ
巡査の和田君の細君 「和田ホルムス君」 角田喜久雄　幻の探偵雑誌6「猟奇」傑作選　光文社(光文社文庫)　2001年3月

葛飾北斎(北斎)　かつしかほくさい(ほくさい)
葛飾村の百姓八右衛門と名のる絵師 「怪異投込寺」 山田風太郎　剣が謎を斬る　光文社(光文社文庫)　2005年4月

勝島 酉之助　かつしま・とりのすけ
代々木曽川の上流にある二葉町に広大な土地を有する酒造業者 「ヨギガンジーの予言」 泡坂妻夫　綾辻行人と有栖川有栖のミステリ・ジョッキー1　講談社　2008年7月

勝次郎　かつじろう
長屋の火事で焼け死んだお時の亭主、料理職人「越後獅子」羽志主水　幻の探偵雑誌10「新青年」傑作選　光文社(光文社文庫)　2002年2月

カッセル侯　かっせるこう
ファランドル王国の大将「天空からの槍」泉水堯　新・*本格推理 08　光文社(光文社文庫)　2008年3月

勝田　かつた
殺人事件の被害者、蝦蟇倉西高吹奏楽部の顧問だった先生「観客席からの眺め」越谷オサム　蝦蟇倉市事件2　東京創元社(ミステリ・フロンティア)　2010年2月

勝ちゃん　かっちゃん
ミステリー・マニアの源さんの床屋に入り浸っている村のでこぼこコンビの一人「床屋の源さん、探偵になる-生首村殺人事件」青山蘭堂　新・本格推理07-Qの悲劇　光文社(光文社文庫)　2007年3月

カッパ
橋本町の通称なめくじ長屋の住人「よろいの渡し」都筑道夫　マイ・ベスト・ミステリーⅣ　文藝春秋(文春文庫)　2007年10月

克平　かっぺい*
アパートでキャスター嬢がヌードになるテレビ番組「夜の天気予報」を友人たちと見た学生「雨のち殺人」新保博久　ミステリー傑作選・特別編6 自選ショート・ミステリー2　講談社(講談社文庫)　2001年10月

勝見　かつみ
完全な現場不在証明(アリバイ)を持って商売敵を殺害した相場師の男「現場不在証明(アリバイ)」角田喜久雄　江戸川乱歩と13人の新青年〈論理派〉編　光文社(光文社文庫)　2008年1月

勝本 三四郎　かつもと・さんしろう
奥州三春藩士、小山田鉄平の親友「ひぐらし蟬」角田喜久雄　大江戸事件帖　双葉社(双葉文庫)　2005年7月

桂　かつら
地方の大地主雲井久右衛門の娘、正子の異母妹「永遠の女囚」木々高太郎　マイ・ベスト・ミステリーⅤ　文藝春秋(文春文庫)　2007年11月

桂　かつら
地方の大地主雲井久右衛門の娘、正子の異母妹「永遠の女囚」木々高太郎　悪魔黙示録「新青年」一九三八-探偵小説暗黒の時代へ　光文社(光文社文庫)　2011年8月

桂川 甫周　かつらがわ・ほしゅう
奥医師、西洋医学所教授「疥(ひぜん)」物集高音　暗闇を追いかけろ-日本ベストミステリー選集35　光文社(光文社文庫)　2008年5月

葛城　かつらぎ
警視庁捜査一課の警部「重ねて二つ」法月綸太郎　謎004-スペシャル・ブレンド・ミステリー　講談社(講談社文庫)　2009年9月

葛城 栄一　かつらぎ・えいいち
大阪・中央区のオフィス街にあるスポーツ・クラブのインストラクター　「溺れるものは久しからず」　黒崎緑　紫迷宮　祥伝社（祥伝社文庫）　2002年12月

桂木 文緒　かつらぎ・ふみお
大正期の歌人・苑田岳葉と心中未遂を起こした令嬢　「戻り川心中」　連城三紀彦　ときめき　広済堂出版（広済堂文庫）　2005年1月；短歌殺人事件-31音律のラビリンス　光文社（光文社文庫）　2003年4月

桂島　かつらじま
警視庁捜査一課の刑事、大ベストセラー作家吉祥院の大学の後輩　「蝶番の問題」　貫井徳郎　気分は名探偵-犯人当てアンソロジー　徳間書店　2006年5月

桂島　かつらじま
警視庁捜査一課の若い刑事、ベストセラー作家・吉祥院の後輩　「目撃者は誰？」　貫井徳郎　論理学園事件帳　講談社（講談社文庫）　2007年1月；本格ミステリ03　講談社（講談社ノベルス）　2003年6月

桂島　かつらじま
警視庁捜査一課の若い刑事、ミステリー作家・吉祥院慶彦の後輩　「連鎖する数字」　貫井徳郎　「ABC（エービーシー）」殺人事件　講談社（講談社文庫）　2001年11月

桂田 宏　かつらだ・ひろし
国府津のホテルで起った「心中事件」に就いて手紙を書いた男　「地獄に結ぶ恋」　渡辺文子　幻の探偵雑誌10「新青年」傑作選　光文社（光文社文庫）　2002年2月

桂本 忠昭　かつらもと・ただあき
弁護士　「過ぎし日の恋」　逢坂剛　殺人買います　講談社（講談社文庫）　2002年8月

桂本 忠昭　かつらもと・ただあき
法律事務所の所長　「燃える女」　逢坂剛　名探偵を追いかけろ-日本ベストミステリー選集34　光文社（光文社文庫）　2007年5月

桂山 博史　かつらやま・ひろし
霊能者能城あや子が出演しているテレビのバラエティ番組の次の収録の相談者　「妹のいた部屋」　井上夢人　推理小説年鑑　ザ・ベストミステリーズ2004　講談社　2004年7月

加東　かとう
ノン・プロ野球の旭洋鉱業チームの投手　「眠れない夜」　多岐川恭　江戸川乱歩の推理教室　光文社（光文社文庫）　2008年9月

加藤　かとう
有名デザイナー山野良彦の盛岡の高校時代の友人　「緋い記憶」　高橋克彦　名作で読む推理小説史 ふるえて眠れない-ホラーミステリー傑作選　光文社（光文社文庫）　2006年9月

加藤 晃　かとう・あきら
麻薬密売人、元警官　「検察捜査・特別篇」　中嶋博行　乱歩賞作家白の謎　講談社　2006年6月

かな

加藤 純一(ジュン)　かとう・じゅんいち(じゅん)
東京の私立高校の三年生　「寒い朝だった−失踪した少女の謎」　麻生荘太郎　密室晩餐会　原書房　2011年6月

河東 太朗　かとう・たろう
ホテルで女子大生とフグ毒で死んだ教授　「長篇・異界活人事件」　辻眞先　奇想天外のミステリー　宝島社(宝島社文庫)　2009年8月

加藤 雅彦　かとう・まさひこ
文具・事務機器メーカーの営業担当　「時の結ぶ密室」　柄刀一　密室殺人大百科 下　講談社(講談社文庫)　2003年9月

加藤 芳雄　かとう・よしお
タクシー運転手　「畳算」　福井晴敏　嘘つきは殺人のはじまり　講談社(講談社文庫)　2003年9月

門倉(ゴリラ)　かどくら(ごりら)
S署の刑事　「犬も歩けば」　笹本稜平　推理小説年鑑 ザ・ベストミステリーズ2003　講談社　2003年7月

門倉(ゴリラ)　かどくら(ごりら)
S署の刑事　「死人の逆恨み」　笹本稜平　事件を追いかけろ　光文社(光文社文庫)　2009年4月；事件を追いかけろ　光文社　2004年12月

門倉 誠司　かどくら・せいじ
中央新聞社多摩東部支社の新聞記者　「開けるな」　若竹七海　危険な関係(女流ミステリー傑作選)　角川春樹事務所(ハルキ文庫)　2002年5月

カトジ
花巻高等女学校の音楽教師、農学校教諭・宮澤賢治の友人　「かれ草の雪とけたれば」　鏑木蓮　新・*本格推理 特別編　光文社(光文社文庫)　2009年3月

カトジ
花巻高等女学校の教員、宮澤賢治(ケンジ)の無二の親友　「マコトノ草ノ種マケリ」　鏑木蓮　新・本格推理06-不完全殺人事件　光文社(光文社文庫)　2006年3月

門田 悦子　かどた・えつこ*
殺人事件の被害者、子爵松倉晃文の婚約者　「セントルイス・ブルース」　平塚白銀　探偵小説の風景 トラフィック・コレクション(下)　光文社(光文社文庫)　2009年9月

香取 馨　かとり・かおる
完全犯罪の殺人事件の被害者、高等学校の寮生活をした五人組の一人　「噴火口上の殺人」　岡田鯱彦　甦る推理雑誌1「ロック」傑作選　光文社(光文社文庫)　2002年10月

香取 澄子　かとり・すみこ
設計事務所の事務員　「雁の便り」　北村薫　幻惑のラビリンス　光文社(光文社文庫)　2001年5月

可菜　かな
大学の文学部哲学科研究室助手の妻　「特別料理」　綾辻行人　怪しい舞踏会　光文社(光文社文庫)　2002年5月

かない

家内　かない
弁護士の妻　「奇縁」　高橋克彦　謎003-スペシャル・ブレンド・ミステリー　講談社(講談社文庫)　2008年9月

鼎 凜子　かなえ・りんこ
女流画家、二十歳で自殺した画学生・朔田公彦に死後の恋慕を募らせた二人の女の一人　「死者恋」　朱川湊人　推理小説年鑑 ザ・ベストミステリーズ2004　講談社　2004年7月

仮名垣 魯文　かながき・ろぶん
戯作者　「天狗殺し」　高橋克彦　江戸の名探偵　徳間書店(徳間文庫)　2009年10月

仮名垣魯文(魯文)　かながきろぶん(ろぶん)
戯作者、横浜で新聞を出そうとしている香治完四郎の相棒　「筆合戦」　高橋克彦　深夜バス78回転の問題(本格短編ベスト・セレクション)　講談社(講談社文庫)　2008年1月;名探偵を追いかけろ-日本ベストミステリー選集34　光文社(光文社文庫)　2007年5月

可奈子　かなこ
代々資産家の家系だった蒼淵家に婿入りした誠二の後妻　「蒼淵家の触手」　井上雅彦　名探偵で行こう-最新ベスト・ミステリー シリーズ・キャラクター編　光文社(光文社文庫)　2001年9月

金崎 啓介　かなさき・けいすけ
小学校教師スコット・ヒルのクラスの生徒、選抜されてエリート養成校に進学する子供　「ドロッピング・ゲーム」　石持浅海　推理小説年鑑 ザ・ベストミステリーズ2010　講談社　2010年7月;不可能犯罪コレクション　原書房　2009年6月

金沢 秋一　かなざわ・しゅういち*
福山淳也にそっくりな男、替玉受験で医者になった男　「替玉」　北川歩実　嘘つきは殺人のはじまり　講談社(講談社文庫)　2003年9月

カナちゃん
雲峰市立図書館に一人で来た小さな女の子　「わたしの本」　緑川聖司　北村薫のミステリー館　新潮社(新潮文庫)　2005年10月

神余 響子　かなまり・きょうこ
美少女、テレポーテーションの観測者　「変奏曲〈白い密室〉」　西澤保彦　名探偵の奇跡-日本ベストミステリー選集　光文社(光文社文庫)　2010年5月;名探偵の奇跡-最新ベスト・ミステリー　光文社　2007年9月

金山さん　かなやまさん
編集プロデューサー、フリーライター「私」の知り合い　「ネイルアート」　真梨幸子　忍び寄る闇の奇譚　講談社(講談社ノベルス)　2008年11月

金山 竜之介　かなやま・りゅうのすけ
ホテル「緑風荘」の客、32歳の独身　「達也が笑う」　鮎川哲也　贈る物語 Mystery　光文社(光文社文庫)　2006年10月

蟹江　かにえ
本署の警部　「飛行する死人」　青池研吉　甦る推理雑誌1「ロック」傑作選　光文社(光文社文庫)　2002年10月

蟹江 陸朗　かにえ・りくろう
巣鴨の染井霊園で殺された男 「ヒュドラ第十の首」 法月綸太郎　気分は名探偵-犯人当てアンソロジー　徳間書店　2006年5月

鹿沼 隆宏　かぬま・たかひろ
もと推理作家の人気作家 「中国蝸牛の謎」 法月綸太郎　透明な貴婦人の謎(本格短編ベスト・セレクション)　講談社(講談社文庫)　2005年1月;本格ミステリ01　講談社(講談社ノベルス)　2001年7月

金子　かねこ
樹氷出版の編集部員、多岐野と同期入社の男 「爪占い」 佐野洋　現場に臨め-最新ベスト・ミステリー　光文社　2010年10月

金子 鋭吉　かねこ・えいきち
青年詩人、奇食をする奇人 「悪魔の舌」 村山槐多　魔の怪　勉誠出版(べんせいライブラリー)　2002年11月

金城 直哉　かねしろ・なおや
美貌の社会評論家・上島初音の秘書 「比類のない神々しいような瞬間」 有栖川有栖　論理学園事件帳　講談社(講談社文庫)　2007年1月;本格ミステリ03　講談社(講談社ノベルス)　2003年6月

金田 耕一　かねだ・こういち*
推理小説好きの中学三年生、推理作家・錦田一の友だち 「キンダイチ先生の推理」 有栖川有栖　金田一耕助に捧ぐ九つの狂想曲　角川書店　2002年5月

金田 五助　かねだ・ごすけ
青森県警の警部 「泥具根博士の悪夢-魔を呼ぶ密室」 二階堂黎人　密室殺人大百科 上　講談社(講談社文庫)　2003年9月

金田 セツ　かねだ・せつ
老婆、阪神淡路大震災で住居を失ったテント生活者 「五匹の猫」 谺健二　密室殺人大百科 上　講談社(講談社文庫)　2003年9月

金満　かねみつ
建築現場労働者 「地底に咲く花」 五條瑛　推理小説年鑑 ザ・ベストミステリーズ2002　講談社　2002年7月;紅迷宮　祥伝社(祥伝社文庫)　2002年6月

金満　かねみつ
工事現場の作業員、元サラリーマン 「神の影」 五條瑛　翠迷宮　祥伝社(祥伝社文庫)　2003年6月

金満 明年　かねみつ・あきとし
工事現場の日雇い労働者 「上陸」 五條瑛　推理小説年鑑 ザ・ベストミステリーズ2001　講談社　2001年6月

金村　かねむら*
実業家、在日朝鮮人の愛国者のまとめ役 「青き旗の元にて」 五條瑛　事件現場に行こう-日本ベストミステリー選集33　光文社(光文社文庫)　2006年4月;事件現場に行こう　光文社　2001年11月

かのう

加納　かのう
伊達化学の社長を秘書で妾の祥子と二人で殺害した愛人　「第三の穴」　楠田匡介　江戸川乱歩の推理試験　光文社(光文社文庫)　2009年1月

可能 克郎　かのう・かつろう
「夕刊サン」のデスク、名探偵キリコの兄　「DMがいっぱい」　辻真先　探偵Xからの挑戦状!　小学館(小学館文庫)　2009年1月

可能 克郎　かのう・かつろう
三流新聞のデスク兼記者　「東京鐵道ホテル24号室」　辻真先　江戸川乱歩に愛をこめて　光文社(光文社文庫)　2011年2月

嘉納 源治郎　かのう・げんじろう
宗教ゴロの老人　「泥具根博士の悪夢-魔を呼ぶ密室」　二階堂黎人　密室殺人大百科 上　講談社(講談社文庫)　2003年9月

加納 康一　かのう・こういち*
ディスコのボーイをしていた大学生、専門学校生カズの友人　「六本木・うどん」　大沢在昌　ときめき　広済堂出版(広済堂文庫)　2005年1月

叶 幸子　かのう・さちこ
役所の農林課の元職員、鮫島隆一の元同僚　「失われた二本の指へ」　篠田節子　紅迷宮　祥伝社(祥伝社文庫)　2002年6月

狩野 俊介　かのう・しゅんすけ
中学生探偵、石神探偵事務所長野上英太郎の助手　「神影荘奇談」　太田忠司　赤に捧げる殺意　角川書店　2005年4月;名探偵は、ここにいる　角川書店(角川文庫)　2001年11月

加納 惣三郎　かのう・そうざぶろう
新選組隊士、京都の木綿問屋「越後屋」の三男で美貌の剣士　「前髪の惣三郎」　司馬遼太郎　剣が謎を斬る　光文社(光文社文庫)　2005年4月

嘉納 多賀子　かのう・たかこ
五字町立五字小学校の教師、旧家の娘で<隙魔>という魔物が見える女　「隙魔の如き覗くもの」　三津田信三　名探偵に訊け　光文社　2010年9月

叶 未樹　かのう・みき
晢朗の妻、夫の情事に気づいた女　「歪んだ月」　永井するみ　悪魔のような女　角川春樹事務所(ハルキ文庫)　2001年7月

狩野 龍斎　かのう・りゅうさい
名人絵師、娘の軀中にいろんな獣を描いた男　「刺青の女」　小沢章友　暗闇を追いかけろ-日本ベストミステリー選集35　光文社(光文社文庫)　2008年5月

カノコちゃん
真幌総合大学の学生　「春 無節操な死人」　倉知淳　まほろ市の殺人-推理アンソロジー　祥伝社(NON NOVEL)　2009年3月

鹿之子 瞳(カノコちゃん)　かのこ・ひとみ(かのこちゃん)
真幌総合大学の学生　「春 無節操な死人」　倉知淳　まほろ市の殺人-推理アンソロジー　祥伝社(NON NOVEL)　2009年3月

彼女　かのじょ
「わたし」に話しかけてきたタクシー運転手　「十年計画」　宮部みゆき　悪魔のような女　角川春樹事務所(ハルキ文庫)　2001年7月

彼女　かのじょ
角田大悟の妻、元地元放送局の美人アナウンサー　「奇縁」　高橋克彦　謎003-スペシャル・ブレンド・ミステリー　講談社(講談社文庫)　2008年9月

彼末 竜太郎　かのすえ・りゅうたろう
落ち目の演歌歌手　「インベーダー」　馳星周　事件現場に行こう-日本ベストミステリー選集33　光文社(光文社文庫)　2006年4月;事件現場に行こう　光文社　2001年11月

鹿野 真理江　かの・まりえ
介護福祉士、札幌の北聖総合クリニックに就職した娘　「人の降る確率」　柄刀一　天使と髑髏の密室(本格短編ベスト・セレクション)　講談社(講談社文庫)　2005年12月;本格ミステリ02　講談社(講談社ノベルス)　2002年5月

鹿野 真理江　かの・まりえ
札幌市の「旭山公園通り育英センター」に勤める介護福祉士　「密室の中のジョゼフィーヌ」　柄刀一　推理小説年鑑 ザ・ベストミステリーズ2003　講談社　2003年7月

カノン
赤色市民で<条件付け違反>の疑いのある女の娘　「オペラントの肖像」　平山夢明　不思議の足跡-最新ベスト・ミステリー　光文社　2007年10月

カバ嶋　かばしま
千葉県警元千葉警察署の巡査　「乙女的困惑」　船越百恵　天地驚愕のミステリー　宝島社(宝島社文庫)　2009年8月

カーファクス
地球最大の捕星船業者　「「捕星船業者の消失」事件」　加納一朗　日本版 シャーロック・ホームズの災難　論創社　2007年12月

鏑木 順治　かぶらぎ・じゅんじ
化学機器製作所に勤める独身青年　「静かなる復讐」　千葉淳平　甦る推理雑誌8「エロティック・ミステリー」傑作選　光文社(光文社文庫)　2003年9月

冠木 真吾　かぶらぎ・しんご
往年の映画スター　「神影荘奇談」　太田忠司　赤に捧げる殺意　角川書店　2005年4月;名探偵は、ここにいる　角川書店(角川文庫)　2001年11月

蕪城 美夫　かぶらぎ・よしお
一等船客、蕪城老人の一人息子　「若鮎丸殺人事件」　マコ・鬼一　探偵小説の風景 トラフィック・コレクション(下)　光文社(光文社文庫)　2009年9月

ガマ
中学生の「僕」のクラスの担任で顔がカエルに似ている先生　「棺桶」　平山瑞穂　推理小説年鑑 ザ・ベストミステリーズ2011　講談社　2011年7月

かまた

釜田 栞　かまた・しおり
日本の高校生　「X以前の悲劇-「異邦の騎士」を読んだ男」　園田修一郎　新・本格推理06-不完全殺人事件　光文社(光文社文庫)　2006年3月

〝神〟　かみ
犯罪歴のある男が再び罪を犯すかどうか賭けをした二人の〝神〟　「神々の大罪」　門前典之　名探偵で行こう-最新ベスト・ミステリー シリーズ・キャラクター編　光文社(光文社文庫)　2001年9月

神岡警部　かみおかけいぶ
本庁捜査一課の警部　「殺人混成曲」　千代有三　江戸川乱歩の推理試験　光文社(光文社文庫)　2009年1月

神川 道夫　かみかわ・みちお
有楽町駅で転落して死亡した荘原春江の情人、新興会社の高級社員　「遺書」　伴道平　甦る推理雑誌1「ロック」傑作選　光文社(光文社文庫)　2002年10月

髪切虫　かみきりむし
桐の葉蔭の若い髪切虫　「髪切虫」　夢野久作　現代詩殺人事件-ポエジーの誘惑　光文社(光文社文庫)　2005年9月

神坂 ユキ　かみさか・ゆき
課長・叶哲朗の部下の女子社員　「歪んだ月」　永井するみ　悪魔のような女　角川春樹事務所(ハルキ文庫)　2001年7月

カミさん(長谷部さん)　かみさん(はせべさん)
遊園地の清掃員、昔ホームレスだった男　「神様の思惑」　黒田研二　ミステリ愛。免許皆伝！　講談社(講談社ノベルス)　2010年3月

紙芝居のお爺さん(お爺さん)　かみしばいのおじいさん(おじいさん)
新市内荏原町の路地で紙芝居を見に来た女の子に矢庭に飛び付いてさらった紙芝居のお爺さん　「動物園殺人事件」　南澤十七　幻の探偵雑誌8「探偵クラブ」傑作選　光文社(光文社文庫)　2001年12月

上條　かみじょう
小説家の「私」の友人　「終電車」　都筑道夫　綾辻行人と有栖川有栖のミステリ・ジョッキー1　講談社　2008年7月

上条 和子　かみじょう・かずこ
会社員上条千吉の妻　「純情な蠍」　天藤真　謎003-スペシャル・ブレンド・ミステリー　講談社(講談社文庫)　2008年9月

上条 和之　かみじょう・かずゆき
風俗ビルの閉店間近なテレクラを何年かぶりに利用したサラリーマン　「ラストコール」　石田衣良　暗闇を追いかけろ-日本ベストミステリー選集35　光文社(光文社文庫)　2008年5月

上城 久里子　かみじょう・くりこ
女優　「タワーに死す」　霞流一　赤に捧げる殺意　角川書店　2005年4月;密室レシピ　角川書店(角川文庫)　2002年4月

上条 千吉　かみじょう・せんきち
会社員、上条和子の夫　「純情な蠍」　天藤真　謎003-スペシャル・ブレンド・ミステリー　講談社(講談社文庫)　2008年9月

上条 奈美子　かみじょう・なみこ
下界で五人の男をあやつってはだかで死んだ若い女　「土曜日に死んだ女」　佐野洋　江戸川乱歩の推理教室　光文社(光文社文庫)　2008年9月

上条 春太　かみじょう・はるた
高校の吹奏楽部のホルン奏者、同じ部の穂村千夏の幼なじみ　「周波数は77.4MHz」　初野晴　名探偵に訊け　光文社　2010年9月

上条 春太　かみじょう・はるた
高校の吹奏楽部のホルン奏者、同じ部の穂村千夏の幼なじみ　「退出ゲーム」　初野晴　Play推理遊戯　講談社(講談社文庫)　2011年4月;推理小説年鑑 ザ・ベストミステリーズ2008　講談社　2008年7月

上条 道夫　かみじょう・みちお
能楽師、成宮玄一郎の弟子で紙屋鞠子の兄弟子　「花はこころ」　鏑木蓮　不可能犯罪コレクション　原書房　2009年6月

神津 真理　かみず・まり
大学助手、阪神ファン　「一九八五年の言霊」　小森健太朗　新本格猛虎会の冒険　東京創元社　2003年3月

神津 恭介　かみつ・きょうすけ
名探偵　「吸血魔」　高木彬光　少年探偵王　本格推理マガジン-文庫雑誌/ぼくらの推理冒険物語　光文社(光文社文庫)　2002年4月

神永 孝一　かみなが・こういち
コンビニエンスストアの店長　「雷雨の夜」　逢坂剛　完全犯罪証明書 ミステリー傑作選　講談社(講談社文庫)　2001年4月

神永 美有　かみなが・みゆう
美術コンサルタント、西洋絵画の研究者佐々木昭友の友人　「早朝ねはん」　門井慶喜　推理小説年鑑 ザ・ベストミステリーズ2007　講談社　2007年7月

神谷 喬一　かみや・きょういち
帝都銀行新橋支店長、役員コースを歩む有名支店長　「銀行狐」　池井戸潤　推理小説年鑑 ザ・ベストミステリーズ2002　講談社　2002年7月

神屋刑事　かみやけいじ
黒鷺署の刑事、深泥丘病院に入院中の男　「深泥丘奇談-切断」　綾辻行人　Anniversary 50 カッパ・ノベルス創刊50周年記念作品　光文社　2009年12月

神谷 桜　かみや・さくら
日本郵船の客船「箱根丸」に乗務する看護婦　「船上の悪女」　若竹七海　緋迷宮　祥伝社(祥伝社文庫)　2001年12月

かみや

神谷 潤一　かみや・じゅんいち＊
U署交通課の若い巡査、大和田徹の部下　「動機」　横山秀夫　罪深き者に罰を　講談社（講談社文庫）2002年11月

神谷 秀樹　かみや・ひでき
妻殺しの嫌疑をかけられた外科医の時津孝治がバーで出会った男　「幻の男」　藤岡真　名探偵で行こう−最新ベスト・ミステリー　シリーズ・キャラクター編　光文社（光文社文庫）2001年9月

神谷 文恵　かみや・ふみえ＊
新米警察官の高木聖大が勤務する等々力不動前交番の地元の品の良いお婆さん　「とどろきセブン」　乃南アサ　鼓動−警察小説競作　新潮社（新潮文庫）2005年2月

紙屋 鞠子　かみや・まりこ
女流能楽師、成宮玄一郎の弟子　「花はこころ」　鏑木蓮　不可能犯罪コレクション　原書房　2009年6月

神谷 良太郎　かみや・りょうたろう
神田神保町の古書店「芳文堂」の主人　「憑かれた人」　遠藤周作　ペン先の殺意　光文社（光文社文庫）2005年11月

亀　かめ
土地の若い者でいつも喧嘩出入りの絶えない男　「殺人混成曲」　千代有三　江戸川乱歩の推理試験　光文社（光文社文庫）2009年1月

亀井　かめい
バーで自分のことを笑われたと思った相撲取りに店をでてから会社員の信田と二人追いかけられた同窓生　「走る取的」　筒井康隆　名作で読む推理小説史　ふるえて眠れない−ホラーミステリー傑作選　光文社（光文社文庫）2006年9月

亀井　かめい
十津川警部の部下　「愛犬殺人事件」　西村京太郎　怪しい舞踏会　光文社（光文社文庫）2002年5月

亀井 彰子　かめい・あきこ
団地アパートに住んでいる安サラリーマンの妻の八人の主婦の一人　「如菩薩団」　筒井康隆　スペシャル・ブレンド・ミステリー　謎006　講談社（講談社文庫）2011年9月

亀井刑事　かめいけいじ
警視庁捜査一課の刑事　「「雷鳥九号」殺人事件」　西村京太郎　無人踏切−鉄道ミステリー傑作選　光文社（光文社文庫）2008年11月

亀田　かめだ
雑誌記者の鶴来の相棒のカメラマン　「蠟いろの顔」　都筑道夫　スペシャル・ブレンド・ミステリー　謎006　講談社（講談社文庫）2011年9月

亀無 剣之介　かめなし・けんのすけ
ちぢれすっぽんの綽名を持つ北町奉行所の名物同心　「首切りの鐘」　風野真知雄　死人に口無し　時代推理傑作選　徳間書店　2009年11月

カメノーフ
西伯利亜(シベリア)のブラゴエ駐剳軍の営舎の小使、露西亜人の爺さん 「ベルの怪異(ブラゴエ駐剳軍中の事件)」 石川大策 幻の探偵雑誌7「新趣味」傑作選 光文社(光文社文庫) 2001年11月

犬の芳公　かめのよしこう
犬を使わせたら浅草公園で較べる者は無いチンピラ 「浅草の犬」 角田喜久雄 幻の探偵雑誌9「探偵」傑作選 光文社(光文社文庫) 2002年1月

亀淵　かめぶち
FXS番組編成局長 「糸ノコとジグザグ」 島田荘司 マイ・ベスト・ミステリーⅢ 文藝春秋(文春文庫) 2007年9月

亀山　徳之助　かめやま・とくのすけ
近所には証券会社の課長だと信じ込ませ乞食をして結構な収入を得ている男 「蹉跌」 鮎川哲也 シャーロック・ホームズに再び愛をこめて 光文社(光文社文庫) 2010年7月

亀山　陽奈　かめやま・ひな
助産婦、助産婦の聡子さんの助手 「別れてください」 青井夏海 論理学園事件帳 講談社(講談社文庫) 2007年1月;本格ミステリ03 講談社(講談社ノベルス) 2003年6月

鴨居　かもい
銀行強盗の人質にされた大学生、陣内の友達 「バンク」 伊坂幸太郎 事件を追いかけろ 光文社(光文社文庫) 2009年4月;事件を追いかけろ 光文社 2004年12月

鴨池　かもいけ
J県警本部警務部長、貝瀬の上司 「動機」 横山秀夫 罪深き者に罰を 講談社(講談社文庫) 2002年11月

鴨川　都美子　かもがわ・とみこ
柳原仙八郎が瀕死の重病人の妻を捨てて家に引き入れている愛人 「肢に殺された話」 西田政治 幻の探偵雑誌6「猟奇」傑作選 光文社(光文社文庫) 2001年3月

鴨志田　栄一　かもしだ・えいいち
元国立外大生、暴力団桶川組によってコロンビアに送られた男 「この世でいちばん珍しい水死人」 佳多山大地 川に死体のある風景 東京創元社(創元推理文庫) 2010年3月;珍しい物語のつくり方(本格短編ベスト・セレクション) 講談社(講談社文庫) 2010年1月

加茂　誠一　かも・せいいち
京都理科大学物理学科の研究室の助手 「二つの凶器」 摩耶雄嵩 気分は名探偵-犯人当てアンソロジー 徳間書店 2006年5月

鴨田　兎三夫　かもだ・とみお
動物園の爬虫館の研究員、理学士 「爬虫館事件」 海野十三 江戸川乱歩と13人の新青年〈論理派〉編 光文社(光文社文庫) 2008年1月

鴨ちゃん　かもちゃん
中学校の片隅にある部室でいつも遊んでいる四人の一人 「かものはし」 日日日 学び舎は血を招く 講談社(講談社ノベルス) 2008年11月

かもと

鹿本 亜由美　かもと・あゆみ
ジュエリー・デザイナー、岡本千草の小学校時代の同級生　「約束の指」　久美沙織　危険な関係(女流ミステリー傑作選)　角川春樹事務所(ハルキ文庫)　2002年5月

鴨ノ内記　かものないき
信濃に棲む忍びの筑摩一族の首領・筑摩縄斎の甥で美男の忍術使い　「忍者六道銭」　山田風太郎　御白洲裁き　徳間書店(徳間文庫)　2009年12月

加茂 久志　かも・ひさし
売れっ子の俳優・真中俊のマネージャー　「霧の巨塔」　霞流一　本格ミステリ08　講談社(講談社ノベルス)　2008年6月

萱野　かやの
ストーカー、フリーアルバイター　「忍び寄る人」　日下圭介　闇夜の芸術祭　光文社(光文社文庫)　2003年4月

香山 妙子　かやま・たえこ*
戦前日本橋にあった呉服屋の娘、背中に絶間姫の彫物を入れた女性　「鳴神」　泡坂妻夫　スペシャル・ブレンド・ミステリー 謎006　講談社(講談社文庫)　2011年9月

鹿山 行雄　かやま・ゆきお*
死体が発見されたアパートの住人、大学の医学部副手　「奇蹟の犯罪」　天城一　甦る推理雑誌3「X」傑作選　光文社(光文社文庫)　2002年12月

加山 洋司　かやま・ようじ
二十一年前に元私立探偵の風祭恭平を雇った依頼人　「2031探偵物語秘密」　柴田よしき　名探偵で行こう-最新ベスト・ミステリー シリーズ・キャラクター編　光文社(光文社文庫)　2001年9月

香山 礼子　かやま・れいこ
電気信号だけの未来世界における会社のセキュリティ・チームの一員、篠原千宗の同僚　「トロイの木馬」　森博嗣　書下ろしアンソロジー 21世紀本格　光文社(カッパ・ノベルス)　2001年12月

賈 由育　か・ゆいく
護衛の募集に応じて宋の寧沙県に来た大男　「十八面の骰子」　森福都　推理小説年鑑 ザ・ベストミステリーズ2002　講談社　2002年7月

賈 由育　か・ゆいく
巡按御史・趙希舜の護衛役を務める髭面の大男　「黄鶏帖の名跡」　森福都　珍しい物語のつくり方(本格短編ベスト・セレクション)　講談社(講談社文庫)　2010年1月；本格ミステリ06　講談社(講談社ノベルス)　2006年5月

加代　かよ
奥州三春藩士・小山田鉄平の許嫁、江戸で水死した女　「ひぐらし蝉」　角田喜久雄　大江戸事件帖　双葉社(双葉文庫)　2005年7月

嘉代　かよ
兇行事件の被害者、医師藤村功の妻　「生きている屍」　鷲尾三郎　甦る推理雑誌6「探偵実話」傑作選　光文社(光文社文庫)　2003年5月

佳代子　かよこ
英二の兄で小説家を名乗っている碧川栄一の妻　「第六パビリオン「疑惑の天秤」」　小森健太朗　新世紀犯罪博覧会−連作推理小説　光文社　2001年3月

加代子　かよこ
サラリーマンの浅野正一の妻　「誰かの眼が光る」　菊村到　無人踏切−鉄道ミステリー傑作選　光文社(光文社文庫)　2008年11月

加代さん　かよさん
瀬戸物屋の一人息子戸台さんと結婚して駅前のマンションに所帯を持った女性　「わんわん鳥」　泡坂妻夫　ミステリー傑作選・特別編6 自選ショート・ミステリー2　講談社(講談社文庫)　2001年10月

唐沢　からさわ
竹中正男の職場の上司、警部　「時効を待つ女」　新津きよみ　密室＋アリバイ＝真犯人　講談社(講談社文庫)　2002年2月

唐沢 亮介　からさわ・りょうすけ
新婚第一夜を過すため妻の節子と京都に来た男　「翌日の別離」　笹沢左保　京都殺意の旅　徳間書店(徳間文庫)　2001年11月

辛島　からしま
熊本市県警察本部の警視　「呪縛再現(後篇)」　中川透(鮎川哲也)　甦る推理雑誌5「密室」傑作選　光文社(光文社文庫)　2003年3月

辛島　からしま
熊本市県警察本部の警視　「呪縛再現(挑戦篇)」　宇多川蘭子(鮎川哲也)　甦る推理雑誌5「密室」傑作選　光文社(光文社文庫)　2003年3月

辛島　からしま
県警本部銃器対策室の刑事、勢津子の夫の石田孝男の上司　「ロシアン・トラップ」　永瀬隼介　鼓動−警察小説競作　新潮社(新潮文庫)　2005年2月

唐島　からしま
ジャズトランペッター、唐島クインテットのリーダー　「辛い飴 永見緋太郎の事件簿」　田中啓文　Doubtきりのない疑惑　講談社(講談社文庫)　2011年11月；推理小説年鑑 ザ・ベストミステリーズ2008　講談社　2008年7月

唐島　からしま
ジャズ奏者、唐島クインテットのリーダー　「挑発する赤」　田中啓文　推理小説年鑑 ザ・ベストミステリーズ2006　講談社　2006年7月

唐島　からしま*
ジャズ奏者、唐島クインテットのリーダー　「渋い夢−永見緋太郎の事件簿」　田中啓文　推理小説年鑑 ザ・ベストミステリーズ2009　講談社　2009年7月

カランサ大佐　からんさたいさ
山賊の親分　「悪魔の辞典」　山田正紀　不思議の足跡−最新ベスト・ミステリー　光文社　2007年10月

狩久　かり・きゅう
探偵小説作家、狩久はペンネーム 「訣別−副題 第二のラヴ・レター」 狩久　甦る推理雑誌5「密室」傑作選　光文社（光文社文庫）2003年3月

ガーリック・ドームズ（ドームズ）
名探偵 「ごろつき」 都筑道夫　日本版 シャーロック・ホームズの災難　論創社　2007年12月

ガリデブ
ガリデブ姓三人が揃って遺産が貰えるという条件で集まった四人のガリデブ 「殺人ガリデブ」 北原尚彦　日本版 シャーロック・ホームズの災難　論創社　2007年12月

雁花　いたし　かりばな・いたし
古株の漫才師 「時うどん」 田中啓文　推理小説年鑑 ザ・ベストミステリーズ2004　講談社　2004年7月

狩矢　かりや
京都府警捜査一課の警部 「呪われた密室」 山村美紗　私（わたし）は殺される（女流ミステリー傑作選）　角川春樹事務所（ハルキ文庫）2001年3月

カール・シュミットナー（シュミットナー）
放送局からアフリカ旅行に招待されたラジオ仲間の一人、ドイツ人医師 「ポポロ島変死事件」 青山蘭堂　新・本格推理03 りら荘の相続人　光文社（光文社文庫）2003年3月

カルタン
デジョンヌの競馬宿「ルイ十四世館」の来客、薬品会社の技師 「こがね虫の証人」 北洋　甦る推理雑誌3「X」傑作選　光文社（光文社文庫）2002年12月

カール・B・ヨルゲン（ヨルゲン）　かーるびーよるげん（よるげん）
ノルウェー北極圏の山地の村人、日本びいきの工芸家 「光る棺の中の白骨」 柄刀一　大きな棺の小さな鍵（本格短編ベスト・セレクション）　講談社（講談社文庫）2009年1月；推理小説年鑑 ザ・ベストミステリーズ2005　講談社　2005年7月

カルメリータ
翡翠長者の後妻・花ケ前蕗子の遺産継承者 「美しき遺産相続人」 藤村いずみ　翠迷宮　祥伝社（祥伝社文庫）2003年6月

彼　かれ
"その世界"の大物、豪華クラブの踊り子を見初めた男 「情婦」 小泉喜美子　らせん階段　角川春樹事務所（ハルキ文庫）2003年5月

河合　かわい
ベルトに挟まれて死んだ機械工 「罠」 山沢晴雄　甦る推理雑誌5「密室」傑作選　光文社（光文社文庫）2003年3月

河合 清美　かわい・きよみ
秘密探偵社に勤める三上敏子が浮気調査をしていて会った若い女 「静かなる復讐」 千葉淳平　甦る推理雑誌8「エロティック・ミステリー」傑作選　光文社（光文社文庫）2003年9月

川井 美樹　かわい・みき*
会社員アコが東京で出会った中学の同級生　「どろぼう猫」　柴田よしき　紅迷宮　祥伝社（祥伝社文庫）2002年6月

川上 新太郎　かわかみ・しんたろう
信州の山奥の温泉地の別荘に住んでいた法学者山内南洞の弟子で詰将棋を解く名人　「詰将棋」　横溝正史　甦る推理雑誌2「黒猫」傑作選　光文社（光文社文庫）　2002年11月

川上 俊正　かわかみ・としまさ
家庭教師の大学生と過ちを犯してしまった久江夫人の夫　「毒コーヒーの謎」　岡田鯱彦　江戸川乱歩の推理教室　光文社（光文社文庫）　2008年9月

川岸 淑子　かわぎし・よしこ*
女流推理作家　「マーキュリーの靴」　鮎川哲也　密室殺人大百科 上　講談社（講談社文庫）　2003年9月

河北 恵美子　かわきた・えみこ
河北俊春の妻　「鬼子母神の選択肢」　北森鴻　新世紀「謎（ミステリー）」倶楽部　角川書店　2001年8月

河北 俊春　かわきた・としはる
嵐山で遺体で発見されたゼネコン大手の社員　「鬼子母神の選択肢」　北森鴻　新世紀「謎（ミステリー）」倶楽部　角川書店　2001年8月

川口　かわぐち
マンションの管理人　「通夜盗」　佐野洋　事件の痕跡-最新ベスト・ミステリー　光文社　2007年11月

川久保 篤　かわくぼ・あつし
北海道志茂別町駐在所に単身赴任した巡査部長　「逸脱」　佐々木譲　決断-警察小説競作　新潮社（新潮文庫）　2006年2月

川久保 澄江　かわくぼ・すみえ
会社重役小川圭造の愛人、アパート住まいの派手な女　「眼の気流」　松本清張　殺意の海　徳間書店（徳間文庫）　2003年9月

川越 達夫　かわごえ・たつお
商社員、杉井利江子の病死したはずの恋人　「死者の電話」　佐野洋　謎003-スペシャル・ブレンド・ミステリー　講談社（講談社文庫）　2008年9月

川崎氏　かわさきし
思い思いの雑談に耽る××倶楽部のメンバー、実業家　「炉辺綺譚」　篠崎淳之介　幻の探偵雑誌8「探偵クラブ」傑作選　光文社（光文社文庫）　2001年12月

川崎 道子　かわさき・みちこ
添寝中に愛児の鼻口を塞いで呼吸を絶ってしまった若い母親　「碧い眼」　潮寒二　甦る推理雑誌6「探偵実話」傑作選　光文社（光文社文庫）　2003年5月

河崎 由貴　かわさき・ゆき
嵐山大学理工学部の助手、タイムマシンの研究者　「マーキングマウス」　不知火京介　ミステリ愛。免許皆伝!　講談社（講談社ノベルス）　2010年3月

かわし

川路　かわじ
「週刊ジャーナル」の記者 「ブルーフェイズ」 斎藤純 幻惑のラビリンス 光文社(光文社文庫) 2001年5月

川路 鴇子　かわじ・ときこ
劇団佳人座の女優、詩人の夫津田謙三を捨てた女 「花虐の賦」 連城三紀彦 恋は罪つくり 光文社(光文社文庫) 2005年7月

川路 利良　かわじ・としよし
パリの警察制度視察のためにフランスへ派遣された警保寮大警視 「巴里に雪のふるごとく」 山田風太郎 偉人八傑推理帖 双葉社(双葉文庫) 2004年7月

カワシマ
独身男 「誘拐電話網」 東野圭吾 闇夜の芸術祭 光文社(光文社文庫) 2003年4月

川嶋(カバ嶋)　かわしま(かばしま)
千葉県警元千葉警察署の巡査 「乙女的困惑」 船越百恵 天地驚愕のミステリー 宝島社(宝島社文庫) 2009年8月

河島 舞　かわしま・まい
河島建設会長の若い妻、靴職人奥野慎一が夢見た"理想の足"の持ち主 「スペインの靴」 三上洸 推理小説年鑑 ザ・ベストミステリーズ2007 講談社 2007年7月

革ジャンパーの男(柴崎)　かわじゃんぱーのおとこ(しばざき*)
二本柳ツルの骨董店にやって来た客で革ジャンパーの中年男、ツルの同業者 「ツルの一声」 逢坂剛 事件の痕跡-最新ベスト・ミステリー 光文社 2007年11月

川津　かわず
作曲家 「鏡の国への招待」 皆川博子 翠迷宮 祥伝社(祥伝社文庫) 2003年6月

河田 昇平　かわだ・しょうへい
番組制作会社の経営者、元テレビ局のディレクター 「お菊の皿」 中津文彦 闇夜の芸術祭 光文社(光文社文庫) 2003年4月

川田 優香　かわだ・ゆか
大隈浩一の愛人、亡くなった酒屋の店主のお妾さん 「裏切りの遁走曲」 鈴木輝一郎 殺人買います 講談社(講談社文庫) 2002年8月

河田 隆之介　かわだ・りゅうのすけ
密室で殺害された金貸しの百万長者の老人 「密室の殺人」 岡田鯱彦 甦る推理雑誌7 「探偵倶楽部」傑作選 光文社(光文社文庫) 2003年7月

河内 彰啓　かわち・あきひろ
河内崇の父親、企業信用調査関係の会社員 「審判は終わっていない」 姉小路祐 嘘つきは殺人のはじまり 講談社(講談社文庫) 2003年9月

河内 崇　かわち・たかし
河内彰啓の息子、雅美の転落死で少年鑑別所に送られた中学生 「審判は終わっていない」 姉小路祐 嘘つきは殺人のはじまり 講談社(講談社文庫) 2003年9月

川鍋 重子　かわなべ・しげこ
車椅子で生活する婦人、札幌市にあるマンション・マルメゾン城の住人　「密室の中のジョゼフィーヌ」　柄刀一　推理小説年鑑 ザ・ベストミステリーズ2003　講談社　2003年7月

川端 忠雄　かわばた・ただお
海上保安庁の特殊救難隊の長瀬の同輩　「相棒」　真保裕一　怪しい舞踏会　光文社(光文社文庫)　2002年5月

川端 勉　かわばた・つとむ
山で遭難死した「山人会」の会員　「生還者」　大倉崇裕　完全犯罪証明書 ミステリー傑作選　講談社(講談社文庫)　2001年4月

河原 明　かわはら・あきら
遺産を騙しとられて九頭竜湖に投身自殺した河原俊夫の弟　「「雷鳥九号」殺人事件」　西村京太郎　無人踏切-鉄道ミステリー傑作選　光文社(光文社文庫)　2008年11月

川原 八郎　かわはら・はちろう
推理作家　「「密室」作ります」　長坂秀佳　乱歩賞作家赤の謎　講談社　2006年4月

川平 珠代　かわひら・たまよ
家の中で遺体で発見された川平家の祖母　「密室からの逃亡者」　小島正樹　密室晩餐会　原書房　2011年6月

川平 秀男　かわひら・ひでお
家の中で遺体で発見された川平珠代の孫、富樫刑事の高校時代の友人　「密室からの逃亡者」　小島正樹　密室晩餐会　原書房　2011年6月

川平 万里子　かわひら・まりこ
家の中で遺体で発見された川平家の嫁　「密室からの逃亡者」　小島正樹　密室晩餐会　原書房　2011年6月

河辺 輝子　かわべ・てるこ
ベストセラー「永遠の恋人たち」を書いた堀江卓士の婚約者　「三毛猫ホームズと永遠の恋人」　赤川次郎　名探偵で行こう-最新ベスト・ミステリー シリーズ・キャラクター編　光文社(光文社文庫)　2001年9月

川又 国夫　かわまた・くにお
会社の専務の姪と婚約したサラリーマン　「お墓に青い花を」　樹下太郎　江戸川乱歩と13の宝石 第二集　光文社(光文社文庫)　2007年9月

河村 暁子　かわむら・あきこ
診療所内で硝酸銀溶液で眼をうす黒く焼かれた被害者の女　「燻製シラノ」　守友恒　幻の探偵雑誌10「新青年」傑作選　光文社(光文社文庫)　2002年2月

河村 策太郎　かわむら・さくたろう
診療所内で起った事件に就いて黄木調査事務所に相談に来た男　「燻製シラノ」　守友恒　幻の探偵雑誌10「新青年」傑作選　光文社(光文社文庫)　2002年2月

川村 ソメ　かわむら・そめ
芸者上りの囲い者　「杜若の札」　海渡英祐　短歌殺人事件-31音律のラビリンス　光文社(光文社文庫)　2003年4月

かわむ

川村 春奈　かわむら・はるな
真面目な小学生小林快人の幼なじみ、霊感のある美少女　「天狗と宿題、幼なじみ」　はやみねかおる　青に捧げる悪夢　角川書店　2005年3月;殺意の時間割　角川書店(角川文庫)　2002年8月

川村 麻由美　かわむら・まゆみ
派遣社員、コンビニでストーカーに待ち伏せされている女　「外嶋一郎主義」　西澤保彦　QED鏡家の薬屋探偵　講談社(講談社ノベルス)　2010年8月

寒吉　かんきち
新聞記者　「選挙殺人事件」　坂口安吾　ペン先の殺意　光文社(光文社文庫)　2005年11月

勘公　かんこう
G町関東本多組分家「星野組」の星野親分の児分　「人間を二人も」　大河内常平　甦る推理雑誌7「探偵倶楽部」傑作選　光文社(光文社文庫)　2003年7月

神崎　かんざき
焼肉屋で働く海馬弘樹の中学の先輩、レンタルビデオ店の店主　「エンドコール・メッセージ」　山之内正文　推理小説年鑑 ザ・ベストミステリーズ2002　講談社　2002年7月

神崎　かんざき
水原さんのお嬢さんの主治医　「三人の日記」　竹村猛児　幻の探偵雑誌10「新青年」傑作選　光文社(光文社文庫)　2002年2月

神崎 省吾　かんざき・しょうご
元静岡県警捜査一課の刑事　「椿の入墨」　高橋治　警察小説傑作短編集　ランダムハウス講談社(ランダムハウス講談社文庫)　2009年7月

神崎 甚五郎　かんざき・じんごろう
与力　「百物語の夜」　横溝正史　江戸の名探偵　徳間書店(徳間文庫)　2009年10月

勘三郎　かんざぶろう
河原のえびと小石を一緒に口へ入れてしまった烏　「五月の殺人」　田中謙　幻の探偵雑誌8「探偵クラブ」傑作選　光文社(光文社文庫)　2001年12月

岩さん(岩本 道夫)　がんさん(いわもと・みちお)
刑事、誘拐事件を担当した男　「過去からの声」　連城三紀彦　贈る物語 Mystery 2004/02　2006年10月;七つの危険な真実　新潮社(新潮文庫)　2004年2月

勘次　かんじ
目明し親分・釘抜藤吉の子分の岡っ引、葬式彦兵衛の兄貴分の勘弁勘次　「釘抜藤吉捕物覚書」　林不忘　幻の探偵雑誌5「探偵文藝」傑作選　光文社(光文社文庫)　2001年2月

ガンジー
探偵、ヨーガと奇術の達人　「ヨギガンジーの予言」　泡坂妻夫　綾辻行人と有栖川有栖のミステリ・ジョッキー1　講談社　2008年7月

ガンジーばあさん
ガンジーに似ている野菜売りのおばあさん　「似合わない指輪」　竹村直伸　江戸川乱歩と13の宝石 第二集　光文社(光文社文庫)　2007年9月

患者　かんじゃ
車椅子に乗った老いた患者　「砂嵐」皆川博子　ミステリー傑作選・特別編5 自選ショート・ミステリー　講談社(講談社文庫)　2001年6月

患者　かんじゃ
脳外科の病院に入院している患者　「地下のマドンナ」朝松健　ミステリー傑作選・特別編6 自選ショート・ミステリー2　講談社(講談社文庫)　2001年10月

勘助　かんすけ
目明し、国定忠治の弟分の浅太郎の伯父　「真説・赤城山」天藤真　御白洲裁き　徳間書店(徳間文庫)　2009年12月

カンタ
別荘番の子供の傴僂の少年　「十二号」小沼丹　現代詩殺人事件−ポエジーの誘惑　光文社(光文社文庫)　2005年9月

神田　かんだ
M署の刑事　「最後の女学生」明内桂子(四季桂子)　甦る推理雑誌10「宝石」傑作選　光文社(光文社文庫)　2004年1月

神田川 創人　かんだがわ・そうと
高校一年生、挑戦状を受け取った名探偵　「後夜祭で、つかまえて」はやみねかおる　学園祭前夜　メディアファクトリー(MF文庫)　2010年10月

神田さんのおばちゃん　かんださんのおばちゃん
小高い丘の中腹にある鈴子達の家からそう離れていない家の甲高い声で笑うおばちゃん　「今夜も笑ってる」乃南アサ　ミステリー傑作選・特別編5 自選ショート・ミステリー　講談社(講談社文庫)　2001年6月

神田 伯龍　かんだ・はくりゅう
講釈の大名人五代目神田伯龍　「講談・江戸川乱歩一代記」芦辺拓　江戸川乱歩に愛をこめて　光文社(光文社文庫)　2011年2月

神田 靖　かんだ・やすし
作家・大道寺圭にミステリーの原稿を送ってきた男　「殺しても死なない」若竹七海　推理小説年鑑 ザ・ベストミステリーズ2002　講談社　2002年7月

ガンちゃん
本名は岩田という元相撲取り、故郷の松島に戻った男　「山背吹く」乃南アサ　紫迷宮　祥伝社(祥伝社文庫)　2002年12月

寒椿 侘助　かんつばき・わびすけ
壮年の刑事　「歪んだ鏡」成重奇荘　新・本格推理07-Qの悲劇　光文社(光文社文庫)　2007年3月

神奈　かんな
銀座の老舗画廊で肖像画を傷つけたと思われる犯人の少女　「ダナエ」藤原伊織　乱歩賞作家青の謎　講談社　2007年7月

かんな

神無月　かんなずき
刑事、阿首警部の部下　「吾輩は密室である」　ひょうた　新・本格推理04-赤い館の怪人物　光文社（光文社文庫）　2004年3月

神並 兼三　かんなみ・けんぞう
自動車にはねられて大学病院に入院中の男、大東製紙の庶務課長　「金属音病事件」　佐野洋　江戸川乱歩と13の宝石 第二集　光文社（光文社文庫）　2007年9月

ガンニン
橋本町の通称なめくじ長屋の住人、願人坊主　「よろいの渡し」　都筑道夫　マイ・ベスト・ミステリーⅣ　文藝春秋（文春文庫）　2007年10月

寒野　かんの＊
S警察の警部　「消えた男」　鳥井及策　甦る推理雑誌9「別冊宝石」傑作選　光文社（光文社文庫）　2003年11月

顔 半房　がん・はんぼう
〝若様〟と呼ばれる文人　「殷帝之宝剣」　秋梨惟喬　推理小説年鑑 ザ・ベストミステリーズ 2011　講談社　2011年7月

管理人の男　かんりにんのおとこ
「私」が借りた本牧岬の谷間にある家の管理人の男　「本牧のヴィナス」　妹尾アキ夫　江戸川乱歩と13人の新青年〈文学派〉編　光文社（光文社文庫）　2008年5月

【き】

木打 杏子　きうち・きょうこ＊
湖畔のバンガローに泊まった男女六人のハイカー達の一人　「湖畔の死」　後藤幸次郎　甦る推理雑誌8「エロティック・ミステリー」傑作選　光文社（光文社文庫）　2003年9月

木内 聖治　きうち・せいじ
探偵事務所「木内リサーチ」の経営者　「砕けた叫び」　有栖川有栖　赤に捧げる殺意　角川書店　2005年4月；血文字パズル─ミステリ・アンソロジー5　角川書店（角川文庫）　2003年3月

桔梗屋平七　ききょうやへいしち
江戸の出版業者　「羅生門河岸」　都筑道夫　偉人八傑推理帖　双葉社（双葉文庫）　2004年7月

菊岡 秋江　きくおか・あきえ
富豪の銀行家菊岡恭介の長男・茂夫の妻　「生首殺人事件」　尾久木弾歩　甦る推理雑誌4「妖奇」傑作選　光文社（光文社文庫）　2003年1月

菊岡 恭介　きくおか・きょうすけ
富豪の銀行家　「生首殺人事件」　尾久木弾歩　甦る推理雑誌4「妖奇」傑作選　光文社（光文社文庫）　2003年1月

菊岡 茂夫　きくおか・しげお
富豪の銀行家菊岡恭介の長男 「生首殺人事件」 尾久木弾歩 甦る推理雑誌4「妖奇」傑作選 光文社(光文社文庫) 2003年1月

菊岡 純子　きくおか・じゅんこ*
富豪の銀行家菊岡恭介の長女 「生首殺人事件」 尾久木弾歩 甦る推理雑誌4「妖奇」傑作選 光文社(光文社文庫) 2003年1月

菊岡 良二　きくおか・りょうじ
富豪の銀行家菊岡恭介の次男 「生首殺人事件」 尾久木弾歩 甦る推理雑誌4「妖奇」傑作選 光文社(光文社文庫) 2003年1月

菊香　きくか
会社員赤尾将生の恋人 「つむじ」 乃南アサ ときめき 広済堂出版(広済堂文庫) 2005年1月

菊川　きくかわ
山梨県の山林に死体を捨てに来た三人組の男の一人 「般若の目」 時織深 新・本格推理06-不完全殺人事件 光文社(光文社文庫) 2006年3月

キク子夫人　きくこふじん
自宅で殺された尾崎画伯の夫人 「呼鈴」 永瀬三吾 江戸川乱歩の推理試験 光文社(光文社文庫) 2009年1月

キクさん
殺人課の刑事 「烏勧請」 歌野晶午 殺人買います 講談社(講談社文庫) 2002年8月

菊島　きくしま
ヤクザ、藤山会の兄貴株 「最後の賭け」 生島治郎 名作で読む推理小説史 わが名はタフガイ-ハードボイルド傑作選 光文社(光文社文庫) 2006年5月

菊島 敬宏　きくしま・たかひろ*
日教組中央執行委員の選挙に出馬した県教祖の組織部長 「ライバルの死」 有村智賀志 甦る推理雑誌8「エロティック・ミステリー」傑作選 光文社(光文社文庫) 2003年9月

菊水 倫子　きくすい・のりこ
廃屋になった古い洋館に現れた美少女の幽霊 「幻の娘」 有栖川有栖 七つの死者の囁き 新潮社(新潮文庫) 2008年12月

菊園 綾子　きくぞの・あやこ
検事 「裁判員法廷二〇〇九」 芦辺拓 本格ミステリ07 講談社(講談社ノベルス) 2007年5月

菊園 綾子　きくぞの・あやこ
検事 「審理(裁判員法廷二〇〇九)」 芦辺拓 名探偵の奇跡-日本ベストミステリー選集 光文社(光文社文庫) 2010年5月;名探偵の奇跡-最新ベスト・ミステリー 光文社 2007年9月

菊園 綾子　きくぞの・あやこ
地検の若手敏腕検事 「森江春策の災難」 芦辺拓 探偵Xからの挑戦状! 小学館(小学館文庫) 2009年1月

きくた

菊田 美枝　きくた・みえ
毒消し売りの少女 「迷家の如き動くもの」 三津田信三　本格ミステリ09　講談社(講談社ノベルス)　2009年6月

菊地　きくち
ヤクザ、安東組の幹部 「雨の路地で」 大藪春彦　マイ・ベスト・ミステリーⅢ　文藝春秋(文春文庫)　2007年9月

菊地　きくち
警視庁の警部 「虹の日の殺人」 藤雪夫　無人踏切-鉄道ミステリー傑作選　光文社(光文社文庫)　2008年11月

菊地 美佐　きくち・みさ
心理学者、会社社長沢口和春の近所に住む相談相手 「僕はモモイロインコ」 北川歩実　推理小説年鑑 ザ・ベストミステリーズ2002　講談社　2002年7月

菊池 三造(キクさん)　きくち・みつぞう(きくさん)
殺人課の刑事 「烏勧請」 歌野晶午　殺人買います　講談社(講談社文庫)　2002年8月

菊乃号　きくのごう
少年牧夫の天堂浩二が松阪牛舎から連れ出した肉牛 「痩牛鬼」 西村寿行　マイ・ベスト・ミステリーⅢ　文藝春秋(文春文庫)　2007年9月

菊乃さん　きくのさん
兄弟絵師の兄・竜吉が描いた花嫁姿の女で竜吉が想いを寄せる架空の女性 「胡鬼板心中」 小川勝己　推理小説年鑑 ザ・ベストミステリーズ2004　講談社　2004年7月

菊野 守　きくの・まもる*
S電鉄常務、菊野佳江の夫 「燃えがらの証」 夏樹静子　ときめき　広済堂出版(広済堂文庫)　2005年1月

菊野 佳江　きくの・よしえ*
S電鉄常務菊野守の後妻、元看護婦の美女 「燃えがらの証」 夏樹静子　ときめき　広済堂出版(広済堂文庫)　2005年1月

キクロペネス
最近死んだ富豪フランク・カルバートの夫人アンゼリカの従兄 「クレタ島の花嫁-贋作ヴァン・ダイン」 高木彬光　密室殺人大百科 上　講談社(講談社文庫)　2003年9月

城崎 彩乃　きざき・あやの
ノルウェーに住む家具職人・高部佳久の元恋人 「光る棺の中の白骨」 柄刀一　大きな棺の小さな鍵(本格短編ベスト・セレクション)　講談社(講談社文庫)　2009年1月;推理小説年鑑 ザ・ベストミステリーズ2005　講談社　2005年7月

木崎 成夫　きざき・しげお*
麻布十番の料理屋「味六屋」の常連、鰹の刺身を好む客 「初鰹」 柴田哲孝　Play推理遊戯　講談社(講談社文庫)　2011年4月;推理小説年鑑 ザ・ベストミステリーズ2008　講談社　2008年7月

喜作　きさく
三十年来伊東家に仕えて村では正直者で通っていた夫婦の爺さん　「蔵を開く」　香住春吾　犯人は秘かに笑う-ユーモアミステリー傑作選　光文社(光文社文庫)　2007年1月

如月 拓也　きさらぎ・たくや
化学部に所属する高校二年生、武藤類子の幼なじみ　「騒がしい密室」　竹本健治　大きな棺の小さな鍵(本格短編ベスト・セレクション)　講談社(講談社文庫)　2009年1月;本格ミステリ05　講談社(講談社ノベルス)　2005年6月

如月 真弓　きさらぎ・まゆみ
三映キネマの女優　「殺人迷路(連作探偵小説第十回)」　甲賀三郎　幻の探偵雑誌8「探偵クラブ」傑作選　光文社(光文社文庫)　2001年12月

如月 マリエ　きさらぎ・まりえ
女優、映画監督・岩見十四郎の4人目の妻　「重ねて二つ」　法月綸太郎　謎004-スペシャル・ブレンド・ミステリー　講談社(講談社文庫)　2009年9月

如月 泰継　きさらぎ・やすつぐ
パリ在住の画家、カフェ「野蛮人」の常連客　「ガリアの地を遠く離れて」　瀬尾こると　新・本格推理01　光文社(光文社文庫)　2001年3月

木更津　きさらず
私立探偵　「交換殺人」　麻耶雄嵩　書下ろしアンソロジー 21世紀本格　光文社(カッパ・ノベルス)　2001年12月

木更津 悠也　きさらず・ゆうや
私立探偵、辻村警部の協力者　「ヘリオスの神像」　麻耶雄嵩　あなたが名探偵　東京創元社(創元推理文庫)　2009年4月

木更津 悠也　きさらず・ゆうや
名探偵　「二つの凶器」　摩耶雄嵩　気分は名探偵-犯人当てアンソロジー　徳間書店　2006年5月

岸掛 仁作　きしかけ・じんさく
バー「タンジール」の常連客、家電販売会社の社長で婿養子　「だって、冷え性なんだモン!」　愛川晶　新世紀「謎(ミステリー)」倶楽部　角川書店　2001年8月

岸田　きしだ
全国紙の文化部のデスク　「野犬狩り」　篠田節子　闇夜の芸術祭　光文社(光文社文庫)　2003年4月

岸田 吟香　きしだ・ぎんこう
横浜で新聞を出そうとする男、水戸藩邸で講義もしていた漢学者　「筆合戦」　高橋克彦　深夜バス78回転の問題(本格短編ベスト・セレクション)　講談社(講談社文庫)　2008年1月;名探偵を追いかけろ-日本ベストミステリー選集34　光文社(光文社文庫)　2007年5月

岸谷 涼子　きしたに・りょうこ
中学生の「僕」のクラスメート　「棺桶」　平山瑞穂　推理小説年鑑 ザ・ベストミステリーズ2011　講談社　2011年7月

きしべ

岸辺 流砂　きしべ・りゅうさ＊
推理作家、完璧な密室となる書斎を建てた男 「密室学入門 最後の密室」 土屋隆夫　山口雅也の本格ミステリ・アンソロジー　角川書店(角川文庫)　2007年12月

木島　きじま
小説家の「私」の高校時代の友人 「とまどい」 高橋克彦　不思議の足跡-最新ベスト・ミステリー　光文社　2007年10月

木島 忍　きじま・しのぶ
高校二年生、バンド"トワイライト"に加入した転校生 「謎のベーシスト」 五十嵐貴久　学園祭前夜　メディアファクトリー(MF文庫)　2010年10月

岸村　きしむら
コーヒーチェーン店の三鷹店店長 「本部から来た男」 塔山郁　推理小説年鑑 ザ・ベストミステリーズ2011　講談社　2011年7月

岸本 明子　きしもと・あきこ
密室で殺害された河田老人の家に居た三人の一人、秘書の岸本竹蔵の娘 「密室の殺人」 岡田鯱彦　甦る推理雑誌7「探偵倶楽部」傑作選　光文社(光文社文庫)　2003年7月

岸本 竹蔵　きしもと・たけぞう
密室で殺害された河田老人の家に居た三人の一人、秘書 「密室の殺人」 岡田鯱彦　甦る推理雑誌7「探偵倶楽部」傑作選　光文社(光文社文庫)　2003年7月

岸本 治美　きしもと・はるみ
L特急「白根7号」の車内で死体で発見された男の連れの女 「暗い唄声」 山村正夫　無人踏切-鉄道ミステリー傑作選　光文社(光文社文庫)　2008年11月

喜助　きすけ
金満家の大熊老人が唯一人だけ気に入りであった少年 「仲々死なぬ彼奴」 海野十三　幻の探偵雑誌9「探偵」傑作選　光文社(光文社文庫)　2002年1月

喜助　きすけ
高瀬舟に載せられた弟殺しの罪人 「高瀬舟-高瀬舟縁起」 森鴎外　文豪の探偵小説　集英社(集英社文庫)　2006年11月

義助　ぎすけ
岡っ引き 「八百万」 畠中恵　不思議の足跡-最新ベスト・ミステリー　光文社　2007年10月

木津 信之輔　きず・しんのすけ
新政府の刑事巡査見習い、千石の部下 「別れの唄」 翔田寛　推理小説年鑑 ザ・ベストミステリーズ2003　講談社　2003年7月

貴族探偵　きぞくたんてい
貴族探偵を名乗る若い男 「トリッチ・トラッチ・ポルカ」 麻耶雄嵩　天使と髑髏の密室(本格短編ベスト・セレクション)　講談社(講談社文庫)　2005年12月;本格ミステリ02　講談社(講談社ノベルス)　2002年5月

貴族探偵　きぞくたんてい
貴族探偵を名乗る若い男 「加速度円舞曲」 麻耶雄嵩　本格ミステリ09　講談社(講談社ノベルス)　2009年6月

北　きた
三軒茶屋の「香菜里屋」の常連客　「殺人者の赤い手」　北森鴻　怪しい舞踏会　光文社（光文社文庫）　2002年5月

北風 丈二　きたかぜ・じょうじ
一年前に村にやってきた二人のヒッピーみたいな青年の一人　「床屋の源さん、探偵になる－生首村殺人事件」　青山蘭堂　新・本格推理07-Qの悲劇　光文社（光文社文庫）　2007年3月

北川　きたがわ
自動車が電車にぶつかってなげだされた男　「奇怪な再会」　園城寺雄　幻の探偵雑誌8「探偵クラブ」傑作選　光文社（光文社文庫）　2001年12月

北川 欽也　きたがわ・きんや
悪性の胃潰瘍で大手術をする患者、竹村弁護士の友人　「まつりの花束」　大倉燁子　甦る推理雑誌10「宝石」傑作選　光文社（光文社文庫）　2004年1月

喜多川 光司　きたがわ・こうじ
カメラマン　「遺影」　真保裕一　マイ・ベスト・ミステリーⅡ　文藝春秋（文春文庫）　2007年8月

喜多川 光司　きたがわ・こうじ＊
カメラマン、平石晴美の恋人　「暗室」　真保裕一　罪深き者に罰を　講談社（講談社文庫）　2002年11月

北川 浩二　きたがわ・こうじ＊
スタジオマンのアルバイトをする大学の芸術学部写真学科の学生　「卒業写真」　真保裕一　推理小説年鑑　ザ・ベストミステリーズ2001　講談社　2001年6月

北川 雅美　きたがわ・まさみ
渋谷のラブホテルで男を殺害した女子大生　「時効を待つ女」　新津きよみ　密室＋アリバイ＝真犯人　講談社（講談社文庫）　2002年2月

北川 容子　きたがわ・ようこ
会社の事務員、森岡信雄の愛人　「青の使者」　唯川恵　悪魔のような女　角川春樹事務所（ハルキ文庫）　2001年7月

喜多川 理沙　きたがわ・りさ
書店「成風堂」の顧客で行方不明になった沢松ふみの娘　「標野にて 君が袖振る」　大崎梢　推理小説年鑑 ザ・ベストミステリーズ2007　講談社　2007年7月

北沢 浩平　きたざわ・こうへい
会社の常務取締役の部屋で自殺した嘱託の男　「幽霊になった男」　源氏鶏太　名作で読む推理小説史 ふるえて眠れない－ホラーミステリー傑作選　光文社（光文社文庫）　2006年9月

北田 チヅ子　きただ・ちずこ
ホテル「緑風荘」の客、推理小説好きの離婚女性　「達也が笑う」　鮎川哲也　贈る物語 Mystery　光文社（光文社文庫）　2006年10月

きたに

北西　きたにし
人間の生命エネルギーを吸収して生きているムーちゃんと同居している男　「酬い」　石持浅海　不思議の足跡-最新ベスト・ミステリー　光文社　2007年10月

北畠　義美　きたばたけ・よしみ
警視庁捜査一課の刑事　「いしまくら」　宮部みゆき　事件現場に行こう-日本ベストミステリー選集33　光文社（光文社文庫）　2006年4月；事件現場に行こう　光文社　2001年11月

北林　貞明　きたばやし・さだあき
群馬県の雁谷村に取材に来たルポライター　「BAKABAKAします」　霞流一　奇想天外のミステリー　宝島社（宝島社文庫）　2009年8月

北原　きたはら
美術プロデューサー、大手新聞社の企画部員　「秋草」　篠田節子　らせん階段　角川春樹事務所（ハルキ文庫）　2003年5月

北原　美和子　きたはら・みわこ
嵯峨野の奥にある小さな寺・五光寺にいた美女　「花冷えの殺意」　西村京太郎　京都殺意の旅　徳間書店（徳間文庫）　2001年11月

喜多　北斗　きた・ほくと
N大学工学部の教官、犀川創平と大御坊安明の友　「マン島の蒸気鉄道」　森博嗣　愛憎発殺人行　鉄道ミステリー名作館　徳間書店（徳間文庫）　2004年5月；M列車（ミステリー・トレイン）で行（い）こう　光文社　2001年10月

喜多　北斗　きた・ほくと
国立N大学工学部土木工学科の助教授、犀川創平の親友　「石塔の屋根飾り」　森博嗣　密室＋アリバイ＝真犯人　講談社（講談社文庫）　2002年2月

喜多　北斗　きた・ほくと
大学助教授　「いつ入れ替わった? An exchange of tears for smiles」　森博嗣　名探偵を追いかけろ-日本ベストミステリー選集34　光文社（光文社文庫）　2007年5月

北峰　輝彦　きたみね・てるひこ
文学青年　「詫び証文」　火野葦平　江戸川乱歩と13の宝石　光文社（光文社文庫）　2007年5月

北見　凛　きたみ・りん
真備霊現象探求所の助手　「流れ星のつくり方」　道尾秀介　珍しい物語のつくり方（本格短編ベスト・セレクション）　講談社（講談社文庫）　2010年1月；七つの死者の囁き　新潮社（新潮文庫）　2008年12月

キタムラ
ジュンと同じ私立高校の三年生　「寒い朝だった-失踪した少女の謎」　麻生荘太郎　密室晩餐会　原書房　2011年6月

喜多村　きたむら
秋田の温泉場で急死した画家前川金之助の弟の大次郎が従兄だと云う男　「湯紋」　楠田匡介　甦る推理雑誌8「エロティック・ミステリー」傑作選　光文社（光文社文庫）　2003年9月

北村　きたむら
暴力団の幹部「ネオン」桐野夏生　幻惑のラビリンス　光文社(光文社文庫)　2001年5月

北村 健治　きたむら・けんじ
ハワイ生まれの日系二世の父を持つ男、愛田美知子の幼なじみ「ザプルーダの向かい側」片岡義男　推理小説年鑑 ザ・ベストミステリーズ2002　講談社　2002年7月

北村 七郎　きたむら・しちろう
裏の崖下に金が埋蔵されているという怪し気な手紙を受け取った家の主人「何故に穴は掘られるか」井上銕　甦る推理雑誌9「別冊宝石」傑作選　光文社(光文社文庫)　2003年11月

北村 太一　きたむら・たいち
仙台市内に住む釣り人の若者「声」三浦明博　乱歩賞作家黒の謎　講談社　2006年7月

北村 直樹　きたむら・なおき
中堅の社会派作家「余計な正義」森村誠一　闇夜の芸術祭　光文社(光文社文庫)　2003年4月

北山 峰子　きたやま・みねこ
店に幽霊が現れたと警察へ電話してきた銀座のバーのマダム「幽霊銀座を歩く」三好徹　警察小説傑作短編集　ランダムハウス講談社(ランダムハウス講談社文庫)　2009年7月

吉次　きちじ*
中川の護岸工事の請負人の飯場に宿っていた土工「飯場の殺人」飛鳥高　江戸川乱歩の推理教室　光文社(光文社文庫)　2008年9月

吉次郎　きちじろう
崖の下で死んでいた競輪狂いの安造の弟「落花」飛鳥高　江戸川乱歩の推理試験　光文社(光文社文庫)　2009年1月

吉祥院　きっしょういん
ベストセラー作家、警視庁捜査一課の刑事桂島の先輩「目撃者は誰？」貫井徳郎　論理学園事件帳　講談社(講談社文庫)　2007年1月;本格ミステリ03　講談社(講談社ノベルス)　2003年6月

吉祥院　きっしょういん
大ベストセラー作家、名探偵「蝶番の問題」貫井徳郎　気分は名探偵-犯人当てアンソロジー　徳間書店　2006年5月

吉祥院 慶彦　きっしょういん・よしひこ
ミステリー作家、警視庁捜査一課の刑事桂島の先輩「連鎖する数字」貫井徳郎「ABC(エービーシー)」殺人事件　講談社(講談社文庫)　2001年11月

橘高 優子　きったか・ゆうこ
名門黒鳥女学院の生徒、探偵司馬博子の後輩「時計台の恐怖」天宮蠍人　新・本格推理02　光文社(光文社文庫)　2002年3月

きっど

キッド・ピストルズ
ロンドン警視庁部長刑事、ピンク・Bの上司 「カバは忘れない−ロンドン動物園殺人事件」 山口雅也 日本版 シャーロック・ホームズの災難 論創社 2007年12月

キッド・ピストルズ
英国・首都警察のパンク刑事 「靴の中の死体」 山口雅也 探偵Xからの挑戦状! 小学館(小学館文庫) 2009年1月

狐の文次　きつねのぶんじ
目明し 「振袖と刃物」 戸板康二 死人に口無し 時代推理傑作選 徳間書店 2009年11月

ギディオン・フリークス
魔術師 「黄昏に沈む、魔術師の助手」 如月妃 新・本格推理07-Qの悲劇 光文社(光文社文庫) 2007年3月

ギデオン・フェル博士　ぎでおんふぇるはかせ
キャロウェイ家の屋敷″雷鳴の城″にやってきた名探偵 「フレンチ警部と雷鳴の城」 芦辺拓 死神と雷鳴の暗号(本格短編ベスト・セレクション) 講談社(講談社文庫) 2006年1月; 本格ミステリ02 講談社(講談社ノベルス) 2002年5月

ギデオン・フェル博士(フェル博士)　ぎでおんふぇるはかせ(ふぇるはかせ)
名探偵 「鉄路に消えた断頭吏」 加賀美雅之 密室と奇蹟-J・D・カー生誕百周年記念アンソロジー 東京創元社 2006年11月

鬼頭 真澄　きとう・ますみ
高校生、新宿一帯を根城とする鬼頭組の組長の子 「少年と少女の密室」 大山誠一郎 密室晩餐会 原書房 2011年6月

紀藤 庸平　きとう・ようへい
テレビ番組「ナイン・トゥ・テン」班のカメラマン 「独占インタビュー」 野沢尚 密室＋アリバイ＝真犯人 講談社(講談社文庫) 2002年2月

木戸 和彦　きど・かずひこ
拳銃自殺した警視庁総務部企画課の巡査部長 「撃てない警官」 安東能明 現場に臨め-最新ベスト・ミステリー 光文社 2010年10月

城戸先生　きどせんせい
中学校の生活指導の先生 「棺桶」 平山瑞穂 推理小説年鑑 ザ・ベストミステリーズ2011 講談社 2011年7月

きぬ
京都西町奉行所同心・神岡清次郎と志乃の一人娘 「糸織草子」 森谷明子 推理小説年鑑 ザ・ベストミステリーズ2006 講談社 2006年7月

絹枝　きぬえ
会社員の井ノ口良介が金目当てに殺した未亡人の妹 「粘土の犬」 仁木悦子 江戸川乱歩と13の宝石 第二集 光文社(光文社文庫) 2007年9月

衣笠 俊輔　きぬがさ・しゅんすけ
リストラされたサラリーマン「我が家の序列」黒田研二　本格ミステリ10　講談社(講談社ノベルス)　2010年6月

衣川　きぬがわ
泥棒が入ってお婆さんが殺された家の下宿人「秘められたる挿話」松本泰　探偵小説の風景トラフィック・コレクション(上)　光文社(光文社文庫)　2009年5月

絹川 幹蔵　きぬかわ・かんぞう
劇作家、劇団佳人座の創立者で女優川路鴒子の師「花虐の賦」連城三紀彦　恋は罪つくり　光文社(光文社文庫)　2005年7月

衣川 柳太郎　きぬがわ・りゅうたろう
弁護士、戯曲家清川純の旧友「正義」浜尾四郎　幻の探偵雑誌10「新青年」傑作選　光文社(光文社文庫)　2002年2月

絹子　きぬこ
ある男に騙されて処女を失ったので毒薬自殺をした娘「最後の瞬間」荻一之介　幻の探偵雑誌8「探偵クラブ」傑作選　光文社(光文社文庫)　2001年12月

絹子　きぬこ
砧刑事の別れた妻「憎しみの罠」平井和正　マイ・ベスト・ミステリーⅡ　文藝春秋(文春文庫)　2007年8月

絹子　きぬこ
実業家池浦吾郎の若い後妻「孤独な朝食」樹下太郎　江戸川乱歩の推理試験　光文社(光文社文庫)　2009年1月

絹子　きぬこ
政府の高い地位にある役人の五十嵐磐人夫人「首吊船」横溝正史　探偵小説の風景トラフィック・コレクション(上)　光文社(光文社文庫)　2009年5月

砧警部補　きぬたけいぶほ
警視庁捜査一課の警部補「黄色い花」仁木悦子　名探偵登場!-日本ミステリー名作館1　KKベストセラーズ　2004年11月

砧 浩司　きぬた・こうじ
刑事「憎しみの罠」平井和正　マイ・ベスト・ミステリーⅡ　文藝春秋(文春文庫)　2007年8月

砧 順之介　きぬた・じゅんのすけ
開業したばかりの私立探偵「砧最初の事件」山沢晴雄　無人踏切-鉄道ミステリー傑作選　光文社(光文社文庫)　2008年11月

砧 真次郎　きぬた・しんじろう
湖畔のバンガローに泊まった男女六人のハイカー達の一人「湖畔の死」後藤幸次郎　甦る推理雑誌8「エロティック・ミステリー」傑作選　光文社(光文社文庫)　2003年9月

絹谷 幸太郎　きぬたに・こうたろう
光宝映画のカメラマン「血を吸うマント」霞流一　名探偵を追いかけろ-日本ベストミステリー選集34　光文社(光文社文庫)　2007年5月

きねや

杵屋 新三郎　きねや・しんさぶろう
岩井半四郎一座の立三味線を弾いている杵屋新次の一の弟子　「京鹿子娘道成寺(河原崎座殺人事件)」　酒井嘉七　幻の探偵雑誌4「探偵春秋」傑作選　光文社(光文社文庫)　2001年1月

杵屋 新次　きねや・しんじ
岩井半四郎一座の立三味線を弾いている師匠　「京鹿子娘道成寺(河原崎座殺人事件)」　酒井嘉七　幻の探偵雑誌4「探偵春秋」傑作選　光文社(光文社文庫)　2001年1月

杵屋花吉　きねやはなきち
殺人事件の被害者、長唄の師匠　「ながうた勧進帳(稽古屋殺人事件)」　酒井嘉七　幻の探偵雑誌9「探偵」傑作選　光文社(光文社文庫)　2002年1月

城崎 克臣　きのさき・かつおみ
主婦城崎治子の舅、港区元麻布の古い邸で治子と二人で暮らす大学名誉教授の老人　「橋の下の凶器」　夏樹静子　幻惑のラビリンス　光文社(光文社文庫)　2001年5月

城崎 治子　きのさき・はるこ
港区元麻布の古い邸に舅の克臣と二人で暮らす主婦、克臣の一人息子明人の未亡人　「橋の下の凶器」　夏樹静子　幻惑のラビリンス　光文社(光文社文庫)　2001年5月

木下　きのした
カメラマン、双子の少女モデル深山姉妹を撮った男　「水仙の季節」　近藤史恵　青に捧げる悪夢　角川書店　2005年3月;殺意の時間割　角川書店(角川文庫)　2002年8月

木下　きのした
刑事　「ダチ」　志水辰夫　マイ・ベスト・ミステリーⅠ　文藝春秋(文春文庫)　2007年8月

キノシタ(インティ)
日系ペルー人、アパート「第一柏木荘」の住人　「夏の雪、冬のサンバ」　歌野晶午　密室殺人大百科　下　講談社(講談社文庫)　2003年9月

木下 匡　きのした・ただし
殺人事件の被害者、北野化粧品の特別顧問　「愛犬殺人事件」　西村京太郎　怪しい舞踏会　光文社(光文社文庫)　2002年5月

木場 よう子　きば・ようこ＊
「私」が会社からの帰り道に街角で不意に出偶った女　「鳥獣虫魚」　吉行淳之介　マイ・ベスト・ミステリーⅡ　文藝春秋(文春文庫)　2007年8月

木原 慶一　きはら・けいいち
木原葉次の兄、小さな建築会社を経営する男　「襲われて」　夏樹静子　七つの危険な真実　新潮社(新潮文庫)　2004年2月

木原 志朗　きはら・しろう
万引きをして家裁に送致された高校生　「チルドレン」　伊坂幸太郎　推理小説年鑑 ザ・ベストミステリーズ2003　講談社　2003年7月

木原 葉次　きはら・ようじ
タクシー運転手　「襲われて」　夏樹静子　七つの危険な真実　新潮社(新潮文庫)　2004年2月

貴船伯爵夫人（伯爵夫人） きふねはくしゃくふじん（はくしゃくふじん）
東京府下の一病院で外科手術を受けることになった伯爵夫人 「外科室」 泉鏡花 文豪の探偵小説 集英社（集英社文庫） 2006年11月

義母 ぎぼ
寝たきりの痴呆の老婆、昌美の義母 「灯油の尽きるとき」 篠田節子 嘘つきは殺人のはじまり 講談社（講談社文庫） 2003年9月

きみ
問題解決能力を試すゲームの被験者として閉ざされた施設に入れられた男 「しらみつぶしの時計」 法月綸太郎 推理小説年鑑 ザ・ベストミステリーズ2009 講談社 2009年7月；本格ミステリ09 講談社（講談社ノベルス） 2009年6月

君江 きみえ
美也子の父親の妾だった信子の身の回りの世話をしていた女性 「鬼灯」 小池真理子 怪しい舞踏会 光文社（光文社文庫） 2002年5月

公男 きみお
大阪の沙翁商店街にある手作りハム・ソーセージの店「ハム列島」のひとり息子 「ハム列島」 島村洋子 らせん階段 角川春樹事務所（ハルキ文庫） 2003年5月

喜美子 きみこ
カメラマン喜多川光司の妻 「暗室」 真保裕一 罪深き者に罰を 講談社（講談社文庫） 2002年11月

きみ子ちゃん きみこちゃん
たけしくんのいもうとのしょうがっこうの一ねん生 「ふしぎな人」 江戸川乱歩；岩田浩昌画 少年探偵王 本格推理マガジン−文庫雑誌/ぼくらの推理冒険物語 光文社（光文社文庫） 2002年4月

きみ子ちゃん きみこちゃん
たけしくんのいもうとのしょうがっこうの一ねん生 「名たんていと二十めんそう」 江戸川乱歩；岩田浩昌画 少年探偵王 本格推理マガジン−文庫雑誌/ぼくらの推理冒険物語 光文社（光文社文庫） 2002年4月

きみちゃん
雪の朝雪に覆われていた猫を傘で突いてしまった女の子 「雪を待つ朝」 柴田よしき 暗闇を見よ 光文社 2010年11月

君村 義一（木村 義一） きみむら・よしかず（きむら・よしかず）
作家、君村義一はペンネーム 「夏 夏に散る花」 我孫子武丸 まほろ市の殺人−推理アンソロジー 祥伝社（NON NOVEL） 2009年3月

キム
東和電機ビルに侵入した若者、新興宗教・神泉教と関わる男 「五年目の夜」 福井晴敏 推理小説年鑑 ザ・ベストミステリーズ2001 講談社 2001年6月

キム
留学生、京都市内の町家で探偵事務所を開いた金・田・一の一人 「雪花散り花」 菅浩江 金田一耕助に捧ぐ九つの狂想曲 角川書店 2002年5月

きむゆ

金 潤子　きむ・ゆんじゃ
女子校に通う高校生、夏休みに離れ島に行って置き去りにされた五人の少女たちの一人 「この島でいちばん高いところ」 近藤史恵　絶海　祥伝社(NON NOVEL)　2002年10月

木村　きむら
機械技師 「罠」 山沢晴雄　甦る推理雑誌5「密室」傑作選　光文社(光文社文庫)　2003年3月

木村　きむら
町内の商店主 「にわか雨」 飛鳥高　江戸川乱歩の推理教室　光文社(光文社文庫)　2008年9月

木村　きむら
防衛庁情報局の非常勤工作員(AP)で「木村」を名乗る若い男 「920を待ちながら」 福井晴敏　乱歩賞作家白の謎　講談社　2006年6月

木村 茜　きむら・あかね
俳人、俳句結社誌「鳥」の主宰者 「鳥雲に」 倉阪鬼一郎　死神と雷鳴の暗号(本格短編ベスト・セレクション)　講談社(講談社文庫)　2006年1月;本格ミステリ02　講談社(講談社ノベルス)　2002年5月

木村 清 (探偵)　きむら・きよし (たんてい)
大金を持って汽車に乗った「私」が護衛を依頼した探偵 「急行十三時間」 甲賀三郎　探偵小説の風景 トラフィック・コレクション(上)　光文社(光文社文庫)　2009年5月

木村 小雪　きむら・こゆき
パリに住むモデル兼踊り子、カフェ「野蛮人」の常連客 「ガリアの地を遠く離れて」 瀬尾こると　新・本格推理01　光文社(光文社文庫)　2001年3月

きむら たけしくん　きむら・たけしくん
しょうがっこうの二ねん生でとうきょうのひろいおうちにすんでいたおとこの子 「ふしぎな人」 江戸川乱歩;岩田浩昌画　少年探偵王 本格推理マガジン-文庫雑誌/ぼくらの推理冒険物語　光文社(光文社文庫)　2002年4月

きむら たけしくん　きむら・たけしくん
しょうがっこうの二ねん生でとうきょうのひろいおうちにすんでいたおとこの子 「名たんていと二十めんそう」 江戸川乱歩;岩田浩昌画　少年探偵王 本格推理マガジン-文庫雑誌/ぼくらの推理冒険物語　光文社(光文社文庫)　2002年4月

木村 久司　きむら・ひさし
殺人事件の被害者、元暴力団準構成員 「左手首」 黒川博行　怪しい舞踏会　光文社(光文社文庫)　2002年5月

木村 義一　きむら・よしかず
作家、君村義一はペンネーム 「夏 夏に散る花」 我孫子武丸　まほろ市の殺人-推理アンソロジー　祥伝社(NON NOVEL)　2009年3月

木本 荘吉　きもと・そうきち*
女児の死体が遺棄された「八幡の籔知らず」事件の被害者の兄 「飾燈」 日影丈吉　江戸川乱歩と13の宝石　光文社(光文社文庫)　2007年5月

木元 春美　きもと・はるみ
学習塾講師の辻村綾子が中学校で教育実習をしていたときの生徒で交通事故死した少女　「還って来た少女」　新津きよみ　青に捧げる悪夢　角川書店　2005年3月；殺人鬼の放課後-ミステリ・アンソロジーⅡ　角川書店(角川文庫)　2002年2月

キャサリン
デューク伯爵家の令嬢　「銭形平次ロンドン捕物帖」　北杜夫　日本版シャーロック・ホームズの災難　論創社　2007年12月

キャサリン
名探偵　「嵯峨野トロッコ列車殺人事件」　山村美紗　全席死定-鉄道ミステリー名作館　徳間書店(徳間文庫)　2004年3月

キャサリン
名探偵、米国の自動車会社社長の令嬢　「呪われた密室」　山村美紗　私(わたし)は殺される(女流ミステリー傑作選)　角川春樹事務所(ハルキ文庫)　2001年3月

紀矢 敏男　きや・としお
警視庁捜査一課の刑事　「第三パビリオン「くちびる Network21」」　爼健二　新世紀犯罪博覧会-連作推理小説　光文社　2001年3月

キャラハン
探偵の「おれ」が尾行する男　「悪魔の辞典」　山田正紀　不思議の足跡-最新ベスト・ミステリー　光文社　2007年10月

ギャリー
イギリスのシェフィールドの街にいた学習障害のある青年　「進々堂世界一周シェフィールド、イギリス」　島田荘司　Anniversary 50 カッパ・ノベルス創刊50周年記念作品　光文社　2009年12月

ギャロン
私立探偵　「黒い扇の踊り子」　都筑道夫　マイ・ベスト・ミステリーⅥ　文藝春秋(文春文庫)　2007年12月

Q　きゅー
犯罪学研究者　「ものを言う血」　深見ヘンリイ　幻の探偵雑誌5「探偵文藝」傑作選　光文社(光文社文庫)　2001年2月

Q(紳士)　きゅう(しんし)
詩人、物語作者　「偽眼のマドンナ」　渡辺啓助　江戸川乱歩と13人の新青年〈文学派〉編　光文社(光文社文庫)　2008年5月

九一　きゅういち
浜江の病気で寝たきりの夫　「暗い海白い花」　岡村雄輔　甦る推理雑誌10「宝石」傑作選　光文社(光文社文庫)　2004年1月

吸血魔　きゅうけつま
黒マントに黒めがねの怪人　「吸血魔」　高木彬光　少年探偵王　本格推理マガジン-文庫雑誌/ぼくらの推理冒険物語　光文社(光文社文庫)　2002年4月

きゅう

牛助　ぎゅうすけ
信濃に棲む筑摩一族の忍法を相伝された者、首領・筑摩縄斎の甥・鴨ノ内記の下僕「忍者六道銭」山田風太郎　御白洲裁き　徳間書店(徳間文庫)　2009年12月

牛塔牛助(牛助)　ぎゅうとうぎゅうすけ(ぎゅうすけ)
信濃に棲む筑摩一族の忍法を相伝された者、首領・筑摩縄斎の甥・鴨ノ内記の下僕「忍者六道銭」山田風太郎　御白洲裁き　徳間書店(徳間文庫)　2009年12月

キュウリー夫人　きゅうりーふじん
山裾にある小さな町で孫の清孝と暮らす偏屈な祖母「夏の光」道尾秀介　推理小説年鑑 ザ・ベストミステリーズ2010　講談社　2010年7月 ; Anniversary 50 カッパ・ノベルス創刊50周年記念作品　光文社　2009年12月

Q氏　きゅーし
完全に老人国となりひどい食糧難時代に入った日本に生きる老人「蒔いた種」深谷忠記　ミステリー傑作選・特別編6 自選ショート・ミステリー2　講談社(講談社文庫)　2001年10月

キュータ
博多長浜の屋台の店主・テッキの友人、結婚相談所の調査員「セヴンス・ヘヴン」北森鴻　M列車(ミステリー・トレイン)で行(い)こう　光文社　2001年10月

行叡　ぎょうえい
得体の知れない修験者「死霊の手」鳥羽亮　乱歩賞作家白の謎　講談社　2006年6月

杏子　きょうこ
駅ビル内の書店「成風堂」の店員「標野にて 君が袖振る」大崎梢　推理小説年鑑 ザ・ベストミステリーズ2007　講談社　2007年7月

杏子　きょうこ
大学助教授江口善太郎の一人娘「喪妻記」福田鮭二　甦る推理雑誌8「エロティック・ミステリー」傑作選　光文社(光文社文庫)　2003年9月

京子　きょうこ
奇怪な殺人事件が起きたバスに乗っていた客の女の子の一人「走る"密室"で」渡島太郎　甦る推理雑誌8「エロティック・ミステリー」傑作選　光文社(光文社文庫)　2003年9月

京子　きょうこ
青田師の牧村郷平の妻、村一番の旧家徳山家の娘「青田師の事件」土井稔　甦る推理雑誌8「エロティック・ミステリー」傑作選　光文社(光文社文庫)　2003年9月

京子　きょうこ
老人の「私」を物置に監禁した甥夫婦の嫁「私は死んでいる」多岐川恭　犯人は秘かに笑う-ユーモアミステリー傑作選　光文社(光文社文庫)　2007年1月

協子　きょうこ
金沢で香の店「香苑」を持つ女、遠野比佐子の高校時代の同級生「いやな女」唯川恵　紅迷宮　祥伝社(祥伝社文庫)　2002年6月

匡子　きょうこ
サーカス一座の玉乗りの芸人「サーカス殺人事件」大河内常平　江戸川乱歩の推理教室　光文社(光文社文庫)　2008年9月

恭子　きょうこ
サラリーマン晋平の恋人、我儘な女　「枕香」　乃南アサ　私(わたし)は殺される(女流ミステリー傑作選)　角川春樹事務所(ハルキ文庫)　2001年3月

行商人　ぎょうしょうにん
郊外の丸髷の奥さんの家に蚊帳を売りに来た行商人　「意識と無意識の境」　榎並照正　幻の探偵雑誌8「探偵クラブ」傑作選　光文社(光文社文庫)　2001年12月

行商人　ぎょうしょうにん
南神威島に行商に来た中年男　「南神威島」　西村京太郎　マイ・ベスト・ミステリーIV　文藝春秋(文春文庫)　2007年10月

京介　きょうすけ
青年実業家、新居のマンションに監禁された新婚の男　「怪獣は密室に踊る」　西澤保彦　大密室　新潮社(新潮文庫)　2002年2月

京介　きょうすけ
青年実業家、正太郎とアタルのナンパ仲間　「通りすがりの改造人間」　西澤保彦　死神と雷鳴の暗号(本格短編ベスト・セレクション)　講談社(講談社文庫)　2006年1月;本格ミステリ02　講談社(講談社ノベルス)　2002年5月

恭平　きょうへい
奥多摩にある貸別荘で死亡しているのが発見された五人の男女の一人　「蝶番の問題」　貫井徳郎　気分は名探偵-犯人当てアンソロジー　徳間書店　2006年5月

京森 英二　きょうもり・えいじ
弁護士　「鑑定証拠」　中嶋博行　判決　徳間書店(徳間文庫)　2010年3月

京谷　きょうや*
県の捜査一課長　「ユダの遺書」　岩田賛　甦る推理雑誌10「宝石」傑作選　光文社(光文社文庫)　2004年1月

清浦 綾乃　きようら・あやの
公家の出の華族の令嬢、女学生花村英子と同学年の娘　「想夫恋」　北村薫　法廷ジャックの心理学　講談社(講談社文庫)　2011年1月;本格ミステリ07　講談社(講談社ノベルス)　2007年5月

清川 純　きよかわ・じゅん
戯曲家、弁護士衣川柳太郎の旧友　「正義」　浜尾四郎　幻の探偵雑誌10「新青年」傑作選　光文社(光文社文庫)　2002年2月

キヨコ
「ハッピー・ヴァレー・スクール」の日本人留学生、校長に強姦された女生徒　「アメリカ・アイス」　馬場信浩　謎003-スペシャル・ブレンド・ミステリー　講談社(講談社文庫)　2008年9月

清子　きよこ*
青山のナイトクラブのホステス、バーテンをしている吉田司郎の女房　「泥靴の死神-屍臭を追う男」　島田一男　江戸川乱歩と13の宝石 第二集　光文社(光文社文庫)　2007年9月

きよし

清 きよし*
強盗、刑事から逃れようとした男 「白いシャツの群」 田中貢太郎 白の怪 勉誠出版(べんせいライブラリー) 2003年3月

許 静 きょ・せい
武者修行の旅に出た男 「股帝之宝剣」 秋梨惟喬 推理小説年鑑 ザ・ベストミステリーズ2011 講談社 2011年7月

清孝 きよたか
山裾にある小さな町で偏屈な祖母と暮らす少年 「夏の光」 道尾秀介 推理小説年鑑 ザ・ベストミステリーズ2010 講談社 2010年7月;Anniversary 50 カッパ・ノベルス創刊50周年記念作品 光文社 2009年12月

清竹 光雄 きよたけ・みつお
私立探偵 「悪魔の護符」 高木彬光 甦る推理雑誌3「X」傑作選 光文社(光文社文庫) 2002年12月

清原 軍二 きよはら・ぐんじ
京都府警宮津署の刑事課長 「七通の手紙」 浅黄斑 完全犯罪証明書 ミステリー傑作選 講談社(講談社文庫) 2001年4月

清坊 きよぼう
家が無い見すぼらしい女の子 「浅草の犬」 角田喜久雄 幻の探偵雑誌9「探偵」傑作選 光文社(光文社文庫) 2002年1月

キラ
売春クラブで小遣いをかせぐ女子高生、良家の子女 「雪のマズルカ」 芦原すなお 嘘つきは殺人のはじまり 講談社(講談社文庫) 2003年9月

吉良上野介 義央 きらこうずけのすけ・よしなか
江戸城松之大廊下での刃傷事件の被害者 「長い廊下の果てに」 芦辺拓 名探偵で行こう-最新ベスト・ミステリー シリーズ・キャラクター編 光文社(光文社文庫) 2001年9月

吉良 仁 きら・じん*
吉良の仁吉の名をもじった職業的殺し屋 「お試し下さい」 佐野洋 マイ・ベスト・ミステリーⅠ 文藝春秋(文春文庫) 2007年8月

桐岡 素子 きりおか・もとこ
心臓発作を起こして病院に搬送されてきた太った男の妻 「罪つくり」 横山秀夫 推理小説年鑑 ザ・ベストミステリーズ2007 講談社 2007年7月

霧ケ峰 涼 きりがみね・りょう
私立鯉ケ窪学園高等部探偵部副部長、広島カープファンのミステリマニア 「霧ケ峰涼の屈辱」 東川篤哉 深夜バス78回転の問題(本格短編ベスト・セレクション) 講談社(講談社文庫) 2008年1月;本格ミステリ04 講談社(講談社ノベルス) 2004年6月

霧ケ峰 涼 きりがみね・りょう
女子高生、私立鯉ケ窪学園高等部探偵部副部長 「霧ケ峰涼の逆襲」 東川篤哉 珍しい物語のつくり方(本格短編ベスト・セレクション) 講談社(講談社文庫) 2010年1月;本格ミステリ06 講談社(講談社ノベルス) 2006年5月

キリコ
会社の清掃作業員 「ダイエット狂想曲」 近藤史恵 名探偵で行こう-最新ベスト・ミステリー シリーズ・キャラクター編 光文社(光文社文庫) 2001年9月

キリコ
推理作家牧薩次の妻、名探偵 「DMがいっぱい」 辻真先 探偵Xからの挑戦状! 小学館(小学館文庫) 2009年1月

桐野 義太　きりの・よした
宮城県警松倉署の新米刑事 「納豆殺人事件」 愛川晶 名探偵は、ここにいる 角川書店(角川文庫) 2001年11月

桐野 義太(キリン)　きりの・よした(きりん)
宮城県警黒岩署の刑事 「だって、冷え性なんだモン!」 愛川晶 新世紀「謎(ミステリー)」倶楽部 角川書店 2001年8月

桐野 義太(キリン)　きりの・よした(きりん)
宮城県警黒岩署の刑事 「死への密室」 愛川晶 密室殺人大百科 下 講談社(講談社文庫) 2003年9月

桐原 清介　きりはら・せいすけ*
ブローカー、昔は日本の情報機関のエージェントらしい男 「寝台特急《月光》」 天城一 葬送列車 鉄道ミステリー名作館 徳間書店(徳間文庫) 2004年4月

桐原 稔　きりはら・みのる
「小説新星」の若手編集部員 「使用中」 法月綸太郎 殺人買います 講談社(講談社文庫) 2002年8月

桐原 稔　きりはら・みのる
「小説新星」の若手編集部員 「使用中」 法月綸太郎 大密室 新潮社(新潮文庫) 2002年2月

桐山 直美　きりやま・なおみ
おとり捜査に協力した小泉警部補の従妹 「酷い天罰」 夏樹静子 悪魔のような女 角川春樹事務所(ハルキ文庫) 2001年7月

桐山 直美　きりやま・なおみ
おとり捜査に協力した小泉警部補の従妹 「酷い天罰」 夏樹静子 謎002-スペシャル・ブレンド・ミステリー 講談社(講談社文庫) 2007年9月

桐代　きりよ*
事故で動けぬ体になった写真家・山崎啓介の妻 「柔らかい手」 篠田節子 ときめき 広済堂出版(広済堂文庫) 2005年1月

キリン
宮城県警黒岩署の刑事 「だって、冷え性なんだモン!」 愛川晶 新世紀「謎(ミステリー)」倶楽部 角川書店 2001年8月

キリン
宮城県警黒岩署の刑事 「死への密室」 愛川晶 密室殺人大百科 下 講談社(講談社文庫) 2003年9月

ぎるぐ

ギールグッド
BBC演劇課長、探偵小説家 「ジョン・ディクスン・カー氏、ギデオン・フェル博士に会う」 芦部拓 密室と奇蹟-J・D・カー生誕百周年記念アンソロジー 東京創元社 2006年11月

金妃　きんき
後天神国の帝王・小神王の寵愛を受けている美妃 「神国崩壊」 獅子宮敏彦 推理小説年鑑 ザ・ベストミステリーズ2004 講談社 2004年7月

キンケイド
依頼人、メスカリン郡の指折りの実業家 「ロス・マクドナルドは黄色い部屋の夢を見るか?」 法月綸太郎 マイ・ベスト・ミステリーⅥ 文藝春秋(文春文庫) 2007年12月

ギン子　ぎんこ
挿絵画家の犀川正巳が部屋から望遠鏡で覗いていたアパートの住人夫婦の女房 「ガラスの眼」 鷲尾三郎 江戸川乱歩の推理教室 光文社(光文社文庫) 2008年9月

銀次　ぎんじ
浪人船田鯉四郎の釣り仲間 「寒バヤ釣りと消えた女」 太田蘭三 殺意の海 徳間書店(徳間文庫) 2003年9月

金蔵　きんぞう
会津藩郡奉行笹沼与左衛門の草履とり 「第二の助太刀」 中村彰彦 偉人八傑推理帖 双葉社(双葉文庫) 2004年7月

金田一 京助　きんだいち・きょうすけ
国文学者、上京した石川啄木を援助する親友 「魔窟の女」 伊井圭 短歌殺人事件-31音律のラビリンス 光文社(光文社文庫) 2003年4月

近田一 耕助　きんだいち・こうすけ
自称名探偵、元民俗学徒 「ナマ猫邸事件」 北森鴻 金田一耕助に捧ぐ九つの狂想曲 角川書店 2002年5月

金田一 耕助　きんだいち・こうすけ
アメリカ帰りの老名探偵、歌舞伎役者・佐野川雷車の旧友 「月光座」 栗本薫 金田一耕助に捧ぐ九つの狂想曲 角川書店 2002年5月

金田一 耕助　きんだいち・こうすけ
探偵 「鳥辺野の午後」 柴田よしき 金田一耕助に捧ぐ九つの狂想曲 角川書店 2002年5月

金田一 耕助　きんだいち・こうすけ
二代目金田一耕助を名乗る名探偵気取りの男 「闇夜にカラスが散歩する」 赤川次郎 金田一耕助に捧ぐ九つの狂想曲 角川書店 2002年5月

金田一 耕助　きんだいち・こうすけ
名探偵 「愛の遠近法的倒錯」 小川勝己 金田一耕助に捧ぐ九つの狂想曲 角川書店 2002年5月

金田一 耕助　きんだいち・こうすけ
名探偵 「闇夜にカラスが散歩する」 赤川次郎 金田一耕助に捧ぐ九つの狂想曲 角川書店 2002年5月

金田一 耕助　きんだいち・こうすけ
名探偵　「松竹梅」服部まゆみ　金田一耕助に捧ぐ九つの狂想曲　角川書店　2002年5月

金田一 耕助(コウモリ男)　きんだいち・こうすけ(こうもりおとこ)
アパートの住人、湯浅順平の隣の部屋の男で実は名探偵　「蝙蝠と蛞蝓」横溝正史　名探偵登場!-日本ミステリー名作館1　KKベストセラーズ　2004年11月

金田一 耕助(コフスキー)　きんだいち・こうすけ(こふすきー)
日本人青年　「《ホテル・ミカド》の殺人」芦辺拓　新世紀「謎(ミステリー)」倶楽部　角川書店　2001年8月

金田一 正介　きんだいち・しょうすけ*
自称金田一耕助の息子だという男　「闇夜にカラスが散歩する」赤川次郎　金田一耕助に捧ぐ九つの狂想曲　角川書店　2002年5月

キンダイチ先生(錦田 一)　きんだいちせんせい(にしきだ・はじめ)
推理作家　「キンダイチ先生の推理」有栖川有栖　金田一耕助に捧ぐ九つの狂想曲　角川書店　2002年5月

金太郎　きんたろう
「わたし」の家の飼犬の狆　「オカアサン」佐藤春夫　文豪の探偵小説　集英社(集英社文庫)　2006年11月

きんちゃん
新宿職安前託老所に入所する老人　「めんどうみてあげるね」鈴木輝一郎　謎005-スペシャル・ブレンド・ミステリー　講談社(講談社文庫)　2010年9月

ギンちゃん
人間の姿をした生物、大学の理学部助手・畑寛子と同居する者　「陰樹の森で」石持浅海　珍しい物語のつくり方(本格短編ベスト・セレクション)　講談社(講談社文庫)　2010年1月；本格ミステリ06　講談社(講談社ノベルス)　2006年5月

【く】

グイ
中国人窃盗団のボス、福建省出身の猪のような男　「ラストドロー」石田衣良　推理小説年鑑　ザ・ベストミステリーズ2004　講談社　2004年7月

杭之下 東亜郎　くいのした・とうあろう
推理作家　「推理師六段」樹下太郎　犯人は秘かに笑う-ユーモアミステリー傑作選　光文社(光文社文庫)　2007年1月

空気人間　くうきにんげん
無色透明のふしぎなどろぼう　「空気人間」鮎川哲也；谷俊彦画　少年探偵王　本格推理マガジン-文庫雑誌/ぼくらの推理冒険物語　光文社(光文社文庫)　2002年4月

クォート・ギャロン(ギャロン)
私立探偵　「黒い扇の踊り子」都筑道夫　マイ・ベスト・ミステリーVI　文藝春秋(文春文庫)　2007年12月

くおん

久遠 有美子　くおん・ゆみこ*
強姦未遂事件の被害者の女性　「無意識的転移」　深谷忠記　事件現場に行こう-日本ベストミステリー選集33　光文社(光文社文庫)　2006年4月;事件現場に行こう　光文社　2001年11月

久我 時哉　くが・ときや
大峯登高行をした「私」の同行者の友人　「霧しぶく山」　蒼井雄　幻の探偵雑誌4「探偵春秋」傑作選　光文社(光文社文庫)　2001年1月

釘抜藤吉　くぎぬきとうきち
合点長屋の目明し、釘抜きのように曲がった脚と噛んだら最後と釘抜きのように離れない粘りを持つ親分　「釘抜藤吉捕物覚書」　林不忘　幻の探偵雑誌5「探偵文藝」傑作選　光文社(光文社文庫)　2001年2月

釘抜屋善一郎　くぎぬきやぜんいちろう
浅草諏訪町の質屋「釘抜屋」の隠居　「願かけて」　泡坂妻夫　法廷ジャックの心理学　講談社(講談社文庫)　2011年1月;名探偵の奇跡-日本ベストミステリー選集　光文社(光文社文庫)　2010年5月

久木 道弘　くき・みちひろ
レイクサイドロード(夜間通行止め)の夜間警備員・斉藤の友、推理する男　「湖岸道路のイリュージョン」　宇田俊吾;春永保　新・本格推理02　光文社(光文社文庫)　2002年3月

久木 道弘　くき・みちひろ
警察官の越坂部から殺人事件の被害者の死体消失の謎解きを頼まれた男　「悪魔まがいのイリュージョン」　宇田俊吾;春永保　新・本格推理03　りら荘の相続人　光文社(光文社文庫)　2003年3月

公暁　くぎょう
鶴岡八幡宮寺別当、源実朝の暗殺者　「雪の下」　多岐川恭　剣が謎を斬る　光文社(光文社文庫)　2005年4月

愚公　ぐこう
稷下の学士、荘子の弟子で逃げ腰の青年　「稷下公案」　小貫風樹　新・本格推理03　りら荘の相続人　光文社(光文社文庫)　2003年3月

久合田 順子　くごうた・じゅんこ
殺人事件の容疑者、戦時中は女学校の生徒だった女性　「最後の女学生」　明内桂子(四季桂子)　甦る推理雑誌10「宝石」傑作選　光文社(光文社文庫)　2004年1月

久坂 章二　くさか・しょうじ
殺人事件の嫌疑者となった男　「不思議な母」　大下宇陀児　甦る推理雑誌1「ロック」傑作選　光文社(光文社文庫)　2002年10月

草加 俊夫　くさか・としお
バーで初めて会った中年男に殺人を依頼した銀行員　「教唆は正犯」　秋井裕　新・本格推理05-九つの署名　光文社(光文社文庫)　2005年3月

草壁 賢一　くさかべ・けんいち
霊能者能城あや子がテレビのバラエティ番組出演のため事前調査をさせているスタッフ 「妹のいた部屋」 井上夢人　推理小説年鑑 ザ・ベストミステリーズ2004　講談社　2004年7

草壁 淳二　くさかべ・じゅんじ
長崎県下にある大学の医学部病理学教室の講師 「切断」 土英雄　江戸川乱歩と13の宝石 第二集　光文社(光文社文庫)　2007年9月

草壁 信二郎　くさかべ・しんじろう
高校教師、吹奏楽部の顧問で指導者 「退出ゲーム」 初野晴　Play推理遊戯　講談社(講談社文庫)　2011年4月;推理小説年鑑 ザ・ベストミステリーズ2008　講談社　2008年7月

草壁 信二郎　くさかべ・しんじろう
清水南高校教師、吹奏楽部の顧問で指導者 「周波数は77.4MHz」 初野晴　名探偵に訊け　光文社　2010年9月

日下部夫婦　くさかべふうふ
人間荘アパート五号室の住人の夫婦 「まぼろしの恋妻」 山田風太郎　マイ・ベスト・ミステリーⅢ　文藝春秋(文春文庫)　2007年9月

草薙　くさなぎ
警視庁捜査一課の刑事、物理学者・湯川学の友人 「落下る」 東野圭吾　推理小説年鑑 ザ・ベストミステリーズ2007　講談社　2007年7月

草薙 哲哉　くさなぎ・てつや
マレーシアで資産家となった草薙雄二郎の甥、叔父の遺産相続人 「チェスター街の日」 柄刀一　本格ミステリ09　講談社(講談社ノベルス)　2009年6月

草薙の伯父さん　くさなぎのおじさん
帝大出の理学士、犯罪学に詳しい名探偵 「花束の秘密」 西条八十　北村薫の本格ミステリ・ライブラリー　角川書店(角川文庫)　2001年8月

草薙 美鈴　くさなぎ・みすず
マレーシアで資産家となった草薙雄二郎の娘、草薙哲哉の従妹 「チェスター街の日」 柄刀一　本格ミステリ09　講談社(講談社ノベルス)　2009年6月

草野 直樹　くさの・なおき
深夜喫茶のトイレで異様な死体で発見された被害者の草野若菜の夫 「第三パビリオン「くちびる Network21」」 谺健二　新世紀犯罪博覧会−連作推理小説　光文社　2001年3月

草野 若菜(松沢 若菜)　くさの・わかな(まつざわ・わかな)
深夜喫茶のトイレで異様な死体で発見された被害者、草野直樹の妻 「第三パビリオン「くちびる Network21」」 谺健二　新世紀犯罪博覧会−連作推理小説　光文社　2001年3月

草馬　くさめ
名探偵、刑事関拓哉の学生時代からの友 「第四象限の密室」 澤本等　推理小説年鑑 ザ・ベストミステリーズ2009　講談社　2009年7月;新・*本格推理 08　光文社(光文社文庫)　2008年3月

くじ*

久慈　くじ*
盲目の娘・宗方マリの話し相手に雇われたアルバイト学生　「黒衣マリ」　渡辺啓助　黒の怪　勉誠出版（べんせいライブラリー）　2002年11月

串本　くしもと
政府転覆を企むテロ組織の細胞の一人　「駈込み訴え」　石持浅海　推理小説年鑑　ザ・ベストミステリーズ2009　講談社　2009年7月

孔雀夫人　くじゃくふじん
葉山の海岸にほど近い別荘でパーティーを開いた美貌の未亡人　「孔雀夫人の誕生日」　山村正夫　江戸川乱歩の推理教室　光文社（光文社文庫）　2008年9月

楠井　享太郎　くすい・きょうたろう
彫刻家、立彫会の元理事　「永遠縹渺」　黒川博行　密室＋アリバイ＝真犯人　講談社（講談社文庫）　2002年2月

楠井　真彦　くすい・まさひこ
父親の作品を売りに出した楠井享太郎の長男　「永遠縹渺」　黒川博行　密室＋アリバイ＝真犯人　講談社（講談社文庫）　2002年2月

楠田　くすだ
ガス会社に勤める男、加賀町署の嘱託関口十三郎の友人　「何故に穴は掘られるか」　井上銕　甦る推理雑誌9「別冊宝石」傑作選　光文社（光文社文庫）　2003年11月

グストフ
イルクーツク市の警察署長　「イルクの秋」　安萬純一　新・本格推理07-Qの悲劇　光文社（光文社文庫）　2007年3月

葛根　灯痩　くずね・とうそう
俳人、女優佐伯揺子の父　「さかしまに」　五木寛之　俳句殺人事件-巻頭句の女　光文社（光文社文庫）　2001年4月

葛根　秀人（葛根　灯痩）　くずね・ひでと（くずね・とうそう）
俳人、女優佐伯揺子の父　「さかしまに」　五木寛之　俳句殺人事件-巻頭句の女　光文社（光文社文庫）　2001年4月

楠木　くすのき
D地裁の所長　「密室の人」　横山秀夫　判決　徳間書店（徳間文庫）　2010年3月

楠原　茂登子　くすはら・もとこ
桐影秘密探偵社と親しい資産家の未亡人　「アイボリーの手帖」　仁木悦子　短歌殺人事件-31音律のラビリンス　光文社（光文社文庫）　2003年4月

葛原　幸也　くずはら・ゆきや
大学の芸術学部写真学科の学生、北川浩二の級友　「卒業写真」　真保裕一　推理小説年鑑　ザ・ベストミステリーズ2001　講談社　2001年6月

久須見　くすみ
南京街に事務所を持ちシップ・チャンドラーの商売をしている男　「チャイナタウン・ブルース」　生島治郎　マイ・ベスト・ミステリーⅡ　文藝春秋（文春文庫）　2007年8月

楠見　くすみ
F県警捜査一課強行犯捜査第二係班長、元公安刑事　「第四の殺意」　横山秀夫　推理小説年鑑 ザ・ベストミステリーズ2004　講談社　2004年7月

楠見　くすみ
F県警捜査一課強行犯捜査二係班長、元公安刑事　「第三の時効」　横山秀夫　推理小説年鑑 ザ・ベストミステリーズ2003　講談社　2003年7月

楠見　くすみ
F県警本部捜査一課の刑事、強行犯係二班の班長　「永遠の時効」　横山秀夫　名探偵の奇跡-日本ベストミステリー選集　光文社(光文社文庫)　2010年5月;名探偵の奇跡-最新ベスト・ミステリー　光文社　2007年9月

薬小路　車契　くすりこうじ・しゃけい
予言者　「ヨギガンジーの予言」　泡坂妻夫　綾辻行人と有栖川有栖のミステリ・ジョッキー1　講談社　2008年7月

久瀬　三郎　くぜ・さぶろう
鳥取県警本部の刑事　「風変わりな料理店」　青山蘭堂　新・本格推理01　光文社(光文社文庫)　2001年3月

久瀬　冬弥　くぜ・とうや
彩吹南高校生徒会副会長　「無貌の王国」　三雲岳斗　ミステリ魂。校歌斉唱!　講談社(講談社文庫)　2010年3月

久世　弥勒　くぜ・みろく
廃線寸前の赤字路線ばかり狙う爆弾魔を追ってきた探偵の青年　「とむらい鉄道」　小貫風樹　推理小説年鑑 ザ・ベストミステリーズ2004　講談社　2004年7月;新・本格推理03 りら荘の相続人　光文社(光文社文庫)　2003年3月

久世　弥勒　くぜ・みろく
遊園地の案内役の青年　「夢の国の悪夢」　小貫風樹　新・本格推理03 りら荘の相続人　光文社(光文社文庫)　2003年3月

九段　南　くだん・みなみ
九段南事務所の所長　「昔なじみ」　逢坂剛　決断-警察小説競作　新潮社(新潮文庫)　2006年2月

朽木　くちき
F県警本部捜査一課の刑事、強行犯係一班の班長　「永遠の時効」　横山秀夫　名探偵の奇跡-日本ベストミステリー選集　光文社(光文社文庫)　2010年5月;名探偵の奇跡-最新ベスト・ミステリー　光文社　2007年9月

朽木　泰正　くちき・やすまさ
F県警本部捜査一課強行班捜査一係の班長、青鬼と呼ばれる男　「沈黙のアリバイ」　横山秀夫　推理小説年鑑 ザ・ベストミステリーズ2002　講談社　2002年7月

グッドフェローズ
イギリスの地方政治家、心霊術者マノリスクを詐欺師呼ばわりした老人　「縛り首の塔の館」　加賀美雅之　密室殺人大百科 下　講談社(講談社文庫)　2003年9月

ぐっど

グッドマン
アメリカ東部の高校の文学担当教師 「私が犯人だ」 山口雅也 現代詩殺人事件－ポエジーの誘惑 光文社(光文社文庫) 2005年9月

轡田 健吾　くつわだ・けんご
タクシー会社の社長、売れっ子の放送作家早瀬琢馬の隣人 「雷雨の庭で」 有栖川有栖 本格ミステリ09 講談社(講談社ノベルス) 2009年6月

工藤　くどう
アメリカで探偵を営む男 「ロス・カボスで天使とデート」 小鷹信光 名作で読む推理小説史 わが名はタフガイ－ハードボイルド傑作選 光文社(光文社文庫) 2006年5月

工藤　くどう
ビアバー「香菜里屋」のマスター 「背表紙の友」 北森鴻 名探偵に訊け 光文社 2010年9月

工藤　くどう
三軒茶屋の「香菜里屋」の店主 「殺人者の赤い手」 北森鴻 怪しい舞踏会 光文社(光文社文庫) 2002年5月

工藤 俊作　くどう・しゅんさく
ロサンゼルスで探偵稼業をやっている日本人 「新・探偵物語 失われたブラック・ジャックの秘宝」 小鷹信光 ミステリー傑作選・特別編5 自選ショート・ミステリー 講談社(講談社文庫) 2001年6月

工藤 哲也　くどう・てつや
三軒茶屋にあるビアバー「香菜里屋」のバーマン、バーマン香月圭吾と同門の元修業仲間 「ラストマティーニ」 北森鴻 推理小説年鑑 ザ・ベストミステリーズ2007 講談社 2007年7月

国井　くにい
プログラマー、今はなき草サッカーチームのメンバー 「オウンゴール」 蒼井上鷹 現場に臨め－最新ベスト・ミステリー 光文社 2010年10月

国枝　くにえだ
不動産業者 「インド・ボンベイ殺人ツアー」 小森健太朗 新世紀「謎(ミステリー)」倶楽部 角川書店 2001年8月

国枝 桃子　くにえだ・ももこ
国立N大学工学部の犀川創平の講座の助手 「石塔の屋根飾り」 森博嗣 密室＋アリバイ＝真犯人 講談社(講談社文庫) 2002年2月

邦夫　くにお
コンサルタント会社の経営者、香織の夫 「ヒーラー」 篠田節子 推理小説年鑑 ザ・ベストミステリーズ2004 講談社 2004年7月

邦夫　くにお
秋子の恋人、三角関係の仲 「ランプの宿」 都筑道夫 闇夜の芸術祭 光文社(光文社文庫) 2003年4月

国崎 勝利　くにざき・しょうり
日本宇宙機構(JSA)の閉鎖環境長期実験施設「BOX-C」で八ヵ月間暮らした六人の志願クルーの一人、電気技師　「星風よ、淀みに吹け」　小川一水　推理小説年鑑 ザ・ベストミステリーズ2010　講談社　2010年7月;本格ミステリ10　講談社(講談社ノベルス)　2010年6月

国定忠次　くにさだちゅうじ
上州岩鼻の代官を斬り殺した国定忠次一家の親分　「入れ札」　菊池寛　マイ・ベスト・ミステリーⅠ　文藝春秋(文春文庫)　2007年8月

国定忠治(忠治)　くにさだちゅうじ(ちゅうじ)
上州の博徒　「娘のいのち濡れ手で千両」　結城昌治　死人に口無し 時代推理傑作選　徳間書店　2009年11月

国定忠治(忠治)　くにさだちゅうじ(ちゅうじ)
上州一といわれたやくざの国定一家の首領、捕吏に追われ赤城山に逃げた男　「真説・赤城山」　天藤真　御白洲裁き　徳間書店(徳間文庫)　2009年12月

邦造　くにぞう
老ヤクザ、池田組の顔役　「最後の賭け」　生島治郎　名作で読む推理小説史 わが名はタフガイ-ハードボイルド傑作選　光文社(光文社文庫)　2006年5月

国田 征太郎　くにた・せいたろう
十条署の刑事、九段南の将棋道場時代の昔なじみ　「昔なじみ」　逢坂剛　決断-警察小説競作　新潮社(新潮文庫)　2006年2月

櫟 究介(オバQ)　くぬぎ・きゅうすけ(おばきゅう)
小学六年生、殺人犯を見た子ども　「一匹や二匹」　仁木悦子　ねこ!ネコ!猫!(NEKOミステリー傑作選)　徳間書店(徳間文庫)　2008年10月;謎003-スペシャル・ブレンド・ミステリー　講談社(講談社文庫)　2008年9月

久能　くのう
警視庁捜査一課の警部　「ABCD包囲網」　法月綸太郎　「ABC(エービーシー)」殺人事件　講談社(講談社文庫)　2001年11月

久野 和子　くの・かずこ*
元刑事尾田徹治の娘、週一回は父が一人で住む団地へ通う主婦　「日の丸あげて」　赤川次郎　マイ・ベスト・ミステリーⅣ　文藝春秋(文春文庫)　2007年10月

久野 修一　くの・しゅういち*
元刑事尾田徹治の娘の久野和子の夫　「日の丸あげて」　赤川次郎　マイ・ベスト・ミステリーⅣ　文藝春秋(文春文庫)　2007年10月

クブカ
パプア土民　「水棲人」　香山滋　甦る推理雑誌7「探偵倶楽部」傑作選　光文社(光文社文庫)　2003年7月

窪川 吉太郎　くぼかわ・きちたろう*
偶然競輪場で知り合った自分にそっくりな男に代理で墓参りを頼んだサラリーマン　「替玉計画」　結城昌治　マイ・ベスト・ミステリーⅠ　文藝春秋(文春文庫)　2007年8月

くぼき

窪木 徹治（コマシのテツ）　くぼき・てつじ（こましのてつ）
S市で街金を営む地場の暴力団の企業舎弟　「死人の逆恨み」　笹本稜平　事件を追いかけろ　光文社（光文社文庫）　2009年4月；事件を追いかけろ　光文社　2004年12月

久保 銀造　くぼ・ぎんぞう
岡山県にある果樹園の主、名探偵金田一耕助のパトロン　「愛の遠近法的倒錯」　小川勝己　金田一耕助に捧ぐ九つの狂想曲　角川書店　2002年5月

久保田　くぼた
地方警察部から抜擢されて東京へ転任してきたばかりの署長　「能面殺人事件」　青鷺幽鬼（角田喜久雄）　甦る推理雑誌2「黒猫」傑作選　光文社（光文社文庫）　2002年11月

久保田 麻美　くぼた・あさみ
木下匡が大事にしていた若い女、新井和宏の女　「愛犬殺人事件」　西村京太郎　怪しい舞踏会　光文社（光文社文庫）　2002年5月

窪谷 浩三　くぼたに・こうぞう*
交通事故に遭った身元不明の眠り患者の夫だという男　「眠れる森の醜女」　戸川昌子　謎003-スペシャル・ブレンド・ミステリー　講談社（講談社文庫）　2008年9月

久保田 正孝　くぼた・まさたか
日本宇宙機構(JSA)の閉鎖環境長期実験施設「BOX-C」で八ヵ月間暮らした六人の志願クルーの一人、機械技師　「星風よ、淀みに吹け」　小川一水　推理小説年鑑 ザ・ベストミステリーズ2010　講談社　2010年7月；本格ミステリ10　講談社（講談社ノベルス）　2010年6月

久保寺 徹　くぼでら・とおる
サイコセラピスト　「雷雨の夜」　逢坂剛　完全犯罪証明書 ミステリー傑作選　講談社（講談社文庫）　2001年4月

久保村　くぼむら
W大学の野球部の主将　「血染のバット」　呑海翁　幻の探偵雑誌7「新趣味」傑作選　光文社（光文社文庫）　2001年11月

久保 由紀子　くぼ・ゆきこ
峯村香と同じマンションに住む主婦、噂を流した女　「うわさの出所」　新津きよみ　私(わたし)は殺される（女流ミステリー傑作選）　角川春樹事務所（ハルキ文庫）　2001年3月

熊井 渚　くまい・なぎさ
長江高明と湯浅夏美の学生時代からの飲み仲間、食品会社に勤める男　「Rのつく月には気をつけよう」　石持浅海　推理小説年鑑 ザ・ベストミステリーズ2006　講談社　2006年7月

熊谷 斗志八　くまがい・としや
札幌市の「旭山公園通り育英センター」の入所者、下肢が不自由な男　「密室の中のジョゼフィーヌ」　柄刀一　推理小説年鑑 ザ・ベストミステリーズ2003　講談社　2003年7月

熊谷 斗志八　くまがい・としや
札幌市の療護施設「旭山公園通り育英センター」の入所者、下肢が不自由な男　「人の降る確率」　柄刀一　天使と髑髏の密室（本格短編ベスト・セレクション）　講談社（講談社文庫）　2005年12月；本格ミステリ02　講談社（講談社ノベルス）　2002年5月

熊谷 斗志八　くまがい・としや
探偵、車椅子の青年 「百匹めの猿」 柄刀一　書下ろしアンソロジー 21世紀本格　光文社（カッパ・ノベルス）2001年12月

熊谷 万里子　くまがや・まりこ
大阪・中央区に清水ミヤと共同でオフィスを構える女 「溺れるものは久しからず」 黒崎緑　紫迷宮　祥伝社（祥伝社文庫）2002年12月

熊吉　くまきち
登山の一等案内人の老人 「綱（ロープ）」 瀬下耽　幻の探偵雑誌10「新青年」傑作選　光文社（光文社文庫）2002年2月

熊木 雄介　くまき・ゆうすけ
S県警本部の検視官、推理作家阿部一郎（有馬一郎）の幼馴染み 「墓標」 横山秀夫　現場に臨め-最新ベスト・ミステリー　光文社　2010年10月

久満子　くまこ
会社員湯河勝太郎の今の妻 「途上」 谷崎潤一郎　文豪の探偵小説　集英社（集英社文庫）2006年11月

熊沢先生　くまざわせんせい
中学校の女の先生 「棺桶」 平山瑞穂　推理小説年鑑 ザ・ベストミステリーズ2011　講談社　2011年7月

熊沢 房男　くまざわ・ふさお
碁敵、京都・河原町のレイストラン・バーの店主 「壺中庵殺人事件」 有栖川有栖　大密室　新潮社（新潮文庫）2002年2月

熊さん　くまさん
大工 「犯人当て横丁の名探偵」 仁木悦子　死人に口無し 時代推理傑作選　徳間書店　2009年11月；大江戸事件帖　双葉社（双葉文庫）2005年7月

隈島　くまじま
蝦蟇倉警察署の刑事 「弓投げの崖を見てはいけない」 道尾秀介　蝦蟇倉市事件1　東京創元社（ミステリ・フロンティア）2010年1月

久麻助　くますけ
大峯登高行をした「私」と友人二人の案内人 「霧しぶく山」 蒼井雄　幻の探偵雑誌4「探偵春秋」傑作選　光文社（光文社文庫）2001年1月

熊蔵　くまぞう
岡山市の外れの棟割り長屋に暮らす千吉とハル兄妹の家の向かいの家の車夫 「魔羅節」 岩井志麻子　マイ・ベスト・ミステリーⅢ　文藝春秋（文春文庫）2007年9月

熊野 義太郎　くまの・よしたろう
熊野建設の社長、白岡地方の資産家 「北斗星の密室」 折原一　天使と髑髏の密室（本格短編ベスト・セレクション）　講談社（講談社文庫）2005年12月；本格ミステリ02　講談社（講談社ノベルス）2002年5月

くみや

久御山 津和子　くみやま・つわこ
フリーライター石沢典江に体験を語る女、家庭内暴力の当事者　「つぐない」　菅浩江　らせん階段　角川春樹事務所（ハルキ文庫）　2003年5月

久美 廉次郎　くみ・れんじろう
糊染めタペストリーの作品展を開いた無名の工芸家　「緋友禅」　北森鴻　推理小説年鑑 ザ・ベストミステリーズ2003　講談社　2003年7月

くめ子　くめこ
殺人事件の被害者である内務省事務官市川春吉の妻　「斉菖の真理」　大下宇陀児　甦る推理雑誌2「黒猫」傑作選　光文社（光文社文庫）　2002年11月

久米 小百合　くめ・さゆり
新幹線の車内販売の売り子　「三毛猫ホームズの遺失物」　赤川次郎　名探偵を追いかけろ－日本ベストミステリー選集34　光文社（光文社文庫）　2007年5月

久米沢 登　くめざわ・のぼる
恵美の父親、元検事で大学教授　「井伊直弼は見ていた?」　深谷忠記　怪しい舞踏会　光文社（光文社文庫）　2002年5月

くめちゃん
新宿職安前託老所に入所する呆け老人　「めんどうみてあげるね」　鈴木輝一郎　謎005-スペシャル・ブレンド・ミステリー　講談社（講談社文庫）　2010年9月

雲井 久右衛門　くもい・きゅうえもん
地方の大地主で名望家、正子と桂の父親　「永遠の女囚」　木々高太郎　マイ・ベスト・ミステリーⅤ　文藝春秋（文春文庫）　2007年11月

雲井 久右衛門　くもい・きゅうえもん
地方の大地主で名望家、正子と桂の父親　「永遠の女囚」　木々高太郎　悪魔黙示録「新青年」一九三八-探偵小説暗黒の時代へ　光文社（光文社文庫）　2011年8月

蜘蛛手　くもで
建築＆探偵事務所の経営者　「天空からの死者」　門前典之　不可能犯罪コレクション　原書房　2009年6月

蜘蛛手 みどり　くもて・みどり
「カフェー黒猫」に集まる群（グループ）の一人　「国貞画夫婦刷鷺娘」　蜘蛛手緑　幻の探偵雑誌7「新趣味」傑作選　光文社（光文社文庫）　2001年11月

倉石　くらいし
L県警のヤクザ紛いの検視官　「墓標」　横山秀夫　現場に臨め－最新ベスト・ミステリー　光文社　2010年10月

倉石 明　くらいし・あきら
城北大学教授・高畑一郎のゼミの学生、詩人石山登の息子　「明治村の時計」　戸板康二　短歌殺人事件-31音律のラビリンス　光文社（光文社文庫）　2003年4月

倉石 伍六　くらいし・ごろく
政府の高い地位にある役人五十嵐磐人と絹子夫人の媒酌人のご用商人　「首吊船」　横溝正史　探偵小説の風景トラフィック・コレクション（上）　光文社（光文社文庫）　2009年5月

倉石 正平　くらいし・しょうへい
衣装デザイナーで女社長の倉石千夏の夫、シナリオライター「左手でバーベキュー」霞流一　あなたが名探偵　東京創元社(創元推理文庫)　2009年4月

倉石 千夏　くらいし・ちか
映画やドラマの衣装デザイナー、八ヶ岳の別荘の持ち主「左手でバーベキュー」霞流一　あなたが名探偵　東京創元社(創元推理文庫)　2009年4月

倉石 義男　くらいし・よしお
L県警検視官、〝終身検視官〟の異名をもつ現場一筋の男「未来の花」横山秀夫　推理小説年鑑　ザ・ベストミステリーズ2010　講談社　2010年7月;Anniversary 50 カッパ・ノベルス創刊50周年記念作品　光文社　2009年12月

倉石 義男　くらいし・よしお
L県警捜査一課調査官、鑑識畑一筋の検視官「罪つくり」横山秀夫　推理小説年鑑　ザ・ベストミステリーズ2007　講談社　2007年7月

倉石 義男　くらいし・よしお
検視官「眼前の密室」横山秀夫　深夜バス78回転の問題(本格短編ベスト・セレクション)　講談社(講談社文庫)　2008年1月;本格ミステリ04　講談社(講談社ノベルス)　2004年6月

倉石 義男　くらいし・よしお
検視官、R県警刑事部捜査一課の調査官「赤い名刺」横山秀夫　推理小説年鑑　ザ・ベストミステリーズ2001　講談社　2001年6月

クライマー
谷川岳の幽ノ沢V字状岸壁でハーケンをうちこんでいたクライマー「錆びたハーケン」谷甲州　ミステリー傑作選・特別編6 自選ショート・ミステリー2　講談社(講談社文庫)　2001年10月

蔵内 次郎作　くらうち・じろさく*
「僕」と同じ会社に勤めているケチン坊の青年「きゃくちゃ」長谷川修二　幻の探偵雑誌6「猟奇」傑作選　光文社(光文社文庫)　2001年3月

鞍掛 康雄　くらかけ・やすお*
山陰線に乗って昔の恋人と雪国の温泉へ行った男「吹雪心中」山田風太郎　全席死定-鉄道ミステリー名作館　徳間書店(徳間文庫)　2004年3月

座木(座木)　くらき(ざぎ)
少年リベザルと暮らすやさしい青年「リベザル童話『メフィストくん』」令丈ヒロ子　QED鏡家の薬屋探偵　講談社(講談社ノベルス)　2010年8月

倉木 澄男　くらき・すみお
轢き逃げをした江上弘志の地元の仲間で同乗者「闇を駆け抜けろ」戸梶圭太　決断-警察小説競作　新潮社(新潮文庫)　2006年2月

内蔵子　くらこ
大学助教授江口善太郎の最初の妻「喪妻記」福田鮭二　甦る推理雑誌8「エロティック・ミステリー」傑作選　光文社(光文社文庫)　2003年9月

くらさ

倉阪 鬼一郎　くらさか・きいちろう
怪奇小説家、作家森奈津子の同業者　「なつこ、孤島に囚われ。」　西澤保彦　絶海　祥伝社(NON NOVEL)　2002年10月

倉科　くらしな
ミステリ作家園田修一郎の大学のミステリ研究会時代からの友人　「作者よ欺かるるなかれ」　園田修一郎　新・本格推理03 りら荘の相続人　光文社(光文社文庫)　2003年3月

倉科　くらしな
就職浪人中の男、もと大学の推理小説研究会部員　「東京不思議day」　園田修一郎　新・本格推理01　光文社(光文社文庫)　2001年3月

倉科　くらしな
大学時代のミステリ研のメンバー　「ありえざる村の奇跡」　園田修一郎　新・本格推理04-赤い館の怪人物　光文社(光文社文庫)　2004年3月

倉科 裕一　くらしな・ゆういち
高校教師、大学時代のミステリ研のメンバー　「ホワットダニットパズル」　園田修一郎　新・本格推理07-Qの悲劇　光文社(光文社文庫)　2007年3月

倉科 裕一　くらしな・ゆういち
大学時代のミステリ研のメンバー　「X以前の悲劇-「異邦の騎士」を読んだ男」　園田修一郎　新・本格推理06-不完全殺人事件　光文社(光文社文庫)　2006年3月

倉田　くらた
シンガポールの日本人遊女屋の元締め村岡伊平治の用心棒　「人買い伊平治」　鮎川哲也　マイ・ベスト・ミステリーV　文藝春秋(文春文庫)　2007年11月

蔵田　くらた
昭和二十年北満に派遣された学術調査隊の一人、地理学者鮫島博士の弟子　「流氷」　倉田映郎　水の怪　勉誠出版(べんせいライブラリー)　2003年3月

倉田 幸代　くらた・さちよ＊
中学三年生、下山純子のクラスメイト　「透き通った一日」　赤川次郎　七つの危険な真実　新潮社(新潮文庫)　2004年2月

倉田 七穂　くらた・ななほ
霊感の強い友達から公園で自分とそっくりな子を見かけたと言われた中学生の少女　「還って来た少女」　新津きよみ　青に捧げる悪夢　角川書店　2005年3月;殺人鬼の放課後-ミステリ・アンソロジーII　角川書店(角川文庫)　2002年2月

倉谷 玄武　くらたに・げんぶ
避暑地の一劃に住む近藤家の家族が恐れる老人　「復讐」　三島由紀夫　文豪の探偵小説　集英社(集英社文庫)　2006年11月

倉知 紳一郎　くらち・しんいちろう
密室殺人事件の容疑者の一人、別荘の主人川崎泰造の甥　「匂う密室」　双葉十三郎　甦る推理雑誌3「X」傑作選　光文社(光文社文庫)　2002年12月

倉料 裕一　くらはか・ゆういち＊
道に迷って雪山のホテルにきた男「シュレーディンガーの雪密室」園田修一郎　新・＊本格推理08　光文社(光文社文庫)　2008年3月

倉橋 春菜　くらはし・はるな
東陵学園中学・高等学校の数学教師「迷宮の観覧車」青木知己　新・本格推理04-赤い館の怪人物　光文社(光文社文庫)　2004年3月

倉林　くらばやし
刑事「位牌」伊井圭　名探偵で行こう-最新ベスト・ミステリー シリーズ・キャラクター編　光文社(光文社文庫)　2001年9月

クラブさん
主婦ミセス・ハートの仲良しで色々な会をつくるのが好きな女性「虹の家のアリス」加納朋子　名探偵を追いかけろ-日本ベストミステリー選集34　光文社(光文社文庫)　2007年5月

蔵前　くらまえ
元警視庁捜査一課の刑事「私鉄沿線」雨宮町子　葬送列車 鉄道ミステリー名作館　徳間書店(徳間文庫)　2004年4月

倉山　くらやま
名馬シャーロックの調教師「競馬場の殺人」大河内常平　江戸川乱歩の推理試験　光文社(光文社文庫)　2009年1月

栗木 啓吾　くりき・けいご
自宅出産を選んだ妊婦の栗木さんの夫「別れてください」青井夏海　論理学園事件帳　講談社(講談社文庫)　2007年1月;本格ミステリ03　講談社(講談社ノベルス)　2003年6月

栗崎 政和　くりさき・まさかず
一年前に村にやってきた二人のヒッピーみたいな青年の一人「床屋の源さん、探偵になる-生首村殺人事件」青山蘭堂　新・本格推理07-Qの悲劇　光文社(光文社文庫)　2007年3月

クリス
ストックホルムのビデオショップの常連客、店員のブラクセンの憧れの美女「ストックホルムの埋み火」貫井徳郎　決断-警察小説競作　新潮社(新潮文庫)　2006年2月

クリストファー・ジャーヴィス(ジャーヴィス)
科学者ソーンダイクの友人の博士、〈引き立て役倶楽部〉のアメリカ支部会員「引き立て役倶楽部の陰謀」法月綸太郎　暗闇を見よ　光文社　2010年11月

クリス・マクレガー
カナダ人の美人科学者、国際宇宙ステーションのクルー普久原淳夫の同僚「箱の中の猫」菅浩江　蒼迷宮　祥伝社(祥伝社文庫)　2002年3月

栗田 満智子　くりた・まちこ
高校生、高木奈々の小学生の時からの友だち「時計じかけの小鳥」西澤保彦　赤に捧げる殺意　角川書店　2005年4月;名探偵は、ここにいる　角川書店(角川文庫)　2001年11月

栗原夫人　くりはふじん
都下の最寄駅から遠い賃貸住宅地に暮らす麗子たち一家の隣家の夫人「さすらい」田中文雄　名作で読む推理小説史　ふるえて眠れない-ホラーミステリー傑作選　光文社(光文社文庫)　2006年9月

栗原　くりはら
医師「執念」蒼井雄　幻の探偵雑誌9「探偵」傑作選　光文社(光文社文庫)　2002年1月

栗原警部　くりはらけいぶ
警視庁の警部「血を吸うマント」霞流一　名探偵を追いかけろ-日本ベストミステリー選集34　光文社(光文社文庫)　2007年5月

栗原　忠義　くりはら・ただよし
自宅で絞殺された堤社長の秘書兼用心棒「深夜の殺人者」岡田鯱彦　江戸川乱歩の推理試験　光文社(光文社文庫)　2009年1月

栗屋君　くりやくん
停車場で見かけた一人の婦人に心を惹付けられて後を跟けた男「偽刑事」川田功　幻の探偵雑誌10「新青年」傑作選　光文社(光文社文庫)　2002年2月

栗山　哲之介　くりやま・てつのすけ
名馬シャーロックの馬主、財界に知られた金持「競馬場の殺人」大河内常平　江戸川乱歩の推理試験　光文社(光文社文庫)　2009年1月

栗山　深春　くりやま・みはる
建築探訪家・桜井京介の友人「迷宮に死者は棲む」篠田真由美　M列車(ミステリー・トレイン)で行(い)こう　光文社　2001年10月

栗山　むつ子　くりやま・むつこ
生死不明の画家益山初人の個展に招待された女性「貨車引込線」樹下太郎　江戸川乱歩の推理教室　光文社(光文社文庫)　2008年9月

来島　小夜子　くるしま・さよこ
来島拓郎の妻、運命論者の女「恋歌」明野照葉　緋迷宮　祥伝社(祥伝社文庫)　2001年12月

来島　拓郎　くるしま・たくろう
来島小夜子の夫、妻の浮気を疑う男「恋歌」明野照葉　緋迷宮　祥伝社(祥伝社文庫)　2001年12月

来栖　徳蔵　くるす・とくぞう
新興宗教「聖ディオニシウス教団」の教祖「聖ディオニシウスのパズル」大山誠一郎　新・本格推理03　りら荘の相続人　光文社(光文社文庫)　2003年3月

クルマ屋　くるまや
殺人罪で千葉刑務所に服役する囚人「グレーテスト・ロマンス」桐野夏生　乱歩賞作家　黒の謎　講談社　2006年7月

クレー
貧乏貴族、ホームズの探偵事務所の客「シャーロック・ホームズの内幕」星新一　シャーロック・ホームズに愛をこめて　光文社(光文社文庫)　2010年1月

クレア
「林檎」と綽名される宇宙ステーションの乗員、ノイ博士の三人娘の末娘 「暗黒の海を漂う黄金の林檎」 七河迦南 新・本格推理07-Qの悲劇 光文社(光文社文庫) 2007年3月

グレアム
人間たちから「レインボーロッド」などと呼ばれている生き物メタルフィッシュ 「紅き虚空の下で」 高橋城太郎 新・本格推理05-九つの署名 光文社(光文社文庫) 2005年3月

クレイボン
評判の悪い牧場主が雇った拳銃使いで早撃ちの名人 「決闘」 逢坂剛 ミステリー傑作選・特別編5 自選ショート・ミステリー 講談社(講談社文庫) 2001年6月

呉 和子　くれ・かずこ
殺人のあった日に容疑者の日高と一緒だった二人の女の一人 「無人踏切」 鮎川哲也 無人踏切-鉄道ミステリー傑作選 光文社(光文社文庫) 2008年11月

グレゴリー
海軍少尉、グレゴリー警部の孫 「「名馬シルヴァー・ブレイズ」後日」 林望 日本版 シャーロック・ホームズの災難 論創社 2007年12月

グレゴリー・B・マナリング　ぐれごりー・びー・まなりんぐ
キャロウェイ准男爵の令嬢ハリエットの後見人となった親戚筋の男 「フレンチ警部と雷鳴の城」 芦辺拓 死神と雷鳴の暗号(本格短編ベスト・セレクション) 講談社(講談社文庫) 2006年1月;本格ミステリ02 講談社(講談社ノベルス) 2002年5月

紅門 福助　くれないもん・ふくすけ
私立探偵 「らくだ殺人事件」 霞流一 密室殺人大百科 下 講談社(講談社文庫) 2003年9月

紅門 福助　くれないもん・ふくすけ
私立探偵 「わらう公家」 霞流一 天使と髑髏の密室(本格短編ベスト・セレクション) 講談社(講談社文庫) 2005年12月;本格ミステリ02 講談社(講談社ノベルス) 2002年5月

紅門 福助　くれないもん・ふくすけ
私立探偵 「牛去りしのち」 霞流一 ミステリー傑作選・特別編5 自選ショート・ミステリー 講談社(講談社文庫) 2001年6月

紅門 福助　くれないもん・ふくすけ
私立探偵 「左手でバーベキュー」 霞流一 あなたが名探偵 東京創元社(創元推理文庫) 2009年4月

紅門 福助　くれないもん・ふくすけ
私立探偵 「首切り監督」 霞流一 論理学園事件帳 講談社(講談社文庫) 2007年1月;本格ミステリ03 講談社(講談社ノベルス) 2003年6月

紅門 福助　くれないもん・ふくすけ
私立探偵 「霧の巨塔」 霞流一 本格ミステリ08 講談社(講談社ノベルス) 2008年6月

紅門 福助　くれないもん・ふくすけ
探偵 「血を吸うマント」 霞流一 名探偵を追いかけろ-日本ベストミステリー選集34 光文社(光文社文庫) 2007年5月

くれば

暮林 美央　くればやし・みお
ミステリー翻訳家、かつてバルーン・タウンと呼ばれる東京都第七特別区で妊婦探偵として名をはせた女　「バルーン・タウンの手毬唄」　松尾由美　推理小説年鑑 ザ・ベストミステリーズ2003　講談社　2003年7月

暮林 美央　くればやし・みお
ミステリー翻訳家、バルーン・タウンと呼ばれる東京都第七特別区に住む妊婦探偵　「オリエント急行十五時四十分の謎」　松尾由美　透明な貴婦人の謎(本格短編ベスト・セレクション)　講談社(講談社文庫)　2005年1月；本格ミステリ01　講談社(講談社ノベルス)　2001年7月

暮林 美央　くればやし・みお
妊婦の町バルーン・タウンの住人、江田茉莉奈の友人　「亀腹同盟」　松尾由美　シャーロック・ホームズに再び愛をこめて　光文社(光文社文庫)　2010年7月

暮松　くれまつ
行方不明になった宮地銀三と二人で製氷所を経営している男　「凍るアラベスク」　妹尾韶夫　幻の探偵雑誌10「新青年」傑作選　光文社(光文社文庫)　2002年2月

クレール
パリ警視庁の警部　「こがね虫の証人」　北洋　甦る推理雑誌3「X」傑作選　光文社(光文社文庫)　2002年12月

ぐれんどわあ
医者、急死した老人ばあどるふの主治医　「あやしやな」　幸田露伴　文豪のミステリー小説　集英社(集英社文庫)　2008年2月

黒尾 笹子　くろお・ささこ
資産家の養女東谷須賀子の乳姉妹　「黒菊の女」　新久保賞治　黒の怪　勉誠出版(べんせいライブラリー)　2002年11月

黒尾 油吉　くろお・ゆきち
東谷須賀子の乳姉妹・黒尾笹子の腹ちがいの兄、麻薬中毒者　「黒菊の女」　新久保賞治　黒の怪　勉誠出版(べんせいライブラリー)　2002年11月

黒金老人　くろがねろうじん
山村の旧家火村家の家守　「憑代忌」　北森鴻　暗闇を追いかけろ-日本ベストミステリー選集35　光文社(光文社文庫)　2008年5月；深夜バス78回転の問題(本格短編ベスト・セレクション)　講談社(講談社文庫)　2008年1月

黒川　くろかわ
怪談読み物ライターの「私」がかつて所属していた文学サークルの仲間　「黒い家」　倉阪鬼一郎　名作で読む推理小説史 ふるえて眠れない-ホラーミステリー傑作選　光文社(光文社文庫)　2006年9月

黒川　くろかわ
絵が描けなくなって死んだ画家、先頃帰朝した藤川画伯と同門だった男　「アルルの秋」　鈴木秀郎　甦る推理雑誌9「別冊宝石」傑作選　光文社(光文社文庫)　2003年11月

黒川 絹子　くろかわ・きぬこ
三十三の「私」と結婚した十六も歳がちがう美しい黒髪を持った少女　「黒髪」　檜垣謙之介　幻の探偵雑誌8「探偵クラブ」傑作選　光文社(光文社文庫)　2001年12月

黒川 武　くろかわ・たけし
桜建物の営業課長、週末の新幹線に美女を同伴して乗る男　「18時24分東京発の女」　西村京太郎　愛憎発殺人行 鉄道ミステリー名作館　徳間書店(徳間文庫)　2004年5月

黒河 秀次　くろかわ・ひでじ
競馬厩舎の親方　「ばくち狂時代」　大河内常平　甦る推理雑誌6「探偵実話」傑作選　光文社(光文社文庫)　2003年5月

黒木　くろき
須田部長刑事とコンビを組む刑事　「部下」　今野敏　密室＋アリバイ＝真犯人　講談社(講談社文庫)　2002年2月

黒木 アキラ　くろき・あきら
推理作家　「湖畔の死」　後藤幸次郎　甦る推理雑誌8「エロティック・ミステリー」傑作選　光文社(光文社文庫)　2003年9月

黒木 俊平　くろき・しゅんぺい
Tクラブに集まる清談の徒の一人でカード占いで掌指の神技を演ずる男　「神技」　山沢晴雄　甦る推理雑誌10「宝石」傑作選　光文社(光文社文庫)　2004年1月

黒坂　くろさか
ゴマ塩頭の男、福江田組の兄貴分　「私に向かない職業」　真保裕一　謎005-スペシャル・ブレンド・ミステリー　講談社(講談社文庫)　2010年9月

黒崎 栄太郎　くろさき・えいたろう
バスの中で起きた奇怪な殺人事件の被害者の農夫　「走る"密室"で」　渡島太郎　甦る推理雑誌8「エロティック・ミステリー」傑作選　光文社(光文社文庫)　2003年9月

黒猿　くろざる*
盗っ人、〈水窪の黒猿〉こと駿府水窪生まれの無宿人　「赤い鞭」　逢坂剛　江戸の名探偵　徳間書店(徳間文庫)　2009年10月

黒沢 卓　くろさわ・たく
自宅で絞殺された堤社長の若い充枝夫人の情人　「深夜の殺人者」　岡田鯱彦　江戸川乱歩の推理試験　光文社(光文社文庫)　2009年1月

黒沢 真理亜　くろさわ・まりあ
連続女性殺人犯に殺された女性　「十人目の切り裂きジャック」　篠田真由美　新世紀「謎(ミステリー)」倶楽部　角川書店　2001年8月

九郎助(稲荷の九郎助)　くろすけ*(いなりのくろすけ*)
国定忠次一家の乾児　「入れ札」　菊池寛　マイ・ベスト・ミステリーⅠ　文藝春秋(文春文庫)　2007年8月

くろす

黒須 俊也　くろす・としや
小説家、殺された黒須克也の双子の兄　「不在の証明」　有栖川有栖　天使と髑髏の密室（本格短編ベスト・セレクション）　講談社(講談社文庫)　2005年12月；本格ミステリ02　講談社(講談社ノベルス)　2002年5月

黒瀬 哲夫　くろせ・てつお
学生、立山連峰五色ヶ原の山小屋の泊まり客　「天の狗」　鳥飼否宇　ベスト本格ミステリ2011　講談社(講談社ノベルス)　2011年6月

黒瀬 哲夫　くろせ・てつお
山小屋の客、三人連れの大学生グループの男子学生　「天の狗」　鳥飼否宇　推理小説年鑑 ザ・ベストミステリーズ2011　講談社　2011年7月

黒田　くろだ
浜内町寡婦殺し犯人の峰岡春男の同僚　「棒切れ」　鹿子七郎　幻の探偵雑誌8「探偵クラブ」傑作選　光文社(光文社文庫)　2001年12月

黒田 志土　くろだ・しど
関根春の同期の検事、長崎県西彼杵郡沖にある無人島の鼎島に来た男　「puzzle(パズル)」　恩田陸　絶海　祥伝社(NON NOVEL)　2002年10月

黒田 惣六　くろだ・そうろく
探偵、「鬼黒田」の名で知られる男　「ベルの怪異(ブラゴエ駐剳軍中の事件)」　石川大策　幻の探偵雑誌7「新趣味」傑作選　光文社(光文社文庫)　2001年11月

クローデル
放送局からアフリカ旅行に招待されたラジオ仲間の一人、フランス人青年　「ポポロ島変死事件」　青山蘭堂　新・本格推理03 りら荘の相続人　光文社(光文社文庫)　2003年3月

黒沼氏　くろぬまし
発明好きの三田村社長の幼なじみで機械メーカーの社長　「ロボットと俳句の問題」　松尾由美　不思議の足跡−最新ベスト・ミステリー　光文社　2007年10月

黒沼 瑞江　くろぬま・みずえ
木造二階建てアパートさつき荘に住む女、声楽家・黒沼小夜子の娘　「横縞町綺譚」　松尾由美　紫迷宮　祥伝社(祥伝社文庫)　2002年12月

クロハ
女性警官、交通事故の捜査をした自動車警邏隊員　「雨が降る頃」　結城充孝　推理小説年鑑 ザ・ベストミステリーズ2010　講談社　2010年7月

黒星 光　くろぼし・ひかる
田舎の白岡警察署の警部　「北斗星の密室」　折原一　天使と髑髏の密室(本格短編ベスト・セレクション)　講談社(講談社文庫)　2005年12月；本格ミステリ02　講談社(講談社ノベルス)　2002年5月

黒星 光　くろぼし・ひかる＊
白岡警察署の警部　「本陣殺人計画−横溝正史を読んだ男」　折原一　密室殺人大百科 上　講談社(講談社文庫)　2003年9月

クローム神父　くろーむしんぷ
退職した老判事ハーボットル卿の館がある地区の教区司祭　「「首吊り判事」邸の奇妙な犯罪」　加賀美雅之　不可能犯罪コレクション　原書房　2009年6月

畔柳博士　くろやなぎはかせ
海浜都市のサナトリウムの副院長　「鱗粉」　蘭郁二郎　幻の探偵雑誌4「探偵春秋」傑作選　光文社(光文社文庫)　2001年1月

桑木　くわき
警視庁の刑事　「眼の気流」　松本清張　殺意の海　徳間書店(徳間文庫)　2003年9月

桑佐 亮助　くわさ・りょうすけ
殺人事件の被害者、田辺市で運送会社を経営していた男　「やけた線路の上の死体」　有栖川有栖　無人踏切‐鉄道ミステリー傑作選　光文社(光文社文庫)　2008年11月

桑田 真澄　くわた・ますみ
病院内の売店で働く男　「モデル」　乾ルカ　推理小説年鑑 ザ・ベストミステリーズ2009　講談社　2009年7月

鍬田 杜夫　くわた・もりお
グラフィックデザイナー、殺害された女の交際相手　「火村英生に捧げる犯罪」　有栖川有栖　名探偵に訊け　光文社　2010年9月

桑名 美園　くわな・みその
資産家の癌患者の女性・滝沢ひとみの行方がわからなくなった娘　「ライフ・サポート」　川田弥一郎　乱歩賞作家赤の謎　講談社　2006年4月

桑原 崇(祟)　くわばら・たかし(たたる)
漢方薬局「萬治漢方」に勤める薬剤師　「薬剤師とヤクザ医師の長い夜」　椹野道流　QED 鏡家の薬屋探偵　講談社(講談社ノベルス)　2010年8月

燻製居士　くんせいこじ
診療所の外科主任、私立探偵M君の古い友人　「燻製シラノ」　守友恒　幻の探偵雑誌10「新青年」傑作選　光文社(光文社文庫)　2002年2月

軍曹　ぐんそう
J県警きっての堅物警官、U署警務課主任・巡査部長　「動機」　横山秀夫　罪深き者に罰を　講談社(講談社文庫)　2002年11月

【け】

K　けい
警視庁に勤めている刑事　「死人に口なし」　城昌幸　幻の探偵雑誌6「猟奇」傑作選　光文社(光文社文庫)　2001年3月

K　けい
大学生、不治の病で入院している「僕」の知り合い　「サバイバー」　金城一紀　推理小説年鑑 ザ・ベストミステリーズ2001　講談社　2001年6月

けいく

K君　けいくん
自殺を決意した宗像銀介が遺書を書いた宛名の友人　「幽霊の手紙」　黒川真之助　甦る推理雑誌3「X」傑作選　光文社(光文社文庫)　2002年12月

恵子　けいこ
奥多摩の山中に逃げこんだ銀行ギャングが闖入した山小屋の女　「夜明けまで」　大藪春彦　江戸川乱歩と13の宝石　第二集　光文社(光文社文庫)　2007年9月

恵子　けいこ
白雪書店の女店員　「あるエープリール・フール」　佐野洋　江戸川乱歩の推理試験　光文社(光文社文庫)　2009年1月

慧子　けいこ
帝大出の理学士で名探偵の草薙の姪　「花束の秘密」　西条八十　北村薫の本格ミステリ・ライブラリー　角川書店(角川文庫)　2001年8月

景子　けいこ
京都清水坂の陶器店の娘、鉄男の幼なじみ　「還幸祭」　海月ルイ　翠迷宮　祥伝社(祥伝社文庫)　2003年6月

桂子さん　けいこさん
亡くなった詩人でいつも旅をしていた西脇さんから音信があった女性　「永遠の旅人」　倉橋由美子　現代詩殺人事件-ポエジーの誘惑　光文社(光文社文庫)　2005年9月

刑事　けいじ
ふっくらとした唇を持つ女を犯人として追い続けてきた刑事　「ディープ・キス」　草上仁　推理小説年鑑 ザ・ベストミステリーズ2005　講談社　2005年7月

刑事部長　けいじぶちょう
新任の県警刑事部長、折鶴を作るのが趣味の男　「折鶴の血」　佐野洋　警察小説傑作短編集　ランダムハウス講談社(ランダムハウス講談社文庫)　2009年7月

ゲイツ
「林檎」と綽名される宇宙ステーションの乗員、科学ライター　「暗黒の海を漂う黄金の林檎」　七河迦南　新・本格推理07-Qの悲劇　光文社(光文社文庫)　2007年3月

K博士　けいはかせ
寒村の松原で変死した生物学界の泰斗　「硝子」　井並貢二　幻の探偵雑誌8「探偵クラブ」傑作選　光文社(光文社文庫)　2001年12月

警部　けいぶ
この星の上で発生する殺人事件で一定の役割を負った警部　「星の上の殺人」　斎藤栄　ミステリー傑作選・特別編6 自選ショート・ミステリー2　講談社(講談社文庫)　2001年10月

警部　けいぶ
警部、ミステリー・クラブの会員　「りんご裁判」　土屋隆夫　甦る推理雑誌7「探偵倶楽部」傑作選　光文社(光文社文庫)　2003年7月

警部　けいぶ
夜汽車の座席にスリの少年と乗っていた警部　「魔法」　江坂遊　有栖川有栖の鉄道ミステリ・ライブラリー　角川書店(角川文庫)　2004年10月

警部補　けいぶほ
サンフランシスコ市警の警部補　「《ホテル・ミカド》の殺人」　芦辺拓　新世紀「謎(ミステリー)」倶楽部　角川書店　2001年8月

外記　げき
信濃の山岳乱波　「峡谷の檻」　安萬純一　密室晩餐会　原書房　2011年6月

月下 二郎　げっか・じろう
日本人青年　「絵の中で溺れた男」　柄刀一　推理小説年鑑 ザ・ベストミステリーズ2004　講談社　2004年7月

ゲディングス
中世の魔女発見人トーマス・ゲディングスの子孫、ロンドン郊外にある「亡霊館」に住む老人　「亡霊館の殺人」　二階堂黎人　密室と奇蹟-J・D・カー生誕百周年記念アンソロジー　東京創元社　2006年11月

検見浦　けみうら
アマチュア作家、かつて推理小説の公募で佳作をとった会社員　「時刻表のロンド」　網浦圭　新・本格推理01　光文社(光文社文庫)　2001年3月

ゲーム取り(お君ちゃん)　げーむとり(おきみちゃん)
撞球場の美しいゲーム取りの娘　「撞球室の七人」　橋本五郎　幻の探偵雑誌9「探偵」傑作選　光文社(光文社文庫)　2002年1月

介良　けら
中学生の「僕」のクラスメート　「棺桶」　平山瑞穂　推理小説年鑑 ザ・ベストミステリーズ2011　講談社　2011年7月

ゲリー・スタンディフォード
ハイスクールの男子生徒、スパイクの舎弟　「チープ・トリック」　西澤保彦　密室殺人大百科 下　講談社(講談社文庫)　2003年9月

ケン
売れない役者、学園ドラマ「大空学園に集まれ!」の主役だった男　「大空学園に集まれ」　青井夏海　蒼迷宮　祥伝社(祥伝社文庫)　2002年3月

ケンイチ
大学教員で進化心理学の研究者・一ノ瀬玲奈(レナ)のパートナー　「メンツェルのチェスプレイヤー」　瀬名秀明　書下ろしアンソロジー 21世紀本格　光文社(カッパ・ノベルス)　2001年12月

健一　けんいち
自宅の書斎で死体で発見された垣内教授の子供、十才の少年　「二十の扉は何故悲しいか」　香住春作　甦る推理雑誌3「X」傑作選　光文社(光文社文庫)　2002年12月

源おじ　げんおじ
天草の島の漁師　「破れた生簀」　田中万三記　甦る推理雑誌8「エロティック・ミステリー」傑作選　光文社(光文社文庫)　2003年9月

けんさ

健さん　けんさん
殺害された長唄の師匠杵屋花吉の弟子、呉服屋　「ながうた勧進帳(稽古屋殺人事件)」　酒井嘉七　幻の探偵雑誌9「探偵」傑作選　光文社(光文社文庫)　2002年1月

ケンジ
ジュンと同じ私立高校の三年生　「寒い朝だった-失踪した少女の謎」　麻生荘太郎　密室晩餐会　原書房　2011年6月

ケンジ
詩人・科学者・宗教家・童話作家、藤原嘉藤治の無二の親友　「マコトノ草ノ種マケリ」　鏑木蓮　新・本格推理06-不完全殺人事件　光文社(光文社文庫)　2006年3月

源次(むささびの源次)　げんじ(むささびのげんじ)
井伊直弼の大獄のさい志士捕縛の総参謀長野主膳の手先となって江戸の反幕府党をふるえあがらせた目明し　「首」　山田風太郎　江戸川乱歩と13の宝石　光文社(光文社文庫)　2007年5月

源七　げんしち
檜物町の岡っ引　「よろいの渡し」　都筑道夫　マイ・ベスト・ミステリーIV　文藝春秋(文春文庫)　2007年10月

見城　久司　けんじょう・ひさし
伊豆龍ノ尾滝温泉郷の老舗旅館の息子、垂里冴子の見合い相手　「湯煙のごとき事件」　山口雅也　M列車(ミステリー・トレイン)で行(い)こう　光文社　2001年10月

源四郎　げんしろう
小学校の児童、鍛冶屋の小倅　「かむなぎうた」　日影丈吉　マイ・ベスト・ミステリーIII　文藝春秋(文春文庫)　2007年9月

源二郎爺さん　げんじろうじいさん
高原の別荘地の裏山をうろついていた浮浪者　「別荘の犬」　山田正紀　謎004-スペシャル・ブレンド・ミステリー　講談社(講談社文庫)　2009年9月

健介　けんすけ
スナック「海馬」のマスター、尾上晏子の父方の従兄　「海馬にて」　浅黄斑　罪深き者に罰を　講談社(講談社文庫)　2002年11月

謙介　けんすけ
梓野明子の夫、梓野バレー団の経理担当　「鏡の国への招待」　皆川博子　翠迷宮　祥伝社(祥伝社文庫)　2003年6月

源助　げんすけ
中川の護岸工事の請負人の飯場で殺された世話やきの男　「飯場の殺人」　飛鳥高　江戸川乱歩の推理教室　光文社(光文社文庫)　2008年9月

ケンゾウ
水島のじいちゃんの飼い猫　「鏡の迷宮、白い蝶」　谷原秋桜子　ベスト本格ミステリ2011　講談社(講談社ノベルス)　2011年6月

建三　けんぞう
前科者の強盗　「鼠はにっこりこ」　飛鳥高　江戸川乱歩と13の宝石　光文社（光文社文庫）　2007年5月

源太　げんた
甲府から真南へ下る山道沿いの村落・大関にいた嫌われ者で村を追われた片腕の男　「峠に哭いた甲州路」　笹沢左保　大江戸事件帖　双葉社（双葉文庫）　2005年7月

源太　げんた
三宅島の流人、江戸の植木屋の若い者　「赦免花は散った」　笹沢左保　マイ・ベスト・ミステリーⅣ　文藝春秋（文春文庫）　2007年10月

剣突 剣十郎　けんつき・けんじゅうろう*
アパートの経営者　「蝙蝠と蛞蝓」　横溝正史　名探偵登場!–日本ミステリー名作館1　KKベストセラーズ　2004年11月

ケン兄ちゃん　けんにいちゃん
大学生辻谷純平の元家庭教師　「前世の因縁」　沢村凛　推理小説年鑑 ザ・ベストミステリーズ2009　講談社　2009年7月

玄翁先生（間直瀬 玄蕃）　げんのうせんせい（まなせ・げんば）
早稲田の下宿「玄虚館」の大家、縁側で推理するご隠居　「坂ヲ跳ネ往ク髑髏」　物集高音　天使と髑髏の密室（本格短編ベスト・セレクション）　講談社（講談社文庫）　2005年12月；本格ミステリ02　講談社（講談社ノベルス）　2002年5月

剣野 靖志　けんの・やすし
神奈川県葉崎市の半島の南端に建つ古い屋敷にいた青年　「みたびのサマータイム」　若竹七海　青に捧げる悪夢　角川書店　2005年3月；血文字パズル――ミステリ・アンソロジー5　角川書店（角川文庫）　2003年3月

源兵衛　げんべえ
車坂を上がった町にある口入屋のあるじ　「車坂」　宮部みゆき　ミステリー傑作選・特別編6 自選ショート・ミステリー2　講談社（講談社文庫）　2001年10月

見目　けんもく
南署交通課巡査部長　「物証」　首藤瓜於　推理小説年鑑 ザ・ベストミステリーズ2002　講談社　2002年7月

見目 満男　けんもく・みつお
愛宕南署交通課巡査部長　「事故係生稲昇太の多感」　首藤瓜於　推理小説年鑑 ザ・ベストミステリーズ2001　講談社　2001年6月

【こ】

呉　ご
中華船で密入国した中国人　「チャイナタウン・ブルース」　生島治郎　マイ・ベスト・ミステリーⅡ　文藝春秋（文春文庫）　2007年8月

ご

呉　ご
東南アジアで覚醒剤の現地生産管理をしていた元自衛隊員で首に懸賞金が賭けられた男　「すまじき熱帯」　平山夢明　暗闇を追いかけろ-日本ベストミステリー選集35　光文社(光文社文庫)　2008年5月

恋香　こいか＊
秋田の湯川という温泉場の芸者　「湯紋」　楠田匡介　甦る推理雑誌8「エロティック・ミステリー」傑作選　光文社(光文社文庫)　2003年9月

鯉口 純平　こいぐち・じゅんぺい
兵庫県捜査一課の刑事　「五匹の猫」　笳健二　密室殺人大百科 上　講談社(講談社文庫)　2003年9月

小池 殿治　こいけ・とのじ
亡くなった製紙界の大立者小池正春の養子　「遺言映画」　夢座海二　甦る推理雑誌7「探偵倶楽部」傑作選　光文社(光文社文庫)　2003年7月

小池 雅子　こいけ・まさこ
新宿のホステスが全裸で絞めころされた事件の被害者　「写真うつりのよい女」　都筑道夫　警察小説傑作短編集　ランダムハウス講談社(ランダムハウス講談社文庫)　2009年7月

小泉　こいずみ
M西署の刑事　「コスモスの鉢」　藤原遊子　新・本格推理05-九つの署名　光文社(光文社文庫)　2005年3月

小泉　こいずみ
四人のスキーヤーの一人、音楽喫茶をまわる歌手　「語らぬ沼」　千代有三　江戸川乱歩の推理教室　光文社(光文社文庫)　2008年9月

小泉　こいずみ
志摩警察署の警部補　「酷い天罰」　夏樹静子　悪魔のような女　角川春樹事務所(ハルキ文庫)　2001年7月

小泉　こいずみ
志摩警察署の警部補　「酷い天罰」　夏樹静子　謎002-スペシャル・ブレンド・ミステリー　講談社(講談社文庫)　2007年9月

小泉 豊　こいずみ・ゆたか
無闇坂の近くの西宝寺の息子　「無闇坂」　森真沙子　江戸川乱歩に愛をこめて　光文社(光文社文庫)　2011年2月

小泉 百合枝　こいずみ・ゆりえ
良則の家庭教師、美容師山形の姪の高校2年生　「先生の裏わざ」　佐野洋　嘘つきは殺人のはじまり　講談社(講談社文庫)　2003年9月

吾市　ごいち
田舎の呉服商人、A君の小学校時代の親友　「B墓地事件」　松浦美寿一　江戸川乱歩と13人の新青年〈文学派〉編　光文社(光文社文庫)　2008年5月

小出 伸一　こいで・しんいち
少年院出の過去を持ち姉の奈緒子母子とアパートで暮らす男　「黒い履歴」　薬丸岳　Doubtきりのない疑惑　講談社（講談社文庫）　2011年11月；推理小説年鑑 ザ・ベストミステリーズ2008　講談社　2008年7月

鯉登 はつ子　こいのぼり・はつこ
カープ探偵事務所の所長　「Aは安楽椅子のA」　鯨統一郎　赤に捧げる殺意　角川書店　2005年4月；名探偵は、ここにいる　角川書店（角川文庫）　2001年11月

鯉登 はつ子　こいのぼり・はつこ
カープ探偵事務所の所長　「Bは爆弾のB」　鯨統一郎　殺意の時間割　角川書店（角川文庫）　2002年8月

恋人　こいびと
誤ってセメント破砕機に落ちてしまいセメントになった「私」の恋人　「セメント樽の中の手紙」　葉山嘉樹　マイ・ベスト・ミステリーIII　文藝春秋（文春文庫）　2007年9月

小岩井くん　こいわいくん
高校生、須川のクラスメイト　「恋のおまじないのチンク・ア・チンク」　相沢沙呼　放課後探偵団　東京創元社（創元推理文庫）　2010年11月

ご隠居　ごいんきょ
横丁のご隠居　「犯人当て横丁の名探偵」　仁木悦子　死人に口無し 時代推理傑作選　徳間書店　2009年11月；大江戸事件帖　双葉社（双葉文庫）　2005年7月

公一　こういち
家庭教師の大学生に勉強を教えてもらっている少年　「毒コーヒーの謎」　岡田鯱彦　江戸川乱歩の推理教室　光文社（光文社文庫）　2008年9月

公吉　こうきち
龍吉の父で大阪でも有名な古い売薬問屋の婿養子　「面影双紙」　横溝正史　江戸川乱歩と13人の新青年〈文学派〉編　光文社（光文社文庫）　2008年5月

幸吉さん　こうきちさん
殺害された長唄の師匠杵屋花吉の弟子、菓子屋の息子　「ながうた勧進帳（稽古屋殺人事件）」　酒井嘉七　幻の探偵雑誌9「探偵」傑作選　光文社（光文社文庫）　2002年1月

孔 敬昌　こう・けいしょう
若くして遺産を相続した一郎の戸籍上の父だった中国人資産家　「キッシング・カズン」　陳舜臣　スペシャル・ブレンド・ミステリー 謎006　講談社（講談社文庫）　2011年9月

高坂 栄子　こうさか・えいこ
主婦、高坂有三の妻　「お役所仕事」　伴野朗　闇夜の芸術祭　光文社（光文社文庫）　2003年4月

神坂 遠音　こうさか・とおね
母を追って神威岬に来た女子大生　「オホーツク心中」　辻真先　推理小説年鑑 ザ・ベストミステリーズ2001　講談社　2001年6月

こうさ

香坂 典子　こうさか・のりこ
福島県月野町にある病院「香坂内科」の院長　「佳也子の屋根に雪ふりつむ」　大山誠一郎　本格ミステリ10　講談社(講談社ノベルス)　2010年6月;不可能犯罪コレクション　原書房　2009年6月

神坂 泰史　こうさか・やすし
女子大生・神坂遠音の父、神坂なごみの夫　「オホーツク心中」　辻真先　推理小説年鑑ザ・ベストミステリーズ2001　講談社　2001年6月

高坂 有三　こうさか・ゆうぞう
県内の大手製紙会社の営業部長　「お役所仕事」　伴野朗　闇夜の芸術祭　光文社(光文社文庫)　2003年4月

幸作　こうさく
遊び人、神田佐久間町の三味線屋「芳泉堂」のむすめ三鈴の男　「神田悪魔町夜話」　杉本苑子　大江戸事件帖　双葉社(双葉文庫)　2005年7月

晃司　こうじ
高校生、映研の部員で役者担当　「ラベンダー・サマー」　瀬川ことび　青に捧げる悪夢　角川書店　2005年3月

孝次郎　こうじろう
邸宅内の工房で死んでいた老彫刻家名倉雄造の甥　「密室の兇器」　山村正夫　江戸川乱歩の推理試験　光文社(光文社文庫)　2009年1月

高津 綾香　こうず・あやか
資産家の老人高津嘉兵衛の孫　「みんなの殺人」　ひょうた　新・本格推理06-不完全殺人事件　光文社(光文社文庫)　2006年3月

高津 彩子　こうず・あやこ
資産家の老人高津嘉兵衛の長女　「みんなの殺人」　ひょうた　新・本格推理06-不完全殺人事件　光文社(光文社文庫)　2006年3月

高津 嘉兵衛　こうず・かへえ
資産家の老人、高津不動産の会長　「みんなの殺人」　ひょうた　新・本格推理06-不完全殺人事件　光文社(光文社文庫)　2006年3月

香月　こうずき
推理小説作家　「交換殺人」　麻耶雄嵩　書下ろしアンソロジー 21世紀本格　光文社(カッパ・ノベルス)　2001年12月

香月 幸司　こうずき・こうじ
探偵、江楠探偵社員　「赤目荘の惨劇」　白峰良介　探偵Xからの挑戦状!　小学館(小学館文庫)　2009年1月

香月 雪乃　こうずき・ゆきの
籠城事件のあったオフィスビル内のトイレの中に隠れていた女性　「女交渉人ヒカル」　五十嵐貴久　事件の痕跡-最新ベスト・ミステリー　光文社　2007年11月

浩介　こうすけ
奥多摩にある貸別荘で死亡しているのが発見された五人の男女の一人 「蝶番の問題」
貫井徳郎　気分は名探偵-犯人当てアンソロジー　徳間書店　2006年5月

豪助君　ごうすけくん
少年探偵 「空気人間」　鮎川哲也；谷俊彦画　少年探偵王 本格推理マガジン-文庫雑誌/ぼくらの推理冒険物語　光文社(光文社文庫)　2002年4月

豪助君　ごうすけくん
少年探偵 「時計塔」　鮎川哲也；谷俊彦画　少年探偵王 本格推理マガジン-文庫雑誌/ぼくらの推理冒険物語　光文社(光文社文庫)　2002年4月

豪助君　ごうすけくん
少年探偵 「呪いの家」　鮎川哲也；谷俊彦画　少年探偵王 本格推理マガジン-文庫雑誌/ぼくらの推理冒険物語　光文社(光文社文庫)　2002年4月

高津　道彦　こうず・みちひこ
資産家の老人高津嘉兵衛の次男 「みんなの殺人」　ひょうた　新・本格推理06-不完全殺人事件　光文社(光文社文庫)　2006年3月

孝三　こうぞう
新聞社の記者 「明日の新聞」　阿刀田高　怪しい舞踏会　光文社(光文社文庫)　2002年5月

耕三　こうぞう
テレビ局のディレクター 「ものがたり」　北村薫　マイ・ベスト・ミステリーV　文藝春秋(文春文庫)　2007年11月

黄　宗科　こう・そうか
神戸・三ノ宮の穴門裏にいた台湾芸姐・林宝蘭の旦那、オートバイの曲乗りの芸人 「宝蘭と二人の男」　陳舜臣　謎004-スペシャル・ブレンド・ミステリー　講談社(講談社文庫)　2009年9月

幸田　こうだ
若い刑事 「幽霊銀座を歩く」　三好徹　警察小説傑作短編集　ランダムハウス講談社(ランダムハウス講談社文庫)　2009年7月

甲田　こうだ
成金実業家、財界若手四人の一人 「債権」　木々高太郎　幻の探偵雑誌4「探偵春秋」傑作選　光文社(光文社文庫)　2001年1月

小宇田　明日美　こうだ・あすみ
美容室チェーン「アルファ・ラボ」三号店の常連客、付け毛(エクステ)のやり換えを繰り返す女 「エクステ効果」　菅浩江　推理小説年鑑 ザ・ベストミステリーズ2007　講談社　2007年7月

香田　五郎　こうだ・ごろう*
証券v会社のエリート社員、恋人の高梨えり子にふられた男 「幻覚殺人 明日はもうこない」　加納一朗　罠の怪　勉誠出版(べんせいライブラリー)　2002年11月

こうだ

郷田 淳一　ごうだ・じゅんいち
資産家郷田家の嫡出子、村岡則夫の義弟「鑑定証拠」中嶋博行　判決　徳間書店(徳間文庫)　2010年3月

幸田 ハル　こうだ・はる
お婆ちゃんの幽霊「走る目覚まし時計の問題」松尾由美　深夜バス78回転の問題(本格短編ベスト・セレクション)　講談社(講談社文庫)　2008年1月;推理小説年鑑 ザ・ベストミステリーズ2004　講談社　2004年7月

幸田 ハル　こうだ・はる
レストランにちょくちょくやってくるお婆ちゃんの幽霊「ロボットと俳句の問題」松尾由美　不思議の足跡-最新ベスト・ミステリー　光文社　2007年10月

校長　こうちょう
「ハッピー・ヴァレー・スクール」の校長、マリファナの常習者「アメリカ・アイス」馬場信浩　謎003-スペシャル・ブレンド・ミステリー　講談社(講談社文庫)　2008年9月

皇帝陛下(陛下)　こうていへいか(へいか)
ローマ帝国の皇帝陛下「獅子」山村正夫　江戸川乱歩と13の宝石 第二集　光文社(光文社文庫)　2007年9月

豪徳 完之介　ごうとく・かんのすけ
ミステリー評論家の大御所、大出版社の御用書評家「素人カースケの世紀の対決」二階堂黎人　殺人買います　講談社(講談社文庫)　2002年8月

公都子　こうとし
儒学者「櫻下公案」小貫風樹　新・本格推理03 りら荘の相続人　光文社(光文社文庫)　2003年3月

河野 加寿子　こうの・かずこ
東京近郊の東急東横線沿線の住宅地に住む子どものいない主婦「ひたひたと」野沢尚　乱歩賞作家黒の謎　講談社　2006年7月

河野 重道　こうの・しげみち
東京近郊の住宅地に住む子どものいない主婦・河野加寿子の夫、税理士「ひたひたと」野沢尚　乱歩賞作家黒の謎　講談社　2006年7月

ゴウの娘　ごうのむすめ
ゴウ・チイペイなる大臣の美しい娘「リヤン王の明察」小沼丹　江戸川乱歩と13の宝石　光文社(光文社文庫)　2007年5月

耕平　こうへい
カウンターバーの経営者、三毛のメス猫ルリコの飼い主「共犯関係」小池真理子　ねこ!ネコ!猫!(NEKOミステリー傑作選)　徳間書店(徳間文庫)　2008年10月

虹北 恭助　こうほく・きょうすけ
名探偵、虹北商店街で古本屋を営むおじいちゃんと暮らす小学六年生「透明人間」はやみねかおる　透明な貴婦人の謎(本格短編ベスト・セレクション)　講談社(講談社文庫)　2005年1月;本格ミステリ01　講談社(講談社ノベルス)　2001年7月

コウモリ男　こうもりおとこ
アパートの住人、湯浅順平の隣の部屋の男で実は名探偵 「蝙蝠と蛞蝓」 横溝正史　名探偵登場!-日本ミステリー名作館1　KKベストセラーズ　2004年11月

蝙蝠の銀次　こうもりのぎんじ
怪盗団の一味 「吸血魔」 高木彬光　少年探偵王　本格推理マガジン-文庫雑誌/ぼくらの推理冒険物語　光文社(光文社文庫)　2002年4月

香冶　完四郎　こうや・かんしろう
江戸の広目屋「藤由」の手伝い、横浜で新聞を出そうとする男 「筆合戦」 高橋克彦　深夜バス78回転の問題(本格短編ベスト・セレクション)　講談社(講談社文庫)　2008年1月;名探偵を追いかけろ-日本ベストミステリー選集34　光文社(光文社文庫)　2007年5月

香冶　完四郎　こうや・かんしろう
素浪人 「天狗殺し」 高橋克彦　江戸の名探偵　徳間書店(徳間文庫)　2009年10月

郡山　こおりやま
M署の刑事 「移動指紋」 佐野洋　スペシャル・ブレンド・ミステリー　謎006　講談社(講談社文庫)　2011年9月

古賀　こが
真木の会社の社員、大学の理数学科の卒業生 「先生の裏わざ」 佐野洋　嘘つきは殺人のはじまり　講談社(講談社文庫)　2003年9月

木枯し紋次郎　こがらしもんじろう
三宅島の流人、上州無宿の渡世人 「赦免花は散った」 笹沢左保　マイ・ベスト・ミステリーIV　文藝春秋(文春文庫)　2007年10月

ゴキブリ男　ごきぶりおとこ
場末のスナックの団体客で"不思議な能力"があるという男女の一人 「不思議な能力」 高井信　ミステリー傑作選・特別編6 自選ショート・ミステリー2　講談社(講談社文庫)　2001年10月

ゴーギャン
二十五歳の株式仲買人、熱心に絵を描いていてのち大画家に変身した男 「巴里に雪のふるごとく」 山田風太郎　偉人八傑推理帖　双葉社(双葉文庫)　2004年7月

小欣吾　こきんご
仕掛独楽の芸人益見藤七の弟子の美少年 「舶来幻術師」 日影丈吉　甦る推理雑誌7 「探偵倶楽部」傑作選　光文社(光文社文庫)　2003年7月

黒城　巌　こくじょう・いわお
暗い林に囲まれた西洋風の二階建ての家の主 「ノベルティーウォッチ」 時織深　新・本格推理04-赤い館の怪人物　光文社(光文社文庫)　2004年3月

黒城　剛造　こくじょう・ごうぞう
暗い林に囲まれた西洋風の二階建ての家の主・黒城巌の長男 「ノベルティーウォッチ」 時織深　新・本格推理04-赤い館の怪人物　光文社(光文社文庫)　2004年3月

こくじ

黒城 恒彦　こくじょう・つねひこ
暗い林に囲まれた西洋風の二階建ての家の主・黒城巖の次男　「ノベルティーウォッチ」　時織深　新・本格推理04-赤い館の怪人物　光文社（光文社文庫）2004年3月

小栗 三平　こぐり・さんぺい
小説家　「電話の声」　北林透馬　甦る推理雑誌4「妖奇」傑作選　光文社（光文社文庫）2003年1月

小栗 麻利子　こぐり・まりこ
小説家小栗三平の妻　「電話の声」　北林透馬　甦る推理雑誌4「妖奇」傑作選　光文社（光文社文庫）2003年1月

悟慶和尚　ごけいおしょう
嵩山少林寺の武術家　「殷帝之宝剣」　秋梨惟喬　推理小説年鑑 ザ・ベストミステリーズ 2011　講談社　2011年7月

後家さん　ごけさん
殺された後家さん、軍人の未亡人　「後家殺し」　木蘇穀　幻の探偵雑誌9「探偵」傑作選　光文社（光文社文庫）2002年1月

ココロコ
大きな船にもバベルの塔にも似ているという旅する伝説のココロコ　「オデュッセイア」　恩田陸　マイ・ベスト・ミステリーⅢ　文藝春秋（文春文庫）2007年9月

古今亭 文爾　ここんてい・ぶんじ
落語家、昭和の大名人と言われ人間国宝にもなった九代目古今亭文爾　「襲名」　飯野文彦　名作で読む推理小説史 ふるえて眠れない-ホラーミステリー傑作選　光文社（光文社文庫）2006年9月

小酒井 喜久夫　こさかい・きくお
マンションに住む老夫婦の夫　「黄昏のオー・ソレ・ミオ」　森真沙子　翠迷宮　祥伝社（祥伝社文庫）2003年6月

小智大夫　こさとたゆう
呉服店「井筒屋」の娘お姚の三味線の師匠　「目吉の死人形」　泡坂妻夫　江戸の名探偵　徳間書店（徳間文庫）2009年10月

小鯖 照美　こさば・てるよし
新聞記者、イタリアのピサにある世界統一教団本拠ビルを訪れた男　「エクイノツィオの奇跡」　森輝喜著　新・*本格推理 08　光文社（光文社文庫）2008年3月

沽澤　こざわ
作家、永福寺の住職の親友　「通り雨」　伊井圭　天使と髑髏の密室（本格短編ベスト・セレクション）　講談社（講談社文庫）2005年12月;本格ミステリ02　講談社（講談社ノベルス）2002年5月

居士　こじ
何でも暗誦している貧乏な青年　「五万人と居士」　乾信一郎　犯人は秘かに笑う-ユーモアミステリー傑作選　光文社（光文社文庫）2007年1月

呉氏　ごし
仙人、作家の「私」の飲み友達　「月の都」　倉橋由美子　短歌殺人事件-31音律のラビリンス　光文社(光文社文庫)　2003年4月

越川　重宜　こしかわ・しげよし
軽トラックを運転していて長良川に転落した男、居酒屋勤めの若者　「水底の連鎖」　黒田研二　川に死体のある風景　東京創元社(創元推理文庫)　2010年3月;川に死体のある風景　東京創元社(創元クライム・クラブ)　2006年5月

乞食　こじき
くらがり坂の上の山にある小屋がけで夫婦喧嘩をしていた乞食　「くらがり坂の怪」　南幸夫　幻の探偵雑誌5「探偵文藝」傑作選　光文社(光文社文庫)　2001年2月

越名　集治　こしな・しゅうじ
下北沢の骨董店「雅蘭堂」主人　「根付け供養」　北森鴻　推理小説年鑑 ザ・ベストミステリーズ2002　講談社　2002年7月

越野　潤三　こしの・じゅんぞう
元刑事、引退後に百名山登山を始めた男　「山魔」　森村誠一　M列車(ミステリー・トレイン)で行(い)こう　光文社　2001年10月

小柴　龍之介　こしば・りゅうのすけ
胡桃園の主人、仏蘭西から帰国した淳の幼友達　「胡桃園の青白き番人」　水谷準　江戸川乱歩と13人の新青年〈文学派〉編　光文社(光文社文庫)　2008年5月

児島　こじま
タクシーの乗客、製薬会社の部長　「乗車拒否」　山村正夫　幻惑のラビリンス　光文社(光文社文庫)　2001年5月

児島　恭蔵　こじま・きょうぞう
名誉教授、ロボット工学や人工知能研究の分野の重鎮　「メンツェルのチェスプレイヤー」　瀬名秀明　書下ろしアンソロジー 21世紀本格　光文社(カッパ・ノベルス)　2001年12月

小島　賢次郎　こじま・けんじろう
養豚業者、小島龍青年の叔父　「豚児廃業」　乾信一郎　幻の探偵雑誌10「新青年」傑作選　光文社(光文社文庫)　2002年2月

児島　公平　こじま・こうへい
旅館「ゆけむり荘」の主人　「幽霊列車」　赤川次郎　無人踏切-鉄道ミステリー傑作選　光文社(光文社文庫)　2008年11月

小島　マツ　こじま・まつ
殺人事件のあった青柳家の家政婦　「検屍医」　島田一男　甦る推理雑誌7「探偵倶楽部」傑作選　光文社(光文社文庫)　2003年7月

小島　龍　こじま・りゅう
亡くなった父親から「豚児豚児」と云われた青年　「豚児廃業」　乾信一郎　幻の探偵雑誌10「新青年」傑作選　光文社(光文社文庫)　2002年2月

こじも

コジモ
貴族、ジェノアの牢に収監された若者 「雲の南」 柳広司 大きな棺の小さな鍵(本格短編ベスト・セレクション) 講談社(講談社文庫) 2009年1月;本格ミステリ05 講談社(講談社ノベルス) 2005年6月

コジモ
貴族、ジェノアの牢に収監された若者 「百万のマルコ」 柳広司 論理学園事件帳 講談社(講談社文庫) 2007年1月;本格ミステリ03 講談社(講談社ノベルス) 2003年6月

呉 俊陞　ご・しゅんしょう
黒龍江督軍の将軍、好色漢 「雪花殉情記」 山口海旋風 幻の探偵雑誌6「猟奇」傑作選 光文社(光文社文庫) 2001年3月

コジョー
蝦蟇倉大学の不可能犯罪研究会に所属している学生 「密室の本−真知博士五十番目の事件」 村崎友 蝦蟇倉市事件2 東京創元社(ミステリ・フロンティア) 2010年2月

こずえ
高津家の家政婦の若い娘 「みんなの殺人」 ひょうた 新・本格推理06−不完全殺人事件 光文社(光文社文庫) 2006年3月

梢　こずえ
暴力をふるう父のいる家で育った「私」たち姉妹の小さな妹 「階段」 乙一 青に捧げる悪夢 角川書店 2005年3月

梢田 威　こずえだ・たけし
御茶ノ水警察署の刑事 「危ない消火器」 逢坂剛 闇夜の芸術祭 光文社(光文社文庫) 2003年4月

梢田 威　こずえだ・たけし
御茶ノ水署の刑事 「悩み多き人生」 逢坂剛 M列車(ミステリー・トレイン)で行(い)こう 光文社 2001年10月

梢田 威　こずえだ・たけし
御茶ノ水署の生活安全課の巡査長 「欠けた古茶碗」 逢坂剛 推理小説年鑑 ザ・ベストミステリーズ2004 講談社 2004年7月

梢田 威　こずえだ・たけし
御茶ノ水署生活安全課の刑事 「おれたちの街」 逢坂剛 現場に臨め−最新ベスト・ミステリー 光文社 2010年10月

小菅　こすげ
J県警本部警務部警務課長 「動機」 横山秀夫 罪深き者に罰を 講談社(講談社文庫) 2002年11月

小菅先輩　こすげせんぱい
中学生の「僕」が所属する男子バレーボール部の先輩 「棺桶」 平山瑞穂 推理小説年鑑 ザ・ベストミステリーズ2011 講談社 2011年7月

古瀬 洋輔　こぜ・ようすけ
殺されたゆすり屋・矢木道哉の親戚で大学の同級生　「堂場警部補とこぼれたミルク」　蒼井上鷹　Doubtきりのない疑惑　講談社(講談社文庫)　2011年11月;推理小説年鑑　ザ・ベストミステリーズ2008　講談社　2008年7月

古銭 信太郎　こせん・しんたろう*
古銭興信所長　「白い死面」　古銭信二　白の怪　勉誠出版(べんせいライブラリー)　2003年3月

小曽根 貴子　こそね・たかこ
ナポリから日本郵船の客船「箱根丸」に乗り込んできた婦人　「船上の悪女」　若竹七海　緋迷宮　祥伝社(祥伝社文庫)　2001年12月

小平 健太郎　こだいら・けんたろう*
東京都西部で発生していた女性連続殺人事件の容疑者　「熱帯夜」　曽根圭介　推理小説年鑑　ザ・ベストミステリーズ2009　講談社　2009年7月

小平 正　こだいら・ただし
電車の乗客、砲兵工廠の職工　「ビラの犯人」　平林タイ子　幻の探偵雑誌6「猟奇」傑作選　光文社(光文社文庫)　2001年3月

小竹 正男　こたけ・まさお
阿佐ヶ谷の助教授夫妻殺傷事件で殺害された夫人の従兄、洋画家　「月夜の時計」　仁木悦子　江戸川乱歩の推理教室　光文社(光文社文庫)　2008年9月

小谷 貫兵衛　こたに・かんべえ*
美濃大垣城に籠った西軍の総大将・石田三成家中の公事方同心　「首化粧」　鈴木輝一郎　ミステリー傑作選・特別編5　自選ショート・ミステリー　講談社(講談社文庫)　2001年6月

小谷 雄次　こたに・ゆうじ
花見の場所取り係になった新入社員　「桜の森の七分咲きの下」　倉知淳　推理小説年鑑　ザ・ベストミステリーズ2002　講談社　2002年7月

児玉 絹江　こだま・きぬえ
消費者金融「コダマ・ファイナンス」の女社長、自宅で殺された女　「死者からの伝言をどうぞ」　東川篤哉　ベスト本格ミステリ2011　講談社(講談社ノベルス)　2011年6月

児玉 タクヤ　こだま・たくや
美少女ゲームの制作に取り組んでいる男　「奥の湯の出来事」　小森健太朗　名探偵で行こう-最新ベスト・ミステリー　シリーズ・キャラクター編　光文社(光文社文庫)　2001年9月

児玉 美保　こだま・みほ
交通事故死した娘、作家日能克久の高校時代の同級生　「蓮華の花」　西澤保彦　新世紀「謎(ミステリー)」倶楽部　角川書店　2001年8月

児玉 有果　こだま・ゆか
日本宇宙機構(JSA)の閉鎖環境長期実験施設「BOX-C」で八ヵ月間暮らした六人の志願クルーの一人、畜産技師　「星風よ、淀みに吹け」　小川一水　推理小説年鑑　ザ・ベストミステリーズ2010　講談社　2010年7月;本格ミステリ10　講談社(講談社ノベルス)　2010年6月

こたろ

小太郎　こたろう
風雨の夜にSF作家・大杉の家に来た不思議な子供　「闇の中の子供」　小松左京　謎002-スペシャル・ブレンド・ミステリー　講談社(講談社文庫)　2007年9月

ゴーダン・クロス(アルフレッド・モスバウム)
小さな街のギャング、カナダの奥地ギブール村で生まれ育ったユダヤ人の男　「ロイス殺し」　小林泰三　密室と奇蹟-J・D・カー生誕百周年記念アンソロジー　東京創元社　2006年11月

呉 仲彦　ご・ちゅうげん
旅の方士　「妬忌津(ときしん)」　森福都　暗闇を追いかけろ-日本ベストミステリー選集35　光文社(光文社文庫)　2008年5月

小蝶　こちょう
柳橋の若手でいちばん売れっ妓の女　「首」　山田風太郎　江戸川乱歩と13の宝石　光文社(光文社文庫)　2007年5月

コックス
小さな商会を営む男、禿頭の持ち主　「禿頭組合」　北杜夫　シャーロック・ホームズに再び愛をこめて　光文社(光文社文庫)　2010年7月

後藤　ごとう
大学生、海霧の出る町で生まれ育った男　「空飛ぶ絨毯」　沢村浩輔　本格ミステリ09　講談社(講談社ノベルス)　2009年6月

古藤　ことう＊
巡査、轢き逃げをした江上弘志のワゴン車を追う男　「闇を駆け抜けろ」　戸梶圭太　決断-警察小説競作　新潮社(新潮文庫)　2006年2月

後動 悟　ごどう・さとる
大学生、素人探偵　「まだらの紐、再び」　霧舎巧　密室殺人大百科 上　講談社(講談社文庫)　2003年9月

五藤 甚一　ごとう・じんいち
アパートの部屋で殺されていた家主の老人　「屋根裏の散歩者」　有栖川有栖　江戸川乱歩に愛をこめて　光文社(光文社文庫)　2011年2月;名探偵登場!-日本ミステリー名作館1　KKベストセラーズ　2004年11月

後藤先輩　ごとうせんぱい
「わたし」が仕事先の職場で以前からあこがれていた先輩　「不幸せをどうぞ」　近藤史恵　ミステリー傑作選・特別編5 自選ショート・ミステリー　講談社(講談社文庫)　2001年6月

五堂 冬彦　ごどう・ふゆひこ
県の埋蔵文化財センターの調査官、貝塚の発掘スタッフ　「密室の石棒」　藤原遊子　新・本格推理07-Qの悲劇　光文社(光文社文庫)　2007年3月

後藤 将之　ごとう・まさゆき
フリーライターだという得体の知れぬ男　「沈黙の青」　阿部陽一　乱歩賞作家青の謎　講談社　2007年7月

寿 仁　ことぶき・ひとし
新東京革命プロレスリングの社長、プロレスラー　「覆面」伯方雪日　大きな棺の小さな鍵（本格短編ベスト・セレクション）　講談社（講談社文庫）2009年1月；本格ミステリ05　講談社（講談社ノベルス）2005年6月

琴美　ことみ
小学生のときからの真理恵の親友　「最後から二番目の恋」小路幸也　七つの死者の囁き　新潮社（新潮文庫）2008年12月

湖南 土射　こなん・どい
探偵作家　「若鮎丸殺人事件」マコ・鬼一　探偵小説の風景 トラフィック・コレクション（下）　光文社（光文社文庫）2009年9月

小西さん　こにしさん
高校生の柴山祐希と同じクラスの女の子　「原始人ランナウェイ」相沢沙呼　推理小説年鑑 ザ・ベストミステリーズ2011　講談社　2011年7月

小西 隆治　こにし・りゅうじ
L特急「白根7号」の車内で死体で発見された男　「暗い唄声」山村正夫　無人踏切-鉄道ミステリー傑作選　光文社（光文社文庫）2008年11月

五人組の泥棒（泥棒）　ごにんぐみのどろぼう（どろぼう）
「私」が復員してきてから職にあぶれた仲間四人と組んだ泥棒　「泥棒」雨宮雨彦　有栖川有栖の鉄道ミステリ・ライブラリー　角川書店（角川文庫）2004年10月

此花 咲子　このはな・さきこ
湖畔の旅館「山の宿」の泊り客で映画女優に似てる女性　「湖のニンフ」渡辺啓助　甦る推理雑誌3「X」傑作選　光文社（光文社文庫）2002年12月

虎伯　こはく
忍者　「峡谷の檻」安萬純一　密室晩餐会　原書房　2011年6月

小橋 次郎　こはし・じろう
警視庁特殊捜査班の警部　「女交渉人ヒカル」五十嵐貴久　事件の痕跡-最新ベスト・ミステリー　光文社　2007年11月

木庭 俊彦　こば・としひこ
殺人事件の容疑者四名の一人、劇作家　「バッカスの睡り」鷲尾三郎　江戸川乱歩の推理試験　光文社（光文社文庫）2009年1月

小鳩 常悟朗　こばと・じょうごろう
高校二年生、同学年の小佐内さんの友　「シェイク・ハーフ」米澤穂信　珍しい物語のつくり方（本格短編ベスト・セレクション）　講談社（講談社文庫）2010年1月；本格ミステリ06　講談社（講談社ノベルス）2006年5月

小鳩 常悟朗　こばと・じょうごろう
高校二年生、同学年の小佐内さんの友　「シャルロットだけはぼくのもの」米澤穂信　推理小説年鑑 ザ・ベストミステリーズ2006　講談社　2006年7月

こはま

小浜　こはま*
品川芸者、歌舞伎役者・坂東彦助の馴染みの女　「奈落闇恋乃道行」　翔田寛　推理小説年鑑 ザ・ベストミステリーズ2001　講談社　2001年6月

小早川　こばやかわ
警視庁の警視正、夏木梨香の義兄　「極楽ツアー殺人」　斎藤栄　怪しい舞踏会　光文社（光文社文庫）　2002年5月

小早川 正嗣　こばやかわ・まさつぐ
探偵仕事の依頼人、レジャーボート製造会社の経営者　「聖ディオニシウスのパズル」　大山誠一郎　新・本格推理03 りら荘の相続人　光文社（光文社文庫）　2003年3月

小早川 毬絵　こばやかわ・まりえ
探偵仕事の依頼人・小早川正嗣の妹、新興宗教にはまった女性　「聖ディオニシウスのパズル」　大山誠一郎　新・本格推理03 りら荘の相続人　光文社（光文社文庫）　2003年3月

小林　こばやし
高等学校の寄宿生、放火の嫌疑をかけられた男　「嫌疑」　久米正雄　文豪のミステリー小説　集英社（集英社文庫）　2008年2月

小林　こばやし
大川探偵事務所の従業員　「「神田川」見立て殺人」　鯨統一郎　名探偵で行こう-最新ベスト・ミステリー シリーズ・キャラクター編　光文社（光文社文庫）　2001年9月

小林　こばやし
大川探偵事務所員の若者　「「別れても好きな人」見立て殺人」　鯨統一郎　死神と雷鳴の暗号（本格短編ベスト・セレクション）　講談社（講談社文庫）　2006年1月；本格ミステリ02　講談社（講談社ノベルス）　2002年5月

小林　こばやし
名探偵の刑事　「D坂の殺人事件」　江戸川乱歩　名探偵登場!-日本ミステリー名作館1　KKベストセラーズ　2004年11月

小林 一茶　こばやし・いっさ
俳人、深川で手習い師匠をする男　「蛇は一匹なり」　笹沢左保　俳句殺人事件-巻頭句の女　光文社（光文社文庫）　2001年4月

小林 快人　こばやし・かいと
真面目な小学生、美少女川村春奈の幼なじみ　「天狗と宿題、幼なじみ」　はやみねかおる　青に捧げる悪夢　角川書店　2005年3月；殺意の時間割　角川書店（角川文庫）　2002年8月

小林 和美　こばやし・かずみ
恋人の岡田と「あずさ3号」に乗った女　「あずさ3号殺人事件」　西村京太郎　全席死定-鉄道ミステリー名作館　徳間書店（徳間文庫）　2004年3月

こばやしくん
しょうねんたんていだんのだんちょう　「かいじん二十めんそう」　江戸川乱歩；藤子・F・不二雄；しのだひでお画　少年探偵王 本格推理マガジン-文庫雑誌/ぼくらの推理冒険物語　光文社（光文社文庫）　2002年4月

こひ

小林くん　こばやしくん
名たんてい明智小五郎の助手　「名たんていと二十めんそう」　江戸川乱歩；岩田浩昌画　少年探偵王　本格推理マガジン-文庫雑誌/ぼくらの推理冒険物語　光文社(光文社文庫)　2002年4月

小林 敬子　こばやし・けいこ
婦人服店の店長をしている三十五歳の独身女　「種を蒔く女」　新津きよみ　事件現場に行こう-日本ベストミステリー選集33　光文社(光文社文庫)　2006年4月；事件現場に行こう　光文社　2001年11月

小林しょうねん　こばやししょうねん
しょうねんたんていだんちょう　「まほうやしき」　江戸川乱歩；古賀亜十夫画　少年探偵王　本格推理マガジン-文庫雑誌/ぼくらの推理冒険物語　光文社(光文社文庫)　2002年4月

小林しょうねん　こばやししょうねん
めいたんていあけちこごろうのじょしゅ　「ふしぎな人」　江戸川乱歩；岩田浩昌画　少年探偵王　本格推理マガジン-文庫雑誌/ぼくらの推理冒険物語　光文社(光文社文庫)　2002年4月

小林少年　こばやししょうねん
少年探偵、名探偵明智小五郎の助手　「奇怪なアルバイト」　江戸川乱歩　江戸川乱歩の推理試験　光文社(光文社文庫)　2009年1月

小林少年　こばやししょうねん
名探偵明智小五郎の助手　「怪人明智文代」　大槻ケンヂ　江戸川乱歩に愛をこめて　光文社(光文社文庫)　2011年2月

小林少年　こばやししょうねん
名探偵明智小五郎の助手　「霧にとけた真珠」　江戸川乱歩　江戸川乱歩の推理試験　光文社(光文社文庫)　2009年1月

小林 広　こばやし・ひろし
家庭教師の大学生　「毒コーヒーの謎」　岡田鯱彦　江戸川乱歩の推理教室　光文社(光文社文庫)　2008年9月

小林 ゆきえ　こばやし・ゆきえ
祇園のホステス、和装用高級バッグの会社「とき村」の社長・和久井尚也の子どもを産んだ女　「鉄輪」　海月ルイ　緋迷宮　祥伝社(祥伝社文庫)　2001年12月

古場 康夫　こば・やすお
猿渡次郎の勤める会社の古参社員で社内のカメラクラブの仲間　「洒落た罠」　高梨久　罠の怪　勉誠出版(べんせいライブラリー)　2002年11月

コーヒー(杉山 康志)　こーひー(すぎやま・こうし)
小学六年生、殺人犯を見た子ども　「一匹や二匹」　仁木悦子　ねこ！ネコ！猫！(NEKOミステリー傑作選)　徳間書店(徳間文庫)　2008年10月；謎003-スペシャル・ブレンド・ミステリー　講談社(講談社文庫)　2008年9月

こひな

小日向 絢子　こひなた・じゅんこ
新宿の一流クラブ「黄蜂」のホステス　「白い浮標」　葉糸修祐　白の怪　勉誠出版（べんせいライブラリー）　2003年3月

小日向 のぶ子　こひなた・のぶこ
マニラから日本へ向かう貨物船に娘と乗った婦人　「幽霊船が消えるまで」　柄刀一　M列車（ミステリー・トレイン）で行（い）こう　光文社　2001年10月

小藤　こふじ
仕掛独楽の芸人益見藤七の弟子の少年　「舶来幻術師」　日影丈吉　甦る推理雑誌7「探偵倶楽部」傑作選　光文社（光文社文庫）　2003年7月

コフスキー
日本人青年　「《ホテル・ミカド》の殺人」　芦辺拓　新世紀「謎（ミステリー）」倶楽部　角川書店　2001年8月

五本松 小百合　ごほんまつ・さゆり
御茶ノ水署の生活安全課の巡査部長　「欠けた古茶碗」　逢坂剛　推理小説年鑑 ザ・ベストミステリーズ2004　講談社　2004年7月

五本松 小百合　ごほんまつ・さゆり
御茶ノ水署生活安全課の刑事　「おれたちの街」　逢坂剛　現場に臨め-最新ベスト・ミステリー　光文社　2010年10月

五本松 小百合（松本 ユリ）　ごほんまつ・さゆり（まつもと・ゆり）
本庁から御茶ノ水署に転属となった刑事、神保町の古書店「陣場書房」の臨時アルバイト　「悩み多き人生」　逢坂剛　M列車（ミステリー・トレイン）で行（い）こう　光文社　2001年10月

コマ
高校の工業科の二年生、夏休みに映画を撮った三人組の一人　「夢で逢えたら」　三羽省吾　学園祭前夜　メディアファクトリー（MF文庫）　2010年10月

駒井（コマ）　こまい（こま）
高校の工業科の二年生、夏休みに映画を撮った三人組の一人　「夢で逢えたら」　三羽省吾　学園祭前夜　メディアファクトリー（MF文庫）　2010年10月

狛江　こまえ
ミステリ作家志望の相尾翔の小説をインターネットのサイトで読んでメールを送ってきた大学生　「私はこうしてデビューした」　蒼井上鷹　事件の痕跡-最新ベスト・ミステリー　光文社　2007年11月

狛江 哲　こまえ・さとし
狛江春奈の夫で春奈の実家に同居する入り婿　「第一パビリオン「二十一世紀の花嫁」」　歌野晶午　新世紀犯罪博覧会-連作推理小説　光文社　2001年3月

狛江 春奈　こまえ・はるな
十年以上も前に出会った男から年賀状が送られてきた人妻　「第一パビリオン「二十一世紀の花嫁」」　歌野晶午　新世紀犯罪博覧会-連作推理小説　光文社　2001年3月

小牧川 くるみ　こまきがわ・くるみ
白いベレ帽の令嬢、実業家小牧川彌七郎の娘 「われは英雄」 水谷準　犯人は秘かに笑う-ユーモアミステリー傑作選　光文社(光文社文庫)　2007年1月

小牧川 彌七郎　こまきがわ・やしちろう
実業家、小牧川くるみの父親 「われは英雄」 水谷準　犯人は秘かに笑う-ユーモアミステリー傑作選　光文社(光文社文庫)　2007年1月

小牧 純一郎　こまき・じゅんいちろう
新進作家、ヤクザの菊地の高校時代の仲間 「雨の路地で」 大藪春彦　マイ・ベスト・ミステリーⅢ　文藝春秋(文春文庫)　2007年9月

コマシのテツ
S市で街金を営む地場の暴力団の企業舎弟 「死人の逆恨み」 笹本稜平　事件を追いかけろ　光文社(光文社文庫)　2009年4月;事件を追いかけろ　光文社　2004年12月

コマスケ
ある海辺に近いサナトリウムを脱出した患者 「エピクロスの肋骨」 澁澤龍彦　現代詩殺人事件-ポエジーの誘惑　光文社(光文社文庫)　2005年9月

小俣 市兵衛　こまた・いちべえ
会津藩城代家老田中家の若党 「第二の助太刀」 中村彰彦　偉人八傑推理帖　双葉社(双葉文庫)　2004年7月

小松　こまつ
「私」とモーターボートに乗込んで港外へ出た友人 「酒壜の中の手記」 水谷準　探偵小説の風景 トラフィック・コレクション(上)　光文社(光文社文庫)　2009年5月

小松　こまつ
歌舞伎町を根城とする指定暴力団四水会の舎弟 「沈黙の青」 阿部陽一　乱歩賞作家青の謎　講談社　2007年7月

小松刑事　こまつけいじ
バスに乗り込んで犯人を見張る刑事 「車中の人」 飛鳥高　江戸川乱歩の推理試験　光文社(光文社文庫)　2009年1月

小松﨑 邦政　こまつざき・くにまさ
岡山のS—村の旧家小松﨑家の二男 「愛の遠近法的倒錯」 小川勝己　金田一耕助に捧ぐ九つの狂想曲　角川書店　2002年5月

小松﨑 篠　こまつざき・しの
岡山のS—村の旧家小松﨑家の娘 「愛の遠近法的倒錯」 小川勝己　金田一耕助に捧ぐ九つの狂想曲　角川書店　2002年5月

小松 雅　こまつ・まさ*
組の若衆頭にいわれて人を殺しに行く少年 「男一匹」 生島治郎　謎002-スペシャル・ブレンド・ミステリー　講談社(講談社文庫)　2007年9月

小宮 聡美　こみや・さとみ
都心の高層マンションに住む岡崎夫妻が開いたホーム・パーティーに初参加した小宮夫妻の妻　「ホーム・パーティー」　新津きよみ　ミステリー傑作選・特別編6 自選ショート・ミステリー2　講談社(講談社文庫)　2001年10月

小宮巡査　こみやじゅんさ
交番の若い巡査　「天誅」　曽根圭介　現場に臨め−最新ベスト・ミステリー　光文社　2010年10月

小宮 照子　こみや・てるこ
会社のタイピストで篠原真津子と同じ課で机を並べる女性　「擬似性健忘症」　来栖阿佐子　甦る推理雑誌8「エロティック・ミステリー」傑作選　光文社(光文社文庫)　2003年9月

小宮 直樹　こみや・なおき
都心の高層マンションに住む岡崎夫妻が開いたホーム・パーティーに初参加した小宮夫妻の夫　「ホーム・パーティー」　新津きよみ　ミステリー傑作選・特別編6 自選ショート・ミステリー2　講談社(講談社文庫)　2001年10月

小宮 由利　こみや・ゆり
G日報の記者　「情報漏洩」　佐野洋　事件現場に行こう−日本ベストミステリー選集33　光文社(光文社文庫)　2006年4月;事件現場に行こう　光文社　2001年11月

小麦色の男　こむぎいろのおとこ
狩猟を生業とする穴居人の部落にやって来た男女二人の異邦人の男　「白い異邦人」　黒沼健　甦る推理雑誌6「探偵実話」傑作選　光文社(光文社文庫)　2003年5月

小村 美枝子　こむら・みえこ
会社員、同じ社の秋山義行の元恋人　「「わたくし」は犯人……」　海渡英祐　有栖川有栖の本格ミステリ・ライブラリー　角川書店(角川文庫)　2001年8月

菰田 嘉六　こもだ・かろく
大学教授、春木の妻の盗られた薔薇の帯をしめている美しい女の夫　「薔薇悪魔の話」　渡辺啓助　悪魔黙示録「新青年」一九三八−探偵小説暗黒の時代へ　光文社(光文社文庫)　2011年8月

小山 有子　こやま・ゆうこ
伊豆七島式根島にイシダイ釣りに来た女釣師　「幻の魚」　西村京太郎　殺意の海　徳間書店(徳間文庫)　2003年9月

コラボイ
イルクーツクに根を張る犯罪組織のリーダー　「イルクの秋」　安萬純一　新・本格推理07−Qの悲劇　光文社(光文社文庫)　2007年3月

五龍神田　ごりゅうかんだ
綾鹿署の刑事　「敬虔過ぎた狂信者」　鳥飼否宇　大きな棺の小さな鍵(本格短編ベスト・セレクション)　講談社(講談社文庫)　2009年1月;本格ミステリ05　講談社(講談社ノベルス)　2005年6月

五龍神田　ごりゅうかんだ
綾鹿署刑事課の巡査部長　「二毛作」　鳥飼否宇　名探偵で行こう-最新ベスト・ミステリーシリーズ・キャラクター編　光文社(光文社文庫)　2001年9月

ゴリラ
S署の刑事　「犬も歩けば」　笹本稜平　推理小説年鑑 ザ・ベストミステリーズ2003　講談社　2003年7月

ゴリラ
S署の刑事　「死人の逆恨み」　笹本稜平　事件を追いかけろ　光文社(光文社文庫)　2009年4月;事件を追いかけろ　光文社　2004年12月

コリン
イギリスのシェフィールドの街にいた学習障害のある青年ギャリーの父　「進々堂世界一周 シェフィールド、イギリス」　島田荘司　Anniversary 50 カッパ・ノベルス創刊50周年記念作品　光文社　2009年12月

コルニコフ
浦塩の町のキチガイ紳士、旧露西亜の貴族の息子　「死後の恋」　夢野久作　恋は罪つくり　光文社(光文社文庫)　2005年7月;魔の怪　勉誠出版(べんせいライブラリー)　2002年11月

ゴーレム
〝ヘリオポリスの船〟と呼ばれる教団の元幹部、軟禁された石の部屋から脱出した男　「太陽殿のイシス」　柄刀一　珍しい物語のつくり方(本格短編ベスト・セレクション)　講談社(講談社文庫)　2010年1月;本格ミステリ06　講談社(講談社ノベルス)　2006年5月

ゴロー
日本の人口が激減した二十一世紀なかばに国家権力が分割した居住区に暮らす同い年の若者の一人　「AUジョー」　氷川透　書下ろしアンソロジー 21世紀本格　光文社(カッパ・ノベルス)　2001年12月

ゴロー
郵便局の配達員　「世界は冬に終わる」　香納諒一　ミステリー傑作選・特別編6 自選ショート・ミステリー2　講談社(講談社文庫)　2001年10月

五郎　ごろう
警視庁捜査一課の刑事、退職刑事の息子　「写真うつりのよい女」　都筑道夫　警察小説傑作短編集　ランダムハウス講談社(ランダムハウス講談社文庫)　2009年7月

五郎　ごろう
現職刑事　「ジャケット背広スーツ」　都筑道夫　マイ・ベスト・ミステリーⅥ　文藝春秋(文春文庫)　2007年12月

木幡　雅之　こわた・まさゆき
強姦未遂事件の公判の検察側証人、目撃者　「無意識的転移」　深谷忠記　事件現場に行こう-日本ベストミステリー選集33　光文社(光文社文庫)　2006年4月;事件現場に行こう　光文社　2001年11月

こんこ

紺子　こんこ＊
もと芸者、酒場「花月」のマダム　「葦のなかの犯罪」　宮原龍雄　甦る推理雑誌8「エロティック・ミステリー」傑作選　光文社（光文社文庫）　2003年9月

権次（野ざらし権次）　ごんじ（のざらしごんじ）
羅生門河岸辺りをうろつく愚連隊　「羅生門河岸」　都筑道夫　偉人八傑推理帖　双葉社（双葉文庫）　2004年7月

コン・ソルン
カンボジア・バッタンバン州にある対人地雷除去NGOのスタッフ、地雷で右足を失なったカンボジア人青年　「未来へ踏み出す足」　石持浅海　法廷ジャックの心理学　講談社（講談社文庫）　2011年1月;推理小説年鑑 ザ・ベストミステリーズ2007　講談社　2007年7月

コン・ソルン
地雷除去NGOの手伝いをするカンボジア人の少年、地雷被害者　「顔のない敵」　石持浅海　深夜バス78回転の問題（本格短編ベスト・セレクション）　講談社（講談社文庫）　2008年1月;本格ミステリ04　講談社（講談社ノベルス）　2004年6月

権太爺さん　ごんたじいさん
屋根から落ちて死んだ村の爺さん　「五月の殺人」　田中謙　幻の探偵雑誌8「探偵クラブ」傑作選　光文社（光文社文庫）　2001年12月

コンデ
ヒットラーが開発させたという巨砲カルル砲を探す外国人　「ヒットラーの遺産」　五木寛之　ペン先の殺意　光文社（光文社文庫）　2005年11月

近藤　こんどう
伝法探偵の助手の青年　「村の殺人事件」　島久平　甦る推理雑誌2「黒猫」傑作選　光文社（光文社文庫）　2002年11月

権藤　ごんどう
洋館の宿泊客、英一の父親　「吹雪に死神」　伊坂幸太郎　不思議の足跡－最新ベスト・ミステリー　光文社　2007年10月

権藤（ナマハゲ）　ごんどう（なまはげ）
定年退職間近い小学校の教頭　「サボテンの花」　宮部みゆき　謎001－スペシャル・ブレンド・ミステリー　講談社（講談社文庫）　2006年9月

権藤　欣作　ごんどう・きんさく
松江市内の大手スーパーの社長、テキ屋の権藤一家の組長の次男　「海猫岬」　山村正夫　スペシャル・ブレンド・ミステリー　謎006　講談社（講談社文庫）　2011年9月

近藤刑事　こんどうけいじ
警視庁の刑事、名探偵三田村の友人　「ケーキ箱」　深見豪　北村薫の本格ミステリ・ライブラリー　角川書店（角川文庫）　2001年8月

近藤　健　こんどう・けん
県警の刑事　「いつ入れ替わった? An exchange of tears for smiles」　森博嗣　名探偵を追いかけろ－日本ベストミステリー選集34　光文社（光文社文庫）　2007年5月

近藤 康司　こんどう・こうし
蝦蟇倉市長、元アマレス五輪金メダリストのカリスマプロレスラー　「Gカップ・フェイント」　伯方雪日　蝦蟇倉市事件1　東京創元社(ミステリ・フロンティア)　2010年1月

近藤 重蔵　こんどう・じゅうぞう
御先手鉄砲組与力、臨時出役となった火付盗賊改方の召捕回り方　「赤い鞭」　逢坂剛　江戸の名探偵　徳間書店(徳間文庫)　2009年10月

権藤 仙太郎　ごんどう・せんたろう
殺害された金融業者　「若い刑事」　藤原審爾　警察小説傑作短編集　ランダムハウス講談社(ランダムハウス講談社文庫)　2009年7月

近藤 千草　こんどう・ちぐさ
三流女優、地方ロケで温泉旅館に泊まった女　「盗み湯」　不知火京介　乱歩賞作家青の謎　講談社　2007年7月

近藤 虎雄　こんどう・とらお
避暑地の一割に住む近藤家の当主　「復讐」　三島由紀夫　文豪の探偵小説　集英社(集英社文庫)　2006年11月

近藤 比沙美　こんどう・ひさみ
園芸上手な主婦・津坂公子の従妹　「緑の手」　桐生典子　蒼迷宮　祥伝社(祥伝社文庫)　2002年3月

金堂 翡翠　こんどう・ひすい
松江市のミッション系女子中学の一年生　「暴君」　桜庭一樹　不思議の足跡−最新ベスト・ミステリー　光文社　2007年10月

近藤 八重　こんどう・やえ
避暑地の一割に住む近藤家の当主・虎雄の母　「復讐」　三島由紀夫　文豪の探偵小説　集英社(集英社文庫)　2006年11月

近藤 律子　こんどう・りつこ
避暑地の一割に住む近藤家の当主・虎雄の妻　「復讐」　三島由紀夫　文豪の探偵小説　集英社(集英社文庫)　2006年11月

コンノ
モモコの住むアパートの隣人、独身男　「盗まれて」　今邑彩　謎005−スペシャル・ブレンド・ミステリー　講談社(講談社文庫)　2010年9月

紺野　こんの
ゴルフのレッスンプロ、爪占いをする男　「爪占い」　佐野洋　現場に臨め−最新ベスト・ミステリー　光文社　2010年10月

紺野 小太郎　こんの・こたろう
袋町の古書店「古泉堂」の主人　「好色破邪顕正」　小酒井不木　人間心理の怪　勉誠出版(べんせいライブラリー)　2003年3月

紺野先生　こんのせんせい
柴山祐希たちの高校に来た教育実習生　「原始人ランナウェイ」　相沢沙呼　推理小説年鑑 ザ・ベストミステリーズ2011　講談社　2011年7月

ゴンベ
森の中に敷かれたカーペットの上に居あわせた記憶を失くした男女三人の一人 「漂流カーペット」 竹本健治 QED鏡家の薬屋探偵 講談社(講談社ノベルス) 2010年8月

【さ】

西園寺 かのこ　さいおんじ・かのこ
中学一年生、財界人・西園寺法寛の娘 「鏡の迷宮、白い蝶」 谷原秋桜子 ベスト本格ミステリ 2011 講談社(講談社ノベルス) 2011年6月

西園寺 かのこ　さいおんじ・かのこ
中学一年生、財界人西園寺法寛の娘 「イタリア国旗の食卓」 谷原秋桜子 本格ミステリ 10 講談社(講談社ノベルス) 2010年6月

西園寺 法寛　さいおんじ・のりひろ
西園寺財閥の当主、西園寺かのこの父 「鏡の迷宮、白い蝶」 谷原秋桜子 ベスト本格ミステリ 2011 講談社(講談社ノベルス) 2011年6月

犀川 創平　さいかわ・そうへい
N大学工学部の教官、喜多北斗と大御坊安朋の友 「マン島の蒸気鉄道」 森博嗣 愛憎発殺人行 鉄道ミステリー名作館 徳間書店(徳間文庫) 2004年5月;M列車(ミステリー・トレイン)で行(い)こう 光文社 2001年10月

犀川 創平　さいかわ・そうへい
国立N大学工学部建築学科の助教授 「石塔の屋根飾り」 森博嗣 密室＋アリバイ＝真犯人 講談社(講談社文庫) 2002年2月

犀川 創平　さいかわ・そうへい
大学助教授 「いつ入れ替わった? An exchange of tears for smiles」 森博嗣 名探偵を追いかけろ-日本ベストミステリー選集34 光文社(光文社文庫) 2007年5月

犀川 正巳　さいかわ・まさみ
雑誌の挿絵画家で部屋から望遠鏡でアパートの窓々を覗いていた男 「ガラスの眼」 鷲尾三郎 江戸川乱歩の推理教室 光文社(光文社文庫) 2008年9月

斉木　さいき
ジャーナリスト、ロシア正教会の司祭ウラディーミルの列聖調査に同行した若者 「凍れるルーシー」 梓崎優 本格ミステリ10 講談社(講談社ノベルス) 2010年6月

斉木 斉　さいき・ひとし
御茶ノ水警察署の警部補 「危ない消火器」 逢坂剛 闇夜の芸術祭 光文社(光文社文庫) 2003年4月

斉木 斉　さいき・ひとし
御茶ノ水署の刑事、生活安全課保安二係長 「悩み多き人生」 逢坂剛 M列車(ミステリー・トレイン)で行(い)こう 光文社 2001年10月

斉木 斉　さいき・ひとし
御茶ノ水署の生活安全課の係長 「欠けた古茶碗」 逢坂剛 推理小説年鑑 ザ・ベストミステリーズ2004 講談社 2004年7月

斉木 斉　さいき・ひとし
御茶ノ水署生活安全課の刑事 「おれたちの街」 逢坂剛 現場に臨め-最新ベスト・ミステリー 光文社 2010年10月

斎木 玲子　さいき・れいこ
平凡な家庭の主婦、名探偵伊集院大介の訪問を受けた女 「奇妙な果実」 栗本薫 悪魔のような女 角川春樹事務所(ハルキ文庫) 2001年7月

採金船長　さいきんせんちょう
終戦時北満砂金区にあった古城のような事務所を占有していた七人の日本人の一人 「芍薬の墓」 島田一男 甦る推理雑誌2「黒猫」傑作選 光文社(光文社文庫) 2002年11月

サイゴウ
清坊という女の子が西郷さんの銅像の側で拾った犬 「浅草の犬」 角田喜久雄 幻の探偵雑誌9「探偵」傑作選 光文社(光文社文庫) 2002年1月

西郷　さいごう
動物園の副園長をしている若い理学士 「爬虫館事件」 海野十三 江戸川乱歩と13人の新青年〈論理派〉編 光文社(光文社文庫) 2008年1月

妻女　さいじょ
酒屋の未亡人 「裏切りの遁走曲」 鈴木輝一郎 殺人買います 講談社(講談社文庫) 2002年8月

西條 高志　さいじょう・たかし
殺害された志田京子と交際があった三人の男性の一人 「ハブ」 山田正紀 名探偵を追いかけろ-日本ベストミステリー選集34 光文社(光文社文庫) 2007年5月

財津　ざいつ
蚊取山のスキー場にいた赤いウェアの男、地元の代議士の息子 「蚊取湖殺人事件」 泡坂妻夫 事件を追いかけろ 光文社(光文社文庫) 2009年4月;あなたが名探偵 東京創元社(創元推理文庫) 2009年4月

斉藤　さいとう
レイクサイドロード(夜間通行止め)の夜間警備員、久木道弘の友 「湖岸道路のイリュージョン」 宇田俊吾;春永保 新・本格推理02 光文社(光文社文庫) 2002年3月

斎藤 里子　さいとう・さとこ
別れた男堂島和雄に品物を贈り続ける女 「あなたがいちばん欲しいもの」 近藤史恵 ミステリア 祥伝社(祥伝社文庫) 2003年12月

斎藤 艶子　さいとう・つやこ
銀座のバー・ナインのママ、大学教授檜山洋助の愛人 「お艶殺し」 大岡昇平 ペン先の殺意 光文社(光文社文庫) 2005年11月

さいと

斎藤 敏夫　さいとう・としお
警視庁の鬼警部といわれた斎藤老人のふたりの子供の弟　「吸血魔」　高木彬光　少年探偵王　本格推理マガジン–文庫雑誌/ぼくらの推理冒険物語　光文社(光文社文庫)　2002年4月

斉藤 俊哉　さいとう・としや
小説家、ビデオに撮られた殺人現場を見た男　「再生」　若竹七海　私(わたし)は殺される(女流ミステリー傑作選)　角川春樹事務所(ハルキ文庫)　2001年3月

斎藤 久夫　さいとう・ひさお
警視庁の鬼警部といわれた老人、玲子と敏夫の父親　「吸血魔」　高木彬光　少年探偵王　本格推理マガジン–文庫雑誌/ぼくらの推理冒険物語　光文社(光文社文庫)　2002年4月

斉藤 富士男(サル)　さいとう・ふじお(さる)
羽沢組の若衆、マコトの中学時代の同級生で猿顔の男　「エキサイタブルボーイ」　石田衣良　名探偵で行こう–最新ベスト・ミステリー シリーズ・キャラクター編　光文社(光文社文庫)　2001年9月

斎藤 玲子　さいとう・れいこ
警視庁の鬼警部といわれた斎藤老人のふたりの子供の姉　「吸血魔」　高木彬光　少年探偵王　本格推理マガジン–文庫雑誌/ぼくらの推理冒険物語　光文社(光文社文庫)　2002年4月

彩羽 良子　さいはね・りょうこ*
昔の恋人から同じ招待状が届いた高校時代から親友の女たち三人の一人　「ヒロインへの招待状」　連城三紀彦　事件の痕跡–最新ベスト・ミステリー　光文社　2007年11月

サイモン・ハートレイ
元メイクアップ師、特殊メイクの専門家　「恐怖館主人」　井上雅彦　名作で読む推理小説史 ふるえて眠れない–ホラーミステリー傑作選　光文社(光文社文庫)　2006年9月

西連寺 剛　さいれんじ・ごう*
私立探偵　「首くくりの木」　都筑道夫　謎002–スペシャル・ブレンド・ミステリー　講談社(講談社文庫)　2007年9月

蔡老人　さいろうじん
〝若様〟と呼ばれる文人の顔半房の従者の老人　「股帝之宝剣」　秋梨惟喬　推理小説年鑑 ザ・ベストミステリーズ2011　講談社　2011年7月

佐伯　さえき
鎌込署の署長　「文字板」　長岡弘樹　現場に臨め–最新ベスト・ミステリー　光文社　2010年10月

佐伯 加由子　さえき・かゆこ
タウン誌「タウン・ファミリー」の記者　「十年後の家族」　佐野洋　幻惑のラビリンス　光文社(光文社文庫)　2001年5月

佐伯 哲弥　さえき・てつや
病院の勤務医、元法医学者・林真紅郎の旧友　「ひいらぎ駅の怪事件」　乾くるみ　愛憎発殺人行 鉄道ミステリー名作館　徳間書店(徳間文庫)　2004年5月

佐伯 揺子　さえき・ようこ
劇団創演の看板女優、父の記憶のない女　「さかしまに」　五木寛之　俳句殺人事件-巻頭句の女　光文社(光文社文庫)　2001年4月

佐伯 洋子　さえき・ようこ
高校生、校舎の屋上から落ちて死んだ行原達也の恋人　「小さな故意の物語」　東野圭吾　マイ・ベスト・ミステリーV　文藝春秋(文春文庫)　2007年11月

三枝　さえぐさ
旅客機の機関士　「旅客機事件」　大庭武年　幻の探偵雑誌9「探偵」傑作選　光文社(光文社文庫)　2002年1月

三枝 潤一郎　さえぐさ・じゅんいちろう
岩手県N村にある巨大風車で生首で発見されたテレビディレクター　「ありえざる村の奇跡」　園田修一郎　新・本格推理04-赤い館の怪人物　光文社(光文社文庫)　2004年3月

冴子　さえこ
年輩男「私」の不倫相手の二十三歳の娘　「パリからの便り」　野村正樹　ミステリー傑作選・特別編6 自選ショート・ミステリー2　講談社(講談社文庫)　2001年10月

冴子　さえこ
変わり者の松江銀子の二番目の姉　「あなただけを見つめる」　若竹七海　犯人は秘かに笑う-ユーモアミステリー傑作選　光文社(光文社文庫)　2007年1月

佐江 由美子　さえ・ゆみこ
民俗学者・蓮丈那智研究室の助手　「鬼無里」　北森鴻　推理小説年鑑 ザ・ベストミステリーズ2006　講談社　2006年7月

佐江 由美子　さえ・ゆみこ
民俗学者・蓮丈那智研究室の助手　「憑代忌」　北森鴻　暗闇を追いかけろ-日本ベストミステリー選集35　光文社(光文社文庫)　2008年5月;深夜バス78回転の問題(本格短編ベスト・セレクション)　講談社(講談社文庫)　2008年1月

早乙女 静香　さおとめ・しずか
バー「スリーバレー」のいつもの客　「ナスカの地上絵の不思議」　鯨統一郎　不思議の足跡-最新ベスト・ミステリー　光文社　2007年10月

早乙女 静香　さおとめ・しずか
美貌の才媛　「アトランティス大陸の秘密」　鯨統一郎　暗闇を追いかけろ-日本ベストミステリー選集35　光文社(光文社文庫)　2008年5月

早乙女 亮介　さおとめ・りょうすけ
区立図書館のアルバイトでCDショップのディスクジョッキー、コーヒー店「LVP」の常連客　「911」　雨宮町子　危険な関係(女流ミステリー傑作選)　角川春樹事務所(ハルキ文庫)　2002年5月

サヲリ
会社のセキュリティ・チームの一員である篠原千宗の電子擬似空間における恋人　「トロイの木馬」　森博嗣　書下ろしアンソロジー 21世紀本格　光文社(カッパ・ノベルス)　2001年12月

さおり

沙織　さおり
コント芸人クレージー・トリニティのメンバー　「ホワットダニットパズル」　園田修一郎　新・本格推理07-Qの悲劇　光文社(光文社文庫)　2007年3月

沙織　さおり
島までクルーズした芸能事務所社長が侍らせたアイドルの卵二人の一人　「漂流者」　我孫子武丸　気分は名探偵-犯人当てアンソロジー　徳間書店　2006年5月

酒井　さかい
元刑事　「湯の町オブ」　大沢在昌　マイ・ベスト・ミステリーⅡ　文藝春秋(文春文庫)　2007年8月

堺　秀治　さかい・しゅうじ
光宝映画の衣装係、吸血鬼の格好をして死んだ男　「血を吸うマント」　霞流一　名探偵を追いかけろ-日本ベストミステリー選集34　光文社(光文社文庫)　2007年5月

境田　さかいだ
奥多摩の山中に逃げこんだ三人組の銀行ギャングの一人　「夜明けまで」　大藪春彦　江戸川乱歩と13の宝石 第二集　光文社(光文社文庫)　2007年9月

酒井　千代子　さかい・ちよこ
東京で死んだ乗合自動車の女車掌の遺骨を受け取りに来た田舎娘の妹　「死体紹介人」　川端康成　文豪の探偵小説　集英社(集英社文庫)　2006年11月

酒井　尚之　さかい・なおゆき
名門私立高校生、組織売春グループの一員　「闇に潜みし獣」　福田栄一　学び舎は血を招く　講談社(講談社ノベルス)　2008年11月

酒井　ユキ子　さかい・ゆきこ
東京で死んだ乗合自動車の女車掌で国もとが分からない娘　「死体紹介人」　川端康成　文豪の探偵小説　集英社(集英社文庫)　2006年11月

坂井　ゆみ子　さかい・ゆみこ
竹村弁護士がある事件で弁護したことのある女で刑務所を出所した女　「まつりの花束」　大倉燁子　甦る推理雑誌10「宝石」傑作選　光文社(光文社文庫)　2004年1月

栄田　鮎子　さかえだ・あゆこ
殺害された宝石商栄田宗太郎と先妻との間の娘　「第四パビリオン「人間空気」」　二階堂黎人　新世紀犯罪博覧会-連作推理小説　光文社　2001年3月

栄田　宗太郎　さかえだ・しゅうたろう
殺害された宝石商、栄田美恵子の夫　「第四パビリオン「人間空気」」　二階堂黎人　新世紀犯罪博覧会-連作推理小説　光文社　2001年3月

栄田　美恵子　さかえだ・みえこ
殺害された宝石商の妻、精神病者の日沼定男が手紙を書いた宛名の女性　「第四パビリオン「人間空気」」　二階堂黎人　新世紀犯罪博覧会-連作推理小説　光文社　2001年3月

坂上　一登　さかがみ・かずと
ミュージシャン秋庭弘忠の遺児、秋庭有也の兄　「天使の歌声」　北川歩実　事件を追いかけろ　光文社(光文社文庫)　2009年4月;事件を追いかけろ　光文社　2004年12月

坂上 春江　さかがみ・はるえ
元G北署の刑事課長坂上富士雄の妻「情報漏洩」佐野洋　事件現場に行こう-日本ベストミステリー選集33　光文社(光文社文庫)　2006年4月;事件現場に行こう　光文社　2001年11月

坂上 富士雄　さかがみ・ふじお
元G北署の刑事課長「情報漏洩」佐野洋　事件現場に行こう-日本ベストミステリー選集33　光文社(光文社文庫)　2006年4月;事件現場に行こう　光文社　2001年11月

坂上 稔　さかがみ・みのる
都心から一時間強の私鉄の駅に勤める男「若いオバアチャマ」佐野洋　ミステリー傑作選・特別編5 自選ショート・ミステリー　講談社(講談社文庫)　2001年6月

榊　さかき
ロボットが三体も働く伊集院家にやってきた刑事「論理の犠牲者」優騎洸　新・*本格推理 08　光文社(光文社文庫)　2008年3月

榊 浩介　さかき・こうすけ
私立探偵、小説家沢口明の友人「聖ディオニシウスのパズル」大山誠一郎　新・本格推理03 りら荘の相続人　光文社(光文社文庫)　2003年3月

榊 尚武　さかき・なおたけ
同人誌「奇怪」に「私の幽霊体験」というテーマの原稿を執筆した後に失踪した同人「階段」倉阪鬼一郎　ミステリー傑作選・特別編5 自選ショート・ミステリー　講談社(講談社文庫)　2001年6月

榊原　さかきばら
検事、新聞記者柳井計輔の大学の二期先輩「罪な指」本間田麻誉　甦る推理雑誌9「別冊宝石」傑作選　光文社(光文社文庫)　2003年11月

坂口 順三郎　さかぐち・じゅんざぶろう
永い間海員生活をして倫敦(ロンドン)に暮らす伯父と一緒に住む青年「P丘の殺人事件」松本泰　幻の探偵雑誌5「探偵文藝」傑作選　光文社(光文社文庫)　2001年2月

坂下 みのり　さかした・みのり
妊婦の町バルーン・タウンの住人、画材店の手伝い「亀腹同盟」松尾由美　シャーロック・ホームズに再び愛をこめて　光文社(光文社文庫)　2010年7月

坂下 源一　さかした・もとかず
芹葉大学で他殺体で見つかった工学部の教授「芹葉大学の夢と殺人」辻村深月　推理小説年鑑 ザ・ベストミステリーズ2011　講談社　2011年7月

坂田　さかた
警察署の刑事「後家殺し」木蘇穀　幻の探偵雑誌9「探偵」傑作選　光文社(光文社文庫)　2002年1月

酒田 進　さかた・すすむ
死刑の判決を受けた殺人犯人「遺書」持田敏　幻の探偵雑誌10「新青年」傑作選　光文社(光文社文庫)　2002年2月

さかた

坂田 洋　さかた・ひろし
カンボジアで活動する地雷除去NGOのメンバー　「顔のない敵」　石持浅海　深夜バス78回転の問題(本格短編ベスト・セレクション)　講談社(講談社文庫)　2008年1月；本格ミステリ04　講談社(講談社ノベルス)　2004年6月

坂田夫人　さかたふじん
団地アパートに住んでいる安サラリーマンの妻の八人の主婦の一人　「如菩薩団」　筒井康隆　スペシャル・ブレンド・ミステリー　謎006　講談社(講談社文庫)　2011年9月

坂田 誠　さかた・まこと
辛口の政治評論家、長谷川綾乃の恋人　「過ぎし日の恋」　逢坂剛　殺人買います　講談社(講談社文庫)　2002年8月

坂田屋三之助　さかたやさんのすけ
本郷で古道具屋を営む男、駒込の質屋「長崎屋」の遠縁の者　「飛竜剣」　野村胡堂　江戸の名探偵　徳間書店(徳間文庫)　2009年10月

坂田 りえ　さかた・りえ
坂田りえが姉の結婚式の二次会で出会った青年　「紫の雲路」　加納朋子　らせん階段　角川春樹事務所(ハルキ文庫)　2003年5月

坂之上 聖　さかのうえ・ひじり
女子校に通う高校生、夏休みに離れ島に行って置き去りにされた五人の少女たちの一人　「この島でいちばん高いところ」　近藤史恵　絶海　祥伝社(NON NOVEL)　2002年10月

坂巻 信子　さかまき・のぶこ
加賀ゆきえの母親　「真夏の誘拐者」　折原一　嘘つきは殺人のはじまり　講談社(講談社文庫)　2003年9月

酒巻 雅彦　さかまき・まさひこ
綾鹿総合大学の三年生、元暴走族穐山隆一の高校時代の同級生　「幽霊トンネルの怪」　鳥飼否宇　密室と奇蹟-J・D・カー生誕百周年記念アンソロジー　東京創元社　2006年11月

酒巻 百合　さかまき・ゆり
訪問看護先の老人の家で強盗に乱暴されて殺された若い女性　「モーニング・グローリィを君に」　鷹将純一郎　新・本格推理05-九つの署名　光文社(光文社文庫)　2005年3月

坂本　さかもと
東村山署の山倉警部補の部下　「警部補・山倉浩一 あれだけの事件簿」　かくたかひろ　奇想天外のミステリー　宝島社(宝島社文庫)　2009年8月

坂本　さかもと
東北地方の旧家護屋家の案内役の老人　「不帰屋」　北森鴻　大密室　新潮社(新潮文庫)　2002年2月

坂本 千草　さかもと・ちぐさ
双子の少年立花美樹に恋した十七歳の少女　「水密密室！」　汀こるもの　名探偵で行こう-最新ベスト・ミステリー シリーズ・キャラクター編　光文社(光文社文庫)　2001年9月

坂本 夏美　さかもと・なつみ
学習参考書の編集者でベッドタウンのマンションに住む坂本康明の妻　「Y駅発深夜バス」　青木知己　深夜バス78回転の問題(本格短編ベスト・セレクション)　講談社(講談社文庫)　2008年1月;推理小説年鑑 ザ・ベストミステリーズ2004　講談社　2004年7月

坂本 康明　さかもと・やすあき
学習参考書の編集者、接待で終電を逃し帰宅のため深夜バスに乗車した男　「Y駅発深夜バス」　青木知己　深夜バス78回転の問題(本格短編ベスト・セレクション)　講談社(講談社文庫)　2008年1月;推理小説年鑑 ザ・ベストミステリーズ2004　講談社　2004年7月

坂本 ヨシエ　さかもと・よしえ
人身御供、坂本老人の姉　「不帰屋」　北森鴻　大密室　新潮社(新潮文庫)　2002年2月

相良　さがら
探偵　「一億円の幸福」　藤田宜永　幻惑のラビリンス　光文社(光文社文庫)　2001年5月

相良 末起　さがら・まき*
療養所で暮らす方子と文通する少女、母を殺され義父と暮らす娘　「方子と末起」　小栗虫太郎　恋は罪つくり　光文社(光文社文庫)　2005年7月

佐良 好子　さがら・よしこ
橋口多佳子が何十年ぶりに出会った聖学院の同級生　「干からびた犯罪」　中井英夫　現代詩殺人事件-ポエジーの誘惑　光文社(光文社文庫)　2005年9月

酒匂　さかわ
宇留木夫妻が自宅に招いた戦争前の上町基督教青年会の仲間、医師　「ユダの遺書」　岩田賛　甦る推理雑誌10「宝石」傑作選　光文社(光文社文庫)　2004年1月

佐川 譲治　さがわ・じょうじ
新宿のクラブ「黄蜂」のステージに立つ歌手　「白い浮標」　葉糸修祐　白の怪　勉誠出版(べんせいライブラリー)　2003年3月

早紀　さき
結婚式の二次会で花婿の友人でライバルの奇術師から手品を見せてもらった花嫁　「奇跡」　依井貴裕　ミステリー傑作選・特別編6 自選ショート・ミステリー2　講談社(講談社文庫)　2001年10月

ザギ
「深山木薬店」で秋とリザベルと暮らす青年　「一杯のカレーライス」　時村尚　QED鏡家の薬屋探偵　講談社(講談社ノベルス)　2010年8月

座木　ざぎ
少年リベザルと暮らすやさしい青年　「リベザル童話『メフィストくん』」　令丈ヒロ子　QED鏡家の薬屋探偵　講談社(講談社ノベルス)　2010年8月

鷺坂 龍介　さぎさか・りゅうすけ
横浜の青年　「セントルイス・ブルース」　平塚白銀　探偵小説の風景 トラフィック・コレクション(下)　光文社(光文社文庫)　2009年9月

佐吉　さきち
始末屋稼業をする御家人・筧卯三郎の下男　「娘のいのち濡れ手で千両」　結城昌治　死人に口無し　時代推理傑作選　徳間書店　2009年11月

さぎりちゃん
不幸の手紙を受け取った女子中学生　「印字された不幸の手紙の問題」　西澤保彦　暗闇を追いかけろ-日本ベストミステリー選集35　光文社（光文社文庫）　2008年5月

作蔵　さくぞう
旅行雑誌の編集者和久井が北海道の秘湯の宿で話を聞かされた集落の男　「九人病」　青木知己　新・本格推理05-九つの署名　光文社（光文社文庫）　2005年3月

佐久田　さくた
友人の警部から聞いた殺人事件の話をタクシードライバーに話したヤクザ　「般若の目」　時織深　新・本格推理06-不完全殺人事件　光文社（光文社文庫）　2006年3月

朔田 公彦　さくた・きみひこ
二十歳で自殺した画学生　「死者恋」　朱川湊人　推理小説年鑑 ザ・ベストミステリーズ2004　講談社　2004年7月

朔田 しのぶ　さくた・しのぶ
二十歳で自殺した画学生・朔田公彦に死後の恋慕を募らせた二人の女の一人で公彦の兄と結婚した女　「死者恋」　朱川湊人　推理小説年鑑 ザ・ベストミステリーズ2004　講談社　2004年7月

佐久間　さくま
盗んだ自転車に乗っていて交通事故を目撃した男　「レッド・シグナル」　遠藤武文　推理小説年鑑 ザ・ベストミステリーズ2010　講談社　2010年7月

佐久間 順二　さくま・じゅんじ
水谷テント株式会社の社員　「天空からの死者」　門前典之　不可能犯罪コレクション　原書房　2009年6月

佐久間先生　さくませんせい
出雲オカルト研究所に幽霊が出ると相談にきた石田鉄雄の高校の恩師　「蠟いろの顔」　都筑道夫　スペシャル・ブレンド・ミステリー 謎006　講談社（講談社文庫）　2011年9月

佐倉　さくら
殺人事件の被害者明見君と嫌疑者の「俺」の研究室の仲間　「蜘蛛」　米田三星　江戸川乱歩と13人の新青年〈論理派〉編　光文社（光文社文庫）　2008年1月

佐倉　さくら
大学生、海霧の出る町で生まれ育った男　「空飛ぶ絨毯」　沢村浩輔　本格ミステリ09　講談社（講談社ノベルス）　2009年6月

サクラ（伝法 真希）　さくら（でんぽう・まき）
防衛庁情報局員を補佐して各種情報活動に専従する警補官　「サクラ」　福井晴敏　事件現場に行こう-日本ベストミステリー選集33　光文社（光文社文庫）　2006年4月；事件現場に行こう　光文社　2001年11月

桜井　さくらい
神南署で村雨とコンビを組む新米刑事　「部下」　今野敏　密室＋アリバイ＝真犯人　講談社（講談社文庫）　2002年2月

桜井　さくらい
暴力団の組長　「ネオン」　桐野夏生　幻惑のラビリンス　光文社（光文社文庫）　2001年5月

桜井 京子　さくらい・きょうこ
女の味方と言われている弁護士　「拾ったあとで」　新津きよみ　事件を追いかけろ　光文社（光文社文庫）　2009年4月;事件を追いかけろ　光文社　2004年12月

桜井 京介　さくらい・きょうすけ
建築探訪家　「迷宮に死者は棲む」　篠田真由美　M列車（ミステリー・トレイン）で行（い）こう　光文社　2001年10月

桜井 俊一　さくらい・しゅんいち
嵐山大学理工学部の助手、タイムマシンの研究者　「マーキングマウス」　不知火京介　ミステリ愛。免許皆伝!　講談社（講談社ノベルス）　2010年3月

桜井 太一郎　さくらい・たいちろう
東京湾臨海署刑事課強行犯係の捜査員　「最前線」　今野敏　名探偵で行こう-最新ベスト・ミステリー シリーズ・キャラクター編　光文社（光文社文庫）　2001年9月

桜井 めぐみ　さくらい・めぐみ
句会「猿の会」の会員　「恋路吟行」　泡坂妻夫　俳句殺人事件-巻頭句の女　光文社（光文社文庫）　2001年4月

桜川 ひとみ　さくらがわ・ひとみ
ミステリ作家、猫探偵・正太郎の同居人　「正太郎と冷たい方程式」　柴田よしき　密室レシピ　角川書店（角川文庫）　2002年4月

桜川 ひとみ　さくらがわ・ひとみ
推理作家　「正太郎と田舎の事件」　柴田よしき　密室殺人大百科 上　講談社（講談社文庫）　2003年9月

桜川 ひとみ　さくらがわ・ひとみ*
推理作家、猫探偵・正太郎の同居人　「光る爪」　柴田よしき　ねこ!ネコ!猫!(NEKOミステリー傑作選)　徳間書店（徳間文庫）　2008年10月

桜川 ひとみ　さくらがわ・ひとみ*
推理作家、猫探偵・正太郎の同居人　「正太郎と井戸端会議の冒険」　柴田よしき　透明な貴婦人の謎(本格短編ベスト・セレクション)　講談社（講談社文庫）　2005年1月;本格ミステリ01　講談社（講談社ノベルス）　2001年7月

桜川 理沙　さくらがわ・りさ
有毒蛇スワンプ・アダーに咬まれて死んだ女子大生　「まだらの紐、再び」　霧舎巧　密室殺人大百科 上　講談社（講談社文庫）　2003年9月

桜木 三郎　さくらぎ・さぶろう
海軍中尉　「日本海軍の秘密」　中田耕治　日本版 シャーロック・ホームズの災難　論創社　2007年12月

さくら

佐久良 恭平　さくら・きょうへい
殺されたミュージシャン　「キンダイチ先生の推理」　有栖川有栖　金田一耕助に捧ぐ九つの狂想曲　角川書店　2002年5月

佐倉 桜　さくら・さくら
綾鹿署交通課の警部補　「幽霊トンネルの怪」　鳥飼否宇　密室と奇蹟-J・D・カー生誕百周年記念アンソロジー　東京創元社　2006年11月

桜沢 雅男　さくらざわ・まさお
食味評論家として名が売れている男　「運のいい男」　阿刀田高　マイ・ベスト・ミステリー I　文藝春秋（文春文庫）　2007年8月

佐倉 俊三　さくら・しゅんぞう
佐倉ケミカル社長　「サイバー・ラジオ」　池井戸潤　乱歩賞作家青の謎　講談社　2007年7月

櫻田 華絵　さくらだ・はなえ
滝本俊行と同棲していた恋人、フリーの編集者　「七通の手紙」　浅黄斑　完全犯罪証明書　ミステリー傑作選　講談社（講談社文庫）　2001年4月

笹井 賢太郎　ささい・けんたろう
大学教授　「花粉（『笹井夫妻と殺人事件』の内）」　横溝正史　甦る推理雑誌1「ロック」傑作選　光文社（光文社文庫）　2002年10月

笹井 美穂子　ささい・みほこ
大学教授笹井賢太郎の妻　「花粉（『笹井夫妻と殺人事件』の内）」　横溝正史　甦る推理雑誌1「ロック」傑作選　光文社（光文社文庫）　2002年10月

佐々井 弥生　ささい・やよい
綾鹿署交通課の巡査部長　「幽霊トンネルの怪」　鳥飼否宇　密室と奇蹟-J・D・カー生誕百周年記念アンソロジー　東京創元社　2006年11月

笹川 晃　ささかわ・あきら
音野探偵事務所に来た依頼者、強盗殺人の被害者笹川明夫の息子　「見えないダイイングメッセージ」　北山猛邦　本格ミステリ08　講談社（講談社ノベルス）　2008年6月

佐々木　ささき
池袋のバーのマスター、ホステスに産業スパイをさせていた男　「失われた夜の罠」　藤波浩　罠の怪　勉誠出版（べんせいライブラリー）　2002年11月

佐々木 昭友　ささき・あきとも
イタリア・ルネサンス絵画の研究者、美術コンサルタント神永美有の友人　「早朝ねはん」　門井慶喜　推理小説年鑑 ザ・ベストミステリーズ2007　講談社　2007年7月

佐々木 数子　ささき・かずこ
殺人事件があった山頂のホテルの女のボーイ　「赤いネクタイ」　杉山平一　甦る推理雑誌3「X」傑作選　光文社（光文社文庫）　2002年12月

笹木 光吉　ささき・こうきち
放送局の技師　「省線電車の射撃手」　海野十三　探偵小説の風景 トラフィック・コレクション（下）　光文社（光文社文庫）　2009年9月

笹木 仙十郎　ささき・せんじゅうろう＊
町廻り同心 「旅の笈」 新宮正春 俳句殺人事件−巻頭句の女 光文社（光文社文庫） 2001年4月

佐々木 哲　ささき・てつ
同じ予備校生の女の子と駆け落ちした少年 「駆け落ちは死体とともに」 赤川次郎 犯人は秘かに笑う−ユーモアミステリー傑作選 光文社（光文社文庫） 2007年1月

佐々木 亨　ささき・とおる
高校の教頭、柩島の建物内に閉じ込められた五人の自殺志願者の一人 「嵐の柩島で誰が死ぬ」 辻真先 探偵Xからの挑戦状! Season2 小学館（小学館文庫） 2011年2月

佐々木 睦子　ささき・むつこ
西之園家のお嬢様萌絵の叔母、愛知県知事夫人 「マン島の蒸気鉄道」 森博嗣 愛憎発殺人行 鉄道ミステリー名作館 徳間書店（徳間文庫） 2004年5月 ; M列車（ミステリー・トレイン）で行（い）こう 光文社 2001年10月

佐々木 睦子　ささき・むつこ
西之園萌絵の叔母、愛知県知事夫人 「石塔の屋根飾り」 森博嗣 密室＋アリバイ＝真犯人 講談社（講談社文庫） 2002年2月

佐々木 義人　ささき・よしと
密室で殺害された藪田幹夫のエフシステムという会社の共同経営者 「吾輩は密室である」 ひょうた 新・本格推理04−赤い館の怪人物 光文社（光文社文庫） 2004年3月

笹口 ひずる　ささぐち・ひずる
24歳の派遣プログラマー 「殺人者の赤い手」 北森鴻 怪しい舞踏会 光文社（光文社文庫） 2002年5月

笹口 ひずる　ささぐち・ひずる
バーマン香月圭吾の店「プロフェッショナルバー・香月」に通う客 「ラストマティーニ」 北森鴻 推理小説年鑑 ザ・ベストミステリーズ2007 講談社 2007年7月

笹沼 与左衛門　ささぬま・よざえもん
会津藩郡奉行 「第二の助太刀」 中村彰彦 偉人八傑推理帖 双葉社（双葉文庫） 2004年7月

笹野 佳也子　ささの・かやこ
睡眠薬自殺を図った女 「佳也子の屋根に雪ふりつむ」 大山誠一郎 本格ミステリ10 講談社（講談社ノベルス） 2010年6月 ; 不可能犯罪コレクション 原書房 2009年6月

笹野 里子　ささの・さとこ
女探偵、「笹野探偵事務所」所長 「雪のマズルカ」 芦原すなお 嘘つきは殺人のはじまり 講談社（講談社文庫） 2003年9月

笹野 竣太郎　ささの・しゅんたろう
縞木千津の父で日本画家の葛井遼二の友人だった男 「白雨」 連城三紀彦 推理小説年鑑 ザ・ベストミステリーズ2006 講談社 2006年7月

ささは

笹原 栄作　ささはら・えいさく
旧本陣笹原家の主人、笹原光太郎の叔父　「本陣殺人計画-横溝正史を読んだ男」　折原一　密室殺人大百科　上　講談社(講談社文庫)　2003年9月

笹原 光太郎　ささはら・こうたろう*
旧本陣笹原家の息子　「本陣殺人計画-横溝正史を読んだ男」　折原一　密室殺人大百科　上　講談社(講談社文庫)　2003年9月

サージ
外科手術を行うロボット　「サージャリ・マシン」　草上仁　推理小説年鑑 ザ・ベストミステリーズ2001　講談社　2001年6月

佐治 象水　さじ・しょうすい
浪人、自称軍学者　「殺すとは知らで肥えたり」　高橋義夫　俳句殺人事件-巻頭句の女　光文社(光文社文庫)　2001年4月

差出人　さしだしにん
「私」しか知らないはずの暗証番号をしるしたハガキを送りつけてくる差出人　「暗証番号」　眉村卓　ミステリー傑作選・特別編6 自選ショート・ミステリー2　講談社(講談社文庫)　2001年10月

佐七(人形佐七)　さしち(にんぎょうさしち)
岡っ引　「百物語の夜」　横溝正史　江戸の名探偵　徳間書店(徳間文庫)　2009年10月

指貫 和枝　さしぬき・かずえ*
指貫藤助の孫、銀座の夜の女　「イエスの裔」　柴田錬三郎　文豪のミステリー小説　集英社(集英社文庫)　2008年2月

指貫 澄江　さしぬき・すみえ*
指貫藤助の姪、銀座のカフェの女給　「イエスの裔」　柴田錬三郎　文豪のミステリー小説　集英社(集英社文庫)　2008年2月

指貫 藤助　さしぬき・とうすけ*
指貫和枝を殺した祖父、むかし堅気の老人　「イエスの裔」　柴田錬三郎　文豪のミステリー小説　集英社(集英社文庫)　2008年2月

佐芝 降三　さしば・こうぞう
山口県波田村助役　「邪宗仏」　北森鴻　マイ・ベスト・ミステリーV　文藝春秋(文春文庫)　2007年11月;紅い悪夢の夏(本格短編ベスト・セレクション)　講談社(講談社文庫)　2004年12月

サー・ジョージ・ニューンズ
ワトスン博士の原稿掲載誌「ストランド・マガジン」の編集者　「ワトスン博士の内幕」　北原尚彦　シャーロック・ホームズに愛をこめて　光文社(光文社文庫)　2010年1月

サスケ
ミステリ作家浅間寺竜之介の飼い犬、猫の正太郎の幼なじみ　「正太郎と冷たい方程式」　柴田よしき　密室レシピ　角川書店(角川文庫)　2002年4月

サスケ
拳銃使いで早撃ちの名人クレイボンにカタナで挑戦することになった日本人の牧童 「決闘」 逢坂剛 ミステリー傑作選・特別編5 自選ショート・ミステリー 講談社(講談社文庫) 2001年6月

佐助 さすけ
サオダケ売り 「犯人当て横丁の名探偵」 仁木悦子 死人に口無し 時代推理傑作選 徳間書店 2009年11月;大江戸事件帖 双葉社(双葉文庫) 2005年7月

佐瀬 龍之助 させ・りゅうのすけ
東洋真珠商会製作部主任、腕利の技師 「真珠塔の秘密」 甲賀三郎 幻の探偵雑誌7 「新趣味」傑作選 光文社(光文社文庫) 2001年11月

佐田 さた*
「週刊ミステリー」編集者、推理作家岸辺流砂の書斎を訪れた青年 「密室学入門 最後の密室」 土屋隆夫 山口雅也の本格ミステリ・アンソロジー 角川書店(角川文庫) 2007年12月

佐田 さた*
市役所の吏員の谷の戦友で横領金をあずかってほしいと頼んできた男 「重たい影」 土屋隆夫 江戸川乱歩と13の宝石 第二集 光文社(光文社文庫) 2007年9月

定家 空美 さだいえ・そらみ
女子高生、小田原の旧家で資産家の娘 「身代金の奪い方」 柄刀一 推理小説年鑑 ザ・ベストミステリーズ2009 講談社 2009年7月

貞夫 さだお
惨殺事件の被害者立花鳴海の弟 「悪魔黙示録」 赤沼三郎 悪魔黙示録「新青年」一九三八-探偵小説暗黒の時代へ 光文社(光文社文庫) 2011年8月

サダオちゃん
サーカス団の少女和子の腹の中に棲むサナダムシ 「サダオ」 竹河聖 危険な関係(女流ミステリー傑作選) 角川春樹事務所(ハルキ文庫) 2002年5月

佐竹 さたけ
漆原家の別荘のシェフ兼管理人、元レストランのパティシエ 「鏡の迷宮、白い蝶」 谷原秋桜子 ベスト本格ミステリ 2011 講談社(講談社ノベルス) 2011年6月

佐竹 英一 さたけ・えいいち
篠がわがものにしようとしているきぬ子の兄 「ライバル」 鮎川哲也 ミステリー傑作選・特別編6 自選ショート・ミステリー2 講談社(講談社文庫) 2001年10月

佐竹 和則 さたけ・かずのり
アパート住まいの会社員、晴海荘バラバラ殺人事件の被害者 「祝・殺人」 宮部みゆき 蒼迷宮 祥伝社(祥伝社文庫) 2002年3月

佐竹 きぬ子 さたけ・きぬこ
篠がわがものにしようとしている女性 「ライバル」 鮎川哲也 ミステリー傑作選・特別編6 自選ショート・ミステリー2 講談社(講談社文庫) 2001年10月

さたけ

佐竹 浩一　さたけ・こういち
小岩母娘殺害事件で犯人として逮捕されたが裁判で無罪となった男を殺害した父親　「原島弁護士の処置」　小杉健治　マイ・ベスト・ミステリーⅥ　文藝春秋（文春文庫）　2007年12月

佐竹 英之　さたけ・ひでゆき
元アイドル歌手　「DRIVE UP」　馳星周　暗闇を追いかけろ-日本ベストミステリー選集35　光文社（光文社文庫）　2008年5月

貞子ばあさん　さだこばあさん
中国人資産家のもらい子で若くして遺産を相続した一郎の実母の従姉という老婆　「キッシング・カズン」　陳舜臣　スペシャル・ブレンド・ミステリー　謎006　講談社（講談社文庫）　2011年9月

佐田大尉　さたたいい
草原のロシア人の百姓家に泊まった七人の日本軍人達の一人　「草原の果て」　豊田寿秋　甦る推理雑誌5「密室」傑作選　光文社（光文社文庫）　2003年3月

佐田 みどり　さた・みどり
高校生、保健室に来た少女　「保健室の午後」　赤川次郎　ねこ！ネコ！猫！(NEKOミステリー傑作選)　徳間書店（徳間文庫）　2008年10月

幸恵　さちえ
郁恵の姉、姉妹で山奥へ墓参りに出かけた女　「アメ、よこせ」　加門七海　らせん階段　角川春樹事務所（ハルキ文庫）　2003年5月

サチコ
ロンドン在住の日本人留学生、スコットランドのネス湖を訪れた女　「首吊少女亭」　北原尚彦　推理小説年鑑　ザ・ベストミステリーズ2003　講談社　2003年7月

幸子　さちこ
小学校から帰る途中の公園で男に誘拐された三人の少女の一人　「攫われて」　小林泰三　青に捧げる悪夢　角川書店　2005年3月；殺人鬼の放課後-ミステリ・アンソロジーⅡ　角川書店（角川文庫）　2002年2月

幸子　さちこ
千鶴の息子の嫁　「三郎菱」　泡坂妻夫　怪しい舞踏会　光文社（光文社文庫）　2002年5月

佐知子　さちこ
主婦、コンサルタント会社を経営する邦夫の妻・香織の友達　「ヒーラー」　篠田節子　推理小説年鑑　ザ・ベストミステリーズ2004　講談社　2004年7月

佐知子　さちこ
鈴華の世話人安田夫妻の娘　「変装の家」　二階堂黎人　名探偵登場!-日本ミステリー名作館1　KKベストセラーズ　2004年11月

佐智子　さちこ
編集プロダクションのライター　「花を見る日」　香納諒一　名探偵で行こう-最新ベスト・ミステリー　シリーズ・キャラクター編　光文社（光文社文庫）　2001年9月

左知子　さちこ
稲尾刑事の妻　「熱い死角」　結城昌治　警察小説傑作短編集　ランダムハウス講談社(ランダムハウス講談社文庫)　2009年7月

サチヨ(杉原 幸代)　さちよ(すぎはら・さちよ)
モモコの親友で元会社の同僚　「盗まれて」　今邑彩　謎005-スペシャル・ブレンド・ミステリー　講談社(講談社文庫)　2010年9月

佐々　さっさ
警視庁掏摸係りの刑事、進藤刑事の同僚　「百日紅」　牧逸馬　探偵小説の風景トラフィック・コレクション(下)　光文社(光文社文庫)　2009年9月

殺人者　さつじんしゃ
室町の将軍や北の方や乞食百二十六人を殺した殺人者　「中世に於ける一殺人常習者の遺せる哲学的日記の抜萃」　三島由紀夫　現代詩殺人事件-ポエジーの誘惑　光文社(光文社文庫)　2005年9月

殺人犯　さつじんはん
満州安東で女が惨殺された事件の犯人　「第三の証拠」　戸田巽　幻の探偵雑誌10「新青年」傑作選　光文社(光文社文庫)　2002年2月

殺人犯(囚人)　さつじんはん(しゅうじん)
地球から処刑地の火星に送られた殺人犯の囚人　「処刑」　星新一　江戸川乱歩と13の宝石　光文社(光文社文庫)　2007年5月

薩摩 平太郎　さつま・へいたろう
会社員　「白い顔」　若竹七海　闇夜の芸術祭　光文社(光文社文庫)　2003年4月

佐藤　さとう
会社で営業部から社史編纂室への転属を申しわたされた男　「雪のなかのふたり」　山田正紀　マイ・ベスト・ミステリーⅢ　文藝春秋(文春文庫)　2007年9月

佐藤　さとう
貴族探偵に仕える巨漢の運転手　「加速度円舞曲」　麻耶雄嵩　本格ミステリ09　講談社(講談社ノベルス)　2009年6月

佐藤　さとう
子供のころ誘拐されたことがある「私」　「何処かで汽笛を聞きながら」　網浦圭　新・本格推理05-九つの署名　光文社(光文社文庫)　2005年3月

佐藤 英子(飛鳥)　さとう・えいこ*(あすか)
銀座のバーのアルバイトの女性、「東京しあわせクラブ」のメンバー　「東京しあわせクラブ」　朱川湊人　不思議の足跡-最新ベスト・ミステリー　光文社　2007年10月

佐藤 和代　さとう・かずよ
子供のころ誘拐されたことがある「私」を助けてくれた恩人　「何処かで汽笛を聞きながら」　網浦圭　新・本格推理05-九つの署名　光文社(光文社文庫)　2005年3月

佐藤警部　さとうけいぶ
広島西警察署の司法主任、私立探偵江良利久一の叔父　「生首殺人事件」　尾久木弾歩　甦る推理雑誌4「妖奇」傑作選　光文社(光文社文庫)　2003年1月

さとう

さとう としお　さとう・としお
半年前に妻を殺した男、鎌倉の喫茶店「半文居」の客　「水曜日の子供」　井上宗一　新・本格推理01　光文社(光文社文庫)　2001年3月

佐藤 春夫　さとう・はるお
幼女殺害事件の遺族　「連鎖する数字」　貫井徳郎　「ABC(エービーシー)」殺人事件　講談社(講談社文庫)　2001年11月

佐藤 はるこ　さとう・はるこ
芸能リポーター、「ハム列島事件」の取材のために大阪の沙翁商店街に来た女　「ハム列島」　島村洋子　らせん階段　角川春樹事務所(ハルキ文庫)　2003年5月

佐藤 由美子　さとう・ゆみこ
フリーライター、ブリキ玩具の取材をしていた女　「ウェルメイド・オキュパイド」　堀燐太郎　新・*本格推理 08　光文社(光文社文庫)　2008年3月

聡子さん　さとこさん*
助産婦、隠居したカリスマ助産婦・明楽友代の最後の弟子　「別れてください」　青井夏海　論理学園事件帳　講談社(講談社文庫)　2007年1月;本格ミステリ03　講談社(講談社ノベルス)　2003年6月

里中　さとなか
山中湖畔に建つ「四つ葉ホテル」の料理長、フランス帰りの有名シェフ　「ゼウスの息子たち」　法月綸太郎　あなたが名探偵　東京創元社(創元推理文庫)　2009年4月;推理小説年鑑 ザ・ベストミステリーズ2005　講談社　2005年7月

里見　さとみ
探偵小説家　「探偵小説」　横溝正史　マイ・ベスト・ミステリーV　文藝春秋(文春文庫)　2007年11月

里美　さとみ
日本のやくざの娘　「古惑仔 チンピラ」　馳星周　マイ・ベスト・ミステリーIII　文藝春秋(文春文庫)　2007年9月

里見 勝彦　さとみ・かつひこ
秋田・象潟署の警部補　「ウォール・ウィスパー」　柄刀一　本格ミステリ08　講談社(講談社ノベルス)　2008年6月

サトル
警視庁捜査一課の刑事馬田権之介の大学の後輩、犯罪捜査の才能がある男　「第四パビリオン「人間空気」」　二階堂黎人　新世紀犯罪博覧会-連作推理小説　光文社　2001年3月

早苗　さなえ
アパートの一室で塚本保雄が夫婦喧嘩のあげく殺してしまった妻　「素人芸」　法月綸太郎　事件現場に行こう-日本ベストミステリー選集33　光文社(光文社文庫)　2006年4月;事件現場に行こう　光文社　2001年11月

早苗　さなえ
みかん山の経営者の妹で幾多の高等学生が好きだった美しい人　「みかん山」　白家太郎(多岐川恭)　甦る推理雑誌9「別冊宝石」傑作選　光文社(光文社文庫)　2003年11月

早苗さん　さなえさん
まり子の面倒を見る家政婦　「遠い窓」今邑彩　密室＋アリバイ＝真犯人　講談社(講談社文庫)　2002年2月

佐貫 皓一　さぬき・こういち＊
ガラス器職人、三つの瑠璃色切り子碗の作者　「瑠璃の契」北森鴻　推理小説年鑑 ザ・ベストミステリーズ2004　講談社　2004年7月

サネ
勁草館高校二年生、勁草全共闘執行部員で県警警備部長二条警視の息子　「敲翼同惜少年春」古野まほろ　学び舎は血を招く　講談社(講談社ノベルス)　2008年11月

佐野川 雷車(雷蔵)　さのがわ・らいしゃ(らいぞう)＊
歌舞伎役者、名探偵金田一耕助の旧友　「月光座」栗本薫　金田一耕助に捧ぐ九つの狂想曲　角川書店　2002年5月

佐野 こずえ　さの・こずえ
スーパーで万引きをしてしまった宮本史子に声をかけてきた郷里の高校の吹奏楽部の後輩　「二度とふたたび」新津きよみ　事件の痕跡−最新ベスト・ミステリー　光文社　2007年11月

佐野 由利子　さの・ゆりこ
綾鹿署交通課の警部　「幽霊トンネルの怪」鳥飼否宇　密室と奇蹟-J・D・カー生誕百周年記念アンソロジー　東京創元社　2006年11月

佐野 麗子　さの・れいこ
「オーシャンビュー・プチ・ホテル」の常連客、イラストレーター　「女探偵の夏休み」若竹七海　罪深き者に罰を　講談社(講談社文庫)　2002年11月

ザビエル
落語家の弟子・星祭竜二の友、餃子屋の店員　「子は鎹」田中啓文　推理小説年鑑 ザ・ベストミステリーズ2005　講談社　2005年7月

サブ叔父さん　さぶおじさん
中学生の林仁美の叔父　「五つのプレゼント」乾くるみ　事件の痕跡−最新ベスト・ミステリー　光文社　2007年11月

佐分利 光一　さぶり・こういち
政財界で女帝と呼ばれる深倉澄子の最下級の秘書、裏社会情報の提供者　「殺人トーナメント」井上夢人　探偵Xからの挑戦状! Season2　小学館(小学館文庫)　2011年2月

三郎　さぶろう
大家族の柳沢家の子供、中学一年生　「小さな異邦人」連城三紀彦　現場に臨め−最新ベスト・ミステリー　光文社　2010年10月

三郎王子　さぶろうおうじ
神楽太夫、四郎王子の従兄弟　「神楽太夫」横溝正史　マイ・ベスト・ミステリーⅥ　文藝春秋(文春文庫)　2007年12月

三郎兵衛　さぶろべえ
日本橋の呉服屋「松菱屋」の若主人から物乞いに落ちぶれた男　「影踏み鬼」　翔田寛　死人に口無し　時代推理傑作選　徳間書店　2009年11月

佐保　さほ
美術雑誌「アートワース」の副編集長　「永遠縹渺」　黒川博行　密室＋アリバイ＝真犯人　講談社（講談社文庫）　2002年2月

座間 剣介　ざま・けんすけ
八尾市内で起きた殺人事件の被害者の高校生　「アポロンのナイフ」　有栖川有栖　推理小説年鑑　ザ・ベストミステリーズ2011　講談社　2011年7月

座間味くん　ざまみくん＊
かつてのハイジャック事件の被害者で座間味くんというニックネームで呼ばれていた男　「貧者の軍隊」　石持浅海　推理小説年鑑　ザ・ベストミステリーズ2005　講談社　2005年7月

サミュエル・ホック（ホック）
大臣陸奥宗光の主治医・榎邸に寄宿する英国人、名探偵　「ダンシング・ロブスターの謎」　加納一朗　シャーロック・ホームズに愛をこめて　光文社（光文社文庫）　2010年1月

サミーラ
気象学者、連邦政府から植民惑星に派遣された八人の先遣隊メンバーの一人　「だから誰もいなくなった」　園田修一郎　新・＊本格推理　特別編　光文社（光文社文庫）　2009年3月

サム
私立探偵　「《ホテル・ミカド》の殺人」　芦辺拓　新世紀「謎（ミステリー）」倶楽部　角川書店　2001年8月

寒川　さむかわ
山岳警備隊の総隊長　「生還者」　大倉崇裕　完全犯罪証明書ミステリー傑作選　講談社（講談社文庫）　2001年4月

サムの甥　さむのおい
若い金髪女性を次々に扼殺している「サムの甥」と名乗る犯人　「サムの甥」　木村二郎　ミステリー傑作選・特別編6 自選ショート・ミステリー2　講談社（講談社文庫）　2001年10月

鮫島　さめじま
新宿署の刑事　「五十階で待つ」　大沢在昌　Anniversary 50 カッパ・ノベルス創刊50周年記念作品　光文社　2009年12月

鮫島　さめじま
新宿署の刑事　「亡霊」　大沢在昌　現場に臨め-最新ベスト・ミステリー　光文社　2010年10月

鮫島　さめじま
新宿署の刑事　「雷鳴」　大沢在昌　名探偵の奇跡-日本ベストミステリー選集　光文社（光文社文庫）　2010年5月；名探偵の奇跡-最新ベスト・ミステリー　光文社　2007年9月

鮫島 逸郎　さめじま・いつろう
昭和二十年北満に派遣された学術調査隊の一人、地理学者鮫島博士の息子の旧制高校生　「流氷」　倉田映郎　水の怪　勉誠出版（べんせいライブラリー）　2003年3月

鮫島 晴子　さめじま・はるこ
藤沢市内の路上で乗用車を運転していて幼稚園児の鼓笛隊の列に突っ込んだ娘　「鼓笛隊」　夏樹静子　恋は罪つくり　光文社(光文社文庫)　2005年7月

鮫島 隆一　さめじま・りゅういち
役所の福祉事務所の職員　「失われた二本の指へ」　篠田節子　紅迷宮　祥伝社(祥伝社文庫)　2002年6月

左文治　さもんじ
武蔵の国日野宿の渡世人、木枯し紋次郎の兄弟分　「赦免花は散った」　笹沢左保　マイ・ベスト・ミステリーⅣ　文藝春秋(文春文庫)　2007年10月

左門 正俊　さもん・せいしゅん
埼玉県三郷市にある大刹・石峯寺の副住職　「早朝ねはん」　門井慶喜　推理小説年鑑 ザ・ベストミステリーズ2007　講談社　2007年7月

沙耶子　さやこ
エッセイスト、幼いときに出たきりの京都の街にやってきた女　「翡翠色の闇」　海月ルイ　京都愛憎の旅　徳間書店(徳間文庫)　2002年5月

佐山 弘一　さやま・こういち
カラオケボックス「歌唱館」の怪しい客、一人で来る若い男　「カラオケボックス」　春口裕子　翠迷宮　祥伝社(祥伝社文庫)　2003年6月

サラ
マチを見下ろす高層マンションの部屋でニンゲンの男に飼われている蜥蜴　「虚空楽園」　朱川湊人　推理小説年鑑 ザ・ベストミステリーズ2005　講談社　2005年7月

サラ
娼婦　「半熟卵にしてくれと探偵は言った」　山口雅也　天地驚愕のミステリー　宝島社(宝島社文庫)　2009年8月

更科 薫　さらしな・かおる
サイコセラピーを受けにきた女・更科恵の双子の弟　「悪い手」　逢坂剛　Doubtきりのない疑惑　講談社(講談社文庫)　2011年11月;推理小説年鑑 ザ・ベストミステリーズ2008　講談社　2008年7月

更科 恵　さらしな・めぐみ
サイコセラピーを受けにきた美女、他人の左手がついているというピアノ教師　「悪い手」　逢坂剛　Doubtきりのない疑惑　講談社(講談社文庫)　2011年11月;推理小説年鑑 ザ・ベストミステリーズ2008　講談社　2008年7月

佐利　さり
レントゲンの専門家の「私」の古い友人、医師　「科学者の慣性」　阿知波五郎　甦る推理雑誌10「宝石」傑作選　光文社(光文社文庫)　2004年1月

サリー夫人　さりーふじん
殺害されたロス博士の若く美しい妻　「名探偵誕生」　柴田錬三郎　シャーロック・ホームズに再び愛をこめて　光文社(光文社文庫)　2010年7月

さる

サル
羽沢組の若衆、マコトの中学時代の同級生で猿顔の男 「エキサイタブルボーイ」 石田衣良 名探偵で行こう-最新ベスト・ミステリー シリーズ・キャラクター編 光文社(光文社文庫) 2001年9月

サル
歴史学者「私」が玩具店で買ってきた白い布地で作られたサル 「母子像」 筒井康隆 謎001-スペシャル・ブレンド・ミステリー 講談社(講談社文庫) 2006年9月

猿　さる
初詣帰りの電車の運転手のお猿 「お猿電車」 北野勇作 ミステリー傑作選・特別編6 自選ショート・ミステリー2 講談社(講談社文庫) 2001年10月

猿淵 輝正　さるぶち・てるまさ*
昭和図書編集部係長 「急行しろやま」 中町信 愛憎発殺人行 鉄道ミステリー名作館 徳間書店(徳間文庫) 2004年5月

猿渡 次郎　さるわたり・じろう
船場の商事会社員、カメラを趣味にする目立たない男 「洒落た罠」 高梨久 罠の怪 勉誠出版(べんせいライブラリー) 2002年11月

沢形 清子　さわがた・きよこ
大手企業の取締役・沢形広介の妻、安西家の隣人 「隣の四畳半」 赤川次郎 暗闇を見よ 光文社 2010年11月

沢木　さわき
豊島警察署生活安全課の若い刑事、元デートクラブ嬢原田美緒の相談相手 「六時間後に君は死ぬ」 高野和明 推理小説年鑑 ザ・ベストミステリーズ2002 講談社 2002年7月

沢木 ちづる　さわき・ちづる
全国紙の女性記者 「疾駆するジョーカー」 芦辺拓 密室殺人大百科 上 講談社(講談社文庫) 2003年9月

澤城 廉司　さわき・れんじ
安売りスーパーの臨時雇いの配送係 「花男」 鳴海章 乱歩賞作家黒の謎 講談社 2006年7月

沢口 明　さわぐち・あきら
小説家、私立探偵榊浩介の友人 「聖ディオニシウスのパズル」 大山誠一郎 新・本格推理03 りら荘の相続人 光文社(光文社文庫) 2003年3月

沢口 快　さわぐち・かい
会社社長沢口和春の小学生の息子 「僕はモモイロインコ」 北川歩実 推理小説年鑑 ザ・ベストミステリーズ2002 講談社 2002年7月

沢口 和春　さわぐち・かずはる
会社社長、モモイロインコのリッキーの飼い主 「僕はモモイロインコ」 北川歩実 推理小説年鑑 ザ・ベストミステリーズ2002 講談社 2002年7月

沢口 幸子　さわぐち・さちこ
金貸し・蓮井錬治に書類を届けに来た女　「大きな森の小さな密室」　小林泰三　あなたが名探偵　東京創元社（創元推理文庫）　2009年4月;大きな棺の小さな鍵(本格短編ベスト・セレクション)　講談社（講談社文庫）　2009年1月

沢口 リッキー　さわぐち・りっきー
沢口家のペットのモモイロインコ　「僕はモモイロインコ」　北川歩実　推理小説年鑑 ザ・ベストミステリーズ2002　講談社　2002年7月

沢崎　さわざき
渡辺探偵事務所の探偵　「歩道橋の男」　原尞　謎002-スペシャル・ブレンド・ミステリー　講談社(講談社文庫)　2007年9月

沢田 ナツ　さわだ・なつ
日本郵船「箱根丸」の乗客、山之内初子のお供の召し使い　「お嬢様出帆」　若竹七海　密室＋アリバイ＝真犯人　講談社(講談社文庫)　2002年2月

沢田 晴子　さわだ・はるこ
調布市の仙川にある洋食屋「バンブー」のウェイトレス　「私鉄沿線」　雨宮町子　葬送列車 鉄道ミステリー名作館　徳間書店（徳間文庫）　2004年4月

沢田 穂波　さわだ・ほなみ
区立図書館の司書　「背信の交点」　法月綸太郎　愛憎発殺人行 鉄道ミステリー名作館　徳間書店（徳間文庫）　2004年5月

猿渡 淳（オサル）　さわたり・じゅん（おさる）
引き籠もりだった男、隠れ鬼ゲームの参加者　「黄昏時に鬼たちは」　山口雅也　大きな棺の小さな鍵(本格短編ベスト・セレクション)　講談社（講談社文庫）　2009年1月;推理小説年鑑 ザ・ベストミステリーズ2005　講談社　2005年7月

沢地さん　さわちさん
中学校の片隅にある部室でいつも遊んでいる四人の一人　「かものはし」　日日日　学び舎は血を招く　講談社（講談社ノベルス）　2008年11月

沢野女史　さわのじょし
出版社の編集者、石崎の先輩の女史　「いしまくら」　宮部みゆき　事件現場に行こう-日本ベストミステリー選集33　光文社（光文社文庫）　2006年4月;事件現場に行こう　光文社　2001年11月

沢松 貴史　さわまつ・たかふみ
書店「成風堂」の客・沢松ふみの交通事故死した息子　「標野にて 君が袖振る」　大崎梢　推理小説年鑑 ザ・ベストミステリーズ2007　講談社　2007年7月

澤村 恭三　さわむら・きょうぞう
吉祥寺に住む笹井夫妻の隣組の住人、彫刻家　「花粉(『笹井夫妻と殺人事件』の内)」　横溝正史　甦る推理雑誌1「ロック」傑作選　光文社（光文社文庫）　2002年10月

沢村 健二　さわむら・けんじ
日泉工業高校野球部員　「ボールがない」　鵜林伸也　放課後探偵団　東京創元社（創元推理文庫）　2010年11月

さわむ

沢村 甲吉　さわむら・こうきち
大学生、素人下宿の隣家の夫婦にとくべつな関心をもった男　「隣りの夫婦」　左右田謙　ミステリー傑作選・特別編5　自選ショート・ミステリー　講談社（講談社文庫）　2001年6月

沢村 春生　さわむら・はるお
海浜都市のサナトリウムの院長の息、白藤鷺太郎の学友　「鱗粉」　蘭郁二郎　幻の探偵雑誌4「探偵春秋」傑作選　光文社（光文社文庫）　2001年1月

沢村 英明　さわむら・ひであき
マンションの上の階の足音を気にする神経質な男　「音の正体」　折原一　推理小説年鑑ザ・ベストミステリーズ2009　講談社　2009年7月

沢村 正雄　さわむら・まさお
美しい池田令子の婚約者の親友で令子が秘かに愛していた男　「私は誰でしょう」　足柄左右太（川辺豊三）　甦る推理雑誌9「別冊宝石」傑作選　光文社（光文社文庫）　2003年11月

サワモト（沢本 康夫）　さわもと（さわもと・やすお）
モモコの婚約者、会社のエリート　「盗まれて」　今邑彩　謎005-スペシャル・ブレンド・ミステリー　講談社（講談社文庫）　2010年9月

沢本 康夫　さわもと・やすお
モモコの婚約者、会社のエリート　「盗まれて」　今邑彩　謎005-スペシャル・ブレンド・ミステリー　講談社（講談社文庫）　2010年9月

沢元 泰文　さわもと・やすふみ
建築コンサルタント会社を運営する男　「時の結ぶ密室」　柄刀一　密室殺人大百科 下　講談社（講談社文庫）　2003年9月

沢渡 譲　さわわたり・じょう
テルアビブ郊外にある生殖医学研究所所長、クローン技術培養の研究者　「神の手」　響堂新　書下ろしアンソロジー 21世紀本格　光文社（カッパ・ノベルス）　2001年12月

サングリヤ
警察署長　「版画画廊の殺人」　荒巻義雄　マイ・ベスト・ミステリーⅠ　文藝春秋（文春文庫）　2007年8月

算治　さんじ
神田千両町の岡っ引宝引きの辰の手先　「五ん兵衛船」　泡坂妻夫　名探偵に訊け　光文社　2010年9月

算治　さんじ
神田千両町の岡っ引宝引きの辰の手先、元植木屋の見習い　「目吉の死人形」　泡坂妻夫　江戸の名探偵　徳間書店（徳間文庫）　2009年10月

三条　さんじょう
愛知県警捜査一課の刑事　「罪なき人々VS.ウルトラマン」　太田忠司　密室殺人大百科 上　講談社（講談社文庫）　2003年9月

三太郎君　さんたろうくん
裏隣りの家に引越して来た少女とお互いに恋をした少年　「卵」　夢野久作　マイ・ベスト・ミステリーV　文藝春秋（文春文庫）　2007年11月

サンドラ・レイデン
セント・マークス病院の看護婦で独身の金髪女性　「サムの甥」　木村二郎　ミステリー傑作選・特別編6 自選ショート・ミステリー2　講談社（講談社文庫）　2001年10月

参王 不動丸　さんのう・ふどうまる
探偵でヨーガと奇術の達人・ヨギガンジーの弟子　「ヨギガンジーの予言」　泡坂妻夫　綾辻行人と有栖川有栖のミステリ・ジョッキー1　講談社　2008年7月

サンバイザーの男　さんばいざーのおとこ
二本柳ツルの骨董店にやって来た客でサンバイザーをかぶった男　「ツルの一声」　逢坂剛　事件の痕跡-最新ベスト・ミステリー　光文社　2007年11月

サンフォード・亀井　さんふぉーどかめい
日系二世、FBIのエージェント　「ザプルーダの向かい側」　片岡義男　推理小説年鑑 ザ・ベストミステリーズ2002　講談社　2002年7月

三瓶　さんぺい
警視庁第五方面富坂署の刑事　「覆面」　伯方雪日　大きな棺の小さな鍵（本格短編ベスト・セレクション）　講談社（講談社文庫）　2009年1月；本格ミステリ05　講談社（講談社ノベルス）　2005年6月

【し】

椎川 奈々子　しいかわ・ななこ
カラオケボックス「歌唱館」のアルバイト　「カラオケボックス」　春口裕子　翠迷宮　祥伝社（祥伝社文庫）　2003年6月

ジイさん
女子高校生に自転車にまたがったまま声をかけてきた変態ジイさん　「乙女的困惑」　船越百恵　天地驚愕のミステリー　宝島社（宝島社文庫）　2009年8月

椎名　しいな
映画監督志望の青年、名画座でアルバイトする「僕」の友人　「闇ニ笑フ」　倉知淳　死神と雷鳴の暗号（本格短編ベスト・セレクション）　講談社（講談社文庫）　2006年1月；本格ミステリ02　講談社（講談社ノベルス）　2002年5月

椎名さん（船島）　しいなさん（ふなしま*）
人間荘アパート十五号室の住人の男の人　「まぼろしの恋妻」　山田風太郎　マイ・ベスト・ミステリーIII　文藝春秋（文春文庫）　2007年9月

椎名 ゆか　しいな・ゆか
ビジュアル系女性ロック・シンガー　「シュート・ミー」　野沢尚　名探偵で行こう-最新ベスト・ミステリー シリーズ・キャラクター編　光文社（光文社文庫）　2001年9月

しいは

椎橋 勤二　しいはし・きんじ＊
アパートで最初に死体を発見した管理人の男　「奇蹟の犯罪」　天城一　甦る推理雑誌3「X」傑作選　光文社（光文社文庫）　2002年12月

シイラさん
家電メーカーQ電機の掲示板「MaMaガーデン」に虐待の書き込みをしたユーザー　「ネイルアート」　真梨幸子　忍び寄る闇の奇譚　講談社（講談社ノベルス）　2008年11月

ジェイ
湿原に建つ全寮制の学校に転校してきた美しい少年　「水晶の夜、翡翠の朝」　恩田陸　青に捧げる悪夢　角川書店　2005年3月;殺人鬼の放課後-ミステリ・アンソロジーⅡ　角川書店（角川文庫）　2002年2月

ジェイムズ・ヘンリー・アルフォンス
伯爵、イギリス・ウェールズの小島にバベルの塔を建てようとした男　「バベル島」　若竹七海　推理小説年鑑 ザ・ベストミステリーズ2001　講談社　2001年6月

ジェニファー
ドラッグで死んだトビーの昔の彼女　「アメリカ・アイス」　馬場信浩　謎003-スペシャル・ブレンド・ミステリー　講談社（講談社文庫）　2008年9月

ジェフ・キャンディ
ジャズトランペッター、六〇年代にシカゴで人気を博した「ファイブ・ドロップス」のリーダー　「辛い飴 永見緋太郎の事件簿」　田中啓文　Doubtきりのない疑惑　講談社（講談社文庫）　2011年11月;推理小説年鑑 ザ・ベストミステリーズ2008　講談社　2008年7月

ジェフ・マール
アメリカ人の青年、パリ警察予審判事バンコランの友人　「ジェフ・マールの追想」　加賀美雅之　密室晩餐会　原書房　2011年6月

ジェームズ
花店の少年主人、モリスン嬢の兄　「赤い怪盗」　柴田錬三郎　日本版 シャーロック・ホームズの災難　論創社　2007年12月

チェムス・フェルド（フェルド）
横浜・山手の下宿屋街にある「柏ハウス」でマダム絢と同棲する亜米利加人　「出来ていた青」　山本周五郎　文豪のミステリー小説　集英社（集英社文庫）　2008年2月

ジェームズ・山崎（山崎）　じぇーむずやまざき（やまざき）
奇術師、殺害された金貸しの銭亀老人を恨んでいた男　「幽霊横丁の殺人」　青山蘭堂　新・本格推理04-赤い館の怪人物　光文社（光文社文庫）　2004年3月

ジェラルド・キンケイド（キンケイド）
依頼人、メスカリン郡の指折りの実業家　「ロス・マクドナルドは黄色い部屋の夢を見るか?」　法月綸太郎　マイ・ベスト・ミステリーⅥ　文藝春秋（文春文庫）　2007年12月

ジェルソミーナ
パパもママもいなくなった森の中のお城にひとりで住んでいる女の子　「ふたり遊び」　篠田真由美　青に捧げる悪夢　角川書店　2005年3月

ジェレマイア・マンドヴィル
古書蒐集家、フェリックス・キャシディの伯父　「愛書家倶楽部」　北原尚彦　推理小説年鑑ザ・ベストミステリーズ2005　講談社　2005年7月

潮井　峰央　しおい・みねお
美少女ゲームの制作に取り組んでいる児玉タクヤの高校以来の友人　「奥の湯の出来事」　小森健太朗　名探偵で行こう-最新ベスト・ミステリー　シリーズ・キャラクター編　光文社(光文社文庫)　2001年9月

汐子　しおこ*
日本バレー界に君臨した女王梓野明子の姉　「鏡の国への招待」　皆川博子　翠迷宮　祥伝社(祥伝社文庫)　2003年6月

塩田　景吉　しおだ・けいきち
スネーク製菓の宣伝部長　「右腕山上空」　泡坂妻夫　マイ・ベスト・ミステリーV　文藝春秋(文春文庫)　2007年11月

塩原　しおばら
老刑事添田とコンビを組む若い刑事　「暗箱」　横山秀夫　決断-警察小説競作　新潮社(新潮文庫)　2006年2月

汐見　庄治　しおみ・しょうじ
女優佐伯揺子が出会った老人、俳人葛根灯痩を知る男　「さかしまに」　五木寛之　俳句殺人事件=巻頭句の女　光文社(光文社文庫)　2001年4月

汐見　琢郎　しおみ・たくろう
二枚目役者、劇団「人間座」の座員　「絞刑吏」　山村正夫　甦る推理雑誌7「探偵倶楽部」傑作選　光文社(光文社文庫)　2003年7月

塩谷　修平　しおや・しゅうへい*
刑事、指名手配犯平井達之の幼馴染み　「ダチ」　志水辰夫　マイ・ベスト・ミステリーI　文藝春秋(文春文庫)　2007年8月

しおり
読書好きな小学五年生、雲峰市立図書館の常連　「わたしの本」　緑川聖司　北村薫のミステリー館　新潮社(新潮文庫)　2005年10月

詩織　しおり
行方不明になった飼い猫ピラフを探す女子大生　「猫と死の街」　倉知淳　暗闇を見よ　光文社　2010年11月；ねこ！ネコ！猫！(NEKOミステリー傑作選)　徳間書店(徳間文庫)　2008年10月

市会議員　しかいぎいん
ミステリー・クラブの会員の市会議員　「りんご裁判」　土屋隆夫　甦る推理雑誌7「探偵倶楽部」傑作選　光文社(光文社文庫)　2003年7月

鹿内　ヒデ(先生)　しかうち・ひで*(せんせい)
日本郵船「箱根丸」の乗客、山之内初子の家庭教師　「お嬢様出帆」　若竹七海　密室＋アリバイ＝真犯人　講談社(講談社文庫)　2002年2月

しがき

志柿　しがき
長野県警察部の刑事課長　「火山観測所殺人事件」　水上幻一郎　甦る推理雑誌1「ロック」傑作選　光文社(光文社文庫)　2002年10月

志垣　一輝　しがき・かずき
光宝映画のチーフ助監督　「血を吸うマント」　霞流一　名探偵を追いかけろ-日本ベストミステリー選集34　光文社(光文社文庫)　2007年5月

志賀　吾郎　しが・ごろう
殺人事件の被害者の未亡人・青柳圭子(鼻眼鏡夫人)の甥　「検屍医」　島田一男　甦る推理雑誌7「探偵倶楽部」傑作選　光文社(光文社文庫)　2003年7月

鹿崎　永遠　しかざき・とわ
連続殺人事件の容疑者、同性愛者の作詞家　「答えのない密室」　斎藤肇　密室殺人大百科　下　講談社(講談社文庫)　2003年9月

志賀さん　しがさん
人間荘アパートの住人の女の人　「まぼろしの恋妻」　山田風太郎　マイ・ベスト・ミステリーIII　文藝春秋(文春文庫)　2007年9月

志賀　達也　しが・たつや
翡翠荘という山荘で起こった怪事件で悲惨な最期を遂げた画家　「翡翠荘綺談」　丘美丈二郎　甦る推理雑誌9「別冊宝石」傑作選　光文社(光文社文庫)　2003年11月

志方　希　しかた・のぞみ
サラリーマンの妻で獣医　「輸血のゆくえ」　夏樹静子　マイ・ベスト・ミステリーIV　文藝春秋(文春文庫)　2007年10月

鹿田屋吉太　しかだやきちた
神田伏町の貸本屋　「鳥居の赤兵衛」　泡坂妻夫　透明な貴婦人の謎(本格短編ベスト・セレクション)　講談社(講談社文庫)　2005年1月；本格ミステリ01　講談社(講談社ノベルス)　2001年7月

志賀　紀子　しが・のりこ
魚眠荘の主で遺言状を作成して死んだ湯川氏の三人の血族者の一人　「魚眠荘殺人事件」　鮎川哲也　江戸川乱歩の推理試験　光文社(光文社文庫)　2009年1月

志賀　一　しが・はじめ
魚眠荘の主で遺言状を作成して死んだ湯川氏の三人の血族者の一人　「魚眠荘殺人事件」　鮎川哲也　江戸川乱歩の推理試験　光文社(光文社文庫)　2009年1月

鹿見　貴子　しかみ・たかこ*
画家鹿見木堂の妻、元新橋芸者　「鍵」　井上ひさし　ペン先の殺意　光文社(光文社文庫)　2005年11月

鹿見　木堂　しかみ・ぼくどう*
画家　「鍵」　井上ひさし　ペン先の殺意　光文社(光文社文庫)　2005年11月

志賀　由利　しが・ゆり
T大学の学生　「賭ける」　高城高　名作で読む推理小説史　わが名はタフガイ-ハードボイルド傑作選　光文社(光文社文庫)　2006年5月

志賀 竜三　しが・りゅうぞう
計画どおりに妻を殺害した弁護士　「九十九点の犯罪」　土屋隆夫　江戸川乱歩の推理試験　光文社（光文社文庫）2009年1月

柿川 富子　しかわ・とみこ
毒消し売りの少女　「迷家の如き動くもの」　三津田信三　本格ミステリ09　講談社（講談社ノベルス）　2009年6月

C眼科医　しーがんかい
異常な怪奇と戦慄とを求めるために組織された「殺人倶楽部」の会員　「痴人の復讐」　小酒井不木　江戸川乱歩と13人の新青年〈論理派〉編　光文社（光文社文庫）2008年1月

敷島 一雄　しきしま・かずお
L県警本部捜査一課強行犯係、同部鑑識課・敷島拓美の兄　「罪つくり」　横山秀夫　推理小説年鑑 ザ・ベストミステリーズ2007　講談社　2007年7月

敷島 拓美　しきしま・たくみ
L県警本部鑑識課の警察官、巡査部長・敷島一雄の弟　「罪つくり」　横山秀夫　推理小説年鑑 ザ・ベストミステリーズ2007　講談社　2007年7月

式亭三馬　しきていさんば
江戸の小説家、長次郎（のちの為永春水）の小説の師　「羅生門河岸」　都筑道夫　偉人八傑推理帖　双葉社（双葉文庫）　2004年7月

シクロン
マドリードの路地裏で革命家ドゥルティのデスマスクを売っていた老人　「ドゥルティを殺した男」　逢坂剛　マイ・ベスト・ミステリーⅡ　文藝春秋（文春文庫）　2007年8月

ジゲ
フランス共和国の指導者ロベスピエールの私的な密偵ヴィリエの下働き　「恐怖時代の一事件」　後藤紀子　新・本格推理02　光文社（光文社文庫）　2002年3月

重内 和宏　しげうち・かずひろ
フィリピンのセブ市で起こったテロ事件で恋人片桐恵梨を亡くした男　「セブ島の青い海」　井上夢人　探偵Xからの挑戦状！　小学館（小学館文庫）　2009年1月

滋子　しげこ
会社の停年を一ヵ月後にひかえた山上良作の十年前に死んだ妻　「妻の秘密」　小林久三　ミステリー傑作選・特別編6 自選ショート・ミステリー2　講談社（講談社文庫）　2001年10月

繁子　しげこ
別腸亭で働いている老女　「椛山訪雪図」　泡坂妻夫　マイ・ベスト・ミステリーⅤ　文藝春秋（文春文庫）　2007年11月

茂七　しげしち
岡っ引き　「鬼は外」　宮部みゆき　名探偵を追いかけろ-日本ベストミステリー選集34　光文社（光文社文庫）　2007年5月

繁田 玄三郎　しげた・げんざぶろう
塩屋村の村長　「朱色の祭壇」　山下利三郎　幻の探偵雑誌6「猟奇」傑作選　光文社（光文社文庫）　2001年3月

しげの

滋野　しげの
保険会社「東亜火災」の社員、交通事故の調査をする男　「レッド・シグナル」　遠藤武文　推理小説年鑑 ザ・ベストミステリーズ2010　講談社　2010年7月

茂野 達弥　しげの・たつや
玉川上水にかかる羽村の堂橋付近で殺されていた高校生、秋山和成の同級生　「玉川上死」　歌野晶午　川に死体のある風景　東京創元社（創元推理文庫）　2010年3月；事件の痕跡-最新ベスト・ミステリー　光文社　2007年11月

重松　しげまつ
父親が死んだことを隠して父親に変装して年金を貰い続けている男　「受取人」　奥田哲也　名探偵で行こう-最新ベスト・ミステリー シリーズ・キャラクター編　光文社（光文社文庫）　2001年9月

繁之　しげゆき
弁護士　「永遠の女囚」　木々高太郎　マイ・ベスト・ミステリーⅤ　文藝春秋（文春文庫）　2007年11月

繁之　しげゆき
弁護士　「永遠の女囚」　木々高太郎　悪魔黙示録「新青年」一九三八-探偵小説暗黒の時代へ　光文社（光文社文庫）　2011年8月

宍戸 澄江　ししど・すみえ
鹿島史郎の恋人、兄と一緒に下宿生活をしている女　「雪崩」　鷲尾三郎　水の怪　勉誠出版（べんせいライブラリー）　2003年3月

四十面相　しじゅうめんそう
怪盗　「霧にとけた真珠」　江戸川乱歩　江戸川乱歩の推理試験　光文社（光文社文庫）　2009年1月

詩人の青年（青年）　しじんのせいねん（せいねん）
赤いジャケツの詩人の青年　「詩人の生涯」　安部公房　現代詩殺人事件-ポエジーの誘惑　光文社（光文社文庫）　2005年9月

史 震林　し・しんりん
文人　「才子佳人」　武田泰淳　現代詩殺人事件-ポエジーの誘惑　光文社（光文社文庫）　2005年9月

閑枝　しずえ
病を養う温泉場で自殺を考えていたところへ無名の手紙が届いた女性　「仙人掌の花」　山本禾太郎　幻の探偵雑誌6「猟奇」傑作選　光文社（光文社文庫）　2001年3月

静枝　しずえ
自宅で殺された尾崎画伯の家の女中　「呼鈴」　永瀬三吾　江戸川乱歩の推理試験　光文社（光文社文庫）　2009年1月

静枝　しずえ
柳原仙八郎の瀕死の重病人の妻　「肢に殺された話」　西田政治　幻の探偵雑誌6「猟奇」傑作選　光文社（光文社文庫）　2001年3月

静夫　しずお
夫を亡くし親子三人で暮らす伸子の高校二年の息子　「手紙」　宮野村子　江戸川乱歩と13の宝石　光文社(光文社文庫)　2007年5月

静子　しずこ
殺害された谷崎庄之助の遠縁、山村英一の婚約相手　「密室の魔術師」　双葉十三郎　甦る推理雑誌2「黒猫」傑作選　光文社(光文社文庫)　2002年11月

静子　しずこ
山奥の宿へ借金のカタに売春婦として勤めにやってきた女　「ねじれた記憶」　高橋克彦　マイ・ベスト・ミステリーⅣ　文藝春秋(文春文庫)　2007年10月

静子　しずこ
浜内町寡婦殺し被害者のえいの養女　「棒切れ」　鹿子七郎　幻の探偵雑誌8「探偵クラブ」傑作選　光文社(光文社文庫)　2001年12月

鎮子　しずこ
三十一歳の若さで自殺した画家森川早順の熱射病で死んだ妻　「鉄格子の女」　若竹七海　事件現場に行こう-日本ベストミステリー選集33　光文社(光文社文庫)　2006年4月;事件現場に行こう　光文社　2001年11月

鎮子　しずこ
同じ石油会社の同僚と湯河原にある自分の家の別荘に避暑にやってきた女性　「見晴台の惨劇」　山村正夫　江戸川乱歩の推理試験　光文社(光文社文庫)　2009年1月

静子(女)　しずこ(おんな)
逃亡者の男が夜行列車の中で突然邂逅した愛人の女　「颱風圏」　曾我明　探偵小説の風景　トラフィック・コレクション(上)　光文社(光文社文庫)　2009年5月

鎮谷　尚江　しずたに・ひさえ
京都に住む染色師、東京の出版社の部長高沢義如の愛人　「黒髪」　連城三紀彦　謎004-スペシャル・ブレンド・ミステリー　講談社(講談社文庫)　2009年9月

system99　しすてむないんないん*
密室を管理する人工知能=AIのプログラム名　「吾輩は密室である」　ひょうた　新・本格推理04-赤い館の怪人物　光文社(光文社文庫)　2004年3月

地蔵助　じぞうすけ
村はずれの千体地蔵のところに捨てられていた子ども　「夕闇地蔵」　恒川光太郎　七つの死者の囁き　新潮社(新潮文庫)　2008年12月

志田　しだ
私立探偵　「離婚調査」　生島治郎　闇夜の芸術祭　光文社(光文社文庫)　2003年4月

志田　京子　しだ・きょうこ
越後湯沢の雑木林のなかで絞殺死体で発見された若い女性　「ハブ」　山田正紀　名探偵を追いかけろ-日本ベストミステリー選集34　光文社(光文社文庫)　2007年5月

設楽　啓路　したら・けいじ
高校中退者、家族のために食事を作る甘いもの好きの若者　「シュガー・エンドレス」　西澤保彦　忍び寄る闇の奇譚　講談社(講談社ノベルス)　2008年11月

したら

設楽 光男　したら・みつお
一年前に別荘の爆発火災事故で妻を亡くした男　「位牌」伊井圭　名探偵で行こう-最新ベスト・ミステリー　シリーズ・キャラクター編　光文社(光文社文庫)　2001年9月

七五郎　しちごろう
遠州小松村に住む渡世人　「森の石松」都筑道夫　北村薫の本格ミステリ・ライブラリー　角川書店(角川文庫)　2001年8月

実川 升太郎　じつかわ・ますたろう
歌舞伎役者、名題役者・実川扇寿の跡継ぎ　「奈落闇恋乃道行」翔田寛　推理小説年鑑　ザ・ベストミステリーズ2001　講談社　2001年6月

じっとく
西野中央公園に住むホームレス　「敬虔過ぎた狂信者」鳥飼否宇　大きな棺の小さな鍵(本格短編ベスト・セレクション)　講談社(講談社文庫)　2009年1月；本格ミステリ05　講談社(講談社ノベルス)　2005年6月

幣原 涼子　しではら・りょうこ
一年前に山裾の家のガラスを突き破って岩場に転落して死亡した幣原和紀の妻　「百匹めの猿」柄刀一　書下ろしアンソロジー 21世紀本格　光文社(カッパ・ノベルス)　2001年12月

寺堂院 正宗　じどういん・まさむね
聖ミレイユ学園の生徒、汎虚学研究会の部員の一人　「世界征服同好会」竹本健治　学び舎は血を招く　講談社(講談社ノベルス)　2008年11月

シートン氏　しーとんし
「シートン動物記」シリーズの作者の老人　「カランポーの悪魔」柳広司　名探偵の奇跡-日本ベストミステリー選集　光文社(光文社文庫)　2010年5月；名探偵の奇跡-最新ベスト・ミステリー　光文社　2007年9月

シートン老人　しーとんろうじん
「シートン動物記」を著した科学者でナチュラリストの老人　「熊王ジャック」柳広司　法廷ジャックの心理学　講談社(講談社文庫)　2011年1月；推理小説年鑑　ザ・ベストミステリーズ2007　講談社　2007年7月

ジナイーダ
東京の西郊にある聖アレキセイ寺院の堂守ラザレフの姉娘　「聖アレキセイ寺院の惨劇」小栗虫太郎　江戸川乱歩と13人の新青年〈論理派〉編　光文社(光文社文庫)　2008年1月

品岡 隆也　しなおか・たかや
経営コンサルタント、弁護士森江春策の古なじみの男　「読者よ欺かれておくれ」芦辺拓　あなたが名探偵　東京創元社(創元推理文庫)　2009年4月

品野 晶子(高杉 晶子)　しなの・あきこ(たかすぎ・あきこ)
「あずさ68号」の車内で死んだ品野道弘の妻、私立女子高校の教諭　「背信の交点」法月綸太郎　愛憎発殺人行　鉄道ミステリー名作館　徳間書店(徳間文庫)　2004年5月

しのざ

信濃 譲二　しなの・じょうじ
大学生、中野の下宿「東栄荘」の住人「ドア←→ドア」歌野晶午　新世紀「謎(ミステリー)」倶楽部　角川書店　2001年8月；完全犯罪証明書 ミステリー傑作選　講談社(講談社文庫)　2001年4月

信濃 譲二　しなの・じょうじ
変死体の発見者、ゴミ回収業者の臨時雇いの学生「烏勧請」歌野晶午　殺人買います　講談社(講談社文庫)　2002年8月

品野 道弘　しなの・みちひろ
「あずさ68号」の車内で死んだ男「背信の交点」法月綸太郎　愛憎発殺人行 鉄道ミステリー名作館　徳間書店(徳間文庫)　2004年5月

死神(千葉)　しにがみ(ちば)
仕事上「千葉」の名前を付けられた死神「死神の精度」伊坂幸太郎　推理小説年鑑 ザ・ベストミステリーズ2004　講談社　2004年7月

志乃　しの
京都西町奉行所同心・神岡清次郎の妻「糸織草子」森谷明子　推理小説年鑑 ザ・ベストミステリーズ2006　講談社　2006年7月

篠　しの
恋がたきを殺そうと決意した男「ライバル」鮎川哲也　ミステリー傑作選・特別編6 自選ショート・ミステリー2　講談社(講談社文庫)　2001年10月

ジーノ
仕立て屋、ジェノアの牢に収監された若者　「雲の南」柳広司　大きな棺の小さな鍵(本格短編ベスト・セレクション)　講談社(講談社文庫)　2009年1月；本格ミステリ05　講談社(講談社ノベルス)　2005年6月

ジーノ
仕立て屋、ジェノアの牢に収監された若者「百万のマルコ」柳広司　論理学園事件帳　講談社(講談社文庫)　2007年1月；本格ミステリ03　講談社(講談社ノベルス)　2003年6月

篠崎　しのざき
予審判事「予審調書」平林初之輔　江戸川乱歩と13人の新青年〈論理派〉編　光文社(光文社文庫)　2008年1月

篠崎 鵬斎　しのざき・ほうさい
赤坂桐畑に住む旗本のご隠居、百物語の主催者「百物語の夜」横溝正史　江戸の名探偵　徳間書店(徳間文庫)　2009年10月

篠崎 美麗　しのざき・みれい
モデル事務所のスカウトマン雀川信也が出会った美女「プロセルピナ」飛鳥部勝則　推理小説年鑑 ザ・ベストミステリーズ2005　講談社　2005年7月

篠崎 弥左衛門　しのざき・やざえもん
北町奉行所定廻り同心、堅物の単純な男「地獄の目利き」諸田玲子　江戸の名探偵　徳間書店(徳間文庫)　2009年10月

しのさ

志野沢 真美　しのざわ・まみ
霞田千鶴の小学校時代の同級生　「四角い悪夢」　太田忠司　紅い悪夢の夏(本格短編ベスト・セレクション)　講談社(講談社文庫)　2004年12月;本格ミステリ01　講談社(講談社ノベルス)　2001年7月

篠沢 芳春　しのさわ・よしはる*
若手の博多人形作家　「燃えがらの証」　夏樹静子　ときめき　広済堂出版(広済堂文庫)　2005年1月

シノさん
新橋にあるバーの初老のバーテンダー　「薔薇の色」　今野敏　Play推理遊戯　講談社(講談社文庫)　2011年4月;推理小説年鑑 ザ・ベストミステリーズ2008　講談社　2008年7月

篠塚 ひとし　しのずか・ひとし
食味評論家桜沢雅男がひところはシナリオ・ライターを目ざして競いあっていた友人　「運のいい男」　阿刀田高　マイ・ベスト・ミステリーⅠ　文藝春秋(文春文庫)　2007年8月

篠田 歌代　しのだ・うたよ
殺人事件のあった富倉町大平老人宅から飛び出して来た女　「好色破邪顕正」　小酒井不木　人間心理の怪　勉誠出版(べんせいライブラリー)　2003年3月

篠原　しのはら
高校の化学教師、手首切断魔　「Gothリストカット事件」　乙一　論理学園事件帳　講談社(講談社文庫)　2007年1月;本格ミステリ03　講談社(講談社ノベルス)　2003年6月

篠原 郁　しのはら・いく
友人の借金の連帯保証人になった女　「交換炒飯」　若竹七海　天使と髑髏の密室(本格短編ベスト・セレクション)　講談社(講談社文庫)　2005年12月;本格ミステリ02　講談社(講談社ノベルス)　2002年5月

篠原 公一　しのはら・こういち
編集プロダクションのライター　「花を見る日」　香納諒一　名探偵で行こう-最新ベスト・ミステリー シリーズ・キャラクター編　光文社(光文社文庫)　2001年9月

篠原 伸治　しのはら・しんじ
速記学校の学生、毎週金曜日の夜に六本木駅に降り立つ男　「ドルシネアにようこそ」　宮部みゆき　危険な関係(女流ミステリー傑作選)　角川春樹事務所(ハルキ文庫)　2002年5月

篠原 達夫　しのはら・たつお
殺害された建設業者、トランプゲームの会の会員　「深夜の客」　山沢晴雄　名探偵で行こう-最新ベスト・ミステリー シリーズ・キャラクター編　光文社(光文社文庫)　2001年9月

篠原 知晃　しのはら・ちあき
水島のりかがボストン留学中に知り合って結婚した相手　「水島のりかの冒険」　園田修一郎　新・本格推理05-九つの署名　光文社(光文社文庫)　2005年3月

篠原 千宗　しのはら・ちひろ
電気信号だけの未来世界における会社のセキュリティ・チームの一員　「トロイの木馬」　森博嗣　書下ろしアンソロジー 21世紀本格　光文社(カッパ・ノベルス)　2001年12月

篠原 真津子　しのはら・まつこ
会社のタイピストでいつからか物忘れがひどくなった女性 「擬似性健忘症」 来栖阿佐子　甦る推理雑誌8「エロティック・ミステリー」傑作選　光文社（光文社文庫）　2003年9月

篠原 八重子　しのはら・やえこ
仁木探偵事務所の助手市村安梨沙の伯母 「虹の家のアリス」 加納朋子　名探偵を追いかけろ-日本ベストミステリー選集34　光文社（光文社文庫）　2007年5月

篠山 薫　しのやま・かおる
高校生、鬼頭真澄と交際している同じクラスの子 「少年と少女の密室」 大山誠一郎　密室晩餐会　原書房　2011年6月

柴　しば
柴総合工務の経営者 「DL2号機事件」 泡坂妻夫　マイ・ベスト・ミステリーVI　文藝春秋（文春文庫）　2007年12月

芝浦 政樹　しばうら・まさき
元弁護士、妻と那須の別荘地に隠れ住んでいる男 「賢者のもてなし」 柴田哲孝　現場に臨め-最新ベスト・ミステリー　光文社　2010年10月

芝草 理奈　しばくさ・りな
アパートで殺害されたOL 「替玉」 北川歩実　嘘つきは殺人のはじまり　講談社（講談社文庫）　2003年9月

ジバコ
怪盗 「女王のおしゃぶり」 北杜夫　江戸川乱歩に愛をこめて　光文社（光文社文庫）　2011年2月

ジバコ
怪盗、変装の名人 「禿頭組合」 北杜夫　シャーロック・ホームズに再び愛をこめて　光文社（光文社文庫）　2010年7月

柴崎　しばざき*
二本柳ツルの骨董店にやって来た客で革ジャンパーの中年男、ツルの同業者 「ツルの一声」 逢坂剛　事件の痕跡-最新ベスト・ミステリー　光文社　2007年11月

柴崎 秀一　しばざき・しゅういち
若い化学者、泥具根博士の弟子 「泥具根博士の悪夢-魔を呼ぶ密室」 二階堂黎人　密室殺人大百科 上　講談社（講談社文庫）　2003年9月

柴崎 昌子　しばざき・まさこ
札幌市内にあるフィッシュミール製造会社の社長、殺された女 「溯死水系」 森村誠一　殺意の海　徳間書店（徳間文庫）　2003年9月

柴崎 令司　しばざき・れいじ
綾瀬署警務課課長代理 「随監」 安東能明　推理小説年鑑 ザ・ベストミステリーズ2010　講談社　2010年7月

柴崎 令司　しばざき・れいじ
警視庁総務部企画課の係長、拳銃自殺した巡査部長の上司 「撃てない警官」 安東能明　現場に臨め-最新ベスト・ミステリー　光文社　2010年10月

しばた

芝田 千影　しばた・ちかげ
私鉄沿線の新興住宅地の一戸建てに暮らす主婦　「ロープさん」　渡辺容子　私(わたし)は殺される(女流ミステリー傑作選)　角川春樹事務所(ハルキ文庫)　2001年3月

柴田 文　しばた・ふみ
岩手県江刺郡岩谷堂町に住む娘、宮澤賢治に事件の相談をした女　「かれ草の雪とけたれば」　鏑木蓮　新・*本格推理 特別編　光文社(光文社文庫)　2009年3月

柴忠さん　しばちゅうさん
博多一番と云われて居る大金持ち　「押絵の奇蹟」　夢野久作　江戸川乱歩と13人の新青年〈文学派〉編　光文社(光文社文庫)　2008年5月

芝原 由美子　しばはら・ゆみこ
密室殺人事件の容疑者の一人、別荘の主人川崎泰造の姪　「匂う密室」　双葉十三郎　甦る推理雑誌3「X」傑作選　光文社(光文社文庫)　2002年12月

司馬 博子　しば・ひろこ
若い美貌の探偵　「時計台の恐怖」　天宮蠍人　新・本格推理02　光文社(光文社文庫)　2002年3月

柴山 金蔵　しばやま・きんぞう
三流女優近藤千草のパトロンで経営していた会社が駄目になった男　「盗み湯」　不知火京介　乱歩賞作家青の謎　講談社　2007年7月

柴山 祐希　しばやま・ゆうき
高校生の男の子　「原始人ランナウェイ」　相沢沙呼　推理小説年鑑 ザ・ベストミステリーズ 2011　講談社　2011年7月

柴 幸秀　しば・ゆきひで
東欧周遊ツアーに婚約者と参加した青年、瓜生真弓の会社の後輩　「第三の女」　森福都　らせん階段　角川春樹事務所(ハルキ文庫)　2003年5月

シブガキ
キンポウゲ幼稚園の園児、「一匹狼の私立探偵」　「縞模様の宅配便」　二階堂黎人　新世紀「謎(ミステリー)」倶楽部　角川書店　2001年8月

渋柿 ケン一　しぶがき・けんいち
三多摩警察の刑事、ルル子の夫　「縞模様の宅配便」　二階堂黎人　新世紀「謎(ミステリー)」倶楽部　角川書店　2001年8月

渋柿 ルル子　しぶがき・るるこ
渋柿ケン一の妻でシンちゃんの母親、元アイドル歌手　「縞模様の宅配便」　二階堂黎人　新世紀「謎(ミステリー)」倶楽部　角川書店　2001年8月

ジプシイの乙女　じぷしいのおとめ
ゴンドラでサンタ・ルチアを歌うジプシイの乙女　「ヴェニスの計算狂」　木々高太郎　マイ・ベスト・ミステリーIV　文藝春秋(文春文庫)　2007年10月

渋谷 孝子　しぶや・たかこ
北国の新聞社の支局に赴任した女性記者　「往復書簡」　恩田陸　罪深者に罰を　講談社(講談社文庫)　2002年11月

しまじ

志保　しほ
釣り師で大学教授の青田義郎の妻、夫婦で浅戸川に来た女　「谷空木」　平野肇　殺意の海　徳間書店（徳間文庫）2003年9月

嶋井 絹子　しまい・きぬこ
新橋のキャバレーの専属歌手、ボーイのヒロ坊を愛した女　「じっとこのまま」　藤田宜永　恋は罪つくり　光文社（光文社文庫）2005年7月

島浦 英三　しまうら・えいぞう*
未決囚、地方裁判所検事土田八郎と高校時代に愛し合っていた男　「悪魔の弟子」　浜尾四郎　魔の怪　勉誠出版（べんせいライブラリー）2002年11月

縞木 千津　しまぎ・ちず*
高校生縞木乃里子の母、日本画家・葛井遼二の娘　「白雨」　連城三紀彦　推理小説年鑑 ザ・ベストミステリーズ2006　講談社　2006年7月

縞木 乃里子　しまぎ・のりこ*
高校生、縞木千津の娘　「白雨」　連城三紀彦　推理小説年鑑 ザ・ベストミステリーズ2006　講談社　2006年7月

島崎　しまざき
警視庁の警部補　「奇蹟の犯罪」　天城一　甦る推理雑誌3「X」傑作選　光文社（光文社文庫）2002年12月

島崎　しまざき
警視庁捜査一課の刑事　「鬼面の犯罪」　天城一　甦る推理雑誌2「黒猫」傑作選　光文社（光文社文庫）2002年11月

島崎　しまざき
警視庁捜査一課の刑事　「寝台特急《月光》」　天城一　葬送列車 鉄道ミステリー名作館　徳間書店（徳間文庫）2004年4月

島崎 信三　しまざき・しんぞう
警視庁捜査一課の警部補　「圷（あくづ）家殺人事件」　天城一　甦る推理雑誌5「密室」傑作選　光文社（光文社文庫）2003年3月

島崎 輝子　しまざき・てるこ
毒物学教授島崎博士の妻、楽壇の女王として君臨するソプラノ夫人　「復讐」　篠崎淳之介　幻の探偵雑誌8「探偵クラブ」傑作選　光文社（光文社文庫）2001年12月

島崎博士　しまざきはかせ
毒物学教授、楽壇の女王として君臨するソプラノ島崎輝子夫人の夫　「復讐」　篠崎淳之介　幻の探偵雑誌8「探偵クラブ」傑作選　光文社（光文社文庫）2001年12月

島崎 優子　しまざき・ゆうこ
警視庁から出向した心理調査官　「刑事調査官」　今野敏　鼓動-警察小説競作　新潮社（新潮文庫）2005年2月

島尻 清隆　しまじり・きよたか
ヤクザ志願の若者　「ネオン」　桐野夏生　幻惑のラビリンス　光文社（光文社文庫）2001年5月

しまず

島津　しまず
F県警本部捜査一課強行班捜査一係の刑事、強盗殺人の被疑者湯本直也の担当取調官　「沈黙のアリバイ」　横山秀夫　推理小説年鑑 ザ・ベストミステリーズ2002　講談社　2002年7月

島津　しまず
島津興業の社長でバカラ賭博の賭場を取り仕切っている男　「ラスカル3」　加藤実秋　事件の痕跡-最新ベスト・ミステリー　光文社　2007年11月

島津　鳩作　しまず・きゅうさく
根付け細工師　「根付け供養」　北森鴻　推理小説年鑑 ザ・ベストミステリーズ2002　講談社　2002年7月

島津　敏夫　しまず・としお
猟銃で射殺された火山観測所長の庶木博士の研究助手　「火山観測所殺人事件」　水上幻一郎　甦る推理雑誌1「ロック」傑作選　光文社(光文社文庫)　2002年10月

島田　魁　しまだ・かい
新選組隊士　「総司が見た」　南原幹雄　偉人八傑推理帖　双葉社(双葉文庫)　2004年7月

島　英雄　しま・ひでお
八王子市内で起きた下着切り裂き事件で逮捕された男　「無意識的転移」　深谷忠記　事件現場に行こう-日本ベストミステリー選集33　光文社(光文社文庫)　2006年4月;事件現場に行こう　光文社　2001年11月

志摩　平蔵　しま・へいぞう
昭和海上の代理店「志摩損害保険代理店」の経営者　「茶の葉とブロッコリー」　北上秋彦　嘘つきは殺人のはじまり　講談社(講談社文庫)　2003年9月

島村　美由紀　しまむら・みゆき
カースケの恋人、美容学校の生徒　「素人カースケの世紀の対決」　二階堂黎人　殺人買います　講談社(講談社文庫)　2002年8月

島本　則子　しまもと・のりこ
山脇慶輔の勤める会社の有能な女子社員　「紙の罪」　佐野洋　俳句殺人事件-巻頭句の女　光文社(光文社文庫)　2001年4月

清水　しみず
高利貸しの成金の爺さん　「ニッケルの文鎮」　甲賀三郎　江戸川乱歩と13人の新青年〈論理派〉編　光文社(光文社文庫)　2008年1月

清水　しみず
三多摩勧業銀行立川支店の金融担当課長　「縞模様の宅配便」　二階堂黎人　新世紀「謎(ミステリー)」倶楽部　角川書店　2001年8月

清水　しみず
成金の高利貸しの爺さん　「ニッケルの文鎮」　甲賀三郎　人間心理の怪　勉誠出版(べんせいライブラリー)　2003年3月

清水　しみず
変死した診療所の先生の書生　「ニッケルの文鎮」　甲賀三郎　人間心理の怪　勉誠出版（べんせいライブラリー）　2003年3月

清水　詠司　しみず・えいじ
札幌の北聖総合クリニックの入院患者、四肢の筋肉が麻痺している少年　「人の降る確率」　柄刀一　天使と髑髏の密室(本格短編ベスト・セレクション)　講談社(講談社文庫)　2005年12月；本格ミステリ02　講談社(講談社ノベルス)　2002年5月

清水　克文　しみず・かつふみ
京都府宇治市にある府立北乃杜高等学校の二年生　「≪せうえうか≫の秘密」　乾くるみ　本格ミステリ10　講談社(講談社ノベルス)　2010年6月；ミステリ魂。校歌斉唱！　講談社(講談社文庫)　2010年3月

清水　啓一　しみず・けいいち
古道具屋「かほり」の主人　「聖夜の憂鬱」　柴田よしき　マイ・ベスト・ミステリーⅠ　文藝春秋(文春文庫)　2007年8月

清水　真衣　しみず・まい
彼氏の塚本敦史とインドネシアのバリ島に旅行に来た女　「無人島の絞首台」　時織深　新・本格推理05-九つの署名　光文社(光文社文庫)　2005年3月

清水 ミヤ　しみず・みや
大阪・中央区に熊谷万里子と共同でオフィスを構える女　「溺れるものは久しからず」　黒崎緑　紫迷宮　祥伝社(祥伝社文庫)　2002年12月

志水　勇造　しみず・ゆうぞう
資産家、山中の別荘・赤目荘で殺された男　「赤目荘の惨劇」　白峰良介　探偵Xからの挑戦状！　小学館(小学館文庫)　2009年1月

ジム
カンボジアで活動する地雷除去NGOのメンバー　「顔のない敵」　石持浅海　深夜バス78回転の問題(本格短編ベスト・セレクション)　講談社(講談社文庫)　2008年1月；本格ミステリ04　講談社(講談社ノベルス)　2004年6月

志村　響子　しむら・きょうこ
看護師、土岐記念病院長土岐佑介の恋人　「祝葬」　久坂部羊　ミステリ愛。免許皆伝！　講談社(講談社ノベルス)　2010年3月

志村　さち女　しむら・さちじょ
俳句雑誌「蒲の穂」の投句者、施療院「愛光園」の施療患者　「巻頭句の女」　松本清張　俳句殺人事件-巻頭句の女　光文社(光文社文庫)　2001年4月

志村　達夫(タツ)　しむら・たつお(たつ)
刑務所を出所したかつて"闇金の黒幕"と呼ばれた森田克巳の子分　「賢者のもてなし」　柴田哲孝　現場に臨め-最新ベスト・ミステリー　光文社　2010年10月

志村　秀明　しむら・ひであき
サラリーマン、売り上げ三千億の食品会社の販促の課長　「雪が降る」　藤原伊織　マイ・ベスト・ミステリーⅡ　文藝春秋(文春文庫)　2007年8月

しめん

四面堂 遥　しめんどう・はるか
経営コンサルタント、暴力団箕島組組長の葬式に来た女　「弔いはおれがする」　逢坂剛　推理小説年鑑 ザ・ベストミステリーズ2002　講談社　2002年7月

下川（チビシモ）　しもかわ（ちびしも）
若くして亡くなった小学校時代藤田先生のクラスの生徒　「藤田先生、指一本で巨石を動かす」　村瀬継弥　新世紀「謎（ミステリー）」倶楽部　角川書店　2001年8月

下為替 元三郎　しもがわせ・もとさぶろう
特殊法人「不祥事発覚防止事業団」調査対策部の主任調査員　「隠蔽屋」　香住泰　殺人買います　講談社（講談社文庫）　2002年8月

下狛 愛作　しもこま・あいさく
京都理科大学にたびたび研究成果を売り込みに来る自称天才科学者　「二つの凶器」　摩耶雄嵩　気分は名探偵-犯人当てアンソロジー　徳間書店　2006年5月

下澤 貴之　しもざわ・たかゆき
失踪した唯の夫、私立探偵　「観覧車」　柴田よしき　新世紀「謎（ミステリー）」倶楽部　角川書店　2001年8月

下條 三吉（燻製居士）　しもじょう・さんきち（くんせいこじ）
診療所の外科主任、私立探偵M君の古い友人　「燻製シラノ」　守友恒　幻の探偵雑誌10「新青年」傑作選　光文社（光文社文庫）　2002年2月

下条 泰子　しもじょう・やすこ
渋谷道玄坂の中ほどにあるレストランのウエイトレス　「連作 毒環」　横溝正史;高木彬光;山村正夫　甦る推理雑誌6「探偵実話」傑作選　光文社（光文社文庫）　2003年5月

下田 フサコ　しもだ・ふさこ
変死体で発見された主婦、下田美智男の妻　「鳥勧請」　歌野晶午　殺人買います　講談社（講談社文庫）　2002年8月

下田 美智男　しもだ・みちお
下田フサコの夫、弱電メーカー勤務のサラリーマン　「鳥勧請」　歌野晶午　殺人買います　講談社（講談社文庫）　2002年8月

下村　しもむら
診療所の書生　「ニッケルの文鎮」　甲賀三郎　江戸川乱歩と13人の新青年〈論理派〉編　光文社（光文社文庫）　2008年1月

下村 卓雄　しもむら・たくお
小学生　「十年後の家族」　佐野洋　幻惑のラビリンス　光文社（光文社文庫）　2001年5月

下山 悦子　しもやま・えつこ
花売り娘、斎藤老人の子供の玲子にうり二つの娘　「吸血魔」　高木彬光　少年探偵王 本格推理マガジン-文庫雑誌/ぼくらの推理冒険物語　光文社（光文社文庫）　2002年4月

下山 浩二　しもやま・こうじ
新幹線に轢かれそうになった岡崎久美子の娘を救った男　「命の恩人」　赤川次郎　赤に捧げる殺意　角川書店　2005年4月;殺意の時間割　角川書店（角川文庫）　2002年8月

下山 純子　しもやま・じゅんこ*
中学三年生、校舎から飛び下り自殺をして幽霊になった少女　「透き通った一日」　赤川次郎　七つの危険な真実　新潮社(新潮文庫)　2004年2月

しゃいろっく
伯爵、急死した老人ばあどるふの知人　「あやしやな」　幸田露伴　文豪のミステリー小説　集英社(集英社文庫)　2008年2月

シャーシー・トゥームズ(トゥームズ)
名探偵　「シャーシー・トゥームズの悪夢」　深町眞理子　シャーロック・ホームズに愛をこめて　光文社(光文社文庫)　2010年1月

鯱先生　しゃちせんせい
世人に人気がある泥棒　「密室の殺人」　岡田鯱彦　甦る推理雑誌7「探偵倶楽部」傑作選　光文社(光文社文庫)　2003年7月

社長　しゃちょう
アイドルの卵二人を侍らせて島までクルーズした芸能事務所社長　「漂流者」　我孫子武丸　気分は名探偵-犯人当てアンソロジー　徳間書店　2006年5月

社長　しゃちょう
機械メーカーの二代目社長で走る目覚まし時計を新発明したという男　「走る目覚まし時計の問題」　松尾由美　深夜バス78回転の問題(本格短編ベスト・セレクション)　講談社(講談社文庫)　2008年1月；推理小説年鑑 ザ・ベストミステリーズ2004　講談社　2004年7月

ジャック
ノルマンディの田舎町の飯屋の小僧　「錠前屋」　高野史緒　推理小説年鑑 ザ・ベストミステリーズ2001　講談社　2001年6月

ジャック
日本へ来たフランス人留学生の「私」　「親愛なるエス君へ」　連城三紀彦　綾辻行人と有栖川有栖のミステリ・ジョッキー1　講談社　2008年7月

シャックリ・ホームスパン(ホームスパン)
名探偵　「赤毛連盟」　砂川しげひさ　日本版 シャーロック・ホームズの災難　論創社　2007年12月

ジャネット嬢　じゃねっとじょう
館の女主人ヘレナ・クレアモントの亡き主人の妹　「わが麗しのきみよ…」　光原百合　翠迷宮　祥伝社(祥伝社文庫)　2003年6月

ジャーヴィス
科学者ソーンダイクの友人の博士、〈引き立て役倶楽部〉のアメリカ支部会員　「引き立て役倶楽部の陰謀」　法月綸太郎　暗闇を見よ　光文社　2010年11月

ジャマイカ
郊外電車のプラットフォーム上から空中を遊行した外人　「ジャマイカ氏の実験」　城昌幸　江戸川乱歩と13人の新青年〈文学派〉編　光文社(光文社文庫)　2008年5月

シャルラッハ
伊達男の異名を持つ南部屈指の拳銃使い、犯罪シンジケートの元締め 「盗まれた手紙」 法月綸太郎　深夜バス78回転の問題(本格短編ベスト・セレクション)　講談社(講談社文庫)　2008年1月;推理小説年鑑 ザ・ベストミステリーズ2004　講談社　2004年7月

シャルル・ベルトラン(ベルトラン)
探偵、判事 「「首吊り判事」邸の奇妙な犯罪」 加賀美雅之　不可能犯罪コレクション　原書房　2009年6月

シャルル・ベルトラン(ベルトラン)
予審判事、フランス一の名探偵と呼ばれる男 「縛り首の塔の館」 加賀美雅之　密室殺人大百科 下　講談社(講談社文庫)　2003年9月

シャルル・ラスパイユ
現代版〝青ひげ〟と疑われる男、コッパーフィールド夫人の婚約者 「彼女がペイシェンスを殺すはずがない」 大山誠一郎　論理学園事件帳　講談社(講談社文庫)　2007年1月;本格ミステリ03　講談社(講談社ノベルス)　2003年6月

車六先生　しゃろくせんせい*
老学者、寒野警部が難解な事件が発生する度に援助を頼む先生 「消えた男」 鳥井及策　甦る推理雑誌9「別冊宝石」傑作選　光文社(光文社文庫)　2003年11月

シャーロック=ホームズ(ホームズ)　しゃーろっくほーむず(ほーむず)
名探偵 「赤い怪盗」 柴田錬三郎　日本版 シャーロック・ホームズの災難　論創社　2007年12月

シャーロック・ホームズ(ホームズ)
イギリス人の名探偵 「日本海軍の秘密」 中田耕治　日本版 シャーロック・ホームズの災難　論創社　2007年12月

シャーロック・ホームズ(ホームズ)
ロンドン大学の地質学研究室に勤める青年紳士、後日の名探偵 「名探偵誕生」 柴田錬三郎　シャーロック・ホームズに再び愛をこめて　光文社(光文社文庫)　2010年7月

シャーロック・ホームズ(ホームズ)
夏目漱石に呼び出されて日本に来た名探偵 「踊るお人形」 夢枕獏　シャーロック・ホームズに愛をこめて　光文社(光文社文庫)　2010年1月

シャーロック・ホームズ(ホームズ)
日本でただ一人の諮問探偵 「緋色の紛糾」 柄刀一　シャーロック・ホームズに愛をこめて　光文社(光文社文庫)　2010年1月

シャーロック・ホームズ(ホームズ)
日本へ出稼ぎにやって来た名探偵 「絶筆」 赤川次郎　シャーロック・ホームズに再び愛をこめて　光文社(光文社文庫)　2010年7月

シャーロック・ホームズ(ホームズ)
名探偵 「「スマトラの大ネズミ」事件」 田中啓文　シャーロック・ホームズに愛をこめて　光文社(光文社文庫)　2010年1月

シャーロック・ホームズ（ホームズ）
名探偵 「「捕星船業者の消失」事件」 加納一朗 日本版 シャーロック・ホームズの災難 論創社 2007年12月

シャーロック・ホームズ（ホームズ）
名探偵 「ゲイシャガール失踪事件」 夢枕獏 日本版 シャーロック・ホームズの災難 論創社 2007年12月

シャーロック・ホームズ（ホームズ）
名探偵 「シャーロック・ホームズの内幕」 星新一 シャーロック・ホームズに愛をこめて 光文社（光文社文庫） 2010年1月

シャーロック・ホームズ（ホームズ）
名探偵 「その後のワトソン博士」 東健而 日本版 シャーロック・ホームズの災難 論創社 2007年12月

シャーロック・ホームズ（ホームズ）
名探偵 「ルーマニアの醜聞」 中川裕朗 日本版 シャーロック・ホームズの災難 論創社 2007年12月

シャーロック・ホームズ（ホームズ）
名探偵 「ワトスン博士の内幕」 北原尚彦 シャーロック・ホームズに愛をこめて 光文社（光文社文庫） 2010年1月

シャーロック・ホームズ（ホームズ）
名探偵 「黄色い下宿人」 山田風太郎 シャーロック・ホームズに愛をこめて 光文社（光文社文庫） 2010年1月;贈る物語 Mystery

シャーロック・ホームズ（ホームズ）
名探偵 「怪犯人の行方」 山中まね太郎 日本版 シャーロック・ホームズの災難 論創社 2007年12月

シャーロック・ホームズ（ホームズ）
名探偵 「黒い箱」 稲垣足穂 日本版 シャーロック・ホームズの災難 論創社 2007年12月

シャーロック・ホームズ（ホームズ）
名探偵 「殺人ガリデブ」 北原尚彦 日本版 シャーロック・ホームズの災難 論創社 2007年12月

シャーロック・ホームズ（ホームズ）
名探偵 「三人の剥製」 北原尚彦 天地驚愕のミステリー 宝島社（宝島社文庫） 2009年8月

シャーロック・ホームズ（ホームズ）
名探偵 「死の乳母」 木々高太郎 シャーロック・ホームズに愛をこめて 光文社（光文社文庫） 2010年1月

シャーロック・ホームズ（ホームズ）
名探偵 「銭形平次ロンドン捕物帖」 北杜夫 日本版 シャーロック・ホームズの災難 論創社 2007年12月

しゃろ

シャーロック・ホームズ（ホームズ）
名探偵 「全裸楽園事件」 郡山千冬 日本版 シャーロック・ホームズの災難 論創社 2007年12月

シャーロック・ホームズ（ホームズ）
名探偵 「盗まれたカキエモンの謎」 荒俣宏 日本版 シャーロック・ホームズの災難 論創社 2007年12月

シャーロック・ホームズ（ホームズ）
名探偵 「禿頭組合」 北杜夫 シャーロック・ホームズに再び愛をこめて 光文社（光文社文庫） 2010年7月

シャロック・ホームズ（ホームズ）
名探偵 「ホームズの正直」 乾信一郎 日本版 シャーロック・ホームズの災難 論創社 2007年12月

シャーロック・ホームズ・ジュニア
名探偵シャーロック・ホームズの息子 「カバは忘れない—ロンドン動物園殺人事件」 山口雅也 日本版 シャーロック・ホームズの災難 論創社 2007年12月

シャーロット・ホイットマン
実業家ジェラルド・キンケイドの娘、アリスの母親 「ロス・マクドナルドは黄色い部屋の夢を見るか？」 法月綸太郎 マイ・ベスト・ミステリーⅥ 文藝春秋（文春文庫） 2007年12月

シャロン・グレイ
アメリカ人の青年ジェフ・マールの婚約者 「ジェフ・マールの追想」 加賀美雅之 密室晩餐会 原書房 2011年6月

ジャンヌ
中学生探偵狩野俊介の飼い猫 「神影荘奇談」 太田忠司 赤に捧げる殺意 角川書店 2005年4月；名探偵は、ここにいる 角川書店（角川文庫） 2001年11月

ジャン・ピエール・トルソー
カナダのモントリオールにある大学の理学部化学科の教授、アマチュアマジシャン 「四枚のカード」 乾くるみ 名探偵に訊け 光文社 2010年9月；本格ミステリ08 講談社（講談社ノベルス） 2008年6月

シャンプオオル
南洋の多島海へ商用で出掛けて来た仏蘭西（フランス）人 「シャンプオオル氏事件の顛末」 城昌幸 幻の探偵雑誌5「探偵文藝」傑作選 光文社（光文社文庫） 2001年2月

樹庵 次郎蔵　じゅあん・じろぞう
放浪詩人 「放浪作家の冒険」 西尾正 幻の探偵雑誌4「探偵春秋」傑作選 光文社（光文社文庫） 2001年1月

ジュアン・ベニート
アリーザの息子 「ミハスの落日」 貫井徳郎 大密室 新潮社（新潮文庫） 2002年2月

呪医　じゅい
太平洋の外れにある蛙男島の医者の蛙男 「蛙男島の蜥蜴女」 高橋城太郎 新・本格推理05—九つの署名 光文社（光文社文庫） 2005年3月

シュウ
元青春スター、学園ドラマ「大空学園に集まれ!」に出ていた男 「大空学園に集まれ」 青井夏海 蒼迷宮 祥伝社(祥伝社文庫) 2002年3月

シュウ
殺し屋、首都大学文学部の職員 「シュート・ミー」 野沢尚 名探偵で行こう−最新ベスト・ミステリー シリーズ・キャラクター編 光文社(光文社文庫) 2001年9月

修一　しゅういち
姉のすすめで若い妻を一人残して山の宿に静養しに来た男 「夢の中の顔」 宮野叢子 甦る推理雑誌7「探偵倶楽部」傑作選 光文社(光文社文庫) 2003年7月

周吉　しゅうきち
露天風呂の湯壺の中で死んでいた豊浦社長の別荘の下男 「湯壺の中の死体」 宮原龍雄 江戸川乱歩の推理試験 光文社(光文社文庫) 2009年1月

住持　じゅうじ
人里を遠く離れた山中の古寺の住持の僧 「怪物の眼」 田中辰次 幻の探偵雑誌8「探偵クラブ」傑作選 光文社(光文社文庫) 2001年12月

秋色　しゅうしき
稲荷神の使いであるお狐さまの化身 「八百万」 畠中恵 不思議の足跡−最新ベスト・ミステリー 光文社 2007年10月

住職　じゅうしょく
京都の大悲閣千光寺の住職 「鬼子母神の選択肢」 北森鴻 新世紀「謎(ミステリー)」倶楽部 角川書店 2001年8月

住職(立花)　じゅうしょく(たちばな)
黄豊寺の住職 「橘の寺」 道尾秀介 推理小説年鑑 ザ・ベストミステリーズ2011 講談社 2011年7月

囚人　しゅうじん
地球から処刑地の火星に送られた殺人犯の囚人 「処刑」 星新一 江戸川乱歩と13の宝石 光文社(光文社文庫) 2007年5月

柊三　しゅうぞう
画家 「紅い唇」 高橋邑治 幻の探偵雑誌8「探偵クラブ」傑作選 光文社(光文社文庫) 2001年12月

十造　じゅうぞう
病身の夫をもつ浜江の父親 「暗い海白い花」 岡村雄輔 甦る推理雑誌10「宝石」傑作選 光文社(光文社文庫) 2004年1月

十造　じゅうぞう
夫婦仲がむかしからよくない亭主 「喘息療法」 結城昌治 犯人は秘かに笑う−ユーモアミステリー傑作選 光文社(光文社文庫) 2007年1月

修道院長　しゅうどういんちょう
ロシア正教会に属する女子修道院の院長、信仰深い修道女 「凍れるルーシー」 梓崎優 本格ミステリ10 講談社(講談社ノベルス) 2010年6月

しゅう

修平　しゅうへい
宮崎冴子の一人息子、難関私立中学に合格した少年　「返す女」　新津きよみ　罪深き者に罰を　講談社(講談社文庫)　2002年11月

重兵衛　じゅうべえ
先代も先々代も首を吊って死んでいる伊丹屋の主人　「首吊り三代記」　横溝正史　幻の探偵雑誌9「探偵」傑作選　光文社(光文社文庫)　2002年1月

十文字　じゅうもんじ
売れない翻訳家　「揃いすぎ」　倉知淳　大密室　新潮社(新潮文庫)　2002年2月

周 怜子　しゅう・れいこ
電器メーカーに勤める小田洋介が二十何年ぶりに会った高校の同級生　「羅漢崩れ」　飛鳥部勝則　ベスト本格ミステリ 2011　講談社(講談社ノベルス)　2011年6月;名探偵で行こう-最新ベスト・ミステリー シリーズ・キャラクター編　光文社(光文社文庫)　2001年9月

十郎兵衛　じゅうろべえ
遊女を葬る投込寺と呼ばれる西方寺の墓番の老人　「怪異投込寺」　山田風太郎　剣が謎を斬る　光文社(光文社文庫)　2005年4月

シュザンヌ・ルストー
フランス共和国の指導者ロベスピエールの秘書エミール・ルストーの妻、若くて小粋な女　「恐怖時代の一事件」　後藤紀子　新・本格推理02　光文社(光文社文庫)　2002年3月

朱 東斎　しゅ・とうさい
宋の朝廷の元高官、書の名品「黄鶏帖」を持つ男　「黄鶏帖の名跡」　森福都　珍しい物語のつくり方(本格短編ベスト・セレクション)　講談社(講談社文庫)　2010年1月;本格ミステリ 06　講談社(講談社ノベルス)　2006年5月

寿八郎　じゅはちろう
本所緑町の小間物屋松井屋の息子で双子の兄弟の弟　「鬼は外」　宮部みゆき　名探偵を追いかけろ-日本ベストミステリー選集34　光文社(光文社文庫)　2007年5月

主婦　しゅふ
「サンライトハイツ」の205号室の住人、主婦　「公僕の鎖」　新野剛志　罪深き者に罰を　講談社(講談社文庫)　2002年11月

シュミット
探検家の博士　「水棲人」　香山滋　甦る推理雑誌7「探偵倶楽部」傑作選　光文社(光文社文庫)　2003年7月

シュミットナー
放送局からアフリカ旅行に招待されたラジオ仲間の一人、ドイツ人医師　「ポポロ島変死事件」　青山蘭堂　新・本格推理03 りら荘の相続人　光文社(光文社文庫)　2003年3月

シュミネさん
奇人、ガラス工場に勤務する人　「新・煙突綺譚」　谺健二　新世紀「謎(ミステリー)」倶楽部　角川書店　2001年8月

シューメイカー夫人　しゅーめいかーふじん
有名な靴の製造会社の会長　「靴の中の死体」　山口雅也　探偵Xからの挑戦状!　小学館（小学館文庫）　2009年1月

ジュリエット
木下匡の飼い犬　「愛犬殺人事件」　西村京太郎　怪しい舞踏会　光文社（光文社文庫）2002年5月

シュルツ
イギリス人退役軍人、砂金を求めて南洋のファレサイ島に住みついた男　「ファレサイ島の奇跡」　乾敦　山口雅也の本格ミステリ・アンソロジー　角川書店（角川文庫）　2007年12月

シュン
男子高校生、アキとトーコの小学生の頃からの友人　「恋煩い」　北山猛邦　忍び寄る闇の奇譚　講談社（講談社ノベルス）　2008年11月

シュン
日本の人口が激減した二十一世紀なかばに国家権力が分割した居住区に暮らす同い年の若者の一人　「AUジョー」　氷川透　書下ろしアンソロジー　21世紀本格　光文社（カッパ・ノベルス）　2001年12月

春　しゅん
東京地検の検事　「待合室の冒険」　恩田陸　全席死定−鉄道ミステリー名作館　徳間書店（徳間文庫）　2004年3月

ジュン
東京の私立高校の三年生　「寒い朝だった−失踪した少女の謎」　麻生荘太郎　密室晩餐会　原書房　2011年6月

淳　じゅん＊
胡桃園の主人小柴龍之介の幼友達、仏蘭西から帰国した男　「胡桃園の青白き番人」　水谷準　江戸川乱歩と13人の新青年〈文学派〉編　光文社（光文社文庫）　2008年5月

舜一　しゅんいち
祖母との暮らしを思い出に都会へ出た青年　「みちしるべ」　薄井ゆうじ　推理小説年鑑　ザ・ベストミステリーズ2002　講談社　2002年7月

淳一　じゅんいち＊
写真家山崎啓介の助手　「柔らかい手」　篠田節子　ときめき　広済堂出版（広済堂文庫）　2005年1月

淳一郎　じゅんいちろう
連合軍に敗北し撤退するドイツ軍の軍用列車に便乗をゆるされてパリを脱出した日本人家族の少年　「追憶列車」　多島斗志之　葬送列車　鉄道ミステリー名作館　徳間書店（徳間文庫）　2004年4月

春桜亭円紫（円紫）　しゅんおうていえんし（えんし）
落語家　「朝霧」　北村薫　完全犯罪証明書　ミステリー傑作選　講談社（講談社文庫）　2001年4月

しゅん

潤子　じゅんこ
非業な最後を遂げた女性、井神浩太郎の妻　「情獄」　大下宇陀児　江戸川乱歩と13人の新青年〈文学派〉編　光文社(光文社文庫)　2008年5月

順子　じゅんこ
歓楽街のパン公で博打好きの女　「ばくち狂時代」　大河内常平　甦る推理雑誌6「探偵実話」傑作選　光文社(光文社文庫)　2003年5月

巡査　じゅんさ
南神威島の若い駐在巡査　「南神威島」　西村京太郎　マイ・ベスト・ミステリーⅣ　文藝春秋(文春文庫)　2007年10月

準二　じゅんじ
東京で罹災して村にやって来た若い学生　「蛇と猪」　薔薇小路棘麿(鮎川哲也)　甦る推理雑誌1「ロック」傑作選　光文社(光文社文庫)　2002年10月

春天公　しゅんてんこう
後天神国の四天公の一人　「神国崩壊」　獅子宮敏彦　推理小説年鑑 ザ・ベストミステリーズ2004　講談社　2004年7月

ジョー
休学して何の目当てもなくヨーロッパにやって来た日本人青年　「黒い九月の手」　南條範夫　綾辻行人と有栖川有栖のミステリ・ジョッキー1　講談社　2008年7月

ジョー
日本の人口が激減した二十一世紀なかばに国家権力が分割した居住区で勃発した殺人事件の犯人らしい男　「AUジョー」　氷川透　書下ろしアンソロジー 21世紀本格　光文社(カッパ・ノベルス)　2001年12月

ジョー(柚子原 譲)　じょー(ゆずりはら・ゆずる)
フォトジャーナリスト、カンボジアの地雷原に入り込んだ男　「ミンミン・パラダイス」　三枝洋　推理小説年鑑 ザ・ベストミステリーズ2001　講談社　2001年6月

女医　じょい
終戦時北満砂金区にあった古城のような事務所を占有していた七人の日本人の一人　「芍薬の墓」　島田一男　甦る推理雑誌2「黒猫」傑作選　光文社(光文社文庫)　2002年11月

女医　じょい
日本へ来たフランス人留学生の「私」が生贄に選んだ若い女医　「親愛なるエス君へ」　連城三紀彦　綾辻行人と有栖川有栖のミステリ・ジョッキー1　講談社　2008年7月

翔　しょう
寺井裕子と高幡千莉の幼なじみで同級生の男子高校生　「嘘をついた」　吉来駿作　七つの死者の囁き　新潮社(新潮文庫)　2008年12月

ジョウ
リヤン王の最愛の娘　「リヤン王の明察」　小沼丹　江戸川乱歩と13の宝石　光文社文庫　2007年5月

庄一　しょういち
バー「フロリダ」の青年　「ラ・クカラチャ」　高城高　江戸川乱歩と13の宝石　光文社(光文社文庫)　2007年5月

庄一　しょういち
緑川一家の二代目組長　「影なき射手」　楠田匡介　江戸川乱歩の推理教室　光文社(光文社文庫)　2008年9月

将軍　しょうぐん
太平洋の外れにある蛙男島の軍人の蛙男　「蛙男島の蜥蜴女」　高橋城太郎　新・本格推理05-九つの署名　光文社(光文社文庫)　2005年3月

祥子　しょうこ
伊達化学の社長を愛人と二人で殺害した秘書で妾の女　「第三の穴」　楠田匡介　江戸川乱歩の推理試験　光文社(光文社文庫)　2009年1月

祥子　しょうこ
会社員の「私」の幽霊のように影が薄い妻　「墓碑銘」　菊地秀行　名作で読む推理小説史ふるえて眠れない-ホラーミステリー傑作選　光文社(光文社文庫)　2006年9月

笙子　しょうこ
緑川一家の二代目組長庄一の情婦　「影なき射手」　楠田匡介　江戸川乱歩の推理教室　光文社(光文社文庫)　2008年9月

庄司 英夫　しょうじ・ひでお
新幹線の車中で殺された美人妻・庄司佑子の夫　「鉄橋」　津村秀介　全席死定-鉄道ミステリー名作館　徳間書店(徳間文庫)　2004年3月

城島　じょうじま
警視庁第五方面富坂署の刑事、格闘技マニアの青年　「覆面」　伯方雪日　大きな棺の小さな鍵(本格短編ベスト・セレクション)　講談社(講談社文庫)　2009年1月;本格ミステリ05　講談社(講談社ノベルス)　2005年6月

少女　しょうじょ
現実の自分を思い出すことができない「私」のおそらく夢に現れる輪廻しの少女　「黄昏の歩廊にて」　篠田真由美　ミステリー傑作選・特別編5 自選ショート・ミステリー　講談社(講談社文庫)　2001年6月

少女　しょうじょ
終戦の年の夏に九州の別府から福井へ疎開することになって父と長い汽車旅をした少女　「迷路列車」　種村直樹　ミステリー傑作選・特別編5 自選ショート・ミステリー　講談社(講談社文庫)　2001年6月

少女　しょうじょ
鉄道ファンの速水雄太が十四年前に北海道で会った自殺願望少女　「鉄路が錆びてゆく」　辻真先　葬送列車　鉄道ミステリー名作館　徳間書店(徳間文庫)　2004年4月

しょう

少女　しょうじょ
幼い「私」が大きな柱時計があった別荘で出会った栗色の髪の少女　「黄昏柱時計」　瀬名秀明　ミステリー傑作選・特別編6 自選ショート・ミステリー2　講談社(講談社文庫)　2001年10月

少女(神奈)　しょうじょ(かんな)
銀座の老舗画廊で肖像画を傷つけたと思われる犯人の少女　「ダナエ」　藤原伊織　乱歩賞作家青の謎　講談社　2007年7月

**庄子 リナ　しょうじ・りな*
売春クラブで小遣いをかせぐ女子高生、良家の子女　「雪のマズルカ」　芦原すなお　嘘つきは殺人のはじまり　講談社(講談社文庫)　2003年9月

小神王　しょうしんのう
後天神国の帝王　「神国崩壊」　獅子宮敏彦　推理小説年鑑　ザ・ベストミステリーズ2004　講談社　2004年7月

笑酔亭 梅寿　しょうすいてい・ばいじゅ
上方落語家、星祭竜二の師匠　「子は鎹」　田中啓文　推理小説年鑑　ザ・ベストミステリーズ2005　講談社　2005年7月

笑酔亭 梅寿　しょうすいてい・ばいじゅ
落語家、竜二の師匠　「時うどん」　田中啓文　推理小説年鑑　ザ・ベストミステリーズ2004　講談社　2004年7月

庄助　しょうすけ
伝法探偵の助手の近藤青年の生れ故郷である和歌山県下の農村の青年　「村の殺人事件」　島久平　甦る推理雑誌2「黒猫」傑作選　光文社(光文社文庫)　2002年11月

正介　しょうすけ
新宿警察署の若い刑事　「若い刑事」　藤原審爾　警察小説傑作短編集　ランダムハウス講談社(ランダムハウス講談社文庫)　2009年7月

小説家　しょうせつか
「東京しあわせクラブ」の例会に初参加した小説家　「東京しあわせクラブ」　朱川湊人　不思議の足跡−最新ベスト・ミステリー　光文社　2007年10月

庄田 竹太郎　しょうだ・たけたろう
山奥の医者綿貫寛方の家に居座っている学生　「銀の匙」　鷲尾三郎　江戸川乱歩と13の宝石　光文社(光文社文庫)　2007年5月

庄太郎　しょうたろう
町内一の好男子でパナマの帽子を被ってぶらぶら遊んでいる男　「夢十夜」　夏目漱石　マイ・ベスト・ミステリーⅠ　文藝春秋(文春文庫)　2007年8月

正太郎　しょうたろう
ミステリ作家桜川ひとみと同居する猫探偵　「正太郎と冷たい方程式」　柴田よしき　密室レシピ　角川書店(角川文庫)　2002年4月

じょう

正太郎　しょうたろう
推理作家桜川ひとみと同居する猫探偵 「光る爪」 柴田よしき　ねこ!ネコ!猫!(NEKOミステリー傑作選)　徳間書店(徳間文庫) 2008年10月

正太郎　しょうたろう
推理作家桜川ひとみの飼猫 「正太郎と田舎の事件」 柴田よしき　密室殺人大百科 上　講談社(講談社文庫) 2003年9月

正太郎　しょうたろう
役所勤めの青年、京介とアタルのナンパ仲間 「通りすがりの改造人間」 西澤保彦　死神と雷鳴の暗号(本格短編ベスト・セレクション)　講談社(講談社文庫) 2006年1月;本格ミステリ02 講談社(講談社ノベルス) 2002年5月

笙太郎　しょうたろう
母親を亡くし父親の故郷の村の小学校に入学した子供 「かむなぎうた」 日影丈吉　マイ・ベスト・ミステリーⅢ 文藝春秋(文春文庫) 2007年9月

正太郎　しょうたろう*
推理作家桜川ひとみと同居する猫探偵 「正太郎と井戸端会議の冒険」 柴田よしき　透明な貴婦人の謎(本格短編ベスト・セレクション)　講談社(講談社文庫) 2005年1月;本格ミステリ01 講談社(講談社ノベルス) 2001年7月

正太郎　しょうたろう*
青年実業家・京介の遊び仲間 「怪獣は密室に踊る」 西澤保彦　大密室　新潮社(新潮文庫) 2002年2月

城西 理子　じょうにし・りこ
女子高生、穂波高校生徒会のメンバー 「紅い壁」 村崎友　忍び寄る闇の奇譚　講談社(講談社ノベルス) 2008年11月

城西 理子　じょうにし・りこ
女子高生、穂波高校生徒会の会計 「鎧塚邸はなぜ軋む」 村崎友　ミステリ愛。免許皆伝!　講談社(講談社ノベルス) 2010年3月

商人風の男　しょうにんふうのおとこ
殺人犯の「私」が内地行の汽車の中で知合った商人風の男 「第三の証拠」 戸田巽　幻の探偵雑誌10「新青年」傑作選　光文社(光文社文庫) 2002年2月

少年　しょうねん
「私」が殺人実験を行った美しいルンペン少年 「私の犯罪実験に就いて」 深田孝士　幻の探偵雑誌8「探偵クラブ」傑作選　光文社(光文社文庫) 2001年12月

少年　しょうねん
妻の去ったあとマイシン屋敷とよばれる一軒家で研究者の男が一人で育てあげた少年 「海」 なだいなだ　現代詩殺人事件-ポエジーの誘惑　光文社(光文社文庫) 2005年9月

少年　しょうねん
修善寺の酌婦と天城越えの道連れになった少年 「天城越え」 松本清張　マイ・ベスト・ミステリーⅤ 文藝春秋(文春文庫) 2007年11月

しょう

少年　しょうねん
新幹線の0号車の墓の列の間にいた少年　「0号車」　江坂遊　有栖川有栖の鉄道ミステリ・ライブラリー　角川書店(角川文庫)　2004年10月

少年　しょうねん
進級祝いにドイツ製の双眼鏡を買ってもらった少年　「少年の双眼鏡」　横田順彌　ミステリー傑作選・特別編6 自選ショート・ミステリー2　講談社(講談社文庫)　2001年10月

少年　しょうねん
夜汽車の座席に警部と乗っていたスリの少年　「魔法」　江坂遊　有栖川有栖の鉄道ミステリ・ライブラリー　角川書店(角川文庫)　2004年10月

庄野　紗枝　しょうの・さえ
銀座の老舗画廊の受付の女性　「ダナエ」　藤原伊織　乱歩賞作家青の謎　講談社　2007年7月

庄野　知鶴　しょうの・ちづる
インテリア・コーディネーター、遠藤美和の元同僚　「カラフル」　永井するみ　緋迷宮　祥伝社(祥伝社文庫)　2001年12月

荘原　和夫（大田　和夫）　しょうばら・かずお*（おおた・かずお）
新聞記者の「私」の兄、有楽町駅で転落して死亡した荘原春江の先夫　「遺書」　伴道平　甦る推理雑誌1「ロック」傑作選　光文社(光文社文庫)　2002年10月

荘原　春江　しょうばら・はるえ*
有楽町駅のホームから転落した死亡した女性　「遺書」　伴道平　甦る推理雑誌1「ロック」傑作選　光文社(光文社文庫)　2002年10月

松風斎松月　しょうふうさいしょうげつ
老魔術師　「密室の魔術師」　双葉十三郎　甦る推理雑誌2「黒猫」傑作選　光文社(光文社文庫)　2002年11月

消防署長　しょうぼうしょちょう
バー「三番館」の常連客　「マーキュリーの靴」　鮎川哲也　密室殺人大百科　上　講談社(講談社文庫)　2003年9月

錠前屋　じょうまえや
ノルマンディの田舎町にやってきた錠前屋、元国王の肖像画に似ている気味の悪い男　「錠前屋」　高野史緒　推理小説年鑑 ザ・ベストミステリーズ2001　講談社　2001年6月

翔也　しょうや
8歳になる子供　「氷砂糖」　冨士本由紀　殺人買います　講談社(講談社文庫)　2002年8月

ジョーカー
トランプのジョーカーそっくりの格好をした犯人　「疾駆するジョーカー」　芦辺拓　密室殺人大百科　上　講談社(講談社文庫)　2003年9月

ジョーカー
もめごと処理人　「ジョーカーとレスラー」　大沢在昌　事件を追いかけろ　光文社(光文社文庫)　2009年4月；事件を追いかけろ　光文社　2004年12月

庶木 邦子　しょき・くにこ＊
猟銃で射殺された火山観測所長の庶木博士の夫人　「火山観測所殺人事件」　水上幻一郎　甦る推理雑誌1「ロック」傑作選　光文社(光文社文庫)　2002年10月

ショーグン
大学夜間部に通う日本人、アパート「第一柏木荘」の住人　「夏の雪、冬のサンバ」　歌野晶午　密室殺人大百科 下　講談社(講談社文庫)　2003年9月

徐 庚　じょ・こう
藍陵県の県令の長男趙昭之の塾師　「妬忌津(ときしん)」　森福都　暗闇を追いかけろ-日本ベストミステリー選集35　光文社(光文社文庫)　2008年5月

ジョージ
シューメイカー夫人の四男　「靴の中の死体」　山口雅也　探偵Xからの挑戦状!　小学館(小学館文庫)　2009年1月

ジョジフ・フレンチ(フレンチ警部)　じょじふふれんち(ふれんちけいぶ)
ロンドン警視庁犯罪捜査部の首席警部　「フレンチ警部と雷鳴の城」　芦辺拓　死神と雷鳴の暗号(本格短編ベスト・セレクション)　講談社(講談社文庫)　2006年1月;本格ミステリ02　講談社(講談社ノベルス)　2002年5月

ショスタコウィッチ
ゴビ砂漠で失踪したロシヤ人の写真技師　「写真解読者」　北洋　甦る推理雑誌1「ロック」傑作選　光文社(光文社文庫)　2002年10月

女性　じょせい
夫の墓石に窓をつけた女性　「開いた窓」　江坂遊　綾辻行人と有栖川有栖のミステリ・ジョッキー1　講談社　2008年7月

ジョゼフ
バー「スリーバレー」のいつもの客　「ナスカの地上絵の不思議」　鯨統一郎　不思議の足跡-最新ベスト・ミステリー　光文社　2007年10月

ジョゼフ・ハートマン
ペンシルベニア大学の教授、古代史の世界的権威　「アトランティス大陸の秘密」　鯨統一郎　暗闇を追いかけろ-日本ベストミステリー選集35　光文社(光文社文庫)　2008年5月

ジョゼフ・フーシェ
フランス共和国ナント選出の議員、ジャコバン党員でロベスピエールの旧友　「恐怖時代の一事件」　後藤紀子　新・本格推理02　光文社(光文社文庫)　2002年3月

処長　しょちょう
終戦時北満砂金区にあった古城のような事務所を占有していた七人の日本人の一人　「芍薬の墓」　島田一男　甦る推理雑誌2「黒猫」傑作選　光文社(光文社文庫)　2002年11月

署長　しょちょう
巡査から叩きあげてやっと署長になった傲慢な男　「髭」　佐々木味津三　探偵小説の風景 トラフィック・コレクション(上)　光文社(光文社文庫)　2009年5月

じょな

ジョナサン・ハーボットル
イギリスのシャーウッドの森近くにある館の住人、当主の元判事アルフレッド・ハーボットル卿の長男 「「首吊り判事」邸の奇妙な犯罪」 加賀美雅之 不可能犯罪コレクション 原書房 2009年6月

庶務主任　しょむしゅにん
終戦時北満砂金区にあった古城のような事務所を占有していた七人の日本人の一人 「芍薬の墓」 島田一男 甦る推理雑誌2「黒猫」傑作選 光文社(光文社文庫) 2002年11月

徐 明徳　じょ・めいとく
南京街でシップ・チャンドラーをしている久須見の事務所の家主の中国人 「チャイナタウン・ブルース」 生島治郎 マイ・ベスト・ミステリーⅡ 文藝春秋(文春文庫) 2007年8月

助役　じょやく
駅(操車場)の助役 「消えた貨車」 夢座海二 無人踏切−鉄道ミステリー傑作選 光文社(光文社文庫) 2008年11月

女優　じょゆう
舞台で短銃を射った女優 「短銃」 城昌幸 幻の探偵雑誌8「探偵クラブ」傑作選 光文社(光文社文庫) 2001年12月

ショルムス
名探偵 「エルロック・ショルムス氏の新冒険」 天城一 日本版 シャーロック・ホームズの災難 論創社 2007年12月

ジョン・チートル(チートル)
BBCのドラマプロデューサー 「ジョン・ディクスン・カー氏、ギデオン・フェル博士に会う」 芦部拓 密室と奇蹟−J・D・カー生誕百周年記念アンソロジー 東京創元社 2006年11月

ジョン・ディクスン・カー(カー)
作家、BBCのラジオドラマライター 「ジョン・ディクスン・カー氏、ギデオン・フェル博士に会う」 芦部拓 密室と奇蹟−J・D・カー生誕百周年記念アンソロジー 東京創元社 2006年11月

ジョン・マーカム(マーカム)
検事、フイロ・ヴァンスの親友 「クレタ島の花嫁=贋作ヴァン・ダイン」 高木彬光 密室殺人大百科 上 講談社(講談社文庫) 2003年9月

白井 景子　しらい・けいこ
天村被服工場の事務員の少女 「消えた井原老人」 宮原龍雄 江戸川乱歩の推理教室 光文社(光文社文庫) 2008年9月

白石　しらいし
大金持の田島という家のおかかえの自動車運転手 「奇怪なアルバイト」 江戸川乱歩 江戸川乱歩の推理試験 光文社(光文社文庫) 2009年1月

白石　しらいし
田舎町の小駅の助役 「或る駅の怪事件」 蟹海太郎 無人踏切−鉄道ミステリー傑作選 光文社(光文社文庫) 2008年11月

白石 章　しらいし・あきら*
婆やの「わたくし」が大恩受けた主家のお嬢さまと恋におちた青年　「初雪」　高木彬光　甦る推理雑誌4「妖奇」傑作選　光文社(光文社文庫)　2003年1月

白石 和美　しらいし・かずみ
独身女性、失踪した遠藤祐介の元部下で愛人　「観覧車」　柴田よしき　新世紀「謎(ミステリー)」倶楽部　角川書店　2001年8月

白井 岳夫　しらい・たけお
中谷製薬本社営業部の幹部候補生　「暗い玄海灘に」　夏樹静子　謎004-スペシャル・ブレンド・ミステリー　講談社(講談社文庫)　2009年9月

ジライヤー
忍者の後裔　「にんぽまにあ」　都筑道夫　日本版 シャーロック・ホームズの災難　論創社　2007年12月

白井 義人　しらい・よしと
登山家、山岳団体・緑山会のリーダー　「捜索者」　大倉崇裕　川に死体のある風景　東京創元社(創元推理文庫)　2010年3月；川に死体のある風景　東京創元社(創元クライム・クラブ)　2006年5月

白神　しらかみ
外科医、音楽誌の編集者松本の友人　「DECO-CHIN」　中島らも　推理小説年鑑 ザ・ベストミステリーズ2005　講談社　2005年7月

白河 久美　しらかわ・くみ
婚約中に事故死した娘　「現われない」　笹沢左保　恋は罪つくり　光文社(光文社文庫)　2005年7月

白川 由理亜　しらかわ・ゆりあ
私立探偵仁木順平の息子の恋人　「鏡の家のアリス」　加納朋子　推理小説年鑑 ザ・ベストミステリーズ2003　講談社　2003年7月

白坂 彩子　しらさか・あやこ
夫殺しの容疑で逮捕された白坂香代の義理の息子の嫁　「コスモスの鉢」　藤原遊子　新・本格推理05-九つの署名　光文社(光文社文庫)　2005年3月

白坂 香代　しらさか・かよ
夫殺しの容疑で逮捕された婦人　「コスモスの鉢」　藤原遊子　新・本格推理05-九つの署名　光文社(光文社文庫)　2005年3月

白坂 志郎　しらさか・しろう
劇作家　「見えない手」　土屋隆夫　江戸川乱歩の推理教室　光文社(光文社文庫)　2008年9月

白坂 竜彦　しらさか・たつひこ*
グラフィック・デザイナー　「キャッチ・フレーズ」　藤原宰(藤原宰太郎)　甦る推理雑誌8「エロティック・ミステリー」傑作選　光文社(光文社文庫)　2003年9月

しらさ

白崎 瞬　しらさき・しゅん
東陵学園中学・高等学校の数学教師　「迷宮の観覧車」　青木知己　新・本格推理04-赤い館の怪人物　光文社(光文社文庫)　2004年3月

白沢　しらさわ
殺し屋に殺害されたサラリーマン、用心棒の江原の大学時代の友人　「夜に潜む」　大藪春彦　名作で読む推理小説史 わが名はタフガイ-ハードボイルド傑作選　光文社(光文社文庫)　2006年5月

白瀬　しらせ
名探偵・音野順の友人　「毒入りバレンタイン・チョコ」　北山猛邦　名探偵に訊け　光文社　2010年9月

白瀬 白夜　しらせ・びゃくや
ミステリ作家　「見えないダイイングメッセージ」　北山猛邦　本格ミステリ08　講談社(講談社ノベルス)　2008年6月

白戸 秋子　しらと・あきこ
城北大学教授・高畑一郎のゼミの学生、歌人白戸弥吉の娘　「明治村の時計」　戸板康二　短歌殺人事件-31音律のラビリンス　光文社(光文社文庫)　2003年4月

白戸 修　しらと・おさむ
大学生、友達の代わりにステ看貼りのバイトをした男　「サインペインター」　大倉崇裕　名探偵を追いかけろ-日本ベストミステリー選集34　光文社(光文社文庫)　2007年5月

白根 良吉　しらね・りょうきち
同じバスに乗り合わせる職業婦人で下宿の隣家に住む女性を毎夜窃視していたサラリーマン　「寝衣(ネグリジェ)」　渡辺啓助　江戸川乱歩と13の宝石 第二集　光文社(光文社文庫)　2007年9月

白野 なよ子　しらの・なよこ*
行方不明になった会社社長貝田氏の愛人　「怪物」　島久平　甦る推理雑誌8「エロティック・ミステリー」傑作選　光文社(光文社文庫)　2003年9月

白藤 鷺太郎　しらふじ・さぎたろう
胸を病んで海浜都市のサナトリウムで療養していた男　「鱗粉」　蘭郁二郎　幻の探偵雑誌4「探偵春秋」傑作選　光文社(光文社文庫)　2001年1月

ジラーフ田村　じらーふたむら
ハードロックバンドのギタリスト、会社社長・角山が持つスタジオに出入りする男　「渋い夢-永見緋太郎の事件簿」　田中啓文　推理小説年鑑 ザ・ベストミステリーズ2009　講談社　2009年7月

ジリアン(四面堂 遥)　じりあん(しめんどう・はるか)
経営コンサルタント、暴力団箕島組組長の葬式に来た女　「弔いはおれがする」　逢坂剛　推理小説年鑑 ザ・ベストミステリーズ2002　講談社　2002年7月

しろか

私立探偵　しりつたんてい
この星の上で発生する殺人事件で一定の役割を負った私立探偵　「星の上の殺人」　斎藤栄　ミステリー傑作選・特別編6 自選ショート・ミステリー2　講談社(講談社文庫)　2001年10月

私立探偵(探偵)　しりつたんてい(たんてい)
遠くからやって来た物書きに仕事の話をした私立探偵　「気つけ薬」　大沢在昌　ミステリー傑作選・特別編6 自選ショート・ミステリー2　講談社(講談社文庫)　2001年10月

ジルベルト
デジョンヌの競馬宿「ルイ十四世館」の主人　「こがね虫の証人」　北洋　甦る推理雑誌3「X」傑作選　光文社(光文社文庫)　2002年12月

ジロー
中央リニア超特急に乗り込んだ犬　「2001年リニアの旅」　石川喬司　ミステリー傑作選・特別編5 自選ショート・ミステリー　講談社(講談社文庫)　2001年6月

白家　しろいえ*
弊衣破帽に釣鐘マントの南国の高等学生　「みかん山」　白家太郎(多岐川恭)　甦る推理雑誌9「別冊宝石」傑作選　光文社(光文社文庫)　2003年11月

白い女　しろいおんな
狩猟を生業とする穴居人の部落にやって来た男女二人の異邦人の女　「白い異邦人」　黒沼健　甦る推理雑誌6「探偵実話」傑作選　光文社(光文社文庫)　2003年5月

四郎　しろう
老人の「私」を物置に監禁した甥　「私は死んでいる」　多岐川恭　犯人は秘かに笑う−ユーモアミステリー傑作選　光文社(光文社文庫)　2007年1月

二郎　じろう
殺害された葛西家の当主一郎の異母弟　「とどめを刺す」　渡辺剣次　江戸川乱歩の推理試験　光文社(光文社文庫)　2009年1月

四郎王子　しろうおうじ
神楽太夫、三郎王子の従兄弟　「神楽太夫」　横溝正史　マイ・ベスト・ミステリーVI　文藝春秋(文春文庫)　2007年12月

白水　みずき　しろうず・みずき
水難救助隊員・瀬古卓巳の幼なじみ　「水底の連鎖」　黒田研二　川に死体のある風景　東京創元社(創元推理文庫)　2010年3月;川に死体のある風景　東京創元社(創元クライム・クラブ)　2006年5月

城川　剛一　しろかわ・ごういち
地方裁判所の判事、冷徹な司法官　「死者は訴えない」　土屋隆夫　判決　徳間書店(徳間文庫)　2010年3月

城川　道夫　しろかわ・みちお
地方裁判所の判事・城川剛一の一人息子　「死者は訴えない」　土屋隆夫　判決　徳間書店(徳間文庫)　2010年3月

しろき

次郎吉（鼠小僧）　じろきち（ねずみこぞう）
鼠に変身する術を身につけた盗ッ人　「変身術」　岡田鯱彦　剣が謎を斬る　光文社（光文社文庫）　2005年4月

白木原 翔太　しろきばら・しょうた
早稲田大学文学部の二年生、市井の謎を解くことを一番の趣味としている青年　「星空へ行く密室」　村瀬継弥　名探偵で行こう-最新ベスト・ミステリー　シリーズ・キャラクター編　光文社（光文社文庫）　2001年9月

白毛　しろげ*
殺人強盗で刑務所生活が十年以上になっている長期囚　「完全脱獄」　楠田匡介　江戸川乱歩と13の宝石　第二集　光文社（光文社文庫）　2007年9月

城崎 恵理子　しろさき・えりこ
株式会社「海原興発」社長海原麗子の失踪した夫・剛造の愛人だったという女　「生き証人」　末浦広海　推理小説年鑑 ザ・ベストミステリーズ2010　講談社　2010年7月

城崎 元雄　しろさき・もとお
場末の町の下宿で此の数日間まるで病人の様に苦悶する男　「蛾」　篠崎淳之介　幻の探偵雑誌8「探偵クラブ」傑作選　光文社（光文社文庫）　2001年12月

城田　しろた
宝石愛好家、印度人の宝石商人ロンジ氏の友人　「魔石」　城田シュレーダー　幻の探偵雑誌9「探偵」傑作選　光文社（光文社文庫）　2002年1月

城多氏　しろたし*
思い思いの雑談に耽る××倶楽部のメンバー、若いピアニスト　「炉辺綺譚」　篠崎淳之介　幻の探偵雑誌8「探偵クラブ」傑作選　光文社（光文社文庫）　2001年12月

城都 勇　しろと・いさむ*
女性実業家・松島詩織を警護する男、大手探偵社の社員　「濃紺の悪魔」　若竹七海　蒼迷宮　祥伝社（祥伝社文庫）　2002年3月

城野 郁雄　しろの・いくお
資産家の癌患者の女性・滝沢ひとみの義兄　「ライフ・サポート」　川田弥一郎　乱歩賞作家赤の謎　講談社　2006年4月

城野 那智子　しろの・なちこ
資産家の癌患者の女性・滝沢ひとみの姉　「ライフ・サポート」　川田弥一郎　乱歩賞作家赤の謎　講談社　2006年4月

振一　しんいち*
美くしかった亡母房恵の長男　「犬の写真」　池永陽　推理小説年鑑 ザ・ベストミステリーズ2005　講談社　2005年7月

新開 一志　しんかい・かずし
キックボクシングジム「二宮ジム」のフィットネス会員の　「ラスカル3」　加藤実秋　事件の痕跡-最新ベスト・ミステリー　光文社　2007年11月

深海 静一　しんかい・せいいち＊
外科医、医学博士「飛行する死人」青池研吉　甦る推理雑誌1「ロック」傑作選　光文社
（光文社文庫）2002年10月

深海 真子　しんかい・まさこ＊
深海博士の妻「飛行する死人」青池研吉　甦る推理雑誌1「ロック」傑作選　光文社（光
文社文庫）2002年10月

信吉　しんきち
養鶏場に雇われている若者「朱色の祭壇」山下利三郎　幻の探偵雑誌6「猟奇」傑作選
　光文社（光文社文庫）2001年3月

神宮寺 貴信　じんぐうじ・たかのぶ＊
中年のロックンローラー、七十年代にヒットを出した歌手「伝説の星」石田衣良　推理小
説年鑑 ザ・ベストミステリーズ2005　講談社　2005年7月

信公　しんこう
競馬厩舎の騎手見習「ばくち狂時代」大河内常平　甦る推理雑誌6「探偵実話」傑作選
　光文社（光文社文庫）2003年5月

シンさん
銭湯の常連客の老人「昭和湯の幻」倉阪鬼一郎　暗闇を追いかけろ-日本ベストミステ
リー選集35　光文社（光文社文庫）2008年5月

シンシ
顔中をニヤニヤさせた日本のシンシ「ホームズの正直」乾信一郎　日本版 シャーロック・
ホームズの災難　論創社　2007年12月

紳士　しんし
牛窓から岡山へむかう小蒸気船のなかで学生にストランドという雑誌に関係のある話をした
緑色の服の紳士「リラの香のする手紙」妹尾アキ夫　シャーロック・ホームズに再び愛をこ
めて　光文社（光文社文庫）2010年7月

紳士　しんし
詩人、物語作者「偽眼のマドンナ」渡辺啓助　江戸川乱歩と13人の新青年〈文学派〉編
　光文社（光文社文庫）2008年5月

紳士　しんし
紐育（ニューヨーク）自由新報記者のフリント君と夜汽車で一緒になった紳士「夜汽車」
牧逸馬　幻の探偵雑誌5「探偵文藝」傑作選　光文社（光文社文庫）2001年2月

紳士　しんし
名探偵ホームズ氏に黒い小箱を開けてもらいたいと云った紳士「黒い箱」稲垣足穂　日
本版 シャーロック・ホームズの災難　論創社　2007年12月

慎司　しんじ
奥多摩にある貸別荘で死亡しているのが発見された五人の男女の一人「蝶番の問題」
貫井徳郎　気分は名探偵-犯人当てアンソロジー　徳間書店　2006年5月

しんじ

慎二　しんじ
血のつながりのない兄を唐突に亡くした「私」「金木犀の香り」 鷹将純一郎　新・本格推理04-赤い館の怪人物　光文社(光文社文庫) 2004年3月

新十郎　しんじゅうろう
上州無宿の渡世人、天神の新十郎 「峠に哭いた甲州路」 笹沢左保　大江戸事件帖　双葉社(双葉文庫) 2005年7月

新庄 光一　しんじょう・こういち*
ノンフィクション作家 「蒲団」 吉村達也　罪深き者に罰を　講談社(講談社文庫) 2002年11月

新庄 さやか　しんじょう・さやか
新宿職安前託老所に入所する女の子 「めんどうみてあげるね」 鈴木輝一郎　謎005-スペシャル・ブレンド・ミステリー　講談社(講談社文庫) 2010年9月

新二郎　しんじろう
中川の護岸工事の請負人の飯場に宿っていた土工 「飯場の殺人」 飛鳥高　江戸川乱歩の推理教室　光文社(光文社文庫) 2008年9月

シンスケ
天狗山に肝だめしに行った小学生、いじめられっ子 「天狗と宿題、幼なじみ」 はやみねかおる　青に捧げる悪夢　角川書店 2005年3月;殺意の時間割　角川書店(角川文庫) 2002年8月

新谷 弘毅　しんたに・ひろき
中堅推理作家 「使用中」 法月綸太郎　殺人買います　講談社(講談社文庫) 2002年8月

新谷 弘毅　しんたに・ひろき
中堅推理作家 「使用中」 法月綸太郎　大密室　新潮社(新潮文庫) 2002年2月

シンちゃん
組長を殺して南米リオへ逃亡しリゾート地のコパカバーナ海岸に滞在していたヤクザ 「コパカバーナの棹師」 垣根涼介　事件の痕跡-最新ベスト・ミステリー　光文社 2007年11月

新ちゃん　しんちゃん
ミステリー・マニアの源さんの床屋に入り浸っている村のでこぼこコンビの一人 「床屋の源さん、探偵になる-生首村殺人事件」 青山蘭堂　新・本格推理07-Qの悲劇　光文社(光文社文庫) 2007年3月

シンちゃん(シブガキ)
キンポウゲ幼稚園の園児、「一匹狼の私立探偵」 「縞模様の宅配便」 二階堂黎人　新世紀「謎(ミステリー)」倶楽部　角川書店 2001年8月

申 正成　しん・ちょんそん
在日朝鮮人、愛国青年団のメンバー 「青き旗の元にて」 五條瑛　事件現場に行こう-日本ベストミステリー選集33　光文社(光文社文庫) 2006年4月;事件現場に行こう　光文社 2001年11月

進藤　しんどう
警視庁掏摸係りの刑事　「百日紅」　牧逸馬　探偵小説の風景 トラフィック・コレクション（下）　光文社（光文社文庫）　2009年9月

進藤 金之助　しんどう・きんのすけ
元巡査　「わが生涯最大の事件」　折原一　マイ・ベスト・ミステリーⅥ　文藝春秋（文春文庫）　2007年12月

進藤 哲子　しんどう・てつこ
新聞記者の原の同じ社の週刊編集部の記者　「金属音病事件」　佐野洋　江戸川乱歩と13の宝石 第二集　光文社（光文社文庫）　2007年9月

神童 天才　しんどう・てんさい
サイエンス・コラムニスト　「黄色い部屋の謎」　清水義範　犯人は秘かに笑う-ユーモアミステリー傑作選　光文社（光文社文庫）　2007年1月

進藤 正子　しんどう・まさこ
往年の名探偵、東京の探偵事務所の社長　「原宿消えた列車の謎」　山田正紀　名探偵に訊け　光文社　2010年9月

進藤 正子　しんどう・まさこ
往年の名探偵、東京の探偵事務所の社長　「札幌ジンギスカンの謎」　山田正紀　本格ミステリ10　講談社（講談社ノベルス）　2010年6月

進藤 由季子　しんどう・ゆきこ
出版社の編集者、女友だちとロシアン・ルーレットのゲームをした女　「鳥辺野の午後」　柴田よしき　金田一耕助に捧ぐ九つの狂想曲　角川書店　2002年5月

甚内　じんない
評判の高い盗人　「報恩記」　芥川龍之介　文豪の探偵小説　集英社（集英社文庫）　2006年11月

陣内　じんない
コンビニエンスストアの夜間アルバイト、正義感の強い大学院生　「駈込み訴え」　石持浅海　推理小説年鑑 ザ・ベストミステリーズ2009　講談社　2009年7月

陣内　じんない
銀行強盗の人質にされた大学生、鴨居の友達　「バンク」　伊坂幸太郎　事件を追いかけろ　光文社（光文社文庫）　2009年4月；事件を追いかけろ　光文社　2004年12月

陣内さん　じんないさん
少年事件担当の家裁調査官　「チルドレン」　伊坂幸太郎　推理小説年鑑 ザ・ベストミステリーズ2003　講談社　2003年7月

神野 良　じんの・りょう
西荻窪にあるスコッチバー「ネオフォビア」のマスター、フリーライター鳶山久志の大学時代の同級生　「眼の池」　鳥飼否宇　推理小説年鑑 ザ・ベストミステリーズ2010　講談社　2010年7月

新婦　しんぷ
ホテルでハンドバッグから白い封筒をすってしまった新婦の女　「最後の仕事」　五谷翔　ミステリー傑作選・特別編6 自選ショート・ミステリー2　講談社(講談社文庫)　2001年10月

新聞記者　しんぶんきしゃ
この星の上で発生する殺人事件で一定の役割を負った新聞記者　「星の上の殺人」　斎藤栄　ミステリー傑作選・特別編6 自選ショート・ミステリー2　講談社(講談社文庫)　2001年10月

新聞記者　しんぶんきしゃ
定期船三等船室で男から奇怪な物語を聞いた新聞記者　「砂丘」　水谷準　探偵小説の風景 トラフィック・コレクション(下)　光文社(光文社文庫)　2009年9月

新聞記者　しんぶんきしゃ
福岡時報の新聞記者　「空を飛ぶパラソル」　夢野久作　探偵小説の風景 トラフィック・コレクション(下)　光文社(光文社文庫)　2009年9月

晋平　しんぺい
サラリーマン、我儘な恭子の恋人　「枕香」　乃南アサ　私(わたし)は殺される(女流ミステリー傑作選)　角川春樹事務所(ハルキ文庫)　2001年3月

新兵衛　しんべえ
泥棒にあった表具屋　「犯人当て横丁の名探偵」　仁木悦子　死人に口無し 時代推理傑作選　徳間書店　2009年11月;大江戸事件帖　双葉社(双葉文庫)　2005年7月

神馬 左京太　しんめ・さきょうた
黒田藩重臣・栗山大膳利章に仕える剣士　「東海道を走る剣士」　南條範夫　御白洲裁き　徳間書店(徳間文庫)　2009年12月

慎也　しんや
家電メーカーに勤める「私」の団地の部屋に通う男　「ピジョン・ブラッド」　篠田節子　恋は罪つくり　光文社(光文社文庫)　2005年7月;緋迷宮　祥伝社(祥伝社文庫)　2001年12月

親友　しんゆう
同一の目的をめざして暗黙の競争をした二人の親友　「親友記」　天藤真　犯人は秘かに笑う‐ユーモアミステリー傑作選　光文社(光文社文庫)　2007年1月

【す】

翠寿星　すいじゅせい*
女性占い師　「深夜の客」　山沢晴雄　名探偵で行こう‐最新ベスト・ミステリー シリーズ・キャラクター編　光文社(光文社文庫)　2001年9月

垂里 京一　すいり・きょういち
垂里家の息子、浪人生　「湯煙のごとき事件」　山口雅也　M列車(ミステリー・トレイン)で行(い)こう　光文社　2001年10月

すがな

垂里 冴子　すいり・さえこ
垂里家の長女　「湯煙のごとき事件」山口雅也　M列車(ミステリー・トレイン)で行(い)こう　光文社　2001年10月

垂里 空美　すいり・そらみ
垂里家の次女　「湯煙のごとき事件」山口雅也　M列車(ミステリー・トレイン)で行(い)こう　光文社　2001年10月

末井　すえい
硫化水素自殺をしたホームレス　「墓標」横山秀夫　現場に臨め-最新ベスト・ミステリー　光文社　2010年10月

末次　すえつぐ
暴力団員、安藤清の元暴走族仲間　「メルヘン」山岡都　ミステリア　祥伝社(祥伝社文庫)　2003年12月

末永 庄一　すえなが・しょういち
「恵那タクシー」の運転手、上諏訪までの男女の客を乗せた男　「眼の気流」松本清張　殺意の海　徳間書店(徳間文庫)　2003年9月

季乃　すえの
日向佐土原士族樋村雄吾の義妹　「西郷札」松本清張　マイ・ベスト・ミステリーⅣ　文藝春秋(文春文庫)　2007年10月

末原 順也　すえはら・じゅんや
鎌込署の刑事末原稔の引き籠もりの息子　「文字板」長岡弘樹　現場に臨め-最新ベスト・ミステリー　光文社　2010年10月

末原 稔　すえはら・みのる
鎌込署の刑事、寺島俊樹の親友　「文字板」長岡弘樹　現場に臨め-最新ベスト・ミステリー　光文社　2010年10月

蘇芳 紅美子　すおう・くみこ
デザイナー、川の土手を降りた場所に建つ古いアパートに住む女　「十八の夏」光原百合　推理小説年鑑　ザ・ベストミステリーズ2002　講談社　2002年7月

須貝 玄堂　すがい・げんどう
娯楽雑誌「J-」の執筆者、博覧強記の老人　「理外の理」松本清張　謎004-スペシャル・ブレンド・ミステリー　講談社(講談社文庫)　2009年9月

須潟　すがた
警部、砧私立探偵の友人　「砧最初の事件」山沢晴雄　無人踏切-鉄道ミステリー傑作選　光文社(光文社文庫)　2008年11月

須賀 奈緒子　すが・なおこ
「わたし」の医療機器メーカーの営業マンをしている夫の不倫相手　「少しの幸運」森谷明子　名探偵で行こう-最新ベスト・ミステリー シリーズ・キャラクター編　光文社(光文社文庫)　2001年9月

すがぬ

菅沼 菜摘　すがぬま・なつみ
今谷順也と名乗る幽霊を殺した彼女　「Do you love me?」　米澤穂信　不思議の足跡-最新ベスト・ミステリー　光文社　2007年10月 ; 犯人は秘かに笑う-ユーモアミステリー傑作選　光文社(光文社文庫)　2007年1月

菅谷(ホスト風)　すがや(ほすとふう)
「東京しあわせクラブ」のメンバー、ホスト風の若い男　「東京しあわせクラブ」　朱川湊人　不思議の足跡-最新ベスト・ミステリー　光文社　2007年10月

須賀 義郎　すが・よしろう
タクシー運転手、防衛庁情報局の非常勤工作員(AP)の仕事を請け負う男　「920を待ちながら」　福井晴敏　乱歩賞作家白の謎　講談社　2006年6月

須川(ポチ)　すがわ(ぽち)
高校生、アマチュアマジシャン西乃初のクラスメイト　「恋のおまじないのチンク・ア・チンク」　相沢沙呼　放課後探偵団　東京創元社(創元推理文庫)　2010年11月

スギ
夫婦仲がむかしからよくない女房　「喘息療法」　結城昌治　犯人は秘かに笑う-ユーモアミステリー傑作選　光文社(光文社文庫)　2007年1月

杉井 利江子　すぎい・りえこ
会社員杉井の娘、恋人の川越達夫を亡くした女　「死者の電話」　佐野洋　謎003-スペシャル・ブレンド・ミステリー　講談社(講談社文庫)　2008年9月

杉江　すぎえ
古い館に住む月彦とシャム双生児の妹たちの看護師　「あやかしの家」　七河迦南　新・本格推理06-不完全殺人事件　光文社(光文社文庫)　2006年3月

杉江 千代蔵　すぎえ・ちよぞう
医師、西木家の結核で亡くなった跡取り息子の主治医だった先生　「マコトノ草ノ種マケリ」　鏑木蓮　新・本格推理06-不完全殺人事件　光文社(光文社文庫)　2006年3月

杉 一馬　すぎ・かずま
俳優、ダンサー杉きん子の兄　「セントルイス・ブルース」　平塚白銀　探偵小説の風景 トラフィック・コレクション(下)　光文社(光文社文庫)　2009年9月

杉 きん子　すぎ・きんこ
子爵松倉晃文の恋人のダンサー、俳優杉一馬の妹　「セントルイス・ブルース」　平塚白銀　探偵小説の風景 トラフィック・コレクション(下)　光文社(光文社文庫)　2009年9月

杉島 章吾　すぎしま・しょうご
オフィス・テン所長、九段南の将棋道場時代の昔なじみ　「昔なじみ」　逢坂剛　決断-警察小説競作　新潮社(新潮文庫)　2006年2月

杉田 修一郎　すぎた・しゅういちろう
FXTVディレクター　「死聴率」　島田荘司　江戸川乱歩に愛をこめて　光文社(光文社文庫)　2011年2月

杉田 伴作　すぎた・ばんさく
東京から親友の鎌倉の家にやって来て一泊した男　「情熱の一夜」　城昌幸　幻の探偵雑誌9「探偵」傑作選　光文社(光文社文庫)　2002年1月

杉田 文子　すぎた・ふみこ
出版社の契約社員、学生最後の夏に一人旅をした女　「かもめ」　森真沙子　緋迷宮　祥伝社(祥伝社文庫)　2001年12月

杉田 雅美　すぎた・まさみ
性犯罪被害者の少女・杉田亜紀の母親　「ノビ師」　黒埼視音　推理小説年鑑 ザ・ベストミステリーズ2010　講談社　2010年7月

杉原　すぎはら
ビルの裏手に接している修理工場の若い工員　「小さなビルの裏で」　桂英二　江戸川乱歩の推理試験　光文社(光文社文庫)　2009年1月

杉原 幸代　すぎはら・さちよ
モモコの親友で元会社の同僚　「盗まれて」　今邑彩　謎005-スペシャル・ブレンド・ミステリー　講談社(講談社文庫)　2010年9月

杉原 渚　すぎはら・なぎさ
半島の町・神奈川県葉崎市に住む女子高生　「みたびのサマータイム」　若竹七海　青に捧げる悪夢　角川書店　2005年3月;血文字パズル―ミステリ・アンソロジー5　角川書店(角川文庫)　2003年3月

杉原 亮子　すぎはら・りょうこ
楽器店の音楽教室のピアノ講師　「英雄と皇帝」　菅浩江　死神と雷鳴の暗号(本格短編ベスト・セレクション)　講談社(講談社文庫)　2006年1月;本格ミステリ02　講談社(講談社ノベルス)　2002年5月

杉村 一樹　すぎむら・かずき
「あたし」が生れて初めて自分の方から想いを打ち明けた男　「願い」　柴田よしき　暗闇を追いかけろ-日本ベストミステリー選集35　光文社(光文社文庫)　2008年5月

杉村 加代　すぎむら・かよ
銀座のホステスから製薬会社の接待社員として秘書課に勤務することになった女　「魚葬」　森村誠一　マイ・ベスト・ミステリーⅣ　文藝春秋(文春文庫)　2007年10月

杉村 高夫　すぎむら・たかお
免許証を落して警察署に遺失物届けを出した男　「あちこちら」　大沢在昌　名探偵で行こう-最新ベスト・ミステリー シリーズ・キャラクター編　光文社(光文社文庫)　2001年9月

杉村 久雄　すぎむら・ひさお
兜町の証券会社員、銀座のバー・ナインの客　「お艶殺し」　大岡昇平　ペン先の殺意　光文社(光文社文庫)　2005年11月

杉村 房枝　すぎむら・ふさえ
謎の投身自殺を遂げた天才ピアニスト　「第二の失恋」　大倉燁子　甦る推理雑誌3「X」傑作選　光文社(光文社文庫)　2002年12月

すぎむ

杉村 弥生　すぎむら・やよい
東京のアパートで一人暮らしをする若い女　「天の配猫」　森村誠一　Anniversary 50 カッパ・ノベルス創刊50周年記念作品　光文社　2009年12月

杉本　すぎもと
警視庁の警部補　「月夜の時計」　仁木悦子　江戸川乱歩の推理教室　光文社(光文社文庫)　2008年9月

杉本　すぎもと
警部　「虎よ、虎よ、爛爛と-101番目の密室」　狩久　密室殺人大百科 下　講談社(講談社文庫)　2003年9月

杉本　すぎもと
地方の新聞記者　「湖のニンフ」　渡辺啓助　甦る推理雑誌3「X」傑作選　光文社(光文社文庫)　2002年12月

杉元 易子　すぎもと・えきこ
美少女、亡くなった製紙界の大立者小池正春の姪　「遺言映画」　夢座海二　甦る推理雑誌7「探偵倶楽部」傑作選　光文社(光文社文庫)　2003年7月

杉本 かおり　すぎもと・かおり
音楽専門雑誌への投稿マニア、米国の若手歌手のファンクラブ代表　「欠けた記憶」　高橋克彦　嘘つきは殺人のはじまり　講談社(講談社文庫)　2003年9月

杉本 政雄　すぎもと・まさお
西園寺家のシェフ、元赤坂のレストランの経営者　「イタリア国旗の食卓」　谷原秋桜子　本格ミステリ10　講談社(講談社ノベルス)　2010年6月

杉山 康志　すぎやま・こうし
小学六年生、殺人犯を見た子ども　「一匹や二匹」　仁木悦子　ねこ!ネコ!猫!(NEKOミステリー傑作選)　徳間書店(徳間文庫)　2008年10月;謎003-スペシャル・ブレンド・ミステリー　講談社(講談社文庫)　2008年9月

杉山 裕樹　すぎやま・ひろき*
沼田早苗が起こした交通事故の被害者　「茶の葉とブロッコリー」　北上秋彦　嘘つきは殺人のはじまり　講談社(講談社文庫)　2003年9月

杉山 美也子　すぎやま・みやこ
杉山裕樹の美貌の未亡人　「茶の葉とブロッコリー」　北上秋彦　嘘つきは殺人のはじまり　講談社(講談社文庫)　2003年9月

勝平 愛子　すぐひら・あいこ
秋田市にある私大の心理学の女性教授　「紳士ならざる者の心理学」　柄刀一　法廷ジャックの心理学　講談社(講談社文庫)　2011年1月;本格ミステリ07　講談社(講談社ノベルス)　2007年5月

スコット・ヒル(ヒル)
小学校教師、英語教師として招かれた国で六年生のクラス担任を受け持つようになったアメリカ人　「ドロッピング・ゲーム」　石持浅海　推理小説年鑑 ザ・ベストミステリーズ2010　講談社　2010年7月;不可能犯罪コレクション　原書房　2009年6月

スコーニャ
ロシア正教会に属する女子修道院の修道女、聖人リザヴェータを崇拝する女 「凍れるルーシー」 梓崎優 本格ミステリ10 講談社(講談社ノベルス) 2010年6月

スーザン・ワイズフィールド
失踪した大金持ちの娘 「半熟卵にしてくれと探偵は言った」 山口雅也 天地驚愕のミステリー 宝島社(宝島社文庫) 2009年8月

厨司 学　ずし・まなぶ
嵐山大学理工学部の助手、タイムマシンの研究者 「マーキングマウス」 不知火京介 ミステリ愛。免許皆伝! 講談社(講談社ノベルス) 2010年3月

蘇 中信　すー・じょんしん
蛇頭の手配した船で同郷の阿扁と一緒に日本に来た福建人 「死神」 馳星周 推理小説年鑑 ザ・ベストミステリーズ2001 講談社 2001年6月

鈴木　すずき
法林大学学友会福岡支部の会員、坂田誠への講演の依頼人 「過ぎし日の恋」 逢坂剛 殺人買います 講談社(講談社文庫) 2002年8月

鈴木 享輔　すずき・きょうすけ
殺人事件の被害者、F-財閥の中番頭 「六人の容疑者」 黒輪土風 マイ・ベスト・ミステリーV 文藝春秋(文春文庫) 2007年11月

鈴木 源兵衛　すずき・げんべえ
村で理髪店を営んでいる老人、ミステリー・マニア 「床屋の源さん、探偵になる-生首村殺人事件」 青山蘭堂 新・本格推理07-Qの悲劇 光文社(光文社文庫) 2007年3月

鈴木 正三　すずき・しょうぞう
高利貸・藤崎洋之助殺人事件の被告、無罪を主張しながら死刑判決を受けた男 「死者は訴えない」 上屋隆夫 判決 徳間書店(徳間文庫) 2010年3月

鈴木 虎夫　すずき・とらお
F-財閥の中番頭鈴木享輔の甥で秘書 「六人の容疑者」 黒輪土風 マイ・ベスト・ミステリーV 文藝春秋(文春文庫) 2007年11月

寿々木 ハンナ　すずき・はんな
ホテルで教授とフグ毒で死んだ女子大生 「長篇・異界活人事件」 辻眞先 奇想天外のミステリー 宝島社(宝島社文庫) 2009年8月

鈴木 正史　すずき・まさし
記憶喪失になってホステス・大沢夏美に介抱された盲人 「あなたに会いたくて」 不知火京介 推理小説年鑑 ザ・ベストミステリーズ2007 講談社 2007年7月

鈴子　すずこ
小高い丘の中腹にある家の女の子 「今夜も笑ってる」 乃南アサ ミステリー傑作選・特別編5 自選ショート・ミステリー 講談社(講談社文庫) 2001年6月

鈴城夫妻　すずしろふさい
水島のりかたちが新婚旅行先のホテルで知り合った夫妻 「水島のりかの冒険」 園田修一郎 新・本格推理05-九つの署名 光文社(光文社文庫) 2005年3月

すずち

鈴ちゃん　すずちゃん
下宿屋の娘　「朝霧」　北村薫　完全犯罪証明書 ミステリー傑作選　講談社(講談社文庫)
2001年4月

鈴村　すずむら
開業医、小学校時代藤田先生のクラスの生徒　「藤田先生、指一本で巨石を動かす」　村瀬継弥　新世紀「謎(ミステリー)」倶楽部　角川書店　2001年8月

鈴村　すずむら
心臓を病んだ十六歳の少年・明彦の家庭教師　「薔薇の処女(おとめ)」　宮野叢子　甦る推理雑誌10「宝石」傑作選　光文社(光文社文庫)　2004年1月

スズメ
日本橋の「さくら」という待合の芸者　「犯人」　太宰治　文豪の探偵小説　集英社(集英社文庫)　2006年11月;現代詩殺人事件-ポエジーの誘惑　光文社(光文社文庫)　2005年9月

雀川　信也　すずめかわ・しんや
五重の塔の家に住む美青年、モデル事務所のスカウトマン　「プロセルピナ」　飛鳥部勝則　推理小説年鑑 ザ・ベストミステリーズ2005　講談社　2005年7月

須田　すだ
神南署の部長刑事　「部下」　今野敏　密室＋アリバイ＝真犯人　講談社(講談社文庫)
2002年2月

須田　英二　すだ・えいじ
梓野バレー研究所に入所した青年　「鏡の国への招待」　皆川博子　翠迷宮　祥伝社(祥伝社文庫)　2003年6月

須田　三郎　すだ・さぶろう
部長刑事、警部補安積剛志の部下　「薔薇の色」　今野敏　Play推理遊戯　講談社(講談社文庫)　2011年4月;推理小説年鑑 ザ・ベストミステリーズ2008　講談社　2008年7月

捨吉　すてきち
三宅島の流人、房州鴨川の漁師　「赦免花は散った」　笹沢左保　マイ・ベスト・ミステリーⅣ　文藝春秋(文春文庫)　2007年10月

ステファニー
医者、連邦政府から植民惑星に派遣された八人の先遣隊メンバーの一人　「だから誰もいなくなった」　園田修一郎　新・*本格推理 特別編　光文社(光文社文庫)　2009年3月

ステラ・パウエル
シューメイカー夫人の秘書　「靴の中の死体」　山口雅也　探偵Xからの挑戦状!　小学館(小学館文庫)　2009年1月

須藤　すどう
老人病院の看護婦　「春の便り」　篠田節子　ミステリー傑作選・特別編6 自選ショート・ミステリー2　講談社(講談社文庫)　2001年10月

須藤　いずみ　すどう・いずみ
フォークシンガー、ギタリスト　「エレメントコスモス」　初野晴　ベスト本格ミステリ 2011　講談社(講談社ノベルス)　2011年6月

須藤警部　すどうけいぶ
捜査一課の主任警部　「見晴台の惨劇」　山村正夫　江戸川乱歩の推理試験　光文社（光文社文庫）　2009年1月

須藤 錠治　すどう・じょうじ
〝消された〟という噂があるやくざ　「亡霊」　大沢在昌　現場に臨め‐最新ベスト・ミステリー　光文社　2010年10月

須藤 誠一　すどう・せいいち
自宅で絞殺された堤社長から借金をした男　「深夜の殺人者」　岡田鯱彦　江戸川乱歩の推理試験　光文社（光文社文庫）　2009年1月

須任 真弓　すとう・まゆみ
社会派ミステリーの人気作家　「オリエント急行十五時四十分の謎」　松尾由美　透明な貴婦人の謎（本格短編ベスト・セレクション）　講談社（講談社文庫）　2005年1月；本格ミステリ01　講談社（講談社ノベルス）　2001年7月

須永 俊和　すなが・としかず
大航ツーリスト東京支店の営業マン　「ねずみと探偵‐あぽやん」　新野剛志　Play推理遊戯　講談社（講談社文庫）　2011年4月；推理小説年鑑　ザ・ベストミステリーズ2008　講談社　2008年7月

砂神　すながみ
殺人鬼　「カントールの楽園で」　小田牧央　新・本格推理04‐赤い館の怪人物　光文社（光文社文庫）　2004年3月

砂木　すなき
福岡県警の警部補、キャリアの落ちこぼれと称される男　「偶然のアリバイ」　愛理修　新・本格推理06‐不完全殺人事件　光文社（光文社文庫）　2006年3月

砂木　すなき
福岡県警の警部補、キャリアの落ちこぼれと称される男　「詭計の神」　愛理修　新・本格推理07‐Qの悲劇　光文社（光文社文庫）　2007年3月

砂村 喬　すなむら・たかし
カメラマン　「虎よ、虎よ、爛爛と‐101番目の密室」　狩久　密室殺人大百科 下　講談社（講談社文庫）　2003年9月

スパイク・フォールコン
ハイスクールの男子生徒、チンピラ　「チープ・トリック」　西澤保彦　密室殺人大百科 下　講談社（講談社文庫）　2003年9月

スパルタキュス
ローマ帝国の近衛軍団長　「獅子」　山村正夫　江戸川乱歩と13の宝石 第二集　光文社（光文社文庫）　2007年9月

寿摩 輝輪子　すま・きわこ
京都の山頂にある旅館に集まった貴族の子孫の一人　「わらう公家」　霞流一　天使と髑髏の密室（本格短編ベスト・セレクション）　講談社（講談社文庫）　2005年12月；本格ミステリ02　講談社（講談社ノベルス）　2002年5月

すみ

すみ
小料理屋「ひよし屋」の住みこみ女中 「からくり紅花」 永井路子 剣が謎を斬る 光文社（光文社文庫） 2005年4月

須見　すみ
殺害された屍体の発見者 「執念」 蒼井雄 幻の探偵雑誌9「探偵」傑作選 光文社（光文社文庫） 2002年1月

スミーエリスキー侯爵夫人　すみーえりすきーこうしゃくふじん
未亡人、タラセヴィッチェワ王妃の侍女頭 「ペチィ・アムボス」 一条栄子 幻の探偵雑誌6「猟奇」傑作選 光文社（光文社文庫） 2001年3月

角倉　良一　すみくら・りょういち
殺人事件の容疑者四名の一人、俳優 「バッカスの睡り」 鷲尾三郎 江戸川乱歩の推理試験 光文社（光文社文庫） 2009年1月

寿美子　すみこ
行方不明になった会社社長貝田氏の夫人 「怪物」 島久平 甦る推理雑誌8「エロティック・ミステリー」傑作選 光文社（光文社文庫） 2003年9月

澄子　すみこ
「フォルムギャラリー」社長の尾山の妻 「永遠縹渺」 黒川博行 密室＋アリバイ＝真犯人 講談社（講談社文庫） 2002年2月

隅田　すみだ＊
通夜で家を留守にした会社の上司のマンションに留守番を頼まれたと言って入り込んだ男 「通夜盗」 佐野洋 事件の痕跡-最新ベスト・ミステリー 光文社 2007年11月

隅田　久間市　すみだ・くまいち
俳諧宗匠 「殺すとは知らで肥えたり」 高橋義夫 俳句殺人事件-巻頭句の女 光文社（光文社文庫） 2001年4月

角田　大悟　すみだ・だいご
弁護士の車に追突した製材業者、村議 「奇縁」 高橋克彦 謎003-スペシャル・ブレンド・ミステリー 講談社（講談社文庫） 2008年9月

住山　すみやま
画家鹿見木堂の弟子 「鍵」 井上ひさし ペン先の殺意 光文社（光文社文庫） 2005年11月

住吉　すみよし
山梨県の山林に死体を捨てに来た三人組の男の一人 「般若の目」 時織深 新・本格推理06-不完全殺人事件 光文社（光文社文庫） 2006年3月

巣村　明夫　すむら・あきお
評論家、砧私立探偵のゲーム仲間 「砧最初の事件」 山沢晴雄 無人踏切-鉄道ミステリー傑作選 光文社（光文社文庫） 2008年11月

相撲取り(取的)　すもうとり(とりてき)
バーで自分のことを笑われたと思って店をでてから会社員の信田と同窓生二人を追いかけた相撲取り「走る取的」筒井康隆　名作で読む推理小説史　ふるえて眠れない-ホラーミステリー傑作選　光文社(光文社文庫)　2006年9月

スリ
探偵趣味の「僕」が捕まえてやろうと思って後をつけたスリ「黄昏冒険」津志馬宗麿　幻の探偵雑誌6「猟奇」傑作選　光文社(光文社文庫)　2001年3月

駿河夫人　するがふじん
団地アパートに住んでいる安サラリーマンの妻の八人の主婦の一人「如菩薩団」筒井康隆　スペシャル・ブレンド・ミステリー　謎006　講談社(講談社文庫)　2011年9月

諏訪野　すわの
西之園家の執事、小柄な老人「石塔の屋根飾り」森博嗣　密室＋アリバイ＝真犯人　講談社(講談社文庫)　2002年2月

ずん胴　ずんどう
狩猟を生業とする穴居人の部落の若者、白髯の長の孫娘「赤リス」の婿「白い異邦人」黒沼健　甦る推理雑誌6「探偵実話」傑作選　光文社(光文社文庫)　2003年5月

【せ】

清吉　せいきち
浅草の質屋「甲州屋」の道楽息子「寒バヤ釣りと消えた女」太田蘭三　殺意の海　徳間書店(徳間文庫)　2003年9月

聖吉　せいきち
猿若町の刺青師「刺青の女」小沢章友　暗闇を追いかけろ-日本ベストミステリー選集35　光文社(光文社文庫)　2008年5月

静吉　せいきち
押絵師、兄弟絵師の弟「胡鬼板心中」小川勝己　推理小説年鑑　ザ・ベストミステリーズ2004　講談社　2004年7月

青牛　せい・ぎゅう
稷下の学士・青張の弟、孟嘗君の食客「稷下公案」小貫風樹　新・本格推理03　りら荘の相続人　光文社(光文社文庫)　2003年3月

聖子　せいこ
鈴村が家庭教師をしている明彦の姉、薔薇のように美しい少女「薔薇の処女(おとめ)」宮野叢子　甦る推理雑誌10「宝石」傑作選　光文社(光文社文庫)　2004年1月

清五郎　せいごろう
三宅島の流人、武州無宿の渡世人「赦免花は散った」笹沢左保　マイ・ベスト・ミステリーⅣ　文藝春秋(文春文庫)　2007年10月

せいじ

清治　せいじ＊
天草の島の若者　「破れた生贄」　田中万三記　甦る推理雑誌8「エロティック・ミステリー」傑作選　光文社(光文社文庫)　2003年9月

税所 四郎　ぜいしょ・しろう
国府津のホテルで起った「心中事件」で死んだ二人の男　「地獄に結ぶ恋」　渡辺文子　幻の探偵雑誌10「新青年」傑作選　光文社(光文社文庫)　2002年2月

西次郎　せいじろう
大坂の「諸国産物廻船匠屋」の主人　「曇斎先生事件帳 木乃伊とウニコール」　芦辺拓　論理学園事件帳　講談社(講談社文庫)　2007年1月；本格ミステリ03　講談社(講談社ノベルス)　2003年6月

誠太郎　せいたろう
通町のろうそく問屋「柏屋」の手代　「迷い鳩」　宮部みゆき　死人に口無し 時代推理傑作選　徳間書店　2009年11月

青 張　せい・ちょう
稷下の学士、儒家の秀才　「稷下公案」　小貫風樹　新・本格推理03 りら荘の相続人　光文社(光文社文庫)　2003年3月

青年　せいねん
学名マーメイド・リマキナという軟体動物をペットにしたコンピュータオペレーターの青年　「リトル・マーメード」　篠田節子　推理小説年鑑 ザ・ベストミステリーズ2002　講談社　2002年7月

青年　せいねん
作家の「僕」の部屋にふた月前に泥棒に入ったと謝りに来た一人の青年　「箱詰めの文字」　道尾秀介　不思議の足跡-最新ベスト・ミステリー　光文社　2007年10月

青年　せいねん
紫外線照射研究所のアルバイトの青年　「原子を裁く核酸」　松尾詩朗　書下ろしアンソロジー 21世紀本格　光文社(カッパ・ノベルス)　2001年12月

青年　せいねん
車坂町に住む絵かき、神経衰弱に罹り通して来た男　「柳湯の事件」　谷崎潤一郎　ペン先の殺意　光文社(光文社文庫)　2005年11月

青年　せいねん
酒場のカウンターで妻を亡くした老人に話しかけられた男　「オフィーリア、翔んだ」　篠田真由美　蒼迷宮　祥伝社(祥伝社文庫)　2002年3月

青年　せいねん
赤いジャケツの詩人の青年　「詩人の生涯」　安部公房　現代詩殺人事件-ポエジーの誘惑　光文社(光文社文庫)　2005年9月

青年　せいねん
大吹雪の夜に終電車に乗り込んできた一人の青年　「吹雪の夜の終電車」　倉光俊夫　甦る推理雑誌3「X」傑作選　光文社(光文社文庫)　2002年12月

青年　せいねん
恋をして易者に占ってもらった小心な青年 「三つの占い」辻真先　ミステリー傑作選・特別編6 自選ショート・ミステリー2　講談社(講談社文庫) 2001年10月

青年(堀野 栄一)　せいねん(ほりの・えいいち)
悪魔に魂を売り渡し妻を殺そうとしている青年 「悪魔の護符」高木彬光　甦る推理雑誌3「X」傑作選　光文社(光文社文庫) 2002年12月

青年紳士　せいねんしんし
女優に愛想づかしをされた一人の青年紳士 「短銃」城昌幸　幻の探偵雑誌8「探偵クラブ」傑作選　光文社(光文社文庫) 2001年12月

青年俳人　せいねんはいじん
「私」が車中で逢った学校友達で鞄の中の金を得んが為に線路へ突き落した青年俳人 「目撃者」戸田巽　探偵小説の風景 トラフィック・コレクション(上) 光文社(光文社文庫) 2009年5月

清野 直正　せいの・なおまさ
殺人事件の被疑者、今はなき草サッカーチームのメンバー 「オウンゴール」蒼井上鷹　現場に臨め−最新ベスト・ミステリー　光文社　2010年10月

清兵衛　せいべえ
商人、手首しかない幽霊にとりつかれた男 「手首」大佛次郎　文豪のミステリー小説　集英社(集英社文庫) 2008年2月

税務署長　ぜいむしょちょう
バー「三番館」の常連客 「マーキュリーの靴」鮎川哲也　密室殺人大百科 上　講談社(講談社文庫) 2003年9月

清佑　せいゆう
和泉国にある荘園・逆巻庄の代官、京の大寺から来た若い僧 「刀盗人」岩井三四二　珍しい物語のつくり方(本格短編ベスト・セレクション) 講談社(講談社文庫) 2010年1月；本格ミステリ06　講談社(講談社ノベルス) 2006年5月

瀬尾 兵太　せお・ひょうた
勁草館高校生、勁草全共闘執行部員 「敲翼同惜少年春」古野まほろ　学び舎は血を招く　講談社(講談社ノベルス) 2008年11月

瀬折 研吉　せおり・けんきち＊
探偵作家 「虎よ、虎よ、爛爛と−101番目の密室」狩久　密室殺人大百科 下　講談社(講談社文庫) 2003年9月

瀬上 泰二　せがみ・たいじ＊
大峯山中で「私」たちが見つけた死体から出て来た犯罪告白書に登場する男 「霧しぶく山」蒼井雄　幻の探偵雑誌4「探偵春秋」傑作選　光文社(光文社文庫) 2001年1月

瀬川 菊次　せがわ・きくじ
歌舞伎役者 「振袖と刃物」戸板康二　死人に口無し 時代推理傑作選　徳間書店　2009年11月

せがわ

瀬川 順平　せがわ・じゅんぺい
小岩母娘殺害事件で犯人として逮捕されたが裁判で無罪となった男「原島弁護士の処置」小杉健治　マイ・ベスト・ミステリーⅥ　文藝春秋（文春文庫）2007年12月

瀬川 孝　せがわ・たかし
荻窪のラーメン横町で殺された男、現金輸送車強奪犯だった二人組の一人「麺とスープと殺人と」山田正紀　死神と雷鳴の暗号（本格短編ベスト・セレクション）講談社（講談社文庫）2006年1月；本格ミステリ02　講談社（講談社ノベルス）2002年5月

瀬川 隼人　せがわ・はやと
気弱な大学生・伊藤二葉を家庭教師に雇った少年、悪魔的な頭脳を持つ中学生「先生と僕」坂木司　名探偵の奇跡-日本ベストミステリー選集　光文社（光文社文庫）2010年5月；名探偵の奇跡-最新ベスト・ミステリー　光文社　2007年9月

瀬川 秀太郎　せがわ・ひでたろう
開業医「犠牲者」平林初之輔　幻の探偵雑誌10「新青年」傑作選　光文社（光文社文庫）2002年2月

関口　せきぐち
鬱病に悩む作家、神田の路上で横溝正史に出会った男「無題」京極夏彦　金田一耕助に捧ぐ九つの狂想曲　角川書店　2002年5月

関口 十三郎　せきぐち・じゅうざぶろう＊
加賀町署の嘱託、幾つかの犯罪事件を解決した男「何故に穴は掘られるか」井上鋳　甦る推理雑誌9「別冊宝石」傑作選　光文社（光文社文庫）2003年11月

関口 玲子　せきぐち・れいこ
大学のボウリング同好会のメンバー、殺された松永先輩の後輩「都市伝説パズル」法月綸太郎　推理小説年鑑 ザ・ベストミステリーズ2002　講談社　2002年7月

関 拓哉　せき・たくや
S県警捜査共助課の刑事、名探偵草馬の学生時代からの友「第四象限の密室」澤本等　推理小説年鑑 ザ・ベストミステリーズ2009　講談社　2009年7月；新・*本格推理08　光文社（光文社文庫）2008年3月

関根　せきね
渋谷駅前で若い男の変死体を平然と観察していた老人「新・D坂の殺人事件」恩田陸　江戸川乱歩に愛をこめて　光文社（光文社文庫）2011年2月

関根　せきね
大学教授、貝塚の発掘調査団の団長「密室の石棒」藤原遊子　新・本格推理07-Qの悲劇　光文社（光文社文庫）2007年3月

関根 春　せきね・しゅん
黒田志土の同期の検事、長崎県西彼杵郡沖にある無人島の鼎島に来た男「puzzle(パズル)」恩田陸　絶海　祥伝社（NON NOVEL）2002年10月

関根 多佳雄　せきね・たかお
喫茶店の客「象と耳鳴り」恩田陸　怪しい舞踏会　光文社（光文社文庫）2002年5月

関根 多佳雄　せきね・たかお
渋谷孝子の伯父、推理小説好きの元判事「往復書簡」恩田陸　罪深き者に罰を　講談社（講談社文庫）2002年11月

関根 多佳雄　せきね・たかお
薔薇の咲く庭のある家に暮らしていた結子の従兄弟「廃園」恩田陸　恋は罪つくり　光文社（光文社文庫）2005年7月;悪魔のような女　角川春樹事務所（ハルキ文庫）2001年7月

関夫人　せきふじん
人間荘アパート一号室の管理人関さんの奥さん「まぼろしの恋妻」山田風太郎　マイ・ベスト・ミステリーⅢ　文藝春秋（文春文庫）2007年9月

関谷 一　せきや・はじめ
機関士「幽霊列車」赤川次郎　無人踏切-鉄道ミステリー傑作選　光文社（光文社文庫）2008年11月

瀬古 卓巳　せこ・たくみ
水難救助隊員、長良川の下流地域の消防局に勤務する男「水底の連鎖」黒田研二　川に死体のある風景　東京創元社（創元推理文庫）2010年3月;川に死体のある風景　東京創元社（創元クライム・クラブ）2006年5月

瀬下 亮　せした・りょう
政府の高い地位にある役人五十嵐磐人夫人の絹子が満州で相知った恋人で生死不明の人物「首吊船」横溝正史　探偵小説の風景トラフィック・コレクション（上）光文社（光文社文庫）2009年5月

勢田 在直　せた・ありなお
京の椿屋敷に住む若公家、和泉姫の兄「糸織草子」森谷明子　推理小説年鑑　ザ・ベストミステリーズ2006　講談社　2006年7月

ゼック医師　ぜっくいし
医者、ロンドン郊外にある「亡霊館」の主アンソニー・ゲディングスの孫娘フローラの夫「亡霊館の殺人」二階堂黎人　密室と奇蹟-J・D・カー生誕百周年記念アンソロジー　東京創元社　2006年11月

勢津子　せつこ
県警本部銃器対策室の刑事石田孝男の妻「ロシアン・トラップ」永瀬隼介　鼓動-警察小説競作　新潮社（新潮文庫）2005年2月

節子　せつこ
村一番の旧家徳山家の末娘「青田師の事件」土井稔　甦る推理雑誌8「エロティック・ミステリー」傑作選　光文社（光文社文庫）2003年9月

節子　せつこ
唐沢亮介の新妻、東京の大病院の院長の娘「翌日の別離」笹沢左保　京都殺意の旅　徳間書店（徳間文庫）2001年11月

畄谷氏　せつやし
横浜・山手の下宿屋街に来た刑事、県警察部の刑事課長「出来ていた青」山本周五郎　文豪のミステリー小説　集英社（集英社文庫）2008年2月

せとぐ

瀬戸口 幸夫　せとぐち・ゆきお
大学の山岳部員、矢上の仲間でヒマラヤ遠征隊に選ばれた男「黒部の羆」真保裕一　乱歩賞作家赤の謎　講談社　2006年4月

瀬戸 祥造　せと・しょうぞう
大学生、不思議な館に迷い込んだという男「神影荘奇談」太田忠司　赤に捧げる殺意　角川書店　2005年4月；名探偵は、ここにいる　角川書店（角川文庫）2001年11月

セドリック卿　せどりっくきょう
英国の政治家（ヨーロッパ相）、名探偵シャーシー・トゥームズの依頼人「シャーシー・トゥームズの悪夢」深町眞理子　シャーロック・ホームズに愛をこめて　光文社（光文社文庫）2010年1月

瀬名　せな
検事、園田修一郎の大学時代の同級生「東京不思議day」園田修一郎　新・本格推理01　光文社（光文社文庫）2001年3月

銭形平次　ぜにがたへいじ
日本で名の知れた岡っ引き「銭形平次ロンドン捕物帖」北杜夫　日本版シャーロック・ホームズの災難　論創社　2007年12月

妹尾（おむつ先生）　せのお（おむつせんせい）
めぐみ幼稚園の先生「ママは空に消える」我孫子武丸　名探偵で行こう-最新ベスト・ミステリー　シリーズ・キャラクター編　光文社（光文社文庫）2001年9月

瀬野 久太郎　せの・きゅうたろう
福井県選出の代議士「「雷鳥九号」殺人事件」西村京太郎　無人踏切-鉄道ミステリー傑作選　光文社（光文社文庫）2008年11月

セブ
殺人罪で千葉刑務所に服役する囚人、模範囚で木工場の班長「グレーテスト・ロマンス」桐野夏生　乱歩賞作家黒の謎　講談社　2006年7月

ゼベズ・ブース（ブース）
小切手偽造犯人「怪犯人の行方」山中まね太郎　日本版シャーロック・ホームズの災難　論創社　2007年12月

瀬村 源太郎　せむら・げんたろう
強請屋、亀山徳之助の大学時代の友人「蹉跌」鮎川哲也　シャーロック・ホームズに再び愛をこめて　光文社（光文社文庫）2010年7月

瀬村 等　せむら・ひとし
東京からやって来た杉田伴作が一泊した鎌倉の家の主人、杉田の親友「情熱の一夜」城昌幸　幻の探偵雑誌9「探偵」傑作選　光文社（光文社文庫）2002年1月

セーラ・コックス（コックス）
小さな商会を営む男、禿頭の持ち主「禿頭組合」北杜夫　シャーロック・ホームズに再び愛をこめて　光文社（光文社文庫）2010年7月

世良田 元信　せらた・もとのぶ
松平家の嫡子竹千代を奉じた無頼の徒、もと駿河城下の願人坊主浄慶　「願人坊主家康」　南條範夫　剣が謎を斬る　光文社(光文社文庫)　2005年4月

芹沢 鴨　せりざわ・かも
新選組が屯所をおく京都壬生の八木邸で暗殺された局長　「総司が見た」　南原幹雄　偉人八傑推理帖　双葉社(双葉文庫)　2004年7月

芹沢 太一　せりざわ・たいち
関東梅若組系の暴力団員、拳銃の密売人　「マジック・ボックス」　都筑道夫　謎004-スペシャル・ブレンド・ミステリー　講談社(講談社文庫)　2009年9月

セルゲイ・ミラーエビッチ
旧ソビエト連邦KGBのエージェント、牧野良輔のコントローラー　「畳算」　福井晴敏　嘘つきは殺人のはじまり　講談社(講談社文庫)　2003年9月

セレカ
人間たちから「レインボーロッド」などと呼ばれている生き物メタルフィッシュ　「紅き虚空の下で」　高橋城太郎　新・本格推理05-九つの署名　光文社(光文社文庫)　2005年3月

千吉　せんきち
辺鄙な寒村から岡山市に出てきて最も貧しい棟割り長屋に二人で暮らす兄妹の兄　「魔羅節」　岩井志麻子　マイ・ベスト・ミステリーⅢ　文藝春秋(文春文庫)　2007年9月

船客　せんきゃく
荒涼じい暴風雨の中定期航路の商船の船橋に馳け上ってきた一人の船客　「その暴風雨」　城昌幸　探偵小説の風景 トラフィック・コレクション(上)　光文社(光文社文庫)　2009年5月

浅間寺 竜之介　せんげんじ・りゅうのすけ
ミステリ作家、同業の桜川ひとみの友人　「正太郎と冷たい方程式」　柴田よしき　密室レシピ　角川書店(角川文庫)　2002年4月

浅間寺 竜之介　せんげんじ・りゅうのすけ
元中学教師で推理作家兼田舎生活評論家　「正太郎と田舎の事件」　柴田よしき　密室殺人大百科 上　講談社(講談社文庫)　2003年9月

千石　せんごく
新政府の刑事巡査　「別れの唄」　翔田寛　推理小説年鑑 ザ・ベストミステリーズ2003　講談社　2003年7月

千石 昇　せんごく・のぼる
群馬県の雁谷村に取材に来た雑誌編集者　「BAKABAKAします」　霞流一　奇想天外のミステリー　宝島社(宝島社文庫)　2009年8月

千石 梨花　せんごく・りか
桜葉女子学園の中学三年生、遠山由里の友だち　「殺人学園祭」　楠木誠一郎　学び舎は血を招く　講談社(講談社ノベルス)　2008年11月

ぜんじ

善次郎　ぜんじろう
神田大和町の油問屋多津屋の次男で殺された子供　「八百万」　畠中恵　不思議の足跡-最新ベスト・ミステリー　光文社　2007年10月

センセー
橋本町の通称なめくじ長屋の住人、砂絵師　「よろいの渡し」　都筑道夫　マイ・ベスト・ミステリーⅣ　文藝春秋（文春文庫）　2007年10月

先生　せんせい
「私」に常日頃から「真の善をなせ」と教え諭してくださった先生　「あなたの善良なる教え子より」　恩田陸　不思議の足跡-最新ベスト・ミステリー　光文社　2007年10月

先生　せんせい
かねて噂さの人の泣声がするというくらがり坂を通った医者の先生　「くらがり坂の怪」　南幸夫　幻の探偵雑誌5「探偵文藝」傑作選　光文社（光文社文庫）　2001年2月

先生　せんせい
ビルの一室に「国際フィッシングタックル協会」の看板を掲げる元フィクサーの老人　「狐憑き」　猪股聖吾　人間心理の怪　勉誠出版（べんせいライブラリー）　2003年3月

先生　せんせい
汽車の中でなめくじのような男から話しかけられた元検事で探偵小説家の先生　「途上の犯人」　浜尾四郎　探偵小説の風景 トラフィック・コレクション（上）　光文社（光文社文庫）　2009年5月

先生　せんせい
産婦人科医の先生　「印象」　小酒井不木　幻の探偵雑誌10「新青年」傑作選　光文社（光文社文庫）　2002年2月

先生　せんせい
小説家の先生　「とまどい」　高橋克彦　不思議の足跡-最新ベスト・ミステリー　光文社　2007年10月

先生　せんせい
診療所の先生　「ニッケルの文鎮」　甲賀三郎　江戸川乱歩と13人の新青年〈論理派〉編　光文社（光文社文庫）　2008年1月

先生　せんせい
多重人格を治療する精神科の女医　「獣の記憶」　小林泰三　密室＋アリバイ＝真犯人　講談社（講談社文庫）　2002年2月

先生　せんせい
日本郵船「箱根丸」の乗客、山之内初子の家庭教師　「お嬢様出帆」　若竹七海　密室＋アリバイ＝真犯人　講談社（講談社文庫）　2002年2月

先生　せんせい
父親の急死を境にして不登校となった少女の高校の先生　「不登校の少女」　福澤徹三　暗闇を追いかけろ-日本ベストミステリー選集35　光文社（光文社文庫）　2008年5月

先生　せんせい
変死した診療所の先生、戦争に使う毒ガスの研究者　「ニッケルの文鎮」　甲賀三郎　人間心理の怪　勉誠出版（べんせいライブラリー）　2003年3月

仙太　せんた
上州無宿の博徒、人一倍のいびきかきだった男　「いびき」　松本清張　剣が謎を斬る　光文社（光文社文庫）　2005年4月

船長　せんちょう
太平洋戦争中にあった「難破船長人喰事件」の被告人の船長　「ひかりごけ」　武田泰淳　マイ・ベスト・ミステリーⅢ　文藝春秋（文春文庫）　2007年9月

千手　定夫　せんて・さだお*
男爵　「圷（あくづ）家殺人事件」　天城一　甦る推理雑誌5「密室」傑作選　光文社（光文社文庫）　2003年3月

千堂　保　せんどう・たもつ
能楽師、成宮玄治の内弟子　「花はこころ」　鏑木蓮　不可能犯罪コレクション　原書房　2009年6月

仙人　せんにん
小鳥屋の才取をする仙人のような男　「オカアサン」　佐藤春夫　文豪の探偵小説　集英社（集英社文庫）　2006年11月

千羽　不二子　せんば・ふじこ
若い女性検事　「手のひらの名前」　藤原遊子　新・本格推理06-不完全殺人事件　光文社（光文社文庫）　2006年3月

善福　佳寿美　ぜんふく・かずみ
ひよこ保育園の保育士　「ひよこ色の天使」　加納朋子　天使と髑髏の密室（本格短編ベスト・セレクション）　講談社（講談社文庫）　2005年12月；本格ミステリ02　講談社（講談社ノベルス）　2002年5月

【そ】

創　そう
親と離れて暮らす少年、釉子の従弟　「天鵞絨屋」　小沢真理子　紅迷宮　祥伝社（祥伝社文庫）　2002年6月

蒼　そう
大学浪人生、建築探訪家・桜井京介の弟分　「迷宮に死者は棲む」　篠田真由美　M列車（ミステリー・トレイン）で行（い）こう　光文社　2001年10月

宗一　そういち
鉄のスクラップの山から一本ずつ古い小刀を拾ってといだ兄弟の兄　「物と心」　小川国夫　名作で読む推理小説史　わが名はタフガイ-ハードボイルド傑作選　光文社（光文社文庫）　2006年5月

そうい

壮一　そういち
実業家池浦吾郎の邸に寄食している弟の未亡人ふゆ子の一人息子　「孤独な朝食」　樹下太郎　江戸川乱歩の推理試験　光文社(光文社文庫)　2009年1月

雙卿　そうけい
郷村の美女　「才子佳人」　武田泰淳　現代詩殺人事件-ポエジーの誘惑　光文社(光文社文庫)　2005年9月

蔵秀　ぞうしゅう
金に絡んだ江戸の厄介事の始末を請け負う裏稼業四人衆の一人、定斎売り　「端午のとうふ」　山本一力　御白洲裁き　徳間書店(徳間文庫)　2009年12月;推理小説年鑑　ザ・ベストミステリーズ2001　講談社　2001年6月

装飾工　そうしょくこう
大百貨店で墜死した都市美術社の一装飾工　「扉は語らず(又は二直線の延長に就て)」　小舟勝二　幻の探偵雑誌6「猟奇」傑作選　光文社(光文社文庫)　2001年3月

宗佑　そうすけ
金に絡んだ江戸の厄介事の始末を請け負う裏稼業四人衆の一人、飾り行灯師　「端午のとうふ」　山本一力　御白洲裁き　徳間書店(徳間文庫)　2009年12月;推理小説年鑑　ザ・ベストミステリーズ2001　講談社　2001年6月

惣太　そうた
夜盗、気早な男　「惣太の受難」　甲賀三郎　罠の怪　勉誠出版(べんせいライブラリー)　2002年11月

惣太郎　そうたろう
神田大和町の油問屋多津屋の長男　「八百万」　畠中恵　不思議の足跡-最新ベスト・ミステリー　光文社　2007年10月

蒼波　そうは
耀海(かぐみ)という邦の領主　「花散る夜に」　光原百合　新・*本格推理　特別編　光文社(光文社文庫)　2009年3月

相馬　一樹(イッキ)　そうま・かずき(いっき)
相馬孝子が高校三年生のときにおたすけ淵に車ごと落ちて行方不明・推定死亡となった兄　「おたすけぶち」　宮部みゆき　名作で読む推理小説史　ふるえて眠れない-ホラーミステリー傑作選　光文社(光文社文庫)　2006年9月;緋迷宮　祥伝社(祥伝社文庫)　2001年12

相馬　孝子　そうま・たかこ
兄が大学生のときに車ごと落ちて行方不明・推定死亡となったおたすけ淵に供養のためにきた女性　「おたすけぶち」　宮部みゆき　名作で読む推理小説史　ふるえて眠れない-ホラーミステリー傑作選　光文社(光文社文庫)　2006年9月;緋迷宮　祥伝社(祥伝社文庫)　2001年12月

添田　そえだ
内勤の老刑事　「暗箱」　横山秀夫　決断-警察小説競作　新潮社(新潮文庫)　2006年2月

曾我 佳城　そが・かじょう
奇術家、百魔術という奇術の会の参加者 「百魔術」 泡坂妻夫 推理小説年鑑 ザ・ベストミステリーズ2001 講談社 2001年6月

蘇甲 純也　そかわ・じゅんや
櫃洗大学に在学する学生 「腕貫探偵」 西澤保彦 論理学園事件帳 講談社(講談社文庫) 2007年1月;本格ミステリ03 講談社(講談社ノベルス) 2003年6月

外浦 淳一　そとうら・じゅんいち＊
国税庁勤めの役人 「夜の二乗」 連城三紀彦 謎005-スペシャル・ブレンド・ミステリー 講談社(講談社文庫) 2010年9月

外浦 幸枝　そとうら・ゆきえ＊
殺人事件の被害者、国家公務員外浦淳一の妻 「夜の二乗」 連城三紀彦 謎005-スペシャル・ブレンド・ミステリー 講談社(講談社文庫) 2010年9月

外山 雅治　そとやま・まさはる
福祉機器も作る外山自転車店の店主 「密室の中のジョゼフィーヌ」 柄刀一 推理小説年鑑 ザ・ベストミステリーズ2003 講談社 2003年7月

ソーニャ
中国の森でロシア人のお母さまと暮らす九歳の双子の少女の一人 「お母さまのロシアのスープ」 荻原浩 推理小説年鑑 ザ・ベストミステリーズ2005 講談社 2005年7月

ソーニャ・オルロフ
ロシア革命後イルクーツクの聖アレキサンドラ寺院に逃れてきた白系難民の娘 「聖アレキサンドラ寺院の惨劇」 加賀美雅之 新・＊本格推理 特別編 光文社(光文社文庫) 2009年3月

曽根 英吾　そね・えいご＊
曽根家の主人、白仙境と称する隠れ部落の恨みをかっていた男 「白仙境」 牧逸馬 白の怪 勉誠出版(べんせいライブラリー) 2003年3月

曽根 民夫　そね・たみお
会社経営者、恩人・降矢木伝次郎のわかれた息子を捜す男 「埋もれた悪意」 巽昌章 有栖川有栖の本格ミステリ・ライブラリー 角川書店(角川文庫) 2001年8月

園田　そのだ
サラリーマン、大学時代のミステリ研のメンバー 「ありえざる村の奇跡」 園田修一郎 新・本格推理04-赤い館の怪人物 光文社(光文社文庫) 2004年3月

園田　そのだ
宮城貿易商社の社長、よたもんの親方に変装した男 「薔薇夫人」 江戸川乱歩 江戸川乱歩と13の宝石 光文社(光文社文庫) 2007年5月

園田　そのだ
大学時代のミステリ研のメンバー 「X以前の悲劇-「異邦の騎士」を読んだ男」 園田修一郎 新・本格推理06-不完全殺人事件 光文社(光文社文庫) 2006年3月

そのだ

園田 郁雄　そのだ・いくお
法医学の教授　「火山観測所殺人事件」　水上幻一郎　甦る推理雑誌1「ロック」傑作選　光文社(光文社文庫)　2002年10月

苑田 岳葉　そのだ・がくよう
大正期を代表する天才歌人、二度の心中未遂を起こした男　「戻り川心中」　連城三紀彦　ときめき　広済堂出版(広済堂文庫)　2005年1月;短歌殺人事件-31音律のラビリンス　光文社(光文社文庫)　2003年4月

園田 修一郎　そのだ・しゅういちろう
サラリーマン、もと大学の推理小説研究会部員　「東京不思議day」　園田修一郎　新・本格推理01　光文社(光文社文庫)　2001年3月

園田 修一郎　そのだ・しゅういちろう
ミステリ作家　「作者よ欺かるるなかれ」　園田修一郎　新・本格推理03　りら荘の相続人　光文社(光文社文庫)　2003年3月

園田 修一郎　そのだ・しゅういちろう
大学時代のミステリ研のメンバー　「ホワットダニットパズル」　園田修一郎　新・本格推理07-Qの悲劇　光文社(光文社文庫)　2007年3月

園田 祐二　そのだ・ゆうじ
殺害された青年実業家　「二毛作」　鳥飼否宇　名探偵で行こう-最新ベスト・ミステリー シリーズ・キャラクター編　光文社(光文社文庫)　2001年9月

園田 良三　そのだ・りょうぞう
設計事務所の共同経営者　「雁の便り」　北村薫　幻惑のラビリンス　光文社(光文社文庫)　2001年5月

祖父　そふ
みさき書房の編集部員の祖父、日記の主　「朝霧」　北村薫　完全犯罪証明書 ミステリー傑作選　講談社(講談社文庫)　2001年4月

祖父江 偲　そふえ・しの
作家・刀城言耶の担当をする怪想舎の編集者　「隙魔の如き覗くもの」　三津田信三　名探偵に訊け　光文社　2010年9月

祖母　そぼ
舜一と妹の美世子が幼い頃一緒に暮らしていた祖母　「みちしるべ」　薄井ゆうじ　推理小説年鑑 ザ・ベストミステリーズ2002　講談社　2002年7月

曾宮 タツ　そみや・たつ*
女児の死体が遺棄された「八幡の籔知らず」事件の被告人の子守女　「飾燈」　日影丈吉　江戸川乱歩と13の宝石　光文社(光文社文庫)　2007年5月

反町 俊也　そりまち・としや*
クレジットカード会社のインターナショナル危機管理センター次長　「ターニング・ポイント」　渡辺容子　乱歩賞作家青の謎　講談社　2007年7月

ソンダース
禿頭の持ち主セーラ・コックスの恋敵、宝石ブローカー 「禿頭組合」 北杜夫 シャーロック・ホームズに再び愛をこめて 光文社（光文社文庫） 2010年7月

村長　そんちょう
南神威島の村長 「南神威島」 西村京太郎 マイ・ベスト・ミステリーⅣ 文藝春秋（文春文庫） 2007年10月

【た】

ダイアナ
赤毛の美女 「赤毛連盟」 砂川しげひさ 日本版 シャーロック・ホームズの災難 論創社 2007年12月

第一の男　だいいちのおとこ
妖婦を殺したその情夫 「赤黒い手」 小鹿進 黒の怪 勉誠出版（べんせいライブラリー） 2002年11月

大御坊 安朋　だいごぼう・やすとも
作家、犀川創平と大御坊安朋の友 「マン島の蒸気鉄道」 森博嗣 愛憎発殺人行 鉄道ミステリー名作館 徳間書店（徳間文庫） 2004年5月;M列車（ミステリー・トレイン）で行（い）こう 光文社 2001年10月

退職刑事（父）　たいしょくけいじ（ちち）
退職刑事、現職刑事五郎の父親 「ジャケット背広スーツ」 都筑道夫 マイ・ベスト・ミステリーⅥ 文藝春秋（文春文庫） 2007年12月

大次郎　だいじろう
秋田の小さな温泉場で急死した画家の前川金之助の弟 「湯紋」 楠田匡介 甦る推理雑誌8「エロティック・ミステリー」傑作選 光文社（光文社文庫） 2003年9月

大介　だいすけ
誘拐、殺害された加賀ゆきえの連れ子 「真夏の誘拐者」 折原一 嘘つきは殺人のはじまり 講談社（講談社文庫） 2003年9月

泰三　たいぞう
定年後息子夫婦と暮らす男 「みかん」 高村薫 マイ・ベスト・ミステリーⅢ 文藝春秋（文春文庫） 2007年9月

大道寺 圭　だいどうじ・けい
元警察官の作家 「殺しても死なない」 若竹七海 推理小説年鑑 ザ・ベストミステリーズ 2002 講談社 2002年7月

第二の男　だいにのおとこ
妖婦殺しの現場に来た第二の情夫、夢遊病者 「赤黒い手」 小鹿進 黒の怪 勉誠出版（べんせいライブラリー） 2002年11月

たうん

タウンゼンド
探偵小説作家で<引き立て役倶楽部>のメンバー、ビーフ巡査部長の伝記作家と称する男 「引き立て役倶楽部の陰謀」 法月綸太郎 暗闇を見よ 光文社 2010年11月

多絵　たえ
駅ビル内の書店「成風堂」のバイト、頭脳優秀な女子大生 「標野にて 君が袖振る」 大崎梢 推理小説年鑑 ザ・ベストミステリーズ2007 講談社 2007年7月

タエコ
女子大生、ニシ・アズマの伯母の娘 「十二号」 小沼丹 現代詩殺人事件-ポエジーの誘惑 光文社(光文社文庫) 2005年9月

妙子　たえこ
小料理屋「茜」の女将 「福の神」 乃南アサ 七つの危険な真実 新潮社(新潮文庫) 2004年2月

妙子　たえこ
信州の山奥の温泉地の別荘に住んでいた法学者山内南洞の若い奥さん 「詰将棋」 横溝正史 甦る推理雑誌2「黒猫」傑作選 光文社(光文社文庫) 2002年11月

田岡　千代之介　たおか・ちよのすけ
双宿中学校の教師、化石採集者 「飯鉢山山腹」 泡坂妻夫 謎005-スペシャル・ブレンド・ミステリー 講談社(講談社文庫) 2010年9月

高井　龍彦　たかい・たつひこ
新庄光一の助手を務めた大学生、浜田奈穂美の恋人 「蒲団」 吉村達也 罪深き者に罰を 講談社(講談社文庫) 2002年11月

多佳雄　たかお
元検事、東京地検の現役検事・春の父 「待合室の冒険」 恩田陸 全席死定-鉄道ミステリー名作館 徳間書店(徳間文庫) 2004年3月

高岡　正子　たかおか・しょうこ
高校の先生、小料理屋の娘 「朝霧」 北村薫 完全犯罪証明書 ミステリー傑作選 講談社(講談社文庫) 2001年4月

高雄　妙　たかお・たえ
時間遡行装置を持って雪山のホテルにきた客 「シュレーディンガーの雪密室」 園田修一郎 新・*本格推理08 光文社(光文社文庫) 2008年3月

高木　たかぎ
贋札つくりの犯人 「鼻」 吉野賛十 甦る推理雑誌6「探偵実話」傑作選 光文社(光文社文庫) 2003年5月

高木　たかぎ
無名に等しいイラストレーターの結城宏樹の家を訪れた青年 「第二パビリオン「もっとも重い罰は」」 篠田真由美 新世紀犯罪博覧会-連作推理小説 光文社 2001年3月

高木　たかぎ
旅行雑誌の編集者和久井が北海道の駅であった警視庁の刑事だという男 「九人病」 青木知己 新・本格推理05-九つの署名 光文社(光文社文庫) 2005年3月

高木 明弘　たかぎ・あきひろ
靖美と輝之姉弟の亡くなった祖父の家から木彫りの大黒様を持っていった男　「大黒天」
福田栄一　蝦蟇倉市事件1　東京創元社(ミステリ・フロンティア)　2010年1月

高木 謙三　たかぎ・けんぞう
美術評論家、Mデパート「茶道名宝展」の関係者　「帰り花」　長井彬　謎003-スペシャル・ブレンド・ミステリー　講談社(講談社文庫)　2008年9月

高木 聖大　たかぎ・せいだい
世田谷区等々力警察署管内の不動前交番に勤務する新米警察官　「とどろきセブン」　乃南アサ　鼓動-警察小説競作　新潮社(新潮文庫)　2005年2月

高木 奈々　たかぎ・なな
高校生、栗田満智子の小学生の時からの友だち　「時計じかけの小鳥」　西澤保彦　赤に捧げる殺意　角川書店　2005年4月；名探偵は、ここにいる　角川書店(角川文庫)　2001年11月

高木 真理　たかぎ・まり
作家、津川聡子の幼なじみでずっとライバルだった女　「彼女の一言」　新津きよみ　蒼迷宮　祥伝社(祥伝社文庫)　2002年3月

高久 寿一　たかく・としかず
訪問看護先の老人の家で若い女性が強盗に殺された事件の容疑者の少年　「モーニング・グローリィを君に」　鷹将純一郎　新・本格推理05-九つの署名　光文社(光文社文庫)　2005年3月

高隈 茂喜　たかくま・しげき
不動産取引の「高隈総合開発」社長　「私に向かない職業」　真保裕一　謎005-スペシャル・ブレンド・ミステリー　講談社(講談社文庫)　2010年9月

たか子　たかこ
浴室で殺害された女性、A銀行の重役である高田彦之進の若い夫人　「緑のペンキ罐」　坪田宏　甦る推理雑誌10「宝石」傑作選　光文社(光文社文庫)　2004年1月

孝子　たかこ
松子の長女、主婦　「酷い天罰」　夏樹静子　悪魔のような女　角川春樹事務所(ハルキ文庫)　2001年7月

孝子　たかこ
松子の長女、主婦　「酷い天罰」　夏樹静子　謎002-スペシャル・ブレンド・ミステリー　講談社(講談社文庫)　2007年9月

高崎 春雄　たかさき・はるお*
ジャズピアニスト新山夏樹の兄、音楽事務所のプロデューサー　「ラスト・セッション」　蒼井上鷹　推理小説年鑑 ザ・ベストミステリーズ2007　講談社　2007年7月

高沢 淳　たかざわ・じゅん*
砧刑事がピストルで射殺した少年　「憎しみの罠」　平井和正　マイ・ベスト・ミステリーⅡ　文藝春秋(文春文庫)　2007年8月

高沢 真知子　たかざわ・まちこ
定年退職者・蓮沼正治の浮気相手だった未亡人　「そこにいた理由」　柴田よしき　恋は罪つくり　光文社(光文社文庫)　2005年7月

高沢 路子　たかざわ・みちこ
出版社の部長高沢義如の病気の妻　「黒髪」　連城三紀彦　謎004-スペシャル・ブレンド・ミステリー　講談社(講談社文庫)　2009年9月

高沢 義如　たかざわ・よしゆき
東京の出版社の部長、染色師鎮谷尚江の愛人　「黒髪」　連城三紀彦　謎004-スペシャル・ブレンド・ミステリー　講談社(講談社文庫)　2009年9月

タカシ
池袋のギャングボーイズを締めてるヘッド　「エキサイタブルボーイ」　石田衣良　名探偵で行こう-最新ベスト・ミステリー　シリーズ・キャラクター編　光文社(光文社文庫)　2001年9月

タカシ
池袋のストリートギャング・Gボーイズの頭　「キミドリの神様」　石田衣良　推理小説年鑑　ザ・ベストミステリーズ2003　講談社　2003年7月

タカシ
池袋のストリートギャング・Gボーイズの頭　「伝説の星」　石田衣良　推理小説年鑑　ザ・ベストミステリーズ2005　講談社　2005年7月

崇　たかし
都下の最寄駅から遠い賃貸住宅地に一家で暮らす麗子の子供　「さすらい」　田中文雄　名作で読む推理小説史　ふるえて眠れない-ホラーミステリー傑作選　光文社(光文社文庫)　2006年9月

高芝 玲　たかしば・れい
資産家の癌患者の女性・滝沢ひとみが雇った看護師　「ライフ・サポート」　川田弥一郎　乱歩賞作家赤の謎　講談社　2006年4月

高嶋 沙織　たかしま・さおり
「あきる野総合法律事務所」の事務員、弁護士の娘　「この雨が上がる頃」　大門剛明　推理小説年鑑　ザ・ベストミステリーズ2010　講談社　2010年7月

高島 初男　たかしま・はつお
ろうあ者、山手工業を解雇された機械工　「手話法廷」　小杉健治　判決　徳間書店(徳間文庫)　2010年3月;謎001-スペシャル・ブレンド・ミステリー　講談社(講談社文庫)　2006年9月

高杉 晶子　たかすぎ・あきこ
「あずさ68号」の車内で死んだ品野道弘の妻、私立女子高校の教諭　「背信の交点」　法月綸太郎　愛憎残殺人行　鉄道ミステリー名作館　徳間書店(徳間文庫)　2004年5月

高須 久子　たかす・ひさこ
長州藩の牢屋敷・野山獄の女囚、高須家の未亡人　「野山獄相聞抄」　古川薫　短歌殺人事件-31音律のラビリンス　光文社(光文社文庫)　2003年4月

高瀬 千帆(タカチ)　たかせ・ちほ(たかち)
安槻大学の学生、タックとボアン先輩とウサコの飲み仲間「黒の貴婦人」西澤保彦　透明な貴婦人の謎(本格短編ベスト・セレクション)　講談社(講談社文庫) 2005年1月;本格ミステリ01 講談社(講談社ノベルス) 2001年7月

高瀬 千帆(タカチ)　たかせ・ちほ(たかち)
安槻大学の女子学生「印字された不幸の手紙の問題」西澤保彦　暗闇を追いかけろ-日本ベストミステリー選集35　光文社(光文社文庫) 2008年5月

高瀬 千帆(タカチ)　たかせ・ちほ(たかち)
安槻大学の女子学生「招かれざる死者」西澤保彦　名探偵で行こう-最新ベスト・ミステリー シリーズ・キャラクター編　光文社(光文社文庫) 2001年9月

高瀬 春男　たかせ・はるお
女子高生連続殺人事件の最初の被疑者、元教師「わが生涯最大の事件」折原一　マイ・ベスト・ミステリーⅥ　文藝春秋(文春文庫) 2007年12月

高園 竜平　たかぞの・りゅうへい*
名古屋市の金持ちの息子、外村節子のかつての見合い相手「パスポートの秘密」夏樹静子　謎005-スペシャル・ブレンド・ミステリー　講談社(講談社文庫) 2010年9月

高田 彦次郎　たかだ・ひこじろう
林署長と同郷の中学の先輩でA銀行の重役である高田彦之進の息子「緑のペンキ罐」坪田宏　甦る推理雑誌10「宝石」傑作選　光文社(光文社文庫) 2004年1月

高田 彦之進　たかだ・ひこのしん
林署長と同郷の中学の先輩、A銀行の重役「緑のペンキ罐」坪田宏　甦る推理雑誌10「宝石」傑作選　光文社(光文社文庫) 2004年1月

高田老人　たかだろうじん
画家の深見淳一が住むアパートの隣室に越して来た不思議な老人「黒いカーテン」薄風之助　甦る推理雑誌2「黒猫」傑作選　光文社(光文社文庫) 2002年11月

タカチ
安槻大学の学生、タックとボアン先輩とウサコの飲み仲間「黒の貴婦人」西澤保彦　透明な貴婦人の謎(本格短編ベスト・セレクション)　講談社(講談社文庫) 2005年1月;本格ミステリ01 講談社(講談社ノベルス) 2001年7月

タカチ
安槻大学の女子学生「印字された不幸の手紙の問題」西澤保彦　暗闇を追いかけろ-日本ベストミステリー選集35　光文社(光文社文庫) 2008年5月

タカチ
安槻大学の女子学生「招かれざる死者」西澤保彦　名探偵で行こう-最新ベスト・ミステリー シリーズ・キャラクター編　光文社(光文社文庫) 2001年9月

高塚 謙太郎　たかつか・けんたろう
福岡のホテルの警備主任「過ぎし日の恋」逢坂剛　殺人買います　講談社(講談社文庫) 2002年8月

高槻 彰彦　たかつき・あきひこ
捜査一課の刑事　「水密密室!」　汀こるもの　名探偵で行こう-最新ベスト・ミステリー シリーズ・キャラクター編　光文社(光文社文庫)　2001年9月

高藤 征一　たかとう・せいいち
防衛庁情報局員　「サクラ」　福井晴敏　事件現場に行こう-日本ベストミステリー選集33　光文社(光文社文庫)　2006年4月;事件現場に行こう　光文社　2001年11月

高梨　たかなし
神永孝一と付き合っていた良恵の兄　「雷雨の夜」　逢坂剛　完全犯罪証明書 ミステリー傑作選　講談社(講談社文庫)　2001年4月

高梨 えり子　たかなし・えりこ
香田五郎の元婚約者、青年社長の曽我に乗り換えた女　「幻覚殺人 明日はもうこない」　加納一朗　罠の怪　勉誠出版(べんせいライブラリー)　2002年11月

高輪 浩　たかなわ・ひろし
殺人事件の三人の容疑者の一人、高輪商事社長　「三人の容疑者」　佐野洋　江戸川乱歩の推理試験　光文社(光文社文庫)　2009年1月

高輪 芳子　たかなわ・よしこ
青年文士中村進治郎と心中事件を起こした歌姫　「歌姫委託殺人事件-あれこれ始末書」　徳川夢声　江戸川乱歩と13の宝石　光文社(光文社文庫)　2007年5月

鷹西 美波　たかにし・みなみ
真幌総合大学の学生　「春 無節操な死人」　倉知淳　まほろ市の殺人-推理アンソロジー　祥伝社(NON NOVEL)　2009年3月

鷹西 渉　たかにし・わたる
高校三年生、美波の弟　「春 無節操な死人」　倉知淳　まほろ市の殺人-推理アンソロジー　祥伝社(NON NOVEL)　2009年3月

高庭警視　たかにわけいし
県警の警視　「毒入りバレンタイン・チョコ」　北山猛邦　名探偵に訊け　光文社　2010年9月

鷹野 久美子　たかの・くみこ
女子アナウンサー　「お菊の皿」　中津文彦　闇夜の芸術祭　光文社(光文社文庫)　2003年4月

高野 沙希　たかの・さき
新婚半年で夫と愛人の女に自殺に見せかけて殺された女性　「思い出した…」　畠中恵　推理小説年鑑 ザ・ベストミステリーズ2004　講談社　2004年7月

高野 信二　たかの・しんじ*
横浜・山手の下宿屋街にある「柏ハウス」の住人、新聞記者　「出来ていた青」　山本周五郎　文豪のミステリー小説　集英社(集英社文庫)　2008年2月

高野 泰之　たかの・やすゆき
フリーの登山者、冬の枕木岳で遭難した男　「捜索者」　大倉崇裕　川に死体のある風景　東京創元社(創元推理文庫)　2010年3月;川に死体のある風景　東京創元社(創元クライム・クラブ)　2006年5月

高橋 一幸　たかはし・かずゆき
食品会社のサラリーマン志村秀明の同期でマーケティング本部の次長　「雪が降る」藤原伊織　マイ・ベスト・ミステリーⅡ　文藝春秋（文春文庫）2007年8月

高橋センセイ　たかはしせんせい
病院の医師　「小さな異邦人」連城三紀彦　現場に臨め-最新ベスト・ミステリー　光文社　2010年10月

高橋 英樹　たかはし・ひでき
二本柳ツルの骨董店にやって来た客で大師像を探している男　「ツルの一声」逢坂剛　事件の痕跡-最新ベスト・ミステリー　光文社　2007年11月

高橋夫妻　たかはしふさい
西木家の結核で亡くなった跡取り息子と隔離病棟で一緒になった夫妻　「マコトノ草ノ種マケリ」鏑木蓮　新・本格推理06-不完全殺人事件　光文社（光文社文庫）2006年3月

高橋 道夫　たかはし・みちお
食品会社のサラリーマン志村秀明の同期の高橋一幸の息子　「雪が降る」藤原伊織　マイ・ベスト・ミステリーⅡ　文藝春秋（文春文庫）2007年8月

高橋 虫麻呂　たかはし・むしまろ
香島の郡にやって来た検税使大伴卿の相伴役　「童子女松原」鈴木五郎　甦る推理雑誌8「エロティック・ミステリー」傑作選　光文社（光文社文庫）2003年9月

高橋 良紀　たかはし・よしのり*
結婚式場で式を挙げた会社員、司会者・佐竹和則と同期の男　「祝・殺人」宮部みゆき　蒼迷宮　祥伝社（祥伝社文庫）2002年3月

高畑 一郎　たかはた・いちろう
城北大学教授、近代文学の研究者　「明治村の時計」戸板康二　短歌殺人事件-31音律のラビリンス　光文社（光文社文庫）2003年4月

高畑 一樹　たかはた・かずき*
1999年にイギリス・ウェールズの小島を訪れた大学生、葉村寅吉の曽孫　「バベル島」若竹七海　推理小説年鑑 ザ・ベストミステリーズ2001　講談社　2001年6月

高幡 千莉　たかはた・ちり
女子高生、翔と死んだ寺井裕子の幼なじみで同級生　「嘘をついた」吉来駿作　七つの死者の囁き　新潮社（新潮文庫）2008年12月

高浜 覚忍　たかはま・かくにん
京都長法寺の住職、秘宝売却をした男　「長い話」陳舜臣　謎005-スペシャル・ブレンド・ミステリー　講談社（講談社文庫）2010年9月

高林 亮子　たかばやし・りょうこ
雑誌編集者、竹之内敏行の恋人　「眠れない夜のために」折原一　密室＋アリバイ＝真犯人　講談社（講談社文庫）2002年2月

高林 類子　たかばやし・るいこ*
殺人事件があったマンションに住み毎晩部屋でDVDを見るのが趣味の女　「ホームシックシアター」春口裕子　推理小説年鑑 ザ・ベストミステリーズ2007　講談社　2007年7月

たかべ

高部 佳久　たかべ・よしひさ
ノルウェーに住む家具職人、カメラマン南美希風の旧友　「光る棺の中の白骨」　柄刀一　大きな棺の小さな鍵(本格短編ベスト・セレクション)　講談社(講談社文庫)　2009年1月；推理小説年鑑　ザ・ベストミステリーズ2005　講談社　2005年7月

高松 研一　たかまつ・けんいち
元防衛庁情報局員(ヤメイチ)の警備員　「五年目の夜」　福井晴敏　推理小説年鑑　ザ・ベストミステリーズ2001　講談社　2001年6月

高丸 としみ　たかまる・としみ
会社の専務の姪と婚約した川又国夫の愛人で歌手志望の社内一美人の女　「お墓に青い花を」　樹下太郎　江戸川乱歩と13の宝石　第二集　光文社(光文社文庫)　2007年9月

高見沢 朝美　たかみざわ・あさみ*
自殺した高見沢忠之の娘　「緋色の記憶」　日下圭介　謎001-スペシャル・ブレンド・ミステリー　講談社(講談社文庫)　2006年9月

高見沢 沙枝子　たかみざわ・さえこ
自殺した高見沢忠之の後妻、高見沢朝美の義母　「緋色の記憶」　日下圭介　謎001-スペシャル・ブレンド・ミステリー　講談社(講談社文庫)　2006年9月

高美 善伍　たかみ・ぜんご
殺人事件の被害者、戦時中は女学校の教師だった男　「最後の女学生」　明内桂子(四季桂子)　甦る推理雑誌10「宝石」傑作選　光文社(光文社文庫)　2004年1月

高見 次夫　たかみ・つぐお
証券会社の社員で預金者の金を使い込んだ男　「死の超特急」　鷲尾三郎　江戸川乱歩の推理教室　光文社(光文社文庫)　2008年9月

高峰　たかみね
東京府下の一病院で伯爵夫人の手術を執刀する医学士　「外科室」　泉鏡花　文豪の探偵小説　集英社(集英社文庫)　2006年11月

高見 信子　たかみ・のぶこ
西銀座のバーのマダム、会社の金を使い込んだ高見次夫の姉　「死の超特急」　鷲尾三郎　江戸川乱歩の推理教室　光文社(光文社文庫)　2008年9月

田上 舞　たがみ・まい
上谷東小学校六年二組の学級委員、音楽担当非常勤講師・森島巧になついている女子児童　「ミスファイア」　伊岡瞬　推理小説年鑑　ザ・ベストミステリーズ2010　講談社　2010年7月

高村　たかむら
会社員アコが友人川井美樹から奪った男　「どろぼう猫」　柴田よしき　紅迷宮　祥伝社(祥伝社文庫)　2002年6月

鷹村 剛　たかむら・ごう*
旭川の大農園・有沢農園の使用人の息子、有沢美紀・由紀姉妹の幼なじみ　「氷の筏」　木野工　水の怪　勉誠出版(べんせいライブラリー)　2003年3月

高柳　たかやなぎ
作家日能克久の高校時代の同級生　「蓮華の花」　西澤保彦　新世紀「謎(ミステリー)」倶楽部　角川書店　2001年8月

高柳　縫子　たかやなぎ・ぬいこ
高校教師・宇津木の親友高柳の未亡人　「妻と未亡人」　小池真理子　私(わたし)は殺される(女流ミステリー傑作選)　角川春樹事務所(ハルキ文庫)　2001年3月

高谷　博信　たかや・ひろのぶ
経営者、相良の幼馴染み　「一億円の幸福」　藤田宜永　幻惑のラビリンス　光文社(光文社文庫)　2001年5月

高山　たかやま
会社の常務取締役　「幽霊になった男」　源氏鶏太　名作で読む推理小説史　ふるえて眠れない-ホラーミステリー傑作選　光文社(光文社文庫)　2006年9月

高山　たかやま
高等学校生徒の「俺」が恋した女と恋愛関係にある男　「拾った遺書」　本田緒生　幻の探偵雑誌6「猟奇」傑作選　光文社(光文社文庫)　2001年3月

高山　たかやま
象潟署の刑事　「隼のお正月」　久山秀子　探偵小説の風景　トラフィック・コレクション(下)　光文社(光文社文庫)　2009年9月

高山　たかやま*
妊婦が住む東京都第七特別区の区役所に勤める保安部門の主任、眼鏡の美女　「オリエント急行十五時四十分の謎」　松尾由美　透明な貴婦人の謎(本格短編ベスト・セレクション)　講談社(講談社文庫)　2005年1月;本格ミステリ01　講談社(講談社ノベルス)　2001年7月

高山　たかやま*
妊婦が住む東京都第七特別区の区役所に勤める保安部門の主任、眼鏡の美女　「バルーン・タウンの手毬唄」　松尾由美　推理小説年鑑 ザ・ベストミステリーズ2003　講談社　2003年7月

高山くん　たかやまくん
おとなたちが消えうせた世界にのこされた十二歳以下の子供たちの代表の一人　「お召し」　小松左京　マイ・ベスト・ミステリーⅥ　文藝春秋(文春文庫)　2007年12月

孝之　たかゆき
「私」の血のつながりのない兄で無念の死をとげた医師　「金木犀の香り」　鷹将純一郎　新・本格推理04-赤い館の怪人物　光文社(光文社文庫)　2004年3月

隆行　たかゆき
高校生、映研の部員で撮影担当　「ラベンダー・サマー」　瀬川ことび　青に捧げる悪夢　角川書店　2005年3月

宝井　喜三治　たからい・きさんじ
怪談作家、お化け狂言をとくいとする男　「百物語の夜」　横溝正史　江戸の名探偵　徳間書店(徳間文庫)　2009年10月

たがわ

田川 犬一　たがわ・いぬいち
パーティーを主催した社長八田虎造の妹と婿の田川羊一の息子　「黄色い部屋の謎」　清水義範　犯人は秘かに笑う-ユーモアミステリー傑作選　光文社(光文社文庫)　2007年1月

田川 真吉　たがわ・しんきち
大心池神経科の患者で何事でも金銭で勘定する癖がある高利貸　「債権」　木々高太郎　幻の探偵雑誌4「探偵春秋」傑作選　光文社(光文社文庫)　2001年1月

田川 羊一　たがわ・よういち
パーティーを主催した社長の八田虎造の妹婿　「黄色い部屋の謎」　清水義範　犯人は秘かに笑う-ユーモアミステリー傑作選　光文社(光文社文庫)　2007年1月

瀧井　たきい
時事新報の記者　「秋の日のヴィオロンの溜息」　赤井三尋　乱歩賞作家黒の謎　講談社　2006年7月

滝井 藤兵衛　たきい・とうべえ
私立探偵　「六人の容疑者」　黒輪士風　マイ・ベスト・ミステリーV　文藝春秋(文春文庫)　2007年11月

タキオさん
インターネットの掲示板で女子大生・美里と親しくなった大学生　「見えない悪意」　緑川聖司　推理小説年鑑 ザ・ベストミステリーズ2003　講談社　2003年7月

滝口　たきぐち
陶磁愛好家　「玩物の果てに」　久能啓二　江戸川乱歩と13の宝石　光文社(光文社文庫)　2007年5月

多岐子　たきこ
個人タクシー「かっぱタクシー」の運転手・市橋征太郎の老妻　「かっぱタクシー」　明野照葉　紫迷宮　祥伝社(祥伝社文庫)　2002年12月

滝子　たきこ*
若手人形作家篠沢芳春の恋人、テレビ局勤務の女　「燃えがらの証」　夏樹静子　ときめき　広済堂出版(広済堂文庫)　2005年1月

滝沢 聡　たきざわ・さとし
松山恒裕の部下、捜索隊員　「生還者」　大倉崇裕　完全犯罪証明書 ミステリー傑作選　講談社(講談社文庫)　2001年4月

滝沢 ひとみ　たきざわ・ひとみ
医者の早田義人がプライベイトに診ることになった資産家の癌患者の女性　「ライフ・サポート」　川田弥一郎　乱歩賞作家赤の謎　講談社　2006年4月

滝沢 良平　たきざわ・りょうへい
電車の乗客、殺人者で逃亡者　「バッドテイストトレイン」　北森鴻　完全犯罪証明書 ミステリー傑作選　講談社(講談社文庫)　2001年4月

滝田 七郎　たきた・しちろう
N県F島の旧家滝田家の当主、滝田浩の伯父　「騒がしい波」　武蔵野次郎　水の怪　勉誠出版(べんせいライブラリー)　2003年3月

滝田 寿之助　たきた・じゅのすけ*
昭和図書編集部長、広島駅から乗った急行「しろやま」車中で殺された男　「急行しろやま」　中町信　愛憎発殺人行　鉄道ミステリー名作館　徳間書店(徳間文庫)　2004年5月

滝田 浩　たきた・ひろし
N県F島の旧家の当主・滝田七郎のおい　「騒がしい波」　武蔵野次郎　水の怪　勉誠出版(べんせいライブラリー)　2003年3月

滝野 光敏　たきの・みつとし
ベストセラー作家・厄神春柾の担当編集者　「加速度円舞曲」　麻耶雄嵩　本格ミステリ09　講談社(講談社ノベルス)　2009年6月

瀧野 羊介　たきの・ようすけ
画家の石井青洲の処へ研究生として出入りしている若者　「寝台」　赤沼三郎　幻の探偵雑誌10「新青年」傑作選　光文社(光文社文庫)　2002年2月

多岐野 善夫　たきの・よしお
樹氷出版の編集部員、四十歳を過ぎて独身の男　「爪占い」　佐野洋　現場に臨め-最新ベスト・ミステリー　光文社　2010年10月

滝目　たきめ
紀州新報という新聞の記者　「やけた線路の上の死体」　有栖川有栖　無人踏切-鉄道ミステリー傑作選　光文社(光文社文庫)　2008年11月

滝本　たきもと
増田幾二郎の秘書　「雪のマズルカ」　芦原すなお　嘘つきは殺人のはじまり　講談社(講談社文庫)　2003年9月

滝本 一義　たきもと・かずよし
縮緬問屋・滝本家の長男、滝本俊行の異母兄　「七通の手紙」　浅黄斑　完全犯罪証明書ミステリー傑作選　講談社(講談社文庫)　2001年4月

滝本 俊行　たきもと・としゆき
滝本みちえの行方不明の長男、みちえの連れ子　「七通の手紙」　浅黄斑　完全犯罪証明書ミステリー傑作選　講談社(講談社文庫)　2001年4月

滝本 みちえ　たきもと・みちえ
滝本俊行の入院中の母親、滝本家の後妻　「七通の手紙」　浅黄斑　完全犯罪証明書ミステリー傑作選　講談社(講談社文庫)　2001年4月

滝山 譲二　たきやま・じょうじ
青山にあるクラブ「アルハンブラ」の専属歌手　「ひかり号で消えた」　大谷羊太郎　全席死定-鉄道ミステリー名作館　徳間書店(徳間文庫)　2004年3月

田切 秀作　たぎり・しゅうさく
殺人事件の容疑者、被害者の資産家桑佐亮助の甥　「やけた線路の上の死体」　有栖川有栖　無人踏切-鉄道ミステリー傑作選　光文社(光文社文庫)　2008年11月

滝 連太郎　たき・れんたろう
光華学園大学の史学科の助手　「暗い唄声」　山村正夫　無人踏切-鉄道ミステリー傑作選　光文社(光文社文庫)　2008年11月

たくし

卓次　たくじ
ビルの一室の事務所に元フィクサーの先生を訪ねた男　「狐憑き」　猪股聖吾　人間心理の怪　勉誠出版（べんせいライブラリー）　2003年3月

宅次　たくじ
脳卒中の発作で倒れ会社を休職した男　「かわうそ」　向田邦子　マイ・ベスト・ミステリーⅡ　文藝春秋（文春文庫）　2007年8月

タクシードライバー
ヤクザが友人の警部から聞いた殺人事件の話を聞かされたタクシードライバー　「般若の目」　時織深　新・本格推理06-不完全殺人事件　光文社（光文社文庫）　2006年3月

田口　たぐち
小学校時代藤田先生のクラスの生徒、下川（チビシモ）の親友　「藤田先生、指一本で巨石を動かす」　村瀬継弥　新世紀「謎（ミステリー）」倶楽部　角川書店　2001年8月

田口　那美　たぐち・なみ
殺害された女学生、素封家の娘　「探偵小説」　横溝正史　マイ・ベスト・ミステリーⅤ　文藝春秋（文春文庫）　2007年11月

田口　真奈美　たぐち・まなみ
会社員の友部良行と男女の関係になった銀座のクラブホステス　「移動指紋」　佐野洋　スペシャル・ブレンド・ミステリー　謎006　講談社（講談社文庫）　2011年9月

匠　千暁（タック）　たくみ・ちあき（たっく）
安槻大学の学生　「印字された不幸の手紙の問題」　西澤保彦　暗闇を追いかけろ-日本ベストミステリー選集35　光文社（光文社文庫）　2008年5月

匠　千暁（タック）　たくみ・ちあき（たっく）
安槻大学の学生　「招かれざる死者」　西澤保彦　名探偵で行こう-最新ベスト・ミステリー　シリーズ・キャラクター編　光文社（光文社文庫）　2001年9月

匠　千暁（タック）　たくみ・ちあき（たっく）
安槻大学の学生、ボアン先輩とタカチとウサコの飲み仲間　「黒の貴婦人」　西澤保彦　透明な貴婦人の謎（本格短編ベスト・セレクション）　講談社（講談社文庫）　2005年1月；本格ミステリ01　講談社（講談社ノベルス）　2001年7月

匠屋西次郎（西次郎）　たくみやせいじろう（せいじろう）
大坂の「諸国産物廻船匠屋」の主人　「曇斎先生事件帳　木乃伊とウニコール」　芦辺拓　論理学園事件帳　講談社（講談社文庫）　2007年1月；本格ミステリ03　講談社（講談社ノベルス）　2003年6月

竹内　たけうち
田舎の白岡警察署の刑事　「北斗星の密室」　折原一　天使と髑髏の密室（本格短編ベスト・セレクション）　講談社（講談社文庫）　2005年12月；本格ミステリ02　講談社（講談社ノベルス）　2002年5月

竹内　たけうち
白岡警察署の刑事、黒星警部の部下　「本陣殺人計画-横溝正史を読んだ男」　折原一　密室殺人大百科　上　講談社（講談社文庫）　2003年9月

竹内 和雄　たけうち・かずお
三十年くらい前に母に連れていかれた岩手の山奥の宿を訪ねた作家　「ねじれた記憶」
高橋克彦　マイ・ベスト・ミステリーⅣ　文藝春秋（文春文庫）　2007年10月

武内 周之助　たけうち・しゅうのすけ
代議士　「六人の容疑者」　黒輪土風　マイ・ベスト・ミステリーⅤ　文藝春秋（文春文庫）　2007年11月

武内 利晴　たけうち・としはる
タケウチ電器店主、時効成立を待つ逃亡犯　「第三の時効」　横山秀夫　推理小説年鑑ザ・ベストミステリーズ2003　講談社　2003年7月

竹内 正浩　たけうち・まさひろ
埼玉県警白岡警察署の刑事、黒星警部の部下　「トロイの密室」　折原一　赤に捧げる殺意　角川書店　2005年4月；密室レシピ　角川書店（角川文庫）　2002年4月

竹雄　たけお
手毬川の讃ヶ淵で農婦のみきが水浴びをするを見ていた少年　「火鳥」　坂東眞砂子　危険な関係（女流ミステリー傑作選）　角川春樹事務所（ハルキ文庫）　2002年5月

竹岡　たけおか
やくざ、滝口組の構成員　「亡霊」　大沢在昌　現場に臨め−最新ベスト・ミステリー　光文社　2010年10月

竹越　たけこし
元ホステス杉村加代が接待社員として勤務する製薬会社の社長　「魚葬」　森村誠一　マイ・ベスト・ミステリーⅣ　文藝春秋（文春文庫）　2007年10月

竹崎　たけざき
元警視庁捜査課の強行犯係　「三つめの棺」　蒼井雄　甦る推理雑誌2「黒猫」傑作選　光文社（光文社文庫）　2002年11月

竹沢 敏子　たけざわ・としこ
中国人資産家のもらい子で若くして遺産を相続した一郎が恋をした女子大生　「キッシング・カズン」　陳舜臣　スペシャル・ブレンド・ミステリー　謎006　講談社（講談社文庫）　2011年9月

タケさん
銭湯の常連客の老人　「昭和湯の幻」　倉阪鬼一郎　暗闇を追いかけろ−日本ベストミステリー選集35　光文社（光文社文庫）　2008年5月

猛　たけし
コント芸人クレージー・トリニティのメンバー　「ホワットダニットパズル」　園田修一郎　新・本格推理07−Qの悲劇　光文社（光文社文庫）　2007年3月

竹下　たけした
化粧品メーカー「粧美堂」の新人社員特訓の参加者　「企業特訓殺人事件」　森村誠一　謎002−スペシャル・ブレンド・ミステリー　講談社（講談社文庫）　2007年9月

たけじ

竹次郎　たけじろう
上野黒門町にある町飛脚「山登屋」の居候の若者　「博打眼」　宮部みゆき　Anniversary 50 カッパ・ノベルス創刊50周年記念作品　光文社　2009年12月

武田　たけだ
湯河原にある鎮子の家の別荘に避暑にやってきた同じ石油会社の同僚　「見晴台の惨劇」　山村正夫　江戸川乱歩の推理試験　光文社（光文社文庫）　2009年1月

竹田 京児　たけだ・きょうじ
山下希美の高校時代の先輩でボーイフレンド　「わらう月」　有栖川有栖　幻惑のラビリンス　光文社（光文社文庫）　2001年5月

竹田士長　たけだしちょう
自衛隊員　「九十五年の衝動」　古処誠二　推理小説年鑑 ザ・ベストミステリーズ2002　講談社　2002年7月

武田　渡　たけだ・わたる
弁護士　「初雪」　高木彬光　甦る推理雑誌4「妖奇」傑作選　光文社（光文社文庫）　2003年1月

タケちゃん
田舎町の地回りのチンピラ　「インベーダー」　馳星周　事件現場に行こう−日本ベストミステリー選集33　光文社（光文社文庫）　2006年4月；事件現場に行こう　光文社　2001年11月

竹中　たけなか
漁師町の駐在署長、警部　「蛸つぼ」　深尾登美子　甦る推理雑誌10「宝石」傑作選　光文社（光文社文庫）　2004年1月

竹中 正男　たけなか・まさお
捜査一課の刑事　「時効を待つ女」　新津きよみ　密室＋アリバイ＝真犯人　講談社（講談社文庫）　2002年2月

竹中 雅美　たけなか・まさみ
竹中正男の妻、翻訳家　「時効を待つ女」　新津きよみ　密室＋アリバイ＝真犯人　講談社（講談社文庫）　2002年2月

竹梨　たけなし
警視庁捜査一課の警部　「百魔術」　泡坂妻夫　推理小説年鑑 ザ・ベストミステリーズ2001　講談社　2001年6月

竹兄（竹次郎）　たけにい（たけじろう）
上野黒門町にある町飛脚「山登屋」の居候の若者　「博打眼」　宮部みゆき　Anniversary 50 カッパ・ノベルス創刊50周年記念作品　光文社　2009年12月

竹野　たけの
ルポライター　「句会の短冊」　戸板康二　俳句殺人事件−巻頭句の女　光文社（光文社文庫）　2001年4月

竹之内 敏行　たけのうち・としゆき
マンションで転落死した男性、「週刊トピックス」編集長　「眠れない夜のために」　折原一　密室＋アリバイ＝真犯人　講談社（講談社文庫）　2002年2月

竹原 勇吉　たけはら・ゆうきち
調布市の仙川にある洋食屋「バンブー」の店主　「私鉄沿線」　雨宮町子　葬送列車　鉄道ミステリー名作舘　徳間書店(徳間文庫)　2004年4月

竹久 俊彦　たけひさ・としひこ
医師藤村功の先妻・竹久美保の現在の夫、兇行事件の被害者　「生きている屍」　鷲尾三郎　甦る推理雑誌6「探偵実話」傑作選　光文社(光文社文庫)　2003年5月

竹久 美保　たけひさ・みほ
医師藤村功宛の手紙の差出人の女性、藤村の先妻　「生きている屍」　鷲尾三郎　甦る推理雑誌6「探偵実話」傑作選　光文社(光文社文庫)　2003年5月

武弘　たけひろ
金沢の武弘という名の若狭の国府の侍、美しい女真砂の夫　「藪の中」　芥川龍之介　文豪のミステリー小説　集英社(集英社文庫)　2008年2月

丈史　たけふみ
女子大生詩織の飼い猫探しを手伝う男、詩織のゼミの後輩　「猫と死の街」　倉知淳　暗闇を見よ　光文社　2010年11月;ねこ!ネコ!猫!(NEKOミステリー傑作選)　徳間書店(徳間文庫)　2008年10月

タケミ
民衆の条件付けを行うスキナー省のオペラント官　「オペラントの肖像」　平山夢明　不思議の足跡-最新ベスト・ミステリー　光文社　2007年10月

武見 香代子　たけみ・かよこ
光華学園大学のオカルト研究会の女子学生　「暗い唄声」　山村正夫　無人踏切-鉄道ミステリー傑作選　光文社(光文社文庫)　2008年11月

竹宮 真治　たけみや・しんじ
十年ぶりに生まれ故郷の町に戻って来て一家で団地に住む教師　「割れた卵のような」　山口雅也　マイ・ベスト・ミステリーⅤ　文藝春秋(文春文庫)　2007年11月

竹村　たけむら
弁護士　「まつりの花束」　大倉燁子　甦る推理雑誌10「宝石」傑作選　光文社(光文社文庫)　2004年1月

竹村 英太郎　たけむら・えいたろう
鶴亀温泉街にある旅館「竹富士」の支配人　「盗み湯」　不知火京介　乱歩賞作家青の謎　講談社　2007年7月

竹流　たける
茉莉花村の男、初音の幼なじみ　「花散る夜に」　光原百合　新・*本格推理 特別編　光文社(光文社文庫)　2009年3月

竹脇 輝男　たけわき・てるお
高校の英語教師、医大講師・竹脇七菜代の夫　「父親はだれ?」　岸田るり子　不可能犯罪コレクション　原書房　2009年6月

たけわ

竹脇 七菜代　たけわき・ななよ
T医大の講師、高校教師竹脇輝男の妻　「父親はだれ?」　岸田るり子　不可能犯罪コレクション　原書房　2009年6月

田坂 哲男　たさか・てつお
街頭で青年・安永達也を刺した殺人未遂事件の犯人　「家路」　新野剛志　乱歩賞作家赤の謎　講談社　2006年4月

田坂 由美子　たさか・ゆみこ
殺人の現行犯として逮捕された青年・中島信彦の美しい恋人　「黒水仙」　藤雪夫　黒の怪　勉誠出版(べんせいライブラリー)　2002年11月

田沢 良三　たざわ・りょうぞう
寒村の分校の教師で不可解な死を遂げた男、江島と三木の旧友　「「死体を隠すには」」　江島伸吾　無人踏切-鉄道ミステリー傑作選　光文社(光文社文庫)　2008年11月

太七　たしち
上野黒門町の醬油問屋「近江屋」の近所の棒手振りの子　「博打眼」　宮部みゆき　Anniversary 50 カッパ・ノベルス創刊50周年記念作品　光文社　2009年12月

田島　たじま
静岡県警の刑事　「天城越え」　松本清張　マイ・ベスト・ミステリーV　文藝春秋(文春文庫)　2007年11月

田島　たじま*
伊豆七島式根島にイシダイ釣りに出かけた男　「幻の魚」　西村京太郎　殺意の海　徳間書店(徳間文庫)　2003年9月

但馬 一矢　たじま・かずや
榛原佳乃の妹・冴恵が恋人役のバイトをたのんだフリーター　「希望の形」　光原百合　事件の痕跡-最新ベスト・ミステリー　光文社　2007年11月

田島 絹子　たじま・きぬこ
壺内家の通いのお手伝い　「壺中庵殺人事件」　有栖川有栖　大密室　新潮社(新潮文庫)　2002年2月

田島氏　たじまし
K町きっての旧家で大金持の田島家の主人　「奇怪なアルバイト」　江戸川乱歩　江戸川乱歩の推理試験　光文社(光文社文庫)　2009年1月

田嶋 宗一郎　たじま・そういちろう
旧家の跡取り息子で二十年も行方知れずの男　「双頭の影」　今邑彩　マイ・ベスト・ミステリーI　文藝春秋(文春文庫)　2007年8月

但馬 恒之　たじま・つねゆき
新聞記者、イタリアのピサにある世界統一教団本拠ビルを訪れた男　「エクイノツィオの奇跡」　森輝喜著　新・*本格推理 08　光文社(光文社文庫)　2008年3月

多治見　たじみ
刑事　「真夏の誘拐者」　折原一　嘘つきは殺人のはじまり　講談社(講談社文庫)　2003年9月

多襄丸　たじょうまる
洛中を徘徊する名高い盗人、金沢の武弘という侍の妻を奪おうとした男　「藪の中」　芥川龍之介　文豪のミステリー小説　集英社(集英社文庫)　2008年2月

田代　たしろ
階段から転げ落ちて記憶喪失となった「おれ」の親友だという男　「ラッキーな記憶喪失」森奈津子　ミステリー傑作選・特別編5 自選ショート・ミステリー　講談社(講談社文庫) 2001年6月

田代 精作　たしろ・せいさく
「私」がかつて愛した美保子の夫で木工場を経営している男　「私は離さない」　会津史郎　甦る推理雑誌8「エロティック・ミステリー」傑作選　光文社(光文社文庫)　2003年9月

田代 彪蔵　たしろ・ひょうぞう
新選組隊士、久留米藩脱藩浪士　「前髪の惣三郎」　司馬遼太郎　剣が謎を斬る　光文社(光文社文庫)　2005年4月

田澄 桜子　たずみ・さくらこ
俳人、俳句結社誌「鳥」主宰者の木村茜の弟子　「鳥雲に」　倉阪鬼一郎　死神と雷鳴の暗号(本格短編ベスト・セレクション)　講談社(講談社文庫)　2006年1月;本格ミステリ02　講談社(講談社ノベルス)　2002年5月

多津屋安兵衛　たずややすべえ
神田大和町の油問屋の主人　「八百万」　畠中恵　不思議の足跡-最新ベスト・ミステリー　光文社　2007年10月

直志　ただし
美術教師の家に住む男子高校生　「熱い闇」　山崎洋子　謎004-スペシャル・ブレンド・ミステリー　講談社(講談社文庫)　2009年9月

唯野 勇一　ただの・ゆういち
Sホテル殺人事件の被害者　「時効を待つ女」　新津きよみ　密室＋アリバイ＝真犯人　講談社(講談社文庫)　2002年2月

忠彦　ただひこ
彰子の夫忠行の弟、失業中の男　「義弟の死」　小杉健治　幻惑のラビリンス　光文社(光文社文庫)　2001年5月

忠行　ただゆき
彰子の夫、都市銀行の支店長　「義弟の死」　小杉健治　幻惑のラビリンス　光文社(光文社文庫)　2001年5月

多々良 雅子　たたら・まさこ
依頼人、パチンコ店の経営者で武藤(多々良)順次の妻　「雨のなかの犬」　香納諒一　闇夜の芸術祭　光文社(光文社文庫)　2003年4月

崇　たたる
漢方薬局「萬治漢方」に勤める薬剤師　「薬剤師とヤクザ医師の長い夜」　椹野道流　QED鏡家の薬屋探偵　講談社(講談社ノベルス)　2010年8月

たちあ

太刀洗 万智　たちあらい・まち
ルポライターの女性　「ナイフを失われた思い出の中に」　米澤穂信　蝦蟇倉市事件2　東京創元社(ミステリ・フロンティア)　2010年2月

立川 誠　たちかわ・まこと*
笠原さんのかつてのお笑いコンビ「セロリジャム」の相方　「公僕の鎖」　新野剛志　罪深き者に罰を　講談社(講談社文庫)　2002年11月

立花　たちばな
黄豊寺の住職　「橘の寺」　道尾秀介　推理小説年鑑 ザ・ベストミステリーズ2011　講談社　2011年7月

立花　たちばな
警視庁捜査一課の警部　「メゾン・カサブランカ」　近藤史恵　探偵Xからの挑戦状! Season2　小学館(小学館文庫)　2011年2月

橘 和夫　たちばな・かずお
人吉市にある緑風荘に泊りに来た九州芸術大学の七人の学生の一人　「呪縛再現(挑戦篇)」　宇多川蘭子(鮎川哲也)　甦る推理雑誌5「密室」傑作選　光文社(光文社文庫)　2003年3月

立花 寛二　たちばな・かんじ
立花歌劇団の座長　「終幕殺人事件」　谿瀉太郎　甦る推理雑誌7「探偵倶楽部」傑作選　光文社(光文社文庫)　2003年7月

多智花さん　たちばなさん
古城堅蔵(コジョー)の大学の先輩、せどり同好会に所属している古書マニア　「密室の本-真知博士五十番目の事件」　村崎友　蝦蟇倉市事件2　東京創元社(ミステリ・フロンティア)　2010年2月

立花 真三　たちばな・しんぞう
孔雀夫人のパーティーに招待された客の一人、貿易商　「孔雀夫人の誕生日」　山村正夫　江戸川乱歩の推理教室　光文社(光文社文庫)　2008年9月

立花 信之介　たちばな・しんのすけ
御茶ノ水署へ実務研修に来たキャリア警察官　「おれたちの街」　逢坂剛　現場に臨め-最新ベスト・ミステリー　光文社　2010年10月

立花 宗珍　たちばな・そうちん
黄豊寺の小僧さん、住職の立花の養子　「橘の寺」　道尾秀介　推理小説年鑑 ザ・ベストミステリーズ2011　講談社　2011年7月

立花 鳴海　たちばな・なるみ
惨殺事件の被害者、資産家の立花良輔氏夫人　「悪魔黙示録」　赤沼三郎　悪魔黙示録「新青年」一九三八-探偵小説暗黒の時代へ　光文社(光文社文庫)　2011年8月

立花 真樹　たちばな・まさき
双子の少年　「水密密室!」　汀こるもの　名探偵で行こう-最新ベスト・ミステリー シリーズ・キャラクター編　光文社(光文社文庫)　2001年9月

立花 由紀夫　たちばな・ゆきお
指定暴力団組員、飲み屋街で起こった殺人事件の容疑者　「記憶のアリバイ」　我孫子武丸　探偵Xからの挑戦状! Season2　小学館(小学館文庫)　2011年2月

立花 美樹　たちばな・よしき
双子の少年　「水密密室!」　汀こるもの　名探偵で行こう−最新ベスト・ミステリー シリーズ・キャラクター編　光文社(光文社文庫)　2001年9月

立花 良輔　たちばな・りょうすけ
惨殺事件の被害者立花鳴海の夫、資産家　「悪魔黙示録」　赤沼三郎　悪魔黙示録「新青年」一九三八−探偵小説暗黒の時代へ　光文社(光文社文庫)　2011年8月

タチヤーナ
七人の日本軍人達が泊まった草原のロシア人の百姓家の娘　「草原の果て」　豊田寿秋　甦る推理雑誌5「密室」傑作選　光文社(光文社文庫)　2003年3月

タツ
刑務所を出所したかつて"闇金の黒幕"と呼ばれた森田克巳の子分　「賢者のもてなし」　柴田哲孝　現場に臨め−最新ベスト・ミステリー　光文社　2010年10月

辰　たつ
スリ　「してやられた男」　小日向台三　幻の探偵雑誌8「探偵クラブ」傑作選　光文社(光文社文庫)　2001年12月

辰(宝引きの辰)　たつ(ほうびきのたつ)
神田千両町の岡っ引、八丁堀定廻り同心能坂要の手先　「目吉の死人形」　泡坂妻夫　江戸の名探偵　徳間書店(徳間文庫)　2009年10月

辰親分(宝引きの辰)　たつおやぶん(ほうびきのたつ)
神田千両町に住む捕者の名人と名高い岡っ引　「五ん兵衛船」　泡坂妻夫　名探偵に訊け　光文社　2010年9月

辰親分(宝引の辰親分)　たつおやぶん(ほうびきのたつおやぶん)
神田千両町の親分　「願かけて」　泡坂妻夫　法廷ジャックの心理学　講談社(講談社文庫)　2011年1月;名探偵の奇跡−日本ベストミステリー選集　光文社(光文社文庫)　2010年5月

辰親分(宝引の辰親分)　たつおやぶん(ほうびきのたつおやぶん)
神田千両町の親分　「鳥居の赤兵衛」　泡坂妻夫　透明な貴婦人の謎(本格短編ベスト・セレクション)　講談社(講談社文庫)　2005年1月;本格ミステリ01　講談社(講談社ノベルス)　2001年7月

タツギ・タクマ
日本帝国海軍軍人　「《ホテル・ミカド》の殺人」　芦辺拓　新世紀「謎(ミステリー)」倶楽部　角川書店　2001年8月

竜吉　たつきち
絵師、兄弟絵師の兄　「胡鬼板心中」　小川勝己　推理小説年鑑 ザ・ベストミステリーズ 2004　講談社　2004年7月

たつき

龍吉　たつきち*
大阪でも有名な古い売薬問屋の子供　「面影双紙」　横溝正史　江戸川乱歩と13人の新青年〈文学派〉編　光文社(光文社文庫)　2008年5月

タック
安槻大学の学生　「印字された不幸の手紙の問題」　西澤保彦　暗闇を追いかけろ-日本ベストミステリー選集35　光文社(光文社文庫)　2008年5月

タック
安槻大学の学生　「招かれざる死者」　西澤保彦　名探偵で行こう-最新ベスト・ミステリー シリーズ・キャラクター編　光文社(光文社文庫)　2001年9月

タック
安槻大学の学生、ボアン先輩とタカチとウサコの飲み仲間　「黒の貴婦人」　西澤保彦　透明な貴婦人の謎(本格短編ベスト・セレクション)　講談社(講談社文庫)　2005年1月；本格ミステリ01　講談社(講談社ノベルス)　2001年7月

辰公　たつこう
職工、三軒長屋が焼けた火事の発見者　「越後獅子」　羽志主水　幻の探偵雑誌10「新青年」傑作選　光文社(光文社文庫)　2002年2月

辰五郎　たつごろう
大工の棟梁　「虎よ、虎よ、爛爛と-101番目の密室」　狩久　密室殺人大百科 下　講談社(講談社文庫)　2003年9月

ダッジ
「ハッピー・ヴァレー・スクール」の高校4年生　「アメリカ・アイス」　馬場信浩　謎003-スペシャル・ブレンド・ミステリー　講談社(講談社文庫)　2008年9月

辰次郎　たつじろう
金に絡んだ江戸の厄介事の始末を請け負う裏稼業四人衆の一人、文師　「端午のとうふ」　山本一力　御白洲裁き　徳間書店(徳間文庫)　2009年12月；推理小説年鑑 ザ・ベストミステリーズ2001　講談社　2001年6月

ダットサン博士　だっとさんはかせ
名探偵シャーシー・トゥームズの友、事件の記録者　「シャーシー・トゥームズの悪夢」　深町眞理子　シャーロック・ホームズに愛をこめて　光文社(光文社文庫)　2010年1月

竜浪　宗平　たつなみ・そうへい
緒宮兼松殺害犯、有村紗耶香の伯父　「時の結ぶ密室」　柄刀一　密室殺人大百科 下　講談社(講談社文庫)　2003年9月

竜野　亮一　たつの・りょういち
豊和銀行の営業マン茂木信義の顧客、大学講師　「笑うウサギ」　森真沙子　紅迷宮　祥伝社(祥伝社文庫)　2002年6月

巽　秋枝　たつみ・あきえ
交通事故死した巽すみれの母親　「酷い天罰」　夏樹静子　悪魔のような女　角川春樹事務所(ハルキ文庫)　2001年7月

巽 秋枝　たつみ・あきえ
交通事故死した巽すみれの母親　「酷い天罰」　夏樹静子　謎002-スペシャル・ブレンド・ミステリー　講談社(講談社文庫)　2007年9月

巽 すみれ　たつみ・すみれ
裕平のバイクに跳ねられて死亡した女子短大生　「酷い天罰」　夏樹静子　悪魔のような女　角川春樹事務所(ハルキ文庫)　2001年7月

巽 すみれ　たつみ・すみれ
裕平のバイクに跳ねられて死亡した女子短大生　「酷い天罰」　夏樹静子　謎002-スペシャル・ブレンド・ミステリー　講談社(講談社文庫)　2007年9月

巽 宏明　たつみ・ひろあき
巽すみれの父親、福岡の大手ホテルのコンピューター技師　「酷い天罰」　夏樹静子　悪魔のような女　角川春樹事務所(ハルキ文庫)　2001年7月

巽 宏明　たつみ・ひろあき
巽すみれの父親、福岡の大手ホテルのコンピューター技師　「酷い天罰」　夏樹静子　謎002-スペシャル・ブレンド・ミステリー　講談社(講談社文庫)　2007年9月

竜也　たつや
交際相手の女性と十六年前に金沢へ家族旅行した記憶をたどる旅にでた男　「思い出を盗んだ女」　新津きよみ　現場に臨め-最新ベスト・ミステリー　光文社　2010年10月

伊達左京亮 宗春　だてさきょうのすけ・むねはる
江戸城松之大廊下での刃傷事件の現場に居合わせた人物　「長い廊下の果てに」　芦辺拓　名探偵で行こう-最新ベスト・ミステリー シリーズ・キャラクター編　光文社(光文社文庫)　2001年9月

立山 昇　たてやま・のぼる
旅行社「ベル旅行社」の新入社員、元は旅行社「東南ツーリスト」の庶務課長　「極楽ツアー殺人」　斎藤栄　怪しい舞踏会　光文社(光文社文庫)　2002年5月

田所　たどころ
警部　「赤い密室」　中川透(鮎川哲也)　甦る推理雑誌6「探偵実話」傑作選　光文社(光文社文庫)　2003年5月

田所 安曇　たどころ・あずみ
金婚式を迎えた老夫婦の妻　「雪と金婚式」　有栖川有栖　Anniversary 50 カッパ・ノベルス創刊50周年記念作品　光文社　2009年12月

田所 修二　たどころ・しゅうじ
北海道の片田舎から上京してきた若者　「スカウト」　今野敏　幻惑のラビリンス　光文社(光文社文庫)　2001年5月

田所 博　たどころ・ひろし
入社して四年目で窓際族の集まるメイル室勤務になって各部署へメイルを配達するだけの仕事をしている男　「盗聴」　浅黄斑　ミステリー傑作選・特別編5 自選ショート・ミステリー　講談社(講談社文庫)　2001年6月

たどこ

田所 正義　たどころ・まさよし
福岡県警特別科学捜査研究所の研究員、犯罪者プロファイリングの研究者　「点と円」　西村健　Doubtきりのない疑惑　講談社(講談社文庫)　2011年11月;推理小説年鑑 ザ・ベストミステリーズ2008　講談社　2008年7月

田所 雄二　たどころ・ゆうじ
金婚式を迎えた老夫婦の夫　「雪と金婚式」　有栖川有栖　Anniversary 50 カッパ・ノベルス創刊50周年記念作品　光文社　2009年12月

田名網　たなあみ
警視庁捜査課の警部　「灯」　楠田匡介　甦る推理雑誌3「X」傑作選　光文社(光文社文庫)　2002年12月

田名網警部　たなあみけいぶ
警視庁一課の警部　「第三の穴」　楠田匡介　江戸川乱歩の推理試験　光文社(光文社文庫)　2009年1月

田中　たなか
貴族探偵の小間使いの若い女　「トリッチ・トラッチ・ポルカ」　麻耶雄嵩　天使と髑髏の密室(本格短編ベスト・セレクション)　講談社(講談社文庫)　2005年12月;本格ミステリ02　講談社(講談社ノベルス)　2002年5月

田中　たなか
探偵の依頼人の夫人　「螺旋階段のアリス」　加納朋子　怪しい舞踏会　光文社(光文社文庫)　2002年5月

田中　たなか
宝物殿の前にあるベンチに腰を降ろした男　「鳩」　北方謙三　マイ・ベスト・ミステリーⅡ　文藝春秋(文春文庫)　2007年8月

田中 明子　たなか・あきこ
私立探偵仁木順平の息子・周平を困らせている女　「鏡の家のアリス」　加納朋子　推理小説年鑑 ザ・ベストミステリーズ2003　講談社　2003年7月

田中君　たなかくん
暴風雨の晩に一人で留守居していた屋敷の周囲で何か悲鳴のようなものを聞いた男　「小曲」　橋本五郎　幻の探偵雑誌8「探偵クラブ」傑作選　光文社(光文社文庫)　2001年12月

田中 三郎兵衛　たなか・さぶろべえ
会津藩初代城代家老、保科正之に仕え名家老といわれた人物　「第二の助太刀」　中村彰彦　偉人八傑推理帖　双葉社(双葉文庫)　2004年7月

田中さん　たなかさん
貧乏学生の「わたし」が着ぐるみのアルバイトをしたスーパーの従業員の小母さん　「チョ子」　宮部みゆき　不思議の足跡−最新ベスト・ミステリー　光文社　2007年10月

田中 紗沙羅　たなか・しゃさら
松江市のミッション系女子中学の一年生、金堂翡翠の親友　「暴君」　桜庭一樹　不思議の足跡−最新ベスト・ミステリー　光文社　2007年10月

田中 紗沙羅　　たなか・しゃさら
中学生矢井田賢一の幼なじみで肥満の少女、村会議員の娘　「脂肪遊戯」　桜庭一樹　推理小説年鑑 ザ・ベストミステリーズ2007　講談社　2007年7月

田中 武次　　たなか・たけつぐ
F県警本部捜査一課の刑事、強行犯係主任　「永遠の時効」　横山秀夫　名探偵の奇跡-日本ベストミステリー選集　光文社(光文社文庫)　2010年5月;名探偵の奇跡-最新ベスト・ミステリー　光文社　2007年9月

田中 達雄　　たなか・たつお
大阪府警捜査一課の刑事　「錆」　黒川博行　ミステリー傑作選・特別編6 自選ショート・ミステリー2　講談社(講談社文庫)　2001年10月

田中 裳所　　たなか・もとこ
画廊に勤務する女、画家渡辺恒のモデル　「雪の絵画教室」　泡坂妻夫　密室レシピ　角川書店(角川文庫)　2002年4月

田中 由美子(ミコ)　　たなか・ゆみこ(みこ)
沼津の高校でユミの親友だった女　「京都大学殺人事件」　吉村達也　京都殺意の旅　徳間書店(徳間文庫)　2001年11月

棚橋 欽吾　　たなはし・きんご
那須高原の別荘地の住人、ダイヤモンドを所有する老人　「鏡の迷宮、白い蝶」　谷原秋桜子　ベスト本格ミステリ 2011　講談社(講談社ノベルス)　2011年6月

田辺　　たなべ
刑事　「ガラスの檻の殺人」　有栖川有栖　気分は名探偵-犯人当てアンソロジー　徳間書店　2006年5月

田辺 鶴吉　　たなべ・つるきち
好色家の博徒、近所に住む新妻お艶殺しの犯人として捕らえられた男　「白足袋の謎」　鷺六平　白の怪　勉誠出版(べんせいライブラリー)　2003年3月

田部 守　　たなべ・まもる
新大阪駅新幹線ホームで若い女性が刺殺体で発見された事件の容疑者のサラリーマン　「歪んだ空白」　森村誠一　葬送列車 鉄道ミステリー名作館　徳間書店(徳間文庫)　2004年4月

田辺 義哉　　たなべ・よしなり*
高名な写真家　「暗室」　真保裕一　罪深き者に罰を　講談社(講談社文庫)　2002年11月

谷　　たに
市役所の吏員、戦友だった男から横領金をあずかってほしいと頼まれた男　「重たい影」　土屋隆夫　江戸川乱歩と13の宝石 第二集　光文社(光文社文庫)　2007年9月

谷　　たに
弊衣破帽に釣鐘マントの南国の高等学生、白家の同級　「みかん山」　白家太郎(多岐川恭)　甦る推理雑誌9「別冊宝石」傑作選　光文社(光文社文庫)　2003年11月

たにい

谷井　たにい
公立中学の教師、自殺した榎木のどかの担任 「三猿ゲーム」 矢野龍王 ミステリ魂。校歌斉唱！ 講談社（講談社文庫） 2010年3月

谷内 治　たにうち・おさむ
K組幹部 「三毛猫ホームズの遺失物」 赤川次郎 名探偵を追いかけろ-日本ベストミステリー選集34 光文社（光文社文庫） 2007年5月

ダニエーラ・マシーニ
ミラノの裕福な商人ファブリツィオ・マシーニの長女 「二つの鍵」 三雲岳斗 大きな棺の小さな鍵（本格短編ベスト・セレクション） 講談社（講談社文庫） 2009年1月；推理小説年鑑 ザ・ベストミステリーズ2005 講談社 2005年7月

谷川 真介　たにがわ・しんすけ
バーマン香月圭吾が通う「BAR谷川」の老バーマン 「ラストマティーニ」 北森鴻 推理小説年鑑 ザ・ベストミステリーズ2007 講談社 2007年7月

谷口　たにぐち
稲尾刑事の妻が一緒に歩いていたやくざ 「熱い死角」 結城昌治 警察小説傑作短編集 ランダムハウス講談社（ランダムハウス講談社文庫） 2009年7月

谷口 孝志　たにぐち・たかし*
放火の容疑者、タクシー運転手 「部下」 今野敏 密室＋アリバイ＝真犯人 講談社（講談社文庫） 2002年2月

谷崎 庄之助　たにざき・しょうのすけ
殺人事件の被害者、別荘の主 「密室の魔術師」 双葉十三郎 甦る推理雑誌2「黒猫」傑作選 光文社（光文社文庫） 2002年11月

谷原 巳代司　たにはら・みよじ
触れ合いを求めて老人たちが集まる「かたくりの会」の会員 「モーニング・グローリィを君に」 鷹将純一郎 新・本格推理05-九つの署名 光文社（光文社文庫） 2005年3月

谷藤 万里子　たにふじ・まりこ
有名デザイナー山野良彦の盛岡の高校時代の同級生でマドンナだった女性 「緋い記憶」 高橋克彦 名作で読む推理小説史 ふるえて眠れない-ホラーミステリー傑作選 光文社（光文社文庫） 2006年9月

谷 平史郎　たに・へいしろう
刑事調査官、警視 「刑事調査官」 今野敏 鼓動-警察小説競作 新潮社（新潮文庫） 2005年2月

谷村　たにむら
綾鹿署の警部補、五龍神田刑事の上司 「敬虔過ぎた狂信者」 鳥飼否宇 大きな棺の小さな鍵（本格短編ベスト・セレクション） 講談社（講談社文庫） 2009年1月；本格ミステリ05 講談社（講談社ノベルス） 2005年6月

谷村　たにむら
綾鹿署刑事課の警部補 「二毛作」 鳥飼否宇 名探偵で行こう-最新ベスト・ミステリー シリーズ・キャラクター編 光文社（光文社文庫） 2001年9月

谷村　たにむら
警部補 「失敗作」 鳥飼否宇　天地驚愕のミステリー　宝島社(宝島社文庫)　2009年8月

谷村　たにむら
自宅で殺された尾崎画伯の死体の第一発見者 「呼鈴」 永瀬三吾　江戸川乱歩の推理試験　光文社(光文社文庫)　2009年1月

谷村 健太郎　たにむら・けんたろう
ロボット工学者、地雷除去技術者としてカンボジア・バッタンバン州に来たさいたま工科大学助教授 「未来へ踏み出す足」 石持浅海　法廷ジャックの心理学　講談社(講談社文庫)　2011年1月;推理小説年鑑 ザ・ベストミステリーズ2007　講談社　2007年7月

谷村 梢　たにむら・こずえ
小学校の補助教員、四年二組担任の女教師 「波形の声」 長岡弘樹　推理小説年鑑 ザ・ベストミステリーズ2010　講談社　2010年7月

ターニャ
中国の森でロシア人のお母さまと暮らす九歳の双子の少女の一人 「お母さまのロシアのスープ」 荻原浩　推理小説年鑑 ザ・ベストミステリーズ2005　講談社　2005年7月

田沼 彰　たぬま・あきら
彫刻家、立彫会の元理事長で芸術院会員 「永遠縹渺」 黒川博行　密室＋アリバイ＝真犯人　講談社(講談社文庫)　2002年2月

田沼 意次　たぬま・おきつぐ
老中、元御側用人 「天明の判官」 山田風太郎　大江戸事件帖　双葉社(双葉文庫)　2005年7月

種原 隆三　たねはら・りゅうぞう
内外計器の専務 「葬式紳士」 結城昌治　マイ・ベスト・ミステリーⅠ　文藝春秋(文春文庫)　2007年8月

種村 美土里　たねむら・みどり
早瀬琢馬とコンビを組む放送作家 「雷雨の庭で」 有栖川有栖　本格ミステリ09　講談社(講談社ノベルス)　2009年6月

田之上 佳代　たのうえ・かよ
宮崎から引越してきた東京の新居が一家殺害事件の起きた現場だと夫から告げられた妻 「転居先不明」 歌野晶午　推理小説年鑑 ザ・ベストミステリーズ2004　講談社　2004年7月

田之上 利光　たのうえ・としみつ
インターネットバブルに乗じ商売が当たって東京の練馬に新居を購入した男、佳代の夫 「転居先不明」 歌野晶午　推理小説年鑑 ザ・ベストミステリーズ2004　講談社　2004年7月

田之倉　たのくら
東京からやって来た釣り人、北村太一の死んだ父親の知り合い 「声」 三浦明博　乱歩賞作家黒の謎　講談社　2006年7月

田畑 真奈江　たばた・まなえ
雑誌記者、荒巻茂殺害の目撃者 「サンタとサタン」 霞流一　探偵Xからの挑戦状!　小学館(小学館文庫)　2009年1月

たび

タビー
「わたし」の姉の傍らにいつもいた飼猫で家からいなくなった猫 「最後の夏」 松本寛大 名探偵で行こう-最新ベスト・ミステリー シリーズ・キャラクター編 光文社(光文社文庫) 2001年9月

ダビデ
不法滞在者のユダヤ人、アパート「第一柏木荘」の住人 「夏の雪、冬のサンバ」 歌野晶午 密室殺人大百科 下 講談社(講談社文庫) 2003年9月

ダフネ・アーティナス
有名大学の学長令嬢 「恐怖館主人」 井上雅彦 名作で読む推理小説史 ふるえて眠れない-ホラーミステリー傑作選 光文社(光文社文庫) 2006年9月

太兵衛　たへえ
京都四条堀川の菱屋の主人、妾のお梅を新選組局長芹沢鴨にうばわれた男 「総司が見た」 南原幹雄 偉人八傑推理帖 双葉社(双葉文庫) 2004年7月

田部　義浩　たべ・よしひろ
警視庁生活経済課の刑事 「賢者のもてなし」 柴田哲孝 現場に臨め-最新ベスト・ミステリー 光文社 2010年10月

タマ
強盗に這入られた山上家の飼猫 「化け猫奇談 片目君の捕物帳」 香住春作 甦る推理雑誌4「妖奇」傑作選 光文社(光文社文庫) 2003年1月

珠恵　たまえ
日本橋川にかかる一石橋にある迷子のしらせ石に夫の屋久島と来た老女 「迷い子」 加門七海 紫迷宮 祥伝社(祥伝社文庫) 2002年12月

玉川　たまがわ
司法主任 「或る駅の怪事件」 蟹海太郎 無人踏切-鉄道ミステリー傑作選 光文社(光文社文庫) 2008年11月

玉川　伊知郎　たまがわ・いちろう
人体工学研究所の事務局長 「緋色の紛糾」 柄刀一 シャーロック・ホームズに愛をこめて 光文社(光文社文庫) 2010年1月

環　たまき
十年以前に変死した矢内原夫婦の妻 「青衣の画像」 村上信彦 甦る推理雑誌6「探偵実話」傑作選 光文社(光文社文庫) 2003年5月

多摩子　たまこ
小説家の「私」と野球でつながっている仲の女、美人の売れっこホステス 「二塁手同盟」 高原弘吉 ミステリー傑作選・特別編5 自選ショート・ミステリー 講談社(講談社文庫) 2001年6月

玉島　たましま
高利貸 「罠に掛った人」 甲賀三郎 幻の探偵雑誌9「探偵」傑作選 光文社(光文社文庫) 2002年1月

玉島 節子　たましま・せつこ
魚の定食屋「魚の目」の店主玉島道雄の妻　「おれたちの街」　逢坂剛　現場に臨め-最新ベスト・ミステリー　光文社　2010年10月

玉島 千蔭　たましま・ちかげ
南町奉行所定廻り同心　「吉原雀」　近藤史恵　御白洲裁き　徳間書店(徳間文庫)　2009年12月

玉島 道雄　たましま・みちお
魚の定食屋「魚の目」の店主　「おれたちの街」　逢坂剛　現場に臨め-最新ベスト・ミステリー　光文社　2010年10月

玉村 愛子　たまむら・あいこ
推理作家玉村一馬の妹　「正太郎と田舎の事件」　柴田よしき　密室殺人大百科 上　講談社(講談社文庫)　2003年9月

玉村 一馬　たまむら・かずま
推理作家　「正太郎と田舎の事件」　柴田よしき　密室殺人大百科 上　講談社(講談社文庫)　2003年9月

玉村 勝馬　たまむら・かつま
推理作家玉村一馬の兄、N村文化博物館の館長　「正太郎と田舎の事件」　柴田よしき　密室殺人大百科 上　講談社(講談社文庫)　2003年9月

玉谷　たまや
殺人事件の容疑者・水並と同じマンションに住んでいる男　「悪魔まがいのイリュージョン」　宇田俊吾；春永保　新・本格推理03 りら荘の相続人　光文社(光文社文庫)　2003年3月

田丸警部　たまるけいぶ
警視庁捜査一課の主任警部　「密室の兇器」　山村正夫　江戸川乱歩の推理試験　光文社(光文社文庫)　2009年1月

田丸 亮介　たまる・りょうすけ
「焼印殺人事件」と呼ばれる事件の容疑者のフリーター　「義憤」　曽根圭介　推理小説年鑑 ザ・ベストミステリーズ2011　講談社　2011年7月

民子　たみこ
西洋風の家の主・黒城巌の用心棒依田の内縁の妻　「ノベルティーウォッチ」　時織深　新・本格推理04-赤い館の怪人物　光文社(光文社文庫)　2004年3月

タミヤ
犯罪学の博士　「恐怖館主人」　井上雅彦　名作で読む推理小説史 ふるえて眠れない-ホラーミステリー傑作選　光文社(光文社文庫)　2006年9月

田宮　たみや
デザイナー、デザイン事務所の社長　「過去が届く午後」　唯川恵　完全犯罪証明書 ミステリー傑作選　講談社(講談社文庫)　2001年4月

民谷　たみや
ノン・プロ野球の旭洋鉱業チームの投手　「眠れない夜」　多岐川恭　江戸川乱歩の推理教室　光文社(光文社文庫)　2008年9月

たみや

田宮 仙太郎　たみや・せんたろう
酒屋の下働きの青年、元士族の息子「別れの唄」翔田寛　推理小説年鑑 ザ・ベストミステリーズ2003　講談社　2003年7月

多村　たむら
探偵、水谷律美の隣人「風の誘い」北川歩実　推理小説年鑑 ザ・ベストミステリーズ2001　講談社　2001年6月

田村　たむら
検事「匂う密室」双葉十三郎　甦る推理雑誌3「X」傑作選　光文社（光文社文庫）　2002年12月

田村　たむら
弁護士、河内崇の少年審判の付添人「審判は終わっていない」姉小路祐　嘘つきは殺人のはじまり　講談社（講談社文庫）　2003年9月

田村 香月　たむら・かずき
スナック「檸檬樹」の手伝いの女性「冬 蜃気楼に手を振る」有栖川有栖　まほろ市の殺人−推理アンソロジー　祥伝社（NON NOVEL）　2009年3月

田村 聡江　たむら・さとえ
洋館の宿泊客、田村幹夫の妻「吹雪に死神」伊坂幸太郎　不思議の足跡−最新ベスト・ミステリー　光文社　2007年10月

田村 二吉　たむら・にきち
記憶喪失だという探偵「路上に放置されたパン屑の研究」小林泰三　本格ミステリ09　講談社（講談社ノベルス）　2009年6月

田村 幹夫　たむら・みきお
洋館の宿泊客、田村聡江の夫「吹雪に死神」伊坂幸太郎　不思議の足跡−最新ベスト・ミステリー　光文社　2007年10月

田村 由美　たむら・ゆみ
長瀬の交際していた元バーの女「相棒」真保裕一　怪しい舞踏会　光文社（光文社文庫）　2002年5月

田安 宗武　たやす・むねたけ
八代将軍吉宗の次子、南町奉行曲淵甲斐守のうしろ盾となった田安家の主「天明の判官」山田風太郎　大江戸事件帖　双葉社（双葉文庫）　2005年7月

タラセヴィッチェワ王妃　たらせびっちぇわおうひ
皇帝陛下の皇従兄ニーリスキー殿下の母君「ペチィ・アムボス」一条栄子　幻の探偵雑誌6「猟奇」傑作選　光文社（光文社文庫）　2001年3月

太郎　たろう
昭和のはじめ大和キネマの美男俳優だった蒲生春夫の息子、母艶子に育てられた男「春の夜の出来事」大岡昇平　人間心理の怪　勉誠出版（べんせいライブラリー）　2003年3月

田原 長太夫　たわら・ちょうだゆう*
田原精神科医院の院長「暗い玄海灘に」夏樹静子　謎004−スペシャル・ブレンド・ミステリー　講談社（講談社文庫）　2009年9月

だんきゃん
探偵、ばあどるふの急死について探る者 「あやしやな」 幸田露伴 文豪のミステリー小説 集英社(集英社文庫) 2008年2月

ダン・クリントン
保安官 「絵の中で溺れた男」 柄刀一 推理小説年鑑 ザ・ベストミステリーズ2004 講談社 2004年7月

丹後屋弥左衛門　たんごややざえもん
日本橋の雑穀問屋 「端午のとうふ」 山本一力 御白洲裁き 徳間書店(徳間文庫) 2009年12月;推理小説年鑑 ザ・ベストミステリーズ2001 講談社 2001年6月

丹沢 悠紀子　たんざわ・ゆきこ
サラリーマンの白根良吉の下宿の隣家に住む職業婦人で良吉が毎夜窃視していた女性 「寝衣(ネグリジェ)」 渡辺啓助 江戸川乱歩と13の宝石 第二集 光文社(光文社文庫) 2007年9月

丹山 宗太　たんざん・そうた
丹山財閥の令嬢・丹山吹子の兄、跡継ぎにされず勘当された男 「身内に不幸がありまして」 米澤穂信 暗闇を見よ 光文社 2010年11月;本格ミステリ08 講談社(講談社ノベルス) 2008年6月

丹山 吹子　たんざん・ふきこ
丹山財閥のお嬢様、御前と呼ばれる丹山因陽の孫 「身内に不幸がありまして」 米澤穂信 暗闇を見よ 光文社 2010年11月;本格ミステリ08 講談社(講談社ノベルス) 2008年6月

男女(二人)　だんじょ(ふたり)
電車の中で映画「恐怖の窓」の話をしていた若い男女二人 「恐ろしい窓」 阿刀田高 ミステリー傑作選・特別編5 自選ショート・ミステリー 講談社(講談社文庫) 2001年6月

ダンチョン
民間探偵レザールの友人、油絵画家 「沙漠の古都」 イー・ドニ・ムニエ(国枝史郎) 幻の探偵雑誌7「新趣味」傑作選 光文社(光文社文庫) 2001年11月

探偵　たんてい
ピンカートン探偵社の探偵 「悪魔の辞典」 山田正紀 不思議の足跡−最新ベスト・ミステリー 光文社 2007年10月

探偵　たんてい
遠くからやって来た物書きに仕事の話をした私立探偵 「気つけ薬」 大沢在昌 ミステリー傑作選・特別編6 自選ショート・ミステリー2 講談社(講談社文庫) 2001年10月

探偵　たんてい
開店休業状態の私立探偵 「ガラスの檻の殺人」 有栖川有栖 気分は名探偵−犯人当てアンソロジー 徳間書店 2006年5月

探偵　たんてい
失踪した大金持ちの娘を探しに来た探偵 「半熟卵にしてくれと探偵は言った」 山口雅也 天地驚愕のミステリー 宝島社(宝島社文庫) 2009年8月

たんて

探偵　たんてい
大金を持って汽車に乗った「私」が護衛を依頼した探偵　「急行十三時間」　甲賀三郎　探偵小説の風景 トラフィック・コレクション(上)　光文社(光文社文庫)　2009年5月

探偵さん　たんていさん
「わたし」の新米の私立探偵の兄　「ノベルティーウォッチ」　時織深　新・本格推理04-赤い館の怪人物　光文社(光文社文庫)　2004年3月

丹那　たんな
刑事　「鮎川哲也を読んだ男」　三浦大　無人踏切-鉄道ミステリー傑作選　光文社(光文社文庫)　2008年11月

旦那様(平田 章次郎)　だんなさま(ひらた・しょうじろう)
邸でむごたらしい姿で殺された専門学校の校長　「幽霊妻」　大阪圭吉　甦る推理雑誌3「X」傑作選　光文社(光文社文庫)　2002年12月

短髪の男　たんぱつのおとこ
バーの客で元スポーツライターの短髪の男　「人間の尊厳と八〇〇メートル」　深水黎一郎　推理小説年鑑 ザ・ベストミステリーズ2011　講談社　2011年7月

ダンロク
箱師　「寝台特急《月光》」　天城一　葬送列車 鉄道ミステリー名作館　徳間書店(徳間文庫)　2004年4月

【ち】

千秋　ちあき
イタリア帰りの大学講師、通産省役人大宮秀司の不倫相手　「逢いびき」　篠田節子　M列車(ミステリー・トレイン)で行(い)こう　光文社　2001年10月

チェチリア・ガッレラーニ
ミラノに来た音楽使節レオナルド・ダ・ヴィンチに竪琴を習う娘　「二つの鍵」　三雲岳斗　大きな棺の小さな鍵(本格短編ベスト・セレクション)　講談社(講談社文庫)　2009年1月;推理小説年鑑 ザ・ベストミステリーズ2005　講談社　2005年7月

チェルシー
猫探偵正太郎のペット仲間、血統書付きのペルシャ猫　「正太郎と井戸端会議の冒険」　柴田よしき　透明な貴婦人の謎(本格短編ベスト・セレクション)　講談社(講談社文庫)　2005年1月;本格ミステリ01　講談社(講談社ノベルス)　2001年7月

チカちゃん
フリーのスタイリスト、雑貨スタイリスト物集修の友人　「ジグソー失踪パズル」　堀燐太郎　新・本格推理02　光文社(光文社文庫)　2002年3月

痴漢　ちかん
ホームで死んでいた痴漢　「酬い」　石持浅海　不思議の足跡-最新ベスト・ミステリー　光文社　2007年10月

千装 治郎　ちぎら・はるお
女児の死体が遺棄された「八幡の籔知らず」事件の被害者の兄・荘吉の幼な友達　「飾燈」　日影丈吉　江戸川乱歩と13の宝石　光文社（光文社文庫）　2007年5月

チギル
北高の総合格闘技部の部員、ナギのセコンド　「Gカップ・フェイント」　伯方雪日　蝦蟇倉市事件1　東京創元社（ミステリ・フロンティア）　2010年1月

千佐子　ちさこ
資産家の東谷氏の妻、養女須賀子を憎む女　「黒菊の女」　新久保賞治　黒の怪　勉誠出版（べんせいライブラリー）　2002年11月

千里　ちさと
主婦の友成千穂が一昨年以来メールの交換を始めた姉　「ほころび」　夏樹静子　事件の痕跡-最新ベスト・ミステリー　光文社　2007年11月

千々岩　ちじわ
不動産業の社長、切支丹研究に憑かれた老紳士　「憑かれた人」　遠藤周作　ペン先の殺意　光文社（光文社文庫）　2005年11月

千鶴　ちず
幸子の義母、元は神田昌平橋の紺屋「松本屋」の娘　「三郎菱」　泡坂妻夫　怪しい舞踏会　光文社（光文社文庫）　2002年5月

地図　ちず
タクシーの運転手に使われていた市街道路地図帖　「独白するユニバーサル横メルカトル」　平山夢明　推理小説年鑑　ザ・ベストミステリーズ2006　講談社　2006年7月

千鶴子　ちずこ
兄の月彦とシャム双生児の妹たちが住む家の家政婦　「あやかしの家」　七河迦南　新・本格推理06-不完全殺人事件　光文社（光文社文庫）　2006年3月

チーズマン夫人　ちーずまんふじん
後家　「その後のワトソン博士」　東健而　日本版 シャーロック・ホームズの災難　論創社　2007年12月

千鶴　ちずる
行方不明の井原優の母親　「公僕の鎖」　新野剛志　罪深き者に罰を　講談社（講談社文庫）　2002年11月

知叟　ちそう
稷下の学士、恵子の弟子で物好きな青年　「稷下公案」　小貫風樹　新・本格推理03 りら荘の相続人　光文社（光文社文庫）　2003年3月

千反田　える　ちたんだ・える
神山高校生　「心あたりのある者は」　米澤穂信　法廷ジャックの心理学　講談社（講談社文庫）　2011年1月；推理小説年鑑 ザ・ベストミステリーズ2007　講談社　2007年7月

父　ちち
いなくなった父親　「父を失う話」　渡辺温　探偵小説の風景 トラフィック・コレクション（上）　光文社（光文社文庫）　2009年5月

父　ちち
貝瀬正幸の父親、外勤警察官の鑑と讃えられた元巡査　「動機」　横山秀夫　罪深き者に罰を　講談社（講談社文庫）　2002年11月

父　ちち
退職刑事、現職刑事五郎の父親　「ジャケット背広スーツ」　都筑道夫　マイ・ベスト・ミステリーⅥ　文藝春秋（文春文庫）　2007年12月

父（公吉）　ちち（こうきち）
龍吉の父で大阪でも有名な古い売薬問屋の婿養子　「面影双紙」　横溝正史　江戸川乱歩と13人の新青年〈文学派〉編　光文社（光文社文庫）　2008年5月

チートル
BBCのドラマプロデューサー　「ジョン・ディクスン・カー氏、ギデオン・フェル博士に会う」　芦部拓　密室と奇蹟－J・D・カー生誕百周年記念アンソロジー　東京創元社　2006年11月

千野 希央　ちの・きおう
広告代理店の契約社員、杏子の急死した夫の子を妊娠しているという女　「あのひとの髪」　夏樹静子　事件現場に行こう－日本ベストミステリー選集33　光文社（光文社文庫）　2006年4月；事件現場に行こう　光文社　2001年11月

千葉　ちば
仕事上「千葉」の名前を付けられた死神　「死神の精度」　伊坂幸太郎　推理小説年鑑 ザ・ベストミステリーズ2004　講談社　2004年7月

千葉　ちば
調査部の人間　「吹雪に死神」　伊坂幸太郎　不思議の足跡－最新ベスト・ミステリー　光文社　2007年10月

千葉警部　ちばけいぶ
警視庁捜査一課の警部　「8・1・8」　島田一男　甦る推理雑誌1「ロック」傑作選　光文社（光文社文庫）　2002年10月

ちび
少年牧夫の天堂浩二が子供の頃に飼っていた黒牛の仔牛　「痩牛鬼」　西村寿行　マイ・ベスト・ミステリーⅢ　文藝春秋（文春文庫）　2007年9月

チビシモ
若くして亡くなった小学校時代藤田先生のクラスの生徒　「藤田先生、指一本で巨石を動かす」　村瀬継弥　新世紀「謎（ミステリー）」倶楽部　角川書店　2001年8月

ちび八　ちびはち
掏摸　「百日紅」　牧逸馬　探偵小説の風景 トラフィック・コレクション（下）　光文社（光文社文庫）　2009年9月

千舟 傑　ちふね・まさる
臨床犯罪学者・火村英生の講義の聴講者、火村を罠に嵌めた男　「ロジカル・デスゲーム」　有栖川有栖　ベスト本格ミステリ 2011　講談社（講談社ノベルス）　2011年6月

チボ松　ちぼまつ
箱師　「偶然の功名」　福田辰男　幻の探偵雑誌5「探偵文藝」傑作選　光文社（光文社文庫）　2001年2月

痴水 幼稚範　ちみず・よちのり
売れない作家　「シャーロック・ホームズの口寄せ」　清水義範　シャーロック・ホームズに再び愛をこめて　光文社（光文社文庫）　2010年7月

ちゃーちゃん
「わたし」が小学生の頃近所の掘っ立て小屋に住んでいた女の子　「ちゃーちゃん」　乾ルカ　暗闇を見よ　光文社　2010年11月

チャート夫人　ちゃーとふじん
エヴェリイ伯爵家のもと乳母　「死の乳母」　木々高太郎　シャーロック・ホームズに愛をこめて　光文社（光文社文庫）　2010年1月

チャーリー
ゴルフ帽をかぶった白人のインチキ野郎　「ロス・カボスで天使とデート」　小鷹信光　名作で読む推理小説史 わが名はタフガイ－ハードボイルド傑作選　光文社（光文社文庫）　2006年5月

チャーリイ・ルウ
白人を殺した容疑で警察につれていかれた中国人　「黒い扇の踊り子」　都筑道夫　マイ・ベスト・ミステリーⅥ　文藝春秋（文春文庫）　2007年12月

チャーリー・チャン（チャン）
ホノルル警察の警部、中国人　「《ホテル・ミカド》の殺人」　芦辺拓　新世紀「謎（ミステリー）」倶楽部　角川書店　2001年8月

チャーリー西島　ちゃーりーにしじま
奇術師　「ホワットダニットパズル」　園田修一郎　新・本格推理07-Qの悲劇　光文社（光文社文庫）　2007年3月

チャールズ・グッドマン（グッドマン）
アメリカ東部の高校の文学担当教師　「私が犯人だ」　山口雅也　現代詩殺人事件-ポエジーの誘惑　光文社（光文社文庫）　2005年9月

チャールズ・モーフィー
生理学のプレスベリー教授の助手　「三人の剥製」　北原尚彦　天地驚愕のミステリー　宝島社（宝島社文庫）　2009年8月

チャン
ホノルル警察の警部、中国人　「《ホテル・ミカド》の殺人」　芦辺拓　新世紀「謎（ミステリー）」倶楽部　角川書店　2001年8月

チャン
中華文化思想研究所社員、シンガポール人の青年　「偽りの季節」　五條瑛　事件を追いかけろ　光文社（光文社文庫）　2009年4月；事件を追いかけろ　光文社　2004年12月

ちゅう

チュウ
高校の工業科の二年生、夏休みに映画を撮った三人組の一人 「夢で逢えたら」 三羽省吾 学園祭前夜 メディアファクトリー(MF文庫) 2010年10月

中国人(お嬢さん) ちゅうごくじん(おじょうさん)
大切に任務を帯びた「私」が船で出会った二人連れの中国人の美しいお嬢さん 「踊る影絵」 大倉燁子 探偵小説の風景 トラフィック・コレクション(下) 光文社(光文社文庫) 2009年9月

忠治 ちゅうじ
上州の博徒 「娘のいのち濡れ手で千両」 結城昌治 死人に口無し 時代推理傑作選 徳間書店 2009年11月

忠治 ちゅうじ
上州一といわれたやくざの国定一家の首領、捕吏に追われ赤城山に逃げた男 「真説・赤城山」 天藤真 御白洲裁き 徳間書店(徳間文庫) 2009年12月

中城 泰子 ちゅうじょう・やすこ
新大阪駅新幹線ホームで刺殺体で発見された若い女性 「歪んだ空白」 森村誠一 葬送列車 鉄道ミステリー名作館 徳間書店(徳間文庫) 2004年4月

チュオン・トック
カンボジアの国会議員の息子 「顔のない敵」 石持浅海 深夜バス78回転の問題(本格短編ベスト・セレクション) 講談社(講談社文庫) 2008年1月;本格ミステリ04 講談社(講談社ノベルス) 2004年6月

趙 闇叔 ちょう・あんしゅく
文人の若者 「才子佳人」 武田泰淳 現代詩殺人事件-ポエジーの誘惑 光文社(光文社文庫) 2005年9月

周 家健 ちょう・がーきん
香港の黒社会のチンピラ 「古惑仔 チンピラ」 馳星周 マイ・ベスト・ミステリーⅢ 文藝春秋(文春文庫) 2007年9月

趙 希舜 ちょう・きしゅん
宋の朝廷直属の巡按御史(監察官) 「黄鶏帖の名跡」 森福都 珍しい物語のつくり方(本格短編ベスト・セレクション) 講談社(講談社文庫) 2010年1月;本格ミステリ06 講談社(講談社ノベルス) 2006年5月

趙 希舜 ちょう・きしゅん
宋の朝廷直属の巡按御史(監察官) 「十八面の骰子」 森福都 推理小説年鑑 ザ・ベストミステリーズ2002 講談社 2002年7月

蝶吉 ちょうきち
デパートから墜落した芸人の女 「閉鎖を命ぜられた妖怪館」 山本禾太郎 江戸川乱歩と13人の新青年〈論理派〉編 光文社(光文社文庫) 2008年1月

丁香 ちょうこう
旅の方士呉仲彦の連れで仲彦の肌の上にできた人面瘡の化物 「妬忌津(ときしん)」 森福都 暗闇を追いかけろ-日本ベストミステリー選集35 光文社(光文社文庫) 2008年5月

朝山日乗（日乗）　ちょうざんにちじょう（にちじょう）
法華宗の僧、京の妙覚寺で宣教師フロイスと宗論を戦わせ敗れた者「修道士の首」井沢元彦　偉人八傑推理帖　双葉社(双葉文庫)　2004年7月

長次（人魂長次）　ちょうじ（ひとだまちょうじ）
渡し舟の上から消えてしまった本所無宿の泥坊「よろいの渡し」都筑道夫　マイ・ベスト・ミステリーⅣ　文藝春秋(文春文庫)　2007年10月

趙 昭之　ちょう・しょうし
藍陵県の県令の長男「妬忌津（ときしん）」森福都　暗闇を追いかけろ-日本ベストミステリー選集35　光文社(光文社文庫)　2008年5月

長次郎　ちょうじろう
滝亭鯉丈の弟、為永正輔という講釈師でのちの小説家為永春水「羅生門河岸」都筑道夫　偉人八傑推理帖　双葉社(双葉文庫)　2004年7月

長髪の男（真島 浩二）　ちょうはつのおとこ（まじま・こうじ）
バーで「私」に八〇〇メートルの賭け競走をしようと話しかけてきた長髪の男「人間の尊厳と八〇〇メートル」深水黎一郎　推理小説年鑑 ザ・ベストミステリーズ2011　講談社　2011年7月

智与子　ちよこ
暴走族「婆逝句麺」のメンバー赤星哲也の恋人、頭のいい女「ピコーン！」舞城王太郎　推理小説年鑑 ザ・ベストミステリーズ2003　講談社　2003年7月

チョコちゃん
中学校の片隅にある部室でいつも遊んでいる四人の一人「かものはし」日日日　学び舎は血を招く　講談社(講談社ノベルス)　2008年11月

ちょろ万　ちょろまん
雑誌の種とり記者をしている早稲田の書生「坂ヲ跳ネ往ク髑髏」物集高音　天使と髑髏の密室(本格短編ベスト・セレクション)　講談社(講談社文庫)　2005年12月;本格ミステリ02　講談社(講談社ノベルス)　2002年5月

陳 美玉　ちん・びぎょく
生物学者、連邦政府から植民惑星に派遣された八人の先遣隊メンバーの一人「だから誰もいなくなった」園田修一郎　新・＊本格推理 特別編　光文社(光文社文庫)　2009年3月

【つ】

ツカサ
日泉工業高校野球部員「ボールがない」鵜林伸也　放課後探偵団　東京創元社(創元推理文庫)　2010年11月

束原 庄介　つかはら・しょうすけ
靖美と輝之姉弟の一年前に亡くなった祖父「大黒天」福田栄一　蝦蟇倉市事件1　東京創元社(ミステリ・フロンティア)　2010年1月

つかは

束原 輝之　つかはら・てるゆき
蝦蟇倉大学の学生　「大黒天」　福田栄一　蝦蟇倉市事件1　東京創元社(ミステリ・フロンティア)　2010年1月

塚原婦警(ト伝女史)　つかはらふけい(ぼくでんじょし)
警察医の花井が「ト伝女史」と愛称を贈っている婦警　「検屍医」　島田一男　甦る推理雑誌7「探偵倶楽部」傑作選　光文社(光文社文庫)　2003年7月

束原 靖美　つかはら・やすみ
中国茶専門の茶房「白龍」の店主柳由香梨の友人でちょくちょく店を訪れる娘　「消えた左腕事件」　秋月涼介　蝦蟇倉市事件2　東京創元社(ミステリ・フロンティア)　2010年2月

塚原 弥太郎　つかはら・やたろう
警視庁捜査一課の刑事　「連作 毒環」　横溝正史;高木彬光;山村正夫　甦る推理雑誌6「探偵実話」傑作選　光文社(光文社文庫)　2003年5月

塚村 圭太郎　つかむら・けいたろう
太政官権少書記、樋村雄吾の義妹季乃の夫　「西郷札」　松本清張　マイ・ベスト・ミステリーIV　文藝春秋(文春文庫)　2007年10月

塚本　つかもと
三宅艶子の息子太郎の戦友、太郎の遺骨を内地へ運んだ男　「春の夜の出来事」　大岡昇平　人間心理の怪　勉誠出版(べんせいライブラリー)　2003年3月

塚本 敦史　つかもと・あつし
彼女の清水真衣とインドネシアのバリ島に旅行に来た男　「無人島の絞首台」　時織深　新・本格推理05-九つの署名　光文社(光文社文庫)　2005年3月

塚本警部　つかもとけいぶ
警視庁の警部、鬼警部といわれた斎藤久夫の後輩　「吸血魔」　高木彬光　少年探偵王 本格推理マガジン-文庫雑誌/ぼくらの推理冒険物語　光文社(光文社文庫)　2002年4月

塚本さん　つかもとさん
竹宮真治一家と同じ団地に住む奇妙な一家　「割れた卵のような」　山口雅也　マイ・ベスト・ミステリーV　文藝春秋(文春文庫)　2007年11月

塚本 保雄　つかもと・やすお
アパートの一室で夫婦喧嘩のあげく妻を殺してしまった男　「素人芸」　法月綸太郎　事件現場に行こう-日本ベストミステリー選集33　光文社(光文社文庫)　2006年4月;事件現場に行こう　光文社　2001年11月

津川 聡子　つがわ・さとこ
元教師、高木真理の幼なじみでずっとライバルだった女　「彼女の一言」　新津きよみ　蒼迷宮　祥伝社(祥伝社文庫)　2002年3月

津川 信之　つがわ・のぶゆき
日本画家、妻の遺体の傍で縊死を遂げていた男　「死の肖像」　勝目梓　俳句殺人事件-巻頭句の女　光文社(光文社文庫)　2001年4月

津川 洋　つがわ・ひろし
警視庁組織犯罪対策部警部補、暴力団担当の刑事「師匠」永瀬隼介　推理小説年鑑 ザ・ベストミステリーズ2010　講談社　2010年7月

津川 美由紀　つがわ・みゆき
上野の高校の美術教師宮園郁子の友達で無闇坂で失踪した挿絵画家の女性「無闇坂」森真沙子　江戸川乱歩に愛をこめて　光文社(光文社文庫)　2011年2月

月岡 美知留　つきおか・みちる
京都の山頂にある旅館に集まった貴族の子孫の一人「わらう公家」霞流一　天使と髑髏の密室(本格短編ベスト・セレクション)　講談社(講談社文庫)　2005年12月;本格ミステリ02　講談社(講談社ノベルス)　2002年5月

月ヶ瀬 直子(長尾 直子)　つきがせ・なおこ(ながお・なおこ)
名探偵木更津悠也の大学の先輩「二つの凶器」摩耶雄嵩　気分は名探偵-犯人当てアンソロジー　徳間書店　2006年5月

月ヶ瀬 秀則　つきがせ・ひでのり
京都理科大学であった殺人事件の容疑者の学生、探偵木更津の先輩月ヶ瀬直子の弟「二つの凶器」摩耶雄嵩　気分は名探偵-犯人当てアンソロジー　徳間書店　2006年5月

月子さん　つきこさん
大学の芸術学部演劇科生、学生劇団の看板女優「からくりツィスカの余命」市井豊　ベスト本格ミステリ2011　講談社(講談社ノベルス)　2011年6月

月子夫人　つきこふじん
新進探偵作家韮山の友人の妻「山女魚」狩久　甦る推理雑誌6「探偵実話」傑作選　光文社(光文社文庫)　2003年5月

月の家栄楽　つきのやえいらく
落語家、月の家花助の師匠「やさしい死神」大倉崇裕　死神と雷鳴の暗号(本格短編ベスト・セレクション)　講談社(講談社文庫)　2006年1月;本格ミステリ02　講談社(講談社ノベルス)　2002年5月

月の家花助　つきのやはなすけ
落語家、月の家栄楽の弟子「やさしい死神」大倉崇裕　死神と雷鳴の暗号(本格短編ベスト・セレクション)　講談社(講談社文庫)　2006年1月;本格ミステリ02　講談社(講談社ノベルス)　2002年5月

月彦　つきひこ
山深い地に築かれた古い館にシャム双生児の妹たちと住む男「あやかしの家」七河迦南　新・本格推理06-不完全殺人事件　光文社(光文社文庫)　2006年3月

月山 浩一　つきやま・こういち
毒殺事件の容疑者、月山製作所の社長「連作 毒環」横溝正史;高木彬光;山村正夫　甦る推理雑誌6「探偵実話」傑作選　光文社(光文社文庫)　2003年5月

津久井　つくい
宮島厩舎の名騎手「競馬場の殺人」大河内常平　江戸川乱歩の推理試験　光文社(光文社文庫)　2009年1月

つくい

津久井 広　つくい・ひろし
未亡人が殺害された故広畑博士の家の三人の者の一人、大学講師 「薄い刃」 飛鳥高 江戸川乱歩の推理試験　光文社(光文社文庫)　2009年1月

九十九 雄太　つくも・ゆうた
ヤクザの幹部、傷害致死容疑で逮捕された男 「手のひらの名前」 藤原遊子 新・本格推理06-不完全殺人事件　光文社(光文社文庫)　2006年3月

津坂 公子　つさか・きみこ
近藤比沙美の従姉、花の館のような部屋に住む園芸上手な主婦 「緑の手」 桐生典子 蒼迷宮　祥伝社(祥伝社文庫)　2002年3月

津坂 民子　つさか・たみこ
嘗っては相当な富豪だった原家の別荘番の若い女 「孤独」 飛鳥高 甦る推理雑誌10 「宝石」傑作選　光文社(光文社文庫)　2004年1月

ツジ
県警所轄署の交通課交通捜査係長 「雨が降る頃」 結城充孝 推理小説年鑑 ザ・ベストミステリーズ2010　講談社　2010年7月

辻 香苗　つじ・かなえ
S女子大の卒業生、今西冬子の後輩 「リメーク」 夏樹静子 事件を追いかけろ　光文社(光文社文庫)　2009年4月;事件を追いかけろ　光文社　2004年12月

辻 霧絵　つじ・きりえ
市立高校の映研会長兼放送委員の女子、葉山のクラスメイト 「お届け先には不思議を添えて」 似鳥鶏 放課後探偵団　東京創元社(創元推理文庫)　2010年11月

辻 進次郎　つじ・しんじろう
藤田歌劇団のバリトン 「終幕殺人事件」 谿谿太郎 甦る推理雑誌7「探偵倶楽部」傑作選　光文社(光文社文庫)　2003年7月

辻谷 純平　つじたに・じゅんぺい
大学生、前世占い師・秋本水音からバイトをもちかけられた男 「前世の因縁」 沢村凜 推理小説年鑑 ザ・ベストミステリーズ2009　講談社　2009年7月

津島 海人　つしま・うみひと
化学部に所属する高校一年生 「騒がしい密室」 竹本健治 大きな棺の小さな鍵(本格短編ベスト・セレクション)　講談社(講談社文庫)　2009年1月;本格ミステリ05　講談社(講談社ノベルス)　2005年6月

辻村　つじむら
京都府警の警部 「二つの凶器」 麻耶雄嵩 気分は名探偵-犯人当てアンソロジー　徳間書店　2006年5月

辻村　つじむら
京都府警一課の警部 「交換殺人」 麻耶雄嵩 書下ろしアンソロジー 21世紀本格　光文社(カッパ・ノベルス)　2001年12月

辻村　つじむら
警部 「ヘリオスの神像」 麻耶雄嵩　あなたが名探偵　東京創元社（創元推理文庫）　2009年4月

辻村 綾子　つじむら・あやこ
学習塾の講師をしている女性 「還って来た少女」 新津きよみ　青に捧げる悪夢　角川書店　2005年3月;殺人鬼の放課後-ミステリ・アンソロジーⅡ　角川書店（角川文庫）　2002年2月

辻村 沙耶　つじむら・さや
ストーカーにつきまとわれている女性、探偵の学生時代の友人 「ガラスの檻の殺人」 有栖川有栖　気分は名探偵-犯人当てアンソロジー　徳間書店　2006年5月

辻老人　つじろうじん
サーカス一座の剣投げの芸人 「サーカス殺人事件」 大河内常平　江戸川乱歩の推理教室　光文社（光文社文庫）　2008年9月

葛籠 キョウタ　つずら・きょうた
勁草館高校生、勁草全共闘議長 「敲翼同惜少年春」 古野まほろ　学び舎は血を招く　講談社（講談社ノベルス）　2008年11月

津田くん　つだくん
大学の芸術学部映画学科の一年生、文芸科の柏木のサークルの後輩 「横槍ワイン」 市井豊　放課後探偵団　東京創元社（創元推理文庫）　2010年11月

津田 タミ（川路 鴇子）　つだ・たみ（かわじ・ときこ）
劇団佳人座の女優、詩人の夫津田謙三を捨てた女 「花虐の賦」 連城三紀彦　恋は罪つくり　光文社（光文社文庫）　2005年7月

津田 真方　つだ・まかた
文学士、幽霊を研究している男 「琴のそら音」 夏目漱石　文豪のミステリー小説　集英社（集英社文庫）　2008年2月

津田 龍二朗　つだ・りゅうじろう
殺害された青年実業家、気球搭乗会の主催者 「閉じた空」 鯨統一郎　密室殺人大百科 上　講談社（講談社文庫）　2003年9月

津田 龍助　つだ・りゅうすけ
上海弘仁病院長、惨殺された立花鳴海の出入医者 「悪魔黙示録」 赤沼三郎　悪魔黙示録「新青年」一九三八-探偵小説暗黒の時代へ　光文社（光文社文庫）　2011年8月

土本 雅美　つちもと・まさみ
転落死した中学3年生、河内崇の交際相手 「審判は終わっていない」 姉小路祐　嘘つきは殺人のはじまり　講談社（講談社文庫）　2003年9月

土屋 明弘　つちや・あきひろ
会社員の妻朋子が十六年前に金沢へ旅行した後に別れた妻子ある男 「思い出を盗んだ女」 新津きよみ　現場に臨め-最新ベスト・ミステリー　光文社　2010年10月

つちや

土谷 恭介　つちや・きょうすけ
「あきる野総合法律事務所」の若手弁護士　「この雨が上がる頃」　大門剛明　推理小説年鑑 ザ・ベストミステリーズ2010　講談社　2010年7月

土屋 浩平　つちや・こうへい
宇留木夫妻が自宅に招いた戦争前の上町基督教青年会の仲間　「ユダの遺書」　岩田賛　甦る推理雑誌10「宝石」傑作選　光文社(光文社文庫)　2004年1月

土屋 智也　つちや・ともや*
母親が妹を連れて家を出て行って以来父親と二人で暮らす中学生　「世界の終わり」　馳星周　事件の痕跡-最新ベスト・ミステリー　光文社　2007年11月

筒井 慶介　つつい・けいすけ
歯科医　「死の超特急」　鷲尾三郎　江戸川乱歩の推理教室　光文社(光文社文庫)　2008年9月

筒見　つつみ
観光バス会社すずめバスの社長　「地獄へご案内」　赤川次郎　名探偵の奇跡-日本ベストミステリー選集　光文社(光文社文庫)　2010年5月;名探偵の奇跡-最新ベスト・ミステリー　光文社　2007年9月

堤 三郎　つつみ・さぶろう
殺人事件の三人の容疑者の一人、会社員　「三人の容疑者」　佐野洋　江戸川乱歩の推理試験　光文社(光文社文庫)　2009年1月

堤 俊博　つつみ・としひろ
パリ在住の画家、カフェ「野蛮人」の常連客　「ガリアの地を遠く離れて」　瀬尾こると　新・本格推理01　光文社(光文社文庫)　2001年3月

堤 弘男　つつみ・ひろお
自宅の応接間で絞殺された社長　「深夜の殺人者」　岡田鯱彦　江戸川乱歩の推理試験　光文社(光文社文庫)　2009年1月

堤 洋隆　つつみ・ひろたか
防衛庁情報局の諜報員　「畳算」　福井晴敏　嘘つきは殺人のはじまり　講談社(講談社文庫)　2003年9月

津中 ユリ　つなか・ゆり
圷子爵の秘書、圷家の一人息子信義の許婚者　「圷(あくづ)家殺人事件」　天城一　甦る推理雑誌5「密室」傑作選　光文社(光文社文庫)　2003年3月

十 徳次郎(じっとく)　つなし・とくじろう(じっとく)
西野中央公園に住むホームレス　「敬虔過ぎた狂信者」　鳥飼否宇　大きな棺の小さな鍵(本格短編ベスト・セレクション)　講談社(講談社文庫)　2009年1月;本格ミステリ05　講談社(講談社ノベルス)　2005年6月

常本 守子　つねもと・もりこ*
一晩中金属音に悩まされた女性、銀座の喫茶店のウェイトレス　「金属音病事件」　佐野洋　江戸川乱歩と13の宝石 第二集　光文社(光文社文庫)　2007年9月

角田 玲子　つのだ・れいこ*
福岡市内の不動産業者森田の義妹、大阪に住むシナリオライターの女性　「山陽新幹線殺人事件」　夏樹静子　葬送列車 鉄道ミステリー名作館　徳間書店(徳間文庫)　2004年4月

角山氏　つのやまし
ジャズファンの会社社長、自宅敷地内にスタジオを持つ男　「渋い夢-永見緋太郎の事件簿」　田中啓文　推理小説年鑑 ザ・ベストミステリーズ2009　講談社　2009年7月

椿　つばき
売れないライター　「揃いすぎ」　倉知淳　大密室　新潮社(新潮文庫)　2002年2月

燕の十郎　つばくらのじゅうろう
大盗火串の猪七の輩下　「みささぎ盗賊」　山田風太郎　甦る推理雑誌1「ロック」傑作選　光文社(光文社文庫)　2002年10月

坪井 仁志　つぼい・ひとし
死んで地獄界に落とされた男　「マイ・スウィート・ファニー・ヘル」　戸梶圭太　推理小説年鑑 ザ・ベストミステリーズ2005　講談社　2005年7月

壺内 宗也　つぼうち・そうや
壺内刀麻の息子　「壺中庵殺人事件」　有栖川有栖　大密室　新潮社(新潮文庫)　2002年2月

壺内 刀麻　つぼうち・とうま
「壺中庵」と名付けた地下室で殺害された土地成金　「壺中庵殺人事件」　有栖川有栖　大密室　新潮社(新潮文庫)　2002年2月

坪内 信行　つぼうち・のぶゆき
J県警J中央署の副署長　「選挙トトカルチョ」　佐野洋 Doubtきりのない疑惑　講談社(講談社文庫)　2011年11月;推理小説年鑑 ザ・ベストミステリーズ2008　講談社　2008年7月

壺な感じ　つぼなかんじ*
インドのマドラスで製作された娯楽映画の衣裳デザイナー　「マザー、ロックンロール、ファーザー」　古川日出男　推理小説年鑑 ザ・ベストミステリーズ2006　講談社　2006年7月

坪根一等兵　つぼねいっとうへい
草原のロシア人の百姓家に泊まった七人の日本軍人達の一人　「草原の果て」　豊田寿秋　甦る推理雑誌5「密室」傑作選　光文社(光文社文庫)　2003年3月

坪野 好一　つぼの・こういち
干潟の四つ手網小屋で死体で発見された男　「干潟の小屋」　多岐川恭　江戸川乱歩の推理試験　光文社(光文社文庫)　2009年1月

妻　つま
世田谷の古い洋館に住む年老いた男の若い妻　「オフィーリア、翔んだ」　篠田真由美　蒼迷宮　祥伝社(祥伝社文庫)　2002年3月

津村　つむら
警視庁捜査一課の警部　「終幕殺人事件」　谿渓太郎　甦る推理雑誌7「探偵倶楽部」傑作選　光文社(光文社文庫)　2003年7月

つむら

津村　つむら
雑誌記者 「殺人迷路(連作探偵小説第一回)」 森下雨村 幻の探偵雑誌8「探偵クラブ」傑作選　光文社(光文社文庫)　2001年12月

津村　つむら
雑誌記者 「殺人迷路(連作探偵小説第五回)」 江戸川乱歩 幻の探偵雑誌8「探偵クラブ」傑作選　光文社(光文社文庫)　2001年12月

津村　つむら
雑誌記者 「殺人迷路(連作探偵小説第三回)」 横溝正史 幻の探偵雑誌8「探偵クラブ」傑作選　光文社(光文社文庫)　2001年12月

津村　つむら
雑誌記者 「殺人迷路(連作探偵小説第四回)」 水谷準 幻の探偵雑誌8「探偵クラブ」傑作選　光文社(光文社文庫)　2001年12月

津村　つむら
雑誌記者 「殺人迷路(連作探偵小説第七回)」 夢野久作 幻の探偵雑誌8「探偵クラブ」傑作選　光文社(光文社文庫)　2001年12月

津村　つむら
雑誌記者 「殺人迷路(連作探偵小説第十回)」 甲賀三郎 幻の探偵雑誌8「探偵クラブ」傑作選　光文社(光文社文庫)　2001年12月

津村 英悟　つむら・えいご
殺害された弁護士 「疾駆するジョーカー」 芦辺拓　密室殺人大百科 上　講談社(講談社文庫)　2003年9月

津村 弘　つむら・ひろし
会社員、コーヒー店「檀」に通う目立たない男 「指定席」 乃南アサ　翠迷宮　祥伝社(祥伝社文庫)　2003年6月

露子　つゆこ
未決囚・島浦英三の妻、元カフェーの女給 「悪魔の弟子」 浜尾四郎　魔の怪　勉誠出版(べんせいライブラリー)　2002年11月

露子さん　つゆこさん
三太郎君の家の裏隣りの家に引越して来た少女 「卵」 夢野久作　マイ・ベスト・ミステリーV　文藝春秋(文春文庫)　2007年11月

つる
龍吉の家の女中 「面影双紙」 横溝正史　江戸川乱歩と13人の新青年〈文学派〉編　光文社(光文社文庫)　2008年5月

鶴　つる
色恋のため逆上し肉切庖丁で姉をいきなりやってしまった若者 「犯人」 太宰治　文豪の探偵小説　集英社(集英社文庫)　2006年11月;現代詩殺人事件-ポエジーの誘惑　光文社(光文社文庫)　2005年9月

鶴岡 栄司　つるおか・えいじ
大学にソーシャルワーカーとして来ている綿貫巌の患者の学生鶴岡愛美の父親「殺人の陽光」森輝喜　新・本格推理04-赤い館の怪物　光文社(光文社文庫)　2004年3月

鶴岡先生　つるおかせんせい
柴山祐希たちの高校に来た教育実習生「原始人ランナウェイ」相沢沙呼　推理小説年鑑　ザ・ベストミステリーズ2011　講談社　2011年7月

鶴岡 愛美　つるおか・まなみ
大学にソーシャルワーカーとして来ている綿貫巌の患者の学生「殺人の陽光」森輝喜　新・本格推理04-赤い館の怪物　光文社(光文社文庫)　2004年3月

津留 亀助　つる・かめすけ
放火殺人事件の被害者、多人数を恐喝していた男「偶然のアリバイ」愛理修　新・本格推理06-不完全殺人事件　光文社(光文社文庫)　2006年3月

鶴川 八十郎　つるかわ・やじゅうろう
娘義太夫竹村小富士太夫一座の三味線方をやっていた男「踊るお人形」夢枕獏　シャーロック・ホームズに愛をこめて　光文社(光文社文庫)　2010年1月

剣沢　つるぎさわ
牧場主「牛去りしのち」霞流一　ミステリー傑作選・特別編5 自選ショート・ミステリー　講談社(講談社文庫)　2001年6月

鶴来 六輔　つるき・ろくすけ
雑誌記者「蠟いろの顔」都筑道夫　スペシャル・ブレンド・ミステリー 謎006　講談社(講談社文庫)　2011年9月

鶴刑事　つるけいじ
鶴のように痩せた老刑事「豹助、町を驚ろかす」九鬼澹　甦る推理雑誌2「黒猫」傑作選　光文社(光文社文庫)　2002年11月

鶴子　つるこ
山村の神社の神官夫婦に生まれた美貌の一人娘「耳」袂春信　甦る推理雑誌9「別冊宝石」傑作選　光文社(光文社文庫)　2003年11月

鶴公　つるこう
カストリ屋「ルミ」の客、スミレアパートの住人「飛行する死人」青池研吉　甦る推理雑誌1「ロック」傑作選　光文社(光文社文庫)　2002年10月

鶴田 慶助(鶴)　つるた・けいすけ(つる)
色恋のため逆上し肉切庖丁で姉をいきなりやってしまった若者「犯人」太宰治　文豪の探偵小説　集英社(集英社文庫)　2006年11月；現代詩殺人事件-ポエジーの誘惑　光文社(光文社文庫)　2005年9月

鶴田さん　つるたさん
色の黒い中学生のよし子のおばあさんが一人で切廻している酒場のおとくいさん「似合わない指輪」竹村直伸　江戸川乱歩と13の宝石　第二集　光文社(光文社文庫)　2007年9月

つるた

都留 龍人　つる・たつひと
野辺山幸治と同じく殺人事件の被疑者高瀬春男を捕まえた男 「わが生涯最大の事件」 折原一　マイ・ベスト・ミステリーⅥ　文藝春秋（文春文庫）2007年12月

弦巻　つるまき
代議士の秘書 「盗作の裏側」 高橋克彦　北村薫のミステリー館　新潮社（新潮文庫）2005年10月

鶴見 銀之助　つるみ・ぎんのすけ
伊勢国長島藩の若侍で江戸城桜田門外で水戸・薩摩浪士に暗殺された大老井伊直弼の首をひろってきた男 「首」 山田風太郎　江戸川乱歩と13の宝石　光文社（光文社文庫）2007年5月

鶴山 次郎　つるやま・じろう
商社員、トランプゲームの会の会員 「深夜の客」 山沢晴雄　名探偵で行こう−最新ベスト・ミステリー シリーズ・キャラクター編　光文社（光文社文庫）2001年9月

【て】

ティエン・リイ
チャイナ・タウンのナイトクラブの踊り子 「黒い扇の踊り子」 都筑道夫　マイ・ベスト・ミステリーⅥ　文藝春秋（文春文庫）2007年12月

程 玄彪　てい・げんぴょう
武術家、青州の程家の御曹子 「殷帝之宝剣」 秋梨惟喬　推理小説年鑑 ザ・ベストミステリーズ2011　講談社　2011年7月

汀子　ていこ
三人が殺害された事件の被告人の男が当日東京駅で逢った女 「大きな赤い太陽」 柘植光彦　現代詩殺人事件−ポエジーの誘惑　光文社（光文社文庫）2005年9月

Tさん　てぃーさん
おもしろい本「あった会」の会員、中学教師 「いちめんのなのはな」 出久根達郎　現代詩殺人事件−ポエジーの誘惑　光文社（光文社文庫）2005年9月

T氏　てぃーし
「赤い部屋」の会の新入会員で今晩の話し手と定められた男 「赤い部屋」 江戸川乱歩　綾辻行人と有栖川有栖のミステリ・ジョッキー1　講談社　2008年7月

ディスラール
パリ警察予審判事バンコラン配下の刑事 「ジェフ・マールの追想」 加賀美雅之　密室晩餐会　原書房　2011年6月

手島　てじま
医師、土岐記念病院長土岐佑介の親友 「祝葬」 久坂部羊　ミステリー愛。免許皆伝!　講談社（講談社ノベルス）2010年3月

鉄男　てつお
京都の魚屋「魚かつ」の息子、景子の幼なじみ　「還幸祭」　海月ルイ　翠迷宮　祥伝社（祥伝社文庫）2003年6月

デッカード
SF作家、「隠者の家」の主　「ロス・マクドナルドは黄色い部屋の夢を見るか?」　法月綸太郎　マイ・ベスト・ミステリーⅥ　文藝春秋（文春文庫）2007年12月

テッキ
博多長浜の屋台の店主、キュータの友人　「セヴンス・ヘヴン」　北森鴻　M列車（ミステリー・トレイン）で行（い）こう　光文社　2001年10月

哲子　てつこ
土本雅美の母親、スナック経営者　「審判は終わっていない」　姉小路祐　嘘つきは殺人のはじまり　講談社（講談社文庫）2003年9月

鉄五郎　てつごろう
サーカス一座の力男の芸人　「サーカス殺人事件」　大河内常平　江戸川乱歩の推理教室　光文社（光文社文庫）2008年9月

鐵ツァン　てっつぁん
大工　「レビウガール殺し」　延原謙　江戸川乱歩と13人の新青年〈文学派〉編　光文社（光文社文庫）2008年5月

鉄道ファンの青年　てつどうふぁんのせいねん
新幹線の乗客の鉄道ファンの青年　「十五分間の出来事」　霧舎巧　気分は名探偵-犯人当てアンソロジー　徳間書店　2006年5月

テッド・マクレーン（マッド）
アトリエで溺死という不可解な死をとげた芸術家　「絵の中で溺れた男」　柄刀一　推理小説年鑑　ザ・ベストミステリーズ2004　講談社　2004年7月

デビー
娼婦　「《ホテル・ミカド》の殺人」　芦辺拓　新世紀「謎（ミステリー）」倶楽部　角川書店　2001年8月

デービス
物理学者、連邦政府から植民惑星に派遣された八人の先遣隊メンバーの一人　「だから誰もいなくなった」　園田修一郎　新・*本格推理　特別編　光文社（光文社文庫）2009年3月

デボラ・デヴンポート（デビー）
娼婦　「《ホテル・ミカド》の殺人」　芦辺拓　新世紀「謎（ミステリー）」倶楽部　角川書店　2001年8月

出村　秀行　でむら・ひでゆき*
街金からの借金をふくらませ中国人窃盗団の片棒をかつぐはめになった男　「ラストドロー」　石田衣良　推理小説年鑑　ザ・ベストミステリーズ2004　講談社　2004年7月

デュパン　鮎子　でゅぱん・あゆこ
名探偵、助手の奈緒の祖母　「八神翁の遺産」　太田忠司　血文字パズル―ミステリ・アンソロジー5　角川書店（角川文庫）2003年3月

てらい

寺井 裕子　てらい・ゆうこ*
死んだ女子高生、翔と高幡千莉の幼なじみで同級生　「嘘をついた」　吉来駿作　七つの死者の囁き　新潮社(新潮文庫)　2008年12月

寺岡　てらおか
元G北署の署長、現在は家具販売会社の取締役　「情報漏洩」　佐野洋　事件現場に行こう-日本ベストミステリー選集33　光文社(光文社文庫)　2006年4月;事件現場に行こう　光文社　2001年11月

寺岡　てらおか
酒場「花月」の客、干拓地で働いてる技師　「葦のなかの犯罪」　宮原龍雄　甦る推理雑誌8「エロティック・ミステリー」傑作選　光文社(光文社文庫)　2003年9月

寺尾 保　てらお・たもつ
水無川の鉄橋で自殺したとされる富豪の次男　「下駄」　岡戸武平　幻の探偵雑誌6「猟奇」傑作選　光文社(光文社文庫)　2001年3月

寺坂　てらさか
ライターの女性　「ロボットと俳句の問題」　松尾由美　不思議の足跡-最新ベスト・ミステリー　光文社　2007年10月

寺坂 真以　てらさか・まい
ライター　「走る目覚まし時計の問題」　松尾由美　深夜バス78回転の問題(本格短編ベスト・セレクション)　講談社(講談社文庫)　2008年1月;推理小説年鑑 ザ・ベストミステリーズ2004　講談社　2004年7月

寺崎 浩　てらさき・ひろし
惨殺事件の容疑者の学生　「悪魔黙示録」　赤沼三郎　悪魔黙示録「新青年」一九三八-探偵小説暗黒の時代へ　光文社(光文社文庫)　2011年8月

寺沢 貢太郎　てらさわ・こうたろう
寺沢貿易の社長、金貸しで恐喝屋　「水の上の殺人」　西村京太郎　京都愛憎の旅　徳間書店(徳間文庫)　2002年5月

寺島　てらしま
荻窪のラーメン横町内にある寺島製麺所の経営者　「麺とスープと殺人と」　山田正紀　死神と雷鳴の暗号(本格短編ベスト・セレクション)　講談社(講談社文庫)　2006年1月;本格ミステリ02　講談社(講談社ノベルス)　2002年5月

寺島 俊樹　てらじま・としき
鎌込署の刑事　「文字板」　長岡弘樹　現場に臨め-最新ベスト・ミステリー　光文社　2010年10月

寺田　てらだ
横浜シーランドの若い研究員、イルカの親子鑑定の専門家　「鑑定証拠」　中嶋博行　判決　徳間書店(徳間文庫)　2010年3月

寺山　てらやま
奥多摩の山中に逃げこんだ三人組の銀行ギャングの一人　「夜明けまで」　大藪春彦　江戸川乱歩と13の宝石 第二集　光文社(光文社文庫)　2007年9月

テリュース・G・グランチェスター　てりゅーすじーぐらんちぇすたー
高校教諭の家の飼猫「シャドウ・プレイ」法月綸太郎　怪しい舞踏会　光文社(光文社文庫)　2002年5月

テロリスト
初詣帰りの電車に入ってきたテロリストらしき男と女たち「お猿電車」北野勇作　ミステリー傑作選・特別編6 自選ショート・ミステリー2　講談社(講談社文庫)　2001年10月

店員　てんいん
一装飾工の墜死事件があった大百貨店の店員「扉は語らず(又は二直線の延長に就て)」小舟勝二　幻の探偵雑誌6「猟奇」傑作選　光文社(光文社文庫)　2001年3月

店主　てんしゅ
国立の大学通りにある骨董屋の店主「双頭の影」今邑彩　マイ・ベスト・ミステリーⅠ　文藝春秋(文春文庫)　2007年8月

デンちゃん
友禅職人、京都市内の町家で探偵事務所を開いた金・田・一の一人「雪花散り花」菅浩江　金田一耕助に捧ぐ九つの狂想曲　角川書店　2002年5月

天堂　浩二　てんどう・こうじ
松阪牛舎から肉牛を連れ出した少年牧夫「痩牛鬼」西村寿行　マイ・ベスト・ミステリーⅢ　文藝春秋(文春文庫)　2007年9月

天鈍　吉兵衛　てんどん・きちべえ
山林王で世界一のおしゃぶり蒐集家山下岳衛門氏の執事「女王のおしゃぶり」北杜夫　江戸川乱歩に愛をこめて　光文社(光文社文庫)　2011年2月

テンノー
橋本町の通称なめくじ長屋の住人「よろいの渡し」都筑道夫　マイ・ベスト・ミステリーⅣ　文藝春秋(文春文庫)　2007年10月

伝兵衛　でんべえ
神田鍋町の御用聞、平賀源内と馴染の男「萩寺の女」久生十蘭　偉人八傑推理帖　双葉社(双葉文庫)　2004年7月

電兵衛(のばくの電兵衛)　でんべえ(のばくのでんべえ)
大坂で捕物にあたる同心の手先の親方「曇斎先生事件帳　木乃伊とウニコール」芦辺拓　論理学園事件帳　講談社(講談社文庫)　2007年1月;本格ミステリ03　講談社(講談社ノベルス)　2003年6月

伝法　でんぽう
私立探偵「怪物」島久平　甦る推理雑誌8「エロティック・ミステリー」傑作選　光文社(光文社文庫)　2003年9月

伝法　でんぽう
私立探偵「村の殺人事件」島久平　甦る推理雑誌2「黒猫」傑作選　光文社(光文社文庫)　2002年11月

伝法 真希　でんぽう・まき
防衛庁情報局員を補佐して各種情報活動に専従する警補官　「サクラ」　福井晴敏　事件現場に行こう-日本ベストミステリー選集33　光文社(光文社文庫)　2006年4月;事件現場に行こう　光文社　2001年11月

【と】

ドーアン
日本人画家七尾猛がジュネーブで親密になった画家　「湖畔の殺人」　小熊二郎　甦る推理雑誌2「黒猫」傑作選　光文社(光文社文庫)　2002年11月

童顔の料理人　どうがんのりょうりにん
洋館の童顔の料理人　「吹雪に死神」　伊坂幸太郎　不思議の足跡-最新ベスト・ミステリー　光文社　2007年10月

藤吉(釘抜藤吉)　とうきち(くぎぬきとうきち)
合点長屋の目明し、釘抜きのように曲がった脚と噛んだら最後と釘抜きのように離れない粘りを持つ親分　「釘抜藤吉捕物覚書」　林不忘　幻の探偵雑誌5「探偵文藝」傑作選　光文社(光文社文庫)　2001年2月

堂島 和雄　どうじま・かずお
元証券会社員、中村しのぶの恋人　「あなたがいちばん欲しいもの」　近藤史恵　ミステリア　祥伝社(祥伝社文庫)　2003年12月

堂島 健吾　どうじま・けんご
高校の新聞部員、小鳩常悟朗の古い知り合い　「シェイク・ハーフ」　米澤穂信　珍しい物語のつくり方(本格短編ベスト・セレクション)　講談社(講談社文庫)　2010年1月;本格ミステリ06　講談社(講談社ノベルス)　2006年5月

東城 至　とうじょう・いたる
建築界の老舗東城組の専務　「六人の容疑者」　黒輪士風　マイ・ベスト・ミステリーⅤ　文藝春秋(文春文庫)　2007年11月

刀城 言耶　とうじょう・げんや
怪奇幻想作家、怪談奇譚蒐集の旅をしている男　「迷家の如き動くもの」　三津田信三　本格ミステリ09　講談社(講談社ノベルス)　2009年6月

刀城 言耶　とうじょう・げんや
怪奇小説を愛好する学生、名探偵冬城牙城の息子　「死霊の如き歩くもの」　三津田信三　新・＊本格推理 特別編　光文社(光文社文庫)　2009年3月

刀城 言耶　とうじょう・げんや
探偵、怪異譚蒐集の旅をしている作家　「隙魔の如き覗くもの」　三津田信三　名探偵に訊け　光文社　2010年9月

東条先生　とうじょうせんせい
「ボク」の学校のバーコード頭でお腹の出た優しそうな男の先生　「天誅」　曽根圭介　現場に臨め-最新ベスト・ミステリー　光文社　2010年10月

東谷 須賀子　とうたに・すがこ*
資産家の叔父東谷の養女になった美女、東谷の姪 「黒菊の女」 新久保賞治 黒の怪 勉誠出版（べんせいライブラリー） 2002年11月

藤堂　とうどう
警視庁公安部外事二課の警部補 「ハブ」 山田正紀 名探偵を追いかけろ-日本ベストミステリー選集34 光文社（光文社文庫） 2007年5月

藤堂 愛子　とうどう・あいこ
心臓の欠陥がある中学生の女の子 「第五パビリオン「滲んだ手紙」」 柄刀一 新世紀犯罪博覧会-連作推理小説 光文社 2001年3月

藤堂 しのぶ　とうどう・しのぶ
愛子の十年前から意識がない病気の母 「第五パビリオン「滲んだ手紙」」 柄刀一 新世紀犯罪博覧会-連作推理小説 光文社 2001年3月

藤堂 稔夫　とうどう・としお
愛子の父、宝石店や宝飾品の輸入会社などの経営者 「第五パビリオン「滲んだ手紙」」 柄刀一 新世紀犯罪博覧会-連作推理小説 光文社 2001年3月

橙堂 美江　とうどう・みえ
高校教師、隣室に住む盲目の美少女緑原裕子に姉のように慕われていた女 「第四象限の密室」 澤本等 推理小説年鑑 ザ・ベストミステリーズ2009 講談社 2009年7月;新・*本格推理 08 光文社（光文社文庫） 2008年3月

藤堂 美鈴　とうどう・みすず*
小平健太郎の小学校の同級生、元モデルの美女 「熱帯夜」 曽根圭介 推理小説年鑑 ザ・ベストミステリーズ2009 講談社 2009年7月

東堂 雄一郎　とうどう・ゆういちろう
ブラジャーを着る男、会社の課長 「Aカップの男たち」 倉知淳 ミステリ愛。免許皆伝! 講談社（講談社ノベルス） 2010年3月

東野　とうの
殺害された未亡人梶田登喜子の家作を管理してた店員 「ジャケット背広スーツ」 都筑道夫 マイ・ベスト・ミステリーⅥ 文藝春秋（文春文庫） 2007年12月

堂場警部補　どうばけいぶほ
神奈川県警の刑事、ゆすり屋・矢木道哉が三階から突き落とされた事件の捜査を続けている男 「堂場警部補とこぼれたミルク」 蒼井上鷹 Doubtきりのない疑惑 講談社（講談社文庫） 2011年11月;推理小説年鑑 ザ・ベストミステリーズ2008 講談社 2008年7月

十八郎　とうはちろう
吉原の首代（くびしろ） 「吉原首代売女御免帳」 平山夢明 暗闇を見よ 光文社 2010年11月

塔馬 双太郎　とうま・そうたろう
研究者、大学で近世日本風俗史の講義を受け持っている男 「北斎の罪」 高橋克彦 謎001-スペシャル・ブレンド・ミステリー 講談社（講談社文庫） 2006年9月

トゥームズ
名探偵「シャーシー・トゥームズの悪夢」深町眞理子 シャーロック・ホームズに愛をこめて 光文社(光文社文庫) 2010年1月

陶 美鈴　とう・めいりん
「サンライトハイツ」205号室の元住人、野村大三郎の中国人の愛人 「公僕の鎖」新野剛志 罪深き者に罰を 講談社(講談社文庫) 2002年11月

堂本　どうもと
会計事務所の所長、フラワーショップに勤める真弓の愛人 「闇に挿す花」唯川恵 恋は罪つくり 光文社(光文社文庫) 2005年7月

堂本 悦子　どうもと・えつこ
海水浴場の入り江で死亡した叔母 「ある映画の記憶」恩田陸 大密室 新潮社(新潮文庫) 2002年2月

堂本 菊江　どうもと・きくえ
西東京市の邸宅に暮らす老嬢で子供の頃に体験した不思議な謎を解きたがっている人 「星空へ行く密室」村瀬継弥 名探偵で行こう-最新ベスト・ミステリー シリーズ・キャラクター編 光文社(光文社文庫) 2001年9月

堂本 美香　どうもと・みか
西東京市の邸宅に暮らす老嬢堂本菊江の娘 「星空へ行く密室」村瀬継弥 名探偵で行こう-最新ベスト・ミステリー シリーズ・キャラクター編 光文社(光文社文庫) 2001年9月

當山 豊　とうやま・ゆたか
大学生、人妻来島小夜子と会っている男 「恋歌」明野照葉 緋迷宮 祥伝社(祥伝社文庫) 2001年12月

戸枝 里美　とえだ・さとみ
診療所の看護婦で仏蘭西人形のような女 「燻製シラノ」守友恒 幻の探偵雑誌10「新青年」傑作選 光文社(光文社文庫) 2002年2月

十四郎　とおしろう
馬島新一のやっている英語塾の生徒、十四郎の愛称を使ってパソコン通信を楽しむ中学三年生 「月の輝く夜」北川歩実 恋は罪つくり 光文社(光文社文庫) 2005年7月

遠凪 尚人　とおなぎ・なおと
龍狩り師、地球温暖化後のサハラ砂漠で巨大化したオオトカゲを退治する男 「龍の遺跡と黄金の夏」三雲岳斗 紅い悪夢の夏(本格短編ベスト・セレクション) 講談社(講談社文庫) 2004年12月;本格ミステリ01 講談社(講談社ノベルス) 2001年7月

遠野 比佐子　とおの・ひさこ
金沢で香の店「香苑」を持つ協子の高校時代の同級生 「いやな女」唯川恵 紅迷宮 祥伝社(祥伝社文庫) 2002年6月

遠山 一夫　とおやま・かずお
電車の乗客、署の管内に住む特別要視察人 「ビラの犯人」平林タイ子 幻の探偵雑誌6「猟奇」傑作選 光文社(光文社文庫) 2001年3月

遠山 由里　とおやま・ゆり
桜葉女子学園の中学三年生、ミステリー作家鮎川里紗の娘　「殺人学園祭」　楠木誠一郎　学び舎は血を招く　講談社(講談社ノベルス)　2008年11月

蜥蜴女　とかげおんな
太平洋の外れにある蛙男島で〈言霊使い〉と恐れられていた女　「蛙男島の蜥蜴女」　高橋城太郎　新・本格推理05-九つの署名　光文社(光文社文庫)　2005年3月

富樫 彰　とがし・あきら
田無警察署の刑事　「密室からの逃亡者」　小島正樹　密室晩餐会　原書房　2011年6月

富樫 繁子　とがし・しげこ
失踪したホステス　「魚葬」　森村誠一　マイ・ベスト・ミステリーⅣ　文藝春秋(文春文庫)　2007年10月

戸梶 祐太朗　とかじ・ゆうたろう
建築家、土地の名士だった戸梶樹康の孫　「デューラーの瞳」　柄刀一　名探偵の奇跡-日本ベストミステリー選集　光文社(光文社文庫)　2010年5月；名探偵の奇跡-最新ベスト・ミステリー　光文社　2007年9月

戸川 冬美　とがわ・ふゆみ
アパート暮らしの会社員・岡本潤一の近所に住む美人の主婦　「一人芝居」　小池真理子　緋迷宮　祥伝社(祥伝社文庫)　2001年12月

戸川 彌市　とがわ・やいち
山の手にある古屋敷の秋森家の差配人　「石塀幽霊」　大阪圭吉　江戸川乱歩と13人の新青年〈論理派〉編　光文社(光文社文庫)　2008年1月

戸川 隆一　とがわ・りゅういち
大手レコード会社T社のジャズ部門のプロデューサー　「辛い飴 永見緋太郎の事件簿」　田中啓文　Doubtきりのない疑惑　講談社(講談社文庫)　2011年11月；推理小説年鑑　ザ・ベストミステリーズ2008　講談社　2008年7月

時国 英三郎　ときくに・えいざぶろう*
汽船の船客、丸の内の商事会社に勤務する青年　「新聞紙の包」　小酒井不木　探偵小説の風景 トラフィック・コレクション(下)　光文社(光文社文庫)　2009年9月

朱鷺沢 康男　ときざわ・やすお
推理小説ファンの集い「殺人芸術界」のメンバー、一ツ橋大学の教授　「変装の家」　二階堂黎人　名探偵登場!-日本ミステリー名作館1　KKベストセラーズ　2004年11月

常田　ときた
名探偵星野君江の相棒　「インド・ボンベイ殺人ツアー」　小森健太朗　新世紀「謎(ミステリー)」倶楽部　角川書店　2001年8月

常田 春英　ときた・はるひで
新聞記者、探偵小説家青山蘭堂の仲間　「幽霊横丁の殺人」　青山蘭堂　新・本格推理04-赤い館の怪人物　光文社(光文社文庫)　2004年3月

ときつ

時津 孝治　ときつ・こうじ
平成医科大学病院の外科医、妻殺しの嫌疑をかけられた男　「幻の男」　藤岡真　名探偵で行こう−最新ベスト・ミステリー　シリーズ・キャラクター編　光文社（光文社文庫）2001年9月

土岐 佑介　とき・ゆうすけ
茅野市にある土岐記念病院の院長、早死にする一族の者だという男　「祝葬」　久坂部羊　ミステリ愛。免許皆伝！　講談社（講談社ノベルス）　2010年3月

常盤津小智大夫（小智大夫）　ときわずこさとたゆう（こさとたゆう）
呉服店「井筒屋」の娘お姚の三味線の師匠　「目吉の死人形」　泡坂妻夫　江戸の名探偵　徳間書店（徳間文庫）　2009年10月

徳井 敬次郎　とくい・けいじろう
放火犯徳井満夫の親戚だといって刑事添田に電話をしてきた男　「暗箱」　横山秀夫　決断−警察小説競作　新潮社（新潮文庫）　2006年2月

徳川 義親　とくがわ・よしちか
華族、虎狩りの殿様　「秋の日のヴィオロンの溜息」　赤井三尋　乱歩賞作家黒の謎　講談社　2006年7月

徳次　とくじ
築地の舶来雑貨卸問屋「伊沢屋」の小僧、舶来雑貨問屋「甲州屋」の遺児　「「舶来屋」大蔵の死」　早乙女貢　大江戸事件帖　双葉社（双葉文庫）　2005年7月

徳治　とくじ
サーカス一座の全員の者に使い走りにこきつかわれている畸型の一寸法師　「サーカス殺人事件」　大河内常平　江戸川乱歩の推理教室　光文社（光文社文庫）　2008年9月

徳次郎　とくじろう
本所緑町の小間物屋松井屋の娘お金の夫　「鬼は外」　宮部みゆき　名探偵を追いかけろ−日本ベストミステリー選集34　光文社（光文社文庫）　2007年5月

徳田　とくだ
探偵　「毛皮の外套を着た男」　角田喜久雄　幻の探偵雑誌7「新趣味」傑作選　光文社（光文社文庫）　2001年11月

徳田 亀蔵　とくだ・かめぞう
幽霊横丁で刺し殺された金貸しの老人　「幽霊横丁の殺人」　青山蘭堂　新・本格推理04−赤い館の怪人物　光文社（光文社文庫）　2004年3月

ドクター・コドン
ホームページを開設している大学助手でドクター・コドンを名乗る男　「原子を裁く核酸」　松尾詩朗　書下ろしアンソロジー　21世紀本格　光文社（カッパ・ノベルス）　2001年12月

徳田 順次　とくだ・じゅんじ
幽霊横丁で刺し殺された金貸しの銭亀老人の養子　「幽霊横丁の殺人」　青山蘭堂　新・本格推理04−赤い館の怪人物　光文社（光文社文庫）　2004年3月

徳田 丈治　とくだ・じょうじ
心理学の教授・勝平愛子門下の大学院生　「紳士ならざる者の心理学」　柄刀一　法廷ジャックの心理学　講談社（講談社文庫）2011年1月;本格ミステリ07　講談社（講談社ノベルス）2007年5月

徳田探偵　とくだたんてい
探偵、狼団の罠にかかりにいった男　「罠の罠」　奥田野月　罠の怪　勉誠出版（べんせいライブラリー）2002年11月

徳山 和孝　とくやま・かずたか
列車転覆事故で右腕を潰されてJRを退職した駅員　「シメントリー」　誉田哲也　現場に臨め-最新ベスト・ミステリー　光文社　2010年10月

徳山 幸左衛門　とくやま・こうざえもん
村一番の旧家徳山家の当主、青田師の牧村郷平の妻・京子の父　「青田師の事件」　土井稔　甦る推理雑誌8「エロティック・ミステリー」傑作選　光文社（光文社文庫）2003年9月

徳山 幸太郎　とくやま・こうたろう
村一番の旧家徳山家の長男、青田師の牧村郷平の妻・京子の兄　「青田師の事件」　土井稔　甦る推理雑誌8「エロティック・ミステリー」傑作選　光文社（光文社文庫）2003年9月

トーコ
女子高生、アキとシュンの小学生の頃からの友人　「恋煩い」　北山猛邦　忍び寄る闇の奇譚　講談社（講談社ノベルス）2008年11月

土工　どこう
天城山中の山葵沢付近で殺された土工　「天城越え」　松本清張　マイ・ベスト・ミステリーV　文藝春秋（文春文庫）2007年11月

所 次郎　ところ・じろう
S大学名誉教授　「わが生涯最大の事件」　折原一　マイ・ベスト・ミステリーVI　文藝春秋（文春文庫）2007年12月

トシエ
バーの女、麻薬中毒者　「ラ・クカラチャ」　高城高　江戸川乱歩と13の宝石　光文社（光文社文庫）2007年5月

俶恵　としえ
在日朝鮮人、愛国青年団のメンバー申正成の交際相手だった女　「青き旗の元にて」　五條瑛　事件現場に行こう-日本ベストミステリー選集33　光文社（光文社文庫）2006年4月;事件現場に行こう　光文社　2001年11月

敏夫　としお
富士見荘という西洋館を買うことになった丸山社長の甥　「呪いの家」　鮎川哲也;谷俊彦画　少年探偵王　本格推理マガジン-文庫雑誌/ぼくらの推理冒険物語　光文社（光文社文庫）2002年4月

とし子　としこ
貸家で亡くなった山本貞助の妻君　「氷を砕く」　延原謙　幻の探偵雑誌10「新青年」傑作選　光文社（光文社文庫）2002年2月

としこ

俊子　としこ
高等学校生徒の「俺」が恋した女で友人の従妹　「拾った遺書」　本田緒生　幻の探偵雑誌6「猟奇」傑作選　光文社（光文社文庫）　2001年3月

登志子　としこ
高等学校の寮生活をした五人組の一人で親分格の柿沼達也の妹　「噴火口上の殺人」　岡田鯱彦　甦る推理雑誌1「ロック」傑作選　光文社（光文社文庫）　2002年10月

淑子刀自　としことじ
非業な最後を遂げた女性、井神浩太郎の母親　「情獄」　大下宇陀児　江戸川乱歩と13人の新青年〈文学派〉編　光文社（光文社文庫）　2008年5月

俊彦　としひこ
オートバイに撥ね飛ばされて甲子園に出られなかった高校野球部のエース　「ストライク」　日下圭介　ミステリー傑作選・特別編5　自選ショート・ミステリー　講談社（講談社文庫）　2001年6月

利彦　としひこ
会社員の井ノ口良介が金目当てに殺した未亡人の子供で盲児の男の子　「粘土の犬」　仁木悦子　江戸川乱歩と13の宝石　第二集　光文社（光文社文庫）　2007年9月

トシマ サエコ　としま・さえこ
人妻の狛江春奈に脅迫状を送りつけてきた人物　「第一パビリオン「二十一世紀の花嫁」」　歌野晶午　新世紀犯罪博覧会-連作推理小説　光文社　2001年3月

敏之　としゆき
母親の房江が女手一つで育てて来た会社員の息子　「お望み通りの死体」　阿刀田高　犯人は秘かに笑う-ユーモアミステリー傑作選　光文社（光文社文庫）　2007年1月

戸台 友雄　とだい・ともお
瀬戸物屋の一人息子で新妻の加代さんと駅前のマンションに所帯を持った人　「わんわん鳥」　泡坂妻夫　ミステリー傑作選・特別編6　自選ショート・ミステリー2　講談社（講談社文庫）　2001年10月

戸田 満枝　とだ・みつえ
金・田・一探偵事務所の客、祇園のクラブのホステス　「雪花散り花」　菅浩江　金田一耕助に捧ぐ九つの狂想曲　角川書店　2002年5月

戸田 恵　とだ・めぐみ
十津川直子の友人、阿蘇への旅に出た女　「阿蘇幻死行」　西村京太郎　M列車（ミステリー・トレイン）で行（い）こう　光文社　2001年10月

栃尾　とちお
写真週刊誌のカメラマン　「DRIVE UP」　馳星周　暗闇を追いかけろ-日本ベストミステリー選集35　光文社（光文社文庫）　2008年5月

栃倉　とちくら
カストリ屋「ルミ」の客、深海博士の書生　「飛行する死人」　青池研吉　甦る推理雑誌1「ロック」傑作選　光文社（光文社文庫）　2002年10月

栃沢　とちざわ
写真週刊誌の下請けカメラマン　「重ねて二つ」　法月綸太郎　謎004-スペシャル・ブレンド・ミステリー　講談社(講談社文庫)　2009年9月

戸塚 エミ　とつか・えみ
会社を定年退職した青山俊作と関係ができていた若い事務の女　「殺人混成曲」　千代有三　江戸川乱歩の推理試験　光文社(光文社文庫)　2009年1月

戸塚　浩一郎　とつか・こういちろう
U署刑事一課盗犯係巡査、益川剛の直属の部下　「動機」　横山秀夫　罪深き者に罰を　講談社(講談社文庫)　2002年11月

十津川　とつがわ
警視庁捜査一課の警部　「18時24分東京発の女」　西村京太郎　愛憎発殺人行　鉄道ミステリー名作館　徳間書店(徳間文庫)　2004年5月

十津川　とつがわ
警視庁捜査一課の警部　「阿蘇幻死行」　西村京太郎　M列車(ミステリー・トレイン)で行(い)こう　光文社　2001年10月

十津川　とつがわ
警部　「愛犬殺人事件」　西村京太郎　怪しい舞踏会　光文社(光文社文庫)　2002年5月

十津川　とつがわ
山形学芸大学のフェンシング部員　「賭ける」　高城高　名作で読む推理小説史　わが名はタフガイ-ハードボイルド傑作選　光文社(光文社文庫)　2006年5月

十津川警部　とつがわけいぶ
警視庁捜査一課の警部　「「雷鳥九号」殺人事件」　西村京太郎　無人踏切-鉄道ミステリー傑作選　光文社(光文社文庫)　2008年11月

十津川警部　とつがわけいぶ
警視庁捜査一課の警部　「あずさ3号殺人事件」　西村京太郎　全席死定-鉄道ミステリー名作館　徳間書店(徳間文庫)　2004年3月

十津川　直子　とつがわ・なおこ
十津川警部の妻、阿蘇への旅に出た女　「阿蘇幻死行」　西村京太郎　M列車(ミステリー・トレイン)で行(い)こう　光文社　2001年10月

ドートク
大物政治家の秘書の一人娘山内浩代の恋人　「闇の奥」　逢坂剛　スペシャル・ブレンド・ミステリー　謎006　講談社(講談社文庫)　2011年9月

百々 典孝　どど・のりたか
巨大フルコンタクト系空手団体玉慎会館の南大阪支部長　「Gカップ・フェイント」　伯方雪日　蝦蟇倉市事件1　東京創元社(ミステリ・フロンティア)　2010年1月

等々力　とどろき
名探偵、早稲田大学文学部の教授　「秋の日のヴィオロンの溜息」　赤井三尋　乱歩賞作家黒の謎　講談社　2006年7月

とどろ

等々力 一遍　とどろき・いっぺん
鎌倉の喫茶店「半文居」の店主　「水曜日の子供」井上宗一　新・本格推理01　光文社(光文社文庫)　2001年3月

等々力 大志　とどろき・だいし
警視庁を退職した元警部、金田一耕助の友　「松竹梅」服部まゆみ　金田一耕助に捧ぐ九つの狂想曲　角川書店　2002年5月

等々力 忠義　とどろき・ただよし
寿司屋の店主、交差点で交通事故を起こした男　「レッド・シグナル」遠藤武文　推理小説年鑑 ザ・ベストミステリーズ2010　講談社　2010年7月

等々力 勉　とどろき・つとむ
京王線高尾駅構内で刺殺体で発見された秋月謙一の友人の会社員　「私鉄沿線」雨宮町子　葬送列車 鉄道ミステリー名作館　徳間書店(徳間文庫)　2004年4月

轟 美江　とどろき・よしえ
湖畔のバンガローに泊まった男女六人のハイカー達の一人　「湖畔の死」後藤幸次郎　甦る推理雑誌8「エロティック・ミステリー」傑作選　光文社(光文社文庫)　2003年9月

戸浪 三四郎　となみ・さんしろう
探偵小説家　「省線電車の射撃手」海野十三　探偵小説の風景 トラフィック・コレクション(下)　光文社(光文社文庫)　2009年9月

トニイ・ヴァイン
アメリカ東部の大金持ちクレイトン家の一人息子マイクの従兄弟、マイクを熊狩りに連れ出した男　「熊王ジャック」柳広司　法廷ジャックの心理学　講談社(講談社文庫)　2011年1月；推理小説年鑑 ザ・ベストミステリーズ2007　講談社　2007年7月

トーニョ
コロンビア・ボゴタに住む輸出商、麻薬カルテルの一員だった男　「この世でいちばん珍しい水死人」佳多山大地　川に死体のある風景　東京創元社(創元推理文庫)　2010年3月；珍しい物語のつくり方(本格短編ベスト・セレクション)　講談社(講談社文庫)　2010年1月

刀根館 淳子　とねだち・じゅんこ
私立小椰学園の高等部一年生、憶頼陽一と同学年の美少女　「アリバイ・ジ・アンビバレンス」西澤保彦　殺意の時間割　角川書店(角川文庫)　2002年8月

利根 洋助　とね・ようすけ
画家の青年　「われは英雄」水谷準　犯人は秘かに笑う-ユーモアミステリー傑作選　光文社(光文社文庫)　2007年1月

登内 冽　とのうち・きよし
D信託の常務　「六人の容疑者」黒輪土風　マイ・ベスト・ミステリーV　文藝春秋(文春文庫)　2007年11月

殿村さん　とのむらさん
東京の私立探偵　「霧にとけた真珠」江戸川乱歩　江戸川乱歩の推理試験　光文社(光文社文庫)　2009年1月

外村 節子　とのむら・せつこ
会社の旅行で香港を訪れた女　「パスポートの秘密」　夏樹静子　謎005-スペシャル・ブレンド・ミステリー　講談社（講談社文庫）　2010年9月

都林 成一郎　とばやし・せいいちろう
国立世界民族学研究所助手、同研究所教授・本宮武邸に出入りする学者　「死霊の如き歩くもの」　三津田信三　新・*本格推理 特別編　光文社（光文社文庫）　2009年3月

戸針 康雄　とばり・やすお＊
文学士、素人探偵　「好色破邪顕正」　小酒井不木　人間心理の怪　勉誠出版（べんせいライブラリー）　2003年3月

トビー・マクゴーワン
「ハッピー・ヴァレー・スクール」の高校4年生　「アメリカ・アイス」　馬場信浩　謎003-スペシャル・ブレンド・ミステリー　講談社（講談社文庫）　2008年9月

鳶山 久志　とびやま・ひさし
フリーライター、プロの観察者を自称する生き物オタク　「眼の池」　鳥飼否宇　推理小説年鑑 ザ・ベストミステリーズ2010　講談社　2010年7月

鳶山 久志　とびやま・ひさし
フリーライター、プロの観察者を自称する生き物オタク　「天の狗」　鳥飼否宇　ベスト本格ミステリ 2011　講談社（講談社ノベルス）　2011年6月

鳶山 久志　とびやま・ひさし
植物写真家猫田夏海の立山登山の同伴者で大学時代の先輩　「天の狗」　鳥飼否宇　推理小説年鑑 ザ・ベストミステリーズ2011　講談社　2011年7月

トプカピ
貿易商、射撃の名手　「版画画廊の殺人」　荒巻義雄　マイ・ベスト・ミステリーⅠ　文藝春秋（文春文庫）　2007年8月

ドブロク
東南アジアのジャングルへ首に懸賞金が賭けられた元自衛隊員を息子と二人で殺しにいった男　「すまじき熱帯」　平山夢明　暗闇を追いかけろ-日本ベストミステリー選集35　光文社（光文社文庫）　2008年5月

戸部 万児　とべ・まんじ＊
釣り師、目黒不動のほど近くで理髪店を営む男　「谷空木」　平野肇　殺意の海　徳間書店（徳間文庫）　2003年9月

トーマ（西之園 都馬）　とーま（にしのその・とうま）
西之園萌絵の愛犬　「石塔の屋根飾り」　森博嗣　密室＋アリバイ＝真犯人　講談社（講談社文庫）　2002年2月

トーマス・アイバーソン
アメリカ人大学生、殺害されたプロ野球選手イサイア・スタンフォードの孫　「X以前の悲劇-「異邦の騎士」を読んだ男」　園田修一郎　新・本格推理06-不完全殺人事件　光文社（光文社文庫）　2006年3月

とます

トマス・クラウン
脳が故障して病院で暮らす男 「ヘルター・スケルター」 島田荘司 書下ろしアンソロジー21世紀本格 光文社(カッパ・ノベルス) 2001年12月

泊 三平太　とまり・さんぺいた
放浪者、泊グループの総帥・泊大の兄でかつてコロンビアのボゴタで大道芸をしていた男 「この世でいちばん珍しい水死人」 佳多山大地　川に死体のある風景　東京創元社(創元推理文庫) 2010年3月;珍しい物語のつくり方(本格短編ベスト・セレクション) 講談社(講談社文庫) 2010年1月

富雄　とみお
混血児らしい碧い眼の男の児 「碧い眼」 潮寒二　甦る推理雑誌6「探偵実話」傑作選　光文社(光文社文庫) 2003年5月

富岡 章子　とみおか・あきこ
隅田の会社の上司の妻で高校時代の先生、隅田とは男女の仲の女 「通夜盗」 佐野洋　事件の痕跡-最新ベスト・ミステリー　光文社 2007年11月

富沢　とみざわ
刑事 「替玉計画」 結城昌治　マイ・ベスト・ミステリーⅠ　文藝春秋(文春文庫) 2007年8月

富造　とみぞう
築地の舶来雑貨卸問屋「伊沢屋」の最年長の手代 「「舶来屋」大蔵の死」 早乙女貢　大江戸事件帖　双葉社(双葉文庫) 2005年7月

富田　とみた
順次一家族のものが殺されてゆく素封家の楢崎一家の夫人の義兄 「三つめの棺」 蒼井雄　甦る推理雑誌2「黒猫」傑作選　光文社(光文社文庫) 2002年11月

富田 秀美　とみた・ひでみ
十五年前の殺人事件の指名手配犯、主婦増岡涼子のOL時代の同僚 「その日まで」 新津きよみ　Doubtきりのない疑惑　講談社(講談社文庫) 2011年11月;推理小説年鑑 ザ・ベストミステリーズ2008　講談社 2008年7月

ドミートリイ・エルレーモフ
元ペテルブルグ大学生、革命後イルクーツクの聖アレキサンドラ寺院に逃れてきた若者 「聖アレキサンドラ寺院の惨劇」 加賀美雅之　新・＊本格推理 特別編　光文社(光文社文庫) 2009年3月

富永　とみなが
「私」の友人で司法官試補から検事になって北海道の旭川へ栄転していった男 「髭」 佐々木味津三　探偵小説の風景 トラフィック・コレクション(上)　光文社(光文社文庫) 2009年5月

富永先輩　とみながせんぱい
会社のオペレーター、梶本大介の先輩 「ダイエット狂想曲」 近藤史恵　名探偵で行こう-最新ベスト・ミステリー シリーズ・キャラクター編　光文社(光文社文庫) 2001年9月

富永 弥兵衛　とみなが・やへえ
長州・野山獄の囚人　「野山獄相聞抄」　古川薫　短歌殺人事件-31音律のラビリンス　光文社(光文社文庫)　2003年4月

鳥見屋地兵衛　とみやじへえ
日本橋にある大奥出入りの唐物屋のすばらしく美丈夫な主人　「天明の判官」　山田風太郎　大江戸事件帖　双葉社(双葉文庫)　2005年7月

トム
サンフランシスコ市警の部長刑事　「《ホテル・ミカド》の殺人」　芦辺拓　新世紀「謎(ミステリー)」倶楽部　角川書店　2001年8月

トム
マジックの二人組の一人　「家に着くまで」　今邑彩　幻惑のラビリンス　光文社(光文社文庫)　2001年5月

ドームズ
名探偵　「ごろつき」　都筑道夫　日本版 シャーロック・ホームズの災難　論創社　2007年12月

戸村 流平　とむら・りゅうへい
私立探偵鵜飼杜夫の助手　「時速四十キロの密室」　東川篤哉　新・*本格推理 特別編　光文社(光文社文庫)　2009年3月

留吉　とめきち
中川の護岸工事の請負人の飯場に宿っていた土工　「飯場の殺人」　飛鳥高　江戸川乱歩の推理教室　光文社(光文社文庫)　2008年9月

鞆江　ともえ
惨殺事件の被害者立花鳴海の妹　「悪魔黙示録」　赤沼三郎　悪魔黙示録「新青年」一九三八-探偵小説暗黒の時代へ　光文社(光文社文庫)　2011年8月

友木　ともき
高利貸から借金をして苦しめられている友木夫妻の夫　「罠に掛った人」　甲賀三郎　幻の探偵雑誌9「探偵」傑作選　光文社(光文社文庫)　2002年1月

智子　ともこ
作家日能克久の妻　「蓮華の花」　西澤保彦　新世紀「謎(ミステリー)」倶楽部　角川書店　2001年8月

朋子　ともこ
会社員の妻　「思い出を盗んだ女」　新津きよみ　現場に臨め-最新ベスト・ミステリー　光文社　2010年10月

朋子　ともこ
年下の男に捨てられて紀伊田辺の海まで来た女　「ニライカナイ」　篠田節子　紫迷宮　祥伝社(祥伝社文庫)　2002年12月

ともさ

友坂 夕也　ともさか・ゆうや
工学部で微粒物質分析を専攻する大学生、ミステリーマニアの青年　「ジョン・D・カーの最終定理」　柄刀一　密室と奇蹟-J・D・カー生誕百周年記念アンソロジー　東京創元社　2006年11月

友田 俊哉　ともだ・としや
山小屋の客、三人連れの大学生グループの男子学生　「天の狗」　鳥飼否宇　推理小説年鑑 ザ・ベストミステリーズ2011　講談社　2011年7月

友田 萬兵　ともだ・まんぺい
梨の産地として知られる田舎町の駅前の宿屋に逗留しているロイド眼鏡の東京男　「豹助、町を驚ろかす」　九鬼澹　甦る推理雑誌2「黒猫」傑作選　光文社(光文社文庫)　2002年11月

朝永　ともなが
めぐみ幼稚園のおむつ先生の恋人　「ママは空に消える」　我孫子武丸　名探偵で行こう-最新ベスト・ミステリー シリーズ・キャラクター編　光文社(光文社文庫)　2001年9月

朝永 加世子　ともなが・かよこ
朝永製菓の令嬢、白坂竜彦の婚約者　「キャッチ・フレーズ」　藤原宰(藤原宰太郎)　甦る推理雑誌8「エロティック・ミステリー」傑作選　光文社(光文社文庫)　2003年9月

朝永 啓太郎　ともなが・けいたろう
朝永製菓の副社長、白坂竜彦の大学の先輩　「キャッチ・フレーズ」　藤原宰(藤原宰太郎)　甦る推理雑誌8「エロティック・ミステリー」傑作選　光文社(光文社文庫)　2003年9月

友永 さより　ともなが・さより
東都新聞家庭欄担当記者、推理小説愛好家　「オリエント急行十五時四十分の謎」　松尾由美　透明な貴婦人の謎(本格短編ベスト・セレクション)　講談社(講談社文庫)　2005年1月;本格ミステリ01　講談社(講談社ノベルス)　2001年7月

友永 さより　ともなが・さより
東都新聞家庭欄担当記者、推理小説愛好家　「バルーン・タウンの手毬唄」　松尾由美　推理小説年鑑 ザ・ベストミステリーズ2003　講談社　2003年7月

友成 功平　ともなり・こうへい
友成千穂の夫、社内随一の実力者といわれる専務の片腕を自任している男　「ほころび」　夏樹静子　事件の痕跡-最新ベスト・ミステリー　光文社　2007年11月

友成 千穂　ともなり・ちほ
独り息子が関西の大学へ入って夫婦二人暮らしの主婦　「ほころび」　夏樹静子　事件の痕跡-最新ベスト・ミステリー　光文社　2007年11月

友彦　ともひこ
香具師の梶間老人が昔死んだ我が子をバラバラに切断したという少年　「悪魔のトリル」　高橋克彦　江戸川乱歩に愛をこめて　光文社(光文社文庫)　2011年2月

友弘　ともひろ
千鶴の息子、大学の助教授　「三郎菱」　泡坂妻夫　怪しい舞踏会　光文社(光文社文庫)　2002年5月

朋平　ともへい*
天草の島の若者　「破れた生贄」　田中万三記　甦る推理雑誌8「エロティック・ミステリー」傑作選　光文社（光文社文庫）　2003年9月

友部　正平　ともべ・しょうへい
石狩町にある道立のサケ・マス研究所員　「溯死水系」　森村誠一　殺意の海　徳間書店（徳間文庫）　2003年9月

友部　良行　ともべ・よしゆき
署の刑事から任意同行求められた会社員　「移動指紋」　佐野洋　スペシャル・ブレンド・ミステリー　謎006　講談社（講談社文庫）　2011年9月

朋美　ともみ*
ミステリ好きの古書店主・蓑田の妻　「大松鮨の奇妙な客」　蒼井上鷹　推理小説年鑑　ザ・ベストミステリーズ2005　講談社　2005年7月

戸山　正　とやま・ただし
推理雑誌の編集者　「マーキュリーの靴」　鮎川哲也　密室殺人大百科　上　講談社（講談社文庫）　2003年9月

豊浦　八造　とようら・はちぞう
別荘の露天風呂の湯壺の中で死んでいた製磁会社の社長　「湯壺の中の死体」　宮原龍雄　江戸川乱歩の推理試験　光文社（光文社文庫）　2009年1月

豊川　とよかわ
殺人事件があった家の近くの住人でテレビのインタビューを受けた男　「腕時計」　小島正樹　名探偵で行こう-最新ベスト・ミステリー　シリーズ・キャラクター編　光文社（光文社文庫）　2001年9月

豊川　春門　とよかわ・はるかど
新米の稲荷神八百万の神の一人　「八百万」　畠中恵　不思議の足跡-最新ベスト・ミステリー　光文社　2007年10月

豊木　悦二　とよき・えつじ*
探偵事務所に恋人の尾行を依頼に来た客　「探偵物語」　姫野カオルコ　推理小説年鑑　ザ・ベストミステリーズ2002　講談社　2002年7月

豊島　詢　とよしま・じゅん
バーのカウンター嬢、箕浦佑加子の友人　「鮮やかなあの色を」　菅浩江　ミステリア　祥伝社（祥伝社文庫）　2003年12月

豊島　知美　とよしま・ともみ
カメラマンの喜多川に遺影を撮ってもらいたいと依頼してきた女性の娘　「遺影」　真保裕一　マイ・ベスト・ミステリーⅡ　文藝春秋（文春文庫）　2007年8月

豊島　泰子　とよしま・やすこ
カメラマンの喜多川に遺影を撮ってもらいたいと依頼してきた女性　「遺影」　真保裕一　マイ・ベスト・ミステリーⅡ　文藝春秋（文春文庫）　2007年8月

とよま

豊松 修　とよまつ・おさむ
画商、生死不明の画家益山初人の個展の主催者　「貨車引込線」　樹下太郎　江戸川乱歩の推理教室　光文社(光文社文庫)　2008年9月

トラ
三か月前の交通事故で家族三人が死んでしまってたった一人だけ残ったマコトの家のネコ　「トロイメライ」　斉藤伯好　ミステリー傑作選・特別編5 自選ショート・ミステリー　講談社(講談社文庫)　2001年6月

ドラゴン
殺害された中国人、アパート「第一柏木荘」の住人　「夏の雪、冬のサンバ」　歌野晶午　密室殺人大百科 下　講談社(講談社文庫)　2003年9月

寅二　とらじ
石月硝子工業専務、殺害された社長石月龍一の義弟　「鬼面の犯罪」　天城一　甦る推理雑誌2「黒猫」傑作選　光文社(光文社文庫)　2002年11月

トランチャン
広場で野球をやっていてしばしば窓ガラスを割る餓鬼大将　「私は死んでいる」　多岐川恭　犯人は秘かに笑う-ユーモアミステリー傑作選　光文社(光文社文庫)　2007年1月

トーリア
大連在住の青年、満州鉄道に勤務する技師の息子　「『樽の木荘』の悲劇」　長谷川順子；田辺正幸　新・本格推理02　光文社(光文社文庫)　2002年3月

取違 孝太郎　とりい・こうたろう
バー「タンジール」の常連客、独身の遊び人　「だって、冷え性なんだモン!」　愛川晶　新世紀「謎(ミステリー)」倶楽部　角川書店　2001年8月

鳥井 奈美子　とりい・なみこ
翻訳業の女、マンションの住民組合の理事長　「黄昏のオー・ソレ・ミオ」　森真沙子　翠迷宮　祥伝社(祥伝社文庫)　2003年6月

鳥飼 久美　とりかい・くみ
殺された女性キャスター　「家に着くまで」　今邑彩　幻惑のラビリンス　光文社(光文社文庫)　2001年5月

鳥飼 俊輔　とりがい・しゅんすけ
警視庁捜査一課の久能警部を相手に出頭を繰り返す男、新宿区役所員　「ABCD包囲網」　法月綸太郎　「ABC(エービーシー)」殺人事件　講談社(講談社文庫)　2001年11月

鳥飼 松子　とりかい・まつこ
息子と二人暮らしの53歳の未亡人　「酷い天罰」　夏樹静子　悪魔のような女　角川春樹事務所(ハルキ文庫)　2001年7月

鳥飼 松子　とりかい・まつこ
息子と二人暮らしの53歳の未亡人　「酷い天罰」　夏樹静子　謎002-スペシャル・ブレンド・ミステリー　講談社(講談社文庫)　2007年9月

鳥越 邦明　とりごえ・くにあき
子どもを連れてナポリから日本郵船の客船「箱根丸」に乗った男 「船上の悪女」 若竹七海 緋迷宮 祥伝社(祥伝社文庫) 2001年12月

鳥島　とりしま
京都の観光バスの乗客、運転手山瀬幸彦を急かした男 「償い」 小杉健治 京都愛憎の旅 徳間書店(徳間文庫) 2002年5月

取的　とりてき
バーで自分のことを笑われたと思って店をでてから会社員の信田と同窓生二人を追いかけた相撲取り 「走る取的」 筒井康隆 名作で読む推理小説史 ふるえて眠れない-ホラーミステリー傑作選 光文社(光文社文庫) 2006年9月

酉乃 初　とりの・はつ
アマチュアマジシャン、教室では無口な女子高生 「恋のおまじないのチンク・ア・チンク」 相沢沙呼 放課後探偵団 東京創元社(創元推理文庫) 2010年11月

トレイシィ・ケンプ
ハイスクールの女子生徒、トレーラーハウスで母親と二人暮らしの娘 「チープ・トリック」 西澤保彦 密室殺人大百科 下 講談社(講談社文庫) 2003年9月

土呂井 竜蔵　とろい・りゅうぞう
土呂井建設の社長、地元の有名な洋館を手に入れた土建業者 「トロイの密室」 折原一 赤に捧げる殺意 角川書店 2005年4月;密室レシピ 角川書店(角川文庫) 2002年4月

泥具根 秋人　どろぐね・あきひと
殺人事件の被害者、超常現象の研究家 「泥具根博士の悪夢-魔を呼ぶ密室」 二階堂黎人 密室殺人大百科 上 講談社(講談社文庫) 2003年9月

泥棒　どろぼう
「私」が復員してきてから職にあぶれた仲間四人と組んだ泥棒 「泥棒」 雨宮雨彦 有栖川有栖の鉄道ミステリ・ライブラリー 角川書店(角川文庫) 2004年10月

泥安　どろやす
被疑者、泥棒安ちぢめて泥安といわれている痴呆青年 「豹助、町を驚ろかす」 九鬼澹 甦る推理雑誌2「黒猫」傑作選 光文社(光文社文庫) 2002年11月

ドロレス・バークレイ
アリゾナ州の南東部ビスビーにある画廊の女主人 「新・探偵物語 失われたブラック・ジャックの秘宝」 小鷹信光 ミステリー傑作選・特別編5 自選ショート・ミステリー 講談社(講談社文庫) 2001年6月

曇斎先生　どんさいせんせい
大坂で蘭学塾「絲漢堂」を営む外科本道の医師・橋本宗吉 「曇斎先生事件帳 木乃伊とウニコール」 芦辺拓 論理学園事件帳 講談社(講談社文庫) 2007年1月;本格ミステリ03 講談社(講談社ノベルス) 2003年6月

ドン・ペドロ
バルセロナの書店主、元修道院の僧侶で書物蒐集家 「バルセロナの書盗」 小沼丹 ペン先の殺意 光文社(光文社文庫) 2005年11月

【な】

ナイジェル・グレゴリー（グレゴリー）
海軍少尉、グレゴリー警部の孫 「「名馬シルヴァー・ブレイズ」後日」 林望 日本版 シャーロック・ホームズの災難 論創社 2007年12月

ナイト
黒い野良猫 「五匹の猫」 谺健二 密室殺人大百科 上 講談社（講談社文庫） 2003年9月

内藤　ないとう
妻を殺してしまった塚本保雄の家にやってきた二人組の警官の年配の方 「素人芸」 法月綸太郎 事件現場に行こう-日本ベストミステリー選集33 光文社（光文社文庫） 2006年4月;事件現場に行こう 光文社 2001年11月

内藤 三國　ないとう・みくに
民俗学研究者、東敬大学・蓮丈那智研究室の助手 「奇偶論」 北森鴻 本格ミステリ08 講談社（講談社ノベルス） 2008年6月

内藤 三國　ないとう・みくに
民俗学者・蓮丈那智の助手 「邪宗仏」 北森鴻 マイ・ベスト・ミステリーⅤ 文藝春秋（文春文庫） 2007年11月;紅い悪夢の夏（本格短編ベスト・セレクション） 講談社（講談社文庫） 2004年12月

内藤 三國　ないとう・みくに
民俗学者・蓮丈那智研究室の助手 「棄神祭」 北森鴻 名探偵の奇跡-日本ベストミステリー選集 光文社（光文社文庫） 2010年5月;名探偵の奇跡-最新ベスト・ミステリー 光文社 2007年9月

内藤 三國　ないとう・みくに
民俗学者・蓮丈那智研究室の助手 「鬼無里」 北森鴻 推理小説年鑑 ザ・ベストミステリーズ2006 講談社 2006年7月

内藤 三國　ないとう・みくに
民俗学者・蓮丈那智研究室の助手 「憑代忌」 北森鴻 暗闇を追いかけろ-日本ベストミステリー選集35 光文社（光文社文庫） 2008年5月;深夜バス78回転の問題（本格短編ベスト・セレクション） 講談社（講談社文庫） 2008年1月

内藤 三國　ないとう・みくに
民俗学者蓮丈那智の助手 「不帰屋」 北森鴻 大密室 新潮社（新潮文庫） 2002年2月

奈緒　なお
名探偵デュパン鮎子の孫で助手を務める高校生 「八神翁の遺産」 太田忠司 血文字パズル―ミステリ・アンソロジー5 角川書店（角川文庫） 2003年3月

直子　なおこ
駅のフォームで突き飛ばされて転落し死亡した作詞家の未亡人 「誰かの眼が光る」 菊村到 無人踏切-鉄道ミステリー傑作選 光文社（光文社文庫） 2008年11月

直子　なおこ
十津川警部の妻　「愛犬殺人事件」　西村京太郎　怪しい舞踏会　光文社(光文社文庫)
2002年5月

奈緒子　なおこ
四ツ谷のスナック・バー「奈緒子」のママ、観察力のある女　「マッチ箱の人生」　阿刀田高　謎003-スペシャル・ブレンド・ミステリー　講談社(講談社文庫)　2008年9月;七つの危険な真実　新潮社(新潮文庫)　2004年2月

奈緒子　なおこ
少年院出の過去を持つ弟・小出伸一と一緒に暮らす姉　「黒い履歴」　薬丸岳　Doubtきりのない疑惑　講談社(講談社文庫)　2011年11月;推理小説年鑑 ザ・ベストミステリーズ2008　講談社　2008年7月

直次　なおじ
一膳飯屋「姉妹屋」の妹娘お初の次兄、植木職　「迷い鳩」　宮部みゆき　死人に口無し 時代推理傑作選　徳間書店　2009年11月

ナオト
行方不明となったアカネを探しに廃工場の敷地へ入っていった中学三年生　「闇の羽音」　岡本賢一　青に捧げる悪夢　角川書店　2005年3月

奈穂美　なおみ
兄の月彦とシャム双生児の妹たちが住む家の家政婦　「あやかしの家」　七河迦南　新・本格推理06-不完全殺人事件　光文社(光文社文庫)　2006年3月

直也　なおや
小劇団「ウィンド＆ファイヤー」の女優ミチルの弟　「死体を運んだ男」　小池真理子　蒼迷宮　祥伝社(祥伝社文庫)　2002年3月

永井　ながい
探偵秋月の友人で愛妻を毒殺した嫌疑者となった男　「美の誘惑」　あわぢ生(本多緒生)　幻の探偵雑誌7「新趣味」傑作選　光文社(光文社文庫)　2001年11月

永井 綾子　ながい・あやこ
地雷問題を取材するためにカンボジア・バッタンバン州に来たジャーナリスト　「未来へ踏み出す足」　石持浅海　法廷ジャックの心理学　講談社(講談社文庫)　2011年1月;推理小説年鑑 ザ・ベストミステリーズ2007　講談社　2007年7月

仲井 吾助　なかい・ごすけ
事件がおきた富士見荘という西洋館の管理人　「呪いの家」　鮎川哲也;谷俊彦画　少年探偵王 本格推理マガジン-文庫雑誌/ぼくらの推理冒険物語　光文社(光文社文庫)　2002年4月

永井 夕子　ながい・ゆうこ
ローカル線の下りの終着駅岩湯谷へ東京から来た娘　「ゴースト・トレイン」　連城三紀彦　愛憎発殺人行 鉄道ミステリー名作館　徳間書店(徳間文庫)　2004年5月

ながい

永井 夕子　ながい・ゆうこ
若い娘、学生　「幽霊列車」　赤川次郎　無人踏切-鉄道ミステリー傑作選　光文社(光文社文庫)　2008年11月

永井 夕子　ながい・ゆうこ
女子大生、鬼警部宇野の恋人　「双子の家」　赤川次郎　謎001-スペシャル・ブレンド・ミステリー　講談社(講談社文庫)　2006年9月

中江 孝太郎　なかえ・こうたろう
山奥の屋敷・緑雨荘の住人、画家の故中江陵山の兄　「十年の密室・十分の消失」　東篤哉　新・本格推理02　光文社(光文社文庫)　2002年3月

長江 高明　ながえ・たかあき
湯浅夏美と熊井渚の学生時代からの飲み仲間　「Rのつく月には気をつけよう」　石持浅海　推理小説年鑑 ザ・ベストミステリーズ2006　講談社　2006年7月

中江 美也子　なかえ・みやこ
東京から実家の緑雨荘へ来た女子大生、画家の故中江陵山の娘　「十年の密室・十分の消失」　東篤哉　新・本格推理02　光文社(光文社文庫)　2002年3月

永江 悠子　ながえ・ゆうこ
水無川の鉄橋で自殺したとされる富豪の次男の婚約の女　「下駄」　岡戸武平　幻の探偵雑誌6「猟奇」傑作選　光文社(光文社文庫)　2001年3月

中岡 良　なかおか・りょう
高校生、校舎の屋上から落ちて死んだ行原達也の親友　「小さな故意の物語」　東野圭吾　マイ・ベスト・ミステリーV　文藝春秋(文春文庫)　2007年11月

長尾 直子　ながお・なおこ
名探偵木更津悠也の大学の先輩　「二つの凶器」　摩耶雄嵩　気分は名探偵-犯人当てアンソロジー　徳間書店　2006年5月

長尾 葉月　ながお・はずき
デザイナー　「カラスの動物園」　倉知淳　名探偵を追いかけろ-日本ベストミステリー選集34　光文社(光文社文庫)　2007年5月

中尾 文吾　なかお・ぶんご
小学校の補助教員・谷村梢の受け持ちの生徒、吃音の気があるおとなしい児童　「波形の声」　長岡弘樹　推理小説年鑑 ザ・ベストミステリーズ2010　講談社　2010年7月

中垣内 真理香　なかがいち・まりか
林美術館のオーナーで事故で声帯を摘出した林晋一郎の通訳兼世話係兼彼女　「【静かな男】ロスコのある部屋」　早見裕司　名探偵で行こう-最新ベスト・ミステリー シリーズ・キャラクター編　光文社(光文社文庫)　2001年9月

仲上　なかがみ
情報誌「アジア通信」発行人、中華文化思想研究所社長　「偽りの季節」　五條瑛　事件を追いかけろ　光文社(光文社文庫)　2009年4月;事件を追いかけろ　光文社　2004年12月

永上 光　ながかみ・ひかる
父親に連れてこられて四百万円の持参金付きで農場の児童部の宿舎にやってきた少年　「青らむ空のうつろのなかに」　篠田節子　マイ・ベスト・ミステリーⅢ　文藝春秋（文春文庫）　2007年9月

中川　なかがわ
TV番組「蒼い巨星」担当の広告代理店員　「死聴率」　島田荘司　江戸川乱歩に愛をこめて　光文社（光文社文庫）　2011年2月

中川 香織　なかがわ・かおり*
美栄子の秘密を預かってくれた親友　「捨てられない秘密」　新津きよみ　翠迷宮　祥伝社（祥伝社文庫）　2003年6月

中川 淳一　なかがわ・じゅんいち
探偵、カープ探偵事務所の若い社員　「Aは安楽椅子のA」　鯨統一郎　赤に捧げる殺意　角川書店　2005年4月；名探偵は、ここにいる　角川書店（角川文庫）　2001年11月

中川 淳一　なかがわ・じゅんいち
探偵、堀アンナの死んだ恋人　「Bは爆弾のB」　鯨統一郎　殺意の時間割　角川書店（角川文庫）　2002年8月

中川 透（トーリア）　なかがわ・とおる（とーりあ）
大連在住の青年、満州鉄道に勤務する技師の息子　「『樽の木荘』の悲劇」　長谷川順子；田辺正幸　新・本格推理02　光文社（光文社文庫）　2002年3月

中川 茂吉　なかがわ・もきち
鶴亀温泉街にある旅館「万亀楼」の雑役夫　「盗み湯」　不知火京介　乱歩賞作家青の謎　講談社　2007年7月

中込　なかごみ
旅行雑誌の編集者和久井が北海道の秘湯の宿で相部屋になった気象庁職員　「九人病」　青木知己　新・本格推理05-九つの署名　光文社（光文社文庫）　2005年3月

長崎 真奈美　ながさき・まなみ
女将がひとりでやっている「ばんざい屋」に通ってくる三十前後の女性客　「聖夜の憂鬱」　柴田よしき　マイ・ベスト・ミステリーⅠ　文藝春秋（文春文庫）　2007年8月

永里 杏奈　ながさと・あんな
殺人事件の被害者、レストランのウェイトレス　「「神田川」見立て殺人」　鯨統一郎　名探偵で行こう-最新ベスト・ミステリー シリーズ・キャラクター編　光文社（光文社文庫）　2001年9月

中澤 卓郎　なかざわ・たくろう
八木沼新太郎警部の大学時代の同級生、建設会社に勤務する男　「死への密室」　愛川晶　密室殺人大百科 下　講談社（講談社文庫）　2003年9月

中沢 英彦　なかざわ・ひでひこ
証券会社の幹部社員　「水球」　篠田節子　ミステリア　祥伝社（祥伝社文庫）　2003年12月

なかさ

ナカさん
池袋の公園で暮らすホームレス、病気の老人 「ハートレス」 葉丸岳 推理小説年鑑 ザ・ベストミステリーズ2009 講談社 2009年7月

中島　なかじま
碑文谷署の刑事 「冤罪」 今野敏 現場に臨め-最新ベスト・ミステリー 光文社 2010年10月

永嶋　ながしま
作家 「棄てた記憶」 高橋克彦 幻惑のラビリンス 光文社(光文社文庫) 2001年5月

中島 孝造　なかじま・こうぞう
遊園地〈アドベンチャー・ワールド〉の観覧車の運転係 「迷宮の観覧車」 青木知己 新・本格推理04-赤い館の怪人物 光文社(光文社文庫) 2004年3月

中島 武(タケちゃん)　なかじま・たけし(たけちゃん)
田舎町の地回りのチンピラ 「インベーダー」 馳星周 事件現場に行こう-日本ベストミステリー選集33 光文社(光文社文庫) 2006年4月;事件現場に行こう 光文社 2001年11月

中島 信彦　なかじま・のぶひこ
K鉄道代々木研究所勤務の技師、星野あけ美殺害の現行犯として逮捕された男 「黒水仙」 藤雪夫 黒の怪 勉誠出版(べんせいライブラリー) 2002年11月

中条　なかじょう*
元ホステス杉村加代が接待社員として勤務する製薬会社の秘書課長 「魚葬」 森村誠一 マイ・ベスト・ミステリーⅣ 文藝春秋(文春文庫) 2007年10月

中条 五郎　なかじょう・ごろう
新聞記者有沢敬介の友人、銀座の山崎商会に勤務する男 「杜若の札」 海渡英祐 短歌殺人事件-31音律のラビリンス 光文社(光文社文庫) 2003年4月

中瀬　なかせ
藤村紀和の元愛人 「雪模様」 永井するみ 事件を追いかけろ 光文社(光文社文庫) 2009年4月;事件を追いかけろ 光文社 2004年12月

永瀬　ながせ
銀行強盗の人質にされた盲目の青年 「バンク」 伊坂幸太郎 事件を追いかけろ 光文社(光文社文庫) 2009年4月;事件を追いかけろ 光文社 2004年12月

長瀬　ながせ
海上保安庁の特殊救難隊隊員 「相棒」 真保裕一 怪しい舞踏会 光文社(光文社文庫) 2002年5月

中瀬 ひかる　なかせ・ひかる
大川探偵事務所の従業員 「「神田川」見立て殺人」 鯨統一郎 名探偵で行こう-最新ベスト・ミステリー シリーズ・キャラクター編 光文社(光文社文庫) 2001年9月

中瀬 ひかる　なかせ・ひかる
大川探偵事務所員の娘 「「別れても好きな人」見立て殺人」 鯨統一郎 死神と雷鳴の暗号(本格短編ベスト・セレクション) 講談社(講談社文庫) 2006年1月;本格ミステリ02 講談社(講談社ノベルス) 2002年5月

中曾根　なかそね
殺し屋　「影なき射手」　楠田匡介　江戸川乱歩の推理教室　光文社（光文社文庫）　2008年9月

中田　なかた
小学校時代藤田先生のクラスの生徒、下川（チビシモ）の親友　「藤田先生、指一本で巨石を動かす」　村瀬継弥　新世紀「謎（ミステリー）」倶楽部　角川書店　2001年8月

永田　ながた
殺しの依頼主、芸能プロダクションの制作部長　「シュート・ミー」　野沢尚　名探偵で行こう-最新ベスト・ミステリー シリーズ・キャラクター編　光文社（光文社文庫）　2001年9月

中田　なかだ*
刑事　「憎しみの罠」　平井和正　マイ・ベスト・ミステリーⅡ　文藝春秋（文春文庫）　2007年8月

中田　なかだ*
警視庁総務部企画課の課長、柴崎令司の上司　「撃てない警官」　安東能明　現場に臨め-最新ベスト・ミステリー　光文社　2010年10月

中田 晴吉　なかた・せいきち
同じ会社の仕事でも恋愛でもライバルの男を殺そうと計画した会社員　「不完全犯罪」　鮎川哲也　江戸川乱歩の推理教室　光文社（光文社文庫）　2008年9月

仲田 真美子　なかた・まみこ*
ウェイトレス、新谷の小説の熱心な愛読者　「使用中」　法月綸太郎　殺人買います　講談社（講談社文庫）　2002年8月

仲田 真美子　なかだ・まみこ*
喫茶店のウェイトレス　「使用中」　法月綸太郎　大密室　新潮社（新潮文庫）　2002年2月

中田 安枝　なかだ・やすえ*
麦畑の中の一軒家に子供とふたりきりで住んでいた未亡人で会社員の井ノ口良介が金目当てに殺した女　「粘土の犬」　仁木悦子　江戸川乱歩と13の宝石 第二集　光文社（光文社文庫）　2007年9月

中塚 忠　なかつか・ただし
人殺しをしたと言う小学生の中塚美佐の母親広子の弟　「美しの五月」　仁木悦子　名作で読む推理小説史 わが名はタフガイ-ハードボイルド傑作選　光文社（光文社文庫）　2006年5月

中塚 広子　なかつか・ひろこ
人殺しをしたと言う小学生の中塚美佐の母親　「美しの五月」　仁木悦子　名作で読む推理小説史 わが名はタフガイ-ハードボイルド傑作選　光文社（光文社文庫）　2006年5月

中塚 美佐　なかつか・みさ
人殺しをしたと言う小学生の少女　「美しの五月」　仁木悦子　名作で読む推理小説史 わが名はタフガイ-ハードボイルド傑作選　光文社（光文社文庫）　2006年5月

なかつ

中津川 秋子　なかつがわ・あきこ
国府津のホテルで起った「心中事件」に就いての手紙を受け取った女性　「地獄に結ぶ恋」　渡辺文子　幻の探偵雑誌10「新青年」傑作選　光文社(光文社文庫)　2002年2月

長門巡査　ながとじゅんさ
鉢尾村駐在所の巡査　「青田師の事件」　土井稔　甦る推理雑誌8「エロティック・ミステリー」傑作選　光文社(光文社文庫)　2003年9月

永友 仁美　ながとも・ひとみ
新興宗教団体「真の道福音教会」の信徒、東シナ海の孤島・屍島に逃亡潜伏した爆破テロの実行犯四人の一人　「生存者、一名」　歌野晶午　絶海　祥伝社(NON NOVEL)　2002年10月

中根 紘一　なかね・こういち
海辺のホテルの常連客だった金持ちの青年　「三毛猫ホームズのバカンス」　赤川次郎　名探偵登場!-日本ミステリー名作館1　KKベストセラーズ　2004年11月

中野　なかの
警備会社に勤務する現金輸送車の運転手　「乙女的困惑」　船越百恵　天地驚愕のミステリー　宝島社(宝島社文庫)　2009年8月

永野　ながの
CGデザイナー、趣味で推理小説を書いている男　「蛍の腕輪」　稗苗仁之　新・本格推理06-不完全殺人事件　光文社(光文社文庫)　2006年3月

長野 忠夫　ながの・ただお
東京近郊で三代つづいた農家の養子になった男　「新開地の事件」　松本清張　謎001-スペシャル・ブレンド・ミステリー　講談社(講談社文庫)　2006年9月

長野 富子　ながの・とみこ
東京近郊で三代つづいた農家のひとり娘　「新開地の事件」　松本清張　謎001-スペシャル・ブレンド・ミステリー　講談社(講談社文庫)　2006年9月

長野 ヒサ　ながの・ひさ
東京近郊で三代つづいた農家の主婦、働き者の女　「新開地の事件」　松本清張　謎001-スペシャル・ブレンド・ミステリー　講談社(講談社文庫)　2006年9月

那加野 泰宏　なかの・やすひろ
両手首を切り落とされて死んだオカルティストの少女・那加野由真の父親　「紅き虚空の下で」　高橋城太郎　新・本格推理05-九つの署名　光文社(光文社文庫)　2005年3月

那加野 由真　なかの・ゆま
両手首を切り落とされて死んだオカルティストの少女　「紅き虚空の下で」　高橋城太郎　新・本格推理05-九つの署名　光文社(光文社文庫)　2005年3月

中原　なかはら
奥多摩の山中に逃げこんだ銀行ギャングが闖入した山小屋の主　「夜明けまで」　大藪春彦　江戸川乱歩と13の宝石 第二集　光文社(光文社文庫)　2007年9月

中原 新吉　なかはら・しんきち
パリに住む画家志望の青年、カフェ「野蛮人」の常連客　「ガリアの地を遠く離れて」　瀬尾こると　新・本格推理01　光文社(光文社文庫)　2001年3月

中道 仙次　なかみち・せんじ
松阪牛舎近くの交番に勤務する初老の巡査　「痩牛鬼」　西村寿行　マイ・ベスト・ミステリーⅢ　文藝春秋(文春文庫)　2007年9月

永見 緋太郎　ながみ・ひたろう
ジャズテナーサックス奏者、唐島クインテットのメンバー　「砕けちる褐色」　田中啓文　珍しい物語のつくり方(本格短編ベスト・セレクション)　講談社(講談社文庫)　2010年1月；本格ミステリ06　講談社(講談社ノベルス)　2006年5月

永見 緋太郎　ながみ・ひたろう
ジャズテナーサックス奏者、唐島クインテットのメンバー　「渋い夢－永見緋太郎の事件簿」　田中啓文　推理小説年鑑　ザ・ベストミステリーズ2009　講談社　2009年7月

永見 緋太郎　ながみ・ひたろう
ジャズテナーサックス奏者、唐島クインテットのメンバー　「挑発する赤」　田中啓文　推理小説年鑑　ザ・ベストミステリーズ2006　講談社　2006年7月

永見 緋太郎　ながみ・ひたろう
ジャズテナー奏者、唐島グループのメンバー　「辛い飴 永見緋太郎の事件簿」　田中啓文　Doubtきりのない疑惑　講談社(講談社文庫)　2011年11月；推理小説年鑑　ザ・ベストミステリーズ2008　講談社　2008年7月

中村　なかむら
初瀬橋タクシーの社員　「裏切りの遁走曲」　鈴木輝一郎　殺人買います　講談社(講談社文庫)　2002年8月

中村　なかむら
所轄署の警部　「湖畔の死」　後藤幸次郎　甦る推理雑誌8「エロティック・ミステリー」傑作選　光文社(光文社文庫)　2003年9月

中村　なかむら
地検の事務官　「コスモスの鉢」　藤原遊子　新・本格推理05-九つの署名　光文社(光文社文庫)　2005年3月

中村　なかむら
地検の事務官　「手のひらの名前」　藤原遊子　新・本格推理06-不完全殺人事件　光文社(光文社文庫)　2006年3月

中村 雅楽　なかむら・ががく
歌舞伎俳優　「句会の短冊」　戸板康二　俳句殺人事件-巻頭句の女　光文社(光文社文庫)　2001年4月

中村 きん(きんちゃん)　なかむら・きん(きんちゃん)
新宿職安前託老所に入所する老人　「めんどうみてあげるね」　鈴木輝一郎　謎005-スペシャル・ブレンド・ミステリー　講談社(講談社文庫)　2010年9月

なかむ

中村 欽吾　なかむら・きんご
中村きんの息子　「めんどうみてあげるね」　鈴木輝一郎　謎005-スペシャル・ブレンド・ミステリー　講談社(講談社文庫)　2010年9月

中村 玄道　なかむら・げんどう
元小学校教師、濃尾の大地震で妻を亡くした男　「疑惑」　芥川龍之介　ペン先の殺意　光文社(光文社文庫)　2005年11月

中村 里美　なかむら・さとみ
H大学助教授、海女の研究をしている女性　「蛍の腕輪」　稗苗仁之　新・本格推理06-不完全殺人事件　光文社(光文社文庫)　2006年3月

中村 しのぶ　なかむら・しのぶ
今泉探偵所の客、堂島和雄の恋人　「あなたがいちばん欲しいもの」　近藤史恵　ミステリア　祥伝社(祥伝社文庫)　2003年12月

中村 進治郎　なかむら・しんじろう
歌姫と心中事件を起こした青年文士　「歌姫委託殺人事件-あれこれ始末書」　徳川夢声　江戸川乱歩と13の宝石　光文社(光文社文庫)　2007年5月

中村 半次郎(菱田 新太郎)　なかむら・はんじろう(ひしだ・しんたろう)
歌舞伎の女形の名優　「押絵の奇蹟」　夢野久作　江戸川乱歩と13人の新青年〈文学派〉編　光文社(光文社文庫)　2008年5月

中村 半太夫　なかむら・はんだゆう
歌舞伎の千両役者、女形の名優中村半次郎の父親　「押絵の奇蹟」　夢野久作　江戸川乱歩と13人の新青年〈文学派〉編　光文社(光文社文庫)　2008年5月

中山　なかやま
百貨店屋上の花卉園芸店の主任で写真狂の中年紳士　「妖虫記」　香山滋　甦る推理雑誌3「X」傑作選　光文社(光文社文庫)　2002年12月

中山 秋子　なかやま・あきこ
骨董商・南条圭が常宿としている京都の旅館の娘　「京都へは電車でどうぞ」　井沢元彦　京都殺意の旅　徳間書店(徳間文庫)　2001年11月

永山 悠太　ながやま・ゆうた
轢き逃げをした江上弘志の地元の仲間で同乗者　「闇を駆け抜けろ」　戸梶圭太　決断-警察小説競作　新潮社(新潮文庫)　2006年2月

仲脇 若菜　なかわき・わかな
サハラ砂漠の遺跡調査隊の一員、ニュースネットの報道ディレクター　「龍の遺跡と黄金の夏」　三雲岳斗　紅い悪夢の夏(本格短編ベスト・セレクション)　講談社(講談社文庫)　2004年12月；本格ミステリ01　講談社(講談社ノベルス)　2001年7月

ナカンズク氏　なかんずくし
名探偵　「つまり誰もいなくならない」　斎藤肇　名探偵で行こう-最新ベスト・ミステリー　シリーズ・キャラクター編　光文社(光文社文庫)　2001年9月

ナギ
北高の三年生で総合格闘技部の部員 「Gカップ・フェイント」 伯方雪日 蝦蟇倉市事件1 東京創元社(ミステリ・フロンティア) 2010年1月

名倉 雄造　なくら・ゆうぞう
邸宅内の工房で胸を刺されて死んでいた老彫刻家 「密室の兇器」 山村正夫 江戸川乱歩の推理試験 光文社(光文社文庫) 2009年1月

名越 俊也　なごえ・しゅんや
高校の演劇部の部長、中国系アメリカ人マレン・セイの中学時代からの友だち 「退出ゲーム」 初野晴 Play推理遊戯 講談社(講談社文庫) 2011年4月;推理小説年鑑 ザ・ベストミステリーズ2008 講談社 2008年7月

なごみ
女子大生・神坂遠音の美しい母 「オホーツク心中」 辻真先 推理小説年鑑 ザ・ベストミステリーズ2001 講談社 2001年6月

名古屋 四郎　なごや・しろう
アリマ防災サービスの営業部長、実は麻薬密輸業者 「危ない消火器」 逢坂剛 闇夜の芸術祭 光文社(光文社文庫) 2003年4月

梨田　なしだ
キリスト者の伯父の回想録を読んだ男 「凱旋」 北村薫 論理学園事件帳 講談社(講談社文庫) 2007年1月;本格ミステリ03 講談社(講談社ノベルス) 2003年6月

梨本 里美　なしもと・さとみ
女子校に通う高校生、夏休みに離れ島に行って置き去りにされた五人の少女たちの一人 「この島でいちばん高いところ」 近藤史恵 絶海 祥伝社(NON NOVEL) 2002年10月

ナスチャ
蓮台野高等学校二年に在籍する交換留学生、歴女三人組の一人 「聖剣パズル」 高井忍 ベスト本格ミステリ 2011 講談社(講談社ノベルス) 2011年6月

那須 むめ子　なす・むめこ
シンガポールの日本人遊女屋の娼婦 「人買い伊平治」 鮎川哲也 マイ・ベスト・ミステリーV 文藝春秋(文春文庫) 2007年11月

難儀 正浩　なだぎ・まさひろ
タレント事務所スミス企画のマネージャー 「氷山の一角」 麻耶雄嵩 赤に捧げる殺意 角川書店 2005年4月;血文字パズル—ミステリ・アンソロジー5 角川書店(角川文庫) 2003年3月

ナターシャ・エルレーモフ
大連在住のロシア語教師、革命後国外に出たエミグラント(白系ロシア人)の孫 『『樽の木荘』の悲劇』 長谷川順子;田辺正幸 新・本格推理02 光文社(光文社文庫) 2002年3月

ナタリー・スレイド
ハイスクールの女子生徒、歌姫のブロンド娘 「チープ・トリック」 西澤保彦 密室殺人大百科 下 講談社(講談社文庫) 2003年9月

なつあ

夏 あやか　なつ・あやか
演劇部員の女子高生、柩島の建物内に閉じ込められた五人の自殺志願者の一人 「嵐の柩島で誰が死ぬ」 辻真先　探偵Xからの挑戦状! Season2　小学館(小学館文庫)　2011年2月

夏恵　なつえ
自動車事故を起こして死んだまり子の母親 「遠い窓」 今邑彩　密室＋アリバイ＝真犯人　講談社(講談社文庫)　2002年2月

夏枝　なつえ
邸でむごたらしい姿で殺された校長が離縁した妻で急死した女性 「幽霊妻」 大阪圭吉　甦る推理雑誌3「X」傑作選　光文社(光文社文庫)　2002年12月

奈津枝　なつえ
岩下病院の内科医・村田の愛人 「紺の彼方」 結城昌治　俳句殺人事件-巻頭句の女　光文社(光文社文庫)　2001年4月

夏川 俊介　なつかわ・しゅんすけ
京都の聖カルペッパ学園文学部の三回生、殺された緑原衛理夫と同じゼミの学生 「ヘリオスの神像」 麻耶雄嵩　あなたが名探偵　東京創元社(創元推理文庫)　2009年4月

夏川 麻衣子　なつかわ・まいこ
一通の葉書が届いた直後に旅に出た恋人のことが心配でついてきた女性 「かえれないふたり」 有栖川有栖ほか　名探偵で行こう-最新ベスト・ミステリー シリーズ・キャラクター編　光文社(光文社文庫)　2001年9月

夏木 梨香　なつき・りか
旅行社「ベル旅行社」の企画主任 「極楽ツアー殺人」 斎藤栄　怪しい舞踏会　光文社(光文社文庫)　2002年5月

なっちゃん
団地に住む小学五年生の少女、ミサキとマヤの遊び友達 「十円参り」 辻村深月　暗闇を見よ　光文社　2010年11月

夏葉　なつは
稲荷神の使いであるお狐さまの化身 「八百万」 畠中恵　不思議の足跡-最新ベスト・ミステリー　光文社　2007年10月

夏彦　なつひこ
大道芸人、三兄弟の二番目で六年ぶりに実家に戻った男 「はだしの親父」 黒田研二　Play推理遊戯　講談社(講談社文庫)　2011年4月;推理小説年鑑 ザ・ベストミステリーズ 2008　講談社　2008年7月

夏目 金之助　なつめ・きんのすけ
名探偵シャーロック・ホームズが出会った日本人留学生 「黄色い下宿人」 山田風太郎　シャーロック・ホームズに愛をこめて　光文社(光文社文庫)　2010年1月;贈る物語 Mystery

夏目 漱石　なつめ・そうせき
小説家、名探偵シャーロック・ホームズの友人　「踊るお人形」　夢枕獏　シャーロック・ホームズに愛をこめて　光文社（光文社文庫）　2010年1月

夏目 信人　なつめ・のぶと
刑事、少年鑑別所で法務技官をしていた男　「償い」　薬丸岳　現場に臨め-最新ベスト・ミステリー　光文社　2010年10月

夏目 信人　なつめ・のぶひと
東池袋署の刑事　「オムライス」　薬丸岳　推理小説年鑑 ザ・ベストミステリーズ2007　講談社　2007年7月

夏目 信人　なつめ・のぶひと
東池袋署の刑事　「ハートレス」　薬丸岳　推理小説年鑑 ザ・ベストミステリーズ2009　講談社　2009年7月

夏目 信人　なつめ・のぶひと
東池袋署の刑事、会社員吉沢篤郎の親友　「休日」　薬丸岳　推理小説年鑑 ザ・ベストミステリーズ2010　講談社　2010年7月

夏目 信人　なつめ・のぶひと
東池袋署の刑事、元少年鑑別所の法務技官　「黒い履歴」　薬丸岳　Doubtきりのない疑惑　講談社（講談社文庫）　2011年11月；推理小説年鑑 ザ・ベストミステリーズ2008　講談社　2008年7月

夏目 半五郎　なつめ・はんごろう*
父の敵・井関十兵衛を追う土浦藩士　「だれも知らない」　池波正太郎　剣が謎を斬る　光文社（光文社文庫）　2005年4月

夏山　なつやま
熱海署の警部補　「白妖」　大阪圭吉　探偵小説の風景 トラフィック・コレクション（下）　光文社（光文社文庫）　2009年9月

ナディーム・ムハメド
市民センターの日本語教室に通う外国人労働者　「冬枯れの木」　永井するみ　事件現場に行こう-日本ベストミステリー選集33　光文社（光文社文庫）　2006年4月；事件現場に行こう　光文社　2001年11月

名取 春笙　なとり・しゅんしょう
日本画の画伯で五千万からの遺産を残して死んだ奇人　「表装」　楠田匡介　江戸川乱歩の推理試験　光文社（光文社文庫）　2009年1月

ナナ
元カウンセラー・迎出俊の恋人、スナックの女　「人類なんて関係ない」　平山夢明　ミステリ愛。免許皆伝！　講談社（講談社ノベルス）　2010年3月

七尾 猛　ななお・たけし
ジュネーブにやって来た日本人画家　「湖畔の殺人」　小熊二郎　甦る推理雑誌2「黒猫」傑作選　光文社（光文社文庫）　2002年11月

な␣なお

七尾 幹夫　ななお・みきお
岡山市内の大学に在学する学生、大学生探偵・山根敏の友人 「竹と死体と」 東篤哉 新・本格推理01 光文社(光文社文庫) 2001年3月

七尾 幹夫　ななお・みきお
岡山市内の大学に在学する学生、大学生探偵山根敏の友人 「十年の密室・十分の消失」 東篤哉 新・本格推理02 光文社(光文社文庫) 2002年3月

七七子　ななこ
牧野の友人の古川の妹 「蝶と処方箋」 蘭郁二郎 悪魔黙示録「新青年」一九三八-探偵小説暗黒の時代へ 光文社(光文社文庫) 2011年8月

奈々姫　ななひめ
信濃松本に転封された戸田家当主丹波守光慈の美しい妹姫 「忍者六道銭」 山田風太郎 御白洲裁き 徳間書店(徳間文庫) 2009年12月

ナボシマ
巨漢、「桑港武侠会」の武術指導者 「《ホテル・ミカド》の殺人」 芦辺拓 新世紀「謎(ミステリー)」倶楽部 角川書店 2001年8月

ナマハゲ
定年退職間近い小学校の教頭 「サボテンの花」 宮部みゆき 謎001-スペシャル・ブレンド・ミステリー 講談社(講談社文庫) 2006年9月

奈美　なみ
横浜の吉丸病院の院長・吉丸勇作の娘 「菩薩のような女」 小池真理子 危険な関係(女流ミステリー傑作選) 角川春樹事務所(ハルキ文庫) 2002年5月

奈美　なみ
小説家の男と二人山で遭難した女 「残されていた文字」 井上雅彦 綾辻行人と有栖川有栖のミステリ・ジョッキー1 講談社 2008年7月

波江　なみえ
村越民治の妻 「乗車拒否」 山村正夫 幻惑のラビリンス 光文社(光文社文庫) 2001年5月

波岡 準三　なみおか・じゅんぞう
警視庁捜査一課の若手警部補 「悪魔の護符」 高木彬光 甦る推理雑誌3「X」傑作選 光文社(光文社文庫) 2002年12月

並木 静子　なみき・しずこ
嘘を平気でいう奥さん 「嘘」 勝伸枝 幻の探偵雑誌10「新青年」傑作選 光文社(光文社文庫) 2002年2月

並木 烈子　なみき・れつこ
偽眼の少女 「偽眼のマドンナ」 渡辺啓助 江戸川乱歩と13人の新青年〈文学派〉編 光文社(光文社文庫) 2008年5月

奈美子　なみこ
落語家烏亭閻馬の結婚相手で男と交われない身体の女　「襲名」　飯野文彦　名作で読む推理小説史　ふるえて眠れない-ホラーミステリー傑作選　光文社(光文社文庫)　2006年9月

名見崎 東三郎　なみざき・とうざぶろう
名代役者岩井半四郎の後見人　「京鹿子娘道成寺(河原崎座殺人事件)」　酒井嘉七　幻の探偵雑誌4「探偵春秋」傑作選　光文社(光文社文庫)　2001年1月

波島 遼五　なみしま・りょうご
大正最後の年に書商との殺人事件を起こした若い画家　「夜の自画像」　連城三紀彦　推理小説年鑑 ザ・ベストミステリーズ2009　講談社　2009年7月

ナメクジ女史　なめくじじょし
殺人事件の被害者、アパートの裏の家の妾　「蝙蝠と蛞蝓」　横溝正史　名探偵登場!-日本ミステリー名作館1　KKベストセラーズ　2004年11月

奈良本 明日香　ならもと・あすか
事業家奈良本夕美子の娘、婿の好夫を殺された女　「「別れても好きな人」見立て殺人」　鯨統一郎　死神と雷鳴の暗号(本格短編ベスト・セレクション)　講談社(講談社文庫)　2006年1月;本格ミステリ02　講談社(講談社ノベルス)　2002年5月

楢本 国雄　ならもと・くにお
N市立図書館の調査相談課員　「図書館滅ぶべし」　門井慶喜　名探偵に訊け　光文社　2010年9月

楢山 和弘　ならやま・かずひろ
密室で遺体で発見された中学生　「楢山鍵店、最後の鍵」　天祢涼　密室晩餐会　原書房　2011年6月

楢山 茂　ならやま・しげる
密室で遺体で発見された中学生楢山和弘の父親、鍵屋　「楢山鍵店、最後の鍵」　天祢涼　密室晩餐会　原書房　2011年6月

成島 甲子太郎(柳北)　なるしま・きねたろう(りゅうほく)
警保寮大警視川路利良らとともに横浜から出航しフランスへやって来た元幕府騎兵奉行　「巴里に雪のふるごとく」　山田風太郎　偉人八傑推理帖　双葉社(双葉文庫)　2004年7月

成島 啓子　なるしま・けいこ
東京第一興信所の女探偵　「歩道橋の男」　原尞　謎002-スペシャル・ブレンド・ミステリー　講談社(講談社文庫)　2007年9月

成瀬(クルマ屋)　なるせ(くるまや)
殺人罪で千葉刑務所に服役する囚人　「グレーテスト・ロマンス」　桐野夏生　乱歩賞作家 黒の謎　講談社　2006年7月

成瀬 龍之介　なるせ・りゅうのすけ
殺人事件の被害者となったストーカー　「ガラスの檻の殺人」　有栖川有栖　気分は名探偵-犯人当てアンソロジー　徳間書店　2006年5月

なるた

鳴滝　昇治　なるたき・しょうじ
霊能者能城あや子のマネージャー　「妹のいた部屋」　井上夢人　推理小説年鑑　ザ・ベストミステリーズ2004　講談社　2004年7月

鳴海　凪(ナギ)　なるみ・なぎ(なぎ)
北高の三年生で総合格闘技部の部員　「Gカップ・フェイント」　伯方雪日　蝦蟇倉市事件1　東京創元社(ミステリ・フロンティア)　2010年1月

鳴海　正憲　なるみ・まさのり
文系の大学院を出て幾つかの大学で非常勤講師をしている男　「希望の形」　光原百合　事件の痕跡-最新ベスト・ミステリー　光文社　2007年11月

成宮　玄一郎　なるみや・げんいちろう
能楽師、能楽師成宮玄蔵の長男　「花はこころ」　鏑木蓮　不可能犯罪コレクション　原書房　2009年6月

鳴海　夕侍　なるみ・ゆうじ
ナギの父、蝦蟇倉警察署不可能犯罪係の刑事　「Gカップ・フェイント」　伯方雪日　蝦蟇倉市事件1　東京創元社(ミステリ・フロンティア)　2010年1月

成山　なるやま
東大助教授の地質学者　「DL2号機事件」　泡坂妻夫　マイ・ベスト・ミステリーⅥ　文藝春秋(文春文庫)　2007年12月

縄田　久美子　なわた・くみこ*
女子高生、直志のクラスメート　「熱い闇」　山崎洋子　謎004-スペシャル・ブレンド・ミステリー　講談社(講談社文庫)　2009年9月

南上　なんじょう
千葉県警元千葉警察署の巡査　「乙女的困惑」　船越百恵　天地驚愕のミステリー　宝島社(宝島社文庫)　2009年8月

南条　圭　なんじょう・けい
骨董屋　「京都へは電車でどうぞ」　井沢元彦　京都殺意の旅　徳間書店(徳間文庫)　2001年11月

南条刑事　なんじょうけいじ
神奈川県警の刑事　「水曜日の子供」　井上宗一　新・本格推理01　光文社(光文社文庫)　2001年3月

南条　里美　なんじょう・さとみ
良樹の女友達　「一億円の幸福」　藤田宜永　幻惑のラビリンス　光文社(光文社文庫)　2001年5月

南条　祐介　なんじょう・ゆうすけ
「小説アレフ」の編集者　「中国蝸牛の謎」　法月綸太郎　透明な貴婦人の謎(本格短編ベスト・セレクション)　講談社(講談社文庫)　2005年1月;本格ミステリ01　講談社(講談社ノベルス)　2001年7月

南都 香代子　なんと・かよこ
殺人事件の容疑者四名の一人、女優　「バッカスの睡り」　鷲尾三郎　江戸川乱歩の推理試験　光文社(光文社文庫)　2009年1月

南波 正人　なんば・まさと
銀座の装身具店「馬巴留」会計部長、極東ニュース映画社のフィルムを盗んだ男　「偽装魔」　夢座海二　魔の怪　勉誠出版(べんせいライブラリー)　2002年11月

南洋の男　なんようのおとこ
殺人事件のあった撞球場にいた七人の男の一人で南洋へでも行っていたらしい色の黒い男　「撞球室の七人」　橋本五郎　幻の探偵雑誌9「探偵」傑作選　光文社(光文社文庫)　2002年1月

【に】

兄様　にいさま
乙女の「私」に手紙をくれた恋しきS兄様　「レテーロ・エン・ラ・カーヴォ」　橋本五郎　江戸川乱歩と13人の新青年〈文学派〉編　光文社(光文社文庫)　2008年5月

新島 明　にいじま・あきら
仲居の稲尾俊江の亡くなった情夫で折鶴が趣味だった小学校の図工の教師　「折鶴の血」　佐野洋　警察小説傑作短編集　ランダムハウス講談社(ランダムハウス講談社文庫)　2009年7月

新島 ともか　にいじま・ともか
弁護士森江春策の助手　「森江春策の災難」　芦辺拓　探偵Xからの挑戦状!　小学館(小学館文庫)　2009年1月

新妻 和彦　にいずま・かずひこ
新人の推理作家　「マーキュリーの靴」　鮎川哲也　密室殺人大百科 上　講談社(講談社文庫)　2003年9月

新出 貢　にいで・みつぐ
多摩市で起きた性犯罪事件の被疑者　「ノビ師」　黒埼視音　推理小説年鑑 ザ・ベストミステリーズ2010　講談社　2010年7月

新見 真知子　にいみ・まちこ
東京北部のある区民センターの新人職員、車椅子生活者　「車椅子」　清水芽美子　蒼迷宮　祥伝社(祥伝社文庫)　2002年3月

新村 美保子　にいむら・みほこ
女子高生和泉理奈の叔母、内科医　「おねえちゃん」　歌野晶午　暗闇を見よ　光文社　2010年11月

新山 夏樹　にいやま・なつき＊
右人差指を切断されて怪死した新進ジャズピアニスト　「ラスト・セッション」　蒼井上鷹　推理小説年鑑 ザ・ベストミステリーズ2007　講談社　2007年7月

にいや

新山 昌治　にいやま・まさはる
変死体の発見者、事業系ゴミの回収業者　「烏勧請」　歌野晶午　殺人買います　講談社（講談社文庫）　2002年8月

新山 まり子　にいやま・まりこ
前座の無名歌手　「欠けた記憶」　高橋克彦　嘘つきは殺人のはじまり　講談社（講談社文庫）　2003年9月

新納 美代子　にいろ・みよこ
新納産業社長新納一郎の未亡人、元芸者　「新納の棺」　宮原竜雄　山口雅也の本格ミステリ・アンソロジー　角川書店（角川文庫）　2007年12月

仁王 徳平　におう・とくへい
警視庁捜査一課の部長刑事　「暗い唄声」　山村正夫　無人踏切-鉄道ミステリー傑作選　光文社（光文社文庫）　2008年11月

二階堂 蘭子　にかいどう・らんこ
一ツ橋大学の「推理小説研究会」のメンバー　「変装の家」　二階堂黎人　名探偵登場!-日本ミステリー名作館1　KKベストセラーズ　2004年11月

二階堂 蘭子　にかいどう・らんこ
名探偵、二階堂黎人の義妹　「泥具根博士の悪夢-魔を呼ぶ密室」　二階堂黎人　密室殺人大百科 上　講談社（講談社文庫）　2003年9月

二階堂 黎人　にかいどう・れいと
推理作家、二階堂蘭子の義兄　「泥具根博士の悪夢-魔を呼ぶ密室」　二階堂黎人　密室殺人大百科 上　講談社（講談社文庫）　2003年9月

仁木　にき
私立探偵　「最上階のアリス」　加納朋子　マイ・ベスト・ミステリーVI　文藝春秋（文春文庫）　2007年12月

仁木　にき
仁木探偵事務所の所長　「裏窓のアリス」　加納朋子　完全犯罪証明書 ミステリー傑作選　講談社（講談社文庫）　2001年4月

仁木 悦子　にき・えつこ
植物学専攻の学生仁木雄太郎の妹　「黄色い花」　仁木悦子　名探偵登場!-日本ミステリー名作館1　KKベストセラーズ　2004年11月

仁木 順平　にき・じゅんぺい
私立探偵　「子供部屋のアリス」　加納朋子　紅い悪夢の夏（本格短編ベスト・セレクション）　講談社（講談社文庫）　2004年12月;本格ミステリ01　講談社（講談社ノベルス）　2001年7月

仁木 順平　にき・じゅんぺい
私立探偵　「猫の家のアリス」　加納朋子　ねこ!ネコ!猫!(NEKOミステリー傑作選)　徳間書店（徳間文庫）　2008年10月;「ABC（エービーシー）」殺人事件　講談社（講談社文庫）　2001年11月

仁木 順平　にき・じゅんぺい
私立探偵　「牢の家のアリス」　加納朋子　ミステリア　祥伝社（祥伝社文庫）　2003年12月

仁木 順平　にき・じゅんぺい
私立探偵、元は大手企業のサラリーマン　「螺旋階段のアリス」　加納朋子　怪しい舞踏会　光文社（光文社文庫）　2002年5月

仁木 順平　にき・じゅんぺい
探偵　「虹の家のアリス」　加納朋子　名探偵を追いかけろ-日本ベストミステリー選集34　光文社（光文社文庫）　2007年5月

仁木 順平　にき・じゅんぺい＊
私立探偵　「鏡の家のアリス」　加納朋子　推理小説年鑑 ザ・ベストミステリーズ2003　講談社　2003年7月

二木 未玖　にき・みく
盛岡市内のラブホテルの非常階段から転落した女性、私立高校美術教師　「芹葉大学の夢と殺人」　辻村深月　推理小説年鑑 ザ・ベストミステリーズ2011　講談社　2011年7月

仁木 雄太郎　にき・ゆうたろう
名探偵、植物学専攻の大学生　「黄色い花」　仁木悦子　名探偵登場!-日本ミステリー名作館1　KKベストセラーズ　2004年11月

ニコス
パレスチナ・ゲリラ「黒い九月の手」のメンバー　「黒い九月の手」　南條範夫　綾辻行人と有栖川有栖のミステリ・ジョッキー1　講談社　2008年7月

ニコラス・ブランストン伯爵　にこらすぶらんすとんはくしゃく
人形の館の主、アンティーク・ドールハウスの蒐集家　「人形の館の館」　山口雅也　大密室　新潮社（新潮文庫）　2002年2月

ニシ・アズマ
四年ぶりに伯父の別荘にやって来た女性　「十二号」　小沼丹　現代詩殺人事件-ポエジーの誘惑　光文社（光文社文庫）　2005年9月

西尾 亜依　にしお・あい
東陵学園中学・高等学校の転入生で不登校の子　「迷宮の観覧車」　青木知己　新・本格推理04-赤い館の怪人物　光文社（光文社文庫）　2004年3月

西岡 はん子　にしおか・はんこ
推理小説マニア、浮草晶子の大学時代の友人　「歪んだ鏡」　成重奇荘　新・本格推理07-Qの悲劇　光文社（光文社文庫）　2007年3月

西川　にしかわ
太平洋戦争中にあった「難破船長人喰事件」の被害者とされる船員　「ひかりごけ」　武田泰淳　マイ・ベスト・ミステリーⅢ　文藝春秋（文春文庫）　2007年9月

西川 賢明　にしかわ・けんめい＊
喫茶店で見識らぬ婦人と妙な事から一緒になった男　「綺譚六三四一」　光石介太郎　探偵小説の風景 トラフィック・コレクション（下）　光文社（光文社文庫）　2009年9月

西川 純代　にしかわ・すみよ
「オーシャンビュー・プチ・ホテル」の女主人　「女探偵の夏休み」　若竹七海　罪深き者に罰を　講談社（講談社文庫）　2002年11月

にしか

西川 由貴子　にしかわ・ゆきこ
「オーシャンビュー・プチ・ホテル」の女主人・西川純代の一人娘　「女探偵の夏休み」　若竹七海　罪深き者に罰を　講談社(講談社文庫)　2002年11月

西木 信一郎　にしき・しんいちろう
元々漢方医だった大きな曲り家の西木家の当主　「マコトノ草ノ種マケリ」　鏑木蓮　新・本格推理06-不完全殺人事件　光文社(光文社文庫)　2006年3月

錦田 一　にしきだ・はじめ
推理作家　「キンダイチ先生の推理」　有栖川有栖　金田一耕助に捧ぐ九つの狂想曲　角川書店　2002年5月

西 健介　にし・けんすけ
樹氷出版の編集部員多岐野善夫の小中高時代の親友　「爪占い」　佐野洋　現場に臨め-最新ベスト・ミステリー　光文社　2010年10月

虹子　にじこ
カストリ屋「ルミ」の看板娘　「飛行する死人」　青池研吉　甦る推理雑誌1「ロック」傑作選　光文社(光文社文庫)　2002年10月

西沢　にしざわ
「カフェー黒猫」に集まる群(グループ)の一人、怪奇小説家　「国貞画夫婦刷鷺娘」　蜘蛛手緑　幻の探偵雑誌7「新趣味」傑作選　光文社(光文社文庫)　2001年11月

西沢のおじさん　にしざわのおじさん
世の中にとって値打ちのないものを盗む怪盗、西沢書店のおじさん　「怪盗道化師 第三話 影を盗む男」　はやみねかおる　ミステリー傑作選・特別編5 自選ショート・ミステリー　講談社(講談社文庫)　2001年6月

西島 あずさ　にしじま・あずさ
品野晶子(高杉晶子)の勤務先の女子高校での元教え子の女生徒　「背信の交点」　法月綸太郎　愛憎発殺人行 鉄道ミステリー名作館　徳間書店(徳間文庫)　2004年5月

西園 亜沙子　にしぞの・あさこ
社長夫人、ミス・キモノに選ばれて三十歳近い年齢の差がある男と結婚した女　「残酷な旅路」　山村美紗　マイ・ベスト・ミステリーIV　文藝春秋(文春文庫)　2007年10月

西園 秀之助　にしぞの・しゅうのすけ*
実業家、亜沙子の三十歳近い年齢の差がある夫　「残酷な旅路」　山村美紗　マイ・ベスト・ミステリーIV　文藝春秋(文春文庫)　2007年10月

西園 達也　にしぞの・たつや
社長夫人西園亜沙子の浮気相手、夫の母親が違う二十歳も年下の弟　「残酷な旅路」　山村美紗　マイ・ベスト・ミステリーIV　文藝春秋(文春文庫)　2007年10月

西谷　にしたに
警察署に来て首無し死体事件の犯人を知っていると云う青年　「三稜鏡(笠松博士の奇怪な外科医術)」　佐左木俊郎　幻の探偵雑誌10「新青年」傑作選　光文社(光文社文庫)　2002年2月

仁科 圭二　にしな・けいじ
広告代理店「東広社」の社員　「暗室」　真保裕一　罪深き者に罰を　講談社(講談社文庫)　2002年11月

西根 響子　にしね・きょうこ
文芸サークル誌「カナリア」の同人　「花をちぎれないほど…」　光原百合　事件を追いかけろ　光文社(光文社文庫)　2009年4月;事件を追いかけろ　光文社　2004年12月

西之園 恭輔　にしのその・きょうすけ
西之園萌絵の亡父、犀川創平の恩師　「石塔の屋根飾り」　森博嗣　密室＋アリバイ＝真犯人　講談社(講談社文庫)　2002年2月

西之園 捷輔　にしのその・しょうすけ
西之園萌絵の叔父、愛知県警本部長　「石塔の屋根飾り」　森博嗣　密室＋アリバイ＝真犯人　講談社(講談社文庫)　2002年2月

西之園 都馬　にしのその・とうま
西之園萌絵の愛犬　「石塔の屋根飾り」　森博嗣　密室＋アリバイ＝真犯人　講談社(講談社文庫)　2002年2月

西之園 萌絵　にしのその・もえ
N大工学部教官・犀川創平の教え子、名門西之園家の一人娘　「マン島の蒸気鉄道」　森博嗣　愛憎発殺人行　鉄道ミステリー名作館　徳間書店(徳間文庫)　2004年5月;M列車(ミステリー・トレイン)で行(い)こう　光文社　2001年10月

西之園 萌絵　にしのその・もえ
犀川創平の講座の4年生、お金持ちのお嬢様　「石塔の屋根飾り」　森博嗣　密室＋アリバイ＝真犯人　講談社(講談社文庫)　2002年2月

西之園 萌絵　にしのその・もえ
大学生、資産家の令嬢　「いつ入れ替わった? An exchange of tears for smiles」　森博嗣　名探偵を追いかけろ-日本ベストミステリー選集34　光文社(光文社文庫)　2007年5月

西野 祐一　にしの・ゆういち
山荘で殺害された被害者の女性の婚約者、詐欺師　「カントールの楽園で」　小田牧央　新・本格推理04-赤い館の怪人物　光文社(光文社文庫)　2004年3月

西野 由子　にしの・ゆうこ
風谷温泉の旅館の女将　「地獄へご案内」　赤川次郎　名探偵の奇跡-日本ベストミステリー選集　光文社(光文社文庫)　2010年5月;名探偵の奇跡-最新ベスト・ミステリー　光文社　2007年9月

西村　にしむら
県立大学の国文学科の教授、松平家で催された晩餐会の紅一点の客　「二枚舌の掛軸」　乾くるみ　本格ミステリ09　講談社(講談社ノベルス)　2009年6月

西村 久美子(此花 咲子)　にしむら・くみこ(このはな・さきこ)
湖畔の旅館「山の宿」の泊り客で映画女優に似てる女性　「湖のニンフ」　渡辺啓助　甦る推理雑誌3「X」傑作選　光文社(光文社文庫)　2002年12月

にしむ

西村 珠美　にしむら・たまみ
博多駅前のホテルにいた警察の女　「白虎の径」　橙島和　新・本格推理01　光文社（光文社文庫）　2001年3月

西山　にしやま
テレビ・ディレクター　「シャーロック・ホームズの口寄せ」　清水義範　シャーロック・ホームズに再び愛をこめて　光文社（光文社文庫）　2010年7月

西山 千草　にしやま・ちぐさ
西山家の後妻、紀香の継母　「独占インタビュー」　野沢尚　密室＋アリバイ＝真犯人　講談社（講談社文庫）　2002年2月

西山 紀香　にしやま・のりか
学校帰りに行方不明になった小学生　「独占インタビュー」　野沢尚　密室＋アリバイ＝真犯人　講談社（講談社文庫）　2002年2月

二十面相　にじゅうめんそう
大犯罪者　「怪人明智文代」　大槻ケンヂ　江戸川乱歩に愛をこめて　光文社（光文社文庫）　2011年2月

二条 実房（サネ）　にじょう・さねふさ（さね）
勁草館高校二年生、勁草全共闘執行部員で県警警備部長二条警視の息子　「敲翼同惜少年春」　古野まほろ　学び舎は血を招く　講談社（講談社ノベルス）　2008年11月

西脇さん　にしわきさん
亡くなった詩人でいつも旅をしていた人　「永遠の旅人」　倉橋由美子　現代詩殺人事件-ポエジーの誘惑　光文社（光文社文庫）　2005年9月

仁杉　にすぎ
南署交通課事故係長　「物証」　首藤瓜於　推理小説年鑑　ザ・ベストミステリーズ2002　講談社　2002年7月

仁多 幹也　にた・みきや
薬剤師、群馬県の雁谷村に住む老人阿久沢栄二郎の甥　「BAKABAKAします」　霞流一　奇想天外のミステリー　宝島社（宝島社文庫）　2009年8月

日乗　にちじょう
法華宗の僧、京の妙覚寺で宣教師フロイスと宗論を戦わせ敗れた者　「修道士の首」　井沢元彦　偉人八傑推理帖　双葉社（双葉文庫）　2004年7月

ニッキー
パレスチナ・ゲリラ「黒い九月の手」のメンバーのニコスの妹　「黒い九月の手」　南條範夫　綾辻行人と有栖川有栖のミステリ・ジョッキー1　講談社　2008年7月

ニッケル
男性コンビのコント芸人　「ホワットダニットパズル」　園田修一郎　新・本格推理07-Qの悲劇　光文社（光文社文庫）　2007年3月

新田 善兵衛　にった・ぜんべえ
綿布問屋、娘を何者かに誘拐されてしまった男　「誘拐者」　山下利三郎　幻の探偵雑誌7「新趣味」傑作選　光文社（光文社文庫）　2001年11月

新田 裕美　にった・ひろみ
瀬戸内海の島で漂流者を助けた女性　「漂流者」　我孫子武丸　気分は名探偵-犯人当てアンソロジー　徳間書店　2006年5月

新田 靖香　にった・やすか
八木沼新太郎警部の婚約者、建設会社に勤めるOL　「死への密室」　愛川晶　密室殺人大百科 下　講談社(講談社文庫)　2003年9月

蜷沢　になざわ
風吹署の刑事　「八神翁の遺産」　太田忠司　血文字パズル―ミステリ・アンソロジー5　角川書店(角川文庫)　2003年3月

一　にのまえ
学生、京都市内の町家で探偵事務所を開いた金・田・一の一人　「雪花散り花」　菅浩江　金田一耕助に捧ぐ九つの狂想曲　角川書店　2002年5月

二宮　にのみや
キックボクシングジム「二宮ジム」の会長　「ラスカル3」　加藤実秋　事件の痕跡-最新ベスト・ミステリー　光文社　2007年11月

二宮 良太　にのみや・りょうた
別荘の管理を手伝っているバイト学生　「疾駆するジョーカー」　芦辺拓　密室殺人大百科 上　講談社(講談社文庫)　2003年9月

日本人　にほんじん
グラント・ホテル止宿の計算狂の日本人　「ヴェニスの計算狂」　木々高太郎　マイ・ベスト・ミステリーIV　文藝春秋(文春文庫)　2007年10月

二本柳 ツル　にほんやなぎ・つる
骨董商「大無人」の女主人　「ツルの一声」　逢坂剛　事件の痕跡-最新ベスト・ミステリー　光文社　2007年11月

仁村 誠　にむら・まこと
沼津の高校から京都大学に進んだ男　「京都大学殺人事件」　吉村達也　京都殺意の旅　徳間書店(徳間文庫)　2001年11月

韮山　にらやま
新進探偵作家　「山女魚」　狩久　甦る推理雑誌6「探偵実話」傑作選　光文社(光文社文庫)　2003年5月

丹羽 清美　にわ・きよみ
秋田市仁賀保町で代々続く米屋の娘　「ウォール・ウィスパー」　柄刀一　本格ミステリ08　講談社(講談社ノベルス)　2008年6月

人形佐七　にんぎょうさしち
岡っ引　「百物語の夜」　横溝正史　江戸の名探偵　徳間書店(徳間文庫)　2009年10月

【ぬ】

ぬい

ぬい
崖の下で死んでいた競輪狂いの安造の女房 「落花」 飛鳥高 江戸川乱歩の推理試験 光文社(光文社文庫) 2009年1月

貫井 哲郎　ぬくい・てつろう
ノンフィクションライター、少年院で法務教官をしていた男 「償い」 薬丸岳 現場に臨め-最新ベスト・ミステリー 光文社 2010年10月

沼津 五郎　ぬまず・ごろう
大学生、モダンボーイの青年 「レビウガール殺し」 延原謙 江戸川乱歩と13人の新青年〈文学派〉編 光文社(光文社文庫) 2008年5月

沼田 早苗　ぬまた・さなえ
典型的な主婦、交通事故の加害者 「茶の葉とブロッコリー」 北上秋彦 嘘つきは殺人のはじまり 講談社(講談社文庫) 2003年9月

沼田 繁夫　ぬまた・しげお
沼田早苗の夫、電気メーカーの工場勤務のサラリーマン 「茶の葉とブロッコリー」 北上秋彦 嘘つきは殺人のはじまり 講談社(講談社文庫) 2003年9月

【ね】

姉さん　ねえさん
山の宿での静養を修一にすすめてくれた姉 「夢の中の顔」 宮野叢子 甦る推理雑誌7「探偵倶楽部」傑作選 光文社(光文社文庫) 2003年7月

根岸 団平　ねぎし・だんぺい
火付盗賊改方に臨時出役となった御先手鉄砲組与力・近藤重蔵の付き人 「赤い鞭」 逢坂剛 江戸の名探偵 徳間書店(徳間文庫) 2009年10月

根岸肥前守 鎮衛　ねぎしひぜんのかみ・やすもり
南町奉行 「迷い鳩」 宮部みゆき 死人に口無し 時代推理傑作選 徳間書店 2009年11月

根岸 弘一　ねぎし・ひろかず
東京北部のある区民センターの職員 「車椅子」 清水芽美子 蒼迷宮 祥伝社(祥伝社文庫) 2002年3月

ネコイラズ君　ねこいらずくん
少年探偵WHOの助手 「少年名探偵WHO 透明人間事件」 はやみねかおる 忍び寄る闇の奇譚 講談社(講談社ノベルス) 2008年11月

猫田　ねこた*
蝦蟇倉大学の同期生四人がレストランで開いた食事会で発生した殺人事件の被害者 「毒入りローストビーフ事件」 桜坂洋 蝦蟇倉市事件2 東京創元社(ミステリ・フロンティア) 2010年2月

猫田 夏海　ねこた・なつみ
植物写真家、〈観察者〉鳶山久志の大学の後輩　「天の狗」　鳥飼否宇　ベスト本格ミステリ2011　講談社(講談社ノベルス)　2011年6月

猫田 夏海　ねこた・なつみ
植物専門のフォトグラファー、フリーライター鳶山久志の大学の後輩　「眼の池」　鳥飼否宇　推理小説年鑑 ザ・ベストミステリーズ2010　講談社　2010年7月

猫田 夏海　ねこた・なつみ
立山連峰の高山植物を撮影する目的で登山した植物写真家　「天の狗」　鳥飼否宇　推理小説年鑑 ザ・ベストミステリーズ2011　講談社　2011年7月

猫丸　ねこまる
デザイナーの長尾葉月が動物園で会ったおかしな小柄な男　「カラスの動物園」　倉知淳　名探偵を追いかけろ-日本ベストミステリー選集34　光文社(光文社文庫)　2007年5月

猫丸　ねこまる
売れないライター、雑誌編集者八木沢の学生時代の先輩　「揃いすぎ」　倉知淳　大密室　新潮社(新潮文庫)　2002年2月

猫丸　ねこまる
不思議な感じの小男　「桜の森の七分咲きの下」　倉知淳　推理小説年鑑 ザ・ベストミステリーズ2002　講談社　2002年7月

根津(チュウ)　ねず(ちゅう)
高校の工業科の二年生、夏休みに映画を撮った三人組の一人　「夢で逢えたら」　三羽省吾　学園祭前夜　メディアファクトリー(MF文庫)　2010年10月

鼠小僧　ねずみこぞう
鼠に変身する術を身につけた盗ッ人　「変身術」　岡田鯱彦　剣が謎を斬る　光文社(光文社文庫)　2005年4月

根津 愛　ねつ・あい
宮城県警松倉署の刑事根津信三の娘　「納豆殺人事件」　愛川晶　名探偵は、ここにいる　角川書店(角川文庫)　2001年11月

根津 愛　ねつ・あい
元刑事根津信三の一人娘、女子高校の一年生で美少女代理探偵　「だって、冷え性なんだモン!」　愛川晶　新世紀「謎(ミステリー)」倶楽部　角川書店　2001年8月

根津 愛　ねつ・あい
美少女代理探偵の女子高生、元宮城県警刑事根津信三の娘　「死への密室」　愛川晶　密室殺人大百科 下　講談社(講談社文庫)　2003年9月

根津 信三　ねつ・しんぞう
宮城県警松倉署の敏腕刑事　「納豆殺人事件」　愛川晶　名探偵は、ここにいる　角川書店(角川文庫)　2001年11月

根津 信三　ねつ・しんぞう
元宮城県警黒岩署の刑事　「だって、冷え性なんだモン!」　愛川晶　新世紀「謎(ミステリー)」倶楽部　角川書店　2001年8月

ねむり

眠 狂四郎　ねむり・きょうしろう
無頼の浪人、円月殺法の剣士「消えた兇器」柴田錬三郎　江戸の名探偵　徳間書店(徳間文庫)　2009年10月

根本さん　ねもとさん
大学病院の女研究生、和田君の細君の女学校友達「和田ホルムス君」角田喜久雄　幻の探偵雑誌6「猟奇」傑作選　光文社(光文社文庫)　2001年3月

ネルスン・カニンハム
金髪美女連続扼殺事件の犯人「サムの甥」と名乗って六分署に電話をかけた男「サムの甥」木村二郎　ミステリー傑作選・特別編6 自選ショート・ミステリー2　講談社(講談社文庫)　2001年10月

年配の男　ねんぱいのおとこ
終バスを逃して駅前でタクシーを待っていた三宅悦郎に話しかけてきた年配の男「決して見えない」宮部みゆき　マイ・ベスト・ミステリーⅠ　文藝春秋(文春文庫)　2007年8月

【の】

ノイ博士　のいはかせ
天才科学者、「林檎」と綽名される宇宙ステーションの主「暗黒の海を漂う黄金の林檎」七河迦南　新・本格推理07-Qの悲劇　光文社(光文社文庫)　2007年3月

ノイラート
写真技師「クレタ島の花嫁-贋作ヴァン・ダイン」高木彬光　密室殺人大百科 上　講談社(講談社文庫)　2003年9月

能坂 要　のうさか・かなめ
八丁堀の定廻り同心、井筒屋お姚の検視の役人「目吉の死人形」泡坂妻夫　江戸の名探偵　徳間書店(徳間文庫)　2009年10月

能田 由美子　のうだ・ゆみこ*
昭和二十年北満に派遣された学術調査隊の一人、地理学者鮫島博士の養女「流氷」倉田映郎　水の怪　勉誠出版(べんせいライブラリー)　2003年3月

能見　のうみ
未確認動物が出現した岩手県N村の助役「ありえざる村の奇跡」園田修一郎　新・本格推理04-赤い館の怪人物　光文社(光文社文庫)　2004年3月

野上 英太郎　のがみ・えいたろう
石神探偵事務所の所長、名探偵石神法全の後継者「神影荘奇談」太田忠司　赤に捧げる殺意　角川書店　2005年4月;名探偵は、ここにいる　角川書店(角川文庫)　2001年11月

野上三曹　のがみさんそう
自衛隊員「九十五年の衝動」古処誠二　推理小説年鑑 ザ・ベストミステリーズ2002　講談社　2002年7月

のしろ

野上 達也　のがみ・たつや
酒匂医師の病院の入院患者、貨物船の石炭夫　「ユダの遺書」　岩田賛　甦る推理雑誌10「宝石」傑作選　光文社（光文社文庫）　2004年1月

野川　のがわ
中川の護岸工事の請負人の飯場に宿っていた土工　「飯場の殺人」　飛鳥高　江戸川乱歩の推理教室　光文社（光文社文庫）　2008年9月

野川 架世　のがわ・かよ
昔の恋人から同じ招待状が届いた高校時代から親友の女たち三人の一人　「ヒロインへの招待状」　連城三紀彦　事件の痕跡−最新ベスト・ミステリー　光文社　2007年11月

野川 佳久　のがわ・よしひさ
画廊に勤務する田中裟所の恋人、元「しあわせのラーメン」店主　「雪の絵画教室」　泡坂妻夫　密室レシピ　角川書店（角川文庫）　2002年4月

野毛 道夫　のげ・みちお
小島龍青年の友人、海川土木組に勤める男　「豚児廃業」　乾信一郎　幻の探偵雑誌10「新青年」傑作選　光文社（光文社文庫）　2002年2月

野坂　のさか
洋画家　「探偵小説」　横溝正史　マイ・ベスト・ミステリーⅤ　文藝春秋（文春文庫）　2007年11月

野坂先生　のさかせんせい
めぐみ幼稚園の先生　「ママは空に消える」　我孫子武丸　名探偵で行こう−最新ベスト・ミステリー シリーズ・キャラクター編　光文社（光文社文庫）　2001年9月

野ざらし権次　のざらしごんじ
羅生門河岸辺りをうろつく愚連隊　「羅生門河岸」　都筑道夫　偉人八傑推理帖　双葉社（双葉文庫）　2004年7月

野沢 正弘　のざわ・まさひろ
学生、ストーカー事件の容疑者　「嘘つきの足」　佐野洋　殺人買います　講談社（講談社文庫）　2002年8月

野芝 高志　のしば・たかし
藤堂愛子の父の宝石店にジュエリー・デザイナーとして出入りしている男　「第五パビリオン『滲んだ手紙』」　柄刀一　新世紀犯罪博覧会−連作推理小説　光文社　2001年3月

野島 久美子　のじま・くみこ
女流画家・鼎凛子の山の中の家までインタビューにやって来たフリーライター　「死者恋」　朱川湊人　推理小説年鑑 ザ・ベストミステリーズ2004　講談社　2004年7月

野尻 乙松　のじり・おとまつ
挿絵画家の犀川正巳が部屋から望遠鏡で覗いていたアパートの住人夫婦の夫　「ガラスの眼」　鷲尾三郎　江戸川乱歩の推理教室　光文社（光文社文庫）　2008年9月

能城 あや子　のしろ・あやこ
テレビのバラエティ番組出演のためスタッフに事前調査をさせている霊能者　「妹のいた部屋」　井上夢人　推理小説年鑑 ザ・ベストミステリーズ2004　講談社　2004年7月

のぜて

野瀬 照也　のぜ・てるや
窃盗犯　「一億円の幸福」　藤田宜永　幻惑のラビリンス　光文社(光文社文庫)　2001年5月

能勢 正明　のせ・まさあき
小学校二年の息子俊夫を殺された男　「犬の眼」　栗本薫　私(わたし)は殺される(女流ミステリー傑作選)　角川春樹事務所(ハルキ文庫)　2001年3月

能瀬 雅司　のせ・まさじ
成績優秀な生徒が弁論術を学ぶ雄弁学園高等部に赴任した教師　「パラドックス実践」　門井慶喜　推理小説年鑑　ザ・ベストミステリーズ2009　講談社　2009年7月；学び舎は血を招く　講談社(講談社ノベルス)　2008年11月

能勢 有紀子　のせ・ゆきこ
殺された小学校二年俊夫の母、能勢正明の妻　「犬の眼」　栗本薫　私(わたし)は殺される(女流ミステリー傑作選)　角川春樹事務所(ハルキ文庫)　2001年3月

野添 愛子　のぞえ・あいこ
小学校の若い女教師、教育長の娘　「波形の声」　長岡弘樹　推理小説年鑑　ザ・ベストミステリーズ2010　講談社　2010年7月

野添 夢路　のぞえ・ゆめじ
自宅で殺された尾崎画伯の家に泊りあわせていた歌手　「呼鈴」　永瀬三吾　江戸川乱歩の推理試験　光文社(光文社文庫)　2009年1月

野田　のだ
漁師町の駐在署の若い警官、竹中警部の部下　「蛸つぼ」　深尾登美子　甦る推理雑誌10「宝石」傑作選　光文社(光文社文庫)　2004年1月

野田 卓也　のだ・たくや
銀行員、三国芳水という紳士に出会った男　「ロマンス」　小池真理子　紅迷宮　祥伝社(祥伝社文庫)　2002年6月

野田 竹二郎　のだ・たけじろう
神田の酒場「緑亭」の主人松太郎の弟　「緑亭の首吊男」　角田喜久雄　甦る推理雑誌1「ロック」傑作選　光文社(光文社文庫)　2002年10月

野田 智子　のだ・ともこ
父親の急死を境にして不登校となった女子高校生の母親　「不登校の少女」　福澤徹三　暗闇を追いかけろ-日本ベストミステリー選集35　光文社(光文社文庫)　2008年5月

野田 麻衣　のだ・まい
父親の急死を境にして不登校となった女子高校生　「不登校の少女」　福澤徹三　暗闇を追いかけろ-日本ベストミステリー選集35　光文社(光文社文庫)　2008年5月

野田 松太郎　のだ・まつたろう
神田の酒場「緑亭」の主人　「緑亭の首吊男」　角田喜久雄　甦る推理雑誌1「ロック」傑作選　光文社(光文社文庫)　2002年10月

ノートン
「ハッピー・ヴァレー・スクール」の高校4年生　「アメリカ・アイス」　馬場信浩　謎003-スペシャル・ブレンド・ミステリー　講談社(講談社文庫)　2008年9月

のばくの電兵衛　のばくのでんべえ
大坂で捕物にあたる同心の手先の親方　「曇斎先生事件帳 木乃伊とウニコール」 芦辺拓　論理学園事件帳　講談社(講談社文庫)　2007年1月;本格ミステリ03　講談社(講談社ノベルス)　2003年6月

信夫　のぶお
山ふもとのバンガローに住みついた歳若い夫婦の夫　「みのむし」 香山滋　江戸川乱歩と13の宝石　光文社(光文社文庫)　2007年5月

のぶ子　のぶこ
山手工業労組執行委員長の湯川勝一の妻　「手話法廷」 小杉健治　判決　徳間書店(徳間文庫)　2010年3月;謎001-スペシャル・ブレンド・ミステリー　講談社(講談社文庫)　2006年9月

伸子　のぶこ
高利貸から借金をして苦しめられている友木夫妻の妻　「罠に掛った人」 甲賀三郎　幻の探偵雑誌9「探偵」傑作選　光文社(光文社文庫)　2002年1月

伸子　のぶこ
夫を亡くし二人の子供と親子三人で暮らす女性　「手紙」 宮野村子　江戸川乱歩と13の宝石　光文社(光文社文庫)　2007年5月

信子　のぶこ
寒村の分校の教師で不可解な死を遂げた田沢良三の妻　「「死体を隠すには」」 江島伸吾　無人踏切-鉄道ミステリー傑作選　光文社(光文社文庫)　2008年11月

信子　のぶこ
故人、美也子の父親の妾だった女性　「鬼灯」 小池真理子　怪しい舞踏会　光文社(光文社文庫)　2002年5月

信子(ミス・ジェイド)　のぶこ(みすじぇいど)
レズビアン・バーの客、じゃらじゃらと翡翠もどきを身につけている女　「翡翠」 山崎洋子　事件現場に行こう-日本ベストミステリー選集33　光文社(光文社文庫)　2006年4月;事件現場に行こう　光文社　2001年11月

信田　のぶた*
バーで自分のことを笑われたと思った相撲取りに店をでてから同窓生と二人追いかけられた会社員　「走る取的」 筒井康隆　名作で読む推理小説史　ふるえて眠れない-ホラーミステリー傑作選　光文社(光文社文庫)　2006年9月

のぶ代おばさん　のぶよおばさん
横浜の吉丸病院の院長・吉丸勇作の妹　「菩薩のような女」 小池真理子　危険な関係(女流ミステリー傑作選)　角川春樹事務所(ハルキ文庫)　2002年5月

野辺山 幸治　のべやま・こうじ
殺人事件の被疑者高瀬春男を捕まえた男、高瀬の同級生　「わが生涯最大の事件」 折原一　マイ・ベスト・ミステリーⅥ　文藝春秋(文春文庫)　2007年12月

のぼる

ノボル
「ハッピー・ヴァレー・スクール」の高校4年生、日本人留学生 「アメリカ・アイス」 馬場信浩 謎003-スペシャル・ブレンド・ミステリー 講談社(講談社文庫) 2008年9月

野間 美由紀　のま・みゆき
ミステリ専門のマンガ家、作家森奈津子の業界仲間 「なつこ、孤島に囚われ。」 西澤保彦 絶海 祥伝社(NON NOVEL) 2002年10月

ノーマン
スコットランドで観光客を乗せるミニバンのガイド兼運転手 「首吊少女亭」 北原尚彦 推理小説年鑑 ザ・ベストミステリーズ2003 講談社 2003年7月

能見 有雅　のみ・ありまさ*
麻酔連続暴行殺人事件の犯人、16歳の少年 「疾駆するジョーカー」 芦辺拓 密室殺人大百科 上 講談社(講談社文庫) 2003年9月

野溝博士　のみぞはかせ
診療所の医長 「燻製シラノ」 守友恒 幻の探偵雑誌10「新青年」傑作選 光文社(光文社文庫) 2002年2月

能見夫妻　のみふさい*
能見有雅の両親、夫は大手企業の管理職・妻は教師という夫妻 「疾駆するジョーカー」 芦辺拓 密室殺人大百科 上 講談社(講談社文庫) 2003年9月

野村　のむら
方面本部の管理官、高輪署の元副署長 「部下」 今野敏 密室＋アリバイ＝真犯人 講談社(講談社文庫) 2002年2月

野村 響子　のむら・きょうこ
虹北商店街のケーキ屋の娘、少年探偵虹北恭助の友だち 「透明人間」 はやみねかおる 透明な貴婦人の謎(本格短編ベスト・セレクション) 講談社(講談社文庫) 2005年1月；本格ミステリ01 講談社(講談社ノベルス) 2001年7月

野村 大三郎　のむら・だいざぶろう
「サンライトハイツ」の前の経営者、陶美鈴の愛人 「公僕の鎖」 新野剛志 罪深き者に罰を 講談社(講談社文庫) 2002年11月

野村 忠敏　のむら・ただとし
藤沢市内の路上で幼稚園児の鼓笛隊の列に突っ込んだ乗用車を運転していた鮫島晴子の婚約者、助手席に乗っていた男 「鼓笛隊」 夏樹静子 恋は罪つくり 光文社(光文社文庫) 2005年7月

ノリ
日泉工業高校野球部員、外野手 「ボールがない」 鵜林伸也 放課後探偵団 東京創元社(創元推理文庫) 2010年11月

典江　のりえ
レントゲンの専門家の「私」の古い友人で医師の佐利の妻 「科学者の慣性」 阿知波五郎 甦る推理雑誌10「宝石」傑作選 光文社(光文社文庫) 2004年1月

紀香　のりか
交際相手の男が十六年前に金沢へ家族旅行した記憶をたどる旅に同行した女性　「思い出を盗んだ女」　新津きよみ　現場に臨め-最新ベスト・ミステリー　光文社　2010年10月

紀子　のりこ
白雪書店の女店員　「あるエープリール・フール」　佐野洋　江戸川乱歩の推理試験　光文社(光文社文庫)　2009年1月

法月警視　のりずきけいし
警視庁捜査一課のベテラン警視、法月綸太郎の父親　「サソリの紅い心臓」　法月綸太郎　本格ミステリ10　講談社(講談社ノベルス)　2010年6月

法月警視　のりずきけいし
警視庁捜査一課の警視　「ヒュドラ第十の首」　法月綸太郎　気分は名探偵-犯人当てアンソロジー　徳間書店　2006年5月

法月警視　のりずきけいし
警視庁捜査一課の警視、法月綸太郎の父親　「ABCD包囲網」　法月綸太郎　「ABC(エービーシー)」殺人事件　講談社(講談社文庫)　2001年11月

法月警視　のりずきけいし
警視庁捜査一課の警視、法月綸太郎の父親　「ギリシャ羊の秘密」　法月綸太郎　Play推理遊戯　講談社(講談社文庫)　2011年4月;推理小説年鑑　ザ・ベストミステリーズ2008　講談社　2008年7月

法月警視　のりずきけいし
警視庁捜査一課の警視、法月綸太郎の父親　「中国蝸牛の謎」　法月綸太郎　透明な貴婦人の謎(本格短編ベスト・セレクション)　講談社(講談社文庫)　2005年1月;本格ミステリ01　講談社(講談社ノベルス)　2001年7月

法月警視　のりずきけいし
警視庁捜査一課の警視、法月綸太郎の父親　「都市伝説パズル」　法月綸太郎　推理小説年鑑　ザ・ベストミステリーズ2002　講談社　2002年7月

法月警視　のりずきけいし
警視庁捜査一課の警視、法月綸太郎の父親　「縊心伝心」　法月綸太郎　推理小説年鑑　ザ・ベストミステリーズ2003　講談社　2003年7月

法月 綸太郎　のりずき・りんたろう
ミステリー作家、警視庁捜査一課の法月警視のひとり息子　「ヒュドラ第十の首」　法月綸太郎　気分は名探偵-犯人当てアンソロジー　徳間書店　2006年5月

法月 綸太郎　のりずき・りんたろう
作家、法月警視の息子　「中国蝸牛の謎」　法月綸太郎　透明な貴婦人の謎(本格短編ベスト・セレクション)　講談社(講談社文庫)　2005年1月;本格ミステリ01　講談社(講談社ノベルス)　2001年7月

法月 綸太郎　のりずき・りんたろう
推理作家　「背信の交点」　法月綸太郎　愛憎発殺人行　鉄道ミステリー名作館　徳間書店(徳間文庫)　2004年5月

のりす

法月 綸太郎　のりずき・りんたろう
探偵、法月警視の息子 「ABCD包囲網」 法月綸太郎 「ABC（エービーシー）」殺人事件 講談社（講談社文庫） 2001年11月

法月 綸太郎　のりずき・りんたろう
探偵、法月警視の息子 「ギリシャ羊の秘密」 法月綸太郎 Play推理遊戯 講談社（講談社文庫） 2011年4月;推理小説年鑑 ザ・ベストミステリーズ2008 講談社 2008年7月

法月 綸太郎　のりずき・りんたろう
探偵、法月警視の息子 「サソリの紅い心臓」 法月綸太郎 本格ミステリ10 講談社（講談社ノベルス） 2010年6月

法月 綸太郎　のりずき・りんたろう
探偵、法月警視の息子 「都市伝説パズル」 法月綸太郎 推理小説年鑑 ザ・ベストミステリーズ2002 講談社 2002年7月

法月 綸太郎　のりずき・りんたろう
探偵、法月警視の息子 「縊心伝心」 法月綸太郎 推理小説年鑑 ザ・ベストミステリーズ2003 講談社 2003年7月

法月 綸太郎　のりずき・りんたろう
探偵小説家 「カニバリズム小論」 法月綸太郎 贈る物語 Mystery 光文社（光文社文庫） 2006年10月

法月 綸太郎　のりずき・りんたろう
名探偵のミステリー作家 「ゼウスの息子たち」 法月綸太郎 あなたが名探偵 東京創元社（創元推理文庫） 2009年4月;推理小説年鑑 ザ・ベストミステリーズ2005 講談社 2005年7月

のりスケ
十津川家で飼っている雑種の犬 「愛犬殺人事件」 西村京太郎 怪しい舞踏会 光文社（光文社文庫） 2002年5月

則竹 佐智枝　のりたけ・さちえ
刑事、音無警部の部下 「お弁当ぐるぐる」 西澤保彦 あなたが名探偵 東京創元社（創元推理文庫） 2009年4月

法水 麟太郎　のりみず・りんたろう
刑事弁護士 「聖アレキセイ寺院の惨劇」 小栗虫太郎 江戸川乱歩と13人の新青年〈論理派〉編 光文社（光文社文庫） 2008年1月

則本　のりもと
都内北澤署の警部、キャリア組の幹部候補生 「まだらの紐、再び」 霧舎巧 密室殺人大百科 上 講談社（講談社文庫） 2003年9月

野呂 一平　のろ・いっぺい
しょうねんたんていだんのだんいん 「まほうやしき」 江戸川乱歩;古賀亜十夫画 少年探偵王 本格推理マガジン-文庫雑誌/ぼくらの推理冒険物語 光文社（光文社文庫） 2002年4月

野呂 久太郎　のろ・きゅうたろう
殺害された感化院の院長野呂太郎の実弟で新院長となった男 「豹助、町を驚ろかす」 九鬼澹　甦る推理雑誌2「黒猫」傑作選　光文社(光文社文庫)　2002年11月

野呂 太郎　のろ・たろう
感化院の院長、愛犬家 「豹助、町を驚ろかす」 九鬼澹　甦る推理雑誌2「黒猫」傑作選　光文社(光文社文庫)　2002年11月

ノロちゃん(野呂 一平)　のろちゃん(のろ・いっぺい)
しょうねんたんていだんのだんいん 「まほうやしき」 江戸川乱歩;古賀亜十夫画　少年探偵王　本格推理マガジン-文庫雑誌/ぼくらの推理冒険物語　光文社(光文社文庫)　2002年4月

ノン
ボストン留学中に知り合った篠原知晃と結婚しアメリカへ新婚旅行に旅立った女性 「水島のりかの冒険」 園田修一郎　新・本格推理05-九つの署名　光文社(光文社文庫)　2005年3月

【は】

ばあさん(牧野 久江)　ばあさん(まきの・ひさえ)
民宿「清音荘」の女将、元赤坂の美人芸者 「畳算」 福井晴敏　嘘つきは殺人のはじまり　講談社(講談社文庫)　2003年9月

ばあどるふ
急死した老人 「あやしやな」 幸田露伴　文豪のミステリー小説　集英社(集英社文庫)　2008年2月

馬 一騰　ば・いっとう
黒龍江督軍の将軍呉俊陞部下の一中尉、美女の李雪花の許婚の婿 「雪花殉情記」 山口海旋風　幻の探偵雑誌6「猟奇」傑作選　光文社(光文社文庫)　2001年3月

榛原 佳乃　はいばら・かの
大学で非常勤講師をしている鳴海正憲の婚約者 「希望の形」 光原百合　事件の痕跡-最新ベスト・ミステリー　光文社　2007年11月

榛原 冴恵　はいばら・さえ
大学で非常勤講師をしている鳴海正憲の婚約者・佳乃の妹 「希望の形」 光原百合　事件の痕跡-最新ベスト・ミステリー　光文社　2007年11月

榛原 達造　はいばら・たつぞう
榛原佳乃と冴恵姉妹の父親、大工 「希望の形」 光原百合　事件の痕跡-最新ベスト・ミステリー　光文社　2007年11月

ハウゼ
ジュネーブ警察の腕利きの警部 「湖畔の殺人」 小熊二郎　甦る推理雑誌2「黒猫」傑作選　光文社(光文社文庫)　2002年11月

ぱか

パーカー
博物学者、殺害されたロス博士と昵懇にしていた男 「名探偵誕生」 柴田錬三郎 シャーロック・ホームズに再び愛をこめて 光文社(光文社文庫) 2010年7月

葉隠 満　はがくれ・みつる
蝦蟇倉大学の同期生四人がレストランで開いた食事会で発生した殺人事件の容疑者の一人 「毒入りローストビーフ事件」 桜坂洋 蝦蟇倉市事件2 東京創元社(ミステリ・フロンティア) 2010年2月

芳賀 憲一　はが・けんいち
湯河原にある鎮子の家の別荘に避暑にやってきた同じ石油会社の同僚 「見晴台の惨劇」 山村正夫 江戸川乱歩の推理試験 光文社(光文社文庫) 2009年1月

博士　はかせ
「私」とカイロから連れ立って来たアメリカの大学教授 「リビアの月夜」 稲垣足穂 江戸川乱歩と13人の新青年〈文学派〉編 光文社(光文社文庫) 2008年5月

博士　はかせ
DD細胞についての論文を書いた医学博士 「踊る細胞」 江坂遊 綾辻行人と有栖川有栖のミステリ・ジョッキー1 講談社 2008年7月

羽賀 菜々生　はが・ななお
絵描き、大金持ちの客・星野悦子に苦しめられている女 「交換炒飯」 若竹七海 天使と髑髏の密室(本格短編ベスト・セレクション) 講談社(講談社文庫) 2005年12月;本格ミステリ02 講談社(講談社ノベルス) 2002年5月

袴君　はかまくん
森の中に敷かれたカーペットの上に居あわせた記憶を失くした男女三人の一人 「漂流カーペット」 竹本健治 QED鏡家の薬屋探偵 講談社(講談社ノベルス) 2010年8月

袴田 実　はかまだ・みのる
代議士の法律顧問 「孤独」 飛鳥高 甦る推理雑誌10「宝石」傑作選 光文社(光文社文庫) 2004年1月

萩野 スワ子　はぎの・すわこ
女流声楽家 「綺譚六三四一」 光石介太郎 探偵小説の風景 トラフィック・コレクション(下) 光文社(光文社文庫) 2009年9月

萩原 朔太郎　はぎわら・さくたろう
詩人、S探偵倶楽部の主宰者 「閉じた空」 鯨統一郎 密室殺人大百科 上 講談社(講談社文庫) 2003年9月

朴　ぱく
在日朝鮮人、申正成とともに愛国青年団を結成した仲間 「青き旗の元にて」 五條瑛 事件現場に行こう-日本ベストミステリー選集33 光文社(光文社文庫) 2006年4月;事件現場に行こう 光文社 2001年11月

伯爵夫人　はくしゃくふじん
東京府下の一病院で外科手術を受けることになった伯爵夫人 「外科室」 泉鏡花 文豪の探偵小説 集英社(集英社文庫) 2006年11月

白髪の老翁　はくはつのろうおう
大金を持った「私」と護衛を依頼した探偵が乗った汽車の前席に坐った白髪の老翁　「急行十三時間」　甲賀三郎　探偵小説の風景 トラフィック・コレクション（上）　光文社（光文社文庫）2009年5月

白髪の老人　はくはつのろうじん
「東京しあわせクラブ」のメンバー、きれいな白髪頭をした老人　「東京しあわせクラブ」　朱川湊人　不思議の足跡-最新ベスト・ミステリー　光文社　2007年10月

破剣道人　はけんどうじん
武当山の武術家　「殷帝之宝剣」　秋梨惟喬　推理小説年鑑 ザ・ベストミステリーズ2011　講談社　2011年7月

パコ
プエルトリコ生まれの米兵、トシエの恋人　「ラ・クカラチャ」　高城高　江戸川乱歩と13の宝石　光文社（光文社文庫）　2007年5月

パーサー
新幹線の女性パーサー　「十五分間の出来事」　霧舎巧　気分は名探偵-犯人当てアンソロジー　徳間書店　2006年5月

羽迫 由起子（ウサコ）　はさこ・ゆきこ（うさこ）
安槻大学の学生、タックとタカチとポアン先輩の飲み仲間　「黒の貴婦人」　西澤保彦　透明な貴婦人の謎（本格短編ベスト・セレクション）　講談社（講談社文庫）　2005年1月;本格ミステリ01　講談社（講談社ノベルス）　2001年7月

羽迫 由起子（ウサコ）　はさこ・ゆきこ（うさこ）
安槻大学の女子学生　「印字された不幸の手紙の問題」　西澤保彦　暗闇を追いかけろ-日本ベストミステリー選集35　光文社（光文社文庫）　2008年5月

羽迫 由起子（ウサコ）　はさこ・ゆきこ（うさこ）
安槻大学の女子学生　「招かれざる死者」　西澤保彦　名探偵で行こう-最新ベスト・ミステリー シリーズ・キャラクター編　光文社（光文社文庫）　2001年9月

パジェル人の夫妻　ぱじぇるじんのふさい
一家で団地に住む竹宮真治がレストランで会った謎めいたパジェル人の夫妻　「割れた卵のような」　山口雅也　マイ・ベスト・ミステリーⅤ　文藝春秋（文春文庫）　2007年11月

橋川 浄見　はしかわ・きよみ
山小屋の客、山伏　「天の狗」　鳥飼否宇　推理小説年鑑 ザ・ベストミステリーズ2011　講談社　2011年7月

橋川 浄見　はしかわ・きよみ
山伏、立山連峰五色ヶ原の山小屋の泊まり客　「天の狗」　鳥飼否宇　ベスト本格ミステリ2011　講談社（講談社ノベルス）　2011年6月

橋口　はしぐち
京都府警の部長刑事　「呪われた密室」　山村美紗　私（わたし）は殺される（女流ミステリー傑作選）　角川春樹事務所（ハルキ文庫）　2001年3月

はしぐ

橋口 多佳子　はしぐち・たかこ
四十年も前に行われた犯罪の証拠を探しに田端を訪ねた女　「干からびた犯罪」　中井英夫　現代詩殺人事件-ポエジーの誘惑　光文社(光文社文庫)　2005年9月

橋爪　はしづめ
二十七歳の素子を囲う老年の紳士　「静かな妾宅」　小池真理子　恋は罪つくり　光文社(光文社文庫)　2005年7月;悪魔のような女　角川春樹事務所(ハルキ文庫)　2001年7月

橋爪 芳江　はしづめ・よしえ
指名手配犯平井達之の妹　「ダチ」　志水辰夫　マイ・ベスト・ミステリーⅠ　文藝春秋(文春文庫)　2007年8月

橋留博士　はしどめはかせ*
順次一家族のものが殺されてゆく素封家の楢崎一家の主治医　「三つめの棺」　蒼井雄　甦る推理雑誌2「黒猫」傑作選　光文社(光文社文庫)　2002年11月

橋場 仙吉　はしば・せんきち
作家　「変化する陳述」　石浜金作　江戸川乱歩と13人の新青年〈論理派〉編　光文社(光文社文庫)　2008年1月

橋場 美緒　はしば・みお
銀座のクラブの美人ホステス、ストーカー事件の被害者　「嘘つきの足」　佐野洋　殺人買います　講談社(講談社文庫)　2002年8月

羽柴 美貴子　はしば・みきこ
デパートに勤務する石井真弓の高校時代の同級生、失踪した女　「彼女に流れる静かな時間」　新津きよみ　緋迷宮　祥伝社(祥伝社文庫)　2001年12月

橋場 余一郎　はしば・よいちろう
火付盗賊改方の同心、与力近藤重蔵の部下　「赤い鞭」　逢坂剛　江戸の名探偵　徳間書店(徳間文庫)　2009年10月

羽島 彰　はじま・あきら
ミステリー作家　「シャドウ・プレイ」　法月綸太郎　怪しい舞踏会　光文社(光文社文庫)　2002年5月

葉島 数利　はじま・かずとし
殺人事件の被害者・高美善伍が戦時中に女学校の教師だった時の同僚　「最後の女学生」　明内桂子(四季桂子)　甦る推理雑誌10「宝石」傑作選　光文社(光文社文庫)　2004年1月

橋本 喬一　はしもと・きょういち
殺人事件の被害者、神田付近の地廻り　「緑亭の首吊男」　角田喜久雄　甦る推理雑誌1「ロック」傑作選　光文社(光文社文庫)　2002年10月

橋本 周平　はしもと・しゅうへい
リストラされた元編集者、昌美と不倫をする中年男　「灯油の尽きるとき」　篠田節子　嘘つきは殺人のはじまり　講談社(講談社文庫)　2003年9月

橋本 順子　はしもと・じゅんこ
バーの店長、ライター寒蝉主水の昔からの知り合い　「廃墟と青空」　鳥飼否宇　深夜バス78回転の問題(本格短編ベスト・セレクション)　講談社(講談社文庫)　2008年1月；本格ミステリ04　講談社(講談社ノベルス)　2004年6月

橋本 利晴　はしもと・としはる
気鋭の美術評論家、国立大学の教授　「盗作の裏側」　高橋克彦　北村薫のミステリー館　新潮社(新潮文庫)　2005年10月

橋本 利晴　はしもと・としはる*
大学教授、キリスト教美術研究者　「北斎の罪」　高橋克彦　謎001-スペシャル・ブレンド・ミステリー　講談社(講談社文庫)　2006年9月

橋本 敏　はしもと・びん
探偵　「真珠塔の秘密」　甲賀三郎　幻の探偵雑誌7「新趣味」傑作選　光文社(光文社文庫)　2001年11月

橋本 幹雄　はしもと・みきお
覚醒剤中毒者　「離婚調査」　生島治郎　闇夜の芸術祭　光文社(光文社文庫)　2003年4月

芭蕉　ばしょう
六間堀に草庵をかまえる俳諧師・芭蕉庵桃青　「旅の笈」　新宮正春　俳句殺人事件-巻頭句の女　光文社(光文社文庫)　2001年4月

葉月 麻子　はずき・あさこ
女優、柩島の建物内に閉じ込められた五人の自殺志願者の一人　「嵐の柩島で誰が死ぬ」　辻真先　探偵Xからの挑戦状! Season2　小学館(小学館文庫)　2011年2月

ハズ君　はずくん
行商人から蚊帳を買った丸髷の奥さんの夫　「意識と無意識の境」　榎並照正　幻の探偵雑誌8「探偵クラブ」傑作選　光文社(光文社文庫)　2001年12月

蓮田　はすだ
美術鋳物師、「蓮田美術工芸」社長　「永遠縹渺」　黒川博行　密室＋アリバイ＝真犯人　講談社(講談社文庫)　2002年2月

バスト浅野　ばすとあさの
芸能人ヒップ大石の漫才の対手だった男　「右腕山上空」　泡坂妻夫　マイ・ベスト・ミステリーV　文藝春秋(文春文庫)　2007年11月

蓮沼 正治　はすぬま・しょうじ
定年退職者、浮気の前科がある男　「そこにいた理由」　柴田よしき　恋は罪つくり　光文社(光文社文庫)　2005年7月

蓮沼 多喜子　はすぬま・たきこ
下澤探偵事務所の客、夫の浮気を疑う妻　「そこにいた理由」　柴田よしき　恋は罪つくり　光文社(光文社文庫)　2005年7月

はすの

蓮野 秀一　はすの・しゅういち
美貌の探偵司馬博子の探偵事務所員 「時計台の恐怖」 天宮蠍人　新・本格推理02　光文社(光文社文庫) 2002年3月

羽角 啓子　はずみ・けいこ
杵坂署強行犯係の主任刑事 「傍聞き」 長岡弘樹　Doubtきりのない疑惑　講談社(講談社文庫) 2011年11月;推理小説年鑑 ザ・ベストミステリーズ2008　講談社　2008年7月

蓮見 伸輔　はすみ・しんすけ
土木作業員、未成年略取と傷害事件の重要参考人 「独占インタビュー」 野沢尚　密室＋アリバイ＝真犯人　講談社(講談社文庫) 2002年2月

羽角 菜月　はずみ・なつき
刑事羽角啓子の小学生の娘 「傍聞き」 長岡弘樹　Doubtきりのない疑惑　講談社(講談社文庫) 2011年11月;推理小説年鑑 ザ・ベストミステリーズ2008　講談社　2008年7月

蓮見 律子　はすみ・りつこ
漂着物ばかり収集している風変わりな女性 「孤独の島の島」 山口雅也　幻惑のラビリンス　光文社(光文社文庫) 2001年5月

長谷川　はせがわ
長谷川探偵調査所長 「濃紺の悪魔」 若竹七海　蒼迷宮　祥伝社(祥伝社文庫) 2002年3月

長谷川 綾乃　はせがわ・あやの
女優、浮気調査の依頼人 「過ぎし日の恋」 逢坂剛　殺人買います　講談社(講談社文庫) 2002年8月

長谷川 コト　はせがわ・こと
長崎から「さくら」のグリーン寝台に乗った老女 「グリーン寝台車の客」 多岐川恭　愛憎発殺人行 鉄道ミステリー名作館　徳間書店(徳間文庫) 2004年5月

長谷川 多恵子　はせがわ・たえこ
家庭裁判所の調査官、上杉晃枝の大学の後輩 「審判は終わっていない」 姉小路祐　嘘つきは殺人のはじまり　講談社(講談社文庫) 2003年9月

長谷川 敏行　はせがわ・としゆき
オレオレ詐欺をやっていた二人組の一人 「偶然」 折原一　推理小説年鑑 ザ・ベストミステリーズ2004　講談社　2004年7月

長谷川 浩子　はせがわ・ひろこ
クイズ番組で当たった旅の行先を小林和美と交換した女 「あずさ3号殺人事件」 西村京太郎　全席死定-鉄道ミステリー名作館　徳間書店(徳間文庫) 2004年3月

長谷 葛葉　はせ・くずは
女子校に通う高校生、夏休みに離れ島に行って置き去りにされた五人の少女たちの一人 「この島でいちばん高いところ」 近藤史恵　絶海　祥伝社(NON NOVEL) 2002年10月

支倉　はぜくら
検事、刑事弁護士の法水麟太郎の友人 「聖アレキセイ寺院の惨劇」 小栗虫太郎　江戸川乱歩と13人の新青年〈論理派〉編　光文社(光文社文庫) 2008年1月

支倉 春美　はせくら・はるみ
高校卒業十五年後の同窓会に参加した女、元放送委員 「スプリング・ハズ・カム」 梓崎優　放課後探偵団　東京創元社(創元推理文庫)　2010年11月

長谷部さん　はせべさん
遊園地の清掃員、昔ホームレスだった男 「神様の思惑」 黒田研二　ミステリ愛。免許皆伝!　講談社(講談社ノベルス)　2010年3月

畠 智由　はたけ・ともよし
文芸評論家、作家・大道寺圭の書評を書いた男 「殺しても死なない」 若竹七海　推理小説年鑑 ザ・ベストミステリーズ2002　講談社　2002年7月

羽田 三蔵　はだ・さんぞう
宮前警察署の刑事 「DL2号機事件」 泡坂妻夫　マイ・ベスト・ミステリーVI　文藝春秋(文春文庫)　2007年12月

畠 忠雄　はた・ただお*
高園竜平の幼なじみ、高園家の使用人の子 「パスポートの秘密」 夏樹静子　謎005-スペシャル・ブレンド・ミステリー　講談社(講談社文庫)　2010年9月

羽田 千賀子　はだ・ちかこ
大京昭和銀行の外務員・森永宗一と知り合った女 「返事はいらない」 宮部みゆき　七つの危険な真実　新潮社(新潮文庫)　2004年2月

畑中 修(シュウ)　はたなか・おさむ(しゅう)
殺し屋、首都大学文学部の職員 「シュート・ミー」 野沢尚　名探偵で行こう-最新ベスト・ミステリー シリーズ・キャラクター編　光文社(光文社文庫)　2001年9月

畑中 操　はたなか・みさお
大学生、大学の近くにある安アパート・メゾン・カサブランカの住人 「メゾン・カサブランカ」 近藤史恵　探偵Xからの挑戦状! Season2　小学館(小学館文庫)　2011年2月

旗野　はたの
国際特報通信社経済部次長、水島の相棒 「ヒットラーの遺産」 五木寛之　ペン先の殺意　光文社(光文社文庫)　2005年11月

畑野 せつ子　はたの・せつこ
喫茶店「鈴蘭」に入ってきた新来者の若い女性 「神技」 山沢晴雄　甦る推理雑誌10「宝石」傑作選　光文社(光文社文庫)　2004年1月

秦野 為成　はたの・ためなり
シャーロック・ホームズ研究家 「シャーロック・ホームズの口寄せ」 清水義範　シャーロック・ホームズに再び愛をこめて　光文社(光文社文庫)　2010年7月

畑 寛子　はた・ひろこ
大学の理学部生物学科助手、人間の姿をした生物・ギンちゃんと同居する女 「陰樹の森で」 石持浅海　珍しい物語のつくり方(本格短編ベスト・セレクション)　講談社(講談社文庫)　2010年1月;本格ミステリ06　講談社(講談社ノベルス)　2006年5月

八公　はちこう
長屋に住む左官屋　「犯人当て横丁の名探偵」　仁木悦子　死人に口無し 時代推理傑作選　徳間書店　2009年11月；大江戸事件帖　双葉社（双葉文庫）　2005年7月

蜂須賀　はちすか
新米の巡査　「石塀幽霊」　大阪圭吉　江戸川乱歩と13人の新青年〈論理派〉編　光文社（光文社文庫）　2008年1月

歯っ欠け　はっかけ
八丈島の沖に棲む超大物石鯛　「海の修羅王」　西村寿行　殺意の海　徳間書店（徳間文庫）　2003年9月

初吉　はつきち*
伝法探偵の助手の近藤青年の従兄弟で純真な農村の青年　「村の殺人事件」　島久平　甦る推理雑誌2「黒猫」傑作選　光文社（光文社文庫）　2002年11月

パック
孤児のマリが困った時とかにやって来るいたずら好きの妖精　「いたずらな妖精」　縄田厚　甦る推理雑誌8「エロティック・ミステリー」傑作選　光文社（光文社文庫）　2003年9月

ハッサン
密入国者、パキスタン人アキムと同郷の男　「神の影」　五條瑛　翠迷宮　祥伝社（祥伝社文庫）　2003年6月

八田 あゆみ　はった・あゆみ
殺人事件の被害者の女子高生　「いしまくら」　宮部みゆき　事件現場に行こう−日本ベストミステリー選集33　光文社（光文社文庫）　2006年4月；事件現場に行こう　光文社　2001年11月

八田 虎造　はった・とらぞう
パーティーを主催した社長、殺人事件の被害者　「黄色い部屋の謎」　清水義範　犯人は秘かに笑う−ユーモアミステリー傑作選　光文社（光文社文庫）　2007年1月

バッド・コクラン
ベンチュラ警察署の刑事　「アメリカ・アイス」　馬場信浩　謎003−スペシャル・ブレンド・ミステリー　講談社（講談社文庫）　2008年9月

初音　はつね
茉莉花村のマノミの丘にある不思議な力を持つ木の代々の木守、竹流の幼なじみ　「花散る夜に」　光原百合　新・*本格推理 特別編　光文社（光文社文庫）　2009年3月

初美夫人　はつみふじん
殺害された山岸博士の二十歳も年齢のちがう夫人　「8・1・8」　島田一男　甦る推理雑誌1「ロック」傑作選　光文社（光文社文庫）　2002年10月

ハーディ・スコット
館の女主人ヘレナ・クレアモントの亡き夫の友人、大地主の息子　「わが麗しのきみよ…」　光原百合　翠迷宮　祥伝社（祥伝社文庫）　2003年6月

バーテンさん
バー「三番館」のバーテン 「マーキュリーの靴」 鮎川哲也 密室殺人大百科 上 講談社（講談社文庫） 2003年9月

バーテン氏（糸井 一郎） ばーてんし（いとい・いちろう）
カフェ・バー「糸ノコとジグザグ」のマスター 「糸ノコとジグザグ」 島田荘司 マイ・ベスト・ミステリーⅢ 文藝春秋（文春文庫） 2007年9月

バート・ウィリアムズ
チャイナ・タウンの古道具屋の二階で殺された芸術写真家 「黒い扇の踊り子」 都筑道夫 マイ・ベスト・ミステリーⅥ 文藝春秋（文春文庫） 2007年12月

パトナ
ブーの国の中学生の少女、少女フエの友人 「影屋の告白」 明川哲也 推理小説年鑑 ザ・ベストミステリーズ2006 講談社 2006年7月

鳩村 かおり　はとむら・かおり
「オーシャンビュー・プチ・ホテル」の常連客、鳩村貞夫の妻で美容師 「女探偵の夏休み」 若竹七海 罪深き者に罰を 講談社（講談社文庫） 2002年11月

鳩村 貞夫　はとむら・さだお
「オーシャンビュー・プチ・ホテル」の常連客、鳩村かおりの夫で薬剤師 「女探偵の夏休み」 若竹七海 罪深き者に罰を 講談社（講談社文庫） 2002年11月

鳩村 雄二　はとむら・ゆうじ
高校卒業十五年後の同窓会に参加した男、元放送委員 「スプリング・ハズ・カム」 梓崎優 放課後探偵団 東京創元社（創元推理文庫） 2010年11月

ハドリイ警視　はどりいけいし
スコットランド・ヤードの敏腕捜査官、ギデオン・フェル博士の友人 「鉄路に消えた断頭吏」 加賀美雅之 密室と奇蹟-J・D・カー生誕百周年記念アンソロジー 東京創元社 2006年11月

ハドリー警視　はどりーけいし
ロンドン警視庁犯罪捜査部の警視 「彼女がペイシェンスを殺すはずがない」 大山誠一郎 論理学園事件帳 講談社（講談社文庫） 2007年1月；本格ミステリ03 講談社（講談社ノベルス） 2003年6月

羽鳥警部補　はとりけいぶほ
蝦蟇倉警察署の刑事 「不可能犯罪係自身の事件」 大山誠一郎 蝦蟇倉市事件1 東京創元社（ミステリ・フロンティア） 2010年1月

パトリック・スミス
探偵シャルル・ベルトランの甥 「「首吊り判事」邸の奇妙な犯罪」 加賀美雅之 不可能犯罪コレクション 原書房 2009年6月

羽鳥 渉　はどり・わたる
日本の高校生 「X以前の悲劇-「異邦の騎士」を読んだ男」 園田修一郎 新・本格推理06-不完全殺人事件 光文社（光文社文庫） 2006年3月

はな

波奈　はな
自動車整備士伴野忠臣と別れた孤独な女　「存在のたしかな記憶」麻見展子　紫迷宮　祥伝社(祥伝社文庫)　2002年12月

花井　はない
警察医　「検屍医」島田一男　甦る推理雑誌7「探偵倶楽部」傑作選　光文社(光文社文庫)　2003年7月

花井　唯子　はない・ゆいこ
殺された男・茶谷滋也の別れた妻　「ABCキラー」有栖川有栖　「ABC(エービーシー)」殺人事件　講談社(講談社文庫)　2001年11月

花岡さん　はなおかさん
高校三年生、穂波高校生徒会長　「鎧塚邸はなぜ軋む」村崎友　ミステリ愛。免許皆伝!　講談社(講談社ノベルス)　2010年3月

花岡さん　はなおかさん
高校三年生、穂波高校生徒会長　「紅い壁」村崎友　忍び寄る闇の奇譚　講談社(講談社ノベルス)　2008年11月

華岡　妙子　はなおか・たえこ
華岡結婚相談所代表、テッキとキュータの高校時代の師　「セヴンス・ヘヴン」北森鴻　M列車(ミステリー・トレイン)で行(い)こう　光文社　2001年10月

花子　はなこ
森の中に敷かれたカーペットの上に居あわせた記憶を失くした男女三人の一人　「漂流カーペット」竹本健治　QED鏡家の薬屋探偵　講談社(講談社ノベルス)　2010年8月

ハナ子太夫　はなこたゆう
サーカス一座の足芸役　「サーカス殺人事件」大河内常平　江戸川乱歩の推理教室　光文社(光文社文庫)　2008年9月

花吹　春香　はなぶき・はるか
桜葉女子学園の中学三年生、遠山由里の友だち　「殺人学園祭」楠木誠一郎　学び舎は血を招く　講談社(講談社ノベルス)　2008年11月

花房　律之助　はなぶさ・りつのすけ
南町奉行所の吟味与力　「しじみ河岸」山本周五郎　剣が謎を斬る　光文社(光文社文庫)　2005年4月

花村　英子　はなむら・えいこ
旧士族の花村家の娘、女学校に通う社長令嬢　「虚栄の市」北村薫　推理小説年鑑 ザ・ベストミステリーズ2003　講談社　2003年7月

花村　英子　はなむら・ひでこ
士族出身の花村家の令嬢　「想夫恋」北村薫　法廷ジャックの心理学　講談社(講談社文庫)　2011年1月;本格ミステリ07　講談社(講談社ノベルス)　2007年5月

鼻眼鏡夫人　はなめがねふじん
殺人事件の被害者、キザな手つきで鼻眼鏡をかける未亡人　「検屍医」島田一男　甦る推理雑誌7「探偵倶楽部」傑作選　光文社(光文社文庫)　2003年7月

塙 胡竜児　はなわ・こりゅうじ
オランダ渡りの写し絵の芸人「舶来幻術師」日影丈吉　甦る推理雑誌7「探偵倶楽部」傑作選　光文社(光文社文庫)　2003年7月

羽生田 雅恵　はにゅうだ・まさえ
青年実業家・依羅正徳の姉、金持ちの夫人「なつこ、孤島に囚われ。」西澤保彦　絶海　祥伝社(NON NOVEL)　2002年10月

羽根木 雄大　はねぎ・ゆうだい
死体遺棄容疑で指名手配中の男、二木未玖の元交際相手「芹葉大学の夢と殺人」辻村深月　推理小説年鑑 ザ・ベストミステリーズ2011　講談社　2011年7月

羽田　はねだ
殺された黒沢真理亜の恋人「十人目の切り裂きジャック」篠田真由美　新世紀「謎(ミステリー)」倶楽部　角川書店　2001年8月

羽田 庄兵衛　はねだ・しょうべえ
高瀬舟の護送を命じられて罪人といっしょに舟に乗りこんだ京都町奉行所の同心「高瀬舟−高瀬舟縁起」森鷗外　文豪の探偵小説　集英社(集英社文庫)　2006年11月

羽田 真一郎　はねだ・しんいちろう
雷鳥九号の車内で射殺された貴金属会社の社長「「雷鳥九号」殺人事件」西村京太郎　無人踏切−鉄道ミステリー傑作選　光文社(光文社文庫)　2008年11月

羽根 忠　はね・ただし
殺害されたフリーライター「詭計の神」愛理修　新・本格推理07−Qの悲劇　光文社(光文社文庫)　2007年3月

羽葉 正博　はねば・まさひろ
小倉栄治の山仲間「生還者」大倉崇裕　完全犯罪証明書 ミステリー傑作選　講談社(講談社文庫)　2001年4月

母　はは
龍吉の母で大阪でも有名な古い売薬問屋の娘「面影双紙」横溝正史　江戸川乱歩と13人の新青年〈文学派〉編　光文社(光文社文庫)　2008年5月

パパ
まり子の父親、房総から都心に通う会社員「遠い窓」今邑彩　密室＋アリバイ＝真犯人　講談社(講談社文庫)　2002年2月

パパ
妻の去ったあとマイシン屋敷とよばれる一軒家で一人で少年を育てあげた研究者の男「海」なだいなだ　現代詩殺人事件−ポエジーの誘惑　光文社(光文社文庫)　2005年9月

パパ
小学校五年生の允彦のパパ「完全無欠の密室への助走」早見江堂　名探偵で行こう−最新ベスト・ミステリー シリーズ・キャラクター編　光文社(光文社文庫)　2001年9月

馬場 留夫　ばば・とめお
神田付近の地廻り「緑亭の首吊男」角田喜久雄　甦る推理雑誌1「ロック」傑作選　光文社(光文社文庫)　2002年10月

ばばは

馬場 英恵　ばば・はなえ
大航ツーリスト成田空港所遠藤班の女性センダー　「ねずみと探偵-あぼやん」　新野剛志　Play推理遊戯　講談社(講談社文庫)　2011年4月;推理小説年鑑 ザ・ベストミステリーズ 2008　講談社　2008年7月

馬場 ハル子　ばば・はるこ
銀座の装身具店「馬巴留」の社長、元少女歌劇の男装の麗人　「偽装魔」　夢座海二　魔の怪　勉誠出版(べんせいライブラリー)　2002年11月

パブロ・ヘニング
画家の故ハロルド・ミューラーの最後の弟子　「エッシャー世界」　柄刀一　紅い悪夢の夏(本格短編ベスト・セレクション)　講談社(講談社文庫)　2004年12月;本格ミステリ01　講談社(講談社ノベルス)　2001年7月

ハーボットル卿　はーぼっとるきょう
イギリスのシャーウッドの森近くにある館の主、退職した老判事　「「首吊り判事」邸の奇妙な犯罪」　加賀美雅之　不可能犯罪コレクション　原書房　2009年6月

浜井 敬一　はまい・けいいち
刑務所の囚人　「兇悪の門」　生島治郎　警察小説傑作短編集　ランダムハウス講談社(ランダムハウス講談社文庫)　2009年7月

浜江　はまえ
病身の夫をもつ若い女　「暗い海白い花」　岡村雄輔　甦る推理雑誌10「宝石」傑作選　光文社(光文社文庫)　2004年1月

浜口 一郎　はまぐち・いちろう
京都府警の狩矢警部の友人　「呪われた密室」　山村美紗　私(わたし)は殺される(女流ミステリー傑作選)　角川春樹事務所(ハルキ文庫)　2001年3月

浜口 一郎　はまぐち・いちろう
名探偵キャサリンの親しい友、大学教員　「嵯峨野トロッコ列車殺人事件」　山村美紗　全席死定-鉄道ミステリー名作館　徳間書店(徳間文庫)　2004年3月

浜口 敬　はまぐち・たかし*
長野県のある町の古書店「蘆花書房」の店主、ビアバー「香菜里屋」の客　「背表紙の友」　北森鴻　名探偵に訊け　光文社　2010年9月

浜口 千草　はまぐち・ちぐさ
妊婦、ジュエリー・デザイナー鹿本亜由美の小学校時代の同級生　「約束の指」　久美沙織　危険な関係(女流ミステリー傑作選)　角川春樹事務所(ハルキ文庫)　2002年5月

浜子　はまこ
天狗岬にある月の家という料理屋のまだ独身の美人の女主人　「四人の同級生」　永瀬三吾　江戸川乱歩の推理教室　光文社(光文社文庫)　2008年9月

浜さん　はまさん
陸奥家の使用人で石段で死体で発見された男　「くるまれて」　葦原崇貴　新・本格推理07-Qの悲劇　光文社(光文社文庫)　2007年3月

浜島 景一　はましま・けいいち
浜島夕子の夫　「恋路吟行」　泡坂妻夫　俳句殺人事件-巻頭句の女　光文社(光文社文庫)　2001年4月

浜島 夕子　はましま・ゆうこ
句会「猿の会」の会員、浜島景一の妻　「恋路吟行」　泡坂妻夫　俳句殺人事件-巻頭句の女　光文社(光文社文庫)　2001年4月

浜田　はまだ
浜田プロダクション社長、元大手レコード会社の宣伝部員　「欠けた記憶」　高橋克彦　嘘つきは殺人のはじまり　講談社(講談社文庫)　2003年9月

浜田君　はまだくん
蝦蟇倉市にファミリーカーでやってきた青年　「浜田青年ホントスカ」　伊坂幸太郎　蝦蟇倉市事件1　東京創元社(ミステリ・フロンティア)　2010年1月

濱田 紗江　はまだ・さえ
人がホームから落ちて轢かれた事件の目撃者の女性　「スジ読み」　池井戸潤　現場に臨め-最新ベスト・ミステリー　光文社　2010年10月

浜田 奈穂美　はまだ・なほみ*
モデル、新庄光一の元恋人　「蒲団」　吉村達也　罪深き者に罰を　講談社(講談社文庫)　2002年11月

浜中　はまなか
塾の経営者、福山淳也に替玉受験の話を持ちかけた男　「替玉」　北川歩実　嘘つきは殺人のはじまり　講談社(講談社文庫)　2003年9月

ハミルトン夫妻　はみるとんふさい
来朝中の読心術博士夫妻　「魔石」　城田シュレーダー　幻の探偵雑誌9「探偵」傑作選　光文社(光文社文庫)　2002年1月

葉村　はむら
刑事、射手矢警部の部下　「虎に捧げる密室」　白峰良介　新本格猛虎会の冒険　東京創元社　2003年3月

葉村 晶　はむら・あきら
フリーター、興信所の下請けで調査を行う探偵　「女探偵の夏休み」　若竹七海　罪深き者に罰を　講談社(講談社文庫)　2002年11月

葉村 晶　はむら・あきら
興信所の女調査員　「再生」　若竹七海　私(わたし)は殺される(女流ミステリー傑作選)　角川春樹事務所(ハルキ文庫)　2001年3月

葉村 晶　はむら・あきら
長谷川探偵調査所の契約調査員　「蠅男」　若竹七海　名探偵に訊け　光文社　2010年9月

葉村 晶　はむら・あきら
長谷川探偵調査所の元契約調査員　「濃紺の悪魔」　若竹七海　蒼迷宮　祥伝社(祥伝社文庫)　2002年3月

はむら

羽村 しのぶ　はむら・しのぶ
経営コンサルティング企業「キャリア・マネンジメント」社に勤めるシニア・コンサルタント　「点と円」　西村健　Doubtきりのない疑惑　講談社(講談社文庫)　2011年11月;推理小説年鑑　ザ・ベストミステリーズ2008　講談社　2008年7月

葉村 寅吉　はむら・とらきち*
1935年にイギリス・ウェールズの小島を訪れた男、高畑一樹の曽祖父　「バベル島」　若竹七海　推理小説年鑑　ザ・ベストミステリーズ2001　講談社　2001年6月

ハムレット
デンマークの王子　「オフィーリアの埋葬」　大岡昇平　現代詩殺人事件-ポエジーの誘惑　光文社(光文社文庫)　2005年9月

ハヤ
村社の神官の美貌の一人娘鶴子の愛犬　「耳」　袂春信　甦る推理雑誌9「別冊宝石」傑作選　光文社(光文社文庫)　2003年11月

早川 篤　はやかわ・あつし
県警捜査一課の若い刑事、霊視能力を持つ男　「幻の娘」　有栖川有栖　七つの死者の囁き　新潮社(新潮文庫)　2008年12月

早川 波之助　はやかわ・なみのすけ
千石の旗本・早川家の三男坊、釣り宿「舟甚」の居候　「死霊の手」　鳥羽亮　乱歩賞作家　白の謎　講談社　2006年6月

早川 登　はやかわ・のぼる
神奈川県津久井署の刑事、爆弾魔を追う男　「コンポジット・ボム」　藤崎秋平　新・*本格推理08　光文社(光文社文庫)　2008年3月

早川 みどり　はやかわ・みどり
嵯峨野トロッコ列車の中で殺された乗客　「嵯峨野トロッコ列車殺人事件」　山村美紗　全席死定-鉄道ミステリー名作館　徳間書店(徳間文庫)　2004年3月

早坂 賢朔(ケン兄ちゃん)　はやさか・けんさく(けんにいちゃん)
大学生辻谷純平の元家庭教師　「前世の因縁」　沢村凛　推理小説年鑑　ザ・ベストミステリーズ2009　講談社　2009年7月

早坂 二郎　はやさか・じろう
京南大学医学部四回生、時代祭りの学生アルバイト　「時代祭に人が死ぬ」　山村美紗　京都殺意の旅　徳間書店(徳間文庫)　2001年11月

早坂 陽子　はやさか・ようこ
湖畔のバンガローに泊まった男女六人のハイカー達の一人　「湖畔の死」　後藤幸次郎　甦る推理雑誌8「エロティック・ミステリー」傑作選　光文社(光文社文庫)　2003年9月

林　はやし
医学生　「偽眼のマドンナ」　渡辺啓助　江戸川乱歩と13人の新青年〈文学派〉編　光文社(光文社文庫)　2008年5月

林　はやし
警察署長　「緑のペンキ罐」　坪田宏　甦る推理雑誌10「宝石」傑作選　光文社（光文社文庫）2004年1月

林　はやし
高校二年生、バンド"トワイライト"のボーカルとギター担当　「謎のベーシスト」　五十嵐貴久　学園祭前夜　メディアファクトリー（MF文庫）2010年10月

林　はやし
殺人事件の現場で拘引された第一の嫌疑者の男　「予審調書」　平林初之輔　江戸川乱歩と13人の新青年〈論理派〉編　光文社（光文社文庫）2008年1月

林　はやし
生活保護を受ける身となって歌舞伎町の安アパートに住む男　「人こひ初めしはじめなり」　飯野文彦　暗闇を追いかけろ-日本ベストミステリー選集35　光文社（光文社文庫）2008年5月

林　はやし
倫敦（ロンドン）の家に坂口青年が一緒に住む伯父、永い間海員生活をしていた人　「P丘の殺人事件」　松本泰　幻の探偵雑誌5「探偵文藝」傑作選　光文社（光文社文庫）2001年2月

林 茶父　はやし・さぶ
マジシャン、カナダから来た大学教授ジャン・ピエールの友人　「四枚のカード」　乾くるみ　名探偵に訊け　光文社　2010年9月；本格ミステリ08　講談社（講談社ノベルス）2008年6月

林 茶父　はやし・さぶ
元マジシャンのプロモーター、松平家で催された晩餐会の客　「二枚舌の掛軸」　乾くるみ　本格ミステリ09　講談社（講談社ノベルス）2009年6月

林 茶父（サブ叔父さん）　はやし・さぶ（さぶおじさん）
中学生の林仁美の叔父　「五つのプレゼント」　乾くるみ　事件の痕跡-最新ベスト・ミステリー　光文社　2007年11月

林さん　はやしさん
ふしぎなせいようかんにすんでいたふしぎな人　「ふしぎな人」　江戸川乱歩；岩田浩昌画　少年探偵王 本格推理マガジン-文庫雑誌/ぼくらの推理冒険物語　光文社（光文社文庫）2002年4月

林 晋一郎　はやし・しんいちろう
林美術館のオーナー　「【静かな男】ロスコのある部屋」　早見裕司　名探偵で行こう-最新ベスト・ミステリー シリーズ・キャラクター編　光文社（光文社文庫）2001年9月

林 真紅郎　はやし・しんくろう
元法医学者　「ひいらぎ駅の怪事件」　乾くるみ　愛憎発殺人行 鉄道ミステリー名作館　徳間書店（徳間文庫）2004年5月

林田 二郎　はやしだ・じろう
山岡家の運転手　「空気人間」　鮎川哲也；谷俊彦画　少年探偵王 本格推理マガジン-文庫雑誌/ぼくらの推理冒険物語　光文社（光文社文庫）2002年4月

はやし

林 仁美　はやし・ひとみ＊
中学生の女の子、林茶父(サブ叔父さん)の姪　「五つのプレゼント」　乾くるみ　事件の痕跡-最新ベスト・ミステリー　光文社　2007年11月

林家正蔵　はやしやしょうぞう
怪談ばなしの元祖の落語家　「羅生門河岸」　都筑道夫　偉人八傑推理帖　双葉社(双葉文庫)　2004年7月

林 安孝　はやし・やすたか
FXSの元DJ　「糸ノコとジグザグ」　島田荘司　マイ・ベスト・ミステリーⅢ　文藝春秋(文春文庫)　2007年9月

早瀬 琢馬　はやせ・たくま
種村美土里とコンビを組む放送作家、殺された男・轡田健吾の隣人　「雷雨の庭で」　有栖川有栖　本格ミステリ09　講談社(講談社ノベルス)　2009年6月

早瀬 美香子　はやせ・みかこ
フレンチレストラン「アゼル・リ・ドー」に毎日ひとりでくる女　「マリアージュ」　近藤史恵　紫迷宮　祥伝社(祥伝社文庫)　2002年12月

早田 義人　はやた・よしと
資産家の癌患者の女性をプライベイトに診ることになった医者　「ライフ・サポート」　川田弥一郎　乱歩賞作家赤の謎　講談社　2006年4月

早野 亨　はやの・とおる
県警本部銃器対策室の刑事石田孝男の妻勢津子の浮気相手　「ロシアン・トラップ」　永瀬隼介　鼓動-警察小説競作　新潮社(新潮文庫)　2005年2月

隼英吉　はやぶさえいきち
商売仲間では隼英吉と云う名で通っている掏摸　「乗合自動車」　川田功　探偵小説の風景　トラフィック・コレクション(上)　光文社(光文社文庫)　2009年5月

隼の姉御　はやぶさのあねご
掏摸の女親分　「隼のお正月」　久山秀子　探偵小説の風景　トラフィック・コレクション(下)　光文社(光文社文庫)　2009年9月

葉山　はやま
市立高校の美術部員、三野小次郎の友人　「お届け先には不思議を添えて」　似鳥鶏　放課後探偵団　東京創元社(創元推理文庫)　2010年11月

葉山 絹子　はやま・きぬこ
殺害された阿部義夫が半年ほど前からねんごろになった女　「虹の日の殺人」　藤雪夫　無人踏切-鉄道ミステリー傑作選　光文社(光文社文庫)　2008年11月

葉山 虹子　はやま・にじこ
トラベルライター、刑事竹内正浩の友人　「トロイの密室」　折原一　赤に捧げる殺意　角川書店　2005年4月;密室レシピ　角川書店(角川文庫)　2002年4月

速水　はやみ
警察の交通課の係長　「スカウト」　今野敏　幻惑のラビリンス　光文社(光文社文庫)　2001年5月

速水 正吾　はやみ・しょうご
化粧品メーカー「粧美堂」の新人社員特訓を受けた男 「企業特訓殺人事件」 森村誠一 謎002-スペシャル・ブレンド・ミステリー 講談社(講談社文庫) 2007年9月

速水 時夫　はやみ・ときお
作家、大森駅近くのMアパートの住人 「赤痣の女」 大坪砂男 甦る推理雑誌9「別冊宝石」傑作選 光文社(光文社文庫) 2003年11月

速水 直樹　はやみ・なおき
交通機動隊小隊長 「薔薇の色」 今野敏 Play推理遊戯 講談社(講談社文庫) 2011年4月;推理小説年鑑 ザ・ベストミステリーズ2008 講談社 2008年7月

速水 雄太　はやみ・ゆうた
妻の浮気の証拠を摑みに行くのに寝台特急「出雲」に乗った鉄道ファンの男 「鉄路が錆びてゆく」 辻真先 葬送列車 鉄道ミステリー名作館 徳間書店(徳間文庫) 2004年4月

早見 龍太郎　はやみ・りゅうたろう
水島博士夫人梨江の愛人の画伯 「天牛(かみきり)」 香山滋 甦る推理雑誌2「黒猫」傑作選 光文社(光文社文庫) 2002年11月

早村　はやむら
料理屋の美人の女主人浜子に恋する男、四人の同級生の一人の自動車修理工 「四人の同級生」 永瀬三吾 江戸川乱歩の推理教室 光文社(光文社文庫) 2008年9月

原　はら
渋谷南署の若い刑事 「時効を待つ女」 新津きよみ 密室＋アリバイ＝真犯人 講談社(講談社文庫) 2002年2月

原　はら
新聞記者 「金属音病事件」 佐野洋 江戸川乱歩と13の宝石 第二集 光文社(光文社文庫) 2007年9月

原　はら
牧場の厩舎係で坊主頭の男 「牛去りしのち」 霞流一 ミステリー傑作選・特別編5 自選ショート・ミステリー 講談社(講談社文庫) 2001年6月

原木 朔郎　はらき・さくろう
日東製薬会社の専務、贈賄事件の秘密を知る人物の殺害を計画した男 「現場不在証明」 九鬼澹 幻の探偵雑誌9「探偵」傑作選 光文社(光文社文庫) 2002年1月

原 喬二　はら・きょうじ
地方検事 「8・1・8」 島田一男 甦る推理雑誌1「ロック」傑作選 光文社(光文社文庫) 2002年10月

原口 雅美　はらぐち・まさみ
闇金融グループの春和会を率いるリーダー 「サイバー・ラジオ」 池井戸潤 乱歩賞作家 青の謎 講談社 2007年7月

原 功太郎　はら・こうたろう
野々山証券の営業マン、花ケ前蔀子の屋敷に通う男 「美しき遺産相続人」 藤村いずみ 翠迷宮 祥伝社(祥伝社文庫) 2003年6月

はらし

原島　はらしま
弁護士、小岩母娘殺害事件の裁判の被告人瀬川順平の弁護人　「原島弁護士の処置」　小杉健治　マイ・ベスト・ミステリーⅥ　文藝春秋（文春文庫）　2007年12月

原島　直巳　はらしま・なおみ
殺人容疑者・植木寅夫の国選弁護人となった若い弁護士　「奇妙な被告」　松本清張　判決　徳間書店（徳間文庫）　2010年3月

原　惣右衛門　はら・そうえもん
赤穂浪人、謎解き好きの武士　「忠臣蔵の密室」　田中啓文　法廷ジャックの心理学　講談社（講談社文庫）　2011年1月;本格ミステリ07　講談社（講談社ノベルス）　2007年5月

原田　はらだ
老教授、殺人事件の嫌疑者の父親　「予審調書」　平林初之輔　江戸川乱歩と13人の新青年〈論理派〉編　光文社（光文社文庫）　2008年1月

原田　明博　はらだ・あきひろ
豪華フェリー「マックス」の乗客、「ハラダ警備保障」の社長　「マックス号事件」　大倉崇裕　法廷ジャックの心理学　講談社（講談社文庫）　2011年1月

原田　明博　はらだ・あきひろ
豪華フェリー「マックス」の乗客、「ハラダ警備保障」の社長　「福家警部補の災難」　大倉崇裕　本格ミステリ07　講談社（講談社ノベルス）　2007年5月

原　隆　はら・たかし
嘗ては相当な富豪だった原家の息子、大学の助教授　「孤独」　飛鳥高　甦る推理雑誌10「宝石」傑作選　光文社（光文社文庫）　2004年1月

原田　美緒　はらだ・みお
元デートクラブ嬢、死を予言された女　「六時間後に君は死ぬ」　高野和明　推理小説年鑑　ザ・ベストミステリーズ2002　講談社　2002年7月

原　英明　はら・ひであき
殺人未遂事件の被害者・安永達也の友人　「家路」　新野剛志　乱歩賞作家赤の謎　講談社　2006年4月

パラヴォワーヌ侯　ぱらぼわーぬこう
ファランドル王国の大将　「天空からの槍」　泉水堯　新・*本格推理 08　光文社（光文社文庫）　2008年3月

原　雪枝　はら・ゆきえ
婆やの「わたくし」が大恩受けた主家のお嬢さま　「初雪」　高木彬光　甦る推理雑誌4「妖奇」傑作選　光文社（光文社文庫）　2003年1月

播生　粂太郎　はりお・くめたろう*
紙問屋の主人　「西郷札」　松本清張　マイ・ベスト・ミステリーⅣ　文藝春秋（文春文庫）　2007年10月

針川　重吉　はりかわ・じゅうきち*
脱艦した殺人狂　「朱色の祭壇」　山下利三郎　幻の探偵雑誌6「猟奇」傑作選　光文社（光文社文庫）　2001年3月

はるひ

ハリファックス・カーファクス（カーファクス）
地球最大の捕星船業者 「「捕星船業者の消失」事件」 加納一朗 日本版 シャーロック・ホームズの災難 論創社 2007年12月

ハル
或る映画撮影所の宣伝部員をしている横田勇作の家の下女 「戸締りは厳重に！」 飯島正 幻の探偵雑誌8「探偵クラブ」傑作選 光文社（光文社文庫） 2001年12月

ハル
辺鄙な寒村から岡山市に出てきて最も貧しい棟割り長屋に二人で暮らす兄妹の妹 「魔羅節」 岩井志麻子 マイ・ベスト・ミステリーIII 文藝春秋（文春文庫） 2007年9月

晴男　はるお
大家族の柳沢家の子供 「小さな異邦人」 連城三紀彦 現場に臨め-最新ベスト・ミステリー 光文社 2010年10月

春木　はるき
妻に買って来た薔薇の帯を空巣狙いに盗られた男 「薔薇悪魔の話」 渡辺啓助 悪魔黙示録「新青年」一九三八-探偵小説暗黒の時代へ 光文社（光文社文庫） 2011年8月

ヴァル・ギールグッド（ギールグッド）
BBC演劇課長、探偵小説家 「ジョン・ディクスン・カー氏、ギデオン・フェル博士に会う」 芦部拓 密室と奇蹟-J・D・カー生誕百周年記念アンソロジー 東京創元社 2006年11月

春さん　はるさん
群馬県の雁谷村に住む老人阿久沢栄二郎に雇われた家政婦 「BAKABAKAします」 霞流一 奇想天外のミステリー 宝島社（宝島社文庫） 2009年8月

ハルナ
楽器店の音楽教室の生徒、中学二年生 「英雄と皇帝」 菅浩江 死神と雷鳴の暗号（本格短編ベスト・セレクション） 講談社（講談社文庫） 2006年1月；本格ミステリ02 講談社（講談社ノベルス） 2002年5月

ハルナ・ハル
サンフランシスコの「ホテル・ミカド」の支配人 「《ホテル・ミカド》の殺人」 芦辺拓 新世紀「謎（ミステリー）」倶楽部 角川書店 2001年8月

春野　恭司　はるの・きょうじ
京都の聖カルペッパ学園文学部の三回生、殺された緑原衛理夫と同じゼミの学生 「ヘリオスの神像」 麻耶雄嵩 あなたが名探偵 東京創元社（創元推理文庫） 2009年4月

ハルハ
ブーの国の中学生の少女フエの父親、国立理化学研究所の研究員 「影屋の告白」 明川哲也 推理小説年鑑 ザ・ベストミステリーズ2006 講談社 2006年7月

春彦　はるひこ
三兄弟の長兄で夏彦の兄、中学校の教師 「はだしの親父」 黒田研二 Play推理遊戯 講談社（講談社文庫） 2011年4月；推理小説年鑑 ザ・ベストミステリーズ2008 講談社 2008年7月

はるや

春山　はるやま
コーヒーチェーン店の本部から店舗に厄介な出来事が生じたので様子を見に来た男　「本部から来た男」　塔山郁　推理小説年鑑　ザ・ベストミステリーズ2011　講談社　2011年7月

春代　はるよ
離婚して実家に戻ってきた美樹の死んだ母親　「古井戸」　明野照葉　暗闇を追いかけろ-日本ベストミステリー選集35　光文社(光文社文庫)　2008年5月

晴れ女　はれおんな
場末のスナックの団体客で"不思議な能力"があるという男女の一人　「不思議な能力」　高井信　ミステリー傑作選・特別編6　自選ショート・ミステリー2　講談社(講談社文庫)　2001年10月

ヴァレラ
バルセロナの富豪ドン・マテイヤス家の召使、ヴァレンシア生れの若者　「バルセロナの書盗」　小沼丹　ペン先の殺意　光文社(光文社文庫)　2005年11月

ヴァレンタイン・ダイヤル
BBCの声優、ナレーター　「ジョン・ディクスン・カー氏、ギデオン・フェル博士に会う」　芦部拓　密室と奇蹟-J・D・カー生誕百周年記念アンソロジー　東京創元社　2006年11月

ハロルド・フラー(フラー)
神戸のアメリカ人貿易商会主　「フラー氏の昇天」　一条栄子　幻の探偵雑誌9「探偵」傑作選　光文社(光文社文庫)　2002年1月

バロン
不法滞在者のインドネシア人、アパート「第一柏木荘」の住人　「夏の雪、冬のサンバ」　歌野晶午　密室殺人大百科 下　講談社(講談社文庫)　2003年9月

范　はん
ナイフ投げの演芸中に妻を死に至らしめた若い支那人の奇術師　「范の犯罪」　志賀直哉　文豪の探偵小説　集英社(集英社文庫)　2006年11月

范君　はんくん
支那の胡同(ふうとん)の奥にある飯舗「朱楓林」の主人　「朱楓林の没落」　女銭外二(橋本五郎)　甦る推理雑誌3「X」傑作選　光文社(光文社文庫)　2002年12月

バンコラン
パリ警察予審判事　「ジェフ・マールの追想」　加賀美雅之　密室晩餐会　原書房　2011年6月

バンコラン
名探偵、セーヌ地区の予審判事　「鉄路に消えた断頭史」　加賀美雅之　密室と奇蹟-J・D・カー生誕百周年記念アンソロジー　東京創元社　2006年11月

半七老人　はんしちろうじん
元神田の親分　「穴の中の護符」　松本清張　死人に口無し 時代推理傑作選　徳間書店　2009年11月

番匠　ばんじょう
少佐、治安警察官　「ディフェンディング・ゲーム」　石持浅海　名探偵に訊け　光文社
2010年9月;ミステリ魂。校歌斉唱!　講談社(講談社文庫)　2010年3月

番匠　ばんじょう
少佐、首都公開処刑による死刑執行を行う治安警察官　「ハンギング・ゲーム」　石持浅海
新・*本格推理 特別編　光文社(光文社文庫)　2009年3月

ヴァンス
若い貴族、ヴァン・ダインの大学時代からの友人　「クレタ島の花嫁=贋作ヴァン・ダイン」　高木彬光　密室殺人大百科 上　講談社(講談社文庫)　2003年9月

磐三　ばんぞう
大工の棟梁　「金魚狂言」　泡坂妻夫　名探偵で行こう-最新ベスト・ミステリー シリーズ・キャラクター編　光文社(光文社文庫)　2001年9月

バンター
名探偵ピーター・ウィムジー卿の従僕、〈引き立て役倶楽部〉の常任理事　「引き立て役倶楽部の陰謀」　法月綸太郎　暗闇を見よ　光文社　2010年11月

ヴァン・ダイン
ニューヨークの弁護士、探偵ファイロ・ヴァンスの友人で〈引き立て役倶楽部〉のアメリカ支部会員　「引き立て役倶楽部の陰謀」　法月綸太郎　暗闇を見よ　光文社　2010年11月

ヴァン・ダイン
弁護士　「クレタ島の花嫁=贋作ヴァン・ダイン」　高木彬光　密室殺人大百科 上　講談社(講談社文庫)　2003年9月

判田 香代　はんだ・かよ
片足を切断して入院中のアマチュア・ゴルファー判田の妻　「嗤う衝立」　戸川昌子　私(わたし)は殺される(女流ミステリー傑作選)　角川春樹事務所(ハルキ文庫)　2001年3月

判田 奈津子　はんだ・なつこ
片足を切断して入院中のアマチュア・ゴルファー判田の義理の娘　「嗤う衝立」　戸川昌子　私(わたし)は殺される(女流ミステリー傑作選)　角川春樹事務所(ハルキ文庫)　2001年3月

判田 安夫　はんだ・やすお
アマチュア・ゴルファー、片足を切断して入院中の男　「嗤う衝立」　戸川昌子　私(わたし)は殺される(女流ミステリー傑作選)　角川春樹事務所(ハルキ文庫)　2001年3月

バンちゃん
インラインスケートを始めたサラリーマン　「コインロッカーから始まる物語」　黒田研二　珍しい物語のつくり方(本格短編ベスト・セレクション)　講談社(講談社文庫)　2010年1月;本格ミステリ06　講談社(講談社ノベルス)　2006年5月

坂東 彦助　ばんどう・ひこすけ
歌舞伎役者、跡継ぎ舞台でトチって自害した男　「奈落闇恋乃道行」　翔田寛　推理小説年鑑 ザ・ベストミステリーズ2001　講談社　2001年6月

坂東 美紅　ばんどう・みく
上総敬次朗・草子夫妻の姪、伯母の草子に育てられた娘　「洗足の家」　永井するみ　らせん階段　角川春樹事務所(ハルキ文庫)　2003年5月

伴 登志夫　ばん・としお*
惨事のあった山田家と風見家に泊まっていた客、麻雀賭博常習者　「能面殺人事件」　青鷺幽鬼(角田喜久雄)　甦る推理雑誌2「黒猫」傑作選　光文社(光文社文庫)　2002年11月

伴内 竜之進　ばんない・りゅうのしん
サラリーマンの川又国夫の友達でキャバレエでジャズピアノを弾いている男　「お墓に青い花を」　樹下太郎　江戸川乱歩と13の宝石 第二集　光文社(光文社文庫)　2007年9月

犯人　はんにん
この星の上で発生する殺人事件で一定の役割を負った犯人　「星の上の殺人」　斎藤栄　ミステリー傑作選・特別編6 自選ショート・ミステリー2　講談社(講談社文庫)　2001年10月

犯人　はんにん
十歳の「ぼく」と姉をコンクリートの部屋に閉じ込めた犯人の男　「SEVEN ROOMS」　乙一　殺人鬼の放課後-ミステリ・アンソロジーⅡ　角川書店(角川文庫)　2002年2月

犯人　はんにん
小学校から帰る途中の三人の少女を公園で誘拐した犯人の男　「攫われて」　小林泰三　青に捧げる悪夢　角川書店　2005年3月;殺人鬼の放課後-ミステリ・アンソロジーⅡ　角川書店(角川文庫)　2002年2月

半任警部　はんにんけいぶ
刑事、警視庁から神奈川県警に派遣された男　「人を知らざることを患う」　鯨統一郎　透明な貴婦人の謎(本格短編ベスト・セレクション)　講談社(講談社文庫)　2005年1月;本格ミステリ01　講談社(講談社ノベルス)　2001年7月

伴野 忠臣　ばんの・ただおみ
自動車整備士、波奈の元同棲相手　「存在のたしかな記憶」　麻見展子　紫迷宮　祥伝社(祥伝社文庫)　2002年12月

番場 魁人　ばんば・かいと
日本の高校生「X以前の悲劇-「異邦の騎士」を読んだ男」　園田修一郎　新・本格推理06-不完全殺人事件　光文社(光文社文庫)　2006年3月

【ひ】

B　びー
捜査係長、警部補　「嘘つきの足」　佐野洋　殺人買います　講談社(講談社文庫)　2002年8月

ビアトレス
倫敦(ロンドン)のクロムウェル街に住むコックス夫人の美しい一人娘　「P丘の殺人事件」　松本泰　幻の探偵雑誌5「探偵文藝」傑作選　光文社(光文社文庫)　2001年2月

柊 ハルミ（平石 晴美）　ひいらぎ・はるみ（ひらいし・はるみ）
マナスル遠征で遭難死した美貌のカメラマン、喜多川光司の愛人 「暗室」 真保裕一　罪深き者に罰を　講談社(講談社文庫)　2002年11月

道化師（西沢のおじさん）　ぴえろ（にしざわのおじさん）
世の中にとって値打ちのないものを盗む怪盗、西沢書店のおじさん 「怪盗道化師 第三話 影を盗む男」 はやみねかおる　ミステリー傑作選・特別編5 自選ショート・ミステリー　講談社(講談社文庫)　2001年6月

日岡 美咲　ひおか・みさき
編集者、ベストセラー作家・厄神春柾の担当者 「加速度円舞曲」 麻耶雄嵩　本格ミステリ09　講談社(講談社ノベルス)　2009年6月

日置 大伍　ひおき・だいご*
昭和二十年北満に派遣された学術調査隊の一人 「流氷」 倉田映郎　水の怪　勉誠出版(べんせいライブラリー)　2003年3月

ヴィオレット先生　びおれっとせんせい
フランスのオーブランという土地にあるサナトリウムの教師 「オーブランの少女」 深緑野分　ベスト本格ミステリ 2011　講談社(講談社ノベルス)　2011年6月

東川 朋樹　ひがしがわ・ともき
蝦蟇倉を拠点に活動する彫刻家 「Gカップ・フェイント」 伯方雪日　蝦蟇倉市事件1　東京創元社(ミステリ・フロンティア)　2010年1月

東口 美紀代　ひがしぐち・みきよ
殺害事件の被害者、有本の叔母 「或る自白」 川島郁夫(藤村正太)　甦る推理雑誌10 「宝石」傑作選　光文社(光文社文庫)　2004年1月

東谷　ひがしたに
楽器商、ジャズファンの会社社長・角山を客に持つ男 「渋い夢−永見緋太郎の事件簿」 田中啓文　推理小説年鑑 ザ・ベストミステリーズ2009　講談社　2009年7月

東出 裕文　ひがしで・ひろふみ
F県警警部補、本部捜査第一課強行犯捜査三係(三班)の班長代理 「密室の抜け穴」 横山秀夫　事件を追いかけろ　光文社(光文社文庫)　2009年4月；事件を追いかけろ　光文社　2004年12月

東山 朋生　ひがしやま・ともお
ビアバー「香菜里屋」の常連客 「背表紙の友」 北森鴻　名探偵に訊け　光文社　2010年9月

東 由利子　ひがし・ゆりこ*
女流名探偵、警視庁捜査一課の前畑警部の妻 「昇降機殺人事件」 青鷺幽鬼(海野十三)　甦る推理雑誌2「黒猫」傑作選　光文社(光文社文庫)　2002年11月

東 由利子　ひがし・ゆりこ*
法律事務所所長兼東興信所長、警視庁捜査一課の前畑警部の妻 「能面殺人事件」 青鷺幽鬼(角田喜久雄)　甦る推理雑誌2「黒猫」傑作選　光文社(光文社文庫)　2002年11月

ひがま

火蛾 正晃　ひが・まさあき
放火殺人事件の被害者津留亀助に恐喝されていた会社員　「偶然のアリバイ」　愛理修　新・本格推理06-不完全殺人事件　光文社(光文社文庫)　2006年3月

ひかり
太平洋の外れにある蛙男島に新婚旅行にやって来て監禁された夫婦の妻　「蛙男島の蜥蜴女」　高橋城太郎　新・本格推理05-九つの署名　光文社(光文社文庫)　2005年3月

氷川 謙作　ひがわ・けんさく
画家北條の大学以来の友人、少壮実業家　「青衣の画像」　村上信彦　甦る推理雑誌6　「探偵実話」傑作選　光文社(光文社文庫)　2003年5月

氷川 昌史　ひかわ・まさし
推理作家有馬有堂の友人、編集者　「百匹めの猿」　柄刀一　書下ろしアンソロジー 21世紀本格　光文社(カッパ・ノベルス)　2001年12月

ピーカン(松岡 康二)　ぴーかん(まつおか・こうじ)
CF制作会社のディレクター、雑貨スタイリスト物集修の友人　「ウェルメイド・オキュパイド」　堀燐太郎　新・*本格推理 08　光文社(光文社文庫)　2008年3月

ピーカン(松岡 康二)　ぴーかん(まつおか・こうじ)
CF制作会社のディレクター、雑貨スタイリスト物集修の友人　「ジグソー失踪パズル」　堀燐太郎　新・本格推理02　光文社(光文社文庫)　2002年3月

ヒギンス
倫敦(ロンドン)で遊民生活を送る日本人青年、ヒギンスは仮名　「日蔭の街」　松本泰　幻の探偵雑誌5「探偵文藝」傑作選　光文社(光文社文庫)　2001年2月

ヒギンズ
ロンドン警視庁犯罪捜査部の巡査部長、ハドリー警視の部下　「彼女がペイシェンスを殺すはずがない」　大山誠一郎　論理学園事件帳　講談社(講談社文庫)　2007年1月;本格ミステリ03　講談社(講談社ノベルス)　2003年6月

樋口 奈々　ひぐち・なな
テレビ番組「ナイン・トゥ・テン」班の女性AD　「独占インタビュー」　野沢尚　密室＋アリバイ＝真犯人　講談社(講談社文庫)　2002年2月

樋口 又七郎　ひぐち・またしちろう
美濃国の岩村にいた無動流の祖と称する兵法者、正体は念流宗家の八世にして馬庭念流の祖樋口又七郎定次　「惨死」　笹沢左保　偉人八傑推理帖　双葉社(双葉文庫)　2004年7月

ヴィクトール
ノルマンディの田舎町の代書人の息子、パリ帰りの青年　「錠前屋」　高野史緒　推理小説年鑑 ザ・ベストミステリーズ2001　講談社　2001年6月

羆　ひぐま
富山県警山岳警備隊員　「黒部の羆」　真保裕一　乱歩賞作家赤の謎　講談社　2006年4月

緋熊 五郎　ひぐま・ごろう
柴の運転手、酔っ払い運転で事故を起した男　「DL2号機事件」　泡坂妻夫　マイ・ベスト・ミステリーⅥ　文藝春秋（文春文庫）　2007年12月

日暮　ひぐらし
華沙々木といっしょにリサイクルショップを経営している男　「橘の寺」　道尾秀介　推理小説年鑑　ザ・ベストミステリーズ2011　講談社　2011年7月

寒蝉 主水　ひぐらし・もんど
ライター、サブカルチャー全般について批評活動を行う男　「廃墟と青空」　鳥飼否宇　深夜バス78回転の問題（本格短編ベスト・セレクション）　講談社（講談社文庫）　2008年1月；本格ミステリ04　講談社（講談社ノベルス）　2004年6月

B子　びーこ
赤痣の女、大森駅近くのMアパートの住人　「赤痣の女」　大坪砂男　甦る推理雑誌9「別冊宝石」傑作選　光文社（光文社文庫）　2003年11月

被告人（目黒）　ひこくにん（めぐろ）
三人が殺害された事件の被告人の男　「大きな赤い太陽」　柘植光彦　現代詩殺人事件−ポエジーの誘惑　光文社（光文社文庫）　2005年9月

彦根 和男　ひこね・かずお
警視庁城南警察署の若い刑事　「祝・殺人」　宮部みゆき　蒼迷宮　祥伝社（祥伝社文庫）　2002年3月

彦兵衛　ひこべえ
目明し親分・釘抜藤吉の子分の岡っ引、勘弁勘次の弟分の葬式彦兵衛　「釘抜藤吉捕物覚書」　林不忘　幻の探偵雑誌5「探偵文藝」傑作選　光文社（光文社文庫）　2001年2月

久　ひさ
寒椿刑事の姪の大学生、推理小説の大ファン　「歪んだ鏡」　成重奇荘　新・本格推理07−Qの悲劇　光文社（光文社文庫）　2007年3月

久江夫人　ひさえふじん
むすこの家庭教師の大学生と過ちを犯してしまった夫人　「毒コーヒーの謎」　岡田鯱彦　江戸川乱歩の推理教室　光文社（光文社文庫）　2008年9月

久岡 梨花　ひさおか・りか
失踪した女子高生　「寒い朝だった−失踪した少女の謎」　麻生荘太郎　密室晩餐会　原書房　2011年6月

久賀 早苗　ひさが・さなえ
女装の客人、久賀早信の自称三女　「緋色の紛糾」　柄刀一　シャーロック・ホームズに愛をこめて　光文社（光文社文庫）　2010年1月

久賀 早信　ひさが・はやのぶ
殺人事件の被害者、人体工学研究所の所長　「緋色の紛糾」　柄刀一　シャーロック・ホームズに愛をこめて　光文社（光文社文庫）　2010年1月

ひさき

比崎 えま子　ひさき・えまこ*
探偵小説作家市橋久智(ペンネームは狩久)のもと恋人で推理マニヤの女性 「訣別-副題 第二のラヴ・レター」狩久　甦る推理雑誌5「密室」傑作選　光文社(光文社文庫)　2003年3月

久子　ひさこ
殺害された洋裁店の女主人 「にわか雨」 飛鳥高　江戸川乱歩の推理教室　光文社(光文社文庫)　2008年9月

久子　ひさこ
秋田の湯川という温泉場の宿屋の女中 「湯紋」 楠田匡介　甦る推理雑誌8「エロティック・ミステリー」傑作選　光文社(光文社文庫)　2003年9月

比佐子　ひさこ
夏休みのアルバイトに酒場で働いているベビー女給 「葦のなかの犯罪」 宮原龍雄　甦る推理雑誌8「エロティック・ミステリー」傑作選　光文社(光文社文庫)　2003年9月

比佐子　ひさこ
日本画の名取画伯が死んで遺産相続者の第一人者になった娘 「表装」 楠田匡介　江戸川乱歩の推理試験　光文社(光文社文庫)　2009年1月

久田 銀次　ひさだ・ぎんじ*
麻布十番の料理屋「味六屋」の主人 「初鰹」 柴田哲孝　Play推理遊戯　講談社(講談社文庫)　2011年4月;推理小説年鑑 ザ・ベストミステリーズ2008　講談社　2008年7月

久田 典子　ひさだ・のりこ
不動産屋「ひさだ」の女主人、久田靖の妻 「公僕の鎖」 新野剛志　罪深き者に罰を　講談社(講談社文庫)　2002年11月

久田 靖　ひさだ・やすし
久田典子の夫、不動産屋「ひさだ」の経営者 「公僕の鎖」 新野剛志　罪深き者に罰を　講談社(講談社文庫)　2002年11月

陽里　ひさと
盛栄堂病院の看護婦 「病人に刃物」 泡坂妻夫　贈る物語 Mystery　光文社(光文社文庫)　2006年10月

久富 繁樹　ひさとみ・しげき
先きの良人を殺された伊津子のいまの夫 「不思議な母」 大下宇陀児　甦る推理雑誌1「ロック」傑作選　光文社(光文社文庫)　2002年10月

久間 多佳子　ひさま・たかこ
無名に等しいイラストレーターの結城宏樹の離婚した妻 「第二パビリオン「もっとも重い罰は」」篠田真由美　新世紀犯罪博覧会-連作推理小説　光文社　2001年3月

久本 哲也　ひさもと・てつや
宮崎冴子が結婚前に付き合っていた男性 「返す女」 新津きよみ　罪深き者に罰を　講談社(講談社文庫)　2002年11月

比佐代　ひさよ
安売りスーパーの配送係をしている澤城廉司の妻　「花男」鳴海章　乱歩賞作家黒の謎　講談社 2006年7月

Bさん　びーさん
おもしろい本「あった会」の会員　「いちめんのなのはな」出久根達郎　現代詩殺人事件-ポエジーの誘惑　光文社(光文社文庫) 2005年9月

土方 歳三　ひじかた・としぞう
新選組副長　「前髪の惣三郎」司馬遼太郎　剣が謎を斬る　光文社(光文社文庫) 2005年4月

菱田 一敏　ひしだ・かずとし
活動家、国家反逆罪で公開処刑に処せられる男　「ハンギング・ゲーム」石持浅海　新・*本格推理 特別編　光文社(光文社文庫) 2009年3月

菱田 新太郎　ひしだ・しんたろう
歌舞伎の女形の名優　「押絵の奇蹟」夢野久作　江戸川乱歩と13人の新青年〈文学派〉編　光文社(光文社文庫) 2008年5月

美術商　びじゅつしょう
民芸家具を買った東京の美術商　「奇縁」高橋克彦　謎003-スペシャル・ブレンド・ミステリー　講談社(講談社文庫) 2008年9月

聖　ひじり
湿原に建つ全寮制の学校をこの春卒業した秀才の少年　「水晶の夜、翡翠の朝」恩田陸　青に捧げる悪夢　角川書店 2005年3月;殺人鬼の放課後-ミステリ・アンソロジーⅡ　角川書店(角川文庫) 2002年2月

ヒーズ
ニューヨーク警視庁の巡査部長　「クレタ島の花嫁-贋作ヴァン・ダイン」高木彬光　密室殺人大百科 上　講談社(講談社文庫) 2003年9月

ピストルの政　ぴすとるのまさ
怪盗団の一味　「吸血魔」高木彬光　少年探偵王　本格推理マガジン-文庫雑誌/ぼくらの推理冒険物語　光文社(光文社文庫) 2002年4月

ビセンテ・オルガス(オルガス)
富豪、スペイン一の薬品メーカーの創業者　「ミハスの落日」貫井徳郎　大密室　新潮社(新潮文庫) 2002年2月

日高 節夫　ひだか・せつお
殺害された金融業者から借金していた製薬会社の社員　「無人踏切」鮎川哲也　無人踏切-鉄道ミステリー傑作選　光文社(光文社文庫) 2008年11月

日高 鉄子　ひだか・てつこ
人吉市にある緑風荘に泊りに来た九州芸術大学の七人の学生の一人　「呪縛再現(挑戦篇)」宇多川蘭子(鮎川哲也)　甦る推理雑誌5「密室」傑作選　光文社(光文社文庫) 2003年3月

ひだか

日高 鉄子　ひだか・てつこ
人吉市の緑風荘で殺害された九州芸術大学の男女二人の学生の僚友　「呪縛再現（後篇）」　中川透（鮎川哲也）　甦る推理雑誌5「密室」傑作選　光文社（光文社文庫）2003年3月

ビッグ・アル・ホウムズ
来日した大物ブルースシンガーでハーピストの黒人　「挑発する赤」　田中啓文　推理小説年鑑 ザ・ベストミステリーズ2006　講談社　2006年7月

ひったくり犯人　ひったくりはんにん
動物園で警備員から逃げたひったくり犯人の中年男　「カラスの動物園」　倉知淳　名探偵を追いかけろ-日本ベストミステリー選集34　光文社（光文社文庫）2007年5月

ピットマン警部　ぴっとまんけいぶ
ケント州警察の警部、名探偵シャーロック・ホームズに助力を願った男　「「スマトラの大ネズミ」事件」　田中啓文　シャーロック・ホームズに愛をこめて　光文社（光文社文庫）2010年1月

ヒップ大石　ひっぷおおいし
漫談や司会をする芸能人　「右腕山上空」　泡坂妻夫　マイ・ベスト・ミステリーV　文藝春秋（文春文庫）2007年11月

ヒデ
山梨県の山林に死体を捨てに来た三人組の男の一人　「般若の目」　時織深　新・本格推理06-不完全殺人事件　光文社（光文社文庫）2006年3月

秀夫　ひでお
コント芸人クレージー・トリニティのメンバー　「ホワットダニットパズル」　園田修一郎　新・本格推理07-Qの悲劇　光文社（光文社文庫）2007年3月

秀夫　ひでお
崖の下で死んでいた競輪狂いの安造の女房ぬいの兄　「落花」　飛鳥高　江戸川乱歩の推理試験　光文社（光文社文庫）2009年1月

秀夫　ひでお
高野沙希の夫で新婚半年で沙希を愛人の女と自殺に見せかけて殺した男　「思い出した…」　畠中恵　推理小説年鑑 ザ・ベストミステリーズ2004　講談社　2004年7月

秀岡 清五郎　ひでおか・せいごろう
旅客機の乗客、銀行家　「旅客機事件」　大庭武年　幻の探偵雑誌9「探偵」傑作選　光文社（光文社文庫）2002年1月

秀之　ひでゆき
真粧美の夫、田舎の鉄鋼所の経営者　「過去が届く午後」　唯川恵　完全犯罪証明書 ミステリー傑作選　講談社（講談社文庫）2001年4月

尾藤 良作　びとう・りょうさく
駿河台美術学院の講師、岡坂の高校時代の同級生　「燃える女」　逢坂剛　名探偵を追いかけろ-日本ベストミステリー選集34　光文社（光文社文庫）2007年5月

ピート・ケイル
麻薬中毒者 「ロス・マクドナルドは黄色い部屋の夢を見るか?」 法月綸太郎 マイ・ベスト・ミステリーⅥ 文藝春秋(文春文庫) 2007年12月

人魂長次　ひとだまちょうじ
渡し舟の上から消えてしまった本所無宿の泥坊 「よろいの渡し」 都筑道夫 マイ・ベスト・ミステリーⅣ 文藝春秋(文春文庫) 2007年10月

人丸 五郎七　ひとまる・ごろしち
殺害された谷崎庄之助の甥 「密室の魔術師」 双葉十三郎 甦る推理雑誌2「黒猫」傑作選 光文社(光文社文庫) 2002年11月

人見 ひとみ
四人のスキーヤーのリーダー格、音楽喫茶の店主 「語らぬ沼」 千代有三 江戸川乱歩の推理教室 光文社(光文社文庫) 2008年9月

火那子 ひなこ
古い館に兄の月彦と住むシャム双生児の妹 「あやかしの家」 七河迦南 新・本格推理06-不完全殺人事件 光文社(光文社文庫) 2006年3月

日能 克久　ひなせ・かつひさ
作家 「蓮華の花」 西澤保彦 新世紀「謎(ミステリー)」倶楽部 角川書店 2001年8月

ヒナタ
旅行雑誌の編集者和久井が北海道の秘湯の宿で話を聞かされた集落の娘 「九人病」 青木知己 新・本格推理05-九つの署名 光文社(光文社文庫) 2005年3月

日沼 定男　ひぬま・さだお
殺害された宝石商の妻栄田美恵子宛に手紙を書いた精神病者 「第四パビリオン「人間空気」」 二階堂黎人 新世紀犯罪博覧会-連作推理小説 光文社 2001年3月

樋沼 猛(羆)　ひぬま・たけし(ひぐま)
富山県警山岳警備隊員 「黒部の羆」 真保裕一 乱歩賞作家赤の謎 講談社 2006年4月

日野 明子　ひの・あきこ
結婚式場専属の美人エレクトーン奏者 「祝・殺人」 宮部みゆき 蒼迷宮 祥伝社(祥伝社文庫) 2002年3月

日之江 審司　ひのえ・しんじ
工学部力学系専攻の大学一回生、ミステリーマニアの青年 「ジョン・D・カーの最終定理」 柄刀一 密室と奇蹟-J・D・カー生誕百周年記念アンソロジー 東京創元社 2006年11月

檜 兵馬　ひのき・ひょうま
柳橋の売れっ妓小蝶の亭主、桜田門外の一挙の直前に水戸藩の同志を裏切った男 「首」 山田風太郎 江戸川乱歩と13の宝石 光文社(光文社文庫) 2007年5月

日野 熊蔵　ひの・くまぞう
独力で新型飛行機を製作している男 「少年の双眼鏡」 横田順彌 ミステリー傑作選・特別編6 自選ショート・ミステリー2 講談社(講談社文庫) 2001年10月

ぴのこ

ピノコ
推理作家川原八郎のファンだといって仕事場のマンションに住みついてしまった女の子 「「密室」作ります」 長坂秀佳 乱歩賞作家赤の謎 講談社 2006年4月

日野 辰彦　ひの・たつひこ
会社員の中田晴吉が殺そうと計画した相手で同じ会社の仕事でも恋愛でもライバルの男 「不完全犯罪」 鮎川哲也 江戸川乱歩の推理教室 光文社(光文社文庫) 2008年9月

日野原　ひのはら
歌舞伎町の大久保病院の医師 「闇を駆け抜けろ」 戸梶圭太 決断-警察小説競作 新潮社(新潮文庫) 2006年2月

日野 陽太郎　ひの・ようたろう＊
京都で一人暮らしをする若者、バーテンダー加田英司の友人 「葡萄果の藍暴き昼」 赤江瀑 短歌殺人事件-31音律のラビリンス 光文社(光文社文庫) 2003年4月

日比野さん　ひびのさん
会社の営業事務のOL 「ダイエット狂想曲」 近藤史恵 名探偵で行こう-最新ベスト・ミステリー シリーズ・キャラクター編 光文社(光文社文庫) 2001年9月

日比野 史郎　ひびの・しろう
レビューガールと心中未遂事件を起こした青年 「一週間」 横溝正史 悪魔黙示録「新青年」一九三八-探偵小説暗黒の時代へ 光文社(光文社文庫) 2011年8月

日比 登　ひび・のぼる
何でも屋でステ看貼りを仕事にしている男 「サインペインター」 大倉崇裕 名探偵を追いかけろ-日本ベストミステリー選集34 光文社(光文社文庫) 2007年5月

P夫人　ぴーふじん
オルゴール蒐集家の未亡人 「競売」 曽野綾子 ペン先の殺意 光文社(光文社文庫) 2005年11月

ヒミコ・マテウッツィ
イタリアのピサに本拠を移した世界統一教の教祖 「エクイノツィオの奇跡」 森輝喜著 新・＊本格推理 08 光文社(光文社文庫) 2008年3月

緋村 海人　ひむら・かいと
高校三年生、穂波高校絵本部部長 「紅い壁」 村崎友 忍び寄る闇の奇譚 講談社(講談社ノベルス) 2008年11月

火村 恒美　ひむら・つねみ
山村の旧家火村家の当主 「憑代忌」 北森鴻 暗闇を追いかけろ-日本ベストミステリー選集35 光文社(光文社文庫) 2008年5月;深夜バス78回転の問題(本格短編ベスト・セレクション) 講談社(講談社文庫) 2008年1月

火村 英生　ひむら・ひでお
英都大学社会学部助教授の犯罪学者、推理作家有栖川有栖の友人 「あるいは四風荘殺人事件」 有栖川有栖 名探偵の奇跡-日本ベストミステリー選集 光文社(光文社文庫) 2010年5月;名探偵の奇跡-最新ベスト・ミステリー 光文社 2007年9月

ひむら

火村 英生　ひむら・ひでお
犯罪学者、大学助教授　「201号室の災厄」　有栖川有栖　名探偵を追いかけろ-日本ベストミステリー選集34　光文社(光文社文庫)　2007年5月

火村 英生　ひむら・ひでお
犯罪社会学者、英都大学の准教授　「雪と金婚式」　有栖川有栖　Anniversary 50 カッパ・ノベルス創刊50周年記念作品　光文社　2009年12月

火村 英生　ひむら・ひでお
犯罪社会学者、英都大学准教授　「火村英生に捧げる犯罪」　有栖川有栖　名探偵に訊け　光文社　2010年9月

火村 英生　ひむら・ひでお
犯罪社会学者、英都大学助教授　「ABCキラー」　有栖川有栖　「ABC(エービーシー)」殺人事件　講談社(講談社文庫)　2001年11月

火村 英生　ひむら・ひでお
犯罪社会学者、小説家有栖川有栖の友人　「アポロンのナイフ」　有栖川有栖　推理小説年鑑　ザ・ベストミステリーズ2011　講談社　2011年7月

火村 英生　ひむら・ひでお
犯罪社会学者、推理作家有栖川有栖の大学時代からの友人　「黒鳥亭殺人事件」　有栖川有栖　綾辻行人と有栖川有栖のミステリ・ジョッキー1　講談社　2008年7月

火村 英生　ひむら・ひでお
臨床犯罪学者、英都大学の准教授　「雷雨の庭で」　有栖川有栖　本格ミステリ09　講談社(講談社ノベルス)　2009年6月

火村 英生　ひむら・ひでお
臨床犯罪学者、英都大学社会学部の助教授　「砕けた叫び」　有栖川有栖　赤に捧げる殺意　角川書店　2005年4月;血文字パズル—ミステリ・アンソロジー5　角川書店(角川文庫)　2003年3月

火村 英生　ひむら・ひでお
臨床犯罪学者、英都大学社会学部准教授　「ロジカル・デスゲーム」　有栖川有栖　ベスト本格ミステリ 2011　講談社(講談社ノベルス)　2011年6月

火村 英生　ひむら・ひでお
臨床犯罪学者、京都の英都大学の助教授　「壺中庵殺人事件」　有栖川有栖　大密室　新潮社(新潮文庫)　2002年2月

火村 英生　ひむら・ひでお
臨床犯罪学者、大学の助教授　「屋根裏の散歩者」　有栖川有栖　江戸川乱歩に愛をこめて　光文社(光文社文庫)　2011年2月;名探偵登場!-日本ミステリー名作館1　KKベストセラーズ　2004年11月

火村 英生　ひむら・ひでお
臨床犯罪学者、大学の助教授　「紅雨荘殺人事件」　有栖川有栖　紅い悪夢の夏(本格短編ベスト・セレクション)　講談社(講談社文庫)　2004年12月;本格ミステリ01　講談社(講談社ノベルス)　2001年7月

火村 英生　ひむら・ひでお
臨床犯罪学者、大学の助教授　「比類のない神々しいような瞬間」　有栖川有栖　論理学園事件帳　講談社(講談社文庫)　2007年1月;本格ミステリ03　講談社(講談社ノベルス)　2003年6月

火村 英生　ひむら・ひでお
臨床犯罪学者、大学の助教授　「不在の証明」　有栖川有栖　天使と髑髏の密室(本格短編ベスト・セレクション)　講談社(講談社文庫)　2005年12月;本格ミステリ02　講談社(講談社ノベルス)　2002年5月

樋村 雄吾　ひむら・ゆうご*
日向佐土原士族　「西郷札」　松本清張　マイ・ベスト・ミステリーⅣ　文藝春秋(文春文庫)　2007年10月

氷室　ひむろ
雪山のホテルで殺された女性客　「シュレーディンガーの雪密室」　園田修一郎　新・*本格推理 08　光文社(光文社文庫)　2008年3月

氷室 新治　ひむろ・しんじ
橋口多佳子の恋人で四十年前のある日突然に急死した男　「干からびた犯罪」　中井英夫　現代詩殺人事件-ポエジーの誘惑　光文社(光文社文庫)　2005年9月

姫川 玲子　ひめかわ・れいこ
警視庁刑事部捜査第一課の主任、警部補　「シメントリー」　誉田哲也　現場に臨め-最新ベスト・ミステリー　光文社　2010年10月

姫原 水絵(みっちゃん)　ひめはら・みずえ(みっちゃん)
勁草館高校生、勁草全共闘副議長　「敲翼同惜少年春」　古野まほろ　学び舎は血を招く　講談社(講談社ノベルス)　2008年11月

樋本 義彦　ひもと・よしひこ
富南署の刑事　「カウント・プラン」　黒川博行　マイ・ベスト・ミステリーⅡ　文藝春秋(文春文庫)　2007年8月

百池　ひゃくち
俳諧の宗匠、京都四条の大店「堺屋」の隠居　「糸織草子」　森谷明子　推理小説年鑑 ザ・ベストミステリーズ2006　講談社　2006年7月

百貨店員(店員)　ひゃっかてんいん(てんいん)
一装飾工の墜死事件があった大百貨店の店員　「扉は語らず(又は二直線の延長に就て)」　小舟勝二　幻の探偵雑誌6「猟奇」傑作選　光文社(光文社文庫)　2001年3月

百貨店の保安係(保安係)　ひゃっかてんのほあんがかり(ほあんがかり)
元刑事の右腕の不自由な百貨店の保安係　「万引き女のセレナーデ」　小泉喜美子　犯人は秘かに笑う-ユーモアミステリー傑作選　光文社(光文社文庫)　2007年1月

百キロオーバー　ひゃっきろおーばー
「東京しあわせクラブ」のメンバー、百キロ以上ありそうな巨漢の青年　「東京しあわせクラブ」　朱川湊人　不思議の足跡-最新ベスト・ミステリー　光文社　2007年10月

羆山　ひやま
警視庁捜査一課長の刑事　「密室の殺人」　岡田鯱彦　甦る推理雑誌7「探偵倶楽部」傑作選　光文社(光文社文庫)　2003年7月

檜山　洋助　ひやま・ようすけ*
T大学経済学部教授　「お艶殺し」　大岡昇平　ペン先の殺意　光文社(光文社文庫)　2005年11月

日向　ひゅうが
警部補　「夢の国の悪夢」　小貫風樹　新・本格推理03 りら荘の相続人　光文社(光文社文庫)　2003年3月

ヒュー・グラント
作家、ブランストン伯爵の大学時代の友人　「人形の館の館」　山口雅也　大密室　新潮社(新潮文庫)　2002年2月

兵吾　ひょうご
軽井沢宿の飯盛女おたねと会っていた男、元小諸藩の山廻り役　「天狗殺し」　高橋克彦　江戸の名探偵　徳間書店(徳間文庫)　2009年10月

豹助　ひょうすけ
感化院の収容者でもとは浮浪児だった犬係りの少年　「豹助、町を驚ろかす」　九鬼澹　甦る推理雑誌2「黒猫」傑作選　光文社(光文社文庫)　2002年11月

俵藤　ひょうどう
東京S署の刑事、逮捕された脱走殺人犯臼井十吉を護送することになった男　「手錠」　大下宇陀児　罠の怪　勉誠出版(べんせいライブラリー)　2002年11月

兵頭 風太　ひょうどう・ふうた
京都府警捜査一課の警部補、唯の大学の同期　「観覧車」　柴田よしき　新世紀「謎(ミステリー)」倶楽部　角川書店　2001年8月

瓢六　ひょうろく
小伝馬町の大牢に押し込められた色白の優男、長崎の古物商の倅で唐絵目利きだった男　「地獄の目利き」　諸田玲子　江戸の名探偵　徳間書店(徳間文庫)　2009年10月

ピヨコ
引き籠もりだった女、隠れ鬼ゲームの参加者　「黄昏時に鬼たちは」　山口雅也　大きな棺の小さな鍵(本格短編ベスト・セレクション)　講談社(講談社文庫)　2009年1月;推理小説年鑑 ザ・ベストミステリーズ2005　講談社　2005年7月

ひょろ万　ひょろまん
露店にまじって即興肖像画を描いている男　「浅草の犬」　角田喜久雄　幻の探偵雑誌9「探偵」傑作選　光文社(光文社文庫)　2002年1月

平　ひら
古風な門前町のような屋敷を建てて暮らしている男　「ママゴト」　城昌幸　江戸川乱歩と13の宝石 第二集　光文社(光文社文庫)　2007年9月

ひらい

平石 晴美　ひらいし・はるみ
マナスル遠征で遭難死した美貌のカメラマン、喜多川光司の愛人　「暗室」　真保裕一　罪深き者に罰を　講談社(講談社文庫)　2002年11月

平井 達之　ひらい・たつゆき
指名手配の暴力団員「ダチ」　志水辰夫　マイ・ベスト・ミステリーⅠ　文藝春秋(文春文庫)　2007年8月

平井 太郎(江戸川 乱歩)　ひらい・たろう(えどがわ・らんぽ)
団子坂で弟二人と古本屋を開いていた男で探偵小説の愛好家　「無闇坂」　森真沙子　江戸川乱歩に愛をこめて　光文社(光文社文庫)　2011年2月

平井 道徳(ドートク)　ひらい・みちのり(どーとく)
大物政治家の秘書の一人娘山内浩代の恋人　「闇の奥」　逢坂剛　スペシャル・ブレンド・ミステリー　謎006　講談社(講談社文庫)　2011年9月

平井 良子　ひらい・りょうこ
東京の郊外にひとりで家を借りて住んでいた女、官庁に勤める「わたし」の浮気相手　「たづたづし」　松本清張　短歌殺人事件-31音律のラビリンス　光文社(光文社文庫)　2003年4月

平岡 連司　ひらおか・れんじ
札幌市にあるマンション・マルメゾン城の住人、犯罪歴のある男　「密室の中のジョゼフィーヌ」　柄刀一　推理小説年鑑 ザ・ベストミステリーズ2003　講談社　2003年7月

平尾 由希子　ひらお・ゆきこ
郷土資料館の学芸員、貝塚の発掘スタッフ　「密室の石棒」　藤原遊子　新・本格推理07-Qの悲劇　光文社(光文社文庫)　2007年3月

平賀 源内　ひらが・げんない
戯作者、奇才の持ち主の浪人　「天明の判官」　山田風太郎　大江戸事件帖　双葉社(双葉文庫)　2005年7月

平賀 源内　ひらが・げんない
神田白壁町の裏長屋に住む本草・究理の大博士　「萩寺の女」　久生十蘭　偉人八傑推理帖　双葉社(双葉文庫)　2004年7月

平城 与志夫　ひらき・よしお
名門私立高校生、組織売春グループの一員　「闇に潜みし獣」　福田栄一　学び舎は血を招く　講談社(講談社ノベルス)　2008年11月

平瀬 潤一郎　ひらせ・じゅんいちろう
フランス文学者有村勇次の妻の浮気相手で有村が魔術によって殺害した親友　「追ってくる」　朝松健　名作で読む推理小説史 ふるえて眠れない-ホラーミステリー傑作選　光文社(光文社文庫)　2006年9月

平田 章次郎　ひらた・しょうじろう
邸でむごたらしい姿で殺された専門学校の校長　「幽霊妻」　大阪圭吉　甦る推理雑誌3「X」傑作選　光文社(光文社文庫)　2002年12月

平田 鶴子　ひらた・つるこ
女学生探偵、大阪千日前にある「レストラン・ヒラタ」の娘　「78回転の密室」芦部拓　深夜バス78回転の問題(本格短編ベスト・セレクション)　講談社(講談社文庫)　2008年1月;本格ミステリ04　講談社(講談社ノベルス)　2004年6月

平田 鶴子　ひらた・つるこ
探偵小説好きの少女、府立芝蘭高等女学校の四年生　「名探偵エノケン氏」芦辺拓　名探偵を追いかけろ-日本ベストミステリー選集34　光文社(光文社文庫)　2007年5月

平田 旗太郎　ひらた・はたたろう
平田鶴子の父、大阪市内でカフェー・レストランを経営する男　「名探偵エノケン氏」芦辺拓　名探偵を追いかけろ-日本ベストミステリー選集34　光文社(光文社文庫)　2007年5月

平田 蓑四郎　ひらた・みのしろう＊
大坂の蘭学者・曇斎先生の隣人、寺子屋の師匠　「曇斎先生事件帳 木乃伊とウニコール」芦辺拓　論理学園事件帳　講談社(講談社文庫)　2007年1月;本格ミステリ03　講談社(講談社ノベルス)　2003年6月

平戸 伸行　ひらど・のぶゆき
殺人事件の容疑者、税理士　「ヒュドラ第十の首」法月綸太郎　気分は名探偵-犯人当てアンソロジー　徳間書店　2006年5月

平戸 信幸　ひらど・のぶゆき
殺人事件の容疑者、自転車店経営者　「ヒュドラ第十の首」法月綸太郎　気分は名探偵-犯人当てアンソロジー　徳間書店　2006年5月

平戸 展之　ひらど・のぶゆき
殺人事件の容疑者、勤務外科医　「ヒュドラ第十の首」法月綸太郎　気分は名探偵-犯人当てアンソロジー　徳間書店　2006年5月

平野 瑞穂　ひらの・みずほ
D県警本部秘書課の広報公聴係の婦警　「魔女狩り」横山秀夫　名探偵で行こう-最新ベスト・ミステリー シリーズ・キャラクター編　光文社(光文社文庫)　2001年9月

平松 昌弘　ひらまつ・まさひろ
フリーライター、封印された地下の秘密の部屋がある修道院を訪れた男　「ミカエルの心臓」獏野行進 新・＊本格推理08　光文社(光文社文庫)　2008年3月

平本　ひらもと
大尉、海軍士官学校の教官　「ディフェンディング・ゲーム」石持浅海　名探偵に訊け　光文社　2010年9月;ミステリ魂。校歌斉唱!　講談社(講談社文庫)　2010年3月

平山 勝　ひらやま・まさる
探偵の依頼人、酒場で隣り合った男に酔った勢いで交換殺人の約束をしてしまったという男　「交換殺人」麻耶雄嵩　書下ろしアンソロジー 21世紀本格　光文社(カッパ・ノベルス)　2001年12月

比良 祐介　ひら・ゆうすけ
伊豆の屋敷で元女優の妻にピストルで射殺された男　「憂鬱の人」城昌幸　甦る推理雑誌2「黒猫」傑作選　光文社(光文社文庫)　2002年11月

ひる

ヒル
小学校教師、英語教師として招かれた国で六年生のクラス担任を受け持つようになったアメリカ人 「ドロッピング・ゲーム」 石持浅海 推理小説年鑑 ザ・ベストミステリーズ2010 講談社 2010年7月;不可能犯罪コレクション 原書房 2009年6月

蛭田 健介　ひるた・けんすけ
土木作業員 「死への密室」 愛川晶 密室殺人大百科 下 講談社(講談社文庫) 2003年9月

ビル・バークレイ
アリゾナ州の南東部ビスビーにある画廊の女主人・ドロレスの放浪癖がある亭主 「新・探偵物語 失われたブラック・ジャックの秘宝」 小鷹信光 ミステリー傑作選・特別編5 自選ショート・ミステリー 講談社(講談社文庫) 2001年6月

蛭谷　ひるや
密室殺人事件の容疑者の一人、別荘の主人川崎泰造の下男 「匂う密室」 双葉十三郎 甦る推理雑誌3「X」傑作選 光文社(光文社文庫) 2002年12月

ヒロ
東南アジアのジャングルへ首に懸賞金が賭けられた元自衛隊員を父親と二人で殺しにいった男 「すまじき熱帯」 平山夢明 暗闇を追いかけろ-日本ベストミステリー選集35 光文社(光文社文庫) 2008年5月

宏樹　ひろき
山裾にある小さな町に住む少年、清孝のクラスメイト 「夏の光」 道尾秀介 推理小説年鑑 ザ・ベストミステリーズ2010 講談社 2010年7月;Anniversary 50 カッパ・ノベルス創刊50周年記念作品 光文社 2009年12月

広木先生　ひろきせんせい
大家族の柳沢家の子供で中学三年生の一代(イッチョ)の学校の先生 「小さな異邦人」 連城三紀彦 現場に臨め-最新ベスト・ミステリー 光文社 2010年10月

広 健造　ひろ・けんぞう*
警視庁捜査一課の警部 「圷(あくづ)家殺人事件」 天城一 甦る推理雑誌5「密室」傑作選 光文社(光文社文庫) 2003年3月

ヒロコ
日本人留学生の女 「ロス・カボスで天使とデート」 小鷹信光 名作で読む推理小説史 わが名はタフガイ-ハードボイルド傑作選 光文社(光文社文庫) 2006年5月

寛子　ひろこ
作家・シナリオライター 「野犬狩り」 篠田節子 闇夜の芸術祭 光文社(光文社文庫) 2003年4月

宏子　ひろこ
離婚して実家に戻ってきた美樹の兄嫁 「古井戸」 明野照葉 暗闇を追いかけろ-日本ベストミステリー選集35 光文社(光文社文庫) 2008年5月

宏　ひろし
山の手にある古屋敷の秋森家の双生児の一人　「石塀幽霊」　大阪圭吉　江戸川乱歩と13人の新青年〈論理派〉編　光文社(光文社文庫)　2008年1月

浩　ひろし
鉄のスクラップの山から一本ずつ古い小刀を拾ってといだ兄弟の弟　「物と心」　小川国夫　名作で読む推理小説史　わが名はタフガイ-ハードボイルド傑作選　光文社(光文社文庫)　2006年5月

洋　ひろし
探偵社に妻の浮気調査を頼んだ男、一流銀行の幹部候補　「ロマンチスト」　井上雅彦　ミステリー傑作選・特別編5　自選ショート・ミステリー　講談社(講談社文庫)　2001年6月

広瀬　ひろせ
老刑事　「朱色の祭壇」　山下利三郎　幻の探偵雑誌6「猟奇」傑作選　光文社(光文社文庫)　2001年3月

広瀬　照作　ひろせ・てるさく
西伯利亜(シベリア)のブラゴエ駐剳軍の通訳　「ベルの怪異(ブラゴエ駐剳軍中の事件)」　石川大策　幻の探偵雑誌7「新趣味」傑作選　光文社(光文社文庫)　2001年11月

広瀬　由紀夫　ひろせ・ゆきお
新庄光一の学生時代からの友人、出版社の編集デスク　「蒲団」　吉村達也　罪深き者に罰を　講談社(講談社文庫)　2002年11月

広谷　亜紀　ひろたに・あき
大学のボウリング同好会のメンバー、殺された松永先輩の後輩　「都市伝説パズル」　法月綸太郎　推理小説年鑑　ザ・ベストミステリーズ2002　講談社　2002年7月

弘中　勝之進　ひろなか・かつのしん
長州・野山獄の囚人　「野山獄相聞抄」　古川薫　短歌殺人事件-31音律のラビリンス　光文社(光文社文庫)　2003年4月

広畑　修一　ひろはた・しゅういち
未亡人が殺害された故広畑博士の家の三人の者の一人、博士の甥　「薄い刃」　飛鳥高　江戸川乱歩の推理試験　光文社(光文社文庫)　2009年1月

ヒロ坊　ひろぼう
新橋のキャバレーのボーイ、白金のネオン工場「弘中ネオン」の息子　「じっとこのまま」　藤田宜永　恋は罪つくり　光文社(光文社文庫)　2005年7月

浩坊ちゃん　ひろぼうちゃん
死刑囚の「私」が尋常六年生の時に殺した村の校長先生の長男　「或死刑囚の手記の一節」　荻一之介　幻の探偵雑誌8「探偵クラブ」傑作選　光文社(光文社文庫)　2001年12月

広松　昌造　ひろまつ・しょうぞう
綾瀬署管内・弘道交番巡査部長、地域住民からの信頼厚い名物交番所長　「随監」　安東能明　推理小説年鑑　ザ・ベストミステリーズ2010　講談社　2010年7月

びわ

枇杷　びわ
斑鳩の森博物館の若い館員、精神の時間旅行ができる女　「トワイライト・ミュージアム」　初野晴　忍び寄る闇の奇譚　講談社(講談社ノベルス)　2008年11月

樋渡　ひわたし
岡山県警の老刑事　「急行しろやま」　中町信　愛憎発殺人行　鉄道ミステリー名作館　徳間書店(徳間文庫)　2004年5月

ピンク・B　ぴんくびー
ロンドン警視庁刑事　「カバは忘れない-ロンドン動物園殺人事件」　山口雅也　日本版シャーロック・ホームズの災難　論創社　2007年12月

ピンク・ベラドンナ
英国・首都警察のパンク刑事　「靴の中の死体」　山口雅也　探偵Xからの挑戦状!　小学館(小学館文庫)　2009年1月

ビーンズ博士　びーんずはかせ
精神分析医　「版画画廊の殺人」　荒巻義雄　マイ・ベスト・ミステリーⅠ　文藝春秋(文春文庫)　2007年8月

【ふ】

WHO　ふー
探偵、真都ヘアコームタウンで探偵事務所を開いている少年　「少年名探偵WHO 透明人間事件」　はやみねかおる　忍び寄る闇の奇譚　講談社(講談社ノベルス)　2008年11月

フィリップ・デッカード(デッカード)
SF作家、「隠者の家」の主　「ロス・マクドナルドは黄色い部屋の夢を見るか?」　法月綸太郎　マイ・ベスト・ミステリーⅥ　文藝春秋(文春文庫)　2007年12月

フイロ・ヴァンス(ヴァンス)
若い貴族、ヴァン・ダインの大学時代からの友人　「クレタ島の花嫁-贋作ヴァン・ダイン」　高木彬光　密室殺人大百科　上　講談社(講談社文庫)　2003年9月

風水 火那子　ふうすい・かなこ
往年の名探偵進藤正子の助手、探偵　「原宿消えた列車の謎」　山田正紀　名探偵に訊け　光文社　2010年9月

風水 火那子　ふうすい・かなこ
新聞拡張員の少女、事件の謎を解いた女　「麺とスープと殺人と」　山田正紀　死神と雷鳴の暗号(本格短編ベスト・セレクション)　講談社(講談社文庫)　2006年1月;本格ミステリ02　講談社(講談社ノベルス)　2002年5月

風水 火那子　ふうすい・かなこ
天才美少女　「ハブ」　山田正紀　名探偵を追いかけろ-日本ベストミステリー選集34　光文社(光文社文庫)　2007年5月

風水 火那子　ふうすい・かなこ
名探偵・進藤正子の助手、探偵　「札幌ジンギスカンの謎」　山田正紀　本格ミステリ10　講談社（講談社ノベルス）　2010年6月

フエ
ブーの国の中学生の少女、少女パトナの友人　「影屋の告白」　明川哲也　推理小説年鑑 ザ・ベストミステリーズ2006　講談社　2006年7月

フェイドルフ老人　ふぇいどるふろうじん
大連在住の元ロシア語教師、革命後国外に出たエミグラント（白系ロシア人）　「『樽の木荘』の悲劇」　長谷川順子；田辺正幸　新・本格推理02　光文社（光文社文庫）　2002年3月

フェデロ
伝染病が発生した島の記録を残した医者　「柘榴病」　瀬下耽　江戸川乱歩と13人の新青年〈文学派〉編　光文社（光文社文庫）　2008年5月

フェネリ
「フェネリの店」経営者　「ジェフ・マールの追想」　加賀美雅之　密室晩餐会　原書房　2011年6月

フェリックス・キャシディ
古書蒐集家ジェレマイア・マンドヴィルの甥、古書好きの青年　「愛書家倶楽部」　北原尚彦　推理小説年鑑 ザ・ベストミステリーズ2005　講談社　2005年7月

フェルド
横浜・山手の下宿屋街にある「柏ハウス」でマダム絢と同棲する亜米利加人　「出来ていた青」　山本周五郎　文豪のミステリー小説　集英社（集英社文庫）　2008年2月

フェル博士　ふぇるはかせ
名探偵　「鉄路に消えた断頭吏」　加賀美雅之　密室と奇蹟-J・D・カー生誕百周年記念アンソロジー　東京創元社　2006年11月

フェル博士　ふぇるはかせ
名探偵、ロンドン警視庁のハドリー警視の友人　「彼女がペイシェンスを殺すはずがない」　大山誠一郎　論理学園事件帳　講談社（講談社文庫）　2007年1月；本格ミステリ03　講談社（講談社ノベルス）　2003年6月

フェル博士（ギデオン・フェル博士）　ふぇるはかせ（ぎでおんふぇるはかせ）
キャロウェイ家の屋敷〝雷鳴の城〟にやってきた名探偵　「フレンチ警部と雷鳴の城」　芦辺拓　死神と雷鳴の暗号（本格短編ベスト・セレクション）　講談社（講談社文庫）　2006年1月；本格ミステリ02　講談社（講談社ノベルス）　2002年5月

フーカ
日本の人口が激減した二十一世紀なかばに国家権力が分割した居住区に暮らす同い年の若者の一人　「AUジョー」　氷川透　書下ろしアンソロジー 21世紀本格　光文社（カッパ・ノベルス）　2001年12月

深倉 澄子　ふかくら・すみこ
政財界の大物、HTS（暗殺者養成学校）の卒業試験のターゲットにされた女　「殺人トーナメント」　井上夢人　探偵Xからの挑戦状! Season2　小学館（小学館文庫）　2011年2月

深田　ふかだ
密室の殺人実験室を考案した「私」「私の犯罪実験に就いて」 深田孝士 幻の探偵雑誌8「探偵クラブ」傑作選　光文社（光文社文庫）　2001年12月

深田 市郎　ふかだ・いちろう
放火の第二容疑者 「冤罪」 今野敏 現場に臨め‐最新ベスト・ミステリー　光文社　2010年10月

鱶野 誠吉　ふかの・せいきち
暴力団箕島組の若頭 「弔いはおれがする」 逢坂剛 推理小説年鑑 ザ・ベストミステリーズ2002　講談社　2002年7月

鱶野 誠吉　ふかの・せいきち
暴力団箕島組組長、元若頭 「昔なじみ」 逢坂剛 決断‐警察小説競作　新潮社（新潮文庫）　2006年2月

深見　ふかみ
横浜市警本部捜査一課の警部 「電話の声」 北林透馬 甦る推理雑誌4「妖奇」傑作選　光文社（光文社文庫）　2003年1月

深海　ふかみ*
弊衣破帽に釣鐘マントの南国の高等学生、白家の同級 「みかん山」 白家太郎（多岐川恭）甦る推理雑誌9「別冊宝石」傑作選　光文社（光文社文庫）　2003年11月

深見 敬太郎　ふかみ・けいたろう
素人下宿に住む大学生の沢村甲吉がとくべつな関心をもった隣家の夫婦の夫 「隣りの夫婦」 左右田謙 ミステリー傑作選・特別編5 自選ショート・ミステリー　講談社（講談社文庫）　2001年6月

深見沢 香織　ふかみざわ・かおり
橋口多佳子が何十年ぶりに出会った同級生の友人という霊媒師 「干からびた犯罪」 中井英夫 現代詩殺人事件‐ポエジーの誘惑　光文社（光文社文庫）　2005年9月

深見 淳一　ふかみ・じゅんいち
画家、アパートで陰鬱な黒いカーテンに向かって画想をめぐらしていた男 「黒いカーテン」 薄風之助 甦る推理雑誌2「黒猫」傑作選　光文社（光文社文庫）　2002年11月

深水 隆男　ふかみ・たかお
「私」に十三篇の作品をさしだして小説の選を頼んできた甥 「詫び証文」 火野葦平 江戸川乱歩と13の宝石　光文社（光文社文庫）　2007年5月

深道 恭介　ふかみち・きょうすけ
工学部力学系専攻の大学生、ミステリーマニアの青年 「ジョン・D・カーの最終定理」 柄刀一 密室と奇蹟‐J・D・カー生誕百周年記念アンソロジー　東京創元社　2006年11月

深見 昌子　ふかみ・まさこ*
素人下宿に住む大学生の沢村甲吉がとくべつな関心をもった隣家の夫婦の妻 「隣りの夫婦」 左右田謙 ミステリー傑作選・特別編5 自選ショート・ミステリー　講談社（講談社文庫）　2001年6月

深谷 伸夫　ふかや・のぶお
軽井沢の島田家の別荘に来た親戚の子ども 「葡萄酒の色」 服部まゆみ 緋迷宮 祥伝社(祥伝社文庫) 2001年12月

福家　ふくいえ
警視庁捜査一課の女性警部補 「マックス号事件」 大倉崇裕 法廷ジャックの心理学 講談社(講談社文庫) 2011年1月

福家　ふくいえ
警視庁捜査一課の女性警部補 「福家警部補の災難」 大倉崇裕 本格ミステリ07 講談社(講談社ノベルス) 2007年5月

福島　ふくしま
FXSのディレクター 「糸ノコとジグザグ」 島田荘司 マイ・ベスト・ミステリーⅢ 文藝春秋(文春文庫) 2007年9月

福島 浩一　ふくしま・こういち
メッキ職人 「カウント・プラン」 黒川博行 マイ・ベスト・ミステリーⅡ 文藝春秋(文春文庫) 2007年8月

福田　ふくだ
出版社の元編集者だった男 「椰子の実」 飯野文彦 ミステリー傑作選・特別編5 自選ショート・ミステリー 講談社(講談社文庫) 2001年6月

福田 可奈子　ふくだ・かなこ
湘南海岸にある精神病院に入院中の夫を見舞った女性 「ビジター」 五十嵐均 ミステリー傑作選・特別編6 自選ショート・ミステリー2 講談社(講談社文庫) 2001年10月

福田 悠里　ふくだ・ゆうり
聖ミレイユ学園の生徒、汎虚学研究会の部員の一人 「世界征服同好会」 竹本健治 学び舎は血を招く 講談社(講談社ノベルス) 2008年11月

福田 養二　ふくだ・ようじ
湘南海岸にある精神病院に入院している男 「ビジター」 五十嵐均 ミステリー傑作選・特別編6 自選ショート・ミステリー2 講談社(講談社文庫) 2001年10月

福地 敬吉　ふくち・けいきち
殺人事件の容疑者、被害者の未亡人梶田登喜子の甥 「ジャケット背広スーツ」 都筑道夫 マイ・ベスト・ミステリーⅥ 文藝春秋(文春文庫) 2007年12月

福地 健二郎　ふくち・けんじろう
医学博士、圷家の主治医 「圷(あくづ)家殺人事件」 天城一 甦る推理雑誌5「密室」傑作選 光文社(光文社文庫) 2003年3月

福寺 甚九郎　ふくでら・じんくろう
刑事、上城久里子のマネージャー福寺平治のイトコ 「タワーに死す」 霞流一 赤に捧げる殺意 角川書店 2005年4月;密室レシピ 角川書店(角川文庫) 2002年4月

福寺 平治　ふくでら・へいじ
女優上城久里子のマネージャー 「タワーに死す」 霞流一 赤に捧げる殺意 角川書店 2005年4月;密室レシピ 角川書店(角川文庫) 2002年4月

ふくと

福富 照夫　ふくとみ・てるお
福富鉄工所社長、中三の息子・康彦を誘拐された男 「窮鼠の悲しみ」 鷹将純一郎　新・本格推理02　光文社(光文社文庫)　2002年3月

福留先生　ふくとめせんせい*
飛び下り自殺をした生徒・下山純子が通う区立中学の教頭 「透き通った一日」 赤川次郎　七つの危険な真実　新潮社(新潮文庫)　2004年2月

福永 洋子　ふくなが・ようこ
落ち目の演歌歌手彼末竜太郎の情婦 「インベーダー」 馳星周　事件現場に行こう-日本ベストミステリー選集33　光文社(光文社文庫)　2006年4月;事件現場に行こう　光文社　2001年11月

福原　ふくはら
若い刑事 「夢の国の悪夢」 小貫風樹　新・本格推理03 りら荘の相続人　光文社(光文社文庫)　2003年3月

河豚原　ふぐはら
遊園地のオーナー 「夢の国の悪夢」 小貫風樹　新・本格推理03 りら荘の相続人　光文社(光文社文庫)　2003年3月

普久原 淳夫　ふくはら・あつお
国際宇宙ステーションの精鋭クルー、守村優佳の恋人 「箱の中の猫」 菅浩江　蒼迷宮　祥伝社(祥伝社文庫)　2002年3月

福原 楊花　ふくはら・ようか
水道橋にある日本語学校のベテラン中国人教師、生徒たちから日本のママと呼ばれる女 「偽りの季節」 五條瑛　事件を追いかけろ　光文社(光文社文庫)　2009年4月;事件を追いかけろ　光文社　2004年12月

福本　ふくもと
コーヒーチェーン店の三鷹店のアルバイト 「本部から来た男」 塔山郁　推理小説年鑑 ザ・ベストミステリーズ2011　講談社　2011年7月

福山 淳也　ふくやま・じゅんや
エリートサラリーマン、金沢秋一に瓜二つの男 「替玉」 北川歩実　嘘つきは殺人のはじまり　講談社(講談社文庫)　2003年9月

芙佐　ふさ
昆虫学者の「僕」の恋人で胸に大輪の芙蓉の花を抱いた姿で屍体で発見された娘 「妖虫記」 香山滋　甦る推理雑誌3「X」傑作選　光文社(光文社文庫)　2002年12月

夫妻　ふさい
「わたし」を交通事故で下半身不随にした責任をとって妻に迎えた夫 「愛妻」 川野京輔　ミステリー傑作選・特別編6 自選ショート・ミステリー2　講談社(講談社文庫)　2001年10月

夫妻　ふさい
夫たる青年が東京駅前で未知の婦人から預かった赤ン坊を宅へ連れ帰り育てている夫妻 「愛の為めに」 甲賀三郎　幻の探偵雑誌5「探偵文藝」傑作選　光文社(光文社文庫)　2001年2月

房恵　ふさえ
伏屋振一の亡母、犬を飼っていた美人　「犬の写真」池永陽　推理小説年鑑 ザ・ベストミステリーズ2005　講談社　2005年7月

房江　ふさえ
出世コースを歩む会社員の息子を女手一つで育てて来た母親　「お望み通りの死体」阿刀田高　犯人は秘かに笑う-ユーモアミステリー傑作選　光文社（光文社文庫）2007年1月

房枝　ふさえ
オレオレ詐欺の電話に出た女　「偶然」折原一　推理小説年鑑 ザ・ベストミステリーズ2004　講談社　2004年7月

房吉　ふさきち
富島町の岡っ引「よろいの渡し」都筑道夫　マイ・ベスト・ミステリーIV　文藝春秋（文春文庫）2007年10月

藤井　ふじい
弁護士、学生時代に殺人事件の被告人鵜川妙子の家の下宿人だった男　「満願」米澤穂信　推理小説年鑑 ザ・ベストミステリーズ2011　講談社　2011年7月

藤井くん　ふじいくん
おとなたちが消えうせた世界にのこされた十二歳以下の子供たちの代表の一人　「お召し」小松左京　マイ・ベスト・ミステリーVI　文藝春秋（文春文庫）2007年12月

藤井 司郎　ふじい・しろう
殺害された山岸博士の助手　「8・1・8」島田一男　甦る推理雑誌1「ロック」傑作選　光文社（光文社文庫）2002年10月

富士 宇衛門　ふじ・うえもん
八丁堀の同心　「金魚狂言」泡坂妻夫　名探偵で行こう-最新ベスト・ミステリー シリーズ・キャラクター編　光文社（光文社文庫）2001年9月

藤江　ふじえ
駒方の米問屋「越後屋」の美人の一人娘　「変身術」岡田鯱彦　剣が謎を斬る　光文社（光文社文庫）2005年4月

藤枝主任　ふじえだしゅにん
等々力不動前交番に勤務する新米警察官高木聖大の先輩　「とどろきセブン」乃南アサ　鼓動-警察小説競作　新潮社（新潮文庫）2005年2月

藤尾　ふじお
料理屋の美人の女主人浜子めあての客、四人の同級生の一人の海産物問屋の若主人　「四人の同級生」永瀬三吾　江戸川乱歩の推理教室　光文社（光文社文庫）2008年9月

藤尾 清造　ふじお・せいぞう
藤尾スタンプ商会社長、伏見芳江の昔の恋人の兄　「歩道橋の男」原寮　謎002-スペシャル・ブレンド・ミステリー　講談社（講談社文庫）2007年9月

藤川 吉右衛門　ふじかわ・きちえもん*
かつて猪苗代の金子沢村での新田開発を願い出て許された町人　「第二の助太刀」中村彰彦　偉人八傑推理帖　双葉社（双葉文庫）2004年7月

ふじか

藤川 小夜　ふじかわ・さよ
リストラされて自宅で殺されていた藤川光司の妻、専門学校の非常勤講師　「お弁当ぐるぐる」　西澤保彦　あなたが名探偵　東京創元社(創元推理文庫)　2009年4月

藤川 修子　ふじかわ・しゅうこ
リストラされて自宅で殺されていた藤川光司の息子の妻、専業主婦　「お弁当ぐるぐる」　西澤保彦　あなたが名探偵　東京創元社(創元推理文庫)　2009年4月

藤川 露司　ふじかわ・つゆじ*
先頃帰朝した有名な画家　「アルルの秋」　鈴木秀郎　甦る推理雑誌9「別冊宝石」傑作選　光文社(光文社文庫)　2003年11月

藤木 一恵　ふじき・かずえ
大手電機メーカーの苦情処理担当の若い女性　「死神の精度」　伊坂幸太郎　推理小説年鑑　ザ・ベストミステリーズ2004　講談社　2004年7月

藤倉 佐希　ふじくら・さき
東欧周遊ツアーの参加者、お嬢様風の美女　「第三の女」　森福都　らせん階段　角川春樹事務所(ハルキ文庫)　2003年5月

藤倉 美和　ふじくら・びわ
高校一年生、新聞部員　「後夜祭で、つかまえて」　はやみねかおる　学園祭前夜　メディアファクトリー(MF文庫)　2010年10月

ふじ子　ふじこ
湯河原にある鎮子の家の別荘に避暑にやってきた同じ石油会社の同僚　「見晴台の惨劇」　山村正夫　江戸川乱歩の推理試験　光文社(光文社文庫)　2009年1月

藤子　ふじこ
呉服店「赤坂屋」の奥方、竹村小富士太夫の名で娘義太夫をやっていた美女　「踊るお人形」　夢枕獏　シャーロック・ホームズに愛をこめて　光文社(光文社文庫)　2010年1月

不二子　ふじこ
若い女性検事　「コスモスの鉢」　藤原遊子　新・本格推理05-九つの署名　光文社(光文社文庫)　2005年3月

藤島 雷造　ふじしま・らいぞう
実業家、戦後の混乱にじょうじてたいへんな財産をつくりあげた人物　「吸血魔」　高木彬光　少年探偵王　本格推理マガジン-文庫雑誌/ぼくらの推理冒険物語　光文社(光文社文庫)　2002年4月

藤城　ふじしろ
設計事務所の共同経営者　「雁の便り」　北村薫　幻惑のラビリンス　光文社(光文社文庫)　2001年5月

藤代 修矢　ふじしろ・しゅうや
水島のじいちゃんと暮らす高校生　「イタリア国旗の食卓」　谷原秋桜子　本格ミステリ10　講談社(講談社ノベルス)　2010年6月

藤代 修矢　ふじしろ・しゅうや
水島のじいちゃんと暮らす高校生　「鏡の迷宮、白い蝶」　谷原秋桜子　ベスト本格ミステリ2011　講談社（講談社ノベルス）　2011年6月

藤代 靖男　ふじしろ・やすお
八須田病院の医師　「暗い玄海灘に」　夏樹静子　謎004-スペシャル・ブレンド・ミステリー　講談社（講談社文庫）　2009年9月

藤園　ふじぞの
「カフェー黒猫」に集まる群（グループ）の一人、伯爵夫人と綽名される老嬢　「国貞画夫婦刷鷺娘」　蜘蛛手緑　幻の探偵雑誌7「新趣味」傑作選　光文社（光文社文庫）　2001年11月

藤田　ふじた
横浜犯罪科学研究所の医者　「電話の声」　北林透馬　甦る推理雑誌4「妖奇」傑作選　光文社（光文社文庫）　2003年1月

藤田　ふじた
中年のやくざ、任侠の男　「死神と藤田」　伊坂幸太郎　推理小説年鑑 ザ・ベストミステリーズ2005　講談社　2005年7月

藤田 省吾　ふじた・しょうご*
吉祥寺に住む笹井夫妻の隣組の住人、退役軍人　「花粉（『笹井夫妻と殺人事件』の内）」　横溝正史　甦る推理雑誌1「ロック」傑作選　光文社（光文社文庫）　2002年10月

藤田先生　ふじたせんせい
小学校の先生　「藤田先生、指一本で巨石を動かす」　村瀬継弥　新世紀「謎（ミステリー）」倶楽部　角川書店　2001年8月

藤沼 隆平　ふじぬま・りゅうへい
機械製造メーカーI社の社員、社内の英雄的存在だった定年間近の男　「人事マン」　沢村凜　Play推理遊戯　講談社（講談社文庫）　2011年4月;推理小説年鑑 ザ・ベストミステリーズ2008　講談社　2008年7月

藤野 英一　ふじの・えいいち*
高校時代から親友の三人の女たちに同じ招待状を送ってきた昔の恋人の男　「ヒロインへの招待状」　連城三紀彦　事件の痕跡-最新ベスト・ミステリー　光文社　2007年11月

冨士原 修二　ふじはら・しゅうじ*
捜査一課の刑事　「原子を裁く核酸」　松尾詩朗　書下ろしアンソロジー 21世紀本格　光文社（カッパ・ノベルス）　2001年12月

伏見 康平　ふしみ・こうへい
和服のチェーン店「伏見屋」の社長、伏見亮吉と芳江夫妻の息子　「歩道橋の男」　原寮　謎002-スペシャル・ブレンド・ミステリー　講談社（講談社文庫）　2007年9月

伏見 たか子　ふしみ・たかこ
娼婦　「死体紹介人」　川端康成　文豪の探偵小説　集英社（集英社文庫）　2006年11月

ふしみ

藤宮　ふじみや
彩吹南高校二年生 「無貌の王国」 三雲岳斗 ミステリ魂。校歌斉唱! 講談社(講談社文庫) 2010年3月

伏見 芳江　ふしみ・よしえ
資産家の夫人、探偵・成島啓子の依頼人 「歩道橋の男」 原寮 謎002-スペシャル・ブレンド・ミステリー 講談社(講談社文庫) 2007年9月

伏見 亮吉　ふしみ・りょうきち
伏見芳江の夫、和服のチェーン店「伏見屋」の会長 「歩道橋の男」 原寮 謎002-スペシャル・ブレンド・ミステリー 講談社(講談社文庫) 2007年9月

藤村 功　ふじむら・いさお
医師、温泉宿で会った探偵作家の「私」に手紙を届けた男 「生きている屍」 鷲尾三郎 甦る推理雑誌6「探偵実話」傑作選 光文社(光文社文庫) 2003年5月

藤村 紀和　ふじむら・きわ
実家を出て一人暮らしをする女、中瀬の元愛人 「雪模様」 永井するみ 事件を追いかけろ 光文社(光文社文庫) 2009年4月;事件を追いかけろ 光文社 2004年12月

藤村 なお　ふじむら・なお
杉江医師の看護婦 「マコトノ草ノ種マケリ」 鏑木蓮 新・本格推理06-不完全殺人事件 光文社(光文社文庫) 2006年3月

藤村 奈津美　ふじむら・なつみ
放送部に所属する高校一年生 「騒がしい密室」 竹本健治 大きな棺の小さな鍵(本格短編ベスト・セレクション) 講談社(講談社文庫) 2009年1月;本格ミステリ05 講談社(講談社ノベルス) 2005年6月

藤村 美琴　ふじむら・みこと
藤村紀和の妹、家業の和菓子屋を継いだ娘 「雪模様」 永井するみ 事件を追いかけろ 光文社(光文社文庫) 2009年4月;事件を追いかけろ 光文社 2004年12月

藤本　ふじもと
兵庫県警捜査一課の刑事、吉田の先輩 「猛虎館の惨劇」 有栖川有栖 新本格猛虎会の冒険 東京創元社 2003年3月

藤本 智代　ふじもと・ともよ
少年犯罪の被害者の妻 「償い」 薬丸岳 現場に臨め-最新ベスト・ミステリー 光文社 2010年10月

藤原 嘉藤治(カトジ)　ふじわら・かとうじ(かとじ)
花巻高等女学校の音楽教師、農学校教諭・宮澤賢治の友人 「かれ草の雪とけたれば」 鏑木蓮 新・*本格推理 特別編 光文社(光文社文庫) 2009年3月

藤原 嘉藤治(カトジ)　ふじわら・かとうじ(かとじ)
花巻高等女学校の教員、宮澤賢治(ケンジ)の無二の親友 「マコトノ草ノ種マケリ」 鏑木蓮 新・本格推理06-不完全殺人事件 光文社(光文社文庫) 2006年3月

夫人　ふじん
結核患者で妊娠した外交官夫人　「印象」　小酒井不木　幻の探偵雑誌10「新青年」傑作選　光文社(光文社文庫)　2002年2月

婦人　ふじん
南洋の多島海へ商用で出掛けて来た仏蘭西(フランス)人のシャンプオオル氏が行く先で度々出会った婦人　「シャンプオオル氏事件の顛末」　城昌幸　幻の探偵雑誌5「探偵文藝」傑作選　光文社(光文社文庫)　2001年2月

婦人(女)　ふじん(おんな)
上野から「私」と同じ汽車に乗った婦人で殺人事件の容疑者の女　「髭」　佐々木味津三　探偵小説の風景 トラフィック・コレクション(上)　光文社(光文社文庫)　2009年5月

ブース
小切手偽造犯人　「怪犯人の行方」　山中まね太郎　日本版 シャーロック・ホームズの災難　論創社　2007年12月

布施 浩行　ふせ・ひろゆき
長崎から「さくら」のグリーン寝台に乗った男、東京の栄明建設の社員　「グリーン寝台車の客」　多岐川恭　愛憎発殺人行 鉄道ミステリー名作館　徳間書店(徳間文庫)　2004年5月

布施 由利　ふせ・ゆり
隔週の土曜日に私鉄の駅で降りて孫のところに行くという二十代の女性　「若いオバアチャマ」　佐野洋　ミステリー傑作選・特別編5 自選ショート・ミステリー　講談社(講談社文庫)　2001年6月

二木　ふたき
検事　「殺人迷路(連作探偵小説第九回)」　佐左木俊郎　幻の探偵雑誌8「探偵クラブ」傑作選　光文社(光文社文庫)　2001年12月

二木　ふたき
検事　「殺人迷路(連作探偵小説第八回)」　浜尾四郎　幻の探偵雑誌8「探偵クラブ」傑作選　光文社(光文社文庫)　2001年12月

二人　ふたり
電車の中で映画「恐怖の窓」の話をしていた若い男女二人　「恐ろしい窓」　阿刀田高　ミステリー傑作選・特別編5 自選ショート・ミステリー　講談社(講談社文庫)　2001年6月

ふーちゃん(歩)　ふーちゃん(あゆむ)
「山浦探偵事務所」の探偵　「雪のマズルカ」　芦原すなお　嘘つきは殺人のはじまり　講談社(講談社文庫)　2003年9月

部長(刑事部長)　ぶちょう(けいじぶちょう)
新任の県警刑事部長、折鶴を作るのが趣味の男　「折鶴の血」　佐野洋　警察小説傑作短編集　ランダムハウス講談社(ランダムハウス講談社文庫)　2009年7月

フック
殺し屋　「悪魔の辞典」　山田正紀　不思議の足跡－最新ベスト・ミステリー　光文社　2007年10月

ぶっち

ブッチャー
闇金の取立て人、悪役レスラーにそっくりな太った男 「熱帯夜」 曽根圭介 推理小説年鑑 ザ・ベストミステリーズ2009 講談社 2009年7月

筆子　ふでこ
会社員湯河勝麿太郎のチブスで亡くなった先の妻 「途上」 谷崎潤一郎 文豪の探偵小説 集英社(集英社文庫) 2006年11月

肥った男　ふとったおとこ
宝物殿の前にあるベンチに掛けた男と並んで腰を降ろした肥った男 「鳩」 北方謙三 マイ・ベスト・ミステリーⅡ 文藝春秋(文春文庫) 2007年8月

舟越 明彦　ふなこし・あきひこ
強姦未遂事件の公判の被告人、元大学生 「無意識的転移」 深谷忠記 事件現場に行こう-日本ベストミステリー選集33 光文社(光文社文庫) 2006年4月;事件現場に行こう 光文社 2001年11月

船島　ふなしま*
人間荘アパート十五号室の住人の男の人 「まぼろしの恋妻」 山田風太郎 マイ・ベスト・ミステリーⅢ 文藝春秋(文春文庫) 2007年9月

船田 鯉四郎　ふなだ・こいしろう
浅草花川戸の十軒長屋に住む釣り好きの浪人 「寒バヤ釣りと消えた女」 太田蘭三 殺意の海 徳間書店(徳間文庫) 2003年9月

船曳警部　ふなびきけいぶ
大阪府警捜査一課の警部 「屋根裏の散歩者」 有栖川有栖 江戸川乱歩に愛をこめて 光文社(光文社文庫) 2011年2月;名探偵登場!-日本ミステリー名作館1 KKベストセラーズ 2004年11月

船山　ふなやま
巡査 「虎よ、虎よ、爛爛と-101番目の密室」 狩久 密室殺人大百科 下 講談社(講談社文庫) 2003年9月

傅 伯淵　ふ・はくえん
宋の朝廷直属の巡按御史・趙希舜の従者 「黄鶏帖の名跡」 森福都 珍しい物語のつくり方(本格短編ベスト・セレクション) 講談社(講談社文庫) 2010年1月;本格ミステリ06 講談社(講談社ノベルス) 2006年5月

傅 伯淵　ふ・はくえん
宋の朝廷直属の巡按御史・趙希舜の従者 「十八面の骰子」 森福都 推理小説年鑑 ザ・ベストミステリーズ2002 講談社 2002年7月

芙美　ふみ
森岡信雄の妻、陰気な女 「青の使者」 唯川恵 悪魔のような女 角川春樹事務所(ハルキ文庫) 2001年7月

芙美　ふみ
都内の大病院から老人病院に移ってきた老女 「春の便り」 篠田節子 ミステリー傑作選・特別編6 自選ショート・ミステリー2 講談社(講談社文庫) 2001年10月

文雄　ふみお
宮崎冴子の夫　「返す女」　新津きよみ　罪深き者に罰を　講談社(講談社文庫)　2002年11月

文夫さん　ふみおさん
自殺した天才ヴァイオリニスト梶原日名子が失恋した相手　「第二の失恋」　大倉燁子　甦る推理雑誌3「X」傑作選　光文社(光文社文庫)　2002年12月

フミ子　ふみこ
厩舎の女中をしている別当の娘　「競馬場の殺人」　大河内常平　江戸川乱歩の推理試験　光文社(光文社文庫)　2009年1月

富美子　ふみこ
未亡人が殺害された故広畑博士の家の三人の者の一人、女中　「薄い刃」　飛鳥高　江戸川乱歩の推理試験　光文社(光文社文庫)　2009年1月

文村　透　ふみむら・とおる
スナック・バー「伊留満」の常連の若い俳優　「ホームズもどき」　都筑道夫　シャーロック・ホームズに再び愛をこめて　光文社(光文社文庫)　2010年7月

冬木　紫季男　ふゆき・しきお
冬木摩耶子の兄　「泥具根博士の悪夢−魔を呼ぶ密室」　二階堂黎人　密室殺人大百科 上　講談社(講談社文庫)　2003年9月

冬木　千恵子　ふゆき・ちえこ
京都の聖カルペッパ学園文学部の三回生、殺された緑原衛理夫と同じゼミの学生　「ヘリオスの神像」　麻耶雄嵩　あなたが名探偵　東京創元社(創元推理文庫)　2009年4月

冬木　摩耶子　ふゆき・まやこ
インチキ超能力者　「泥具根博士の悪夢−魔を呼ぶ密室」　二階堂黎人　密室殺人大百科 上　講談社(講談社文庫)　2003年9月

ふゆ子　ふゆこ
実業家池浦吾郎の邸に寄食している弟の未亡人　「孤独な朝食」　樹下太郎　江戸川乱歩の推理試験　光文社(光文社文庫)　2009年1月

冬子　ふゆこ
二十代の女性の布施由利が隔週の土曜日に会いに行くという「孫」　「若いオバアチャマ」　佐野洋　ミステリー傑作選・特別編5 自選ショート・ミステリー　講談社(講談社文庫)　2001年6月

冬次郎　ふゆじろう
村の温泉旅館の次男坊、捨て子の地蔵助が兄のように慕う男　「夕闇地蔵」　恒川光太郎　七つの死者の囁き　新潮社(新潮文庫)　2008年12月

フユミ
丘の頂上に建つ古い家の娘、イチロウとリュウジの妹　「Closet」　乙一　暗闇を追いかけろ−日本ベストミステリー選集35　光文社(光文社文庫)　2008年5月

ふら

フラー
神戸のアメリカ人貿易商会主 「フラー氏の昇天」 一条栄子 幻の探偵雑誌9「探偵」傑作選 光文社(光文社文庫) 2002年1月

ブライアン・エルキンズ
ハイスクールの男子生徒 「チープ・トリック」 西澤保彦 密室殺人大百科 下 講談社(講談社文庫) 2003年9月

ぶらいと
警察署長、ばあどるふの急死事件を調べる者 「あやしやな」 幸田露伴 文豪のミステリー小説 集英社(集英社文庫) 2008年2月

ブラウン神父　ぶらうんしんぷ
元大怪盗のフランボウの友人 「ファレサイ島の奇跡」 乾敦 山口雅也の本格ミステリ・アンソロジー 角川書店(角川文庫) 2007年12月

ブラクセン
ストックホルムのビデオショップのアルバイト店員、内気な男 「ストックホルムの埋み火」 貫井徳郎 決断－警察小説競作 新潮社(新潮文庫) 2006年2月

ブラッドリー
メスカリン・シティ署の警部 「ロス・マクドナルドは黄色い部屋の夢を見るか?」 法月綸太郎 マイ・ベスト・ミステリーⅥ 文藝春秋(文春文庫) 2007年12月

仏蘭西人の女(女)　ふらんすじんのおんな(おんな)
船の中で「僕」に頼み事をしてきた仏蘭西人の女 「鑑定料」 城昌幸 探偵小説の風景トラフィック・コレクション(下) 光文社(光文社文庫) 2009年9月

フランソワ
パリ警察予審判事バンコラン配下の刑事 「ジェフ・マールの追想」 加賀美雅之 密室晩餐会 原書房 2011年6月

フランソワ・マノリスク(マノリスク)
心霊術者と称しイギリスの田舎にある縛り首の塔の館と呼ばれる屋敷に住み着いた男 「縛り首の塔の館」 加賀美雅之 密室殺人大百科 下 講談社(講談社文庫) 2003年9月

フランボウ
元大怪盗、ブラウン神父の友人 「ファレサイ島の奇跡」 乾敦 山口雅也の本格ミステリ・アンソロジー 角川書店(角川文庫) 2007年12月

フリント
紐育(ニューヨーク)自由新報記者 「夜汽車」 牧逸馬 幻の探偵雑誌5「探偵文藝」傑作選 光文社(光文社文庫) 2001年2月

古川　ふるかわ
刑事、食いつくとしつこい男 「トリッチ・トラッチ・ポルカ」 麻耶雄嵩 天使と髑髏の密室(本格短編ベスト・セレクション) 講談社(講談社文庫) 2005年12月;本格ミステリ02 講談社(講談社ノベルス) 2002年5月

古川　ふるかわ
友人の牧野と一緒に温泉町に来て一週間もいる男　「蝶と処方箋」　蘭郁二郎　悪魔黙示録「新青年」一九三八-探偵小説暗黒の時代へ　光文社（光文社文庫）　2011年8月

古川 宗三郎　ふるかわ・そうざぶろう
銀座の老舗画廊で傷つけられた肖像画のモデル、画家宇佐美真司の義父で財界の重鎮　「ダナエ」　藤原伊織　乱歩賞作家青の謎　講談社　2007年7月

古城 堅蔵（コジョー）　ふるき・けんぞう（こじょー）
蝦蟇倉大学の不可能犯罪研究会に所属している学生　「密室の本-真知博士五十番目の事件」　村崎友　蝦蟇倉市事件2　東京創元社（ミステリ・フロンティア）　2010年2月

古田 三吉　ふるた・さんきち
林署長の署の刑事　「緑のペンキ罐」　坪田宏　甦る推理雑誌10「宝石」傑作選　光文社（光文社文庫）　2004年1月

古田 正五郎　ふるた・しょうごろう
ドイツ語教師　「ニッケルの文鎮」　甲賀三郎　人間心理の怪　勉誠出版（べんせいライブラリー）　2003年3月

**古田 正五郎　ふるた・しょうごろう*
ドイツ語教師　「ニッケルの文鎮」　甲賀三郎　江戸川乱歩と13人の新青年〈論理派〉編　光文社（光文社文庫）　2008年1月

ブル博士　ぶるはかせ
探偵士、キッドとピンクの上司　「靴の中の死体」　山口雅也　探偵Xからの挑戦状!　小学館（小学館文庫）　2009年1月

古橋 哲哉　ふるはし・てつや
元新聞記者のフリーライター　「花を見る日」　香納諒一　名探偵で行こう-最新ベスト・ミステリー　シリーズ・キャラクター編　光文社（光文社文庫）　2001年9月

降旗 静子　ふるはた・しずこ
夕刊紙「新東洋」の記者明石良輔に手紙を送ってきた未知の夫人　「蔦のある家」　角田喜久雄　甦る推理雑誌2「黒猫」傑作選　光文社（光文社文庫）　2002年11月

古辺 鉤　ふるべ・こう
蝦蟇倉大学の同期生四人がレストランで開いた食事会で発生した殺人事件の容疑者の一人　「毒入りローストビーフ事件」　桜坂洋　蝦蟇倉市事件2　東京創元社（ミステリ・フロンティア）　2010年2月

古本屋の細君　ふるほんやのさいくん
殺人事件の被害者、D坂の古本屋の細君　「D坂の殺人事件」　江戸川乱歩　名探偵登場!-日本ミステリー名作館1　KKベストセラーズ　2004年11月

古厩 順子　ふるまや・じゅんこ
自宅に夫宛にひまわりの種が入った封筒が送られてきた会社員の妻　「種を蒔く女」　新津きよみ　事件現場に行こう-日本ベストミステリー選集33　光文社（光文社文庫）　2006年4月；事件現場に行こう　光文社　2001年11月

ふるま

古厩 伸一郎　ふるまや・しんいちろう
自宅にひまわりの種が入った封筒が送られてきた会社員の夫　「種を蒔く女」　新津きよみ　事件現場に行こう－日本ベストミステリー選集33　光文社(光文社文庫)　2006年4月；事件現場に行こう　光文社　2001年11月

ブルーム氏　ぶるーむし
元船乗り、サモアからヨットでファレサイ島に行った男　「ファレサイ島の奇跡」　乾敦　山口雅也の本格ミステリ・アンソロジー　角川書店(角川文庫)　2007年12月

古谷先生　ふるやせんせい
女学校の教頭、殺害された田口那美の先生　「探偵小説」　横溝正史　マイ・ベスト・ミステリーV　文藝春秋(文春文庫)　2007年11月

古谷 優子　ふるや・ゆうこ
女子学生、真壁かをりの友人　「変奏曲〈白い密室〉」　西澤保彦　名探偵の奇跡－日本ベストミステリー選集　光文社(光文社文庫)　2010年5月；名探偵の奇跡－最新ベスト・ミステリー　光文社　2007年9月

古谷 麗子　ふるや・れいこ
女子大生崩れの二流タレント　「DRIVE UP」　馳星周　暗闇を追いかけろ－日本ベストミステリー選集35　光文社(光文社文庫)　2008年5月

プルン
フォトジャーナリストのジョー(柚子原譲)に雇われたクメール人の通訳兼ドライバー　「ミンミン・パラダイス」　三枝洋　推理小説年鑑 ザ・ベストミステリーズ2001　講談社　2001年6月

ブレア
BBC海外放送総局東洋部インド課の職員　「ジョン・ディクスン・カー氏、ギデオン・フェル博士に会う」　芦部拓　密室と奇蹟－J・D・カー生誕百周年記念アンソロジー　東京創元社　2006年11月

ブレンダ
「林檎」と綽名される宇宙ステーションの乗員、ノイ博士の三人娘の次女　「暗黒の海を漂う黄金の林檎」　七河迦南　新・本格推理07－Qの悲劇　光文社(光文社文庫)　2007年3月

ブレンダ・スタンフォード
殺害されたプロ野球選手イサイア・スタンフォードの長女　「X以前の悲劇－「異邦の騎士」を読んだ男」　園田修一郎　新・本格推理06－不完全殺人事件　光文社(光文社文庫)　2006年3月

フレンチ警部　ふれんちけいぶ
ロンドン警視庁犯罪捜査部の首席警部　「フレンチ警部と雷鳴の城」　芦辺拓　死神と雷鳴の暗号(本格短編ベスト・セレクション)　講談社(講談社文庫)　2006年1月；本格ミステリ02　講談社(講談社ノベルス)　2002年5月

フレンチ夫人　ふれんちふじん
ロンドン警視庁犯罪捜査部のフレンチ警部の妻　「フレンチ警部と雷鳴の城」　芦辺拓　死神と雷鳴の暗号(本格短編ベスト・セレクション)　講談社(講談社文庫)　2006年1月；本格ミステリ02　講談社(講談社ノベルス)　2002年5月

浮浪者　ふろうしゃ
会社でいやなことがあった佐藤が酒場近くの路地で出会った浮浪者「雪のなかのふたり」
　山田正紀　マイ・ベスト・ミステリーⅢ　文藝春秋（文春文庫）　2007年9月

浮浪人　ふろうにん
雪が降り積もる中寒さと飢えで動けなくなった浮浪人「謎」本田緒生　幻の探偵雑誌5
「探偵文藝」傑作選　光文社（光文社文庫）　2001年2月

フロック・ホームズ（ホームズ）
名探偵「にんぽまにあ」都筑道夫　日本版 シャーロック・ホームズの災難　論創社　2007年12月

風呂出 亜久子　ふろで・あくこ*
素人探偵「虎よ、虎よ、爛爛と-101番目の密室」狩久　密室殺人大百科 下　講談社（講談社文庫）　2003年9月

フロラ
殺人事件の被害者の芸術写真家バート・ウィリアムズ夫人「黒い扇の踊り子」都筑道夫
マイ・ベスト・ミステリーⅥ　文藝春秋（文春文庫）　2007年12月

フローラ・ゼック
ゼック医師の妻で降霊会の主催者、ロンドン郊外にある「亡霊館」の主アンソニー・ゲディングスの孫「亡霊館の殺人」二階堂黎人　密室と奇蹟-J・D・カー生誕百周年記念アンソロジー　東京創元社　2006年11月

フローレンス・ユキ（ユキ）
立花歌劇団の座長立花寛二の妻、プリマドンナ「終幕殺人事件」谿溪太郎　甦る推理雑誌7「探偵倶楽部」傑作選　光文社（光文社文庫）　2003年7月

文吉　ぶんきち
風鈴屋「犯人当て横丁の名探偵」仁木悦子　死人に口無し 時代推理傑作選　徳間書店　2009年11月；大江戸事件帖　双葉社（双葉文庫）　2005年7月

文吉　ぶんきち
本所緑町の蝋燭問屋「吉野屋」の手代、女嫌いの色男「蛇は一匹なり」笹沢左保　俳句殺人事件-巻頭句の女　光文社（光文社文庫）　2001年4月

文次　ぶんじ
火消しになるのが夢で一膳飯屋で下働きしている若者「だるま猫」宮部みゆき　剣が謎を斬る　光文社（光文社文庫）　2005年4月

文次（狐の文次）　ぶんじ（きつねのぶんじ）
目明し「振袖と刃物」戸板康二　死人に口無し 時代推理傑作選　徳間書店　2009年11月

分析技師　ぶんせきぎし
終戦時北満砂金区にあった古城のような事務所を占有していた七人の日本人の一人「芍薬の墓」島田一男　甦る推理雑誌2「黒猫」傑作選　光文社（光文社文庫）　2002年11月

【へ】

陛下　へいか
ローマ帝国の皇帝陛下　「獅子」　山村正夫　江戸川乱歩と13の宝石　第二集　光文社（光文社文庫）　2007年9月

ヘイスティングズ
大尉、名探偵エルキュール・ポアロの友人で〈引き立て役倶楽部〉の常任理事　「引き立て役倶楽部の陰謀」　法月綸太郎　暗闇を見よ　光文社　2010年11月

兵隊　へいたい
原っぱであおむけに寝たまま真上の空に鉄砲を射った一人の兵隊　「兵隊の死」　渡辺温　シャーロック・ホームズに再び愛をこめて　光文社（光文社文庫）　2010年7月

ベインズ
殺害されたロス博士の助手、シャーロック・ホームズの親友　「名探偵誕生」　柴田錬三郎　シャーロック・ホームズに再び愛をこめて　光文社（光文社文庫）　2010年7月

ペチィ・アムボス
露都ペテルスブルグの場末の木賃宿「赤頭巾」の門口に行倒れた女　「ペチィ・アムボス」　一条栄子　幻の探偵雑誌6「猟奇」傑作選　光文社（光文社文庫）　2001年3月

ベッキーさん
旧士族出の会社経営者・花村家の運転手になった美女　「虚栄の市」　北村薫　推理小説年鑑　ザ・ベストミステリーズ2003　講談社　2003年7月

ベッキーさん（別宮 みつ子）　べっきーさん（べっく・みつこ）
士族出身の花村家の運転手　「想夫恋」　北村薫　法廷ジャックの心理学　講談社（講談社文庫）　2011年1月；本格ミステリ07　講談社（講談社ノベルス）　2007年5月

別宮 みつ子　べっく・みつこ
士族出身の花村家の運転手　「想夫恋」　北村薫　法廷ジャックの心理学　講談社（講談社文庫）　2011年1月；本格ミステリ07　講談社（講談社ノベルス）　2007年5月

別宮 みつ子（ベッキーさん）　べっく・みつこ（べっきーさん）
旧士族出の会社経営者・花村家の運転手になった美女　「虚栄の市」　北村薫　推理小説年鑑　ザ・ベストミステリーズ2003　講談社　2003年7月

別腸　べつちょう
別腸亭の主人、元料亭「一二六」の持主で美術品の蒐集家　「桃山訪雪図」　泡坂妻夫　マイ・ベスト・ミステリーⅤ　文藝春秋（文春文庫）　2007年11月

ペトロニウス
ローマ帝国の財務長官　「獅子」　山村正夫　江戸川乱歩と13の宝石　第二集　光文社（光文社文庫）　2007年9月

紅丸　べにまる
玩具メーカーB-TOYの板東社長の息子　「少年名探偵WHO 透明人間事件」　はやみねかおる　忍び寄る闇の奇譚　講談社（講談社ノベルス）　2008年11月

蛇山 源一郎　へびやま・げんいちろう
前科六犯のサギ師「時計塔」鮎川哲也；谷俊彦画　少年探偵王　本格推理マガジン-文庫雑誌/ぼくらの推理冒険物語　光文社(光文社文庫)　2002年4月

ペラ
レノラ・ヒメネスに殺された九官鳥「私が犯人だ」山口雅也　現代詩殺人事件-ポエジーの誘惑　光文社(光文社文庫)　2005年9月

ベルウッド
伊集院家の邸宅で働くヒューマノイド・ロボット「論理の犠牲者」優騎洸　新・*本格推理08　光文社(光文社文庫)　2008年3月

ヴェルザック
破獄をした人殺しの男「探偵Q氏」近藤博　幻の探偵雑誌8「探偵クラブ」傑作選　光文社(光文社文庫)　2001年12月

ベルトラン
探偵、判事「「首吊り判事」邸の奇妙な犯罪」加賀美雅之　不可能犯罪コレクション　原書房　2009年6月

ベルトラン
予審判事、フランス一の名探偵と呼ばれる男「縛り首の塔の館」加賀美雅之　密室殺人大百科 下　講談社(講談社文庫)　2003年9月

ベルナルド
操縦士、連邦政府から植民惑星に派遣された八人の先遣隊メンバーの一人「だから誰もいなくなった」園田修一郎　新・*本格推理 特別編　光文社(光文社文庫)　2009年3月

ベル博士　べるはかせ
中央リニア超特急の乗客「2001年リニアの旅」石川喬司　ミステリー傑作選・特別編5 自選ショート・ミステリー　講談社(講談社文庫)　2001年6月

ヘルバシオ・モンテネグロ(モンテネグロ)
アルゼンチンの外交官、G**将軍の若い妻・アガルマ夫人が恋文を送った博士「盗まれた手紙」法月綸太郎　深夜バス78回転の問題(本格短編ベスト・セレクション)　講談社(講談社文庫)　2008年1月；推理小説年鑑 ザ・ベストミステリーズ2004　講談社　2004年7月

ヴェルレーヌ
詩人、ゴーギャンの友人「巴里に雪のふるごとく」山田風太郎　偉人八傑推理帖　双葉社(双葉文庫)　2004年7月

ヘレナ・クレアモント
未亡人、館の女主人「わが麗しのきみよ…」光原百合　翠迷宮　祥伝社(祥伝社文庫)　2003年6月

ヘレナ・ロイズマン(ロイズマン)
テルアビブ大学の教授、心理学の専門家「神の手」響堂新　書下ろしアンソロジー 21世紀本格　光文社(カッパ・ノベルス)　2001年12月

へれん

ヘレン・ブランストン
ブランストン伯爵の妻 「人形の館の館」 山口雅也　大密室　新潮社(新潮文庫) 2002年2月

弁護士　べんごし
ミステリー・クラブの会員の弁護士 「りんご裁判」 土屋隆夫　甦る推理雑誌7「探偵倶楽部」傑作選　光文社(光文社文庫) 2003年7月

弁護人　べんごにん
三人が殺害された事件の被告人の弁護人 「大きな赤い太陽」 柘植光彦　現代詩殺人事件-ポエジーの誘惑　光文社(光文社文庫) 2005年9月

辺見 武四郎　へんみ・たけしろう
中央署刑事課の刑事 「お役所仕事」 伴野朗　闇夜の芸術祭　光文社(光文社文庫) 2003年4月

辺見 祐輔(ボアン先輩)　へんみ・ゆうすけ(ぼあんせんぱい)
安槻大学の学生 「印字された不幸の手紙の問題」 西澤保彦　暗闇を追いかけろ-日本ベストミステリー選集35　光文社(光文社文庫) 2008年5月

辺見 祐輔(ボアン先輩)　へんみ・ゆうすけ(ぼあんせんぱい)
安槻大学の学生 「招かれざる死者」 西澤保彦　名探偵で行こう-最新ベスト・ミステリー シリーズ・キャラクター編　光文社(光文社文庫) 2001年9月

辺見 祐輔(ボアン先輩)　へんみ・ゆうすけ(ぼあんせんぱい)
安槻大学の古株の学生、タックとタカチとウサコの飲み仲間 「黒の貴婦人」 西澤保彦　透明な貴婦人の謎(本格短編ベスト・セレクション)　講談社(講談社文庫) 2005年1月;本格ミステリ01　講談社(講談社ノベルス) 2001年7月

ヘンリー
イングランドに荘園を持つ旧家ホワイトウッド家の土地管理人 「古井戸」 田中芳樹　Anniversary 50 カッパ・ノベルス創刊50周年記念作品　光文社 2009年12月

ヘンリー
浅草のレビウガール松みさをと結婚した混血の日本人 「レビウガール殺し」 延原謙　江戸川乱歩と13人の新青年〈文学派〉編　光文社(光文社文庫) 2008年5月

ヘンリー・アムボス
露都ペテルスブルグの場末の木賃宿の門口に行倒れた女ペチィの長兄 「ペチィ・アムボス」 一条栄子　幻の探偵雑誌6「猟奇」傑作選　光文社(光文社文庫) 2001年3月

へんりい、ぶらいと(ぶらいと)　へんりいぶらいと(ぶらいと)
警察署長、ばあどるふの急死事件を調べる者 「あやしやな」 幸田露伴　文豪のミステリー小説　集英社(集英社文庫) 2008年2月

ヘンリイ・フリント(フリント)
紐育(ニューヨーク)自由新報記者 「夜汽車」 牧逸馬　幻の探偵雑誌5「探偵文藝」傑作選　光文社(光文社文庫) 2001年2月

ヘンリー・カルバート
最近死んだ富豪フランク・カルバートの弟 「クレタ島の花嫁-贋作ヴァン・ダイン」 高木彬光 密室殺人大百科 上 講談社(講談社文庫) 2003年9月

ヘンリー・グッドフェローズ(グッドフェローズ)
イギリスの地方政治家、心霊術者マノリスクを詐欺師呼ばわりした老人 「縛り首の塔の館」 加賀美雅之 密室殺人大百科 下 講談社(講談社文庫) 2003年9月

ヘンリー・メリヴェール卿(H・M)　へんりーめりべーるきょう(えっちえむ)
名門メリヴェール准男爵家の九代目の名探偵 「フレンチ警部と雷鳴の城」 芦辺拓 死神と雷鳴の暗号(本格短編ベスト・セレクション) 講談社(講談社文庫) 2006年1月;本格ミステリ02 講談社(講談社ノベルス) 2002年5月

【ほ】

保安係　ほあんがかり
元刑事の右腕の不自由な百貨店の保安係 「万引き女のセレナーデ」 小泉喜美子 犯人は秘かに笑う-ユーモアミステリー傑作選 光文社(光文社文庫) 2007年1月

ボアン先輩　ぼあんせんぱい
安槻大学の学生 「印字された不幸の手紙の問題」 西澤保彦 暗闇を追いかけろ-日本ベストミステリー選集35 光文社(光文社文庫) 2008年5月

ボアン先輩　ぼあんせんぱい
安槻大学の学生 「招かれざる死者」 西澤保彦 名探偵で行こう-最新ベスト・ミステリー シリーズ・キャラクター編 光文社(光文社文庫) 2001年9月

ボアン先輩　ぼあんせんぱい
安槻大学の古株の学生、タックとタカチとウサコの飲み仲間 「黒の貴婦人」 西澤保彦 透明な貴婦人の謎(本格短編ベスト・セレクション) 講談社(講談社文庫) 2005年1月;本格ミステリ01 講談社(講談社ノベルス) 2001年7月

ポアンソン
数学教師、版画画廊の女主人マーシャの元夫 「版画画廊の殺人」 荒巻義雄 マイ・ベスト・ミステリーⅠ 文藝春秋(文春文庫) 2007年8月

茅 燕児　ぼう・えんじ
巡按御史・趙希舜に同行する女細作志望の娘、元軽業師 「黄鶏帖の名跡」 森福都 珍しい物語のつくり方(本格短編ベスト・セレクション) 講談社(講談社文庫) 2010年1月;本格ミステリ06 講談社(講談社ノベルス) 2006年5月

宝月 清比古　ほうげつ・きよひこ
霊能者 「悪霊憑き」 綾辻行人 川に死体のある風景 東京創元社(創元推理文庫) 2010年3月;川に死体のある風景 東京創元社(創元クライム・クラブ) 2006年5月

北條　ほうじょう
信州に住む画家 「青衣の画像」 村上信彦 甦る推理雑誌6「探偵実話」傑作選 光文社(光文社文庫) 2003年5月

ほうし

北条屋弥三右衛門（弥三右衛門）　ほうじょうややそうえもん（やそうえもん）
京の分限者　「報恩記」　芥川龍之介　文豪の探偵小説　集英社（集英社文庫）　2006年11月

宝生 麗子　ほうしょう・れいこ
国立署の女性刑事、「宝生グループ」の総帥・宝生清太郎のひとり娘　「殺人現場では靴をお脱ぎください」　東川篤哉　名探偵に訊け　光文社　2010年9月;本格ミステリ08　講談社（講談社ノベルス）　2008年6月

宝生 麗子　ほうしょう・れいこ
国立署の美人刑事、大財閥「宝生グループ」の総帥の娘　「死者からの伝言をどうぞ」　東川篤哉　ベスト本格ミステリ 2011　講談社（講談社ノベルス）　2011年6月

宝引きの辰　ほうびきのたつ
神田千両町に住む捕者の名人と名高い岡っ引　「五ん兵衛船」　泡坂妻夫　名探偵に訊け　光文社　2010年9月

宝引きの辰　ほうびきのたつ
神田千両町の岡っ引、八丁堀定廻り同心能坂要の手先　「目吉の死人形」　泡坂妻夫　江戸の名探偵　徳間書店（徳間文庫）　2009年10月

宝引の辰親分　ほうびきのたつおやぶん
神田千両町の親分　「願かけて」　泡坂妻夫　法廷ジャックの心理学　講談社（講談社文庫）　2011年1月;名探偵の奇跡-日本ベストミステリー選集　光文社（光文社文庫）　2010年5月

宝引の辰親分　ほうびきのたつおやぶん
神田千両町の親分　「鳥居の赤兵衛」　泡坂妻夫　透明な貴婦人の謎（本格短編ベスト・セレクション）　講談社（講談社文庫）　2005年1月;本格ミステリ01　講談社（講談社ノベルス）　2001年7月

宝腹亭蝶念天　ほうふくていちょうねんてん
お笑いタレント、元落語家　「らくだ殺人事件」　霞流一　密室殺人大百科 下　講談社（講談社文庫）　2003年9月

ボクサー
新幹線の乗客のボクサーの青年　「十五分間の出来事」　霧舎巧　気分は名探偵-犯人当てアンソロジー　徳間書店　2006年5月

北斎　ほくさい
葛飾村の百姓八右衛門と名のる絵師　「怪異投込寺」　山田風太郎　剣が謎を斬る　光文社（光文社文庫）　2005年4月

卜伝女史　ぼくでんじょし
警察医の花井が「卜伝女史」と愛称を贈っている婦警　「検屍医」　島田一男　甦る推理雑誌7「探偵倶楽部」傑作選　光文社（光文社文庫）　2003年7月

黒子の男　ほくろのおとこ
撞球場で殺された眉間に大きな黒子のある男　「撞球室の七人」　橋本五郎　幻の探偵雑誌9「探偵」傑作選　光文社（光文社文庫）　2002年1月

ポケット小ぞう　ぽけっとこぞう
しょうねんたんていだんのしょうねん、ポケットにはいるほど小さな子ども 「かいじん二十めんそう」 江戸川乱歩;藤子・F・不二雄;しのだひでお画　少年探偵王 本格推理マガジン-文庫雑誌/ぼくらの推理冒険物語　光文社(光文社文庫)　2002年4月

ポケット小ぞう　ぽけっとこぞう
少年たんていだんのちんぴらたいの少年、ポケットにはいるほど小さな子ども 「名たんていと二十めんそう」 江戸川乱歩;岩田浩昌画　少年探偵王 本格推理マガジン-文庫雑誌/ぼくらの推理冒険物語　光文社(光文社文庫)　2002年4月

星影 竜三　ほしかげ・りゅうぞう
名私立探偵 「呪縛再現(後篇)」 中川透(鮎川哲也)　甦る推理雑誌5「密室」傑作選　光文社(光文社文庫)　2003年3月

星影 竜三　ほしかげ・りゅうぞう
名私立探偵 「呪縛再現(挑戦篇)」 宇多川蘭子(鮎川哲也)　甦る推理雑誌5「密室」傑作選　光文社(光文社文庫)　2003年3月

星影 竜三　ほしかげ・りゅうぞう
名探偵 「赤い密室」 中川透(鮎川哲也)　甦る推理雑誌6「探偵実話」傑作選　光文社(光文社文庫)　2003年5月

星田 代二　ほしだ・だいじ*
探偵作家 「殺人迷路(連作探偵小説第一回)」 森下雨村　幻の探偵雑誌8「探偵クラブ」傑作選　光文社(光文社文庫)　2001年12月

星田 代二　ほしだ・だいじ*
探偵作家 「殺人迷路(連作探偵小説第五回)」 江戸川乱歩　幻の探偵雑誌8「探偵クラブ」傑作選　光文社(光文社文庫)　2001年12月

星田 代二　ほしだ・だいじ*
探偵作家 「殺人迷路(連作探偵小説第三回)」 横溝正史　幻の探偵雑誌8「探偵クラブ」傑作選　光文社(光文社文庫)　2001年12月

星田 代二　ほしだ・だいじ*
探偵作家 「殺人迷路(連作探偵小説第四回)」 水谷準　幻の探偵雑誌8「探偵クラブ」傑作選　光文社(光文社文庫)　2001年12月

星田 代二　ほしだ・だいじ*
探偵作家 「殺人迷路(連作探偵小説第十回)」 甲賀三郎　幻の探偵雑誌8「探偵クラブ」傑作選　光文社(光文社文庫)　2001年12月

星田 代二　ほしだ・だいじ*
探偵作家 「殺人迷路(連作探偵小説第二回)」 大下宇陀児　幻の探偵雑誌8「探偵クラブ」傑作選　光文社(光文社文庫)　2001年12月

星田 代二　ほしだ・だいじ*
探偵作家 「殺人迷路(連作探偵小説第八回)」 浜尾四郎　幻の探偵雑誌8「探偵クラブ」傑作選　光文社(光文社文庫)　2001年12月

ほしだ

星田 代二　ほしだ・だいじ*
探偵作家 「殺人迷路(連作探偵小説第六回)」 橋本五郎 幻の探偵雑誌8「探偵クラブ」傑作選 光文社(光文社文庫) 2001年12月

保科　ほしな
大探偵 「真鱈の肝」 横田順彌 日本版 シャーロック・ホームズの災難 論創社 2007年12月

保科 正之　ほしな・まさゆき
会津藩主、徳川三代将軍家光の異母弟 「第二の助太刀」 中村彰彦 偉人八傑推理帖 双葉社(双葉文庫) 2004年7月

星野 悦子　ほしの・えつこ
絵描きの羽賀菜々生を苦しめる大金持ちの女 「交換炒飯」 若竹七海 天使と髑髏の密室(本格短編ベスト・セレクション) 講談社(講談社文庫) 2005年12月;本格ミステリ02 講談社(講談社ノベルス) 2002年5月

星野親分　ほしのおやぶん
G町関東本多組分家「星野組」の親分 「人間を二人も」 大河内常平 甦る推理雑誌7「探偵倶楽部」傑作選 光文社(光文社文庫) 2003年7月

星野 君江　ほしの・きみえ
私立探偵 「インド・ボンベイ殺人ツアー」 小森健太朗 新世紀「謎(ミステリー)」倶楽部 角川書店 2001年8月

星野 君江　ほしの・きみえ
大学助手の神津真理の後輩 「一九八五年の言霊」 小森健太朗 新本格猛虎会の冒険 東京創元社 2003年3月

星野 忠男　ほしの・ただお
K鉄道仙台支店長、夫人あけ美と同社技師中島信彦の密会を知る男 「黒水仙」 藤雪夫 黒の怪 勉誠出版(べんせいライブラリー) 2002年11月

星野 智代　ほしの・ともよ
蝦蟇倉西高の三年生、吹奏楽部員の女子生徒 「観客席からの眺め」 越谷オサム 蝦蟇倉市事件2 東京創元社(ミステリ・フロンティア) 2010年2月

星野 竜三　ほしの・りゅうぞう
金融会社の社長、画家石田黙の絵を買った男 「石田黙のある部屋」 折原一 探偵Xからの挑戦状! 小学館(小学館文庫) 2009年1月

星祭 竜二　ほしまつり・りゅうじ
落語家笑酔亭梅寿の弟子 「子は鎹」 田中啓文 推理小説年鑑 ザ・ベストミステリーズ2005 講談社 2005年7月

保津 輝子　ほず・てるこ
資産家の娘・井草千鶴の友人 「アイボリーの手帖」 仁木悦子 短歌殺人事件-31音律のラビリンス 光文社(光文社文庫) 2003年4月

ホスト風　ほすとふう
「東京しあわせクラブ」のメンバー、ホスト風の若い男　「東京しあわせクラブ」　朱川湊人　不思議の足跡-最新ベスト・ミステリー　光文社　2007年10月

保住　ほずみ
大学生、和戸の友達　「甲子園騒動」　黒崎緑　新本格猛虎会の冒険　東京創元社　2003年3月

細井 耕造　ほそい・こうぞう
公にできない書類を紛失して私立探偵に調査を依頼した商社員　「砧最初の事件」　山沢晴雄　無人踏切-鉄道ミステリー傑作選　光文社(光文社文庫)　2008年11月

細井さん　ほそいさん
映画監督・鎧塚鉱一郎の屋敷に住む執事　「鎧塚邸はなぜ軋む」　村崎友　ミステリ愛。免許皆伝!　講談社(講談社ノベルス)　2010年3月

細川　ほそかわ
フリーライターの「私」の友人で浅草でスナックを開いている男　「悪魔のトリル」　高橋克彦　江戸川乱歩に愛をこめて　光文社(光文社文庫)　2011年2月

細島 あき　ほそじま・あき
墨田ハウスに移り住んで来た女　「唄わぬ時計」　大阪圭吉　悪魔黙示録「新青年」一九三八-探偵小説暗黒の時代へ　光文社(光文社文庫)　2011年8月

細島 晴己　ほそじま・はるき
孔雀夫人のパーティーに招待された客の一人の美青年　「孔雀夫人の誕生日」　山村正夫　江戸川乱歩の推理教室　光文社(光文社文庫)　2008年9月

細田 茂樹　ほそだ・しげき
探偵作家　「生首殺人事件」　尾久木弾歩　甦る推理雑誌4「妖奇」傑作選　光文社(光文社文庫)　2003年1月

細谷 貴之　ほそや・たかゆき
ベッドタウンのマンションに住む坂本夫妻の隣室の住人で二年前に妻が自殺した男　「Y駅発深夜バス」　青木知己　深夜バス78回転の問題(本格短編ベスト・セレクション)　講談社(講談社文庫)　2008年1月;推理小説年鑑 ザ・ベストミステリーズ2004　講談社　2004年7月

細谷 陽子　ほそや・ようこ
ベッドタウンのマンションに住む坂本夫妻の隣室の住人・細谷貴之の妻で二年前に自殺した女性　「Y駅発深夜バス」　青木知己　深夜バス78回転の問題(本格短編ベスト・セレクション)　講談社(講談社文庫)　2008年1月;推理小説年鑑 ザ・ベストミステリーズ2004　講談社　2004年7月

ポチ
高校生、アマチュアマジシャン酉乃初のクラスメイト　「恋のおまじないのチンク・ア・チンク」　相沢沙呼　放課後探偵団　東京創元社(創元推理文庫)　2010年11月

ホック
大臣陸奥宗光の主治医・榎邸に寄宿する英国人、名探偵　「ダンシング・ロブスターの謎」　加納一朗　シャーロック・ホームズに愛をこめて　光文社(光文社文庫)　2010年1月

ほった

堀田 知恵　ほった・ちえ
「焼印殺人事件」と呼ばれる事件で息子を殺害された母親　「義憤」　曽根圭介　推理小説年鑑 ザ・ベストミステリーズ2011　講談社　2011年7月

堀田 伝五郎　ほった・でんごろう
ベテラン騎手　「競馬場の殺人」　大河内常平　江戸川乱歩の推理試験　光文社(光文社文庫)　2009年1月

母堂院　ぼどういん
金貸し　「人類なんて関係ない」　平山夢明　ミステリ愛。免許皆伝!　講談社(講談社ノベルス)　2010年3月

頬骨の出た男　ほほぼねのでたおとこ
大金を持った「私」と護衛を依頼した探偵が乗った汽車の前席に坐った頬骨の出た男　「急行十三時間」　甲賀三郎　探偵小説の風景 トラフィック・コレクション(上)　光文社(光文社文庫)　2009年5月

ヴォミット・ロイス(ロイス)
小さな街のギャング、カナダの奥地ギブール村で生まれ育った男　「ロイス殺し」　小林泰三　密室と奇蹟-J・D・カー生誕百周年記念アンソロジー　東京創元社　2006年11月

ホームズ
イギリス人の名探偵　「日本海軍の秘密」　中田耕治　日本版 シャーロック・ホームズの災難　論創社　2007年12月

ホームズ
ロンドン大学の地質学研究室に勤める青年紳士、後日の名探偵　「名探偵誕生」　柴田錬三郎　シャーロック・ホームズに再び愛をこめて　光文社(光文社文庫)　2010年7月

ホームズ
夏目漱石に呼び出されて日本に来た名探偵　「踊るお人形」　夢枕獏　シャーロック・ホームズに愛をこめて　光文社(光文社文庫)　2010年1月

ホームズ
警視庁捜査一課の刑事・片山義太郎の家の飼い猫　「三毛猫ホームズの遺失物」　赤川次郎　名探偵を追いかけろ-日本ベストミステリー選集34　光文社(光文社文庫)　2007年5月

ホームズ
警視庁捜査一課の刑事・片山義太郎の家の飼い猫　「保健室の午後」　赤川次郎　ねこ!ネコ!猫!(NEKOミステリー傑作選)　徳間書店(徳間文庫)　2008年10月

ホームズ
警視庁捜査一課の刑事片山義太郎の家の飼い猫　「三毛猫ホームズのバカンス」　赤川次郎　名探偵登場!-日本ミステリー名作館1　KKベストセラーズ　2004年11月

ホームズ
日本でただ一人の諮問探偵　「緋色の紛糾」　柄刀一　シャーロック・ホームズに愛をこめて　光文社(光文社文庫)　2010年1月

ホームズ
日本へ出稼ぎにやって来た名探偵 「絶筆」 赤川次郎 シャーロック・ホームズに再び愛をこめて 光文社(光文社文庫) 2010年7月

ホームズ
名探偵 「「スマトラの大ネズミ」事件」 田中啓文 シャーロック・ホームズに愛をこめて 光文社(光文社文庫) 2010年1月

ホームズ
名探偵 「「捕星船業者の消失」事件」 加納一朗 日本版 シャーロック・ホームズの災難 論創社 2007年12月

ホームズ
名探偵 「ゲイシャガール失踪事件」 夢枕獏 日本版 シャーロック・ホームズの災難 論創社 2007年12月

ホームズ
名探偵 「シャーロック・ホームズの内幕」 星新一 シャーロック・ホームズに愛をこめて 光文社(光文社文庫) 2010年1月

ホームズ
名探偵 「その後のワトソン博士」 東健而 日本版 シャーロック・ホームズの災難 論創社 2007年12月

ホームズ
名探偵 「にんぽまにあ」 都筑道夫 日本版 シャーロック・ホームズの災難 論創社 2007年12月

ホームズ
名探偵 「ホームズの正直」 乾信一郎 日本版 シャーロック・ホームズの災難 論創社 2007年12月

ホームズ
名探偵 「ルーマニアの醜聞」 中川裕朗 日本版 シャーロック・ホームズの災難 論創社 2007年12月

ホームズ
名探偵 「ワトスン博士の内幕」 北原尚彦 シャーロック・ホームズに愛をこめて 光文社(光文社文庫) 2010年1月

ホームズ
名探偵 「黄色い下宿人」 山田風太郎 シャーロック・ホームズに愛をこめて 光文社(光文社文庫) 2010年1月;贈る物語 Mystery

ホームズ
名探偵 「怪犯人の行方」 山中まね太郎 日本版 シャーロック・ホームズの災難 論創社 2007年12月

ホームズ
名探偵 「黒い箱」 稲垣足穂 日本版 シャーロック・ホームズの災難 論創社 2007年12月

ほむす

ホームズ
名探偵「殺人ガリデブ」 北原尚彦 日本版 シャーロック・ホームズの災難 論創社 2007年12月

ホームズ
名探偵「三人の剝製」 北原尚彦 天地驚愕のミステリー 宝島社(宝島社文庫) 2009年8月

ホームズ
名探偵「死の乳母」 木々高太郎 シャーロック・ホームズに愛をこめて 光文社(光文社文庫) 2010年1月

ホームズ
名探偵「赤い怪盗」 柴田錬三郎 日本版 シャーロック・ホームズの災難 論創社 2007年12月

ホームズ
名探偵「銭形平次ロンドン捕物帖」 北杜夫 日本版 シャーロック・ホームズの災難 論創社 2007年12月

ホームズ
名探偵「全裸楽園事件」 郡山千冬 日本版 シャーロック・ホームズの災難 論創社 2007年12月

ホームズ
名探偵「盗まれたカキエモンの謎」 荒俣宏 日本版 シャーロック・ホームズの災難 論創社 2007年12月

ホームズ
名探偵「禿頭組合」 北杜夫 シャーロック・ホームズに再び愛をこめて 光文社(光文社文庫) 2010年7月

ホームズ
名探偵の三毛猫「三毛猫ホームズと永遠の恋人」 赤川次郎 名探偵で行こう−最新ベスト・ミステリー シリーズ・キャラクター編 光文社(光文社文庫) 2001年9月

ホームズ
名探偵の三毛猫「三毛猫ホームズの無人島」 赤川次郎 幻惑のラビリンス 光文社(光文社文庫) 2001年5月

ホームスパン
名探偵「赤毛連盟」 砂川しげひさ 日本版 シャーロック・ホームズの災難 論創社 2007年12月

帆村 荘六　ほむら・そうろく
私立探偵「爬虫館事件」 海野十三 江戸川乱歩と13人の新青年〈論理派〉編 光文社(光文社文庫) 2008年1月

帆村 荘六　ほむら・そうろく
素人探偵「省線電車の射撃手」 海野十三 探偵小説の風景 トラフィック・コレクション(下) 光文社(光文社文庫) 2009年9月

穂村 千夏　ほむら・ちか
高校の吹奏楽部のフルート奏者、ホルン奏者上条春太の幼なじみ　「周波数は77.4MHz」　初野晴　名探偵に訊け　光文社　2010年9月

穂村 千夏　ほむら・ちか
高校の吹奏楽部のフルート奏者、ホルン奏者上条春太の幼なじみ　「退出ゲーム」　初野晴　Play推理遊戯　講談社（講談社文庫）　2011年4月；推理小説年鑑 ザ・ベストミステリーズ 2008　講談社　2008年7月

洞口 美夏　ほらぐち・みか
演劇部に所属する女子高生　「恐ろしい絵」　松尾由美　危険な関係（女流ミステリー傑作選）　角川春樹事務所（ハルキ文庫）　2002年5月

洞口 有一　ほらぐち・ゆういち
殺人事件の被疑者、美少女菊水倫子がアリバイ証人だという男　「幻の娘」　有栖川有栖　七つの死者の囁き　新潮社（新潮文庫）　2008年12月

堀 アンナ　ほり・あんな
探偵、カープ探偵事務所の新人アルバイト　「Aは安楽椅子のA」　鯨統一郎　赤に捧げる殺意　角川書店　2005年4月；名探偵は、ここにいる　角川書店（角川文庫）　2001年11月

堀 アンナ　ほり・あんな
探偵、固形物の言葉を聞くことができる女　「Bは爆弾のB」　鯨統一郎　殺意の時間割　角川書店（角川文庫）　2002年8月

堀井 英二　ほりい・えいじ
立川署の刑事　「死の肖像」　勝目梓　俳句殺人事件－巻頭句の女　光文社（光文社文庫）　2001年4月

堀内　ほりうち
劇団の企画と宣伝の主任をしている青年　「見えない手」　土屋隆夫　江戸川乱歩の推理教室　光文社（光文社文庫）　2008年9月

堀内 悠子　ほりうち・ゆうこ
京都五条のバー「夢路」のママ　「水の上の殺人」　西村京太郎　京都愛憎の旅　徳間書店（徳間文庫）　2002年5月

堀江 卓士　ほりえ・たかし
ベストセラー「永遠の恋人たち」を書いた男　「三毛猫ホームズと永遠の恋人」　赤川次郎　名探偵で行こう－最新ベスト・ミステリー シリーズ・キャラクター編　光文社（光文社文庫）　2001年9月

堀垣　ほりがき
警視庁捜査一課長の警部　「密室の殺人」　岡田鯱彦　甦る推理雑誌7「探偵倶楽部」傑作選　光文社（光文社文庫）　2003年7月

堀河 みや子　ほりかわ・みやこ
伊豆の屋敷で良人をピストルで射殺した元女優の妻　「憂鬱の人」　城昌幸　甦る推理雑誌2「黒猫」傑作選　光文社（光文社文庫）　2002年11月

ほりご

堀米 礼太郎　ほりごめ・れいたろう
日教組中央執行委員の選挙に出馬した県教祖の書記次長　「ライバルの死」　有村智賀志　甦る推理雑誌8「エロティック・ミステリー」傑作選　光文社(光文社文庫)　2003年9月

堀谷 兼一郎　ほりたに・けんいちろう*
堀谷兼二郎の双子の兄、実業家　「双子の家」　赤川次郎　謎001-スペシャル・ブレンド・ミステリー　講談社(講談社文庫)　2006年9月

堀谷 兼二郎　ほりたに・けんじろう*
堀谷兼一郎の双子の弟、遊んで暮らす男　「双子の家」　赤川次郎　謎001-スペシャル・ブレンド・ミステリー　講談社(講談社文庫)　2006年9月

堀野 栄一　ほりの・えいいち
悪魔に魂を売り渡し妻を殺そうとしている青年　「悪魔の護符」　高木彬光　甦る推理雑誌3「X」傑作選　光文社(光文社文庫)　2002年12月

堀山　ほりやま
探偵、W大学の学生大島満の義兄　「血染のバット」　呑海翁　幻の探偵雑誌7「新趣味」傑作選　光文社(光文社文庫)　2001年11月

ポール
耶蘇会の神父　「天童奇蹟」　新羽精之　剣が謎を斬る　光文社(光文社文庫)　2005年4月

ホレーシオ
デンマークの宮廷の紳士　「オフィーリアの埋葬」　大岡昇平　現代詩殺人事件-ポエジーの誘惑　光文社(光文社文庫)　2005年9月

ホレス・ボーディン
フランスの新聞社「ル・フィガロ」のロンドン駐在員、名探偵メリヴェール卿の甥　「亡霊館の殺人」　二階堂黎人　密室と奇蹟-J・D・カー生誕百周年記念アンソロジー　東京創元社　2006年11月

ヴォロッキオ
僧侶、ジェノアの牢に収監された若者　「雲の南」　柳広司　大きな棺の小さな鍵(本格短編ベスト・セレクション)　講談社(講談社文庫)　2009年1月;本格ミステリ05　講談社(講談社ノベルス)　2005年6月

ヴォロッキオ
僧侶、ジェノアの牢に収監された若者　「百万のマルコ」　柳広司　論理学園事件帳　講談社(講談社文庫)　2007年1月;本格ミステリ03　講談社(講談社ノベルス)　2003年6月

ポワティエ卿　ぽわてぃえきょう
ファランドル王国の貴族、パラヴォワーヌ侯を慕う若者　「天空からの槍」　泉水堯　新・*本格推理 08　光文社(光文社文庫)　2008年3月

ポンサック
キックボクシングジム「二宮ジム」の所属選手でポンサックというリングネームの日本人　「ラスカル3」　加藤実秋　事件の痕跡-最新ベスト・ミステリー　光文社　2007年11月

本田　ほんだ
水原さんのお嬢さんの主治医　「三人の日記」　竹村猛児　幻の探偵雑誌10「新青年」傑作選　光文社(光文社文庫)　2002年2月

本多　茂之　ほんだ・しげゆき
事業家の故・降矢木伝次郎のわかれた息子だと名のり出た男　「埋もれた悪意」　巽昌章　有栖川有栖の本格ミステリ・ライブラリー　角川書店(角川文庫)　2001年8月

ホンダラ増淵　ほんだらますぶち
新興宗教XLM(ザルム)の教祖代理　「賢者セント・メーテルの敗北」　小宮英嗣　新・*本格推理 08　光文社(光文社文庫)　2008年3月

ボンド
リストラに遭った男・衣笠俊輔にくっついてきた狸顔の犬　「我が家の序列」　黒田研二　本格ミステリ10　講談社(講談社ノベルス)　2010年6月

凡堂　ぼんどう*
名探偵　「答えのない密室」　斎藤肇　密室殺人大百科 下　講談社(講談社文庫)　2003年9月

本間　ほんま
警視　「幽霊列車」　赤川次郎　無人踏切-鉄道ミステリー傑作選　光文社(光文社文庫)　2008年11月

本間　ゆき絵　ほんま・ゆきえ
殺されたタクシー運転手の妻、殺人犯武内利晴の幼なじみ　「第三の時効」　横山秀夫　推理小説年鑑　ザ・ベストミステリーズ2003　講談社　2003年7月

【ま】

マイク
西洋風の家の主・黒城巌の次男恒彦の従兄弟、母は日系二世のアメリカ人　「ノベルティー・ウォッチ」　時織深　新・本格推理04-赤い館の怪人物　光文社(光文社文庫)　2004年3月

マイク・クレイトン
シエラネバダ山脈のタラク山中に熊狩りに来た若者、東部の大金持ちクレイトン家の一人息子　「熊王ジャック」　柳広司　法廷ジャックの心理学　講談社(講談社文庫)　2011年1月;推理小説年鑑　ザ・ベストミステリーズ2007　講談社　2007年7月

舞原　千明　まいはら・ちあき
女性ライター　「詭計の神」　愛理修　新・本格推理07-Qの悲劇　光文社(光文社文庫)　2007年3月

前川　金之助　まえかわ・きんのすけ
秋田の小さな温泉場で急死した画家　「湯紋」　楠田匡介　甦る推理雑誌8「エロティック・ミステリー」傑作選　光文社(光文社文庫)　2003年9月

まえか

前川 友吉　まえかわ・ともきち
上田市であった同人雑誌の編集会議の帰りに「私」が乗った白樺タクシーの運転手　「白樺タクシーの男」　土屋隆夫　ミステリー傑作選・特別編5 自選ショート・ミステリー　講談社(講談社文庫)　2001年6月

前島　まえじま*
盛岡の高校時代の音楽部員仲間　「欠けた記憶」　高橋克彦　嘘つきは殺人のはじまり　講談社(講談社文庫)　2003年9月

前島 武士　まえじま・たけし
釣り師、八丈島の沖に棲む〈歯っ欠け〉と呼ばれる超大物石鯛を追う男　「海の修羅王」　西村寿行　殺意の海　徳間書店(徳間文庫)　2003年9月

真栄田　まえだ
依頼人の発明家、私立探偵仁木の大学時代の友人　「最上階のアリス」　加納朋子　マイ・ベスト・ミステリーⅥ　文藝春秋(文春文庫)　2007年12月

前田 京介　まえだ・きょうすけ
刑事　「頼まれた男」　新津きよみ　闇夜の芸術祭　光文社(光文社文庫)　2003年4月

前田軍曹　まえだぐんそう
草原のロシア人の百姓家に泊まった七人の日本軍人達の一人　「草原の果て」　豊田寿秋　甦る推理雑誌5「密室」傑作選　光文社(光文社文庫)　2003年3月

前田 恵子　まえだ・けいこ
看護師、夫・英明を火事で亡くした女　「オムライス」　薬丸岳　推理小説年鑑 ザ・ベストミステリーズ2007　講談社　2007年7月

前田 寿美子　まえだ・すみこ
バー「寿美」のママ、阿倍洋一が担当する生活保護受給者　「七人の敵」　篠田節子　悪魔のような女　角川春樹事務所(ハルキ文庫)　2001年7月

真栄田 淑子　まえだ・よしこ*
私立探偵仁木の友人で依頼人の発明家真栄田氏の妻　「最上階のアリス」　加納朋子　マイ・ベスト・ミステリーⅥ　文藝春秋(文春文庫)　2007年12月

前野 美保　まえの・みほ
「週刊広場」のアルバイト、ルポライター浦上伸介の助手　「鉄橋」　津村秀介　全席死定-鉄道ミステリー名作館　徳間書店(徳間文庫)　2004年3月

前畑　まえはた
警視庁捜査一課の警部　「昇降機殺人事件」　青鷺幽鬼(海野十三)　甦る推理雑誌2「黒猫」傑作選　光文社(光文社文庫)　2002年11月

前畑　まえはた
警視庁捜査一課の警部　「能面殺人事件」　青鷺幽鬼(角田喜久雄)　甦る推理雑誌2「黒猫」傑作選　光文社(光文社文庫)　2002年11月

間男男　まおとこおとこ
場末のスナックの団体客で"不思議な能力"があるという男女の一人　「不思議な能力」　高井信　ミステリー傑作選・特別編6 自選ショート・ミステリー2　講談社(講談社文庫)　2001年10月

真壁　まかべ
真壁レッカー社長、交通事故の処理にあたるレッカー業者　「物証」　首藤瓜於　推理小説年鑑 ザ・ベストミステリーズ2002　講談社　2002年7月

真壁　かをり　まかべ・かおり
女子学生、古谷優子の友人　「変奏曲〈白い密室〉」　西澤保彦　名探偵の奇跡–日本ベストミステリー選集　光文社(光文社文庫)　2010年5月;名探偵の奇跡–最新ベスト・ミステリー　光文社　2007年9月

マーカム
検事、フイロ・ヴァンスの親友　「クレタ島の花嫁–贋作ヴァン・ダイン」　高木彬光　密室殺人大百科 上　講談社(講談社文庫)　2003年9月

曲淵甲斐守景漸　まがりぶちかいのかみ・かげつぐ
江戸南町奉行を長く務めた名奉行　「天明の判官」　山田風太郎　大江戸事件帖　双葉社(双葉文庫)　2005年7月

マキ
殺されたゆすり屋・矢木道哉の元恋人、タウン誌の編集者　「堂場警部補とこぼれたミルク」　蒼井上鷹　Doubtきりのない疑惑　講談社(講談社文庫)　2011年11月;推理小説年鑑 ザ・ベストミステリーズ2008　講談社　2008年7月

真樹　まき
推理作家有栖川有栖の友人で画家の天農仁の娘　「黒鳥亭殺人事件」　有栖川有栖　綾辻行人と有栖川有栖のミステリ・ジョッキー1　講談社　2008年7月

真木　まき
雅子の夫、良則の父親　「先生の裏わざ」　佐野洋　嘘つきは殺人のはじまり　講談社(講談社文庫)　2003年9月

真木　まき
私立探偵　「夜が暗いように」　結城昌治　名作で読む推理小説史 わが名はタフガイ–ハードボイルド傑作選　光文社(光文社文庫)　2006年5月

牧　まき
殺人事件が起き上った墨田ハウスの住人　「唄わぬ時計」　大阪圭吉　悪魔黙示録「新青年」一九三八–探偵小説暗黒の時代へ　光文社(光文社文庫)　2011年8月

牧　まき
批評家、「季刊落語」編集長　「やさしい死神」　大倉崇裕　死神と雷鳴の暗号(本格短編ベスト・セレクション)　講談社(講談社文庫)　2006年1月;本格ミステリ02　講談社(講談社ノベルス)　2002年5月

まきい

巻石 譲　まきいし・ゆずる
湖のそばにある山草家の隣人　「龍之介、黄色い部屋に入ってしまう」　柄刀一　名探偵を追いかけろ-日本ベストミステリー選集34　光文社(光文社文庫)　2007年5月

真紀子　まきこ
高野沙希の夫・秀夫の愛人で新婚半年の沙希を秀夫と二人で自殺に見せかけて殺した女　「思い出した…」　畠中恵　推理小説年鑑 ザ・ベストミステリーズ2004　講談社　2004年7月

眞紀子ちゃん　まきこちゃん
殺害された久賀早信博士の孫　「緋色の紛糾」　柄刀一　シャーロック・ホームズに愛をこめて　光文社(光文社文庫)　2010年1月

牧 三郎(青年俳人)　まき・さぶろう(せいねんはいじん)
「私」が車中で逢った学校友達で鞄の中の金を得んが為に線路へ突き落した青年俳人　「目撃者」　戸田巽　探偵小説の風景 トラフィック・コレクション(上)　光文社(光文社文庫)　2009年5月

槙島　まきしま
村社の神官の美貌の一人娘鶴子が通った女学校の若い教師　「耳」　袂春信　甦る推理雑誌9「別冊宝石」傑作選　光文社(光文社文庫)　2003年11月

マキ嬢　まきじょう
帝劇に小島龍青年と活動を見に来た友人の女性　「豚児廃業」　乾信一郎　幻の探偵雑誌10「新青年」傑作選　光文社(光文社文庫)　2002年2月

蒔田 緋佐子　まきた・ひさこ
刑務所のある町のキャバレーにいる女で長期囚の白毛と同棲したこともある女　「完全脱獄」　楠田匡介　江戸川乱歩と13の宝石 第二集　光文社(光文社文庫)　2007年9月

真木 俊彦　まき・としひこ
岩見十四郎監督の映画に出演した俳優　「重ねて二つ」　法月綸太郎　謎004-スペシャル・ブレンド・ミステリー　講談社(講談社文庫)　2009年9月

牧野　まきの
友人と一緒に温泉町に来て一週間もいる男　「蝶と処方箋」　蘭郁二郎　悪魔黙示録「新青年」一九三八-探偵小説暗黒の時代へ　光文社(光文社文庫)　2011年8月

牧野 武　まきの・たけし
心臓病の少女・今井美子が修学旅行先の京都で出会った大学生　「WISH「MOMENT」より」　本多孝好　推理小説年鑑 ザ・ベストミステリーズ2003　講談社　2003年7月

牧野 奈緒子　まきの・なおこ
ツアーコンダクター、フィリピンのセブ市でテロ事件に遭った女　「セブ島の青い海」　井上夢人　探偵Xからの挑戦状!　小学館(小学館文庫)　2009年1月

牧野 久江　まきの・ひさえ
民宿「清音荘」の女将、元赤坂の美人芸者　「畳算」　福井晴敏　嘘つきは殺人のはじまり　講談社(講談社文庫)　2003年9月

牧野 良輔　まきの・りょうすけ
旧ソビエト連邦KGBの内通者、逃亡した民宿「清音荘」の主人　「畳算」福井晴敏　嘘つきは殺人のはじまり　講談社(講談社文庫)　2003年9月

牧場 智久　まきば・ともひさ
囲碁棋士、探偵　「騒がしい密室」竹本健治　大きな棺の小さな鍵(本格短編ベスト・セレクション)　講談社(講談社文庫)　2009年1月；本格ミステリ05　講談社(講談社ノベルス)　2005年6月

槙原 能清　まきはら・よしきよ
村の鎮守八幡社の神官として山荘に住む人　「朱色の祭壇」山下利三郎　幻の探偵雑誌6「猟奇」傑作選　光文社(光文社文庫)　2001年3月

真備 庄介　まきび・しょうすけ
真備霊現象探求所の所長、ホラー作家・道尾の友人　「流れ星のつくり方」道尾秀介　珍しい物語のつくり方(本格短編ベスト・セレクション)　講談社(講談社文庫)　2010年1月；七つの死者の囁き　新潮社(新潮文庫)　2008年12月

牧村 光蔵　まきむら・こうぞう*
人吉市にある緑風荘に泊まりに来た九州芸術大学の七人の学生の一人　「呪縛再現(挑戦篇)」宇多川蘭子(鮎川哲也)　甦る推理雑誌5「密室」傑作選　光文社(光文社文庫)　2003年3月

牧村 光蔵　まきむら・こうぞう*
人吉市の緑風荘で殺害された九州芸術大学の男女二人の学生の僚友　「呪縛再現(後篇)」中川透(鮎川哲也)　甦る推理雑誌5「密室」傑作選　光文社(光文社文庫)　2003年3月

牧村 郷平　まきむら・ごうへい
村のドラ池にはまって死亡した青田師　「青田師の事件」土井稔　甦る推理雑誌8「エロティック・ミステリー」傑作選　光文社(光文社文庫)　2003年9月

牧村 真哉　まきむら・しんや
教師をしている夏川麻衣子の恋人　「かえれないふたり」有栖川有栖ほか　名探偵で行こう-最新ベスト・ミステリー シリーズ・キャラクター編　光文社(光文社文庫)　2001年9月

牧村 道夫　まきむら・みちお
斑鳩の森博物館の学芸課長　「トワイライト・ミュージアム」初野晴　忍び寄る闇の奇譚　講談社(講談社ノベルス)　2008年11月

真木 好子　まき・よしこ
花の木幼稚園の理事、元シャンソン歌手の老女　「エレメントコスモス」初野晴　ベスト本格ミステリ 2011　講談社(講談社ノベルス)　2011年6月

マークス中佐　まーくすちゅうさ
英国諜報機関のスパイ・マスター(元締め)の一人　「ロビンソン」柳広司　本格ミステリ09　講談社(講談社ノベルス)　2009年6月

まぐり

マグリット
フランスのオーブランという土地にあるサナトリウムで暮らす少女、ミオゾティスの親友 「オーブランの少女」 深緑野分 ベスト本格ミステリ2011 講談社(講談社ノベルス) 2011年6月

間暮 まぐれ
警視庁の天才的な警部 「「神田川」見立て殺人」 鯨統一郎 名探偵で行こう-最新ベスト・ミステリー シリーズ・キャラクター編 光文社(光文社文庫) 2001年9月

間暮警部 まぐれけいぶ
警視庁の警部 「「別れても好きな人」見立て殺人」 鯨統一郎 死神と雷鳴の暗号(本格短編ベスト・セレクション) 講談社(講談社文庫) 2006年1月;本格ミステリ02 講談社(講談社ノベルス) 2002年5月

馬越 信也 まごし・しんや*
資産家馬越憲造の弟、兄の家に起居する病弱な男 「証言拒否」 夏樹静子 判決 徳間書店(徳間文庫) 2010年3月

マコト
三か月前の交通事故で家族三人が死んでしまってたった一人だけ残った男の子 「トロイメライ」 斉藤伯好 ミステリー傑作選・特別編5 自選ショート・ミステリー 講談社(講談社文庫) 2001年6月

マコト
池袋西一番街の果物屋の息子 「エキサイタブルボーイ」 石田衣良 名探偵で行こう-最新ベスト・ミステリー シリーズ・キャラクター編 光文社(光文社文庫) 2001年9月

マコト
天狗山に肝だめしに行った小学生、いじめっ子 「天狗と宿題、幼なじみ」 はやみねかおる 青に捧げる悪夢 角川書店 2005年3月;殺意の時間割 角川書店(角川文庫) 2002年8月

マコヤマ
サンフランシスコの日本帝国領事館の事務官 「《ホテル・ミカド》の殺人」 芦辺拓 新世紀「謎(ミステリー)」倶楽部 角川書店 2001年8月

政 まさ
G町関東本多組分家「星野組」の星野親分の弟 「人間を二人も」 大河内常平 甦る推理雑誌7「探偵倶楽部」傑作選 光文社(光文社文庫) 2003年7月

マサ(松下 雅之) まさ(まつした・まさゆき)
池袋の公園で暮らすホームレス 「ハートレス」 薬丸岳 推理小説年鑑 ザ・ベストミステリーズ2009 講談社 2009年7月

雅恵 まさえ
S市で街金を営む暴力団員・コマシのテツの女房 「死人の逆恨み」 笹本稜平 事件を追いかけろ 光文社(光文社文庫) 2009年4月;事件を追いかけろ 光文社 2004年12月

昌枝　まさえ
一人息子の結婚問題が気になって息子の恋人からきた手紙を盗み見した母親　「三通の短い手紙」　大谷羊太郎　ミステリー傑作選・特別編5 自選ショート・ミステリー　講談社（講談社文庫）　2001年6月

マサオ
オレオレ詐欺をやっていた二人組の一人　「偶然」　折原一　推理小説年鑑 ザ・ベストミステリーズ2004　講談社　2004年7月

正岡　まさおか
警視庁の警部　「殺人迷路（連作探偵小説第五回）」　江戸川乱歩　幻の探偵雑誌8「探偵クラブ」傑作選　光文社（光文社文庫）　2001年12月

正岡　まさおか
警視庁の警部　「殺人迷路（連作探偵小説第三回）」　横溝正史　幻の探偵雑誌8「探偵クラブ」傑作選　光文社（光文社文庫）　2001年12月

正岡　まさおか
警視庁の警部　「殺人迷路（連作探偵小説第四回）」　水谷準　幻の探偵雑誌8「探偵クラブ」傑作選　光文社（光文社文庫）　2001年12月

正木　奈津　まさき・なつ
避暑地の一劃に住む近藤家の当主・虎雄の叔母で近藤家に娘の治子と共に寄食している女　「復讐」　三島由紀夫　文豪の探偵小説　集英社（集英社文庫）　2006年11月

正木　治子　まさき・はるこ
避暑地の一劃に住む近藤家の当主・虎雄の叔母の正木奈津と共に近藤家に寄食している娘　「復讐」　三島由紀夫　文豪の探偵小説　集英社（集英社文庫）　2006年11月

真崎　梨花　まさき・りか
彩吹南高校の若い女教師　「無貌の王国」　三雲岳斗　ミステリ魂。校歌斉唱！　講談社（講談社文庫）　2010年3月

雅子　まさこ
真木の妻、良則の母親　「先生の裏わざ」　佐野洋　嘘つきは殺人のはじまり　講談社（講談社文庫）　2003年9月

正子　まさこ
弁護士の繁之の妻、地方の大地主雲井家の娘で桂の異母姉　「永遠の女囚」　木々高太郎　マイ・ベスト・ミステリーV　文藝春秋（文春文庫）　2007年11月

正子　まさこ
弁護士の繁之の妻、地方の大地主雲井家の娘で桂の異母姉　「永遠の女囚」　木々高太郎　悪魔黙示録「新青年」一九三八-探偵小説暗黒の時代へ　光文社（光文社文庫）　2011年8月

方子　まさこ
少女末起と文通する療養所暮らしの娘　「方子と末起」　小栗虫太郎　恋は罪つくり　光文社（光文社文庫）　2005年7月

まさご

真砂　まさご
若狭の国府の侍・武弘の美しく気性の烈しい妻　「藪の中」　芥川龍之介　文豪のミステリー小説　集英社(集英社文庫)　2008年2月

柾田 城助　まさだ・じょうすけ
毒瓦斯で殺害された近藤合名会社の支配人　「現場不在証明」　九鬼澹　幻の探偵雑誌9「探偵」傑作選　光文社(光文社文庫)　2002年1月

雅乃　まさの
金に絡んだ江戸の厄介事の始末を請け負う裏稼業四人衆の一人、絵師　「端午のとうふ」　山本一力　御白洲裁き　徳間書店(徳間文庫)　2009年12月；推理小説年鑑　ザ・ベストミステリーズ2001　講談社　2001年6月

允彦　まさひこ
小学校五年生、売れもしないミステリ小説を書いていたパパが事故死した男の子　「完全無欠の密室への助走」　早見江堂　名探偵で行こう-最新ベスト・ミステリー　シリーズ・キャラクター編　光文社(光文社文庫)　2001年9月

昌宏　まさひろ
結婚式の二次会で友人でライバルの奇術師から手品を見せてもらった花婿　「奇跡」　依井貴裕　ミステリー傑作選・特別編6 自選ショート・ミステリー2　講談社(講談社文庫)　2001年10月

昌美　まさみ
義母の介護をする主婦、テレクラの女と間違えられた中年女性　「灯油の尽きるとき」　篠田節子　嘘つきは殺人のはじまり　講談社(講談社文庫)　2003年9月

昌代　まさよ
広瀬由紀夫の妻、元国際線のスチュワーデス　「蒲団」　吉村達也　罪深き者に罰を　講談社(講談社文庫)　2002年11月

マサル
車にひき逃げされた死んだ子供　「ヒロインへの招待状」　連城三紀彦　事件の痕跡-最新ベスト・ミステリー　光文社　2007年11月

真柴 千鶴　ましば・ちずる
折鶴研究会の会員の女、銀行の支店長夫人　「折鶴の血」　佐野洋　警察小説傑作短編集　ランダムハウス講談社(ランダムハウス講談社文庫)　2009年7月

真島 浩二　まじま・こうじ
バーで「私」に八〇〇メートルの賭け競走をしようと話しかけてきた長髪の男　「人間の尊厳と八〇〇メートル」　深水黎一郎　推理小説年鑑　ザ・ベストミステリーズ2011　講談社　2011年7月

馬島 新一　まじま・しんいち
英語塾の塾長、生徒の幹哉にパソコンを習う先生　「月の輝く夜」　北川歩実　恋は罪つくり　光文社(光文社文庫)　2005年7月

真島 誠　まじま・まこと
池袋西一番街の果物屋の息子、池袋のトラブルシューター　「キミドリの神様」　石田衣良　推理小説年鑑　ザ・ベストミステリーズ2003　講談社　2003年7月

真島 誠　まじま・まこと
池袋西一番街の果物屋の息子、無名のライター　「伝説の星」　石田衣良　推理小説年鑑　ザ・ベストミステリーズ2005　講談社　2005年7月

真島 誠（マコト）　ましま・まこと（まこと）
池袋西一番街の果物屋の息子　「エキサイタブルボーイ」　石田衣良　名探偵で行こう-最新ベスト・ミステリー　シリーズ・キャラクター編　光文社（光文社文庫）　2001年9月

マーシャ
版画画廊の女主人　「版画画廊の殺人」　荒巻義雄　マイ・ベスト・ミステリーⅠ　文藝春秋（文春文庫）　2007年8月

増岡 涼子　ますおか・りょうこ
十五年前の殺人事件の指名手配犯・富田秀美のOL時代の同僚　「その日まで」　新津きよみ　Doubtきりのない疑惑　講談社（講談社文庫）　2011年11月；推理小説年鑑　ザ・ベストミステリーズ2008　講談社　2008年7月

益川 剛　ますかわ・ごう＊
U署刑事一課盗犯係長、警部補　「動機」　横山秀夫　罪深き者に罰を　講談社（講談社文庫）　2002年11月

マスター（健介）　ますたー（けんすけ）
スナック「海馬」のマスター、尾上晏子の父方の従兄　「海馬にて」　浅黄斑　罪深き者に罰を　講談社（講談社文庫）　2002年11月

増田 幾二郎　ますだ・いくじろう
元新興財閥の総帥で咲の祖父、笹野里子の依頼人　「雪のマズルカ」　芦原すなお　嘘つきは殺人のはじまり　講談社（講談社文庫）　2003年9月

増田 咲　ますだ・さき
増田幾二郎の孫娘、名門お嬢さん学校の女子高校生　「雪のマズルカ」　芦原すなお　嘘つきは殺人のはじまり　講談社（講談社文庫）　2003年9月

マスター・シヴァ
自称霊媒師　「わが麗しのきみよ…」　光原百合　翠迷宮　祥伝社（祥伝社文庫）　2003年6月

マスターズ警部　ますたーずけいぶ
スコットランドヤードの主任警部、名探偵メリヴェール卿の友人　「亡霊館の殺人」　二階堂黎人　密室と奇蹟-J・D・カー生誕百周年記念アンソロジー　東京創元社　2006年11月

増田 米尊　ますだ・よねたか
綾鹿科学大学大学院数理学研究科准教授　「二毛作」　鳥飼否宇　名探偵で行こう-最新ベスト・ミステリー　シリーズ・キャラクター編　光文社（光文社文庫）　2001年9月

ますぶ

増淵 耕二　ますぶち・こうじ
刑事、水沼の相棒　「モーニング・グローリィを君に」　鷹将純一郎　新・本格推理05-九つの署名　光文社(光文社文庫)　2005年3月

真粧美　ますみ
有子の元デザイン事務所の同僚　「過去が届く午後」　唯川恵　完全犯罪証明書 ミステリー傑作選　講談社(講談社文庫)　2001年4月

増美　ますみ
神永孝一の新しい女　「雷雨の夜」　逢坂剛　完全犯罪証明書 ミステリー傑作選　講談社(講談社文庫)　2001年4月

益見 藤七　ますみ・とうしち
仕掛独楽の芸人　「舶来幻術師」　日影丈吉　甦る推理雑誌7「探偵倶楽部」傑作選　光文社(光文社文庫)　2003年7月

増村 均三　ますむら・きんぞう
阿佐ヶ谷の助教授夫妻殺傷事件で重傷を負った夫　「月夜の時計」　仁木悦子　江戸川乱歩の推理教室　光文社(光文社文庫)　2008年9月

益山　ますやま
若い幸田刑事の相棒の古手の部長刑事　「幽霊銀座を歩く」　三好徹　警察小説傑作短編集　ランダムハウス講談社(ランダムハウス講談社文庫)　2009年7月

益山 初人　ますやま・はつひと
殺人の容疑をかけられて行方を絶った画家　「貨車引込線」　樹下太郎　江戸川乱歩の推理教室　光文社(光文社文庫)　2008年9月

マダム
フラワーショップ「花影」の女主人(マダム)　「花影」　光原百合　ミステリー傑作選・特別編6 自選ショート・ミステリー2　講談社(講談社文庫)　2001年10月

マダム絢　まだむじゅん
横浜・山手の下宿屋街にある「柏ハウス」の住人、亜米利加人ヂェムス・フェルドの妾　「出来ていた青」　山本周五郎　文豪のミステリー小説　集英社(集英社文庫)　2008年2月

マダムD　まだむでぃー
娼館の女主人　「半熟卵にしてくれと探偵は言った」　山口雅也　天地驚愕のミステリー　宝島社(宝島社文庫)　2009年8月

マダム・トキタ
密輸団の首領　「全裸楽園事件」　郡山千冬　日本版 シャーロック・ホームズの災難　論創社　2007年12月

町子　まちこ
麻布十番の料理屋「味六屋」の若女将　「初鰹」　柴田哲孝　Play推理遊戯　講談社(講談社文庫)　2011年4月;推理小説年鑑 ザ・ベストミステリーズ2008　講談社　2008年7月

町田 藍　まちだ・あい
すずめバスの観光バスガイド、幽霊と話のできる娘　「地獄へご案内」　赤川次郎　名探偵の奇跡-日本ベストミステリー選集　光文社（光文社文庫）　2010年5月；名探偵の奇跡-最新ベスト・ミステリー　光文社　2007年9月

町田 紘一　まちだ・こういち
傷害事件の被害者の父として地裁の法廷の証人席に立った中年男　「立ち向う者」　東直己　事件を追いかけろ　光文社（光文社文庫）　2009年4月；事件を追いかけろ　光文社　2004年12月

待鳥 五郎　まちどり・ごろう
探偵　「密室の魔術師」　双葉十三郎　甦る推理雑誌2「黒猫」傑作選　光文社（光文社文庫）　2002年11月

待鳥 五郎　まちどり・ごろう
帝都タイムス文化部の記者、由木原検事の甥　「匂う密室」　双葉十三郎　甦る推理雑誌3「X」傑作選　光文社（光文社文庫）　2002年12月

町野　まちの
陶磁愛好家　「玩物の果てに」　久能啓二　江戸川乱歩と13の宝石　光文社（光文社文庫）　2007年5月

真知博士　まちはかせ
蝦蟇倉警察署の不可能犯罪係　「密室の本-真知博士五十番目の事件」　村崎友　蝦蟇倉市事件2　東京創元社（ミステリ・フロンティア）　2010年2月

真知博士　まちはかせ
蝦蟇倉大学の教授で蝦蟇倉警察署の不可能犯罪係に籍を置いている博士　「消えた左腕事件」　秋月涼介　蝦蟇倉市事件2　東京創元社（ミステリ・フロンティア）　2010年2月

真知博士　まちはかせ
学者、蝦蟇倉警察署捜査一課不可能犯罪係の一員　「不可能犯罪係自身の事件」　大山誠一郎　蝦蟇倉市事件1　東京創元社（ミステリ・フロンティア）　2010年1月

町山 亘　まちやま・わたる
遊び人　「井伊直弼は見ていた?」　深谷忠記　怪しい舞踏会　光文社（光文社文庫）　2002年5月

松井 和雄　まつい・かずお
名古屋の紙問屋の放蕩息子、井筒健吉の妻お高の情夫　「愛欲の悪魔-蘇生薬事件」　秦賢助　魔の怪　勉誠出版（べんせいライブラリー）　2002年11月

松井 鈴鹿　まつい・すずか
少年探偵WHOの同級生、真都新聞の新米記者　「少年名探偵WHO 透明人間事件」　はやみねかおる　忍び寄る闇の奇譚　講談社（講談社ノベルス）　2008年11月

松井 康男　まつい・やすお
河原で変死体で発見された中学生の少年　「新・煙突綺譚」　斜健二　新世紀「謎（ミステリー）」倶楽部　角川書店　2001年8月

まつう

松浦　まつうら
反政府組織の活動家、死刑囚菱田一敏奪還作戦の指揮者　「ハンギング・ゲーム」　石持浅海　新・*本格推理 特別編　光文社（光文社文庫）　2009年3月

松浦　かすみ　まつうら・かすみ
或る映画撮影所の宣伝部員をしている横田勇作の妻で女優　「戸締りは厳重に!」　飯島正　幻の探偵雑誌8「探偵クラブ」傑作選　光文社（光文社文庫）　2001年12月

松浦　沙呂女　まつうら・さろめ
人吉市にある緑風荘に泊りに来た九州芸術大学の七人の学生の一人　「呪縛再現（挑戦篇）」　宇多川蘭子（鮎川哲也）　甦る推理雑誌5「密室」傑作選　光文社（光文社文庫）　2003年3月

松江　佳奈子　まつえ・かなこ
美貌の女、民放テレビ局のキャスターの妻　「忍び寄る人」　日下圭介　闇夜の芸術祭　光文社（光文社文庫）　2003年4月

松江　銀子　まつえ・ぎんこ
友人の紹介で岡村柊子が同居することになった変わり者の女性　「あなただけを見つめる」　若竹七海　犯人は秘かに笑う－ユーモアミステリー傑作選　光文社（光文社文庫）　2007年1月

松江　丈太郎　まつえ・じょうたろう
変わり者の松江銀子の父、俳優　「あなただけを見つめる」　若竹七海　犯人は秘かに笑う－ユーモアミステリー傑作選　光文社（光文社文庫）　2007年1月

松岡　康二　まつおか・こうじ
CF制作会社のディレクター、雑貨スタイリスト物集修の友人　「ウェルメイド・オキュパイド」　堀燐太郎　新・*本格推理 08　光文社（光文社文庫）　2008年3月

松岡　康二　まつおか・こうじ
CF制作会社のディレクター、雑貨スタイリスト物集修の友人　「ジグソー失踪パズル」　堀燐太郎　新・本格推理02　光文社（光文社文庫）　2002年3月

松岡　雄次　まつおか・ゆうじ
福祉事務所職員鮫島隆一の元同僚・叶幸子の夫、働かない男　「失われた二本の指へ」　篠田節子　紅迷宮　祥伝社（祥伝社文庫）　2002年6月

松尾　貴彰　まつお・たかあき
教団の山岳清浄行に参加した若者、信徒ではない東京の高校生　「滝」　奥泉光　北村薫のミステリー館　新潮社（新潮文庫）　2005年10月

松尾　秀樹　まつお・ひでき
栗山深春の旧友、尾道に住む会社員　「迷宮に死者は棲む」　篠田真由美　M列車（ミステリー・トレイン）で行（い）こう　光文社　2001年10月

松川　左右吉　まつかわ・そうきち
バー「タンジール」の常連客、地方銀行の黒岩支店長　「だって、冷え性なんだモン!」　愛川晶　新世紀「謎（ミステリー）」倶楽部　角川書店　2001年8月

松川 芳郎太　まつかわ・よしろうた
志逗子の首をつって死んだ祖父　「手紙嫌い」　若竹七海　スペシャル・ブレンド・ミステリー謎006　講談社(講談社文庫)　2011年9月

松木　まつき
小料理屋「茜」の常連客、小さな化粧品メーカーの社員　「福の神」　乃南アサ　七つの危険な真実　新潮社(新潮文庫)　2004年2月

松吉　まつきち
神田千両町の宝引の辰親分の仔分　「鳥居の赤兵衛」　泡坂妻夫　透明な貴婦人の謎(本格短編ベスト・セレクション)　講談社(講談社文庫)　2005年1月；本格ミステリ01　講談社(講談社ノベルス)　2001年7月

松吉　まつきち
貸本屋、神田千両町の宝引の辰親分の手先　「願かけて」　泡坂妻夫　法廷ジャックの心理学　講談社(講談社文庫)　2011年1月；名探偵の奇跡-日本ベストミステリー選集　光文社(光文社文庫)　2010年5月

マックスウェル
ドイツ人の医者　「クレタ島の花嫁-贋作ヴァン・ダイン」　高木彬光　密室殺人大百科 上　講談社(講談社文庫)　2003年9月

マックス・クレイボン(クレイボン)
評判の悪い牧場主が雇った拳銃使いで早撃ちの名人　「決闘」　逢坂剛　ミステリー傑作選・特別編5 自選ショート・ミステリー　講談社(講談社文庫)　2001年6月

マックス・スターン
探偵、幣原涼子の亡夫・和紀のアメリカでの友人　「百匹めの猿」　柄刀一　書下ろしアンソロジー 21世紀本格　光文社(カッパ・ノベルス)　2001年12月

松倉 晃文　まつくら・てるぶみ
殺人事件の容疑者、子爵　「セントルイス・ブルース」　平塚白銀　探偵小説の風景 トラフィック・コレクション(下)　光文社(光文社文庫)　2009年9月

松沢 綾子　まつざわ・あやこ
深夜喫茶のトイレで異様な死体で発見された被害者の草野若菜(松沢若菜)の双子の姉　「第三パビリオン「くちびる Network21」」　谺健二　新世紀犯罪博覧会-連作推理小説　光文社　2001年3月

松沢 若菜　まつざわ・わかな
深夜喫茶のトイレで異様な死体で発見された被害者、草野直樹の妻　「第三パビリオン「くちびる Network21」」　谺健二　新世紀犯罪博覧会-連作推理小説　光文社　2001年3月

松下 雅之　まつした・まさゆき
池袋の公園で暮らすホームレス　「ハートレス」　薬丸岳　推理小説年鑑 ザ・ベストミステリーズ2009　講談社　2009年7月

松島 詩織　まつしま・しおり
調査員葉村晶が警護することになった女性実業家　「濃紺の悪魔」　若竹七海　蒼迷宮　祥伝社(祥伝社文庫)　2002年3月

まつし

松島 龍造　まつしま・りゅうぞう
私立探偵 「新聞紙の包」 小酒井不木 探偵小説の風景 トラフィック・コレクション(下)　光文社(光文社文庫)　2009年9月

松造　まつぞう
湯河原にある鎮子の家の別荘の爺や 「見晴台の惨劇」 山村正夫 江戸川乱歩の推理試験　光文社(光文社文庫)　2009年1月

松田　まつだ
田舎町の小駅の年若い駅員 「或る駅の怪事件」 蟹海太郎 無人踏切-鉄道ミステリー傑作選　光文社(光文社文庫)　2008年11月

松平 竹千代　まつだいら・たけちよ
岡崎城主松平元康の嫡男、駿河今川氏の質子とされた幼児 「願人坊主家康」 南條範夫 剣が謎を斬る　光文社(光文社文庫)　2005年4月

松平 忠直　まつだいら・ただなお
越前松平家当主、徳川家康の孫で茶入れの名品「初花」の拝領者 「帰り花」 長井彬 謎003-スペシャル・ブレンド・ミステリー　講談社(講談社文庫)　2008年9月

松平 綱国　まつだいら・つなくに
元越後高田藩主、備後福山に住む配流者 「帰り花」 長井彬 謎003-スペシャル・ブレンド・ミステリー　講談社(講談社文庫)　2008年9月

松平 道隆　まつだいら・みちたか
籠岩市の名家の家長、松平グループの前総帥の楽隠居 「二枚舌の掛軸」 乾くるみ 本格ミステリ09　講談社(講談社ノベルス)　2009年6月

松平 元康　まつだいら・もとやす
戦国武将、三河国岡崎の領主 「願人坊主家康」 南條範夫 剣が謎を斬る　光文社(光文社文庫)　2005年4月

松田 五平　まつだ・ごへい
浪人、投剣術の遣い手 「消えた兇器」 柴田錬三郎 江戸の名探偵　徳間書店(徳間文庫)　2009年10月

松谷 清彦　まつたに・きよひこ
転落事故のあったひいらぎ駅ホームにいた七人の一人、中年男 「ひいらぎ駅の怪事件」 乾くるみ 愛憎発殺人行 鉄道ミステリー名作館　徳間書店(徳間文庫)　2004年5月

松谷 建三　まつたに・けんぞう
殺人事件を起こして刑務所に入っている男 「椿の入墨」 高橋治 警察小説傑作短編集　ランダムハウス講談社(ランダムハウス講談社文庫)　2009年7月

松田 麻奈　まつだ・まな
殺人事件の被害者、被疑者の清野直正の恋人 「オウンゴール」 蒼井上鷹 現場に臨め-最新ベスト・ミステリー　光文社　2010年10月

マッテオ嬢　まっておじょう
偽眼の娘、パリの売笑婦 「偽眼のマドンナ」 渡辺啓助 江戸川乱歩と13人の新青年〈文学派〉編　光文社(光文社文庫)　2008年5月

まつみ

マッド
アトリエで溺死という不可解な死をとげた芸術家 「絵の中で溺れた男」 柄刀一 推理小説年鑑 ザ・ベストミステリーズ2004 講談社 2004年7月

松戸 与三　まつど・よぞう*
コンクリートミキサーにセメントあけをやってみた労働者 「セメント樽の中の手紙」 葉山嘉樹 マイ・ベスト・ミステリーⅢ 文藝春秋(文春文庫) 2007年9月

松永　まつなが
バー「スリーバレー」のバーテンダー 「ナスカの地上絵の不思議」 鯨統一郎 不思議の足跡−最新ベスト・ミステリー 光文社 2007年10月

松永　まつなが
場末のバーのバーテンダー 「アトランティス大陸の秘密」 鯨統一郎 暗闇を追いかけろ−日本ベストミステリー選集35 光文社(光文社文庫) 2008年5月

松中 曲人　まつなか・まげと
医者、柩島の建物内に閉じ込められた五人の自殺志願者の一人 「嵐の柩島で誰が死ぬ」 辻真先 探偵Xからの挑戦状! Season2 小学館(小学館文庫) 2011年2月

マツノオ
神楽太夫 「神楽太夫」 横溝正史 マイ・ベスト・ミステリーⅥ 文藝春秋(文春文庫) 2007年12月

松野 恭子　まつの・きょうこ
幣原涼子の義父で車椅子に乗る和房のヘルパー 「百匹めの猿」 柄刀一 書下ろしアンソロジー 21世紀本格 光文社(カッパ・ノベルス) 2001年12月

松野 めぐみ　まつの・めぐみ
鎌倉・極楽寺そばの旅館「極楽館」のオーナー 「極楽ツアー殺人」 斎藤栄 怪しい舞踏会 光文社(光文社文庫) 2002年5月

松野 容子　まつの・ようこ*
三室卓也の昔の恋人・西脇奈々江の娘、元美大生 「天からの贈り物」 藤田宜永 ときめき 広済堂出版(広済堂文庫) 2005年1月

松葉 茂和　まつば・しげかず
湖のそばにある邸宅の主・山草満男の妻永子の前夫 「龍之介、黄色い部屋に入ってしまう」 柄刀一 名探偵を追いかけろ−日本ベストミステリー選集34 光文社(光文社文庫) 2007年5月

松原 美佐子　まつばら・みさこ
弁護士志賀竜三の事務所の女事務員 「九十九点の犯罪」 土屋隆夫 江戸川乱歩の推理試験 光文社(光文社文庫) 2009年1月

松 みさを(笠井 ミサ子)　まつ・みさお(かさい・みさこ)
浅草のヴァライエテ・ショウ山木座のレビウガール 「レビウガール殺し」 延原謙 江戸川乱歩と13人の新青年〈文学派〉編 光文社(光文社文庫) 2008年5月

まつみ

松宮 直行　まつみや・なおゆき
防衛庁情報局の現役幹部　「920を待ちながら」　福井晴敏　乱歩賞作家白の謎　講談社　2006年6月

松村子爵　まつむらししゃく
温泉場のホテルで死体で発見された子爵　「正義」　浜尾四郎　幻の探偵雑誌10「新青年」傑作選　光文社（光文社文庫）　2002年2月

松村 真一　まつむら・しんいち
大学の附属精神病院で大心池先生が診察した患者の子供　「網膜脈視症」　木々高太郎　江戸川乱歩と13人の新青年〈論理派〉編　光文社（光文社文庫）　2008年1月

松村 武　まつむら・たけし
犯人当ての遊びで優勝して小説を書き出した男　「小説・江戸川乱歩の館」　鈴木幸夫　江戸川乱歩に愛をこめて　光文社（光文社文庫）　2011年2月

松村 平助　まつむら・へいすけ
大学の附属精神病院で大心池先生が診察した患者の子供の父親　「網膜脈視症」　木々高太郎　江戸川乱歩と13人の新青年〈論理派〉編　光文社（光文社文庫）　2008年1月

松村 勝　まつむら・まさる
干潟の四つ手網小屋で死体で発見された坪野好一の友人　「干潟の小屋」　多岐川恭　江戸川乱歩の推理試験　光文社（光文社文庫）　2009年1月

松元　まつもと
寿命を延長できる新しい遺伝子治療器具を付けた会社員　「遺伝子チップ」　米山公啓　ミステリー傑作選・特別編5 自選ショート・ミステリー　講談社（講談社文庫）　2001年6月

松本　まつもと
音楽誌「OPSY」の編集者　「DECO-CHIN」　中島らも　推理小説年鑑 ザ・ベストミステリーズ2005　講談社　2005年7月

松本 ユウキ　まつもと・ゆうき
十五年前に起きた爆弾事件で死亡した大学生　「五つのプレゼント」　乾くるみ　事件の痕跡-最新ベスト・ミステリー　光文社　2007年11月

松本 ユリ　まつもと・ゆり
本庁から御茶ノ水署に転属となった刑事、神保町の古書店「陣場書房」の臨時アルバイト　「悩み多き人生」　逢坂剛　M列車（ミステリー・トレイン）で行（い）こう　光文社　2001年10月

松山 一也　まつやま・かずや
新聞記者　「悪魔黙示録」　赤沼三郎　悪魔黙示録「新青年」一九三八-探偵小説暗黒の時代へ　光文社（光文社文庫）　2011年8月

松山 繁吉　まつやま・しげきち*
殺害された推理作家今井とも江の元亭主　「マーキュリーの靴」　鮎川哲也　密室殺人大百科 上　講談社（講談社文庫）　2003年9月

松山 恒裕　まつやま・つねひろ
長野県警特別山岳警備隊隊長　「捜索者」　大倉崇裕　川に死体のある風景　東京創元社（創元推理文庫）　2010年3月;川に死体のある風景　東京創元社(創元クライム・クラブ)　2006年5月

松山 恒裕　まつやま・つねひろ
長野県山岳警備隊の隊長、捜索隊員　「生還者」　大倉崇裕　完全犯罪証明書　ミステリー傑作選　講談社(講談社文庫)　2001年4月

松山 友一郎　まつやま・ゆういちろう
食品会社の元専務、停年後に百名山登山を始めた男　「山魔」　森村誠一　M列車(ミステリー・トレイン)で行(い)こう　光文社　2001年10月

松山 良和　まつやま・よしかず
女の子が刺し殺された事件で逮捕された叔父の十六歳の少年　「ナイフを失われた思い出の中に」　米澤穂信　蝦蟇倉市事件2　東京創元社(ミステリ・フロンティア)　2010年2月

松山 良子　まつやま・よしこ
十六歳の少年に刺し殺された女の子の母親、逮捕された良和の姉　「ナイフを失われた思い出の中に」　米澤穂信　蝦蟇倉市事件2　東京創元社(ミステリ・フロンティア)　2010年2月

マツリカ
雑居ビルから双眼鏡で高校を観察している変人の女の子　「原始人ランナウェイ」　相沢沙呼　推理小説年鑑 ザ・ベストミステリーズ2011　講談社　2011年7月

祭 大作　まつり・だいさく
Y市警察本部の警部　「床屋の源さん、探偵になる-生首村殺人事件」　青山蘭堂　新・本格推理07-Qの悲劇　光文社(光文社文庫)　2007年3月

マテオ・メッシーニ(メッシーニ)
初老の宣教師、奇蹟審問官アーサー・クレメンスを呼んだ神父　「バグズ・ヘブン」　柄刀一　名探偵に訊け　光文社　2010年9月

的場 利夫　まとば・としお
記者、カメラマン南美希風の友人　「チェスター街の日」　柄刀一　本格ミステリ09　講談社(講談社ノベルス)　2009年6月

マドモワゼル・マッテオ(マッテオ嬢)　まどもわぜるまってお(まっておじょう)
偽眼の娘、パリの売笑婦　「偽眼のマドンナ」　渡辺啓助　江戸川乱歩と13人の新青年〈文学派〉編　光文社(光文社文庫)　2008年5月

マドンナ
学生の「私」が日に二度でも三度でもバットを買いに行く横町のタバコ屋の看板娘　「万年筆の由来」　中野圭介　幻の探偵雑誌5「探偵文藝」傑作選　光文社(光文社文庫)　2001年2月

マナ
都内の大病院から老人病院に移ってきた芙美が杉並の家で飼っていた愛犬　「春の便り」　篠田節子　ミステリー傑作選・特別編6 自選ショート・ミステリー2　講談社(講談社文庫)　2001年10月

まなか

真中 俊　まなか・しゅん
売れっ子の俳優、映画「バリウムの鬼門」の主役　「霧の巨塔」霞流一　本格ミステリ08　講談社(講談社ノベルス)　2008年6月

間直瀬 玄蕃　まなせ・げんば
早稲田の下宿「玄虚館」の大家、縁側で推理するご隠居　「坂ヲ跳ネ往ク髑髏」物集高音　天使と髑髏の密室(本格短編ベスト・セレクション)　講談社(講談社文庫)　2005年12月;本格ミステリ02　講談社(講談社ノベルス)　2002年5月

真辺 芳伸　まなべ・よしのぶ
マニラから日本へ向かう貨物船「ハヌマーン号」の事務長　「幽霊船が消えるまで」柄刀一　M列車(ミステリー・トレイン)で行(い)こう　光文社　2001年10月

マナリング(グレゴリー・B・マナリング)　まなりんぐ(ぐれごりーびーまなりんぐ)
キャロウェイ准男爵の令嬢ハリエットの後見人となった親戚筋の男　「フレンチ警部と雷鳴の城」芦辺拓　死神と雷鳴の暗号(本格短編ベスト・セレクション)　講談社(講談社文庫)　2006年1月;本格ミステリ02　講談社(講談社ノベルス)　2002年5月

マノリスク
心霊術者と称しイギリスの田舎にある縛り首の塔の館と呼ばれる屋敷に住み着いた男　「縛り首の塔の館」加賀美雅之　密室殺人大百科 下　講談社(講談社文庫)　2003年9月

マーヴィン・バンター(バンター)
名探偵ピーター・ウィムジー卿の従僕、<引き立て役倶楽部>の常任理事　「引き立て役倶楽部の陰謀」法月綸太郎　暗闇を見よ　光文社　2010年11月

マーフィ
花店の店員の青年　「赤い怪盗」柴田錬三郎　日本版 シャーロック・ホームズの災難　論創社　2007年12月

まほうはかせ
せいようあくま　「まほうやしき」江戸川乱歩;古賀亜十夫画　少年探偵王 本格推理マガジン-文庫雑誌/ぼくらの推理冒険物語　光文社(光文社文庫)　2002年4月

真幌キラー　まほろきらー
無差別連続殺人犯　「秋 闇雲A子と憂鬱刑事」麻耶雄嵩　まほろ市の殺人-推理アンソロジー　祥伝社(NON NOVEL)　2009年3月

まぼろしお花　まぼろしおはな
怪盗団の一味　「吸血魔」高木彬光　少年探偵王 本格推理マガジン-文庫雑誌/ぼくらの推理冒険物語　光文社(光文社文庫)　2002年4月

ママ
高級スナックのママ　「藤田先生、指一本で巨石を動かす」村瀬継弥　新世紀「謎(ミステリー)」倶楽部　角川書店　2001年8月

ママ
小学校五年生の允彦のママ　「完全無欠の密室への助走」早見江堂　名探偵で行こう-最新ベスト・ミステリー シリーズ・キャラクター編　光文社(光文社文庫)　2001年9月

間宮 緑　まみや・みどり
「季刊落語」記者　「やさしい死神」　大倉崇裕　死神と雷鳴の暗号(本格短編ベスト・セレクション)　講談社(講談社文庫)　2006年1月;本格ミステリ02　講談社(講談社ノベルス)　2002年5月

真村 真一　まむら・しんいち
都内北澤署の警部、キャリア組の幹部候補生　「まだらの紐、再び」　霧舎巧　密室殺人大百科 上　講談社(講談社文庫)　2003年9月

マヤ
団地に住む小学五年生の少女、ミサキとなっちゃんの遊び友達　「十円参り」　辻村深月　暗闇を見よ　光文社　2010年11月

摩耶　まや
形式論理学を専攻する大学副手　「鬼面の犯罪」　天城一　甦る推理雑誌2「黒猫」傑作選　光文社(光文社文庫)　2002年11月

摩耶　まや
探偵　「奇蹟の犯罪」　天城一　甦る推理雑誌3「X」傑作選　光文社(光文社文庫)　2002年12月

真山 由比　まやま・ゆい
刑務所で会田と同囚だった浜井の女　「兇悪の門」　生島治郎　警察小説傑作短編集　ランダムハウス講談社(ランダムハウス講談社文庫)　2009年7月

真由子　まゆこ
洋館の宿泊客、二十代後半の女　「吹雪に死神」　伊坂幸太郎　不思議の足跡-最新ベスト・ミステリー　光文社　2007年10月

まゆみ
SMクラブの女　「M」　馳星周　闇夜の芸術祭　光文社(光文社文庫)　2003年4月

真弓　まゆみ
フラワーショップの店員、会計事務所長・堂本の愛人になった女　「闇に挿す花」　唯川恵　恋は罪つくり　光文社(光文社文庫)　2005年7月

真弓　まゆみ
崖から転落した登山者の老人の妻　「綱(ロープ)」　瀬下耽　幻の探偵雑誌10「新青年」傑作選　光文社(光文社文庫)　2002年2月

マリ
孤児の若い女性　「いたずらな妖精」　縄田厚　甦る推理雑誌8「エロティック・ミステリー」傑作選　光文社(光文社文庫)　2003年9月

マリー
カナダの奥地ギブール村の金持ちドーブリー家の次女　「ロイス殺し」　小林泰三　密室と奇蹟-J・D・カー生誕百周年記念アンソロジー　東京創元社　2006年11月

マリア
白系ロシア人の娼婦　「ブルーロータス」　山崎洋子　怪しい舞踏会　光文社(光文社文庫)　2002年5月

まりあ

茉莉亜　まりあ
機械工学者、連邦政府から植民惑星に派遣された八人の先遣隊メンバーの一人 「だから誰もいなくなった」 園田修一郎　新・＊本格推理 特別編　光文社（光文社文庫）2009年3月

マーリア・セミョーノフ
革命運動家、ロシア社会民主党の指導者ウリャーノフの妻の親友 「暗号名『マトリョーシュカ』」 長谷川順子；田辺正幸　新・本格推理01　光文社（光文社文庫）2001年3月

まりえ
バー「まりえ」のママ 「闇の奥」 逢坂剛　スペシャル・ブレンド・ミステリー 謎006　講談社（講談社文庫）2011年9月

まりえ
バー「まりえ」の店主 「雷雨の夜」 逢坂剛　完全犯罪証明書 ミステリー傑作選　講談社（講談社文庫）2001年4月

真理恵　まりえ
小学生のときからの琴美の親友 「最後から二番目の恋」 小路幸也　七つの死者の囁き　新潮社（新潮文庫）2008年12月

鞠夫　まりお
めぐみ幼稚園のおむつ先生の恋人朝永の腹話術人形 「ママは空に消える」 我孫子武丸　名探偵で行こう-最新ベスト・ミステリー シリーズ・キャラクター編　光文社（光文社文庫）2001年9月

マリオン・ソンダース（ソンダース）
禿頭の持ち主セーラ・コックスの恋敵、宝石ブローカー 「禿頭組合」 北杜夫　シャーロック・ホームズに再び愛をこめて　光文社（光文社文庫）2010年7月

まり子　まりこ
自動車事故で母親を失い車椅子の生活を送る少女 「遠い窓」 今邑彩　密室＋アリバイ＝真犯人　講談社（講談社文庫）2002年2月

真理子　まりこ
弁護士、新人作家相川保の友だち 「七月の喧噪」 柴田よしき　京都愛憎の旅　徳間書店（徳間文庫）2002年5月

マリーちゃん
立て籠もり犯の肥満女ミス・ハルクにコンビニに閉じ込められた主婦パート、鞠のような体型の女 「外嶋一郎主義」 西澤保彦　QED鏡家の薬屋探偵　講談社（講談社ノベルス）2010年8月

磨理邑　雅人　まりむら・まさと
一流銀行の幹部候補の洋の妻・由紀が熱を上げている不良芸術家 「ロマンチスト」 井上雅彦　ミステリー傑作選・特別編5 自選ショート・ミステリー　講談社（講談社文庫）2001年6月

丸井 万作　まるい・まんさく
探偵事務所の依頼人、熱帯魚を商う男　「月の兎」　愛理修　新・本格推理02　光文社（光文社文庫）　2002年3月

マルグリット
椿の花のように美しい女　「ルーマニアの醜聞」　中川裕朗　日本版 シャーロック・ホームズの災難　論創社　2007年12月

マルコ・ポーロ
ヴェニスの商人、ジェノアの牢に収監された老人　「百万のマルコ」　柳広司　論理学園事件帳　講談社（講談社文庫）2007年1月；本格ミステリ03　講談社（講談社ノベルス）　2003年6月

マルコ・ポーロ
ヴェネツィアの商人、ジェノアの牢に収監された老人　「雲の南」　柳広司　大きな棺の小さな鍵（本格短編ベスト・セレクション）　講談社（講談社文庫）　2009年1月；本格ミステリ05　講談社（講談社ノベルス）　2005年6月

丸見 マキ子（マキ嬢）　まるみ・まきこ（まきじょう）
帝劇に小島龍青年と活動を見に来た友人の女性　「豚児廃業」　乾信一郎　幻の探偵雑誌10「新青年」傑作選　光文社（光文社文庫）　2002年2月

丸本　まるもと
外国人労働者のナディームが働いている工場で上司に当たる男　「冬枯れの木」　永井するみ　事件現場に行こう-日本ベストミステリー選集33　光文社（光文社文庫）　2006年4月；事件現場に行こう　光文社　2001年11月

丸山　まるやま
富士見荘という西洋館を買うことになった石油会社の社長　「呪いの家」　鮎川哲也；谷俊彦画　少年探偵王 本格推理マガジン-文庫雑誌/ぼくらの推理冒険物語　光文社（光文社文庫）　2002年4月

丸山刑事　まるやまけいじ
長野県警の刑事　「ろくろ首」　柳広司　暗闇を見よ　光文社　2010年11月

丸山 莠　まるやま・しゅう
小説家、ミヤを診察した精神科の大心池先生の友人　「文学少女」　木々高太郎　マイ・ベスト・ミステリーⅣ　文藝春秋（文春文庫）　2007年10月

マレン・セイ
高校の演劇部員、サックスの上手な中国系アメリカ人　「退出ゲーム」　初野晴　Play推理遊戯　講談社（講談社文庫）　2011年4月；推理小説年鑑 ザ・ベストミステリーズ2008　講談社　2008年7月

万さん（ひょろ万）　まんさん（ひょろまん）
露店にまじって即興肖像画を描いている男　「浅草の犬」　角田喜久雄　幻の探偵雑誌9「探偵」傑作選　光文社（光文社文庫）　2002年1月

まんじ

万治 陀羅男　まんじ・だらお
名探偵 「版画画廊の殺人」 荒巻義雄　マイ・ベスト・ミステリーⅠ　文藝春秋(文春文庫) 2007年8月

饅頭女　まんじゅうおんな
南米リオのリゾート地コパカバーナの海岸で若いブラジル男を目で求めていた日本人観光客の小太りの中年女 「コパカバーナの棹師」 垣根涼介　事件の痕跡-最新ベスト・ミステリー　光文社　2007年11月

万蔵　まんぞう
下谷の古寺の寺男で多年にわたり痼疾をわずらっている男 「疥(ひぜん)」 物集高音　暗闇を追いかけろ-日本ベストミステリー選集35　光文社(光文社文庫)　2008年5月

万陀 修三　まんだ・しゅうぞう
老名優、劇団「人間座」の座長 「絞刑史」 山村正夫　甦る推理雑誌7「探偵倶楽部」傑作選　光文社(光文社文庫)　2003年7月

萬田 武彦　まんだ・たけひこ*
東都銀行渋谷支店の営業課長 「口座相違」 池井戸潤　事件を追いかけろ　光文社(光文社文庫)　2009年4月；事件を追いかけろ　光文社　2004年12月

万年 三郎　まんねん・さぶろう
瀬戸の陶工、元は神田昌平橋の紺屋「松本屋」の奉公人 「三郎菱」 泡坂妻夫　怪しい舞踏会　光文社(光文社文庫)　2002年5月

万引き女　まんびきおんな
百貨店の保安係に惚れてしまった万引き女 「万引き女のセレナーデ」 小泉喜美子　犯人は秘かに笑う-ユーモアミステリー傑作選　光文社(光文社文庫)　2007年1月

【み】

三池 修(ミケ)　みいけ・おさむ*(みけ)
電車の乗客、プータロー 「バッドテイストトレイン」 北森鴻　完全犯罪証明書 ミステリー傑作選　講談社(講談社文庫)　2001年4月

三浦 信也　みうら・しんや
予備校生、デザイナーの蘇芳紅美子と同じアパートに部屋を借りた若者 「十八の夏」 光原百合　推理小説年鑑 ザ・ベストミステリーズ2002　講談社　2002年7月

三浦 由美子　みうら・ゆみこ
雷鳥九号の車内で貴金属会社の社長が射殺された事件の容疑者 「「雷鳥九号」殺人事件」 西村京太郎　無人踏切-鉄道ミステリー傑作選　光文社(光文社文庫)　2008年11月

三枝子　みえこ
滝本一義の妻 「七通の手紙」 浅黄斑　完全犯罪証明書 ミステリー傑作選　講談社(講談社文庫)　2001年4月

美栄子　みえこ
中川香織の親友、香織の秘密を預かった女「捨てられない秘密」新津きよみ　翠迷宮　祥伝社（祥伝社文庫）2003年6月

美緒子　みおこ
殺人事件の被害者明見君の妻で嫌疑者の「俺」が恋した女性「蜘蛛」米田三星　江戸川乱歩と13人の新青年〈論理派〉編　光文社（光文社文庫）2008年1月

ミオゾティス
フランスのオーブランという土地にあるサナトリウムで暮らす少女、マグリットの親友「オーブランの少女」深緑野分　ベスト本格ミステリ2011　講談社（講談社ノベルス）2011年6月

三影　みかげ
私立探偵「美しの五月」仁木悦子　名作で読む推理小説史　わが名はタフガイ-ハードボイルド傑作選　光文社（光文社文庫）2006年5月

三影 潤　みかげ・じゅん*
私立探偵、桐影秘密探偵社の共同経営者「アイボリーの手帖」仁木悦子　短歌殺人事件-31音律のラビリンス　光文社（光文社文庫）2003年4月

御影 麻衣　みかげ・まい
文芸サークル誌「カナリア」の同人、清楚な美貌のお嬢様「花をちぎれないほど…」光原百合　事件を追いかけろ　光文社（光文社文庫）2009年4月；事件を追いかけろ　光文社　2004年12月

三ケ崎 しのぶ（朔田 しのぶ）　みかざき・しのぶ（さくた・しのぶ）
二十歳で自殺した画学生・朔田公彦に死後の恋慕を募らせた二人の女の一人で公彦の兄と結婚した女「死者恋」朱川湊人　推理小説年鑑　ザ・ベストミステリーズ2004　講談社　2004年7月

御門 京子　みかど・きょうこ
防衛庁情報局の監視対象者芦田和生の愛人、「北」が仕掛けた美人局「サクラ」福井晴敏　事件現場に行こう-日本ベストミステリー選集33　光文社（光文社文庫）2006年4月；事件現場に行こう　光文社　2001年11月

三上 敏子　みかみ・としこ
秘密探偵社に勤めて調査員をしている娘「静かなる復讐」千葉淳平　甦る推理雑誌8「エロティック・ミステリー」傑作選　光文社（光文社文庫）2003年9月

ミカン嬢　みかんじょう
素行調査の依頼人「裏窓のアリス」加納朋子　完全犯罪証明書ミステリー傑作選　講談社（講談社文庫）2001年4月

ミキ
丘の頂上に建つ古い家の長男イチロウの妻「Closet」乙一　暗闇を追いかけろ-日本ベストミステリー選集35　光文社（光文社文庫）2008年5月

みき
 手毬川の讃ヶ淵にある土蔵の蔵番部屋に一人で住む女、火事で生き残った百姓家の嫁「火鳥」坂東眞砂子 危険な関係(女流ミステリー傑作選) 角川春樹事務所(ハルキ文庫) 2002年5月

三木　みき
 寒村の分校で教師をしている旧友に江島と二人で会いに行った男 「「死体を隠すには」」江島伸吾 無人踏切-鉄道ミステリー傑作選 光文社(光文社文庫) 2008年11月

美紀　みき
 アメリカ製の大きな自動車に乗る美人、ホステスで組の幹部の妻「ハッピー・エンディング」片岡義男 名作で読む推理小説史 わが名はタフガイ-ハードボイルド傑作選 光文社(光文社文庫) 2006年5月

美樹　みき
 離婚して鎌倉の実家に戻ってきた女性「古井戸」明野照葉 暗闇を追いかけろ-日本ベストミステリー選集35 光文社(光文社文庫) 2008年5月

箕木　みき
 大学の西洋哲学の先生「ブルーフェイズ」斎藤純 幻惑のラビリンス 光文社(光文社文庫) 2001年5月

美樹子　みきこ
 自宅の書斎で死体で発見された垣内教授の子供、十四才の少女「二十の扉は何故悲しいか」香住春作 甦る推理雑誌3「X」傑作選 光文社(光文社文庫) 2002年12月

美樹子　みきこ
 大学生の「ぼく」の友だちの道夫が惚れている女「熱い痣」北方謙三 名作で読む推理小説史 わが名はタフガイ-ハードボイルド傑作選 光文社(光文社文庫) 2006年5月

美樹本 早苗　みきもと・さなえ
 私立探偵仁木順平の依頼人、愛猫家「猫の家のアリス」加納朋子 ねこ!ネコ!猫!(NEKOミステリー傑作選) 徳間書店(徳間文庫) 2008年10月;「ABC(エービーシー)」殺人事件 講談社(講談社文庫) 2001年11月

幹哉(十四郎)　みきや(とおしろう)
 馬島新一のやっている英語塾の生徒、十四郎の愛称を使ってパソコン通信を楽しむ中学三年生「月の輝く夜」北川歩実 恋は罪つくり 光文社(光文社文庫) 2005年7月

三国 芳水　みくに・ほうすい
 銀行員野田卓也が出会った男、元大学教授だという紳士「ロマンス」小池真理子 紅迷宮 祥伝社(祥伝社文庫) 2002年6月

三雲 陸　みくも・りく
 惨劇のあった三雲家の長男、中学一年生の金堂翡翠と同い年の男子「暴君」桜庭一樹 不思議の足跡-最新ベスト・ミステリー 光文社 2007年10月

御倉 瞬介　みくら・しゅんすけ
 絵画修復士「デューラーの瞳」柄刀一 名探偵の奇跡-日本ベストミステリー選集 光文社(光文社文庫) 2010年5月;名探偵の奇跡-最新ベスト・ミステリー 光文社 2007年9月

御厨 善左衛門　みくりや・ぜんざえもん*
九州S県の旧家御厨家の当主　「棄神祭」　北森鴻　名探偵の奇跡-日本ベストミステリー選集　光文社(光文社文庫)　2010年5月；名探偵の奇跡-最新ベスト・ミステリー　光文社　2007年9月

ミケ
電車の乗客、プータロー　「バッドテイストトレイン」　北森鴻　完全犯罪証明書 ミステリー傑作選　講談社(講談社文庫)　2001年4月

三毛猫ホームズ(ホームズ)　みけねこほーむず(ほーむず)
警視庁捜査一課の刑事・片山義太郎の家の飼い猫　「三毛猫ホームズの遺失物」　赤川次郎　名探偵を追いかけろ-日本ベストミステリー選集34　光文社(光文社文庫)　2007年5月

三毛猫ホームズ(ホームズ)　みけねこほーむず(ほーむず)
警視庁捜査一課の刑事・片山義太郎の家の飼い猫　「保健室の午後」　赤川次郎　ねこ!ネコ!猫!(NEKOミステリー傑作選)　徳間書店(徳間文庫)　2008年10月

三毛猫ホームズ(ホームズ)　みけねこほーむず(ほーむず)
警視庁捜査一課の刑事片山義太郎の家の飼い猫　「三毛猫ホームズのバカンス」　赤川次郎　名探偵登場!-日本ミステリー名作館1　KKベストセラーズ　2004年11月

三毛猫ホームズ(ホームズ)　みけねこほーむず(ほーむず)
名探偵の三毛猫　「三毛猫ホームズと永遠の恋人」　赤川次郎　名探偵で行こう-最新ベスト・ミステリー シリーズ・キャラクター編　光文社(光文社文庫)　2001年9月

三毛猫ホームズ(ホームズ)　みけねこほーむず(ほーむず)
名探偵の三毛猫　「三毛猫ホームズの無人島」　赤川次郎　幻惑のラビリンス　光文社(光文社文庫)　2001年5月

ミケランジェロ六郎　みけらんじぇろろくろう
画家、渡辺恒のフランス留学時代の友　「雪の絵画教室」　泡坂妻夫　密室レシピ　角川書店(角川文庫)　2002年4月

ミコ
沼津の高校でユミの親友だった女　「京都大学殺人事件」　吉村達也　京都殺意の旅　徳間書店(徳間文庫)　2001年11月

御子柴 鮎子　みこしば・あゆこ
合戦island小学校に赴任したばかりの新任教師　「紅き虚空の下で」　高橋城太郎　新・本格推理05-九つの署名　光文社(光文社文庫)　2005年3月

ミサキ
団地に住む小学五年生の少女、なっちゃんとマヤの遊び友達　「十円参り」　辻村深月　暗闇を見よ　光文社　2010年11月

美佐子　みさこ
昌美の高校時代からの友人、広告代理店のデザイナー　「灯油の尽きるとき」　篠田節子　嘘つきは殺人のはじまり　講談社(講談社文庫)　2003年9月

みさと

美里　みさと
インターネットの掲示板でタキオさんと親しくなった女子大生　「見えない悪意」　緑川聖司　推理小説年鑑 ザ・ベストミステリーズ2003　講談社　2003年7月

三沢 秋穂　みさわ・あきほ
自殺を図った女・笹野佳也子の親友　「佳也子の屋根に雪ふりつむ」　大山誠一郎　本格ミステリ10　講談社(講談社ノベルス)　2010年6月;不可能犯罪コレクション　原書房　2009年6月

三沢 茂子　みさわ・しげこ
養鶏場の主人三沢為三の娘　「朱色の祭壇」　山下利三郎　幻の探偵雑誌6「猟奇」傑作選　光文社(光文社文庫)　2001年3月

三沢 為三　みさわ・ためぞう
養鶏場の主人　「朱色の祭壇」　山下利三郎　幻の探偵雑誌6「猟奇」傑作選　光文社(光文社文庫)　2001年3月

三沢 由紀子　みさわ・ゆきこ*
探偵事務所に来た依頼者・豊木悦二の恋人だった女　「探偵物語」　姫野カオルコ　推理小説年鑑 ザ・ベストミステリーズ2002　講談社　2002年7月

三島 景子　みしま・けいこ
南京街でシップ・チャンドラーをしている久須見の事務所の社員　「チャイナタウン・ブルース」　生島治郎　マイ・ベスト・ミステリーII　文藝春秋(文春文庫)　2007年8月

三島 栄　みしま・さかえ
東都大学理学部の天然物創薬研究室・通称三島研の教授　「死ぬのは誰か」　早見江堂　推理小説年鑑 ザ・ベストミステリーズ2011　講談社　2011年7月

三島 孝　みしま・たかし
笹塚駅ホームから落ちて轢かれた被害者、土木会社の社員　「スジ読み」　池井戸潤　現場に臨め－最新ベスト・ミステリー　光文社　2010年10月

三島 奈央子　みしま・なおこ
北川雅美の大学の英文科時代の同級生　「時効を待つ女」　新津きよみ　密室＋アリバイ＝真犯人　講談社(講談社文庫)　2002年2月

水池 武士　みずいけ・たけし
殺害されミイラ化したテレビ番組のディレクター　「らくだ殺人事件」　霞流一　密室殺人大百科 下　講談社(講談社文庫)　2003年9月

水木 邦夫　みずき・くにお
弁護士　「手話法廷」　小杉健治　判決　徳間書店(徳間文庫)　2010年3月;謎001-スペシャル・ブレンド・ミステリー　講談社(講談社文庫)　2006年9月

水木 邦夫　みずき・くにお
弁護士、殺人罪で起訴された佐竹浩一の国選弁護人　「原島弁護士の処置」　小杉健治　マイ・ベスト・ミステリーVI　文藝春秋(文春文庫)　2007年12月

水木 巴之丞　みずき・ともえのじょう
中村座の人気女形「吉原雀」近藤史恵　御白洲裁き　徳間書店(徳間文庫) 2009年12月

三杉 英樹　みすぎ・ひでき
鳥羽商事株式会社の社員、社長令嬢の婚約者「陰花の罠」鵠沼二郎　罠の怪　勉誠出版(べんせいライブラリー) 2002年11月

水木 妖子　みずき・ようこ
アパートの部屋で咽喉部にナイフを突き立てられて殺害された劇団の女優「見えない手」土屋隆夫　江戸川乱歩の推理教室　光文社(光文社文庫) 2008年9月

水沢 香奈江　みずさわ・かなえ
北軽井沢の山荘に籠る夫の不在を心配する女「目をとぢて…」中井英夫　俳句殺人事件−巻頭句の女　光文社(光文社文庫) 2001年4月

ミス・ジェイド
レズビアン・バーの客、じゃらじゃらと翡翠もどきを身につけている女「翡翠」山崎洋子　事件現場に行こう−日本ベストミステリー選集33　光文社(光文社文庫) 2006年4月;事件現場に行こう　光文社 2001年11月

水島　みずしま
レントゲンの専門家の「私」の古い友人、医師「科学者の慣性」阿知波五郎　甦る推理雑誌10「宝石」傑作選　光文社(光文社文庫) 2004年1月

水島　みずしま
息を止めるという癖を持っていた男「息を止める男」蘭郁二郎　幻の探偵雑誌8「探偵クラブ」傑作選　光文社(光文社文庫) 2001年12月

水島 薫子　みずしま・かおるこ
山村の旧家火村家の親族「憑代忌」北森鴻　暗闇を追いかけろ−日本ベストミステリー選集35　光文社(光文社文庫) 2008年5月;深夜バス78回転の問題(本格短編ベスト・セレクション)　講談社(講談社文庫) 2008年1月

水島 啓輔　みずしま・けいすけ
ストーンヒーリングを生業とする老人、高校生藤代修矢の保護者「イタリア国旗の食卓」谷原秋桜子　本格ミステリ10　講談社(講談社ノベルス) 2010年6月

水島 賢一　みずしま・けんいち
蝦蟇倉大学音楽学部の教授、蝦蟇倉警察署の不可能犯罪係に相談してきた男「不可能犯罪係自身の事件」大山誠一郎　蝦蟇倉市事件1　東京創元社(ミステリ・フロンティア) 2010年1月

水島のじいちゃん　みずしまのじいちゃん
高校生・藤代修矢の保護者の老人「鏡の迷宮、白い蝶」谷原秋桜子　ベスト本格ミステリ2011　講談社(講談社ノベルス) 2011年6月

水島のじいちゃん(水島 啓輔)　みずしまのじいちゃん(みずしま・けいすけ)
ストーンヒーリングを生業とする老人、高校生藤代修矢の保護者「イタリア国旗の食卓」谷原秋桜子　本格ミステリ10　講談社(講談社ノベルス) 2010年6月

みずし

水島 のりか（ノン）　みずしま・のりか（のん）
ボストン留学中に知り合った篠原知晃と結婚しアメリカへ新婚旅行に旅立った女性　「水島のりかの冒険」　園田修一郎　新・本格推理05-九つの署名　光文社(光文社文庫)　2005年3月

水島 雄一郎　みずしま・ゆういちろう
自動車が電車にぶつかってなげだされた北川の四年前に死んだ友人　「奇怪な再会」　園城寺雄　幻の探偵雑誌8「探偵クラブ」傑作選　光文社(光文社文庫)　2001年12月

水島 裕也　みずしま・ゆうや
国際特報通信社記者、旗野の相棒　「ヒットラーの遺産」　五木寛之　ペン先の殺意　光文社(光文社文庫)　2005年11月

水島 亮平　みずしま・りょうへい
半骸骨の不気味な顔をした博士　「天牛(かみきり)」　香山滋　甦る推理雑誌2「黒猫」傑作選　光文社(光文社文庫)　2002年11月

三鈴　みすず
神田佐久間町の三味線屋「芳泉堂」のむすめ　「神田悪魔町夜話」　杉本苑子　大江戸事件帖　双葉社(双葉文庫)　2005年7月

水田　みずた
大阪府警本部捜査一課の老練刑事　「歪んだ空白」　森村誠一　葬送列車　鉄道ミステリー名作館　徳間書店(徳間文庫)　2004年4月

水田 吉太夫　みずた・きちだゆう＊
会津藩郡奉行笹沼家の家来　「第二の助太刀」　中村彰彦　偉人八傑推理帖　双葉社(双葉文庫)　2004年7月

羊男　みすたーしーぷ
食堂のカウンターの中にいた顎のない羊のような顔をした男　「悪魔の辞典」　山田正紀　不思議の足跡-最新ベスト・ミステリー　光文社　2007年10月

水谷 五十鈴　みずたに・いすず
日本推理家協会公認の推理士永七級に推理を依頼した男の愛人　「推理師六段」　樹下太郎　犯人は秘かに笑う-ユーモアミステリー傑作選　光文社(光文社文庫)　2007年1月

水谷 尚古堂　みずたに・しょうこどう
古美術商、Mデパート「茶道名宝展」の関係者　「帰り花」　長井彬　謎003-スペシャル・ブレンド・ミステリー　講談社(講談社文庫)　2008年9月

水谷 律美　みずたに・りつみ＊
パソコンショップの店員、ブルドッグを飼う女　「風の誘い」　北川歩実　推理小説年鑑 ザ・ベストミステリーズ2001　講談社　2001年6月

水並　みずなみ
殺人事件の容疑者、外務省の役人　「悪魔まがいのイリュージョン」　宇田俊吾；春永保　新・本格推理03 りら荘の相続人　光文社(光文社文庫)　2003年3月

水沼　みずぬま
刑事　「モーニング・グローリィを君に」　鷹将純一郎　新・本格推理05-九つの署名　光文社（光文社文庫）　2005年3月

水野　みずの
東和電機ビルに侵入した若者、新興宗教・神泉教の信者　「五年目の夜」　福井晴敏　推理小説年鑑 ザ・ベストミステリーズ2001　講談社　2001年6月

水乃　紗杜瑠（サトル）　みずの・さとる（さとる）
警視庁捜査一課の刑事馬田権之介の大学の後輩、犯罪捜査の才能がある男　「第四パビリオン「人間空気」」　二階堂黎人　新世紀犯罪博覧会-連作推理小説　光文社　2001年3月

ミス・パウエル（ステラ・パウエル）
シューメイカー夫人の秘書　「靴の中の死体」　山口雅也　探偵Xからの挑戦状！　小学館（小学館文庫）　2009年1月

水原さんのお嬢さん　みずはらさんのおじょうさん
水原さんの家の病気の美しいお嬢さん　「三人の日記」　竹村猛児　幻の探偵雑誌10「新青年」傑作選　光文社（光文社文庫）　2002年2月

水原　真由美　みずはら・まゆみ
舞台女優、私立鯉ケ窪学園の卒業生　「霧ケ峰涼の逆襲」　東川篤哉　珍しい物語のつくり方(本格短編ベスト・セレクション）　講談社(講談社文庫)　2010年1月；本格ミステリ06　講談社(講談社ノベルス)　2006年5月

ミス・ハルク
日本刀を持ってコンビニに立て籠もった肥満の大女　「外嶋一郎主義」　西澤保彦　QED鏡家の薬屋探偵　講談社(講談社ノベルス)　2010年8月

水澄　みすみ
耀海（かぐみ）という邦の領主・蒼波の美しい奥方　「花散る夜に」　光原百合　新・＊本格推理 特別編　光文社(光文社文庫)　2009年3月

三角　定規　みすみ・さだのり
警部補、森之中警察署捜査第一係長　「石田黙のある部屋」　折原一　探偵Xからの挑戦状！　小学館(小学館文庫)　2009年1月

ミセス・ダイヤ
バラが好きな有閑マダム　「猫の家のアリス」　加納朋子　ねこ！ネコ！猫！(NEKOミステリー傑作選）　徳間書店(徳間文庫)　2008年10月；「ABC（エービーシー）」殺人事件　講談社(講談社文庫)　2001年11月

ミセス・ハート
篠原家の〈お教室〉に通う主婦たちの一人で顔全体がハート形の女　「虹の家のアリス」　加納朋子　名探偵を追いかけろ-日本ベストミステリー選集34　光文社(光文社文庫)　2007年5月

溝口　みぞぐち
古本屋「文誠堂」の店主　「蕩尽に関する一考察」　有栖川有栖　推理小説年鑑 ザ・ベストミステリーズ2004　講談社　2004年7月

溝口　みぞぐち
手下の太田と組んで或る女を連れ去る仕事を請負った男　「検問」　伊坂幸太郎　推理小説年鑑　ザ・ベストミステリーズ2009　講談社　2009年7月

御園　治憲(ノリ)　みその・はるのり(のり)
日泉工業高校野球部員、外野手　「ボールがない」　鵜林伸也　放課後探偵団　東京創元社(創元推理文庫)　2010年11月

見染　琴美　みそめ・ことみ
英二の兄で小説家を名乗っている碧川栄一の妻・佳代子の妹　「第六パビリオン「疑惑の天秤」」　小森健太朗　新世紀犯罪博覧会=連作推理小説　光文社　2001年3月

三田　みた
医師　「孤独な朝食」　樹下太郎　江戸川乱歩の推理試験　光文社(光文社文庫)　2009年1月

三高　吉太郎　みたか・きちたろう*
三高木工所社長、代議士選挙に立候補した男　「選挙殺人事件」　坂口安吾　ペン先の殺意　光文社(光文社文庫)　2005年11月

三田　九郎　みた・くろう
鴉荘に投宿していた四人の客の一人　「ナイト捜し 問題編・解答編」　大川一夫　綾辻行人と有栖川有栖のミステリ・ジョッキー1　講談社　2008年7月

三谷　京子　みたに・きょうこ*
混血の美女、精神科病棟に入院している三谷うめの娘　「白鳥扼殺」　早川四郎　白の怪　勉誠出版(べんせいライブラリー)　2003年3月

三谷　正孝　みたに・まさたか*
混血の美女・三谷京子の義理の父親　「白鳥扼殺」　早川四郎　白の怪　勉誠出版(べんせいライブラリー)　2003年3月

三田村　みたむら
名探偵、警視庁の近藤刑事の友人　「ケーキ箱」　深見豪　北村薫の本格ミステリ・ライブラリー　角川書店(角川文庫)　2001年8月

三田村社長　みたむらしゃちょう
俳句ロボットを作った発明好きの社長　「ロボットと俳句の問題」　松尾由美　不思議の足跡-最新ベスト・ミステリー　光文社　2007年10月

三田村　ゆみ　みたむら・ゆみ
大学講師竜野亮一の教え子　「笑うウサギ」　森真沙子　紅迷宮　祥伝社(祥伝社文庫)　2002年6月

御手洗さん　みたらいさん
京大裏にある店「進々堂」の常連客、世界放浪の経験のある男　「進々堂世界一周シェフィールド、イギリス」　島田荘司　Anniversary 50　カッパ・ノベルス創刊50周年記念作品　光文社　2009年12月

巳太郎　みたろう
殺害された村人の峯吉の長男　「蛇と猪」　薔薇小路棘磨(鮎川哲也)　甦る推理雑誌1「ロック」傑作選　光文社(光文社文庫)　2002年10月

道尾　みちお
ホラー作家、真備霊現象探求所長・真備庄介の友人　「流れ星のつくり方」　道尾秀介　珍しい物語のつくり方(本格短編ベスト・セレクション)　講談社(講談社文庫)　2010年1月;七つの死者の囁き　新潮社(新潮文庫)　2008年12月

道夫　みちお
過疎の村で唯一の診療所の医者　「老友」　曽根圭介　推理小説年鑑　ザ・ベストミステリーズ2010　講談社　2010年7月

道夫　みちお
大学生の「ぼく」の友だち　「熱い痣」　北方謙三　名作で読む推理小説史　わが名はタフガイ-ハードボイルド傑作選　光文社(光文社文庫)　2006年5月

道子　みちこ
姉のすすめで一人で山の宿に静養しに来た修一の若い妻　「夢の中の顔」　宮野叢子　甦る推理雑誌7「探偵倶楽部」傑作選　光文社(光文社文庫)　2003年7月

道下　孝三　みちした・こうぞう
映画監督　「神影荘奇談」　太田忠司　赤に捧げる殺意　角川書店　2005年4月;名探偵は、ここにいる　角川書店(角川文庫)　2001年11月

ミチル
小劇団「ウィンド＆ファイヤー」の女優、会社員有馬郁夫の妻　「死体を運んだ男」　小池真理子　蒼迷宮　祥伝社(祥伝社文庫)　2002年3月

光　みつ
十二の獣を彫りこんだ刺青の女として浅草界隈で舞台に立った娘　「刺青の女」　小沢章友　暗闇を追いかけろ-日本ベストミステリー選集35　光文社(光文社文庫)　2008年5月

三井　みつい
銀行員の草加俊夫がバーで初めて会った中年男で殺人を依頼した人物　「教唆は正犯」　秋井裕　新・本格推理05-九つの署名　光文社(光文社文庫)　2005年3月

充枝夫人　みつえふじん
自宅で絞殺された堤社長の若い夫人　「深夜の殺人者」　岡田鯱彦　江戸川乱歩の推理試験　光文社(光文社文庫)　2009年1月

光岡　みつおか
原子物理学者　「写真解読者」　北洋　甦る推理雑誌1「ロック」傑作選　光文社(光文社文庫)　2002年10月

光岡　みつおか
探偵、原子物理学者　「こがね虫の証人」　北洋　甦る推理雑誌3「X」傑作選　光文社(光文社文庫)　2002年12月

みつき

満城警部補　みつきけいぶほ
警部補、〝和製メーグレ″と綽名のある巨躯の男　「新納の棺」　宮原竜雄　山口雅也の本格ミステリ・アンソロジー　角川書店(角川文庫)　2007年12月

満城警部補　みつきけいぶほ
県警本部の警部補　「消えた井原老人」　宮原龍雄　江戸川乱歩の推理教室　光文社(光文社文庫)　2008年9月

満城警部補　みつきけいぶほ
県警本部の警部補　「湯壺の中の死体」　宮原龍雄　江戸川乱歩の推理試験　光文社(光文社文庫)　2009年1月

三津木　俊助　みつぎ・しゅんすけ
新日報社の花形記者　「首吊船」　横溝正史　探偵小説の風景 トラフィック・コレクション(上)　光文社(光文社文庫)　2009年5月

ミツ子　みつこ
日本へ来たフランス人留学生の「私」が交際を続けてきた三人の女性の一人　「親愛なるエス君へ」　連城三紀彦　綾辻行人と有栖川有栖のミステリ・ジョッキー1　講談社　2008年7月

光子　みつこ
夫を亡くし親子三人で暮らす伸子の中学三年の娘　「手紙」　宮野村子　江戸川乱歩と13の宝石　光文社(光文社文庫)　2007年5月

美津子　みつこ
美術評論家橋本利晴の妻　「盗作の裏側」　高橋克彦　北村薫のミステリー館　新潮社(新潮文庫)　2005年10月

光子さん　みつこさん
殺害された長唄の師匠杵屋花吉の弟子　「ながうた勧進帳(稽古屋殺人事件)」　酒井嘉七　幻の探偵雑誌9「探偵」傑作選　光文社(光文社文庫)　2002年1月

密室蒐集家　みっしつしゅうしゅうか
密室殺人が起きると現れるという噂の探偵　「佳也子の屋根に雪ふりつむ」　大山誠一郎　本格ミステリ10　講談社(講談社ノベルス)　2010年6月;不可能犯罪コレクション　原書房　2009年6月

ミッチ
バーの女、トシエの相棒　「ラ・クカラチャ」　高城高　江戸川乱歩と13の宝石　光文社(光文社文庫)　2007年5月

みっちゃん
勁草館高校生、勁草全共闘副議長　「敵翼同惜少年春」　古野まほろ　学び舎は血を招く　講談社(講談社ノベルス)　2008年11月

三橋　暁子　みつはし・あきこ
放火殺人事件の被害者津留亀助に恐喝されていた女　「偶然のアリバイ」　愛理修　新・本格推理06-不完全殺人事件　光文社(光文社文庫)　2006年3月

みどり

三橋 千枝　みつはし・ちえ＊
久野和子の父で元刑事の尾田徹治が一人で住む団地の住人　「日の丸あげて」　赤川次郎　マイ・ベスト・ミステリーIV　文藝春秋(文春文庫)　2007年10月

三橋 鐵夫　みつはし・てつお
殺害された津田龍二朗の妹三橋文子の夫　「閉じた空」　鯨統一郎　密室殺人大百科 上　講談社(講談社文庫)　2003年9月

三橋 文子　みつはし・ふみこ
殺害された津田龍二朗の妹で三橋鐵夫の妻　「閉じた空」　鯨統一郎　密室殺人大百科 上　講談社(講談社文庫)　2003年9月

光彦　みつひこ
三人兄弟の三男、浦和達也の弟で二浪してくれてしまった男　「鮎川哲也を読んだ男」　三浦大　無人踏切−鉄道ミステリー傑作選　光文社(光文社文庫)　2008年11月

三谷　みつや＊
美人ミステリ作家・葵のプロデューサー　「最後のメッセージ」　蒼井上鷹　珍しい物語のつくり方(本格短編ベスト・セレクション)　講談社(講談社文庫)　2010年1月;本格ミステリ06　講談社(講談社ノベルス)　2006年5月

三矢 久子　みつや・ひさこ
武蔵村山市にある沖石酒造の研究室勤務の女　「杉玉のゆらゆら」　霞流一　珍しい物語のつくり方(本格短編ベスト・セレクション)　講談社(講談社文庫)　2010年1月;本格ミステリ06　講談社(講談社ノベルス)　2006年5月

美津代　みつよ
パパの再婚相手、パパの会社の事務員　「遠い窓」　今邑彩　密室＋アリバイ＝真犯人　講談社(講談社文庫)　2002年2月

見処少年　みどころしょうねん
女流推理小説作家闇雲A子の助手　「秋 闇雲A子と憂鬱刑事」　麻耶雄嵩　まほろ市の殺人−推理アンソロジー　祥伝社(NON NOVEL)　2009年3月

みどり
バー「エリカ」の若いホステス　「いたずらな妖精」　縄田厚　甦る推理雑誌8「エロティック・ミステリー」傑作選　光文社(光文社文庫)　2003年9月

ミドリ
隠れオタクの"俺"の隣のクラスでスケバンというのあだ名の女子高生、すぐ眠る女　「三大欲求(無修正版)」　浦賀和宏　ミステリ魂。校歌斉唱!　講談社(講談社文庫)　2010年3月

みどり
画家の石井青洲の妻　「寝台」　赤沼三郎　幻の探偵雑誌10「新青年」傑作選　光文社(光文社文庫)　2002年2月

みどり
日本舞踊家、女流評論家になった「あたし」の生涯のライヴァル　「妬み」　小泉喜美子　悪魔のような女　角川春樹事務所(ハルキ文庫)　2001年7月

みどり

緑色の服の紳士（紳士）　みどりいろのふくのしんし（しんし）
牛窓から岡山へむかう小蒸気船のなかで学生にストランドという雑誌に関係のある話をした緑色の服の紳士　「リラの香のする手紙」　妹尾アキ夫　シャーロック・ホームズに再び愛をこめて　光文社（光文社文庫）　2010年7月

碧川 栄一　みどりかわ・えいいち
英二の兄で小説家を名乗っている男　「第六パビリオン「疑惑の天秤」」　小森健太朗　新世紀犯罪博覧会−連作推理小説　光文社　2001年3月

緑川 浩一　みどりかわ・こういち
渋谷孝子の勤める新聞社の支局の先輩記者　「往復書簡」　恩田陸　罪深き者に罰を　講談社（講談社文庫）　2002年11月

緑っぽい緑　みどりっぽいみどり*
ラスベガスで大金を得てインドのマドラスで映画の製作者になった男　「マザー、ロックンロール、ファーザー」　古川日出男　推理小説年鑑 ザ・ベストミステリーズ2006　講談社　2006年7月

緑原 衛理夫　みどりはら・えりお
京都の聖カルペッパ学園文学部の三回生、ヘリオス像を信心していた男　「ヘリオスの神像」　麻耶雄嵩　あなたが名探偵　東京創元社（創元推理文庫）　2009年4月

緑原 裕子　みどりはら・ゆうこ
高校教師橙堂美江の隣室に住む盲目の美少女　「第四象限の密室」　澤本等　推理小説年鑑 ザ・ベストミステリーズ2009　講談社　2009年7月;新・*本格推理08　光文社（光文社文庫）　2008年3月

南方 熊楠　みなかた・くまぐす
民俗学者・博物学者　「盗まれたカキエモンの謎」　荒俣宏　日本版 シャーロック・ホームズの災難　論創社　2007年12月

水上　みなかみ
捜査一課の刑事、「夕刊サン」のデスク可能克郎の知り合い　「DMがいっぱい」　辻真先　探偵Xからの挑戦状!　小学館（小学館文庫）　2009年1月

皆川 正志　みながわ・まさし
会社員　「幽霊になった男」　源氏鶏太　名作で読む推理小説史 ふるえて眠れない−ホラーミステリー傑作選　光文社（光文社文庫）　2006年9月

皆川 礼央　みながわ・れお
女子高生安希のクラスメイト、折り紙研究会の部員　「ディキシー、ワンダー、それからローズ」　村崎友　学園祭前夜　メディアファクトリー（MF文庫）　2010年10月

美袋 三条　みなぎ・さんじょう
ミステリ作家、銘探偵メルカトル鮎の相棒　「氷山の一角」　麻耶雄嵩　赤に捧げる殺意　角川書店　2005年4月;血文字パズル−−ミステリ・アンソロジー5　角川書店（角川文庫）　2003年3月

水那子　みなこ
古い館に兄の月彦と住むシャム双生児の妹　「あやかしの家」　七河迦南　新・本格推理06-不完全殺人事件　光文社(光文社文庫)　2006年3月

湊 俊介　みなと・しゅんすけ
警察官僚　「水密密室!」汀こるもの　名探偵で行こう-最新ベスト・ミステリー　シリーズ・キャラクター編　光文社(光文社文庫)　2001年9月

南登野 洋子　みなとの・ようこ
神奈川県警の女刑事　「人を知らざることを患う」　鯨統一郎　透明な貴婦人の謎(本格短編ベスト・セレクション)　講談社(講談社文庫)　2005年1月;本格ミステリ01　講談社(講談社ノベルス)　2001年7月

皆美　みなみ
パソコンのインストラクター、ミステリ作家志望の相尾翔のパートナー　「私はこうしてデビューした」　蒼井上鷹　事件の痕跡-最新ベスト・ミステリー　光文社　2007年11月

南　みなみ
綾鹿署刑事課の巡査部長　「二毛作」　鳥飼否宇　名探偵で行こう-最新ベスト・ミステリーシリーズ・キャラクター編　光文社(光文社文庫)　2001年9月

南　みなみ
巡査長　「失敗作」　鳥飼否宇　天地驚愕のミステリー　宝島社(宝島社文庫)　2009年8月

南丘 研吾　みなみおか・けんご*
千代田大学病院の神経科の医者　「金属音病事件」　佐野洋　江戸川乱歩と13の宝石 第二集　光文社(光文社文庫)　2007年9月

三波 晋介　みなみ・しんすけ
京都府警の刑事、能楽師・紙屋鞠子が受け持つ謡曲の市民講座の受講生　「花はこころ」　鏑木蓮　不可能犯罪コレクション　原書房　2009年6月

南田　みなみだ
高校二年生、優等生のクラスメイト宮迫砂美の幼なじみ　「降霊会」　近藤史恵　学園祭前夜　メディアファクトリー(MF文庫)　2010年10月

南田 恭子　みなみだ・きょうこ
私鉄沿線の新興住宅地の一戸建てに暮らす主婦　「ロープさん」　渡辺容子　私(わたし)は殺される(女流ミステリー傑作選)　角川春樹事務所(ハルキ文庫)　2001年3月

南田 敏郎　みなみだ・としろう
篠の恋がたきの男　「ライバル」　鮎川哲也　ミステリー傑作選・特別編6 自選ショート・ミステリー2　講談社(講談社文庫)　2001年10月

南見 菜美　みなみ・なみ
日暮と華沙々木のリサイクルショップに暇さえあれば出入りしている中学生　「橘の寺」　道尾秀介　推理小説年鑑 ザ・ベストミステリーズ2011　講談社　2011年7月

南野　みなみの
刑事　「ロボットと俳句の問題」　松尾由美　不思議の足跡-最新ベスト・ミステリー　光文社　2007年10月

みなみ

南 美希風　みなみ・みきかぜ
カメラマン、イングランド・チェシャ州の町のパブにいた青年　「チェスター街の日」　柄刀一　本格ミステリ09　講談社(講談社ノベルス)　2009年6月

南 美希風　みなみ・みきかぜ
カメラマン、ノルウェーに住む家具職人高部佳久の旧友　「光る棺の中の白骨」　柄刀一　大きな棺の小さな鍵(本格短編ベスト・セレクション)　講談社(講談社文庫)　2009年1月；推理小説年鑑 ザ・ベストミステリーズ2005　講談社　2005年7月

南 美希風　みなみ・みきかぜ
心臓移植を受けた青年、川岸にあった死体を引き上げた男　「イエローロード」　柄刀一　深夜バス78回転の問題(本格短編ベスト・セレクション)　講談社(講談社文庫)　2008年1月；本格ミステリ04　講談社(講談社ノベルス)　2004年6月

峰岡 春男　みねおか・はるお
浜内町寡婦殺し犯人　「棒切れ」　鹿子七郎　幻の探偵雑誌8「探偵クラブ」傑作選　光文社(光文社文庫)　2001年12月

峰岸　みねぎし
サーカス一座の空中ブランコの芸人　「サーカス殺人事件」　大河内常平　江戸川乱歩の推理教室　光文社(光文社文庫)　2008年9月

峰岸　みねぎし
何でも屋、日比のステ看貼りの仕事の邪魔をしてきた男　「サインペインター」　大倉崇裕　名探偵を追いかけろ-日本ベストミステリー選集34　光文社(光文社文庫)　2007年5月

峰岸　みねぎし
警視庁を停年退職した老警部　「月夜の時計」　仁木悦子　江戸川乱歩の推理教室　光文社(光文社文庫)　2008年9月

峰岸 朗　みねぎし・あきら
福岡新報社会部の記者、白井岳夫の幼馴染み　「暗い玄海灘に」　夏樹静子　謎004-スペシャル・ブレンド・ミステリー　講談社(講談社文庫)　2009年9月

峯村 香　みねむら・かおり
久保由紀子と同じマンションに住む主婦、噂を流された女　「うわさの出所」　新津きよみ　私(わたし)は殺される(女流ミステリー傑作選)　角川春樹事務所(ハルキ文庫)　2001年3月

ミノ
山ふもとのバンガローに住みついた歳若い夫婦の前に出現した見慣れぬ娘　「みのむし」　香山滋　江戸川乱歩と13の宝石　光文社(光文社文庫)　2007年5月

箕浦 佑加子　みのうら・ゆかこ
会社員、人間関係に悩む女　「鮮やかなあの色を」　菅浩江　ミステリア　祥伝社(祥伝社文庫)　2003年12月

三野 小次郎　みの・こじろう
市立高校の演劇部員、葉山の友人　「お届け先には不思議を添えて」　似鳥鶏　放課後探偵団　東京創元社(創元推理文庫)　2010年11月

箕島　みのしま
警視庁の新米刑事 「乗合自動車」 川田功　探偵小説の風景 トラフィック・コレクション（上）　光文社（光文社文庫）　2009年5月

蓑田　みのだ
ミステリ好きの古書店主、朋美の夫 「大松鮨の奇妙な客」 蒼井上鷹　推理小説年鑑 ザ・ベストミステリーズ2005　講談社　2005年7月

蓑田 芳恵　みのだ・よしえ
翻訳家、双子の黒須兄弟と親しかった女 「不在の証明」 有栖川有栖　天使と髑髏の密室（本格短編ベスト・セレクション）　講談社（講談社文庫）　2005年12月；本格ミステリ02　講談社（講談社ノベルス）　2002年5月

美濃部　みのべ
アイドルの卵二人を侍らせて島までクルーズした芸能事務所社長の腰巾着の専務 「漂流者」 我孫子武丸　気分は名探偵-犯人当てアンソロジー　徳間書店　2006年5月

実　みのる
山の手にある古屋敷の秋森家の双生児の一人 「石塀幽霊」 大阪圭吉　江戸川乱歩と13人の新青年〈論理派〉編　光文社（光文社文庫）　2008年1月

稔　みのる
アルバイト学生 「M」 馳星周　闇夜の芸術祭　光文社（光文社文庫）　2003年4月

三船 九　みふね・きゅう
日本推理家協会公認の推理士永七級に推理を依頼した男 「推理師六段」 樹下太郎　犯人は秘かに笑う-ユーモアミステリー傑作選　光文社（光文社文庫）　2007年1月

美穂　みほ
奥多摩にある貸別荘で死亡しているのが発見された五人の男女の一人 「蝶番の問題」 貫井徳郎　気分は名探偵-犯人当てアンソロジー　徳間書店　2006年5月

ミー坊　みーぼう
煙草屋の看板娘、「星野組」の勘公が惚れた女 「人間を二人も」 大河内常平　甦る推理雑誌7「探偵倶楽部」傑作選　光文社（光文社文庫）　2003年7月

美保子　みほこ
セールスマンの「私」がかつて愛した女で地方都市で久しぶりに出会った人妻 「私は離さない」 会津史郎　甦る推理雑誌8「エロティック・ミステリー」傑作選　光文社（光文社文庫）　2003年9月

ミミ
「私」と妻が郊外の一戸建に移り住んで飼いはじめた猫 「小さな部屋」 薄井ゆうじ　ミステリー傑作選・特別編6 自選ショート・ミステリー2　講談社（講談社文庫）　2001年10月

ミミ
元青春スター、学園ドラマ「大空学園に集まれ!」のマドンナ役だった女 「大空学園に集まれ」 青井夏海　蒼迷宮　祥伝社（祥伝社文庫）　2002年3月

みむろ

三室 卓也　みむろ・たくや*
信州・上田市で小さな広告代理店を営む男、「天からの贈り物」の作曲者　「天からの贈り物」藤田宜永　ときめき　広済堂出版(広済堂文庫)　2005年1月

美茂世　みもよ
浜村屋一座の役者　「黄昏の幻想」深谷延彦　幻の探偵雑誌8「探偵クラブ」傑作選　光文社(光文社文庫)　2001年12月

みや
築地の舶来雑貨卸問屋「伊沢屋」の女中　「「舶来屋」大蔵の死」早乙女貢　大江戸事件帖　双葉社(双葉文庫)　2005年7月

ミヤ
文学少女、結婚後は小説家を志願するようになった女性　「文学少女」木々高太郎　マイ・ベスト・ミステリーⅣ　文藝春秋(文春文庫)　2007年10月

宮井　みやい
福岡県警の刑事　「偶然のアリバイ」愛理修　新・本格推理06-不完全殺人事件　光文社(光文社文庫)　2006年3月

宮入 由美子(ユミ)　みやいり・ゆみこ(ゆみ)
沼津の高校でミコの親友だった女　「京都大学殺人事件」吉村達也　京都殺意の旅　徳間書店(徳間文庫)　2001年11月

宮城 圭助(園田)　みやぎ・けいすけ(そのだ)
宮城貿易商社の社長、よたもんの親方に変装した男　「薔薇夫人」江戸川乱歩　江戸川乱歩と13の宝石　光文社(光文社文庫)　2007年5月

宮城 孝夫　みやぎ・たかお
軽井沢の別荘で暮らす翻訳家　「葡萄酒の色」服部まゆみ　緋迷宮　祥伝社(祥伝社文庫)　2001年12月

三宅 悦郎　みやけ・えつろう
終バスを逃して駅前でタクシーを待っていた男　「決して見えない」宮部みゆき　マイ・ベスト・ミステリーⅠ　文藝春秋(文春文庫)　2007年8月

三宅 艶子　みやけ・つやこ
昭和のはじめ大和キネマの美男俳優だった蒲生春夫と結婚し息子太郎を生み育てた女　「春の夜の出来事」大岡昇平　人間心理の怪　勉誠出版(べんせいライブラリー)　2003年3月

三宅 美登里　みやけ・みどり
笹原光太郎の大学の同級生、笹原栄作の結婚相手　「本陣殺人計画-横溝正史を読んだ男」折原一　密室殺人大百科 上　講談社(講談社文庫)　2003年9月

ミヤ子　みやこ
九州八幡の酒場の女給、井野良吉と列車に乗っていた女　「顔」松本清張　京都愛憎の旅　徳間書店(徳間文庫)　2002年5月

宮古　みやこ
テロ組織の細胞の一人、任務でコンビニエンスストアの夜間アルバイトをする若い女　「駆込み訴え」　石持浅海　推理小説年鑑 ザ・ベストミステリーズ2009　講談社　2009年7月

宮子　みやこ
本好きの「私」の小学校時代の遊び友だち　「想ひ出すなよ」　皆川博子　ミステリア　祥伝社(祥伝社文庫)　2003年12月

都　みやこ
信州のワイナリーの長女で西洋史学科の学生　「銀河四重奏のための6つのバガテル」　佐藤弓生　現代詩殺人事件-ポエジーの誘惑　光文社(光文社文庫)　2005年9月

美也子　みやこ
サンフランシスコから帰国したばかりのサラリーマンの妻　「鬼灯」　小池真理子　怪しい舞踏会　光文社(光文社文庫)　2002年5月

美也子　みやこ
四人のスキーヤーの一人、音楽喫茶をまわる歌手　「語らぬ沼」　千代有三　江戸川乱歩の推理教室　光文社(光文社文庫)　2008年9月

ミヤ子夫人　みやこふじん
石村社長が外に女をつくったことで嫉妬に燃えてヒスを起こした夫人　「自殺狂夫人」　永瀬三吾　江戸川乱歩の推理教室　光文社(光文社文庫)　2008年9月

宮崎　みやざき
小学校の教師、六年一組の担任　「サボテンの花」　宮部みゆき　謎001-スペシャル・ブレンド・ミステリー　講談社(講談社文庫)　2006年9月

宮崎 菊恵　みやざき・きくえ
東北地方の旧家護屋家の離屋の民俗調査の依頼人　「不帰屋」　北森鴻　大密室　新潮社(新潮文庫)　2002年2月

宮崎 冴子　みやざき・さえこ
カルチャーセンターの七宝焼きの教室に通う主婦　「返す女」　新津きよみ　罪深き者に罰を　講談社(講談社文庫)　2002年11月

宮迫 砂美　みやさこ・すなみ
高校二年生、南田のクラスメイトで幼なじみ　「降霊会」　近藤史恵　学園祭前夜　メディアファクトリー(MF文庫)　2010年10月

宮澤 賢治　みやざわ・けんじ
岩手県稗貫郡立農学校の教諭　「かれ草の雪とけたれば」　鏑木蓮　新・*本格推理 特別編　光文社(光文社文庫)　2009年3月

宮澤 賢治(ケンジ)　みやざわ・けんじ(けんじ)
詩人・科学者・宗教家・童話作家、藤原嘉藤治の無二の親友　「マコトノ草ノ種マケリ」　鏑木蓮　新・本格推理06-不完全殺人事件　光文社(光文社文庫)　2006年3月

宮地 銀三　みやじ・ぎんぞう
精神病者、製氷所を友人と経営している男　「凍るアラベスク」　妹尾韶夫　幻の探偵雑誌10「新青年」傑作選　光文社(光文社文庫)　2002年2月

みやし

宮下　みやした
妻に自殺された男、永福寺の檀家　「通り雨」　伊井圭　天使と髑髏の密室(本格短編ベスト・セレクション)　講談社(講談社文庫)　2005年12月 ; 本格ミステリ02　講談社(講談社ノベルス)　2002年5月

宮下　梅子　みやした・うめこ
荏原病院創立者の娘のタケ・ウメ老姉妹専属の看護婦　「松竹梅」　服部まゆみ　金田一耕助に捧ぐ九つの狂想曲　角川書店　2002年5月

宮地　太郎　みやじ・たろう
TV番組「蒼い巨星」の主演者で宮地プロの社長　「死聴率」　島田荘司　江戸川乱歩に愛をこめて　光文社(光文社文庫)　2011年2月

宮島　みやじま
宮島厩舎の主人　「競馬場の殺人」　大河内常平　江戸川乱歩の推理試験　光文社(光文社文庫)　2009年1月

宮園　郁子　みやぞの・いくこ
上野の高校の美術教師、無闇坂で失踪した津川美由紀の友達　「無闇坂」　森真沙子　江戸川乱歩に愛をこめて　光文社(光文社文庫)　2011年2月

宮田　みやた
バーの客、雑誌ライター　「アトランティス大陸の秘密」　鯨統一郎　暗闇を追いかけろ－日本ベストミステリー選集35　光文社(光文社文庫)　2008年5月

宮田　みやた
小石川のバーで飲んでフラフラと店を出てついに宇宙の秘密を掴んだ男　「大行進」　鯨統一郎　奇想天外のミステリー　宝島社(宝島社文庫)　2009年8月

宮田　桃子　みやた・ももこ
花ケ前蕗子の遺産継承者・カルメリータの後見人の若い娘　「美しき遺産相続人」　藤村いずみ　翠迷宮　祥伝社(祥伝社文庫)　2003年6月

宮田　六郎　みやた・ろくろう
バー「スリーバレー」のいつもの客、謎の男　「ナスカの地上絵の不思議」　鯨統一郎　不思議の足跡－最新ベスト・ミステリー　光文社　2007年10月

宮寺　美恵子　みやでら・みえこ
信用金庫の事務員、帳簿操作をしている女　「暗い窓」　佐野洋　謎002－スペシャル・ブレンド・ミステリー　講談社(講談社文庫)　2007年9月

宮永　洸一　みやなが・こういち
上谷東小学校六年二組の男子、同じ組の大柴賢太と覇を競っている児童　「ミスファイア」　伊岡瞬　推理小説年鑑　ザ・ベストミステリーズ2010　講談社　2010年7月

宮永　敏美　みやなが・としみ
上谷東小学校六年二組の宮永洸一の母、教師にモンスター扱いされている保護者　「ミスファイア」　伊岡瞬　推理小説年鑑　ザ・ベストミステリーズ2010　講談社　2010年7月

宮野 青葉　みやの・あおば
英都大学推理小説研究会の創部者・石黒操の同級生、十七歳で死んだ美少女「桜川のオフィーリア」有栖川有栖　川に死体のある風景　東京創元社（創元推理文庫）2010年3月

宮野 健太郎　みやの・けんたろう
オフィスビル内の総合病院に医師を人質に取って立てこもった男「女交渉人ヒカル」五十嵐貴久　事件の痕跡-最新ベスト・ミステリー　光文社　2007年11月

宮之原 百合子　みやのはら・ゆりこ
鎌倉山の屋敷の主人、金満な盲人「変装の家」二階堂黎人　名探偵登場!-日本ミステリー名作館1　KKベストセラーズ　2004年11月

宮之原 鈴華　みやのはら・りんか
宮之原家の係累の娘「変装の家」二階堂黎人　名探偵登場!-日本ミステリー名作館1　KKベストセラーズ　2004年11月

宮原　みやはら
高原の別荘地に夏だけ住み込んでいる駐在所の巡査「別荘の犬」山田正紀　謎004-スペシャル・ブレンド・ミステリー　講談社（講談社文庫）2009年9月

宮原 鮎美　みやはら・あゆみ
昔の恋人から同じ招待状が届いた高校時代から親友の女たち三人の一人「ヒロインへの招待状」連城三紀彦　事件の痕跡-最新ベスト・ミステリー　光文社　2007年11月

宮部 京子　みやべ・きょうこ
殺人事件の被害者、三映キネマのスタア「殺人迷路（連作探偵小説第十回）」甲賀三郎　幻の探偵雑誌8「探偵クラブ」傑作選　光文社（光文社文庫）2001年12月

宮部 京子　みやべ・きょうこ
殺人事件の被害者、三映キネマのスタア「殺人迷路（連作探偵小説第六回）」橋本五郎　幻の探偵雑誌8「探偵クラブ」傑作選　光文社（光文社文庫）2001年12月

深山 あきの　みやま・あきの
双子の少女モデル「水仙の季節」近藤史恵　青に捧げる悪夢　角川書店　2005年3月;殺意の時間割　角川書店（角川文庫）2002年8月

深山 はるの　みやま・はるの
双子の少女モデル「水仙の季節」近藤史恵　青に捧げる悪夢　角川書店　2005年3月;殺意の時間割　角川書店（角川文庫）2002年8月

宮村 翔一　みやむら・しょういち
小学校教師スコット・ヒルのクラスの生徒で成績優秀な男子「ドロッピング・ゲーム」石持浅海　推理小説年鑑 ザ・ベストミステリーズ2010　講談社　2010年7月;不可能犯罪コレクション　原書房　2009年6月

宮村 達也　みやむら・たつや
探偵・蜘蛛手の友人「天空からの死者」門前典之　不可能犯罪コレクション　原書房　2009年6月

みやも

宮本 圭子　みやもと・けいこ
殺人事件の目撃者、被害者宅の隣りの家の女学生 「無口な車掌」 飛鳥高　江戸川乱歩の推理教室　光文社(光文社文庫) 2008年9月

宮本 俊之　みやもと・としゆき
代々木警察署の刑事 「スジ読み」 池井戸潤　現場に臨め-最新ベスト・ミステリー　光文社　2010年10月

宮本 奈緒　みやもと・なお
交通事故で家族を失い失明した少女、フォークシンガー須藤いずみのルームメイト 「エレメントコスモス」 初野晴　ベスト本格ミステリ2011　講談社(講談社ノベルス) 2011年6月

宮本 史子　みやもと・ふみこ
失業中で気分がむしゃくしゃしてスーパーで万引きをしてしまった女 「二度とふたたび」 新津きよみ　事件の痕跡-最新ベスト・ミステリー　光文社　2007年11月

宮本 武蔵　みやもと・むさし
兵法者、美濃国の岩村に赤松次郎左衛門という剣の達人がいることを耳にして道場に立寄った男 「惨死」 笹沢左保　偉人八傑推理帖　双葉社(双葉文庫) 2004年7月

宮本 百合　みやもと・ゆり
自殺したクラブホステス、エリは源氏名 「乗車拒否」 山村正夫　幻惑のラビリンス　光文社(光文社文庫) 2001年5月

宮脇 省吾　みやわき・しょうご*
猟銃で射殺された火山観測所長の庶木博士の愛弟子 「火山観測所殺人事件」 水上幻一郎　甦る推理雑誌1「ロック」傑作選　光文社(光文社文庫) 2002年10月

ミユキ(島村 美由紀)　みゆき(しまむら・みゆき)
カースケの恋人、美容学校の生徒 「素人カースケの世紀の対決」 二階堂黎人　殺人買います　講談社(講談社文庫) 2002年8月

美代子　みよこ
高等学校の寮生活をした五人組の一人で親分格の柿沼達也の妹 「噴火口上の殺人」 岡田鯱彦　甦る推理雑誌1「ロック」傑作選　光文社(光文社文庫) 2002年10月

美与子　みよこ
順次一家族のものが殺されてゆく素封家の楢崎一家の夫人 「三つめの棺」 蒼井雄　甦る推理雑誌2「黒猫」傑作選　光文社(光文社文庫) 2002年11月

三吉 和信　みよし・かずのぶ*
中谷製薬のプロパー 「暗い玄海灘に」 夏樹静子　謎004-スペシャル・ブレンド・ミステリー　講談社(講談社文庫) 2009年9月

三好 浩三　みよし・こうぞう
殺害された泥具根博士の甥 「泥具根博士の悪夢-魔を呼ぶ密室」 二階堂黎人　密室殺人大百科 上　講談社(講談社文庫) 2003年9月

三好 鶴子　みよし・つるこ
三好浩三の妻 「泥具根博士の悪夢-魔を呼ぶ密室」 二階堂黎人　密室殺人大百科 上　講談社(講談社文庫) 2003年9月

ミリアム
「真実が視える女」と呼ばれている占い師の女 「黄昏に沈む、魔術師の助手」 如月妃
新・本格推理07-Qの悲劇 光文社(光文社文庫) 2007年3月

ミルトン・ハース
ロックスター 「201号室の災厄」 有栖川有栖 名探偵を追いかけろ-日本ベストミステリー
選集34 光文社(光文社文庫) 2007年5月

ミレイ
歌手神宮寺貴信のバックコーラスの女 「伝説の星」 石田衣良 推理小説年鑑 ザ・ベストミ
ステリーズ2005 講談社 2005年7月

ミロ
殺人を犯した成瀬を警察に売った女 「グレーテスト・ロマンス」 桐野夏生 乱歩賞作家黒
の謎 講談社 2006年7月

美和　みわ
D地裁の裁判官・安斎利正の後妻、茶道家 「密室の人」 横山秀夫 判決 徳間書店(徳
間文庫) 2010年3月

美和　みわ
歴史学者「私」と古い邸宅に暮らす妻 「母子像」 筒井康隆 謎001-スペシャル・ブレンド・
ミステリー 講談社(講談社文庫) 2006年9月

美和子　みわこ
ビルの一室に「国際フィッシングタックル協会」の看板を掲げる先生の情婦、狐のような女
「狐憑き」 猪股聖吾 人間心理の怪 勉誠出版(べんせいライブラリー) 2003年3月

三輪 葉子　みわ・ようこ
日泉工業高校野球部のマネージャー 「ボールがない」 鵜林伸也 放課後探偵団 東京
創元社(創元推理文庫) 2010年11月

【む】

向井　むかい
福島県警の警部 「佳也子の屋根に雪ふりつむ」 大山誠一郎 本格ミステリ10 講談社(講
談社ノベルス) 2010年6月;不可能犯罪コレクション 原書房 2009年6月

迎出 俊　むかいで・しゅん
元カウンセラー、金貸し・母堂院に借金した男 「人類なんて関係ない」 平山夢明 ミステリ
愛。免許皆伝! 講談社(講談社ノベルス) 2010年3月

無空　むくう
六間堀の芭蕉庵を訪ねた僧体の男、元尾張藩士内藤丈草の弟弟子 「旅の筌」 新宮正
春 俳句殺人事件-巻頭句の女 光文社(光文社文庫) 2001年4月

向田　むこうだ
殺害された洋裁店の女主人久子の叔父 「にわか雨」 飛鳥高 江戸川乱歩の推理教室
光文社(光文社文庫) 2008年9月

むこう

向田 栄吉　むこうだ・えいきち
猟師、猟の季節だけ廃村に住んでいる男　「痩牛鬼」　西村寿行　マイ・ベスト・ミステリーⅢ　文藝春秋（文春文庫）　2007年9月

むささびの源次　むささびのげんじ
井伊直弼の大獄のさい志士捕縛の総参謀長野主膳の手先となって江戸の反幕府党をふるえあがらせた目明し　「首」　山田風太郎　江戸川乱歩と13の宝石　光文社（光文社文庫）　2007年5月

武者 健三　むしゃ・けんぞう
名探偵　「空気人間」　鮎川哲也；谷俊彦画　少年探偵王　本格推理マガジン－文庫雑誌／ぼくらの推理冒険物語　光文社（光文社文庫）　2002年4月

娘　むすめ
空家で「私」が絞め殺した娘　「縊死体」　夢野久作　幻の探偵雑誌8「探偵クラブ」傑作選　光文社（光文社文庫）　2001年12月

娘　むすめ
口入屋のあるじ源兵衛の店先に車坂を見つめて立ち続けていた一人の娘　「車坂」　宮部みゆき　ミステリー傑作選・特別編6　自選ショート・ミステリー2　講談社（講談社文庫）　2001年10月

牟田　むた
天村被服工場の庶務課長　「消えた井原老人」　宮原龍雄　江戸川乱歩の推理教室　光文社（光文社文庫）　2008年9月

ムーちゃん
外見は人間の女の子だが人間の生命エネルギーを吸収して生きている生命体　「酬い」　石持浅海　不思議の足跡－最新ベスト・ミステリー　光文社　2007年10月

睦月 悠　むつき・ゆう＊
歌手、同性愛者の作詞家鹿崎永遠の愛人　「答えのない密室」　斎藤肇　密室殺人大百科　下　講談社（講談社文庫）　2003年9月

陸奥 幸之助　むつ・こうのすけ
陸奥家のお譲様の祖父、地元の有力者　「くるまれて」　葦原崇貴　新・本格推理07-Qの悲劇　光文社（光文社文庫）　2007年3月

武藤　むとう
少年事件担当の家裁調査官　「チルドレン」　伊坂幸太郎　推理小説年鑑 ザ・ベストミステリーズ2003　講談社　2003年7月

武藤 浩平　むとう・こうへい
署長　「幽霊列車」　赤川次郎　無人踏切－鉄道ミステリー傑作選　光文社（光文社文庫）　2008年11月

武藤 順次　むとう・じゅんじ
多々良雅子の亭主、元プロボクサー　「雨のなかの犬」　香納諒一　闇夜の芸術祭　光文社（光文社文庫）　2003年4月

武藤 舞香　むとう・まいか
群馬県の雁谷村に取材に来たカメラマン　「BAKABAKAします」　霞流一　奇想天外のミステリー　宝島社(宝島社文庫)　2009年8月

武藤 類子　むとう・るいこ
高校二年生、剣道部の花形スターで囲碁棋士・牧場智久の友人　「騒がしい密室」　竹本健治　大きな棺の小さな鍵(本格短編ベスト・セレクション)　講談社(講談社文庫)　2009年1月;本格ミステリ05　講談社(講談社ノベルス)　2005年6月

宗像 金介　むなかた・きんすけ
自殺を決意して友人のK君宛に書いた遺書の差出人・宗像銀介の双生児の兄　「幽霊の手紙」　黒川真之助　甦る推理雑誌3「X」傑作選　光文社(光文社文庫)　2002年12月

宗像 銀介　むなかた・ぎんすけ
自殺を決意して友人のK君宛に書いた遺書の差出人　「幽霊の手紙」　黒川真之助　甦る推理雑誌3「X」傑作選　光文社(光文社文庫)　2002年12月

ムナカタ氏　むなかたし
探偵　「騒がしい男の謎」　太田忠司　名探偵で行こう-最新ベスト・ミステリー　シリーズ・キャラクター編　光文社(光文社文庫)　2001年9月

棟方 創　むなかた・そう
カタナという名の覆面プロレスラー　「覆面」　伯方雪日　大きな棺の小さな鍵(本格短編ベスト・セレクション)　講談社(講談社文庫)　2009年1月;本格ミステリ05　講談社(講談社ノベルス)　2005年6月

宗像 達也　むなかた・たつや
新興宗教団体「真の道福音教会」の信徒、東シナ海の孤島・屍島に逃亡潜伏した爆破テロの実行犯四人の一人　「生存者、一名」　歌野晶午　絶海　祥伝社(NON NOVEL)　2002年10月

宗像 晴美　むなかた・はるみ
強姦未遂事件の公判の検察側証人、目撃者　「無意識的転移」　深谷忠記　事件現場に行こう-日本ベストミステリー選集33　光文社(光文社文庫)　2006年4月;事件現場に行こう　光文社　2001年11月

宗方 マリ　むなかた・まり
盲目の娘、話し相手のアルバイト学生・久慈とパチンコ通いを始めたお嬢様　「黒衣マリ」　渡辺啓助　黒の怪　勉誠出版(べんせいライブラリー)　2002年11月

村井　むらい
新聞記者　「殺人迷路(連作探偵小説第一回)」　森下雨村　幻の探偵雑誌8「探偵クラブ」傑作選　光文社(光文社文庫)　2001年12月

村井　むらい
新聞記者　「殺人迷路(連作探偵小説第九回)」　佐左木俊郎　幻の探偵雑誌8「探偵クラブ」傑作選　光文社(光文社文庫)　2001年12月

むらい

村井　むらい
新聞記者 「殺人迷路(連作探偵小説第三回)」 横溝正史 幻の探偵雑誌8「探偵クラブ」傑作選　光文社(光文社文庫) 2001年12月

村井　むらい
新聞記者 「殺人迷路(連作探偵小説第十回)」 甲賀三郎 幻の探偵雑誌8「探偵クラブ」傑作選　光文社(光文社文庫) 2001年12月

村井警部　むらいけいぶ
警視庁一課の警部 「ナマ猫邸事件」 北森鴻 金田一耕助に捧ぐ九つの狂想曲　角川書店 2002年5月

村井　さわ子　むらい・さわこ
村井登の未亡人、亡夫の知人めぐりをしている女 「純情な蠍」 天藤真 謎003-スペシャル・ブレンド・ミステリー　講談社(講談社文庫) 2008年9月

村井　房次郎　むらい・ふさじろう
亡くなった製紙界の大立者小池正春の顧問弁護士 「遺言映画」 夢座海二 甦る推理雑誌7「探偵倶楽部」傑作選　光文社(光文社文庫) 2003年7月

村内　左門　むらうち・さもん
自殺したN町の警察署長 「地獄へご案内」 赤川次郎 名探偵の奇跡-日本ベストミステリー選集　光文社(光文社文庫) 2010年5月;名探偵の奇跡-最新ベスト・ミステリー　光文社 2007年9月

村岡　伊平治　むらおか・いへいじ
シンガポールの在留邦人のボスで日本人遊女屋の元締め 「人買い伊平治」 鮎川哲也 マイ・ベスト・ミステリーⅤ　文藝春秋(文春文庫) 2007年11月

村岡　則夫　むらおか・のりお
殺人罪の被告人、資産家郷田家の息子 「鑑定証拠」 中嶋博行 判決　徳間書店(徳間文庫) 2010年3月

村上　むらかみ
妻を殺してしまった塚本保雄の家にやってきた二人組の警官の若僧の方 「素人芸」 法月綸太郎 事件現場に行こう-日本ベストミステリー選集33　光文社(光文社文庫) 2006年4月;事件現場に行こう　光文社 2001年11月

村上少尉　むらかみしょうい
草原のロシア人の百姓家に泊まった七人の日本軍人達の一人 「草原の果て」 豊田寿秋 甦る推理雑誌5「密室」傑作選　光文社(光文社文庫) 2003年3月

村川　健吉　むらかわ・けんきち
陸軍の青年将校、西伯利亜(シベリア)のブラゴエ駐剳軍の諜報係 「ベルの怪異(ブラゴエ駐剳軍中の事件)」 石川大策 幻の探偵雑誌7「新趣味」傑作選　光文社(光文社文庫) 2001年11月

村木　浩一　むらき・こういち
村木医院院長 「逃げる車」 白峰良介 有栖川有栖の本格ミステリ・ライブラリー　角川書店(角川文庫) 2001年8月

村雲 和夫　むらくも・かずお
市役所固定資産課の職員 「お役所仕事」 伴野朗　闇夜の芸術祭　光文社(光文社文庫)
　2003年4月

村越 民治　むらこし・たみじ
個人タクシー運転手 「乗車拒否」 山村正夫　幻惑のラビリンス　光文社(光文社文庫)
2001年5月

村越 とも子　むらこし・ともこ
共立物産のタイピスト 「襲われて」 夏樹静子　七つの危険な真実　新潮社(新潮文庫)
2004年2月

ムラサキくん
「私」の家の床下から出てきた紫の毛色の化け物 「ムラサキくん」 森青花　紫迷宮　祥伝社(祥伝社文庫)　2002年12月

村崎 一　むらさき・はじめ*
姉の結婚式に出た娘 「紫の雲路」 加納朋子　らせん階段　角川春樹事務所(ハルキ文庫)　2003年5月

村里 夕日　むらさと・ゆうひ
丹山財閥の令嬢・丹山吹子のお付きとして引き取られた娘 「身内に不幸がありまして」 米澤穂信　暗闇を見よ　光文社　2010年11月;本格ミステリ08　講談社(講談社ノベルス)　2008年6月

村雨　むらさめ
安積剛志の部下、ベテラン刑事 「部下」 今野敏　密室＋アリバイ＝真犯人　講談社(講談社文庫)　2002年2月

村雨 秋彦　むらさめ・あきひこ
東京湾臨海署刑事課強行犯係の捜査員 「最前線」 今野敏　名探偵で行こう-最新ベスト・ミステリー シリーズ・キャラクター編　光文社(光文社文庫)　2001年9月

村雨 秋彦　むらさめ・あきひこ
部長刑事、警部補安積剛志の部下 「薔薇の色」 今野敏　Play推理遊戯　講談社(講談社文庫)　2011年4月;推理小説年鑑 ザ・ベストミステリーズ2008　講談社　2008年7月

村瀬　むらせ
F県警本部捜査第一課強行犯捜査三係(三班)の班長 「密室の抜け穴」 横山秀夫　事件を追いかけろ　光文社(光文社文庫)　2009年4月;事件を追いかけろ　光文社　2004年12月

村田 信久　むらた・のぶひさ
岩下病院の内科医、「私」の夫 「紺の彼方」 結城昌治　俳句殺人事件-巻頭句の女　光文社(光文社文庫)　2001年4月

村田 勇造　むらた・ゆうぞう
酒田事件と云う殺人事件の証人 「遺書」 持田敏　幻の探偵雑誌10「新青年」傑作選　光文社(光文社文庫)　2002年2月

むらや

村山 八美　むらやま・はちみ
仙台市内の人気店「蛸壺八ちゃん」の店主、納豆嫌いの男　「納豆殺人事件」愛川晶　名探偵は、ここにいる　角川書店(角川文庫)　2001年11月

夢裡庵(富士 宇衛門)　むりあん(ふじ・うえもん)
八丁堀の同心　「金魚狂言」泡坂妻夫　名探偵で行こう-最新ベスト・ミステリー　シリーズ・キャラクター編　光文社(光文社文庫)　2001年9月

牟礼 順吉　むれ・じゅんきち
探偵作家　「ガラスの眼」鷲尾三郎　江戸川乱歩の推理教室　光文社(光文社文庫)　2008年9月

牟礼 真広　むれ・まひろ
人形作家、殺された資産家・飯島粧子の従妹　「紅雨荘殺人事件」有栖川有栖　紅い悪夢の夏(本格短編ベスト・セレクション)　講談社(講談社文庫)　2004年12月;本格ミステリ01　講談社(講談社ノベルス)　2001年7月

室生 久美子　むろう・くみこ
中谷製薬の幹部候補生白井岳夫の婚約者　「暗い玄海灘に」夏樹静子　謎004-スペシャル・ブレンド・ミステリー　講談社(講談社文庫)　2009年9月

室長 平輔　むろなが・へいすけ
秋田市にある私大の神経科学の教授　「紳士ならざる者の心理学」柄刀一　法廷ジャックの心理学　講談社(講談社文庫)　2011年1月;本格ミステリ07　講談社(講談社ノベルス)　2007年5月

室伏 安則　むろふし・やすのり
長良川に転落したジープの中で死んでいた男、元高校野球の選手　「水底の連鎖」黒田研二　川に死体のある風景　東京創元社(創元推理文庫)　2010年3月;川に死体のある風景　東京創元社(創元クライム・クラブ)　2006年5月

室見　むろみ
T署刑事課長の警部　「足の裏」夏樹静子　マイ・ベスト・ミステリーIV　文藝春秋(文春文庫)　2007年10月

【め】

名探偵　めいたんてい
殺人事件が起こったオリエント急行に乗っていた高名なベルギー人の私立探偵　「そしてオリエント急行から誰もいなくなった」芦辺拓　全席死定-鉄道ミステリー名作館　徳間書店(徳間文庫)　2004年3月

明 丹廷　めい・たんてい
探偵、横浜中華街の「酩淡亭」地下にメイ探偵事務所を構える老人　「人を知らざることを患う」鯨統一郎　透明な貴婦人の謎(本格短編ベスト・セレクション)　講談社(講談社文庫)　2005年1月;本格ミステリ01　講談社(講談社ノベルス)　2001年7月

メイ・リン
放送局からアフリカ旅行に招待されたラジオ仲間の一人、中国娘　「ポポロ島変死事件」
青山蘭堂　新・本格推理03 りら荘の相続人　光文社(光文社文庫)　2003年3月

目方 喜三郎　めかた・きさぶろう
定廻り同心、与市の失踪した父平助の調べを差し止めた男　「まぶたの父」　岡田秀文　御白洲裁き　徳間書店(徳間文庫)　2009年12月

目吉　めきち
人形細工師泉屋吉兵衛の弟子で二代目目吉、人気の蝋人形細工師　「目吉の死人形」
泡坂妻夫　江戸の名探偵　徳間書店(徳間文庫)　2009年10月

メグミ
閉店間近なテレクラを何年かぶりに利用した和之に電話をかけてきた若い女性　「ラストコール」　石田衣良　暗闇を追いかけろ−日本ベストミステリー選集35　光文社(光文社文庫)　2008年5月

目黒　めぐろ
三人が殺害された事件の被告人の男　「大きな赤い太陽」　柘植光彦　現代詩殺人事件−ポエジーの誘惑　光文社(光文社文庫)　2005年9月

メッシーニ
初老の宣教師、奇蹟審問官アーサー・クレメンスを呼んだ神父　「バグズ・ヘブン」　柄刀一　名探偵に訊け　光文社　2010年9月

メーテル(海芽 輝美)　めーてる(うみめ・てるみ)
新興宗教XLM(ザルム)の教祖、元アイドル　「賢者セント・メーテルの敗北」　小宮英嗣
新・*本格推理 08　光文社(光文社文庫)　2008年3月

メランコ
刑事　「秋 闇雲A子と憂鬱刑事」　麻耶雄嵩　まほろ市の殺人−推理アンソロジー　祥伝社(NON NOVEL)　2009年3月

メリヴェール卿　めりべーるきょう
名探偵　「亡霊館の殺人」　二階堂黎人　密室と奇蹟−J・D・カー生誕百周年記念アンソロジー　東京創元社　2006年11月

メルカトル鮎　めるかとるあゆ
銘探偵　「氷山の一角」　麻耶雄嵩　赤に捧げる殺意　角川書店　2005年4月；血文字パズル−ミステリ・アンソロジー5　角川書店(角川文庫)　2003年3月

メルシー
殺されたルイという男の情婦　「探偵Q氏」　近藤博　幻の探偵雑誌8「探偵クラブ」傑作選　光文社(光文社文庫)　2001年12月

面比要　めんぴよう
後天神国の四天公の一人・春天公の腹心　「神国崩壊」　獅子宮敏彦　推理小説年鑑 ザ・ベストミステリーズ2004　講談社　2004年7月

【も】

モアイ像男　もあいぞうおとこ
立て籠もり犯の肥満女ミス・ハルクにコンビニに閉じ込められたモアイ像みたいな横顔の男　「外嶋一郎主義」　西澤保彦　QED鏡家の薬屋探偵　講談社(講談社ノベルス)　2010年8月

孟 重三　もう・じゅうさん
妬忌津の渡し守　「妬忌津(ときしん)」　森福都　暗闇を追いかけろ-日本ベストミステリー選集35　光文社(光文社文庫)　2008年5月

孟 嘗君　もう・しょうくん
斉の現宰相　「稷下公案」　小貫風樹　新・本格推理03　りら荘の相続人　光文社(光文社文庫)　2003年3月

盲人　もうじん
贋札つくりの犯人検挙に一と役かった盲人の「私」　「鼻」　吉野賛十　甦る推理雑誌6「探偵実話」傑作選　光文社(光文社文庫)　2003年5月

孟 忠文　もう・ちゅうぶん
宋の寧沙県の知事　「十八面の骰子」　森福都　推理小説年鑑 ザ・ベストミステリーズ2002　講談社　2002年7月

毛利 五郎　もうり・ごろう
T医大の解剖学教室の講師　「父親はだれ?」　岸田るり子　不可能犯罪コレクション　原書房　2009年6月

真岡 謙一　もおか・けんいち＊
戦時中疎開先で一緒に暮らした背中に絶間姫の彫物を入れた女性と四十年ぶりに再会した男　「鳴神」　泡坂妻夫　スペシャル・ブレンド・ミステリー 謎006　講談社(講談社文庫)　2011年9月

茂木　もぎ
エッセイスト、出版社の編集企画委員　「十年後の家族」　佐野洋　幻惑のラビリンス　光文社(光文社文庫)　2001年5月

目撃者　もくげきしゃ
この星の上で発生する殺人事件で一定の役割を負った目撃者　「星の上の殺人」　斎藤栄　ミステリー傑作選・特別編6 自選ショート・ミステリー2　講談社(講談社文庫)　2001年10月

モシェシュ
リヴィングストン動物園の秘書兼宣伝担当のアフリカ人　「カバは忘れない-ロンドン動物園殺人事件」　山口雅也　日本版 シャーロック・ホームズの災難　論創社　2007年12月

物集　もずめ
緑川一家の腕ききの幹部　「影なき射手」　楠田匡介　江戸川乱歩の推理教室　光文社(光文社文庫)　2008年9月

物集 修　もずめ・おさむ
フリーの雑貨スタイリスト　「ウェルメイド・オキュパイド」　堀燐太郎　新・*本格推理 08　光文社(光文社文庫)　2008年3月

物集 修　もずめ・おさむ
フリーの雑貨スタイリスト　「ジグソー失踪パズル」　堀燐太郎　新・本格推理02　光文社(光文社文庫)　2002年3月

模談亭キネマ　もだんていきねま
模談亭ラジオとコンビを組む新進漫才師　「78回転の密室」　芦部拓　深夜バス78回転の問題(本格短編ベスト・セレクション)　講談社(講談社文庫)　2008年1月；本格ミステリ04　講談社(講談社ノベルス)　2004年6月

模談亭ラジオ　もだんていらじお
模談亭キネマとコンビを組む新進漫才師　「78回転の密室」　芦部拓　深夜バス78回転の問題(本格短編ベスト・セレクション)　講談社(講談社文庫)　2008年1月；本格ミステリ04　講談社(講談社ノベルス)　2004年6月

望月 加代子　もちづき・かよこ
駅前の喫茶店で働いていた女　「国境の南」　恩田陸　らせん階段　角川春樹事務所(ハルキ文庫)　2003年5月

望月 周平　もちづき・しゅうへい
英都大学の学生、推理小説研究会のメンバー　「蕩尽に関する一考察」　有栖川有栖　推理小説年鑑 ザ・ベストミステリーズ2004　講談社　2004年7月

望月 周平　もちづき・しゅうへい
英都大学経済学部の4年生、推理小説研究会のメンバー　「望月周平の秘かな旅」　有栖川有栖　マイ・ベスト・ミステリーⅥ　文藝春秋(文春文庫)　2007年12月

望月 周平　もちづき・しゅうへい
英都大学経済学部生、推理小説研究会の部員　「桜川のオフィーリア」　有栖川有栖　川に死体のある風景　東京創元社(創元推理文庫)　2010年3月

望月 周平　もちづき・しゅうへい
英都大学推理小説研究会ののメンバー、経済学部の2年生　「やけた線路の上の死体」　有栖川有栖　無人踏切−鉄道ミステリー傑作選　光文社(光文社文庫)　2008年11月

茂木 信義　もてぎ・のぶよし
豊和銀行の営業マン　「笑うウサギ」　森真沙子　紅迷宮　祥伝社(祥伝社文庫)　2002年6月

本井 太郎　もとい・たろう
車マニア、村木医院の元通院患者　「逃げる車」　白峰良介　有栖川有栖の本格ミステリ・ライブラリー　角川書店(角川文庫)　2001年8月

茂都木 宏　もとき・ひろし
スナック・バー「伊留満」のマスター、茂都木蘭子の夫　「ホームズもどき」　都筑道夫　シャーロック・ホームズに再び愛をこめて　光文社(光文社文庫)　2010年7月

もとき

茂都木 蘭子　もとき・らんこ
夫婦で私鉄の駅のそばで「伊留満」というスナック・バーをひらいている女性　「ホームズもどき」都筑道夫　シャーロック・ホームズに再び愛をこめて　光文社(光文社文庫)　2010年7月

素子　もとこ
老人の橋爪のおめかけさんになった若い女　「静かな妾宅」小池真理子　恋は罪つくり　光文社(光文社文庫)　2005年7月;悪魔のような女　角川春樹事務所(ハルキ文庫)　2001年7月

本西 佐和子　もとにし・さわこ
東京北部のある区民センターの職員　「車椅子」清水芽美子　蒼迷宮　祥伝社(祥伝社文庫)　2002年3月

本宮 武　もとみや・たけし
国立世界民族学研究所教授、外国で民俗採訪をしている学者　「死霊の如き歩くもの」三津田信三　新・*本格推理 特別編　光文社(光文社文庫)　2009年3月

本宮 波留　もとみや・はる
女探偵葉村晶の依頼人、心霊研究家・左修二郎の相続人　「蠅男」若竹七海　名探偵に訊け　光文社　2010年9月

喪中 栄太郎　もなか・えいたろう
県警の警部　「サンタとサタン」霞流一　探偵Xからの挑戦状!　小学館(小学館文庫)　2009年1月

モニカ
婚約した男に親の遺産を奪い取られたという依頼人の女　「悪魔の辞典」山田正紀　不思議の足跡-最新ベスト・ミステリー　光文社　2007年10月

モニカ
倫敦(ロンドン)で遊民生活を送る日本人青年の飯田がサボイ旅館で見掛けた美しい令嬢　「日蔭の街」松本泰　幻の探偵雑誌5「探偵文藝」傑作選　光文社(光文社文庫)　2001年2月

喪服夫人　もふくふじん
推理作家川原八郎の行きつけの居酒屋「朔さん」へやってくる謎の美女　「「密室」作ります」長坂秀佳　乱歩賞作家赤の謎　講談社　2006年4月

桃井 民子　ももい・たみこ
コーヒー店「LVP」のマスターの娘、家電のディスカウントショップの店員　「911」雨宮町子　危険な関係(女流ミステリー傑作選)　角川春樹事務所(ハルキ文庫)　2002年5月

モモコ
会社のOL、サチヨの元同僚　「盗まれて」今邑彩　謎005-スペシャル・ブレンド・ミステリー　講談社(講談社文庫)　2010年9月

百瀬 健次　ももせ・けんじ
警察官　「殺人者の赤い手」北森鴻　怪しい舞踏会　光文社(光文社文庫)　2002年5月

森江 春策　もりえ・しゅんさく
弁護士 「裁判員法廷二〇〇九」 芦辺拓　本格ミステリ07　講談社(講談社ノベルス) 2007年5月

森江 春策　もりえ・しゅんさく
弁護士 「審理(裁判員法廷二〇〇九)」 芦辺拓　名探偵の奇跡-日本ベストミステリー選集　光文社(光文社文庫) 2010年5月;名探偵の奇跡-最新ベスト・ミステリー　光文社 2007年9月

森江 春策　もりえ・しゅんさく
弁護士、名探偵 「森江春策の災難」 芦辺拓　探偵Xからの挑戦状!　小学館(小学館文庫) 2009年1月

森江 春策　もりえ・しゅんさく
弁護士、名探偵 「読者よ欺かれておくれ」 芦辺拓　あなたが名探偵　東京創元社(創元推理文庫) 2009年4月

森江 春策　もりえ・しゅんさく
名探偵 「疾駆するジョーカー」 芦辺拓　密室殺人大百科 上　講談社(講談社文庫) 2003年9月

森尾　もりお
大航ツーリスト成田空港所遠藤班の女性センダー 「ねずみと探偵-あぽやん」 新野剛志　Play推理遊戯　講談社(講談社文庫) 2011年4月;推理小説年鑑 ザ・ベストミステリーズ2008　講談社 2008年7月

森岡 信雄　もりおか・のぶお
北川容子の愛人、鯉を飼う男 「青の使者」 唯川恵　悪魔のような女　角川春樹事務所(ハルキ文庫) 2001年7月

森尾所長　もりおしょちょう
世田谷区等々力警察署管内の不動前交番の所長 「とどろきセブン」 乃南アサ　鼓動-警察小説競作　新潮社(新潮文庫) 2005年2月

森川　もりかわ
自殺した貴族院議員梅原龍三の執事 「杭を打つ音」 葛山二郎　江戸川乱歩と13人の新青年〈文学派〉編　光文社(光文社文庫) 2008年5月

守川 英吉(隼英吉)　もりかわ・えいきち(はやぶさえいきち)
商売仲間では隼英吉と云う名で通っている掏摸 「乗合自動車」 川田功　探偵小説の風景 トラフィック・コレクション(上)　光文社(光文社文庫) 2009年5月

森川 早順　もりかわ・そうじゅん
三十一歳の若さで自殺した画家 「鉄格子の女」 若竹七海　事件現場に行こう-日本ベストミステリー選集33　光文社(光文社文庫) 2006年4月;事件現場に行こう　光文社 2001年11月

森川 美代子　もりかわ・みよこ
神田の酒場「緑亭」の女中 「緑亭の首吊男」 角田喜久雄　甦る推理雑誌1「ロック」傑作選　光文社(光文社文庫) 2002年10月

もりき

森木 国松　もりき・くにまつ
温泉場のホテルで起った殺人事件の被告人のボーイ　「正義」　浜尾四郎　幻の探偵雑誌10「新青年」傑作選　光文社(光文社文庫)　2002年2月

森 清　もり・きよし
謎の自殺をした実業家、路子と由紀子姉妹の父親　「背信」　南達夫(直井明)　甦る推理雑誌9「別冊宝石」傑作選　光文社(光文社文庫)　2003年11月

森 咲枝　もり・さきえ
素人探偵後動悟の大学の後輩　「まだらの紐、再び」　霧舎巧　密室殺人大百科 上　講談社(講談社文庫)　2003年9月

森下　もりした
刑事　「わらう月」　有栖川有栖　幻惑のラビリンス　光文社(光文社文庫)　2001年5月

森下　もりした
大阪府警捜査一課の若い刑事　「アポロンのナイフ」　有栖川有栖　推理小説年鑑 ザ・ベストミステリーズ2011　講談社　2011年7月

森下 英夫(ヒデ)　もりした・ひでお(ひで)
山梨県の山林に死体を捨てに来た三人組の男の一人　「般若の目」　時織深　新・本格推理06-不完全殺人事件　光文社(光文社文庫)　2006年3月

森下 文緒　もりした・ふみお
穂波高校生・城西理子のクラスメイト、映画監督・鎧塚鉱一郎の姪　「鎧塚邸はなぜ軋む」　村崎友　ミステリ愛。免許皆伝!　講談社(講談社ノベルス)　2010年3月

森島 一朗　もりしま・いちろう
テレビ番組「ナイン・トゥ・テン」班のチーフ・ディレクター　「独占インタビュー」　野沢尚　密室＋アリバイ＝真犯人　講談社(講談社文庫)　2002年2月

森島 巧　もりしま・たくみ
上谷東小学校の音楽担当非常勤講師　「ミスファイア」　伊岡瞬　推理小説年鑑 ザ・ベストミステリーズ2010　講談社　2010年7月

モリスン嬢　もりすんじょう
花店の少年主人ジェームズの妹　「赤い怪盗」　柴田錬三郎　日本版 シャーロック・ホームズの災難　論創社　2007年12月

森田　もりた
福岡市内にある不動産業者の社長　「山陽新幹線殺人事件」　夏樹静子　葬送列車 鉄道ミステリー名作館　徳間書店(徳間文庫)　2004年4月

森田 克巳　もりた・かつみ
刑務所を出所したかつて"闇金の黒幕"と呼ばれた男　「賢者のもてなし」　柴田哲孝　現場に臨め-最新ベスト・ミステリー　光文社　2010年10月

森 隆弘　もり・たかひろ
刑事、F県警捜査一課強行犯捜査係　「第三の時効」　横山秀夫　推理小説年鑑 ザ・ベストミステリーズ2003　講談社　2003年7月

森田 五郎　もりた・ごろう
東都医科大学の医師である「私」の実験室の鼠達に飼料を与える仕事をしているアルバイト学生　「青い軌跡」　川田弥一郎　ミステリー傑作選・特別編5 自選ショート・ミステリー　講談社(講談社文庫)　2001年6月

森ちゃん　もりちゃん
同じ会社に勤めている鶴田慶助(鶴)の恋人　「犯人」　太宰治　文豪の探偵小説　集英社(集英社文庫)　2006年11月;現代詩殺人事件−ポエジーの誘惑　光文社(光文社文庫)　2005年9月

森次 夏樹　もりつぐ・なつき
「オーシャンビュー・プチ・ホテル」の常連客、ケーブルテレビ局の社長　「女探偵の夏休み」　若竹七海　罪深き者に罰を　講談社(講談社文庫)　2002年11月

森 俊彦　もり・としひこ
新興宗教団体「真の道福音教会」の信徒、東シナ海の孤島・屍島に逃亡潜伏した爆破テロの実行犯四人の一人　「生存者、一名」　歌野晶午　絶海　祥伝社(NON NOVEL)　2002年10月

森永 宗一　もりなが・そういち
大京昭和銀行の外務員　「返事はいらない」　宮部みゆき　七つの危険な真実　新潮社(新潮文庫)　2004年2月

森 奈津子　もり・なつこ
小説家、離れ小島に拉致されたレズビアン作家と呼ばれる美人作家　「なつこ、孤島に囚われ。」　西澤保彦　絶海　祥伝社(NON NOVEL)　2002年10月

森野　もりの
女子高生、孤独を好む長い黒髪の少女　「Goth リストカット事件」　乙一　論理学園事件帳　講談社(講談社文庫)　2007年1月;本格ミステリ03　講談社(講談社ノベルス)　2003年6月

森野　もりの
新聞部員の「僕」のクラスメイト、犬嫌いの女子高生　「犬 Dog」　乙一　推理小説年鑑 ザ・ベストミステリーズ2003　講談社　2003年7月

森の石松　もりのいしまつ
清水の次郎長の子分、暗殺された男　「森の石松」　都筑道夫　北村薫の本格ミステリ・ライブラリー　角川書店(角川文庫)　2001年8月

森野 浩之　もりの・ひろゆき
蝦蟇骨スカイラインで接触事故を起こしたRVカーの同乗者、雅也の弟　「弓投げの崖を見てはいけない」　道尾秀介　蝦蟇倉市事件1　東京創元社(ミステリ・フロンティア)　2010年1月

森野 雅也　もりの・まさや
蝦蟇骨スカイラインで接触事故を起こしたRVカーの同乗者　「弓投げの崖を見てはいけない」　道尾秀介　蝦蟇倉市事件1　東京創元社(ミステリ・フロンティア)　2010年1月

もりみ

森 路子　もり・みちこ
謎の自殺をした実業家森清の娘、由紀子の姉　「背信」　南達夫(直井明)　甦る推理雑誌9「別冊宝石」傑作選　光文社(光文社文庫)　2003年11月

守村 優佳　もりむら・ゆか
児童館の保育士、宇宙飛行士普久原淳夫の恋人　「箱の中の猫」　菅浩江　蒼迷宮　祥伝社(祥伝社文庫)　2002年3月

森本　もりもと
ビルの裏で死んだ警官上りの守衛　「小さなビルの裏で」　桂英二　江戸川乱歩の推理試験　光文社(光文社文庫)　2009年1月

護屋 菊恵(宮崎 菊恵)　もりや・きくえ(みやざき・きくえ)
東北地方の旧家護屋家の離屋の民俗調査の依頼人　「不帰屋」　北森鴻　大密室　新潮社(新潮文庫)　2002年2月

護屋 クメ　もりや・くめ
老女、護屋菊恵(宮崎菊恵)の母親　「不帰屋」　北森鴻　大密室　新潮社(新潮文庫)　2002年2月

護屋 総次郎　もりや・そうじろう
護屋菊恵(宮崎菊恵)の兄　「不帰屋」　北森鴻　大密室　新潮社(新潮文庫)　2002年2月

守谷 英恵　もりや・はなえ*
大学の理学部助手・畑寛子の友人、銀行員牧原の婚約者　「陰樹の森で」　石持浅海　珍しい物語のつくり方(本格短編ベスト・セレクション)　講談社(講談社文庫)　2010年1月；本格ミステリ06　講談社(講談社ノベルス)　2006年5月

森山　もりやま
自宅で殺された尾崎画伯の家に泊りあわせていた若い弟子　「呼鈴」　永瀬三吾　江戸川乱歩の推理試験　光文社(光文社文庫)　2009年1月

森山 郊二　もりやま・こうじ
画家仲間から「妻を殺した」と言う手紙をもらった男　「寝台」　赤沼三郎　幻の探偵雑誌10「新青年」傑作選　光文社(光文社文庫)　2002年2月

護屋 正恵　もりや・まさえ
護屋総次郎の妻　「不帰屋」　北森鴻　大密室　新潮社(新潮文庫)　2002年2月

森山 多枝子　もりやま・たえこ
夫と別れて喫茶店を始めた女　「増殖」　明野照葉　ミステリア　祥伝社(祥伝社文庫)　2003年12月

守山 喜子　もりやま・よしこ
不動産会社の事務員、六本木のディスコ「ドルネシア」へ行こうとした女　「ドルシネアにようこそ」　宮部みゆき　危険な関係(女流ミステリー傑作選)　角川春樹事務所(ハルキ文庫)　2002年5月

森山 練平　もりやま・れんぺい
郷里の天草の島に帰った医者 「破れた生贄」 田中万三記　甦る推理雑誌8「エロティック・ミステリー」傑作選　光文社(光文社文庫)　2003年9月

森 由紀子　もり・ゆきこ
謎の自殺をした実業家森清の娘、路子の妹 「背信」 南達夫(直井明)　甦る推理雑誌9「別冊宝石」傑作選　光文社(光文社文庫)　2003年11月

諸井レステエフ 尚子　もろいれすてえふ・しょうこ
二流新聞「帝都日報」の雑報記者、白系ロシア人との混血のお嬢さん 「坂ヲ跳ネ往ク髑髏」 物集高音　天使と髑髏の密室(本格短編ベスト・セレクション)　講談社(講談社文庫)2005年12月;本格ミステリ02　講談社(講談社ノベルス)　2002年5月

諸橋 佑香　もろはし・ゆか
木造二階建てアパートさつき荘のA号室に住む幽霊、家主の諸橋勝行の長女 「横縞町綺譚」 松尾由美　紫迷宮　祥伝社(祥伝社文庫)　2002年12月

紋次郎(木枯し紋次郎)　もんじろう(こがらしもんじろう)
三宅島の流人、上州無宿の渡世人 「赦免花は散った」 笹沢左保　マイ・ベスト・ミステリーIV　文藝春秋(文春文庫)　2007年10月

モンタニ
殺人事件の被害者のベルギー人 「湖畔の殺人」 小熊二郎　甦る推理雑誌2「黒猫」傑作選　光文社(光文社文庫)　2002年11月

モンテネグロ
アルゼンチンの外交官、G**将軍の若い妻・アガルマ夫人が恋文を送った博士 「盗まれた手紙」 法月綸太郎　深夜バス78回転の問題(本格短編ベスト・セレクション)　講談社(講談社文庫)　2008年1月;推理小説年鑑 ザ・ベストミステリーズ2004　講談社　2004年7月

【や】

矢井田 賢一　やいだ・けんいち
虚弱な中学生、肥満の少女・田中紗沙羅の幼なじみ 「脂肪遊戯」 桜庭一樹　推理小説年鑑 ザ・ベストミステリーズ2007　講談社　2007年7月

矢内原 四郎　やうちばら・しろう
画家北條の親友で十年以前に変死した矢内原夫婦の夫 「青衣の画像」 村上信彦　甦る推理雑誌6「探偵実話」傑作選　光文社(光文社文庫)　2003年5月

八重　やえ
下仁田宿の旅籠「金丸屋」のひとり娘 「見かえり峠の落日」 笹沢左保　御白洲裁き　徳間書店(徳間文庫)　2009年12月

八重子　やえこ
診療所の奉公人 「ニッケルの文鎮」 甲賀三郎　江戸川乱歩と13人の新青年〈論理派〉編　光文社(光文社文庫)　2008年1月

八重子　やえこ
診療所の奉公人「ニッケルの文鎮」甲賀三郎　人間心理の怪　勉誠出版(べんせいライブラリー)　2003年3月

八神 一彦　やがみ・かずひこ
探偵事務所のボス「夏の雪、冬のサンバ」歌野晶午　密室殺人大百科 下　講談社(講談社文庫)　2003年9月

矢上 浩太　やがみ・こうた
大学の山岳部員「黒部の羆」真保裕一　乱歩賞作家赤の謎　講談社　2006年4月

八神 仁志　やがみ・ひとし
殺された実業家、戦後風吹市を大都市に復興させた八神信芳翁の孫「八神翁の遺産」太田忠司　血文字パズル―ミステリ・アンソロジー5　角川書店(角川文庫)　2003年3月

八木 あかね　やぎ・あかね
県立病院の父親の担当の看護婦「動機」横山秀夫　罪深き者に罰を　講談社(講談社文庫)　2002年11月

八木 粂子　やぎ・くめこ
若い女性が訪問看護先で強盗に乱暴されて殺された事件があった家の老人「モーニング・グローリィを君に」鷹将純一郎　新・本格推理05-九つの署名　光文社(光文社文庫)　2005年3月

八木沢　やぎさわ
出版社の雑誌編集者「揃いすぎ」倉知淳　大密室　新潮社(新潮文庫)　2002年2月

八木 薔子　やぎ・しょうこ
スルガ警備保障の保安士「ターニング・ポイント」渡辺容子　乱歩賞作家青の謎　講談社　2007年7月

弥吉　やきち
渡世人、預かり物をして下仁田宿の旅籠「金丸屋」に来た男「見かえり峠の落日」笹沢左保　御白洲裁き　徳間書店(徳間文庫)　2009年12月

八木 東蘭　やぎ・とうらん
句会「猿の会」の宗匠、清掃会社の社長「恋路吟行」泡坂妻夫　俳句殺人事件-巻頭句の女　光文社(光文社文庫)　2001年4月

八木沼 新太郎　やぎぬま・しんたろう
宮城県警本部警務部の警部、桐野義太の警察学校の同期生「死への密室」愛川晶　密室殺人大百科 下　講談社(講談社文庫)　2003年9月

八木 誠　やぎ・まこと
惨事のあった山田家と風見家に泊まっていた客、麻雀賭博常習者「能面殺人事件」青鷺幽鬼(角田喜久雄)　甦る推理雑誌2「黒猫」傑作選　光文社(光文社文庫)　2002年11月

八木 美紀　やぎ・みき
大学生、海霧の出る町で生まれ育った娘　「空飛ぶ絨毯」　沢村浩輔　本格ミステリ09　講談社(講談社ノベルス)　2009年6月

八木 光江　やぎ・みつえ
樹氷出版の編集部員多岐野善夫が付き合っていた女性　「爪占い」　佐野洋　現場に臨め-最新ベスト・ミステリー　光文社　2010年10月

屋久島　やくしま
日本橋川にかかる一石橋にある迷子のしらせ石に妻の珠恵と来た老人　「迷い子」　加門七海　紫迷宮　祥伝社(祥伝社文庫)　2002年12月

薬師丸　やくしまる
自動車の部品メーカーの社宅に住む男、警視庁捜査一課の桂島刑事の友人　「目撃者は誰？」　貫井徳郎　論理学園事件帳　講談社(講談社文庫)　2007年1月；本格ミステリ03　講談社(講談社ノベルス)　2003年6月

矢口　やぐち
弁護士　「誰がために」　白川道　鼓動-警察小説競作　新潮社(新潮文庫)　2005年2月

矢倉 段之助　やぐら・だんのすけ
通販会社「矢倉通販」の代表取締役　「隠蔽屋」　香住泰　殺人買います　講談社(講談社文庫)　2002年8月

矢坂　やさか
釣鐘マントを着たまま殺された高等学生、白家の同級　「みかん山」　白家太郎(多岐川恭)　甦る推理雑誌9「別冊宝石」傑作選　光文社(光文社文庫)　2003年11月

弥三郎　やさぶろう
京の分限者北条屋弥三右衛門の倅　「報恩記」　芥川龍之介　文豪の探偵小説　集英社(集英社文庫)　2006年11月

矢沢　やざわ
古い館に住む月彦とシャム双生児の妹たちの主治医　「あやかしの家」　七河迦南　新・本格推理06-不完全殺人事件　光文社(光文社文庫)　2006年3月

矢沢 澄男　やざわ・すみお
中州のスナック店員、裕平の中学の同級生　「酷い天罰」　夏樹静子　悪魔のような女　角川春樹事務所(ハルキ文庫)　2001年7月

矢沢 澄男　やざわ・すみお
中州のスナック店員、裕平の中学の同級生　「酷い天罰」　夏樹静子　謎002-スペシャル・ブレンド・ミステリー　講談社(講談社文庫)　2007年9月

弥七　やしち
目明し、逃亡者伊佐吉の伯父　「力士の妾宅」　多岐川恭　御白洲裁き　徳間書店(徳間文庫)　2009年12月

矢島 太郎　やじま・たろう
素人探偵　「埋もれた悪意」　巽昌章　有栖川有栖の本格ミステリ・ライブラリー　角川書店(角川文庫)　2001年8月

やじま

矢島 晴己　やじま・はるき
邸宅内の工房で死んでいた老彫刻家名倉雄造の弟子　「密室の兇器」　山村正夫　江戸川乱歩の推理試験　光文社（光文社文庫）　2009年1月

矢代 研次　やしろ・けんじ
チンピラ　「左手首」　黒川博行　怪しい舞踏会　光文社（光文社文庫）　2002年5月

八代 省吾　やしろ・しょうご
東都大学理学部の三島研のメンバーで交通事故で亡くなった院生　「死ぬのは誰か」　早見江堂　推理小説年鑑 ザ・ベストミステリーズ2011　講談社　2011年7月

矢代 孝雄　やしろ・たかお
松江の書店の店先で実演された大道将棋を詰め上げた少年　「海猫岬」　山村正夫　スペシャル・ブレンド・ミステリー 謎006　講談社（講談社文庫）　2011年9月

矢代 信行　やしろ・のぶゆき
殺人事件の容疑者四名の一人、別荘の主人　「バッカスの睡り」　鷲尾三郎　江戸川乱歩の推理試験　光文社（光文社文庫）　2009年1月

矢代 文代　やしろ・ふみよ
大道将棋を詰め上げた少年の姉、魚の行商をしている女性　「海猫岬」　山村正夫　スペシャル・ブレンド・ミステリー 謎006　講談社（講談社文庫）　2011年9月

安井 昭雄　やすい・あきお
電気亜鉛鍍金安井工作所の経営者　「カウント・プラン」　黒川博行　マイ・ベスト・ミステリーⅡ　文藝春秋（文春文庫）　2007年8月

安岡　やすおか
暴力団の幹部　「雷雨の夜」　逢坂剛　完全犯罪証明書 ミステリー傑作選　講談社（講談社文庫）　2001年4月

八杉 俊江　やすぎ・としえ
警視庁通信指令本部に勤務するベテラン　「ぼくを見つけて」　連城三紀彦　謎001-スペシャル・ブレンド・ミステリー　講談社（講談社文庫）　2006年9月

弥助　やすけ
国定忠次一家の乾児　「入れ札」　菊池寛　マイ・ベスト・ミステリーⅠ　文藝春秋（文春文庫）　2007年8月

弥助　やすけ
目明し、与市の父平助の死の真相を探る男　「まぶたの父」　岡田秀文　御白洲裁き　徳間書店（徳間文庫）　2009年12月

安河内 ミロ　やすこうち・みろ
外科医、長身の美女亜梨紗と二十年間同棲していた女　「九のつく歳」　西澤保彦　推理小説年鑑 ザ・ベストミステリーズ2010　講談社　2010年7月

安二　やすじ
建築現場労働者、年上の金満と組んで働く若者　「地底に咲く花」　五條瑛　推理小説年鑑 ザ・ベストミステリーズ2002　講談社　2002年7月;紅迷宮　祥伝社（祥伝社文庫）　2002年6月

安二　やすじ
工事現場の作業員、年上の金満と組んで働く若者　「神の影」　五條瑛　翠迷宮　祥伝社（祥伝社文庫）　2003年6月

安二　やすじ
日雇い労働者、金満明年と組んで働く金髪の若者　「上陸」　五條瑛　推理小説年鑑 ザ・ベストミステリーズ2001　講談社　2001年6月

安造　やすぞう
崖の下の桜の木の辺りで死体で発見された競輪狂いの男　「落花」　飛鳥高　江戸川乱歩の推理試験　光文社(光文社文庫)　2009年1月

安田　やすだ
不動産屋、札幌の料理店「札幌ジンギス館」を買いにきた男　「札幌ジンギスカンの謎」　山田正紀　本格ミステリ10　講談社(講談社ノベルス)　2010年6月

安田 佳代子　やすだ・かよこ
宮崎冴子のカルチャーセンターでの友人　「返す女」　新津きよみ　罪深き者に罰を　講談社(講談社文庫)　2002年11月

八須田 泰造　やすだ・たいぞう
八須田病院の院長　「暗い玄海灘に」　夏樹静子　謎004-スペシャル・ブレンド・ミステリー　講談社(講談社文庫)　2009年9月

安田夫妻　やすだふさい
宮之原家の娘鈴華の世話人　「変装の家」　二階堂黎人　名探偵登場!-日本ミステリー名作館1　KKベストセラーズ　2004年11月

安永 達也　やすなが・たつや
殺人未遂事件の被害者の青年　「家路」　新野剛志　乱歩賞作家赤の謎　講談社　2006年4月

安場 権三　やすば・ごんぞう*
殺人事件の被害者、近郷きっての網主　「朱色の祭壇」　山下利三郎　幻の探偵雑誌6「猟奇」傑作選　光文社(光文社文庫)　2001年3月

安原　やすはら
荻窪署の刑事　「ぼくを見つけて」　連城三紀彦　謎001-スペシャル・ブレンド・ミステリー　講談社(講談社文庫)　2006年9月

安原　やすはら
刑事　「夜の二乗」　連城三紀彦　謎005-スペシャル・ブレンド・ミステリー　講談社(講談社文庫)　2010年9月

安原 湖風　やすはら・こふう
殺人事件の被害者、新聞「東洋日報」の軟派主任　「杜若の札」　海渡英祐　短歌殺人事件-31音律のラビリンス　光文社(光文社文庫)　2003年4月

安兵衛　やすべえ
鉄火場の貸元の親分、元芸者お万の後見人　「力士の妾宅」　多岐川恭　御白洲裁き　徳間書店(徳間文庫)　2009年12月

やすみ

安見　やすみ
「あたし」の家に来てくれて一緒に酒を飲んだ男　「最後の瞬間」　荻一之介　幻の探偵雑誌8「探偵クラブ」傑作選　光文社(光文社文庫)　2001年12月

靖美　やすみ
蝦蟇倉大学の学生東原輝之の姉、会社員　「大黒天」　福田栄一　蝦蟇倉市事件1　東京創元社(ミステリ・フロンティア)　2010年1月

矢隅 英子　やすみ・えいこ*
作詞家鹿崎永遠宅の通いの家政婦　「答えのない密室」　斎藤肇　密室殺人大百科 下　講談社(講談社文庫)　2003年9月

安見 邦夫　やすみ・くにお
蝦蟇骨スカイラインで起きた車の接触事故の被害者　「弓投げの崖を見てはいけない」　道尾秀介　蝦蟇倉市事件1　東京創元社(ミステリ・フロンティア)　2010年1月

安見 弓子　やすみ・ゆみこ
蝦蟇骨スカイラインで起きた車の接触事故の被害者安見邦夫の妻　「弓投げの崖を見てはいけない」　道尾秀介　蝦蟇倉市事件1　東京創元社(ミステリ・フロンティア)　2010年1月

矢澄 黎人　やすみ・れいと
警視庁捜査一課の警部　「緋色の紛糾」　柄刀一　シャーロック・ホームズに愛をこめて　光文社(光文社文庫)　2010年1月

安村 時子　やすむら・ときこ
ゴミ屋敷に住む女　「隠されていたもの」　柴田よしき　不思議の足跡-最新ベスト・ミステリー　光文社　2007年10月

安本 五郎　やすもと・ごろう
幽霊横丁で金貸しの老人が刺し殺された事件の重要参考人　「幽霊横丁の殺人」　青山蘭堂　新・本格推理04-赤い館の怪人物　光文社(光文社文庫)　2004年3月

安代　やすよ
指名手配犯平井達之の母親　「ダチ」　志水辰夫　マイ・ベスト・ミステリーⅠ　文藝春秋(文春文庫)　2007年8月

痩せた男　やせたおとこ
内外計器の社長の葬式に参列した痩せた男、殺し屋　「葬式紳士」　結城昌治　マイ・ベスト・ミステリーⅠ　文藝春秋(文春文庫)　2007年8月

弥三右衛門　やそうえもん
京の分限者　「報恩記」　芥川龍之介　文豪の探偵小説　集英社(集英社文庫)　2006年11月

八十吉　やそきち
南町奉行所同心・玉島家の小者　「吉原雀」　近藤史恵　御白洲裁き　徳間書店(徳間文庫)　2009年12月

矢田　やだ
陶磁愛好家　「玩物の果てに」　久能啓二　江戸川乱歩と13の宝石　光文社(光文社文庫)　2007年5月

谷田貝 美琴　やたがい・みこと
警視庁の刑事　「「神田川」見立て殺人」　鯨統一郎　名探偵で行こう-最新ベスト・ミステリーシリーズ・キャラクター編　光文社(光文社文庫)　2001年9月

谷田貝 美琴　やたがい・みこと
警視庁の美貌の女刑事　「「別れても好きな人」見立て殺人」　鯨統一郎　死神と雷鳴の暗号(本格短編ベスト・セレクション)　講談社(講談社文庫)　2006年1月;本格ミステリ02　講談社(講談社ノベルス)　2002年5月

矢田 利之　やた・としゆき*
混血の美女・三谷京子の婚約者　「白鳥扼殺」　早川四郎　白の怪　勉誠出版(べんせいライブラリー)　2003年3月

ヤッチン
尾上鴻三の妻、横田の旅先の"行きずりの女"　「海馬にて」　浅黄斑　罪深き者に罰を　講談社(講談社文庫)　2002年11月

矢頭　やとう*
新聞記者の原の同じ社の週刊編集部の記者　「金属音病事件」　佐野洋　江戸川乱歩と13の宝石 第二集　光文社(光文社文庫)　2007年9月

柳井 計輔　やない・けいすけ
新聞記者　「罪な指」　本間田麻誉　甦る推理雑誌9「別冊宝石」傑作選　光文社(光文社文庫)　2003年11月

柳内 信太郎　やない・しんたろう
豪勇弁護士　「六人の容疑者」　黒輪土風　マイ・ベスト・ミステリーⅤ　文藝春秋(文春文庫)　2007年11月

柳井 洋治　やない・ようじ*
東都銀行渋谷支店融資課員　「口座相違」　池井戸潤　事件を追いかけろ　光文社(光文社文庫)　2009年4月;事件を追いかけろ　光文社　2004年12月

柳川 優子　やながわ・ゆうこ
奇怪な殺人事件が起きたバスに乗っていた客の女の子の一人　「走る"密室"で」　渡島太郎　甦る推理雑誌8「エロティック・ミステリー」傑作選　光文社(光文社文庫)　2003年9月

柳 一完　やなぎ・いっかん
作家　「離婚調査」　生島治郎　闇夜の芸術祭　光文社(光文社文庫)　2003年4月

柳沢 欣之介　やなぎさわ・きんのすけ
上野の小藩の勘定方、御用商人「轟屋」の帳簿を調べた男　「からくり紅花」　永井路子　剣が謎を斬る　光文社(光文社文庫)　2005年4月

柳 なおみ　やなぎ・なおみ
人吉市にある緑風荘に泊りに来た九州芸術大学の七人の学生の一人　「呪縛再現(挑戦篇)」　宇多川蘭子(鮎川哲也)　甦る推理雑誌5「密室」傑作選　光文社(光文社文庫)　2003年3月

柳 なおみ　やなぎ・なおみ
人吉市の緑風荘で殺害された九州芸術大学の男女二人の学生の僚友　「呪縛再現（後篇）」中川透（鮎川哲也）　甦る推理雑誌5「密室」傑作選　光文社（光文社文庫）2003年3月

柳原 仙八郎　やなぎはら・せんぱちろう*
瀕死の重病人の妻を捨てて愛人を家に引き入れている男　「肢に殺された話」西田政治　幻の探偵雑誌6「猟奇」傑作選　光文社（光文社文庫）2001年3月

柳 由香子　やなぎ・ゆかこ
船場の商事会社員・猿渡次郎と愛し合っていた女　「洒落た罠」高梨久　罠の怪　勉誠出版（べんせいライブラリー）2002年11月

柳 由香梨　やなぎ・ゆかり
中国茶専門の茶房「白龍」の店主　「消えた左腕事件」秋月涼介　蝦蟇倉市事件2　東京創元社（ミステリ・フロンティア）2010年2月

矢場 英司　やば・えいじ
裁判の被告人鵜川妙子が殺害した貸金業の男　「満願」米澤穂信　推理小説年鑑 ザ・ベストミステリーズ2011　講談社　2011年7月

矢花 信太郎　やばな・しんたろう
劇団の幹部俳優、殺害された女優の水木妖子の相手役　「見えない手」土屋隆夫　江戸川乱歩の推理教室　光文社（光文社文庫）2008年9月

薮井 竹庵　やぶい・ちくあん
医者　「犯人当て横丁の名探偵」仁木悦子　死人に口無し 時代推理傑作選　徳間書店 2009年11月；大江戸事件帖　双葉社（双葉文庫）2005年7月

薮田 筍斎　やぶた・じゅんさい
村で唯一人の医者の老人　「蛇と猪」薔薇小路棘麿（鮎川哲也）　甦る推理雑誌1「ロック」傑作選　光文社（光文社文庫）2002年10月

薮田 幹夫　やぶた・みきお
密室で殺害されたエフシステムのという会社の共同経営者　「吾輩は密室である」ひょうた　新・本格推理04-赤い館の怪人物　光文社（光文社文庫）2004年3月

薮原 勇之進　やぶはら・ゆうのしん
弁護士、朝吹里矢子の上司　「証言拒否」夏樹静子　判決　徳間書店（徳間文庫）2010年3月

山嵐警部　やまあらしけいぶ
奥秩父警察署の警部　「トロイの密室」折原一　赤に捧げる殺意　角川書店　2005年4月；密室レシピ　角川書店（角川文庫）2002年4月

山井検事　やまいけんじ
検事局から出張して来た青年検事　「越後獅子」羽志主水　幻の探偵雑誌10「新青年」傑作選　光文社（光文社文庫）2002年2月

山内 滋　やまうち・しげる
商社員脇村桂造の婚約者・山内寛子の父「長い話」陳舜臣　謎005-スペシャル・ブレンド・ミステリー　講談社(講談社文庫)　2010年9月

山内 南洞　やまうち・なんどう*
信州の山奥の温泉地の別荘に若い奥さんと住んでいた法学者で詰将棋に熱中していた先生「詰将棋」横溝正史　甦る推理雑誌2「黒猫」傑作選　光文社(光文社文庫)　2002年11月

山内 浩代　やまうち・ひろよ
大物政治家の秘書の一人娘のOL、平井道徳(ドートク)の恋人「闇の奥」逢坂剛　スペシャル・ブレンド・ミステリー　謎006　講談社(講談社文庫)　2011年9月

山岡　やまおか
ふしぎなどろぼう空気人間から手紙を受け取った人物「空気人間」鮎川哲也；谷俊彦画　少年探偵王　本格推理マガジン-文庫雑誌/ぼくらの推理冒険物語　光文社(光文社文庫)　2002年4月

山岡 史彰　やまおか・ふみあき
三つ子の次男、満彦の兄でヒモのような暮らしを送っている男「冬 蜃気楼に手を振る」有栖川有栖　まほろ市の殺人-推理アンソロジー　祥伝社(NON NOVEL)　2009年3月

山岡 満彦　やまおか・みつひこ
三つ子の三男、会社員「冬 蜃気楼に手を振る」有栖川有栖　まほろ市の殺人-推理アンソロジー　祥伝社(NON NOVEL)　2009年3月

山鹿 十介　やまが・じゅうすけ
白藤鷺太郎が財産を欺られた悪辣な男「鱗粉」蘭郁二郎　幻の探偵雑誌4「探偵春秋」傑作選　光文社(光文社文庫)　2001年1月

山形　やまがた
小泉百合枝の叔母、美容師「先生の裏わざ」佐野洋　嘘つきは殺人のはじまり　講談社(講談社文庫)　2003年9月

山県 成友　やまがた・しげとも
魚眠荘の主で遺言状を作成して死んだ湯川氏の三人の血族者の一人「魚眠荘殺人事件」鮎川哲也　江戸川乱歩の推理試験　光文社(光文社文庫)　2009年1月

山形 清一　やまがた・せいいち*
妾殺しの犯人、工場に勤める男「煙突綺譚」宇桂三郎　甦る推理雑誌4「妖奇」傑作選　光文社(光文社文庫)　2003年1月

山上　やまがみ
「私」の会社の同僚で絞殺死体になって発見された青年「鳥獣虫魚」吉行淳之介　マイ・ベスト・ミステリーⅡ　文藝春秋(文春文庫)　2007年8月

山上　やまがみ*
探偵「答えのない密室」斎藤肇　密室殺人大百科 下　講談社(講談社文庫)　2003年9月

やまか

山神　やまがみ*
部長刑事、拳銃の密売人・芹沢太一を尾行していた男　「マジック・ボックス」　都筑道夫　謎004-スペシャル・ブレンド・ミステリー　講談社(講談社文庫)　2009年9月

山上　一郎　やまがみ・いちろう
古書店に版木を売った男　「燃える女」　逢坂剛　名探偵を追いかけろ-日本ベストミステリー選集34　光文社(光文社文庫)　2007年5月

山上　達夫　やまがみ・たつお
探偵　「足し算できない殺人事件」　斎藤肇　ミステリー傑作選・特別編6 自選ショート・ミステリー2　講談社(講談社文庫)　2001年10月

山上　トミ　やまがみ・とみ
古書店に版木を売った山上一郎の妻　「燃える女」　逢坂剛　名探偵を追いかけろ-日本ベストミステリー選集34　光文社(光文社文庫)　2007年5月

山上夫婦　やまがみふうふ*
強盗に這入られた山上家の老人夫婦　「化け猫奇談　片目君の捕物帳」　香住春作　甦る推理雑誌4「妖奇」傑作選　光文社(光文社文庫)　2003年1月

山上　良作　やまがみ・りょうさく
十年前に妻を亡くし会社の停年を一ヵ月後にひかえた男　「妻の秘密」　小林久三　ミステリー傑作選・特別編6 自選ショート・ミステリー2　講談社(講談社文庫)　2001年10月

山川　牧太郎　やまかわ・まきたろう*
お尋ね者の五万円籠抜詐欺犯人　「殺人迷路(連作探偵小説第九回)」　佐左木俊郎　幻の探偵雑誌8「探偵クラブ」傑作選　光文社(光文社文庫)　2001年12月

山川　牧太郎　やまかわ・まきたろう*
お尋ね者の五万円籠抜詐欺犯人　「殺人迷路(連作探偵小説第十回)」　甲賀三郎　幻の探偵雑誌8「探偵クラブ」傑作選　光文社(光文社文庫)　2001年12月

山木　一雄　やまき・かずお
デパートから墜落した女の下敷となって圧死した男　「閉鎖を命ぜられた妖怪館」　山本禾太郎　江戸川乱歩と13人の新青年〈論理派〉編　光文社(光文社文庫)　2008年1月

山岸　やまぎし
料理屋の美人の女主人浜子と結婚した男、四人の同級生の一人の金持　「四人の同級生」　永瀬三吾　江戸川乱歩の推理教室　光文社(光文社文庫)　2008年9月

山岸　明子　やまぎし・あきこ
北海道志茂別町の住人、消息不明になった高校生三津夫の母　「逸脱」　佐々木譲　決断-警察小説競作　新潮社(新潮文庫)　2006年2月

山岸　猛雄　やまぎし・たけお*
麹町の下宿屋の止宿人、弁護士試験を受け続けている男　「白髪鬼」　岡本綺堂　文豪のミステリー小説　集英社(集英社文庫)　2008年2月

山岸　坦齋　やまぎし・たんさい
研究所で殺害された博士　「8・1・8」　島田一男　甦る推理雑誌1「ロック」傑作選　光文社(光文社文庫)　2002年10月

山岸 千草　やまぎし・ちぐさ
大正時代の女流画家、女子高生理沙子に乗り移った亡霊 「いちじくの花」 桐生典子　ミステリア　祥伝社(祥伝社文庫)　2003年12月

山木 はな　やまき・はな
デパートから墜落した女の下敷となって夫が圧死した事件の原告 「閉鎖を命ぜられた妖怪館」 山本禾太郎　江戸川乱歩と13人の新青年〈論理派〉編　光文社(光文社文庫) 2008年1月

ヤマギワ少年　やまぎわしょうねん
強盗をやってのけた少年 「全裸楽園事件」 郡山千冬　日本版 シャーロック・ホームズの災難　論創社　2007年12月

山草 永子　やまくさ・えいこ
湖のそばにある邸宅の主・山草満男の妻 「龍之介、黄色い部屋に入ってしまう」 柄刀一　名探偵を追いかけろ-日本ベストミステリー選集34　光文社(光文社文庫)　2007年5月

山草 満男　やまくさ・みつお
湖のそばにある邸宅の主 「龍之介、黄色い部屋に入ってしまう」 柄刀一　名探偵を追いかけろ-日本ベストミステリー選集34　光文社(光文社文庫)　2007年5月

山口　やまぐち
二見ヶ浦神社の若い神職 「酷い天罰」 夏樹静子　悪魔のような女　角川春樹事務所(ハルキ文庫)　2001年7月

山口　やまぐち
二見ヶ浦神社の若い神職 「酷い天罰」 夏樹静子　謎002-スペシャル・ブレンド・ミステリー　講談社(講談社文庫)　2007年9月

山口 サトル　やまぐち・さとる
おとなたちが消えうせた世界にのこされた十二歳以下の子供たちの代表の一人 「お召し」　小松左京　マイ・ベスト・ミステリーⅥ　文藝春秋(文春文庫)　2007年12月

山口 七郎　やまぐち・しちろう*
父の敵を追う夏目半五郎が出会った腕の立つ浪人 「だれも知らない」 池波正太郎　剣が謎を斬る　光文社(光文社文庫)　2005年4月

山口 順子　やまぐち・じゅんこ
殺害された津田龍二朗の婚約者、ミルクホールのウェイトレス 「閉じた空」 鯨統一郎　密室殺人大百科 上　講談社(講談社文庫)　2003年9月

山口 ヒカル　やまぐち・ひかる
警視庁特殊捜査班の女性交渉人 「女交渉人ヒカル」 五十嵐貴久　事件の痕跡-最新ベスト・ミステリー　光文社　2007年11月

山口 みゆき　やまぐち・みゆき
市のケースワーカー、福祉事務所長大船朋子の部下の中堅職員 「七人の敵」 篠田節子　悪魔のような女　角川春樹事務所(ハルキ文庫)　2001年7月

やまく

山倉 浩一　やまくら・こういち
謎に飢えていた東村山署の警部補　「警部補・山倉浩一 あれだけの事件簿」 かくたかひろ　奇想天外のミステリー　宝島社(宝島社文庫)　2009年8月

山崎　やまざき
奇術師、殺害された金貸しの銭亀老人を恨んでいた男　「幽霊横丁の殺人」　青山蘭堂　新・本格推理04-赤い館の怪人物　光文社(光文社文庫)　2004年3月

山崎 朝代　やまざき・あさよ*
U署交通課に30年以上勤める一般職の女性　「動機」　横山秀夫　罪深き者に罰を　講談社(講談社文庫)　2002年11月

山崎 啓介　やまざき・けいすけ*
写真家、海中撮影中の事故で動けぬ体になった男　「柔らかい手」　篠田節子　ときめき　広済堂出版(広済堂文庫)　2005年1月

山崎 紗絵　やまざき・さえ
東都銀行渋谷支店のベテラン事務員　「口座相違」　池井戸潤　事件を追いかけろ　光文社(光文社文庫)　2009年4月；事件を追いかけろ　光文社　2004年12月

山崎 蒸　やまざき・すすむ
新選組監察　「前髪の惣三郎」　司馬遼太郎　剣が謎を斬る　光文社(光文社文庫)　2005年4月

山崎 信子　やまざき・のぶこ
中国人資産家のもらい子で若くして遺産を相続した一郎の実母　「キッシング・カズン」　陳舜臣　スペシャル・ブレンド・ミステリー　謎006　講談社(講談社文庫)　2011年9月

山崎 衛　やまざき・まもる
市民センターの日本語教室のボランティア教師　「冬枯れの木」　永井するみ　事件現場に行こう-日本ベストミステリー選集33　光文社(光文社文庫)　2006年4月；事件現場に行こう　光文社　2001年11月

山路 浩輝　やまじ・こうき
変死人、関西の新聞社にいた男　「B墓地事件」　松浦美寿一　江戸川乱歩と13人の新青年〈文学派〉編　光文社(光文社文庫)　2008年5月

山下　やました
北川雅美と大学時代から関係を持つ男性　「時効を待つ女」　新津きよみ　密室＋アリバイ＝真犯人　講談社(講談社文庫)　2002年2月

山下 岳衛門　やました・がくえもん
山林王で世界一のおしゃぶり蒐集家　「女王のおしゃぶり」　北杜夫　江戸川乱歩に愛をこめて　光文社(光文社文庫)　2011年2月

山下 希美　やました・きみ
21歳の女子大生　「わらう月」　有栖川有栖　幻惑のラビリンス　光文社(光文社文庫)　2001年5月

山下 笙子　やました・しょうこ
大学助教授江口善太郎が二度目に結婚した女　「喪妻記」　福田鮭二　甦る推理雑誌8「エロティック・ミステリー」傑作選　光文社(光文社文庫)　2003年9月

山科 信吾　やましな・しんご
京都の印刷工場主、心中した日本画家山科晴哉のいとこ　「貴船山心中」　三好徹　京都殺意の旅　徳間書店(徳間文庫)　2001年11月

山科 新太郎　やましな・しんたろう
京都府立北乃杜高等学校の二年生・山科桃子の祖父、同高校のOB　「≪せうえうか≫の秘密」　乾くるみ　本格ミステリ10　講談社(講談社ノベルス)　2010年6月;ミステリ魂。校歌斉唱!　講談社(講談社文庫)　2010年3月

山科 晴哉　やましな・はるや
京都在住の日本画家、心中した男　「貴船山心中」　三好徹　京都殺意の旅　徳間書店(徳間文庫)　2001年11月

山科 桃子　やましな・ももこ
京都府宇治市にある府立北乃杜高等学校の二年生、地元の名家のお嬢さま　「≪せうえうか≫の秘密」　乾くるみ　本格ミステリ10　講談社(講談社ノベルス)　2010年6月;ミステリ魂。校歌斉唱!　講談社(講談社文庫)　2010年3月

山瀬 幸彦　やませ・ゆきひこ
元京都の観光バスの運転手、死亡事故を起こした男　「償い」　小杉健治　京都愛憎の旅　徳間書店(徳間文庫)　2002年5月

山田　やまだ
北海道北見の水力電気の土木工事場で監獄部屋の通称がある現場で働いて居る男　「監獄部屋」　羽志主水　江戸川乱歩と13人の新青年〈論理派〉編　光文社(光文社文庫)　2008年1月

山田 うめ　やまだ・うめ
暴力団山藤組組長の愛犬ベルちゃんと仲良しの老婆　「犬も歩けば」　笹本稜平　推理小説年鑑 ザ・ベストミステリーズ2003　講談社　2003年7月

山田 義助　やまだ・ぎすけ
山陰の山奥にある温泉旅館「天狗の湯」の送迎バスの運転手、元刑事の老人　「風変わりな料理店」　青山蘭堂　新・本格推理01　光文社(光文社文庫)　2001年3月

山田宮司　やまだぐうじ
風貌が和菓子屋の若旦那めいた神社の宮司　「黒い家」　倉阪鬼一郎　名作で読む推理小説史 ふるえて眠れない-ホラーミステリー傑作選　光文社(光文社文庫)　2006年9月

山田氏　やまだし
レストランの店長　「ロボットと俳句の問題」　松尾由美　不思議の足跡-最新ベスト・ミステリー　光文社　2007年10月

山田 充　やまだ・みつる
電車の乗客、呉服行商　「ビラの犯人」　平林タイ子　幻の探偵雑誌6「猟奇」傑作選　光文社(光文社文庫)　2001年3月

やまだ

山田 義雄　やまだ・よしお
手紙の差出人、殺人犯にされ日本内地を逃げだしてシンガポールに滞在した若者　「人買い伊平治」　鮎川哲也　マイ・ベスト・ミステリーⅤ　文藝春秋（文春文庫）2007年11月

山名 紅吉　やまな・こうきち*
アパートの住人、湯浅順平の真上の部屋の男　「蝙蝠と蛞蝓」　横溝正史　名探偵登場!-日本ミステリー名作館1　KKベストセラーズ　2004年11月

山梨 大輔　やまなし・だいすけ
大学生、中野の下宿「東栄荘」の住人　「ドア←→ドア」　歌野晶午　新世紀「謎（ミステリー）」倶楽部　角川書店　2001年8月；完全犯罪証明書 ミステリー傑作選　講談社（講談社文庫）　2001年4月

山根　やまね
学校で人気者の生徒・小川圭二が寄宿舎で起こした喧嘩の相手　「噂と真相」　葛山二郎　幻の探偵雑誌7「新趣味」傑作選　光文社（光文社文庫）　2001年11月

山根　やまね
娯楽雑誌「J-」の編集長、他社から嘱望されて来た腕利き　「理外の理」　松本清張　謎004-スペシャル・ブレンド・ミステリー　講談社（講談社文庫）　2009年9月

山根 登喜子　やまね・ときこ
句会「猿の会」の会員　「恋路吟行」　泡坂妻夫　俳句殺人事件-巻頭句の女　光文社（光文社文庫）　2001年4月

山根 敏　やまね・びん
名探偵、岡山市にある「橘古書店」でバイトをする大学生　「十年の密室・十分の消失」　東篤哉　新・本格推理02　光文社（光文社文庫）　2002年3月

山根 敏　やまね・びん
名探偵、岡山市にある「橘古書店」でバイトをする大学生　「竹と死体と」　東篤哉　新・本格推理01　光文社（光文社文庫）　2001年3月

山之内　やまのうち
J県警本部の刑事部長　「動機」　横山秀夫　罪深き者に罰を　講談社（講談社文庫）　2002年11月

山之内 初子（お嬢様）　やまのうち・はつこ（おじょうさま）
日本郵船「箱根丸」の乗客、男爵山之内家の令嬢　「お嬢様出帆」　若竹七海　密室＋アリバイ＝真犯人　講談社（講談社文庫）　2002年2月

山野 進一　やまの・しんいち
N県F島の旧家滝田家の娘由美の婚約者、島の若者　「騒がしい波」　武蔵野次郎　水の怪　勉誠出版（べんせいライブラリー）　2003年3月

山野 良彦　やまの・よしひこ
有名デザイナー、友人から盛岡の高校のクラス会に誘われて出席した男　「緋い記憶」　高橋克彦　名作で読む推理小説史 ふるえて眠れない-ホラーミステリー傑作選　光文社（光文社文庫）　2006年9月

山藤 虎二　やまふじ・とらじ*
暴力団山藤組組長、ブルテリアのベルちゃんの飼い主　「犬も歩けば」　笹本稜平　推理小説年鑑 ザ・ベストミステリーズ2003　講談社　2003年7月

山辺 舜生　やまべ・としお
元陸軍兵技少将　「六人の容疑者」　黒輪土風　マイ・ベスト・ミステリーⅤ　文藝春秋（文春文庫）　2007年11月

山辺 ユリ　やまべ・ゆり
家電のディスカウントショップの店員、コーヒー店「LVP」のマスターの娘桃井民子の同僚　「911」　雨宮町子　危険な関係（女流ミステリー傑作選）　角川春樹事務所（ハルキ文庫）　2002年5月

山見神 麻弥　やまみがみ・まや
サハラ砂漠の遺跡調査隊の一員、アフリカ史専攻の学生　「龍の遺跡と黄金の夏」　三雲岳斗　紅い悪夢の夏（本格短編ベスト・セレクション）　講談社（講談社文庫）　2004年12月；本格ミステリ01　講談社（講談社ノベルス）　2001年7月

山村 英一　やまむら・えいいち
殺人事件の参考人、探偵待鳥英一の友人　「密室の魔術師」　双葉十三郎　甦る推理雑誌2「黒猫」傑作選　光文社（光文社文庫）　2002年11月

山村 露子　やまむら・つゆこ
一家惨殺事件のあった山村家の令嬢　「吹雪の夜半の惨劇」　岸虹岐　幻の探偵雑誌6「猟奇」傑作選　光文社（光文社文庫）　2001年3月

山村 暮鳥　やまむら・ぼちょう
詩人　「閉じた空」　鯨統一郎　密室殺人大百科 上　講談社（講談社文庫）　2003年9月

山村 益雄　やまむら・ますお
一家惨殺事件のあった山村家の令息、医学士　「吹雪の夜半の惨劇」　岸虹岐　幻の探偵雑誌6「猟奇」傑作選　光文社（光文社文庫）　2001年3月

山本　やまもと
金満家ののら息子、貴族院議員梅原龍三の夫人を奪おうとした男　「杭を打つ音」　葛山二郎　江戸川乱歩と13人の新青年〈文学派〉編　光文社（光文社文庫）　2008年5月

山本　やまもと
警察署の探偵　「偶然の功名」　福田辰男　幻の探偵雑誌5「探偵文藝」傑作選　光文社（光文社文庫）　2001年2月

山本　やまもと
弁護士　「遺書」　持田敏　幻の探偵雑誌10「新青年」傑作選　光文社（光文社文庫）　2002年2月

山本 綾子　やまもと・あやこ
胡桃園の主人小柴龍之介と淳の幼友達で英国人の料理番の娘　「胡桃園の青白き番人」　水谷準　江戸川乱歩と13人の新青年〈文学派〉編　光文社（光文社文庫）　2008年5月

やまも

山本 五十六　やまもと・いそろく
海軍少佐 「日本海軍の秘密」 中田耕治 日本版 シャーロック・ホームズの災難 論創社 2007年12月

山本 勘助　やまもと・かんすけ
武田信玄の軍師 「峡谷の檻」 安萬純一 密室晩餐会 原書房 2011年6月

山本君　やまもとくん
結婚後三年目の近頃唯何となく夫婦間に物足りなさを覚えていたサラリーマン 「危機」 本田緒生 幻の探偵雑誌9「探偵」傑作選 光文社(光文社文庫) 2002年1月

山本刑事　やまもとけいじ
警視庁の刑事、徳田探偵の知人 「罠の罠」 奥田野月 罠の怪 勉誠出版(べんせいライブラリー) 2002年11月

山本 貞助　やまもと・ていすけ
貸家で亡くなった亭主 「氷を砕く」 延原謙 幻の探偵雑誌10「新青年」傑作選 光文社(光文社文庫) 2002年2月

山本 留次　やまもと・とめじ
殺人事件の三人の容疑者の一人、高校教師 「三人の容疑者」 佐野洋 江戸川乱歩の推理試験 光文社(光文社文庫) 2009年1月

山盛氏　やまもりし
実業家、記憶力のいいので有名な人 「五万人と居士」 乾信一郎 犯人は秘かに笑う-ユーモアミステリー傑作選 光文社(光文社文庫) 2007年1月

山脇 慶輔　やまわき・よしすけ
会社の部長、部下の三宅靖恵の媒酌人を務めた男 「紙の罪」 佐野洋 俳句殺人事件-巻頭句の女 光文社(光文社文庫) 2001年4月

闇雲 A子　やみくも・えいこ
真幌市に在住する有名な女流推理小説家 「秋 闇雲A子と憂鬱刑事」 麻耶雄嵩 まほろ市の殺人-推理アンソロジー 祥伝社(NON NOVEL) 2009年3月

矢村 麻沙子　やむら・まさこ
推理作家、時代祭りのゲストになった女 「時代祭に人が死ぬ」 山村美紗 京都殺意の旅 徳間書店(徳間文庫) 2001年11月

【ゆ】

湯浅　ゆあさ
曽根家の知人、探偵的手腕を持つ男 「白仙境」 牧逸馬 白の怪 勉誠出版(べんせいライブラリー) 2003年3月

湯浅 順平　ゆあさ・じゅんぺい
アパートの住人 「蝙蝠と蛞蝓」 横溝正史 名探偵登場!-日本ミステリー名作館1 KKベストセラーズ 2004年11月

湯浅 新一　ゆあさ・しんいち
真幌総合大学の学生　「春 無節操な死人」　倉知淳　まほろ市の殺人-推理アンソロジー　祥伝社(NON NOVEL)　2009年3月

湯浅 夏美　ゆあさ・なつみ
長江高明と熊井渚の学生時代からの飲み仲間　「Rのつく月には気をつけよう」　石持浅海　推理小説年鑑 ザ・ベストミステリーズ2006　講談社　2006年7月

唯　ゆい
下澤探偵事務所の調査員　「そこにいた理由」　柴田よしき　恋は罪つくり　光文社(光文社文庫)　2005年7月

唯　ゆい
私立探偵　「観覧車」　柴田よしき　新世紀「謎(ミステリー)」倶楽部　角川書店　2001年8月

由伊　ゆい
神楽坂の特別料理屋「YUI」のオーナー　「特別料理」　綾辻行人　怪しい舞踏会　光文社(光文社文庫)　2002年5月

由伊　ゆい
大学の文学部の学生、「わたし」と同じサークルの後輩　「崩壊の前日」　綾辻行人　事件現場に行こう-日本ベストミステリー選集33　光文社(光文社文庫)　2006年4月;事件現場に行こう　光文社　2001年11月

ユウイチ
崖から転落し妻と子供と共に逆さまの車内に閉じこめられた男　「他人事」　平山夢明　名作で読む推理小説史 ふるえて眠れない-ホラーミステリー傑作選　光文社(光文社文庫)　2006年9月

優花　ゆうか
島までクルーズした芸能事務所社長が侍らせたアイドルの卵二人の一人　「漂流者」　我孫子武丸　気分は名探偵-犯人当てアンソロジー　徳間書店　2006年5月

結城　ゆうき
不動産業者　「インド・ボンベイ殺人ツアー」　小森健太朗　新世紀「謎(ミステリー)」倶楽部　角川書店　2001年8月

有希 真一　ゆうき・しんいち
私立探偵、阪神淡路大震災で住居を失ったテント生活者　「五匹の猫」　谺健二　密室殺人大百科 上　講談社(講談社文庫)　2003年9月

結城 新十郎　ゆうき・しんじゅうろう
天才探偵　「ああ無情」　坂口安吾　山口雅也の本格ミステリ・アンソロジー　角川書店(角川文庫)　2007年12月

結城中佐　ゆうきちゅうさ
日本陸軍内に設けられた諜報員養成学校〝D機関″の指導者、元スパイ　「ロビンソン」　柳広司　本格ミステリ09　講談社(講談社ノベルス)　2009年6月

ゆうき

結城 宏樹　ゆうき・ひろき
親の残してくれた貯金を取り崩しながら生きている無名に等しいイラストレーター 「第二パビリオン「もっとも重い罰は」」篠田真由美 新世紀犯罪博覧会-連作推理小説 光文社 2001年3月

結城 普二郎　ゆうき・ふじろう
大峯山中で「私」たちが見つけた死体から出て来た犯罪告白書に登場する男 「霧しぶく山」蒼井雄 幻の探偵雑誌4「探偵春秋」傑作選 光文社（光文社文庫）2001年1月

結城 麗子　ゆうき・れいこ
女性刑事 「義憤」曽根圭介 推理小説年鑑 ザ・ベストミステリーズ2011 講談社 2011年7月

結子　ゆうこ
薔薇の咲く庭のある家に暮らしていた主婦、関根多佳雄のいとこで結花の母 「廃園」恩田陸 恋は罪つくり 光文社（光文社文庫）2005年7月;悪魔のような女 角川春樹事務所（ハルキ文庫）2001年7月

有子　ゆうこ
デザイン事務所のデザイナー 「過去が届く午後」唯川恵 完全犯罪証明書 ミステリー傑作選 講談社（講談社文庫）2001年4月

夕子　ゆうこ
三人兄弟の次男の浦和達也の兄嫁 「鮎川哲也を読んだ男」三浦大 無人踏切-鉄道ミステリー傑作選 光文社（光文社文庫）2008年11月

釉子　ゆうこ
元女子高の家庭科教師、小学生の創の従姉 「天鵞絨屋」小沢真理子 紅迷宮 祥伝社（祥伝社文庫）2002年6月

優介　ゆうすけ
戸部万児に連れられて釣りに来た不登校児の少年 「谷空木」平野肇 殺意の海 徳間書店（徳間文庫）2003年9月

悠太　ゆうた
一家で団地に住む竹宮真治の息子 「割れた卵のような」山口雅也 マイ・ベスト・ミステリーⅤ 文藝春秋（文春文庫）2007年11月

郵便脚夫の女房　ゆうびんきゃくふのにょうぼう
場末にある「私」の家の裏に住んでいる郵便脚夫のはらみ女房 「毒草」江戸川乱歩 幻の探偵雑誌5「探偵文藝」傑作選 光文社（光文社文庫）2001年2月

郵便屋さん　ゆうびんやさん
臨時雇いの外国人の郵便屋さん 「世界は冬に終わる」香納諒一 ミステリー傑作選・特別編6 自選ショート・ミステリー2 講談社（講談社文庫）2001年10月

裕平　ゆうへい
バイク事故を起こした松子の不良息子 「酷い天罰」夏樹静子 悪魔のような女 角川春樹事務所（ハルキ文庫）2001年7月

裕平　ゆうへい
バイク事故を起こした松子の不良息子　「酷い天罰」　夏樹静子　謎002-スペシャル・ブレンド・ミステリー　講談社(講談社文庫)　2007年9月

雄平　ゆうへい
大規模なリストラが行われているコンピュータ会社に勤める中年男、邦夫の友達　「ヒーラー」　篠田節子　推理小説年鑑 ザ・ベストミステリーズ2004　講談社　2004年7月

裕馬　ゆうま
看護師前田恵子の高校生の息子　「オムライス」　薬丸岳　推理小説年鑑 ザ・ベストミステリーズ2007　講談社　2007年7月

憂理　ゆうり
湿原に建つ全寮制の学校の生徒で一匹狼タイプの少女　「水晶の夜、翡翠の朝」　恩田陸　青に捧げる悪夢　角川書店　2005年3月;殺人鬼の放課後-ミステリ・アンソロジーⅡ　角川書店(角川文庫)　2002年2月

ユカ
川辺の秘密の遊び場所で「私」に犬との戦いを命じる友達　「犬 Dog」　乙一　推理小説年鑑 ザ・ベストミステリーズ2003　講談社　2003年7月

結花　ゆか
薔薇の咲く庭のある家で育った娘、結子の娘　「廃園」　恩田陸　恋は罪つくり　光文社(光文社文庫)　2005年7月;悪魔のような女　角川春樹事務所(ハルキ文庫)　2001年7月

由香　ゆか
尾上晏子の一人娘　「海馬にて」　浅黄斑　罪深き者に罰を　講談社(講談社文庫)　2002年11月

ユカリ
学園ドラマ「大空学園に集まれ!」に出ていた女、マドンナ役だったミミの幼なじみ　「大空学園に集まれ」　青井夏海　蒼迷宮　祥伝社(祥伝社文庫)　2002年3月

ゆかり
虐待する夫・江口和彦を殺して逃げた妻　「ゲバルトX」　飴村行　暗闇を見よ　光文社　2010年11月

由香里　ゆかり
元弁護士の芝浦政樹と那須の別荘地に隠れ住んでいる妻　「賢者のもてなし」　柴田哲孝　現場に臨め-最新ベスト・ミステリー　光文社　2010年10月

湯川　ゆかわ
刑事、木下が富坂署にいた頃の同僚　「ダチ」　志水辰夫　マイ・ベスト・ミステリーⅠ　文藝春秋(文春文庫)　2007年8月

湯川 勝一　ゆかわ・かついち*
山手工業労働組合の執行委員長　「手話法廷」　小杉健治　判決　徳間書店(徳間文庫)　2010年3月;謎001-スペシャル・ブレンド・ミステリー　講談社(講談社文庫)　2006年9月

ゆかわ

湯河 勝太郎　ゆがわ・かつたろう
東京の会社員、先妻をチブスで亡くしている男 「途上」 谷崎潤一郎 文豪の探偵小説 集英社(集英社文庫) 2006年11月

湯川 金太郎　ゆかわ・きんたろう
法律事務所に遺言状の保管を頼んで死んだ魚眠荘の主 「魚眠荘殺人事件」 鮎川哲也 江戸川乱歩の推理試験 光文社(光文社文庫) 2009年1月

湯川 学　ゆかわ・まなぶ*
刑事草薙と親しい物理学者、帝都大の助教授 「落下る」 東野圭吾 推理小説年鑑 ザ・ベストミステリーズ2007 講談社 2007年7月

ユキ
立花歌劇団の座長立花寛二の妻、プリマドンナ 「終幕殺人事件」 谿溪太郎 甦る推理雑誌7「探偵倶楽部」傑作選 光文社(光文社文庫) 2003年7月

由紀　ゆき
一流銀行の幹部候補の洋の妻 「ロマンチスト」 井上雅彦 ミステリー傑作選・特別編5 自選ショート・ミステリー 講談社(講談社文庫) 2001年6月

遊姫　ゆき
中学校の片隅にある部室でいつも遊んでいる四人の一人 「かものはし」 日日日 学び舎は血を招く 講談社(講談社ノベルス) 2008年11月

雪江　ゆきえ
白雪書店の女店員 「あるエープリール・フール」 佐野洋 江戸川乱歩の推理試験 光文社(光文社文庫) 2009年1月

雪江さん　ゆきえさん
科学者の「僕」と別れて金力のある男と結婚することになった女 「恋愛曲線」 小酒井不木 恋は罪つくり 光文社(光文社文庫) 2005年7月;魔の怪 勉誠出版(べんせいライブラリー) 2002年11月

由起夫　ゆきお
避暑地の別荘に来た高校生、映研の部長で監督兼脚本家 「ラベンダー・サマー」 瀬川ことび 青に捧げる悪夢 角川書店 2005年3月

ゆき子　ゆきこ
ベルトに挟まれて死んだ機械工の河合の恋人 「罠」 山沢晴雄 甦る推理雑誌5「密室」傑作選 光文社(光文社文庫) 2003年3月

雪子夫人　ゆきこふじん
別荘の露天風呂の湯壺の中で死んでいた豊浦社長の夫人 「湯壺の中の死体」 宮原龍雄 江戸川乱歩の推理試験 光文社(光文社文庫) 2009年1月

雪沢 建三　ゆきさわ・けんぞう*
南方から復員して豪勢なやしきに住む男、石川の旧友 「ぬすまれたレール」 錫薊二 甦る推理雑誌10「宝石」傑作選 光文社(光文社文庫) 2004年1月

行武 栄助　ゆきたけ・えいすけ＊
人吉市にある緑風荘に泊りに来た九州芸術大学の七人の学生の一人　「呪縛再現(挑戦篇)」宇多川蘭子(鮎川哲也)　甦る推理雑誌5「密室」傑作選　光文社(光文社文庫)　2003年3月

行武 栄助　ゆきたけ・えいすけ＊
人吉市の緑風荘で殺害された九州芸術大学の男女二人の学生の僚友　「呪縛再現(後篇)」中川透(鮎川哲也)　甦る推理雑誌5「密室」傑作選　光文社(光文社文庫)　2003年3月

雪御所 圭子　ゆきのごしょ・けいこ
振子占い師、阪神淡路大震災で住居を失ったテント生活者　「五匹の猫」疋田健二　密室殺人大百科 上　講談社(講談社文庫)　2003年9月

行原 達也　ゆきはら・たつや
校舎の屋上から落ちて死んだ高校生　「小さな故意の物語」東野圭吾　マイ・ベスト・ミステリーV　文藝春秋(文春文庫)　2007年11月

雪代　ゆきよ
美容師、長髪のサラリーマン武史の不倫相手　「結ぶ女」新津きよみ　危険な関係(女流ミステリー傑作選)　角川春樹事務所(ハルキ文庫)　2002年5月

U君　ゆーくん
ミステリ作家綾辻行人の仕事場を訪ねてきた青年　「意外な犯人」綾辻行人　綾辻行人と有栖川有栖のミステリ・ジョッキー1　講談社　2008年7月

弓削　ゆげ
ラーメン好きの探偵、福岡県警の宮本警部補の幼なじみ　「点と円」西村健　Doubtきりのない疑惑　講談社(講談社文庫)　2011年11月;推理小説年鑑 ザ・ベストミステリーズ2008　講談社　2008年7月

弓削田 赤八　ゆげた・またはち
村の駐在所の巡査　「蛇と猪」薔薇小路棘麿(鮎川哲也)　甦る推理雑誌1「ロック」傑作選　光文社(光文社文庫)　2002年10月

弓削 直人　ゆげ・なおと
地雷除去技術者としてカンボジア・バッタンバン州に来た元地雷メーカーの安永工業社員　「未来へ踏み出す足」石持浅海　法廷ジャックの心理学　講談社(講談社文庫)　2011年1月;推理小説年鑑 ザ・ベストミステリーズ2007　講談社　2007年7月

ユゴー
フランスの偉大な詩人で小説家　「巴里に雪のふるごとく」山田風太郎　偉人八傑推理帖　双葉社(双葉文庫)　2004年7月

遊佐 二三男　ゆさ・ふみお
カトリック綾鹿教会の居候、軽度の知的障害を持った大男　「敬虔過ぎた狂信者」鳥飼否宇　大きな棺の小さな鍵(本格短編ベスト・セレクション)　講談社(講談社文庫)　2009年1月;本格ミステリ05　講談社(講談社ノベルス)　2005年6月

ゆさま

遊佐 正美　ゆさ・まさみ
杉村弥生と同じアパートの住人、下着泥棒　「天の配猫」　森村誠一　Anniversary 50 カッパ・ノベルス創刊50周年記念作品　光文社　2009年12月

湯沢 藤次郎　ゆざわ・とうじろう
新選組隊士、丹波篠山藩脱藩者　「前髪の惣三郎」　司馬遼太郎　剣が謎を斬る　光文社（光文社文庫）　2005年4月

湯島 敦　ゆしま・あつし
映画監督「首切り監督」　霞流一　論理学園事件帳　講談社（講談社文庫）　2007年1月；本格ミステリ03　講談社（講談社ノベルス）　2003年6月

湯島 博　ゆしま・ひろし
警視庁捜査一課の刑事　「刑事調査官」　今野敏　鼓動-警察小説競作　新潮社（新潮文庫）　2005年2月

柚子原 譲　ゆずりはら・ゆずる
フォトジャーナリスト、カンボジアの地雷原に入り込んだ男　「ミンミン・パラダイス」　三枝洋　推理小説年鑑 ザ・ベストミステリーズ2001　講談社　2001年6月

ユータ
橋本町の通称なめくじ長屋の住人　「よろいの渡し」　都筑道夫　マイ・ベスト・ミステリーⅣ　文藝春秋（文春文庫）　2007年10月

ユニヨシ
サンフランシスコの「ホテル・ミカド」の日本人ボーイ　「《ホテル・ミカド》の殺人」　芦辺拓　新世紀「謎（ミステリー）」倶楽部　角川書店　2001年8月

由布　ゆふ
歌舞伎町の安アパートに住む林の不慮の事故で死んだ一人娘　「人こひ初めしはじめなり」　飯野文彦　暗闇を追いかけろ-日本ベストミステリー選集35　光文社（光文社文庫）　2008年5月

ユミ
沼津の高校でミコの親友だった女　「京都大学殺人事件」　吉村達也　京都殺意の旅　徳間書店（徳間文庫）　2001年11月

由美　ゆみ
高級フレンチのレストランの客、広告会社に勤める三十代半ばの女性　「会話」　赤川次郎　ミステリー傑作選・特別編5 自選ショート・ミステリー　講談社（講談社文庫）　2001年6月

由美　ゆみ
麻薬中毒になり産業スパイをすることになった女　「失われた夜の罠」　藤波浩　罠の怪　勉誠出版（べんせいライブラリー）　2002年11月

弓飼 啓介　ゆみかい・けいすけ
茂霧岳で行方不明となった登山家　「生還者」　大倉崇裕　完全犯罪証明書 ミステリー傑作選　講談社（講談社文庫）　2001年4月

優美子　ゆみこ
年輩男「私」の不倫相手の娘の友達で海外旅行に行ったOL　「パリからの便り」　野村正樹　ミステリー傑作選・特別編6 自選ショート・ミステリー2　講談社(講談社文庫)　2001年10月

由美子　ゆみこ
南風荘に投宿していて暴漢に襲われた女性　「ナイト捜し 問題編・解答編」　大川一夫　綾辻行人と有栖川有栖のミステリ・ジョッキー1　講談社　2008年7月

由美ちゃん　ゆみちゃん
「ボク」の同級生でお父さんにいやらしいことをされている女の子　「天誅」　曽根圭介　現場に臨め–最新ベスト・ミステリー　光文社　2010年10月

弓納 琴美　ゆみの・ことみ*
私立小椰学園の高等部一年生、憶頼陽一のクラスの委員長　「アリバイ・ジ・アンビバレンス」　西澤保彦　殺意の時間割　角川書店(角川文庫)　2002年8月

弓之助　ゆみのすけ
臨時廻り同心井筒平四郎の甥、藍玉問屋「河合屋」の息子　「なけなし三昧」　宮部みゆき　推理小説年鑑 ザ・ベストミステリーズ2003　講談社　2003年7月

弓原 太郎　ゆみはら・たろう*
社長令嬢花村英子の叔父、東京地裁の検事で探偵小説も書く子爵　「虚栄の市」　北村薫　推理小説年鑑 ザ・ベストミステリーズ2003　講談社　2003年7月

湯本 直也　ゆもと・なおや
F県で起きた強盗殺人事件の被告人　「沈黙のアリバイ」　横山秀夫　推理小説年鑑 ザ・ベストミステリーズ2002　講談社　2002年7月

湯屋 東一郎　ゆや・とういちろう
白雪書店の主任　「あるエープリール・フール」　佐野洋　江戸川乱歩の推理試験　光文社(光文社文庫)　2009年1月

由良 昴允　ゆら・こういん
元伯爵、横溝正史の家を訪ねてきた詩人　「無題」　京極夏彦　金田一耕助に捧ぐ九つの狂想曲　角川書店　2002年5月

由利　ゆり
陶磁愛好家　「玩物の果てに」　久能啓二　江戸川乱歩と13の宝石　光文社(光文社文庫)　2007年5月

百合枝先生(小泉 百合枝)　ゆりえせんせい(こいずみ・ゆりえ)
良則の家庭教師、美容師山形の姪の高校2年生　「先生の裏わざ」　佐野洋　嘘つきは殺人のはじまり　講談社(講談社文庫)　2003年9月

ユリカ
歌舞伎町で働く風俗嬢、建築現場労働者の安二が出会った女　「地底に咲く花」　五條瑛　推理小説年鑑 ザ・ベストミステリーズ2002　講談社　2002年7月;紅迷宮　祥伝社(祥伝社文庫)　2002年6月

ゆりか

ユリカ
行方不明となったアカネを探しに廃工場の敷地へ入っていった中学三年生 「闇の羽音」
岡本賢一 青に捧げる悪夢 角川書店 2005年3月

ゆり子 ゆりこ
中国奇術師・温金華の妻、温の助手をしていた女 「百魔術」 泡坂妻夫 推理小説年鑑
ザ・ベストミステリーズ2001 講談社 2001年6月

百合子 ゆりこ
テレビ局のディレクターである耕三の妻 「ものがたり」 北村薫 マイ・ベスト・ミステリーV
文藝春秋(文春文庫) 2007年11月

百合子 ゆりこ
屈指の資産家弓削氏の令嬢、惨殺された姉娘雪子の妹 「呪われた真珠」 本多緒生 幻
の探偵雑誌7「新趣味」傑作選 光文社(光文社文庫) 2001年11月

百合子 ゆりこ
警視庁の石川探偵の許嫁 「白い手」 中野圭介(松本恵子) 探偵小説の風景トラフィック
・コレクション(下) 光文社(光文社文庫) 2009年9月

百合子 ゆりこ
元刑事朝河信三の一人娘で四年前に少年たちに陵辱し殺害された女性 「誰がために」
白川道 鼓動-警察小説競作 新潮社(新潮文庫) 2005年2月

ユーリ・コラボイ(コラボイ)
イルクーツクに根を張る犯罪組織のリーダー 「イルクの秋」 安萬純一 新・本格推理07-Q
の悲劇 光文社(光文社文庫) 2007年3月

由利先生 ゆりせんせい
私立探偵 「首吊船」 横溝正史 探偵小説の風景トラフィック・コレクション(上) 光文社
(光文社文庫) 2009年5月

由利 珠美 ゆり・たまみ
弁護士志賀竜三の愛人 「九十九点の犯罪」 土屋隆夫 江戸川乱歩の推理試験 光文社
(光文社文庫) 2009年1月

ユンファ
日本の人口が激減した二十一世紀なかばに国家権力が分割した居住区に暮らす同い年
の若者の一人 「AUジョー」 氷川透 書下ろしアンソロジー 21世紀本格 光文社(カッパ・
ノベルス) 2001年12月

【よ】

与市 よいち
山奥の医者綿貫寛方のお抱えの馬子 「銀の匙」 鷲尾三郎 江戸川乱歩と13の宝石 光
文社(光文社文庫) 2007年5月

与市　よいち
日本橋の呉服屋「幸菊」の番頭格、失踪して二十年後に死体で見つかった指物職人平助の息子　「まぶたの父」岡田秀文　御白洲裁き　徳間書店(徳間文庫)　2009年12月

楊開　よう・かい
唐の洛陽にいた彫刻家　「神木」伴野朗　ミステリー傑作選・特別編6 自選ショート・ミステリー2　講談社(講談社文庫)　2001年10月

妖怪ばばあ　ようかいばばあ
村の占い師の老婆　「床屋の源さん、探偵になる-生首村殺人事件」青山蘭堂　新・本格推理07-Qの悲劇　光文社(光文社文庫)　2007年3月

洋子　ようこ
茂都木夫婦がひらいているスナック・バー「伊留満」の通いの女の子　「ホームズもどき」都筑道夫　シャーロック・ホームズに再び愛をこめて　光文社(光文社文庫)　2010年7月

葉子　ようこ
山ふもとのバンガローに住みついた歳若い夫婦の妻　「みのむし」香山滋　江戸川乱歩と13の宝石　光文社(光文社文庫)　2007年5月

陽子　ようこ
「私」が通う蝦蟇倉大学付属高校の女子生徒　「さくら炎上」北山猛邦　蝦蟇倉市事件2　東京創元社(ミステリ・フロンティア)　2010年2月

陽子　ようこ
「私」の血のつながりのない姉　「金木犀の香り」鷹将純一郎　新・本格推理04-赤い館の怪人物　光文社(光文社文庫)　2004年3月

陽子　ようこ
会社のベテラン社員、新人・若砂亜梨沙の教育係　「三つ、惚れられ」北村薫　暗闇を見よ　光文社　2010年11月

妖術使い　ようじゅつつかい
太平洋の外れにある蛙男島の妖術使いの蛙男　「蛙男島の蜥蜴女」高橋城太郎　新・本格推理05-九つの署名　光文社(光文社文庫)　2005年3月

妖精　ようせい
紙の妖精で「僕」の古本屋の店を百年も守ってきた守護妖精　「紙の妖精と百円の願いごと」水城嶺子　ミステリー傑作選・特別編5 自選ショート・ミステリー　講談社(講談社文庫)　2001年6月

ヨギガンジー(ガンジー)
探偵、ヨーガと奇術の達人　「ヨギガンジーの予言」泡坂妻夫　綾辻行人と有栖川有栖のミステリ・ジョッキー1　講談社　2008年7月

横井圭　よこい・けい
京都府宇治市にある府立北乃杜高等学校の二年生　「≪せうえうか≫の秘密」乾くるみ　本格ミステリ10　講談社(講談社ノベルス)　2010年6月;ミステリ魂。校歌斉唱!　講談社(講談社文庫)　2010年3月

よこお

横尾　よこお
山手工業労働組合の執行委員長　「手話法廷」　小杉健治　判決　徳間書店(徳間文庫)　2010年3月;謎001-スペシャル・ブレンド・ミステリー　講談社(講談社文庫)　2006年9月

横尾　硝子　よこお・しょうこ
カメラマン、旗師・宇佐見陶子の友人　「緋友禅」　北森鴻　推理小説年鑑　ザ・ベストミステリーズ2003　講談社　2003年7月

横尾　硝子　よこお・しょうこ
カメラマン、旗師・宇佐見陶子の友人　「瑠璃の契」　北森鴻　推理小説年鑑　ザ・ベストミステリーズ2004　講談社　2004年7月

横川　よこかわ
東都銀行渋谷支店の取引先の横川プラスチック社長　「口座相違」　池井戸潤　事件を追いかけろ　光文社(光文社文庫)　2009年4月;事件を追いかけろ　光文社　2004年12月

横崎　宗市　よこざき・そういち
元妻へのストーカー行為と傷害で刑事羽角啓子に逮捕された男　「傍聞き」　長岡弘樹　Doubtきりのない疑惑　講談社(講談社文庫)　2011年11月;推理小説年鑑　ザ・ベストミステリーズ2008　講談社　2008年7月

横地　俊恵　よこじ・としえ
中央新聞J支局勤めの女性記者　「選挙トトカルチョ」　佐野洋　Doubtきりのない疑惑　講談社(講談社文庫)　2011年11月;推理小説年鑑　ザ・ベストミステリーズ2008　講談社　2008年7月

横田(Aの君)　よこた(あーのきみ)
高校の生物教師、鳥類学者　「海馬にて」　浅黄斑　罪深き者に罰を　講談社(講談社文庫)　2002年11月

横田　佳奈　よこた・かな
少女　「五重像」　折原一　幻惑のラビリンス　光文社(光文社文庫)　2001年5月

横田少尉　よこたしょうい
草原のロシア人の百姓家に泊まった七人の日本軍人達の一人　「草原の果て」　豊田寿秋　甦る推理雑誌5「密室」傑作選　光文社(光文社文庫)　2003年3月

横田　政夫　よこた・まさお
村木医院の薬剤師　「逃げる車」　白峰良介　有栖川有栖の本格ミステリ・ライブラリー　角川書店(角川文庫)　2001年8月

横田　勇作　よこた・ゆうさく
或る映画撮影所の宣伝部員をしている男　「戸締りは厳重に!」　飯島正　幻の探偵雑誌8「探偵クラブ」傑作選　光文社(光文社文庫)　2001年12月

横田　義正　よこた・よしまさ
人吉市にある緑風荘に泊りに来た九州芸術大学の七人の学生の一人　「呪縛再現(挑戦篇)」　宇多川蘭子(鮎川哲也)　甦る推理雑誌5「密室」傑作選　光文社(光文社文庫)　2003年3月

横田 義正　よこた・よしまさ
人吉市の緑風荘で殺害された九州芸術大学の男女二人の学生の僚友で屍体で発見された男 「呪縛再現（後篇）」 中川透（鮎川哲也） 甦る推理雑誌5「密室」傑作選 光文社（光文社文庫） 2003年3月

横手　よこて
弁護士、今はなき草サッカーチームのメンバー 「オウンゴール」 蒼井上鷹 現場に臨め‐最新ベスト・ミステリー 光文社 2010年10月

横溝 正史　よこみぞ・せいし
鬱病に悩む作家・関口が神田の路上で出会った紳士 「無題」 京極夏彦 金田一耕助に捧ぐ九つの狂想曲 角川書店 2002年5月

横山 武史　よこやま・たけし
東京のキー局TVSの制作部副部長 「お菊の皿」 中津文彦 闇夜の芸術祭 光文社（光文社文庫） 2003年4月

横谷 倫造　よこや・りんぞう
怪獣映画の特撮監督 「タワーに死す」 霞流一 赤に捧げる殺意 角川書店 2005年4月；密室レシピ 角川書店（角川文庫） 2002年4月

依羅 正徳　よさら・まさのり
青年実業家、羽生田雅恵の弟 「なつこ、孤島に囚われ。」 西澤保彦 絶海 祥伝社（NON NOVEL） 2002年10月

吉井 正一　よしい・しょういち
田舎町の酒店の店主、秀人の父親 「インベーダー」 馳星周 事件現場に行こう‐日本ベストミステリー選集33 光文社（光文社文庫） 2006年4月；事件現場に行こう 光文社 2001年11月

吉井 辰三　よしい・たつぞう
戦前の美術雑誌に掲載された論文の著者 「盗作の裏側」 高橋克彦 北村薫のミステリー館 新潮社（新潮文庫） 2005年10月

吉井 秀人　よしい・ひでと
金融屋 「DRIVE UP」 馳星周 暗闇を追いかけろ‐日本ベストミステリー選集35 光文社（光文社文庫） 2008年5月

吉井 秀人　よしい・ひでと
田舎町の酒店の息子 「インベーダー」 馳星周 事件現場に行こう‐日本ベストミステリー選集33 光文社（光文社文庫） 2006年4月；事件現場に行こう 光文社 2001年11月

吉井 裕三　よしい・ゆうぞう
殺害された志田京子と交際があった三人の男性の一人 「ハブ」 山田正紀 名探偵を追いかけろ‐日本ベストミステリー選集34 光文社（光文社文庫） 2007年5月

芳江　よしえ
画家北條の大学以来の友人・氷川謙作の妻 「青衣の画像」 村上信彦 甦る推理雑誌6「探偵実話」傑作選 光文社（光文社文庫） 2003年5月

よしえ

良恵　よしえ
神永孝一の以前付き合っていた女　「雷雨の夜」　逢坂剛　完全犯罪証明書 ミステリー傑作選　講談社(講談社文庫)　2001年4月

義夫　よしお
会社が倒産して田端の高台にある銭湯を継いだ男　「昭和湯の幻」　倉阪鬼一郎　暗闇を追いかけろ-日本ベストミステリー選集35　光文社(光文社文庫)　2008年5月

吉岡 静夫　よしおか・しずお
釣具店のアルバイト店員、土葬された男　「翳り」　雨宮町子　翠迷宮　祥伝社(祥伝社文庫)　2003年6月

吉川 恭介　よしかわ・きょうすけ
カメラマン　「孤独の島の島」　山口雅也　幻惑のラビリンス　光文社(光文社文庫)　2001年5月

吉川 保　よしかわ・たもつ
「私」の大学の友人で兄弟以上の仲と言っていいほどの乗物狂の男　「親友-B駅から乗った男」　秦和之　無人踏切-鉄道ミステリー傑作選　光文社(光文社文庫)　2008年11月

吉川 継雄　よしかわ・つぐお
若い弁護士　「夜が暗いように」　結城昌治　名作で読む推理小説史 わが名はタフガイ-ハードボイルド傑作選　光文社(光文社文庫)　2006年5月

良樹　よしき
高谷博信の息子　「一億円の幸福」　藤田宜永　幻惑のラビリンス　光文社(光文社文庫)　2001年5月

よし子　よしこ
酒場を一人で切廻しているおばあさんとおじいさんと暮らす色の黒い中学生の少女　「似合わない指輪」　竹村直伸　江戸川乱歩と13の宝石 第二集　光文社(光文社文庫)　2007年9月

よし子　よしこ
神田の酒場「緑亭」の主人松太郎の妻　「緑亭の首吊男」　角田喜久雄　甦る推理雑誌1「ロック」傑作選　光文社(光文社文庫)　2002年10月

美子　よしこ
殺害された葛西家の当主一郎の妻　「とどめを刺す」　渡辺剣次　江戸川乱歩の推理試験　光文社(光文社文庫)　2009年1月

芳公(犬の芳公)　よしこう(かめのよしこう)
犬を使わせたら浅草公園で較べる者は無いチンピラ　「浅草の犬」　角田喜久雄　幻の探偵雑誌9「探偵」傑作選　光文社(光文社文庫)　2002年1月

芳子さん　よしこさん
結婚後三年目の山本君の勤め先の銀行で働いていたモダンガール　「危機」　本田緒生　幻の探偵雑誌9「探偵」傑作選　光文社(光文社文庫)　2002年1月

吉沢 旭　よしざわ・あきら
東都大学理学部の天然物創薬研究室・通称三島研のメンバーの院生「死ぬのは誰か」早見江堂　推理小説年鑑 ザ・ベストミステリーズ2011　講談社　2011年7月

吉沢 篤郎　よしざわ・あつろう
製菓会社の営業課長、妻を亡くし息子の隆太と暮らす男「休日」薬丸岳　推理小説年鑑 ザ・ベストミステリーズ2010　講談社　2010年7月

吉沢 隆太　よしざわ・りゅうた
母を亡くし父と暮らす中学生、吉沢篤郎の息子「休日」薬丸岳　推理小説年鑑 ザ・ベストミステリーズ2010　講談社　2010年7月

由造　よしぞう
伝法探偵の助手の近藤青年の生れ故郷である和歌山県下の農村の青年「村の殺人事件」島久平　甦る推理雑誌2「黒猫」傑作選　光文社（光文社文庫）　2002年11月

吉田　よしだ
刑事「時計塔」鮎川哲也；谷俊彦画　少年探偵王 本格推理マガジン－文庫雑誌/ぼくらの推理冒険物語　光文社（光文社文庫）　2002年4月

吉田　よしだ
刑事「呪いの家」鮎川哲也；谷俊彦画　少年探偵王 本格推理マガジン－文庫雑誌/ぼくらの推理冒険物語　光文社（光文社文庫）　2002年4月

吉田　よしだ
高価な毛皮の外套を着て銀行へやって来て宝石の保管を頼んだ男「毛皮の外套を着た男」角田喜久雄　幻の探偵雑誌7「新趣味」傑作選　光文社（光文社文庫）　2001年11月

吉田　よしだ
高原の別荘地の集会所に住み込んでいる管理人「別荘の犬」山田正紀　謎004-スペシャル・ブレンド・ミステリー　講談社（講談社文庫）　2009年9月

吉田　よしだ
兵庫県警捜査一課の刑事「猛虎館の惨劇」有栖川有栖　新本格猛虎会の冒険　東京創元社　2003年3月

吉田 和春　よしだ・かずはる*
故郷の郡山を出て東京に行くことにした二十歳の青年「リターンズ」山田深夜　推理小説年鑑 ザ・ベストミステリーズ2009　講談社　2009年7月

吉田 兼吉　よしだ・かねきち*
ローカル線の下りの終着駅のある岩湯谷で生まれ育った男「ゴースト・トレイン」連城三紀彦　愛憎発殺人行 鉄道ミステリー名作館　徳間書店（徳間文庫）　2004年5月

吉田君　よしだくん
質屋の若旦那「偶然の功名」福田辰男　幻の探偵雑誌5「探偵文藝」傑作選　光文社（光文社文庫）　2001年2月

吉田 健太郎　よしだ・けんたろう
吉田芳子の息子、高校生「眠れない夜のために」折原一　密室＋アリバイ＝真犯人　講談社（講談社文庫）　2002年2月

よしだ

吉田 茂　よしだ・しげる
村の少年 「蔵を開く」 香住春吾　犯人は秘かに笑う-ユーモアミステリー傑作選　光文社（光文社文庫）2007年1月

吉田 誠一　よしだ・せいいち
遊園地〈アドベンチャー・ワールド〉の観覧車内で殺害された吉田修司の長男 「迷宮の観覧車」 青木知己　新・本格推理04-赤い館の怪人物　光文社（光文社文庫）2004年3月

吉田 龍雄　よしだ・たつお*
故郷の郡山を出た青年吉田和春が東京行きのバスの中で会った中年の男 「リターンズ」 山田深夜　推理小説年鑑 ザ・ベストミステリーズ2009　講談社　2009年7月

吉田 寅次郎　よしだ・とらじろう
安政元年江戸から長州・野山獄に送られてきた学者、元明倫館教授 「野山獄相聞抄」 古川薫　短歌殺人事件-31音律のラビリンス　光文社（光文社文庫）2003年4月

吉田 雄太郎　よしだ・ゆうたろう
山の手にある秋森家という古屋敷で起きた事件に巻きこまれてしまった学生 「石塀幽霊」 大阪圭吉　江戸川乱歩と13人の新青年〈論理派〉編　光文社（光文社文庫）2008年1月

吉田 芳子　よしだ・よしこ
「週刊トピックス」の「悩みごと相談室」に投稿した女性 「眠れない夜のために」 折原一　密室＋アリバイ＝真犯人　講談社（講談社文庫）2002年2月

吉田 淪平　よしだ・ろんぺい
横浜・山手の下宿屋街にある「柏ハウス」の住人、マダム絢の賭博仲間 「出来ていた青」 山本周五郎　文豪のミステリー小説　集英社（集英社文庫）2008年2月

吉永　よしなが
「ばんざい屋」という店の女将 「聖夜の憂鬱」 柴田よしき　マイ・ベスト・ミステリーⅠ　文藝春秋（文春文庫）2007年8月

吉中 玄哉　よしなか・げんや*
元静岡県警の刑事、神崎省吾の同僚だった男 「椿の入墨」 高橋治　警察小説傑作短編集　ランダムハウス講談社（ランダムハウス講談社文庫）2009年7月

吉長 美佐恵　よしなが・みさえ
東建興業に借金がある女 「私に向かない職業」 真保裕一　謎005-スペシャル・ブレンド・ミステリー　講談社（講談社文庫）2010年9月

芳野　よしの
「私」が二三年前に上海へ旅行する航海の汽船の中で暫く関係を結んで居た女 「秘密」 谷崎潤一郎　マイ・ベスト・ミステリーⅥ　文藝春秋（文春文庫）2007年12月

吉野 美杉　よしの・みすぎ
阪神大学生、エラリー・クイーン似と言われた青年 「橋を渡るとき」 光原百合　紅迷宮　祥伝社（祥伝社文庫）2002年6月

良則　よしのり
雅子の小学校5年生の息子 「先生の裏わざ」 佐野洋　嘘つきは殺人のはじまり　講談社（講談社文庫）2003年9月

吉丸 勇作　よしまる・ゆうさく
横浜の吉丸病院の院長、両足麻痺になった男　「菩薩のような女」　小池真理子　危険な関係（女流ミステリー傑作選）　角川春樹事務所（ハルキ文庫）　2002年5月

吉村　よしむら
陶磁愛好家、外で眠りこけて凍死した男　「玩物の果てに」　久能啓二　江戸川乱歩と13の宝石　光文社（光文社文庫）　2007年5月

吉村 爽子　よしむら・さわこ
多摩中央署強行犯係の主任　「ノビ師」　黒埼視音　推理小説年鑑 ザ・ベストミステリーズ 2010　講談社　2010年7月

吉村 タツ夫　よしむら・たつお
おとなたちが消えうせた世界にのこされた十二歳以下の子供たちの代表の一人　「お召し」　小松左京　マイ・ベスト・ミステリーVI　文藝春秋（文春文庫）　2007年12月

吉本　よしもと
警部補　「輸血のゆくえ」　夏樹静子　マイ・ベスト・ミステリーIV　文藝春秋（文春文庫）　2007年10月

芳郎　よしろう
村社の神官の美貌の一人娘鶴子の婿養子となった片腕の少尉　「耳」　袂春信　甦る推理雑誌9「別冊宝石」傑作選　光文社（光文社文庫）　2003年11月

緑 珠代　よすが・たまよ
女流推理小説作家闇雲A子の姪、大学生　「秋 闇雲A子と憂鬱刑事」　麻耶雄嵩　まほろ市の殺人-推理アンソロジー　祥伝社（NON NOVEL）　2009年3月

依田　よだ
暗い林に囲まれた西洋風の二階建ての家の主・黒城巌の用心棒　「ノベルティーウォッチ」　時織深　新・本格推理04-赤い館の怪人物　光文社（光文社文庫）　2004年3月

依田　よだ
料理屋の美人の女主人浜子めあての客、四人の同級生の一人の市会議員　「四人の同級生」　永瀬三吾　江戸川乱歩の推理教室　光文社（光文社文庫）　2008年9月

依田 朱子　よだ・あやこ
カフェの女給、大正期の歌人・苑田岳葉と心中未遂を起こした女　「戻り川心中」　連城三紀彦　ときめき　広済堂出版（広済堂文庫）　2005年1月;短歌殺人事件-31音律のラビリンス　光文社（光文社文庫）　2003年4月

与田 勝子　よだ・かつこ
銀座のバーに現れた幽霊の女　「幽霊銀座を歩く」　三好徹　警察小説傑作短編集　ランダムハウス講談社（ランダムハウス講談社文庫）　2009年7月

米倉 達吉　よねくら・たつきち
江戸風俗資料館館長　「鳴神」　泡坂妻夫　スペシャル・ブレンド・ミステリー 謎006　講談社（講談社文庫）　2011年9月

よねだ

米田 靖史　よねだ・やすし
列車転覆事故を起こして多数の死傷者を出した犯人　「シメントリー」　誉田哲也　現場に臨め-最新ベスト・ミステリー　光文社　2010年10月

米村　よねむら
長野県警特別山岳警備隊副隊長　「捜索者」　大倉崇裕　川に死体のある風景　東京創元社(創元推理文庫)　2010年3月;川に死体のある風景　東京創元社(創元クライム・クラブ)　2006年5月

米本 かおり　よねもと・かおり
無名に等しいイラストレーターの結城宏樹の恋人だった女性　「第二パビリオン「もっとも重い罰は」」　篠田真由美　新世紀犯罪博覧会-連作推理小説　光文社　2001年3月

米山 民子　よねやま・たみこ
会社員の中田晴吉が恋をしたおなじ課の美人のタイピスト　「不完全犯罪」　鮎川哲也　江戸川乱歩の推理教室　光文社(光文社文庫)　2008年9月

夜ノ森 静　よのもり・しずか
フリーの旅行ライター、推理小説公募での佳作受賞者　「時刻表のロンド」　網浦圭　新・本格推理01　光文社(光文社文庫)　2001年3月

夜ノ森 静　よのもり・しずか
フリーライター　「何処かで汽笛を聞きながら」　網浦圭　新・本格推理05-九つの署名　光文社(光文社文庫)　2005年3月

ヨヴァノヴィチ
ビジネスのために来日し妹の友人の太刀洗万智に会いに蝦蟇倉まで来た人物　「ナイフを失われた思い出の中に」　米澤穂信　蝦蟇倉市事件2　東京創元社(ミステリ・フロンティア)　2010年2月

ヨハン
湿原に建つ全寮制の学校の生徒で天使のような美貌の少年　「水晶の夜、翡翠の朝」　恩田陸　青に捧げる悪夢　角川書店　2005年3月;殺人鬼の放課後-ミステリ・アンソロジーⅡ　角川書店(角川文庫)　2002年2月

読むリエ　よむりえ
高級ミステリー専門店「舞羅運」の専属作品アドバイザー　「素人カースケの世紀の対決」　二階堂黎人　殺人買います　講談社(講談社文庫)　2002年8月

四方田 さつき　よもだ・さつき
作家の君村義一にファンレターを送った四方田みずきの双子の妹　「夏　夏に散る花」　我孫子武丸　まほろ市の殺人-推理アンソロジー　祥伝社(NON NOVEL)　2009年3月

四方田 みずき　よもだ・みずき
作家の君村義一にファンレターを送った若い女性　「夏　夏に散る花」　我孫子武丸　まほろ市の殺人-推理アンソロジー　祥伝社(NON NOVEL)　2009年3月

代々木主任　よよぎしゅにん
警視庁捜査一課の警部補、ラーメン嫌いの刑事　「麺とスープと殺人と」　山田正紀　死神と雷鳴の暗号(本格短編ベスト・セレクション)　講談社(講談社文庫)　2006年1月;本格ミステリ02　講談社(講談社ノベルス)　2002年5月

頼子　よりこ
「私」が金の援助を頼んだ高校の同級生で某映画スターの夫人だった女　「一等車の女」　佐野洋　葬送列車　鉄道ミステリー名作館　徳間書店(徳間文庫)　2004年4月

頼子　よりこ
邸宅内の工房で死んでいた老彫刻家名倉雄造の後妻　「密室の兇器」　山村正夫　江戸川乱歩の推理試験　光文社(光文社文庫)　2009年1月

ヨルゲン
ノルウェー北極圏の山地の村人、日本びいきの工芸家　「光る棺の中の白骨」　柄刀一　大きな棺の小さな鍵(本格短編ベスト・セレクション)　講談社(講談社文庫)　2009年1月;推理小説年鑑　ザ・ベストミステリーズ2005　講談社　2005年7月

鎧坂　ゆずる　よろいざか・ゆずる
大学の芸術学部映画学科の一年生、映画同好会の一員　「横槍ワイン」　市井豊　放課後探偵団　東京創元社(創元推理文庫)　2010年11月

鎧塚　鉱一郎　よろいづか・こういちろう
映画監督、女子高生・森下文緒の伯父　「鎧塚邸はなぜ軋む」　村崎友　ミステリ愛。免許皆伝!　講談社(講談社ノベルス)　2010年3月

【ら】

ラー
〝ヘリオポリスの船〟と呼ばれる教団の教祖　「太陽殿のイシス」　柄刀一　珍しい物語のつくり方(本格短編ベスト・セレクション)　講談社(講談社文庫)　2010年1月;本格ミステリ06　講談社(講談社ノベルス)　2006年5月

ライオネル・タウンゼンド(タウンゼンド)
探偵小説作家で〈引き立て役倶楽部〉のメンバー、ビーフ巡査部長の伝記作家と称する男　「引き立て役倶楽部の陰謀」　法月綸太郎　暗闇を見よ　光文社　2010年11月

雷蔵　らいぞう
歌舞伎役者、名探偵金田一耕助の旧友　「月光座」　栗本薫　金田一耕助に捧ぐ九つの狂想曲　角川書店　2002年5月

ライラ・エバーワイン
中央アジアの国の村人、千里眼を持つようになったというカトリック信者　「バグズ・ヘブン」　柄刀一　名探偵に訊け　光文社　2010年9月

ラザレフ
東京の西郊にある聖アレキセイ寺院の堂守　「聖アレキセイ寺院の惨劇」　小栗虫太郎　江戸川乱歩と13人の新青年〈論理派〉編　光文社(光文社文庫)　2008年1月

らしい

ラシイヌ
民間探偵、レザールの先輩 「沙漠の古都」 イー・ドニ・ムニエ(国枝史郎) 幻の探偵雑誌7「新趣味」傑作選 光文社(光文社文庫) 2001年11月

無電小僧　らじおこぞう
盗人 「ニッケルの文鎮」 甲賀三郎 江戸川乱歩と13人の新青年〈論理派〉編 光文社(光文社文庫) 2008年1月

無電小僧　らじおこぞう
盗人 「ニッケルの文鎮」 甲賀三郎 人間心理の怪 勉誠出版(べんせいライブラリー) 2003年3月

ラスコーリニコフ
銃で狙撃され負傷した少年、版画画廊の女主人マーシャの息子 「版画画廊の殺人」 荒巻義雄 マイ・ベスト・ミステリーⅠ 文藝春秋(文春文庫) 2007年8月

ラッセル先生　らっせるせんせい
女医 「ヘルター・スケルター」 島田荘司 書下ろしアンソロジー 21世紀本格 光文社(カッパ・ノベルス) 2001年12月

ラナリア
魔術師ギディオン・フリークスの助手を務める女 「黄昏に沈む、魔術師の助手」 如月妃 新・本格推理07-Qの悲劇 光文社(光文社文庫) 2007年3月

ラプチェフ
イルクーツクの収容所の所長 「イルクの秋」 安萬純一 新・本格推理07-Qの悲劇 光文社(光文社文庫) 2007年3月

ラマール
デジョンヌの競馬宿「ルイ十四世館」の来客、銀行家 「こがね虫の証人」 北洋 甦る推理雑誌3「X」傑作選 光文社(光文社文庫) 2002年12月

ラリー・チャン(チャン)
中華文化思想研究所社員、シンガポール人の青年 「偽りの季節」 五條瑛 事件を追いかけろ 光文社(光文社文庫) 2009年4月;事件を追いかけろ 光文社 2004年12月

ラン
日本の人口が激減した二十一世紀なかばに国家権力が分割した居住区に暮らす同い年の若者の一人 「AUジョー」 氷川透 書下ろしアンソロジー 21世紀本格 光文社(カッパ・ノベルス) 2001年12月

ランスロット
貴族、平民のふりをして貧民街酒場に足を運ぶ男 「黄昏に沈む、魔術師の助手」 如月妃 新・本格推理07-Qの悲劇 光文社(光文社文庫) 2007年3月

ランダッゾ
部長刑事 「黒い扇の踊り子」 都筑道夫 マイ・ベスト・ミステリーⅥ 文藝春秋(文春文庫) 2007年12月

ランディ・スタンフォード
殺害されたプロ野球選手イサイア・スタンフォードの長男 「X以前の悲劇-「異邦の騎士」を読んだ男」 園田修一郎 新・本格推理06-不完全殺人事件 光文社(光文社文庫) 2006年3月

【り】

李 福順　りい・ふうしゆす
蒙古の王妃毒殺事件を明白にする為めに依頼された北京市の名探偵 「白蝋鬼事件」 米田華紅 幻の探偵雑誌5「探偵文藝」傑作選 光文社(光文社文庫) 2001年2月

梨江　りえ
半骸骨の不気味な顔をした水島博士の美しい夫人 「天牛(かみきり)」 香山滋 甦る推理雑誌2「黒猫」傑作選 光文社(光文社文庫) 2002年11月

リエナ
売春クラブで小遣いをかせぐ女子高生、良家の子女 「雪のマズルカ」 芦原すなお 嘘つきは殺人のはじまり 講談社(講談社文庫) 2003年9月

リコちゃん
キンポウゲ幼稚園の園児 「縞模様の宅配便」 二階堂黎人 新世紀「謎(ミステリー)」倶楽部 角川書店 2001年8月

リサ
人間たちから「レインボーロッド」などと呼ばれている生き物メタルフィッシュ 「紅き虚空の下で」 高橋城太郎 新・本格推理05-九つの署名 光文社(光文社文庫) 2005年3月

理沙子　りさこ
大磯の丘陵に建つ古い家に引っ越してきた女子高生 「いちじくの花」 桐生典子 ミステリア 祥伝社(祥伝社文庫) 2003年12月

リサ・マクレーン
芸術家テッド・マクレーンの一人娘、日本人青年の月下二郎の学友 「絵の中で溺れた男」 柄刀一 推理小説年鑑 ザ・ベストミステリーズ2004 講談社 2004年7月

鯉丈　りじょう
江戸の滑稽小説作家で「花暦八笑人」の作者、長次郎(のちの為永春水)の兄 「羅生門河岸」 都筑道夫 偉人八傑推理帖 双葉社(双葉文庫) 2004年7月

李 雪花　り・せつか
美女、黒龍江督軍呉俊陞部下の一中尉馬一騰の許婚の娘 「雪花殉情記」 山口海旋風 幻の探偵雑誌6「猟奇」傑作選 光文社(光文社文庫) 2001年3月

リチャード・クレアモント
謎の死をとげた館の元の主人、ヘレナ・クレアモントの夫 「わが麗しのきみよ…」 光原百合 翠迷宮 祥伝社(祥伝社文庫) 2003年6月

りちゃ

リチャード・ホワイトウッド
イングランドに荘園を持つ旧家ホワイトウッド家の五十代目の当主 「古井戸」 田中芳樹 Anniversary 50 カッパ・ノベルス創刊50周年記念作品 光文社 2009年12月

リッキー
歯科医、杏奈の新婚の夫 「白虎の径」 橙島和 新・本格推理01 光文社(光文社文庫) 2001年3月

リナ
主婦ミセス・ハートの二人の子供の女の子 「虹の家のアリス」 加納朋子 名探偵を追いかけろ-日本ベストミステリー選集34 光文社(光文社文庫) 2007年5月

李 南書　り・なんしょ
神戸・三ノ宮の穴門裏にいた台湾芸姐・林宝蘭の旦那、留学生 「宝蘭と二人の男」 陳舜臣 謎004-スペシャル・ブレンド・ミステリー 講談社(講談社文庫) 2009年9月

リベザル
「深山木薬店」でザギと秋と暮らす赤い髪の子ども 「一杯のカレーライス」 時村尚 QED鏡家の薬屋探偵 講談社(講談社ノベルス) 2010年8月

リベザル
兄貴・座木やししょう・秋と暮らす少年 「リベザル童話『メフィストくん』」 令丈ヒロ子 QED鏡家の薬屋探偵 講談社(講談社ノベルス) 2010年8月

リヤトニコフ
旧露西亜の貴族の出の少年兵士 「死後の恋」 夢野久作 恋は罪つくり 光文社(光文社文庫) 2005年7月;魔の怪 勉誠出版(べんせいライブラリー) 2002年11月

リヤン王　りやんおう
ある国にいた謎解きを好んだと云われている王様 「リヤン王の明察」 小沼丹 江戸川乱歩と13の宝石 光文社(光文社文庫) 2007年5月

リュウ
主婦ミセス・ハートの二人の子供の男の子 「虹の家のアリス」 加納朋子 名探偵を追いかけろ-日本ベストミステリー選集34 光文社(光文社文庫) 2007年5月

リュウ
リヤン王の隣国で内乱を起し国内を統一した男 「リヤン王の明察」 小沼丹 江戸川乱歩と13の宝石 光文社(光文社文庫) 2007年5月

リュウ・アーチャー(アーチャー)
私立探偵 「ロス・マクドナルドは黄色い部屋の夢を見るか?」 法月綸太郎 マイ・ベスト・ミステリーⅥ 文藝春秋(文春文庫) 2007年12月

隆子夫人　りゅうこふじん
江戸川乱歩の糟糠の妻 「講談・江戸川乱歩一代記」 芦辺拓 江戸川乱歩に愛をこめて 光文社(光文社文庫) 2011年2月

竜崎 伸也　りゅうざき・しんや
大森署の署長 「冤罪」 今野敏 現場に臨め-最新ベスト・ミステリー 光文社 2010年10月

リュウジ
丘の頂上に建つ古い家の次男、小説家 「Closet」 乙一 暗闇を追いかけろ-日本ベストミステリー選集35 光文社(光文社文庫) 2008年5月

竜二　りゅうじ*
落語家笑酔亭梅寿の弟子 「時うどん」 田中啓文 推理小説年鑑 ザ・ベストミステリーズ 2004 講談社 2004年7月

龍太郎　りゅうたろう
刑事、刑事・及川の後輩 「大根の花」 柴田よしき 決断-警察小説競作 新潮社(新潮文庫) 2006年2月

滝亭鯉丈(鯉丈)　りゅうていりじょう(りじょう)
江戸の滑稽小説作家で「花暦八笑人」の作者、長次郎(のちの為永春水)の兄 「羅生門河岸」 都筑道夫 偉人八傑推理帖 双葉社(双葉文庫) 2004年7月

竜堂 兵一　りゅうどう・へいいち
ペンション「ペンシオン・ヴァンファス」のオーナー 「読者よ欺かれておくれ」 芦辺拓 あなたが名探偵 東京創元社(創元推理文庫) 2009年4月

柳北　りゅうほく
警保寮大警視川路利良らとともに横浜から出航しフランスへやって来た元幕府騎兵奉行 「巴里に雪のふるごとく」 山田風太郎 偉人八傑推理帖 双葉社(双葉文庫) 2004年7月

陵　りょう
芸大の油絵科の学生、ピアノ教師・市ノ瀬志保子の同棲相手 「落花」 永井するみ 紅迷宮 祥伝社(祥伝社文庫) 2002年6月

良吉　りょうきち*
醜女の派出看護婦お村と同棲する田舎出の学生 「死の愛欲」 大下宇陀児 人間心理の怪 勉誠出版(べんせいライブラリー) 2003年3月

涼子　りょうこ
崖から転落し「私」と子供と共に逆さまの車内に閉じこめられた妻 「他人事」 平山夢明 名作で読む推理小説史 ふるえて眠れない-ホラーミステリー傑作選 光文社(光文社文庫) 2006年9月

了介　りょうすけ
夜霧の中で打当った男から人殺しを頼まれた無頼漢 「夜靄」 冬木荒之介 幻の探偵雑誌8「探偵クラブ」傑作選 光文社(光文社文庫) 2001年12月

理々　りり
鉄道ファンの速水雄太の妻 「鉄路が錆びてゆく」 辻真先 葬送列車 鉄道ミステリー名作館 徳間書店(徳間文庫) 2004年4月

燐子　りんこ
暗い林に囲まれた西洋風の二階建ての家の主・黒城巌の長女 「ノベルティーウォッチ」 時織深 新・本格推理04-赤い館の怪人物 光文社(光文社文庫) 2004年3月

りんほ

林 宝蘭　りん・ほうらん
神戸・三ノ宮の穴門裏と呼ばれる特殊地帯に下宿していた台湾芸姐　「宝蘭と二人の男」　陳舜臣　謎004-スペシャル・ブレンド・ミステリー　講談社(講談社文庫)　2009年9月

【る】

ルイコ
画家の柊三の若い妻　「紅い唇」　高橋邑治　幻の探偵雑誌8「探偵クラブ」傑作選　光文社(光文社文庫)　2001年12月

ルイジ・フェネリ(フェネリ)
「フェネリの店」経営者　「ジェフ・マールの追想」　加賀美雅之　密室晩餐会　原書房　2011年6月

ルイーズ・レイバーン
BBCのラジオドラマ「恐怖との契約」で若妻コンスタンス役を演じる中堅女優　「ジョン・ディクスン・カー氏、ギデオン・フェル博士に会う」　芦部拓　密室と奇蹟-J・D・カー生誕百周年記念アンソロジー　東京創元社　2006年11月

ルカ
甘いもの好きの若者・設楽啓路の妹、成績優秀な美少女　「シュガー・エンドレス」　西澤保彦　忍び寄る闇の奇譚　講談社(講談社ノベルス)　2008年11月

ルキーン
露西亜人、侏儒の軽業芸人　「聖アレキセイ寺院の惨劇」　小栗虫太郎　江戸川乱歩と13人の新青年〈論理派〉編　光文社(光文社文庫)　2008年1月

ルグナンシェ
中年の仏蘭西人　「日蔭の街」　松本泰　幻の探偵雑誌5「探偵文藝」傑作選　光文社(光文社文庫)　2001年2月

ルコック警部　るこっくけいぶ
パリ警視庁の警部　「巴里に雪のふるごとく」　山田風太郎　偉人八傑推理帖　双葉社(双葉文庫)　2004年7月

ルネ・ドゥーセット
怪盗ジバコが恋する女性　「禿頭組合」　北杜夫　シャーロック・ホームズに再び愛をこめて　光文社(光文社文庫)　2010年7月

ル・パン
凶悪犯人　「エルロック・ショルムス氏の新冒険」　天城一　日本版シャーロック・ホームズの災難　論創社　2007年12月

留美　るみ
大峯山中で「私」たちが見つけた死体から出て来た犯罪告白書に登場する女　「霧しぶく山」　蒼井雄　幻の探偵雑誌4「探偵春秋」傑作選　光文社(光文社文庫)　2001年1月

瑠美　るみ
チンピラの矢代研次の女　「左手首」　黒川博行　怪しい舞踏会　光文社(光文社文庫)　2002年5月

瑠美子　るみこ
海岸開きの最中に突然浜で殺された美少女　「鱗粉」　蘭郁二郎　幻の探偵雑誌4「探偵春秋」傑作選　光文社(光文社文庫)　2001年1月

ルミちゃん
しょうねんたんていだんの井上一郎くんの妹　「まほうやしき」　江戸川乱歩;古賀亜十夫画　少年探偵王　本格推理マガジン-文庫雑誌/ぼくらの推理冒険物語　光文社(光文社文庫)　2002年4月

ルリコ
耕平の飼い猫、美しい三毛のメス　「共犯関係」　小池真理子　ねこ!ネコ!猫!(NEKOミステリー傑作選)　徳間書店(徳間文庫)　2008年10月

瑠璃子　るりこ
車坂町に住む絵かきの青年と同棲する女　「柳湯の事件」　谷崎潤一郎　ペン先の殺意　光文社(光文社文庫)　2005年11月

ルリジューズ
モンマルトルにあるレビューの舞台「ムーラン・ルージュ」の金髪の踊り子　「少年バンコラン!夜歩く犬」　桜庭一樹　密室と奇蹟-J・D・カー生誕百周年記念アンソロジー　東京創元社　2006年11月

【れ】

レアティーズ
水死したオフィーリアの兄　「オフィーリアの埋葬」　大岡昇平　現代詩殺人事件-ポエジーの誘惑　光文社(光文社文庫)　2005年9月

レイ子　れいこ
失踪した女子高生の梨花の友達　「寒い朝だった-失踪した少女の謎」　麻生荘太郎　密室晩餐会　原書房　2011年6月

玲子　れいこ
「フォルムギャラリー」社長の尾山の娘　「永遠縹渺」　黒川博行　密室＋アリバイ＝真犯人　講談社(講談社文庫)　2002年2月

麗子　れいこ
地下のキャバレーの女給　「小さなビルの裏で」　桂英二　江戸川乱歩の推理試験　光文社(光文社文庫)　2009年1月

麗子　れいこ
都下の最寄駅から遠い賃貸住宅地に暮らす一家の奥さん　「さすらい」　田中文雄　名作で読む推理小説史　ふるえて眠れない-ホラーミステリー傑作選　光文社(光文社文庫)　2006年9月

れいみ

レイミ
地獄界の事業家ブリガンデ・カヒム・ヘルバロッサ二世の娘 「マイ・スウィート・ファニー・ヘル」 戸梶圭太 推理小説年鑑 ザ・ベストミステリーズ2005 講談社 2005年7月

レオ
茶虎の猫、玉村家の飼猫 「正太郎と田舎の事件」 柴田よしき 密室殺人大百科 上 講談社(講談社文庫) 2003年9月

レオ
父親と二人で暮らす中学生の智也の愛犬 「世界の終わり」 馳星周 事件の痕跡-最新ベスト・ミステリー 光文社 2007年11月

レオナルド
船乗り、ジェノアの牢に収監された若者 「雲の南」 柳広司 大きな棺の小さな鍵(本格短編ベスト・セレクション) 講談社(講談社文庫) 2009年1月;本格ミステリ05 講談社(講談社ノベルス) 2005年6月

レオナルド
船乗り、ジェノアの牢に収監された若者 「百万のマルコ」 柳広司 論理学園事件帳 講談社(講談社文庫) 2007年1月;本格ミステリ03 講談社(講談社ノベルス) 2003年6月

レオナルド・ダ・ヴィンチ
ミラノの旧宮殿に工房を持つ芸術家 「二つの鍵」 三雲岳斗 大きな棺の小さな鍵(本格短編ベスト・セレクション) 講談社(講談社文庫) 2009年1月;推理小説年鑑 ザ・ベストミステリーズ2005 講談社 2005年7月

レオ・パスカル
横浜海岸通りにあるパスカル法律事務局の局長の子息 「魔石」 城田シュレーダー 幻の探偵雑誌9「探偵」傑作選 光文社(光文社文庫) 2002年1月

レザール
民間探偵 「沙漠の古都」 イー・ドニ・ムニエ(国枝史郎) 幻の探偵雑誌7「新趣味」傑作選 光文社(光文社文庫) 2001年11月

レストレイド
本庁からやってきた男 「ゲイシャガール失踪事件」 夢枕獏 日本版 シャーロック・ホームズの災難 論創社 2007年12月

レストレード
ロンドン警視庁の警部 「怪犯人の行方」 山中まね太郎 日本版 シャーロック・ホームズの災難 論創社 2007年12月

レッド・シャルラッハ(シャルラッハ)
伊達男の異名を持つ南部屈指の拳銃使い、犯罪シンジケートの元締め 「盗まれた手紙」 法月綸太郎 深夜バス78回転の問題(本格短編ベスト・セレクション) 講談社(講談社文庫) 2008年1月;推理小説年鑑 ザ・ベストミステリーズ2004 講談社 2004年7月

レナ
ラブホテルの中で男を殺した女 「奇妙な果実」 栗本薫 悪魔のような女 角川春樹事務所(ハルキ文庫) 2001年7月

レナ
大学教員、進化心理学の研究者 「メンツェルのチェスプレイヤー」 瀬名秀明 書下ろしアンソロジー 21世紀本格 光文社(カッパ・ノベルス) 2001年12月

玲奈　れな
サーカス団でアクロバットをする少女 「サダオ」 竹河聖 危険な関係(女流ミステリー傑作選) 角川春樹事務所(ハルキ文庫) 2002年5月

レノラ・ヒメネス
チャールズ・グッドマンの教え子の女子高校生、アルバイトの娼婦 「私が犯人だ」 山口雅也 現代詩殺人事件-ポエジーの誘惑 光文社(光文社文庫) 2005年9月

蓮子　れんこ*
密室殺人事件の兇行現場である拳闘教習所の隣家の喫茶店「若葉」の姉娘 「罪な指」 本間田麻誉 甦る推理雑誌9「別冊宝石」傑作選 光文社(光文社文庫) 2003年11月

蓮丈 那智　れんじょう・なち
民俗学者 「棄神祭」 北森鴻 名探偵の奇跡-日本ベストミステリー選集 光文社(光文社文庫) 2010年5月;名探偵の奇跡-最新ベスト・ミステリー 光文社 2007年9月

蓮丈 那智　れんじょう・なち
民俗学者 「鬼無里」 北森鴻 推理小説年鑑 ザ・ベストミステリーズ2006 講談社 2006年7月

蓮丈 那智　れんじょう・なち
民俗学者 「邪宗仏」 北森鴻 マイ・ベスト・ミステリーⅤ 文藝春秋(文春文庫) 2007年11月;紅い悪夢の夏(本格短編ベスト・セレクション) 講談社(講談社文庫) 2004年12月

蓮丈 那智　れんじょう・なち
民俗学者 「憑代忌」 北森鴻 暗闇を追いかけろ-日本ベストミステリー選集35 光文社(光文社文庫) 2008年5月;深夜バス78回転の問題(本格短編ベスト・セレクション) 講談社(講談社文庫) 2008年1月

蓮丈 那智　れんじょう・なち
民俗学者、私立東敬大学の助教授 「不帰屋」 北森鴻 大密室 新潮社(新潮文庫) 2002年2月

蓮丈 那智　れんじょう・なち
民俗学者、東敬大学の助教授 「奇偶論」 北森鴻 本格ミステリ08 講談社(講談社ノベルス) 2008年6月

蓮台 美葉流　れんだい・みはる
日本宇宙機構(JSA)の閉鎖環境長期実験施設「BOX-C」で八ヵ月間暮らした六人の志願クルーの一人、美人のシステム技師 「星風よ、淀みに吹け」 小川一水 推理小説年鑑 ザ・ベストミステリーズ2010 講談社 2010年7月;本格ミステリ10 講談社(講談社ノベルス) 2010年6月

レンデル
ケント州ロチェスター郊外に住む実業家、首切り殺人の被害者 「「スマトラの大ネズミ」事件」 田中啓文 シャーロック・ホームズに愛をこめて 光文社(光文社文庫) 2010年1月

れんろ

レンロット
探偵 「盗まれた手紙」 法月綸太郎　深夜バス78回転の問題(本格短編ベスト・セレクション)　講談社(講談社文庫)　2008年1月;推理小説年鑑 ザ・ベストミステリーズ2004　講談社　2004年7月

【ろ】

ロイ
生理学のプレスベリー教授の飼い犬 「三人の剥製」 北原尚彦　天地驚愕のミステリー　宝島社(宝島社文庫)　2009年8月

ロイス
小さな街のギャング、カナダの奥地ギブール村で生まれ育った男 「ロイス殺し」 小林泰三　密室と奇蹟-J・D・カー生誕百周年記念アンソロジー　東京創元社　2006年11月

ロイズマン
テルアビブ大学の教授、心理学の専門家 「神の手」 響堂新　書下ろしアンソロジー 21世紀本格　光文社(カッパ・ノベルス)　2001年12月

老女　ろうじょ
海の見える高台で美容院を営む老女 「死神対老女」 伊坂幸太郎　推理小説年鑑 ザ・ベストミステリーズ2006　講談社　2006年7月

老女　ろうじょ
三流新聞の記者可能克郎が小布施の岩松院で出会った老女 「東京鐵道ホテル24号室」 辻真先　江戸川乱歩に愛をこめて　光文社(光文社文庫)　2011年2月

老女　ろうじょ
昔の恋人から同じ招待状が届いた親友の女二人が軽井沢へ向かう新幹線の中で会った老女 「ヒロインへの招待状」 連城三紀彦　事件の痕跡-最新ベスト・ミステリー　光文社　2007年11月

老人　ろうじん
崖から転落した登山者の老人 「綱(ロープ)」 瀬下耽　幻の探偵雑誌10「新青年」傑作選　光文社(光文社文庫)　2002年2月

老人　ろうじん
汽車で押絵を持って旅する老人 「押絵と旅する男」 江戸川乱歩　マイ・ベスト・ミステリーVI　文藝春秋(文春文庫)　2007年12月

老人　ろうじん
近所の知り合いたちから嫌われている徘徊老人 「受取人」 奥田哲也　名探偵で行こう-最新ベスト・ミステリー シリーズ・キャラクター編　光文社(光文社文庫)　2001年9月

老人　ろうじん
新しい都の建設に頑固に反対する老人 「新都市建設」 小松左京　綾辻行人と有栖川有栖のミステリ・ジョッキー1　講談社　2008年7月

老人(叔父さん)　ろうじん(おじさん)
甥夫婦に物置に監禁された老人　「私は死んでいる」　多岐川恭　犯人は秘かに笑う-ユーモアミステリー傑作選　光文社(光文社文庫)　2007年1月

老人(増田 幾二郎)　ろうじん(ますだ・いくじろう)
元新興財閥の総帥で咲の祖父、笹野里子の依頼人　「雪のマズルカ」　芦原すなお　嘘つきは殺人のはじまり　講談社(講談社文庫)　2003年9月

牢名主　ろうなぬし
地元紙のキャップ　「お役所仕事」　伴野朗　闇夜の芸術祭　光文社(光文社文庫)　2003年4月

老婆　ろうば
盲目の老婆、巫女　「かむなぎうた」　日影丈吉　マイ・ベスト・ミステリーⅢ　文藝春秋(文春文庫)　2007年9月

ロオラ
「わたし」が小鳥屋にすすめられて家で飼うことにした鸚鵡　「オカアサン」　佐藤春夫　文豪の探偵小説　集英社(集英社文庫)　2006年11月

六郷 伊織　ろくごう・いおり
伊勢国長島藩の藩主増山河内守の愛妾お縫の方の情夫　「首」　山田風太郎　江戸川乱歩と13の宝石　光文社(光文社文庫)　2007年5月

六車 家々　ろくしゃ・やや
私立探偵　「オベタイ・ブルブル事件」　徳川夢声　犯人は秘かに笑う-ユーモアミステリー傑作選　光文社(光文社文庫)　2007年1月

六蔵　ろくぞう
通町の岡っ引、お初の長兄　「迷い鳩」　宮部みゆき　死人に口無し 時代推理傑作選　徳間書店　2009年11月

路考　ろこう
若女形の人気役者、二代目路考　「萩寺の女」　久生十蘭　偉人八傑推理帖　双葉社(双葉文庫)　2004年7月

ロックフォード夫人　ろっくふぉーどふじん
放送局からアフリカ旅行に招待されたラジオ仲間の一人、アメリカ人教師　「ポポロ島変死事件」　青山蘭堂　新・本格推理03 りら荘の相続人　光文社(光文社文庫)　2003年3月

ロバート・ステュワート
公爵、シャーロック・ホームズの友人　「銭形平次ロンドン捕物帖」　北杜夫　日本版 シャーロック・ホームズの災難　論創社　2007年12月

ロバート・ベック
芸術家テッド・マクレーンの屋敷の隣人の農夫　「絵の中で溺れた男」　柄刀一　推理小説年鑑 ザ・ベストミステリーズ2004　講談社　2004年7月

ロビンソン
悪魔派の無名詩人と称する男　「血のロビンソン」　渡辺啓助　幻の探偵雑誌4「探偵春秋」傑作選　光文社(光文社文庫)　2001年1月

ろぶん

魯文　ろぶん
戯作者、横浜で新聞を出そうとしている香冶完四郎の相棒　「筆合戦」　高橋克彦　深夜バス78回転の問題(本格短編ベスト・セレクション)　講談社(講談社文庫)　2008年1月；名探偵を追いかけろ-日本ベストミステリー選集34　光文社(光文社文庫)　2007年5月

ロベスピエール
フランス公安委員会の実力者　「恐怖時代の一事件」　後藤紀子　新・本格推理02　光文社(光文社文庫)　2002年3月

ローラン
「人狼」の異名を持つ稀代の殺人鬼　「ジェフ・マールの追想」　加賀美雅之　密室晩餐会　原書房　2011年6月

ロルフ・ベック
スウェーデン国家警察警視庁メルスタ署の警部補、往年の名刑事を父に持つ男　「ストックホルムの埋み火」　貫井徳郎　決断-警察小説競作　新潮社(新潮文庫)　2006年2月

ローレンス・タミヤ(タミヤ)
犯罪学の博士　「恐怖館主人」　井上雅彦　名作で読む推理小説史 ふるえて眠れない-ホラーミステリー傑作選　光文社(光文社文庫)　2006年9月

ロンジ氏　ろんじし
印度人の宝石商人　「魔石」　城田シュレーダー　幻の探偵雑誌9「探偵」傑作選　光文社(光文社文庫)　2002年1月

【わ】

Y子　わいこ
R子の隣人、息子と二人暮らしの会社員　「眠れない夜のために」　折原一　密室＋アリバイ＝真犯人　講談社(講談社文庫)　2002年2月

Y巡査　わいじゅんさ
交番の巡査　「ビラの犯人」　平林タイ子　幻の探偵雑誌6「猟奇」傑作選　光文社(光文社文庫)　2001年3月

若草　もえる　わかくさ・もえる
二等船客、香港行のダンサー　「若鮎丸殺人事件」　マコ・鬼一　探偵小説の風景 トラフィック・コレクション(下)　光文社(光文社文庫)　2009年9月

若砂　亜梨沙　わかすな・ありさ
ベテラン社員陽子の指導を受ける新人社員　「三つ、惚れられ」　北村薫　暗闇を見よ　光文社　2010年11月

若だんな(一太郎)　わかだんな(いちたろう)
江戸通町の廻船問屋「長崎屋」で妖達と暮らすひ弱な跡取り息子　「茶巾たまご」　畠中恵　江戸の名探偵　徳間書店(徳間文庫)　2009年10月

若旦那(吉田君)　わかだんな(よしだくん)
質屋の若旦那　「偶然の功名」　福田辰男　幻の探偵雑誌5「探偵文藝」傑作選　光文社(光文社文庫)　2001年2月

若月　わかつき
栄通りの煮込みが有名な「みの吉」の常連客　「かくし味」　野南アサ　マイ・ベスト・ミステリーI　文藝春秋(文春文庫)　2007年8月

若菜　わかな
遊女、公暁を慕っていた三浦氏の家人の娘　「雪の下」　多岐川恭　剣が謎を斬る　光文社(光文社文庫)　2005年4月

若林　わかばやし
アメリカ帰りの二枚目の青年、銃に凝っている男　「ハッピー・エンディング」　片岡義男　名作で読む推理小説史　わが名はタフガイ-ハードボイルド傑作選　光文社(光文社文庫)　2006年5月

若村 君男　わかむら・きみお
殺害された志田京子と交際があった三人の男性の一人　「ハブ」　山田正紀　名探偵を追いかけろ-日本ベストミステリー選集34　光文社(光文社文庫)　2007年5月

若者　わかもの
「私」の幽霊のように影が薄い妻の祥子が新宿新都心で出会った若者　「墓碑銘」　菊地秀行　名作で読む推理小説史　ふるえて眠れない-ホラーミステリー傑作選　光文社(光文社文庫)　2006年9月

若者　わかもの
フラワーショップ「花影」にスポーツカーでやってきて花を買う若者　「花影」　光原百合　ミステリー傑作選・特別編6 自選ショート・ミステリー2　講談社(講談社文庫)　2001年10月

若者　わかもの
東京の美術商に民芸家具を持ち込んだ村の青年　「奇縁」　高橋克彦　謎003-スペシャル・ブレンド・ミステリー　講談社(講談社文庫)　2008年9月

和川 芳郎　わがわ・よしろう
五字町立五字小学校の教師、旧家の娘・嘉納多賀子の中学校時代の先輩　「隙魔の如き覗くもの」　三津田信三　名探偵に訊け　光文社　2010年9月

脇田 敏広　わきた・としひろ
輪光寺の寺務所に勤める職員　「足の裏」　夏樹静子　マイ・ベスト・ミステリーIV　文藝春秋(文春文庫)　2007年10月

脇村 桂造　わきむら・けいぞう
商社員、婚約者山内寛子の父の秘密を知る男　「長い話」　陳舜臣　謎005-スペシャル・ブレンド・ミステリー　講談社(講談社文庫)　2010年9月

和久井 姫美　わくい・きみ
甘いもの好きの若者・設楽啓路の元家庭教師、化学専攻の大学生　「シュガー・エンドレス」　西澤保彦　忍び寄る闇の奇譚　講談社(講談社ノベルス)　2008年11月

わくい

和久井 尚也　わくい・なおや
会社社長、京都の老舗呉服店「とき村」の娘芳子を妻にした男　「鉄輪」　海月ルイ　緋迷宮　祥伝社(祥伝社文庫)　2001年12月

和久井 充男　わくい・みつお
旅行雑誌の編集者、北海道の秘湯の取材を命じられた男　「九人病」　青木知己　新・本格推理05-九つの署名　光文社(光文社文庫)　2005年3月

和久井 芳子　わくい・よしこ
和久井尚也の妻、京都の老舗呉服店「とき村」の娘　「鉄輪」　海月ルイ　緋迷宮　祥伝社(祥伝社文庫)　2001年12月

和久田　わくた
女のことで友だちの代わりに大学生の「ぼく」が喧嘩を売りにいった相手の男　「熱い痣」　北方謙三　名作で読む推理小説史　わが名はタフガイ-ハードボイルド傑作選　光文社(光文社文庫)　2006年5月

和久山 隆彦　わくやま・たかひこ
N市立図書館の調査相談課員　「図書館滅ぶべし」　門井慶喜　名探偵に訊け　光文社　2010年9月

和田　わだ
記憶を失い瓜生博士の無償の治療を受けることになった青年　「真昼の歩行者」　大岡昇平　文豪のミステリー小説　集英社(集英社文庫)　2008年2月

綿井 茂一　わたい・しげいち
旅客機の乗客、生糸商人　「旅客機事件」　大庭武年　幻の探偵雑誌9「探偵」傑作選　光文社(光文社文庫)　2002年1月

和田 清　わだ・きよし
家に泥棒に這入られた巡査　「和田ホルムス君」　角田喜久雄　幻の探偵雑誌6「猟奇」傑作選　光文社(光文社文庫)　2001年3月

渡瀬　わたせ
警視庁少年育成課の児童ポルノサイト捜査班の警部補　「天誅」　曽根圭介　現場に臨め-最新ベスト・ミステリー　光文社　2010年10月

和田 直道　わだ・なおみち
出版社の編集者　「離婚調査」　生島治郎　闇夜の芸術祭　光文社(光文社文庫)　2003年4月

渡辺　わたなべ*
保科大探偵の友人　「真鱈の肝」　横田順彌　日本版シャーロック・ホームズの災難　論創社　2007年12月

渡辺 英作　わたなべ・えいさく
内外計器の常務　「葬式紳士」　結城昌治　マイ・ベスト・ミステリーⅠ　文藝春秋(文春文庫)　2007年8月

渡辺 乙松　わたなべ・おとまつ＊
東京市内二十数ヵ所で強盗・強姦をした男、浅草生まれの元旅役者　「白足袋の謎」　鷲六平　白の怪　勉誠出版（べんせいライブラリー）　2003年3月

渡辺刑事　わたなべけいじ
品川警察署の若い刑事、星野あけ美殺害の真相を追う男　「黒水仙」　藤雪夫　黒の怪　勉誠出版（べんせいライブラリー）　2002年11月

渡部 沙都　わたなべ・さと
老人・尾形幹生が病院で出会った入院患者　「まなざしの行方」　桐生典子　紅迷宮　祥伝社（祥伝社文庫）　2002年6月

綿鍋 大河　わたなべ・たいが
殺人事件の被害者、阪神ファン　「猛虎館の惨劇」　有栖川有栖　新本格猛虎会の冒険　東京創元社　2003年3月

渡辺 司　わたなべ・つかさ
菊池三造の同僚、殺人課の刑事　「烏勧請」　歌野晶午　殺人買います　講談社（講談社文庫）　2002年8月

渡辺 恒　わたなべ・つね
画家、ミケランジェロ六郎のフランス留学時代の友　「雪の絵画教室」　泡坂妻夫　密室レシピ　角川書店（角川文庫）　2002年4月

渡辺夫人　わたなべふじん
団地アパートに住んでいる安サラリーマンの妻の八人の主婦の一人　「如菩薩団」　筒井康隆　スペシャル・ブレンド・ミステリー　謎006　講談社（講談社文庫）　2011年9月

渡辺 美也子　わたなべ・みやこ＊
主婦、果織の恋人だった渡辺肇を奪った女　「永遠に恋敵」　新津きよみ　ときめき　広済堂出版（広済堂文庫）　2005年1月

綿貫 巌　わたぬき・いわお
大学にソーシャルワーカーとして非常勤で来ている男　「殺人の陽光」　森輝喜　新・本格推理04-赤い館の怪人物　光文社（光文社文庫）　2004年3月

綿貫 寛方　わたぬき・かんぽう
山奥の部落の医者　「銀の匙」　鷲尾三郎　江戸川乱歩と13の宝石　光文社（光文社文庫）　2007年5月

和田 広子　わだ・ひろこ
和田直道の妻　「離婚調査」　生島治郎　闇夜の芸術祭　光文社（光文社文庫）　2003年4月

渡部 武馬　わたべ・たけま
大学助教授で気球の設計者、ウェイトレス山口順子の元婚約者　「閉じた空」　鯨統一郎　密室殺人大百科 上　講談社（講談社文庫）　2003年9月

わたら

渡会 恭平　わたらい・きょうへい
演劇青年、文芸サークル誌「カナリア」の木嶋会長の元教え子 「花をちぎれないほど…」 光原百合　事件を追いかけろ　光文社(光文社文庫) 2009年4月;事件を追いかけろ　光文社　2004年12月

渡良瀬 みこと　わたらせ・みこと
部屋に幽霊が訪れる貧乏学生 「Do you love me?」 米澤穂信　不思議の足跡-最新ベスト・ミステリー　光文社　2007年10月;犯人は秘かに笑う-ユーモアミステリー傑作選　光文社(光文社文庫) 2007年1月

亘理 耕次郎　わたり・こうじろう
流行文学の小説家、色好みなマキャベリ流の男 「罪な指」 本間田麻誉　甦る推理雑誌9「別冊宝石」傑作選　光文社(光文社文庫) 2003年11月

和戸　わと
大学生、保住の友達 「甲子園騒動」 黒崎緑　新本格猛虎会の冒険　東京創元社　2003年3月

和戸 耕平　わと・こうへい
蝦蟇倉警察署捜査一課不可能犯罪係の真知博士の助手 「不可能犯罪係自身の事件」 大山誠一郎　蝦蟇倉市事件1　東京創元社(ミステリ・フロンティア) 2010年1月

ワトスン
医師、名探偵シャーロック・ホームズの親友で事件の記録者 「「スマトラの大ネズミ」事件」 田中啓文　シャーロック・ホームズに愛をこめて　光文社(光文社文庫) 2010年1月

ワトスン
医者、シャーロック・ホームズの友人 「緋色の紛糾」 柄刀一　シャーロック・ホームズに愛をこめて　光文社(光文社文庫) 2010年1月

ワトスン
医者、名探偵シャーロック・ホームズの友人 「ゲイシャガール失踪事件」 夢枕獏　日本版シャーロック・ホームズの災難　論創社　2007年12月

ワトスン
名探偵シャーロック・ホームズの記録係、医師 「ワトスン博士の内幕」 北原尚彦　シャーロック・ホームズに愛をこめて　光文社(光文社文庫) 2010年1月

ワトスン
名探偵シャーロック・ホームズの助手 「黄色い下宿人」 山田風太郎　シャーロック・ホームズに愛をこめて　光文社(光文社文庫) 2010年1月;贈る物語 Mystery

ワトスン
名探偵シャーロック・ホームズの相棒 「殺人ガリデブ」 北原尚彦　日本版シャーロック・ホームズの災難　論創社　2007年12月

ワトスン
名探偵シャーロック・ホームズの友人 「「捕星船業者の消失」事件」 加納一朗　日本版シャーロック・ホームズの災難　論創社　2007年12月

ワトスン
名探偵シャーロック・ホームズの友人 「絶筆」 赤川次郎 シャーロック・ホームズに再び愛をこめて 光文社(光文社文庫) 2010年7月

ワトスン
名探偵シャーロック・ホームズの友人、医者 「三人の剥製」 北原尚彦 天地驚愕のミステリー 宝島社(宝島社文庫) 2009年8月

ワトスン
名探偵シャーロック・ホームズの友人、開業医 「禿頭組合」 北杜夫 シャーロック・ホームズに再び愛をこめて 光文社(光文社文庫) 2010年7月

ワトスン
老医師、名探偵シャーロック・ホームズの友人 「「名馬シルヴァー・ブレイズ」後日」 林望 日本版 シャーロック・ホームズの災難 論創社 2007年12月

ワトスン老　わとすんろう
〈引き立て役倶楽部〉の会長、名探偵シャーロック・ホームズの助手 「引き立て役倶楽部の陰謀」 法月綸太郎 暗闇を見よ 光文社 2010年11月

ワトソン
医師、名探偵シャーロック・ホームズの友人 「怪犯人の行方」 山中まね太郎 日本版 シャーロック・ホームズの災難 論創社 2007年12月

ワトソン
医師、名探偵シャーロック・ホームズの友人 「全裸楽園事件」 郡山千冬 日本版 シャーロック・ホームズの災難 論創社 2007年12月

ワトソン
医者、名探偵シャーロック・ホームズの相棒 「その後のワトソン博士」 東健而 日本版 シャーロック・ホームズの災難 論創社 2007年12月

ワトソン
開業医、名探偵シャーロック・ホームズの友人 「日本海軍の秘密」 中田耕治 日本版 シャーロック・ホームズの災難 論創社 2007年12月

ワトソン
名探偵シャーロック・ホームズの助手 「シャーロック・ホームズの内幕」 星新一 シャーロック・ホームズに愛をこめて 光文社(光文社文庫) 2010年1月

ワトソン
名探偵シャーロック・ホームズの助手 「ルーマニアの醜聞」 中川裕朗 日本版 シャーロック・ホームズの災難 論創社 2007年12月

ワトソン
名探偵シャーロック・ホームズの助手 「死の乳母」 木々高太郎 シャーロック・ホームズに愛をこめて 光文社(光文社文庫) 2010年1月

わまわ

輪廻しの少女(少女)　わまわしのしょうじょ(しょうじょ)
現実の自分を思い出すことができない「私」のおそらく夢に現れる輪廻しの少女　「黄昏の歩廊にて」　篠田真由美　ミステリー傑作選・特別編5 自選ショート・ミステリー　講談社(講談社文庫)　2001年6月

ワン・アーム・フック(フック)
殺し屋　「悪魔の辞典」　山田正紀　不思議の足跡−最新ベスト・ミステリー　光文社　2007年10月

王 再会　わん・さいちぇん
中国人、殺害された久賀早信博士の助手　「緋色の紛糾」　柄刀一　シャーロック・ホームズに愛をこめて　光文社(光文社文庫)　2010年1月

湾田 乱人　わんだ・らんど
大学生、ミステリアス学園ミステリ研究会(ミスミス研)の部員　「ミステリアス学園」　鯨統一郎　論理学園事件帳　講談社(講談社文庫)　2007年1月;本格ミステリ03　講談社(講談社ノベルス)　2003年6月

ワンタン君　わんたんくん
名探偵シャックリ・ホームスパンの相棒　「赤毛連盟」　砂川しげひさ　日本版 シャーロック・ホームズの災難　論創社　2007年12月

【ん】

ンガガ
アフリカ・ピグミーの霊媒師　「カバは忘れない−ロンドン動物園殺人事件」　山口雅也　日本版 シャーロック・ホームズの災難　論創社　2007年12月

名前から引く登場人物名索引

【あ】

亜 あ→亜
ああとあああ→ああとあああ
I あい→I
アイ→アイ
亜依 あい→西尾 亜依
愛 あい→根津 愛
藍 あい→上緒 藍
藍 あい→町田 藍
愛一郎 あいいちろう→亜 愛一郎
相浦 あいうら→相浦
愛子 あいこ→愛子
愛子 あいこ→玉村 愛子
愛子 あいこ→勝平 愛子
愛子 あいこ→藤堂 愛子
愛子 あいこ→野添 愛子
藍子 あいこ→秋庭 藍子
藍子 あいこ→藍子
愛子さん あいこさん→愛子さん
愛作 あいさく→下狛 愛作
会田 あいだ→会田
あいつ→あいつ
合トンビの男 あいとんびのおとこ*→合トンビの男
アイねぇ→アイねぇ
アイリス→アイリス
アインシュタイン→アインシュタイン
葵 あおい→葵
青木 あおき→青木
青田 あおた→青田
青沼さん あおぬまさん→青沼さん
青葉 あおば→宮野 青葉
青葉田 あおばた→青葉田
アカ→アカ
赤い悪魔 あかいあくま→赤い悪魔
赤池 あかいけ→赤池（イケ）
赤石 あかいし→赤石
赤木 あかぎ→赤木
アガサ・クリスティ→アガサ・クリスティ
赤沢 あかざわ→赤沢
赤沼 あかぬま→赤沼
アカネ→アカネ
あかね あかね→八木 あかね
茜 あかね→茜

茜 あかね→木村 茜
赤リス あかりす→赤リス
アガルマ夫人 あがるまふじん→アガルマ夫人
赤ン坊 あかんぼう→赤ン坊
アキ→アキ
あき あき→細島 あき
亜紀 あき→広谷 亜紀
安希 あき→安希
秋 あき→秋
晃枝 あきえ→上杉 晃枝
秋江 あきえ→菊岡 秋江
秋枝 あきえ→巽 秋枝
章江 あきえ→章江
アキオ→アキオ
晃男 あきお→阿武隈 晃男
秋雄 あきお→秋雄
秋雄 あきお→大河内 秋雄
昭雄 あきお→安井 昭雄
明夫 あきお→巣村 明夫
亜希子 あきこ→亜希子
祈子 あきこ→池永 祈子
暁子 あきこ→河村 暁子
暁子 あきこ→三橋 暁子
暁子 あきこ→秋元 暁子
秋子 あきこ→秋子
秋子 あきこ→中山 秋子
秋子 あきこ→中津川 秋子
秋子 あきこ→白戸 秋子
彰子 あきこ→亀井 彰子
彰子 あきこ→彰子
晶子 あきこ→高杉 晶子
晶子 あきこ→品野 晶子（高杉 晶子）
晶子 あきこ→浮草 晶子
章子 あきこ→富岡 章子
明子 あきこ→梓野 明子
明子 あきこ→岸本 明子
明子 あきこ→山岸 明子
明子 あきこ→浅倉 明子
明子 あきこ→田中 明子
明子 あきこ→日野 明子
耿子 あきこ→耿子
昭子 あきこ*→昭子
秋月 あきずき→秋月
秋田 あきた→秋田
秋津 あきつ→秋津

秋ッペ　あきっぺ→秋ッペ
明年　あきとし→金満　明年
昭友　あきとも→佐々木　昭友
あきの　あきの→深山　あきの
秋彦　あきひこ→秋彦
秋彦　あきひこ→村雨　秋彦
彰彦　あきひこ→高槻　彰彦
明彦　あきひこ→舟越　明彦
明彦　あきひこ→明彦
秋人　あきひと→泥具根　秋人
彰啓　あきひろ→河内　彰啓
明弘　あきひろ→高木　明弘
明弘　あきひろ→土屋　明弘
明博　あきひろ→原田　明博
秋穂　あきほ→三沢　秋穂
アキム→アキム
秋山　あきやま→秋山
秋吉　あきよし→秋吉
アキラ→アキラ
アキラ　あきら→黒木　アキラ
旭　あきら→吉沢　旭
顕　あきら→大河原　顕
晃　あきら→加藤　晃
晃　あきら→笹川　晃
彰　あきら→羽島　彰
彰　あきら→相田　彰
彰　あきら→田沼　彰
彰　あきら→富樫　彰
晶　あきら→葉村　晶
章　あきら→池尻　章
明　あきら→河原　明
明　あきら→新島　明
明　あきら→倉石　明
明　あきら→沢口　明
朗　あきら→峰岸　朗
章　あきら*→白石　章
あきらくん→あきらくん
亜久子　あくこ*→風呂出　亜久子
阿久津　あくつ→阿久津
阿首　あくび→阿首
アケチ→アケチ
明実　あけみ→明実
明美　あけみ→明美
明見君　あけみくん*→明見君
亜子　あこ*→亜子

阿古十郎　あこじゅうろう→阿古十郎（顎十郎）
顎十郎　あごじゅうろう→顎十郎
あさえ→あさえ
朝吉　あさきち→朝吉
朝霧　あさぎり→朝霧
朝霧　あさぎり→朝霧（警部）
アーサー・クレメンス→アーサー・クレメンス
亜沙子　あさこ→西園　亜沙子
阿佐子　あさこ→阿佐子
麻子　あさこ→麻子
麻子　あさこ→葉月　麻子
浅田　あさだ→浅田
浅太郎　あさたろう→浅太郎
浅沼　あさぬま→浅沼
浅野　あさの→浅野
亜沙日　あさひ→朝比奈　亜沙日
旭屋の主人　あさひやのしゅじん→旭屋の主人
浅渕　あさぶち*→浅渕
麻布の先生　あざぶのせんせい→麻布の先生
アーサー・ヘイスティングズ→アーサー・ヘイスティングズ（ヘイスティングズ）
麻美　あさみ→久保田　麻美
朝美　あさみ*→高見沢　朝美
朝山　あさやま→朝山
麻代　あさよ→麻代
朝代　あさよ*→山崎　朝代
芦原　あしはら→芦原
飛鳥　あすか→飛鳥
明日香　あすか→奈良本　明日香
あづさ　あずさ→西島　あづさ
明日美　あすみ→小宇田　明日美
安積　あずみ→安積
安曇　あずみ→田所　安曇
アダ→アダ
アタル→アタル
アーチャー→アーチャー
淳夫　あつお→普久原　淳夫
敦雄　あつお→井草　敦雄
厚子　あつこ→厚子
敦子　あつこ→敦子
篤　あつし→川久保　篤
篤　あつし→早川　篤
敦　あつし→湯島　敦
敦史　あつし→塚本　敦史

淳則 あつのり→井坂 淳則
篤郎 あつろう→吉沢 篤郎
アナトリー・ストロジェンコ→アナトリー・ストロジェンコ
アナン→アナン
兄貴 あにき→兄貴
姉 あね→姉
姉 あね→姉(姉さん)
アーネスト・ヒーズ→アーネスト・ヒーズ(ヒーズ)
アネット・マクヒュー→アネット・マクヒュー
姉娘 あねむすめ→姉娘
あの女 あのおんな→あの女(美津代)
Aの君 あーのきみ→Aの君
あの人 あのひと→あの人
アバズレス→アバズレス
阿扁 あーぴえん→阿扁
家鴨のガル あひるのがる→家鴨のガル
阿武 あぶ→阿武
阿部 あべ→阿部
安倍 あべ→安倍
アベル→アベル
阿媽港甚内 あまかわじんない→阿媽港甚内(甚内)
天城 あまぎ→天城
天村 あまむら→天村
亜美 あみ→亜美
雨男 あめおとこ→雨男
雨村 あめむら→雨村
あや→あや
あやか あやか→夏 あやか
綾香 あやか→高津 綾香
アヤ子 あやこ→市川 アヤ子
あや子 あやこ→能城 あや子
綾子 あやこ→綾子
綾子 あやこ→永井 綾子
綾子 あやこ→菊園 綾子
綾子 あやこ→山本 綾子
綾子 あやこ→松沢 綾子
綾子 あやこ→辻村 綾子
綾子 あやこ→尾形 綾子
彩子 あやこ→高津 彩子
彩子 あやこ→上原 彩子
彩子 あやこ→白坂 彩子
史子 あやこ→史子
朱子 あやこ→依田 朱子
綾乃 あやの→清浦 綾乃

綾乃 あやの→長谷川 綾乃
彩乃 あやの→城崎 彩乃
鮎川 あゆかわ→鮎川
鮎子 あゆこ→デュパン 鮎子
鮎子 あゆこ→栄田 鮎子
鮎子 あゆこ→御子柴 鮎子
あゆみ あゆみ→八田 あゆみ
亜由美 あゆみ→亜由美
亜由美 あゆみ→鹿本 亜由美
鮎美 あゆみ→宮原 鮎美
歩 あゆむ→歩
新井 あらい→新井
荒川 あらかわ→荒川(百キロオーバー)
荒木 あらき→荒木
アラクマ→アラクマ
新潮 あらしお→新潮
アラン・クローデル→アラン・クローデル(クローデル)
アラン・スミシー→アラン・スミシー
亜梨沙 ありさ→若砂 亜梨沙
亜梨紗 ありさ→亜梨紗
安梨沙 ありさ→安梨沙
安梨沙 ありさ→市川 安梨沙
安梨沙 ありさ→市川 安梨沙(アリス)
安梨沙 ありさ→市村 安梨沙
アリーザ→アリーザ
アリス→アリス
有栖 ありす→有栖川 有栖
アリス・ウッド→アリス・ウッド
アリス・ホイットマン→アリス・ホイットマン
在直 ありなお→勢田 在直
有馬 ありま→有馬
有雅 ありまさ*→能見 有雅
有村 ありむら→有村
有本 ありもと→有本
アリョーシャさん→アリョーシャさん
R あーる→R
R子 あーるこ→R子
R氏 あーるし→R氏
アルバイト学生 あるばいとがくせい→アルバイト学生
R博士 あーるはかせ→R博士
アルフォンゾ橘 あるふぉんぞたちばな→アルフォンゾ橘
アルフレッド・モスバウム→アルフレッド・モスバウム
アルマン・デュバル→アルマン・デュバル

アレクサンドル・ローラン→アレクサンドル・ローラン（ローラン）
アレクセイ・フェイドルフ→アレクセイ・フェイドルフ
アレックス→アレックス
アレマくん→アレマくん
アロハシャツの男　あろはしゃつのおとこ→アロハシャツの男
アロワイヨ→アロワイヨ
粟田　あわた→粟田
アン→アン
安西　あんざい→安西
アンジェラ嬢　あんじぇらじょう→アンジェラ嬢
闇叔　あんしゅく→趙　闇叔
暗誦居士　あんしょうこじ→暗誦居士（居士）
アンゼリカ→アンゼリカ
アンソニー・ゲディングス→アンソニー・ゲディングス（ゲディングス）
アンソニー・スタンフォード→アンソニー・スタンフォード
アンディ→アンディ
アントニオ→アントニオ
アンドルー→アンドルー
アンドレイエフ→アンドレイエフ
アンナ　あんな→堀　アンナ
杏奈　あんな→永里　杏奈
杏奈　あんな→青野　杏奈
杏野　あんの→杏野
アンリ・バンコラン→アンリ・バンコラン
アンリ・バンコラン→アンリ・バンコラン（バンコラン）

【い】

イー→イー
飯田君　いいだくん→飯田君
飯山　いいやま→飯山
イインチョー　いいんちょー→イインチョー（松井　鈴鹿）
井岡　いおか→井岡
伊織　いおり→六郷　伊織
伊神さん　いがみさん→伊神さん
碇田　いかりだ→碇田
伊吉　いきち→伊吉
郁　いく→篠原　郁
郁恵　いくえ→郁恵

郁夫　いくお→郁夫
郁夫　いくお→有馬　郁夫
郁雄　いくお→園田　郁雄
郁雄　いくお→城野　郁雄
郁子　いくこ→郁子
郁子　いくこ→宮園　郁子
幾子　いくこ→圷　幾子
幾二郎　いくじろう→増田　幾二郎
生田　いくた→生田
生野　いくの→生野
イケ→イケ
池内　いけうち→池内
伊佐　いさ→伊佐
イサイア・スタンフォード→イサイア・スタンフォード
勲　いさお→片桐　勲
功　いさお→藤村　功
伊佐吉　いさきち→伊佐吉
イサク→イサク
伊佐子さん　いさこさん→伊佐子さん
勇　いさむ*→城都　勇
井澤　いざわ→井澤
石神　いしがみ→石神
石川　いしかわ→石川
石川探偵　いしかわたんてい→石川探偵
石倉医師　いしくらいし→石倉医師
石崎　いしざき→石崎
石崎先生　いしざきせんせい→石崎先生
石津　いしず→石津
石津刑事　いしずけいじ→石津刑事
石田　いしだ→石田
石嶺　いしみね→石嶺
石宮　いしみや→石宮
石村　いしむら→石村
医者　いしゃ→医者
医者　いしゃ→医者（先生）
亥十郎　いじゅうろう→亥十郎
五十鈴　いすず→水谷　五十鈴
井筒　いずつ→井筒
イスマエル→イスマエル
いずみ　いずみ→須藤　いずみ
泉川　いずみかわ→泉川
和泉姫　いずみひめ→和泉姫
伊勢夫人　いせふじん→伊勢夫人
磯明　いそあき→磯明
磯田　いそだ→磯田

磯村 いそむら→磯村
五十六 いそろく→山本 五十六
板倉 いたくら→板倉
いたし いたし→雁花 いたし
板原 いたはら→板原
伊丹 いたみ→伊丹
伊丹屋重兵衛 いたみやじゅうべえ→伊丹屋重兵衛(重兵衛)
至 いたる→東城 至
伊太郎 いたろう→伊太郎
イチ→イチ
市蔵 いちぞう→市村 市蔵
一太郎 いちたろう→一太郎
市太郎 いちたろう→市太郎
一ノ瀬 いちのせ→一ノ瀬(イチ)
市兵衛 いちべえ→小俣 市兵衛
一文斎 いちもんさい→一文斎
イチロウ→イチロウ
伊知郎 いちろう→玉川 伊知郎
一朗 いちろう→森島 一朗
一郎 いちろう→阿部 一郎(有馬 一郎)
一郎 いちろう→安藤 一郎
一郎 いちろう→伊良部 一郎
一郎 いちろう→一郎
一郎 いちろう→江楠 一郎
一郎 いちろう→高畑 一郎
一郎 いちろう→山上 一郎
一郎 いちろう→糸井 一郎
一郎 いちろう→秋山 一郎
一郎 いちろう→大寺 一郎
一郎 いちろう→浜口 一郎
一郎 いちろう→有馬 一郎
市郎 いちろう→深田 市郎
一郎くん いちろうくん→井上 一郎くん
一完 いっかん→柳 一完
イッキ→イッキ
五木 いつき→五木
伊津子 いつこ→伊津子
一茶 いっさ→小林 一茶
イッチョ→イッチョ
一騰 いっとう→馬 一騰
一等運転手 いっとううんてんしゅ→一等運転手
一平 いっぺい→野呂 一平
一遍 いっぺん→等々力 一遍
逸郎 いつろう→鮫島 逸郎

伊東 いとう→伊東
糸田 いとだ→糸田(イトちゃん)
イトちゃん→イトちゃん
伊奈 いな→伊奈
稲尾 いなお→稲尾
井中 いなか→井中
稲垣 いながき→稲垣
稲垣さん いながきさん→稲垣さん
稲野辺 いなのべ→稲野辺
稲荷の九郎助 いなりのくろすけ*→稲荷の九郎助
犬一 いぬいち→田川 犬一
犬飼 いぬかい→犬飼
伊能 いのう→伊能
井上 いのうえ→井上
井上先生 いのうえせんせい→井上先生
井原老人 いはらろうじん→井原老人
伊平 いへい→伊平
伊平治 いへいじ→村岡 伊平治
伊兵衛 いへえ→伊兵衛
今井 いまい→今井
今泉先生 いまいずみせんせい→今泉先生
今津 いまず→今津
今西 いまにし→今西
今村 いまむら→今村
妹娘 いもうとむすめ→妹娘
入江 いりえ→入江
イリヤ→イリヤ
イリヤ・ワシーリー→イリヤ・ワシーリー
巌 いわお→黒城 巌
巌 いわお→綿貫 巌
岩木 いわき→岩木
岩治 いわじ→岩治
磐人 いわと→五十嵐 磐人
岩飛警部 いわとびけいぶ→岩飛警部
イワノヴィッチ→イワノヴィッチ
岩見 いわみ→岩見
インティ→インティ
印南 いんなみ→印南

【う】

卯一郎 ういちろう*→江原 卯一郎
ウイリアムス→ウイリアムス
上田 うえだ→上田

宇衛門　うえもん→富士 宇衛門
ウォーター・ブラウン教授　うぉーたーぶらうんきょうじゅ→ウォーター・ブラウン教授
卯吉　うきち→卯吉
ウサコ→ウサコ
宇三郎　うさぶろう→宇三郎
卯三郎　うさぶろう→卯三郎
卯三郎　うさぶろう→筧 卯三郎
宇佐見博士　うさみはかせ→宇佐見博士
牛島　うしじま→牛島
碓井夫人　うすいふじん→碓井夫人
卯月　うづき→卯月
宇多川　うだがわ→宇多川
歌川国直　うたがわくになお→歌川国直
歌代　うたよ→篠田 歌代
内野　うちの→内野
宇津木　うつぎ→宇津木
腕貫男　うでぬきおとこ→腕貫男
有堂　うどう→有馬 有堂
童子女　うない→童子女
宇野　うの→宇野
宇部　うべ→宇部
海雄　うみお→安藤 海雄
海彦　うみひこ→小野寺 海彦
海人　うみひと→津島 海人
うめ　うめ→山田 うめ
梅が枝　うめがえ→梅が枝
梅吉　うめきち→梅吉
梅子　うめこ→宮下 梅子
梅子　うめこ→梅子
梅子　うめこ*→院島 梅子
梅島　うめじま→梅島
梅津　うめず→梅津
梅田　うめだ→梅田
梅野　うめの→梅野
梅原夫人　うめはらふじん→梅原夫人
ウラ→ウラ
浦川　うらかわ→浦川
浦茅　うらじ→浦茅
ウラディーミル→ウラディーミル
卜部夫人　うらべふじん→卜部夫人
浦和　うらわ→浦和
浦和　うらわ→浦和（歌川 蘭子）
ウリャーノフ→ウリャーノフ
宇留木　うるぎ*→宇留木
漆間　うるしま→漆間

ウルトラマン→ウルトラマン
うんだら勘　うんだらかん→うんだら勘
運転手　うんてんしゅ→運転手
雲野　うんの*→雲野

【え】

A　えい→A
栄一　えいいち→葛城 栄一
栄一　えいいち→鴨志田 栄一
栄一　えいいち→柏田 栄一
栄一　えいいち→碧川 栄一
栄一　えいいち→堀野 栄一
英一　えいいち→佐竹 英一
英一　えいいち→山村 英一
英一　えいいち*→英一
英一　えいいち*→藤野 英一
映画監督　えいがかんとく→映画監督（夫）
栄吉　えいきち→栄吉
栄吉　えいきち→向田 栄吉
栄吉　えいきち→市貝 栄吉
英吉　えいきち→守川 英吉（隼 英吉）
鋭吉　えいきち→金子 鋭吉
営業マン　えいぎょうまん→営業マン
A君　えいくん→A君
A子　えいこ→闇雲 A子
エイコ→エイコ
栄子　えいこ→高坂 栄子
永子　えいこ→山草 永子
英子　えいこ→花村 英子
英悟　えいご→津村 英悟
英子　えいこ*→佐藤 英子（飛鳥）
英子　えいこ*→矢隅 英子
英吾　えいご*→曽根 英吾
栄作　えいさく→笹原 栄作
英作　えいさく→渡辺 英作
英三郎　えいざぶろう*→時国 英三郎
栄司　えいじ→鶴岡 栄司
栄治　えいじ→小倉 栄治
英司　えいじ→矢場 英司
英次　えいじ→大貫 英次
英治　えいじ→英治
英治　えいじ→柏木 英治
英二　えいじ→英二
英二　えいじ→京森 英二
英二　えいじ→須田 英二

英二　えいじ→堀井 英二
詠司　えいじ→清水 詠司
英司　えいじ*→加田 英司
栄二郎　えいじろう→阿久沢 栄二郎
栄助　えいすけ*→行武 栄助
英三　えいぞう*→島浦 英三
英太　えいた→大木 英太
栄太郎　えいたろう→黒崎 栄太郎
栄太郎　えいたろう→喪中 栄太郎
英太郎　えいたろう→大村 英太郎
英太郎　えいたろう→竹村 英太郎
英太郎　えいたろう→野上 英太郎
A・D　えいでぃー→A・D
エイムズ→エイムズ
江神　えがみ→江神
易子　えきこ→杉元 易子
易者　えきしゃ→易者
江島　えじま→江島
S　えす→S
S教諭　えすきょうゆ→S教諭
エス君　えすくん→エス君
S・K　えすけい→S・K
S***氏　えすし→S***氏
S氏　えすし→S氏
S兄様　えすにいさま→S兄様(兄様)
エダ→エダ
江田君　えだくん→江田君
アントニオ・エチェベリ→アントニオ・エチェベリ(トーニョ)
越前屋長次郎　えちぜんやちょうじろう→越前屋長次郎(長次郎)
X　えっくす→X
X氏　えっくすし→X氏
悦子　えつこ→悦子
悦子　えつこ→下山 悦子
悦子　えつこ→仁木 悦子
悦子　えつこ→星野 悦子
悦子　えつこ→堂本 悦子
悦子　えつこ*→門田 悦子
悦二　えつじ*→豊木 悦二
H・M　えっちえむ→H・M
悦郎　えつろう→三宅 悦郎
エドワード夫人　えどわーどふじん→エドワード夫人
エニィ→エニィ
N君　えぬくん→N君
エヌ氏　えぬし→エヌ氏

エノケン→エノケン
エヴァ・マートン→エヴァ・マートン
江原　えはら→江原
エヴァンス→エヴァンス
F子　えふこ→F子
えま子　えまこ*→比崎 えま子
えみ→えみ
エミ　えみ→戸塚 エミ
絵美　えみ→絵美
恵美　えみ→恵美
恵美子　えみこ→河北 恵美子
恵美子　えみこ→恵美子
エミリー・フレンチ　えみりーふれんち→エミリー・フレンチ(フレンチ夫人)
M君　えむくん→M君
Mさん　えむさん→Mさん
M***嬢　えむじょう→M***嬢
江本　えもと→江本
エリ　えり→エリ(宮本 百合)
恵梨　えり→片桐 恵梨
枝理　えり→枝理
衛理夫　えりお→緑原 衛理夫
江里口　えりぐち→江里口
エリ子　えりこ→エリ子
えり子　えりこ→高梨 えり子
恵梨子　えりこ→片桐 恵梨子
恵理子　えりこ→城崎 恵理子
エリス・コックス→エリス・コックス
エリック・アーサー・ブレア→エリック・アーサー・ブレア(ブレア)
エリック・レンロット→エリック・レンロット(レンロット)
える　える→千反田 える
エルザ→エルザ
エルビス・プレスリー→エルビス・プレスリー
エルマ→エルマ
エルロック・ショルムス→エルロック・ショルムス(ショルムス)
エルンスト→エルンスト
円紫　えんし→円紫
燕児　えんじ→茅 燕児
エンジェル→エンジェル
演説病の先生　えんぜつびょうのせんせい→演説病の先生
円蔵　えんぞう→円蔵
遠藤　えんどう→遠藤
エンマ→エンマ

閻馬　えんま→烏亭　閻馬
エンマ大王　えんまだいおう→エンマ大王

【お】

お秋　おあき→お秋
おあむ→おあむ
及川　おいかわ→及川
お糸　おいと→お糸
近江　おうみ→近江
お梅　おうめ→お梅
麻植　おえ→麻植
大海原　おおうなばら→大海原
大浦　おおうら→大浦(ウラ)
大江山警部　おおえやまけいぶ→大江山警部
大川　おおかわ→大川
大川先生　おおかわせんせい→大川先生
大川原　おおかわら→大川原
大隈刑事　おおくまけいじ→大隈刑事
大熊老人　おおくまろうじん→大熊老人
大心池　おおころち→大心池
大心池先生　おおころちせんせい→大心池先生
大迫　おおさこ→大迫
大菅　おおすが→大菅
大杉　おおすぎ→大杉
太田　おおた→太田
太田黒　おおたぐろ→太田黒
大竹　おおたけ→大竹
大塚警部　おおつかけいぶ→大塚警部
大月　おおつき→大月
大坪　おおつぼ→大坪
大伴卿　おおともきょう→大伴卿
大野　おおの→大野
大野木　おおのぎ→大野木
大野君　おおのくん→大野君
大場　おおば→大場
大橋　おおはし→大橋
大原　おおはら→大原
大村　おおむら→大村
大家　おおや→大家
大谷　おおや→大谷(ミセス・ダイヤ)
大矢　おおや→大矢
オカイ→オカイ
岡坂　おかさか→岡坂

岡崎　おかざき→岡崎(会長)
岡島氏　おかじまし→岡島氏
岡田　おかだ→岡田
緒方　おがた→緒方
尾形　おがた→尾形
岡埜博士　おかのはかせ→岡埜博士
女将　おかみ→女将
女将　おかみ→女将(吉永)
岡村　おかむら→岡村
お加代　おかよ→お加代
隠岐　おき→隠岐
おきく→おきく
お菊　おきく→お菊
沖田さん　おきたさん→沖田さん(タキオさん)
意次　おきつぐ→田沼　意次
おきぬ→おきぬ
お絹　おきぬ→お絹
お君ちゃん　おきみちゃん→お君ちゃん
お清　おきよ*→お清
おきん→おきん
お金　おきん→お金
奥様　おくさま→奥様(夏枝)
奥さん　おくさん→奥さん(並木　静子)
おくめ婆さん　おくめばあさん→おくめ婆さん
小倉　おぐら→小倉
お源　おげん→お源
越坂部　おさかべ→越坂部
お咲　おさき→お咲
尾崎　おざき→尾崎
尾佐竹　おさたけ→尾佐竹
小佐内さん　おさないさん→小佐内さん
オサム→オサム
治　おさむ→谷内　治
修　おさむ→白戸　修
修　おさむ→畑中　修(シュウ)
修　おさむ→物集　修
修　おさむ→豊松　修
修　おさむ*→三池　修(ミケ)
オサル→オサル
お猿　おさる→お猿(猿)
オザワ→オザワ
小沢　おざわ→小沢
叔父　おじ→叔父
お爺さん　おじいさん→お爺さん

お鹿さん　おしかさん→お鹿さん
お繁　おしげ→お繁(ナメクジ女史)
伯父様　おじさま→伯父様(関根 多佳雄)
叔父さん　おじさん→叔父さん
小父さん　おじさん→小父さん
お静　おしず→お静
お島　おしま→お島
お嶋さん　おしまさん→お嶋さん
お嬢様　おじょうさま→お嬢様
お譲様　おじょうさま→お譲様
お嬢さん　おじょうさん→お嬢さん
お信　おしん→お信
お新　おしん→お新
お末　おすえ→お末
お杉　おすぎ→お杉
オースティン・ヒーリー→オースティン・ヒーリー
オセキ婆さん　おせきばあさん→オセキ婆さん
織田　おだ→織田
お妙　おたえ→お妙
おたえさん→おたえさん
お高　おたか→お高
お多加　おたか→お多加
おタキ→おタキ
お民　おたみ→お民
落合　おちあい→落合
オッサン→オッサン
おつた→おつた
夫　おっと→夫
夫　おっと→夫(尾上 鴻三)
夫　おっと→夫(夫妻)
夫と妻　おっととつま→夫と妻(夫妻)
おてる→おてる
お姚　おとう→お姚
弟　おとうと→弟
お時　おとき→お時
お徳　おとく→お徳
男　おとこ→男
男　おとこ→男(パパ)
男　おとこ→男(井原 泰三)
男　おとこ→男(橋本 周平)
男　おとこ→男(田中)
男と女　おとことおんな→男と女(女と男)
男の児　おとこのこ→男の児(富雄)
乙松　おとまつ→野尻 乙松

乙松　おとまつ*→渡辺 乙松
おとよ→おとよ
お仲　おなか→お仲
鬼ヶ嶽谷右衛門　おにがたけたにえもん→鬼ヶ嶽谷右衛門
鬼殺しの仙吉　おにごろしのせんきち→鬼殺しの仙吉
鬼貫　おにつら→鬼貫
鬼貫　おにぬき*→鬼貫
お縫の方　おぬいのかた→お縫の方
おねえさま→おねえさま
小野　おの→小野
小野刑事　おのけいぶ→小野刑事
叔母　おば→叔母
叔母　おば→叔母(堂本 悦子)
おばあさん→おばあさん
オバQ　おばきゅう→オバQ
オーヴァーダン→オーヴァーダン
お初　おはつ→お初
お花　おはな→お花
お春　おはる→お春
オフィーリア→オフィーリア
お坊っちゃま　おぼっちゃま→お坊っちゃま
オマル・ナジワール→オマル・ナジワール
お万　おまん→お万
尾身　おみ→尾身
おみね→おみね
おみよ→おみよ
お美代　おみよ→お美代
おむつ先生　おむつせんせい→おむつ先生
おむら→おむら
お村　おむら→お村
親父　おやじ→親父
尾山　おやま→尾山
小山田教授　おやまだきょうじゅ→小山田教授
お夕　おゆう→お夕
お雪　おゆき→お雪
およし→およし
お良　およし→お良
およね→およね
折江　おりえ→折江
織田さん　おりたさん→織田さん
折本　おりもと→折本
オルガス→オルガス
オルガンティーノ→オルガンティーノ

オルテガ→オルテガ
オロチョン少年　おろちょんしょうねん→オロチョン少年
オロール→オロール
O・Y　おーわい→O・Y
女　おんな→女
女　おんな→女（新婦）
女　おんな→女（芳野）
女と男　おんなとおとこ→女と男
女の子　おんなのこ→女の子

【か】

カー→カー
母さん　かあさん→母さん
快　かい→沢口　快
魁　かい→島田　魁
開　かい→楊　開
外交官夫人　がいこうかんふじん→外交官夫人（夫人）
海舟　かいしゅう→勝　海舟
怪人吸血魔　かいじんきゅうけつま→怪人吸血魔（吸血魔）
かいじん四十めんそう　かいじんしじゅうめんそう→かいじん四十めんそう
怪人四十面相　かいじんしじゅうめんそう→怪人四十面相（四十面相）
かいじん二十めんそう　かいじんにじゅうめんそう→かいじん二十めんそう
怪人二十めんそう　かいじんにじゅうめんそう→怪人二十面相（二十面相）
貝田　かいだ→貝田
佳一　かいち→伊地知　佳一
嘉一　かいち→板谷　嘉一
会長　かいちょう→会長
快人　かいと→小林　快人
魁人　かいと→番場　魁人
海人　かいと→緋村　海人
カイユ→カイユ
可恵　かえ→青葉　可恵
カエル→カエル
かおり　かおり→杉本　かおり
かおり　かおり→鳩村　かおり
かおり　かおり→米本　かおり
かをり　かおり→真壁　かをり
果織　かおり→果織
香　かおり→峯村　香

香織　かおり→香織
香織　かおり→深見沢　香織
香織　かおり*→中川　香織
馨　かおる→馨
馨　かおる→香取　馨
馨　かおる→大日方　馨
薫　かおる→薫
薫　かおる→更科　薫
薫　かおる→篠山　薫
薫　かおる→内海　薫
薫子　かおるこ→水島　薫子
画家　がか→画家
雅楽　ががく→中村　雅楽
カカユエット→カカユエット
垣内　かきうち→垣内
下級の蛙男　かきゅうのかえるおとこ→下級の蛙男
家健　がーきん→周　家健
岳衛門　がくえもん→山下　岳衛門
カクストン→カクストン
学生　がくせい→学生
角蔵　かくぞう→角蔵
角造　かくぞう→角造
覚忍　かくにん→高浜　覚忍
角野　かくの→角野
岳葉　がくよう→苑田　岳葉
影　かげ→影
景漸　かげつぐ→曲淵甲斐守　景漸
影山　かげやま→影山
籠谷　かごたに→籠谷
華沙々木　かささぎ→華沙々木
笠原　かさはら→笠原（大家）
風間　かざま→風間
笠松博士　かさまつはかせ→笠松博士
風祭警部　かざまつりけいぶ→風祭警部
梶間　かじま→梶間
梶村　かじむら→梶村
歌若　かじゃく→歌若
佳城　かじょう→曾我　佳城
柏　かしわ→柏
柏木　かしわぎ→柏木
カズ→カズ
カーズィム→カーズィム
一恵　かずえ→藤木　一恵
和江　かずえ→青井　和江
和枝　かずえ*→指貫　和枝

一夫　かずお→一夫
一夫　かずお→遠山 一夫
一雄　かずお→荒木 一雄
一雄　かずお→山木 一雄
一雄　かずお→敷島 一雄
和生　かずお→芦田 和生
和男　かずお→伊沢 和男
和男　かずお→彦根 和男
和夫　かずお→橘 和夫
和夫　かずお→村雲 和夫
和夫　かずお→大田 和夫
和雄　かずお→松井 和雄
和雄　かずお→竹内 和雄
和雄　かずお→堂島 和雄
和雄　かずお→和雄
和夫　かずお*→荘原 和夫(大田 和夫)
一夫君　かずおくん→一夫君
春日　かすが→春日
一輝　かずき→志垣 一輝
一樹　かずき→杉村 一樹
一樹　かずき→相馬 一樹(イッキ)
香月　かずき→田村 香月
一樹　かずき*→高畑 一樹
カースケ　かーすけ→カースケ(大地 河介)
ガスケル→ガスケル
加寿子　かずこ→河野 加寿子
数子　かずこ→佐々木 数子
和子　かずこ→呉 和子
和子　かずこ→上条 和子
和子　かずこ→和子(玲奈)
和子　かずこ*→久野 和子
和子夫人　かずこふじん→和子夫人
一志　かずし→新開 一志
和孝　かずたか→徳山 和孝
カースティアズ卿　かーすてぃあずきょう→カースティアズ卿
一登　かずと→坂上 一登
一敏　かずとし→菱田 一敏
数利　かずとし→葉島 数利
和成　かずなり→秋山 和成
和信　かずのぶ*→三吉 和信
和則　かずのり→佐竹 和則
和春　かずはる→沢口 和春
和春　かずはる*→吉田 和春
一彦　かずひこ→八神 一彦
和彦　かずひこ→新妻 和彦

和彦　かずひこ→木戸 和彦
和宏　かずひろ→重内 和宏
和宏　かずひろ→新井 和宏
和弘　かずひろ→楢山 和弘
一馬　かずま→玉村 一馬
一馬　かずま→杉 一馬
かすみ　かすみ→松浦 かすみ
佳寿美　かずみ→善福 佳寿美
和美　かずみ→小林 和美
和美　かずみ→白石 和美
カズヤ→カズヤ
一也　かずや→松山 一也
一矢　かずや→但馬 一矢
和也　かずや→岡澤 和也
一幸　かずゆき→高橋 一幸
和之　かずゆき→一ノ瀬 和之
和之　かずゆき→上条 和之
一代　かずよ→一代(イッチョ)
和代　かずよ→佐藤 和代
一義　かずよし→滝本 一義
かずら→かずら
加瀬　かせ→加瀬
片岡　かたおか→片岡
片岡夫人　かたおかふじん→片岡夫人
片手の竹　かたてのたけ→片手の竹
片山　かたやま→片山
勝一　かついち*→湯川 勝一
克郎　かつお→小此木 克郎
克臣　かつおみ→城崎 克臣
香津子　かつこ→香津子
勝子　かつこ→勝子
勝子　かつこ→朝倉 勝子
勝子　かつこ→与田 勝子
克史　かつし→片桐 克史
葛飾北斎　かつしかほくさい→葛飾北斎(北斎)
勝次郎　かつじろう→勝次郎
カッセル侯　かっせるこう→カッセル侯
勝田　かつた→勝田
勝太郎　かつたろう→湯河 勝太郎
勝ちゃん　かっちゃん→勝ちゃん
勝之進　かつのしん→弘中 勝之進
カッパ→カッパ
勝彦　かつひこ→里見 勝彦
克久　かつひさ→日能 克久
克文　かつふみ→清水 克文

克平　かっぺい＊→克平
勝馬　かつま→玉村　勝馬
克己　かつみ→伊東　克己
克己　かつみ→大西　克己
克美　かつみ→岡　克美
克巳　かつみ→森田　克巳
勝見　かつみ→勝見
勝己　かつみ→岡山　勝己
克也　かつや→梶本　克也
桂　かつら→桂
葛城　かつらぎ→葛城
桂島　かつらじま→桂島
克郎　かつろう→可能　克郎
加東　かとう→加東
加藤　かとう→加藤
嘉藤治　かとうじ→藤原　嘉藤治（カトジ）
門倉　かどくら→門倉（ゴリラ）
カトジ→カトジ
佳奈　かな→横田　佳奈
加那　かな→大村　加那
可菜　かな→可菜
珂奈　かな＊→安土　珂奈
家内　かない→家内
香奈江　かなえ→水沢　香奈江
香苗　かなえ→辻　香苗
仮名垣魯文　かながきろぶん→仮名垣魯文（魯文）
佳奈子　かなこ→松江　佳奈子
可奈子　かなこ→可奈子
可奈子　かなこ→福田　可奈子
火那子　かなこ→風水　火那子
香那子　かなこ→浮田　香那子
カナちゃん→カナちゃん
要　かなめ→音野　要
要　かなめ→能坂　要
金山さん　かなやまさん→金山さん
蟹江　かにえ→蟹江
金吉　かねきち＊→石目　金吉
兼吉　かねきち＊→吉田　兼吉
金子　かねこ→金子
兼子　かねこ→石月　兼子
兼松　かねまつ→緒宮　兼松
金満　かねみつ→金満
金村　かねむら＊→金村
カノ　かの→相沢　カノ
佳乃　かの→榛原　佳乃

加納　かのう→加納
かのこ　かのこ→西園寺　かのこ
カノコちゃん→カノコちゃん
彼女　かのじょ→彼女
カノン→カノン
カバ嶋　かばしま→カバ嶋
カーファクス→カーファクス
嘉兵衛　かへえ→高津　嘉兵衛
ガマ→ガマ
〝神〟　かみ→〝神〟
神岡警部　かみおかけいぶ→神岡警部
髪切虫　かみきりむし→髪切虫
カミさん　かみさん→カミさん（長谷部さん）
紙芝居のお爺さん　かみしばいのおじいさん→紙芝居のお爺さん（お爺さん）
上條　かみじょう→上條
神屋刑事　かみやけいじ→神屋刑事
亀　かめ→亀
亀井　かめい→亀井
亀井刑事　かめいけいじ→亀井刑事
亀助　かめすけ→津留　亀助
亀蔵　かめぞう→徳田　亀蔵
亀田　かめだ→亀田
カメノーフ→カメノーフ
犬の芳公　かめのよしこう→犬の芳公
亀淵　かめぶち→亀淵
鴨　かも→芹沢　鴨
鴨居　かもい→鴨居
鴨池　かもいけ→鴨池
鴨ちゃん　かもちゃん→鴨ちゃん
鴨ノ内記　かものないき→鴨ノ内記
佳也子　かやこ→笹野　佳也子
茅乃　かやの→相原　茅乃
萱野　かやの→萱野
加由子　かゆこ→佐伯　加由子
佳代　かよ→田之上　佳代
加世　かよ→石島　加世
加代　かよ→加代
加代　かよ→杉村　加代
嘉代　かよ→嘉代
架世　かよ→野川　架世
香代　かよ→白坂　香代
香代　かよ→判田　香代
佳代子　かよこ→安田　佳代子
佳代子　かよこ→佳代子
加世子　かよこ→朝永　加世子

加代子　かよこ→加代子
加代子　かよこ→望月 加代子
香代子　かよこ→南都 香代子
香代子　かよこ→武見 香代子
加代さん　かよさん→加代さん
唐沢　からさわ→唐沢
辛島　からしま→辛島
唐島　からしま→唐島
唐島　からしま*→唐島
カランサ大佐　からんさたいさ→カランサ大佐
ガーリック・ドームズ→ガーリック・ドームズ（ドームズ）
ガリデブ→ガリデブ
狩矢　かりや→狩矢
華凛　かりん→春日 華凛
カール・シュミットナー→カール・シュミットナー（シュミットナー）
カルタン→カルタン
カール・B・ヨルゲン　かーるびーよるげん→カール・B・ヨルゲン（ヨルゲン）
カルメリータ→カルメリータ
彼　かれ→彼
嘉六　かろく→菰田 嘉六
河合　かわい→河合
川口　かわぐち→川口
川崎氏　かわさきし→川崎氏
川路　かわじ→川路
カワシマ→カワシマ
川嶋　かわしま→川嶋（カバ嶋）
革ジャンパーの男　かわじゃんぱーのおとこ→革ジャンパーの男（柴崎）
川津　かわず→川津
河介　かわすけ→大地 河介
寒吉　かんきち→寒吉
勘公　かんこう→勘公
神崎　かんざき→神崎
勘三郎　かんざぶろう→勘三郎
岩さん　がんさん→岩さん（岩本 道夫）
勘次　かんじ→勘次
寛二　かんじ→立花 寛二
ガンジー→ガンジー
ガンジーばあさん→ガンジーばあさん
患者　かんじゃ→患者
完四郎　かんしろう→香冶 完四郎
勘助　かんすけ→勘助
勘助　かんすけ→山本 勘助

幹蔵　かんぞう→絹川 幹蔵
カンタ→カンタ
神田　かんだ→神田
神田さんのおばちゃん　かんださんのおばちゃん→神田さんのおばちゃん
ガンちゃん→ガンちゃん
神奈　かんな→神奈
神無月　かんなずき→神無月
ガンニン→ガンニン
寒野　かんの*→寒野
完之介　かんのすけ→豪徳 完之介
貫兵衛　かんべえ*→小谷 貫兵衛
寛方　かんぽう→綿貫 寛方
管理人の男　かんりにんのおとこ→管理人の男

【き】

喜一　きいち→池上 喜一
喜一郎　きいちろう→家田 喜一郎
鬼一郎　きいちろう→倉阪 鬼一郎
希央　きおう→千野 希央
桔梗屋平七　ききょうやへいしち→桔梗屋 平七
菊恵　きくえ→宮崎 菊恵
菊恵　きくえ→護屋 菊恵（宮崎 菊恵）
菊江　きくえ→堂本 菊江
喜久夫　きくお→小酒井 喜久夫
菊香　きくか→菊香
菊川　きくかわ→菊川
キク子夫人　きくこふじん→キク子夫人
キクさん→キクさん
菊次　きくじ→瀬川 菊次
菊島　きくしま→菊島
菊地　きくち→菊地
菊乃号　きくのごう→菊乃号
菊乃さん　きくのさん→菊乃さん
キクロペネス→キクロペネス
喜作　きさく→喜作
喜三郎　きさぶろう→目方 喜三郎
木更津　きさらず→木更津
喜三治　きさんじ→宝井 喜三治
岸田　きしだ→岸田
木島　きじま→木島
岸村　きしむら→岸村
希舜　きしゅん→趙 希舜
喜助　きすけ→喜助

565

義助　ぎすけ→義助
義助　ぎすけ→山田 義助
貴族探偵　きぞくたんてい→貴族探偵
北　きた→北
北川　きたがわ→北川
北西　きたにし→北西
北原　きたはら→北原
キタムラ→キタムラ
喜多村　きたむら→喜多村
北村　きたむら→北村
吉右衛門　きちえもん*→藤川 吉右衛門
吉次　きちじ*→吉次
吉次郎　きちじろう→吉次郎
吉太夫　きちだゆう*→水田 吉太夫
吉太郎　きちたろう*→窪川 吉太郎
吉太郎　きちたろう*→三高 吉太郎
吉兵衛　きちべえ→天鈍 吉兵衛
吉祥院　きっしょういん→吉祥院
キッド・ピストルズ→キッド・ピストルズ
狐の文次　きつねのぶんじ→狐の文次
ギディオン・フリークス→ギディオン・フリークス
ギデオン・フェル博士　ぎでおんふぇるはかせ→ギデオン・フェル博士
ギデオン・フェル博士　ぎでおんふぇるはかせ→ギデオン・フェル博士（フェル博士）
城戸先生　きどせんせい→城戸先生
きぬ→きぬ
絹江　きぬえ→児玉 絹江
絹枝　きぬえ→絹枝
衣川　きぬがわ→衣川
きぬ子　きぬこ→佐竹 きぬ子
絹子　きぬこ→絹子
絹子　きぬこ→黒川 絹子
絹子　きぬこ→田島 絹子
絹子　きぬこ→嶋井 絹子
絹子　きぬこ→葉山 絹子
砧警部補　きぬたけいぶほ→砧警部補
甲子太郎　きねたろう→成島 甲子太郎（柳北）
杵屋花吉　きねやはなきち→杵屋花吉
キノシタ→キノシタ（インティ）
木下　きのした→木下
貴船伯爵夫人　きふねはくしゃくふじん→貴船伯爵夫人（伯爵夫人）
紀平次　きへいじ→安西 紀平次
義母　ぎぼ→義母

きみ→きみ
希美　きみ→山下 希美
姫美　きみ→和久井 姫美
君江　きみえ→君江
君江　きみえ→星野 君江
君男　きみお→若村 君男
公男　きみお→公男
喜美子　きみこ→喜美子
紀美子　きみこ→岩崎 紀美子
公子　きみこ→津坂 公子
きみ子ちゃん　きみこちゃん→きみ子ちゃん
きみちゃん→きみちゃん
公成　きみなり→貝山 公成
公彦　きみひこ→朔田 公彦
キム→キム
木村　きむら→木村
キャサリン→キャサリン
キャラハン→キャラハン
ギャリー→ギャリー
ギャロン→ギャロン
Q　きゅー→Q
Q　きゅう→Q（紳士）
久　きゅう→狩 久
九　きゅう→三船 九
牛　ぎゅう→青 牛
九一　きゅういち→九一
久一　きゅういち*→江良利 久一
久右衛門　きゅうえもん→雲丹 久右衛門
吸血魔　きゅうけつま→吸血魔
鳩作　きゅうさく→島津 鳩作
究介　きゅうすけ→櫟 究介（オバQ）
牛助　ぎゅうすけ→牛助
久太郎　きゅうたろう→瀬野 久太郎
久太郎　きゅうたろう→野呂 久太郎
牛塔牛助　ぎゅうとうぎゅうすけ→牛塔牛助（牛助）
キュウリー夫人　きゅうりーふじん→キュウリー夫人
Q氏　きゅーし→Q氏
キュータ→キュータ
京一　きょういち→垂里 京一
喬一　きょういち→宇野 喬一
喬一　きょういち→橋本 喬一
喬一　きょういち→神谷 喬一
行叡　ぎょうえい→行叡
杏子　きょうこ→杏子

杏子 きょうこ→秋島 杏子
京子 きょうこ→宮部 京子
京子 きょうこ→京子
京子 きょうこ→御門 京子
京子 きょうこ→桜井 京子
京子 きょうこ→志田 京子
協子 きょうこ→協子
匡子 きょうこ→匡子
恭子 きょうこ→恭子
恭子 きょうこ→松野 恭子
恭子 きょうこ→南田 恭子
鏡子 きょうこ→園生寺 鏡子(孔雀夫人)
響子 きょうこ→志村 響子
響子 きょうこ→神余 響子
響子 きょうこ→西根 響子
響子 きょうこ→野村 響子
杏子 きょうこ*→木打 杏子
京子 きょうこ*→三谷 京子
京児 きょうじ→竹田 京児
喬二 きょうじ→原 喬二
恭司 きょうじ→春野 恭司
行商人 ぎょうしょうにん→行商人
狂四郎 きょうしろう→眠 狂四郎
享輔 きょうすけ→鈴木 享輔
京介 きょうすけ→京介
京介 きょうすけ→桜井 京介
京介 きょうすけ→前田 京介
京助 きょうすけ→金田一 京助
喬介 きょうすけ→青山 喬介
恭介 きょうすけ→菊岡 恭介
恭介 きょうすけ→吉川 恭介
恭介 きょうすけ→深道 恭介
恭介 きょうすけ→神津 恭介
恭介 きょうすけ→土谷 恭介
恭助 きょうすけ→虹北 恭助
恭輔 きょうすけ→西之園 恭輔
恭輔 きょうすけ→朝倉 恭輔
恭三 きょうぞう→澤村 恭三
恭蔵 きょうぞう→児島 恭蔵
キョウタ きょうた→葛籠 キョウタ
享太郎 きょうたろう→楠井 享太郎
恭平 きょうへい→恭平
恭平 きょうへい→佐久良 恭平
恭平 きょうへい→渡会 恭平
恭平 きょうへい→風祭 恭平
京谷 きょうや*→京谷

キヨコ→キヨコ
清子 きよこ→沢形 清子
清子 きよこ*→清子
清 きよし→安藤 清
清 きよし→森 清
清 きよし→木村 清(探偵)
清 きよし→和田 清
冽 きよし→登内 冽
清 きよし*→清
清孝 きよたか→清孝
清隆 きよたか→島尻 清隆
紀世治 きよはる→小倉 紀世治
清比古 きよひこ→宝月 清比古
清彦 きよひこ→松谷 清彦
清坊 きよぼう→清坊
浄見 きよみ→橋川 浄見
清美 きよみ→河合 清美
清美 きよみ→笠井 清美
清美 きよみ→丹羽 清美
キラ→キラ
きらら きらら→愛理 きらら
霧絵 きりえ→辻 霧絵
キリコ→キリコ
桐代 きりよ*→桐代
キリン→キリン
ギールグッド→ギールグッド
紀和 きわ→藤村 紀和
輝輪子 きわこ→寿摩 輝輪子
きん きん→中村 きん(きんちゃん)
金妃 きんき→金妃
キンケイド→キンケイド
きん子 きんこ→杉 きん子
欽吾 きんご→棚橋 欽吾
欽吾 きんご→中村 欽吾
ギン子 ぎんこ→ギン子
銀子 ぎんこ→松江 銀子
吟香 ぎんこう→岸田 吟香
欣作 きんさく→権藤 欣作
銀次 ぎんじ→銀次
勤二 きんじ*→椎橋 勤二
銀次 ぎんじ*→久田 銀次
銀次郎 ぎんじろう→大川 銀次郎
金介 きんすけ→宗像 金介
銀介 ぎんすけ→宗像 銀介
均三 きんぞう→増村 均三
欽造 きんぞう→押田 欽造

金蔵　きんぞう→金蔵
金蔵　きんぞう→柴山　金蔵
銀三　ぎんぞう→宮地　銀三
銀造　ぎんぞう→久保　銀造
キンダイチ先生　きんだいちせんせい→キンダイチ先生（錦田 一）
謹太郎　きんたろう→今村　謹太郎
金太郎　きんたろう→金太郎
金太郎　きんたろう→湯川　金太郎
きんちゃん→きんちゃん
ギンちゃん→ギンちゃん
欣之介　きんのすけ→柳沢　欣之介
金之助　きんのすけ→夏目　金之助
金之助　きんのすけ→進藤　金之助
金之助　きんのすけ→前川　金之助
銀之助　ぎんのすけ→鶴見　銀之助
欽也　きんや→北川　欽也

【く】

グイ→グイ
空気人間　くうきにんげん→空気人間
クォート・ギャロン→クォート・ギャロン（ギャロン）
釘抜藤吉　くぎぬきとうきち→釘抜藤吉
釘抜屋善一郎　くぎぬきやぜんいちろう→釘抜屋善一郎
公暁　くぎょう→公暁
愚公　ぐこう→愚公
日下部夫婦　くさかべふうふ→日下部夫婦
草薙　くさなぎ→草薙
草薙の伯父さん　くさなぎのおじさん→草薙の伯父さん
艸之助　くさのすけ→泉　艸之助
草馬　くさめ→草馬
久慈　くじ*→久慈
串本　くしもと→串本
孔雀夫人　くじゃくふじん→孔雀夫人
九十郎　くじゅうろう→片山　九十郎
楠田　くすだ→楠田
グストフ→グストフ
楠木　くすのき→楠木
葛葉　くずは→長谷　葛葉
久須見　くすみ→久須見
楠見　くすみ→楠見
朽木　くちき→朽木
グッドフェローズ→グッドフェローズ

グッドマン→グッドマン
工藤　くどう→工藤
邦明　くにあき→鳥越　邦明
国井　くにい→国井
国枝　くにえだ→国枝
国夫　くにお→川又　国夫
国雄　くにお→楢本　国雄
邦夫　くにお→安見　邦夫
邦夫　くにお→水木　邦夫
邦夫　くにお→邦夫
邦子　くにこ→小野寺　邦子
邦子　くにこ*→庶木　邦子
国定忠次　くにさだちゅうじ→国定忠次
国定忠治　くにさだちゅうじ→国定忠治（忠治）
邦造　くにぞう→邦造
邦政　くにまさ→小松﨑　邦政
国松　くにまつ→森木　国松
久能　くのう→久能
クブカ→クブカ
久保田　くぼた→久保田
久保村　くぼむら→久保村
久間市　くまいち→隅田　久間市
熊吉　くまきち→熊吉
熊楠　くまぐす→南方　熊楠
久満子先生　くまこ→久満子
熊沢先生　くまざわせんせい→熊沢先生
熊さん　くまさん→熊さん
隈島　くまじま→隈島
久麻助　くますけ→久麻助
熊蔵　くまぞう→熊蔵
熊蔵　くまぞう→日野　熊蔵
久美　くみ→鳥飼　久美
久美　くみ→白河　久美
久美　くみ*→笠戸　久美
久美子　くみこ→岡崎　久美子
久美子　くみこ→岩田　久美子
久美子　くみこ→室生　久美子
久美子　くみこ→西村　久美子（此花　咲子）
久美子　くみこ→鷹野　久美子
久美子　くみこ→野島　久美子
紅美子　くみこ→蘇芳　紅美子
久美子　くみこ*→縄田　久美子
クメ　くめ→護屋　クメ
くめ子　くめこ→くめ子
粂子　くめこ→八木　粂子

粂太郎 くめたろう*→播生 粂太郎
くめちゃん→くめちゃん
蜘蛛手 くもで→蜘蛛手
倉石 くらいし→倉石
クライマー→クライマー
座木 くらき→座木(座木)
内蔵子 くらこ→内蔵子
倉科 くらしな→倉科
倉田 くらた→倉田
蔵田 くらた→蔵田
内蔵助良雄 くらのすけよしたか→大石 内蔵助良雄
倉林 くらばやし→倉林
クラブさん→クラブさん
蔵前 くらまえ→蔵前
倉山 くらやま→倉山
久里子 くりこ→上城 久里子
クリス→クリス
クリストファー・ジャーヴィス→クリストファー・ジャーヴィス(ジャーヴィス)
クリス・マクレガー→クリス・マクレガー
栗原夫人 くりはふじん→栗原夫人
栗原 くりはら→栗原
栗原警部 くりはらけいぶ→栗原警部
栗屋君 くりやくん→栗屋君
クルマ屋 くるまや→クルマ屋
くるみ くるみ→小牧川 くるみ
クレー→クレー
クレア→クレア
グレアム→グレアム
クレイボン→クレイボン
グレゴリー→グレゴリー
グレゴリー・B・マナリング ぐれごりーびーまなりんぐ→グレゴリー・B・マナリング
暮松 くれまつ→暮松
クレール→クレール
ぐれんどわあ→ぐれんどわあ
九郎 くろう→三田 九郎
黒金老人 くろがねろうじん→黒金老人
黒川 くろかわ→黒川
黒木 くろき→黒木
黒坂 くろさか→黒坂
黒猿 くろざる*→黒猿
九郎助 くろすけ*→九郎助(稲荷の九郎助)
黒田 くろだ→黒田
クローデル→クローデル

黒沼氏 くろぬまし→黒沼氏
クロハ→クロハ
クローム神父 くろーむしんぷ→クローム神父
畔柳博士 くろやなぎはかせ→畔柳博士
桑木 くわき→桑木
軍二 ぐんじ→清原 軍二
燻製居士 くんせいこじ→燻製居士
軍曹 ぐんそう→軍曹

【け】

K けい→K
けい けい→折原 けい
圭 けい→横井 圭
圭 けい→大道寺 圭
圭 けい→南条 圭
啓一 けいいち→宇佐見 啓一
啓一 けいいち→清水 啓一
慶一 けいいち→木原 慶一
敬一 けいいち→浜井 敬一
景一 けいいち→浜島 景一
圭吉 けいきち→秋月 圭吉
敬吉 けいきち→福地 敬吉
景吉 けいきち→塩田 景吉
K君 けいくん→K君
啓子 けいこ→羽角 啓子
啓子 けいこ→成島 啓子
圭子 けいこ→宮本 圭子
圭子 けいこ→青柳 圭子(鼻眼鏡夫人)
圭子 けいこ→雪御所 圭子
恵子 けいこ→恵子
恵子 けいこ→上野 恵子
恵子 けいこ→石田 恵子
恵子 けいこ→前田 恵子
慶子 けいこ→梅田 慶子
慧子 けいこ→慧子
敬子 けいこ→小林 敬子
景子 けいこ→景子
景子 けいこ→三島 景子
景子 けいこ→小野 景子
景子 けいこ→白井 景子
桂子 けいこ→五十嵐 桂子
桂子 けいこ→青木 桂子
啓吾 けいご→栗木 啓吾
圭吾 けいご→香月 圭吾

桂子さん けいこさん→桂子さん
圭史 けいし→江戸川 圭史
刑事 けいじ→刑事
啓路 けいじ→設楽 啓路
圭二 けいじ→小川 圭二
圭二 けいじ→仁科 圭二
敬司 けいじ→奥田 敬司
刑事部長 けいじぶちょう→刑事部長
敬昌 けいしょう→孔 敬昌
慶二郎 けいじろう→圦 慶二郎
敬次朗 けいじろう→上総 敬次朗
敬次郎 けいじろう→徳井 敬次郎
啓介 けいすけ→弓飼 啓介
啓介 けいすけ→金崎 啓介
啓輔 けいすけ→水島 啓輔
圭介 けいすけ→大島 圭介
圭助 けいすけ→宮城 圭助（園田）
恵介 けいすけ→風見 恵介
慶介 けいすけ→筒井 慶介
慶助 けいすけ→鶴田 慶助（鶴）
敬介 けいすけ→加賀美 敬介
敬介 けいすけ→有沢 敬介
計介 けいすけ→沖 計介
計輔 けいすけ→柳井 計輔
啓介 けいすけ*→山崎 啓介
圭造 けいぞう→小川 圭造
桂造 けいぞう→脇村 桂造
啓太郎 けいたろう→朝永 啓太郎
圭太郎 けいたろう→塚村 圭太郎
敬太郎 けいたろう→深見 敬太郎
ゲイツ→ゲイツ
K博士 けいはかせ→K博士
警部 けいぶ→警部
警部補 けいぶほ→警部補
外記 げき→外記
ゲディングス→ゲディングス
検見浦 けみうら→検見浦
ゲーム取り げーむとり→ゲーム取り（お君ちゃん）
介良 けら→介良
ゲリー・スタンディフォード→ゲリー・スタンディフォード
ケン→ケン
健 けん→近藤 健
謙 けん→尾関 謙
ケンイチ→ケンイチ

ケン一 けんいち→渋柿 ケン一
健一 けんいち→榎本 健一（エノケン）
健一 けんいち→岡田 健一
健一 けんいち→健一
憲一 けんいち→芳賀 憲一
研一 けんいち→高松 研一
研市 けんいち→石黒 研市
謙一 けんいち→秋月 謙一
賢一 けんいち→水島 賢一
賢一 けんいち→草壁 賢一
賢一 けんいち→矢井田 賢一
源一 げんいち→尾花 源一
謙一 けんいち*→真岡 謙一
源一郎 げんいちろう→蛇山 源一郎
玄一郎 げんいちろう→成宮 玄一郎
兼一郎 けんいちろう*→堀谷 兼一郎
源おじ げんおじ→源おじ
玄角 げんかく→小川 玄角
健吉 けんきち→井上 健吉
健吉 けんきち→井筒 健吉
健吉 けんきち→村川 健吉
賢吉 けんきち→小野田 賢吉
研吉 けんきち*→瀬折 研吉
健吾 けんご→轡田 健吾
健吾 けんご→堂島 健吾
研吾 けんご*→南丘 研吾
源五右衛門 げんごえもん→朝山 源五右衛門
謙作 けんさく→氷川 謙作
賢朔 けんさく→早坂 賢朔（ケン兄ちゃん）
玄三郎 げんざぶろう→繁田 玄三郎
健さん けんさん→健さん
ケンジ→ケンジ
健次 けんじ→百瀬 健次
健治 けんじ→小山田 健治
健治 けんじ→北村 健治
健二 けんじ→沢村 健二
研次 けんじ→矢代 研次
賢治 けんじ→宮澤 賢治
賢治 けんじ→宮澤 賢治（ケンジ）
源次 げんじ→源次（むささびの源次）
源治 げんじ→石垣 源治
源七 げんしち→源七
剣十郎 けんじゅうろう*→剣突 剣十郎
健二郎 けんじろう→福地 健二郎
賢次郎 けんじろう→小島 賢次郎

源四郎　げんしろう→源四郎
源治郎　げんじろう→嘉納 源治郎
兼二郎　けんじろう*→堀谷 兼二郎
源二郎爺さん　げんじろうじいさん→源二郎爺さん
健介　けんすけ→安達 健介
健介　けんすけ→健介
健介　けんすけ→西 健介
健介　けんすけ→蛭田 健介
剣介　けんすけ→座間 剣介
研介　けんすけ→風見 研介
謙介　けんすけ→謙介
源助　げんすけ→源助
ケンゾウ→ケンゾウ
健三　けんぞう→武者 健三
兼三　けんぞう→神並 兼三
堅蔵　けんぞう→古城 堅蔵（コジョー）
建三　けんぞう→建三
建三　けんぞう→松谷 建三
謙三　けんぞう→高木 謙三
健造　けんぞう*→広 健造
建三　けんぞう*→雪沢 建三
健太　けんた→石山 健太
賢太　けんた→大柴 賢太
源太　げんた→源太
健太郎　けんたろう→吉田 健太郎
健太郎　けんたろう→宮野 健太郎
健太郎　けんたろう→谷村 健太郎
謙太郎　けんたろう→高塚 謙太郎
賢太郎　けんたろう→笹井 賢太郎
源太郎　げんたろう→瀬村 源太郎
健太郎　けんたろう*→小平 健太郎
玄堂　げんどう→須貝 玄堂
玄道　げんどう→中村 玄道
源内　げんない→平賀 源内
ケン兄ちゃん　けんにいちゃん→ケン兄ちゃん
玄翁先生　げんのうせんせい→玄翁先生（間直瀬 玄蕃）
剣之介　けんのすけ→亀無 剣之介
玄蕃　げんば→間直瀬 玄蕃
玄彪　げんぴょう→程 玄彪
玄武　げんぶ→倉谷 玄武
源兵衛　げんべえ→源兵衛
源兵衛　げんべえ→鈴木 源兵衛
賢明　けんめい*→西川 賢明
見目　けんもく→見目

言耶　げんや→刀城 言耶
玄哉　げんや*→吉中 玄哉

【こ】

呉　ご→呉
恋香　こいか*→恋香
鯉四郎　こいしろう→船田 鯉四郎
小泉　こいずみ→小泉
吾市　ごいち→吾市
恋人　こいびと→恋人
小岩井くん　こいわいくん→小岩井くん
ご隠居　ごいんきょ→ご隠居
庚　こう→徐 庚
鉤　こう→古辺 鉤
剛　ごう*→益川 剛
剛　ごう*→西連寺 剛
剛　ごう*→鷹村 剛
光一　こういち→佐分利 光一
公一　こういち→公一
公一　こういち→篠原 公一
公一　こういち→植村 公一
好一　こういち→坪野 好一
孝一　こういち→江崎 孝一
孝一　こういち→神永 孝一
弘一　こういち→佐山 弘一
浩一　こういち→海老原 浩一
浩一　こういち→月山 浩一
浩一　こういち→佐竹 浩一
浩一　こういち→山倉 浩一
浩一　こういち→青山 浩一
浩一　こういち→村木 浩一
浩一　こういち→大隈 浩一
浩一　こういち→福島 浩一
浩一　こういち→緑川 浩一
紘一　こういち→中根 紘一
紘一　こういち→町田 紘一
洸一　こういち→宮永 洸一
剛一　ごういち→城川 剛一
光一　こういち*→新庄 光一
康一　こういち*→加納 康一
耕一　こういち*→金田 耕一
皓一　こういち*→佐貫 皓一
浩一郎　こういちろう→戸塚 浩一郎
浩一郎　こういちろう→浅見 浩一郎
鉱一郎　こういちろう→鎧塚 鉱一郎

571

昴允 こういん→由良 昴允
浩輝 こうき→山路 浩輝
光吉 こうきち→笹木 光吉
公吉 こうきち→公吉
甲吉 こうきち→沢村 甲吉
紅吉 こうきち*→山名 紅吉
幸吉さん こうきちさん→幸吉さん
幸左衛門 こうざえもん→徳山 幸左衛門
幸作 こうさく→幸作
康司 こうし→近藤 康司
康志 こうし→杉山 康志
光司 こうじ→喜多川 光司
孝司 こうじ→大岡 孝司
孝治 こうじ→時津 孝治
幸司 こうじ→香月 幸司
幸治 こうじ→野辺山 幸治
康治 こうじ→大下 康治
康二 こうじ→松岡 康二
晃司 こうじ→晃司
浩司 こうじ→砧 浩司
浩二 こうじ→下山 浩二
浩二 こうじ→真島 浩二
浩二 こうじ→大宮 浩二
浩二 こうじ→天堂 浩二
耕二 こうじ→増淵 耕二
郊二 こうじ→森山 郊二
光司 こうじ*→喜多川 光司
浩二 こうじ*→北川 浩二
光次郎 こうじろう→織田 光次郎
孝次郎 こうじろう→孝次郎
耕次郎 こうじろう→亘理 耕次郎
香月 こうずき→香月
公介 こうすけ→大佛 公介
幸助 こうすけ→小山田 幸助
康介 こうすけ→小栗 康介
浩介 こうすけ→浩介
浩介 こうすけ→榊 浩介
耕助 こうすけ→近田一 耕助
耕助 こうすけ→金田一 耕助
耕助 こうすけ→金田一 耕助(コウモリ男)
耕助 こうすけ→金田一 耕助(コフスキー)
豪助君 ごうすけくん→豪助君
孝三 こうぞう→孝三
孝三 こうぞう→道下 孝三
孝造 こうぞう→中島 孝造
浩三 こうぞう→三好 浩三
耕三 こうぞう→耕三
耕造 こうぞう→細井 耕造
降三 こうぞう→佐芝 降三
剛造 ごうぞう→黒城 剛造
光蔵 こうぞう*→牧村 光蔵
光造 こうぞう*→猪玉 光造
浩三 こうぞう*→窪谷 浩三
鴻三 こうぞう*→尾上 鴻三
浩太 こうた→矢上 浩太
幸田 こうだ→幸田
甲田 こうだ→甲田
功太郎 こうたろう→原 功太郎
孝太郎 こうたろう→取違 孝太郎
孝太郎 こうたろう→中江 孝太郎
幸太郎 こうたろう→絹谷 幸太郎
幸太郎 こうたろう→徳山 幸太郎
浩太郎 こうたろう→井神 浩太郎
貢太郎 こうたろう→寺沢 貢太郎
光太郎 こうたろう*→笹原 光太郎
校長 こうちょう→校長
皇帝陛下 こうていへいか→皇帝陛下(陛下)
公都子 こうとし→公都子
幸之助 こうのすけ→陸奥 幸之助
ゴウの娘 ごうのむすめ→ゴウの娘
公平 こうへい→児島 公平
功平 こうへい→友成 功平
康平 こうへい→伏見 康平
浩平 こうへい→土屋 浩平
浩平 こうへい→武藤 浩平
浩平 こうへい→北沢 浩平
耕平 こうへい→耕平
耕平 こうへい→出雲 耕平
耕平 こうへい→和戸 耕平
郷平 ごうへい→牧村 郷平
コウモリ男 こうもりおとこ→コウモリ男
蝙蝠の銀次 こうもりのぎんじ→蝙蝠の銀次
郡山 こおりやま→郡山
古賀 こが→古賀
木枯し紋次郎 こがらしもんじろう→木枯し紋次郎
ゴキブリ男 ごきぶりおとこ→ゴキブリ男
ゴーギャン→ゴーギャン
小欣吾 こきんご→小欣吾
悟慶和尚 ごけいおしょう→悟慶和尚
後家さん ごけさん→後家さん

こごろう こごろう→あけち こごろう
小五郎 こごろう→明智 小五郎
ココロコ→ココロコ
小智大夫 こさとたゆう→小智大夫
沽澤 こざわ→沽澤
居士 こじ→居士
呉氏 ごし→呉氏
乞食 こじき→乞食
児島 こじま→児島
コジモ→コジモ
コジョー→コジョー
小次郎 こじろう→三野 小次郎
こずえ→こずえ
こずえ こずえ→佐野 こずえ
梢 こずえ→梢
梢 こずえ→谷村 梢
小菅 こすげ→小菅
五助 ごすけ→金田 五助
吾助 ごすけ→仲井 吾助
小菅先輩 こすげせんぱい→小菅先輩
小太郎 こたろう→紺野 小太郎
小太郎 こたろう→小太郎
ゴーダン・クロス→ゴーダン・クロス（アルフレッド・モスバウム）
小蝶 こちょう→小蝶
コックス→コックス
コト こと→長谷川 コト
後藤 ごとう→後藤
古藤 ことう*→古藤
後藤先輩 ごとうせんぱい→後藤先輩
琴美 ことみ→琴美
琴美 ことみ→見染 琴美
琴美 ことみ*→弓納 琴美
小西さん こにしさん→小西さん
五人組の泥棒 ごにんぐみのどろぼう→五人組の泥棒（泥棒）
コノエ このえ→相沢 コノエ
虎伯 こはく→虎伯
小浜 こはま*→小浜
小早川 こばやかわ→小早川
小林 こばやし→小林
こばやしくん→こばやしくん
小林くん こばやしくん→小林くん
小林しょうねん こばやししょうねん→小林しょうねん
小林少年 こばやししょうねん→小林少年
コーヒー こーひー→コーヒー（杉山 康志）

湖風 こふう→安原 湖風
小藤 こふじ→小藤
コフスキー→コフスキー
五平 ごへい→松田 五平
コマ→コマ
駒井 こまい→駒井（コマ）
狛江 こまえ→狛江
コマシのテツ→コマシのテツ
コマスケ→コマスケ
小松 こまつ→小松
小松刑事 こまつけいじ→小松刑事
小宮巡査 こみやじゅんさ→小宮巡査
小麦色の男 こむぎいろのおとこ→小麦色の男
小雪 こゆき→木村 小雪
コラボイ→コラボイ
ユーリ・コラボイ→ユーリ・コラボイ（コラボイ）
五龍神田 ごりゅうかんだ→五龍神田
胡竜児 こりゅうじ→塙 胡竜児
ゴリラ→ゴリラ
コリン→コリン
コルニコフ→コルニコフ
ゴーレム→ゴーレム
ゴロー→ゴロー
五郎 ごろう→安本 五郎
五郎 ごろう→五郎
五郎 ごろう→沼津 五郎
五郎 ごろう→森田 五郎
五郎 ごろう→待鳥 五郎
五郎 ごろう→中条 五郎
五郎 ごろう→緋熊 五郎
五郎 ごろう→毛利 五郎
吾郎 ごろう→志賀 吾郎
吾郎 ごろう→石上 吾郎
吾郎 ごろう→池浦 吾郎
五郎 ごろう*→香田 五郎
伍六 ごろく→倉石 伍六
五郎七 ごろしち→人丸 五郎七
毅 こわし→井上 毅
紺子 こんこ*→紺子
権次 ごんじ→権次（野ざらし権次）
権三 ごんぞう*→安場 権三
コン・ソルン→コン・ソルン
権太爺さん ごんたじいさん→権太爺さん
コンデ→コンデ

近藤　こんどう→近藤
権藤　ごんどう→権藤
権藤　ごんどう→権藤（ナマハゲ）
近藤刑事　こんどうけいじ→近藤刑事
コンノ→コンノ
紺野　こんの→紺野
権之介　ごんのすけ→馬田 権之介
紺野先生　こんのせんせい→紺野先生
ゴンベ→ゴンベ
権六　ごんろく→秋山 権六

【さ】

斉木　さいき→斉木
採金船長　さいきんせんちょう→採金船長
サイゴウ→サイゴウ
西郷　さいごう→西郷
妻女　さいじょ→妻女
才蔵　さいぞう→飯田 才蔵
再会　さいちぇん→王 再会
佐一郎　さいちろう→磯田 佐一郎
財津　ざいつ→財津
斉藤　さいとう→斉藤
犀歩　さいほ→江藤 犀歩
サイモン・ハートレイ→サイモン・ハートレイ
蔡老人　さいろうじん→蔡老人
冴恵　さえ→榛原 冴恵
紗絵　さえ→山崎 紗絵
紗江　さえ→濱田 紗江
紗枝　さえ→庄野 紗枝
佐伯　さえき→佐伯
三枝　さえぐさ→三枝
サエコ　さえこ→トシマ サエコ
沙枝子　さえこ→高見沢 沙枝子
冴子　さえこ→宮崎 冴子
冴子　さえこ→冴子
冴子　さえこ→垂里 冴子
サヲリ→サヲリ
沙織　さおり→高嶋 沙織
沙織　さおり→沙織
酒井　さかい→酒井
境田　さかいだ→境田
栄　さかえ→三島 栄
榊　さかき→榊
榊原　さかきばら→榊原
坂田　さかた→坂田

坂田夫人　さかたふじん→坂田夫人
坂田屋三之助　さかたやさんのすけ→坂田屋三之助
坂本　さかもと→坂本
相良　さがら→相良
酒匂　さかわ→酒匂
佐希　さき→藤倉 佐希
沙希　さき→高野 沙希
咲　さき→増田 咲
早紀　さき→早紀
ザギ→ザギ
座木　ざぎ→座木
咲枝　さきえ→森 咲枝
咲子　さきこ→此花 咲子
咲子　さきこ→浅田 咲子
鷺太郎　さぎたろう→白藤 鷺太郎
佐吉　さきち→佐吉
左京太　さきょうた→神馬 左京太
さぎりちゃん→さぎりちゃん
作蔵　さくぞう→作蔵
佐久田　さくた→佐久田
朔太郎　さくたろう→萩原 朔太郎
策太郎　さくたろう→河村 策太郎
佐久間　さくま→佐久間
佐久間先生　さくませんせい→佐久間先生
サクラ　さくら→サクラ（伝法 真希）
佐倉　さくら→佐倉
桜　さくら→佐倉 桜
桜　さくら→神谷 桜
桜井　さくらい→桜井
桜子　さくらこ→田澄 桜子
朔郎　さくろう→原木 朔郎
佐々木　ささき→佐々木
笹子　ささこ→黒尾 笹子
サージ→サージ
差出人　さしだしにん→差出人
佐七　さしち→佐七（人形佐七）
サー・ジョージ・ニューンズ→サー・ジョージ・ニューンズ
サスケ→サスケ
佐助　さすけ→佐助
佐田　さた*→佐田
貞明　さだあき→北林 貞明
貞男　さだお→遠藤 貞男
貞夫　さだお→貞夫
貞夫　さだお→鳩村 貞夫

定男　さだお→日沼 定男
定夫　さだお*→千手 定夫
サダオちゃん→サダオちゃん
佐竹　さたけ→佐竹
貞子　さだこ*→岩間 貞子
貞子ばあさん　さだこばあさん→貞子ばあさん
佐田大尉　さたたいい→佐田大尉
定規　さだのり→三角 定規
貞正　さだまさ*→御室 貞正
幸恵　さちえ→幸恵
佐智枝　さちえ→則竹 佐智枝
サチコ→サチコ
幸子　さちこ→叶 幸子
幸子　さちこ→幸子
幸子　さちこ→大庭 幸子
幸子　さちこ→沢口 幸子
佐知子　さちこ→佐知子
佐智子　さちこ→佐智子
左知子　さちこ→左知子
さち女　さちじょ→志村 さち女
サチヨ　さちよ→サチヨ(杉原 幸代)
幸代　さちよ→杉原 幸代
幸代　さちよ*→倉田 幸代
さつき　さつき→四方田 さつき
佐々　さっさ→佐々
殺人者　さつじんしゃ→殺人者
殺人犯　さつじんはん→殺人犯
殺人犯　さつじんはん→殺人犯(囚人)
沙都　さと→渡部 沙都
佐藤　さとう→佐藤
佐藤警部　さとうけいぶ→佐藤警部
聡江　さとえ→田村 聡江
聡子　さとこ→津川 聡子
里子　さとこ→斎藤 里子
里子　さとこ→笹野 里子
聡子さん　さとこさん*→聡子さん
聡　さとし→江口 聡
聡　さとし→滝沢 聡
哲　さとし→狛江 哲
里中　さとなか→里中
聡美　さとみ→小宮 聡美
聡美　さとみ→落合 聡美
里見　さとみ→里見
里美　さとみ→戸枝 里美
里美　さとみ→中村 里美
里美　さとみ→南条 里美
里美　さとみ→梨本 里美
里美　さとみ→里美
サトル→サトル
サトル　さとる→山口 サトル
悟　さとる→後動 悟
悟　さとる→江上 悟
悟　さとる→池永 悟
悟　さとる→有実 悟
紗杜瑠　さとる→水乃 紗杜瑠(サトル)
早苗　さなえ→久賀 早苗
早苗　さなえ→沼田 早苗
早苗　さなえ→早苗
早苗　さなえ→美樹本 早苗
早苗さん　さなえさん→早苗さん
サネ→サネ
実房　さねふさ→二条 実房(サネ)
ザビエル→ザビエル
茶父　さぶ→林 茶父
茶父　さぶ→林 茶父(サブ叔父さん)
サブ叔父さん　さぶおじさん→サブ叔父さん
三郎　さぶろう→久瀬 三郎
三郎　さぶろう→桜木 三郎
三郎　さぶろう→三郎
三郎　さぶろう→緒方 三郎
三郎　さぶろう→須田 三郎
三郎　さぶろう→堤 三郎
三郎　さぶろう→牧 三郎(青年俳人)
三郎　さぶろう→万年 三郎
三郎王子　さぶろうおうじ→三郎王子
三郎兵衛　さぶろべえ→三郎兵衛
三郎兵衛　さぶろべえ→田中 三郎兵衛
佐保　さほ→佐保
座間味くん　ざまみくん*→座間味くん
サミュエル・ホック→サミュエル・ホック(ホック)
サミーラ→サミーラ
サム→サム
寒川　さむかわ→寒川
サムの甥　さむのおい→サムの甥
鮫島　さめじま→鮫島
左門　さもん→村内 左門
左文治　さもんじ→左文治
沙耶　さや→辻村 沙耶
さやか　さやか→新庄 さやか
紗耶香　さやか→有村 紗耶香

沙耶子　さやこ→沙耶子
小百合　さゆり→久米 小百合
小百合　さゆり→五本松 小百合
小百合　さゆり→五本松 小百合（松本 ユリ）
小夜　さよ→藤川 小夜
小夜子　さよこ→五十嵐 小夜子
小夜子　さよこ→朝井 小夜子
小夜子　さよこ→来島 小夜子
さより　さより→友永 さより
サラ→サラ
サラ　さら→植野 サラ
佐利　さり→佐利
サリー夫人　さりーふじん→サリー夫人
サル→サル
猿　さる→猿
沙呂女　さろめ→松浦 沙呂女
沢木　さわき→沢木
さわ子　さわこ→村井 さわ子
佐和子　さわこ→本西 佐和子
爽子　さわこ→吉村 爽子
沢崎　さわざき→沢崎
沢地さん　さわちさん→沢地さん
沢野女史　さわのじょし→沢野女史
サワモト　さわもと→サワモト（沢本 康夫）
三喜　さんき→井上 三喜
三吉　さんきち→下條 三吉（燻製居士）
三吉　さんきち→古田 三吉
サングリヤ→サングリヤ
算治　さんじ→算治
三条　さんじょう→三条
三条　さんじょう→美袋 三条
三四郎　さんしろう→戸浪 三四郎
三四郎　さんしろう→勝本 三四郎
三蔵　さんぞう→羽田 三蔵
三太郎君　さんたろうくん→三太郎君
サンドラ・レイデン→サンドラ・レイデン
三之助　さんのすけ*→大村 三之助
サンバイザーの男　さんばいざーのおとこ→サンバイザーの男
サンフォード・亀井　さんふぉーどかめい→サンフォード・亀井
三瓶　さんぺい→三瓶
三平　さんぺい→小栗 三平
三平太　さんぺいた→泊 三平太
散歩　さんぽ→荒川 散歩

【し】

ジイさん→ジイさん
椎名　しいな→椎名
椎名さん　しいなさん→椎名さん（船島）
シイラさん→シイラさん
志恵　しえ→伊羅水 志恵
ジェイ→ジェイ
ジェイムズ・ヘンリー・アルフォンス→ジェイムズ・ヘンリー・アルフォンス
ジェニファー→ジェニファー
ジェフ・キャンディ→ジェフ・キャンディ
ジェフ・マール→ジェフ・マール
ジェームズ→ジェームズ
チェムス・フェルド→チェムス・フェルド（フェルド）
ジェームズ・山崎　じぇーむずやまざき→ジェームズ・山崎（山崎）
ジェラルド・キンケイド→ジェラルド・キンケイド（キンケイド）
ジェルソミーナ→ジェルソミーナ
ジェレマイア・マンドヴィル→ジェレマイア・マンドヴィル
汐子　しおこ*→汐子
塩原　しおばら→塩原
しおり→しおり
詩織　しおり→詩織
詩織　しおり→松島 詩織
栞　しおり→釜田 栞
紫苑　しおん→尾木 紫苑
市会議員　しかいぎいん→市会議員
志柿　しがき→志柿
志賀さん　しがさん→志賀さん
鹿田屋吉太　しかだやきちた→鹿田屋吉太
C眼科医　しーがんかい→C眼科医
紫季男　しきお→冬木 紫季男
式亭三馬　しきていさんば→式亭三馬
シクロン→シクロン
ジゲ→ジゲ
茂一　しげいち→綿井 茂一
繁夫　しげお→沼田 繁夫
茂夫　しげお→菊岡 茂夫
成夫　しげお*→木崎 成夫
茂和　しげかず→松葉 茂和
繁樹　しげき→久富 繁樹
茂喜　しげき→高隈 茂喜

茂樹　しげき→細田　茂樹
茂樹　しげき→飯伏　茂樹
繁吉　しげきち*→松山　繁吉
滋子　しげこ→滋子
重子　しげこ→川鍋　重子
繁子　しげこ→繁子
繁子　しげこ→富樫　繁子
茂子　しげこ→三沢　茂子
茂七　しげしち→茂七
重次郎　しげじろう→青野　重次郎
成友　しげとも→山県　成友
重成　しげなり→相田　重成
滋野　しげの→滋野
重治　しげはる→鵜川　重治
重松　しげまつ→重松
重道　しげみち→河野　重道
繁之　しげゆき→繁之
茂之　しげゆき→本多　茂之
重宜　しげよし→越川　重宜
滋　しげる→山内　滋
茂　しげる→榎　茂
茂　しげる→吉田　茂
茂　しげる→荒巻　茂
茂　しげる→青木　茂
茂　しげる→楢山　茂
四十面相　しじゅうめんそう→四十面相
詩人の青年　しじんのせいねん→詩人の青年（青年）
閑枝　しずえ→閑枝
静枝　しずえ→静枝
静夫　しずお→吉岡　静夫
静夫　しずお→静夫
静　しずか→夜ノ森　静
静香　しずか→早乙女　静香
志逗子　しずこ→石井　志逗子
志津子　しずこ→小沼　志津子
静子　しずこ→降旗　静子
静子　しずこ→静子
静子　しずこ→静子（女）
静子　しずこ→並木　静子
静子　しずこ→片瀬　静子
鎮子　しずこ→鎮子
system99　しすてむないんないん*→system99
地蔵助　じぞうすけ→地蔵助
志田　しだ→志田

七五郎　しちごろう→七五郎
七郎　しちろう→滝田　七郎
七郎　しちろう→北村　七郎
七郎　しちろう*→山口　七郎
じっとく→じっとく
志土　しど→黒田　志土
シートン氏　しーとんし→シートン氏
シートン老人　しーとんろうじん→シートン老人
ジナイーダ→ジナイーダ
死神　しにがみ→死神（千葉）
志乃　しの→志乃
篠　しの→篠
篠　しの→小松﨑　篠
偲　しの→祖父江　偲
ジーノ→ジーノ
篠崎　しのざき→篠崎
シノさん→シノさん
篠原　しのはら→篠原
しのぶ　しのぶ→羽村　しのぶ
しのぶ　しのぶ→朔田　しのぶ
しのぶ　しのぶ→三ケ崎　しのぶ（朔田　しのぶ）
しのぶ　しのぶ→中村　しのぶ
しのぶ　しのぶ→藤堂　しのぶ
忍　しのぶ→磯田　忍
忍　しのぶ→木島　忍
柴　しば→柴
ジバコ→ジバコ
柴崎　しばざき*→柴崎
柴忠さん　しばちゅうさん→柴忠さん
シブガキ→シブガキ
ジプシイの乙女　じぷしいのおとめ→ジプシイの乙女
志保　しほ→志保
志保子　しほこ→市ノ瀬　志保子
志摩子　しまこ→宇留木　志摩子
島崎　しまざき→島崎
島崎博士　しまざきはかせ→島崎博士
島津　しまず→島津
清水　しみず→清水
ジム→ジム
下川　しもかわ→下川（チビシモ）
下村　しもむら→下村
しゃいろっく→しゃいろっく
車契　しゃけい→薬小路　車契
紗沙羅　しゃさら→田中　紗沙羅

シャーシー・トゥームズ→シャーシー・トゥームズ（トゥームズ）
鯱先生　しゃちせんせい→鯱先生
社長　しゃちょう→社長
ジャック→ジャック
シャックリ・ホームスパン→シャックリ・ホームスパン（ホームスパン）
ジャネット嬢　じゃねっとじょう→ジャネット嬢
ジャーヴィス→ジャーヴィス
ジャマイカ→ジャマイカ
シャルラッハ→シャルラッハ
シャルル・ベルトラン→シャルル・ベルトラン（ベルトラン）
シャルル・ラスパイユ→シャルル・ラスパイユ
車六先生　しゃろくせんせい*→車六先生
シャーロック゠ホームズ　しゃーろっくほーむず→シャーロック゠ホームズ（ホームズ）
シャーロック・ホームズ→シャーロック・ホームズ（ホームズ）
シャロック・ホームズ→シャロック・ホームズ（ホームズ）
シャーロック・ホームズ・ジュニア→シャーロック・ホームズ・ジュニア
シャーロット・ホイットマン→シャーロット・ホイットマン
シャロン・グレイ→シャロン・グレイ
ジャンヌ→ジャンヌ
ジャン・ピエール・トルソー→ジャン・ピエール・トルソー
シャンプオオル→シャンプオオル
ジュアン・ベニート→ジュアン・ベニート
呪医　じゅい→呪医
シュウ→シュウ
莠　しゅう→丸山 莠
修一　しゅういち→広畑 修一
修一　しゅういち→修一
秀一　しゅういち→柴崎 秀一
秀一　しゅういち→蓮野 秀一
修一　しゅういち*→久野 修一
秋一　しゅういち*→金沢 秋一
修一郎　しゅういちろう→園田 修一郎
修一郎　しゅういちろう→杉田 修一郎
周吉　しゅうきち→周吉
十吉　じゅうきち→臼井 十吉
重吉　じゅうきち*→針川 重吉
修子　しゅうこ→藤川 修子
柊子　しゅうこ→岡村 柊子

秀作　しゅうさく→田切 秀作
十三郎　じゅうざぶろう*→関口 十三郎
重三　じゅうさん→孟 重三
修二　しゅうじ→田所 修二
秀司　しゅうじ→大宮 秀司
秀治　しゅうじ→堺 秀治
集治　しゅうじ→越名 集治
住持　じゅうじ→住持
修二　しゅうじ*→冨士原 修二
秋色　しゅうしき→秋色
住職　じゅうしょく→住職
住職　じゅうしょく→住職（立花）
十四郎　じゅうしろう→岩見 十四郎
囚人　しゅうじん→囚人
十介　じゅうすけ→山鹿 十介
修三　しゅうぞう→万陀 修三
柊三　しゅうぞう→柊三
十造　じゅうぞう→十造
重蔵　じゅうぞう→近藤 重蔵
宗太郎　しゅうたろう→栄田 宗太郎
修道院長　しゅうどういんちょう→修道院長
周之助　しゅうのすけ→武内 周之助
秀之助　しゅうのすけ*→西園 秀之助
周平　しゅうへい→橋本 周平
周平　しゅうへい→望月 周平
修平　しゅうへい→指宿 修平
修平　しゅうへい→修平
修平　しゅうへい→石黒 修平
修平　しゅうへい*→塩谷 修平
十兵衛　じゅうべえ→井関 十兵衛
重兵衛　じゅうべえ→重兵衛
十文字　じゅうもんじ→十文字
修矢　しゅうや→藤代 修矢
周六　しゅうろく*→青柳 周六
十郎兵衛　じゅうろべえ→十郎兵衛
シュザンヌ・ルストー→シュザンヌ・ルストー
寿之助　じゅのすけ*→滝田 寿之助
寿八郎　じゅはちろう→寿八郎
主婦　しゅふ→主婦
シュミット→シュミット
シュミットナー→シュミットナー
シュミネさん→シュミネさん
シューメイカー夫人　しゅーめいかーふじん→シューメイカー夫人
ジュリエット→ジュリエット
シュルツ→シュルツ

シュン→シュン
俊 しゅん→迎出 俊
俊 しゅん→真中 俊
春 しゅん→関根 春
春 しゅん→春
瞬 しゅん→白崎 瞬
ジュン→ジュン
淳 じゅん→猿渡 淳（オサル）
潤 じゅん→井波 潤
潤 じゅん→青山 潤
純 じゅん→清川 純
順 じゅん→安藤 順
順 じゅん→音野 順
詢 じゅん→豊島 詢
淳 じゅん*→高沢 淳
淳 じゅん*→淳
潤 じゅん*→三影 潤
俊一 しゅんいち→桜井 俊一
舜一 しゅんいち→舜一
淳一 じゅんいち→郷田 淳一
淳一 じゅんいち→深見 淳一
淳一 じゅんいち→中川 淳一
潤一 じゅんいち→岡本 潤一
純一 じゅんいち→加藤 純一（ジュン）
俊一 しゅんいち*→風岡 俊一
淳一 じゅんいち*→外浦 淳一
淳一 じゅんいち*→淳一
潤一 じゅんいち*→神谷 潤一
淳一郎 じゅんいちろう→淳一郎
潤一郎 じゅんいちろう→三枝 潤一郎
潤一郎 じゅんいちろう→平瀬 潤一郎
純一郎 じゅんいちろう→小牧 純一郎
春桜亭円紫 しゅんおうていえんし→春桜亭円紫（円紫）
順吉 じゅんきち→牟礼 順吉
絢子 じゅんこ→小日向 絢子
淳子 じゅんこ→刀根館 淳子
潤子 じゅんこ→潤子
順子 じゅんこ→伊吹 順子
順子 じゅんこ→久合田 順子
順子 じゅんこ→橋本 順子
順子 じゅんこ→古厩 順子
順子 じゅんこ→山口 順子
順子 じゅんこ→順子
純子 じゅんこ*→下山 純子
純子 じゅんこ*→菊岡 純子

巡査 じゅんさ→巡査
筍斎 じゅんさい→薮田 筍斎
俊作 しゅんさく→工藤 俊作
俊作 しゅんさく→青山 俊作
春策 しゅんさく→森江 春策
順三郎 じゅんざぶろう→坂口 順三郎
淳二 じゅんじ→草壁 淳二
準二 じゅんじ→準二
順次 じゅんじ→徳田 順次
順次 じゅんじ→武藤 順次
順治 じゅんじ→鏑木 順治
順二 じゅんじ→佐久間 順二
俊陞 しゅんしょう→呉 俊陞
春笙 しゅんしょう→名取 春笙
俊介 しゅんすけ→夏川 俊介
俊介 しゅんすけ→狩野 俊介
俊介 しゅんすけ→湊 俊介
俊助 しゅんすけ→三津木 俊助
俊輔 しゅんすけ→衣笠 俊輔
俊輔 しゅんすけ→鳥飼 俊輔
瞬介 しゅんすけ→御倉 瞬介
俊三 しゅんぞう→佐倉 俊三
準三 じゅんぞう→波岡 準三
潤三 じゅんぞう→越野 潤三
竣太郎 しゅんたろう→笹野 竣太郎
春天公 しゅんてんこう→春天公
順之介 じゅんのすけ→砧 順之介
俊平 しゅんぺい→黒木 俊平
純平 じゅんぺい→鯉口 純平
純平 じゅんぺい→辻谷 純平
順平 じゅんぺい→仁木 順平
順平 じゅんぺい→瀬川 順平
順平 じゅんぺい→湯浅 順平
順平 じゅんぺい*→仁木 順平
俊也 しゅんや→名越 俊也
淳也 じゅんや→福山 淳也
純也 じゅんや→蘇甲 純也
順也 じゅんや→末原 順也
順也 じゅんや*→今谷 順也
ジョー→ジョー
ジョー じょー→ジョー（柚子原 譲）
女医 じょい→女医
翔 しょう→相尾 翔
翔 しょう→翔
ジョウ→ジョウ
譲 じょう→沢渡 譲

庄一　しょういち→庄一
庄一　しょういち→末永 庄一
昌一　しょういち→宇多川 昌一
正一　しょういち→吉井 正一
正一　しょういち→浅野 正一
翔一　しょういち→宮村 翔一
萓君　しょうくん→孟 萓君
将軍　しょうぐん→将軍
尚子　しょうこ→諸井レステエフ 尚子
硝子　しょうこ→横尾 硝子
祥子　しょうこ→祥子
正子　しょうこ→高岡 正子
笙子　しょうこ→山下 笙子
笙子　しょうこ→笙子
薔子　しょうこ→八木 薔子
省吾　しょうご→神崎 省吾
省吾　しょうご→八代 省吾
章吾　しょうご→杉島 章吾
正吾　しょうご→速水 正吾
省吾　しょうご*→宮脇 省吾
省吾　しょうご*→藤田 省吾
尚古堂　しょうこどう→水谷 尚古堂
正五郎　しょうごろう→古田 正五郎
常悟朗　じょうごろう→小鳩 常悟朗
正五郎　しょうごろう*→古田 正五郎
祥斎　しょうさい→加護 祥斎
昭之　しょうし→趙 昭之
庄治　しょうじ→汐見 庄治
昇治　しょうじ→鳴滝 昇治
章二　しょうじ→久坂 章二
正治　しょうじ→蓮沼 正治
丈治　じょうじ→徳田 丈治
丈二　じょうじ→北風 丈二
譲次　じょうじ→井口 譲次（ジョー）
譲治　じょうじ→佐川 譲治
譲二　じょうじ→信濃 譲二
譲二　じょうじ→滝山 譲二
錠治　じょうじ→須藤 錠治
昌治　しょうじ*→上杉 昌治
城島　じょうじま→城島
少女　しょうじょ→少女
少女　しょうじょ→少女（神奈）
章次郎　しょうじろう→平田 章次郎
小神王　しょうしんのう→小神王
象水　しょうすい→佐治 象水
庄介　しょうすけ→真備 庄介

庄介　しょうすけ→束原 庄介
庄助　しょうすけ→小原 庄助
庄助　しょうすけ→庄助
庄助　しょうすけ→大久保 庄助（白髪の老人）
捷輔　しょうすけ→西之園 捷輔
昌介　しょうすけ→宇留木 昌介
正介　しょうすけ→榎本 正介
正介　しょうすけ→正介
城助　じょうすけ→柾田 城助
正介　しょうすけ*→金田一 正介
小説家　しょうせつか→小説家
昌造　しょうぞう→広松 昌造
祥造　しょうぞう→瀬戸 祥造
正三　しょうぞう→鈴木 正三
省三　しょうぞう*→井原 省三
昇太　しょうた→生稲 昇太
翔太　しょうた→白木原 翔太
庄太郎　しょうたろう→庄太郎
正太郎　しょうたろう→正太郎
笙太郎　しょうたろう→笙太郎
丈太郎　じょうたろう→松江 丈太郎
正太郎　しょうたろう*→正太郎
商人風の男　しょうにんふうのおとこ→商人風の男
少年　しょうねん→少年
庄之助　しょうのすけ→谷崎 庄之助
松風斎松月　しょうふうさいしょうげつ→松風斎松月
昇平　しょうへい→河田 昇平
正平　しょうへい→倉石 正平
正平　しょうへい→友部 正平
庄兵衛　しょうべえ→羽田 庄兵衛
消防署長　しょうぼうしょちょう→消防署長
錠前屋　じょうまえや→錠前屋
翔也　しょうや→翔也
勝利　しょうり→国崎 勝利
ジョーカー→ジョーカー
ショーグン→ショーグン
ジョージ→ジョージ
ジョジフ・フレンチ　じょじふふれんち→ジョジフ・フレンチ（フレンチ警部）
ショスタコウィッチ→ショスタコウィッチ
女性　じょせい→女性
ジョゼフ→ジョゼフ
ジョゼフ・ハートマン→ジョゼフ・ハートマン
ジョゼフ・フーシェ→ジョゼフ・フーシェ

処長　しょちょう→処長
署長　しょちょう→署長
ジョナサン・ハーボットル→ジョナサン・ハーボットル
庶務主任　しょむしゅにん→庶務主任
助役　じょやく→助役
女優　じょゆう→女優
ショルムス→ショルムス
中信　じょんしん→蘇 中信
ジョン・チートル→ジョン・チートル（チートル）
ジョン・ディクスン・カー→ジョン・ディクスン・カー（カー）
ジョン・マーカム→ジョン・マーカム（マーカム）
白石　しらいし→白石
ジライヤー→ジライヤー
白神　しらかみ→白神
白沢　しらさわ→白沢
白瀬　しらせ→白瀬
ジラーフ田村　じらーふたむら→ジラーフ田村
ジリアン　じりあん→ジリアン（四面堂 遥）
私立探偵　しりつたんてい→私立探偵
私立探偵　しりつたんてい→私立探偵（探偵）
ジルベルト→ジルベルト
ジロー→ジロー
白家　しろいえ＊→白家
白い女　しろいおんな→白い女
司郎　しろう→藤井 司郎
史郎　しろう→日比野 史郎
四郎　しろう→四郎
四郎　しろう→税所 四郎
四郎　しろう→名古屋 四郎
四郎　しろう→矢内原 四郎
志朗　しろう→赤倉 志朗
志朗　しろう→木原 志朗
志郎　しろう→円城木 志郎
志郎　しろう→霞田 志郎
志郎　しろう→上沢 志郎
志郎　しろう→白坂 志郎
次郎　じろう→猿渡 次郎
次郎　じろう→所 次郎
次郎　じろう→小橋 次郎
次郎　じろう→鶴山 次郎
次郎　じろう→有馬 次郎

二郎　じろう→月下 二郎
二郎　じろう→江神 二郎
二郎　じろう→早坂 二郎
二郎　じろう→二郎
二郎　じろう→林田 二郎
史郎　しろう＊→鹿島 史郎
志郎　しろう＊→霞田 志郎
四郎王子　しろうおうじ→四郎王子
次郎左衛門　じろうざえもん→赤松 次郎左衛門（樋口 又七郎）
次郎吉　じろきち→次郎吉（鼠小僧）
白毛　しろげ＊→白毛
次郎作　じろさく＊→蔵内 次郎作
次郎蔵　じろぞう→樹庵 次郎蔵
城田　しろた→城田
城多氏　しろたし＊→城多氏
伸　しん→飯島 伸
真　しん→石崎 真
仁　じん＊→吉良 仁
伸一　しんいち→小出 伸一
信一　しんいち→稲川 信一
慎一　しんいち→奥野 慎一
新一　しんいち→湯浅 新一
新一　しんいち→馬島 新一
真一　しんいち→榎本 真一
真一　しんいち→松村 真一
真一　しんいち→真村 真一
真一　しんいち→柏木 真一（シンちゃん）
真一　しんいち→有希 真一
真一　しんいち→有馬 真一（アレマくん）
進一　しんいち→山野 進一
甚一　じんいち→五藤 甚一
伸一　しんいち＊→青枝 伸一
振一　しんいち＊→振一
伸一郎　しんいちろう→古厩 伸一郎
信一郎　しんいちろう→西木 信一郎
晋一郎　しんいちろう→林 晋一郎
真一郎　しんいちろう→羽田 真一郎
紳一郎　しんいちろう→倉知 紳一郎
信吉　しんきち→信吉
新吉　しんきち→中原 新吉
真吉　しんきち→笠松 真吉
真吉　しんきち→石崎 真吉
真吉　しんきち→田川 真吉
真紅郎　しんくろう→林 真紅郎
甚九郎　じんくろう→福寺 甚九郎

信吾　しんご→山科 信吾
信吾　しんご→相川 信吾
慎吾　しんご→柿崎 慎吾
真吾　しんご→冠木 真吾
新子　しんこ*→扇屋 新子（お新）
信公　しんこう→信公
甚五郎　じんごろう→神崎 甚五郎
仁作　じんさく→岸掛 仁作
神策　しんさく*→岡坂 神策
新三郎　しんさぶろう→杵屋 新三郎
シンさん→シンさん
シンシ→シンシ
紳士　しんし→紳士
伸治　しんじ→篠原 伸治
信次　しんじ→小田 信次
審司　しんじ→日之江 審司
慎司　しんじ→慎司
慎次　しんじ→越智 慎次
慎次　しんじ→岡 慎次
慎二　しんじ→慎二
新次　しんじ→杵屋 新次
新治　しんじ→氷室 新治
真司　しんじ→宇佐美 真司
真治　しんじ→竹宮 真治
信二　しんじ*→高野 信二
真治　しんじ*→上野 真治
新十郎　しんじゅうろう→結城 新十郎
新十郎　しんじゅうろう→秋月 新十郎
新十郎　しんじゅうろう→新十郎
信二郎　しんじろう→笠原 信二郎
信二郎　しんじろう→草壁 信二郎
新二郎　しんじろう→小野 新二郎
新二郎　しんじろう→新二郎
真次郎　しんじろう→砧 真次郎
進次郎　しんじろう→辻 進次郎
進治郎　しんじろう→中村 進治郎
シンスケ→シンスケ
伸介　しんすけ→浦上 伸介
伸輔　しんすけ→蓮見 伸輔
慎介　しんすけ→宇佐美 慎介
晋介　しんすけ→三波 晋介
真介　しんすけ→谷川 真介
信三　しんぞう→根津 信三
信三　しんぞう→朝河 信三
信三　しんぞう→島崎 信三
慎三　しんぞう→小田 慎三

真三　しんぞう→立花 真三
進太　しんた→岡倉 進太
信太郎　しんたろう→矢花 信太郎
信太郎　しんたろう→柳内 信太郎
新太郎　しんたろう→山科 新太郎
新太郎　しんたろう→川上 新太郎
新太郎　しんたろう→八木沼 新太郎
新太郎　しんたろう→菱田 新太郎
信太郎　しんたろう*→古銭 信太郎
シンちゃん→シンちゃん
シンちゃん　しんちゃん→シンちゃん（シブガキ）
新ちゃん　しんちゃん→新ちゃん
進藤　しんどう→進藤
甚内　じんない→甚内
陣内　じんない→陣内
陣内さん　じんないさん→陣内さん
伸之助　しんのすけ→赤木 伸之助
信之介　しんのすけ→立花 信之介
信之輔　しんのすけ→木津 信之輔
新之助　しんのすけ→市川 新之助
新八　しんぱち*→朝木 新八
新婦　しんぷ→新婦
新聞記者　しんぶんきしゃ→新聞記者
信平　しんぺい→猪股 信平
晋平　しんぺい→晋平
新兵衛　しんべえ→新兵衛
伸哉　しんや→生方 伸哉
伸也　しんや→竜崎 伸也
信也　しんや→三浦 信也
信也　しんや→雀川 信也
慎也　しんや→慎也
真哉　しんや→牧村 真哉
信也　しんや*→馬越 信也
親友　しんゆう→親友
震林　しんりん→史 震林

【す】

翠寿星　すいじゅせい*→翠寿星
末井　すえい→末井
すえ子　すえこ→石原 すえ子
末次　すえつぐ→末次
季乃　すえの→季乃
須賀子　すがこ*→東谷 須賀子
須潟　すがた→須潟
菅谷　すがや→菅谷（ホスト風）

須川　すがわ→須川(ポチ)
スギ→スギ
杉江　すぎえ→杉江
杉原　すぎはら→杉原
杉本　すぎもと→杉本
優　すぐる→宇麿　優
スコット・ヒル→スコット・ヒル(ヒル)
スコーニャ→スコーニャ
スーザン・ワイズフィールド→スーザン・ワイズフィールド
鈴鹿　すずか→松井　鈴鹿
鈴木　すずき→鈴木
鈴子　すずこ→岩見　鈴子
鈴子　すずこ→鈴子
鈴城夫妻　すずしろふさい→鈴城夫妻
鈴ちゃん　すずちゃん→鈴ちゃん
蒸　すすむ→山崎　蒸
進　すすむ→酒田　進
鈴村　すずむら→鈴村
スズメ→スズメ
須田　すだ→須田
捨吉　すてきち→捨吉
ステファニー→ステファニー
ステラ・パウエル→ステラ・パウエル
須藤　すどう→須藤
須藤警部　すどうけいぶ→須藤警部
砂神　すながみ→砂神
砂木　すなき→砂木
砂美　すなみ→宮迫　砂美
スパイク・フォールコン→スパイク・フォールコン
スパルタキュス→スパルタキュス
すみ→すみ
須見　すみ→須見
澄江　すみえ→宍戸　澄江
澄江　すみえ→川久保　澄江
澄江　すみえ*→指貫　澄江
スミーエリスキー侯爵夫人　すみーえりすきーこうしゃくふじん→スミーエリスキー侯爵夫人
澄男　すみお→倉木　澄男
澄男　すみお→矢沢　澄男
寿美子　すみこ→寿美子
寿美子　すみこ→前田　寿美子
澄子　すみこ→香取　澄子
澄子　すみこ→深倉　澄子
澄子　すみこ→澄子

澄子　すみこ→浮草　澄子
隅田　すみだ*→隅田
住山　すみやま→住山
純代　すみよ→西川　純代
住吉　すみよし→住吉
すみれ　すみれ→巽　すみれ
相撲取り　すもうとり→相撲取り(取的)
スリ→スリ
駿河夫人　するがふじん→駿河夫人
スワ子　すわこ→萩野　スワ子
諏訪野　すわの→諏訪野
ずん胴　ずんどう→ずん胴

【せ】

静　せい→許　静
征一　せいいち→高藤　征一
誠一　せいいち→加茂　誠一
誠一　せいいち→吉田　誠一
誠一　せいいち→須藤　誠一
清一　せいいち*→山形　清一
静一　せいいち*→深海　静一
成一郎　せいいちろう→都林　成一郎
晴吉　せいきち→中田　晴吉
清吉　せいきち→清吉
聖吉　せいきち→聖吉
誠吉　せいきち→鱶野　誠吉
静吉　せいきち→静吉
聖子　せいこ→聖子
清五郎　せいごろう→秀岡　清五郎
清五郎　せいごろう→清五郎
清五郎　せいごろう→大和田　清五郎
精作　せいさく→田代　精作
正史　せいし→横溝　正史
聖治　せいじ→木内　聖治
誠司　せいじ→門倉　誠司
誠二　せいじ→岡本　誠二
清治　せいじ*→清治
誠二　せいじ*→蒼淵　誠二
青洲　せいしゅう→石井　青洲
正俊　せいしゅん→左門　正俊
西次郎　せいじろう→西次郎
清介　せいすけ*→桐原　清介
正造　せいぞう→磯田　正造
清三　せいぞう→小田　清三
清造　せいぞう→藤尾　清造

世太　せいた→伊羅水　世太
聖大　せいだい→高木　聖大
征太郎　せいたろう→国田　征太郎
征太郎　せいたろう→市橋　征太郎
誠太郎　せいたろう→誠太郎
青年　せいねん→青年
青年　せいねん→青年（堀野　栄一）
青年紳士　せいねんしんし→青年紳士
青年俳人　せいねんはいじん→青年俳人
清兵衛　せいべえ→清兵衛
税務署長　ぜいむしょちょう→税務署長
清佑　せいゆう→清佑
関口　せきぐち→関口
関根　せきね→関根
関夫人　せきふじん→関夫人
セツ　せつ→金田　セツ
節夫　せつお→日高　節夫
雪花　せつか→李　雪花
ゼック医師　ぜっくいし→ゼック医師
せつ子　せつこ→畑野　せつ子
勢津子　せつこ→勢津子
節子　せつこ→外村　節子
節子　せつこ→玉島　節子
節子　せつこ→節子
岊谷氏　せつやし→岊谷氏
セドリック卿　せどりっくきょう→セドリック卿
瀬名　せな→瀬名
銭形平次　ぜにがたへいじ→銭形平次
妹尾　せのお→妹尾（おむつ先生）
セブ→セブ
ゼベズ・ブース→ゼベズ・ブース（ブース）
セーラ・コックス→セーラ・コックス（コックス）
ゼラール　ぜらーる→遠藤　ゼラール
芹香　せりか→梶原　芹香
セルゲイ・ミラーエビッチ→セルゲイ・ミラーエビッチ
セレカ→セレカ
仙市　せんいち→阿木　仙市
仙吉　せんきち→橋場　仙吉
仙吉　せんきち→風早　仙吉（鬼殺しの仙吉）
千吉　せんきち→上条　千吉
千吉　せんきち→千吉
船客　せんきゃく→船客
善伍　ぜんご→高美　善伍
千石　せんごく→千石

仙五郎　せんごろう→相澤　仙五郎
善左衛門　ぜんざえもん*→御厨　善左衛門
仙次　せんじ→中道　仙次
仙十郎　せんじゅうろう*→笹木　仙十郎
善次郎　ぜんじろう→善次郎
センセー→センセー
先生　せんせい→先生
専造　せんぞう→小浜　専造
仙太　せんた→仙太
仙太郎　せんたろう→権藤　仙太郎
仙太郎　せんたろう→田宮　仙太郎
善太郎　せんたろう→江口　善太郎
船長　せんちょう→船長
仙人　せんにん→仙人
仙八郎　せんぱちろう*→柳原　仙八郎
善兵衛　ぜんべえ→新田　善兵衛

【そ】

創　そう→創
創　そう→棟方　創
蒼　そう→蒼
宗一　そういち→宗一
宗一　そういち→森永　宗一
宗市　そういち→横崎　宗市
壮一　そういち→壮一
宗一郎　そういちろう→田嶋　宗一郎
惣右衛門　そうえもん→原　惣右衛門
宗科　そうか→黄　宗科
左右吉　そうきち→松川　左右吉
荘吉　そうきち*→木本　荘吉
雙卿　そうけい→雙卿
草子　そうこ→上総　草子
宗三郎　そうざぶろう→古川　宗三郎
惣三郎　そうざぶろう→加納　惣三郎
総司　そうじ→沖田　総司
蔵秀　ぞうしゅう→蔵秀
宗純　そうじゅん→一休　宗純
早順　そうじゅん→森川　早順
装飾工　そうしょくこう→装飾工
総次郎　そうじろう→護屋　総次郎
宗佑　そうすけ→宗佑
漱石　そうせき→夏目　漱石
宗太　そうた→丹山　宗太
惣太　そうた→惣太
双太郎　そうたろう→塔馬　双太郎

惣太郎　そうたろう→惣太郎
宗珍　そうちん→立花　宗珍
創人　そうと→神田川　創人
蒼波　そうは→蒼波
宗平　そうへい→竜浪　宗平
創平　そうへい→犀川　創平
宗也　そうや→壺内　宗也
惣六　そうろく→黒田　惣六
荘六　そうろく→帆村　荘六
添田　そえだ→添田
ソーニャ→ソーニャ
ソーニャ・オルロフ→ソーニャ・オルロフ
園田　そのだ→園田
祖父　そふ→祖父
祖母　そぼ→祖母
ソメ　そめ→川村　ソメ
空美　そらみ→垂里　空美
空美　そらみ→定家　空美
ソンダース→ソンダース
村長　そんちょう→村長

【た】

ダイアナ→ダイアナ
第一の男　だいいちのおとこ→第一の男
大河　たいが→綿鍋　大河
大吉　だいきち→磯部　大吉
大悟　だいご→角田　大悟
大伍　だいご*→日置　大伍
大作　だいさく→祭　大作
大三郎　だいざぶろう→野村　大三郎
大志　だいし→等々力　大志
泰二　たいじ*→瀬上　泰二
代二　だいじ*→星田　代二
退職刑事　たいしょくけいじ→退職刑事（父）
大次郎　だいじろう→大次郎
大介　だいすけ→伊集院　大介
大介　だいすけ→梶本　大介
大介　だいすけ→大介
大助　だいすけ→池田　大助
大輔　だいすけ→山梨　大輔
泰三　たいぞう→興津　泰三
泰三　たいぞう→泰三
泰造　たいぞう→八須田　泰造
大蔵　たいぞう→伊沢　大蔵

泰三　たいぞう*→井原　泰三
太一　たいち→芹沢　太一
太一　たいち→北村　太一
太一郎　たいちろう→桜井　太一郎
第二の男　だいにのおとこ→第二の男
タウンゼンド→タウンゼンド
多絵　たえ→多絵
妙　たえ→高雄　妙
タエコ→タエコ
多恵子　たえこ→長谷川　多恵子
多枝子　たえこ→森山　多枝子
妙子　たえこ→鵜川　妙子
妙子　たえこ→岡　妙子
妙子　たえこ→華岡　妙子
妙子　たえこ→尾花　妙子
妙子　たえこ→妙子
妙子　たえこ*→香山　妙子
貴彰　たかあき→松尾　貴彰
高明　たかあき→長江　高明
孝男　たかお→石田　孝男
孝夫　たかお→宮城　孝夫
孝雄　たかお→矢代　孝雄
高夫　たかお→杉村　高夫
多佳雄　たかお→関根　多佳雄
多佳雄　たかお→多佳雄
隆男　たかお→深水　隆男
高木　たかぎ→高木
たか子　たかこ→たか子
たか子　たかこ→伏見　たか子
貴子　たかこ→安西　貴子
貴子　たかこ→音道　貴子
貴子　たかこ→小曽根　貴子
孝子　たかこ→孝子
孝子　たかこ→渋谷　孝子
孝子　たかこ→相馬　孝子
多佳子　たかこ→久間　多佳子
多佳子　たかこ→橋口　多佳子
多賀子　たかこ→嘉納　多賀子
貴子　たかこ*→鹿見　貴子
タカシ→タカシ
貴志　たかし→朝比奈　貴志
喬　たかし→砂村　喬
孝　たかし→三島　孝
孝　たかし→瀬川　孝
高志　たかし→西條　高志
高志　たかし→野芝　高志

585

崇　たかし→安藤　崇(タカシ)
崇　たかし→河内　崇
崇　たかし→崇
卓士　たかし→堀江　卓士
隆　たかし→原　隆
崇　たかし→伊月　崇
崇　たかし→桑原　崇(崇)
敬　たかし*→浜口　敬
孝志　たかし*→谷口　孝志
高田老人　たかだろうじん→高田老人
タカチ→タカチ
孝俊　たかとし→岩尾　孝俊
高梨　たかなし→高梨
高庭警視　たかにわけいし→高庭警視
貴信　たかのぶ*→神宮寺　貴信
高橋センセイ　たかはしせんせい→高橋センセイ
高橋夫妻　たかはしふさい→高橋夫妻
隆彦　たかひこ→和久山　隆彦
隆宏　たかひろ→鹿沼　隆宏
隆弘　たかひろ→森　隆弘
敬宏　たかひろ*→菊島　敬宏
貴史　たかふみ→沢松　貴史
高峰　たかみね→高峰
高村　たかむら→高村
隆也　たかや→品岡　隆也
高柳　たかやなぎ→高柳
高山　たかやま→高山
高山　たかやま*→高山
高山くん　たかやまくん→高山くん
貴之　たかゆき→下澤　貴之
貴之　たかゆき→細谷　貴之
孝之　たかゆき→孝之
隆行　たかゆき→隆行
瀧井　たきい→瀧井
タキオさん→タキオさん
滝口　たきぐち→滝口
多喜子　たきこ→蓮沼　多喜子
多岐子　たきこ→多岐子
滝子　たきこ*→滝子
滝目　たきめ→滝目
滝本　たきもと→滝本
卓　たく→黒沢　卓
卓雄　たくお→下村　卓雄
卓次　たくじ→卓次
宅次　たくじ→宅次

タクシードライバー→タクシードライバー
田口　たぐち→田口
啄木　たくぼく→石川　啄木
琢馬　たくま→早瀬　琢馬
巧　たくみ→森島　巧
巧　たくみ→石塚　巧
卓巳　たくみ→瀬古　卓巳
拓美　たくみ→敷島　拓美
琢己　たくみ→朝倉　琢己
匠屋西次郎　たくみやせいじろう→匠屋西次郎(西次郎)
タクヤ　たくや→児玉　タクヤ
卓也　たくや→野田　卓也
拓哉　たくや→関　拓哉
拓也　たくや→如月　拓也
卓也　たくや*→三室　卓也
卓郎　たくろう→中澤　卓郎
拓郎　たくろう→来島　拓郎
琢郎　たくろう→汐見　琢郎
タケ　たけ→荏原　タケ
竹内　たけうち→竹内
岳夫　たけお→白井　岳夫
竹雄　たけお→竹雄
猛雄　たけお*→山岸　猛雄
竹岡　たけおか→竹岡
竹越　たけこし→竹越
竹崎　たけざき→竹崎
タケさん→タケさん
威　たけし→梢田　威
剛　たけし→阿出川　剛
剛志　たけし→安積　剛志
武　たけし→黒川　武
武　たけし→松村　武
武　たけし→中島　武(タケちゃん)
武　たけし→牧野　武
武　たけし→本宮　武
武史　たけし→横山　武史
武士　たけし→水池　武士
武士　たけし→前島　武士
猛　たけし→七尾　猛
猛　たけし→樋沼　猛(羆)
猛　たけし→猛
剛　たけし*→芦原　剛
たけしくん　たけしくん→きむら　たけしくん
竹下　たけした→竹下
武四郎　たけしろう→辺見　武四郎

竹次郎　たけじろう→竹次郎
竹二郎　たけじろう→野田 竹二郎
竹蔵　たけぞう→岸本 竹蔵
武田　たけだ→武田
竹田士長　たけだしちょう→竹田士長
竹太郎　たけたろう→庄田 竹太郎
タケちゃん→タケちゃん
竹千代　たけちよ→松平 竹千代
武次　たけつぐ→田中 武次
竹中　たけなか→竹中
竹梨　たけなし→竹梨
竹兄　たけにい→竹兄（竹次郎）
竹野　たけの→竹野
武彦　たけひこ*→萬田 武彦
武弘　たけひろ→武弘
丈史　たけふみ→丈史
武馬　たけま→渡部 武馬
タケミ→タケミ
竹村　たけむら→竹村
竹流　たける→竹流
太七　たしち→太七
田島　たじま→田島
田島　たじま*→田島
田島氏　たじまし→田島氏
多治見　たじみ→多治見
多裹丸　たじょうまる→多裹丸
田代　たしろ→田代
多津屋安兵衛　たずややすべえ→多津屋 安兵衛
忠昭　ただあき→桂本 忠昭
忠男　ただお→星野 忠男
忠夫　ただお→長野 忠夫
忠雄　ただお→川端 忠雄
忠郎　ただお→大池 忠郎
忠雄　ただお*→畠 忠雄
忠臣　ただおみ→伴野 忠臣
匡　ただし→木下 匡
正　ただし→戸山 正
正　ただし→小平 正
正　ただし→大山 正
忠　ただし→羽根 忠
忠　ただし→中塚 忠
直志　ただし→直志
唯司　ただし→香椎 唯司
正　ただし*→小倉 正
忠敏　ただとし→野村 忠敏

忠直　ただなお→松平 忠直
忠則　ただのり→穴倉 忠則
忠彦　ただひこ→忠彦
忠広　ただひろ*→氏家 忠広
忠行　ただゆき→忠行
忠義　ただよし→栗原 忠義
忠義　ただよし→等々力 忠義
崇　たたる→崇
立花　たちばな→立花
多智花さん　たちばなさん→多智花さん
タチヤーナ→タチヤーナ
タツ→タツ
辰　たつ→辰
辰　たつ→辰（宝引きの辰）
タツ　たつ*→曾宮 タツ
タツ夫　たつお→吉村 タツ夫
達夫　たつお→山上 達夫
達夫　たつお→志村 達夫（タツ）
達夫　たつお→篠原 達夫
達夫　たつお→川越 達夫
達雄　たつお→田中 達雄
竜夫　たつお→上田 竜夫
龍男　たつお→梶 龍男
龍雄　たつお*→吉田 龍雄
辰親分　たつおやぶん→辰親分（宝引きの辰）
辰親分　たつおやぶん→辰親分（宝引の辰親分）
タツギ・タクマ→タツギ・タクマ
達吉　たつきち→米倉 達吉
竜吉　たつきち→竜吉
龍吉　たつきち*→龍吉
タック→タック
龍子　たつこ*→赤星 龍子
辰公　たつこう→辰公
辰五郎　たつごろう→辰五郎
ダッジ→ダッジ
辰次郎　たつじろう→辰次郎
達造　たつぞう→榛原 達造
辰三　たつぞう→吉井 辰三
ダットサン博士　だっとさんはかせ→ダットサン博士
達彦　たつひこ→岩瀬 達彦
辰彦　たつひこ→日野 辰彦
龍彦　たつひこ→高井 龍彦
竜彦　たつひこ*→白坂 竜彦
龍人　たつひと→都留 龍人

樹也　たつや→大村　樹也
達也　たつや→安永　達也
達也　たつや→浦和　達也
達也　たつや→垣園　達也
達也　たつや→柿沼　達也
達也　たつや→宮村　達也
達也　たつや→行原　達也
達也　たつや→志賀　達也
達也　たつや→宗像　達也
達也　たつや→西園　達也
達也　たつや→帯広　達也
達也　たつや→大曾根　達也
達也　たつや→野上　達也
達弥　たつや→茂野　達弥
竜也　たつや→竜也
達之　たつゆき→平井　達之
達郎　たつろう*→陰山　達郎
田所　たどころ→田所
田名網　たなあみ→田名網
田名網警部　たなあみけいぶ→田名網警部
田中　たなか→田中
田中君　たなかくん→田中君
田中さん　たなかさん→田中さん
田辺　たなべ→田辺
谷　たに→谷
谷井　たにい→谷井
ダニエーラ・マシーニ→ダニエーラ・マシーニ
谷口　たにぐち→谷口
谷村　たにむら→谷村
ターニャ→ターニャ
田之倉　たのくら→田之倉
タビー→タビー
ダビデ→ダビデ
ダフネ・アーティナス→ダフネ・アーティナス
太兵衛　たへえ→太兵衛
タマ→タマ
珠恵　たまえ→珠恵
玉川　たまがわ→玉川
環　たまき→環
多摩子　たまこ→多摩子
玉島　たましま→玉島
珠美　たまみ→西村　珠美
珠美　たまみ→由利　珠美
玉谷　たまや→玉谷

珠代　たまよ→秋庭　珠代
珠代　たまよ→川平　珠代
珠代　たまよ→緑　珠代
田丸警部　たまるけいぶ→田丸警部
タミ　たみ→津田　タミ（川路　鴇子）
民夫　たみお→曽根　民夫
民子　たみこ→津坂　民子
民子　たみこ→桃井　民子
民子　たみこ→米山　民子
民子　たみこ→民子
民治　たみじ→村越　民治
タミヤ→タミヤ
田宮　たみや→田宮
民谷　たみや→民谷
多村　たむら→多村
田村　たむら→田村
為三　ためぞう→三沢　為三
為成　ためなり→秦野　為成
保　たもつ→吉川　保
保　たもつ→寺尾　保
保　たもつ→千堂　保
保　たもつ*→相川　保
陀羅男　だらお→万治　陀羅男
タラセヴィッチェワ王妃　たらせびっちぇわおうひ→タラセヴィッチェワ王妃
太朗　たろう→河東　太朗
太郎　たろう→宮地　太郎
太郎　たろう→市川　太郎
太郎　たろう→太郎
太郎　たろう→平井　太郎（江戸川　乱歩）
太郎　たろう→本井　太郎
太郎　たろう→野呂　太郎
太郎　たろう→矢島　太郎
太郎　たろう*→弓原　太郎
だんきゃん→だんきゃん
ダン・クリントン→ダン・クリントン
丹後屋弥左衛門　たんごややざえもん→丹後屋弥左衛門
坦齋　たんさい→山岸　坦齋
男女　だんじょ→男女（二人）
ダンチョン→ダンチョン
丹廷　たんてい→明　丹廷
探偵　たんてい→探偵
探偵さん　たんていさん→探偵さん
丹那　たんな→丹那
旦那様　だんなさま→旦那様（平田　章次郎）

段之助 だんのすけ→矢倉 段之助
短髪の男 たんぱつのおとこ→短髪の男
団平 だんぺい→根岸 団平
ダンロク→ダンロク

【ち】

千暁 ちあき→匠 千暁(タック)
千秋 ちあき→千秋
千秋 ちあき→大葉 千秋
千晶 ちあき→香川 千晶
千明 ちあき→舞原 千明
知晃 ちあき→篠原 知晃
知恵 ちえ→堀田 知恵
千枝 ちえ*→三橋 千枝
千恵子 ちえこ→冬木 千恵子
チェチリア・ガッレラーニ→チェチリア・ガッレラーニ
チェルシー→チェルシー
千夏 ちか→倉石 千夏
千夏 ちか→穂村 千夏
千蔭 ちかげ→玉島 千蔭
千影 ちかげ→芝田 千影
千賀子 ちかこ→羽田 千賀子
チカちゃん→チカちゃん
痴漢 ちかん→痴漢
チギル→チギル
竹庵 ちくあん→薮井 竹庵
千草 ちぐさ→岡本 千草(浜口 千草)
千草 ちぐさ→近藤 千草
千草 ちぐさ→坂本 千草
千草 ちぐさ→山岸 千草
千草 ちぐさ→西山 千草
千草 ちぐさ→浜口 千草
千佐子 ちさこ→千佐子
千里 ちさと→千里
千々岩 ちじわ→千々岩
千鶴 ちず→千鶴
地図 ちず→地図
千津 ちず*→縞木 千津
チヅ子 ちずこ→北田 チヅ子
千鶴子 ちずこ→江良利 千鶴子
千鶴子 ちずこ→千鶴子
チーズマン夫人 ちーずまんふじん→チーズマン夫人
ちづる ちずる→沢木 ちづる

千鶴 ちずる→霞田 千鶴
千鶴 ちずる→真柴 千鶴
千鶴 ちずる→千鶴
知鶴 ちずる→庄野 知鶴
千鶴 ちずる*→霞田 千鶴
知叟 ちそう→知叟
父 ちち→父
父 ちち→父(公吉)
チートル→チートル
千葉 ちば→千葉
千葉警部 ちばけいぶ→千葉警部
ちび→ちび
チビシモ→チビシモ
ちび八 ちびはち→ちび八
ちひろ ちひろ→おおやま ちひろ
千宗 ちひろ→篠原 千宗
千尋 ちひろ→綾瀬 千尋
千帆 ちほ→高瀬 千帆(タカチ)
千穂 ちほ→友成 千穂
チボ松 ちぼまつ→チボ松
ちゃーちゃん→ちゃーちゃん
チャート夫人 ちゃーとふじん→チャート夫人
チャーリー→チャーリー
チャーリイ・ルウ→チャーリイ・ルウ
チャーリー・チャン→チャーリー・チャン(チャン)
チャーリー西島 ちゃーりーにしじま→チャーリー西島
チャールズ・グッドマン→チャールズ・グッドマン(グッドマン)
チャールズ・モーフィー→チャールズ・モーフィー
チャン→チャン
チュウ→チュウ
忠一 ちゅういち*→恵良 忠一
仲彦 ちゅうげん→呉 仲彦
中国人 ちゅうごくじん→中国人(お嬢さん)
忠治 ちゅうじ→忠治
忠文 ちゅうぶん→孟 忠文
チュオン・トック→チュオン・トック
千代 ちよ→尾崎 千代
張 ちょう→青 張
長一郎 ちょういちろう→鮎川 長一郎
蝶吉 ちょうきち→蝶吉
丁香 ちょうこう→丁香

朝山日乗　ちょうざんにちじょう→朝山日乗（日乗）
長次　ちょうじ→長次（人魂長次）
長次郎　ちょうじろう→長次郎
長太夫　ちょうだゆう＊→田原　長太夫
長髪の男　ちょうはつのおとこ→長髪の男（真島　浩二）
千代子　ちよこ→酒井　千代子
智与子　ちよこ→智与子
チョコちゃん→チョコちゃん
千代蔵　ちよぞう→杉江　千代蔵
千代之介　ちよのすけ→田岡　千代之介
ちょろ万　ちょろまん→ちょろ万
正成　ちょんそん→申　正成
千莉　ちり→高幡　千莉
珍作　ちんさく→片目　珍作

【つ】

ツカサ→ツカサ
司　つかさ→渡辺　司
塚原婦警　つかはらふけい→塚原婦警（ト伝女史）
塚本　つかもと→塚本
塚本警部　つかもとけいぶ→塚本警部
塚本さん　つかもとさん→塚本さん
月子さん　つきこさん→月子さん
月子夫人　つきこふじん→月子夫人
月の家栄楽　つきのやえいらく→月の家栄楽
月の家花助　つきのやはなすけ→月の家花助
月彦　つきひこ→月彦
津久井　つくい→津久井
継雄　つぐお→吉川　継雄
次夫　つぐお→高見　次夫
ツジ→ツジ
辻村　つじむら→辻村
辻老人　つじろうじん→辻老人
津田くん　つだくん→津田くん
筒見　つつみ→筒見
勉　つとむ→川端　勉
勉　つとむ→等々力　勉
綱国　つなくに→松平　綱国
綱之　つなゆき→海老沢　綱之
恒　つね→渡辺　恒
恒彦　つねひこ→黒城　恒彦

恒裕　つねひろ→松山　恒裕
恒美　つねみ→火村　恒美
恒之　つねゆき→但馬　恒之
角山氏　つのやまし→角山氏
椿　つばき→椿
燕の十郎　つばくらのじゅうろう→燕の十郎
壺な感じ　つぼなかんじ＊→壺な感じ
坪根一等兵　つぼねいっとうへい→坪根一等兵
妻　つま→妻
積木　つみき→小笠原　積木
津村　つむら→津村
艶子　つやこ→斎藤　艶子
艶子　つやこ→三宅　艶子
露子　つゆこ→山村　露子
露子　つゆこ→露子
露子さん　つゆこさん→露子さん
露司　つゆじ＊→藤川　露司
剛志　つよし→安積　剛志
剛志　つよし→大神　剛志
つる→つる
ツル　つる→二本柳　ツル
鶴　つる→鶴
鶴岡先生　つるおかせんせい→鶴岡先生
剣沢　つるぎさわ→剣沢
鶴吉　つるきち→田辺　鶴吉
鶴刑事　つるけいじ→鶴刑事
鶴子　つるこ→三好　鶴子
鶴子　つるこ→鶴子
鶴子　つるこ→平田　鶴子
鶴公　つるこう→鶴公
鶴田さん　つるたさん→鶴田さん
弦巻　つるまき→弦巻
津和子　つわこ→久御山　津和子

【て】

丁市　ていいち＊→大田原　丁市
ティエン・リイ→ティエン・リイ
汀子　ていこ→汀子
貞三郎　ていざぶろう＊→石岡　貞三郎
Tさん　てぃーさん→Tさん
T氏　てぃーし→T氏
貞助　ていすけ→山本　貞助
ディスラール→ディスラール
手島　てじま→手島

哲　てつ→佐々木　哲
哲男　てつお→大野　哲男
哲男　てつお→田坂　哲男
哲夫　てつお→黒瀬　哲夫
鉄男　てつお→鉄男
鉄雄　てつお→石田　鉄雄
鐵夫　てつお→三橋　鐵夫
デッカード→デッカード
テッキ→テッキ
哲子　てつこ→進藤　哲子
哲子　てつこ→哲子
鉄子　てつこ→日高　鉄子
鉄五郎　てつごろう→鉄五郎
徹治　てつじ→窪木　徹治（コマシのテツ）
徹治　てつじ→尾田　徹治
徹三　てつぞう→大谷　徹三
徹造　てつぞう→及川　徹造
鉄太郎　てつたろう→幾野　鉄太郎
鐵太郎　てつたろう→幾野　鐵太郎（鐵ツァン）
鐵ツァン　てつつぁん→鐵ツァン
徹人　てつと→会津　徹人（会長）
鉄道ファンの青年　てつどうふぁんのせいねん→鉄道ファンの青年
テッド・マクレーン→テッド・マクレーン（マッド）
哲之介　てつのすけ→栗山　哲之介
徹平　てっぺい→赤樫　徹平
徹平　てっぺい→麻岡　徹平
鉄兵　てっぺい→赤沼　鉄兵
鉄平　てっぺい→小山田　鉄平
哲哉　てつや→安藤　哲哉
哲哉　てつや→古橋　哲哉
哲哉　てつや→草薙　哲哉
哲也　てつや→久本　哲也
哲也　てつや→工藤　哲也
哲也　てつや→江川　哲也
哲也　てつや→赤星　哲也
哲弥　てつや→佐伯　哲弥
鉄也　てつや→伊丹　鉄也
哲郎　てつろう→貫井　哲郎
デビー→デビー
デービス→デービス
デボラ・デヴンポート→デボラ・デヴンポート（デビー）
寺岡　てらおか→寺岡
寺坂　てらさか→寺坂

寺島　てらしま→寺島
寺田　てらだ→寺田
寺山　てらやま→寺山
テリュース・G・グランチェスター　てりゅーすじぃーぐらんちぇすたー→テリュース・G・グランチェスター
輝男　てるお→竹脇　輝男
照夫　てるお→福富　照夫
輝子　てるこ→河辺　輝子
輝子　てるこ→島崎　輝子
輝子　てるこ→保津　輝子
照子　てるこ→小宮　照子
照子　てるこ→赤染　照子
照作　てるさく→広瀬　照作
輝彦　てるひこ→北峰　輝彦
晃文　てるぶみ→松倉　晃文
輝正　てるまさ*→猿淵　輝正
輝美　てるみ→海芽　輝美
照也　てるや→野瀬　照也
輝之　てるゆき→束原　輝之
照美　てるよし→小鯖　照美
テロリスト→テロリスト
店員　てんいん→店員
天光　てんこう→一水流　天光（光）
伝五郎　でんごろう→堀田　伝五郎
天才　てんさい→神童　天才
伝司　でんじ→池之端　伝司
店主　てんしゅ→店主
天勝　てんしょう→一水流　天勝
デンちゃん→デンちゃん
テンノー→テンノー
伝兵衛　でんべえ→伝兵衛
電兵衛　でんべえ→電兵衛（のばくの電兵衛）
伝法　でんぽう→伝法

【と】

ドーアン→ドーアン
土射　どい→湖南　土射
東亜郎　とうあろう→杭之下　東亜郎
東一郎　とういちろう→荒井　東一郎
東一郎　とういちろう→湯屋　東一郎
童顔の料理人　どうがんのりょうりにん→童顔の料理人
藤吉　とうきち→藤吉（釘抜藤吉）
陶子　とうこ→宇佐見　陶子

東斎　とうさい→朱 東斎
東三郎　とうざぶろう→名見崎 東三郎
藤七　とうしち→益見 藤七
東条先生　とうじょうせんせい→東条先生
藤次郎　とうじろう→湯沢 藤次郎
藤助　とうすけ＊→指貫 藤助
灯痩　とうそう→葛根 灯痩
藤堂　とうどう→藤堂
東野　とうの→東野
堂場警部補　どうばけいぶほ→堂場警部補
十八郎　とうはちろう→十八郎
藤兵衛　とうべえ→滝井 藤兵衛
都馬　とうま→西之園 都馬
刀麻　とうま→壺内 刀麻
トゥームズ→トゥームズ
堂本　どうもと→堂本
冬弥　とうや→久瀬 冬弥
東蘭　とうらん→八木 東蘭
十四郎　とおしろう→十四郎
遠音　とおね→神坂 遠音
十冬　とおふ→加田 十冬
亨　とおる→佐々木 亨
亨　とおる→早野 亨
徹　とおる→久保寺 徹
徹　とおる→秋山 徹
徹　とおる→石橋 徹
透　とおる→中川 透（トーリア）
透　とおる→文村 透
亮　とおる→飯田 亮
徹　とおる＊→大和田 徹（軍曹）
蜥蜴女　とかげおんな→蜥蜴女
時夫　ときお→速水 時夫
時子　ときこ→安村 時子
登喜子　ときこ→梶田 登喜子
登喜子　ときこ→山根 登喜子
鴇子　ときこ→川路 鴇子
常田　ときた→常田
時哉　ときや→久我 時哉
常盤津小智大夫　ときわずこさとたゆう→常盤津小智大夫（小智大夫）
徳三郎　とくさぶろう→岡崎 徳三郎
徳三郎　とくさぶろう→秋山 徳三郎
徳次　とくじ→徳次
徳治　とくじ→徳治
徳次郎　とくじろう→十 徳次郎（じっとく）
徳次郎　とくじろう→徳次郎

徳蔵　とくぞう→来栖 徳蔵
徳田　とくだ→徳田
ドクター・コドン→ドクター・コドン
徳田探偵　とくだたんてい→徳田探偵
徳之助　とくのすけ→亀山 徳之助
徳平　とくへい→仁王 徳平
トーコ→トーコ
土エ　どこう→土エ
俊明　としあき→磯部 俊明
利明　としあき→江藤 利明
トシエ→トシエ
俊恵　としえ→横地 俊恵
俊江　としえ→稲尾 俊江
俊江　としえ→八杉 俊江
俶恵　としえ→俶恵
としお　としお→さとう としお
俊夫　としお→相川 俊夫
俊夫　としお→草加 俊夫
舜生　としお→山辺 舜生
年男　としお→童子女 年男
敏男　としお→紀矢 敏男
敏夫　としお→加賀 敏夫
敏夫　としお→斎藤 敏夫
敏夫　としお→大木 敏夫
敏夫　としお→島津 敏夫
敏夫　としお→敏夫
稔夫　としお→藤堂 稔夫
利夫　としお→的場 利夫
登志夫　としお＊→伴 登志夫
寿一　としかず→高久 寿一
俊和　としかず→須永 俊和
俊樹　としき→寺島 俊樹
とし子　としこ→とし子
俊子　としこ→俊子
登志子　としこ→登志子
敏子　としこ→三上 敏子
敏子　としこ→竹沢 敏子
トシ子　としこ＊→井の口 トシ子
淑子刀自　としことじ→淑子刀自
歳三　としぞう→土方 歳三
俊春　としはる→河北 俊春
利晴　としはる→橋本 利晴
利晴　としはる→武内 利晴
利晴　としはる＊→橋本 利晴
俊彦　としひこ→俊彦
俊彦　としひこ→森 俊彦

俊彦　としひこ→真木　俊彦
俊彦　としひこ→竹久　俊彦
俊彦　としひこ→木庭　俊彦
利彦　としひこ→利彦
俊博　としひろ→堤　俊博
敏広　としひろ→脇田　敏広
俊正　としまさ→川上　俊正
利正　としまさ→安斎　利正
としみ　としみ→高丸　としみ
敏美　としみ→宮永　敏美
俊光　としみつ→新薙　俊光
利光　としみつ→田之上　利光
俊哉　としや→斉藤　俊哉
俊哉　としや→友田　俊哉
俊也　としや→黒須　俊也
斗志八　としや→熊谷　斗志八
俊也　としや*→反町　俊也
俊行　としゆき→滝本　俊行
俊之　としゆき→宮本　俊之
俊之　としゆき→小沢　俊之
敏行　としゆき→竹之内　敏行
敏行　としゆき→長谷川　敏行
敏之　としゆき→敏之
俊之　としゆき*→大野木　俊之
利之　としゆき*→矢田　利之
利良　としよし→川路　利良
敏郎　としろう→南田　敏郎
栃尾　とちお→栃尾
栃倉　とちくら→栃倉
栃沢　とちざわ→栃沢
十津川　とつがわ→十津川
十津川警部　とつがわけいぶ→十津川警部
ドートク→ドートク
等々力　とどろき→等々力
トニイ・ヴァイン→トニイ・ヴァイン
トーニョ→トーニョ
殿治　とのじ→小池　殿治
殿村さん　とのむらさん→殿村さん
トビー・マクゴーワン→トビー・マクゴーワン
トプカピ→トプカピ
ドブロク→ドブロク
トーマ　とーま→トーマ（西之園　都馬）
トーマス・アイバーソン→トーマス・アイバーソン
トマス・クラウン→トマス・クラウン

トミ　とみ→山上　トミ
トミ　とみ*→大庭　トミ
兎三夫　とみお→鴨田　兎三夫
富雄　とみお→富雄
都美子　とみこ→鴨川　都美子
富子　とみこ→柿川　富子
富子　とみこ→長野　富子
富沢　とみざわ→富沢
富造　とみぞう→富造
富田　とみた→富田
ドミートリイ・エルレーモフ→ドミートリイ・エルレーモフ
富永　とみなが→富永
富永先輩　とみながせんぱい→富永先輩
鳥見屋地兵衛　とみやじへえ→鳥見屋地兵衛
トム→トム
ドームズ→ドームズ
留夫　とめお→馬場　留夫
留吉　とめきち→留吉
留次　とめじ→山本　留次
とも江　ともえ→今井　とも江
智江　ともえ→秋元　智江
鞆江　ともえ→鞆江
巴之丞　ともえのじょう→水木　巴之丞
朋生　ともお→東山　朋生
友雄　ともお→戸台　友雄
ともか　ともか→新島　ともか
朋樹　ともき→東川　朋樹
友木　ともき→友木
友吉　ともきち→岩田　友吉
友吉　ともきち→前川　友吉
とも子　ともこ→村越　とも子
智子　ともこ→甲斐　智子
智子　ともこ→智子
智子　ともこ→野田　智子
朋子　ともこ→大船　朋子
朋子　ともこ→朋子
友子　ともこ→青山　友子
倫子　ともこ→片桐　倫子
朝永　ともなが→朝永
友則　とものり→衛藤　友則
友彦　ともひこ→友彦
智久　ともひさ→牧場　智久
友弘　ともひろ→友弘
朋平　ともへい*→朋平

知美　ともみ→香川　知美
知美　ともみ→豊島　知美
友美　ともみ→朝井　友美
朋美　ともみ*→朋美
智也　ともや*→土屋　智也
智代　ともよ→星野　智代
智代　ともよ→藤本　智代
友代　ともよ→明楽　友代
智由　ともよし→畠　智由
豊川　とよかわ→豊川
豊太　とよた*→秋葉　豊太
トラ→トラ
虎夫　とらお→鈴木　虎夫
虎雄　とらお→近藤　虎雄
寅夫　とらお→植木　寅夫
寅吉　とらきち*→葉村　寅吉
ドラゴン→ドラゴン
寅二　とらじ→寅二
虎二　とらじ*→山藤　虎二
寅次郎　とらじろう→吉田　寅次郎
虎造　とらぞう→八田　虎造
トランチャン→トランチャン
トーリア→トーリア
鳥島　とりしま→鳥島
取的　とりてき→取的
酉之助　とりのすけ→勝島　酉之助
トレイシィ・ケンプ→トレイシィ・ケンプ
泥棒　どろぼう→泥棒
泥安　どろやす→泥安
ドロレス・バークレイ→ドロレス・バークレイ
永遠　とわ→鹿崎　永遠
曇斎先生　どんさいせんせい→曇斎先生
ドン・ペドロ→ドン・ペドロ

【な】

ナイジェル・グレゴリー→ナイジェル・グレゴリー（グレゴリー）
ナイト→ナイト
内藤　ないとう→内藤
なお　なお→藤村　なお
奈緒　なお→宮本　奈緒
奈緒　なお→奈緒
直江　なおえ→有本　直江
直紀　なおき→加瀬　直紀
直起　なおき→赤松　直起

直樹　なおき→小宮　直樹
直樹　なおき→草野　直樹
直樹　なおき→速水　直樹
直樹　なおき→北村　直樹
直子　なおこ→月ヶ瀬　直子（長尾　直子）
直子　なおこ→十津川　直子
直子　なおこ→生田　直子
直子　なおこ→長尾　直子
直子　なおこ→直子
奈央子　なおこ→三島　奈央子
奈緒子　なおこ→須賀　奈緒子
奈緒子　なおこ→奈緒子
奈緒子　なおこ→牧野　奈緒子
直次　なおじ→直次
直弼　なおすけ→井伊　直弼
尚武　なおたけ→榊　尚武
直次　なおつぐ→潟田　直次
ナオト→ナオト
尚人　なおと→遠凪　尚人
尚人　なおと→梶原　尚人
直人　なおと→弓削　直人
直正　なおまさ→清野　直正
なおみ　なおみ→柳　なおみ
直美　なおみ→桐山　直美
直巳　なおみ→原島　直巳
奈緒美　なおみ→井上　奈緒美
奈保美　なおみ→牛場　奈保美
奈穂美　なおみ→奈穂美
直道　なおみち→和田　直道
尚也　なおや→和久井　尚也
直哉　なおや→金城　直哉
直也　なおや→直也
直也　なおや→湯本　直也
尚之　なおゆき→酒井　尚之
直行　なおゆき→松宮　直行
永井　ながい→永井
仲上　なかがみ→仲上
中川　なかがわ→中川
中込　なかごみ→中込
ナカさん→ナカさん
中島　なかじま→中島
永嶋　ながしま→永嶋
中条　なかじょう*→中条
中瀬　なかせ→中瀬
永瀬　ながせ→永瀬
長瀬　ながせ→長瀬

594

中曽根 なかそね→中曽根
中田 なかた→中田
永田 ながた→永田
中田 なかだ*→中田
長門巡査 ながとじゅんさ→長門巡査
中野 なかの→中野
永野 ながの→永野
長矩 ながのり→浅野内匠頭 長矩
中原 なかはら→中原
中村 なかむら→中村
中山 なかやま→中山
ナカンズク氏 なかんずくし→ナカンズク氏
ナギ→ナギ
凪 なぎ→鳴海 凪（ナギ）
渚 なぎさ→熊井 渚
渚 なぎさ→杉原 渚
汀 なぎさ→小倉 汀
なごみ→なごみ
梨田 なしだ→梨田
ナスチャ→ナスチャ
ナターシャ・エルレーモフ→ナターシャ・エルレーモフ
ナタリー・スレイド→ナタリー・スレイド
那智 なち→蓮丈 那智
那智子 なちこ→城野 那智子
ナツ なつ→沢田 ナツ
奈津 なつ→正木 奈津
夏恵 なつえ→夏恵
夏枝 なつえ→夏枝
奈津枝 なつえ→奈津枝
夏樹 なつき→森次 夏樹
菜月 なつき→羽角 菜月
夏樹 なつき*→新山 夏樹
奈津子 なつこ→森 奈津子
奈津子 なつこ→判田 奈津子
なっちゃん→なっちゃん
夏乃 なつの→有明 夏乃
夏葉 なつは→夏葉
夏彦 なつひこ→夏彦
夏海 なつみ→猫田 夏海
夏美 なつみ→坂本 夏美
夏美 なつみ→大沢 夏美
夏美 なつみ→湯浅 夏美
菜摘 なつみ→菅沼 菜摘
奈津美 なつみ→藤村 奈津美
夏山 なつやま→夏山

ナディーム・ムハメド→ナディーム・ムハメド
ナナ→ナナ
奈々 なな→高木 奈々
奈々 なな→樋口 奈々
菜々生 ななお→羽賀 菜々生
七緒 ななお→飯島 七緒
七七子 ななこ→七七子
奈々子 ななこ→椎川 奈々子
奈々姫 ななひめ→奈々姫
菜名穂 ななほ→逢瀬 菜名穂
七穂 ななほ→倉田 七穂
七菜代 ななよ→竹脇 七菜代
ナボシマ→ナボシマ
奈穂美 なほみ*→浜田 奈穂美
ナマハゲ→ナマハゲ
菜美 なみ→南見 菜美
奈美 なみ→奈美
那美 なみ→田口 那美
波江 なみえ→波江
奈美子 なみこ→上条 奈美子
奈美子 なみこ→鳥井 奈美子
奈美子 なみこ→奈美子
波之助 なみのすけ→早川 波之助
ナメクジ女史 なめくじじょし→ナメクジ女史
なよ子 なよこ*→白野 なよ子
成友 なりとも→秋葉 成友
成瀬 なるせ→成瀬（クルマ屋）
鳴海 なるみ→立花 鳴海
成山 なるやま→成山
南書 なんしょ→李 南書
南上 なんじょう→南上
南条刑事 なんじょうけいじ→南条刑事
南洞 なんどう*→山内 南洞
南洋の男 なんようのおとこ→南洋の男

【に】

兄様 にいさま→兄様
仁木 にき→仁木
二吉 にきち→田村 二吉
ニコス→ニコス
ニコラス・ブランストン伯爵 にこらすぶらんすとんはくしゃく→ニコラス・ブランストン伯爵
ニシ・アズマ→ニシ・アズマ
西川 にしかわ→西川

虹子　にじこ→虹子
虹子　にじこ→葉山 虹子
西沢　にしざわ→西沢
西沢のおじさん　にしざわのおじさん→西沢のおじさん
西谷　にしたに→西谷
西村　にしむら→西村
西山　にしやま→西山
二十面相　にじゅうめんそう→二十面相
西脇さん　にしわきさん→西脇さん
仁杉　にすぎ→仁杉
日乗　にちじょう→日乗
ニッキー→ニッキー
ニッケル→ニッケル
蜷沢　になざわ→蜷沢
一　にのまえ→一
二宮　にのみや→二宮
日本人　にほんじん→日本人
韮山　にらやま→韮山
人形佐七　にんぎょうさしち→人形佐七

【ぬ】

ぬい→ぬい
縫子　ぬいこ→高柳 縫子

【ね】

姉さん　ねえさん→姉さん
ネコイラズ君　ねこいらずくん→ネコイラズ君
猫田　ねこた*→猫田
猫丸　ねこまる→猫丸
根津　ねず→根津（チュウ）
鼠小僧　ねずみこぞう→鼠小僧
根本さん　ねもとさん→根本さん
ネルソン・カニンハム→ネルソン・カニンハム
年配の男　ねんぱいのおとこ→年配の男

【の】

ノイ博士　のいはかせ→ノイ博士
ノイラート→ノイラート
能見　のうみ→能見
野上三曹　のがみさんそう→野上三曹
野川　のがわ→野川
野坂　のさか→野坂
野坂先生　のさかせんせい→野坂先生
野ざらし権次　のざらしごんじ→野ざらし権次
のぞみ　のぞみ→鮎川 のぞみ
希　のぞみ→志方 希
野田　のだ→野田
ノートン→ノートン
のばくの電兵衛　のばくのでんべえ→のばくの電兵衛
伸夫　のぶお→深谷 伸夫
信夫　のぶお→信夫
信雄　のぶお→森岡 信雄
のぶ子　のぶこ→のぶ子
のぶ子　のぶこ→小日向 のぶ子
伸子　のぶこ→伸子
信子　のぶこ→高見 信子
信子　のぶこ→坂巻 信子
信子　のぶこ→山崎 信子
信子　のぶこ→信子
信子　のぶこ→信子（ミス・ジェイド）
信子　のぶこ→太田 信子
展子　のぶこ→尾沢 展子
信田　のぶた*→信田
信太郎　のぶたろう→井荻 信太郎
信人　のぶと→夏目 信人
信長　のぶなが　→織田 信長
伸彦　のぶひこ→大津 伸彦
信彦　のぶひこ→中島 信彦
信久　のぶひさ→村田 信久
信人　のぶひと→夏目 信人
伸行　のぶゆき→平戸 伸行
信幸　のぶゆき→平戸 信幸
信行　のぶゆき→坪内 信行
信行　のぶゆき→矢代 信行
信之　のぶゆき→津川 信之
展之　のぶゆき→平戸 展之
のぶ代おばさん　のぶよおばさん→のぶ代おばさん
信義　のぶよし→茂木 信義
信義　のぶよし→坏 信義
ノボル→ノボル
昇　のぼる→千石 昇
昇　のぼる→飯島 昇
昇　のぼる→立山 昇
登　のぼる→久米沢 登
登　のぼる→五十嵐 登

登　のぼる→早川　登
登　のぼる→日比　登
ノーマン→ノーマン
野溝博士　のみぞはかせ→野溝博士
能見夫妻　のみふさい*→能見夫妻
野村　のむら→野村
ノリ→ノリ
典江　のりえ→石沢　典江
典江　のりえ→典江
則夫　のりお→村岡　則夫
則夫　のりお→柏原　則夫
のりか　のりか→水島　のりか（ノン）
紀香　のりか→紀香
紀香　のりか→西山　紀香
紀子　のりこ→紀子
紀子　のりこ→志賀　紀子
則子　のりこ→島本　則子
典子　のりこ→久田　典子
典子　のりこ→香坂　典子
典子　のりこ→市橋　典子
能里子　のりこ→安納　能里子
倫子　のりこ→菊水　倫子
乃里子　のりこ*→縞木　乃里子
法月警視　のりずきけいし→法月警視
のりスケ→のりスケ
典孝　のりたか→百々　典孝
法寛　のりひろ→西園寺　法寛
則本　のりもと→則本
ノロちゃん　のろちゃん→ノロちゃん（野呂一平）
ノン→ノン

【は】

ばあさん　ばあさん→ばあさん（牧野　久江）
ばあどるふ→ばあどるふ
梅寿　ばいじゅ→笑酔亭　梅寿
ハウゼ→ハウゼ
パーカー→パーカー
博士　はかせ→博士
袴君　はかまくん→袴君
朴　ぱく→朴
伯淵　はくえん→傅　伯淵
伯爵夫人　はくしゃくふじん→伯爵夫人
麦人　ばくじん→石本　麦人

白髪の老翁　はくはつのろうおう→白髪の老翁
白髪の老人　はくはつのろうじん→白髪の老人
伯龍　はくりゅう→神田　伯龍
破剣道人　はけんどうじん→破剣道人
パコ→パコ
パーサー→パーサー
パジェル人の夫妻　ぱじぇるじんのふさい→パジェル人の夫妻
橋口　はしぐち→橋口
橋爪　はしずめ→橋爪
橋留博士　はしどめはかせ*→橋留博士
―　はじめ→関谷　―
―　はじめ→錦田　―
―　はじめ→志賀　―
―　はじめ→天城　―
―　はじめ*→村崎　―
芭蕉　ばしょう→芭蕉
葉月　はずき→長尾　葉月
ハズ君　はずくん→ハズ君
蓮田　はすだ→蓮田
バスト浅野　ばすとあさの→バスト浅野
長谷川　はせがわ→長谷川
支倉　はぜくら→支倉
長谷部さん　はせべさん→長谷部さん
旗太郎　はたたろう→平田　旗太郎
旗野　はたの→旗野
八公　はちこう→八公
蜂須賀　はちすか→蜂須賀
八造　はちぞう→豊浦　八造
八美　はちみ→村山　八美
八郎　はちろう→川原　八郎
初　はつ→酉乃　初
初男　はつお→高島　初男
歯っ欠け　はっかけ→歯っ欠け
初吉　はつきち*→初吉
パック→パック
はつ子　はつこ→鯉登　はつ子
初子　はつこ→山之内　初子（お嬢様）
ハッサン→ハッサン
バッド・コクラン→バッド・コクラン
初音　はつね→初音
初人　はつひと→益山　初人
初美夫人　はつみふじん→初美夫人
ハーディ・スコット→ハーディ・スコット
バーテンさん→バーテンさん

バーテン氏　ばーてんし→バーテン氏（糸井 一郎）
バート・ウィリアムズ→バート・ウィリアムズ
パトナ→パトナ
ハドリイ警視　はどりいけいし→ハドリイ警視
ハドリー警視　はどりーけいし→ハドリー警視
羽鳥警部補　はとりけいぶほ→羽鳥警部補
パトリック・スミス→パトリック・スミス
はな　はな→山木 はな
ハナ　はな→大塚 ハナ
波奈　はな→波奈
花井　はない→花井
英恵　はなえ→馬場 英恵
華絵　はなえ→櫻田 華絵
英恵　はなえ*→守谷 英恵
花岡さん　はなおかさん→花岡さん
花子　はなこ→花子
ハナ子太夫　はなこたゆう→ハナ子太夫
鼻眼鏡夫人　はなめがねふじん→鼻眼鏡夫人
羽田　はねだ→羽田
母　はは→母
パパ→パパ
パブロ・ヘニング→パブロ・ヘニング
ハーボットル卿　はーぼっとるきょう→ハーボットル卿
浜江　はまえ→浜江
浜子　はまこ→浜子
浜さん　はまさん→浜さん
浜田　はまだ→浜田
浜田君　はまだくん→浜田君
浜中　はまなか→浜中
浜藻　はまも→五十嵐 浜藻
ハミルトン夫妻　はみるとんふさい→ハミルトン夫妻
葉村　はむら→葉村
ハムレット→ハムレット
ハヤ→ハヤ
林　はやし→林
林さん　はやしさん→林さん
林家正蔵　はやしやしょうぞう→林家正蔵
隼人　はやと→瀬川 隼人
早信　はやのぶ→久賀 早信
隼英吉　はやぶさえいきち→隼英吉
隼の姉御　はやぶさのあねご→隼の姉御

葉山　はやま→葉山
速水　はやみ→速水
早村　はやむら→早村
原　はら→原
原島　はらしま→原島
原田　はらだ→原田
パラヴォワーヌ侯　ぱらぼわーぬこう→パラヴォワーヌ侯
ハリファックス・カーファクス→ハリファックス・カーファクス（カーファクス）
ハル→ハル
ハル　はる→伊藤 ハル
ハル　はる→幸田 ハル
波留　はる→本宮 波留
春江　はるえ→坂上 春江
春江　はるえ*→荘原 春江
治郎　はるお→千装 治郎
春生　はるお→沢村 春生
春男　はるお→高瀬 春男
春男　はるお→峰岡 春男
春夫　はるお→佐藤 春夫
春夫　はるお→青田 春夫
晴男　はるお→晴男
春雄　はるお*→高崎 春雄
春香　はるか→花吹 春香
遥　はるか→四面堂 遥
春門　はるかど→豊川 春門
春木　はるき→春木
晴己　はるき→細島 晴己
晴己　はるき→矢島 晴己
春吉　はるきち→市川 春吉
ヴァル・ギールグッド→ヴァル・ギールグッド（ギールグッド）
はるこ　はるこ→佐藤 はるこ
ハル子　はるこ→馬場 ハル子
治子　はるこ→城崎 治子
治子　はるこ→正木 治子
晴子　はるこ→今井 晴子
晴子　はるこ→鮫島 晴子
晴子　はるこ→沢田 晴子
春さん　はるさん→春さん
春太　はるた→上条 春太
ハルナ→ハルナ
春菜　はるな→倉橋 春菜
春奈　はるな→狛江 春奈
春奈　はるな→川村 春奈
ハルナ・ハル→ハルナ・ハル

はるの　はるの→深山　はるの
治憲　はるのり→御園　治憲（ノリ）
ハルハ→ハルハ
春彦　はるひこ→岡田　春彦
春彦　はるひこ→春彦
春英　はるひで→常田　春英
ハルミ　はるみ→柊　ハルミ（平石　晴美）
治美　はるみ→岸本　治美
春美　はるみ→支倉　春美
春美　はるみ→木元　春美
晴美　はるみ→宗像　晴美
晴美　はるみ→平石　晴美
晴美　はるみ→片山　晴美
晴哉　はるや→山科　晴哉
春山　はるやま→春山
春代　はるよ→春代
晴れ女　はれおんな→晴れ女
ヴァレラ→ヴァレラ
ヴァレンタイン・ダイヤル→ヴァレンタイン・ダイヤル
ハロルド・フラー→ハロルド・フラー（フラー）
バロン→バロン
范　はん→范
范君　はんくん→范君
はん子　はんこ→西岡　はん子
バンコラン→バンコラン
半五郎　はんごろう*→夏目　半五郎
伴作　ばんさく→杉田　伴作
半七老人　はんしちろうじん→半七老人
番匠　ばんじょう→番匠
半四郎　はんしろう→岩井　半四郎
半次郎　はんじろう→中村　半次郎（菱田　新太郎）
ヴァンス→ヴァンス
磐三　ばんぞう→磐三
バンター→バンター
ヴァン・ダイン→ヴァン・ダイン
半太夫　はんだゆう→中村　半太夫
バンちゃん→バンちゃん
犯人　はんと→以上　犯人
ハンナ　はんな→寿々木　ハンナ
犯人　はんにん→犯人
半任警部　はんにんけいぶ→半任警部
半房　はんぼう→顔　半房

【ひ】

B　びー→B
ビアトレス→ビアトレス
道化師　ぴえろ→道化師（西沢のおじさん）
ヴィオレット先生　びおれっとせんせい→ヴィオレット先生
東谷　ひがしたに→東谷
ひかり→ひかり
ヒカル　ひかる→山口　ヒカル
ひかる　ひかる→中瀬　ひかる
光　ひかる→永上　光
光　ひかる→黒星　光
光　ひかる*→黒星　光
ピーカン　ぴーかん→ピーカン（松岡　康二）
美玉　びぎょく→陳　美玉
ヒギンス→ヒギンス
ヒギンズ→ヒギンズ
ヴィクトール→ヴィクトール
羆　ひぐま→羆
日暮　ひぐらし→日暮
B子　びーこ→B子
被告人　ひこくにん→被告人（目黒）
彦次郎　ひこじろう→高田　彦次郎
彦助　ひこすけ→坂東　彦助
彦之進　ひこのしん→高田　彦之進
彦兵衛　ひこべえ→彦兵衛
ヒサ　ひさ→長野　ヒサ
久　ひさ→久
久智　ひさあき→市橋　久智（狩　久）
久江　ひさえ→牧野　久江
尚江　ひさえ→鎮谷　尚江
久江夫人　ひさえふじん→久江夫人
久夫　ひさお→斎藤　久夫
久雄　ひさお→杉村　久雄
久子　ひさこ→久子
久子　ひさこ→高須　久子
久子　ひさこ→三矢　久子
比佐子　ひさこ→遠野　比佐子
比佐子　ひさこ→比佐子
緋佐子　ひさこ→蒔田　緋佐子
久司　ひさし→阿東　久司
久司　ひさし→見城　久司
久司　ひさし→木村　久司
久志　ひさし→加茂　久志

久志　ひさし→鳶山 久志
陽里　ひさと→陽里
久野　ひさの→安西 久野
比沙美　ひさみ→近藤 比沙美
比佐代　ひさよ→比佐代
Bさん　びーさん→Bさん
美術商　びじゅつしょう→美術商
聖　ひじり→坂之上 聖
聖　ひじり→聖
ヒーズ→ヒーズ
翡翠　ひすい→金堂 翡翠
ピストルの政　ぴすとるのまさ→ピストルの政
ひずる　ひずる→笹口 ひずる
ビセンテ・オルガス→ビセンテ・オルガス（オルガス）
緋太郎　ひたろう→永見 緋太郎
ビッグ・アル・ホウムズ→ビッグ・アル・ホウムズ
ひったくり犯人　ひったくりはんにん→ひったくり犯人
ピットマン警部　ぴっとまんけいぶ→ピットマン警部
ヒップ大石　ひっぷおおいし→ヒップ大石
ヒデ→ヒデ
ヒデ　ひで*→鹿内 ヒデ（先生）
英明　ひであき→原 英明
英明　ひであき→沢村 英明
秀明　ひであき→志村 秀明
秀壱　ひでいち→折川 秀壱
英生　ひでお→火村 英生
英夫　ひでお→庄司 英夫
英夫　ひでお→森下 英夫（ヒデ）
英雄　ひでお→島 英雄
秀男　ひでお→川平 秀男
秀夫　ひでお→秀夫
英和　ひでかず→岡崎 英和
英樹　ひでき→高橋 英樹
英樹　ひでき→三杉 英樹
秀樹　ひでき→松尾 秀樹
秀樹　ひでき→神谷 秀樹
英子　ひでこ→花村 英子
秀次　ひでじ→黒河 秀次
秀太郎　ひでたろう→瀬川 秀太郎
秀人　ひでと→葛根 秀人（葛根 灯痩）
秀人　ひでと→吉井 秀人
秀則　ひでのり→月ヶ瀬 秀則

英彦　ひでひこ→中沢 英彦
秀美　ひでみ→富田 秀美
英之　ひでゆき→佐竹 英之
秀之　ひでゆき→秀之
秀行　ひでゆき*→出村 秀行
一重　ひとえ→柏木 一重
ピート・ケイル→ピート・ケイル
ひとし　ひとし→篠塚 ひとし
仁　ひとし→寿 仁
仁　ひとし→天農 仁
仁志　ひとし→坪井 仁志
仁志　ひとし→八神 仁志
斉　ひとし→斉木 斉
等　ひとし→瀬村 等
人魂長次　ひとだまちょうじ→人魂長次
ひとみ　ひとみ→桜川 ひとみ
ひとみ　ひとみ→滝沢 ひとみ
人見　ひとみ→人見
仁美　ひとみ→磯野 仁美
仁美　ひとみ→永友 仁美
仁美　ひとみ→大地 仁美
瞳　ひとみ→鹿之子 瞳（カノコちゃん）
ひとみ　ひとみ*→桜川 ひとみ
仁美　ひとみ*→林 仁美
陽奈　ひな→亀山 陽奈
火那子　ひなこ→火那子
日名子　ひなこ→梶原 日名子
ヒナタ→ヒナタ
ピノコ→ピノコ
日野原　ひのはら→日野原
日比野さん　ひびのさん→日比野さん
P夫人　ぴーふじん→P夫人
ヒミコ・マテウッツィ→ヒミコ・マテウッツィ
氷室　ひむろ→氷室
姫之　ひめの→扇ヶ谷 姫之
百池　ひゃくち→百池
白夜　びゃくや→白瀬 白夜
百貨店員　ひゃっかてんいん→百貨店員（店員）
百貨店の保安係　ひゃっかてんのほあんがかり→百貨店の保安係（保安係）
百キロオーバー　ひゃっきろおーばー→百キロオーバー
羆山　ひやま→羆山
日向　ひゅうが→日向
ヒュー・グラント→ヒュー・グラント
兵吾　ひょうご→兵吾

豹助　ひょうすけ→豹助
彪蔵　ひょうぞう→田代 彪蔵
兵太　ひょうた→瀬尾 兵太
俵藤　ひょうどう→俵藤
兵馬　ひょうま→檜 兵馬
瓢六　ひょうろく→瓢六
ピヨコ→ピヨコ
ひょろ万　ひょろまん→ひょろ万
平　ひら→平
平本　ひらもと→平本
ヒル→ヒル
ビル・バークレイ→ビル・バークレイ
蛭谷　ひるや→蛭谷
ヒロ→ヒロ
ヒロ　ひろ→葦屋木 ヒロ
宏明　ひろあき→巽 宏明
緋絽枝　ひろえ→市邑 緋絽枝
弘男　ひろお→堤 弘男
弘一　ひろかず→根岸 弘一
宏樹　ひろき→結城 宏樹
宏樹　ひろき→宏樹
弘毅　ひろき→新谷 弘毅
弘樹　ひろき→海馬 弘樹
裕樹　ひろき*→杉山 裕樹
広木先生　ひろきせんせい→広木先生
ヒロコ→ヒロコ
寛子　ひろこ→寛子
寛子　ひろこ→畑 寛子
宏子　ひろこ→宏子
広子　ひろこ→中塚 広子
広子　ひろこ→和田 広子
浩子　ひろこ→長谷川 浩子
博子　ひろこ→司馬 博子
宏　ひろし→桂田 宏
宏　ひろし→宏
宏　ひろし→小野寺 宏
宏　ひろし→石森 宏
宏　ひろし→茂都木 宏
広　ひろし→小林 広
広　ひろし→津久井 広
弘　ひろし→津村 弘
弘志　ひろし→江上 弘志
浩　ひろし→浩
浩　ひろし→高輪 浩
浩　ひろし→寺崎 浩
浩　ひろし→滝田 浩

博　ひろし→田所 博
博　ひろし→湯島 博
博史　ひろし→桂山 博史
洋　ひろし→坂田 洋
洋　ひろし→津川 洋
洋　ひろし→洋
宏　ひろし*→伊多 宏
弘司　ひろし*→井川 弘司
博史　ひろし*→片桐 博史
広瀬　ひろせ→広瀬
洋隆　ひろたか→堤 洋隆
博信　ひろのぶ→高谷 博信
裕文　ひろふみ→東出 裕文
ヒロ坊　ひろぼう→ヒロ坊
浩坊ちゃん　ひろぼうちゃん→浩坊ちゃん
裕美　ひろみ→新田 裕美
浩行　ひろゆき→布施 浩行
浩之　ひろゆき→森野 浩之
浩代　ひろよ→山内 浩代
枇杷→枇杷
美和　びわ→藤倉 美和
樋渡　ひわたし→樋渡
敏　びん→橋本 敏
敏　びん→山根 敏
ピンク・B　ぴんくびー→ピンク・B
ピンク・ベラドンナ→ピンク・ベラドンナ
ビーンズ博士　びーんずはかせ→ビーンズ博士

【ふ】

WHO　ふー→WHO
フィリップ・デッカード→フィリップ・デッカード（デッカード）
フイロ・ヴァンス→フイロ・ヴァンス（ヴァンス）
福順　ふうしゅす→李 福順
風太　ふうた→兵頭 風太
フエ→フエ
フェイドルフ老人　ふぇいどるふろうじん→フェイドルフ老人
フェデロ→フェデロ
フェネリ→フェネリ
ルイジ・フェネリ→ルイジ・フェネリ（フェネリ）
フェリックス・キャシディ→フェリックス・キャシディ

フェルド→フェルド
フェル博士　ふぇるはかせ→フェル博士
フェル博士　ふぇるはかせ→フェル博士（ギデオン・フェル博士）
フーカ→フーカ
深田　ふかだ→深田
深見　ふかみ→深見
深海　ふかみ＊→深海
吹子　ふきこ→丹山 吹子
福家　ふくいえ→福家
福三郎　ふくさぶろう→嵐 福三郎
福島　ふくしま→福島
福助　ふくすけ→紅門 福助
福田　ふくだ→福田
福留先生　ふくとめせんせい＊→福留先生
福原　ふくはら→福原
河豚原　ふぐはら→河豚原
福本　ふくもと→福本
芙佐　ふさ→芙佐
夫妻　ふさい→夫妻
房恵　ふさえ→房恵
房江　ふさえ→房江
房枝　ふさえ→杉村 房枝
房枝　ふさえ→房枝
房男　ふさお→熊沢 房男
房吉　ふさきち→房吉
フサコ　ふさこ→下田 フサコ
房次郎　ふさじろう→村井 房次郎
藤井　ふじい→藤井
藤井くん　ふじいくん→藤井くん
藤江　ふじえ→藤江
藤枝主任　ふじえだしゅにん→藤枝主任
藤尾　ふじお→藤尾
藤夫　ふじお→伊野田 藤夫
富士男　ふじお→斉藤 富士男（サル）
富士雄　ふじお→坂上 富士雄
ふじ子　ふじこ→ふじ子
藤子　ふじこ→藤子
不二子　ふじこ→千羽 不二子
不二子　ふじこ→不二子
藤城　ふじしろ→藤城
藤園　ふじぞの→藤園
藤田　ふじた→藤田
藤田先生　ふじたせんせい→藤田先生
藤宮　ふじみや→藤宮
藤本　ふじもと→藤本

普二郎　ふじろう→結城 普二郎
夫人　ふじん→夫人
婦人　ふじん→婦人
婦人　ふじん→婦人（女）
ブース→ブース
二木　ふたき→二木
二葉　ふたば→伊藤 二葉
二人　ふたり→二人
ふーちゃん　ふーちゃん→ふーちゃん（歩）
部長　ぶちょう→部長（刑事部長）
フック→フック
ブッチャー→ブッチャー
筆子　ふでこ→筆子
不動丸　ふどうまる→参王 不動丸
肥った男　ふとったおとこ→肥った男
船島　ふなしま＊→船島
船曳警部　ふなびきけいぶ→船曳警部
船山　ふなやま→船山
芙美　ふみ→芙美
文　ふみ→柴田 文
史彰　ふみあき→山岡 史彰
フミ江　ふみえ＊→笠野 フミ江
文恵　ふみえ＊→神谷 文恵
二三男　ふみお→遊佐 二三男
文緒　ふみお→桂木 文緒
文緒　ふみお→森下 文緒
文夫　ふみお→浅井 文夫
文雄　ふみお→浦上 文雄
文雄　ふみお→文雄
文夫さん　ふみおさん→文夫さん
フミ子　ふみこ→フミ子
史子　ふみこ→宮本 史子
富美子　ふみこ→宇野 富美子
富美子　ふみこ→富美子
文子　ふみこ→三橋 文子
文子　ふみこ→杉田 文子
文代　ふみよ→明智 文代
文代　ふみよ→矢代 文代
ふゆ子　ふゆこ→ふゆ子
冬子　ふゆこ→今西 冬子
冬子　ふゆこ→大西 冬子
冬子　ふゆこ→冬子
冬次郎　ふゆじろう→冬次郎
冬彦　ふゆひこ→五堂 冬彦
フユミ→フユミ
冬美　ふゆみ→戸川 冬美

冬美　ふゆみ→大城　冬美
フラー→フラー
ブライアン・エルキンズ→ブライアン・エルキンズ
ぶらいと→ぶらいと
ブラウン神父　ぶらうんしんぷ→ブラウン神父
ブラクセン→ブラクセン
ブラッドリー→ブラッドリー
仏蘭西人の女　ふらんすじんのおんな→仏蘭西人の女（女）
フランソワ→フランソワ
フランソワ・マノリスク→フランソワ・マノリスク（マノリスク）
フランボウ→フランボウ
フリント→フリント
古川　ふるかわ→古川
ブル博士　ぶるはかせ→ブル博士
古本屋の細君　ふるほんやのさいくん→古本屋の細君
ブルーム氏　ぶるーむし→ブルーム氏
古谷先生　ふるやせんせい→古谷先生
プルン→プルン
ブレア→ブレア
ブレンダ→ブレンダ
ブレンダ・スタンフォード→ブレンダ・スタンフォード
フレンチ警部　ふれんちけいぶ→フレンチ警部
フレンチ夫人　ふれんちふじん→フレンチ夫人
浮浪者　ふろうしゃ→浮浪者
浮浪人　ふろうにん→浮浪人
フロラ→フロラ
フローラ・ゼック→フローラ・ゼック
フローレンス・ユキ→フローレンス・ユキ（ユキ）
文吉　ぶんきち→文吉
文吾　ぶんご→中尾　文吾
文次　ぶんじ→文次
文次　ぶんじ→文次（狐の文次）
文爾　ぶんじ→古今亭　文爾
分析技師　ぶんせきぎし→分析技師

【へ】

兵一　へいいち→竜堂　兵一
陛下　へいか→陛下

平治　へいじ→福寺　平治
平史郎　へいしろう→谷　平史郎
平四郎　へいしろう→井筒　平四郎
平助　へいすけ→松村　平助
平輔　へいすけ→室長　平輔
ヘイスティングズ→ヘイスティングズ
平蔵　へいぞう→志摩　平蔵
平太　へいた→磯貝　平太
兵隊　へいたい→兵隊
兵太郎　へいたろう→芦刈　兵太郎
平太郎　へいたろう→薩摩　平太郎
平八郎　へいはちろう→大塩　平八郎
ベインズ→ベインズ
アナスタシア・ベズグラヤ→アナスタシア・ベズグラヤ（ナスチャ）
ペチィ・アムボス→ペチィ・アムボス
ベッキーさん→ベッキーさん
ベッキーさん　べっきーさん→ベッキーさん（別宮　みつ子）
別腸　べっちょう→別腸
ペトロニウス→ペトロニウス
紅丸　べにまる→紅丸
ペラ→ペラ
ベルウッド→ベルウッド
ヴェルザック→ヴェルザック
ベルトラン→ベルトラン
ベルナルド→ベルナルド
ベル博士　べるはかせ→ベル博士
ヘルバシオ・モンテネグロ→ヘルバシオ・モンテネグロ（モンテネグロ）
ヴェルレーヌ→ヴェルレーヌ
ヘレナ・クレアモント→ヘレナ・クレアモント
ヘレナ・ロイズマン→ヘレナ・ロイズマン（ロイズマン）
ヘレン・ブランストン→ヘレン・ブランストン
弁護士　べんごし→弁護士
弁護人　べんごにん→弁護人
ヘンリー→ヘンリー
ヘンリー・アムボス→ヘンリー・アムボス
へんりい、ぶらいと　へんりいぶらいと→へんりい、ぶらいと（ぶらいと）
ヘンリイ・フリント→ヘンリイ・フリント（フリント）
ヘンリー・カルバート→ヘンリー・カルバート
ヘンリー・グッドフェローズ→ヘンリー・グッドフェローズ（グッドフェローズ）

ヘンリー・メリヴェール卿　へんりーめりべーるきょう→ヘンリー・メリヴェール卿（H・M）

【ほ】

保安係　ほあんがかり→保安係
ボアン先輩　ぼあんせんぱい→ボアン先輩
ポアンソン→ポアンソン
鵬斎　ほうさい→篠崎 鵬斎
北條　ほうじょう→北條
北条屋弥三右衛門　ほうじょうややそうえもん→北条屋弥三右衛門（弥三右衛門）
芳水　ほうすい→三国 芳水
奉太郎　ほうたろう→折木 奉太郎
宝引きの辰　ほうびきのたつ→宝引きの辰
宝引の辰親分　ほうびきのたつおやぶん→宝引の辰親分
宝腹亭蝶念天　ほうふくていちょうねんてん→宝腹亭蝶念天
宝蘭　ほうらん→林 宝蘭
ボクサー→ボクサー
北斎　ほくさい→北斎
卜伝女史　ぼくでんじょし→卜伝女史
北斗　ほくと→喜多 北斗
木堂　ぼくどう*→鹿見 木堂
黒子の男　ほくろのおとこ→黒子の男
ポケット小ぞう　ぽけっとこぞう→ポケット小ぞう
保科　ほしな→保科
星野親分　ほしのおやぶん→星野親分
甫周　ほしゅう→桂川 甫周
ホスト風　ほすとふう→ホスト風
保住　ほずみ→保住
細井さん　ほそいさん→細井さん
細川　ほそかわ→細川
ポチ→ポチ
暮鳥　ぼちょう→山村 暮鳥
ホック→ホック
母堂院　ぼどういん→母堂院
穂波　ほなみ→沢田 穂波
頬骨の出た男　ほほぼねのでたおとこ→頬骨の出た男
ヴォミット・ロイス→ヴォミット・ロイス（ロイス）
シャーロック・ホームズ→シャーロック・ホームズ（ホームズ）

フロック・ホームズ→フロック・ホームズ（ホームズ）
ホームズ→ホームズ
ホームスパン→ホームスパン
堀内　ほりうち→堀内
堀垣　ほりがき→堀垣
堀山　ほりやま→堀山
ポール→ポール
ホレーシオ→ホレーシオ
ホレス・ボーディン→ホレス・ボーディン
ヴォロッキオ→ヴォロッキオ
ポワティエ卿　ぽわてぃえきょう→ポワティエ卿
ポンサック→ポンサック
本田　ほんだ→本田
ホンダラ増淵　ほんだらますぶち→ホンダラ増淵
ボンド→ボンド
凡堂　ぼんどう*→凡堂
本間　ほんま→本間

【ま】

真以　まい→寺坂 真以
真衣　まい→清水 真衣
舞　まい→河島 舞
舞　まい→今津 舞
舞　まい→田上 舞
麻衣　まい→御影 麻衣
麻衣　まい→野田 麻衣
舞夏　まいか→小妃 舞夏
舞香　まいか→武藤 舞香
マイク→マイク
マイク・クレイトン→マイク・クレイトン
麻衣子　まいこ→夏川 麻衣子
前島　まえじま*→前島
真栄田　まえだ→真栄田
前田軍曹　まえだぐんそう→前田軍曹
前畑　まえはた→前畑
間男男　まおとこおとこ→間男男
真方　まかた→津田 真方
真壁　まかべ→真壁
マーカム→マーカム
マキ→マキ
真希　まき→伝法 真希
真樹　まき→真樹
真木　まき→真木

牧 まき→牧
末起 まき*→相良 末起
マキ子 まきこ→丸見 マキ子（マキ嬢）
真紀子 まきこ→真紀子
麻紀子 まきこ→香川 麻紀子
眞紀子ちゃん まきこちゃん→眞紀子ちゃん
槙島 まきしま→槙島
マキ嬢 まきじょう→マキ嬢
牧太郎 まきたろう*→山川 牧太郎
牧野 まきの→牧野
マークス中佐 まーくすちゅうさ→マークス中佐
マグリット→マグリット
間暮 まぐれ→間暮
間暮警部 まぐれけいぶ→間暮警部
曲人 まげと→松中 曲人
マコト→マコト
信 まこと→大久保 信
誠 まこと→坂田 誠
誠 まこと→真島 誠
誠 まこと→真島 誠（マコト）
誠 まこと→仁村 誠
誠 まこと→八木 誠
誠 まこと*→立川 誠
マコヤマ→マコヤマ
マサ まさ→マサ（松下 雅之）
政 まさ→政
雅 まさ*→小松 雅
昌朗 まさあき→伊藤 昌朗
正晃 まさあき→火蛾 正晃
正明 まさあき→能勢 正明
雅恵 まさえ→羽生田 雅恵
雅恵 まさえ→雅恵
昌枝 まさえ→昌枝
正恵 まさえ→護屋 正恵
マサオ→マサオ
雅男 まさお→桜沢 雅男
将生 まさお→赤尾 将生
政夫 まさお→横田 政夫
政雄 まさお→杉本 政雄
正男 まさお→小竹 正男
正男 まさお→竹中 正男
正雄 まさお→沢村 正雄
正男 まさお*→瓜生 正男
正岡 まさおか→正岡

政和 まさかず→栗崎 政和
真樹 まさき→立花 真樹
政樹 まさき→芝浦 政樹
雅子 まさこ→雅子
雅子 まさこ→小池 雅子
雅子 まさこ→多々良 雅子
昌子 まさこ→柴崎 昌子
真子 まさこ→江川 真子
正子 まさこ→進藤 正子
正子 まさこ→正子
方子 まさこ→方子
麻沙子 まさこ→矢村 麻沙子
真砂 まさご→真砂
昌子 まさこ*→深見 昌子
真子 まさこ*→深海 真子
昌史 まさし→氷川 昌史
正史 まさし→鈴木 正史
正志 まさし→皆川 正志
雅司 まさじ→能瀬 雅司
正孝 まさたか→久保田 正孝
正孝 まさたか*→三谷 正孝
正嗣 まさつぐ→小早川 正嗣
マサト まさと→大森 マサト
雅人 まさと→池内 雅人
雅人 まさと→磨理邑 雅人
正人 まさと→南波 正人
雅俊 まさとし*→石垣 雅俊
雅乃 まさの→雅乃
正憲 まさのり→鳴海 正憲
正徳 まさのり→依羅 正徳
雅治 まさはる→外山 雅治
昌治 まさはる→新山 昌治
允彦 まさひこ→允彦
雅彦 まさひこ→加藤 雅彦
雅彦 まさひこ→酒巻 雅彦
真彦 まさひこ→楠井 真彦
昌宏 まさひろ→昌宏
昌弘 まさひろ→平松 昌弘
正弘 まさひろ→野沢 正弘
正浩 まさひろ→竹内 正浩
正浩 まさひろ→難儀 正浩
正博 まさひろ→羽葉 正博
雅美 まさみ→原口 雅美
雅美 まさみ→杉田 雅美
雅美 まさみ→竹中 雅美
雅美 まさみ→土本 雅美

雅美 まさみ→北川 雅美
昌美 まさみ→昌美
正美 まさみ→遊佐 正美
正巳 まさみ→犀川 正巳
正宗 まさむね→寺堂院 正宗
雅也 まさや→森野 雅也
政也 まさや→遠藤 政也
雅之 まさゆき→松下 雅之
雅之 まさゆき→木幡 雅之
将之 まさゆき→後藤 将之
正之 まさゆき→保科 正之
正幸 まさゆき*→貝瀬 正幸
昌代 まさよ→昌代
正義 まさよし→田所 正義
正義 まさよし→内山 正義
正義 まさよし→片山 正義
マサル→マサル
傑 まさる→千舟 傑
勝 まさる→松村 勝
勝 まさる→平山 勝
優 まさる→井原 優
マーシャ→マーシャ
益雄 ますお→山村 益雄
増次郎 ますじろう→小野 増次郎
マスター ますたー→マスター（健介）
マスター・シヴァ→マスター・シヴァ
マスターズ警部 ますたーずけいぶ→マスターズ警部
升太郎 ますたろう→実川 升太郎
真粧美 ますみ→真粧美
真澄 ますみ→鬼頭 真澄
真澄 ますみ→桑田 真澄
増美 ますみ→増美
益山 ますやま→益山
又七郎 またしちろう→樋口 又七郎
亦八 またはち→弓削田 亦八
マダム→マダム
マダム絢 まだむじゅん→マダム絢
マダムD まだむでぃー→マダムD
マダム・トキタ→マダム・トキタ
万智 まち→太刀洗 万智
真知子 まちこ→高沢 真知子
真知子 まちこ→新見 真知子
町子 まちこ→町子
満智子 まちこ→栗田 満智子
町野 まちの→町野

真知博士 まちはかせ→真知博士
マツ まつ→小島 マツ
まつ まつ→大須賀 まつ
松浦 まつうら→松浦
松木 まつき→松木
松吉 まつきち→松吉
マックスウェル→マックスウェル
マックス・クレイボン→マックス・クレイボン（クレイボン）
マックス・スターン→マックス・スターン
松子 まつこ→鳥飼 松子
真津子 まつこ→篠原 真津子
松造 まつぞう→松造
松田 まつだ→松田
松太郎 まつたろう→野田 松太郎
マッテオ嬢 まっておじょう→マッテオ嬢
マッド→マッド
松永 まつなが→松永
マツノオ→マツノオ
松村子爵 まつむらししゃく→松村子爵
松元 まつもと→松元
松本 まつもと→松本
マツリカ→マツリカ
マテオ・メッシーニ→マテオ・メッシーニ（メッシーニ）
マドモワゼル・マッテオ まどもわぜるまってお→マドモワゼル・マッテオ（マッテオ嬢）
マドンナ→マドンナ
マナ→マナ
麻奈 まな→松田 麻奈
真奈江 まなえ→田畑 真奈江
学 まなぶ→厨司 学
学 まなぶ*→湯川 学
愛美 まなみ→鶴岡 愛美
真奈美 まなみ→長崎 真奈美
真奈美 まなみ→田口 真奈美
マナリング まなりんぐ→マナリング（グレゴリー・B・マナリング）
マノリスク→マノリスク
真広 まひろ→牟礼 真広
マーヴィン・バンター→マーヴィン・バンター（バンター）
マーフィ→マーフィ
まほうはかせ→まほうはかせ
真幌キラー まほろきらー→真幌キラー
まぼろしお花 まぼろしおはな→まぼろしお花

ママ→ママ
真美　まみ→志野沢　真美
真美子　まみこ*→仲田　真美子
衛　まもる→山崎　衛
守　まもる→田部　守
守　まもる*→菊野　守
マヤ→マヤ
摩耶　まや→摩耶
麻弥　まや→山見神　麻弥
摩耶子　まやこ→冬木　摩耶子
真由子　まゆこ→真由子
まゆみ→まゆみ
真弓　まゆみ→瓜生　真弓
真弓　まゆみ→秋保　真弓
真弓　まゆみ→織田　真弓
真弓　まゆみ→真弓
真弓　まゆみ→須任　真弓
真弓　まゆみ→石井　真弓
真弓　まゆみ→如月　真弓
真由美　まゆみ→水原　真由美
麻由美　まゆみ→川村　麻由美
マリ→マリ
マリ　まり→宗方　マリ
真理　まり→高木　真理
真理　まり→神津　真理
真理　まり→長田　真理
マリー→マリー
マリア→マリア
まりあ　まりあ→阿部　まりあ
真理亜　まりあ→黒沢　真理亜
麻里亜　まりあ→有馬　麻里亜
茉莉亜　まりあ→茉莉亜
マーリア・セミョーノフ→マーリア・セミョーノフ
まりえ→まりえ
マリエ　まりえ→如月　マリエ
真理恵　まりえ→真理恵
真理江　まりえ→鹿野　真理江
毬絵　まりえ→小早川　毬絵
鞠夫　まりお→鞠夫
万里夫　まりお→岡　万里夫
マリオン・ソンダース→マリオン・ソンダース（ソンダース）
真理香　まりか→中垣内　真理香
まり子　まりこ→まり子
まり子　まりこ→新山　まり子

鞠子　まりこ→紙屋　鞠子
真理子　まりこ→岡部　真理子
真理子　まりこ→真理子
麻利子　まりこ→小栗　麻利子
万理子　まりこ→梅木　万理子
万里子　まりこ→熊谷　万里子
万里子　まりこ→川平　万里子
万里子　まりこ→谷藤　万里子
マリーちゃん→マリーちゃん
茉莉奈　まりな→江田　茉莉奈
マルグリット→マルグリット
マルコ・ポーロ→マルコ・ポーロ
丸本　まるもと→丸本
丸山　まるやま→丸山
丸山刑事　まるやまけいじ→丸山刑事
マレン・セイ→マレン・セイ
万作　まんさく→丸井　万作
万さん　まんさん→万さん（ひょろ万）
万児　まんじ*→戸部　万児
饅頭女　まんじゅうおんな→饅頭女
万蔵　まんぞう→万蔵
万頭　まんとう→押倉　万頭
万引き女　まんびきおんな→万引き女
萬兵　まんぺい→友田　萬兵
満祐　まんゆう→赤松　満祐

【み】

美江　みえ→橙堂　美江
美枝　みえ→菊田　美枝
三枝子　みえこ→三枝子
三重子　みえこ→尾山　三重子
美栄子　みえこ→美栄子
美恵子　みえこ→栄田　美恵子
美恵子　みえこ→宮寺　美恵子
美枝子　みえこ→小村　美枝子
水音　みお→秋本　水音
美央　みお→暮林　美央
美緒　みお→橋場　美緒
美緒　みお→原田　美緒
美緒子　みおこ→美緒子
ミオゾティス→ミオゾティス
実夏　みか→大山　実夏
美夏　みか→洞口　美夏
美香　みか→芦原　美香
美香　みか→堂本　美香

三影　みかげ→三影
美香子　みかこ→早瀬 美香子
ミカン嬢　みかんじょう→ミカン嬢
みき→みき
三木　みき→三木
美紀　みき→八木 美紀
美紀　みき→美紀
美樹　みき→遠藤 美樹
美樹　みき→美樹
未樹　みき→叶 未樹
箕木　みき→箕木
美紀　みき*→有沢 美紀
美樹　みき*→川井 美樹
幹生　みきお→尾形 幹生
幹夫　みきお→笠原 幹夫
幹夫　みきお→七尾 幹夫
幹夫　みきお→青島 幹夫
幹夫　みきお→田村 幹夫
幹夫　みきお→藪田 幹夫
幹雄　みきお→橋本 幹雄
美希風　みきかぜ→南 美希風
美貴子　みきこ→羽柴 美貴子
美樹子　みきこ→美樹子
幹哉　みきや→幹哉（十四郎）
幹也　みきや→仁多 幹也
美紀代　みきよ→東口 美紀代
美紅　みく→坂東 美紅
未玖　みく→二木 未玖
三國　みくに→内藤 三國
ミケ→ミケ
三毛猫ホームズ　みけねこほーむず→三毛猫ホームズ（ホームズ）
ミケランジェロ六郎　みけらんじぇろろくろう→ミケランジェロ六郎
ミコ→ミコ
みこと　みこと→渡良瀬 みこと
美琴　みこと→谷田貝 美琴
美琴　みこと→藤村 美琴
美佐　みさ→菊地 美佐
美佐　みさ→中塚 美佐
美佐恵　みさえ→吉長 美佐恵
美佐恵　みさえ→片桐 美佐恵
みさを　みさお→松 みさを（笠井 ミサ子）
操　みさお→石黒 操
操　みさお→畑中 操
ミサキ→ミサキ
美咲　みさき→日岡 美咲
ミサ子　みさこ→笠井 ミサ子
美佐子　みさこ→松原 美佐子
美佐子　みさこ→泉原 美佐子
美佐子　みさこ→美佐子
美沙子　みさこ→榎木 美沙子
美里　みさと→美里
美里　みさと→麻生 美里
水絵　みずえ→姫原 水絵（みっちゃん）
瑞江　みずえ→黒沼 瑞江
瑞枝　みずえ*→小野寺 瑞枝
美杉　みすぎ→吉野 美杉
みずき　みずき→四方田 みずき
みずき　みずき→白水 みずき
ミス・ジェイド→ミス・ジェイド
水島　みずしま→水島
水島のじいちゃん　みずしまのじいちゃん→水島のじいちゃん
水島のじいちゃん　みずしまのじいちゃん→水島のじいちゃん（水島 啓輔）
三鈴　みすず→三鈴
美鈴　みすず→草薙 美鈴
美鈴　みすず*→藤堂 美鈴
水田　みずた→水田
羊男　みすたーしーぷ→羊男
水並　みずなみ→水並
水沼　みずぬま→水沼
水野　みずの→水野
ミス・パウエル→ミス・パウエル（ステラ・パウエル）
水原さんのお嬢さん　みずはらさんのおじょうさん→水原さんのお嬢さん
ミス・ハルク→ミス・ハルク
瑞穂　みずほ→平野 瑞穂
水澄　みすみ→水澄
ミセス・ダイヤ→ミセス・ダイヤ
ミセス・ハート→ミセス・ハート
溝口　みぞぐち→溝口
美園　みその→桑名 美園
三田　みた→三田
三田村　みたむら→三田村
三田村社長　みたむらしゃちょう→三田村社長
御手洗さん　みたらいさん→御手洗さん
巳太郎　みたろう→巳太郎
みちえ　みちえ→滝本 みちえ
道尾　みちお→道尾

道夫　みちお→恩田　道夫
道夫　みちお→岩本　道夫
道夫　みちお→高橋　道夫
道夫　みちお→上条　道夫
道夫　みちお→城川　道夫
道夫　みちお→神川　道夫
道夫　みちお→道夫
道夫　みちお→牧村　道夫
道夫　みちお→野毛　道夫
道雄　みちお→玉島　道雄
美智男　みちお→下田　美智男
道子　みちこ→小田　道子
道子　みちこ→川崎　道子
道子　みちこ→道子
美知子　みちこ→愛田　美知子
美知子　みちこ→伊東　美知子
理子　みちこ→阿部　理子
倫子　みちこ→貝沼　倫子
路子　みちこ→阿地川　路子
路子　みちこ→高沢　路子
路子　みちこ→森　路子
道隆　みちたか→松平　道隆
道徳　みちのり→平井　道徳（ドートク）
道彦　みちひこ→高津　道彦
道弘　みちひろ→久木　道弘
道弘　みちひろ→品野　道弘
ミチル→ミチル
美知留　みちる→月岡　美知留
光　みつ→光
光章　みつあき→天地　光章
三井　みつい→三井
光江　みつえ→八木　光江
満枝　みつえ→戸田　満枝
充枝夫人　みつえふじん→充枝夫人
光男　みつお→設楽　光男
光雄　みつお→清竹　光雄
充男　みつお→和久井　充男
満男　みつお→見目　満男
満男　みつお→山草　満男
満男　みつお→片瀬　満男
光岡　みつおか→光岡
満城警部補　みつきけいぶほ→満城警部補
貢　みつぐ→新出　貢
ミツ子　みつこ→ミツ子
みつ子　みつこ→別宮　みつ子

みつ子　みつこ→別宮　みつ子（ベッキーさん）
光子　みつこ→光子
美津子　みつこ→美津子
光子さん　みつこさん→光子さん
密室蒐集家　みっしつしゅうしゅうか→密室蒐集家
三造　みつぞう→菊池　三造（キクさん）
ミッチ→ミッチ
みっちゃん→みっちゃん
光敏　みつとし→滝野　光敏
光彦　みつひこ→光彦
満彦　みつひこ→山岡　満彦
光也　みつや→岡崎　光也
三谷　みつや*→三谷
美津代　みつよ→美津代
充　みつる→山田　充
満　みつる→大島　満
満　みつる→葉隠　満
見処少年　みどころしょうねん→見処少年
みどり→みどり
みどり　みどり→安西　みどり
みどり　みどり→稲川　みどり
みどり　みどり→佐田　みどり
みどり　みどり→早川　みどり
みどり　みどり→蜘蛛手　みどり
美登里　みどり→三宅　美登里
美土里　みどり→種村　美土里
緑　みどり→間宮　緑
緑色の服の紳士　みどりいろのふくのしんし→緑色の服の紳士（紳士）
緑っぽい緑　みどりっぽいみどり*→緑っぽい緑
ミナ　みな→池尻　ミナ
水上　みなかみ→水上
三奈子　みなこ→音川　三奈子
水那子　みなこ→水那子
皆美　みなみ→皆美
南　みなみ→九段　南
南　みなみ→南
美波　みなみ→鷹西　美波
南田　みなみだ→南田
南野　みなみの→南野
みね　みね→石沢　みね
峰央　みねお→潮井　峰央
峰岸　みねぎし→峰岸
峰子　みねこ→北山　峰子

ミノ→ミノ
箕島 みのしま→箕島
蓑四郎 みのしろう*→平田 蓑四郎
蓑田 みのだ→蓑田
美濃部 みのべ→美濃部
みのり みのり→坂下 みのり
みのり みのり→相場 みのり
実 みのる→袴田 実
実 みのる→実
稔 みのる→桐原 稔
稔 みのる→坂上 稔
稔 みのる→石岡 稔
稔 みのる→末原 稔
稔 みのる→稔
三春 みはる→大竹 三春
実春 みはる→小川 実春
深春 みはる→栗山 深春
美葉流 みはる→蓮台 美葉流
美保 みほ→児玉 美保
美保 みほ→前野 美保
美保 みほ→竹久 美保
美穂 みほ→美穂
ミー坊 みーぼう→ミー坊
美保子 みほこ→新村 美保子
美保子 みほこ→美保子
美穂子 みほこ→笹井 美穂子
ミミ→ミミ
ミミ みみ→江田島 ミミ
美茂世 みもよ→美茂世
ミヤ→ミヤ
ミヤ みや→清水 ミヤ
美夜 みや→音宮 美夜
宮井 みやい→宮井
ミヤ子 みやこ→ミヤ子
みや子 みやこ→堀河 みや子
宮古 みやこ→宮古
宮子 みやこ→宮子
都 みやこ→都
美也子 みやこ→杉山 美也子
美也子 みやこ→中江 美也子
美也子 みやこ→美也子
美也子 みやこ*→渡辺 美也子
ミヤ子夫人 みやこふじん→ミヤ子夫人
宮崎 みやざき→宮崎
宮下 みやした→宮下
宮島 みやじま→宮島

宮田 みやた→宮田
宮原 みやはら→宮原
美有 みゆう→神永 美有
ミユキ みゆき→ミユキ(島村 美由紀)
みゆき みゆき→山口 みゆき
美由紀 みゆき→津川 美由紀
美由紀 みゆき→島村 美由紀
美由紀 みゆき→野間 美由紀
美代子 みよこ→笠井 美代子
美代子 みよこ→新納 美代子
美代子 みよこ→森川 美代子
美代子 みよこ→美代子
美与子 みよこ→美与子
巳代司 みよじ→谷原 巳代司
ミリアム→ミリアム
ミルトン・ハース→ミルトン・ハース
ミレイ→ミレイ
美麗 みれい→篠崎 美麗
ミロ→ミロ
ミロ みろ→安河内 ミロ
弥勒 みろく→久世 弥勒
美和 みわ→遠藤 美和
美和 みわ→植村 美和
美和 みわ→美和
美和子 みわこ→伊藤 美和子
美和子 みわこ→美和子
美和子 みわこ→北原 美和子

【む】

向井 むかい→向井
無空 むくう→無空
向田 むこうだ→向田
むささびの源次 むささびのげんじ→むささびの源次
武蔵 むさし→宮本 武蔵
虫麻呂 むしまろ→高橋 虫麻呂
娘 むすめ→娘
牟田 むた→牟田
ムーちゃん→ムーちゃん
睦月 むつき→片桐 睦月
むつ子 むつこ→栗山 むつ子
睦子 むつこ→佐々木 睦子
武藤 むとう→武藤
ムナカタ氏 むなかたし→ムナカタ氏
宗武 むねたけ→田安 宗武

宗春 むねはる→伊達左京亮 宗春
むめ子 むめこ→那須 むめ子
村井 むらい→村井
村井警部 むらいけいぶ→村井警部
村尾 むらお→柏木 村尾
村上 むらかみ→村上
村上少尉 むらかみしょうい→村上少尉
ムラサキくん→ムラサキくん
村雨 むらさめ→村雨
村瀬 むらせ→村瀬
夢裡庵 むりあん→夢裡庵(富士 宇衛門)
室見 むろみ→室見

【め】

名探偵 めいたんてい→名探偵
明徳 めいとく→徐 明徳
メイ・リン→メイ・リン
美鈴 めいりん→陶 美鈴
目吉 めきち→目吉
メグミ→メグミ
めぐみ めぐみ→桜井 めぐみ
めぐみ めぐみ→松野 めぐみ
めぐみ めぐみ→片岡 めぐみ
恵 めぐみ→戸田 恵
恵 めぐみ→更科 恵
目黒 めぐろ→目黒
メッシーニ→メッシーニ
メーテル めーてる→メーテル(海芽 輝美)
メランコ→メランコ
メリヴェール卿 めりべーるきょう→メリヴェール卿
メルカトル鮎 めるかとるあゆ→メルカトル鮎
メルシー→メルシー
面比要 めんぴよう→面比要

【も】

モアイ像男 もあいぞうおとこ→モアイ像男
盲人 もうじん→盲人
萌 もえ→今津 萌
萌 もえ→片桐 萌
萌絵 もえ→西之園 萌絵
もえる もえる→若草 もえる
茂木 もぎ→茂木

茂吉 もきち→中川 茂吉
目撃者 もくげきしゃ→目撃者
モシェシュ→モシェシュ
物集 もずめ→物集
模談亭キネマ もだんていきねま→模談亭キネマ
模談亭ラジオ もだんていらじお→模談亭ラジオ
素斗 もと→御庭 素斗
元雄 もとお→城崎 元雄
源一 もとかず→坂下 源一
裳所 もとこ→田中 裳所
素子 もとこ→桐岡 素子
素子 もとこ→素子
茂登子 もとこ→楠原 茂登子
元三郎 もとさぶろう→下為替 元三郎
元信 もとのぶ→世良田 元信
元康 もとやす→松平 元康
モニカ→モニカ
喪服夫人 もふくふじん→喪服夫人
モモコ→モモコ
桃子 ももこ→宮田 桃子
桃子 ももこ→国枝 桃子
桃子 ももこ→山科 桃子
桃子 ももこ→風見 桃子
守男 もりお→遠藤 守男
森尾 もりお→森尾
杜夫 もりお→鵜飼 杜夫
杜夫 もりお→鍬田 杜夫
森尾所長 もりおしょちょう→森尾所長
森川 もりかわ→森川
守子 もりこ*→常本 守子
森下 もりした→森下
モリスン嬢 もりすんじょう→モリスン嬢
森田 もりた→森田
森ちゃん もりちゃん→森ちゃん
森野 もりの→森野
森の石松 もりのいしまつ→森の石松
守人 もりひと→江綱 守人
森本 もりもと→森本
森山 もりやま→森山
守之 もりゆき→安納 守之
紋次郎 もんじろう→紋次郎(木枯し紋次郎)
モンタニ→モンタニ
紋太夫 もんだゆう→市川 紋太夫
モンテネグロ→モンテネグロ

主水　もんど→寒蝉　主水

【や】

彌市　やいち→戸川　彌市
八重　やえ→近藤　八重
八重　やえ→八重
八重子　やえこ→伊豆　八重子
八重子　やえこ→篠原　八重子
八重子　やえこ→小野　八重子
八重子　やえこ→八重子
八木沢　やぎさわ→八木沢
弥吉　やきち→鵜木　弥吉
弥吉　やきち→弥吉
屋久島　やくしま→屋久島
薬師丸　やくしまる→薬師丸
矢口　やぐち→矢口
弥左衛門　やざえもん→篠崎　弥左衛門
矢坂　やさか→矢坂
弥三郎　やさぶろう→弥三郎
矢沢　やざわ→矢沢
弥七　やしち→弥七
彌七郎　やしちろう→小牧川　彌七郎
八十郎　やじゅうろう→鶴川　八十郎
康明　やすあき→坂本　康明
安枝　やすえ*→中田　安枝
安夫　やすお→判田　安夫
康男　やすお→朱鷺沢　康男
康男　やすお→松井　康男
康夫　やすお→古場　康夫
康夫　やすお→沢本　康夫
保雄　やすお→塚本　保雄
靖男　やすお→藤代　靖男
康雄　やすお*→鞍掛　康雄
康雄　やすお*→戸針　康雄
安岡　やすおか→安岡
靖香　やすか→新田　靖香
弥助　やすけ→弥助
泰子　やすこ→下条　泰子
泰子　やすこ→中城　泰子
泰子　やすこ→豊島　泰子
泰子　やすこ→有村　泰子
晏子　やすこ*→尾上　晏子（ヤッチン）
泰　やすし→井口　泰
泰史　やすし→神坂　泰史
靖　やすし→久田　靖

靖　やすし→神田　靖
靖史　やすし→米田　靖史
靖志　やすし→剣野　靖志
安二　やすじ→安二
安造　やすぞう→安造
安田　やすだ→安田
安孝　やすたか→林　安孝
安田夫妻　やすだふさい→安田夫妻
泰継　やすつぐ→如月　泰継
保次　やすつぐ→飯田　保次(ヒギンス)
安朋　やすとも→大御坊　安朋
安則　やすのり→室伏　安則
安原　やすはら→安原
康弘　やすひろ→香川　康弘
泰宏　やすひろ→石倉　泰宏
泰宏　やすひろ→那加野　泰宏
泰文　やすふみ→沢元　泰文
安兵衛　やすべえ→安兵衛
泰正　やすまさ→朽木　泰正
安見　やすみ→安見
靖美　やすみ→束原　靖美
靖美　やすみ→靖美
鎮衛　やすもり→根岸肥前守　鎮衛
泰之　やすゆき→高野　泰之
靖之　やすゆき→相崎　靖之
安代　やすよ→安代
安代　やすよ→大口　安代
痩せた男　やせたおとこ→痩せた男
弥三右衛門　やそうえもん→弥三右衛門
八十吉　やそきち→八十吉
矢田　やだ→矢田
弥太郎　やたろう→塚原　弥太郎
ヤッチン→ヤッチン
矢頭　やとう*→矢頭
弥兵衛　やへえ→富永　弥兵衛
山嵐警部　やまあらしけいぶ→山嵐警部
山井検事　やまいけんじ→山井検事
山岡　やまおか→山岡
山形　やまがた→山形
山上　やまがみ→山上
山上　やまがみ*→山上
山神　やまがみ*→山神
山上夫婦　やまがみふうふ→山上夫婦
山岸　やまぎし→山岸
ヤマギワ少年　やまぎわしょうねん→ヤマギワ少年

612

山口　やまぐち→山口
山崎　やまざき→山崎
山下　やました→山下
山田　やまだ→山田
山田宮司　やまだぐうじ→山田宮司
山田氏　やまだし→山田氏
山根　やまね→山根
山之内　やまのうち→山之内
山本　やまもと→山本
山本君　やまもとくん→山本君
山本刑事　やまもとけいじ→山本刑事
山盛氏　やまもりし→山盛氏
家々　やや→六車　家々
弥生　やよい→佐々井　弥生
弥生　やよい→杉村　弥生

【ゆ】

湯浅　ゆあさ→湯浅
唯　ゆい→唯
由伊　ゆい→由伊
由比　ゆい→真山　由比
由育　ゆいく→賈　由育
唯子　ゆいこ→花井　唯子
由衣子　ゆいこ*→植田　由衣子
憂　ゆう→天城　憂(メランコ)
悠　ゆう*→睦月　悠
ユウイチ→ユウイチ
勇一　ゆういち→唯野　勇一
有一　ゆういち→洞口　有一
祐一　ゆういち→西野　祐一
裕一　ゆういち→倉科　裕一
雄一　ゆういち→市貝　雄一
雄一　ゆういち→内山　雄一
裕一　ゆういち*→倉料　裕一
友一郎　ゆういちろう→松山　友一郎
雄一郎　ゆういちろう→水島　雄一郎
雄一郎　ゆういちろう→浅倉　雄一郎
雄一郎　ゆういちろう→東堂　雄一郎
優花　ゆうか→優花
ユウキ　ゆうき→松本　ユウキ
結城　ゆうき→結城
祐希　ゆうき→柴山　祐希
勇吉　ゆうきち→竹原　勇吉
結城中佐　ゆうきちゅうさ→結城中佐
結子　ゆうこ→結子

優子　ゆうこ→橘高　優子
優子　ゆうこ→古谷　優子
優子　ゆうこ→香川　優子
優子　ゆうこ→島崎　優子
優子　ゆうこ→柳川　優子
悠子　ゆうこ→永江　悠子
悠子　ゆうこ→石黒　悠子
悠子　ゆうこ→堀内　悠子
有子　ゆうこ→小山　有子
有子　ゆうこ→有子
由子　ゆうこ→西野　由子
裕子　ゆうこ→緑原　裕子
夕子　ゆうこ→永井　夕子
夕子　ゆうこ→霞　夕子
夕子　ゆうこ→浜島　夕子
夕子　ゆうこ→夕子
釉子　ゆうこ→釉子
裕子　ゆうこ*→寺井　裕子
雄吾　ゆうご*→樋村　雄吾
勇作　ゆうさく→横田　勇作
勇作　ゆうさく→吉丸　勇作
勇次　ゆうじ→有村　勇次
祐二　ゆうじ→園田　祐二
雄次　ゆうじ→小谷　雄次
雄次　ゆうじ→松岡　雄次
雄二　ゆうじ→田所　雄二
雄二　ゆうじ→鳩村　雄二
夕侍　ゆうじ→鳴海　夕侍
裕次郎　ゆうじろう→稲村　裕次郎
佑介　ゆうすけ→土岐　佑介
優介　ゆうすけ→優介
勇介　ゆうすけ→片岡　勇介
祐介　ゆうすけ→遠藤　祐介
祐介　ゆうすけ→南条　祐介
祐介　ゆうすけ→比良　祐介
祐輔　ゆうすけ→辺見　祐輔(ボアン先輩)
雄介　ゆうすけ→熊木　雄介
勇造　ゆうぞう→志水　勇造
勇造　ゆうぞう→村田　勇造
有三　ゆうぞう→高坂　有三
裕三　ゆうぞう→吉井　裕三
雄造　ゆうぞう→名倉　雄造
悠太　ゆうた→永山　悠太
悠太　ゆうた→悠太
雄太　ゆうた→九十九　雄太
雄太　ゆうた→速水　雄太

613

雄大　ゆうだい→羽根木　雄大
祐太朗　ゆうたろう→戸梶　祐太朗
雄太郎　ゆうたろう→吉田　雄太郎
雄太郎　ゆうたろう→仁木　雄太郎
有人　ゆうと→碇　有人
勇之進　ゆうのしん→藪原　勇之進
夕日　ゆうひ→村里　夕日
郵便脚夫の女房　ゆうびんきゃくふのにょうぼう→郵便脚夫の女房
郵便屋さん　ゆうびんやさん→郵便屋さん
優平　ゆうへい→秋島　優平
裕平　ゆうへい→裕平
雄平　ゆうへい→雄平
裕馬　ゆうま→裕馬
悠也　ゆうや→木更津　悠也
有也　ゆうや→秋庭　有也
裕也　ゆうや→水島　裕也
裕矢　ゆうや→岩瀬　裕矢
夕也　ゆうや→友坂　夕也
悠里　ゆうり→福田　悠里
憂理　ゆうり→憂理
ユカ→ユカ
ゆか　ゆか→椎名　ゆか
結花　ゆか→結花
佑香　ゆか→諸橋　佑香
優佳　ゆか→守村　優佳
優香　ゆか→川田　優香
有佳　ゆか→大橋　有佳
有果　ゆか→児玉　有果
由香　ゆか→由香
佑加子　ゆかこ→箕浦　佑加子
由香子　ゆかこ→柳　由香子
ゆかり→ゆかり
ゆかり　ゆかり→榎本　ゆかり
由香梨　ゆかり→柳　由香梨
由香里　ゆかり→由香里
ゆかり　ゆかり*→相沢　ゆかり
湯川　ゆかわ→湯川
ユキ→ユキ
ゆき　ゆき→小佐内　ゆき
ユキ　ゆき→神坂　ユキ
有紀　ゆき→遠藤　有紀
由紀　ゆき→由紀
由貴　ゆき→河崎　由貴
遊姫　ゆき→遊姫
由紀　ゆき*→有沢　由紀
ゆきえ　ゆきえ→加賀　ゆきえ
ゆきえ　ゆきえ→小林　ゆきえ
ゆき絵　ゆきえ→本間　ゆき絵
雪江　ゆきえ→雪江
雪枝　ゆきえ→原　雪枝
幸枝　ゆきえ*→外浦　幸枝
雪江さん　ゆきえさん→雪江さん
幸夫　ゆきお→瀬戸口　幸夫
由紀夫　ゆきお→広瀬　由紀夫
由紀夫　ゆきお→立花　由紀夫
由起夫　ゆきお→由起夫
幸雄　ゆきお*→折口　幸雄
行雄　ゆきお*→鹿山　行雄
ゆき子　ゆきこ→ゆき子
ユキ子　ゆきこ→酒井　ユキ子
悠紀子　ゆきこ→丹沢　悠紀子
有紀子　ゆきこ→磯田　有紀子
有紀子　ゆきこ→能勢　有紀子
由希子　ゆきこ→射場　由希子
由希子　ゆきこ→平尾　由希子
由季子　ゆきこ→進藤　由季子
由紀子　ゆきこ→久保　由紀子
由紀子　ゆきこ→森　由紀子
由紀子　ゆきこ→大月　由紀子
由貴子　ゆきこ→西川　由貴子
由起子　ゆきこ→羽迫　由起子（ウサコ）
由紀子　ゆきこ*→三沢　由紀子
雪子夫人　ゆきこふじん→雪子夫人
油吉　ゆきち→黒尾　油吉
行人　ゆきと→綾辻　行人
雪乃　ゆきの→香月　雪乃
裄範　ゆきのり→浮田　裄範
幸彦　ゆきひこ→山瀬　幸彦
幸秀　ゆきひで→柴　幸秀
幸政　ゆきまさ→今村　幸政
行正　ゆきまさ→岡田　行正
幸也　ゆきや→葛原　幸也
雪代　ゆきよ→雪代
U君　ゆーくん→U君
弓削　ゆげ→弓削
ユゴー→ユゴー
柚子　ゆず→瓜生　柚子
ゆずる　ゆずる→鎧坂　ゆずる
譲　ゆずる→巻石　譲
譲　ゆずる→柚子原　譲
ユータ→ユータ

豊 ゆたか→小泉 豊
豊 ゆたか→當山 豊
ユニヨシ→ユニヨシ
由布 ゆふ→由布
由真 ゆま→那加野 由真
ユミ→ユミ
ゆみ ゆみ→三田村 ゆみ
悠美 ゆみ→藍沢 悠美
由美 ゆみ→田村 由美
由美 ゆみ→由美
ユミコ ゆみこ→江川 ユミコ
ゆみ子 ゆみこ→坂井 ゆみ子
弓子 ゆみこ→安見 弓子
優美子 ゆみこ→優美子
由美子 ゆみこ→宮入 由美子(ユミ)
由美子 ゆみこ→佐江 由美子
由美子 ゆみこ→佐藤 由美子
由美子 ゆみこ→三浦 由美子
由美子 ゆみこ→芝原 由美子
由美子 ゆみこ→石島 由美子
由美子 ゆみこ→田坂 由美子
由美子 ゆみこ→田中 由美子(ミコ)
由美子 ゆみこ→由美子
有美子 ゆみこ*→久遠 有美子
由美子 ゆみこ*→能田 由美子
由美ちゃん ゆみちゃん→由美ちゃん
弓之助 ゆみのすけ→弓之助
夢路 ゆめじ→野添 夢路
夢之助 ゆめのずけ*→梅沢 夢之助
ユリ ゆり→山辺 ユリ
ユリ ゆり→松本 ユリ
ユリ ゆり→津中 ユリ
百合 ゆり→宮本 百合
百合 ゆり→酒巻 百合
由利 ゆり→志賀 由利
由利 ゆり→小宮 由利
由利 ゆり→布施 由利
由利 ゆり→由利
由里 ゆり→遠山 由里
由理亜 ゆりあ→白川 由理亜
百合枝 ゆりえ→小泉 百合枝
百合枝先生 ゆりえせんせい→百合枝先生(小泉 百合枝)
ユリカ→ユリカ
ゆり子 ゆりこ→ゆり子
百合子 ゆりこ→宮之原 百合子
百合子 ゆりこ→江島 百合子
百合子 ゆりこ→百合子
由利子 ゆりこ→佐野 由利子
由利子 ゆりこ*→東 由利子
由利先生 ゆりせんせい→由利先生
潤子 ゆんじゃ→金 潤子
ユンファ→ユンファ

【よ】

与市 よいち→与市
余一郎 よいちろう→橋場 余一郎
洋一 よういち→阿倍 洋一
羊一 よういち→田川 羊一
陽一 よういち→憶頼 陽一
洋一郎 よういちろう→小川 洋一郎
楊花 ようか→福原 楊花
妖怪ばばあ ようかいばばあ→妖怪ばばあ
妖子 ようこ→水木 妖子
容子 ようこ→岡崎 容子
容子 ようこ→北川 容子
揺子 ようこ→佐伯 揺子
洋子 ようこ→佐伯 洋子
洋子 ようこ→南登野 洋子
洋子 ようこ→福永 洋子
洋子 ようこ→洋子
葉子 ようこ→三輪 葉子
葉子 ようこ→葉子
陽子 ようこ→芦原 陽子
陽子 ようこ→細谷 陽子
陽子 ようこ→早坂 陽子
陽子 ようこ→陽子
よう子 ようこ*→木場 よう子
容子 ようこ*→松野 容子
陽子 ようこ*→伊藤 陽子
要作 ようさく→浅田 要作
洋司 ようじ→加山 洋司
洋司 ようじ→岩本 洋司
葉次 ようじ→木原 葉次
養二 ようじ→福田 養二
洋治 ようじ*→柳井 洋治
妖術使い ようじゅつつかい→妖術使い
洋介 ようすけ→小田 洋介
洋助 ようすけ→利根 洋助
洋輔 ようすけ→古瀬 洋輔
羊介 ようすけ→瀧野 羊介

耀介　ようすけ→泉　耀介
洋助　ようすけ*→檜山　洋助
妖精　ようせい→妖精
陽太郎　ようたろう*→日野　陽太郎
庸平　ようへい→紀藤　庸平
陽平　ようへい→黄木　陽平
ヨギガンジー→ヨギガンジー（ガンジー）
横尾　よこお→横尾
横川　よこかわ→横川
横田　よこた→横田（Aの君）
横田少尉　よこたしょうい→横田少尉
横手　よこて→横手
与左衛門　よざえもん→笹沼　与左衛門
ヨシエ　よしえ→坂本　ヨシエ
佳枝　よしえ→小野寺　佳枝
美江　よしえ→轟　美江
芳恵　よしえ→蓑田　芳恵
芳江　よしえ→芦刈　芳江
芳江　よしえ→橋爪　芳江
芳江　よしえ→伏見　芳江
芳江　よしえ→芳江
芳枝　よしえ→赤木　芳枝
良恵　よしえ→良恵
佳江　よしえ*→菊野　佳江
義男　よしお→倉石　義男
義夫　よしお→阿部　義夫
義夫　よしお→義夫
義雄　よしお→岩村　義雄
義雄　よしお→山田　義雄
好生　よしお→香月　好生
世志夫　よしお→市堂　世志夫
善夫　よしお→多岐野　善夫
美夫　よしお→蕪城　美夫
芳雄　よしお→加藤　芳雄
与志夫　よしお→平城　与志夫
良男　よしお→青葉　良男
義一　よしかず→君村　義一（木村　義一）
義一　よしかず→木村　義一
良和　よしかず→松山　良和
美紀　よしき→音無　美紀
美樹　よしき→立花　美樹
良樹　よしき→良樹
能清　よしきよ→槙原　能清
よし子　よしこ→よし子
喜子　よしこ→守山　喜子
好子　よしこ→佐良　好子

好子　よしこ→真木　好子
淑子　よしこ→有明　淑子
美子　よしこ→秋葉　美子
美子　よしこ→美子
芳子　よしこ→吉田　芳子
芳子　よしこ→高輪　芳子
芳子　よしこ→和久井　芳子
良子　よしこ→松山　良子
淑子　よしこ*→真栄田　淑子
淑子　よしこ*→川岸　淑子
美子　よしこ*→今井　美子
芳公　よしこう→芳公（犬の芳公）
芳子さん　よしこさん→芳子さん
慶輔　よしすけ→山脇　慶輔
由造　よしぞう→由造
義太　よした→桐野　義太
義太　よした→桐野　義太（キリン）
吉田　よしだ→吉田
義隆　よしたか→大野　義隆
吉田君　よしだくん→吉田君
義太郎　よしたろう→熊野　義太郎
義太郎　よしたろう→片山　義太郎
義親　よしちか→徳川　義親
義人　よしと→佐々木　義人
義人　よしと→早田　義人
義人　よしと→白井　義人
義央　よしなか→吉良上野介　義央
吉永　よしなが→吉永
義哉　よしなり*→田辺　義哉
芳野　よしの→芳野
芳伸　よしのぶ→真辺　芳伸
義教　よしのり→足利　義教
良則　よしのり→良則
良紀　よしのり*→高橋　良紀
吉晴　よしはる→尾崎　吉晴
芳春　よしはる*→篠沢　芳春
義彦　よしひこ→樋本　義彦
慶彦　よしひこ→吉祥院　慶彦
芳彦　よしひこ→片桐　芳彦
良彦　よしひこ→山野　良彦
佳久　よしひさ→高部　佳久
佳久　よしひさ→野川　佳久
義浩　よしひろ→田部　義浩
義正　よしまさ→横田　義正
善松　よしまつ→穴沢　善松
義美　よしみ→北畠　義美

吉村　よしむら→吉村
吉本　よしもと→吉本
良也　よしや→伊沢　良也
義行　よしゆき→秋山　義行
義如　よしゆき→高沢　義如
良行　よしゆき→友部　良行
義郎　よしろう→須賀　義郎
芳郎　よしろう→芳郎
芳郎　よしろう→和川　芳郎
芳郎太　よしろうた→松川　芳郎太
与三　よぞう*→松戸　与三
依田　よだ→依田
幼稚範　よちのり→痴水　幼稚範
米尊　よねたか→増田　米尊
米村　よねむら→米村
ヨヴァノヴィチ→ヨヴァノヴィチ
ヨハン→ヨハン
読むリエ　よむりえ→読むリエ
代々木主任　よよぎしゅにん→代々木主任
頼子　よりこ→市瀬　頼子
頼子　よりこ→頼子
ヨルゲン→ヨルゲン
ヨロ　よろ→漆畠　ヨロ
万　よろず→阿閉　万（ちょろ万）

【ら】

ラー→ラー
ライオネル・タウンゼンド→ライオネル・タウンゼンド（タウンゼンド）
雷車　らいしゃ→佐野川　雷車（雷蔵）
雷蔵　らいぞう→雷蔵
雷造　らいぞう→永　雷造
雷造　らいぞう→藤島　雷造
ライラ・エバーワイン→ライラ・エバーワイン
ラザレフ→ラザレフ
ラシイヌ→ラシイヌ
無電小僧　らじおこぞう→無電小僧
ラスコーリニコフ→ラスコーリニコフ
ラッセル先生　らっせるせんせい→ラッセル先生
ラナリア→ラナリア
ラプチェフ→ラプチェフ
ラマール→ラマール
ラリー・チャン→ラリー・チャン（チャン）
ラン→ラン

蘭子　らんこ→歌川　蘭子
蘭子　らんこ→江川　蘭子
蘭子　らんこ→二階堂　蘭子
蘭子　らんこ→茂都木　蘭子
ランスロット→ランスロット
ランダッゾ→ランダッゾ
ランディ・スタンフォード→ランディ・スタンフォード
乱人　らんど→湾田　乱人
蘭堂　らんどう→青山　蘭堂
乱歩　らんぽ→江戸川　乱歩

【り】

りえ　りえ→坂田　りえ
梨江　りえ→梨江
利江子　りえこ→杉井　利江子
リエナ→リエナ
梨花　りか→久岡　梨花
梨花　りか→真崎　梨花
梨花　りか→千石　梨花
梨香　りか→夏木　梨香
理香　りか→秋月　理香
りく　りく→大石　りく
陸　りく→三雲　陸
陸朗　りくろう→蟹江　陸朗
理子　りこ→城西　理子
リコちゃん→リコちゃん
リサ→リサ
理沙　りさ→喜多川　理沙
理沙　りさ→桜川　理沙
里紗　りさ→鮎川　里紗
理沙子　りさこ→理沙子
リサ・マクレーン→リサ・マクレーン
鯉丈　りじょう→鯉丈
リチャード・クレアモント→リチャード・クレアモント
リチャード・ホワイトウッド→リチャード・ホワイトウッド
律　りつ→青野　律（リッキー）
リッキー→リッキー
リッキー　りっきー→沢口　リッキー
律子　りつこ→梶川　律子
律子　りつこ→近藤　律子
律子　りつこ→蓮見　律子
律之助　りつのすけ→花房　律之助
律美　りつみ*→水谷　律美

リナ→リナ
理奈 りな→芝草 理奈
理奈 りな→和泉 理奈
リナ りな*→庄子 リナ
リベザル→リベザル
里矢子 りやこ→朝吹 里矢子
リヤトニコフ→リヤトニコフ
リヤン王 りやんおう→リヤン王
リュウ→リュウ
龍 りゅう→小島 龍
リユウ→リユウ
リュウ・アーチャー→リュウ・アーチャー
（アーチャー）
隆一 りゅういち→穐山 隆一
隆一 りゅういち→戸川 隆一
隆一 りゅういち→鮫島 隆一
龍一 りゅういち→射手矢 龍一
龍一 りゅういち→石月 龍一
隆子夫人 りゅうこふじん→隆子夫人
流砂 りゅうさ*→岸辺 流砂
龍斎 りゅうさい→狩野 龍斎
リュウジ→リュウジ
隆治 りゅうじ→小西 隆治
竜二 りゅうじ→星祭 竜二
龍司 りゅうじ→池 龍司
竜二 りゅうじ*→竜二
龍二朗 りゅうじろう→津田 龍二朗
龍介 りゅうすけ→鷲坂 龍介
龍助 りゅうすけ→津田 龍助
隆三 りゅうぞう→種原 隆三
竜三 りゅうぞう→志賀 竜三
竜三 りゅうぞう→星影 竜三
竜三 りゅうぞう→星野 竜三
竜蔵 りゅうぞう→土呂井 竜蔵
龍三 りゅうぞう→梅原 龍三
龍造 りゅうぞう→松島 龍造
隆太 りゅうた→吉沢 隆太
柳太郎 りゅうたろう→衣川 柳太郎
竜太郎 りゅうたろう→彼末 竜太郎
龍太郎 りゅうたろう→早見 龍太郎
龍太郎 りゅうたろう→龍太郎
滝亭鯉丈 りゅうていりじょう→滝亭鯉丈
（鯉丈）
竜之進 りゅうのしん→伴内 竜之進
隆之介 りゅうのすけ→河田 隆之介
竜之介 りゅうのすけ→金山 竜之介

竜之介 りゅうのすけ→浅間寺 竜之介
龍之介 りゅうのすけ→小柴 龍之介
龍之介 りゅうのすけ→成瀬 龍之介
龍之介 りゅうのすけ→天地 龍之介
龍之助 りゅうのすけ→佐瀬 龍之助
龍之介 りゅうのすけ*→天地 龍之介
流平 りゅうへい→戸村 流平
隆平 りゅうへい→藤沼 隆平
竜平 りゅうへい*→高園 竜平
柳北 りゅうほく→柳北
亮 りょう→瀬下 亮
涼 りょう→霧ケ峰 涼
良 りょう→神野 良
良 りょう→青木 良
良 りょう→中岡 良
陵 りょう→陵
亮一 りょういち→竜野 亮一
良一 りょういち→角倉 良一
亮吉 りょうきち→伏見 亮吉
良吉 りょうきち→井野 良吉
良吉 りょうきち→白根 良吉
良吉 りょうきち*→良吉
亮子 りょうこ→高林 亮子
亮子 りょうこ→杉原 亮子
涼子 りょうこ→岸谷 涼子
涼子 りょうこ→増岡 涼子
涼子 りょうこ→飯島 涼子
涼子 りょうこ→幣原 涼子
涼子 りょうこ→涼子
良子 りょうこ→平井 良子
遼五 りょうご→波島 遼五
良子 りょうこ*→彩羽 良子
良作 りょうさく→山上 良作
良作 りょうさく→尾藤 良作
良二 りょうじ→菊岡 良二
了介 りょうすけ→了介
亮介 りょうすけ→早乙女 亮介
亮介 りょうすけ→田丸 亮介
亮介 りょうすけ→唐沢 亮介
亮助 りょうすけ→桑佐 亮助
良介 りょうすけ→大野 良介
良輔 りょうすけ→牧野 良輔
良輔 りょうすけ→明石 良輔
良輔 りょうすけ→立花 良輔
良介 りょうすけ*→井ノ口 良介
良三 りょうぞう→園田 良三

良三 りょうぞう→大槻 良三
良三 りょうぞう→田沢 良三
良太 りょうた→石垣 良太
良太 りょうた→二宮 良太
良太郎 りょうたろう→神谷 良太郎
亮平 りょうへい→水島 亮平
良平 りょうへい→滝沢 良平
理々 りり→理々
凛 りん→北見 凛
鈴華 りんか→宮之原 鈴華
燐子 りんこ→燐子
凛子 りんこ→鼎 凛子
倫造 りんぞう→横谷 倫造
麟太郎 りんたろう→法水 麟太郎
綸太郎 りんたろう→法月 綸太郎

【る】

ルイ るい→伊藤 ルイ
ルイコ→ルイコ
類子 るいこ→武藤 類子
類子 るいこ*→高林 類子
ルイーズ・レイバーン→ルイーズ・レイバーン
ルカ→ルカ
ルキーン→ルキーン
ルグナンシェ→ルグナンシェ
ルコック警部 るこっくけいぶ→ルコック警部
瑠奈 るな→相田 瑠奈
ルネ・ドゥーセット→ルネ・ドゥーセット
ル・パン→ル・パン
留美 るみ→留美
瑠美 るみ→瑠美
ルミ子 るみこ→安西 ルミ子
瑠美子 るみこ→瑠美子
ルミちゃん→ルミちゃん
ルリコ→ルリコ
瑠璃子 るりこ→瑠璃子
ルリジューズ→ルリジューズ
ルル子 るるこ→渋柿 ルル子

【れ】

レアティーズ→レアティーズ
レイ れい→小山田 レイ
玲 れい→高芝 玲
レイ子 れいこ→レイ子
令子 れいこ→池田 令子
怜子 れいこ→周 怜子
玲子 れいこ→関口 玲子
玲子 れいこ→斎藤 玲子
玲子 れいこ→斎木 玲子
玲子 れいこ→鹿島 玲子
玲子 れいこ→小野田 玲子
玲子 れいこ→姫川 玲子
玲子 れいこ→玲子
礼子 れいこ→香山 礼子
麗子 れいこ→海原 麗子
麗子 れいこ→恵比寿 麗子
麗子 れいこ→結城 麗子
麗子 れいこ→古谷 麗子
麗子 れいこ→佐野 麗子
麗子 れいこ→宝生 麗子
麗子 れいこ→麗子
黎子 れいこ→江崎 黎子
玲子 れいこ*→角田 玲子
令司 れいじ→柴崎 令司
礼二 れいじ→安藤 礼二
礼太郎 れいたろう→安芸 礼太郎
礼太郎 れいたろう→堀米 礼太郎
黎人 れいと→二階堂 黎人
黎人 れいと→矢澄 黎人
玲奈 れいな→一ノ瀬 玲奈（レナ）
レイミ→レイミ
レオ→レオ
礼央 れお→皆川 礼央
レオナルド→レオナルド
レオナルド・ダ・ヴィンチ→レオナルド・ダ・ヴィンチ
レオ・パスカル→レオ・パスカル
レザール→レザール
レストレイド→レストレイド
レストレード→レストレード
レダ れだ→糸田 レダ
烈子 れつこ→並木 烈子
レッド・シャルラッハ→レッド・シャルラッハ（シャルラッハ）
レナ→レナ
玲奈 れな→玲奈
レノラ・ヒメネス→レノラ・ヒメネス
蓮子 れんこ*→蓮子

廉司　れんじ→澤城　廉司
連司　れんじ→平岡　連司
廉次郎　れんじろう→久美　廉次郎
連太郎　れんたろう→滝　連太郎
レンデル→レンデル
練平　れんぺい→森山　練平
レンロット→レンロット

【ろ】

ロイ→ロイ
ロイス→ロイス
ロイズマン→ロイズマン
老女　ろうじょ→老女
老人　ろうじん→老人
老人　ろうじん→老人（叔父さん）
老人　ろうじん→老人（増田　幾二郎）
牢名主　ろうなぬし→牢名主
老婆　ろうば→老婆
ロオラ→ロオラ
六輔　ろくすけ→鶴来　六輔
六蔵　ろくぞう→六蔵
六郎　ろくろう→宮田　六郎
六郎　ろくろう→明石　六郎
路考　ろこう→路考
ロックフォード夫人　ろっくふぉーどふじん→ロックフォード夫人
ロバート・ステュワート→ロバート・ステュワート
ロバート・ベック→ロバート・ベック
ロビンソン→ロビンソン
魯文　ろぶん→仮名垣　魯文
魯文　ろぶん→魯文
ロベスピエール→ロベスピエール
ローラン→ローラン
ロルフ・ベック→ロルフ・ベック
ローレンス・タミヤ→ローレンス・タミヤ（タミヤ）
ロンジ氏　ろんじし→ロンジ氏
龠平　ろんぺい→吉田　龠平

【わ】

Y子　わいこ→Y子
Y巡査　わいじゅんさ→Y巡査
若だんな　わかだんな→若だんな（一太郎）
若旦那　わかだんな→若旦那（吉田君）

若月　わかつき→若月
若菜　わかな→若菜
若菜　わかな→松沢　若菜
若菜　わかな→草野　若菜（松沢　若菜）
若菜　わかな→仲脇　若菜
若林　わかばやし→若林
若者　わかもの→若者
和久田　わくた→和久田
和田　わだ→和田
渡瀬　わたせ→渡瀬
渡辺　わたなべ＊→渡辺
渡辺刑事　わたなべけいじ＊→渡辺刑事
渡辺夫人　わたなべふじん→渡辺夫人
渉　わたる→羽鳥　渉
渉　わたる→鷹西　渉
渡　わたる→武田　渡
亘　わたる→町山　亘
和戸　わと→和戸
ワトスン→ワトスン
ワトスン老　わとすんろう→ワトスン老
ワトソン→ワトソン
侘助　わびすけ→寒椿　侘助
輪廻しの少女　わまわしのしょうじょ→輪廻しの少女（少女）
ワン・アーム・フック→ワン・アーム・フック（フック）
ワンタン君　わんたんくん→ワンタン君

【ん】

ンガガ→ンガガ

日本のミステリー小説登場人物索引 アンソロジー篇 2001-2011

2012 年 5 月 10 日　初版第一刷発行

発行者/河西雄二

編集・発行/株式会社 DB ジャパン

　〒221-0052　神奈川県横浜市神奈川区栄町 13-11-203

　　TEL(045)453-1335　FAX(045)453-1347

　　http://www.db-japan.co.jp/

　　E-mail:dbjapan@cello.ocn.ne.jp

表紙デザイン/中村丈夫

電算漢字処理/DB ジャパン

印刷・製本/株式会社平河工業社

不許複製・禁無断転載《日本板紙(株)中性紙琥珀使用》

〈落丁・乱丁本はお取替えいたします〉

ISBN978-4-86140-018-6　Printed in Japan,2012